Karl Koch

Wochenschrift des Vereines zur Beförderung des Gartenbaues in den Königlich Preussischen Staaten für Gärtnerei und Pflanzenkunde

VIII. Jahrgang

SALZWASSER
VERLAG

Karl Koch

Wochenschrift des Vereines zur Beförderung des Gartenbaues in den Königlich Preussischen Staaten für Gärtnerei und Pflanzenkunde

VIII. Jahrgang

Unveränderter Nachdruck der Originalausgabe von 1865.

1. Auflage 2022 | ISBN: 978-3-37501-229-8

Verlag: Salzwasser Verlag GmbH, Zeilweg 44, 60439 Frankfurt, Deutschland
Vertretungsberechtigt: E. Roepke, Zeilweg 44, 60439 Frankfurt, Deutschland
Druck: Books on Demand GmbH, In de Tarpen 42, 22848 Norderstedt, Deutschland

WOCHENSCHRIFT

DES

VEREINES ZUR BEFÖRDERUNG DES GARTENBAUES IN DEN KÖNIGLICH PREUSSISCHEN STAATEN

FÜR

GÄRTNEREI UND PFLANZENKUNDE.

Redigirt

von

dem General-Sekretair des Vereines,

Professor Dr. KARL KOCH.

VIII. Jahrgang.

BERLIN.

VERLAG VON KARL WIEGANDT.

1865.

Verzeichniss der Mitglieder

des

Vereines zur Beförderung des Gartenbaues

in den

Königlich Preussischen Staaten.

Zusammengestellt im Monat Juni 1865.

Protektor:

Se. Majestät der König Wilhelm von Preussen.

Vorstand.

Vorsitzender: Knerk, Geheimer Ober-Regierungsrath.
Erster Stellvertreter: Dr. A. Braun, Professor und Direktor des botanischen Gartens.
Zweiter Stellvertreter: Bouché, Inspektor des botanischen Gartens.
General-Sekretär und Bibliothekar: Dr. K. Koch, Professor.
Schatzmeister: Sonntag, Rentier.

I. Ehren-Mitglieder.

Se. Königl. Hoheit der Prinz Karl von Preußen.

1. v. Alvensleben, Excell., General-Lieutenant und Kommandant von Berlin, Platz am Zeughause 1.
2. Bentham, George, Sekretär der Gartenbau-Gesellschaft in London.
3. Dr. Biasoletto in Triest.
4. Graf v. Bobrinsky in St. Petersburg.
5. Dochnahl, Fr. Jak., Kunst- und Handelsg. in Neustadt a. d. H.
6. Dr. Ehrenberg, Geh. Medizinalrath und Professor, Französischestr. 29.
7. Erfurt, Gartenbau-Verein in.
8. v. Fölkersahm, Freiherr, Rittergutsbesitzer auf Papenhof in Kurland.
9. Dr. Göppert, Geh. Medizinalrath und Professor in Breslau.
10. Dr. Heer, Professor, Direktor des botanischen Gartens in Zürich.
11. Dr. Karsten, Herm., Professor, Kantianstr. 4.
12. Dr. Lindley, John, Professor, früher Sekretär der Gartenbau-Gesellschaft in London.
13. Dr. Mädler, Kollegienrath, Professor und Direktor der Sternwarte in Dorpat.
14. v. Manteuffel, Freiherr, Excell., Wirklicher Geh. Rath, Anhaltstr. 7.
15. Dr. v. Martius, Geheimrath und Professor in München.
16. v. Mühler, Excell., Staatsminister der geistlichen, Unterrichts- und Medizinal-Angelegenheiten in Berlin, Unter den Linden 4.
17. Dr. Münter, Professor und Direktor des botanischen Gartens zu Greifswald.

18. v. Nordmann, Staatsrath und Professor in Helsingfors.
19. v. Nowikoff, Excell., Wirklicher Staatsrath und Kammerherr, Präsident der Reichsgartenbau-Gesellschaft in Moskau.
20. Dr. Philippi, Professor in Valdivia in Chili.
21. Dr. Reichenbach, Geh. Hofrath u. Professor in Dresden.
22. Dr. v. Renard, Excell., Wirklicher Staatsrath in Moskau.
23. Camill v. Rohan, Fürst, Durchl., in Prag.
24. v. Rumin, Excell., Wirklicher Staatsrath und Kammerherr, Vice-Präsident der Reichsgartenbau-Gesellschaft in Moskau.
25. Schramm, Kantor, Sekretär der Gesellschaft Flora in Dresden.
26. Dr. Schultz-Schultzenstein, Professor, Friedrichstr. 108.
27. v. Selchow, Excell., Staatsminister der landwirthschaftlichen Angelegenheiten in Berlin, Schützenstr. 26.
28. Sperling, Karl, Kunstgärtner in Freihan bei Militsch.
29. Stawinsky, Regisseur a. D., Puttkammerstr. 16.
30. Terscheck, Hofgärtner in Dresden.
31. Graf v. Thun-Hohenstein, Excell., K. K. Kämmerer, Wirklicher Geh. Rath, in Tetschen.
32. Wenderoth, Landes-Oekonomierath in Kassel.
33. Wendland, Hofgartenmeister in Herrenhausen bei Hannover.
34. Zepnick, Kunstgärtner in Frankfurt a. M.

II. Korrespondirende Mitglieder.

1. Brückner, Kunstgärtner in Markt Bohrau im Kreise Strehlen.
2. de Cannart d'Hamale, Senator, Präsident des Gartenbau-Vereines in Mecheln.
3. Fürst, Eug., Vorstand der praktischen Gartenbau-Gesellschaft in Bayern zu Frauenhof bei Vilshofen.
4. de Jonghe, Kunst- und Handelsgärtner in Brüssel.
5. Kegeljan, Ferd., Sekretär des Gartenbau-Vereines in Namur.
6. Leroy, Andr., Baumschulbesitzer in Angers.
7. Linden, Kunst- und Handelsgärtner in Brüssel.
8. Löw, Ober-Hofgerichts-Kanzleirath in Mannheim.
9. Lucas, Direktor des pomologischen Institutes in Reutlingen.
10. Manetti, früher Garten-Direktor in Monza bei Mailand.
11. Dr. Morren, Ed., Professor der Botanik in Lüttich.
12. Oberdieck, Superintendent in Jeinsen bei Schulenburg unweit Hannover.
13. Otto, Garten-Inspektor in Hamburg.
14. Dr. Pfeiffer in Kassel.
15. Dr. Rabenhorst in Dresden.
16. Dr. Regel, Direktor des botanischen Gartens in Petersburg.
17. Schamal, früher K. K. Kreisgerichts-Offizial, jetzt Baumschulbesitzer in Jungbunzlau.
18. Schäffer, Kammer-Rath in Pless.
19. Schomburgk, R., in Buchsfelde in Neuholland.
20. Siebenfreud, Gutsbesitzer in Tyrnau.
21. Stoll, Garten-Inspektor zu Miechowitz in Ober-Schlesien.
22. Tavernier, Redakteur in Paris, früher Sekretär des Gartenbau-Vereines in Angers.
23. Van Houtte, Kunst- und Handelsgärtner in Brüssel.
24. Wagener, Herm., in Venezuela.
25. v. Warszewicz, Garten-Inspektor in Krakau.
26. Zander, Kunstgärtn. in Boitzenburg (Uckerm.).

III. Einheimische Mitglieder.

1. Ahrends, Stadtrath, Köpnickerstr. 74.
2. Albernethy, Gutsbesitzer auf Wilhelminenhof bei Köpenick.
3. Graf v. Arnim-Boitzenburg, Pariserplatz 6.
4. Ascher, Kaufmann, Köpnikerstr. 56.
5. Dr. August, Direktor, Köpnickerstr. 114.
6. Augustin, Apothekenbesitzer, Leipzigerstr. 54.
7. Bacher, Zahnarzt, Taubenstr. 10.
8. Baerwald, Direktor, Holzmarktstr. 6. 7.
9. Barheine, Fabrikant in Charlottenburg.
10. Barrenstein, Kunst- und Handelsgärtner in Charlottenburg.
11. Dr. Bartels, Rentier, Pankow, Dorfstr. 46.
12. Benda, Kunst- u. Handelsg., Magazinstr. 16.
13. Berend, Rittergutsbesitzer, Wilhelmsplatz 2.
14. Berg, Restaurateur auf Tivoli in Berlin.
15. Bergmann, Kommerzienrath, Krausenstr. 39.
16. Dr. Bernard, Apothekenbes., Stralauerstr. 47.
17. Beyer, Kunst- und Dekorationsgärtner, Lützowerwegstr. 37.

18. Beyer, Rentier, Louisenstr. 21.
19. Beyrich, Fabrikant, Friedrichstr. 101.
20. Blancbois, Rentier, Friedrichstr. 129.
21. Blell, Rentier, in Potsdam.
22. Bloch, Seehandlungs-Präsident a. D., Schöneberger-Ufer 14.
23. Bluth, Rentier, Fischerstr. 9.
24. Boehden, Maler, Ritterstr. 72.
25. Boese, Obergärtner, Grabenstr. 44.
26. Dr. Bolle, Leipzigerplatz 13.
27. Borchardt, Stadtgerichtsr., Französischestr. 32.
28. Dr. Bornitz, Prediger, Lichtenberg b. Berlin.
29. Borsig, Kommerzienrath, in Moabit.
30. Bouché, D., Kunst- u. Handelsg., Blumenstr. 70.
31. Bouché, Karl, Inspektor des botanischen Gartens, Potsdamerstr. 75.
32. Brasch, Hofgärtner in Monbijou.
33. Bratring, Kammergerichtsr., Kommand.-str. 81.
34. Dr. Braun, Professor, Friedrichstr. 141.
35. Buckardt, Hof-Lieferant, Hausvogteiplatz 12.
36. Cantian, Baurath, Ziegelstr. 8.
37. Choné, Kunst- und Handelsgärtner, Frankfurter-Chaussée 8.
38. Christoph, Kunst- u. Handelsgärtner, Frankfurter-Chaussée.
39. Dr. Cöhn, Apothekenbesitzer, Kurstr. 34. 35.
40. Crass, Kunst- und Handelsg., Ritterstr. 79.
41. Crawack, Hofgärtner in Bellevue.
42. de la Croy, Kunst- u. Handelsg., Langestr. 26.
43. Damm, Rentier, Leipzigerstr. 88.
44. Damm, C. M., Weingrosshändl., Königstr. 31.
45. Danneel, Rentier, Langestr. 13—15.
46. Dannenberger, Kommerzienr., Bellevuestr. 6ᵃ.
47. v. Decker, Geh. Ober-Hof-Buchdrucker und Schriftgiessereibesitzer, Wilhelmstr. 75.
48. Deegen, Stadtgerichtsrath, Matthäikirchstr. 12.
49. Demmler, Kunst- und Handelsgärtner, Waldemarstr. 37.
50. Dienstbach, Kommissionsr., Wassergasse 38.
51. Dobert, Rittergutsbesitzer in Blankenburg bei Berlin.
52. Dreitzel, Hotelbesitzer, Jägerstr. 17.
53. Duderstadt, Hotelbesitzer, Mohrenstr. 64.
54. Dünnwald, Kaufmann, Schöneberger-Ufer 38.
55. Dunker, Kommerzienrath, Französischestr. 20.
56. Ebers, Kunst- und Handelsg., Hasenhaide 37.
57. Ebers, G., Kunst- u. Handelsg., Hasenhaide 10.
58. v. Eckardtstein-Prötzel, Frau, Behrenstr. 69.
59. Eckert, Maschinenbau-Meister, Kleine Frankfurterstr. 1.
60. Endres, Kunstgärtner im Borsig'schen Garten in Moabit.
61. Epner, Kaufmann, Molkenmarkt 4.
62. v. Erxleben, Rittergutsbesitzer, Selbelang bei Nauen, im Winter Bendlerstr. 12.
63. Dr. Ewald, Mitglied der Akademie der Wissenschaften, Friedrichstr. 236.
64. Fälligen, Stadtgerichtsrath, Bellevuestr. 14.
65. Feicht, Kunst- und Handelsg., Müllerstr. 117.
66. Feicht, Kunst- und Handelsg., Reinickendorferstr. 34.
67. Dr. Filly, Johannisstr. 3ᵃ.
68. Fintelmann, G. A., Hofgärtner, Pfaueninsel bei Potsdam.
69. Fintelmann, K., Hofgärtner in Charlottenburg.
70. Flatau, Banquier, Leipzigerstr. 18.
71. Flatau, Kommerzienrath, Neue Promenade 6.
72. Fonrobert, Fabrikant, Grabenstr. 41.
73. Forkert, Kunst- und Handelsgärtner in Charlottenburg.
74. Franke, Stadtrath, Dessauerstr. 29.
75. Friebel, C. L., Kunst- und Handelsgärtner, Koppenst. 21.
76. Friebel, C., Kunst- u. Handelsgärtner, Frankfurter-Chaussée.
77. Gaerdt, Obergärtner im Borsig'schen Garten, in Moabit.
78. Gaertner, Bau-Inspektor, Potsdamerstr. 55.
79. v. Gansauge, Excell., General-Lieutenant, Viktoriastr. 31.
80. Giessler, Hofgärtner in Glienicke bei Potsdam.
81. Haseloff, Holzhändler, Köpnickerstr. 84.
82. Heese, Fabrikbesitzer, Alte Leipzigerstr. 1.
83. Heise, Apothekenbesitzer, Auguststr. 60.
84. Heinicke, Buchdruckereibesitzer, Hirschelstr. 4.
85. Hempel, Hofgärtner, Wilhelmstr. 102.
86. Henning, Thiergarten-Inspektor in Charlottenburg.
87. Hensel, Fabrikbesitzer, Niederwallstr. 34.
88. Hertz, Apotheker, Französischestr. 36.
89. Heyder, Geh. Ober-Regierungsrath, Lützower-Ufer 3.
90. Heydert, Samenhändler in Potsdam.
91. Hoffmann, Kunst- und Handelsgärtner, Köpnickerstr. 131.
92. Hopffer, Kustos, Ritterstr. 42.
93. v. Humbert, Landrath, Wilhelmstr. 68.
94. Jaenicke, Kunst- und Handelsgärtner, Köpnickerstr. 54.
95. Jagor, Rentier, Friedrichstr. 232.
96. Jannoch, Kunst- und Handelsgärtner, Steglitzerstr. 49.
97. Jung, Apothekenbesitzer, Neue Königstr. 50.
98. Kindermann, Hofgärtner in Babelsberg bei Potsdam.
99. Knerk, Geh. O.-Regierungsr., Bellevuestr. 14.
100. Koch, Fabrikbesitzer, Spandauerstr. 6.
101. Dr. Koch, Professor, Hafenplatz 4.
102. Körner, Obergärtner, Hollmannstr. 25.
103. Krahmann, Kunst- u. Handelsg. in Stralau 2.

104. Kraus, Obergärtner, Thiergartenstr. 33.
105. Kriele, Geh. expedir. Post-Sekretär a. D., Tempelhofer-Ufer 12.
106. Krückmann, Geh. Rechnungsrath, Potsdamerstr. 98.
107. Krug, Stadtrath, Bellevuestr. 2.
108. Kühne, Kunstgärtner in Charlottenburg.
109. Kuhtz, Apotheker, Friedrichstr. 31.
110. Kunz, Apothekenbesitzer, Gartenstr. 23.
111. Lackner, Kunst- und Handelsgärtner, Markusstr. 19. 20.
112. Laemmerhirt, Notar, Gartenstr. 133.
113. v. Laër, Rentier, Alexandrinenstr. 92.
114. Lange, Apotheker, Oberwallstr. 6.
115. Lauche, Kunst- und Handelsgärtner, an der Wildparkstation bei Potsdam.
116. Lechner, Kaufmann, Elisabeth-Ufer 42.
117. Legeler, Hofgärtner u. Professor in Potsdam.
118. Lehfeld, Gerichtsassessor, Matthäikirchstr. 1.
119. Lehmann, Konditor, Neue Rossstr. 1.
120. Lenné, General-Gartendirektor in Potsdam.
121. Liebermann, Kaufmann, Köpnickerstr. 3.
122. Link, Apotheker, Holzmarktstr. 48ª.
123. Lorberg, M. R., Baumschulbesitzer, Schönhauser-Allee 152.
124. Lucae, Apothekenbesitzer, U. d. Linden 53.
125. Lübeck, Turn- u. Fechtlehrer, Blumenstr. 63ª.
126. Dr. Lüdersdorf, Landes-Oekonomierath in Weissensee bei Berlin.
127. Manger, Professor, Holzmarktstr. 52.
128. Dr. Magnus, Professor, Kupfergraben 7.
129. Mappe, Maurermeister, Viktoriastr. 13.
130. Maresch, Rechnungsrath, Köpnickerstr. 121.
131. Marggraf, Apothekenbes., Rosenthalerstr. 47.
132. Mathieu, K., Kunst- und Handelsgärtner, Stallschreiberstr. 54.
133. Mathieu, L., Kunst- und Handelsg., Neue Grünstr. 36.
134. Maurer, Generalkonsul, U. d. Linden 67.
135. Mayer, Hofgärtn., Neuer Garten b. Potsdam.
136. v. Meding, Excell., Ober-Präsident, Leipzigerplatz 10.
137. Mendelsohn, G. Kommerzienr., Jägerstr. 22.
138. Meyer, Hofgärtner, Sanssouci bei Potsdam.
139. Meyerhoff, A., Rentier, Wilhelmstr. 86.
140. Meyerhoff, E., Apotheker, Gartenstr. 45.
141. Morsch, Hofgärtner in Charlottenhof.
142. Mosisch, Gutsbesitzer in Treptow bei Berlin.
143. Dr. Müller, Schöneberger-Ufer 39.
144. Nauen, Rentier, v. d. Heydtstr. 9.
145. Neumann, Obergärtner in Moabit (Ravené'scher Garten).
146. Nitschke, G. Registrator, Markgrafenstr. 87.
147. Nitze, Weingrosshändler, Schlossplatz 8. 9.
148. Nuglisch, Kommerzienrath, Jägerstr. 33.
149. Ohle, Pastor zu Britz bei Berlin.
150. Oppen, Kaufmann, Dorotheenstr. 43.
151. Ostwald, Kunst- und Handelsgärtner, Grüner Weg 109.
152. Paech, Kunst- und Handelsgärtner, in Charlottenburg, Berlinerstr. 46.
153. Paetow, Maurermeister, Viktoriastr. 10.
154. Pardow, Hof-Zimmermeister, Ziegelstr. 7.
155. Pasewaldt, Obergärtner, Langestr. 13-15.
156. Pehlemann, G. Regierungsr., Potsdamerstr. 13.
157. Dr. Petermann, Professor, Louisenstr. 41.
158. Pilder, Obergärtner, Wilmersdorf b. Berlin.
159. v. Pommer-Esche, Assessor, Neuer Packhof 5.
160. Preuss, Kaufmann, Köpnickerstr. 141.
161. Priem, Kunst- und Handelsgärtner, Frankfurter Chaussée 7.
162. Quilitz, Kaufmann, Rosenthalerstr. 40.
163. Rathke, Apothekenbes., Alexandrinenstr. 41.
164. v. Radziwill, Fürst, Durchl., Wilhelmstr. 77.
165. Rapsilber, Kunst- und Handelsgärtner, Lindenstr. 3 und Charlottenburg.
166. Ravené, Kommerzienrath, Neue Grünstr. 17.
167. Reichenheim, Kommerzienr., Thiergarten. 19.
168. Reimann, Rentier, Wilhelmstr. 135.
169. Reinicke, Obergärtner, Köthenerstr. 4.
170. Dr. Richter, Eichhornstr. 4.
171. Riess, Banquier, am Zeughaus 1.
172. Roecke, Restaurateur, Mohrenstr. 19.
173. Sala, Rentier, Mohrenstr. 64.
174. v. Salviati, Freiherr, Geh. Regierungsrath, Schellingstr. 15.
175. Sauer, Universitätsgärtner, hinter der Universität.
176. Schenk, Rentier, in Potsdam.
177. Schäffer, Rentier, Potsdamerstr. 39.
178. Schäffer, Kunst- u. Handelsg., Markusstr. 28ª.
179. Schiller, Geh. Hofrath, Dessauerstr. 2.
180. Schilling, Konditor, Friedrichstr. 209.
181. Graf v. Schlaberndorf, auf Seppau bei Glogau, im Winter Bendlerstr. 12.
182. Schlesinger, Musikalienhändler, Unter den Linden 34.
183. Schneider, Rechnungsr., Potsdamerstr. 120.
184. Schneider, Verlagsbuchh., Matthäikirchstr. 24.
185. Schnuhr, Geh. Medizinalrath, Trebbinerstr. 14.
186. Dr. Schrader, Viktoriastr. 17.
187. Schubert, Kaufmann, Alte Jakobstr. 40. 41.
188. Dr. Schultz, Medizinalassessor, Linienstr. 127.
189. Schultze, Kunst- u. Handelsg., Charlottenburg.
190. Seeger, Kaufmann, Behrenstr. 55.
191. Selke, Kaufmann, Werderscher Markt 6.
192. Sello, Emil, Hofgärtner am Neuen Palais bei Potsdam.
193. Sello, Hermann, Hofgärtner in Sanssouci bei Potsdam.

194. Siebers, Postdirektor, Potsdamerplatz 6.
195. Simon, Apothekenbesitzer, Spandauerstr. 33.
196. Soltmann, Stadtrath, Hollmannstr. 26.
197. Sonntag, Rentier, Alexandrinenstr. 51.
198. Späth, Kunst- u. Handelsg., Köpnickerstr. 148.
199. Dr. Staberoh, Sanitätsrath, Leipzigerstr. 13.
200. Stachow, Kaufmann, Wilhelmstr. 67.
201. Dr. Steinrück, Sanitätsrath, Wilhelmstr. 55.
202. Stiemke sen., Rentier, Potsdamerstr. 95.
203. Stiemke jun., Kaufmann, Jägerstr. 42.
204. Streichenberg, Rentier, Bellevuestr. 7.
205. Tannhäuser, Kaufmann, Breitestr. 14.
206. Tarrach, Rentier in Potsdam.
207. Dr. Thaer, Privatdozent, Schellingstr. 9.
208. Thilenius, Oberlehrer in Charlottenburg.
209. v. Treskow, Rittergutsbesitzer in Friedrichsfelde bei Berlin.
210. Valentin, Justizrath, Brüderstr. 13.
211. Viering, Rentier, Lindenstr. 2.
212. Vogel, Kammergerichtsr., Potsdamerstr. 109.
213. Voigt, Apotheker, Charlottenstr. 5.
214. Volkardt, Kommerzienrath, Thiergartenstr. 5.
215. Wagner, Banquier, Brüderstr. 5.
216. Weber, Kunst- u. Handelsg., Mühlenstr. 5.
217. Wehrmann, Geheimer Ober-Regierungsrath, Matthäikirchstr. 8.
218. Weigel, Kommissionsrath in Oranienburg.
219. Weise, Apothekenbesitzer, Friedrichstr. 19.
220. Wiegandt, Buchhändler, Kochstr. 22.
221. Wildensee, Kunst- und Handelsg., Eisenbahnstr. 19.
222. Wilhelmy, Kaufmann, Viktoriastr. 34.
223. Dr. Wolff, Physikus, Louisenstr. 18.
224. Zwicker, Kaufmann, Gertraudtenstr. 16.

IV. Auswärtige Mitglieder.

1. Achilles, Obergärtner in Elboeuf bei Rouen.
2. v. Arnim, Deichhauptmann auf Kökte bei Tangermünde.
3. Bahlsen, Kunst- und Handelsg. in Erfurt.
4. Barnekow, Freiherr, in Ralswieck auf Rügen.
5. Baumann, Garten-Inspektor in Jena.
6. Benary, Kunst- und Handelsg. in Erfurt.
7. Benkowic, Pfarrer in Sipac bei Dragonic unweit Karlstadt (Kroatien).
8. Bertram, Kunst- und Handelsg. in Stendal.
9. Beutler, Schlossgärtner in Freyhan b. Militzsch.
10. v. Bockum-Dolfs, Regierungsrath in Soest.
11. Boeckmann, Rentier in Hamburg.
12. v. Borke, Rittergutsbesitzer in Giessenbrügge bei Soldin.
13. Bredow, Major a. D. in Briesen bei Friesack.
14. Brese, Obergärtner in Potsdam.
15. Breslau, botanischer Garten in.
16. Brix, Kunst- und Handelsg. in Jauer.
17. Bromberg, Verschönerungs-Verein in.
18. v. Brühl, Frau Reichsgräfin, in Pförten b. Sorau.
19. v. Brünneck, Ober-Burggraf in Trebnitz bei Müncheberg.
20. Bull, Kunst- und Handelsg. in London.
21. Busch, Kunstgärtner in Hamburg.
22. v. Byern, Freiherr, in Parchen bei Genthin.
23. Claussen, Hofgärtner in Brühl.
24. v. Croy, Herzog, Durchlaucht, in Dülmen.
25. v. Czarnecki, Graf, auf Schloss Rackwitz.
26. Dr. Danz, Ober-Appellations-Gerichtsrath in Jena.
27. Delpech, Kunst- und Handelsg. in Lauban.
28. Dippe, Kunst- und Handelsg. in Quedlinburg.
29. Düsseldorf, Königliche Regierung in.
30. Graf v. Dzialinsky auf Kornik bei Posen.
31. Ebers, Rittmeister in Lobsens.
32. v. Eckenbrecher, Major a. D., in Guten-Paaren bei Brandenburg a. H.
33. Eldena, Gartenbau-Verein für Neu-Vorpommern und Rügen in.
34. Ender, Obergärtner in Mutoffka im Kreise Stauropol des Samara'schen Gouvernements (Süd-Russland).
35. Esser, Kunstgärtner in Düren.
36. v. Einsiedel, Gräfin, in Krossen bei Zeiz.
37. Falkenhayn, Obergärtner in Gross-Strelitz (Oberschlesien).
38. Farthmann, Hauptmann a. D. in Klein-Schwein bei Glogau.
39. Felhan, Frau, Rittergutsbesitzerin in Posen.
40. Dr. Fickert, Gymnasial-Direktor in Breslau.
41. Flach, Kunst- und Landschaftsg. in Stetten bei Hechingen.
42. Foitzeck, Kreisgerichtsrath in Oppeln.
43. Frank, Rittergutsbesitzer auf Wusowo bei Pinne (Grossh. Posen).
44. Frankfurt a. O., Gartenbau-Verein in.
45. v. Frantzius, Kommerzien- und Admiralitätsrath in Danzig.
46. Freschke, Schlossgärtner in Lübbenau.
47. Funcke, Garten-Direktor auf Schloss Dyck.
48. Galle, Obergärtn. in Oberglauchau b. Trebnitz.
49. Gireoud, Garten-Inspektor in Sagan.
50. Görlitz, Gartenbau-Verein in.
51. Göthe, Lehrer der Gartenbauschule in Karlsruhe.

52. Goerz, Kunst- u. Handelsgärtner in Bielefeld.
53. Goerner, Frau, Gärtnereibesitzerin in Luckau.
54. v. Goltz, Freiherr in Schievelbein.
55. Gottsch, Obergärtner in Borstel bei Oldersloh.
56. Grasshoff, Oberamtmann in Quedlinburg.
57. Grützmacher, Frau, Stadträthin in Stettin.
58. Guben, Gartenbau-Verein in.
59. Gumbinnen, landwirthschaftlicher Verein in.
60. Haage, Kunst- u. Handelsgärtner in Erfurt.
61. Haage & Schmidt, Kunst- u. Handelsgärtner in Erfurt.
62. Haehne, Apothekenbesitzer in Kottbus.
63. Hafner, Baumschulbesitzer in Radekow bei Tantow.
64. v. Hagen, Graf, Kammerherr in Möckern bei Burg.
65. Hamburg, Gesellschaft zur Beförderung der Künste in.
66. Hänel, Hof-Buchdrucker in Magdeburg.
67. Hannemann, Inspektor in Proskau (Oberschl.).
68. v. Hardenberg, Freiherr, auf Oberwiederstedt bei Hettstädt.
69. Hausig, Pfarrer in Kloxin bei Pyritz.
70. Hayn, Kaufm. in Hermsdorf b. Waldenburg.
71. Hecker, Rittergutsbesitzer in Alt-Höfchen bei Schwerin a. d. W.
72. Heins, Kunst- und Handelsgärtner in Bremen.
73. Hentze, Gartendirektor in Kassel.
74. Hermann, Rittmeister a. D. in Schönebeck bei Magdeburg.
75. Hermenau, Kunstgärtner in Raudonatschen bei Kraupischken.
76. v. Hertefeld, Freiherr auf Liebenberg bei Löwenberg in der Mark.
77. v. Holtzendorff, Rittmeister in Rittgarten bei Prenzlau.
78. Höne, Kommerzien- und Admiralitätsrath in Danzig.
79. v. Hövel, Rittergutsbesitzer auf Meseberg bei Gransee.
80. v. Hoverden, Graf, Geh. Justizrath, auf Hühnern bei Ohlau.
81. Dr. Jablonsky, Rittergutsbesitzer in Muschten bei Schwiebus.
82. Janke, Stadtgärtner in Aachen.
83. v. Jakobi, General-Major in Breslau.
84. Jende, Oberkaplan in Neu-Zelle.
85. Johannes, Rittergutsbesitzer auf Karlshafen bei Wriezen a. O.
86. v. Johnston, Frau, auf Talbendorf bei Lüben.
87. Kanehl, Oberg. in Gleissen bei Königswalde.
88. Karstedt, Kaufmann in Seelow.
89. Kassel, Gartenbau-Verein in.
90. de Kerchove-Delimon, Bürgerm. in Gent.
91. Klett, Garten-Direktor in Schwerin.
92. v. Klinggräff, Rittergutsbesitzer in Chemnitz bei Neubrandenburg.
93. Dr. Klinsmann, praktischer Arzt in Danzig.
94. v. d. Knesebeck, Freifrau, auf Carwe bei Neu-Ruppin.
95. v. d. Knesebeck, Freifrau, auf Löwenbruch bei Trebbin.
96. v. d. Knesebeck, Freiherr, auf Jühnsdorf bei Lichtenrade.
97. Köln, Königl. Regierung in.
98. Köln, Verein für Kultur und Botanik in.
99. Königsberg in Pr., botanischer Garten in.
100. Königsberg in Pr., Gartenbau-Verein in.
101. Köppe, Kunst- u. Handelsg. in Königsberg.
102. Koppe, Hofgärtner in Plossenstein bei Malazka (Ungarn).
103. Köslin, Magistrat in.
104. Köslin, landwirthschaftlicher Verein in.
105. Kottbus, landwirthschaftlicher Verein in.
106. Graf v. Krassow, Präsident, in Stralsund.
107. Kricheldorf, Kommerzienr. in Magdeburg.
108. Krüger, C., Kunst- u. Handelsg. in Lübbenau.
109. Krüger, Kunst- u. Handelsg. in Landsberg.
110. Kulmiz, Kommerzienrath in Marienhütte bei Saarau.
111. Kummer, Lehrer in Nauendorf b. Vetschau.
112. Laese, Lehrer in Landsberg a. d. W.
113. Langie, Güter-Administrator in Lemberg.
114. v. d. Lancken-Wackenitz auf Lipsitz bei Bergen (Insel Rügen).
115. Lauche, Oberg. in Abtnauendorf b. Leipzig.
116. Lauche, Obergärtner in Burgdan b. Lesum.
117. Laurentius, Rentier, in Leipzig.
118. de Lafrémoire, Kaufmann in Stettin.
119. Lenné, Steuerrath in Saftig bei Koblenz.
120. Liebig, Kunst- und Handelsg. in Dresden.
121. Gräfin v. Limburg-Stirum auf Gross-Peterwitz bei Canth.
122. Lübben, Gartenbau-Verein in.
123. v. Lysniewsky, Landrath a. D. in Sendsburg.
124. Mack, Gutsbesitzer auf Althof b. Ragnit i. P.
125. Magdeburg, Gartenbau-Verein in.
126. Magdeburg, Königl. Regierung in.
127. Freiherr v. Manteuffel, Excell., Minister-Präsident a. D. auf Krossen bei Golssen.
128. Martini, Gutsbesitzer in Chursdorf b. Lippehne.
129. Maurer, Hofgärtner in Jena.
130. Mecklenburg-Strelitz, landwirthschaftlicher Verein für, zu Neuenkirchen bei Strelitz.
131. Meet, Gebr., Kunst- u. Handelsg. in Bremen.
132. Mette, Kunst- u. Handelsg. in Quedlinburg.
133. v. Mirbach, Frau, Rittergutsbesitzerin auf Sorquitten bei Sensburg.
134. Moberly, Kaufmann in London.
135. Möhring, Kunst- und Handelsg. in Arnstadt.

136. **Mollius**, Senator in Neu-Ruppin.
137. **Moschkowitz & Söhne**, Kunst- und Handelsgärtner in Erfurt.
138. **Mosenthin**, Kunst- u. Handelsg. in Leipzig.
139. Dr. **Mühlens** in Sternberg bei Bonn.
140. **Mühlhausen** a. d. U., Gartenbau-Verein in.
141. **Mühlhausen** a. d. U., Magistrat in.
142. **Müller**, Justizrath in Straupitz bei Haynau.
143. **Müller**, Leopold, Kaufmann in Züllichau.
144. **Müller**, Martin, Baumschulbesitzer in Strasburg a. Rh.
145. **Münster**, Königl. Regierung in.
146. **Nathusius'sche** Gewerbe-Anstalt in Alt-Haldensleben bei Magdeburg.
147. **Neubert**, Hof-Apotheker in Leipzig.
148. **Neuwied**, Verein für Garten- u. Obstbau in.
149. **Nickel**, Mühlenbesitzer in Obermühle bei Schwerin a. W.
150. **Niessing**, Kunst- und Handelsg. in Schmelz bei Zehdenick.
151. v. **Nimptsch**, Graf, in Geyersberg bei Wildenschwert (Böhmen).
152. **Nisson**, Rentier, in Neapel.
153. v. **Nolte**, Generallieutenant, Exc., in Hermsdorf bei Warmbrunn.
154. **Nopper**, Frau, Kunst- und Handelsgärtnerin in Lübbenau.
155. v. **Nugent von Westmeath**, Graf, K. K. Kämmerer und Oberst, auf Kastel bei Karlstadt in Kroatien.
156. **Oels**, ökonomisch-patriotischer Verein in.
157. v. d. **Osten**, Rittmeister a. D., auf Warditz bei Neudamm.
158. **Pachebel-Gehag**, Rittmeister a. D., auf Schloss Karmin bei Stralsund.
159. v. **Patow**, Freiherr, auf Malenchen b. Kalau.
160. **Patzig**, Domänenpächter in Allenstein (Ostpreussen).
161. **Perleberg**, Gartenbau-Verein in.
162. **Petras**, Kunst- und Handelsg. in Stolpe bei Angermünde.
163. **Petzoldt**, Park-Inspektor in Muskau.
164. v. **Pfeil**, Graf, auf Thomitsch bei Nimptsch.
165. v. **Pfuel**, Rittmeister a. D., in Jahnsfelde bei Müncheberg.
166. Dr. **Pringsheim**, Professor in Jena.
167. v. **Pückler-Muskau**, Fürst, Durchl., auf Branitz bei Kottbus.
168. zu **Puttlitz**, Freiherr, in Wolfshagen bei Perleberg.
169. v. **Quillfeld**, Kreisdeputirter auf Hohenziethen bei Soldin.
170. **Quistorf**, Konsul in Stettin.
171. **Rasche**, Kunst- und Handelsg. in Landsberg.
172. **Rathke**, Kunst- und Handelsg. in Danzig.
173. **Ratibor**, Gartenbau-Verein in.
174. v. **Ratibor**, Herzog, Durchl., auf Schloss Rauden bei Ratibor.
175. **Regenwalde**, landwirthschaftlicher Verein in.
176. v. **Reuss**, Kreis-Deputirter auf Lossen bei Brieg.
177. **Reuter**, Obergärtner, am Neuen Palais bei Potsdam.
178. v. **Ribbeck**, auf Ribbeck bei Nauen.
179. **Richtsteig**, Bürgermeister in Görlitz.
180. v. **Rieben**, Major a. D., auf Schildberg bei Soldin.
181. **Röder**, Kunst- und Handelsg. in Halle a. S.
182. **Rohde**, Kunst- und Handelsg. in Danzig.
183. v. **Rohr**, Rittergutsbesitzer auf Wolletz bei Angermünde.
184. **Rose**, Rechnungsrath in Frankfurt a. O.
185. **Rother**, Garten-Direktor in Reisen bei Posen.
186. **Ruffer**, Geh. Kommerzienrath in Breslau.
187. v. **Saldern**, Freiherr, auf Meffersdorf bei Wiegandsthal.
188. **Salefsky**, Kunst- und Handelsg. in Rastenburg i. Pr.
189. v. **Salm-Horstmar**, Fürst, Durchl., in Kösfeld (Regierungsbezirk Münster).
190. v. **Saurma**, Gustav, Graf, in Breslau.
191. **Savatzky**, Kunst- u. Handelsg. in Bromberg.
192. Dr. **Schaffraneck**, Schul-Direktor in Wesselburen in Holstein.
193. **Schiebler & Sohn**, Kunst- und Handelsg. in Celle.
194. v. **Schlagenteuffel** auf Pöglitz b. Stralsund.
195. v. **Schlippenbach**, Graf, auf Arendsee bei Prenzlau.
196. **Schmidt**, Kunstgärtner im Odeum bei Woldegk (Meklenburg-Strelitz).
197. **Schmidt**, Oberförster in Forsthaus Blumberg bei Kasekow.
198. **Schmidt**, Obergärtner in Ovelgönne bei Altona.
199. Dr. **Schmidtmann** in Bünde (Kr. Herford).
200. **Schönborn**, Rittergutsbesitzer auf Ostrometzko bei Fordon.
201. v. **Schönburg-Glauchau**, Fürst, Erlaucht, in Gusow bei Seelow.
202. **Schondorf**, Garten-Inspektor in Oliva bei Danzig.
203. **Schonert**, Rentier in Dresden.
204. **Schrader**, Obergärtner in Seggerde bei Weferlingen.
205. v. **Schuckmann**, Frau Generalin, auf Mölln bei Klett.
206. v. **Schuckmann**, Rittergutsbesitzer auf Mienowice bei Kempen.
207. **Schütz**, Amtsrath in Grünthal b. Biesenthal.

208. v. d. Schulenburg, Graf, Majoratsherr auf Angern bei Mahlwinkel.
209. Schultze, Hofgärtner in Krzizanowitz bei Ratibor.
210. Schwanecke, Kunst- und Handelsgärtner in Oschersleben.
211. v. Schwanenfeld, Frau, auf Sartowitz bei Schwetz.
212. v. Schwerin, Graf, auf Wolfshagen b. Prenzlau.
213. v. Seher-Thoss, Freiherr, auf Schollwitz bei Hohenfriedberg.
214. Seelow, Gartenbau-Verein in.
215. v. Seydewitz, Präsident, in Roitzsch bei Bitterfeld.
216. Silex, Schlossgärtner in Tamsel b. Küstrin.
217. v. Simpson, Frau, in Georgenburg bei Insterburg.
218. v. Solms, Graf, in Baruth.
219. Sorau, Gartenbau-Verein in.
220. Soukup, Schlossgärtner in Geyersberg bei Wildenschwert.
221. v. Steinäcker, Landrath in Kalbe a. S.
222. Steinkopf, Rittergutsbesitzer auf Dornreichenbach bei Wurzen.
223. Stendal, Verschönerungs-Verein in.
224. Sthamer, Fabrikbesitzer in Zittau.
225. Stoll, Garten-Inspektor in Miechowitz bei Beuthen (O.-Schl.)
226. Strauss, Garten-Direktor in Köln.
227. Sucker, General-Pächter in Arklitten bei Gerdauen (Ost-Pr.)
228. Teichmann, Pfarrer in Landsberg a. W.
229. v. Thielau auf Lampertsdorf b. Frankenstein.
230. Thränhardt, Stadtrath in Naumburg a. S.
231. Tittelbach, Obergärtner in Poretsch bei Moskau.
232. Treutter, Geh. Kommerzienrath in Leuthen bei Pr. Lissa.
233. Tütscher, Apotheker in Greifenhagen.
234. v. Varo, Haus Caën bei Geldern.
235. Vorster, Lieutenant a. D., in Haus Mark bei Hamm.
236. v. Wackenitz in Bolkenhagen b. Greifswald.
237. Wend, Kunst- und Handelsgärtn. in Konitz (Westpreussen).
238. Weber, Oberstlieutenant in Wiesbaden.
239. Wesel, Gartenbau-Verein in.
240. Wiese, Kaufmann in Bromberg.
241. v. Wissmann in Falkenberg bei Stargard in Pommern.
242. v. Witte, Ritterschaftsrath in Falkenwalde bei Bärwalde in der Neumark.
243. v. Witzleben, Oberstlieutenant, in Fürstenwalde.
244. Wolff, Regierungs-Baukondukteur, in Liebenow bei Bahn.
245. Wrede, Obergärtner in Alt-Geltow bei Potsdam.
246. Wriezen, Gartenbau-Verein in.
247. Graf York v. Wartenburg auf Klein-Oels bei Ohlau.
248. Zarnack, Institutsgärtner in Eldena bei Greifswald.
249. v. Zastrow, Landesältester auf Patzig bei Züllichau.

Schnellpressendruck der C. Feister'schen Buchdruckerei (L. Mewes) in Berlin, Zieten-Platz No. 2.

Wochenschrift

des

Vereines zur Beförderung des Gartenbaues in den Königl. Preussischen Staaten

für

Gärtnerei und Pflanzenkunde.

Redakteur:

Professor Dr. Karl Koch,

General-Sekretair des Vereines.

No. 1. Berlin, den 7. Januar **1865.**

Preis des Jahrganges 5¼ Thlr., sowohl bei Bezug durch den Buchhandel, als auch franco durch alle Post-Anstalten des deutsch-österreichischen Post-Vereines.

Sonntag, den 8. Januar 1865, Mittags ½12 Uhr, findet im Englischen Hause (Mohrenstrasse 49) eine Versammlung des Vereines zur Beförderung des Gartenbaues statt, wozu die geehrten Mitglieder eingeladen werden.

Das

Geschlecht der Orangen (Citrus)

und

Citrus chinensis insbesondere.

Die kleine Abhandlung über die Zwergorange in der 49. Nummer des vorigen Jahrganges der Wochenschrift (S. 388) hat Veranlassung zu mehrern Erwiderungen gegeben. Bei dem Interesse, das der Gegenstand allgemein in Anspruch nimmt, wollen wir die Gelegenheit wahrnehmen, um unsere Ansichten über die Orangen, namentlich in geschichtlicher Hinsicht, darzulegen, ausserdem aber den Begriff Citrus chinensis bestimmt hinzustellen. Es kommt nicht selten vor, dass Begriffe im Verlaufe einer kürzeren oder längern Zeit sich ändern und dass man schliesslich unter einem Namen etwas Anderes versteht, als ursprünglich darunter verstanden wurde. Es ist dieses beispielsweise auch mit dem Begriffe Citrus chinensis der Fall. Zuerst verstand man die Apfelsine im Allgemeinen darunter. Später beschränkte man den Ausdruck auf zwergige Formen der Pomeranze und jetzt versteht man in Berlin und vielleicht auch sonst in der deutschen Gärtnerei endlich eine zwergige Form der Limone darunter. Zum besseren Verständniss wollen wir hier zunächst eine geschichtliche Auseinandersetzung der Orangen überhaupt folgen lassen.

Man nimmt zwar ziemlich allgemein an, dass Orangen (im weiteren Sinne also Limonen oder Citronen und Pomeranzen) schon lange in Europa bekannt gewesen seien und dass ihre Einführung daselbst sich in das graue Dunkel des Alterthums verliere. Dem ist aber durchaus nicht so; denn mit Bestimmtheit kommen Orangen erst bei Theophrast vor; sie waren also wohl vor dem 4. und 5. Jahrhundert vor Christus kaum den Griechen bekannt. Welche von den beiden Orangen-Arten aber, ob die Pomeranzen oder Citronen, zuerst zur Kenntniss kamen, werden wir alsbald sehen.

Es geht die Sage, dass Herkules unter Anderem vom Könige Euristheus in Mycene den Auftrag erhielt, aus dem Garten der Hesperiden goldene Aepfel zu holen und dass derselbe auch wirklich diesen zur vollen Zufriedenheit ausführte. Man hat nun ohne Weiteres die goldenen Aepfel, wohl von der goldgelben Farbe verführt, für die eine Art der Orangen, für die Pomeranzen, erklärt. Doch haben schon vor längerer Zeit und neuerdings wieder Forscher, und vor Allem Naturforscher, nachzuweisen gesucht, dass man unter den übrigens allegorisch zu denkenden goldenen Aepfeln der Hesperiden auf keinen Fall Orangen, sondern ohne Zweifel wohl Quitten zu verstehen habe. Unter Anderem hat ein Nordhäuser Arzt, Wallroth, in seiner leider nicht vollendeten Geschichte des Obstes der Alten eine ausführliche Abhandlung über die goldenen Aepfel der Hesperiden gegeben und die eben ausgesprochene Ansicht zur Geltung gebracht. Das berühmte Basrelief im medizeischen Garten zu Rom, wo Herkules auf einem Steine sitzt und mit dem Rücken sich einem Baume anlehnt, lässt keinen Zweifel, dass dieser Baum wenigstens keinen Orangen-, sondern wahrscheinlich einen Quitten-Baum darstellt.

So unsicher und unwahrscheinlich es ist, wie bereits erwähnt, dass die goldenen Aepfel der Hesperiden Orangen gewesen sind, so lässt sich doch mit grösserer Wahrscheinlichkeit sagen, wohin die Gärten der **Hesperiden von den Alten versetzt** wurden. Schon der Name deutet darauf hin, dass sie den Griechen nach Westen lagen. Gewöhnlich versetzt man sie nach Nordafrika, und zwar entweder nach dem Kaiserreiche Marokko oder nach dem östlichen Tripolis (der Cyrenaica der Alten). Dass, wenn auch nicht in so früher Zeit, in welche man die Thaten des Herkules versetzt, so doch zu Anfange unserer christlichen Zeitreichnung aber wirklich in Nordafrika Orangen wuchsen, unterliegt keinem Zweifel und geht zunächst aus den Nachrichten des mauritanischen Königs Juba zur Genüge hervor. Es fragt sich nur, und werden wir alsbald die Antwort geben, wie die Orangen selbst schon in dieser Zeit aus ihrem ursprünglichen Vaterlande China nach Nordafrika gekommen sein mögen?

Dass China das Vaterland wenigstens der Pomeranzen ist, möchte kaum noch einem Zweifel unterliegen; wahrscheinlich stammen aber auch die Citronen aus China, vielleicht auch aus gebirgigen Ländern Ost- und Hinter-Indiens. Eine so frühzeitige Verbindung des westlichen Nordafrika's mit Ostasien, als man annehmen muss, will man sogar die goldenen Aepfel der Hesperiden mit den Orangen identificiren, ist gewiss nicht vorhanden gewesen. Die Annahme des Palladius, dass die 3 Töchter der Hesperis (Aegle, Arethusa und Hesperthusa*) die Orangen von Nordafrika nach Italien verpflanzt hätten, ist ganz ebenso, wie die spätere Ansicht, wonach diese von Mauritanien erst nach Persien gekommen sind und von da über Griechenland und Italien verbreitet wurden, eine durchaus irrige.

Da aber doch Orangen zu Juba's Zeit, also vor Beginn unserer christlichen Zeitrechnung, in Mauritanien allgemein verbreitet waren, so mussten diese wohl schon eine längere Zeit vorher daselbst bekannt gewesen sein. Ihre Einführung vor der christlichen Zeitrechnung könnte nach den uns zu Gebote stehenden geschichtlichen Nachrichten etwa durch die ostindischen Malaien, welche zu einer uns unbekannten, aber doch nicht sehr frühen Zeit nach Madagaskar und wahrscheinlich auch nach dem östlichen Afrika auswanderten, geschehen sein. In diesem Falle wären sie vielleicht schon mit der Banane nach Afrika gekommen und etwa von Mosambik aus allmählig nordwestlich über Abyssinien nach den nördlichen Ländern Afrika's gekommen. Wir wissen ferner, dass Abyssinien und Aegypten dereinst Kulturländer waren und mannigfache Verbindung mit Ostindien hatten. Wahrscheinlicher ist es aber endlich, dass sie von Persien aus, wo sie bereits im 4. Jahrhundert v. Chr. kultivirt wurden, nach Nordafrika kamen. Auch könnten sie zur Zeit der Ptolemäer, wo man mit Ostindien ebenfalls in vielfachen Handels-Verbindungen stand, direkt dahin eingeführt worden sein.

Die Griechen lernten Orangen zuerst von Persien, also von Osten, und nicht aus Nordafrika, von Westen oder von Süden aus kennen. Nach Theophrast, der ihrer, wie oben bereits erwähnt wurde, zuerst mit Bestimmtheit gedenkt, wuchsen sie allgemein in Medien und wurden deshalb auch „medische Aepfel" genannt. Die Früchte wurden aber nicht gegessen, sondern nur des Wohlgeruches wegen geschätzt, aber auch in die Wäsche und zu den Kleidungsstücken gelegt, um die Motten und andere schädliche Insekten zu vertreiben.

Bevor wir in unserer geschichtlichen Auseinandersetzung weiter gehen, wollen wir versuchen, ob nicht ausserdem die Namen der Orangen uns Andeutungen über ihr Vaterland zu geben vermögen. Bei den späteren Griechen und Römern wird der Orangenbaum Citrus genannt. Ueber den Ursprung dieses Namens wissen wir nichts. Es geht aber aus den Schriften der Alten hervor, dass die Worte Citrus (Kitreon und Kitrea bei den späteren Griechen) und Cedrus (Kedros) ursprünglich in ihrer Bedeutung nicht verschieden waren und dass man wohlriechende Hölzer, welche von Griechen und Römern sehr geliebt wurden, darunter verstand. Später scheint man für den Orangenbaum die Bezeichnung Citrus, für einige hochwerdende Juniperus-Arten und ähnliche Gehölze aber, welche man sonst auch Thya und Thyon nannte, die Bezeichnung Cedrus im Allgemeinen festgehalten zu haben, doch wurden immerfort, ganz besonders von Plinius, beide Worte mit einander verwechselt. So nennt beispielsweise genannter Schriftsteller des Alterthums das kostbare Holz, woraus unter Anderem der Triumphwagen des Cäsars gebaut wurde und wovon ein daraus angefertigter, besonders schöner Tisch mit 25,000 Thalern bezahlt worden sein soll, Lignum citreum, den Baum aber selbst Cedrus, ja sogar an einer andern Stelle Thuja (Thya).

Ob die Worte Citrus oder Cedrus den Griechen eigenthümlich sind oder aus einer andern Sprache übertragen wurden, wissen wir nicht. Sollte das hebräische Etrodsch, sowie das arabische Utrundsch, worunter man heut zu Tage den wohlriechenden Cedrat versteht, mit Cedrus und Citrus nicht

*) Der Name Aegle ist bereits zur Bezeichnung eines Genus aus der Familie der Aurantiaceen verwendet.

vielleicht einerlei Ursprunges sein? Da übrigens bei den Alten unter diesen Namen sehr verschiedene Gehölze verstanden worden zu sein scheinen, welche, wie bereits ausgesprochen, nur darin übereinkamen, dass ihr Holz wohlriechend sei, so möchte auch selbst ihr Ursprung in Betreff des etwaigen Vaterlandes der Orangen nicht viel zu bedeuten haben.

Welche Art der Orangen war es aber, welche damals in Persien kultivirt wurde und welche die medischen Aepfel lieferte? Aus den Schriften der Alten geht es nicht hervor.

So sehr auch diese, namentlich in Philosophie und Geschichte, sich auszeichneten, so muss man ihnen doch, mit sehr geringen Ausnahmen, die Anlage zu naturhistorischen Studien absprechen. Es ist eigenthümlich, dass ein Volk, was fast immer in der Natur lebte, grade für das Studium der Natur keinen oder nur wenig Sinn hatte.

Dass es nicht die gut schmeckende Apfelsine sein konnte, liegt wohl klar vor. Man ist allgemein geneigt, den Cedrat dafür zu nehmen. Linné vereinigt diesen aber mit der Limone zu einer Art, die er Citrus medica nennt.

Andere betrachten jedoch den Cedrat auch als besondere Art. In Syrien und wahrscheinlich auch in andern Ländern Südasiens kultivirt man jetzt eine sehr wohlriechende Sorte des Cedrates, welche der Talmud, in der Meinung, er sei die Frucht des in der Bibel gerühmten „Prachtbaumes", bei dem Lauberhüttenfest verwendet haben will. Dieser Cedrat führt den Namen Etrog, ein Wort, was möglicher Weise, wie bereits erwähnt, mit Citrus einen Ursprung besitzt. Die Juden bedienen sich auch jetzt noch fortwährend bei ihrem Feste gern des wohlriechenden Cedrates. Von besonderer Schönheit wird er auf dem Libanon, vor Allem in der Stadt Dêr-el-Kamar, gezogen. Dr. Wetzstein in Berlin, der lange Zeit preussischer Konsul in Damaskus war und dem wir diese Nachricht verdanken, sah deren von 7 Zoll Durchmesser bei 10 Zoll Länge. Man sucht den Cedraten durch Binden verschiedene Formen zu geben und ritzt wohl auch während des Wachsthums verschiedene Namen und selbst Sprüche in die Frucht. Auch hält man diesen Cedrat für den Apfel, der im Paradiese wuchs, weshalb die europäischen Juden ihn Paradies-Apfel nennen. Schon Jacques de Vitry gedenkt in seiner Beschreibung des gelobten Landes, was er als Kreuzzügler im 13. Jahrhundert kennen lernte, des Adams-Apfels, so genannt, weil er das Ansehen besitzt, als hätte Jemand hineingebissen. Später wurden jedoch verschiedene Orangen, auch Pomeranzen und Limonen, als Adamsäpfel kultivirt.

Was die dickschalige Orange oder den Cedrat betrifft, die, wie oben erwähnt, gewöhnlich mit dem medischen Apfel des Theophrast identificirt wird, so scheint sie im Allgemeinen nicht eine solche grosse Verbreitung im südlichen Oriente gefunden zu haben, wie die Limonen und Pomeranzen. Sie soll im Norden Ostindiens jedoch ebenfalls wild wachsen. Nach Konsul Wetzstein kultivirt man in Syrien jetzt eine geruchlose und eine sehr wohlriechende Sorte. Die erstere besitzt einen, wie es scheint, den Arabern eigenthümlichen Namen Kabbâda, während die andere der Etrodsch ist, welcher bei den Juden eine so gewichtige Rolle spielt.

Im Sanskrit heisst der Cedrat Bischa-Pura oder gewöhnlich Bischuri. Die in Ostindien lebenden Perser und Araber haben daselbst aber noch ihre besondere Bezeichnung für diese Frucht, denn bei den ersteren heisst sie nach Roxburgh: Turcre, bei den anderen hingegen Utrej (oder Etrodsch?).

Nach dem jüngeren de Candolle soll jedoch der Cedratbaum erst während der römischen Herrschaft den Juden bekannt gewesen sein; doch wäre es auch möglich, dass sie ihn während der babylonischen Gefangenschaft schon kennen lernten.

Dass dieser wohlriechende Cedrat schon sehr frühzeitig existirte, bezweifeln wir. Der eigentliche Cedrat ist geruchlos. Der wohlriechende ist wahrscheinlich ein Blendling mit der Pomeranze. Wir sind deshalb geneigt, die Pomeranzen selbst, welche auch verwildert und wild stark riechen, als die Frucht anzusehen, welche den Griechen im 4. Jahrhunderte vor Chr. als medischer Apfel bekannt war.

Man nimmt gewöhnlich an, dass Orange, bekanntlich aus Aurantium entstanden, in dem Worte Aurum (Gold) seinen Ursprung habe und der Name sich auf die Farbe der Früchte beziehe, obwohl Männer der Wissenschaft schon längst das Falsche dieser Behauptung nachgewiesen haben. Es ist dies wiederum ein Beispiel, wie schwierig einmal zur Gewohnheit gewordene Irrthümer sich verdrängen lassen. Im südlichen Oriente, hauptsächlich in Persien und Arabien, so wie in Ostindien, heisst die bittere Orange oder Pomeranze, ein Wort, was wiederum aus Pomum (d. i. Apfel) und Aurantium zusammengesetzt ist, Narendsch und Narindsch*). Im nördlichen Ostindien, im Gebirge des Himalaya, wollen Naturforscher die Pomeranze wild gefunden haben. Vielleicht ist sie auch nur verwildert. Das Wort Narindsch ist aber indischen Ursprunges, was darauf hindeutet, dass Perser und Araber mit dem Baume auch den Namen von Osten her erhielten.

Für Limone (oder Citrone) gebraucht man eben so allgemein in genannten Ländern ein und dasselbe Wort: Limun, was wiederum aus dem Sanskrit, der heiligen Sprache der Hindu's genommen ist. Auch

*) Nach Konsul Wetzstein Nareng und Naring, da ganz gewöhnlich jetzt das „dsch" wie „g" ausgesprochen wird.

den Limonenbaum haben Reisende, besonders der bekannte Botaniker Royle, in Wäldern des nördlichen Ostindiens gefunden. Dass seine Verbreitung nach Westen gewiss schon frühzeitig geschah, mag sicher sein, demnach könnte auch allerdings unter medischer Apfel die Limone verstanden werden. Möglicher Weise wäre die Verbreitung selbst aber mit der Pomeranze zu gleicher Zeit geschehen.

Wir übergehen die übrigen Orangen, welche von Einigen noch als Arten betrachtet werden und wenden uns nur noch den Apfelsinen zu. Ohne Zweifel sind diese erst durch die Kultur aus den Pomeranzen entstanden, so sehr sich auch Botaniker bemühen, sie ebenfalls als eine selbständige Art darzustellen. Sie wurden viel später bekannt. Es ist mehr als wahrscheinlich, dass die Apfelsinen erst mit der Entdeckung des Seeweges nach Ostindien durch die Portugiesen in China beobachtet und von ihnen alsbald nach Europa gebracht wurden. Vor dieser Zeit findet man wenigstens nirgends etwas, was auf sie hindeuten könnte.

Während uns Pomeranzen, Limonen und Cedrate von Osten her zugeführt wurden, verhält es sich, wie wir eben gesehen haben, mit den Apfelsinen oder süssen Pomeranzen demnach grade umgekehrt; diese sind von Westen gekommen und haben sich zuerst von Portugal aus ostwärts über Spanien, Frankreich, Italien nach dem übrigen südlichen Europa und nach dem südlichen Oriente verbreitet. Auch ihre Namen deuten darauf hin. Bei uns und einigen andern Völkern heissen die süssen Pomeranzen: China-Aepfel (Apfelsinen), bei Italienern und im ganzen Oriente sogar Bortughala.

Aus diesem Allen geht hervor, dass der Name „chinesische Orange oder Citrus chinensis" ursprünglich nur die süsse Orange oder die Apfelsine bedeutete. In England heisst sie noch China-Orange. Gallesio, ein Italiener, dem wir eine vorzügliche Abhandlung über Orangen verdanken, unterscheidet von den Pomeranzen 2 Hauptformen: die mit süssen Früchten: Citrus Aurantium sinense, und die mit bitteren: Citrus Aurantium indicum. Als die Zahl der Formen, anfangs ohne Zweifel nur durch direkte Einführung aus China, zunahm, und als vor vielleicht drittehalb Jahrhunderten die zwergige Form der Pomeranze direkt aus China eingeführt wurde, trug man das Prädikat „chinensis oder sinensis", was, wie gesagt, bisher allen Apfelsinen zukam, auf jene speziell über. Seitdem hat diese bestimmte Zwergform der Pomeranze in allen Schriften, welche über Orangen handeln und auch in allen Ländern, wo Orangen kultivirt werden, den Namen Citrus chinensis gehabt. Persoon nimmt die Form sogar als besondere Art mit demselben Namen an. Eine sehr gute Abbildung von ihr findet man ausserdem in Risso's Naturgeschichte der Orangen (auf der 49. Tafel). Bekannter Weise, was auch in diesen Blättern schon oft ausgesprochen ist, lieben die Chinesen das Bizarre und Absonderliche, vor Allem aber die Zwerge bei den Pflanzen. Sie stellen diese zwergigen Formen der Pomeranzen in Töpfen vor den Häusern, auf den Terrassen oder zur Seite der Flure auf. Kaum 1 bis 1½ Fuss hoch, sind sie fast das ganze Jahr hindurch mit Blüthen und Früchten dicht besetzt.

Wir besitzen seit langer Zeit schon interessante Werke über das Geschlecht der Orangen; das beste von den älteren ist von einem Jesuiten in Siena, Ferrari mit Namen, im Jahre 1646 zu Rom herausgegeben worden und führt den Namen „Hesperides sive de malorum aureorum cultura et usu". In diesem Buche werden die bereits erwähnten 3 Arten aufgeführt: der Cedrat- oder Citronatbaum, wo die Frucht eine runzliche, dicke, von dem innern Kernhause sich nicht lösende Schale besitzt, der Citronenbaum (Limonenbaum) mit meist länglichen, glatten und dünnschaligen Früchten von hellgelber Farbe und der Pomeranzenbaum mit meist rundlichen, glatten, dünnschaligen Früchten von gold- oder vielmehr orangengelber Farbe. Jede dieser Arten wird in einem besonderen Kapitel, was den Namen einer Hesperide führt, ausführlich mit ihren Abarten und Formen behandelt. Man ersieht aus dem Buche, dass man in der Mitte des 17. Jahrhundertes bereits eine nicht geringe Anzahl der letzteren kultivirte.

Der Verfasser beginnt in seinem Werke mit dem Cedratbaume (Malus citreus), von dem er nur 3 Haupt-Sorten unterscheidet: den gewöhnlichen, den mit süssem Fleische und den mit handförmigen Früchten. Der Limonenbaum (Malus Limonium) wurde damals schon in einer ganzen Reihe von Sorten kultivirt, denn es werden nicht weniger als gegen 30 Hauptformen aufgeführt. Dasselbe ist in Betreff der Pomeranzenbäume weniger der Fall (Malus Aurantium), deren noch nicht 20 genannt werden.

Sowohl unter den Limonen, wie unter den Pomeranzen, gab es zu Ferrari's Zeit schon Zwerge. Die der ersteren stammen aus Unter-Italien und werden unter dem Namen der kalabrischen aufgeführt, (Limon pusillus Calabriae), die der anderen heissen dagegen Aurantium sinense, was wohl andeutet, dass sie aus China bezogen wurden.

Betrachten wir die kalabrischen Limonen, welche p. 211 genannten Werkes Abbildungen erhalten haben, etwas näher. Ferrari führt 5 verschiedene Sorten an, welche sämmtlich in Unter-Italien kultivirt werden. Von ihnen haben 3 grössere und 2 kleinere Früchte, welche im Vaterlande nicht weiter benutzt werden. Eine derselben scheint in Frankreich und Deutschland lange in Kultur gewesen zu sein, und wurde nur in Töpfen gezogen. Sie blühte zwei Mal im Jahre und war gewöhnlich mit Blüthen und Früchten zugleich versehen. Das erste Exemplar hatte ein Nürnberger Pflanzen-Liebhaber, Volkamer, bereits 1701 in Blüthe. Ausserdem erhielt dieser aber noch von Joh. David Schwerin, einem Hamburg'schen Gärtner, der zu gleicher Zeit ein grosser Liebhaber der Botanik und insonderheit der Agrumi (Orangen) war, Früchte, jedoch ohne jegliche Bezeichnung. Im ersten Jahrzehend unseres Jahrhundertes wurde dieser Zwerg in Paris nur zur Vervollständigung der Sammlungen kultivirt, obwohl Risso, dem wir ebenfalls eine Monographie der Orangen verdanken, sie wegen ihrer Kleinheit, ihrer Eleganz und der grossen Menge von Früchten sehr empfiehlt.

Eine der zwergigen Limonenformen ist es nun, welche allgemein in Berlin und sonst in Norddeutschland als Citrus chinensis kultivirt wird. Wann sie hier angefangen hat, in grossen Mengen kultivirt zu werden, wissen wir ebenso wenig, als wie sie zu dem falschen Namen Citrus chinensis gekommen ist. Wie es nach Ferrari scheint, ist sie nämlich gar nicht aus China direkt eingeführt worden, sondern ohne Zweifel in Kalabrien selbst durch die Kultur entstanden.

Von dem Aurantium sinense gibt Ferrari ebenfalls eine kurze Beschreibung; vergleicht man aber diese mit der dabei gegebenen Abbildung, so unterliegt es keinem Zweifel, dass unter diesem Namen unsere myrtenblättrige Orange (Citrus myrtifolia) zu verstehen ist. Diese Ansicht wird noch dadurch bekräftigt, dass nach Ferrari selbst sein Aurantium sinense von Andern auch „Orange mit myrtenförmigen Blättern" (Aurantium myrteis foliis) genannt wird. Ausserdem führt aber der Verfasser der Hesperiden noch eine Zwergform an, welche er aber nicht selbst gesehen hat, und bei welcher die Früchte die Grösse von Oliven haben.

Ein halbes Jahrhundert später als Ferrari, also zu Ende des 17. und zu Anfang des 18. Jahrhundertes, lebte zu Nürnberg der bereits genannte Pflanzen-Liebhaber, Johann Christoph Volkamer, der einen schönen Garten unterhielt und in diesem hauptsächlich Orangen kultivirte. Ihm verdanken wir ebenfalls ein grosses Werk über die Orangen, was den Titel führt „Nürnberg'sche Hesperides oder gründliche Beschreibung der edlen Citronat-, Citronen- und Pomeranzenfrüchte" und was 1708 in Nürnberg gedruckt worden ist. 6 Jahre darauf erschien eine Fortsetzung dieses Werkes von ziemlich gleicher Stärke, so dass das Ganze aus 2 starken Foliobänden besteht. Das Ferrari'sche Werk ist ihm zu Grunde gelegt.

Die Nürnberg'schen Hesperiden bestehen ebenfalls aus 4 Büchern oder Theilen, von denen das erste über Orangen im Allgemeinen handelt, in den 3 übrigen (wiederum mit den Ueberschriften der 3 Hesperiden) hingegen die Abarten und Formen des Cedrat-, des Limon- und des Pomeranzenbaumes besprochen werden. Volkamer kannte bereits 19 verschiedene Cedratbäume, die Zahl der Limonensorten beträgt dagegen sogar 80, die der Pomeranzen aber nur gegen 40.

Unter den Pomeranzen des Volkamer befinden sich auch Zwergformen, welche Ferrari noch nicht kannte und welche Volkamer vom Garda-See erhielt. Die Abbildung, welche er im ersten Bande (zu Seite 207) gibt, lässt keinen Zweifel übrig, dass es dieselbe bereits von uns erwähnte Zwergform ist, welche früher als Citrus Aurantium chinense weit häufiger in den Gärten kultivirt wurde, und schon Bauhin und Clusius, also in der 2. Hälfte des 16. Jahrhundertes, bekannt war, jetzt aber selten geworden ist. Vielleicht ist diese Zwergform, welche damals am Garda-See Aranzo nanino da China genannt wurde, die Seite 388 des vorigen Jahrganges der Wochenschrift erwähnte Kumquat, welche Fortune in seinem Reise-Werke Citrus japonica nennt, und welche in nördlichen Gegenden des chinesichen Reiches noch im Freien wächst, wo sonst die übrigen Orangen nicht mehr vorkommen. Nach Risso hält auch diese Zwerg-Orange im südlichen Europa sehr gut aus und werden die Früchte im August gesammelt, hauptsächlich um eingemacht zu werden. Auch Volkamer berichtet, dass die Früchte eingemacht, und zu verschiedenen Speisen benutzt werden. Wahrscheinlich ist die Kumquat auch dieselbe, welche ihrer wohlschmeckenden Früchte halber allgemein in Japan angebaut wird und von Thunberg ebenfalls als Citrus japonicus beschrieben wurde.

Die chinesische Zwerg-Orange, welche Risso beschreibt und abbildet, scheint uns von der, die Volkamer abbildet, verschieden zu sein und mehr zu den Formen zu gehören, welche der Nürnberger Verfasser der Hesperiden nebenbei im 2. Bande beschreibt und von denen gesagt wird, dass die Pflanzen grösser werden. Risso gibt nämlich seiner Citrus chinensis eine Höhe von 4 Meter, also von gegen 13 Fuss. Zu seiner Zeit war sie übrigens schon selten in Paris, während die myrtenblättrige sehr häufig daselbst kultivirt wurde.

1811 hat Graf Gallesio seine Abhandlung über Citrus veröffentlicht, 1818 hingegen der Professor Risso in Paris seine ausgezeichnete Naturgeschichte der Orangen, nachdem schon vorher in dem 20. Bande der Annalen des Museums eine Abhandlung von ihm darüber veröffentlicht worden war. In dieser letzteren wurden nur 5 Arten aufgestellt, indem die süsse Limone und die süsse Pomeranze als selbständig betrachtet werden. Diese 5 Arten: Citrus medica (Cedrat), Limonium (Limone oder Citrone), Limetta (süsse Limone oder Bergamotte), Aurantium (süsse Pomeranze) und vulgare (bittere Pomeranze oder Bigaradie) nimmt auch de Candolle im Prodromus an.

In dem grösseren Werke Risso's werden aber 8 Arten unterschieden: Bergamotten, Limetten, Pompelmuse, Lumien, Limonen (oder Citronen), Cedrate, Apfelsinen und Bigaradien (bittere Pomeranzen).

Die Bergamotten (Citrus Bergamia) haben kleine, weisse und sehr wohlriechende Blüthen, sowie hellgelbe oder gelbgrüne Früchte von mittlerer Grösse und ebenfalls von feinstem Wohlgeruche. Dass ihre Blätter fast ganzrandig sind, gibt ihnen einige Aehnlichkeit mit den Pomeranzen; auch besitzen einige dieser Sorten einen deutlich-geflügelten Blattstiel.

Die Limetten (Citrus Limetta) haben dagegen, wie die echten Citronen, deutlich gesägte Blätter. Sonst zeichnen sie sich ebenfalls, wie die Bergamotten, durch kleine, weisse, jedoch weniger wohlriechende Blüthen aus. Die hellgelbe Frucht hat stets an ihrer Spitze eine warzenförmige Erhöhung.

Die Pompelmuse (Citrus Pompelmos Risso, C. Decumanus L.) sind gewiss aus einer Kreuzung der Orangen mit den Cedraten hervorgegangen. Ihre sehr grossen Blätter besitzen am Rande meist entferntstehende und weniger auffallende Zähne und ausserdem einen geflügelten Stiel. Die blendendweissen Blüthen sind grösser, als bei irgend einer Art und die hellgelben, meist grossen und halbgefärbten Früchte schliessen ein etwas schwammiges Fleisch ein, was sich meist beim Zutritt der Luft röthlich färbt. Der jüngere de Candolle hält sie in seiner Pflanzen-Geographie ebenfalls für eine gute Art, weil nach Rumph die Blätter auf der Unterfläche behaart seien. Unsere Pompelmuse haben jedoch durchaus unbehaarte Blätter und unterscheiden sich dadurch sehr von den ostindischen.

Die Lumien (Citrus Lumia) haben das Wachsthum und die Blätter der Limonen, weichen aber wesentlich durch die grossen, nach aussen röthlichen Blüthen ab. Während Farbe und Schale der Frucht wiederum mit denen der Limone übereinstimmt, unterscheidet sie dagegen der süsse Saft.

Als Limonen (Citrus Limonium) bezeichnet Risso die Orangenbäume, welche die Citronen des Handels hervorbringen, sich also durch hellgefärbte, meist längliche und oft etwas runzliche Früchte, mit saurem Safte gefüllt, auszeichnen. Gewöhnlich endigen diese nach oben mit einer Warze. Die Blüthen von mittelmässiger Grösse sind reichlich gefärbt und zeichnen sich durch eine grössere Anzahl von Staubgefässen aus. Die Blätter haben stets einen gesägten Rand, nie einen geflügelten Stiel.

Die Cedrate (Citrus medica) bilden grosse Bäume mit kurzen Aesten und schmäleren Blättern, welche ebenfalls einen gesägten Rand haben. Die Blüthen besitzen nach aussen eine mehr violette, als röthliche Farbe und die in der Regel sehr grossen und auf der Oberfläche bald runzlichen, bald gefurchten Früchte haben eine dicke, mit dem übrigen Fleische genau zusammenhängende Schale, dagegen ein nur kleines, schwach-sauren Saft enthaltendes Kernhaus.

Die Apfelsinen (Citrus Aurantium) zeichnen sich durch ganzrandige oder nur schwach gezähnelte Blätter mit mehr oder weniger deutlich geflügeltem Stiel, durch blendend-weisse Blüthen und durch orangenfarbene, in der Regel aber rundliche Früchte aus, bei denen die auf der Oberfläche befindlichen Oeldrüschen hervorstehen und konvex sind. Grade durch dieses Merkmal unterscheiden sie sich von den übrigen Orangen und zumal von den bitteren Pomeranzen. Der Saft in den Fächern ist süss.

Die Bigaradien oder bitteren Pomeranzen (Citrus Bigaradia) werden im Allgemeinen nicht so hoch als die Apfelsinen und haben im Durchschnitt etwas breitere Blätter. Der mehr oder weniger geflügelte Blattstiel findet sich ebenfalls vor; ebenso sind die etwas grösseren und ausserordentlich wohlriechenden Blüthen blendend weiss. Die Zahl der Staubgefässe beträgt bei dieser und der vorigen Art in der Regel nur 20. Die meist rundlichen und orangefarbenen Früchte besitzen die Oeldrüschen in die Substanz der Schale auf der Oberfläche eingesenkt und schliessen in den Fächern einen bitteren und herben Saft ein.

Wir haben uns schon früher dahin ausgesprochen, dass es ursprünglich nur 2 Arten von Orangen gegeben haben mag: Citronen und Pomeranzen. Im Verlaufe der Zeit, wo beide Kulturpflanzen wurden und allmählig eine Verbreitung über alle wärmeren Länder der Erde erhielten, sind Klima und Boden-Verhältnisse von so grossem Einflusse auf die äussere Entwickelung der einzelnen Exemplare beider Arten gewesen, dass es jetzt, zumal gewiss auch vielfache Kreuzungen vorgekommen sein mögen, oft schwierig ist, die eine oder andere Pflanze mit Gewissheit einer der beiden angenommenen Arten zuzutheilen. Dass man nach Risso's grosser Arbeit 8 Arten annimmt, ändert nichts.

Bericht

über die

Sitzung des Ausschusses für Obst- und Gemüsebau

am 18. November 1864.

Nachdem in der Sitzung des Vereines zur Beförderung des Gartenbaues vom 30. Oktober 1864 die Thätigkeit der verschiedenen Ausschüsse desselben durch hierauf bezügliche Erörterungen von Neuem angeregt wurde, trat am 18. November zum ersten Male seit sehr langer Zeit der Ausschuss für Obst- und Gemüsebau in der Wohnung des General-Sekretärs, Professor Dr. Koch, zusammen.

Es wurden in der Sitzung nicht nur die von verschiedenen Seiten eingesendeten Obstsorten bestimmt und in Bezug auf ihre Eigenschaften und ihren Werth besprochen, sondern auch Fragen, die Kultur der Obstbäume betreffend, besonders über die Verpflanzzeit derselben, erörtert.

Von den vielen Früchten, welche dem Ausschusse vorlagen und von demselben besprochen wurden, sind besonders hervorzuheben:

Braunauer Rosmarin-Apfel, ein vom Baumschulbesitzer Lorberg eingelieferter, bei uns bis jetzt wenig bekannter Schlotter-Apfel von mittlerer Grösse, der, obwohl für die Tafel nur eine Frucht zweiten Ranges, doch wegen seiner ausserordentlichen Fruchtbarkeit als Wirthschafts-Apfel zu empfehlen ist.

Italienischer Rosmarin-Apfel. Obwohl dieser Apfel als sehr feine Tafelfrucht hochgeschätzt wird und sich auch der Baum durch Fruchtbarkeit auszeichnet, wird er in Norddeutschland noch wenig angebaut, weil man häufig der Meinung ist, wie auch besonders Oberdieck, dass unser Klima für ihn zu rauh sei. Die vorgelegten, aus dem Habel'schen Garten in der Schlesischen Strasse hierselbst stammenden Früchte beweisen jedoch durch ihre vollkommene Ausbildung, Schönheit und feines Aroma, trotz des ungünstigen Sommers, dass diese Sorte sehr wohl mit Vortheil bei uns in geschützten Gärten gezogen werden kann und in grösseren Städten wohl die meisten anderen an Rentabilität übertreffen mag. So verkaufte die Besitzerin obengenannten Gartens im Jahre 1861 von einem einzigen Baume (Halbstamm) 1000 Stück Aepfel zu je 9 Pfennige an einen Händler, hatte demnach einen Ertrag von 25 Thalern und ausserdem noch die geringeren Früchte für den eigenen Haushalt. In Berlin werden jährlich viele dieser Aepfel aus Italien eingeführt und von den hiesigen Italiener Waarenhändlern mit $2\frac{1}{2}$ bis 5 Sgr. das Stück verkauft.

Weisser Winterkalvill und Gelber Winterkalvill. Wurden beide in gut ausgebildeten Exemplaren vom Baumschulbesitzer L. Späth vorgelegt. Der erstere ist wegen seines zarten Fleisches und feinen Geschmackes als Tafelfrucht ersten Ranges bekannt; selten jedoch findet man den letzteren, der sehr wahrscheinlich ein Sämling des ersteren ist und bei oberflächlicher Betrachtung mit diesem verwechselt werden kann. Er kommt auch als Osterapfel und Paaschapfel vor und unterscheidet sich von dem Weissen Winterkalvill hauptsächlich dadurch, dass die Frucht grösser ist, in der Reife hochgelb und nicht weisslich wird, der Baum kräftiger wächst und dauerhaftere Stämme bildet, weshalb er für weniger geschützte Gärten demselben vorzuziehen sein möchte.

Rother Herbstkalvill, Rother Osterkalvill und Rother Winterkalvill. Von diesen 3 Sorten ist der Rothe Osterkalvill weniger bekannt; er wurde unter dem Namen: Rother Himbeerapfel eingeliefert. Dieser Name ist jedoch ein Synonym für den Rothen Herbstkalvill, welcher sich besonders dadurch unterscheidet, dass das Fleisch rosa ist, während die vorgelegte Frucht ein gelblich-weisses Fleisch hatte und sich auch im Uebrigen als Rother Osterkalvill zeigte. Dem Einsender wurde von einem Mitgliede des Ausschusses, wie dies in solchen Fällen immer geschehen wird, der Name berichtigt und die Sorte zur Anpflanzung in Gärten und für mittlere Obstlagen empfohlen, während der Rothe Herbstkalvill als gute Wirthschafts-, der Rothe Winterkalvill als ganz vorzügliche Tafelfrucht, doch nur für Gärten geeignet und nicht sehr reich tragend, bezeichnet wurde.

Pepping broad-eyed, vom Baumschulbesitzer Lorberg vorgelegt, ist eine wenig bekannte, jedoch ausserordentlich feine, aromatische, an Güte dem Gravensteiner nahestehende Frucht. Die Bezeichnung derselben als Pepping ist jedenfalls nicht gerechtfertigt, da sie zu den Calvillen gerechnet werden muss. Ihre Verbreitung ist gewiss recht wünschenswerth.

Birn Marie Louise (van Mons). Prof. Dr. Koch theilte mit, dass nach mannigfachen Vergleichungen auf französischen Obst-Ausstellungen dieselbe vollkommen identisch mit Marie Louise Delcourt und Marie Louise Duquesne sei, während alle drei in vielen Verzeichnissen noch als besondere Sorten aufgeführt werden. Einzelne Individuen mögen hier und da in der Frucht etwas abweichen und in sofern Ursache zur Unterscheidung gegeben haben, schliesslich kann aber eine Frucht für die andere genommen werden.

Die anderen eingelieferten Sorten boten theils weniger Interesse, theils werden sie in der nächsten Versammlung, um Vergleiche mit ähnlichen anzustellen, nochmals besprochen werden, sind daher hier zu übergehen.

In Bezug auf einen Artikel der Wochenschrift in einer der letzten Nummern, über die Baumschulen in Angers, wurde geltend gemacht, dass das Verfahren, die immergrünen Gehölze im August zu verpflanzen, durchaus in Deutschland nicht neu sei, wie darin angenommen worden zu sein schiene*), sondern dass auch in den meisten deutschen Baumschulen Coniferen, Mahonien u. dgl. zu derselben Zeit verpflanzt werden, wie in Frankreich. Hieran anschliessend, theilte der Handelsgärtner Späth mit, dass er im letzten Sommer gezwungen war, über 100 Birn- und Aepfelbäume, während sie im besten Triebe waren, Ende Juli aus seiner Baumschule herausnehmen zu lassen. Um sie vor dem Vertrocknen zu schützen, liess er sämmtliche Blätter, durch welche die Pflanzen hauptsächlich Feuchtigkeit ausathmen, von den Bäumen entfernen, diese einpflanzen und nur einmal ordentlich angiessen. — Die Rinde der Bäume trocknete selbst bei den jüngsten Zweigen durchaus nicht ein, von allen um diese Zeit verpflanzten Stämmen starb nicht einer und im Herbste zeigte es sich, dass sie junge Wurzeln getrieben hatten und als sicher angewachsen betrachtet werden können.

Kunst- und Handelsgärtner L. Mathieu bemerkte dagegen, dass er vor mehrern Jahren einige ziemlich starke Aprikosen-Bäume in der Mitte des Sommers verpflanzen musste. Er hat die Blätter von den Bäumen nicht entfernt, sondern das Vertrocknen derselben dadurch zu verhüten gesucht, dass er die Kronen durch Matten beschattete und durch fortwährendes Bespritzen derselben mit Wasser sie feucht erhielt. Es sind diese Bäume ebenfalls recht gut angewachsen.

Schliesslich kam der Ausschuss für Obst- und Gemüsebau dahin überein, dass seine Versammlungen regelmässig in jedem Monate an einem Freitage Abends 7 Uhr in der Wohnung des Professors Koch stattfinden sollten und zwar immer am vorletzten Freitage vor der Monats-Versammlung des Vereines, welche letztere am letzten Sonntage in jedem Monate abgehalten wird. Es wurde auch der Wunsch ausgesprochen, dass sich recht viele Obstfreunde an den Versammlungen betheiligen möchten, selbst wenn sie nicht zu dem Ausschusse gehörten. Ebenso wäre auswärtige Theilnahme, besonders Einsendungen von Obst, sehr erwünscht.

*) Nicht in der Wochenschrift ist gesagt worden, dass das Versetzen grosser Bäume, und demnach auch der immergrünen Gehölze, im August für Deutschland neu sei, sondern im Gegentheil, dass ein Deutscher es zuerst in Anwendung gebracht hat. Es wurde jedoch von einigen Mitgliedern bezweifelt.

Wiegandt's

Volks- und Garten-Kalender für 1865.

Die Wünsche, die wir im vorigen Jahre bei Besprechung des ersten Jahrganges dieses Kalenders ausgesprochen, sind in Erfüllung gegangen. Das Buch hat sich, trotz der so zahlreichen ähnlichen Erscheinungen schnell einen Leserkreis erworben und wir zweifeln nicht, dass auch dieser Jahrgang den Kreis der Freunde dieses Kalenders vermehren wird.

Allerdings werden sich nur solche dafür interessiren, die entweder Gärtner oder doch Freunde des Gartenbaues sind, denn der Inhalt behandelt speziell nur Gegenstände dieses Faches. Die Form dieser Behandlung aber ist die verschiedenartigste und wir glauben, dass in der richtigen Wahl der einzelnen Abschnitte, die der Kalender bietet, ein Hauptverdienst des Herausgebers liegt. So sei uns beispielsweise nur erlaubt, einige Titel des Inhalts-Verzeichnisses anzuführen. „Das Reproduktionsvermögen der Pflanzen in Bezug auf ihre Vermehrung und Veredlung", eine pflanzen-physiologische Skizze von Dr. Hanstein.

Dieser wissenschaftlichen Arbeit geht eine belletristisch gehaltene voran; unter dem Titel „von Meer zu Meer" entrollt sich ein Bild amerikanischen Lebens, eine Beschreibung amerikanischer Landschaften. Auch in diesem Aufsatz ist die Pflanzenwelt besonders berücksichtigt. Endlich ganz speziell für den Gärtner und Gartenbesitzer dienen die praktischen Arbeiten von Jäger und Jühlke, deren Namen eben bereits bekannt genug sind und uns jedes weitere Wort der Empfehlung ersparen. Lesefrüchte gärtnerischen Inhalts bilden den Schluss und so dient dieses Buch nicht blos zum Anzeiger von Kalender-Nachrichten, sondern auch zur unterhaltenden und belehrenden Lektüre und zur Benutzung einer jeden Ruhestunde. Wir können schon des hier befolgten Prinzips wegen gewiss sein, dass der Kalender mit jedem Jahre seinen Leserkreis erweitern wird.

Der neueste (1865er) Katalog mit Preislisten aller als bewährt erfundenen Varietäten des Beeren-, Strauch- und Schaalen-Obstes, der Rosen u. s. w. von Fr. Fürer, Direktor a. D. in Stuttgart, ist erschienen und steht auf frankirte Bestellung sofort portofrei zu Diensten.

Verlag von Karl Wiegandt in Berlin, Kommandanten-Strasse No. 62.

Druck der C. Feister'schen Buchdruckerei in Berlin, Zieten-Platz No. 2.

Wochenschrift

des

Vereines zur Beförderung des Gartenbaues in den Königl. Preussischen Staaten

für

Gärtnerei und Pflanzenkunde.

Redakteur:

Professor Dr. Karl Koch,

General-Sekretair des Vereines.

No. 2. Berlin, den 14. Januar **1865.**

Preis des Jahrganges 5⅓ Thlr., sowohl bei Bezug durch den Buchhandel, als auch franco durch alle Post-Anstalten des deutsch-österreichischen Post-Vereines.

446. Versammlung des Vereines zur Beförderung des Gartenbaues,

am 8. Januar.

Der Vorsitzende, Geheimer Ober-Regierungsrath Knerk, eröffnete die Versammlung mit dem Wunsche für das fernere Gedeihen des Vereines. Derselbe habe bereits in und ausserhalb Deutschlands eine ehrenhafte Stellung eingenommen und müsse diese auch ferner zu behaupten suchen. Es sei dieses aber nur möglich, wenn jedes Mitglied den Vorstand in seinem Streben und in seinem Eifer möglichst unterstütze. Es gelte jetzt mehr als sonst, thätig zu sein. Nur mit vereinten Kräften vermöge man Tüchtiges zu leisten; eben darum müsse Jeder sein Scherflein beitragen.

Nach Verlesung des Protokolles bemerkte Obergärtner Gaerdt, dass in demselben in Betreff des Programmes zur Fest-Ausstellung es heisse: „Schaupflanzen müssen sich wenigstens 6 Monate lang im Besitze des Ausstellers befinden." Das könne sein, ohne dass aber die Pflanze von diesem kultivirt worden sei. Man habe aber doch bezweckt, den zu belohnen, der durch die Kultur auch das Verdienst sich erworben. Er schlage deshalb vor, wie es übrigens auch schon im Programme selbst gesagt sei, jetzt noch bestimmt auszusprechen, dass die Pflanze sich auch 6 Monate in der Kultur des Besitzers befinden müsse. Es wurde allgemein beigestimmt.

Von Seiten des Professor's Morren in Lüttich, des General-Sekretär's des Bundes der vereinigten Gartenbau-Vereine Belgiens, wurde das Bulletin des internationalen Gärtner-Kongresses, der in den Tagen des 24. bis 26. April v. J. in Brüssel stattgefunden, überreicht. Dasselbe bildet einen starken Band in gross Oktav von 59 Bogen und enthält nicht allein die Vorträge und Verhandlungen des Kongresses, sondern auch die Beschreibung der Ausstellung, den Ausspruch der Jury und Alles, was ausserhalb Belgiens von den Theilnehmern des Kongresses darüber geschrieben ist, zum Theil in Uebersetzung. Mit diesem Buche in der Hand vermöge man einen Begriff von der Bedeutung des Kongresses und der damit verbundenen Ausstellung zu erhalten.

Ferner hatte Professor Haidinger in Wien eine Brochüre: „Die Martius-Medaille" eingesendet, worin über diese weiterer Bericht erstattet und zu gleicher Zeit eine Uebersicht der wissenschaftlichen Leistungen des hochverdienten Nestor's der Botanik, Karl Friedr. Phil. v. Martius, gegeben wird.

Der Vorsitzende theilte Näheres über die bevorstehende grosse und ebenfalls mit einem Kongresse für Botaniker und Gärtner verbundene Ausstellung in Amsterdam mit. Man mache fortwährend, damit Ausstellung und Kongress ihrer würdig ausfallen, Anstrengungen aller Art. So sei bereits ein Ausschuss ernannt, um auch die nöthigen Vorbereitungen zum Empfange der Fremden zu treffen. Da passende Lokalitäten vorhanden, so hoffe man eine den Fremden bequeme und zusagende Vereinigung, die sonst in grossen Städten sehr schwierig sei, herbeizuführen, um sich gegenseitig leicht und rasch finden zu können. Der vorbereitende Ausschuss habe ferner bereits mit den Direktorien der Eisenbahnen Verhandlungen angeknüpft, um für die Theilnehmer eine Ermässigung im Fahrpreise zu erzielen.

Der Verein sei aber auch aufgefordert, einen Repräsentanten, der zugleich als Mitglied der Jury eintrete, zu senden. Der Vorsitzende forderte daher die Versammlung auf, den Mann zu bezeichnen, von dem sie wünsche, dass er sie in Amsterdam würdig vertrete. Da Professor Koch als Vertreter genannt wurde und dieser sich auch bereit erklärte, das ehrenvolle Mandat anzunehmen, so wird der Vorstand das Weitere veranlassen.

Inspektor Bouché berichtete über die ausgestellten Pflanzen, welche dieses Mal aus 3 Gärten geliefert waren. Aus dem Garten des Rittergutsbesitzers Reichenheim hatte Obergärtner Kraus 2 neue Orchideen in Blüthe ausgestellt. Die eine war eine Form der Phalaenopsis amabilis Bl. (grandiflora Lindl.) aus Borneo, die Beachtung verdient, die andere das schöne Cypripedium Lowii. Kunst- u. Handelsg. C. F. Choné (Frankfurter Chaussée 8) hatte dagegen eine reizende Azalee, Zerline mit Namen, als Schaupflanze ausgestellt. Sie besitzt weisse Blumen, welche hier und da mit mehr oder weniger rothen Schmitzen versehen sind. Einen Vorzug vor vielen anderen Sorten hat sie dadurch, dass sie sich leicht treiben lässt. Endlich verdankte man dem Kunst- und Handelsgärtner Crass eine in Berlin noch nicht gekannte China-Primel, welche in England gezüchtet und unter dem Namen „atrorosea" in den Handel gebracht wurde. Von Seiten der Redaktion der Wochenschrift ist schon früher (s. 5. Jahrgang, S. 303) auf diese schöne, gefüllte Primel aufmerksam gemacht worden.

Rentier Danneel berichtete als Vorsitzender des Ausschusses, der über die vom Chemnitzer Gartenbau-Vereine eingesendeten Vorschläge und Statuten zu einem Pensions-Verein für deutsche Gärtner berathen sollte. Da von Seiten des letztgenannten Vereines selbst gewünscht worden war, die Berathung erst vorzunehmen, sobald die ausgearbeiteten Nachträge hierher geschickt wären, so war es dem Ausschusse nicht möglich gewesen, schon in der vorigen Sitzung des Vereines Bericht zu erstatten. Es unterliege keinem Zweifel, dass ein Unterstützungs-Verein der Art sehr nützlich sei; dergleichen Associationen hätten sich, namentlich in der neuesten Zeit, sehr heilsam bewiesen. Das Statut nebst den Nachträgen entspräche auch allen Anforderungen; in ihm werde die nöthige Sicherheit geboten. Da zunächst für Mühewaltungen des Haupt-Direktoriums keinerlei Entschädigungen gezahlt würden, so fielen allerdings eine Menge Kosten weg, deren Betrag nun den Interessenten zu Gute käme. Das Bedürfniss einer solchen Unterstützungskasse habe man von Seiten des Ausschusses anerkannt.

Eine andere Frage sei aber, ob der hiesige Gartenbau-Verein, wie man wünsche, als solcher einen Zweig-Verein bilden und sich damit dem Haupt-Vereine anschliessen solle? In den provisorischen Statuten habe man schon anerkannt, dass möglicher Weise Direktoren von Gartenbau-Vereinen der Meinung sein dürften, die hier angesonnenen Verpflichtungen nicht übernehmen zu können; das schliesse aber nicht aus, dass sich dann in dem Vereine zu diesem Zwecke eine Sektion bilde, welche sich ihre Beamten selbst wähle und direkt mit dem Vorstande des Haupt-Vereines in Unterhandlung trete.

Im Ausschusse habe man sich gegen den Anschluss erklärt, da man einen segensreichen Einfluss nur dann sehen könne, wo man einen Ueberblick besitze. Wenn demnach der gärtnerische Theil der Vereins-Mitglieder — denn nur von diesen könne die Rede sein — die Nothwendigkeit einer solchen Unterstützungskasse anerkennen sollte, so würde der Ausschuss dafür sein, einen Unterstützungsverein für Berlin und Umgegend oder wohl auch für die ganze Mark Brandenburg in's Leben zu rufen. Man habe Gelegenheit gehabt, die Statuten und die Zustände des Hamburg-Altonaer Unterstützungs-Vereines für Gärtner während dessen zehnjährigen Bestehens kennen zu lernen und sich überzeugt, dass bei einer solchen Einrichtung auch Erfolge zu erwarten seien. Dieser Unterstützungs-Verein stehe aber ganz unabhängig von dem dortigen Gartenbau-Vereine, wenn dieser auch vielleicht seinen moralischen Einfluss dabei ausübe. Obwohl fortwährend jährlich nicht unbedeutende Unterstützungen gewährt würden, so hätte er doch auch schon recht hübsche Ersparnisse gemacht, die ihm sein ferneres Bestehen sicherten.

Während längerer Verhandlungen wurde die Nützlichkeit der Einrichtung eines solchen Institutes auch von Seiten der Anwesenden zum grössten Theil anerkannt; man war ebenfalls der Ansicht, dass der hiesige Gartenbau-Verein die Angelegenheit nicht selbst in die Hände nehmen dürfe, sondern sie nur sonst auf alle Weise zu fördern suchen müsse. Da sie nur Gärtner speziell betreffe, so sei wohl nothwendig, dass vor Allem diese selbst vorher, nachdem sie sich über die Nothwendigkeit einer Gärtner-Unterstützungskasse überhaupt geeinigt, erst über das, was sie wollten: ob anschliessen oder selbständig handeln? sich klar würden. Der Vorsitzende hielt deshalb schliesslich für rathsam, für jetzt die Verhandlungen zu schliessen, forderte aber die Gärtner auf, nochmals, und zwar in möglichst grosser Anzahl, zu diesem Zwecke zusammen zu treten, um in der nächsten Versammlung einen Beschluss fassen zu können. Es wurde zwar nochmals von einigen Gärtnern hervorgehoben, dass früher schon zwei Mal vergebliche Versuche gemacht worden wären, eine solche Unterstützungskasse für die Dauer in's Leben zu rufen, andererseits bemerkte man aber wiederum, dass das Missglücken wohl an der Organisation gelegen haben möge, da andere ähnliche Institute sich auch hier in Berlin für die Dauer gerechtfertigt hätten.

Inspektor Bouché berichtete als Vorsitzender des Pflanzen- und Blumen-Ausschusses über das diesem übergebene Werkchen des Professors Pynaert in Gent über Haide-Erde. Gemeinschaftlich mit Obergärtner Kraus, der längere Zeit in Gent gelebt und demnach die Erde, welche dort als Haide-Erde gilt, genau kennen gelernt hatte, übergab derselbe ein Referat, um es durch die Wochenschrift dem Drucke zu übergeben. Während der Verhandlungen wurde jedoch auch im Anschlusse Mehres besprochen, was ebenfalls das Interesse der Anwesenden in Anspruch nahm.

Beide Berichterstatter bemerkten gleich Anfangs, dass der Begriff „Haide-Erde" heut' zu Tage ganz verschiedene Erden umfasse, dass fast jede Stadt und jede Gegend eine andere Haide-Erde habe. Es möchte deshalb wohl wünschenswerth sein, Stücken von Haide-Erde aus verschiedenen Gegenden zu haben, um sie mit einander vergleichen und dadurch möglicher Weise Resultate erhalten zu können.*) Dergleichen Untersuchungen müssten aber sehr genau und streng wissenschaftlich sein, wenn sie erspriesslich sein sollten. Es genügten keineswegs chemische Analysen allein, denn im Grunde fände man allenthalben ziemlich dieselben mineralischen Bestandtheile; die physikalischen Eigenschaften hätten nicht geringeren Werth. So viel sei gewiss, dass, je poröser die Erde sei, die Pflanzen auch um so mehr darin gediehen.

Weiter wurde bemerkt, dass auch die Gefässe von Einfluss auf das Gedeihen der Pflanzen wären. Namentlich hob man hervor, dass Hyazinthen in neuen Töpfen schlechter wüchsen, als in alten. Auch zeigten sich die Töpfe von verschiedenen Fabrikanten, also aus verschiedenen Thonlagern, gegen die Entwickelung der Pflanzen nicht gleich. Während einige der anwesenden Mitglieder sich über die Töpfe einer Fabrik beispielsweise ungünstig aussprachen, behaupteten Andere wiederum, grade diese Töpfe seit vielen Jahren schon ohne allen Nachtheil benutzt zu haben. Diese Widersprüche zeigten wiederum klar, dass man Erscheinungen nur erklären kann, wenn man bei der Untersuchung Alles berücksichtigt, was nur einigermassen damit im Zusammenhange steht. Einseitige Beobachtungen bleiben stets mangelhaft.

Kunst- und Handelsgärtner Späth berichtete über die letzte Sitzung des Obst- und Gemüse-Ausschusses, welche am 30. Dezember in der Wohnung des General-Sekretärs (Hafenplatz 4) stattgefunden hatte. Die Theilnahme wäre sehr erfreulich gewesen. Eine Anzahl von Obstfreunden, welche nicht zum Ausschusse gehörten, hätten ebenfalls Antheil genommen. Auch von auswärts wären Sendungen eingegangen, so dass reichliches Material vorgelegen hätte. Er sei nicht im Stande, mit vollständiger Vorlegung der eingegangenen Sorten Bericht zu erstatten, da leider von jeder Sorte zum grossen Theil nur 1 und bisweilen 2 Exemplare eingesendet gewesen wären. Da man aber bei 1 oder 2 Exemplaren kaum ein Urtheil über den Namen abgeben könnte, so müsste er im Namen des Ausschusses wünschen, dass für die spätere Zeit etwas mehr Exemplare zur Bestimmung vorgelegt würden. Man hätte sich auch durch die Einsendungen überzeugt, dass immer noch sehr schlechtes Obst kultivirt würde und auch keineswegs bei der Kultur die nöthige Sorgfalt obwaltete. Eine Sammlung hätte z. B. grösstentheils aus so schlecht-kultivirten Früchten bestanden, dass eine Bestimmung unmöglich war; ein Stettiner Apfel wäre von dem Umfange einer grossen Wallnuss vorhanden gewesen. Solche verkrüppelte Exemplare dürften gar nicht zur Bestimmung vorgelegt werden.

Dem Ausschusse sei auch das 3. Heft des Verzeichnisses der Boskooper Baumschulen zur Berichterstattung übergeben. Dasselbe schliesse sich in der Einrichtung den früheren Heften, die bereits in der Wochenschrift (6. Jahrg. S. 97 und Garten-Nachrichten S. 26) besprochen worden wären, an, und mache wiederum mit einer Anzahl der in Holland kultivirten Sorten bekannt. Da es ein beschreibendes Verzeichniss sei, so müsse es dem Baumschulbesitzer von besonderem Interesse sein.

Ferner theilte der Kunst- und Handelsgärtner Späth mit, dass mit diesem Jahre eine neue Reihe der Oberdieck- und Lucas'schen Monatsschrift für Pomologie und praktischen Obstbau in etwas veränderter Form beginne. Dieselbe führe den Titel: „Illustrirte Monatshefte für Obst- und Weinbau." Nach wie vor sei auch diese neue Reihe das

*) Die Redaktion ersucht Gärtner und Gartenfreunde aus verschiedenen Gegenden, ihr Proben von Haide-Erde zusenden zu wollen, da sie sehr gern sich der Mühe unterziehen wird, wissenschaftliche Untersuchungen damit anzustellen.

Organ des deutschen pomologischen Vereines. Mit Recht werden die Monatshefte mit lateinischen Lettern gedruckt, da Ausländer die gothische Schrift, selbst wenn sie des Deutschen ziemlich mächtig sind, schwerer verstehen. Jedes Heft enthalte eine illustrirte Abbildung und verschiedene, in dem Texte angebrachte Holzschnitte. Der Preis bleibe derselbe.

In dem ersten Hefte befinde sich eine interessante Abhandlung über die Fortschritte des Obstbaues in den letzten Jahren, vom Superintendenten Oberdieck, sowie ein Verfahren, Etiketten und Nummerhölzer dauerhafter zu machen. Da dieses von grosser Wichtigkeit sei, theile er es hier mit. Man habe sich schon früher einer Lösung des Kupfervitriols, mit der man die Etiketten impregnirte, bedient, neuerdings sei man aber doch wiederum von diesem Verfahren, was nach dem Manne, der es zuerst in Anwendung gebracht, Kyanisiren genannt worden sei, abgekommen. Prof. Selig in Kiel mische diese Lösung mit Kalkmilch und habe dadurch eine grössere Dauer des Holzes bewirkt. Es wäre wohl zu wünschen, dass auch von dem Vereine aus Versuche damit angestellt würden.

Rentier Lange legte einiges Obst vor, was er zum Anbau empfahl. Es waren dieses die goldgelbe Sommer-Reinette in besonders schönen, grossen Exemplaren, von einer Pyramide erhalten, und Diel's Winter-Butterbirn (unter dem Namen Amurette und Kopert'sche Birn auf dem Berliner Markt) von ausgezeichnetem Wohlgeschmacke. Weiter hatte Obergärtner Boese aus dem Grossherzogthum Posen einiges Obst, was weitere Empfehlung verdient, mitgebracht, um darüber zu sprechen. Da er eine weitere Sammlung Posen'schen Obstes noch in der nächsten Sitzung des Obst- und Gemüse-Ausschusses vorlegen wird, so übergehen wir jetzt das Nähere und behalten es uns für die nächste Berichterstattung vor.

Von Seiten des landwirthschaftlichen Ministeriums waren 2 Broschüren zur Berichterstattung eingegangen. Sie hatten den Rentier Gauthier in Paris zum Verfasser und behandelten die Kultur des Spargels und der Erdbeeren. Professor Koch hatte dieselben schon früher erhalten und die letztere bereits in der Wochenschrift (5. Jahrg. S. 349) in der Uebersetzung wiedergegeben. Von Seiten des Vorsitzenden war die eine dem Kunst- und Handelsgärtner Christoph hier und die andere dem Kunst- und Handelsgärtner Lauche an der Wildparkstation bei Potsdam zur Berichterstattung übergeben worden. Beide hatten Folge geleistet. Auf die Anfrage des Vorsitzenden, ob sich nicht noch Jemand berufen fühle, das eine oder andere der Schriftchen einer Beurtheilung zu unterwerfen, wurden für die Broschüre über Erdbeeren Hofgärtner Nietner in Schönhausen und Kunst- und Handelsgärtner L. Mathieu bezeichnet, die über Spargel wünschten die Kunst- und Handelsgärtner Priem und Choné zur Einsicht zu haben.

Dr. Wilh. Cohn in Martiniquefelde bei Moabit brachte noch einmal den Sombrero-Phosphorit zur Sprache. In der 444. Versammlung des Vereines habe Professor Schultz-Schultzenstein Experimente über Sombrero-Phosphorit angestellt, die in Nr. 46 v. J. der Wochenschrift mitgetheilt wurden. Diese Versuche haben den Prof. Schultz-Schultzenstein zu einem unrichtigen Schlusse geführt. Eine Widerlegung derselben finden die Leser dieses Blattes in Krocker's landwirthschaftlichem Centralblatte für Deutschland (Januarheft, S. 72).

Kunst- und Handelsgärtner Krampen in Rosskothen bei Essen hatte einen Birkenzweig mit rothen Auswüchsen an den Blättern mit der Bitte eingesendet, ihn über den Ursprung und die Bedeutung der Auswüchse zu belehren. Dieselben wurden dem Professor Dr. Karsten übergeben, um in der nächsten Sitzung darüber Mittheilung zu machen.

Inspektor Bouché legte ein Stück Rosskastanien-Holz, einem Baum-Stumpfe entnommen, vor, wo eine Menge von Knospen und Trieben sichtbar waren. Diese alle waren erst zum Vorschein gekommen, nachdem der Baum gefällt worden. Man sah deutlich die Entwickelung der Knospen an Stellen, wo nie Knospen vorhanden gewesen waren. Ferner übergab derselbe 2 Abhandlungen, da die Zeit schon sehr weit vorgerückt war, zum Drucke in der Wochenschrift. Die eine behandelte das Konserviren der Wurzelfasern beim Versetzen solcher Bäume, die nicht Ballen halten, die andere hingegen die Benutzung des sogenannten Gaswassers als Dungmittel. In Betreff des letzteren bemerkte Obergärtner Gaerdt, dass er dasselbe schon seit mehrern Jahren mit Erfolg angewendet habe.

Der Stettiner Gartenbau-Verein zeigte an, dass in den Tagen des 16. bis 21. Mai bei Gelegenheit der allgemeinen landwirthschaftlichen Ausstellung in Stettin auch eine Ausstellung von Pflanzen, Blumen, Gemüse, Obst und Geräthen des Gartenbaues, so wie von Gartenmöbeln stattfinde, und forderte zur regen Betheiligung auf.

Von Seiten der Direktion der Gärtnerlehr-Anstalt in Köthen (Herzogthum Anhalt) wurde angezeigt, dass mit dem 1. April ein neuer Kursus beginne. Nachdem der Bau eines eigens dazu bestimmten Gebäudes beendet, konnte der Unterricht, der bis dahin in einem provisorischen Lokale ertheilt worden war, schon von Michaelis an darin gehalten werden. Auch die Zöglinge fänden darin ein Unterkommen. Es seien demnach zur Aufnahme neuer Zöglinge die erforderlichen Räumlichkeiten vorhanden. Näheres theilen die beiden Direktoren G. Göschke und L. Schröter mit.

Schliesslich wurde von Seiten des Preisrichter-Amtes der Monatspreis der Primula chinensis atrorosea des Kunst- und Handelsgärtners Crass zugesprochen, zugleich aber bedauert, dass kein zweiter Preis zur Verfügung stehe, um die gleichfalls preiswürdigen Orchideen des Rittergutsbesitzers Reichenheim (Obergärtner Kraus) auszeichnen zu können.

W. Robinson's
Beschreibung einiger Gärten Manchesters.

Aus Gardeners Chronicle frei übertragen von R. Hamilton.

Die Nachbarschaft von Manchester ist durch ihre grossartigen Orchideen-Kulturen bekannt, und Liebhaber sowohl, wie Geschäftsreisende, finden dort ein fruchtbares Feld für Studien und den Absatz ihrer Pflanzen. In dieser Beziehung könnte vielleicht nur die Umgegend von London der von Manchester gleichkommen; die Anzahl derer, die Orchideen kultiviren, möchte aber in der Nähe von Manchester grösser sein. Die Zeit erlaubte mir leider nur eine Besichtigung von Baker's Cattleyen und einen kurzen Aufenthalt in Turner's berühmter Sammlung zu Pendleburg-House. Die Orchideen werden daselbst in 6 hübschen und dazu geeigneten Häusern kultivirt. Sie enthalten die schönsten Schaupflanzen, welche man in England findet; alle Exemplare befinden sich in sehr gutem Zustande unter der Leitung des Obergärtners Toll.

Im Ostindien-Hause (d. h. dem Hause, wo die Arten aus Ostindien und von den Inseln kultivirt werden) waren die Exemplare von Phalaenopsis im hohen Grade bemerkenswerth; es gilt dieses besonders von Ph. Schilleriana, welche, obschon nicht in so vielen Exemplaren, als im Day'schen Garten, vorhanden, in kräftigster Gesundheit standen. Einige Exemplare besassen 6 Blätter von bedeutender Grösse. Ein Exemplar hatte, einige Flecken ausgenommen, durchaus silberweisse Blätter.

Von Angraecum caudatum war eine Pflanze von solchem Umfange vorhanden, wie sie kaum wo anders gefunden werden mag. Demnächst gedenke ich der vorräthigen Sammlungen von Aërides-Arten, von denen viele Pflanzen zum zweiten Male blühten. Aërides suavissimum delicatum, eine Abart, die hier eigenthümlich ist, besass Blüthen von einem eben so reinen Weiss, wie A. quinquevulnerum album, wovon gleichfalls einige sich eben in Blüthe befanden. Daneben sah ich riesige Exemplare von Aërides nobile und viele andere Arten, Abarten und Formen, welche wohl näher beschrieben zu werden verdienten, zumal sie zum Theil hier ihren Ursprung haben. Toll findet, dass die Phalaenopsis-Arten am besten gedeihen, wenn man sie über Wasser hängt.

Wer Day's Saccolabien geschaut hat, wird es kaum für möglich halten, noch etwas Besseres zu sehen. Und doch sieht man hier einige, die keine Rivalen haben. Unter ihnen befindet sich das erste in England eingeführte Exemplar von S. ampullaceum, welches 6 starke Triebe hat, und S. curvifolium, beinahe eben so schön. Cattleya superba war auf Blöcken in Menge vorhanden; sie verlangt mehr Wärme, als irgend eine ihrer Verwandten.

Das Kalthaus (Cool-House) wird auf ungefähr 70—75 Grad (Fahrenheit, 16—19 R.) im Sommer mit Sonnenwärme gehalten. Nachts auf 60 Grad (12 R.). Im Winter auf ebenfalls 60 Grad bei Tage und 50—55 (8—10 R.) bei Nacht. Odontoglossum crinitum, Phalaenopsis, naevium, Pescatorei und viele andere der seltneren Orchideen befanden sich in bester Kultur darin. Ebenso werden Barkerien hier gut kultivirt und stets zur Blüthe gebracht. Da sie alle schwierig blühen, ausgenommen Skinneri, so nimmt der Obergärtner Toll sie aus dem Kalthause heraus, sobald ihre jungen Triebe halb gewachsen sind und bringt sie in ein mehr temperirtes Warmhaus, und zwar nahe unter die Fenster, die mit Hartley's rough plate bedeckt sind und nie beschattet werden.*) So behandelt blühen sie sehr leicht. Barkeria melanocaulon und spectabilis besassen ungewöhnlich grosse Blüthenstände, was wohl nur dadurch erzielt wurde, dass sie eben keinen Schatten während des Wachsthumes erhielten.

Pescatoria cerina und sämmtliche Huntleyen gediehen sehr gut im Kalthause. Auch Luisia Psyche, eine eigenthümlich aussehende Orchidee mit lederartiger Lippe war in Blüthe. Die Burlingtonien befanden sich in mit Wasser hinlänglich gesättigten Körben in vorzüglichem Zustande. Ferner sah ich prächtige Pleionen, besonders Pl. lagenaria, Wallichiana, maculata und andere. Diese müssen während der Wachsthums-Periode sehr viel begossen werden.

Auch sehr schöne Frucht-Exemplare waren vorhanden. Die Pflanze von Dominy's Bastard-Cattleya hatte eine Kapsel, die aus einer Befruchtung mit Cattleya crispa superba hervorgegangen war. C. Dominiana selbst besass ebenfalls eine gut gereifte Frucht. Das längst bekannte Cypripedium

*) Das sogenannte rough plate ist eine Art von undurchsichtigem, auf einer Seite etwas rauhem oder vielmehr sehr feingeripptem Glas, welches (gewöhnlich in ziemlich grossen Scheiben) in den Gärten Englands in ausgedehntem Massstabe Anwendung findet.

javanicum befand sich ebenfalls im Fruchtzustande. Laelia Lindleyi hatte man mit Laelia superbiens befruchtet.

Zygopetalum maxillare war in voller Blüthe und eine der reizendsten Erscheinungen dieser Jahreszeit, wo sonst wenig Orchideen blühen und die Orchideenhäuser am wenigsten einladend sind.

Zwei Häuser, von denen das eine bedeutend kühler gehalten wird, waren beinahe allein mit Cattleyen gefüllt. In besonders grossen Exemplaren waren C. Wagnerii, lobata, Warnerii, Regnelli, quadricolor, Warscewiczii, Exoniensis (eine von Dominy's schönsten Hybriden) und Turnerii, eine reizende, mit nur einem Blatte versehene Art. Letztere hatte eben ihre Blüthen von der Grösse derer von C. Mossiae entfaltet. Noch manches Bemerkenswerthe würde ich nennen können, wenn der Raum es mir gestattete.

Für die grösseren Vandeen war ebenfalls ein besonderes Haus vorhanden. Sie waren in einfacher Reihe auf beiden Seiten des mittleren Durchganges aufgestellt. Vanda suavis Veitchii war 6 Fuss hoch und hatte eben so viele Blüthenstände. Man hatte die Blüthen zum Theil mit dem Blumenstaube von V. cristata und teres befruchtet. Eine andere grosse Schaupflanze von Vanda teres hatte ebenfalls 6 Fuss Höhe und 4 Fuss Durchmesser. Auch die erste eingeführte Pflanze von Vanda Hookeriana war vorhanden. Ferner befand sich hier ein Aërides suavissimum von 8 Fuss Höhe und mit 6 Aesten, die zusammen 18 verzweigte Blüthenstände trugen.

So hätte ich auch hier, wenn, wie gesagt, mir der nöthige Raum zur Verfügung stände, Mancherlei von Dendrobien und Cypripedien zu erwähnen. Von letzteren will ich jedoch ein stattliches Exemplar des Cypripedium Schlimii nennen, weil es bei starker Wärme und bei grosser Feuchtigkeit herangezogen war, da doch Viele sagen, diese Orchidee müsse kühl kultivirt werden. Oncidium phymatochilum gedeiht hier am besten, wenn es in Gefässen sich befindet, welche mit Kokosnussfaser und Sphagnum-Moos, gut untereinander gemischt, und mit gutem Abzuge versehen sind. Calantheen dagegen befanden sich in mit Haide-Erde, Rasen-Erde, Kuhdünger und Sand gefüllten Körben am besten, zumal wenn man sie nahe unter die Fenster brachte.

Diese meine flüchtigen Bemerkungen liefern allerdings nur ein sehr unvollkommenes Bild von den ausgedehnten und interessanten Orchideenschätzen, welche sich in Pendleburg-House befinden, sie sollen auch nur dazu dienen, die Aufmerksamkeit auf etwas so Vorzügliches zu leiten.

Ich gehe zu einem anderen Gegenstand über.

Die zu Kensington während der vergangenen Jahreszeit durch Baines, Obergärtner bei Michells Esq. zu Bowdon, ausgestellten Sarracenien waren Veranlassung, die dortigen Gewächshäuser zu besuchen und mich selbst von dem Zustande der darin enthaltenen Pflanzen zu überzeugen. Dass mein Besuch nicht ohne Erfolg war, wird man alsbald ersehen, wenn ich zunächst einige Messungen angebe. So hatte z. B. Sarracenia Drummondii Kannen von 18 Zoll bis 2 Fuss 10 Zoll Länge; die grösste Pflanze selbst besass 2 Fuss im Durchmesser. S. flava hatte Kannen von 2 Fuss 6 Zoll Länge, wobei die Pflanze selbst ebenfalls 2 Fuss im Durchmesser zeigte. S. variolaris trug Kannen von 18 Zoll, S. purpurea von 10 Zoll Länge. Beide Pflanzen besassen 2 Fuss 6 Zoll Durchmesser. Dabei erfreuten sich die Pflanzen des besten Ansehens und waren keineswegs nur künstlich durch sogenannte Mastkultur getrieben. Auch die Kannen hatten ein festes Gewebe und sahen aus, als seien sie aus Bronze gegossen.

Die Kultur dieser interessanten Pflanzen ist bekanntlich sehr schwierig, so dass man sie nur selten gut sieht. Ich glaube deshalb dem Obergärtner Baines im Namen aller Pflanzen-Liebhaber besonderen Dank aussprechen zu müssen, dass er so freundlich war, mir seine Methode, die Pflanzen in solcher Vollkommenheit heranzuziehen, mittheilte.

Obergärtner Baines hat gefunden, dass bei der Kultur von Sarracenien der grösste Missgriff der ist, dass man sie viel zu warm hält. Bei solcher Behandlung scheinen sie allerdings eine Zeit lang kräftig zu wachsen, werden aber bald erschöpft, und gehen schliesslich ein. S. Drummondii hält noch am meisten Wärme aus, ist jedoch besonders schwierig, um gute Kannen hervorzubringen. Hält man sie zu warm, so bleiben die Blätter flach, und man kann sich Mühe geben, wie man will, es bilden sich keine Kannen.

Sämmtliche Sarracenien werden an der hellsten Stelle eines satteldachigen Farnhauses kultivirt, ungefähr bis zu einem Fuss vom Glase entfernt und wo die Temperatur nicht mehr beträgt, als 45 bis 50 Gr. F. (5 bis 8 Gr. R). im Winter und des Nachts, mit einer Steigung von ungefähr 5 Grad während des Tages. Anfangs März ungefähr geben sie Zeichen von Wachsthum und müssen umgepflanzt werden. So viel als möglich muss die alte Erde entfernt werden, wobei die sehr zerbrechlichen Wurzeln nicht beschädigt werden dürfen. Man nimmt gute, faserige, hühnereier-grosse Stücke von Haide-Erde, aus denen so viel als möglich die erdigen Bestandtheile geschüttelt werden und versetzt sie mit dem vierten Theile sehr kleiner, kaum Erbsen grosser zerschlagener Topfscherben. Die Töpfe werden nachträglich mit grünem Sphagnum oberflächlich bedeckt.

Das Haus wird nach dem Verpflanzen ungefähr 5 Gr. F. wärmer gehalten. Man steigert, bis Ende April die Temperatur bis auf 60 und 70 Gr. F. (12 bis 17 R.) bei Tage allmählig erhöht ist. An der mässigen Lüftung darf man es nicht fehlen lassen, ebenso muss man alle 2 oder 3 Tage gehörig giessen. Wenn alles in guter Ordnung ist, kann man versichert sein, dass sie kräftig wachsen.

Mit dem Vorschreiten der Jahreszeit habe man Acht, dass die Temperatur nicht zu hoch steigt, was man verhindert, wenn das Haus gehörig beschattet und die genügende Luft gegeben wird. Ende Juni müssen sie ihre Vegetation vollendet haben, trotzdem müssen sie aber noch die beiden folgenden Monate reichlich begossen werden. Einige Gärtner stellen die Töpfe während der Wachsthums-Periode in Schalen voll Wasser. Dies geschieht bei Baines nie, weil dadurch zu leicht eine Säuerung in der Erdmischung veranlasst wird, was für die Pflanzen sehr nachtheilig ist.

Die Sarracenien vermehrt man durch Zertheilung der Kronen (crowns), was vermittelst eines scharfen Messers im Frühjahr, ehe die Pflanzen zu wachsen anfangen, geschieht. Die einzelnen Stücke werden in 4- oder 5-zöllige Töpfe gepflanzt, worauf sie die nämliche Behandlung erhalten, wie bereits angegeben.

Vor Allem ist nöthig, die Pflanzen gegen die schwarzen Fliegen (Thrips) und gegen die Schildläuse zu schützen. Nehmen diese überhand, so leiden die Pflanzen ungemein. So lange die jungen Pflanzen nicht stark genug sind, kneipt man stets die Blüthen heraus, sobald wie diese sich zeigen. Haben sie aber eine gewisse Stärke erlangt, so kann man sie ohne Nachtheil blühen lassen. Es ist sogar gut, wenn dieses geschieht, da der Blüthenstiel immer die Krone zertheilt.

Dionaea Muscipula wird von Baines ebenso gut kultivirt, wie die Sarracenien und zwar im nämlichen Hause. Auch hier spricht er sich dahin aus, dass zu viel Wärme, namentlich mit unzulänglichem Licht und zu wenig Luft, sehr schädlich ist. Eine Zeit lang treiben sie bei grösserer Wärme ganz vorzüglich, aber plötzlich stockt dann das Wachsthum und die Pflanze geht zu Grunde. Baines kultivirt sie in derselben Erdmischung, wie die Sarracenien, nur werden die dazu gebrauchten Materialien noch mehr zerstückelt. Jede Pflanze wird in einen kleinen Topf von Zolldurchmesser (Thumbpot), der mit gutem Abzuge und mit Torfmoos versehen ist, eingesenkt. So dicht die Töpfe nur in einer Schaale von 20 Zoll Durchmesser stehen können, werden sie zusammengesetzt, so dass sie die ganze Oberfläche derselben bedecken. Bei dieser Kultur kann man das Vergnügen haben, im Frühjahre Blätter von 6 und selbst 7 Zoll Länge zu erhalten.

Während des Wachsthums werden die Pflanzen täglich von oben bespritzt, denn sie dürfen nie an Trockenheit leiden. Baines bedeckt die Dionäen nie mit einer Glasglocke, ausgenommen, wenn er sie in eine Ausstellung gibt, wo nicht die gehörige Feuchtigkeit gegeben werden kann. Das beständige Bedeckthalten, selbst wenn die Glocke unten auf einer Seite gelüftet ist, macht die Pflanzen empfindlich und setzt sie der Fäulniss aus.

Die Dionäen werden ebenfalls durch Zertheilung der Krone, und zwar im Frühjahr, vermehrt.

Julius Sckell's
Baumschule, ihre Anlage und Unterhaltung.

Eine Anleitung, welche sich mit der Anzucht und Vermehrung der Lustgehölze allein beschäftigt und die Obstbäume ausschliesst, besitzen wir unseres Erachtens noch nicht; dass der Verfasser sich auf die ersteren beschränkt, billigen wir deshalb und empfehlen das Buch denen, welche sich für den Gegenstand interessiren. Dasselbe ist auf 15 Bogen, kleinoktav, zusammengedrängt und im Allgemeinen gut ausgestattet. Papier und Druck sind den Anforderungen entsprechend, die Schreibweise leicht und verständlich, so dass auch die Laien, selbst wenn sie noch nichts verstehen, bald lernen, was ihnen zu wissen nothwendig ist.

Das Buch zerfällt in 4 Haupt-Abschnitte: Allgemeines, Vermehrung, Veredlung und Specielles (Anzucht der Gehölze, wie es der Verfasser nennt). Wenn auch in den 3 ersten Abschnitten nichts Neues gesagt wird, so findet man doch Alles darüber zusammengestellt, und zwar auf eine Weise, dass nichts Unnöthiges dabei gesagt ist. Auch sind manche Winke gegeben, die wohl zu beherzigen sind und in der Regel nur zu leicht übersehen werden. In Betreff der Vermehrungsarten ist der Verfasser etwas ausführlicher, was wir nur billigen können.

Mit dem Veredeln verhält es sich auf gleiche Weise. Ein Gehölz wächst nur als Auge an, ein anderes will gepfropft, ein drittes kopulirt werden. Auch die Zeit ist bei den verschiedenen Gehölzen ebenfalls oft verschieden. Wie man wohl von selbst wissen wird, kann man dieses den Gehölzen nicht weiter ansehen, sondern es ist eine Erfahrungs-Sache. Eben deshalb legen wir auf ein Verzeichniss der Gehölze, wo man dieses erfährt, grossen Werth. Bei dem Okuliren, was sonst aber sehr gut und ausserdem alles berücksichtigend geschildert ist, vermüssen wir das Forkert'sche Verfahren, was vor einigen Jahren ausführlich in der Wochenschrift besprochen wurde.

Auf den letzten Abschnitt machen wir besonders aufmerksam. Es ist eine Aufzählung der gangbarsten Gehölze in alphabetischer Reihe mit Angabe der Weisen, wie diese am Leichtesten vervielfältigt werden können. Es ist dieses weit wichtiger, als man gewöhnlich glaubt. Das Missglücken hat in der Regel darin seinen Grund, dass man Alles nach einem Massstabe machen will und sich nicht nach der Natur des einen bestimmten Gehölzes richtet. Bei der einen Art wächst der Steckling am besten, wenn er noch krautartig ist, während er sonst einen gewissen Grad der Holzreife verlangt. Der eine Steckling verlangt bei kühlerer Temperatur eine längere Zeit, während der andere rasch Kallus und die ersten Wurzeln treibt und deshalb wärmer gehalten werden muss.

Dr. William Löbe's
Freunde und Feinde des Landwirths und Gärtners.

Dieser Gegenstand ist in der neuesten Zeit sehr häufig zur Sprache gekommen und verdient auch alle Beachtung. Gärtner und Landwirth dürfen nicht allein den Feinden unserer Kulturpflanzen — denn von diesen letzteren ist in vorliegendem Buche nur die Rede, die Feinde der Hausthiere sind ausgeschlossen — ihre Aufmerksamkeit zuwenden, auch die Freunde, und zwar wiederum die aus dem Thierreiche, welche die Feinde, also die schädlichen Thiere, vertilgen, sind nicht weniger wichtig. Schon die Natur selbst setzt den Verheerungen der schädlichen Thiere einen Damm entgegen, indem sie, so oft diese in grösseren Mengen vorkommen, auch wiederum Massen nützlicher Thiere entstehen lässt. Schon oft hat man die Erfahrung gemacht, dass, wenn es viele schädliche Raupen gibt, alsbald auch Schlupfwespen in grösserer Anzahl erscheinen; eben so stellen sich Insekten-fressende Vögel in grösserer Menge ein.

Der Verfasser stellte sich die Aufgabe, alles, was über die aus dem Thierreiche stammenden Freunde und Feinde des Landwirthes und Gärtners bekannt gemacht worden ist, in einem besonderen Werke zusammenzutragen. Aus dieser Ursache hat er die neuere landwirthschaftliche und gärtnerische Literatur, vor Allem Zeitschriften, fleissig studirt und das, was ihm brauchbar erschien, ausgezogen. Gegen die ältere Literatur spricht er sich entschieden aus und vermeidet demnach alle die gerühmten, oft auf Aberglauben beruhenden Mittel anzugeben, die leider zum Theil noch in Anwendung kommen und bisweilen mehr schaden als nützen. Ob der Verfasser damit grade einen richtigen Standpunkt eingenommen hat, wenn er alles Aeltere verwirft, bezweifeln wir. Manches aus älteren Werken hat sich Jahrhunderte lang bewährt, manches dagegen, was neuerdings sehr empfohlen wurde, wurde bald schon der Vergessenheit anheim gegeben. Es musste unserer Ansicht nach aus der neueren Literatur nur eine auf langjährige Erfahrungen beruhende Auswahl geschehen; es durften nicht Dinge aufgenommen werden, die irgend Jemand einmal publizirt hat, ohne dass die Kritik dabei in Anwendung kam.

Dass dieselben Thiere unter den schädlichen und zu gleicher Zeit unter den nützlichen Thieren aufgenommen sind, halten wir ebenfalls für unpraktisch, da Mancher dadurch irre geführt wird. Wenn der Fuchs z. B. einige Mäuse frisst und der Regenwurm den Boden lockert — das letztere thut nebenbei gesagt auch der Engerling, — so bleibt doch der Schaden, den beide thun, weit überwiegend. Beide Thiere dürfen nicht als Freunde der Landwirthschaft und Gärtnerei bezeichnet werden. Von den als nützliche Thiere so sehr gerühmten Schlupfwespen gibt es umgekehrt gar viele, die ihre Eier in die Raupen nützlicher Insekten, ja selbst wiederum in die nützlicher Schlupfwespen legen und deshalb bei gleicher Konsequenz auch unter den Feinden aufgezählt werden mussten.

Im Allgemeinen enthält jedoch das Buch eine fleissige Zusammenstellung; es wird jedem Landwirth und Gärtner, der sich belehren will, Auskunft geben. Dazu kommt, dass der Preis ein mässiger ist und auch der weniger Bemittelte sich das Buch anschaffen kann.

Räucher-Apparate.

Wir erlauben uns wiederum auf die bekannten Räucher-Apparate zur Vertilgung der schädlichen Insekten an den Pflanzen aufmerksam zu machen, welche der Klempner-Meister Berger (Leipzigerstr. No. 92) zu jeder Zeit vorräthig hat. Von den grösseren wird das Stück zu $3\frac{1}{3}$, von den kleineren hingegen zu $2\frac{1}{2}$ Thaler verkauft.

Verlag von Karl Wiegandt in Berlin, Kommandanten-Strasse No. 62.

Druck der C. Feister'schen Buchdruckerei in Berlin, Zieten-Platz No. 2.

Wochenschrift

des

Vereines zur Beförderung des Gartenbaues in den Königl. Preussischen Staaten

für

Gärtnerei und Pflanzenkunde.

Redakteur:

Professor Dr. Karl Koch,

General-Sekretair des Vereines.

No. 3. Berlin, den 21. Januar **1865.**

Preis des Jahrganges $5\frac{1}{3}$ Thlr., sowohl bei Bezug durch den Buchhandel, als auch franco durch alle Post-Anstalten des deutsch-österreichischen Post-Vereines.

Sonntag, den 29. Januar, Mittags ½12 Uhr, findet im Englischen Hause (Mohrenstrasse 49) eine Versammlung des Vereines zur Beförderung des Gartenbaues statt, wozu die geehrten Mitglieder eingeladen werden.

Donnerstag, den 26. Januar, Abends 7 Uhr, findet in der Wohnung des General-Sekretärs (Hafenplatz No. 4) die Sitzung des Blumen-Ausschusses und Freitag, den 27. Januar, ebenfalls Abends 7 Uhr, die Sitzung des Obst- und Gemüse-Ausschusses statt.

Auch ein Beitrag zum Versetzen großer Bäume.

Vom Garten-Inspektor Bouché in Berlin.

Eine Stelle des Aufsatzes „das Versetzen grosser Bäume u. s. w." vom Hofgärtner Meyer in Sanssouci (s. Wochenschr. des Vereines, 1864, pag. 390), wo über die Behandlung einer vollständig beblätterten, Ende Mai verpflanzten Linde gesprochen wird, veranlasst mich zu folgenden Mittheilungen.

Da es nicht immer möglich ist, zum Verpflanzen von Gehölzen feuchtes oder Regenwetter abzuwarten, sondern namentlich im Frühlinge selbst bei der dürresten Atmosphäre oft gepflanzt werden muss, um nur die Gehölze noch rechtzeitig an den Ort ihrer Bestimmung zu bringen, so ist es eine Hauptsorge des Gärtners, die Wurzeln gegen das Trockenwerden möglichst zu schützen.

Jeder wird die Erfahrung gemacht haben, dass das Verpflanzen von den besten Erfolgen begleitet ist, wenn man die Gehölze nach dem Herausnehmen sofort wieder einpflanzen kann, wozu das Nichttrokkenwerden der Wurzeln sehr wesentlich beiträgt; diese Art zu verpflanzen ist aber nur möglich, wenn es sich um einzelne Exemplare handelt, die nicht allzuweit von der Pflanzstelle entfernt stehen.

Für grössere Anlagen aber ist man in der Regel genöthigt, die Gehölze von weiterher zu holen, oder sie auch aus verschiedenen Gründen massenweis gleichzeitig aus der Erde zu nehmen, wobei sie aber immer mehr oder weniger der trocknen Luft ausgesetzt werden müssen.

Am empfindlichsten dagegen sind alle Gehölze, deren Wurzeln mehr einfach und wenig verästelt sind oder überhaupt wenig feinere Faserwurzeln haben, z. B. Birnen, Aepfel, Eichen, Buchen, Crataegus, Juglans, Ilex, viele Koniferen, als Pinus, Picea, Abies, Juniperus u. dgl. m.; um diese gegen das Trockenwerden zu schützen und ihr Anwachsen zu beschleunigen, habe ich die besten Erfolge gehabt, wenn ich solche Gehölze gleich nach dem Ausgraben mit ihren Wurzeln in ziemlich dicken Lehmbrei eintauchen und diesen vor dem Transport an der Luft mässig eintrocknen liess. Das Eintauchen in Lehm ist bei allen Gehölzen, die schwer anwachsen, auch wenn das Trockenwerden der Wurzeln nicht zu fürchten ist, sehr zu empfehlen, weil er sich dicht an die Epidermis derselben anlegt, und zwar viel dichter, als die locker dazwischen gestreute, auch wohl eingeschlämmte Pflanzenerde und weil sich unter seinem Schutze sehr bald die den Wurzeln vorausgehenden Papillen und später jene selbst bilden.

Eben so wohlthätig wirkt das Ueberziehen der Wurzeln mit Lehmbrei bei solchen Gehölzen, die man im Herbst oder Frühling von ausserhalb erhielt und des Transportes halber in Moos, Stroh, Rohr oder dergleichen verpackt werden mussten.

Jedoch ist es nicht gleichgültig, von welcher Beschaffenheit der Lehm ist; je zäher und thonhaltiger er ist, desto besser. Noch vollständiger wird der Zweck erreicht, wenn man sich des sogenannten Rasenlehmes bedient, wie man diesen an den Rändern von öfters mit Wasser gefüllten Vertiefungen auf lehmigem Ackerboden findet, indem dieser mit einer Menge von feinen Wurzelfasern durchzogen eine besonders zähe Decke auf der Oberhaut der Wurzeln bildet. Grubenlehm und besonders, wenn er viel Sand enthält, ist nicht zu empfehlen, weil er, sobald er irgend etwas trocken wird, leicht abfällt. Ist man gezwungen, solchen Lehm anzuwenden, so ist es zweckmässig, ihn mit groben Sägespähnen zu vermischen, um eine angemessene Bindekraft herzustellen.

Auch bei Winter-Levkojen, die im Herbste in Töpfe gesetzt werden sollen, habe ich durch das Eintauchen in Lehmbrei recht günstige Erfolge gehabt.

Von eben so wesentlichem Vortheile ist bei kleineren, zarteren Pflanzen, deren Wurzeln nicht sehr verzweigt sind und beim Herausnehmen von aller Erde entblösst werden, besonders aber bei jungen Samen- und Stecklingspflanzen, das Bestreuen der Wurzeln mit trockner, feingesiebter, recht humusreicher Erde, entweder Laub- oder Dungerde. Damit die trockne Erde an den Wurzeln haftet, müssen sie gleich, nachdem die Pflanzen aus der Erde genommen sind, in Wasser getaucht werden.

Der Unterschied frisch versetzter Pflanzen zwischen solchen, deren Wurzeln man mit Erde bestreute und solchen, bei denen man diese Vorsicht nicht anwendete, ist höchst auffallend; während die ersteren schon am zweiten Tage fast kein Welken der Blätter mehr wahrnehmen lassen, trauern die, deren Wurzeln nicht mit Erde bestreut wurden, noch sehr stark.

Um mich von der Nützlichkeit dieses Verfahrens zu überzeugen, pflanzte ich vor vielen Jahren aus dem freien Lande 6—8 Zoll breite Reseda-Pflanzen in Töpfe, weil diese bekanntlich niemals Ballen halten und in soweit vorgeschrittenem Wachsthume überhaupt schwer anwachsen; die, deren Wurzeln nass, mit trockner Erde bestreuet waren, standen schon nach einigen Tagen wieder ganz frisch und verloren nur einige der älteren Blätter, während die nicht bestreuten über 8 Tage welkten und fast alle älteren Blätter verloren.

Mit demselben günstigen Erfolge habe ich versuchsweise 2—3 Zoll hohe Sämlinge von Delphinium Ajacis und ornatum, sowie Eschscholzia californica versetzt; bei zu piquirenden Samenpflanzen und zu versetzenden Stecklingen, deren Wurzeln einfach sind, lasse ich es oft in Anwendung bringen.

Die Nützlichkeit des Bestreuens der Wurzel mit Erde lässt sich ebenfalls nur dadurch erklären, dass die Pflanzen unter dieser dicht anliegenden Schicht sehr bald Anlagen zu neuen Saugwurzeln bilden oder vielleicht durch die bessere und schnellere Einwirkung von Nahrungsstoffen auf die zähen Wurzeln dazu veranlasst werden, denn mir schien immer recht fette, feine Mistbeeterde das Anwachsen am meisten zu beschleunigen.

Ausstellungen von Zimmerpflanzen.
Etwas Nachahmungswerthes.

Vom Obergärtner Boese.

In Bloomsbury, eins der ärmsten, aber zugleich bevölkertsten Viertel London's, besteht seit einiger Zeit eine Gesellschaft, welche sich zur Aufgabe gestellt hat, Blumen- und Pflanzenzucht zu befördern und den Sinn für Sauberkeit und für Reinlichkeit in den Wohnungen der arbeitenden Klassen zu erhöhen. Alle Jahre werden daselbst Ausstellungen von Pflanzen gemacht, wo sich nur die armen Leute mit ihren Erzeugnissen betheiligen. Diejenigen, welche die besten Pflanzen ausstellen und welche die reinlichsten Wohnungen inne haben, erhalten am Tage der Ausstellung Geldpreise von 1 bis 10 Schilling (10 Sgr. bis 3 Thlr 10 Sgr.). Man sieht hier zwar keine Seltenheiten, aber doch allerhand Blumen, wie Nelken, Reseda, Geranien, Fuchsien, Hortensien u. dgl. in hübsch gezogenen Exemplaren.

In einer Juli-Nummer des Gardeners Chronicle befindet sich ein Bericht über die Thätigkeit und über den Zweck dieser Vereinigung, der Interesse darbieten möchte, um hier eine Stelle zu finden.

Bei allen sonstigen Verdiensten, welche unsere grösseren Gartenbau-Gesellschaften um die Förderung der Pflanzen- und Blumenzucht haben und welche nicht hoch genug angeschlagen werden können, erstreckt sich doch ihre Thätigkeit nicht bis zu den unteren Schichten des Volkes. Da wäre aber noch sehr viel zu thun. Es möchte selbst eine der ersten Aufgaben der Gartenbau-Gesellschaften sein, auch dem gemeinen Manne an den Genüssen, welche schöne Pflanzen und Blumen zu verleihen vermögen, Antheil nehmen zu lassen, selbst für seine, unter schwierigen Verhältnissen herangezogenen Pflanzen Preise auszusetzen. Noch besser wäre es, wenn sich zu diesem Zwecke in grossen Städten besondere Gartenbau-Gesellschaften bildeten, wie es in London der Fall ist.

Diese hätten allerdings einen ganz andern Zweck im Auge. Vor Allem müssten sie bei den armen Leuten Liebe zu den Pflanzen überhaupt hervorzurufen suchen und diese auf alle Weise ermuntern. In solchen Räumen, wie sie den armen Leuten zu Gebote stehen, ist die Kultur der Pflanzen oft sehr schwierig. Schon deshalb kann man bei diesen nicht den Massstab anlegen, wie bei einem Gärtner, dem ein gut eingerichtetes Gewächshaus zur Verfügung steht.

Was für eine Genugthuung müssen dann aber auch dergleichen Gartenbau-Vereine haben, wenn sie sehen, dass die armen Leute sich eine Freude verschafft haben, die ihnen bis dahin unbekannt war, dass diesen überhaupt dadurch eine Quelle von Genüssen eröffnet ist, durch die sie sich glücklich fühlen. Mit dem Tage, wo der Arbeiter Freude an Blumen hat und diese sich heranzieht, wird er sich mehr an seinen Heerd gezogen fühlen; er wird seine Wohnung seltener verlassen, weil er ausser seiner Familie noch Etwas hat, dessen Pflege seine Gegenwart verlangt.

Der Präsident der Gartenbau-Gesellschaft in Bloomsbury, Bayley, erzählte folgende Anekdote, welche im weiteren Kreise bekannt zu werden verdient: „In der Dachkammer eines Hauses, wo in jedem Zimmer eine Familie lebte, wohnte eine bejahrte Frau, deren Einnahme kaum ausreichte, um ihr Leben zu fristen. Bei aller Aermlichkeit bemerkte der Präsident mit nicht geringem Erstaunen eine Erdbeerpflanze, grünend und blühend, in einer zerbrochenen Theekanne auf dem Fensterbrette stehend. Da er seine Besuche wiederholte, überzeugte er sich auch bald, dass die Erdbeerpflanze in der That mit sehr grosser Sorgfalt gepflegt wurde. Eines Tages sagte er zu der armen Frau: „Ihre Pflanze befindet sich in vorzüglichem Zustande; gewiss werden Sie bald die Freude haben, einige reife Erdbeeren daran zu finden." „Nicht der Früchte wegen habe ich die Pflanze," antwortete die Frau. „Und doch verwenden Sie auf ihre Kultur so viel Sorgfalt?" war die erneute Frage des Präsidenten. „Sehen Sie mein Herr," erwiderte die Frau, „ich bin sehr arm, so arm, dass ich kein anderes lebendes Geschöpf um mich halten kann, da habe ich denn die Erdbeerpflanze, die mich weiter nichts kostet, als Sorgfalt; und ich freue mich, dass sie dabei so gedeiht. Ich habe etwas, was ich mein nennen kann, und woran meine Pflege nicht umsonst verschwendet ist."

Niemand kann Pflanzen kultiviren, ohne dabei zu denken; selbst der unwissendste Mensch sieht sich bei der Pflanzenkultur gezwungen, nachzusinnen und wird eben dadurch angeregt. Würde nicht beispielsweise, wenn man ein kränkelndes Geranium an einem dunkeln Orte, oder die Blätter mit Staub bedeckt, erblickt, die Frage von selbst sich einstellen, warum dieses der Fall ist? Ueberzeugt man sich nicht bald, dass, wo man sich mit Pflanzen Mühe gibt, diese auch gedeihen? Würde man ferner nicht bald den Einfluss der frischen Luft auf die Pflanzen erkennen, wenn man die Fenster lange geschlossen hat? Und wenn Reinlichkeit und frische Luft den Pflanzen gut bekommt, könnte man daraus den Schluss ziehen, dass beides für den, der das Zimmer bewohnt, ebenso heilsam ist.

So geht das Gedeihen der Pflanzen und was der Präsident näher bezeichneter Gartenbau-Gesellschaft Förderung reinlicher und netter Wohnungen nennt, Hand in Hand; Gesundheit und Behaglichkeit der armen Leute wird befördert, Etwas, was, wie Anfangs schon gesagt, nicht hoch genug angeschlagen werden kann.

Diese Ausstellungen von Pflanzen und Blumen, welche arme Leute herangezogen, haben also einen doppelten Zweck, wobei die Förderung reinlicher Wohnungen gewiss noch von grösserer Bedeutung ist. Und wie glücklich sind die Arbeiter, welche Preise und damit für ihre Sorgfalt noch eine Belohnung erhalten!

Wie sehr die Ausstellungen in dem Londoner Armen-Viertel gleich Anfangs Beifall fanden, ersieht man daraus, dass gleich im ersten Jahre 86, im darauf folgenden sogar schon 304 Arbeiter sich einfanden, welche im Zimmer behandelte Pflanzen ausstellten; ausserdem kamen noch Viele, welche ersuchten, man möchte doch auch ihre Wohnungen in Augenschein nehmen. Dergleichen Erfolge hatte man gar nicht erwartet. Wie sie auf den Gesundheitszustand von solchen armen Leuten einwirken, ist schon früher ausgesprochen worden, dass sie aber auch einen moralischen Einfluss ausüben, kann nicht bezweifelt werden.

Wenn wir in Berlin auch nicht solche Armuth und solches Elend im Grossen haben, als in einer Weltstadt, wie London ist, so würden doch ähnliche Einrichtungen, wie sie die Gartenbau-Gesellschaft in dem Armen-Viertel von Bloomsbury in's Leben gerufen hat, bei uns gewiss nicht ohne Wirkung sein. Allerdings hat der gemeine Mann in London mehr Sinn für Blumen, als in Berlin, wo kaum in dergleichen armseligen Wohnungen ein Pflänzchen gefunden werden möchte. Sobald man aber zunächst Preise für reinliche Wohnungen und vor Allem, sobald noch Blumen darin gepflegt würden, aussetzte, so wäre doch etwas gethan, was gewiss Erfolge hätte. Wenn daher bei uns ein gleicher Verein zusammentreten wollte, so möchte auch die Absicht, welche Schreiber dieses hat, damit erfüllt sein.

Botanical Magazine.

Jahrgang 1864.

In Betreff der Berichte über in ausländischen Journalen beschriebenen und abgebildeten Pflanzen beginnen wir mit dem Jahrgang 1864 des botanical Magazine. Wie gewöhnlich, spielen auch dieses Mal wiederum die Orchideen eine Hauptrolle, doch sind auch sehr viele Blüthensträucher des Warm- und Kalthauses vertreten. Was zunächst die letzteren anbelangt, so verdienen sie fast sämmtlich auch die Beachtung der Gärtner und Pflanzen-Liebhaber.

Wir empfehlen vor Allem die beiden Macleanien: pulchra und speciosissima Hook. (t. 5465 u. 5483). Beide haben ihre Namen mit Recht. Die letztere ist ein Epiphyt aus Columbien, der einigermassen an einige Aeschynanthus-Arten erinnert, indem auch hier die Zweige herabhängen und mit lederartigen, breit-elliptischen und in 2 Reihen stehenden Blättern von 2 Zoll Länge dicht besetzt sind. Während diese letzteren, herangewachsen, eine dunkelgrüne Farbe haben, sind sie in der Jugend, also namentlich an den Spitzen der Zweige, rosa - bräunlich gefärbt. Aus ihren Winkeln und mehr nach der untern Seite sich neigend, befinden sich ¾ Zoll lange Blumen von heller Scharlachfarbe und in Büscheln zusammenstehend. Obwohl alle Macleanien sich durch Schönheit auszeichnen, so ist doch diese unbedingt die schönste. Man denke sich fast fusslange Zweige mit 50 und 60 Blüthen dicht besetzt. Die Pflanze wurde übrigens von Linden in Brüssel unter dem Namen Thibaudia elliptica eingeführt.

Macleania pulchra Hook. stammt aus Neu-Granada und kam unter dem Namen Thibaudia floribunda in den botanischen Garten von Kew. Eben so wenig, wie Thibaudia elliptica der Gärten die echte Pflanze dieses Namens, welche Ruiz und Paven beschrieben haben, darstellt, eben so wenig ist Thibaudia floribunda die Pflanze, welche Humboldt und Bonpland entdeckten und welche in dem Werke „Nova genera et species" genannter Reisenden von Kunth beschrieben und (III, 369, t. 254) abgebildet wurde. So schön die letztere auch ist, so steht sie doch der vorigen nach, obwohl ihre ebenso gefärbten Blätter noch etwas grösser sind.

Eine echte Thibaudia finden wir dagegen (t. 5450) unter dem Namen Th. sarcantha Hook. abgebildet. Sie kam als Psammisia sarcantha in den Handel und ist möglicher Weise von Ps. sclerophylla Pl. et Lind. (fl. d. serres, tab. 825) nicht verschieden. Im Habitus stimmen die Thibaudien mit den Macleanien überein und unterscheiden sich eigentlich nur durch den Fruchtknoten, der bei den ersteren rundlich, bei den letzteren fünfeckig ist. Dass bei den Macleanien sehr oft die Staubfäden zu einem Kranz verwachsen sind, gibt, da es nicht durchaus der Fall ist, keinen durchgreifenden Charakter. Ebenso ist die kürzere, mehr becherförmige Blumenröhre bei den Thibaudien ein relatives Merkmal. Die Thibaudia sarcantha hat ebenfalls rothe Blüthen, aber die Spitzen derselben sind grün, nicht gelb, wie bei den Macleanien. Auch der rundliche Fruchtknoten besitzt eine grüne Farbe.

Die Macleanien und Thibaudien, sowie alle Vacciniaceen, der Kordilleren sind schwierig in der Kultur, ein Umstand, der wohl Ursache ist, dass man sie nicht häufig in den Gärten der Liebhaber findet; und doch verdienen sie Beachtung. Vor Allem bedürfen sie des Lichtes und müssen also im Winter möglichst nahe dem Fenster gebracht werden. Wir erlauben uns übrigens auf die Abhandlung über Macleania im 2. Jahrgang der Wochenschrift (S. 201) aufmerksam zu machen.

In der äusseren Erscheinung schliessen sich die neuholländischen Genetyllis- (nicht Genethyllis-)Arten an, wovon wir Genetyllis fimbriata Kipp (Journ. of Linn. soc. I, Bot. 49) auf der 5468. Tafel sehen. Auch über Genetyllis ist bereits in der Wochenschrift gesprochen worden (2. Jahrg. S. 127). Vorliegende Pflanze sieht einer Diosmee oder Vacciniacee ähnlicher, als einer Myrtacee, zu denen das Genus jetzt gehört. Den Namen hat die Pflanze von den langen Wimpern, welche die rothgefärbten, einen Kelch darstellenden Hüllblätter des Blüthenköpfchens bilden, erhalten.

Eine andere Myrtacee, Acmena floribunda DC. (tab. 5480), schon früher als Metrosidéros floribunda Sm. beschrieben und abgebildet (Vent. jard. de Malm. t. 75), verdient weniger als Blüthen-, als vielmehr als Fruchtstrauch unsere Beachtung. Im Aeusseren gleicht die Pflanze einer Eugenie. Eine Abart von ihr mit weissen Früchten, während diese bei der Hauptart eine braunrothe Farbe besitzen, ist früher auch schon als Eugenia elliptica Sm. veröffentlicht worden (bot. mag. t. 1872).

Amphiblemma cymosum Naud. (tab. 5473) stellt eine Melastomatee dar, welche als Melástŏma cymosum DC. und corymbosum Sims (bot. mag. t. 904) schon bekannt ist, aber bis jetzt von Liebhabern nicht weiter berücksichtigt wurde. Neuerdings verdankt man ihre Einführung der Niger-Expedition von Baikie, von wo sie der diese begleitende Botaniker Barker nach Kew sendete. Die Pflanze besitzt schöne, herzförmige Blätter von 5—6 Zoll Länge und 3—4 Zoll Breite. Auf der Oberfläche sind diese bei prächtigem Grün unbehaart, haben aber am Rande steife Wimpern. Die Unterfläche ist sehr hell. Die hellvioletten Blüthen bilden an der Spitze der Aeste einen dichten Blüthenstand.

Micranthella Candollei Naud. (tab. 5455) ist ebenfalls schon als Chaetogastra mollis DC. und Rhexia mollis Bonpl. (Humb. Bonpl. Kth Melast. t. 19) beschrieben. Die Pflanze ist mit zottigen, oft rostfarbenen Haaren besetzt und besitzt länglich-lanzettförmige Blätter von gegen 3 Zoll Länge. Die Blüthen bilden gipfelständige Rispen und haben eine violett-rothe Farbe. Eingeführt wurde Micranthella Candollei in unseren Gärten durch den Professor Jamieson in Quito, wo sie, wie in ganz Ecuador, wild wächst.

Ganz eigenthümliche Vitis-Arten, wenn sie auch nie in den Gewächshäusern der Liebhaber Eingang finden werden, sind Vitis Bainesi Hook. und macrŏpus Welw. (tab. 5472 und 5479), fleischige Pflanzen des tropischen Westasiens, wo sie der bekannte Reisende in jenen Gegenden, Welwitsch, entdeckte. Sie wachsen in den sandigen Küsten-Distrikten mit der merkwürdigen, von uns früher beschriebenen Konifere, Welwitschia amabilis (s. 6. Jahrg. S. 289), und haben einen kurzen, knolligen und fleischigen Stengel, der an der Spitze einige kurze Aeste mit 3-zähligen, blaugrünen und ebenfalls fleischigen Blättern treibt. Der Blüthenstand ist gipfelständig und bildet eine Trugdolde. Wie bei den übrigen Vitis- (resp. Cissus-)Arten sind auch hier die Blüthen unscheinlich und haben eine grünliche Farbe.

Vitis macropus Welw. wächst weniger in der Ebene, als vielmehr in dem felsigen Plateau der Serra dos Montes Negros und auf den dürren Bergen Giraul's von Benguela. Die wenigen Aeste sind noch dicker, fleischiger und kürzer als bei Vitis Bainesi und endigen ebenfalls mit einer Trugdolde. Die blaugrünen Blätter bestehen aus 3 oder 5 auf beiden Seiten filzig behaarten und ungleich gesägten Blättchen.

Solanum anthropophagorum Seem. (tab. 5424), was wir schon früher erwähnt haben, ist eine der strauchartigen Formen, wie diese hauptsächlich in Brasilien und überhaupt in Südamerika vorkommen. Dr. Seemann entdeckte die Art auf den Fidschi-Inseln (Fiji-Islands). Gärtnerischen Werth hat die Pflanze mit den elliptischen Blättern und den weissen Blüthen nicht, interessant ist sie aber dadurch, dass ihre rothen, einen Zoll im Durchmesser enthaltenden und rundlichen Früchte von den Eingebornen mit Menschenfleisch zubereitet gegessen werden. Dieser Umstand hat auch zur Benennung Veranlassung gegeben.

Veronica Hulkeana F. Müll. (tab. 5484) ist ein neuseeländischer Blüthenstrauch, der wohl in den Gärten der Liebhaber eine Verbreitung erhalten wird. Er treibt grosse Blüthenrispen in der Form und in der Farbe unseres Flieders (Syringa vulgaris). Die eirund-länglichen Blätter werden bis $1\frac{1}{2}$ Zoll lang, sind etwas fleischig und haben einen grobgesägten Rand.

Linum Macraei Benth. (tab. 5474) wurde von Macrae in Chili entdeckt und stellt einen reichlich blühenden Halbstrauch dar, der die Aufmerksamkeit der Liebhaber sowohl, wie der Handelsgärtner, auf sich ziehen wird. Im Wachsthum ähnelt die Pflanze dem L. africanum, die Blüthen besitzen aber eine orangengelbe Farbe.

Trichantha minor Hook. ist eine interessante Gesneracee aus Columbien, von wo aus sie durch Pearce, dem Reisenden von Veitch, wie die vorige Art, eingesendet wurde. Im Habitus gleicht sie den Aeschynanthus-Arten und macht, wie diese, kletternde und zugleich wurzelnde, an den Bäumen herunterhängende Zweige. Der Stengel hat, wie die Nerven auf der Unterfläche der Blätter, eine rothe Farbe, was auch mit den aus den Winkeln derselben hervorkommenden und nach oben gewendeten Blüthenstielen und Kelchen der Fall ist. Die 5 Abschnitte des letzteren sind fiederspaltig. Die bis $1\frac{1}{4}$ Zoll lange Blumenröhre ist purpurviolett, besitzt aber einen gelben Rand und 5 mehr oder weniger deutlich sich herabziehende Längsstreifen.

Aphelandra Liboniana Lind. (tab. 5463) haben wir mehrmals schon besprochen. Wegen ihres feuerrothen Blüthenstandes verdient die Pflanze Beachtung, wenn auch die weisse Längsbinde auf den Blättern weniger markirt ist.

Eranthemum crenulatum Wall. (tab. 5440) stellt eine schon längst bekannte Akanthacee dar, welche in Ostindien zu den gemeinsten Pflanzen gehört. Wir bezweifeln, dass selbst die Abart mit ihren grösseren und rosafarbenen Blüthen, welche hier abgebildet ist, bei den Liebhabern Eingang finden wird. Die Blüthen sind es überhaupt bis jetzt weniger gewesen, welche bei den Eranthemen unsere Aufmerksamkeit in Anspruch genommen haben, als vielmehr die Zeichnung auf den Blättern.

Eine Ausnahme in Betreff der Blüthen macht allerdings Eranthemum Cooperi Hook. (t. 5467). Die Pflanze bildet einen hübschen Strauch mit sehr schmalen, entfernt- und grobgesägten Blättern von 3 Zoll Länge, aber nur 5 Linien Breite, aus deren Winkeln 2 kurz-gestielte Blüthen von weisserer Farbe und $1-1\frac{1}{2}$ Zoll Durchmesser hervorkommen. Nur der unterste Abschnitt, der eine Art Lippe darstellt, besitzt purpurviolette Flecken in mehrern Reihen. Daniel Cooper sendete aus Neu-Kaledonien Samen an die Handelsgärtnerei von Veitch.

Scutellaria costaricana Wendl. (tab. 5439) steht auf jeden Fall der S. Mociniana Benth., von der im vorigen Jahrgange der Wochenschrift (S. 313) eine Beschreibung und Abbildung gegeben ist, sehr nahe und scheint sich durch eine grössere Behaarung zu unterscheiden. Wir haben auf verschiedenen Ausstellungen Gelegenheit gehabt, sie zu sehen und können sie daher auch Liebhabern empfehlen. Das Verdienst, sie aus Costarica eingeführt zu haben, gebührt dem Hofgärtner Wendland in Herrenhausen.

Reidia glaucescens Miqu. (tab. 5437) ist eine interessante Euphorbiacee, im Habitus den echten Phyllanthus-Arten gleichend, und wurde von Thomas Christy aus Siam eingeführt. Sie bildet einen nicht hoch werdenden Strauch, der gänzlich unbehaart ist. Die Zweige haben, wie bei den Phyllanthus-Arten, das Ansehen gefiederter Blätter, indem ihre fast sitzenden, länglichen und unten blaugrünen Blätter zwei Reihen bilden. Aus dem Winkel der letzteren kommen die rothen und zarten Blüthenstiele hervor und endigen mit Blüthen von geringer Grösse und grünlich-gelber Farbe.

Pelargonium Bowkeri Harv. (tab. 5421) ist eine sehr hübsche Art des südlichen Afrika, welche Bowker, dessen Namen die Pflanze auch trägt, im Trans-Kai-Lande entdeckte und später auch durch Saunders' Sammler, Cooper, aufgefunden und dem botanischen Garten zu Kew mitgetheilt wurde. Sie gehört wegen der geschlitzten Blumenblätter von röthlich-gelber Farbe in die Gruppe von P. schizopetalum, zeichnet sich aber durch die feingetheilten Blätter aus, die einigermassen an die der Peucedanum-Arten erinnern.

Jetzt, wo wir so schöne Schiefblätter besitzen, dürfte die neue strauchartige Begonia Mannii Hook. (tab. 5434) aus dem westlichen Afrika, wo sie der Gärtner Mann zur Zeit, wo er als Sammler bei der Niger-Expedition sich befand, nebst einigen anderen Arten entdeckte, geringeren gärtnerischen Werth besitzen. Die eirund-lanzettförmigen Blätter haben 5 Zoll Länge und sind weniger in 2 ungleiche Hälften geschieden, als es sonst bei diesen Pflanzen der Fall ist. Ihre Unterfläche besitzt eine braun-röthliche Farbe, ihr Rand hingegen ist mit entfernt-stehenden Zähnen besetzt. Die rothen Blüthen kommen in Büscheln aus den Winkeln der Blätter hervor.

Aristolochia leuconeura Lind. (tab. 5420), gehört zu den grösseren und einen ziemlich dicken und holzigen Stamm machenden Arten, welche Linden's Reisender, Triana, in Neugranada entdeckte. Sie steht der A. arborea am Nächsten. Ihre grossen, lederartigen Blätter haben eine herzförmige Gestalt und meist 5 aus der Basis entspringende Nerven von weit hellerer Farbe, als sonst die Oberfläche besitzt. Die Blüthen kommen büschelweise aus dem Stamme hervor und stehen auf 4 Zoll langen Stielen. Nach aussen sind sie braunroth oder braungelb, während die Oeffnung gelb und schwarz geadert erscheint. Ihre Länge beträgt $2\frac{1}{2}$ Zoll.

Als Rhynchosia albo-nitens wurde von A. Verschaffelt in Gent ein windender Schmetterlingsblüthler, über den wir schon mehrmals in den früheren Jahrgängen berichtet haben, eingeführt. Es hat sich nun herausgestellt, dass derselbe nur eine mit weisser Längsbinde auf den Blättern versehene Form des Desmodium Skinneri Benth. ist, einer Pflanze, die bis jetzt übrigens noch unbekannt war und sich nur in getrocknetem Zustande in Hooker's Herbar befand.

Ipomoea filicaulis Bl. (tab. 5426) ist eine zwar in den heissen Ländern Asien's, zum Theil Australien's und selbst Afrika's ziemlich verbreitete, in der Kultur aber doch schwierige Liane. Sie ist 2-jährig und hat fadenförmige Stengel mit sehr schmalen, an der Basis umfassenden Blättern. Aus deren Winkeln kommen die 1- u. 2-blüthigen Stiele hervor und tragen weisse Blüthen, die obgleich kleiner, doch eine entfernte Aehnlichkeit mit denen unserer Ackerwinde besitzen.

Mehr Empfehlung verdient dagegen Quamoclit Nationis Hook. (tab. 5433), eine Winde der amerikanischen Kordilleren, deren Einführung man dem Reisenden Nation verdankt. Sie steht der Qu. coccinea sehr nahe, hat aber eine ausdauernde, knollige Wurzel und herzförmige, in eine Spitze auslaufende Blätter. Die schönen rothen Blüthen machen sie zu einer Zierde der temperirten Häuser; möglicher Weise hält die Pflanze jedoch im Sommer auch im Freien aus.

Thladiantha dubia Bunge (tab. 5469) wurde zuerst in der Nähe von Peking entdeckt, eingeführt aber erst durch den Akklimatisations-Verein in Paris. Der jüngere Hooker und Thomson fanden sie auch in dem Lande der Sikkim und auf den Khasya-Bergen. Sie ist eine Liane aus der Familie der Cucurbitaceen und zeichnet sich durch schöne, grosse, glockenförmige Blumen von gelber Farbe aus. Auch die herzförmigen Blätter nehmen sich gut aus. Die längliche, mit 12 erhabenen Rippen versehene Frucht wird von den Eingebornen gegessen. Wahrscheinlich kann sie bei uns im Sommer im Freien verwendet werden.

Arauja angustifolia Dne (tab. 5481) ist eine andere krautartige Liane aus der Familie der Asklepiadeen. Sie wurde aus Montevideo durch Gibert dem botanischen Garten in Kew mitgetheilt. Ihre schmalen, bis $1\frac{1}{2}$ Zoll langen Blätter sind an der Basis mit 2 horizontal abstehenden und abgerundeten Lappen versehen und werden von unten nach oben von einem weissen Mittelbande durchzogen. Die meist überhängenden, gelben Blüthen ähneln ebenfalls denen einer Glockenblume und haben einen purpurvioletten Schlund.

Wir kommen zu einigen Immortellen. Trichinium Manglesii Lindl. (tab. 5448) ist eine sehr interessante Amarantacee des Schwanenflusses in Neuholland. Aus der Wurzel kommen nebst wenigen rundlichen, oder länglichen Blättern einige aufsteigende Stengel, mit schmalen, elliptisch-spathelförmigen Blättern besetzt, hervor und endigen mit einer gedrängten Aehre. Die blaurothen, nicht verwelkenden Blüthen haben eine ziemliche Länge und sind, wie die an der Basis befindlichen Deckblätter, mit langen Borsten besetzt.

Waitzia corymbosa Wendl. (tab. 5443), in unseren Gärten als Morna nivea Lindl. bekannter, verschwindet leider wiederum und kommt bei den Liebhabern kaum noch vor. Wir wollen diese neuholländische Immortelle um so mehr wiederum in das Gedächtniss zurückrufen, als man auch Formen besitzt, wo die ursprünglich-weissen Hüllkelchblätter eine rosa-, und selbst wo sie eine mehr dunkelrothe Farbe besitzen.

Helichrysum Mannii Hook. fil. (tab. 5431), wurde von demselben Reisenden Mann, den wir schon oben erwähnt haben, auf dem Pik der Insel Fernando Po und auf den gegenüberliegenden Camerun-Bergen entdeckt. Es steht den beiden bei uns längst bekannten Arten: H. foetidum und fulgidum, über die wir im 3. Jahrgange (S. 271) ausführlich gesprochen haben, nahe. Im Allgemeinen scheint es robuster zu wachsen und auch grössere, so wie zahlreichere Blüthenkörbchen zu machen; doch werden im botanischen Garten zu Berlin von den beiden zuletzt genannten Arten Formen kultivirt, die ebenfalls einen bedeutenden Umfang haben.

Kalanchoë grandiflora Wall. (tab. 5460) ist eine ostindische Dickpflanze mit einfachem, aber ziemlich hohem Stengel, der mit einer grossen doldentraubigen Rispe endigt. Die fleischigen und rundlichen, aber an der Basis gewöhnlich plötzlich verschmälerten Blätter haben eine blaugrüne Farbe und einen grobgesägten Rand. 3 Nerven durchziehen die Oberfläche. Ihr Durchmesser beträgt 3 Zoll. Die Krone hat 4 Abschnitte von gelber Farbe.

Echinocactus Scopa DC. (tab. 5445) ist ein hübscher Cactus, den der zuletzt verstorbene Direktor des botanischen Gartens in Berlin, Link, zuerst beschrieben hat. Er besitzt eine keulenförmige Gestalt und wird bis $1\frac{1}{2}$ Fuss hoch. Die gelben Blüthen kommen in grösserer Anzahl an der Spitze hervor und haben eine ziemliche Grösse. Vaterland ist Brasilien.

Unter den Gehölzen, mit denen uns v. Siebold zuerst bekannt machte und die neuerdings durch Veitch eingeführt sind, nimmt Corylopsis spicata (tab. 5458), eine Hamamelidee, den ersten Rang ein. Das Gehölz hat im vorigen Frühjahre bei Veitch geblüht, wir erfahren aber nicht, ob im Freien? obwohl wir es vermuthen. Die Pflanze verdient ihren Namen, da sie, freilich ohne Blüthen, viel Aehnlichkeit mit einem Haselstrauche besitzt und daher ihren Namen, der darauf hindeutet, verdient. Die Blüthen haben, wie die ziemlich grossen Deckblätter, eine schwefelgelbe Farbe und bilden auf besonderen Zweigen überhängende Trauben. Das Gehölz soll nur 3 bis 4 Fuss hoch werden und leicht blühen.

Canscora Parishii Hook. stellt eine interessante Gentianee aus Ostindien dar, welche Parish und Thomas Lobb daselbst gefunden haben. Sie ist einjährig und macht 1—2 Fuss hohe und sich verästelnde Stengel. Die beiden gegenüberstehenden halbrunden Blätter verwachsen an der Basis mit einander und haben in der Regel nur eine weitröhrige Blüthe von weisser Farbe und ziemlicher Grösse.

Meconopsis aculeata Royle (t. 5456), eine Papaveracee aus Kaschmir und dem westlichen Himalaya. Die aufrechte Pflanze ist durchaus mit stachlichen Borsten, welche auch Veranlassung zur Benennung gegeben haben, besetzt und besitzt eine mehr blaugrüne Farbe. Die herz- oder eiförmigen Wurzelblätter sind verschiedentlich gelappt, die des Stengels hingegen fiederspaltig. Die grossen, purpurvioletten Blüthen an der Spitze des Stengels und der Aeste haben einen Durchmesser von wenigstens 2 Zoll und ähneln entfernt den japanischen Anemonen.

Bartonia nuda Nutt. (t. 5438) schliesst sich der bekannten B. aurea an und wächst im Missuri-Gebiete wild. Obschon länger bekannt, ist sie doch erst durch Thompson in Ipswich eingeführt worden. Eine Schmuckpflanze möchte sie nicht werden, da sie ihre grossen, mit Staubgefässen dichtgefüllten Blüthen am Abend öffnet und zwar erst im Oktober, so dass im Freien keine Samen mehr erwartet werden können. Die ganze Pflanze hat eine blaugrüne Farbe und die länglichen und sitzenden Blätter sind eingeschnitten-gesägt.

In dem Felsengebirge (Rocky-Mountains) wächst ein diesem eigenthümlicher Akelei, der zuerst wegen der blauen Farbe seiner Blüthen den Namen A. coerulea von seinem Entdecker, James, erhalten hat (t. 5477). Doch scheint die Farbe ebenso zu wechseln, als bei unserer gewöhnlichen Art. Die Blumenblätter sind auch weiss oder zugleich mit den Kelchblättern gelb. Diese letztere ist auch von Nuttall als A. leptoceras beschrieben worden. Hinsichtlich der Grösse der Blüthen und auch des ganzen Habitus erinnert diese Art an die A. jucunda und glandulosa.

Delphinium Brunonianum Royle (t. 5461) kommt in den höchsten Gebirgen des westlichen Thibet vor und zeichnet sich durch seinen eigenthümlichen Moschusgeruch aus, so dass die Eingebornen glauben, das dort lebende Moschusthier ernähre sich hauptsächlich von dieser Pflanze. D. moschatum Munr. ist dieselbe Pflanze. Ihr Stengel erhebt sich bis zu 1 Fuss und mehr und ist mit Drüschen dicht besetzt. Auf ziemlich langen Stielen stehen die weichhaarigen und tiefgelappten Blätter von 3 Zoll Länge. Die ziemlich grossen, hellblauen, im Centrum jedoch schwarzen Blüthen bilden eine arme Traube.

Mimulus repens R. Br. gehört zu den vier Arten, welche in Neuholland vorkommen. Es ist eine ausdauernde, auf dem Boden sich ausbreitende Pflanze von unbedeutendem Umfange, durchaus unbehaart und etwas fleischig. Die kleinen, sitzenden Blätter sind kreisrund oder breit-länglich und haben in ihrem Winkel verhältnissmässig grosse Blüthen von hellvioletter Farbe, so dass das Pflänzchen sich gut ausnimmt.

Nach Hooker ist der schon mehrmals von uns besprochene Mimulus cupreus Veitch (tab. 5478) doch nichts weiter, als eine Form des M. luteus L. Wie der für systematische Botanik so verdienstvolle Direktor des botanischen Gartens in Kew mittheilt, hat diese zuletzt genannte Pflanze einen sehr grossen Verbreitungs-Bezirk auf der ganzen Westseite Amerika's, im Norden wie im Süden.

(Schluss folgt.)

Lucas' Taschenbuch
für Pomologen, Gärtner und Gartenfreunde.

Es liegt uns der 4. Jahrgang mit einem Plane des pomologischen Institutes in Reutlingen vor. Ein neuer Zeuge von dessen Wirksamkeit in dem letzten Jahre. Das Taschenbuch gibt nach des Verfassers eignen Worten ein laufendes Bild über das dortige Leben und Streben. Aus ihm ersehen wir, dass das Institut auf eine erfreuliche Weise besucht war, dass tüchtige Jünglinge, welche sich für Obstbau besonders berufen fühlten, ausgebildet wurden und nun in der Zukunft selbständig weiter wirken werden.

An dem zweiwöchentlichen Kursus nahmen 18 Antheil, darunter 8 aus Preussen, während die höhere pomologische Anstalt von 14 Zöglingen und 4 Hospitanten besucht wurde. Dem Obstbau-Kursus, welcher vom 9. März bis 24. Mai dauerte, wohnten ausser den Zöglingen der höheren und niederen Lehranstalt noch 21 Obstbauschüler bei, so dass sich die Gesammtzahl der Theilnehmer auf 48 belief. Endlich wurde ein besonderer Kursus über Obstbau im höheren Norden einer adeligen Familie aus Reval in Esthland gegeben.

Wenden wir uns für einen Augenblick dem Inhalte des Buches zu, so finden wir darin viel Neues aus der gesammten Obstbaumzucht vertreten. Es sind neue Geräthe beschrieben, es finden sich Beobachtungen, die man bei den Kulturen gemacht, vor, es wird auf neue und neuere Obstsorten aufmerksam gemacht. Zuletzt erfahren wir die Bedingungen zur Aufnahme für die Zöglinge und erhalten eine Verkaufs-Anzeige der dort angebauten Obstgehölze, sowie von damit zusammenhängenden Geräthen aller Art. Wir empfehlen deshalb den Kalender allen Obstfreunden auf das Angelegentlichste.

Der Kunstgärtner H. F. W. Schmidt im Odeum bei Woldegk (Mecklenburg-Stelitz) bittet um Franko-Einsendung der Frühjahrs Verzeichnisse von Pflanzen und Sämereien.

Verlag von Karl Wiegandt in Berlin, Kommandanten-Strasse No. 62.

Druck der C. Feister'schen Buchdruckerei in Berlin, Zieten-Platz No. 2.

Wochenschrift

des

Vereines zur Beförderung des Gartenbaues in den Königl. Preussischen Staaten

für

Gärtnerei und Pflanzenkunde.

Redakteur:

Professor Dr. Karl Koch,

General-Sekretair des Vereines.

No. 4. Berlin, den 28. Januar **1865.**

Preis des Jahrganges 5½ Thlr., sowohl bei Bezug durch den Buchhandel, als auch franco durch alle Post-Anstalten des deutsch-österreichischen Post-Vereines.

Sonntag, den 29. Januar, Mittags ½12 Uhr, findet im Englischen Hause (Mohrenstrasse 49) eine Versammlung des Vereines zur Beförderung des Gartenbaues statt, wozu die geehrten Mitglieder eingeladen werden.

Allerlei
aus der Gärtnerei und Pflanzenkunde.

I.

Ein Monat fast ist zwar bereits in diesem Jahre verflossen; es sei uns aber doch noch erlaubt, einen Rückblick auf das eben hinter uns liegende Jahr zu werfen und der grossen Fortschritte, welche die Gärtnerei gemacht, mit einigen Worten zu gedenken. Es regt sich allenthalben, seitdem die Bedeutung der Gärtnerei mehr zum Bewusstsein gekommen und man die national-ökonomische Bedeutung, ganz besonders einzelner Zweige, erkannt hat. Wir haben im vorigen Jahre aus Frankreich Mancherlei in dieser Hinsicht berichtet; hoffentlich wird uns in diesem Jahre Gelegenheit, auch über unser Vaterland spezieller noch zu berichten, als es bis jetzt geschehen.

Die Ausfuhr von Gemüsen, welche in einigen Gegenden von besonderer Güte gezogen werden und eine hauptsächliche Einnahme der dortigen Bewohner ausmachen, war zwar schon längst vorhanden, ebenso wurde auf gleiche Weise Obst hier und da in grösseren Mengen gewonnen, um nach dem Auslande geführt zu werden; vielfach hat aber in der neuesten Zeit die Ausfuhr sich erhöht und bereits nehmen auch Orte, wo früher nur geringe Kulturen, hauptsächlich für den Gebrauch der Umgegend berechnet, existirten, Antheil an fernen Versendungen.

Die Luxusgärtnerei macht ebenfalls, besonders auf dem Lande, sich immer mehr geltend; das Bedürfniss, seine nächste Umgebung zu verschönern, wird selbst bei dem weniger bemittelten Manne grösser. Pflanzen- und Blumenzucht erstreckt sich bereits in die entferntesten Orte der Provinzen. Vor Allem ist es aber der Gutsbesitzer auf dem Lande, der das Bedürfniss fühlt; nicht allein will er, dass ihm von seinem Gärtner feineres Gemüse und wohlschmeckenderes Obst herangezogen werde, sondern er verlangt auch Blumen- und Pflanzenschmuck in seiner Nähe. Gärten und Anlagen zieren jetzt meistens in den Provinzen die nächsten Umgebungen der herrschaftlichen Wohnung. Der geistreiche und nicht weniger humane Fürst Pückler-Muskau in Branitz bei Kottbus, seinem jetzigen Aufenthalte, hat sogar für das Dienstpersonal der dortigen Landwirthschaft in der nächsten Nähe des grossen Hofes freundliche Anlagen mit einem Wasserbassin, mit schattigen Gängen, mit Lauben u. s. w. gemacht, damit auch der gewöhnliche Arbeiter, der Pferdeknecht sowohl wie die Viehmagd, Antheil nehme an den Genüssen einer freundlichen Umgebung und einigermassen nach der zum Theil unsaubern Arbeit von Zeit zu Zeit etwas gehoben werde.

Gartenkunst muss dem Landbewohner, wie uns hohen Orts einmal bedeutet wurde, die Poësie der Landwirthschaft sein. In dem Garten, in dem Park, bei den feineren Obstkulturen u. s. w. erholt der Landwirth sich von den Mühen und Sorgen des

Tages. Allein oder in Begleitung seiner Familie lustwandelt er an Blumen und Lustgehegen vorbei, auf beiden Seiten von frischem Grün des Rasens umgeben oder sucht in schattigen Gängen Schutz gegen die brennenden Strahlen der Sonne. Bald ist er nicht mehr zufrieden mit dem, was schon lange in den Gärten herangezogen wurde; er will auch das kennen lernen, was in neuester Zeit aus fremden und fernen Ländern gebracht wurde und freut sich, wenn dann eine solche Pflanze zum ersten Male ihre Blumen entfaltet oder auf dem Rasen sich in ihren schönen Blattformen den Beschauern präsentirt.

Grade dieser Hang des Menschen zur Mannigfaltigkeit und zum Wechsel hat in die Luxusgärtnerei einen grossen Aufschwung gebracht; in kleineren und grösseren Städten entstehen fortwährend neue Handelsgärtnereien, um den Bedürfnissen zu entsprechen, Reisende befinden sich in fremden Ländern, um schöne Pflanzen dort zu sammeln und im lebenden oder auch nur im Embryonen-Zustande als Samen nach Europa zu senden. In dieser Hinsicht erwirbt sich vor Allem die Gartenbau-Gesellschaft in London wiederum grosse Verdienste, da sie, eben so wie früher, ihre Reisenden in fremden Ländern besitzt. Nächstdem führen die botanischen Gärten in Kew, Berlin, Leiden, Paris und Petersburg beständig neue Pflanzen ein und verbreiten diese rasch nach allen Gegenden des zivilisirten Europa's. Nicht weniger geschieht dieses von Seiten mehrer grossen Handelsgärtnereien, als: Veitch, Low, Bull u. s. w. in England, Linden, van Houtte, Verschaffelt, Jakob-Makoy in Belgien, Groenewegen in den Niederlanden und andere mehr.

Zur rascheren Verbreitung der neuen Pflanzen tragen die grossen Ausstellungen sehr viel bei. Die Liebhaber sind in der neuesten Zeit, und wohl mit Recht, gegen das Anpreisen neuer Pflanzen etwas misstrauisch geworden, seitdem fast jede eingeführte Pflanze, und wenn sie auch nicht den geringsten blumistischen Werth besass und selbst bisweilen schon lange bekannt und beschrieben war, gleich als Neuheit angepriesen wird; auf Ausstellungen haben sie Gelegenheit, sich selbst über den Werth solcher Pflanzen zu überzeugen.

Belgien und England gingen, wie in Vielem, was die Gärtnerei anbelangt, so auch hier voran. Seit längerer Zeit schon wurden in Gent, dem ersten Handelsplatze für neue Einführungen, alle 5 Jahre grosse Ausstellungen veranstaltet, für Deutschland nahm bekanntlich der Garten-Direktor Thelemann in Bieberich vor einigen Jahren die Angelegenheit in die Hand. Bereits fühlt man das Bedürfniss darnach in allen Ländern. Internationale Ausstellungen mit Kongressen zu Verhandlungen wichtiger Fragen wurden im vorigen Jahre zuerst in Brüssel in's Leben gerufen. Ihre Bedeutung wurde erkannt und bereits hat Amsterdam Gärtner, Liebhaber und Botaniker aufgefordert, entweder ihre Erzeugnisse aller Art, insoweit sie die Gärtnerei betreffen, im April einzusenden oder persönlich Theil zu nehmen an der Besichtigung dessen, was dargeboten wird, sowie an den Verhandlungen über wichtige Fragen.

Ferner ist der Gartenbau-Verein in London jetzt schon thätig, um Vorbereitungen zu einer nationalen Ausstellung für das Jahr 1866 zu treffen, während in Paris im Schoosse der dortigen Gartenbau-Gesellschaft die Frage einer ebenfalls nationalen Ausstellung für 1867 aufgeworfen ist und dieselbe dort wohl auch in's Leben gerufen werden möchte.

In diesem Jahre stehen uns aber noch andere grosse Ausstellungen bevor, auf die wir zum Theil schon früher aufmerksam gemacht haben. Es gilt dieses vor Allem der grossen Frühjahrs-Ausstellung in Wien und der Herbst-Ausstellung in Erfurt. Es sei uns aber erlaubt, noch auf 2 andere Ausstellungen von Bedeutung aufmerksam zu machen. Die eine findet in Nizza statt, in demselben Orte also, wo der bekannte Satyriker Alphons Karr, dereinst Herausgeber der, ihres feinen Tones und des treffenden Sarkasmus wegen anerkannten Guêpe (Wespe) in Paris, sich zurückgezogen hat, um sich von nun an der gewiss belohnenderen Kultur von Pflanzen und Blumen zu widmen.

Die Ausstellung in Nizza beginnt unter dem besonderen Schutze des Kaisers und der Kaiserin der Franzosen am 25. April und währt bis zum 1. Mai. Nicht weniger als 75 Bewerbungen sind ausgeschrieben und 160 Medaillen, zum Werthe von 300, 200, 100, 40 und 25 Franks, werden vertheilt. Ausserdem haben der Kaiser, die Kaiserin und die Damen in Nizza noch Preise zur Verfügung gestellt, so dass es an Belohnungen für das Eingesendete nicht fehlen dürfte. Die Warmhaus-Pflanzen sind am meisten berücksichtigt, da allein für diese 45, also über die Hälfte der Bewerbungen, ausgesetzt sind. Dagegen finden wir das Gemüse mit 3 Bewerbungen doch etwas zu stiefmütterlich behandelt.

Die zweite allgemeine Frühjahrs-Ausstellung wird im Monat Mai in der Hauptstadt Irland's, in Dublin, stattfinden. Bereits ist in Brüssel ein Ausschuss zusammengetreten, der die Vermittelung übernehmen und Aufrufe durch ganz Belgien erlassen wird, um zur Betheiligung aufzufordern. Die belgische Regierung hat dabei ebenfalls ihre Unterstützung zugesagt. So wird wohl Belgien auch in Irland würdig vertreten sein. In keinem Lande ist auch die Bedeutung der Gärtnerei so erkannt, als in unserem nordwestlichen Nachbarlande.

Wenn auch nicht in so grossartigem Umfange, so wird doch die Ausstellung in Stettin vom 16. bis 21. Mai für Norddeutschland und die in Würzburg vom 7. bis 9. April für Süddeutschland bezeichnend sein.

Von Seiten des Gartenbau-Vereines in London ist uns der von diesem ausgegebene Kalender für 1865, in welchem alle Ausstellungen, Sitzungen u. s. w. für das ganze Jahr angegeben sind, zugegangen. Durch denselben erhält man einen Ueberblick über seine ungemeine Thätigkeit nach allen Richtungen hin. Freilich lässt sich mit solchen Mitteln, wie sie dort zur Verfügung stehen, auch etwas anfangen. Pflanzen- und Blumenzucht ist durch ganz England und Schottland Gemeingut des Volkes geworden. Der hohe Adel, wie der reiche Fabrikherr, suchen ihren Stolz darin, in der Gartenkunst Tüchtiges zu leisten und grosse Summen beizusteuern.

Die Thätigkeit des Vereines ist eine äussere und eine innere (out-of-door und in-door), d. h. die Ausstellungen werden im Sommer (vom 1. Mai bis 31. Oktober) in den beiden, dem Vereine angehörigen Gärten von Chiswick und South-Kensington, im Winter (vom 1. November bis 30. April) in den Gewächshäusern daselbst gehalten. Die letzteren bieten einen ununterbrochenen Spaziergang von $\frac{1}{8}$ englische Meile,*) was gewiss für die Mitglieder angenehm ist.

Grosse Ausstellungen werden in diesem Jahre 3 stattfinden: eine allgemeine am 10. Juni, eine für Rosen am 1. Juli und eine für Früchte und Gemüse am 22. Juli. Dazu kommen 8 Ausstellungen für besondere Pflanzen und Blumen, und zwar am 18. März für Hyazinthen und Kamellien, am 8. April für getriebene Azaleen und Frühlingsblumen, am 13. Mai für Orchideen, am 3. Juni für Pelargonien, am 17. Juni für Freiland-Azaleen, am 8. Juli für buntblättrige Pflanzen, am 15. Juli für Liliaceen und Amaryllideen und am 29. Juli für Farne. Endlich findet noch eine besondere Ausstellung für Tafel-Aufsätze und Bouquethalter am 24. Juni statt.

Einige Gärtner haben, wie bereits schon früher angegeben worden, die Erlaubniss erhalten, in dem Garten von South-Kensington Ausstellungen von Tulpen (durch Henderson) im Frühlinge, von Rhododendren (durch Waterer und Godefroy) im Sommer und von Chrysanthemum's im Winter zu machen. Dazu kommen 2 internationale Ausstellungen von Garten-Instrumenten und Geräthschaften im Juli und von Früchten und Gemüsen in der zweiten Woche des Decembers. Ausserdem finden alle Sonnabende noch Ausstellungen der Mitglieder statt, wobei einmal um das andere sogenannte wissenschaftliche Meetings (Zusammenkünfte) stattfinden. Diesem Allen schliesst sich noch eine Ausstellung von Erzeugnissen der künstlichen Fischzucht an, ferner eine von Seepflanzen, eine von Bienen und Bienenkörben und endlich eine von der Ailantus-Seidenraupe und deren Erzeugnissen.

Alle diese Ausstellungen finden im Garten von South-Kensington statt. In dem von Chiswick werden nur Ausstellungen von Stachelbeeren im Juni, von Pflanzen des Versuchsgartens im August und von daselbst gezogenen Früchten und Weintrauben im September veranstaltet.

Von grossem Gewichte für die Förderung der Blumenzucht beim gemeinen Manne ist, dass auch Preise ausgesetzt werden, um Pflanzen und Blumen, welche von Soldaten, Matrosen, Aufsehern der Küste und beim Schiffsbau und von im Königlichen Dienste sich befindlichen Arbeitern herangezogen sind, zu krönen. Auf gleiche Weise wird die Pflanzen- und Blumenzucht der Arbeiter in den verschiedenen Stadtvierteln London's am Fenster und im Zimmer durch Preise ermuntert. Zu diesem Zwecke werden aus dem Schoosse der Gesellschaft selbst Ausschüsse ernannt, welche sich speziell damit zu beschäftigen haben.

Was für Geldmittel dergleichen Einrichtungen in Anspruch nehmen, ist wohl leicht einzusehen, zumal wenn man weiss, welche grossen Geldpreise und welche ziemlich schweren goldenen Medaillen jährlich vertheilt werden. Abgesehen von den bedeutenden Unterstützungen, welche die Königin und Mitglieder der Königlichen Familie zahlen, sind die Jahres-Beiträge überhaupt nicht gering. Die Mitglieder haben ungleiche Rechte und ungleiche Pflichten. Diejenigen, welche bei einem Eintrittsgelde von 2 Guineen (gegen 14 Thlr) noch eben so viel jährlich Beitrag zahlen, können zu jeder Zeit beide Gärten besuchen und an allen Ausstellungen, Meetings u. s. w. Antheil nehmen. Sie haben ferner das Recht, ausser am Sonnabende, stets 2 Bekannte mitzubringen. Ausserdem erhalten sie 20 Freikarten zu 1 Schilling (10 Sgr.) und die gedruckten Verhandlungen und nehmen endlich an der Vertheilung der Sämereien Antheil, sowie bei der Verloosung von seltenen Blumen und Pflanzen und bei dem Verkaufe der in Chiswick gezogenen Früchte.

Wer einen doppelten Jahres-Beitrag (also 4 Guineen) zahlt, kann auch die doppelte Anzahl von Bekannten einführen und ist ausserdem berechtigt, Eintrittskarten mit dem Rechte eines wirklichen Mitgliedes und im Preise von 2 Guineen an Be-

*) Die gesetzliche englische Meile hat 5280, die Londoner gewöhnliche Meile hingegen nur 5000 Fuss.

kannte abzugeben. Gewöhnliche Mitglieder können dagegen für Andere nur Ausstellungs-Billets zu einem billigeren Preise erhalten.

Auswärtige Mitglieder, d. h. solche, die wenigstens 20 (englische) Meilen von London entfernt wohnen, zahlen nur 1 Guinee und bekommen dafür die Verhandlungen und das Recht der Theilnahme an den Verloosungen seltener Pflanzen. Zum Besuche der Gärten u. s. w. erhalten sie Freimarken bis zur Höhe ihres Beitrages. Bei den Beschlüssen haben sie keine Stimme.

Karten für die Sommer-Saison werden an Nicht-Mitglieder für 20, für die Winter-Saison für 10 Schillinge ausgegeben; sie lauten auf den Empfänger und können nicht Anderen mitgetheilt werden. Für den Besuch des Chiswick-Gartens allein zahlen Nicht-Mitglieder jährlich 10 Schilling. Inhaber von Obligationen des Vereines haben das Recht, die Gärten zu besuchen, wenn diese geöffnet sind.

Karten zum Besuche der grossen Ausstellungen kosten für Nicht-Mitglieder am Tage derselben 7½ Schillinge (2½ Thaler), löst man sie aber am Tage zuvor, nur 5 Schillinge (1⅔ Thaler); für die speziellen Ausstellungen werden nur 5, resp. 3½ Schillinge bezahlt. Bei allen übrigen Ausstellungen in Kensington und für die in Chiswick kostet das Billet vom April bis August 2½, von da bis November 1 Schilling.

Beide Gärten sind am Sonntag nur allein den Mitgliedern geöffnet, während Nicht-Mitglieder am Sonnabend gegen Zahlung eines Eintrittsgeldes von 2½, am Dienstag, Mittwoch, Donnerstag und Freitag von 1 und am Montage von ½ Schilling dieselben besuchen können. Während der Monate August, September und Oktober zahlt hingegen ein Nicht-Mitglied am Sonnabend nur 1 Schilling, an den anderen Tagen sogar nur 3 Pence (2½ Sgr.) An der Königin Geburtstag (24. Mai) kostet der Eintritt ebenfalls nur 1 Schilling, am Oster- und Pfingst-Montag und Dienstag aber auch nur 3 Pence. Am 26. August, als am Geburtstage des verstorbenen Prinz-Gemahl, ist auf Befehl der Königin der Garten Jedermann offen. Im vorigen Jahre fanden sich nicht weniger, als 153,000 Menschen hier ein. Aber auch an den Tagen, wo man Eintrittsgeld bezahlen muss, werden die Ausstellungen, welche nur an Sonnabenden stattfinden, sehr besucht.

Man sieht hieraus, welche Thätigkeit der Londoner Gartenbau-Verein nach allen Seiten hin entwickelt, welcher Sinn aber auch durch ganz England beim Volke für Pflanzen und Blumen herrscht. Wir erlauben uns dabei auf den Aufsatz aufmerksam zu machen, der vor Kurzem gebracht wurde (s. S. 18).

(Schluss folgt.)

Botanical Magazine.

Jahrgang 1864.

(Schluss.)

Wir gehen zu den Monokotylen über, welche im Jahrgange 1864 des botanical Magazine eine Besprechung erhalten haben. Urceolina pendula Herb. (tab. 5464) ist eine interessante Amaryllidee der Hochebene von Peru, die schon die beiden Floristen genannten Hochlandes, Ruiz und Pavon, als Crinum urceolatum beschrieben haben, die aber wiederum den älteren Namen Collania urceolata Schult. erhalten muss. Eingeführt wurde sie durch Veitch's Reisenden Pearce. Schon als Blattpflanze nimmt sie sich mit den beiden grossen, gestielten Blättern, welche der Pflanze eine Aehnlichkeit mit Hymenocallis speciosa geben, sehr gut aus. An der Spitze des runden Schaftes befindet sich eine Reihe überhängender Blüthen von eigenthümlicher Gestaltung. Auf dem herzförmigen Fruchtknoten von grüner Farbe befindet sich eine dünne, zolllange und ebenso gefärbte Röhre, welche plötzlich sich sehr erweitert und einen über zolllangen, bauchigen Becher bildet, der wiederum mit 6 grünen, aber weiss-umsäumten Abschnitten gekrönt ist. Die Pflanze verdient daher in jeglicher Hinsicht Empfehlung.

Alstroemeria Caldasii H. B. K. (t. 5442) gehört zur Gruppe der etwas windenden Arten, also der Bomareen, und wurde von Humboldt und Bonpland in den Cordilleren von Quito (Ecuador, eine der 3 kolombischen Republiken) entdeckt. Die länglich-lanzettförmigen Blätter hat sie mit den meisten übrigen Arten dieser Gruppe gemein. Die gipfelständigen Blüthen bilden eine Dolde, sind bis 1½ Zoll lang und haben eine orangengelbe Farbe. Doch ist der Schlund roth punktirt. Auch diese Amaryllidee hat Pearce eingesendet.

Vieusseuxia fugax Delar. (tab. 5438) war schon in der 2. Hälfte des vorigen Jahrhundertes in Deutschland verbreitet (s. Jacq. hort. Vindob. III, t. 20), ging aber wiederum verloren, so dass es einer neuen Einführung bedurfte. Es ist eine kapische Iridee mit langen, schmalen Blättern und einem dünnen Schafte mit wenigen Blüthen von heller Lilafarbe. Nur die 3 grossen Blumenblätter der äusseren Reihe haben einen orangenfarbigen Fleck im Centrum.

Gladiolus sericeo-villosus Hook. (t. 5427) mag wegen der zottigen Behaarung des Schaftes und der Deckblätter für Botaniker ein Interesse haben, bei Blumenliebhabern wird die Art mit ihren dichtstehenden, grünlich-gelben Blüthen wenig Eingang finden. Wie die vorige, so wurde auch dieser Gladiolus von Cooper, dem Sammler des Ritters

Saunders, in Südafrika entdeckt und nach England gesendet.

Eine dritte kapische Iridee, welche aber ausser dem Ritter Saunders noch die Handelsgärtnerei von Backhous & Sohn von Südafrika erhielten, ist Schizostylis coccinea Backh. et Harv. (tab. 5422). Sie wurde unlängst ebenfalls in Blüthe von dem Kunst- und Handelsgärtner L. Mathieu in Berlin ausgestellt (s. vor. Jahrg. der Wochenschr. S. 386) und ist auch etwas früher schon (S. 295) besprochen worden.

Cyanotis nodiflora Kth (tab. 5471) schliesst sich einigen verwandten Tradescantien an und ist, wie viele Arten dieses Geschlechtes, etwas fleischig. Die einfachen, selten wenig verästelten Stengel sind mit schmal-elliptischen Blättern umgeben, in deren Winkeln dichte Knäuel weniger Blüthen von violetter Farbe sich befinden. Aus dem Becher derselben ragen 6 Staubgefässe, mit langen violetten Haaren besetzt, heraus. Auch diese Art wächst in Südafrika und wurde von Cooper daselbst entdeckt und nach England gesendet.

Forrestia hispida Less. et A. Rich. (t. 5425) ist der richtige Name der mehrmals früher von uns besprochenen Pollia purpurea. Die Pflanze wächst nicht allein auf den grossen Sunda-Inseln, auf Singapur u. s. w., sondern auch in Neu-Guinea.

Aechmea distichantha Lem. (t. 5447), eine Bromeliacee des südlichen Brasilien's, befindet sich schon länger in den Gärten und wurde von Beer in seiner Monographie der Bromeliaceen zu dem allerdings nahestehenden Genus Hoplophytum gebracht, zu dem es auch in der That zu gehören scheint, trotz der rothen Färbung des Blüthenstandes. Die Blüthen haben eine violette Farbe und stehen ziemlich gedrängt an kurzen Aesten. Es ist eine zu empfehlende Pflanze.

Die Zahl der Orchideen, welche im Jahrgange 1864 des botanical Magazine abgebildet sind, ist ziemlich gross; im Verhältniss zu den anderen Pflanzen-Familien werden überhaupt in genanntem Werke diese Arten sehr bevorzugt. Es sind allein 8 Dendrobien abgebildet. 2 davon: Dendrobium nodatum Lindl. (tab. 5470), was den Namen D. Aphrodite Rchb. fil. erhalten muss, und D. Infundibulum Lindl. (tab. 5446) haben wir schon früher (6. Jahrg. S. 369) besprochen. Was die anderen betrifft, so wurde D. ciliatum Parish (tab. 5430) in Ostindien entdeckt und an Low in Clapton mitgetheilt, wo die Pflanze im November 1863 zum ersten Male blühte. An dem ziemlich hohen Stengel befinden sich nur wenige schmal-elliptische Blätter, aus deren Winkel, aber nur am oberen Theile desselben, Aehren mit entfernt-stehenden Blüthen von grünlich-gelblicher Farbe hervorkommen. Die Lippe ist mit grossen Wimpern besetzt, ein Umstand, der Veranlassung zur Benennung gab.

Dendrobium luteolum Batem. (tab. 5451) wurde zuerst im vorigen Jahre durch Gardeners Chronicle bekannt gemacht und stammt aus Ostindien, und zwar aus derselben Provinz Mulmein, wie die vorige Art. Es steigen mehre gefurchte Stengel in die Höhe, mit dicken, fleischigen und elliptischen Blättern ziemlich entfernt besetzt. 2 bis 4 etwas grosse Blüthen von hellgelber Farbe stehen an den älteren Stengeln auf kurzen Stielen. Nur die Lippe ist roth gestrichelt.

Dendrobium Farmeri Paxt. ist eine bekannte ostindische Art. Wiederum durch Low in Clapton ist neuerdings eine Abart mit schönen goldgelben Blumen, welche deshalb auch den Beinamen „aurea" erhalten hat, aus der ostindischen Provinz Mulmein eingeführt worden, welche die Beachtung der Orchideen-Liebhaber verdient. Der Stengel zeichnet sich durch seine keulenförmigen und tiefvierfurchigen Glieder aus. Nur an der Spitze besitzt er 2 bis 4 lederartige und elliptische Blätter, zwischen denen die herabhängende, ziemlich breite Aehre hervorkommt (tab. 5451).

Dendrobium marginatum Batem. (t. 5454) ist ebenfalls erst neuerdings in der ostindischen Provinz Mulmein, die ganz besonders reich an diesen Orchideen zu sein scheint, von Parish entdeckt und von ihm nach England an Low gesendet worden. Mehre eckige Stengel von Fuss Länge kommen hervor; von ihnen haben nur die noch jugendlichen schmal-elliptische Blätter, die übrigen hingegen ziemlich grosse und weisse Blüthen, zu 2 bei einander stehend. Allein die Lippe ist in der Mitte orangenroth gefärbt, am Rande hingegen weiss, ein Umstand, der zur Benennung Veranlassung gegeben haben mag.

Dendrobium eburneum Rchb. fil. (tab. 5459). Diese ebenfalls von Parish in Mulmein aufgefundene Art schliesst sich dem bekannten D. formosum an. Die gegliederten kurzen Stengel haben in der Jugend schmal-längliche und lederartige Blätter, später jedoch befinden sich 2—5 Blüthen zu gipfel- oder blattständigen Trauben vereinigt an ihnen. Letztere besitzen eine weisse Elfenbeinfarbe und sind ziemlich gross. Auch hier ist die Lippe an der Basis roth gestrichelt.

Dendrobium japonicum Lindl. (tab. 5482) stammt, wie der Name sagt, aus Japan, wo es als die einzige des Geschlechtes ziemlich verbreitet zu sein scheint, und wurde zuerst von Blume als Onychium japonicum beschrieben. Doch glaubt Bateman, dass das letztere spezifisch verschieden sein möchte und schlägt deshalb den Namen D. castum dafür vor. Mehre schlanke Stengel steigen bis 1 Fuss empor und tragen nur, wie die übrigen dieser Gruppe, Blätter an der Spitze, während die älteren die Blüthen von blendend-weisser Farbe einzeln oder gepaart besitzen. Diese sind ausserordentlich wohlriechend.

Epistephium Williamsi Hook. fil. (tab. 5485) ist vom Ritter Williams aus Bahia dem botanischen Garten in Kew mitgetheilt worden. Es steht den Sobralien nahe und ist diesen gleich eine Erd-Orchidee, deren aufrechte, bis 1½ Fuss hohe Stengel mit breit-elliptischen, genervten und lederartigen Blättern besetzt sind. An der Spitze befinden sich 5—8 grosse Blüthen von 3 Zoll Durchmesser und von heller violett-rother Farbe. In der Mitte der Lippe befindet sich ein grosser weisser Fleck, der von einem dunkelvioletten Rande umgeben ist.

Masdevallia civilis Rchb. fil. (tab. 5476) wurde von Warszewicz in Peru entdeckt und dem Konsul Schiller in Hamburg mitgetheilt. Eine Menge kurzer Stengel, mit einem einzigen sehr schmalen, aber um desto längeren Blatte versehen, kommen rasenartig hervor. Zwischen ihnen befinden sich die eigenthümlich-gestalteten Blüthen von unten brauner, oben grüner Farbe.

Coelogyne odoratissima Wight (tab. 5462) wächst auf der Insel Ceylon, aber auch auf dem ostindischen Festlande. Sie gehört zu den kleinern Arten und macht eine Menge eirundlicher, aber gefurchter Scheinknollen. Zwischen den beiden hautartigen Blättern kommt ein kurzer Stiel mit 2 oder 3 weissen Blüthen hervor, die einen angenehmen Geruch verbreiten. Nach Hooker ist C. angustifolia Wight nicht verschieden, wohl aber stellt die Pflanze gl. N., welche Achille Richard beschrieben hat, eine andere Pflanze dar.

Cymbidium tigrinum Parish (tab. 5457) stammt aus Tenasserim von der malayischen Halbinsel, von wo die Art an Low in Clapton mitgetheilt wurde. Die rundlichen oder eirundlichen Scheinknollen stehen gehäuft und haben die elliptischen, nach der Basis zu sich verschmälernden Blätter an der Spitze meist einzeln. Aus der Wurzel kommt ein meist 3-blüthiger Schaft hervor. Die schmalen und ausgebreiteten Blumenblätter besitzen eine gelbgrüne Farbe, während die dreilappige Lippe weiss und gefleckt erscheint.

Miltonia Regnelli Rchb. fil. (tab. 5436) ist eine brasilianische Orchidee, welche der botanische Garten zu Kew aus dem von Berlin erhielt und welche bei uns im nordöstlichen Deutschland ziemlich verbreitet ist. Sie steht der bekannteren M. spectabilis sehr nahe. Die grünen Scheinknollen sind in die Länge gezogen und der 1 bis 1½ Fuss hohe Schaft ist mit anliegenden Blättern besetzt und trägt nur wenige, ziemlich entfernt stehende und flach ausgebreitete Blüthen von weisser und zart-rosarother Farbe. Durch ihre lange Blüthendauer verdient M. Regnelli die Beachtung der Liebhaber.

Saccolabium Harrisonianum Hort. Low. (tab. 5433) wurde von Stuart und Low aus Pulo Copany, einer Insel des chinesischen Meeres, eingesendet und zu Ehren des bekannten Orchideen-Liebhabers Harrison so genannt. Gleich den übrigen Arten dieses Geschlechtes verdient auch diese Beachtung, da sie unbedingt zu den schönsten und zugleich wohlriechendsten Orchideen gehört. Die länglichen, an der Spitze aber zweitheiligen Blätter stehen dicht gedrängt und zeichnen sich durch ihre freudig-grüne Farbe aus. Aus dem Winkel des einen oder andern kommt die ebenfalls dicht gedrängte Aehre von blendend-weisser Farbe hervor und bildet seitwärts einen eleganten Bogen.

Ada aurantiaca Lindl. (tab. 5435) stammt aus Neugranada und scheint in englischen Gärten weniger verbreitet zu sein, als bei uns, wo sie schon oft auf Ausstellungen gesehen wurde. An der Spitze der gegen 4 Zoll langen, schmalen Scheinknollen stehen einige sehr schmale und in die Länge gezogene Blätter; die orange-farbigen Blüthen bilden eine gipfelständige und überhängende Aehre und haben Anfangs röhrenförmig vereinigte, später auseinandergehende, schmale Blätter, welche die viel kleinere Lippe einschliessen.

Cattleya Lindleyana Batem. (t. 5449) gehört zu den weniger schönen Arten des Geschlechtes und kam durch den Ritter Williams aus Bahia nach dem botanischen Garten zu Kew. Mehre gefurchte und gegliederte Stengel haben entweder sehr schmal-elliptische Blätter oder tragen an der Spitze nur eine überhängende Blüthe, deren weisse und schmale Blumenblätter einen rosafarbenen Schein besitzen. Noch mehr tritt dieser bei der breiten, am Rande wellenförmigen und in der Mitte rothpunktirten Lippe hervor.

Cypripedium caricinum Lindl. (Selenipedium caricinum Rchb. fil., in den Gärten als Cypripedium Pearcei) erhielt die Handelsgärtnerei von Veitch durch ihren Reisenden Pearce aus Peru. Mit Recht hat diese Orchidee wegen ihrer sehr langen und rietgras-ähnlichen Blätter ihren Beinamen erhalten. Zwischen diesen kommt als Fortsetzung des Stengels der mit kleinen, schuppenförmigen Blättern besetzte Schaft hervor und hat 3 bis 6 Blüthen, die nach und nach sich entfalten; ihre Farbe ist grünlich. Die beiden herabhängenden Blumenblätter sind schmal, gedreht und doppelt so lang, als das breite Blatt, was nach oben steht.

Der

Gartenbau-Verein für die Oberlausitz in Görlitz.

Neben den monatlichen Versammlungen hat sich der Verein zur Aufgabe gestellt, von Zeit zu Zeit die Gärten in der Stadt Görlitz sowohl, als die der Landsitze in der Nähe zu besuchen, um sich von den Fortschritten der Gartenkultur nähere Kenntniss zu verschaffen. Derselbe ist überzeugt, dass die Liebe zu Pflanzen und Blumen dadurch unter den Mitgliedern erhöht wird. Dadurch, dass darüber Bericht erstattet wird, möchten auch Nicht-Mitglieder ein grösseres Interesse erhalten.

Auf diese Weise wurden im Jahre 1864 die Gärtnereien von Dammann, Wagner u. Roitzsch, sowie die schönen Gärten und Parks der Mitglieder v. Klitzing, Geissler, v. Wrochem und Böttger in Görlitz der Reihe nach besucht. Nachdem nun bereits einige kurze Notizen in den Lokalblättern über die Besuche gegeben worden sind, dürften nachträglich speziellere Beschreibungen einzelner, besonders schöner oder für den Handel gewichtiger Gärten nicht ohne Interesse sein.

Wir haben uns die Aufgabe gestellt, dieses Mal der Dammann'schen Kunst- und Handelgärtnerei einige Aufmerksamkeit zu widmen Haupt-Aufgabe derselben ist zunächst, die Stadt selbst mit dem nöthigen Bedarf an Pflanzen und Blumen, der keineswegs gering ist, zu versehen. Zu diesem Zwecke hat die Dammann'sche Gärtnerei in der Stadt Görlitz selbst ein Blumengewölbe, wo man alles, was die Jahreszeit bringt, findet. Auch sieht man daselbst im Spätsommer und Herbst eine Auswahl der besten Berliner und Holländischen Blumenzwiebeln.

Für Blumen-Verkauf macht natürlich der Winter die grössten Ansprüche. Görlitz ist eine angenehme Stadt, wo sich seit vielen Jahren schon eine nicht geringe Anzahl reicher Leute, die in stiller Zurückgezogenheit leben wollen, niedergelassen haben. Wenn auch nicht in dem Maasse, wie in den Residenzen und in den grossen Städten, so hat sich doch allmählig ein gewisser Luxus eingefunden. Mag man sich hier und da noch so sehr gegen den Luxus ereifern, so viel ist sicher, dass der Luxus der reicheren Leute eine der hauptsächlichsten Erwerbsquellen für den Mittelstand und ganz besonders für die armen Leute ist.

Die Anzahl der Kränze, von den kleinsten Geburtstagskränzchen bis zu den feinsten Haar-Garnirungen, für Bräute gemacht, betrug in den letzten Jahren durchschnittlich 1500 Stück. Bouquets wurden dagegen nicht weniger als gegen 4000 Stück angefertigt. Man kann sich hieraus einen Begriff machen, welche Masse von Pflanzen dazu gehört, um das nöthige Material dazu heranzuziehen. Für dieses wird auch die meiste Zeit des Besitzers und der grösste Raum in den Gewächshäusern in Anspruch genommen.

Unter diesen Umständen können andere Kulturen nur in geringer Ausdehnung betrieben werden. Dagegen hat die Kultur einiger Blüthensträucher eine bedeutende Vergrösserung erhalten

Vor Allem verdient die werthvolle Sammlung hochstämmiger Rosen von etwa 300 Sorten Beachtung. Unter ihnen befinden sich stets die besten der neuesten Sorten, da diese hauptsächlich verlangt werden. Von ihnen werden jährlich gegen 1000 Stück zum Verkaufe herangezogen. Nächstdem sind in den Dammann'schen Gewächshäusern die Azaleen reichhaltig und in bester Auswahl vertreten. Ihre Blumen werden hauptsächlich zu den französischen Bouquets benutzt. Die Zahl der Azaleen, welche jährlich herangezogen werden, beträgt gegen 2000 Stück. Ebenso ist der Bestand der Kamellien ein sehr beachtenswerther, zumal auch hiervon die Blumen für Bouquets sehr gesucht und im Anfange des Jahres auch gut bezahlt werden. Die Zahl der Pflanzen, welche vorhanden sind, mag ebenfalls einige 1000 betragen.

Wenden wir uns für einige Augenblicke den Warmhäusern zu. Da findet man zunächst eine grossere Anzahl (gegen 50) von schönen Exemplaren der Cycas revoluta. Wie in Dresden und anderen Städten, so ist auch hier der Gebrauch, dass die Blätter, welche der gemeine Mann für Palmenzweige hält, zur Ausschmückung der Särge verwendet werden. Blattpflanzen überhaupt werden, besonders zur Ausschmückung der Blumentische, in Görlitz viel verlangt, und sind deshalb stets in grösserer Auswahl vorhanden. Begonien und Caladien spielen hier immer noch eine grosse Rolle und werden gern gekauft. Bei der raschen und leichten Vermehrung beider Pflanzen bieten diese eine hauptsächliche Erwerbsquelle.

In dem 3 Morgen Flächenraum enthaltenden Garten werden im Freien die beliebtesten Florblumen gezogen; von Gehölzen, da diese hier in geringer Anzahl verlangt werden, ist nur ein kleiner Vorrath vorhanden und richtet sich derselbe nach der Nachfrage.

Schliesslich gedenken wir noch der beiden Ananas-Häuser, in denen 270 Fruchtpflanzen Platz haben und welche demnach jährlich etwa 600 Pfund Früchte zum Verkauf liefern.*)

*) Die Ananaszucht ist in der ganzen Oberlausitz sehr bedeutend. Weit mehr wird sie aber auf einigen Rittergütern betrieben, als in Handelsgärtnereien.

Dr. William Löbe's
Krankheiten der Kulturpflanzen.

Wir haben in einer frühern Nummer ein Buch: „Die Freunde und Feinde des Landwirthes und Gärtners" besprochen; jetzt nehmen wir die Gelegenheit wahr, die Aufmerksamkeit unserer Leser auf ein anderes Buch, und zwar desselben Verfassers, zu lenken. Während jenes die den Kulturpflanzen nützlichen und schädlichen Thiere behandelte, werden wir hier hauptsächlich mit den meist mikroskopischen und niederen Formen des Pflanzenreichs, die einen schädlichen Einfluss auf die Kulturpflanzen ausüben und Ursache vieler Krankheiten derselben sind, vertraut gemacht. Es ist dieses ein Feld, was erst in den letzten Jahrzehenden, wo bedeutende Epidemien auftraten, von der Wissenschaft ausgebeutet wurde. Wenn wir durch die gewonnenen Resultate auch keineswegs die Krankheiten aufzuheben vermögen, so ist doch schon dadurch viel gewonnen, dass wir den Feind unserer Kulturpflanzen kennen gelernt haben. Bei einigen Krankheiten, wie bei dem Steinbrande, hat uns die Wissenschaft auch die Mittel zur Abwehr in die Hand gegeben.

Mag man neuerdings zu weit gehen, wenn man alle Krankheiten und alle abnormen Zustände auf schmarotzende Pilze zurückführen will, den meisten derselben liegen sie in der That zu Grunde. Anderntheils sucht man die Krankheiten durch eine schlechte und fehlerhafte Nahrung zu erklären und lässt die Schmarotzer nur sekundär einwirken. Dahin führen namentlich die Versuche Liebig's und Nägeli's in München, welche deshalb und in dieser Richtung solche mit Kartoffelpflanzen anstellten. So viel steht allerdings fest, dass schwächliche Pflanzen von schmarotzenden Pilzen leichter ergriffen werden und Krankheiten unterworfen sind, als kräftige; die Versuche de Bary's haben aber auch evident nachgewiesen, dass in einigen Fällen selbst die gesundesten Pflanzen befallen werden können. Trotzdem müssen Gärtner und Landwirthe dahin wirken, dass sie nur gesunde und kräftige Pflanzen heranziehen.

Der Verfasser hat mit Fleisse alles zusammengetragen, was in neuester Zeit an Resultaten erlangt wurde. Wir hätten nur gewünscht, dass er, um das Buch weniger umfangreich zu machen, nicht abgethanene Ansichten und unrichtige Beobachtungen, wenn auch nur der geschichtlichen Entwickelung halber, mit aufgenommen hätte. Eine Schrift, die den Zweck hat, die grosse Masse zu belehren, muss gleich zur Sache eingehen und darf sich nicht mit Nebendingen aufhalten, und zwar um so weniger, als dadurch sehr oft Leser vom richtigen Standpunkte abgezogen werden. Nichts desto weniger legen wir Landwirthen und Gärtnern es sehr an's Herz, sich mit Hülfe des Buches mit den Pflanzen-Krankheiten unserer Kulturpflanzen vertraut zu machen.

In der Einrichtung hat das Buch sich das bekannte Werk von Kühne zur Richtschnur genommen. Nachdem der Verfasser in 2 Abschnitten: Allgemeines und allgemeine Mittel gegen Pflanzen-Krankheiten, gleichsam eine Einleitung gegeben, spricht er zuerst — leider etwas zu kurz — von der Bleichsucht der Pflanzen überhaupt. Dann werden die Krankheiten einzelner Kulturpflanzen der Reihe nach aufgezählt. Dass die des Getreides ausführlicher behandelt sind, billigen wir, ebenso die der Kartoffeln.

Bei den Krankheiten der Hülsenfrüchte sind nur Mehlthau und Rost, allerdings die am Häufigsten vorkommenden, abgehandelt. Es folgen die Krankheiten der Rüben, welche zum zweiten Mal bei den Handelspflanzen besprochen werden. Warum nicht gleich zusammen? Es würde wohl auch Raum erspart worden sein, wenn solche allgemeine Krankheiten, wie Rost und Mehlthau, denen fast alle Pflanzen unterliegen, in einem besonderen Kapitel zur Kenntniss gekommen wären. Wiederholungen sind auf diese Weise unvermeidlich.

Ferner werden die Krankheiten der Futterpflanzen behandelt. Wir vermissen hier unter Anderem die schmarotzenden Cuscuta-Arten, welche neuerdings in einigen Gegenden grosse Verheerungen angerichtet haben, wissen dagegen nicht, wie der Hellophorus sennicus, ein Insekt, dass in England die Wurzeln des Klee's vernichtet, grade hierher kommt, da er doch zu den Feinden der Kulturpflanzen gehört und in dem zuerst besprochen Buche hätte abgehandelt werden müssen.

Auf gleiche Weise werden in besonderen Kapiteln die Krankheiten der Handelsgewächse, dann der Obstbäume, der Orangenbäume (viel zu kurz), der Maulbeerbäume, des Weinstockes, der Küchengartenpflanzen und der Zierpflanzen beschrieben. Dann folgt ein Nachtrag, wo Manches ergänzt wird. Ein Register erleichtert den Gebrauch des Buches.

Vertheilung von Sämereien.

Wie in früheren Jahren, so sind auch im vergangenen im Versuchsgarten des Vereines Sämereien von neueren Florblumen und Gemüsen gewonnen und liegen zur Vertheilung an Mitglieder bereit. Das Verzeichniss dieser Sämereien ist bei dem Inspektor Bouché im botanischen Garten einzusehen, oder wird auf Verlangen mit der Post zugesendet. Vertheilung Mitte Februar. Später sich Meldende können natürlich nicht berücksichtigt werden.

Verlag von Karl Wiegandt in Berlin, Kommandanten-Strasse No. 62.

Druck der C. Feister'schen Buchdruckerei in Berlin, Zieten-Platz No. 2.

Wochenschrift

des

Vereines zur Beförderung des Gartenbaues in den Königl. Preussischen Staaten

für

Gärtnerei und Pflanzenkunde.

Redakteur:

Professor Dr. Karl Koch,

General-Sekretair des Vereines.

No. 5. Berlin, den 4. Februar **1865.**

Preis des Jahrganges 5¼ Thlr., sowohl bei Bezug durch den Buchhandel, als auch franco durch alle Post-Anstalten des deutsch-österreichischen Post-Vereines.

Die Großherzogl. Badische landwirthschaftliche Gartenbauschule zu Karlsruhe.

Von H. Göthe, Lehrer des Gartenbaues.

Die neue Organisation, die im Herbste vorigen Jahres in fast allen staatlichen Verhältnissen von Baden Veränderungen hervorbrachte, hat auch in der Verwaltung der Grossherzoglichen Gartenbauschule manche Umgestaltungen und Erweiterungen verursacht. Der bisherige provisorische Vorstand des Gartens, v. Langsdorff, trat aus seiner Stellung aus und der Regierungsrath Dr. L. Rau, bis dahin Professor der Landwirthschaft an der Akademie Hohenheim, übernahm am 19. Oktober vorigen Jahres die oberste Leitung als Vorstand des Gartens.

Das Areal des Gartens wurde durch weitere Pacht-Abschlüsse in der Weise vergrössert, dass es nach Uebernahme sämmtlicher Pacht-Grundstücke grade 100 badische Morgen umfassen wird. Ein neues Stall- und Schuppengebäude mit vergrössertem Wirthschaftshof ist wegen der beabsichtigten Vermehrung des Viehstandes errichtet worden, weil die bisherigen Einrichtungen sich als unzureichend erwiesen.

Der bisherige Geschäftsvertrag mit einer Samenhandlung, an welche seither sämmtliche Sämereien etc. geliefert wurden, ist gekündigt worden; es übernimmt die Anstalt vom Januar 1865 ab den eigenen alleinigen Verkauf ihrer sämmtlichen Erzeugnisse en gros und en detail. Die dazu nöthigen Einrichtungen sind bereits vollendet. Zur kaufmännischen Führung des Geschäfts ist der seitherige Sekretär an der früheren landwirthschaftlichen Centralstelle, Lamprecht, als Buchhalter angestellt worden.

Diesen Vergrösserungen angemessen trat auch eine Erweiterung der Lehranstalt für Landwirthschaft und Gartenbau in der Weise ein, dass eine landwirthschaftliche Winterschule in Karlsruhe errichtet wurde (deren Gründung, sowie der in Heidelberg, man dem Regierungsrath Rau verdankt), wo die Zöglinge der Anstalt während des Winterhalbjahres einen regelmässigen, täglich 6 Stunden umfassenden Unterricht in sämmtlichen Zweigen der reinen Landwirthschaft nebst den nöthigen Hülfsfächern erhalten. Als Lehrer der Landwirthschaft wurde Junghanns angestellt, während die übrigen Unterrichtsgegenstände durch Dr. Nessler (Chemie und Naturlehre), durch Thierarzt Schneider (Thierheilkunde) und durch Lehrer Hennrich (Realien) vorgetragen werden. Während des Sommers erhalten die Zöglinge ihre praktische Ausbildung in allen Theilen der Landwirthschaft und des Gartenbaues. Durch Anstellung des Verfassers als Lehrer des Gartenbaues wurde auch für die theoretische Ausbildung der Zöglinge auf diesem Gebiete gesorgt. Der Unterricht wird auch im Winterhalbjahre im Obst-, Wein- und Gemüsebau, im Planzeichnen und Anleitung zu ländlichen Verschönerungen in der

Weise ertheilt, dass jedesmal die älteren Zöglinge, die im ersten Jahr den Landwirthschafts-Kurs besuchten, im zweiten Jahr im Gartenbau Unterricht erhalten.

Der seit einigen Jahren eingerichtete Baumwärterkurs, durch welchen junge Leute in alle Theile des Obstbaues und der Obstbaumzucht eingelernt werden sollen, entbehrte bisher jeglichen theoretischen Unterrichts, weshalb das Grossherzogliche Handels-Ministerium wegen der starken Betheiligung sich veranlasst sah, behufs besserer Ausbildung, einen besonderen Unterricht ertheilen zu lassen; derselbe wird ebenfalls durch Schreiber dieser Zeilen gehalten und steht zu erwarten, dass demselben auch der Unterricht in dem während des Sommers beabsichtigten Obstbaukurse für Lehrer übertragen wird.

Die Zahl der diesjährigen Baumwärter war 15, während die bestimmte Anzahl der Gartenbauschüler (16) bereits vollständig besetzt ist, so dass einzelne Anmeldungen für nächstes Jahr vermerkt werden mussten. Ausserdem besitzt die Anstalt noch 6—8 ständige Arbeiter, die nur theilweise den Unterricht besuchen.

Als ganz besonders wichtig für den pomologischen Werth des Gartens muss die Anlage eines besonderen Obst-Muttergartens in Pyramidenbäumen mit Spalieranlagen erwähnt werden; es wurde zu diesem Zweck der bisherige in sehr ungünstigen Verhältnissen stehende Weinberg ausgerodet, geebnet und theilweise erhöht. Das ganze dazu bestimmte Terrain hat eine sanfte Neigung gegen Süden, ist vor den schädlichen Einflüssen der kalten Nord- und Nordostwinde durch das angrenzende Anstalts- und Wirthschaftsgebäude geschützt und soll durch die bereits vollendete Einrichtung von Spalierwänden zugleich als Musterspalier-Obstgarten gelten. Zwischenwände theilen den ganzen Garten in 3 grössere, nach Süden zu offene Abtheilungen, in denen 300 Mutterstämme der besten und wichtigsten Sorten bereits angepflanzt sind. Eine ausführliche Beschreibung dieses, so wie des ganzen übrigen Gartens kann erst nach Vollendung der weiter beabsichtigten Veränderungen gegeben werden.

Es ist mit Recht anzunehmen, dass diese so allgemein wichtigen Umänderungen unter der trefflichen Leitung des Regierungsrathes Rau für die Zustände des landwirthschaftlichen Gartenbaues in Baden von grösster Wichtigkeit werden, besonders wenn man den Stand der gegenwärtigen Verhältnisse zu beobachten Gelegenheit gehabt hat. Speziell für Obstbau liefern die Obstausstellungen, die dieses Jahr in reicher Anzahl von den landwirthschaftlichen Vereinen abgehalten wurden, ein deutliches Bild. Die wichtigsten darunter in Karlsruhe, Durlach, Wiesloch, Bretten und Wertheim mussten die Ansicht hervorrufen, dass, den meist so günstigen örtlichen Verhältnissen in Baden angemessen, eigentlich sehr wenig anerkannt gute Sorten vertreten waren, mit Ausnahme der Ausstellung in Wertheim, bei welcher der günstige Einfluss der Nachbarländer deutlich zu erkennen war. Man sah meist Wirthschaftssorten von geringem Werthe und konnte als allgemein wichtige und stark verbreitete Sorten nur die Reinette von Kanada, die Champagner-Reinette, den Grünen Fürsten-Apfel und den Danziger Kant-Apfel finden. Von den besseren Birnsorten war nur Einzelnes vorhanden.

Als besondere Ausnahmen müssen allerdings die Sammlungen einiger herrschaftlichen Gärten, besonders die des markgräflichen Palais-Gartens in Karlsruhe erwähnt werden. Indessen dies sind Ausnahmen und können nur als solche gelten. Die Namen-Berichtigung der Sorten ist fast ganz vernachlässigt und herrscht darin noch grosse Willkür.

Es sind daher oben erwähnte Einrichtungen gewiss mit Freuden zu begrüssen, die auf besondere Anregung des Regierungsrathes Rau, als technischen Rath im Grossherzoglichen Handels-Ministerium, in's Leben gerufen wurden. Die landwirthschaftliche Gartenbauschule tritt mit ihrem neuen jetzigen Vorstande in ein neues Stadium und wird durch die veränderte, gewiss segenbringende Verwaltung sich vergrössern und freudig emporblühen.

Das
Verpflanzen der Rosen im Sommer.

Von E. Metz, Rosengärtner in Erfurt.

In der Wochenschrift sind vor Kurzem einige Mittheilungen über das Verpflanzen von Bäumen und Sträuchern im Sommer während der Vegetation gemacht worden, denen ich aus Erfahrung vollkommen beistimmen kann. Mancher Laie und sogar mancher Jünger der edlen Gartenkunst mag diese Mittheilungen wohl mit Kopfschütteln durchlesen haben, da es wohl für Viele sehr unglaublich klingt und erfolglos erscheint. Wenn die Mittheilungen des Gelingens der Verpflanzung im Sommer auch nicht bezwecken sollen, dass Alles im Sommer verpflanzt werden soll, so ist aber das Bekanntwerden in sofern von hohem Nutzen, als dadurch manch' schöner Baum und Strauch erhalten werden kann, der durch Bauten oder andere Umstände gezwungen wird, seinen bisherigen Platz zu räumen. Ich habe früher schon mit Erfolg Bäume und Sträucher während der Vegetation verpflanzt und auch in den letzten Jahren nothgedrungen die Versuche mit Rosen anstellen müssen. Die Ursachen der Versuche waren die Engerlinge.

Vor 3 Jahren (1862) gab es bekanntlich überall viel dieser Pflanzen-verwüstenden Larven; auch die Fluren und Gärten Erfurts waren leider reich damit versehen. Ich hatte im Frühjahre mein Rosensortiment frisch verpflanzt, nicht ahnend, dass grade auf diesem Quartier die Engerlinge massenhaft vorhanden waren. Im Laufe des Monats Mai gehen dieselben erst zur Oberfläche, um ihren ½ Jahr lang fastenden Magen desto begieriger zu füllen. Rosenwurzeln werden von ihnen besonders geliebt.

Die Anfangs März gepflanzten Rosen waren prächtig angewachsen und versprachen eine recht hübsche Flor. Zu meinem Schrecken bemerkte ich hier und da in bester Vegetation stehende Rosen, welche die Blätter und Spitzen hängen liessen, und da ich mir das nicht enträthseln konnte, auch nicht im Entferntesten ahnte, dass die Engerlinge die Schuld trügen, so glaubte ich, das Uebel hätte Grund in der Beschaffenheit des Bodens; so nahm ich einige der kränkelnden Rosen, mit ihnen aber zugleich einen, oft auch mehre Engerlinge heraus. Diese wurden nun ein willkommenes Futter für die Hühner. Was sollte ich aber mit den herausgenommenen Rosen anfangen? Ich musste sie wieder an den alten Ort, den ich zu diesem Zwecke aber im Umkreise umgraben liess, um etwaige Gäste an die Luft zu setzen, bringen. Die gewelkten Spitzen, wo die Wurzeln stark angefressen waren, schnitt ich zuvor ab und goss die Pflanzen tüchtig an. Es geschah das Letztere 8 Tage lang und zwar so oft, als es mir nöthig schien. Waren die Wurzeln nur wenig beschädigt, so schnitt ich gar nichts ab.

Obgleich ich während der Monate Juni, Juli und August auf diese Weise wohl gegen 150 Rosen, und zwar bisweilen ein und dieselbe nochmals, während der Vegetations-Periode nothgedrungen verpflanzt hatte, so habe ich doch nur die verloren, an denen die Fresszangen der Engerlinge die Rinde der Wurzeln rein abgeschält hatten, was besonders bei schwächeren Wurzeln junger Rosen der Fall gewesen war. Ich erhielt sehr bald die nöthige Uebung, um sofort die angegriffenen Rosen zu erkennen. In Folge dieser eifrigen Revisionen war im Herbste das Quartier von den Feinden ziemlich befreit und ich büsste weiter nichts ein, als die Flor, da die Rosen, wie man sich denken kann, doch im Wachsthume gestört worden waren. Einige der im Anfange verpflanzten Rosen blühten im Herbste selbst noch recht schön. Es waren dieses sowohl niedrige, als hochstämmige.

Seitdem habe ich nun mehrmals im Sommer Rosen verpflanzt, was mir stets gelungen ist. Es sind dieselben im darauf folgenden Jahre so gut angewachsen, als ständen sie schon längere Zeit an derselben Stelle.

Die eben mitgetheilten Versuche wurden allerdings immer nur nothgedrungen angestellt, weshalb diese Methode allein für gleiche Verhältnisse empfohlen werden kann; ich glaube aber, dass sie mit der Zeit auch eine grössere praktische Anwendung gestattet, wenn erst einschlagende Versuche angestellt werden. Meinerseits werde ich nicht verfehlen, über solche später zu berichten.

Allerlei
aus der Gärtnerei und Pflanzenkunde.

I.

(Schluss.)

Von der Luxusgärtnerei wenden wir uns zu dem Obstbau. Nicht weniger ist hier Erfreuliches zu berichten. Durch die Cirkular-Verfügung des Ministers für landwirthschaftliche Angelegenheiten in Berlin ist, wie bereits von uns an anderer Stelle ausgesprochen ist, ein grosser Schritt vorwärts geschehen. Es liegt nun zunächst an den Akademien in Eldena bei Greifswald, in Waldau bei Königsberg in Pr., in Proskau in Oberschlesien und in Poppelsdorf bei Bonn, rasch an's Werk zu gehen und die nöthigen Vorschläge zu machen. Es ist eine Ehrensache der Akademien voranzugehen. Da Obstbau schon zu den Lehrgegenständen der landwirthschaftlichen Akademien in Preussen gehört, demnach auch Obstgärten vorhanden sind, so brauchen diese zunächst nur erweitert zu werden, um vor Allem dem zu genügen, was in der Cirkular-Verfügung ausgesprochen oder auch nur angedeutet wurde.

In Eldena hat ein Mann die gärtnerische Leitung, der früher in der Königlichen Landesbaumschule in Altgeltow bei Potsdam sehr thätig war und durch rege Theilnahme bei den Versammlungen der deutschen Pomologen, Obst- und Gemüsezüchter sich auszeichnete, der akademische Gärtner Zarnack. Was der jetzige Gartendirektor Jühlke in Erfurt, früher in Pommern, hinsichtlich des Obstbaues angebahnt hatte, setzt dieser rühmlichst fort. In genannter Provinz, wo nur ausnahmsweise Obstbau betrieben wurde, nimmt dieser jetzt von Jahr zu Jahr zu. In Poppelsdorf bei Bonn ist der Inspektor des botanischen Gartens, Sinning, zugleich Lehrer des Garten- und Obstbaues, ein Mann, der sich mit Recht durch die ganzen Rheinlande allgemeiner Anerkennung erfreut. Trotz seines hohen

Alters ist er fortwährend nach allen Richtungen hin thätig. Ausserdem hat aber die Regierung in der Nähe noch eine Baumschule errichtet, die zu Hoffnungen berechtigt und bald auf die ganze Provinz einen Einfluss ausüben wird.

In Proskau ist Hannemann Institutsgärtner. Derselbe hat sich in seiner früheren Stellung durch vergleichende Anbau-Versuche der Kartoffeln, über die man in der zweiten Reihe der Verhandlungen des Vereines sich Kenntniss verschaffen kann, bekannt gemacht. Es liegen uns die neuesten Verzeichnisse der dort gebauten Obstsorten, einschliesslich eines ausgewählten Weinreben-Sortimentes, vor, aus dem man ersieht, dass ein Anfang gemacht ist und hoffentlich erfreulichen Fortgang hat.

Von Waldau bei Königsberg in Preussen lässt sich noch wenig sagen, da die dortige Akademie erst in's Leben getreten ist. Der akademische Gärtner daselbst, Strauss, hat eine gewichtige Aufgabe, da im Allgemeinen in der ganzen Provinz, besonders in Ostpreussen, der Obstbau noch darnieder liegt und die klimatischen Schwierigkeiten, mit denen man zu kämpfen hat, nicht unbedeutend sind.

Es wäre wohl zu wünschen, dass für Preussen noch einige gründlicher und wissenschaftlicher gebildete Männer gewonnen würden, die zugleich den durchaus nöthigen Enthusiasmus hätten, um durch Unterricht, durch Vorträge, durch Muster-Anlagen u. s. w. Liebe für den Obstbau zu erwecken. Wenn die Franzosen und Belgier uns Deutschen in der Kenntniss und in der Behandlung der Obstbäume im Allgemeinen voraus sind, so hat es darin einen besonderen Grund, dass grade durch spezielle Belehrung viel geschehen ist und fortwährend viel geschieht. Der Mann der Wissenschaft schliesst sich nicht so sehr in Frankreich ab, als bei uns, sondern greift im Gegentheil mit seiner Wissenschaft in's Leben ein. Wenn der Vice-Präsident der Kaiserlichen Akademie der Wissenschaften in Paris, de Caisne, einer der geistreichsten Männer unserer Zeit, es nicht unter seiner Würde hält, die Pomologie für eine der ersten Aufgaben seines Lebens zu betrachten und in ihr zu forschen, so sollte man doch glauben, dass die Pomologie auch für unsere deutschen Botaniker nichts Profanes sei. In der Akademie von Toulon hat man neuerdings einen besonderen Lehrstuhl für Pomologie gegründet. Als der berufene Professor die Antrittsrede hielt, befanden sich die Spitzen aller Behörden unter den Zuhörern. Wenn wir bis jetzt noch so wenig Erfolge gehabt haben, so liegt es eben darin, dass Männer der Wissenschaft noch zu fremd geblieben sind. Erst wenn wissenschaftliche Prinzipien gefunden sind, dann kann man auch von einer systematischen Eintheilung der Obstsorten sprechen.

Die von dem Vereine zur Beförderung des Gartenbaues zu Berlin in's Leben gerufenen Versammlungen deutscher Pomologen, Obst- und Gemüsezüchter haben, wie gesagt, den ersten Anstoss zu einem regern Leben zur Förderung des Obstbaues gegeben und wirken segensreich fort und fort. Aus einer dieser Versammlungen, welche 1860 in Berlin stattfand, ist der deutsche Pomologen-Verein hervorgegangen. So klein derselbe im Anfange schien, so hat er doch bereits einen so erfreulichen Aufschwung genommen, dass nach uns vorliegendem, vor Kurzem ausgegebenen Rechenschafts-Berichte ihm bereits 427 Mitglieder zugetreten sind.

Vor Allem wichtig ist es, dass diese seine Mitglieder zerstreut durch das ganze Deutschland, natürlich Oesterreich eingeschlossen, wohnen und in ihrer Umgebung für Förderung des Obstbaues zu wirken suchen. Da ein grosser Theil in fortwährendem Verkehr mit einander steht, so ist ein reges Leben unter den deutschen Pomologen entstanden, was zu Hoffnungen berechtigt. Ein Ausschuss unterstützt den Vorstand des deutschen pomologischen Vereines in seinem Streben. Wenn auch jetzt schon die Ausschuss-Mitglieder ziemlich zerstreut durch Deutschland wohnen, so möchte doch bei der nächsten Wahl noch mehr darauf Rücksicht genommen werden, dass jede Provinz, jedes deutsche Land einen Vertreter im Ausschusse besitzt. Von dem Vorstande: Superintendent Oberdieck in Jeinsen bei Hannover, Professor Dr. Koch in Berlin und Garten-Inspektor Lucas in Reutlingen, hat der letztere die Leitung der Geschäfte übernommen.

Da vor Allem ein pomologischer Garten durchaus nothwendig war, so ist ein Grundstück in Möhringen zeitweise gewonnen, wo bereits sich gegen 1000 hochstämmige Apfel- und Birnbäume befinden. Ausserdem hat Lucas auf seine Rechnung ein pomologisches Institut gegründet, worin Zöglinge für den Obstbau herangezogen werden und ausserdem an Lernbegierige Unterricht gegeben wird. Darüber ist unlängst schon gesprochen.

Auch in wissenschaftlicher Hinsicht haben die Pomologen-Versammlungen vielfach gewirkt. Schon bei Gelegenheit der ersten Versammlung zu Naumburg a. d. S. fühlte man das Bedürfniss eines Organes für den Verein. Es traten auch alsbald eine Anzahl von Männern zusammen und die Monatsschrift für Pomologie und praktischen Obstbau trat in's Leben, und zwar unter der speziellen Redaktion von Oberdieck und Lucas. 10 Jahrgänge liegen bereits vor. Es beginnt, wie auch schon mitgetheilt ist, eine neue Reihe unter dem Titel: „Illustrirte Monatshefte für Obst- und Weinbau" und zwar mit lateinischen Lettern gedruckt, damit auch Ausländer, denen, selbst wenn sie des Deutschen mächtig sind, das Lesen bei gothischer Schrift schwer wird, mit mehr Leichtigkeit die Zeitschrift lesen können.

Eine zweite Frucht der Pomologen-Versammlungen ist das „Illustrirte Handbuch der Obstkunde", woran besonders der Medizinal-Assessor Jahn in Meiningen und Superintendent Oberdieck in Jeinsen thätig gewesen sind. Ein solches Handbuch war ebenfalls ein Bedürfniss, um zu wissen, was für Obstsorten jetzt in Deutschland angebaut werden. Fast 4 Bände sind bereits erschienen. Leider fühlen wir uns im Interesse unserer Obstkenntniss gedrungen, uns offen auszusprechen, damit man bei der ferneren Bearbeitung darauf Rücksicht nehmen wolle. In einem solchen Handbuche alle Obstsorten aufnehmen zu wollen, die irgend in Deutschland vorkommen, daran haben doch wohl die Herausgeber selbst nicht gedacht. Man wäre gezwungen gewesen, dann selbst die verwilderten Obstsorten, wie sie sich nicht allein in Wäldern, sondern leider oft auch in Bauerngärten vorfinden, die Hunderte schlechter Schlotter-Aepfel, die zufällig aus Samen entstanden sind, aufzunehmen. Wenn aber nun doch eine Auswahl gemacht wurde, so hätten wir diese noch weit mehr beschränkt gewünscht, als es geschehen ist. Eine Anzahl von Sorten hat man aufgenommen, von denen es besser gewesen, wenn sie gar nicht zur weitern Kenntniss gekommen wären. Diese Aufnahme schlechter Obstsorten widerspricht auch vollständig der ursprünglichen Tendenz der deutschen Pomologen-Versammlungen, wo man hauptsächlich gegen den Anbau des schlechten Obstes ankämpfte. Es kommt noch dazu, dass man bei der Beschreibung derselben im Handbuche die schlechte Qualität einer Sorte gar nicht gleich bemerkt, dadurch aber grade deren Verbreitung Vorschub geleistet wird.

Bei dieser Gelegenheit sei es uns erlaubt, auf das H. Arnoldi'sche Obstkabinet aus Porzellan-Kompositionsmasse aufmerksam zu machen. 23 Lieferungen, jede 6 Früchte enthaltend, liegen uns vor. Auch hier müssen wir den Vorwurf machen, dass man besser hätte auswählen und hauptsächlich mehr auf die bei den Pomologen-Versammlungen empfohlenen und besprochenen Obstsorten Rücksicht nehmen sollen. Auf jeden Fall sind aber die Arnoldi'schen nachgebildeten Früchte die besten, welche man bis jetzt gemacht hat, und daher sehr zu empfehlen.

Im Grossherzogthum Baden hat man in neuester Zeit dem Obstbau ebenfalls mehr Aufmerksamkeit zugewendet. In Schwetzingen bei Heidelberg steht der Garten-Inspektor Hartweg, derselbe, der längere Zeit in Mittel-Amerika gereist ist und dem wir eine grosse Anzahl von Pflanzen aus jenen Gegenden verdanken, einer Obstbaumschule vor, welche nur gute Sorten verbreitet und mit Umsicht geleitet wird. Seit Kurzem hat auch die frühere landwirthschaftliche Centralstelle für Baden eine Umgestaltung erhalten. Professor Rau aus Hohenheim bei Stuttgart ist dorthin berufen.

Es liegen uns die Statuten der Grossherzogl. landwirthschaftlichen Gartenbauschule in Karlsruhe vor, für die der frühere Leiter einer Gartenbauschule in Obergorbitz bei Dresden, H. Göthe, ein Schüler von Lucas und ein tüchtiger, sowie kenntnissreicher Obstzüchter, gewonnen ist. Der Lehrkursus ist daselbst zweijährig. Für den Unterricht, für Wohnung und Kost zahlen die Zöglinge, welche aus Baden selbst gebürtig sind, im ersten Jahre 100, im zweiten 75 Gulden. Für Nicht-Badener ist der Preis auf 150 und 100 Gulden erhöht. Ueber die Anstalt selbst ist im ersten Aufsatze dieser Nummer bereits eine besondere Mittheilung gegeben worden.

Von der Gärtner-Lehranstalt, welche seit einigen Jahren in Köthen gegründet ist, haben wir erst vor Kurzem (S. 12) gesprochen. Die Obst- und Weinbauschule in Kloster-Neuburg bei Wien, über die wir ebenfalls früher schon einmal berichtet haben, befindet sich unter der vorzüglichen Leitung v. Babo's im besten Zustande und übt auf den österreichischen Obstbau fortwährend grossen Einfluss aus.

In Nassau ist der Geheime Regierungsrath v. Trapp für den Obstbau thätig. Ihm verdanken wir es, dass im Jahre 1847 schon eine bedeutungsvolle Ausstellung von Obst in's Leben trat, worauf alljährlich im westlichen Süddeutschland, und zwar in verschiedenen kleineren und grösseren Städten, ebenfalls Obst-Ausstellungen in's Leben gerufen wurden. 1858 fand eine so bedeutende in Wiesbaden statt, dass diese den grossen Obst-Ausstellungen des Berliner Vereines würdig zur Seite stehen und in Betreff der Trauben und der Wein-Sorten einzig genannt werden kann.

Auch im vorigen Herbste wurde mit der Ausstellung landwirthschaftlicher Produkte im Lahnthale eine grössere Obst-Ausstellung verbunden, über die uns der Bericht des Geheimen Regierungsrathes v. Trapp vorliegt. Die Theilnahme war sehr erfreulich. Ueber die ausgestellten interessanteren Obstsorten Mittheilung zu machen, erlauben uns Zeit und Raum nicht. Doch heben wir die grosse Betheiligung von Lehrern an der Ausstellung selbst, hauptsächlich aber an den damit verbundenen Verhandlungen, hervor. Es wurden mehre praktische, in's Leben direkt greifende Fragen verhandelt. Auf die Betheiligung der Lehrer am Obstbau legen wir einen grossen Werth, da diese auf den Dörfern einen grossen Einfluss besitzen und gewöhnlich auch die Zeit haben, sich mit Obst- und überhaupt mit Gartenbau zu beschäftigen. Wir haben die Erfahrung gemacht, dass die Dörfer, wo die Lehrer sich für den Gartenbau interessirten, stets auch ein freundlicheres Ansehen hatten.

Es ist uns über den Zustand des Obstbaues in den verschiedenen Ländern Europa's ein Vortrag als Brochüre zugegangen, der von dem Hofgarten-Inspektor Borchers in Herrenhausen bei Hannover in der Versammlung des Gartenbau-Vereines zu Hannover am 20. September v. J. gehalten wurde. Aus ihm ersehen wir die erfreuliche Thatsache, dass wir Deutsche allen andern Völkern an wissenschaftlicher Kenntniss der Obstsorten voraus sind. In Betreff der Behandlung der Obstbäume können wir, so sehr wir auch zugeben, dass in den letzten Jahren viel geschehen ist, uns jedoch noch keineswegs mit unseren westlichen Nachbarn, den Franzosen und Belgiern, messen. In dieser Hinsicht gibt man sich in beiden genannten Ländern weit mehr Mühe als bei uns, wo man im Allgemeinen den Werth guter Obstsorten noch nicht zu beurtheilen versteht und zum Theil noch sehr schlechte Aepfel und Birnen wohlbehaglich verzehrt.

Mit der Anerkennung des Obst-Werthes hängt natürlich der höhere Preis der besser kultivirten Früchte zusammen. Wenn der intelligente Obstzüchter für sein Obst diesen erhält und damit sieht, dass seine Bemühungen ihm wirklich reellen Nutzen bringen, so wird auch sein Streben stets darauf gerichtet sein, den Wohlgeschmack seiner Früchte noch mehr zu erhöhen. Wir wollen damit jedoch keineswegs gesagt haben, dass bei uns überhaupt kein gutes Obst gezogen wird, denn noch in jüngster Zeit haben wir den Weissen Winterkalvill aus einem Privatgarten erhalten, der im Aussehen sowohl, wie im Geschmacke, den besten Exemplaren der Art, welche man in Frankreich erzieht, an die Seite gestellt werden konnte. Wir sagen nur, dass die Anerkennung eines guten Apfels oder einer guten Birn in Deutschland nicht so allgemein ist, als in Frankreich.

Die internationale Obst-Ausstellung in Namur im Herbste 1862 hat die Ausländer zuerst auf den deutschen Obstbau aufmerksam gemacht; man hat gesehen, dass wir doch eine Reihe von Obstzüchtern haben, welche wenigstens in Einem, in dem Anbau von Hochstämmen, besonders von Aepfeln, vor Allem um Wirthschaftsobst zu gewinnen, voraus sind. Seitdem hat ein regerer Austausch mit unseren Nachbaren stattgefunden. Grosse Mengen feineren Obstes sind aus Frankreich und Belgien in Deutschland eingeführt worden, so dass wir in einigen Jahren auch mit deren Kultur vertrauter sein werden; umgekehrt sind unsere guten Apfelsorten in Frankreich vielfach verlangt worden. Noch mehr hat unsere wissenschaftliche Kenntniss der Obstsorten, wie schon gesagt, im Auslande Anerkennung gefunden. Man sucht von jenseits des Rheines die Bekanntschaft unserer hervorragendsten Pomologen.

Von Seiten des Präsidenten des Gartenbau-Vereines des Departement de l'Aine, Mas, in Bourg-en-Bresse, wird jetzt ein Werk angekündigt, auf das wir auch hier aufmerkam machen wollen. Es führt den Namen „le Verger d. h. der Obstgarten" und soll die Beschreibung der besseren Obstsorten aller Länder enthalten. Jährlich werden 12 Lieferungen, jede mit 8 Aquarellen, Darstellungen der Früchte bildend, zu dem Preise von 25 Francs ausgegeben. Die Einrichtung wird in der Weise getroffen, dass die Beschreibungen der Aepfel und Birnen u. s. w. besondere Paginirungen enthalten und man schliesslich Monographien enthält, die man zum bequemeren Gebrauche für sich einbinden kann. Das Werk wird demnach wohl ziemlich dieselbe Einrichtung erhalten, wie das illustrirte Handbuch von Jahn, Lucas und Oberdieck.

Der Verfasser setzt sich möglichst mit den betreffenden Fachmännern des Auslandes in Verbindung. Er ist selbst Liebhaber, der bereits 20 Jahre lang sich mit Obstbau beschäftigt hat und zu diesem Zwecke einen ziemlich grossen Garten besitzt. Diese lange Zeit seiner praktischen Beschäftigungen hat er benutzt, um die Natur der verschiedenen Obstbäume und Früchte zu studiren. Seine Beobachtungen, sowie seine Erfahrungen, wird er in dem genannten periodischen Werke niederlegen. Für alle Diejenigen, welche den Obstbau wissenschaftlich betreiben, möchte es Interesse darbieten, mit diesem Manne in nähere Verbindung zu treten. Da wir selbst Gelegenheit gehabt haben, ihn persönlich kennen zu lernen, so fühlen wir uns um so mehr dazu berufen, ihn unseren deutschen Pomologen zu empfehlen.

Wir erlauben uns schliesslich auf ein zweites Werk, was jetzt vorbereitet und in einigen Jahren erscheinen wird, aufmerksam zu machen. Es soll die Geschichte der in Frankreich gebauten Obstsorten enthalten. Leider hat man dem Ursprunge der Obstsorten bis jetzt von Seiten der Praktiker viel zu wenig Aufmerksamkeit gewidmet, so wichtig es auch selbst für die Feststellung und Kenntniss derselben ist. Was wir über die Geschichte des Obstes bei den Alten haben, hat in der Regel Nicht-Pomologen zu Verfassern, denen die eigentliche Sachkenntniss abgeht. Dem Baumschulbesitzer Leroy in Angers werden wir uns daher zu besonderem Danke verflichtet fühlen, dass er es unternimmt, einen Versuch zu machen, um einiges Licht in die Geschichte der Obstarten zu bringen.

Malus floribunda
und die neuesten v. Siebold'schen Apfelgehölze.

In dem eben ausgegebenen Hefte (dem 10. des 15. Bandes) der „Flore des serres" finden wir die Abbildung eines Baumes aus dem Geschlechte der Apfelgehölze (Malus), dessen Einführung wir nebst anderen desselben Geschlechtes dem unermüdlichen Reisenden in Japan, v. Siebold, verdanken. Wir haben während unserer Anwesenheit in den Baumschulen von Leroy in Angers Gelegenheit gehabt, sämmtliche von v. Siebold eingeführte Apfelgehölze im Fruchtzustande zu sehen und vermögen deshalb über ihren gärtnerischen Werth, sowie über ihre Stellung im Systeme, einige Worte zu sagen.

Es sind deren 5: Malus Toringo, Ringo, Mengo, spectabilis Kaido und floribunda. Mit Ausnahme der Malus Toringo erschienen uns diese japanischen Gehölze nur als Formen oder Abarten der alten und bekannten Pirus prunifolia, vielleicht auch, da der Kelch sich bei den Früchten einiger mehr oder weniger löste, hervorvorgerufen durch Kreuzung mit P. baccata. Nach van Houtte soll aber auch Malus Toringo aus Samen der M. floribunda hervorgegangen sein. Das zuerst genannte Apfelgehölz unterscheidet sich jedoch auch nach unseren schon früher angestellten Untersuchungen wesentlich durch 3- und 5-lappige Blätter an den jungen Trieben, was wir an allen übrigen Formen und Abarten der Pirus prunifolia nie beobachtet haben. Sollte demnach van Houtte die echte Malus Toringo kennen?

Im botanischen Garten zu Berlin besitzen wir schon seit längerer Zeit ebenfalls mehre Formen der Pirus prunifolia, welche zum Theil schon früher von Botanikern als besondere Arten beschrieben sind und meist sich gar nicht von denen, welche v. Siebold neuerdings eingeführt hat, unterscheiden. Mehre von ihnen sind ebenfalls unzweifelhaft Blendlinge von P. prunifolia mit P. baccata. In unserer in nächster Zeit erscheinenden Dendrologie werden wir ausführlich darüber sprechen. Für jetzt nur so viel, dass die Abart Malus floribunda eins der schönsten Blüthen- und Fruchtgehölze darbietet und deshalb ihren Beinamen „die blüthenreiche" verdient. Wir haben diesen Baum zwar nur im Fruchtzustande gesehen: an Fülle und Schönheit der Früchte übertraf er aber alle übrigen Abarten und Formen. Während van Houtte aber die Früchte rundlich und etwas von oben eingedrückt nennt, waren die in Angers grade länglicher, als bei der gewöhnlichen P. prunifolia.

Die
künstlichen Düngmittel und Komposte etc.
Von Dr. William Löbe.
(Hamburg 1864, Mittler, 8° 90 S.).

Der viel bekannte fleissige Schriftsteller gibt in dem Büchlein eine auf die äusserste Kürze zusammengeschraubte Kompilation, welche allen willkommen sein wird, die mit den Dingen, welche der Titel nennt, sich beschäftigen; das Kompendium theilt uns die Ansichten Liebig's, Voigt's, Wolf's u. a. mit, über den Werth und die Verwendung der Kloakenstoffe — im Liebig'schen Sinne des Wortes: alle ohne Verarbeitung zu verwendenden Düngerstoffe der Städte, unter denen die menschlichen Exkremente voraus die werthvollsten, über das Sammeln derselben, dann Werth und Verwendung der künstlichen Düngemittel. Die Fabrikate sind aus Knochenmehl oder phosphorhaltigen Mineralien, mit gelegentlicher Hinzuziehung oder gesonderter Verarbeitung von Blut, Fleisch gefallener oder schädlicher Thiere, Horn-Hufe, Klauen, Federn, Borsten, Haare, Lumpen, Lederabfälle, Abfälle bei der Leuchtgas-, Leder- oder Leimfabrikation. Die Samendüngung wird als wohl fördernd, aber als doch unzureichend in das rechte Licht gestellt, und dann folgen Anweisungen zur Darstellung künstlicher Düngerarten im Speziellen: Poudretten, Humifikate, Superphosphate aus Knochenmehl, Koprolithen, Phosphorit, und vieler anderen nicht nur pulverigen, sondern auch einiger flüssigen und sehr vieler erdigen künstlichen Düngerarten, der bekannten Komposte. Man hat die Auswahl unter 118 Rezepten, deren Kompositionen entweder von bekannten Landwirthen herrühren oder unter ihren Händen als werthvoll sich bewährt haben. Den Schluss bilden „einige allgemeine Regeln bei der Anfertigung und Anwendung des Kompostes" und „Anleitung zur Anlage und Verwerthung von Gemeinde-Komposthaufen." — Wenn es nicht anmassend erscheint, möchten wir behaupten, dass die Schrift nur Brauchbares enthält und jedem Leser, der nicht speziell Fachmann ist, sicher etwas bietet, was er nicht gekannt hat.

Neue Kartoffel-Sorte.

Viktoria-Kartoffel (Paterson's).

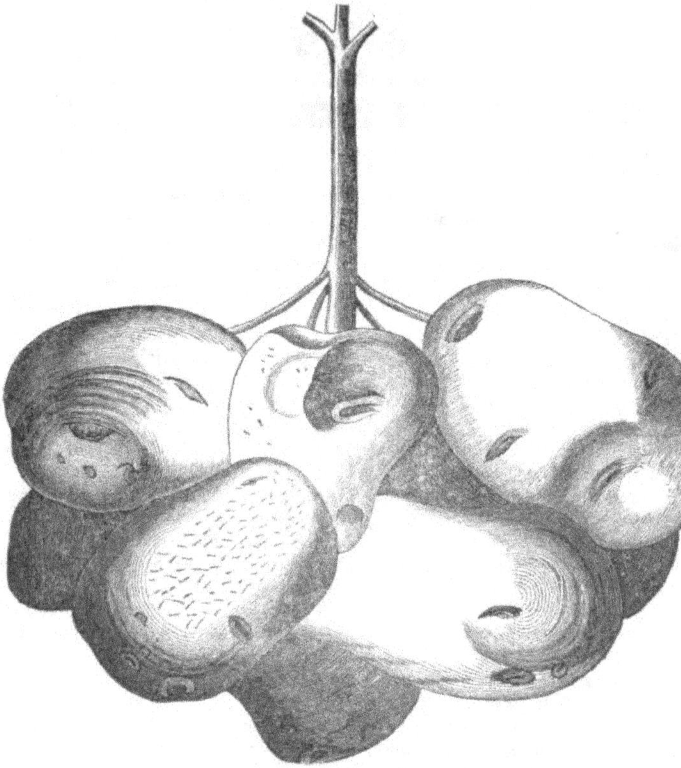

Wir erlauben uns auf diese neue Sorte von Kartoffeln aufmerksam zu machen, welche in der Königl. Hof-Samenhandlung und Baumschulen von J. L. Schiebler & Sohn in Celle (12 Pfund $1\frac{3}{8}$ Thaler, 1 Pfund 5 Sgr.) zu beziehen ist. Sie entspricht in jeder Beziehung den ihr von England aus gewordenen Empfehlungen.

Es ist eine grosse, selbst sehr grosse, ansehnliche Kartoffel von plattrunder Form mit wenigen, flachliegenden Augen und feiner Schale. Sie ist sehr mehlreich und ihr durchaus guter Geschmack stellt sie unseren besten Tafel-Kartoffeln gleich.

Die Haupt-Vorzüge aber bestehen in bedeutendem Ertrage bei grosser Unempfindlichkeit gegen die Krankheit. Im vergangenen Jahre, wo unsere Kartoffel-Erndte zur Hälfte durch die Krankheit verloren ging, waren bei der Viktoria, die vollständig ausgereift, kaum die Spuren davon zu bemerken; auch vom Rost, der mehre Sorten in der Nähe angegriffen, blieb sie vollständig verschont. Der Ertrag war $2\frac{1}{2}$ hannoversche Himten ($1\frac{1}{4}$ preuss. Scheffel) auf die Quadratruthe, bei weitläufiger Pflanzung und Feldkultur.

Wir können daher zuversichtlich nach unseren langjährigen Erfahrungen in der Kultur vieler Sorten die Viktoria-Kartoffel als eine wahrhafte Acquisition empfehlen.

Zu gleicher Zeit zeigen wir ergebenst an, dass von der genannten Königl. Hof-Samenhandlung und Baumschulen von J. L. Schiebler & Sohn in Celle (Königreich Hannover) bereits das Verzeichniss für 1865 erschienen ist und auf portofreie Anforderungen gratis und franco zugesendet wird.

Verlag von Karl Wiegandt in Berlin,
Kommandanten-Strasse No. 62.

Druck der C. Feister'schen Buchdruckerei in Berlin,
Zieten-Platz No. 2.

Wochenschrift

des

Vereines zur Beförderung des Gartenbaues in den Königl. Preussischen Staaten

für

Gärtnerei und Pflanzenkunde.

Redakteur:

Professor Dr. Karl Koch,

General-Sekretair des Vereines.

No. 6. Berlin, den 11. Februar **1865.**

Preis des Jahrganges 5⅓ Thlr., sowohl bei Bezug durch den Buchhandel, als auch franco durch alle Post-Anstalten des deutsch-österreichischen Post-Vereines.

447. Versammlung des Vereines zur Beförderung des Gartenbaues, am 29. Januar.

Von den ausgestellten Pflanzen, über die Inspektor Bouché berichtete, zog vor Allem ein Schau-Exemplar der Gesnera cinnabarina die Aufmerksamkeit der Anwesenden auf sich. Die Pflanze befand sich in einer 1½ Fuss im Durchmesser enthaltenden Schale, welche die sammetartigen und herrlich-gezeichneten Blätter völlig deckten. Aus ihnen ragten nicht weniger als 19 Blüthenstengel, von denen die stärkern an der Basis sich verästelt hatten, heraus und prangten in dem feurigen Zinnoberroth der Blumen. Der Obergärtner Boese im Garten des Kommerzienrathes Reichenheim hatte sie gezogen und nebst 2 Dendrobien ausgestellt. Von den beiden letzteren befand sich das eine, Dendrobium eburneum, so viel wir wissen, zum ersten Male auf unseren Ausstellungen, während das zweite, D. moniliforme, wiederum eine grosse und schöne Schaupflanze, ebenfalls reich mit Blüthen bedeckt, darstellte.

Dem Universitätsgärtner Sauer verdankte man eine schöne Sammlung von selbstgezüchteten Blendlingen orientalischer Nieswurzarten. Schon seit mehreren Jahren beschäftigt sich derselbe mit der Anzucht dieser zum Treiben sehr geeigneten Pflanzen und hat schon mehrmals die neu erhaltenen Blendlinge dem Vereine zur Kenntniss gebracht. Man muss sich deshalb wundern, dass der Universitätsgärtner Sauer bis jetzt so wenig Nachahmer gefunden hat. In jedem Gewächshause, wo an und für sich grade im Januar meist Mangel an Blumen herrscht, bilden die blühenden Nieswurzarten des Orientes eine grosse Zierde. Nach Professor Koch hat man, was übrigens auch schon Regel ausgesprochen hat, von den im Oriente wachsenden Nieswurzpflanzen zu viel Arten gemacht und möchten sich sämmtliche auf 3 reduziren, von denen die eine behaart ist und die echte Pflanze Tournefort's darstellt, daher auch den Namen Helleborus orientalis führen muss. Die beiden anderen Arten sind unbehaart. Von ihnen zeichnet sich die eine, welche zuerst von ihm im Kaukasus entdeckt wurde, durch blendend-weisse, aber mit einigen rothen Punkten versehene Blumenblätter aus, während die andere diese ebenfalls in der Regel weisslich, aber auch grünlich-weiss und braun, jedoch ohne die Punkte, besitzt. Die erstere hat den Namen H. guttatus, die letztere schon längst den Namen H. officinalis erhalten.

Inspektor Bouché war der Meinung, dass man auch in Betreff der europäischen Nieswurzpflanzen zu viel Arten gemacht habe. H. viridis ändere sich ungemein und komme auf gleiche Weise mit grünlichen, weisslichen und bräunlichen Blumen vor. Eine ausgezeichnete und zu empfehlende Art sei H. porphyromelas, wo nicht allein die Blumen, sondern auch die Stengel und Blätter, eine braune Farbe haben. Nach seiner Meinung besitze sie am meisten Aehnlichkeit mit den Arten der

Gruppe von H. viridis, namentlich mit H. purpurascens.

Kunst- und Handelsgärtner Priem hatte zum ersten Male eine blühende Libonia floribunda ausgestellt. Es wurde bemerkt, dass die Pflanze zwar reichlich blühe, aber keinen Blattschmuck besitze. Nach Obergärtner Gaerdt sei dieses aber auch bei den Exemplaren der Fall, welche er jetzt in Blüthe habe; er seinerseits könne die Pflanze nur empfehlen.

Endlich verdankte man dem Kunst- und Handelsgärtner L. Mathieu eine Schale mit zweijährigen Pflanzen des Cyclamen Atkinsii, welche reichlich blühten und deshalb grade für die jetzige Jahreszeit einen Werth haben. Inspektor Bouché fügte hinzu, dass auch Samenpflanzen des Cyclamen persicum oft schon im zweiten Jahre Blüthen hervorbrächten.

Nächstdem übergab Kunst- und Handelsgärtner L. Mathieu die Frucht eines Solanum aus der Gruppe der Melongenen, was aus Algerien stammt und unter dem Namen S. corniculatum eben in den Handel gekommen ist. Die Frucht hatte eine birnförmige Gestalt, eine orangengelbe Farbe und an der Basis noch 5 weit kleinere, ziemlich horizontal abstehende Früchtchen. Da die Schale etwas hart war, so besass die Frucht einige Aehnlichkeit mit mehrern kleinen Kürbis-Sorten. Professor Koch hielt die 5 kleineren Früchte für umgewandelte Staubgefässe und hatte in Paris ähnliche Erscheinungen an derselben Pflanze, jedoch nicht in dieser Vollkommenheit, beobachtet. Dieses Umwandeln der Staubgefässe in Stempel sei keine seltene Erscheinung und komme auch bei anderen Pflanzen, ganz besonders bei dem gewöhnlichen Gartenmohn, vor. Hier werde sie sogar mehr oder weniger konstant und lasse sich fortpflanzen. Es wäre wohl interessant, zu erfahren, wie die aus den Samen später erhaltenen Pflanzen des Solanum corniculatum hinsichtlich dieser Abnormität sich verhielten und ob, wie man vermuthe, diese wenigstens in einigen Exemplaren von Neuem sich zeige?

Inspektor Bouché machte nochmals auf die aus dem Versuchsfelde nächstens zu vertheilenden Sämereien aufmerksam und forderte Diejenigen, welche Verzeichnisse zur Auswahl erhalten hätten, auf, diese möglichst bald wieder zurückzugeben, damit selbige noch an andere Mitglieder zu demselben Zwecke abgegeben werden könnten.

Der Vorsitzende, Geh. Ober-Regierungsrath Knerk, theilte mit, dass ihm noch mancherlei Material zugesendet worden sei, was auf die Unterstützungskasse für Gärtner Bezug habe. Er werde dieses dem Vorsitzenden des zu diesem Zwecke ernannten Ausschusses, Rentier Danneel, überweisen und bitte daher, an dem heutigen Tage nicht in weitere Berathung einzugehen.

Hofgärtner Brasch waren die beiden eben erst erschienenen Hefte des Wöhrmann'schen Garten-Ingenieurs, welche den Bau und die Einrichtung der Kalthäuser behandeln, zur Berichterstattung übergeben. Derselbe hatte bereits in der Sitzung des Blumen-Ausschusses, welche am 26. v. Mts in der Wohnung des General-Sekretärs stattgefunden, einen Vortrag darüber gehalten und referirte jetzt über den Inhalt beider Hefte. Nach ihm verdient das Buch volle Anerkennung und deshalb eine weitere Verbreitung. Mit grosser, man möchte sagen, mit der minutiösesten Genauigkeit wird der Bau der kalten Gewächshäuser beschrieben und deren innere Einrichtung dargelegt, so dass auch derjenige, welcher nicht im geringsten damit vertraut ist, belehrt wird. Freilich dem, der sich schon länger damit beschäftigt hat, kann Vieles unnütz erscheinen, aber doch möchte für ihn Manches bisweilen zum Verständniss des Ganzen nothwendig sein. Mehres Neue und Gute fand sich darin vor, was dem Referenten bis dahin unbekannt war. Da später noch eine ausführliche Anzeige erfolgen wird, enthalten wir uns, jetzt weiter darüber zu sprechen.

Kunst- und Handelsgärtner Späth berichtete über die Sitzung des Obst-Ausschusses, welche am 27. v. Mts, ebenfalls in der Wohnung des General-Sekretärs, stattgefunden hatte. Auch dieses Mal war wiederum reichliches Material von auswärts sowohl, als von hier eingegangen; vor Allem verdankte man dem Turnlehrer Lübeck eine Sammlung guten Obstes, welches er im eigenen Garten angezogen hatte und weitere Empfehlung verdient. Aus der Zahl derselben nennen wir: Ribston's Pepping, Erzherzog Anton, das Hasenschnäuzchen, was in Thüringen sehr viel angebaut wird, Braddick's Nonpareil, Englischer Nonpareil, Triumph- oder Orleans-Reinette, Freiherr von Trautenburg, ein neuer und vorzüglicher Apfel, der Pariser Rambour, besonders auch zu Kordons zu empfehlen, der langdauernde Hartapfel und der Mecklenburger Königsapfel; unter den Peppings, die sämmtlich gute Aepfel darstellen, verdienen: der Englische Gold-, Parker's, Downton's Pepping und der Köstliche von Kew besondere Beachtung.

Professor Koch legte auch den Schiebler'schen Taubenapfel vor und empfahl ihn als den besten der Taubenäpfel.

Stadtrath Thränhardt theilte mit, dass jetzt auch Seitens des landwirthschaftlichen Central-Vereines der Provinz Sachsen der Obstbau in die Hand genommen werde. Unter den Fragen, welche bei den General-Versammlungen zur Sprache kommen, befinden sich jetzt auch solche, welche den Obstbau betreffen. Dass der Obstbau rentabel sei, könne wohl gar nicht mehr bezweifelt werden. Die Stadt Naumburg a. d. S. habe vor einigen Jahren durch den Garten-Inspektor Lucas einen jungen Gärtner bezogen und diesem die städtischen Obstanlagen anvertraut. Durch die grössere Sorgfalt habe der Ertrag der letztern im vorigen Jahre nicht weniger als 3000 Thaler abgeworfen.

Seiner Ansicht nach haben die Anlagen von Mustergärten und Baumschulen, so gewichtig und selbst nothwendig sie auch sein mögen, doch nicht den praktischen Nutzen, wie die Heranbildung tüchtiger Baumwärter. Vor Allem seien deshalb Anstalten, wie sie Lucas in Reutlingen zuerst in's Leben gerufen, noch in grösserer Anzahl nothwendig. Wollte der Staat nur hier und da Wohnung und Terrain bewilligen, so zweifle er gar nicht, dass Pomologen sich bereitwillig finden möchten, welche dergleichen Anstalten selbst auf ihr Risiko in's Leben riefen. Die Regierung möchte nur von den Landräthen über den Zustand des Obstbaues in den Kreisen Berichte fordern und es würden schon sehr bald die Gebrechen und Mängel sich herausstellen. Das dadurch klar gewordene Bedürfniss zu praktischer Verbesserung des Obstbaues müsste nothwendiger Weise auch zur Annahme von Kreis-Baumwärtern führen.

Der städtische Obstgärtner in Naumburg a. d. S. ist bereits für die ganze Umgegend nicht allein eine Autorität, auch ein Rathgeber geworden. Mit Bewilligung des Magistrates wird er zu Begutachtungen und zu neuen Anlagen von Obst-Anpflanzungen aufgefordert, natürlich gegen eine Remuneration.

Würden alljährlich Gutachten und Schilderungen des Obstbaues der Regierung eingereicht, so möchte sich auch bald ergeben, dass in der Regel Unkenntniss und Nachlässigkeit die Gründe des hier und da gegen andere Gegenden zurückstehenden Obstbaues sind. Nur durch praktische Belehrung und durch eine Art Aufsicht, wenigstens über die bedeutenderen Obst-Anlagen, können Mängel beseitigt werden. Man müsse jede Gemeinde selbst anhalten, anzugeben, wie gross ihre Obst-Anpflanzungen sind, wie gross die Zahl der verschiedenen Obstsorten ist und welche Renten die Obsterträge in dem letzten Jahrzehend durchschnittlich gegeben haben.

Dabei müssten ferner die grösseren Obst-Ausstellungen, vor Allem aber die Pomologen-Versammlungen, vom Staate gepflegt werden. Sie bilden die Wege zur Wissenschaft und verallgemeinern das Interesse an dem Obstbau. Wie sehr die erste grosse Obst-Ausstellung im Jahre 1853 auf die ganze Umgegend von Naumburg gewirkt hat, kann man hier allenthalben deutlich sehen. Auf gleiche Weise, als man es bis jetzt gehalten hat, müssen die Orte, wo sie stattfinden, gewechselt werden, damit nach und nach allen Ländern und allen Provinzen diese Wohlthat zu Gute kommt.

Professor Koch theilte mit, dass die von Seiten des landwirthschaftlichen Ministeriums dem Vereine zur Begutachtung übersendeten Abhandlungen über Spargelbau und Erdbeerzucht, die erstere an die Kunst- und Handelsgärtner Priem, Choné und L. Friebel (Frankfurter Chaussée), die letztere an den Hofgärtner Nietner, gesendet worden wären. Dieser hätte sich einfach auf sein früher erschienenes Werk über Erdbeerzucht berufen, jene hingegen wären der Gauthier'schen Methode nicht allein beigetreten, sondern hätten auch die Mittheilung gemacht, dass diese schon längst in Berlin in Ausführung gebracht worden wäre und zu Resultaten geführt hätte. Da bereits Kunst- und Handelsgärtner Christoph eine Abhandlung über die in Berlin und sonst gebräuchliche Methode gegeben, so versprachen auch die zuletzt genannten Gärtner, ihr Verfahren ausführlich in der Wochenschrift zu beschreiben.

In Folge der Aufforderung, Haide-Erden einzusenden, waren auch Proben aus verschiedenen Gegenden eingegangen, nämlich von dem Landesältesten v. Thielau in Lampertsdorf bei Frankenstein, von dem Hofgärtner Altmann in Gusow bei Selow, von dem Kunst- und Handelsgärtner Krüger in Landsberg a. d. W. und von Frau v. d. Knesebeck auf Carwe bei Neuruppin. Bei weiteren, sehr erwünschten Zusendungen ist es aber nothwendig, dass die Erde ungesiebt eingeliefert wird und eine genaue Angabe über den Fundort, sowie über die bei der Kultur gehabten Erfahrungen, erfolgt. Da nur vergleichende Untersuchungen zu Resultaten führen, so können natürlich jetzt nicht gleich die einzelnen Proben für sich in Angriff genommen werden; eine nur chemische Untersuchung allein würde auch gar keine Resultate geben. Ueberhaupt lässt sich eine solche Arbeit nicht in wenigen Tagen abmachen, sondern verlangt eine längere Zeit, zumal doch auch Kultur-Versuche mit der Erde angestellt werden müssen. Wir sprechen dieses jetzt besonders aus, damit die Einsender nicht ohne Weiteres auf Antwort warten.

Es ist nicht genug, dass die Erde nach allen Richtungen hin untersucht wird, man muss zuvor auch wissen, was auf ihre Rechnung allein und was auf die anderer einwirkender Gegenstände kommt. Von dem Einflusse der Töpfe und des Wassers wurde in der letzten Versammlung gesprochen; Kunst- und Handelsgärtner Hoffmann übergab auch eine Abhandlung über seine Erfahrungen in Betreff des

Einflusses der Töpfe. Ferner machte er die interessante Mittheilung, dass, wenn er seine Pflanzen mit Wasser aus dem Brunnen begiesse, diese reichlich Blüthen ansetzen, wird das Wasser aber aus der Wasserleitung genommen, so entwickeln sich vorherrschend die Blätter und die krautartigen Theile, aber weit weniger Blüthen.

Dass das Wasser auf die Entwickelung der Pflanzen einen sehr grossen Einfluss ausübe, davon gab der Inspektor Bouché ein Beispiel. Bei dem Kunst- und Handelsgärtner Jannoch gedeihen in allen Töpfen aus den verschiedensten Fabriken, auch in solchen, wo Andere nachtheilige Einwirkungen beobachtet hatten, die Pflanzen vorzüglich. Bei gleicher Pflege haben oft nicht weit von Jannoch's Gärtnerei dieselben Pflanzen in gewissen Töpfen ein kränkliches Ansehen. Aehnliche Beispiele kamen auch noch von Seiten anderer Gärtner zur Kenntniss.

Gymnasial-Direktor Dr. August berichtete als Vorsitzender des Kassen-Ausschusses über die pekuniären Verhältnisse des Vereines. Legt der Verein auch grade nicht Kapitalien an, so haben doch trotz der sehr gesteigerten Ansprüche nach allen Seiten hin die Gelder, über welche verfügt werden kann, ausgereicht. Es wurde auch bemerkt, dass immer noch einige Mitglieder mit der Zahlung des Beitrages für das verflossene Jahr im Rückstande seien. Da der Verein durch den Ankauf der Wochenschrift, welche jedes Mitglied unentgeltlich erhält, baare Auslagen hat, so sind dergleichen Rückstände für die Kasse des Vereines noch um so fühlbarer, als die Zahlung aller bezogenen Exemplare der Wochenschrift an die Verlagsbuchhandlung im ersten Halbjahre des laufenden Jahres geschehen muss. Es wurde daher beschlossen, den Säumigen so lange keine Wochenschrift mehr zu senden, als die Beiträge nicht erledigt sind.

Professor Koch machte Mittheilungen über den Londoner Gartenbau-Verein und nahm dabei Bezug auf das, was er bereits in der eben ausgegebenen Nummer der Wochenschrift in dem „Allerlei" gesagt hatte. Es unterliege keinem Zweifel, dass die Thätigkeit des Londoner Gartenbau-Vereines eine ganz ausserordentliche sei, die sich nach allen Richtungen hin entfalte. Nicht allein auf die reicheren Leute, denen Mittel zur Verschönerung ihrer Gärten und ihrer häuslichen Einrichtungen geboten seien, nehme er Rücksicht, er suche grade auch dem gemeinen Manne, ja selbst dem Aermsten, Sinn für Blumen beizubringen. Er habe unlängst nicht unbedeutende Preise ausgesetzt, um mehr Mannigfaltigkeit und Eleganz in die Tafelbouquets und Tafelaufsätze zu bringen und jetzt setze er ebenfalls Preise aus, um Arbeiter zu belohnen, welche in ihrem Zimmer die schönsten Blumen erziehen. Mitglieder des Vereines, und zwar grade oft aus den höheren Ständen, scheuen sich nicht, die armseligen Wohnungen der gemeinen Leute zu diesem Zwecke zu besuchen und deren Bewohner zur Blumenzucht zu ermuntern.

Wenn in Deutschland auch im Allgemeinen, mehr als sonst fast auf dem Kontinente, Blumen geliebt und gezogen werden, so ist Pflanzen- und Blumenzucht bei den Engländern dagegen ein allgemeines Bedürfniss. Man betrachte nur die Häuschen der Arbeiter in den Fabrikörtern, was für freundliche Umgebungen sie haben! Rosen und Jasmin finden sich stets in dem Gärtchen vor dem Hause. Der reiche Engländer, gleichviel, ob aus altem Adel entsprungen oder der kaufmännischen Aristokratie angehörig, sucht diese Liebe bei seinen Arbeitern stets zu befördern, denn er weiss, dass, wo Blumen gepflanzt werden, auch bessere Sitten herrschen.

Man gehe einmal das Verzeichniss der Mitglieder durch. Da fehlt kein im Staate hochgestellter Mann und keiner, der durch Geburt obenan steht. Man begnügt sich in den höheren Sphären oft nicht damit, nur Jahres-Beiträge von 14, resp. 28 Thlrn zu zahlen, sondern sucht ausserdem noch zu fördern und zu unterstützen. Es ist ihnen in England Ehrensache. Bei uns in Deutschland ist der Einfluss, den Pflanzen- und Blumenbau auch auf die Sittlichkeit des Volkes ausüben, noch keineswegs in der Weise erkannt; deshalb nehmen im Allgemeinen auch durch Geburt oder im Staate hochgestellte Männer an dem Streben der Gartenbau-Vereine noch viel zu wenig Antheil; es ist fast nur der Mittelstand, der hier wirkt. Leider vegetiren deshalb eine Reihe von Gartenbau-Vereinen in Deutschland aus Mangel an Mitteln mehr, als dass sie wirken und eingreifen.

Professor Dr. Karsten theilte Näheres über die rothen Auswüchse auf Birkenblättern, welche der Kunst- und Handelsgärtner Krampen in Rosskothen bei Essen eingesendet hatte, mit. Man habe diese zwar als einen Pilz beschrieben, der den Namen Taphrina Betulae erhalten, seiner Ansicht nach möchte es aber vielmehr eine Wucherung der Zellen sein, welche durch von Insekten ausgehende Reizung entstanden ist. Uebrigens könnte hier nur eine Entwicklungsgeschichte Aufschluss zu geben im Stande sein.

Der Vorsitzende, Geheimer Ober-Regierungsrath Knerk, legte den Nachtrag zu dem Programme für den zweiten gärtnerischen Kongress in Erfurt zur Vertheilung vor und machte besonders darauf aufmerksam, dass dabei auch ein europäischer Gemüse-Markt in's Leben gerufen würde, der alle Vegetabilien umfassen soll, welche in allen Hauptstädten Europa's einen Gegenstand des Handels bilden. Hieran würde sich durch Vermittelung der preussischen General-Konsulate der produktivsten Länder der Erde eine Ausstellung vegetabilischer Rohprodukte reihen, welche für den Weltverkehr nutzbar zu werden versprechen.

Hofgärtner Altmann in Gusow bei Selow theilte mit, dass im Schlossgarten daselbst sich ein Baum der kalifornischen Ceder (Taxodium distichum) befinde, aus der bekanntlich das wohlriechende Bleistiftholz zum grossen Theil angefertigt würde, der bei 60 Fuss Höhe einen Stamm von 10 Fuss im Durchmesser besitze. Wahrscheinlich stamme er noch aus Dörflingers Zeit.

Aus Potsdam waren von einem frühern Gärtner, Grussdorf, Samen eines brasilianischen Blüthengehölzes eingesendet worden, welche Professor Koch für die der allerdings reizenden Poinciana pulcherrima erklärte.

Aus Moskau hatte das frühere Mitglied Immer Samen der beiden Gurken-Sorten eingesendet, welche in Russland im Grossen angebaut werden und sich durch reichen Ertrag, so wie durch Wohlgeschmack der Früchte, auszeichnen. Sie wurden dem Versuchsgarten des Vereines überwiesen. Gärtnern und Samenhändlern diene zur Nachricht, dass von der einen Sorte, der Pawlow'schen Gurke, der Zoll-Zentner zu 38, von der andern hingegen, der Murom'schen Gurke, zu 48 Thaler zu beziehen sei.

Professor Koch sprach über die Viktoria-Kartoffel von Schiebler & Sohn und empfahl dieselbe zum Anbau. Sie sei zusammengedrückt und habe eine weisse Schale. Als Speise-Kartoffel könne man sie trotz der nicht unbedeutenden Grösse empfehlen. Ihr Hauptvortheil liege aber noch in der Art und Weise des Wachsthumes, indem die Knollen ganz kurzen Stolonen ansässen und daher sehr leicht aus der Erde gethan werden könnten. Man habe zwar ähnliche Sorten, wo ein Gleiches der Fall wäre, wie die Sechswochen-Kartoffel; auch Kunst- und Handelsgärtner Hoffmann meinte, dass in den dreissiger Jahren eine ähnliche Sorte unter dem Namen der Amerikanischen existirt habe: eine solche Kürze von ziemlich zahlreichen Stolonen sei aber doch nicht vorhanden gewesen.

Inspektor Bouché legte die Verzeichnisse einiger Handelsgärtnereien vor und besprach dieselben. Wenn er zunächst auf das von Fr. A. Haage in Erfurt aufmerksam mache, so hebe er die Reichhaltigkeit des Inhaltes hervor. Eine Anzahl von Florblumen in grösserer Vollkommenheit komme von Neuem in den Handel; unter Anderem mache er auf die neuen Datura- und Chrysanthemum carinatum-Sorten aufmerksam, welche letztere von Dippe in Quedlinburg gezüchtet seien, ebenso auf den neuen Blendling von Statice incana und coccinea.

In dem Verzeichnisse sei auch eine Rubrik: Samen, welche zum Anbau als Bienenfutter empfehlenswerth seien. Hier vermisse er aber mehre Pflanzen, wie Ballota nigra und Actaea foetida; auch das bekannte Unkraut, Lamium purpureum, sei in dieser Hinsicht zu empfehlen. Er erlaube sich auch auf das Sortiment Ranunkeln und Anemonen aufmerksam zu machen, da leider diese und manche andere Blumen von bewährter Schönheit und welche früher in grossem Ansehen standen, jetzt über das viele und keineswegs immer empfehlenswerthe Neue sehr vernachlässigt werden. Er wolle übrigens auch mittheilen, dass Professor Koch während seiner letzten Anwesenheit in Holland ein ziemlich grosses Sortiment von Ranunkeln und Anemonen für den Versuchsgarten des Vereines akquirirt habe, so dass später Gelegenheit geboten werde, wiederum Kenntniss von den besseren Sorten dieser dereinst so sehr gesuchten Blumen zu nehmen.

Ausserdem wurden noch vom Inspektor Bouché Verzeichnisse aus anderen Handelsgärtnereien vorgelegt und zum Theil besprochen, so von Platz & Sohn, von Döppleb in Erfurt u. a. m. Auch Professor Koch übergab eine Reihe derselben, so von Jühlke, von dem Vereine für Fachmänner und Dilettanten in der Gärtnerei in Erfurt, von Maurer in Jena, von G. Bestehorn in Aschersleben, von Sieckmann und von Deegen in Köstritz bei Gera, von Franz Hock & Sohn in Mainz, von G. Geitner in Planitz bei Zwickau, von G. Heubner in Plauen, vom Vereine für Gartenkultur und Botanik in Köln, von Makoy in Lüttich, von Jos. Baumann in Gent, von Ch. Huber frères in Hyères, von Vilmorin-Andrieux & Co. in Paris u. s. w. Endlich machte derselbe auf die ausländischen Baumschulen von Durand & Jasmin in Bourg-la-reine bei Paris und von Dav. Wattez jun. in Naarden bei Amsterdam aufmerksam.

Wenn man jetzt einen Blick in die Verzeichnisse der Handelsgärtner werfe und dieselben mit denen vergleiche, wie sie vor 15 und 20 Jahren oder gar noch vor längerer Zeit existirt hätten, so könne man schon darin den erfreulichen Fortschritt sehen, den die Gärtnerei gemacht. Im Allgemeinen seien jetzt die deutschen und zum Theil auch die ausländischen Verzeichnisse korrekt gehalten; auch vermisse man immer mehr die Charlatanerien und die sich selbst lobhudelnden Anpreisungen, wie sie eine Zeit lang leider in den Verzeichnissen sich geltend gemacht hätten. Es sei ein Ruhm der deutschen Gärtnerei, dass man hierin vorangegangen.

Er erlaube sich ferner noch, ein Verzeichniss, nämlich das von Haage & Schmidt in Erfurt, besonders zu erwähnen, da es eine Fülle von Gegenständen enthalte, und zwar Alles in der grössten Ordnung, wie kein zweites. Es sei selbst als ein Handbuch zum Nachschlagen zu betrachten, in dem man fast Alles finde, was man in den meisten Gärten Europa's kultivire. Das Verzeichniss werde nur an die nächsten Kunden geschickt, sei aber für 5 Sgr. zu beziehen. Redner habe sich während seiner letzten Anwesenheit in Frankreich gefreut, dieses Verzeichniss von Haage & Schmidt vielfach in den Händen der dortigen Gärtner zu sehen, um es für die Anfertigung ihrer Verzeichnisse zu Grunde zu legen. In mehrern gärtnerischen Zeitschriften Frankreichs werde es ebenfalls rühmend anerkannt.

Schliesslich wurde mitgetheilt, dass das Preisrichteramt bei seiner Beurtheilung der ausgestellten Pflanzen zu keinem Entschluss gekommen, da diese sämmtlich preiswürdig seien; es habe daher sich dahin ausgesprochen, durch das Loos entscheiden zu lassen. Dieses entschied sich für die Pflanzen des Obergärtners Boese aus dem Garten des Kommerzienrathes Reichenheim.

Blanko's Flora der Philippinen.

Wir haben neuerdings durch den Reisenden Porte so schöne Pflanzen von den Philippinen erhalten, dass eine nähere Kunde dieser Inseln in botanischer Hinsicht wohl Manchem willkommen sein möchte. Aus dieser Ursache müssen wir dem bekannten Reisenden und Botaniker Dr. Hasskarl, der lange Zeit auf Java lebte und auch das Verdienst hat, die Chinarinden-Bäume aus Amerika nach genannten Inseln überpflanzt zu haben, zu besonderem Danke verpflichtet sein, wenn er die gewiss schwierige Arbeit übernehme, die in spanischer Sprache geschriebene Flora der Philippinen uns Deutschen zu übersetzen. Verfasser dieser Flora ist Blanko, ein Arzt, der bereits schon lange Zeit auf den Philippinen lebt und mit besonderer Liebe sich dem Studium der dortigen Flor ergeben hat. Wir machen Botaniker und Pflanzenliebhaber auf diese Uebersetzung aufmerksam und bemerken, dass bereits in der „Flora oder botanischen Zeitung" ein Bruchstück dieser Flor abgedruckt ist. Vor einigen Jahren ist bereits eine zweite Auflage erschienen.

Ueber den Einfluss der Gefässe auf die darin enthaltenen Pflanzen.

Vom Kunst- und Handelsgärtner Hoffmann in Berlin.

In früheren Jahren, wo ich meine Blumentöpfe aus einer andern Fabrik, wie jetzt, bezog, brachte ich diese, wie ich sie erhielt, alsbald in Anwendung und hatte stets die Freude, dass meine Pflanzen darin gut gediehen. Leider beschränkt sich diese Fabrik seit einigen Jahren nur auf die Anfertigung von Ofenkacheln, weshalb ich mich gezwungen sah, den Bedarf wo andersher zu entnehmen.

Sobald ich jetzt aber die Töpfe frisch, wie sie aus der Fabrik kamen, in Gebrauch nahm, bemerkte ich schon bald an den darin enthaltenen Pflanzen Veränderungen, welche auf abnorme Zustände beruhten. Bei näherer Untersuchung, besonders an Hyazinthen, fand ich, dass die sonst glänzendweissen Wurzeln, sobald sie mit der Wand des Topfes in unmittelbare Berührung kamen, dicht an der Topflage rothbraun und zuletzt ganz faulig wurden.

Anfangs glaubte ich, da der vergangene Herbst etwas feucht gewesen war und die Decke der Lage, worin die Töpfe sich zuerst befanden, aus Pferdedünger bestand, dass die durchsickernde, ätzende, ammoniakalische Feuchtigkeit Schuld daran sei. Da jedoch die Hyazinthen, welche in schon gebrauchten Töpfen standen, völlig gesund geblieben waren und bei näherer Untersuchung sich auch an den Wurzeln keine Veränderungen zeigten, so mussten doch andere Gründe für das Vorhandensein schlechter Wurzeln obwalten, die wohl in den neuen Töpfen zu suchen sein möchten. Ich erinnerte mich auch, dass vor Kurzem mir ein Gärtner die Mittheilung gemacht hatte, in seiner Gärtnerei würde kein Topf verbraucht, bevor er nicht gewässert wäre.

Ich hatte auch in Erfahrung gebracht, dass in der Töpferei, aus welcher ich zuerst meine nöthigen Töpfe bezogen hatte, beim Brennen Holz in Anwendung gebracht war, während da, wo ich sie jetzt erhalte, mit Steinkohlen gefeuert wird. Es kam mir deshalb auch unmittelbar der Gedanke, dass vielleicht in den schädlichen Gasen, welche beim Verbrennen der Steinkohlen sich der Masse der Töpfe mittheilten, die Schuld läge.

Professor Schultz-Schultzenstein war so freundlich, dem Gegenstande ebenfalls seine Aufmerksamkeit zuzuwenden. Eine chemische Untersuchung der Masse der Töpfe lehrte denn auch bald, dass auf der innern Oberfläche der letzteren eine bedeutende Menge Aetzkalk enthalten war. Der Chemiker der Fabrik, dem ich dieses mittheilte, räumte die Thatsache ebenfalls ein, glaubte aber, durch gehöriges Einwässern der Töpfe würde ein grosser Theil des Aetzkalkes wiederum daraus entfernt werden. Ehe ich die Töpfe brauchte, wässerte ich sie von nun an gehörig ein. Trotzdem haben aber die Hyazinthenwurzeln auch in diesem Falle ein noch etwas röthliches Ansehen. Ich hatte allerdings nicht den Schaden, wie im Jahre vorher, aber dennoch waren meine Hyazinthen immer noch nicht so schön, als früher. In allen älteren und schon gebrauchten Töpfen besassen aber fortwährend die Zwiebeln schöne, klare Wurzeln.

Ein Kollege von mir hat in diesem Jahre ebenfalls die Erfahrung gemacht, dass seine in neue Töpfe gepflanzten Hyazinthen röthliche Wurzelspitzen erhielten. Er sah sich deshalb gezwungen, die Zwiebeln alsbald wieder herauszunehmen und in ältere Töpfe umzupflanzen. Hier bildeten sie neue Wurzeln, die auffallend klar und schön aussahen.

Ich habe noch zu bemerken, dass die Wurzeln der Zwiebeln, welche sich auf dem Boden der gewässerten Töpfe, wo stets mehr Feuchtigkeit sich erhält, als an den Seitenwänden, wiederum ein blendend-weisses Ansehen hatten, während sie an den Seitenwänden röthlich-gefärbt und im Wachsthum mehr oder minder gehindert erschienen.

Dem, was ich hier gesagt, ist ganz widersprechend, dass der Obergärtner eines in Berlin bekannten und schönen Gartens seine Hyazinthentöpfe jetzt in derselben Fabrik kauft, woher ich dieselben beziehe, und er doch stets gesunde und kräftige Hyazinthen erhält. Es drängt sich nun unmittelbar die Frage dabei auf, ob nicht doch noch ein anderer Grund ausserhalb des Topfes vorhanden ist, welcher erst, zusammen mit dem des Topfes, die nachtheiligen Folgen auf die Entwickelung der Wurzeln und damit auch der ganzen Pflanzen bedingt? Könnte dieses z. B. nicht das Wasser, womit begossen wird, sein?

Was den unzweifelhaft vorhandenen Aetzkalk an der innern Wand der Töpfe anbelangt, so mag ein grösserer Gehalt von Kalk überhaupt in der zu den Töpfen gebrauchten Thonmasse Veranlassung dazu gegeben haben. Auf jeden Fall ist die ganze Sache aber sehr wichtig und verdient die grösste Aufmerksamkeit der Gärtner. Es ist ein grosser Schaden für ihn, wenn seine Pflanzen in Folge der angewendeten Töpfe zu Grunde gehen, oder wenigstens ein schlechtes Ansehen erhalten. Nothwendig ist es jedoch vor Allem, noch mehr Erfahrungen zu sammeln, um dann an eine genaue wissenschaftliche Untersuchung gehen zu können.

Ueber sogenanntes Gaswasser als Dungstoff für Pflanzen.

Von C. Bouché, Inspektor des Kgl. botanischen Gartens.

In Folge einer Mittheilung des botanischen Gärtners Froehner in Freiburg im Breisgau, welcher das Gaswasser zur Vertilgung der Blatt-, Schild- und Schmierläuse auf Pflanzen, indem er es mit reinem Wasser verdünnt und alsdann die Blätter damit bespritzt, zum Begiessen der Pflanzen empfiehlt, verschaffte ich mir eine Quantität Gaswasser aus der hiesigen städtischen Gasanstalt. Bei Vertilgung des Ungeziefers hat es, obgleich ich dasselbe zur Hälfte und selbst mit zwei Dritttheilen Wasser vermischte, den erwünschten Erfolg dennoch nicht gehabt. Die schwächste Anwendung, also 2 Theile Wasser und 1 Theil Gaswasser, führten noch sehr erhebliche Beschädigungen der Blätter herbei und das Ungeziefer starb nicht, was auch nicht bei gleichen Theilen beider Flüssigkeiten der Fall war.

Dahingegen scheint es mir ein sehr wichtiges Dungmittel, in Folge des darin in ziemlich beträchtlicher Menge enthaltenen Ammoniaks, zu sein. Da die Jahreszeit schon sehr vorgerückt war, so konnte ich nur einen leider nicht beendeten Versuch damit machen, der aber so günstige Erfolge vermuthen liess, dass ich es nicht unterlassen will, hier Mittheilung davon zu machen.

Anfangs September wurde eine Quadratruthe gewöhnlichen Gartenbodens umgegraben; die eine Hälfte liess ich mit einer grossen Giesskanne voll Gaswasser und die andere Hälfte, um eine gleichmässige Feuchtigkeit des Bodens herzustellen, mit eben so viel reinem Wasser bebrausen und alsdann die ganze Fläche mit Mohrrüben besäen. Auf dem mit Gaswasser gedüngten Theile keimten die Mohrrüben, sowie auch die im Boden vorhandenen Unkrautsamen, um 14 Tage früher, als auf der andern Hälfte. Obgleich die Mohrrüben bis zum nahe bevorstehenden Winter in ihrer Ausbildung nicht mehr weit vorschreiten konnten, so waren doch die auf dem gedüngten Stücke den anderen im Wachsthume bedeutend überlegen, das Grün der Blätter war weit dunkler und man konnte deutlich sehen, dass nicht nur das frühere Keimen, sondern auch die Eigenschaften des Gaswassers die schnellere Entwickelung der Pflanzen herbeigeführt hatten.

Jedenfalls werde ich nach beiden Richtungen hin mit dem Gaswasser die Versuche fortsetzen und die erzielten Resultate mittheilen.

Des Landwirths Gartenbuch.

Praktischer Rathgeber für Oekonomen und Gartenbesitzer.

Von P. Niemeyer, städtischer Garten- u. Ackerbau-Inspektor in Magdeburg.

(Leipzig 1865, Meissner, 8°, 168 S., mit einem Gartenplane und in den Text gedruckten Holzschnittbildern.)

In der kurzen Vorrede gibt der Verfasser den wohlhabenden Besitzern grosser Garten-Grundstücke den gewiss guten Rath, sich gegen angemessene Besoldung einen tüchtigen Gärtner zu verschaffen und ihn durch gute Behandlung zu fesseln; den minder vom Glücke Begünstigten räth er dagegen, sich durch eigene Mühe einen ständigen, geschickten Arbeiter heranzubilden, der bei dem Einkommen und der Stellung eines Büdners sich glücklich fühlt. Anleitung zu solcher Erziehung gibt Niemeyer in dem erwähnten Buche dadurch, dass er kurz und klar ausspricht, was von dem Pfleger eines bescheidenen Blumen-, eines genügenden Obst- und eines ländlichen Gemüse-Gartens und etwa noch einer kleinen Anlage für Schmuck- oder auch Nutzgehölze unerlässlich zu verlangen und wie seine ihm gestellte Aufgabe durchzuführen sei. Das kleine Lehrbuch setzt einen gebildeten Landwirth voraus, der Sinn für die Annehmlichkeiten des einfachen oder zusammengesetzten Gartens hat und dessen Nützlichkeit zu würdigen weiss. Den Stoff vertheilt der Verfasser in 5 Abschnitte. In dem ersten, vom Blumengarten, wird nicht etwa bloss von Blumenbeeten und Erziehung der Stauden- und Sommergewächse, sondern auch von der Anlage eines mit Blumen geschmückten Gärtchens oder Gartens mit Gehölzen, Rasen, Lauben und Pflege der besonders in Betracht kommenden Pflanzen gesprochen. Die beiden folgenden Abschnitte: der Gemüse- und der Obstgarten, beschränken sich auf das unter den Namen Begriffene, jedoch wird die Erdbeerzucht zu Abschnitt 2 gezogen, weil sie im Gemüsegarten zu betreiben, der vom Obstgarten gesondert verlangt wird. Abschnitt 4: Anlage im freien Felde, lehrt, nach einer Vorbemerkung über Verbesserungen in ästhetischer Beziehung, vom Feldobst- und Feldgemüsebau, von Nutzholzpflanzungen, von Hekken und endlich von Anlage und Besserung der Feldwege. Den Schluss bildet der landwirthschaftliche Garten-Kalender. Die Ausstattung des Büchleins ist sauber. Wir können demnach das Buch bestens empfehlen.

Pomologisches Institut in Reutlingen.

Die in demselben gehaltenen Lehrfächer sind:

Allgemeiner Pflanzenbau, Gemüsebau, Obstbau, Baumschnitt, Weinbau, Pomologie, Gehölzkunde, Landschafts-Gärtnerei, allgemeine und specielle Botanik, Geognosie, Chemie und Physik, Encyklopädie der Landwirthschaft, Geometrie und Mathematik, Buchhaltung, Zeichnen.

Die Honorare betragen:

1) Höhere Lehranstalt, für das Semester 30 Thlr = 52 fl. 30 kr.

2) Gartenbauschule 20 Thlr = 35 fl.

3) Obstbauschule $2\frac{1}{4}$ Monat (10. März bis 25. Mai) 10 Thlr = 17 fl. 30 kr. für Unterricht, Wohnung, Holz, Licht, Bedienung und Krankenpflege.

Kost im Institut monatlich $6\frac{1}{2}$ Thlr = 11 fl. 24 kr. Dagegen erhalten die Zöglinge eine Arbeits-Entschädigung im Sommer täglich von 12 kr., im Winter 10 kr.

Verlag von Karl Wiegandt in Berlin, Kommandanten-Strasse No. 62.

Druck der C. Feister'schen Buchdruckerei in Berlin, Zieten-Platz No. 2.

Wochenschrift

des

Vereines zur Beförderung des Gartenbaues in den Königl. Preussischen Staaten

für

Gärtnerei und Pflanzenkunde.

Redakteur:

Professor Dr. Karl Koch,

General-Sekretair des Vereines.

No. 7. Berlin, den 18. Februar **1865.**

Preis des Jahrganges 5¼ Thlr., sowohl bei Bezug durch den Buchhandel, als auch franco durch alle Post-Anstalten des deutsch-österreichischen Post-Vereines.

Sonntag, den 26. Februar, Mittags ½12 Uhr, findet im Englischen Hause (Mohrenstrasse 49) eine Versammlung des Vereines zur Beförderung des Gartenbaues statt, wozu die geehrten Mitglieder eingeladen werden.

Donnerstag, den 23. Februar, Abends 7 Uhr, findet in der Wohnung des General-Sekretärs (Hafenplatz No. 4) die Sitzung des Blumen-Ausschusses und Freitag, den 24. Februar, ebenfalls Abends 7 Uhr, die Sitzung des Obst- und Gemüse-Ausschusses statt.

Nachtrag zum Programme der allgemeinen Pflanzen-Ausstellung in Amsterdam.

Von Seiten des ersten Sekretärs der allgemeinen Pflanzen-Ausstellung in Amsterdam, Krelage, sind uns Mittheilungen zugekommen, welche das bereits in der Wochenschrift (No. 44 u. 45) des vorigen Jahres veröffentlichte Programm ergänzen; wir beeilen uns demnach, diese auch hier zur weiteren Kenntniss zu bringen, obwohl in den nächsten Tagen von Amsterdam aus dieselben als besonderer Nachtrag ebenfalls, aber in holländischer Sprache, versendet werden wird.

1. Zu den bisher ausgesetzten Preisen im Werthe von 13,200 holländischen Gulden sind noch weitere Preise im ungefähren Werthe von 1800 Gulden zur Verfügung gestellt, so dass die Gesammtsumme für die jetzt nun ausgesetzten Preise 15,000 Gulden betragen wird.

2. Mehre Aufgaben des Haupt-Programmes erhalten ausser den daselbst genannten noch Preise; es betrifft dieses vor Allem die Aufgaben für blühende Gewächshauspflanzen, für buntblättrige Gehölze, für immergrüne Gehölze, für chinesische (indische) Azaleen, für Epakris, für 100 Rosen, für Ilex-Sorten, für verschiedene Sorten von Bouquets, für schädliche Insekten u. s. w.

3. Zu diesen kommen noch neue Aufgaben, nämlich:

a. 10 Gehölze des freien Landes und in grossen Exemplaren,
b. 15 blühende chinesische (indische) Azaleen,
c. 25 blühende Azaleen des freien Landes,
d. 15 blühende Alpenrosen oder Rhododendren,
e. 3 baumartige Päonien in Blüthe in grossen Exemplaren.

Medaillen sollen ferner noch ausländischen Gärtnern auf dieselbe Weise zuerkannt werden, wie sie nach dem Haupt-Programme den niederländischen Gärtnern zu Gute kommen.

Endlich werden ebenfalls ausserdem Medaillen für konkurrirende Gegenstände zur Verfügung gestellt, welche zwar preiswürdig, aber, da keine weiteren Preise vorhanden waren, nicht gekrönt werden könnten.

Was die Bestimmungen des Reglements anbelangt, so ist noch festgesetzt worden:

1. Einer der Säle des Industrie-Palastes wird ganz besonders zur Aufnahme der Warmpflanzen bestimmt und geheizt werden.

2. Nach dem Schluss der Ausstellung findet im Industrie-Palaste eine Versteigerung aller der Pflanzen statt, welche zu diesem Zwecke zur Verfügung gestellt werden.

3. Ein Theil der Transportkosten wird den Ausstellern wieder zurückerstattet.

4. Die aus dem Auslande kommenden Gegenstände entrichten keinen Eingangszoll und werden ausserdem an der Grenze keiner Untersuchung unterworfen.

5. Wer an der Ausstellung Theil nehmen will, wird ersucht, noch vor dem 1. März dem ersten Sekretär, Krelage in Harlem, Anzeige zu machen, damit alsbald die nöthigen Papiere zugesendet werden können.

6. Die detaillirten Verzeichnisse über die einzusendenden Gegenstände sind in frankirten Briefen vor dem 26. März dem Hortulanus H. Witte in Leiden zu übermitteln.

7. Die Sammlungen müssen am 1., 3. oder spätestens 4. April im Industrie-Palaste angekommen sein; für Bouquets und dergleichen Gegenstände ist der äusserste Termin bis um 9 Uhr am Morgen des 5. April festgesetzt.

8. Die Jury tritt am 5. April, Morgens 9 Uhr, zusammen. Die feierliche Eröffnung geschieht dagegen am 7. April, während die Ausstellung selbst vom 8. bis zum 12. April für das Publikum geöffnet sein wird.

9. Die Versteigerung der Pflanzen geschieht am 13. April.

Die Jury wird aus entsprechenden Männern aller Völker zusammengesetzt sein. Bereits haben viele Botaniker, Liebhaber und die renommirtesten Gärtner ihre Theilnahme bei dem Gärtner-Kongresse zugesagt.

Die Sieckmann'schen Georginen.

Wir haben bereits schon früher (4. Jahrg. der Wochenschr., S. 185) Gelegenheit genommen, über 3 Gärtnereien in Köstritz bei Zeiz zu sprechen; unter diesen befand sich auch die Sieckmann'sche. Wir kommen heute noch einmal auf diese zurück, wo uns der 27. Jahrgang des Preis-Verzeichnisses der dortigen Georginen vorliegt. Diese in ihrer neuesten Gestaltung sehr schönen Blumen scheinen allmählig wieder die Bedeutung zu erhalten, welche sie in den zwanziger und selbst noch in den dreissiger Jahren hatten. Auf dem Lande und überhaupt in der Provinz waren sie jedoch bekanntlich fortwährend Lieblinge der Bewohner geblieben und wurden nebst Astern, Levkojen, Reseda, Nelken, Rosen, Studentenblumen (Tagetes) u. s. w. in den Gärten gezogen. Die Liebe zu Georginen wurde auf dem Lande durch kleinere Ausstellungen, welche hauptsächlich Lehrer ins Leben riefen, wach erhalten.

Welche Veränderungen sind aber im Verlaufe von einem halben Jahrhunderte, seitdem wir die Georginen in Kultur haben, vorgegangen? Es sind ganz andere Pflanzen geworden; nicht allein die Blumen haben eine totale Umgestaltung erhalten, auch der Habitus der Pflanze hat sich geändert. Man sieht kaum noch in den Bauerngärten die früheren steifen, 5—6 Fuss hohen Exemplare mit fast grade emporgerichteten Zweigen, welche auf langen Stielen grosse Blumen tragen. Um diesen in's Antlitz zu sehen, musste man damals, und zum Theil heute noch, sich bücken oder sie erst nach oben biegen, denn sie schauten nach unten. Jetzt kultivirt man Georginen in allen Formen, von 1½ Fuss Höhe bis zu der Grösse eines Mannes und noch höher. Sie verästeln sich von unten und erhalten dadurch ein buschiges Ansehen. Die keineswegs mehr zur Erde geneigten Blumen stehen dem Schauenden grade gegenüber, so dass dieser sie bequem anblicken kann, und sind in weit grösserer Anzahl, als früher, vorhanden.

Die Nüancirungen der Farben sind jetzt so mannigfaltig geworden, dass fast Alles vertreten ist, was das Farben-Spektrum zeigt. Selbst das Blau und das Schwarz findet sich, wenigstens annähernd, vor. So hartnäckig sich grade hier die blaue Farbe gezeigt und alle Versuche, sie bei den Georginen zu erhalten, bisher fehlgeschlagen sind, so meint doch Sieckmann, dass die Zeit gar nicht fern liegen möchte, wo wir auch blaue Georginen besitzen. Die Seltene von Köstritz, eine schon vor einigen Jahren gezüchtete Sorte Sieckmann's, hat in ihrem Lila bereits so viel Blau, dass bei weiteren Aussaat-Versuchen möglicher Weise auch eine ganz blaue Georgine hervorgehen könnte.

Das Geschichtliche der Georginen haben wir bereits vor 1½ Jahren (im 6. Jahrg., S. 376) gegeben, so dass wir nicht nöthig haben, jetzt noch einmal über ihren Ursprung in unseren Gärten zu sprechen; wir beschränken uns nur auf Angaben über die gegenwärtige Beschaffenheit der Blumen oder vielmehr des Blüthenkörbchens; denn wir haben es hier nicht mit einer einfachen Blume, wie es bei der Rose der Fall ist, zu thun, sondern mit einer Menge derselben, die nur dicht bei einander stehen und von die Form eines Kelches annehmenden Deckblättern eingeschlossen sind. Es ist uns schon früher mehrmals Gelegenheit geworden, mitzutheilen, wie sich bei der Georgine die einzelnen Blüthchen, von den Gärtnern in der Regel unrichtig „Petalen" genannt, allmählig in ihrer Gestalt verändert haben. Zunächst wurde darnach gestrebt, die in der Mitte stehenden kleinen und röhrigen Blüthchen allmählig zu Zungenblüthchen, wie sie im normalen Zustande nur am Rande des Blüthenkörbchens sich befinden, umzugestalten, d. h. um uns technisch auszudrücken, um die Georginenblumen (Blüthenkörbchen) gefüllt zu machen. Später ging das Streben dahin, die zungenförmige Verlängerung zu verkürzen, dagegen aber um so breiter zu erhalten. Dabei verlängerte und verbreiterte sich die kurze Röhre. Endlich erhielt die Verlängerung eine muschelförmige Gestalt, d. h. die Ränder bogen sich nach oben und schlossen in der Mitte eine Vertiefung ein. Daraus ging schliesslich die Zellenform hervor. Aber nicht allein die Form der Blüthchen hat sich im Verlaufe der Zeit verändert, die Gestalt des Blüthenkörbchens ist auch eine andere geworden. Man hat nicht ohne Erfolg versucht, die Astern-, Chrysanthemen-, Rosenformen u. s. w. nachzuahmen.

Sieckmann hat jetzt in seinem neuesten Verzeichnisse versucht, bei der Aufstellung der verschiedenen Sorten bestimmte Normen zu finden und diese zu charakterisiren. Freilich lassen sich die dadurch gegebenen Gruppen nicht scharf abgrenzen, da es immer noch Formen gibt und auch später geben wird, bei welchen sich keine bestimmte Gestalt ausgeprägt hat und welche zwischen 2 und selbst 3 Gruppen stehen.

Nach der Form der Blüthenkörbchen theilt Sieckmann sämmtliche Georginen in 8 Klassen ein, von denen die erste aber wiederum nach der Form der einzelnen Blüthchen 4, die zweite bis fünfte hingegen 3 Gruppen bildet.

1. In der ersten Klasse der Flachform mit tellerförmigem Bau der Blüthenkörbchen sind sämmtliche Blüthchen entweder zungenförmig (gewöhnliche Form), oder die zungenförmige Verlängerung ist kurz und die Ränder erheben sich an den Seiten (Muschelform), oder die Röhre verlängert sich auf Kosten der zungenförmigen Verlängerung (Röhrenform), oder endlich erscheint die Röhre ziemlich weit und die zungenförmige Verlängerung ist kaum noch in der schiefen Oeffnung der Zelle sichtbar (Zellenform).

2. Die Halbkugelform mit Muschel-, Röhren- und Zellenform.

3. Die Kugelform, ebenfalls.

4. Die Pyramidenform, ebenfalls.

5. Die Rosenform, ebenfalls.

6. Die Turbanform mit dachziegelig übereinander liegenden Zungenblüthchen.

7. Die Chrysanthemenform, wo alle Zungenblüthchen ziemlich zu gleicher Zeit zur Entwickelung kommen und flach ausgebreitet sind.

8. Die Asternform, fast flach, die Zungenblüthchen sind aber am Ende noch mehrfach eingeschnitten.*)

*) In Paris sahen wir noch eine 9. Gruppe, wo die zelligen Blüthchen am Rande des Blüthenkörbchens sich sehr verlängert hatten, nach der Basis zu aber sich verschmälerten und die übrigen gegen die Mitte hin weit überragten, so dass wiederum eine Art Strahl entstand.

Die neuen Pflanzen
von Ch. Huber frères & Co. in Hyères.

Wir erhalten seit einiger Zeit Sämereien von neueren Florblumen aus Hyères, weshalb es wohl auch einmal gut sein möchte, einige Worte über die Gärtnerei und über deren neue Pflanzen zu sprechen. Das eben ausgegebene Verzeichniss liegt uns vor. Wenn man das Aeussere eines Verzeichnisses ansieht und dann mit dem Inhalte sich etwas vertraut macht, so kann man im Allgemeinen auch alsbald auf den Zustand und auf die innere Einrichtung der Gärtnerei nicht weniger, als auf die Zuverlässigkeit und auf die Tüchtigkeit des Besitzers schliessen. Ein sauberes Aeussere des Verzeichnisses, Korrektheit der Pflanzennamen und Fernhalten aller Lobhudeleien in dem Inhalte deuten auf Sauberkeit und Ordnung der Gärtnerei selbst hin. Es ist dieses bei Ch. Huber frères & Co. in Hyères auch der Fall. Diese Gärtnerei selbst interessirt uns um so mehr, als sie eine der wenigen im Innern Frankreichs ist, welche vielfach mit Deutschland, namentlich aber mit Berlin, in Verbindung steht.

Die Gebrüder Huber wohnen in Hyères, einem bekannten kleinen Orte in der Provence, wohin wegen des dortigen milden Klima's, hauptsächlich im Winter, viele Kranke gehen. Im Sommer ist es zu heiss. Die herrlichen Orangengärten von Hyères, wo die Bäume im freien Grunde stehen, sind weit und breit berühmt. Alle Kulturen, besonders von Florblumen, gedeihen daselbst vorzüglich; die Mühe, welche man sich gibt, um diese zu vervollkommnen, wird reichlich belohnt.

Unter den Huber'schen Neuheiten befindet sich auch wiederum eine Anzahl von Cucurbitaceen, welche als Lianen, d. h. als Schlingpflanzen, dienen können. Wir haben deren bekanntlich schon lange in Anwendung, von denen Pilogyne suavis am meisten verbreitet ist. Ehe wir aber die neuen Arten der Reihe nach aufführen, erlauben wir uns auf frühere Arbeiten über denselben Gegenstand in der Wochenschrift (2. Jahrg. S. 296 u. 6. Jahrg. S. 84) aufmerksam zu machen.

Zunächst haben wir bereits im vorigen Jahrgange eine Cucurbitacee, welche zuerst im botanischen Garten zu Paris kultivirt wurde und aus dem Himalaya stammte, unter dem Namen Bryonia erythrocarpa (S. 262) besprochen. Diese Liane bringen jetzt die Gebrüder Huber in den Handel. Sie zeichnet sich durch kugelrunde, zinnoberrothe, aber mit weissen Längsstreifen versehene Früchte aus, welche die Grösse einer Glaskirsche haben und gewöhnlich zu 3 und 4 beisammen stehen. Durch die angegebenen Merkmale unterscheidet sie sich von der verwandten Br. lacinosa. Naudin in Paris hat in beiden den Typus eines neuen Genus gefunden, dem er den Namen Bryonopsis gegeben hat, weshalb unsere Pflanze auch von den Gebrüdern Huber, welche sie nur für eine Abart halten, als Bryonopsis laciniosa erythrocarpa in den Handel gebracht wird. Die echte Br. laciniosa mit hellgrünen Früchten ist schon früher in Flore des serres (T. XII, tab. 1202) abgebildet worden.

Coccinia diversifolia Naud. ist ausdauernd und stammt aus Abyssinien, von wo sie im Jahre 1863 eingeführt wurde. Sie erhebt sich nur bis zu einer Höhe von 8—10 Fuss und besitzt Früchte von der Form und Grösse eines Taubeneies, die, gleich denen der vorigen Art, anfangs lebhaft grün sind, später aber roth werden und ebenfalls weisse Längsbinden besitzen. Die Blätter erscheinen mehr oder weniger gelappt und eingeschnitten.

Eine zweite Coccinia ist C. Mackenii Naud. Sie stammt vom Port-Natal, also aus Südafrika, und wurde von Mac-Ken, dem Direktor des dortigen botanischen Gartens, eingesendet. Aus einer knolligen Wurzel kommen die sich windenden Stengel mit fünflappigen Blättern, welche eine glänzende Oberfläche haben, hervor. Die Blüthen besitzen eine helle Ocherfarbe, die Früchte haben dagegen ebenfalls die Form und Grösse eines Taubeneies, ausserdem jedoch eine rothe, durch weisse Marmorirung unterbrochene Farbe. Da den Gebrüdern Huber leider nur weibliche Blüthen zu Gebote standen, so haben sie diese mit dem Blumenstaube der C. indica befruchtet. Aus den Samen, welche jetzt in den Handel gebracht werden, wird man deshalb Blendlinge erhalten.

Lagenaria sphaerica Mey. ist ebenfalls eine Pflanze Südafrika's, aber nur von jähriger Dauer. Sie scheint sehr rasch zu wachsen und schnell Gegenstände zu überziehen. Das ebenfalls mehrtheilige Laub hat eine dunkelgrüne Farbe, während die ziemlich grossen Blüthen blendend-weiss gefärbt sind. Die fast schwarzgrünen Früchte haben die Grösse einer Orange und sind dicht mit weissen Punkten und ausserdem noch mit labyrinth-ähnlicher Zeichnung von weisser Farbe versehen. Die Pflanze verlangt ein mildes Klima und hält sicherlich bei uns nicht aus.

Momordica Balsamina L. var. leucantha. Die gelbblühende Hauptart mit ihren zur Zeit der Reife reizenden Früchten ist bei uns bekannt genug. Diese Abart besitzt, wie der Beiname sagt, Blüthen von weisser Farbe, welche aber im Grunde der Krone von 3 schwarzen Flecken unterbrochen ist. Leider wird auch diese Pflanze, gleich der vorigen Art, bei uns im Freien nicht gedeihen; in warmen Häusern empfiehlt sie sich aber zum Ueberziehen von Gegenständen ebenso, wie die Hauptart.

Pilogyne lucida Naud. stammt aus Madagaskar und den in der Nähe liegenden Inseln. Wenn die Pflanze auch nicht so lange Ranken macht, als die P. suavis, so verzweigt sie sich doch fast noch mehr und überzieht die Gegenstände ebenfalls sehr rasch. Die freudig-grünen und herzförmigen Blätter haben eine glänzende Oberfläche. Die Blüthen sind zwar klein und unscheinlich, dagegen besitzen die olivenförmigen Früchte von scharlachrother Farbe ein hübsches Ansehen.

Prasopeton Duriaei Naud. wurde aus Uruguay eingesendet und hat den Namen des Direktors des botanischen Gartens in Bordeaux, der sich hauptsächlich mit der Kultur der Cucurbitaceen beschäftigt, erhalten. Die Pflanze ist ausdauernd und möchte wohl bei uns im Sommer gedeihen. Sie wird nur bis 6 Fuss hoch und gehört mit ihren 3- und 5-lappigen Blättern zu den weniger zu empfehlenden Arten. Die gelben Blüthen stehen einzeln und die rundlichen Früchte von zuletzt gelber Farbe besitzen die Grösse einer Pflaume.

Sicyos Schimperianus Naud. unterscheidet sich von dem amerikanischen S. angulatus nur sehr wenig, stammt aber aus Abyssinien. Es ist eine Pflanze, die, wie alle Arten dieses Geschlechtes, ausserordentlich rasch wächst und zum Ueberziehen von Gegenständen sehr passend ist.

Zu den kleinförmigen Cucumis-Arten gehört C. erinaceus Naud. aus dem Kafferlande. Sie ist zu empfehlen und kann, gleich dem ähnlichen C. dipsaceus, zum Ueberziehen des Bodens, weniger von Staketen, Wänden u. s. w., benutzt werden. Die eingeschnittenen und gelappten Blätter haben eine dunkelgrüne Farbe. Die reichlichen Früchte besitzen die Grösse eines Hühnereies, sind dicht mit spitzen Weichstacheln besetzt und bekommen schliesslich eine gelbe Farbe.

Die Melonen- oder Mantelsack-Kürbisse (Cucurbita moschata Duch.) sind zwar längst bei uns bekannt, werden aber doch im Ganzen wenig kultivirt. Ein Grund mag allerdings darin liegen, dass sie gegen unser rauhes Klima empfindlich sind und nicht recht gedeihen wollen. Es gibt aber bereits mehre Formen, bei denen diese Empfindlichkeit gegen rauhe Witterungs-Einflüsse weniger vorhanden ist und die sich recht gut bei uns im Freien kultiviren lassen. Man besitzt bereits eine Menge von Abarten und Formen. Die Früchte sind in der Regel mehr rundlich, doch hat man deren auch, die in die Länge gezogen sind und selbst eine keulenförmige Gestalt haben.

Mukia scabrella Arn. wächst in Ostindien

und ist auch in Neuholland aufgefunden worden. Sie ist ausdauernd und besitzt herzförmige, in der Regel auch gelappte Blätter mit schwielig-borstigen Oberflächen. Die runden, prächtig-rothen Früchte haben nur die Grösse einer Kirsch-Johannisbeere. Bei dem reichen Material, was wir bereits aus der Familie der Cucurbitaceen haben, ist sie Gartenbesitzern weniger zu empfehlen.

Trichosanthes cucumerina Naud. steht der bekannten Tr. anguina in der äussern Form und in der Gestalt der Blätter sehr nahe, bleibt aber kleiner. Leider gedeiht sie im Freien eben so wenig, als die genannte Art, ist aber innerhalb der Gewächshäuser ganz vorzüglich. Die Früchte, von der Grösse eines Taubeneies, sind an der Basis abgerundet und verschmälern sich nach der Spitze zu. Reif haben sie eine prächtige rothe Farbe, die durch breite Längsbänder unterbrochen wird.

Nächstdem sind die Solanum's und Gramineen in dem Verzeichnisse reichlich vertreten. Unter den aufgeführten Arten des zuerst genannten Geschlechtes befinden sich mehre Namen, die uns unbekannt sind, doch wohl aber nicht neue Pflanzen darstellen möchten. Von der grossen Anzahl von Solanum's, welche in Paris auf den öffentlichen Anlagen als Blattpflanzen gezogen werden oder selbst noch in dem grossen Vermehrungsgarten von Barillet-Deslongschamps versuchsweise vorhanden sind, fanden wir bei genauer Vergleichung mit den bei uns angewendeten Arten nur einige, die uns hier in Deutschland fehlten, und grade diese machten als Dekorations-Pflanzen am wenigsten Effekt. Wir werden später einmal unsere frühere Abhandlung über diesen Gegenstand (s. 3. Jahrg. der Wochenschrift, S. 281) ergänzen.

Für jetzt mögen 2 Solanum's erwähnt werden: Solanum glaucophyllum und corniculatum. Die zuerst genannte Art hat Dunal, der Verfasser der Monographie der Solaneen in de Candolle's Prodromus, mit dem kürzern Namen S. glaucum belegt. Im botanischen Garten zu Berlin wird sie schon länger kultivirt, in den Gärten der Liebhaber fehlt sie aber noch, so sehr sie es auch verdient, in ihnen kultivirt zu werden. Die schöne, blaugrüne Farbe der grossen, elliptischen Blätter gibt der Pflanze auf dem freudig-grünen Rasen einen eigenthümlichen Reiz. Sie gehört zwar mit dem nahe verwandten S. callicarpaefolium Kth et B. in die Gruppe der kleinblüthigen (Micranthes), ihre Blüthen sind aber keineswegs klein, sondern viel eher mittelmässig zu nennen.

Von Solanum corniculatum haben wir erst vor Kurzem (S. 42) gesprochen und bereits gesagt, dass es zu den Melongenen gehören möchte. Nach der freilich kargen Beschreibung in dem Huber'schen Verzeichnisse scheint sie dem S. Sodomaeum L., von dem S. Trongum Poir. und coagulans Forsk. gewiss nur Formen sind, nahe zu stehen, wenn nicht selbst eine Form genannter vielgestaltiger Art zu sein. Leider soll sie aber nach den Gebr. Huber gegen rauhes Klima etwas empfindlich sein, weshalb sie im Freien bei uns kaum einigermassen gedeihen möchte. In jeglicher Hinsicht ist dieses zu bedauern.

Datura (oder Brugmansia) fastuosa ist bei uns für den Sommer im Freien eine sehr beliebte Pflanze, wird aber bekanntlich auch sehr viel in Kalthäusern gezogen. Die Gebr. Huber haben von ihr eine Form, welche ihren Namen führt und auch Empfehlung verdient, gezüchtet. Die Form wächst sehr buschig und erhält bei 3—5 Fuss Höhe, wenn man ihr besondere Aufmerksamkeit geschenkt hat, einen Durchmesser von 15—18 Fuss. Stengel und Aeste haben eine schwarz-violette Farbe, während die sehr grossen und ungemein gefüllten, überhängenden Blüthen lila gefärbt sind. Diese Farbe wird aber nach der Mitte der Blüthe zu immer heller, bis sie in dieser selbst weiss erscheint.

Eine zweite Datura ist D. atroviolacea plenissima. Auch sie gehört zur D. fastuosa L. und wurde direkt aus Cochinchina eingeführt. Der Stengel wird 4 bis 5 Fuss hoch, besitzt ebenfalls eine dunkelviolette Farbe und verästelt sich ungemein. Jede Verzweigung endet mit einer grossen, trichterförmigen Blüthe, die aus 3 Kronen besteht, von denen die äussere immer die innere umschliesst; die innerste ist die längste. Sie haben sämmtlich eine dunkelviolette Farbe.

Wenn die Ricinuspflanzen bei uns auch hin und wieder Anwendung finden, so geschieht es doch nicht so häufig, als sie es verdienen. Und doch möchten wir wenig Blattpflanzen haben, welche sich zur Dekoration, vor Allem auf grossen Rasenflächen, so eigneten, als sie! Wir haben bereits in Grösse, Bau und Farbe eine Reihe von Formen, welche eine grosse Mannigfaltigkeit darbieten; aber fast alle Jahre kommen neue in den Handel, von denen freilich die meisten nur unbedeutende Unterschiede von bereits bekannten Formen zeigen. Diese Ricinusformen werden bisweilen nur wenige Fuss hoch, bisweilen erhebt sich aber auch der Stengel bis zu einer Höhe von 12 Fuss. In diesem Falle breiten sich die Aeste weit aus, im erstern Falle stehen sie dagegen mehr gedrängt. Die Farbe der Blätter und der ganzen Pflanze ist entweder ein freudiges Grün oder ein reizendes Blaugrün oder endlich auch ein Grünbraun, welches letztere selbst vollständig braun werden kann.

Wir haben schon früher mehrmals über Ricinus gesprochen. Zunächst sind von uns im 1. Jahrgange der Wochenschrift (S. 102) die hauptsächlichsten Formen beschrieben; später sind wir wiederum auf diesen Gegenstand (5. Jahrg. S. 16) zurückgekommen. Dass allen unsern Formen wahrscheinlich 2 Arten zu Grunde liegen, von denen die eine ursprünglich in Ostindien wächst und hauptsächlich zur Gewinnung des bekannten, als abführendes Mittel allgemein gebrauchten Oeles gepflanzt wird, die andere grössere dagegen in Nord-Afrika zu Hause sein möchte, ist ebenfalls schon früher (4. Jahrg. S. 287) mitgetheilt.

In dem Verzeichnisse der Gebrüder Huber in Hyères werden ebenfalls 5 neue Formen aufgeführt, die Beachtung zu verdienen scheinen. R. brasiliensis viridis scheint uns dem vor einem halben Jahrhunderte in unseren Gärten kultivirten R. viridis Willd. sehr nahe zu stehen. Die Pflanze wird ziemlich hoch, besitzt glänzende Blätter von bedeutendem Umfange und ist von einem Reife überzogen. An der Spitze des Stengels erhebt sich die grosse, fast nur aus weiblichen Blüthen bestehende Rispe. R. sanguineus glaucus wird ebenfalls sehr hoch, hat eine braunrothe Farbe und ist ebenfalls mit einem bläulichen Reife überzogen. Diese Form stimmt mit der von Jacquin als R. lividus beschriebenen Art überein. Der endständige weibliche Blüthenstand besitzt eine rosenrothe Farbe. Bei R. purpureus cinerascens ist die braunrothe Farbe noch dunkler; diese Form wurde direkt aus Cochinchina bezogen. R. nanus microspermus stellt dagegen einen Zwerg von höchstens 3 Fuss Höhe dar; in der Regel wird die ganze Pflanze sogar kaum 2 Fuss hoch. Der grüne Stengel verästelt sich gar nicht, trägt aber an der Spitze eine grosse Rispe, an der die weiblichen Blüthen dicht gedrängt stehen. Endlich gehört R. compactus wiederum zu der braunen Art (R. africanus Mill.). Er wächst, wie der Name auch sagt, sehr gedrängt und verästelt sich ungemein, so dass er einen dichten Busch darstellt.

Was die übrigen als neu angeführten Pflanzen anbelangt, so sind allerdings mehre von ihnen uns schon länger bekannt. Cosmidium Engelmanni stammt aus Mexiko und hat im Aeusseren eine grosse Aehnlichkeit mit dem bekannten C. filifolium; doch scheint die Pflanze etwas gedrängter zu wachsen, so dass sie zum Gebrauche für Bouquets passender erscheint. Wir wissen nicht, ob C. Engelmanni schon beschrieben ist.

Boisduvalia Douglasii Spach ist eine bekannte Pflanze der botanischen Gärten, wo sie meist als Oenothera densiflora Lindl. kultivirt wird. Alle Boisduvalien stehen an Schönheit den bekannten Godetien nach; so verdient auch die genannte keine weitere Empfehlung (s. 7. Jhrg. S. 67).

Campanula attica Boiss. et Heldr. breitet sich mit ihren zahlreichen, violettblauen Blüthen auf den Boden aus und passt zu Einfassungen, hauptsächlich aber zu Felsenparthien. Sie ist ein Sommergewächs und stammt aus Griechenland.

Centaurea babylonica L. ist eine schon längst beschriebene Pflanze, die wir aber doch erst durch den Grafen Jaubert neuerdings näher kennen gelernt haben (Jaub. et Sp. illustr. T. V, t. 428). Sie bildet eine Rosette mit grossen, buchtig-ausgeschnittenen Blättern von blaugrüner Farbe, aus der der sich pyramidenförmig-bauende Stengel aufsteigt. Die zahlreichen Blüthenkörbchen haben eine goldgelbe Farbe.

Cleome muricata Schult. ist ein Sommergewächs aus Ostindien, was wegen seiner verwachsenen Staubgefässe zu Gynandropsis gehört. Die Pflanze zeichnet sich durch weisse Blumen aus und wird nicht hoch, weshalb sie mehr zu empfehlen sein sein möchte, als die bei uns bekannteren Arten, welche wegen ihres hohen und steifen Wachsthumes nicht allgemein beliebt worden sind.

Convolvulus aureus superbus wurde schon früher in unseren deutschen Verzeichnissen als jährige Liane aufgeführt; leider haben wir sie noch nicht in Blüthe gesehen und können demnach auch noch kein Urtheil über sie geben. In der Monographie der Convolvulaceen im Prodromus wird sie als Synonym der Jacquemontia azurea Choisy angeführt. Diese bei uns bekannte Pflanze blüht aber blau und nicht goldgelb. Convolvulus aureus haben wir nur in D. Dietrich's Synopsis plantarum (T. I, p. 674) beschrieben gefunden.

Convolvulus chiloënsis ist uns völlig unbekannt und darf nicht mit C. chilensis Pers., welche handförmig-getheilte Blätter besitzt, verwechselt werden. Sie ist ausdauernd und zeichnet sich durch herzförmig-längliche und mit einem seiden-glänzenden Ueberzuge versehene Blätter aus. Diese Liane ist mit kleinen weissen Blüthen versehen.

Von der mit Recht beliebten Pharbitis hederacea Choisy, meist als Ipomoea und Convolvulus hederaceus in den Gärten, besitzt man jetzt eine weissblühende Abart.

Ipomoea lachnosperma Choisy ist eine interessante Trichterwinde, da sie einen aufrechten Stengel besitzt, also auch nicht windet. Die ganze Pflanze ist mit einem graufilzigen Ueberzuge bedeckt und besitzt eirund-lanzettförmige Blätter. Die weissen, im Schlunde mit einem Purpurfleck versehenen Blüthen befinden sich zu 3 bis 6 an der Spitze eines gemeinschaftlichen Stieles. Vaterland ist Kordofan, also die mittleren Nilländer.

Phaseolus deliciosus könnte wohl eher eine

Dolichos-Art sein, welche in Brasilien kultivirt wird und wahrscheinlich wegen ihrer wohlschmeckenden Früchte den Beinamen erhalten hat. Die Pflanze möchte, wie alle Dolichos-Arten, schwerlich für unsere klimatischen Verhältnisse passen. Die Blüthen haben eine gelblich weisse Farbe und die stielrunden Hülsen befinden sich zu 3 bis 7 am Ende besonderer Stiele.

Reseda crystallina Webb. wächst auf den Kanaren und, so viel wir wissen, nicht in Nord-Afrika. Sie wächst ähnlich unserer gewöhnlichen Reseda, wird aber grösser und besitzt keinen Geruch. Ausgezeichnet sind die fast durchsichtigen Wärzchen auf der Oberfläche der ziemlich grossen Kapseln, in Folge dessen diese ebenso, wie das Eiskraut, einen Widerschein geben. Ob dieses jedoch einen Liebhaber dazu bestimmen sollte, die Pflanze zu kultiviren, bezweifeln wir.

Vesicaria grandiflora Hook. ist eine zweijährige Pflanze aus Texas. Wegen ihres Reichthumes an Blüthen, welche Aehren bilden, ist sie zu empfehlen; sie würde noch mehr Anerkennung finden, wenn sie eine andere, als gelbe Farbe hätte. Die Pflanze hat ein gelblich- oder grau-grünes Ansehen. Auch die aufgeblasenen Schoten nehmen sich recht gut aus (s. übrigens 1. Jahrg. S. 119).

Malva bryoniaefolia L. wurde schon einmal als M. reflexa in den Gärten kultivirt und gehört in die Abtheilung der Capenser, die früher wegen der langen Dauer der Blüthezeit auch von Liebhabern viel kultivirt wurden. Sie ist zwar strauchartig, kann aber ebenfalls als Sommergewächs behandelt werden, wie es auch mit der M. Creeana und den verwandten der Fall ist. Die kleinen Blüthen stehen dicht gedrängt und haben eine rosenrothe Farbe.

Die interessanten, zur Dekoration empfohlenen Gräser übergehen wir, da wir wohl nächstens eine besondere Abhandlung über Schmuckgräser bringen werden. Allmählig fängt man auch an, mehr Gefallen an ihnen zu finden. In ästhetischer Hinsicht haben sie einen grossen Werth und können nicht genug empfohlen werden. Freilich bedürfen sie, wie alle Pflanzen, welche man schön haben will, der Aufmerksamkeit. Ihre Leichtigkeit, namentlich in Bouquets, wird durch keine andere Pflanze gegeben.

Wir bemerken, dass unter den hier aufgeführten Pflanzen auch einige vorhanden sind, welche bereits früher besprochen wurden, aber doch keinen Eingang fanden. Eben so haben Haage & Schmidt in Erfurt in ihrem neuesten Verzeichnisse mehre Arten, die wir hier genannt haben.

Der niederländische Obstgarten.

Beschrieben und verfasst
vom Boskooper Verein zur Bestimmung und Veredlung der Obstsorten.
Mit illustirten Abbildungen von Berghuis.

Wir haben schon im vorigen Jahrgange, nachdem wir die erste Lieferung in holländischer Sprache (S. 271) besprochen, auf dieses gewichtige Werk mehrmals aufmerksam gemacht. Seitdem sind uns noch 4 andere Lieferungen zugekommen. Nationale Werke müssen stets in der eigenen Sprache verfasst werden; der niederländische Obstgarten erschien demnach auch zuerst in holländischer Sprache. Leider ist man mit dieser, so sehr sie es auch verdient, doch keineswegs in andern Ländern sehr vertraut; uns Deutschen würde noch ein Verständniss leichter sein. Aus dieser Ursache haben die Verfasser und Herausgeber sich mit Recht entschlossen, neben der holländischen noch eine deutsche und eine französiche Ausgabe zu veranstalten. Diese beiden Ausgaben konnten um so leichter geschehen, als die kolorirten Tafeln auch hier dieselben blieben und nur nothwendig war, den Text in beiden genannten Sprachen besonders zu drucken.

Sehr gern waren wir dem Wunsche der Herausgeber und Verleger nachgekommen und hatten für beide Ausgaben, für die deutsche sowohl, als auch für die französische, einige empfehlende Worte in Form einer Einleitung geschrieben. Holland ist uns Deutschen bekanntlich im rationellen Obstbau vorangegangen und übt noch fortwährend, hauptsächlich durch die Boskooper Baumschulen, einen grossen Einfluss auf ihn aus. Viele Tausende von Obststämmchen werden alljährlich aus Boskoop nach Deutschland und nach den übrigen nördlichen und östlichen Ländern Europa's ausgeführt.

Die Anzucht von Aepfeln steht in Boskoop, wie bei uns in Deutschland, oben an. Eben deshalb nähert sich auch der holländische Obstbau mehr dem unsrigen, als dem ihrer südlichen und südwestlichen Nachbarländer, nämlich dem der Belgier und der Franzosen, wo bekanntlich beim Anbau die Birnen den Vorzug haben. Die Boskooper Baumschulbesitzer haben sich auch den deutschen Pomologen-Versammlungen angeschlossen und folgen demnach fast in allen Stücken der daselbst angenommenen Nomenklatur. Schon deshalb muss ein Obstwerk, was von dem Boskooper Pomologen-Verein herausgegeben wird, für uns besonderen Werth haben.

Der Preis von 1 Thaler für die Lieferung mit 4 fein-illuminirten Tafeln ist nicht hoch. Da das Werk in einzelnen Lieferungen, also nach und nach erscheint, so können wir es auch weniger bemittelten Obstliebhabern und Baumschulbesitzern empfehlen. Wer mit der Welt fortgehen will, muss heut' zu Tage an Allem, was in und mit seinem Berufe geschieht, Theil nehmen. So können auch Gärtner, welche nicht im alten Schlendrian fortleben wollen, nicht mehr ohne Kenntniss ihrer Literatur gut fortkommen. Wer die Zeit aufmerksam verfolgt hat, wird auch gefunden haben, dass in der That bei den Baumschulbesitzern überhaupt ein ganz anderes Streben vorhanden ist, sich in ihrem Fache weiter auszubilden, als je früher. Es ist dieses eine höchst erfreuliche Erscheinung, welche zu Hoffnungen berechtigt.

Was den Inhalt der 5 Lieferungen anbelangt, so übergehen wir die erste, weil über sie im vorigen Jahrgange der Wochenschrift, wie wir anfangs gesagt, schon Mittheilungen gemacht wurden. In der 2. und 3. Lieferung sind wiederum 8 Aepfel dargestellt und beschrieben. Von ihnen sind einige holländischen Ursprunges und zum Theil noch nicht beschrieben, wie der süsse Paradies-Apfel (tab. 5, f. 9) und der Rothe Weinapfel (tab. 6, f. 12), der sicher von der Diel'schen Frucht gl. N. verschieden ist. Der Halder-Apfel (tab. 5, f. 10) ist eine neuere belgische Frucht, die Herfordshire-Parmäne (tab. 8, f. 13) hingegen englischen Ursprunges und wohl kaum, obwohl sehr ähnlich, mit der Limonen-Reinette identisch. Von den beiden französischen Aepfeln ist die Graue französische Reinette (tab. 8, f. 15) bei uns hinlänglich bekannt, die Reinette monstreuse (tab. 8, f. 16) aber wohl nur wenig. Die Kasseler Reinette (tab. 6, f. 11) und der Weisse Winterkalvill (tab. 6, f. 14) sind auch bei uns sehr beliebt.

Das 3. Heft bringt ausser der Orleans-Reinette (tab. 9, f. 9) nur Sommeräpfel, zum Theil bei uns völlig unbekannt, wie der Süsse Kampaner (tab. 10, f. 20). Aber auch der bei uns bekannte Süsse Holaart (tab. 10, f. 19) ist holländischen Ursprunges. Der Julius-Kardinal (tab. 11, f. 21) ist von Dauvesse in Orleans gezüchtet worden, während der London-Pepping (tab. 7, f. 17) einen der schon sehr lange bekannten Aepfel darstellt. Viel kultivirt werden bei uns: der Virginische Rosenapfel oder Sibirische Eisapfel (tab. 11, f. 22), sowie der Rothe und Weisse Astrachaner (tab. 12, f. 23 u. 24).

Im 4. Hefte sind Kirschen, im 5. hingegen Pflaumen abgebildet. Was die ersteren anbelangt, so wird auf der ersten Tafel mit der Königin Hortensie, mit Büttner's schwarzer Herzkirsche und Coë's Transparent- und Downton's Kirsche begonnen; es folgen auf der zweiten Tafel: der Herald, die Frühe weisse spanische, die Schwarze türkische und Dönissen's gelbe Knorpelkirsche; auf der dritten Tafel: die Rothe Mai-, die Rothe spanische, Adam's Herz- und die Werder'sche frühe Herzkirsche; auf der vierten Tafel endlich: der Kurzstiel von Goes, die Lucienkirsche, die Ostheimer Weichsel und die späte Amarelle.

Was schliesslich die Pflaumen in der 5. Lieferung anbelangt, so werden auf der ersten Tafel dargestellt: die Rothe Nektarine und die Rothe Aprikosenpflaume, auf der zweiten aber Monsieur jaune und Kirke's Pflaume, auf der dritten hingegen: Blenker's rothe Pflaume und Esperens Drap-d'or, auf der vierten endlich: Königin Victoria und die Weisse Eierpflaume.

Nachrichten über Gärtnereien.

I. Wie sehr der Obstbau, ganz besonders in Schlesien, in neuester Zeit gefördert wird, das bezeugt das Entstehen von neuen und das Erweitern von bestehenden Baumschulen. So erhalten wir eben von Seiten des Königlich-Prinzlichen Park-Inspektors Petzold in Muskau die Mittheilung, dass er auf seinem Gute Wilhelmshof zu Bunzlau eine Handelsgärtnerei errichtet hat, welche sich hauptsächlich mit der Anzucht und dem Anbau einer sorgfältigen Auswahl von Obstbäumen, Ziergehölzen und Sämereien für Landwirthschaft und Gärtnerei beschäftigen wird. Bereits werden Verzeichnisse von Gehölz-Sammlungen ausgegeben.

Im Interesse der Gartenbesitzer und Liebhaber machen wir darauf aufmerksam und fügen noch hinzu, dass man in geschäftlichen Korrespondenzen sich der Adresse: „R. Runge, Bunzlau" zu bedienen hat.

II. Wir erlauben uns darauf aufmerksam zu machen, dass so eben das diesjährige Preis-Verzeichniss (No. 30 in 8° 126 Seiten) der Laurentius'schen Gärtnerei in Leipzig über „Baumschulenartikel, Freilandpflanzen und Blumistik" erschienen ist. Die ausserordentlich reiche Auswahl, so wie die grosse Zahl von Neuheiten macht das Verzeichniss besonders werthvoll.

Gärtnern und Gartenbesitzern wird hier Gelegenheit geboten, ihre Gärten zu bereichern. Auf frankirte Anforderung steht das Verzeichniss franco und gratis zu Diensten.

Das Verzeichniss von Gewächshaus-Pflanzen (No. 31) wird im März publizirt werden.

Verlag von Karl Wiegandt in Berlin,
Kommandanten-Strasse No. 62.

Druck der C. Feister'schen Buchdruckerei in Berlin,
Zieten-Platz No. 2.

Wochenschrift

des

Vereines zur Beförderung des Gartenbaues in den Königl. Preussischen Staaten

für

Gärtnerei und Pflanzenkunde.

Redakteur:

Professor Dr. Karl Koch,

General-Sekretair des Vereines.

No. 8. Berlin, den 25. Februar **1865.**

Preis des Jahrganges 5⅓ Thlr., sowohl bei Bezug durch den Buchhandel, als auch franco durch alle Post-Anstalten des deutsch-österreichischen Post-Vereines.

Sonntag, den 26. Februar, Mittags ½12 Uhr, findet im Englischen Hause (Mohrenstrasse 49) eine Versammlung des Vereines zur Beförderung des Gartenbaues statt, wozu die geehrten Mitglieder eingeladen werden.

Aus den Samen-Verzeichnissen Erfurter Gärtnereien.

Wir haben bei der Durchsicht des Pflanzen-Verzeichnisses der Gebrüder Huber in Hyères schon eine Reihe von Pflanzen kennen gelernt, die von dort aus als neu in den Handel gekommen sind; es liegen uns ausserdem die Verzeichnisse einiger Erfurter Handelsgärtnereien, die in der letzten Versammlung des Vereines besprochen wurden (S.45), vor. Die letzteren sollen uns jetzt als Führer dienen, um die Leser der Wochenschrift mit den neueren oder wenigstens bis jetzt noch nicht in diesem Blatte erwähnten Pflanzen und Blumen etwas näher bekannt zu machen. Diese Abhandlung wird sich den früheren anschliessen, welche wir ziemlich alle Jahre in genannter Zeitschrift gegeben, und diese gleichsam ergänzen. Wir haben, wie angedeutet, auch einige ältere Pflanzen in der Liste aufgenommen, weil wir jeden Leser in den Stand setzen möchten, sich über irgend eine Pflanze, die in dem Verzeichnisse einer Handelsgärtnerei aufgeführt wird, Kenntniss zu verschaffen. Sehr oft wird auch in dem einen Verzeichnisse eine Pflanze als neu mit grossen Lettern gedruckt, die in einem andern schon seit mehrern Jahren enthalten ist.

1. Acaena Sanguisorbae Vahl ist schon früher einmal als Ancistrum Sanguisorba L. fil. in den Gärten gewesen und stammt aus Neuseeland. Wie die meisten Acänen ist es eine verzweigte, auf dem Boden ausgebreitete Staude mit gefiederten, unten seidenhaarigen Blättern und mit bräunlichen Blüthenköpfchen, welche auf kurzen Stielen stehen. Sie ist zunächst mit der Bibernell (Poterium Sanguisorba L.) verwandt.

2. Agathaea spathulata Kze ähnelt der A. amelloides (Cineraria) L. sehr, sie wurde zuerst im Leipziger botanischen Garten kultivirt und von da verbreitet. Wie genannte Pflanze, ist sie mit ihren blauen Blüthenkörbchen zu empfehlen.

3. Sehr hübsche, kleine Sommerblumen bilden alle Eudianthen, welche in den Verzeichnissen gewöhnlich noch unter Agrostemma und Viscaria aufgeführt werden. Ueber sie ist bereits im 1. Jahrg. (S. 120) gesprochen worden. Von Agrostemma (jetzt Eudianthe) Coeli rosa L. besitzt man mehre Formen nach der Farbe der Blüthe, die lila, dunkelroth, hellroth, purpurviolett und weiss erscheint. Empfehlenswerth ist die Zwergform mit gefransten Blumenblättern (nana fimbriata).

4. Alyssum calycinum L. ist eine ganz gewöhnliche unscheinliche Pflanze, welche auf trockenen Stellen, an Rändern wild wächst und auch nicht die geringste Verbreitung verdient. Da sie wohlriechend angegeben wird, so vermuthen wir, dass man unter diesem Namen eine andere Pflanze kultivirt. Alyssum Benthami ist die bekannte und schon von uns empfohlene Lobularia maritima

(Alyssum) L., welche besonders mit weissgerandeten Blättern beliebt ist. Von Alyssum saxatile L., einem niedrigen Halbstrauch der Gebirge Mittel-Europa's, der wegen der Fülle gelber Blüthen früher viel in Gärten gefunden wurde, hat man jetzt eine sehr gedrängt wachsende Form als compactum, welche noch mehr, als die Hauptart, Beachtung verdient.

5. Amblyólepis setigera DC. ist ein mexikanischer Körbchenträger aus der Abtheilung der Senecioneen, der mit seinen gelben Blüthenkörbchen ebenfalls keine Beachtung verdient.

6. Wir haben schon früher (4. Jahrg. S. 401) auf die hübsche Amphicome Emodi Lindl., eine Himalaya-Staude aus der Familie der Bignoniaceen, aufmerksam gemacht, weil sie, im Winter bedeckt, sicher bei uns aushält. Da wir sie in den Erfurter Verzeichnissen finden, wollen wir die Pflanze mit den gefiederten Blättern und den grossen rosenrothen Blüthen in's Gedächtniss zurückrufen.

7. Keine Empfehlung verdient Andryala tenuifolia DC., ein gelbblühender Körbchenträger, aber aus der Abtheilung der Lattichblüthler. Er stammt aus Sicilien.

8. Anoda Wrightii A. Gray wächst in Neu-Mexiko und steht ihren Verwandten, den Malven, an Schönheit nach. Die Pflanze zeichnet sich durch gelbe Blumen, welche den Kelch doppelt an Länge übertreffen, aus. Die verwandten Arten, A. hastata, Dilleniana und triangularis, haben hellblaue, weisse oder rosafarbige Blüthen.

9. Anomatheca cruenta Lindl., eine kleine Iridee vom Vorgebirge der guten Hoffnung, wird zu Einfassungen empfohlen. Sollte sie aber bei uns aushalten? Wir bezweifeln es. Trotzdem ist die Pflanze auch für Töpfe zu empfehlen.

10. Dagegen möchte Aphyllanthes Monspeliensis L., eine rasenförmig-wachsende Asphodelee aus Südfrankreich, zumal sie ebenfalls nur schwierig bei uns im Freien aushalten wird, für Gärten der Liebhaber kaum Interesse darbieten. Die Halmen-ähnlichen und nur mit Blattscheiden besetzten Stengel tragen an der Spitze 2 kleine Blüthen, welche von trockenhäutigen Deckblättern umgeben werden.

11. Ueber Aquilegia spectabilis Lem. haben wir bereits im vorigen Jahrgange gesprochen (S. 295). Die Staude ist, wenn auch keineswegs neu, doch sehr zu empfehlen. Ausserdem werden genannt: Aquilegia Vervaeneana fol. eleganter variegatis, eine Form des gewöhnlichen Akelei mit goldpanachirten Blättern. Auch von der rothblühenden Aq. hybrida Sims mit purpurrothen Kelch- und gelben Blumenblättern, an welchen letzteren die Spornen aber wiederum roth sind, besitzt man jetzt eine gefüllte Form, welche sich reizend ausnimmt.

12. Aster tanacetifolius H. et B. ist Machaeranthera tanacetifolia N. v. E., über die ebenfalls im vorigen Jahrgange (Seite 78) gesprochen wurde. Sie verdient Beachtung.

13. Arundo conspicua Hook. fil. haben wir im vorigen Jahrgange (S. 209) ausführlich besprochen. An Schönheit übertrifft das Gras keineswegs Gynerium argenteum, sondern steht diesem weit nach, und möchte kaum zu empfehlen sein.

14. Azara lanceolata Hook. fil. und microphylla Hook. fil. sind hübsche Sträucher, die den Haidesträuchern sich anschliessen, obwohl sie in die Familie der Bixineen gehören. Sie müssen ersteren wohl ähnlich kultivirt werden. Da sie in Chili zu Hause sind, so bezweifeln wir, dass sie bei uns im Freien aushalten. Wir haben sie aber im freien Grunde in Frankreich gesehen. Die unscheinlichen, gelben Blüthen bilden Dolden oder echte Trauben.

15. Balsamita grandiflora Desf. trägt an der Spitze des behaarten und einfachen Stengels ein grosses, fast 1 Zoll im Durchmesser enthaltendes Blüthenkörbchen, was nur aus gelben Röhrenblüthchen besteht. Es ist eine nordafrikanische Staude oder vielmehr eine zweijährige Pflanze, welche wohl ebenfalls bei uns nicht im Freien aushält.

16. Blandfordia nobilis Sm. stammt wiederum aus Neuholland und wurde schon im Anfange dieses Jahrhundertes in England eingeführt, später aber auch auf dem Kontinente kultivirt. Allmählig verschwand sie wieder aus den Gärten, bis sie jetzt von Neuem angeboten wird. Es ist eine Lilie mit oberständigem Fruchtknoten, besitzt aber eine faserige Wurzel. In die Länge gezogene, schmale Blätter stehen an der Basis des Stengels, an dem aufwärts sie kleiner werden. Die mennigrothen Blüthen mit gelben Spitzen bilden eine endständige Traube.

17. Ein anderer Strauch, von nicht unbedeutender Grösse in seinem Vaterlande Chili, der eben so wenig bei uns aushält, ist Boldus chilensis Mol. (in den Katalogen als Boldoa und Peumus fragrans). Wie die beiden Azaren, gehört er zu den immergrünen Gehölzen, hat aber ziemlich grosse und glänzende Blätter, in deren Winkel sich die Rispen mit den kleinen Blüthen befinden. Die Pflanze ist eine Laurinee und zeichnet sich durch einen feinen Wohlgeruch aus.

18. Wir haben mehrmals schon (5. Jahrg. S. 72, 6. Jahrg. S. 182 u. 287) der neueren französischen Formen des Blumenrohrs oder der Canna's gedacht und auch bemerkt, dass diese reizenden Blattpflanzen schon lange bei uns in Anwendung gekommen waren, bevor sie die Franzosen

zu diesem Zwecke kennen lernten. Neuerdings sind wiederum neue Formen in den Handel gekommen, so dass ihre Zahl bereits sehr gross ist. Wir nennen nur die hauptsächlichsten: Annei rubra, A. marginata, aurea vittata, compacta elegantissima, discolor floribunda, elegantissima rustica, grandiflora floribunda, heliconiaefolia, Imperator, Krelagei discolor, Mülleri, peruviana robusta, purpurea spectabilis, Rendatleri, rubra superbissima, Tinei und zebrina violacea.

19. Calceolaria flexuosa R. et P. ist halbstrauchartig und möchte wohl kaum im Freien angewendet werden können, verdient auch mit ihren gelben Blüthen wenig Beachtung. Mehr ist dieses jedoch mit den Sommergewächsen C. pinnata L. u. scabiosaefolia Sims, welche beide sehr oft mit einander verwechselt werden und sich durch gefiederte oder doch wenigstens tief-fiederspaltige Blätter auszeichnen, der Fall. Auch hier sind die Blüthen gelb. Peru ist das Vaterland von allen dreien.

20. Campanula rhomboidea L. wurde früher häufiger in den Gärten gefunden, als jetzt. Möchte die neue Abart mit gefüllten Blüthen, welche als soldanelliflora plena in den Verzeichnissen aufgeführt wird, dazu Veranlassung geben. Die Blüthe hat eine blasse Azurfarbe.

21. Campynema lineare Lab. ist eine interessante Liliacee aus Neuholland mit unterständigem Fruchtknoten, aber dreitheiliger Kapsel, so dass sie mit gleichem Rechte zu den Amaryllideen, wie zu den Melanthaceen, gebracht werden kann. Es kommt noch dazu, dass die Wurzel büschelförmig ist, wie bei vielen Asphodeleen, und die Blätter grasähnlich sind. An der Spitze des Stengels befinden sich 1 bis 4 kleine Blüthen.

22. Wir haben schon einige Mal auf die reizenden Formen des Capsicum annuum L., wovon wir das grösste Sortiment bei Benary in Erfurt gesehen, aufmerksam gemacht; wir kommen jetzt wiederholt darauf zurück und können die Kultur dieser im Fruchtzustande reizenden Pflanzen, aber nur in Töpfen, nicht genug empfehlen. Bei Fr. A. Haage jun. befindet sich eine Form mit sehr kleinen Blättern als C. microphyllum, die wir nirgends weiter gesehen haben, bei Haage und Schmidt machen wir auf die monströsen Sorten, ganz besonders aber auf die, wo die Früchte die Form der Liebesäpfel angenommen haben, und wo sie viereckig sind, aufmerksam. Letztere hat auch Jühlke.

23. Zuerst, wenn wir nicht irren, von England aus, wurde zu Einfassungen Cerastium Biebersteinii DC. empfohlen und dem bekannten C. tomentosum L. vorgezogen. Beide Pflanzen sehen aber einander so ähnlich, dass ihre Unterscheidung nur sehr schwierig ist. Es kann demnach zu gärtnerischen Zwecken die eine anstatt der andern benutzt werden. In eleganten Blumenparterre's an den Wohngebäuden kann man beide wegen ihrer silbergrauen Färbung nicht genug verwenden. C. tomentosum hat kleinere Blüthen und die Blumenblätter sind an der Spitze ziemlich tief eingeschnitten, während diese bei C. Biebersteinii DC. nur ausgerandet erscheinen.

24. Chamaepeuce diacantha DC. ist eine zweijährige Distel Syriens, welche mit Recht als Blattpflanze empfohlen wird. Die zwar in die Länge gezogenen, aber fiederspaltigen und an der Spitze der Abschnitte mit Dornen versehenen Blätter sind mit Ausnahme der graufilzigen Mittelrippe glänzendgrün und machen einen malerischen Effekt, besonders im Anfange, wo sie rosettenartig auf dem Boden sich ausbreiten. Man muss im Sommer den Samen aussäen und dann die jungen Pflanzen im nächsten Frühjahre in's Freie bringen. Aber auch andere Disteln sind als Blattpflanzen zu empfehlen. In Sanssouci bei Potsdam, so wie im botanischen Garten zu Berlin, werden zu diesem Zwecke die Artischocke und die Karde (Cynara Scolymus L. und Cardunculus L.) viel angewendet. Wenige Pflanzen machen auch einen solchen Effekt. Von einer Abart der letztern, welche sich besonders dazu eignet, hat der Kunst- und Handelsgärtner L. Mathieu in Berlin Samen. Auch die Eselsdistel (Onopordium Acanthium L.), besonders die, welche im südöstlichen Europa wild wächst (O. tauricum Willd.), ist jung eine schöne Blattpflanze. Neuerdings werden auch die ausdauernden Disteln Cirsium ciliatum Bieb. und ferox DC., sowie C. pulcherrimum, eine uns unbekannte Art, zu gleichen Zwecken empfohlen.

25. Lange war Ismelia carinata (Chrysanthemum) Schousb., welche auch den Namen Chrysanthemum tricolor Andr. erhielt, in den Gärten vernachlässigt, bis vor einigen Jahren aus England Formen in den Handel kamen, welche wegen des schönen Farbenspieles der Blüthenkörbchen allgemeinen Beifall fanden. Seitdem hat man angefangen, die schönsten Spielarten festzuhalten und scheint auch annähernd gelungen zu sein. Mit dem Beinamen atrococcinea werden die Formen belegt, wo die reine rothe Farbe, und zwar möglichst dunkel, vorherrscht, als purpurea sind hingegen diejenigen bezeichnet, wo die Farbe mehr ein Blauroth ist. Es existirt aber auch eine weissblühende und eine gefüllte Spielart als Dunetti flore pleno.

26. Ferner hat man von den nordamerikanischen Clarkien wiederum neue Formen in den Handel gebracht. Zunächst besitzt man von Clarkia pulchella Pursh auch eine Zwergform der weiss-

blühenden Abart als Tom Thumb white; ferner ist die Abart mit ganzrandigen, sowie von der mit weissgerandeten Blumenblättern jetzt auch gefüllt vorhanden. Cl. pulcherrima heisst eine Form mit grossen karminrothen Blumen; ebenso hat man eine grossblühende gefüllte Abart der Cl. elegans mit der näheren Bezeichnung splendens. Die Farbe der Blume ist rosenroth. Ausserdem haben wir jetzt noch gefüllte Blumen von der weissen und von der violetten Form.

27. Cleome trachysperma einiger Verzeichnisse möchte die von uns erst besprochene Cl. muricata Schult. sein. Cleome uniglandulosa Cav. wächst im wärmeren Amerika, besitzt gedreite Blätter und schliesst sich im Ansehen den anderen Arten an. Die schotenähnliche Frucht ist fast sitzend, weshalb die Art zu dem Genus Polanisia gehört und auch als P. uniglandulosa DC. bereits beschrieben ist.

28. Convolvulus Cupanianus haben wir bis jetzt nirgends beschrieben gefunden; wir vermuthen jedoch, dass die Pflanze aus Italien stammt und zur Gruppe der C. arvensis L. gehört. Ihre blassblauen Blumen sollen an der Basis dunkelviolette Flecken haben.

29. Craspedia Richea Cass. ist ein Körbchenträger aus der Abtheilung der Senecioneen, den schon Labillardiere als Richea glauca beschrieben hat. Es ist eine Staude mit gedrängtstehenden und schmalen Wurzel-Blättern von blaugrüner Farbe. Der Stengel ist einfach und hat die wenigblüthigen Blüthenkörbchen von gelber Farbe an der Spitze des Stengels zu einem Köpfchen vereinigt. Neuholland ist das Vaterland.

30. Crinodendron Hookerianum ist uns völlig unbekannt und scheint erst in der neuesten Zeit bekannt geworden zu sein. Wahrscheinlich ist es die Pflanze, die Hooker in seinen botanischen Miscellaneen (3. Bd, S. 156 t. 100) als C. Patagua Mol. beschrieben und abgebildet hat. Seine Stellung im Systeme ist zweifelhaft, da einige das Gehölz zu den Amygdaleen, andere zu den Tiliaceen bringen. Dasselbe besitzt lederartige Blätter, in deren Winkeln die kronenlosen Blüthen mit aufrechten Kelchblättern sich befinden. Chili ist das Vaterland.

31. Crucianella stylosa Trin. ist eine orientalische Staude aus der Familie der Rubiaceen. Die Pflanze besitzt die ziemlich langen und gelben Blüthen am Ende der zahlreichen, meist aus der Basis hervorkommenden Aeste ziemlich gedrängt, macht aber auf Schönheit keinen Anspruch. Wie es sich mit der Abart verhält, welche den Beinamen der prachtvollen (splendens) führt, wissen wir nicht.

(Schluss folgt.)

Die Birnen

der Königlichen Plantage zu Herrenhausen.

Vom Hofgarten-Inspektor Borchers in Herrenhausen.

Bei der Anerkennung meines Obstes während der 4. Versammlung deutscher Pomologen zu Görlitz im Herbste 1863 und bei den grossen Anpflanzungen von Obstbäumen, welche fortwährend in Norddeutschland gemacht werden, möchte es von Interesse sein, ein geprüftes Urtheil über die verschiedenen Birnen, welche sich jetzt im Handel befinden, aus einer mit Sorgfalt und schon seit einer Reihe von Jahren gepflegten Baumschule zu vernehmen; ich komme daher recht gern dem Wunsche der Redaktion der Wochenschrift entgegen und theile meine Beobachtungen über folgende von mir kultivirten Birnen mit. Ich bemerke jedoch, dass die Beurtheilung des Fruchtwerthes nachfolgender Sorten zwar im Allgemeinen sich auf langjährige Erfahrung stützt, dass bei einigen aber, die erst seit Kurzem in meinem Besitze sind, nur auf ihre Beschaffenheit nach dem ungünstigen, kalten und unfruchtbaren Sommer des Jahres 1863 Rücksicht genommen ist. Später bin ich vielleicht im Stande, Ergänzungen zu geben.

1. Louise, Bonne d'Avranches. Ist eine ansehnliche, oft grosse Tafelbirn für den Monat September (Ende), die Empfehlung zu verdienen scheint.

2. Beurré Dumortier. Tafelbirn für Oktober und November, fein, schmelzend und von gutem Geschmacke.

3. Ambrette, Winter-. Bekannt als werthvolle Tafelfrucht für den Monat Februar.

4. Figue d'Alençon. Grosse, ansehnliche und werthvolle Tafelfrucht für Anfang bis Mitte November, welche, wie es scheint, zum allgemeineren Anbau empfohlen zu werden verdient.

5. Apothekerbirn, Rheinische Herbst-. Reichtragende und gute Haushaltsfrucht, die aber neben der Baronsbirn nicht mehr angepflanzt zu werden verdient.

6. Marie Louise. Von allgemein anerkannter Vorzüglichkeit.

7. Baronsbirn. Wohl die werthvollste Winter-Kochbirn, zugleich von sehr reicher Tragbarkeit.

8. Poire de Tongres. Eine werthvolle, reichtragende Tafelbirn zweiten Ranges für den Monat Oktober; in Belgien sehr beliebt.

9. Soldat Laboureur. Sehr gute Tafelbirn für Oktober und November.

10. Bergamotte, Hildesheimer. Werthvolle Tafelfrucht ersten Ranges für Mitte bis Ende September, von reichem Ertrage.

11. Ananas. Ist es die Comperette?

12. Althorp's Crassane. Ansehnliche, grosse und werthvolle Tafelfrucht für den Monat Oktober, noch zum ersten Range gehörend, die alle Beachtung verdient.

13. Feigenbirn, Holländische. Bekannte, werthvolle Tafelfrucht ersten Ranges für Anfang bis Mitte September; in leichtem Boden pflegt ihr Ertrag jedoch nur gering zu sein.

14. Jaminette. Eine sehr werthvolle Winter-Tafelfrucht für November bis Februar. Die Reifzeit ist in manchen Jahren sehr verschieden. Sie ist den besten Winterbirnen und noch dem ersten Range zuzuzählen.

15. Beurré Brétoneau. Passt zur Anpflanzung in unseren Gegenden nicht und würde kaum als Haushaltsfrucht zu empfehlen sein; sie besitzt eine sehr lange Dauer und könnte vielleicht an besonders guten Standorten, als an Mauern u. s. w., für die Tafel bei uns brauchbar werden. Auf jeden Fall verdient ihr Anbau Vorsicht.

16. Brugmansbirn. Winter-Tafelbirn, die hier bei nicht genügender Ausbildung noch keine guten Resultate ergab.

17. Zépherin Grégoire. Sehr volltragend und von mittler Grösse, aber in kühlen Jahrgängen ohne allen Werth.

18. Butterbirn, Hardenpont's Winter-. Von anerkanntem Werthe als Winter-Tafelfrucht.

19. Butterbirn, Liegel's Winter-. Sehr reichtragend, aber in kühlen Jahrgängen nicht sehr werthvoll.

20. Regentin. Im gut ausgebildeten Zustande eine vortreffliche Winter-Tafelfrucht.

21. Butterbirn, Bank's. Werth noch unentschieden.

22. Butterbirn, Bödiker's. Sehr werthvolle Tafelfrucht ersten Ranges für Ende September bis Anfang Oktober, von guter, oft sehr reicher Tragbarkeit.

23. Wildling von Chaumontel. Eine bekannte, sehr werthvolle Tafelfrucht für den Winter, deren Reifzeit jedoch von der Abnahme vom Baume und den vorherrschenden Witterungs-Verhältnissen abhängig ist. Eine gute Ausbildung der Frucht trägt sehr zu ihrer Qualität bei.

24. Butterbirn von Dachenhausen. Ich bin noch nicht sicher, ob sie mit Soldat Laboureur, womit sie identisch erklärt worden, wirklich übereinstimmt.

25. Butterbirn, Englische Sommer-. Eine der werthvollsten und empfehlenswerthesten Herbst-Tafelfrüchte für Mitte bis Ende September und von guter Tragbarkeit.

26. Butterbirn, Gellert's. Eine sehr werthvolle Tafelfrucht ersten Ranges, von ausgezeichnetem Wuchse und guter Tragbarkeit, welche im Stande ist, die schlecht wachsende Graue Herbst-Butterbirn zu ersetzen. Sie ist besonders zu empfehlen.

27. Beurré Dumont, Dumortier. Noch nicht genau erprobt.

28. Butterbirn, Graue Herbst-. Sehr bekannt, in leichtem Boden aber von so schlechtem Wuchse, dass sie daselbst nicht zur Anpflanzung empfohlen werden kann.

29. Beurré Spence. Von reicher Tragbarkeit und guter Frucht-Ausbildung. Eine Frucht mittleren Ranges, deren Werth hier erst noch festgestellt werden muss.

30. Butterbirn, Coloma's Herbst-. Von anerkannter Vorzüglichkeit und reichem Ertrage. Der Baum ist in seiner schönen, kräftigen, etwas pyramidenartigen Form eine Zierde des Gartens.

31. Butterbirn, Weisse Herbst-. Leidet hier unter den meisten Verhältnissen im trocknen Boden, wie die Graue Herbst-Butterbirn, an schlechtem, räudigem Wuchse; der Baum muss daher zur Erzeugung schöner Früchte oft zurückgeschnitten werden.

32. Butterbirn, Holzfarbige. Sehr werthvolle und reichtragende Tafelfrucht für Ende September und Anfang Oktober; erfordert gegen Wind geschützten Stand, da die grossen Früchte wegen lockerer Belaubung leicht abgeworfen werden.

33. Liebart. Sehr reichtragende, grosse und schöne Haushaltsfrucht, die sich bis Mitte November hält, beim Kochen eine sehr schöne, rothe Färbung erhält und guten Geschmack besitzt. Sie ist zu Haushaltszwecken sehr zur Anpflanzung zu empfehlen.

34. Butterbirn, Napoleon's. Hinlänglich bekannt und bei guter Ausbildung der Frucht sehr werthvoll.

35. Herrenbirn, Esperen's. Gehört zu den vorzüglichsten Tafelbirnen ersten Ranges für Ende September oder Anfang Oktober, da sie sehr reich trägt und selbst in ungünstigen Jahren zu Wohlgeschmack gelangt.

36. Dechantsbirn, Winter-. Eine sehr werthvolle Winter-Tafelfrucht des ersten Ranges, die oft erst im Februar zeitigt. Eine gute Ausbildung der Frucht ist für die Qualität derselben von grossem Werthe. Es ist gut, den reichtragenden Bäumen einen Theil der Früchte zu nehmen, damit die bleibenden sich besser ausbilden können.

37. Butterbirn, Kennes. Hier noch nicht näher erprobt.

38. Köstliche von Charneu. Reichtragende und werthvolle Tafelfrucht ersten Ranges, von anerkanntem Werthe, die sehr zu empfehlen ist.

39. Kalvillbirn. Ist eine gute Winter-Tafelbirn für die Monate Dezember und Januar, die bei einiger Ausbildung Werth besitzt und daher in grossen Anpflanzungen nicht fehlen sollte.

40. Butterbirn, Capiaumont's Herbst-. Wegen ausserordentlicher Tragbarkeit, guter Ausbildung und Wohlgeschmack eine der empfehlenswerthesten Birnen für den Tafelgebrauch.

41. Dr. Trousseau. Noch nicht genauer erprobt.

42. Charles X. Bei guter Ausbildung eine gute Winter-Tafelfrucht.

43. Enghien. Ausserordentlich reichtragend und sich gut ausbildend, im Jahre 1863 jedoch ohne besondern Werth.

44. Beurré de Rance. Reichtragend und die Früchte von guter Ausbildung; noch nicht genau erprobt.

45. Charlotte von Brouver. Reichtragend, gut, mittelgross und als werthvolle Tafelfrucht, die noch zum ersten Range gehört, für den Monat November zu empfehlen.

46. Beurré Six. Scheint empfindlich zu sein und bei uns nur in guten, warmen Jahrgängen zu gedeihen.

47. Jules Bivort. Eine werthvolle Tafelbirn für den Monat Oktober. Leider besitzt der Baum einen so schlechten, hängenden und schwächlichen Wuchs, dass die Birn nicht zu allgemeinerem Anbau zu empfehlen sein wird.

48. Butterbirn, Graf Canal's. Eine besonders empfehlenswerthe Tafelbirn für den Monat Januar, die sehr reich trägt und sich auch in ungünstigen Jahren gut ausbildet. Sie wird wahrscheinlich zu allgemeinerem Anbau zu empfehlen sein.

49. Duchesse d'Angoulême. Reichtragende und werthvolle Tafelfrucht für den Monat November, die in guten Jahren noch zum ersten Range zu zählen ist. Sie verdient ohne Zweifel Empfehlung zu allgemeinerem Anbau.

50. Dechantsbirn, Lange weisse. Eine gute und werthvolle Tafelfrucht zweiten Ranges für den Monat Oktober. Der Baum zeichnet sich durch reiche Bezweigung und etwas pyramidalen Wuchs aus.

51. Dechantsbirn, November-. Eine gute Tafelfrucht zweiten Ranges für den Monat November, von reicher Tragbarkeit; der Baum zeigt hier in leichtem Boden keine lange Lebensdauer.

52. Egmond van Mons. Eine grossfrüchtige, guttragende Sorte, die hier noch nicht genau erprobt wurde, aber besondere Beachtung zu verdienen scheint.

53. Prinzess Marianne. Eine werthvolle, sich gut ausbildende Tafelfrucht, noch zum ersten Range gehörend, für den Anfang des Oktober.

54. Christbirn, William's gute. Grosse, schöne, sehr gut tragende Tafelbirn ersten Ranges für Mitte bis Ende September. Sie ist zu den vorzüglichsten Früchten in dieser Reifzeit zu zählen und kann nicht genug empfohlen werden.

55. Monarch, Knight's. Reichtragende, mittelgrosse Tafelfrucht ersten Ranges für den Monat November, deren Werth hier aber noch festzustellen ist.

56. Forellenbirn. Eine gut tragende, werthvolle Winter-Tafelfrucht ersten Ranges für November und Januar. Im hiesigen leichten Boden bildet sie sich in feuchten, kalten Jahrgängen nicht gut aus; in besseren Jahrgängen wird sie dagegen vorzüglich.

57. Deloigne. Hat Aehnlichkeit mit Kamper Venus und ist vielleicht mit ihr identisch.

58. Colmar de Silly. Der Regentin sehr ähnlich, anscheinend aber doch verschieden.

59. Tafelbirn, Fürstliche. Der Werth ist hier noch nicht genau ermittelt.

60. Henriette v. Mons.

61. Herbstbirn, Lange gestreifte. Bekannte gute Tafelbirn, für guten Boden und gute Lagen.

62. Josephine de Malines. Sehr gute Tafelbirn für Dezember bis Februar, von befriedigender Ausbildung und guter Tragbarkeit.

63. Triomphe de Jodoigne. Grosse, ansehnliche Tafelfrucht für November und Dezember, die alle Beachtung verdient.

64. Hirtenbirn, du Hamel's. Gewöhnliche Haushaltsfrucht von gutem Ertrage.

65. L'inauguration. Die Frucht ist gross und ansehnlich, das Fleisch etwas körnig, ausserordentlich saftreich und von sehr angenehmem Geschmack. Scheint etwas empfindlich zu sein, da sie bei feuchtem Wetter gern Risse bekommt.

66. Eisenbart, Kleiner grüner. Trägt reich, pflegt sich hier aber selten genügend auszubilden, um empfohlen werden zu können.

67. Kanzler von Holland. Die Frucht sehr gross und ansehnlich, trägt reich und ist eine gute Haushaltungsfrucht, die feinkörnig ist, sich bräunlich-roth kocht und bis Mitte oder Ende November brauchbar ist.

68. Beurré d'Amanlis. Eine sehr grosse, ansehnliche und besonders werthvolle Tafelfrucht ersten Ranges, die reich trägt, aber nur zu Hochstamm geeignet ist, da sie einen üppigen, breitlichen Wuchs zeigt. Verdient besondere Empfehlung.

69. Esperine. Eine der feinsten und werthvollsten Tafelbirnen für Ende September und An-

fang Oktober. Von reicher Tragbarkeit und besonderer Empfehlung werth.

70. La Juive. Die Frucht besitzt Ansehen und Grösse. Hat sich hier bis jetzt noch nicht sehr durch Tragbarkeit ausgezeichnet, ist aber eine sehr gute Tafelfrucht noch ersten Ranges für Ende Oktober oder Anfang November und scheint Empfehlung zu verdienen.

71. Louis XI., v. Mons.

72. Löwenkopf, Gelber. Gute, reichtragende Haushaltsfrucht, die sich bis zum November hält, sich auch zum Rohgenusse eignet.

73. Mannabirn, v. Mons. Eine sehr werthvolle Tafelbirn für den Oktober oder November, die sich aber leider selten gut ausbildet und hier daher nicht immer gut wird; für wärmere Gegenden besitzt sie unzweifelhaft grossen Werth.

74. Comperette. Werthvolle Tafelfrucht für den Monat Oktober, noch zum ersten Range gehörend, welche um so beachtenswerther ist, da sie auch in ungünstigen Jahren zu guter Ausbildung gelangt.

75. Marotte, v. Mons. Noch nicht näher erprobt.

76. Pomeranzenbirn, Wiener. Gute Essfrucht zweiten Ranges, von reicher Tragbarkeit; zum Anbau als Marktfrucht für Endo September oder Anfang Oktober sehr zu empfehlen.

77. Queensbirn. Hier unter dem Namen „Prieschebirn" auf dem Lande verbreitet. Eine vorzügliche und reichtragende Winter-Kochbirn von langer Dauer.

78. Beurré Delfosse. Scheint sich für unsere kälteren Gegenden nicht besonders zu eignen, da sie sich nicht hinreichend gut ausbildet.

79. Beurré Caty. Die Frucht ist mittelgross, ansehnlich und scheint sich hier gut auszubilden, ist aber noch nicht weiter erprobt.

80. Herzog v. Brabant (Millet). Von vorzüglichem Ansehen, scheint indess hier in ungünstigen Jahren nur Kochfrucht, aber von sehr langer Dauer, zu sein.

81. Rousselet, Winter-. Die Früchte gelangen hier selten zu hinreichender Vollkommenheit, um Werth zu besitzen.

82. Sabine. Von ausserordentlich reichem Ertrage und guter Frucht-Ausbildung. Die Früchte sind als Tafelfrüchte kaum dem zweiten Range zuzutheilen.

83. Zépherin, Louis. Eine sehr beachtenswerthe Tafelfrucht ersten Ranges für den Monat Januar, die reich trägt und sich gut ausbildet. Sie scheint die Empfehlung zu allgemeinerem Anbau zu verdienen.

84. Butterbirn von Clairgeau. In guten Jahren eine Tafelfrucht zweiten Ranges. Eignet sich in unseren Gegenden besonders wohl zur Anpflanzung an Mauern, Gebänden u. s. w.

85. Beurré Sucre. Frucht nur mittelgross und noch nicht hinlänglich erprobt.

86. Schmelzbirn, Henkel's. Scheint nur Haushaltungsfrucht zu sein.

87. Schmalzbirn, v. Marum's. Gute Tafelfrüchte zweiten Ranges.

88. Schmalzbirn, Schönert's Omsewitzer. Eine ansehnliche und werthvolle Tafelfrucht ersten Ranges für Ende September oder Anfang Oktober. Reichtragend und auch in ungünstigen Jahrgängen sich gut ausbildend und von gutem Geschmacke.

89. Flaschenbirn, Kick's. Haushaltsfrucht von ganz besonders reichem Ertrage. Als Marktfrucht zu allgemeiner Anpflanzung empfehlenswerth.

90. Rousselet de Janvier. Die Frucht ist nur mittelgross und es ist fraglich, ob sie sich in unseren Gegenden so gut ausbildet, dass sie zur Anpflanzung empfohlen werden kann.

91. Maréchal de la Cour. Die Frucht ist gross und ansehnlich und Tafelfrucht ersten Ranges für den Monat November. Der Ertrag ist gut, oft reich, und der allgemeinere Anbau dieser Sorte zu empfehlen.

92. Sommerdorn, Rother. Hat sich hier als eine gute, saftreiche und angenehm schmeckende Birn bezeigt, die aber besondere Empfehlung nicht verdient.

93. Beurré le Fèvre. Ist in keinem Jahre so gut von Ansehen und Geschmack gewesen, als im Jahre 1863. Es ist eine gute September-Tafelbirn von reichem Ertrage und dem zweiten Range zuzutheilen.

94. Ursula. Noch nicht genau erprobt.

95. Kamper Venus. Eine werthvolle Winter-Kochfrucht von langer Dauer, die hier bis jetzt nur reichere Tragbarkeit zu wünschen übrig liess.

96. Volkmar'sche Birn. Der Werth dieser Birn ist hinlänglich bekannt, ebenso die vorzügliche Lebensdauer des Baumes.

97. Wildling von Moncondroiceu. Verdient fernere Beachtung, ist hier aber noch nicht genügend erprobt.

98. Wildling von Montigny. Der Wuchs lässt im hiesigen Boden viel zu wünschen übrig; ebenso bilden sich die Früchte nicht besonders aus. Die Frucht ist zum Tafelgebrauch für Oktober jedoch werthvoll.

99. Wildling von Vaat. Ist hier noch nicht hinreichend erprobt.

100. Fondante de Malines. Scheint werthvoll; ist hier jedoch noch nicht hinreichend erprobt.

101. Wurzer. Eine werthvolle Tafelfrucht für

November, noch zum ersten Range gehörend. Trägt auch in ungünstigen Jahren, bildet selbst dann ihre Früchte gut aus und erlangt Wohlgeschmack.

102. **Zuckerbirn, Brüsseler.** Eine gute Tafelfrucht für Oktober oder November; muss spät gepflückt werden, welkt sonst zu sehr.

103. **Zuckerbirn, Tortolen's Herbst-** (Tolsduyn's). Eine gute Tafelbirn für den Oktober oder November, muss indess spät gebrochen werden, da sie sonst gern welkt.

104. **Eugen Fürst, Liegel's.** Noch nicht erprobt.

105. **Cassante de Mars.** Noch nicht erprobt.

106. **Flaschenbirn, Tougard's.** Besonders im Jahre 1863 eine ansehnliche, grosse und sehr wohlschmeckende Tafelfrucht, fast dem ersten Range angehörend. Trägt gern und ist zu empfehlen.

107. **Herbstbirn, Wahre bronzirte.** Reichtragend, aber als Tafelfrucht nur untergeordneten Ranges.

108. **Kümmelbirn.** Vorzügliche Winter-Kochbirn, bis Januar dauernd. Eine der vorzüglichsten Birnen, in Senf zu kochen.

109. **Butterbirn, Schönlin's Stuttgarter späte Winter-.** Im Jahre 1863 hier zum ersten Male zur Vollkommenheit und Wohlgeschmack gelangt. Die Früchte müssen in unseren Gegenden möglichst spät gebrochen werden; gut ausgebildet sind es dann werthvolle Tafelfrüchte ersten Ranges für den Monat Februar.

110. **Doyenne Gauboldt.** Hier noch nicht genauer erprobt.

111. **Vicar of Wakefield.** Grosse, sehr ansehnliche Frucht. Tragbar und in guten Jahren werthvoll. Nach ungünstigen Jahren jedoch sehr wässerig.

112. **Graf v. Flandern.** Noch nicht näher erprobt.

113. **Winterbirn, Schönste.** Eine gute Winter-Kochbirn, die sich bis zum Frühjahr hält; sehr reich an Ertrag.

114. **Rousselet, Grosse Sommer-.** Ansehnlich und von schöner Form, mit abknackendem, gewürzhaftem Fleische; als Marktfrucht zu empfehlen.

115. **Bergamotte, Deutsche National-.** Sehr gross, ansehnlich und reichtragend, Tafelbirn zweiten Ranges für den Monat Oktober. Gute Marktfrucht.

116. **Butterbirn v. Paridans.** Werthvolle, ansehnliche Tafelfrucht ersten Ranges, für die erste Hälfte des Monats November. Eignet sich für Hochstamm und verdient besondere Empfehlung.

Versendungsart
der
Wellingtonia gigantea und anderer Koniferen.

Von A. Stelzner, Handelsgärtner in Gent.

Es ist allen denen, die Wellingtonien im freien Grunde kultiviren, eine bekannte Sache, dass es für ihr sicheres Gedeihen beim Verpflanzen unbedingt erforderlich ist, keine Pfahlwurzel abzustechen, denn mehr als alle anderen Koniferen sind grade sie dagegen empfindlich. Wenn dies nicht gehörig beobachtet wird, so ist der Verlust des verpflanzten Exemplars oft unvermeidlich. Da die Wellingtonien aber im Verhältniss zu ihrer Grösse sehr lange Pfahlwurzeln haben, so ist es nicht leicht, dieselben unbeschädigt aus der Erde zu erhalten, besonders wenn die Stecklinge bald nach ihrer Bewurzelung, bevor sie Ballen gemacht, in den Grund gepflanzt werden und wenn es sich darum handelt, die zu versendenden Exemplare mit Ballen aus der Erde zu nehmen und dieselben in möglichst kleine Körbe zu bringen, damit sie nicht zu schwer werden und der Transport nicht zu theuer komme.

Aber selbst auch dann, wenn die Exemplare wohlbehalten eingepflanzt waren, gingen viele zu Grunde, wenn sie vor einer neuen Anwurzelung Reisen von 14 Tagen bis 3 Wochen auszuhalten hatten. Dies hat hier in Gent jeden Handelsgärtner veranlasst, die Wellingtonien erst nach einer 6—8-monatlichen Kultur in Körben zu versenden. Wenn nun zwar bei dieser Vorsichtsmassregel das Gedeihen der zu versendenden Exemplare gesichert ist, so hat das natürlich nicht zur Folge, das für die schweren Pflanzen so hohe Transport-Porto zu ermässigen. Dieses aber zu bewerkstelligen, hat uns im vergangenen Jahre auf die Idee gebracht, einen Versuch mit 2—3 Fuss hohen, schön gewachsenen Wellingtonien (Cupressus u. dgl.) zu machen, die Erde zu entfernen, den Wurzeln nachzugraben, um sie unbeschädigt herauszunehmen, sie dann in feuchtes Moos zu schlagen und die auf diese Weise sehr leichten Exemplare mit Eilfracht oder mit der Post zu versenden.

Die ersten und einzigen Versuche, welche wir im vergangenen Jahre Ende April auf diese Weise mit Sendungen nach Tetschen und Wien als Eilgut machten, sind ausgezeichnet gelungen. Die Wurzeln beim Einpflanzen nicht zu beschädigen und gehörig in der Erde auszubreiten, ist sehr wichtig.

Die Versendung kann nur im April stattfinden, wenn die Koniferen neue Wurzeln machen. Bei ihrer Ankunft müssen sie sofort in Körbe oder Kübel gepflanzt und an einen geschützten Standort gebracht werden, bis sie gut angewurzelt sind.

Verlag von Karl Wiegandt in Berlin, Kommandanten-Strasse No. 62.

Druck der C. Feister'schen Buchdruckerei in Berlin, Zieten-Platz No. 2.

Wochenschrift

des

Vereines zur Beförderung des Gartenbaues in den Königl. Preussischen Staaten

für

Gärtnerei und Pflanzenkunde.

Redakteur:

Professor Dr. Karl Koch,

General-Sekretair des Vereines.

No. 9. Berlin, den 4. März **1865.**

Preis des Jahrganges 5⅓ Thlr., sowohl bei Bezug durch den Buchhandel, als auch franco durch alle Post-Anstalten des deutsch-österreichischen Post-Vereines.

Die allgemeine Pflanzen- und Blumen-Ausstellung in Amsterdam.

Ergänzungen.

Anordnungen.

Die Artikel 1—16 des Haupt-Programmes behalten ihre Gültigkeit.

Artikel 17. Personen, welche an der Ausstellung Antheil nehmen wollen, werden ersucht, sich in frankirten Briefen an den ersten Sekretär des leitenden Ausschusses vor dem 15. März zu wenden, damit die nöthigen Papiere und die Anordnungen, welche in diesen Ergänzungen nicht enthalten sind und früher festgestellt wurden, ihnen zugesendet werden können.

Artikel 18. Spezielle und genaue Verzeichnisse der Gegenstände, welche man ausstellen will, müssen an den Adjunkten des leitenden Ausschusses und Redakteur des General-Verzeichnisses, Herrn H. Witte in Leiden, vor dem 26. März frankirt übermittelt werden. Personen, welche dem Artikel 17 genügt haben, werden die Anmeldungs-Bulletins zuerst erhalten.

Artikel 19. Alle Gegenstände, welche für die Ausstellung bestimmt sind, werden im Industrie-Palaste zu Amsterdam den 1., 3. u. 4. April in Empfang genommen. Gegenstände für die Bewerbungen 130—137 und 150 des Programmes werden noch bis um 9 Uhr des Morgens am 5. April zugelassen. Die Gegenstände sind an den leitenden Ausschuss (Commission directrice) der Ausstellung franco vom Ausgangsorte zu senden.

Artikel 20. Das Preisrichteramt (Jury) wird den 5. April um 9 Uhr des Morgens zusammentreten, um über die eingesendeten Gegenstände ihr Urtheil abzugeben.

Artikel 21. Die feierliche Eröffnung der Ausstellung wird am 7. April stattfinden. Nur die, welche dazu eingeladen sind und die Aktionäre des Garantiefonds, werden zugelassen.

Artikel 22. Die Ausstellung steht dem Publikum vom 8. bis 12. April, und zwar von 10 Uhr des Morgens bis Nachmittags 4 Uhr gegen ein Eintrittsgeld von 50 Cents (½ Fl.) offen.

Artikel 23. Die ausgestellten Gegenstände sind am 13. und 14. April wieder abzuholen. Abends 6 Uhr des letzteren Tages müssen die Räume leer sein.

Artikel 24. Die Transportkosten werden zum Theil ersetzt. Personen, welche dem Artikel 17 genügt haben, erhalten den Tarif und die Bedingungen der Erstattung zuerst.

Artikel 25. Man wird versuchen, auf den verschiedenen Wegen eine Ermässigung der Transportkosten herbeizuführen. Das Resultat wird denen mitgetheilt, welche dem Artikel 17 genügt haben.

Artikel 26. Der leitende Ausschuss übernimmt den Transport der Gegenstände, welche zu Schiffe ankommen, in sofern der Transport in dem Bereiche des Industrie-Palastes stattfindet.

Artikel 27. Die Aussteller können die Aufstellung ihrer Gegenstände selbst übernehmen; sie müssen sich jedoch den Anordnungen des leitenden Ausschusses unterwerfen.

Artikel 28. Die für die Ausstellung bestimmten Gegenstände, welche aus dem Auslande kommen, zahlen an der Grenze weder Zoll, noch werden sie untersucht. Die Bedingungen, unter denen es geschieht und die dazu nöthigen Papiere werden zur Zeit denen zugesendet, welche dem Artikel 17 genügt haben.

Artikel 29. Für tropische Pflanzen wird im Industrie-Palast ein besonderer Saal geheizt.

Artikel 30. Ausstellungen von Tafel-Blumenstücken, Bouquets u. s. w., welche zur 4. u. 5. Abtheilung gehören, müssen die Aussteller in Vasen oder andern passenden Gegenständen bringen.

Artikel 31. Liebhaber in den Niederlanden, wie im Auslande, welche ihre Gärtner an den Preisen der Bewerbungen 174, 174*, 175, 175* des Programmes Antheil nehmen lassen wollen, haben die Namen ihrer Gärtner anzuzeigen, sowie ein spezielles Verzeichniss der betreffenden auszustellenden Gegenstände einzusenden.

Artikel 32. Nach dem Schlusse der Ausstellung können Aussteller in dem Lokale der Ausstellung die Pflanzen, welche sie dem leitenden Ausschusse zu diesem Zwecke zur Verfügung stellen, öffentlich verkaufen. Dieser öffentliche Verkauf beginnt den 13. April; die Bedingungen werden den Ausstellern mitgetheilt, welche dem Artikel 17 genügt und zu gleicher Zeit ihre Absicht, an dem Verkaufe Antheil zu nehmen, kund gegeben haben.

Artikel 33. Aussteller, von denen Gegenstände gekrönt sind, haben für ihre Person ein Recht für den Besuch der Ausstellung; sie können ebenfalls der feierlichen Eröffnung beiwohnen.

Artikel 34. (Vergl. Artikel 6). Aussteller, denen eine vergoldete-silberne Medaille zugesprochen ist, können 25, die, welche grosse silberne Medaillen erhalten, 15, und die endlich, die eine gewöhnliche Medaille bekommen haben, 10 Gulden baar dafür in Empfang nehmen.

Artikel 35. Die Aussteller müssen bei Einsendung ihrer Verzeichnisse erklären, ob sie im Falle einer Krönung Medaillen oder Geld haben wollen.

Artikel 36. Der leitende, sowie der von ihm ernannte besondere Ausschuss, besitzen das Recht, Gegenstände zurückzuweisen. Die Aussteller haben sich überhaupt den Anordnungen beider Ausschüsse zu unterwerfen.

BEWERBUNGEN.

Als Ergänzungen zum früher ausgegebenen Programme.

(Die neu hinzugekommenen Preise sind mit einem * bezeichnet.)

I. Pflanzen.

Bewerbungen allgemeiner Art.

7. **Für Liebhaber.** Eine Sammlung von 25 Gewächshauspflanzen in Blüthe:

Erster Preis: eine grosse goldene Medaille. * Zweiter Preis: eine goldene Medaille und 25 Gulden. Dritter Preis: eine goldene Medaille. Vierter Preis: eine vergoldete (Vermeil-)Medaille.

8. **Für Handelsgärtner.** Eine Sammlung von 25 Gewächshauspflanzen in Blüthe:

Erster Preis: eine grosse goldene Medaille. * Zweiter Preis: eine goldene Medaille und 25 Gulden. Dritter Preis: eine goldene Medaille. Vierter Preis: eine vergoldete (Vermeil-)Medaille.

16*. Eine Sammlung von 10 blühenden Sträuchern und Stauden des freien Landes in grossen Exemplaren:

* Erster Preis: eine goldene Medaille. * Zweiter Preis: eine vergoldete Medaille. * Dritter Preis: eine grosse silberne Medaille.

21. Eine Sammlung von 35 Bäumen und Sträuchern des freien Landes mit bunten und abfallenden Blättern und ausgestellt im Laubschmucke:

* **Erster Preis**: eine goldene Medaille und 25 Gulden. **Zweiter Preis**: eine goldene Medaille. **Dritter Preis**: eine vergoldete Med.

22. Eine Sammlung von 50 Bäumen und Sträuchern des freien Landes mit immergrünen Blättern:

* **Erster Preis**: eine goldene Medaille und 25 Gulden. **Zweiter Preis**: eine goldene Medaille. **Dritter Preis**: eine vergoldete Med.

II. Pflanzen

von bestimmten Familien, Geschlechtern und Arten.

51. **Für Liebhaber.** Eine Sammlung von 25 indischen Azaleen in Blüthe:

Erster Preis: eine grosse goldene Medaille. * **Zweiter Preis**: eine goldene Medaille und 25 Gulden. **Dritter Preis**: eine goldene Medaille **Vierter Preis**: eine vergoldete Medaille.

52. **Für Handelsgärtner.** Eine Sammlung von 25 indischen Azaleen in Blüthe:

Erster Preis: eine grosse goldene Medaille. * **Zweiter Preis**: eine goldene Medaille und 25 Gulden. **Dritter Preis**: eine goldene Medaille. **Vierter Preis**: eine vergoldete Medaille.

52ª. Eine Sammlung von 15 indischen Azaleen in Blüthe:

* **Erster Preis**: eine goldene Medaille. * **Zweiter Preis**: eine vergoldete Medaille * **Dritter Preis**: eine grosse silberne Medaille.

54ª. Eine Sammlung von 25 Freiland-Azaleen in Blüthe:

* **Erster Preis**: eine goldene Medaille. * **Zweiter Preis**: eine vergoldete Medaille. * **Dritter Preis**: eine grosse silberne Medaille. * **Vierter Preis**: eine silberne Medaille.

56ª. Eine Sammlung von 15 Rhododendren in Blüthe:

* **Erster Preis**: eine goldene Medaille. * **Zweiter Preis**: eine vergoldete Medaille. * **Dritter Preis**: eine grosse silberne Medaille.

60ª. Eine Sammlung von 15 Kamellien in Blüthe:

* **Erster Preis**: eine goldene Medaille. * **Zweiter Preis**: eine vergoldete Medaille. * **Dritter Preis**: eine grosse silberne Medaille.

63. Eine Sammlung von 20 Epacris in Blüthe:

* **Erster Preis**: eine goldene Medaille. **Zweiter Preis**: eine vergoldete Medaille. **Dritter Preis**: eine grosse silberne Medaille. * **Vierter Preis**: eine silberne Medaille.

65. Eine Sammlung von 100 Rosen in Blüthe in wenigstens 50 Sorten:

* **Erster Preis**: eine grosse goldene Medaille und 50 Gulden. **Zweiter Preis**: eine grosse goldene Medaille. **Dritter Preis**: eine goldene Medaille. **Vierter Preis**: eine vergoldete Medaille.

78. Eine Sammlung von 30 Stechpalmen (Ilex):

* **Erster Preis**: eine goldene Medaille. **Zweiter Preis**: eine vergoldete Medaille. **Dritter Preis**: eine grosse silberne Medaille.

79. Eine Sammlung von 12 Arten von Eichen (Quercus) in Blätterschmuck:

Erster Preis: eine vergoldete Medaille. **Zweiter Preis**: eine grosse silberne Medaille.

84ª. 3 baumartige Päonien in Blüthe und in grossen Exemplaren:

* **Erster Preis**: eine vergoldete Medaille. * **Zweiter Preis**: eine grosse silberne Medaille.

III. Pflanzen.

Zwiebel- und Knollengewächse.

Die Preise dieser Abtheilung bleiben dieselben.

IV. Bouquets und sonstige Gegenstände

zum Schmuck und zur Verzierung.

130. 3 Tafel-Blumenstücke:

Erster Preis: eine grosse goldene Medaille. **Zweiter Preis**: eine goldene Medaille. * **Dritter Preis**: eine vergoldete Medaille. * **Vierter Preis**: eine grosse silberne Medaille.

131. 3 Tafel-Bouquets:

Erster Preis: eine grosse goldene Medaille. **Zweiter Preis**: eine goldene Medaille * **Dritter Preis**: eine vergoldete Medaille. * **Vierter Preis**: eine grosse silberne Medaille.

132. Eine Tafelschale mit Blumen:

Erster Preis: eine goldene Medaille. **Zweiter Preis**: eine vergoldete Medaille. * **Dritter Preis**: eine grosse silberne Medaille. * **Vierter Preis**: eine silberne Medaille.

133. 3 Brautbouquets:

Erster Preis: eine goldene Medaille. Zweiter Preis: eine vergoldete Medaille. * Dritter Preis: eine grosse silberne Medaille. * Vierter Preis: eine silberne Medaille.

134. 3 Balbouquets:

Erster Preis: eine goldene Medaille. Zweiter Preis: eine vergoldete Medaille. * Dritter Preis: eine grosse silberne Medaille. * Vierter Preis: eine silberne Medaille.

135. 3 Phantasie-Bouquets:

Erster Preis: eine goldene Medaille. Zweiter Preis: eine vergoldete Medaille. * Dritter Preis: eine grosse silberne Medaille. * Vierter Preis: eine silberne Medaille.

V. Früchte, Gemüse und Fruchtbäume.

150. Eine Sammlung von getriebenem Gemüse in wenigstens 15 Sorten:

* Erster Preis: eine goldene Medaille. Zweiter Preis: eine vergoldete Medaille. Dritter Preis: eine silberne Medaille.

VI. Die Gärtnerei betreffende Gegenstände der Kunst und Industrie.

170. Eine Sammlung von schädlichen Garten-Insekten und ihren natürlichen Feinden:

* Erster Preis: eine goldene Medaille. Zweiter Preis: eine vergoldete Medaille. Dritter Preis: eine grosse silberne Medaille.

VII. Aussergewöhnliche Preise.

171*. Für Pflanzen, Früchte, Gemüse oder Gegenstände der Industrie, wo im Programme Bewerbungen ausgeschrieben sind, werden, in sofern sie preiswürdig sind, aber aus Mangel hinreichender Preise nicht gekrönt werden konnten, noch folgende Preise zur Verfügung gestellt:

* Eine goldene Medaille. * Zwei vergoldete Medaillen. * Vier grosse silberne Medaillen. * Acht silberne Medaillen.

174*. Die Obergärtner ausländischer Pflanzen- oder Blumen-Liebhaber, denen eine oder mehre goldene Medaillen zugesprochen sind, haben das Recht auf:

* Eine grosse silberne Medaille.

175*. Die Obergärtner ausländischer Pflanzen- oder Blumen-Liebhaber, denen zwar keine goldene Medaille zugesprochen ist, welche aber doch eine oder mehre vergoldete oder silberne Medaillen als erste Preise erhalten haben, dürfen beanspruchen:

* Eine silberne Medaille.

So festgesetzt und beschlossen in der Sitzung des leitenden Ausschusses zu Amsterdam, am 23. Dezember 1864.

W. M. de Brauw,
Präsident.

J. H. Krelage,
erster Sekretär.

Zur Geschichte der Königlichen Gärten bei Potsdam.

Von einem älteren Mitgliede des Vereines.

In der Wochenschrift No. 50 vom 17. Dezember 1864 wird den älteren Mitgliedern des Gartenbau-Vereines, wozu auch ich gehöre, zum Vorwurf gemacht, dass während der ersten Jahre seines Wirkens keine Aufzeichnungen der damaligen gärtnerischen Zustände geschehen sind. Hierdurch veranlasst, einen kleinen Beitrag zur Ausfüllung der beregten Lücken zu geben, möge die Andeutung der richtigen Grundlage dazu nicht unwillkommen sein; auch soll dabei der Einführung und Anwendung malerischer Blattpflanzen und dekorativer Schlinggewächse, sowie der symmetrischen Baum-Hecken und Blumenmassen-Pflanzungen, wie der Veranden und Lauben, gedacht werden.

Ich übergehe hier des Raumes halber alle Glanz- und Schatten-Perioden der Wirksamkeit der älteren Garten-Kunst in Preussen, sowie die hochverdienten Träger derselben, deren Werke, Anlagen und Aufzeichnungen früherer Zeit noch vorhanden sind, und beginne mit der Periode des wieder aufblühenden Preussischen Staates, sowie ganz Deutschlands, nach den glorreichen Befreiungs-Kriegen von 1813, 14 und 15.

Erst nach dieser Zeit konnten der Pflege, besonders der Königlichen Gärten, wovon hier nur die Rede sein soll, wieder die Mittel zugewendet werden, welche den neuen blühenden Aufschwung derselben herbeiführte. Unter der Leitung des Königlichen Ober-Baurathes und Garten-Direktors Schulz und der Chefs der Königlichen Gärten, wurden bis in den zwanziger Jahren, schon unter Mitwirkung des um die Garten-Kunst so hochverdienten Lenné, welcher seit 1816 für den Dienst der Königlichen Gärten gewonnen worden war, sowie die damaligen Vorsteher der einzelnen betreffenden Gärten, zunächst die frühere alte Ordnung dadurch wieder hergestellt. Es wurden in Potsdam: der Königliche Lustgarten, der Neue Garten, die Pfauen-Insel und zuletzt Sanssouci, bei Berlin: Schönhausen, Charlottenburg, sowie der Königliche Thiergarten, ohne die alten Grenzen derselben zu überschreiten, bis zum Jahre 1824 erneut; damit kamen der frühere Schmuck und die alte Ordnung wieder zum Vorschein.

Von dieser Zeit an begannen aber die grossen Erweiterungen der bisherigen Garten-Anlagen um Potsdam, zuerst durch den Ankauf der Fürstlich v. Hardenberg'schen Besitzung „Klein-Glinicke", durch Se. Königl. Hoheit den Prinzen Karl von Preussen, dessen hochgebildeter Sinn und Geschmack für alles Schöne nach allen Richtungen hin, hier ein Werk der schönen Garten- und Landschafts-Baukunst, als vollendetes Vorbild einer englischen Park-Anlage, wie nur wenige in England selbst gefunden werden, gründete. Hier war es, wo nach Schinkel's Entwürfen die erste Pergola und architektonische Prachtwerke von Persius erbaut, und von Lenné die ersten Grundzüge der grossartigen Park-Anlagen entworfen und ausgeführt wurden, welche von dem hohen Besitzer selbst so vollendet wurden, wie wir sie jetzt sehen und bewundern.

Ebenso gründete kurze Zeit nachher Se. Königl. Hoheit der Prinz Wilhelm von Preussen, jetzt König Wilhelm I., seine Lieblings-Sommer-Residenz, die nun weltberühmten grossartigen Anlagen des Babelsberges, nach und nach mit wahrhaft Königlicher Pracht und Munificenz, nach den ursprünglichen Entwürfen von Lenné, Schinkel und Persius, wobei auch der geniale Mäcen und Senior der Landschafts-Gartenkunst, Fürst Pückler-Muskau, besonders in letzterer Zeit Gelegenheit fand, auch hier seinen allgemein anerkannten, vielbewährten und geläuterten Geschmack an den Tag zu legen.

Im Jahre 1825 schenkte König Friedrich Wilhelm III. dem damaligen Kronprinzen, unvergesslichen, späteren Friedrich Wilhelm IV., im Anschlusse mit Sanssouci die Besitzung Charlottenhof, wodurch der ebenso geistreiche, als kunstsinnige hohe Herr, als eifrigster Beförderer alles Guten und Schönen, die erste Gelegenheit fand, nach dieser Richtung hin selbständig zu wirken und zu schaffen. Er war es, welcher schon als Kronprinz, durch die eigenen Andeutungen und Bestimmungen, dem herrschenden Geschmack der Landschafts-Gartenkunst, welcher in jener Zeit noch keine Regelmässigkeit duldete, hier eine neue Richtung dadurch gab, dass aus architektonischen Motiven, regelmässige Baumpflanzungen, Alleen, Terrassen, Veranden, Lauben, Hecken, symmetrische Blumenbeete, Wasserbecken, Buxbaum-Verzierungen und Gruppen, besonders malerischer Pflanzen, mit den landschaftlichen Anlagen zu verbinden befohlen wurde, wovon noch vielfache eigenhändige Zeichnungen vorhanden sind.

Auch hier war es Schinkel, welcher die architektonischen Ideen des hochbegabten Herrn, mit Persius leider nur theilweise verwirklichte, und Lenné, welcher die Ausführung der ersten Park- und Garten-Anlagen leitete, und durch die anmuthigste Schöpfung dem neuen, jetzt so allgemein herrschenden Geschmacke Ausdruck gab.

Die auf Charlottenhof zuerst ausgeführten italienischen Kulturstücke, welche ein möglichst treues Bild des lombardischen, florentinischen und neapolitanischen Feld- und Weinbaues geben, und das Nützliche mit dem Schönen verbinden sollte, war ein besonderer Gartentheil regelmässig mit hohen Bäumen bepflanzt, welche mit Weingeländen verbunden werden sollten, und deren Zwischenräume mit Mais, Arundo Donax, Holcus, Sorghum, Ricinus, Artischocken, Cardi, Rhabarber, Kürbis, also vorzugsweise mit malerischen Nutzgewächsen, bepflanzt werden sollten.

Zum Schmuck und zur Dekoration dieser Kulturstücke wurden auch andere Blattpflanzen, als Heracleum, Arum, Canna, Tussilago, Nicotiana, Solanum, Uhdea, Wigandia, Polymnia, Helianthus, Aralia, Cyperus, Phormium tenax, Panicum plicatum, Gunnera scabra, Agave, Yucca, Cordylinen etc. bepflanzt. Diese zuerst auf Charlottenhof ausgeführten Kulturstücke wurden später, schon im Jahre 1837, über grössere Garten-Abtheilungen bei Erweiterung von Sanssouci ausgedehnt, und seit beinahe 30 Jahren fortdauernd in gleicher Sorgfalt gepflegt und vervollständigt, so dass, da weder in Deutschland, Frankreich und England ähnliche Anlagen vorher bekannt sind, hier wohl der Ursprung dieser neuen Richtung zu suchen ist.

Durch die Anwendung der Vitis vulpina, Labrusca und Isabella, welche bekanntlich unsere strengsten Winter ohne alle Decke aushalten und an Ueppigkeit und Ausdauer alle übrigen Weinarten und sonstige Schlingpflanzen übertreffen, ist es möglich geworden, Gelände von 20 bis 30 Fuss Spannung in beliebiger Höhe von Baum zu Baum bis in die höchsten Wipfel, wie in der Campi felice, zu schaffen. Ebenso war es Friedrich Wilhelm IV., welcher die gedachten Anlagen durch landschaftlich geschmückte Verbindungswege harmonisch vereinigte und alle malerischen Punkte der meilenweiten Umgebung Potsdam's, durch Forst, Flur und Auen zugänglich machte und in eine grosse, geschmückte Landschaft, wie Windsor in England und ähnliche Anlagen, zu schaffen rastlos strebte. Dieser Gedanke des unvergesslichen, hochseligen Königs, wird unausgesetzt von dem jetzt regierenden König Wilhelm I., nach allen Richtungen hin so nachdrücklich gefördert, dass es auch mit Hülfe der Königl. Ministerien möglich ward, alle bisher wüsten Ländereien der Umgegend der Forstkultur und Tausende von Morgen versumpfter Brücher durch Eindeichung und Entwässerung als fruchtbare Auen dem Ackerbau zugänglich zu machen.

Diese flüchtigen Andeutungen mögen dazu beitragen, das unermüdliche Streben unserer Königl. Herrschaften für alles Nützliche, Gute und Schöne zu fördern, immer dankbarer und allgemeiner zu erkennen.

Wie hier von den drei Königlichen älteren Brüdern, so wurden auch von den übrigen Königlichen Geschwistern die schönen Künste, und vorzugsweise die Gartenkunst, gepflegt und befördert, wovon die grossartigen Anlagen und Anstrebungen bei Petersburg, Schwerin in Mecklenburg, Muskau in der Lausitz, Albrechtsberg bei Dresden und Kamenz in Schlesien Zeugniss ablegen.

Aus den Samen-Verzeichnissen Erfurter Gärtnereien.

(Fortsetzung.)

32. Dodecatheon integrifolium Mchx, eine nordamerikanische Primulacee, welche dem bekannten D. Meadia L. sehr ähnlich aussieht und sich durch ganzrandige Blätter unterscheidet. Es ist, gleich dieser, eine sehr zu empfehlende Staude. Was man bis jetzt unter diesem Namen in den Gärten besitzt, ist in der Regel die weissblühende Abart des D. Meadia L.

33. Doronicum papyraceum C. H. Schultz-Bip. wurde zuerst als Senecio papyraceus DC. beschrieben und gehört zu unseren Wandelblumen oder Cinerarien der Gärten, welche Barker-Webb mit Recht zu einem besonderen Genus mit dem Namen Pericallis erhoben hat (3. Jahrg. S. 185). Die Pflanze heisst daher jetzt Pericallis papyracea Webb. Sie steht der P. cruenta Webb, von der hauptsächlich unsere Wandelblumen stammen, sehr nahe und besitzt hell-violette Strahlenblüthchen, dagegen eine dunkele Farbe in der Mitte.

34. Wir freuen uns, dass man neuerdings auch einheimischen Pflanzen mehr Aufmerksamkeit widmet. So gebührt Drosera rotundifolia L. nicht weniger, als den übrigen einheimischen Arten, dieselbe Empfehlung, wie den ausländischen. Es ist ein kleines, bei uns auf sandigem Moorboden und auf Torfwiesen hier und da vorkommendes Pflänzchen von rothbrauner Farbe und über und über mit ebenso gefärbten und gestielten Drüschen bedeckt. Es muss wohl in Töpfen gezogen werden.

35. Drymophila cyanocarpa R. Br. ist eine Staude von Vandiemensland, welche einige Aehnlichkeit mit den Polygonatum's besitzt. Aus der kriechenden und knotigen Wurzel kommt der unten mit zu Schuppen verkümmerten, oben mit elliptischen, nervig-gestreiften und sitzenden Blättern versehene Stengel hervor. Die weissen Blumen stehen einzeln in den Blattwinkeln und an der Spitze des Stengels oder der wenigen Aeste und verwandeln sich in schöne blaue Beeren.

36. Schon im vorigen Jahrgange haben wir auf rothblühende Natterzungen aufmerksam gemacht

(S. 68); wir kommen jetzt zu einigen, die schöne und grosse Blumen von violetter Farbe haben. Dahin gehört vor Allem Echium plantagineum L. und violaceum L., die beide jedoch spezifisch nicht verschieden sein möchten.

37. Edwardsia Macnabiana Grah. war schon früher in englischen Gärten. Es ist eine zweifelhafte Art, welche wahrscheinlich von der bekannten E. grandiflora Salisb. (Sophora tetraptera Mill.) nicht verschieden ist, wenigstens ihr sehr nahe steht. Es ist mehr ein Baum, als Strauch und nimmt sich mit seinen gefiederten Blättern, dem etwas sparrigen Wachsthume und den grossen, schönen Blüthen von gelber Farbe sehr gut aus. Ueber Edwardsien im Allgemeinen haben wir übrigens schon früher gesprochen (2. Jahrg. S. 145).

38. Embothrium lanceolatum R. et P. ist ein chilenischer Blüthenstrauch aus der Familie der Proteaceen, der wegen seiner schönen, rothen Blumen Empfehlung verdient, leider aber in der Behandlung von den übrigen Arten dieser Familie, welche zum grössten Theil in Neuholland wachsen, sich wesentlich unterscheidet und sich darin mehr den chilenischen Vacciniaceen anschliesst. Bei uns kennt man bis jetzt E. coccineum Forst., einen ebenfalls sehr zu empfehlenden Blüthenstrauch, nur in einigen botanischen Gärten. Wir bemerken noch, dass E. salignum Andr. unserer Gärten keine Art dieses Geschlechtes darstellt, sondern Hakea saligna Kn. et Salisb. genannt werden muss.

39. Zu den schönsten Stauden gehören die orientalischen Eremostachys-Arten aus der Familie der Lippenblüthler oder Labiaten, und machen wir deshalb ganz besonders auf sie aufmerksam. Graf Jaubert, welcher längere Zeit sich im Oriente aufgehalten, hat das Verdienst, in seinen Illustrationen orientalischer Pflanzen (4. Bd. zur Taf. 412) die verschiedenen Arten näher beleuchtet zu haben. Wir wissen darnach, dass unter der alten Phlomis laciniata L., welche Bunge zur Bildung seines Genus Eremostachys Veranlassung gab, mehre von einander verschiedene Arten begriffen wurden. Von diesen werden jetzt E. iberica Vis. und Tournefortii Jaub. et Sp. (letztere als E. laciniata) in den Handel gebracht. Diese beiden Arten zeichnen sich besonders durch die grossen, fiederspaltigen Blätter, welche rosettenartig den Stengel umgeben, aus. Dieser selbst endigt mit einer langen, dicht mit hellrothen Blüthen besetzten und weiss-wolligen Aehre. Ausser diesen beiden ist auch E. superba Royle, welche dünnere Blüthenstände besitzt und auf dem Himalaya wächst, neuerdings eingeführt worden.

40. Erianthus Ravennae (Saccharum) L. ist ein Dekorations-Gras, was dem Gynerium argenteum sich allerdings anschliesst, aber doch an Schönheit nachsteht. Neuerdings hat man, ähnlich wie bei der genannten Pflanze, eine Abart, wo die jungen Triebe und Stengel eine etwas violette Färbung besitzen.

41. Erigeron Beyrichii Hort. Berol. wird immer noch in einigen Verzeichnissen aufgeführt, ja selbst zur Empfehlung mit gesperrten Lettern gedruckt, obwohl es gar keinen Platz in einem Garten verdient und deshalb schon früher vor dem Ankauf gewarnt worden ist (s. 1. Jahrg. S. 63). E. Karwinskyi Hort. vermögen wir nicht zu unterscheiden.

42. Erodium gruinum L. hat auch als Blüthenpflanze Werth, verdient aber ausserdem noch Beachtung, weil die mit langen Anhängseln versehenen Früchte vorzügliche Hygrometer darstellen. Es ist ein Sommergewächs, welches in allen Mittelmeer-Ländern wild wächst. E. malacoides L., was vorherrschend im Oriente wächst, kann auf gleiche Weise verwendet werden.

43. Erythraea ramosissima Pers. und E. pulchella Fries sind nicht verschieden; es ist das bei uns hier und da wildwachsende kleine Tausendgüldenkraut, was aber trotzdem Empfehlung verdient und sich sehr gut auf Blumen-Parterre's und auf Schmuckbeeten verwenden lässt. Die Pflanze wird nur einige Zoll hoch, verästelt sich von der Basis aus und blüht in reichlichster Fülle an der Spitze der Zweige schön roth. Obwohl schon im vorigen Jahrgange (S. 68) besprochen, kommen wir abermals darauf zurück.

44. Fagus Valdiviana wurde, so viel wir wissen, durch den jetzt chilenischen Professor Philippi aus der Provinz Valdivia Chili's bei uns eingeführt und stellt eine kleinblättrige, gekerbt-gesägte Form der F. obliqua Mirb. dar. Sie steht allerdings der F. antarctica Forst. sehr nahe, unterscheidet sich aber hauptsächlich durch auch auf der Oberfläche an den Nerven behaarte Blätter. Wir haben sie bisweilen mit der genannten Art verwechselt gefunden.

45. Ferula glauca L. ist ein südeuropäischer Doldenträger mit ziemlich grossen, gefiederten und vielfach-feingetheilten Blättern von blaugrüner Farbe. Auf Rasen nimmt sich die Pflanze besonders schön aus, wenn sie noch jung ist und die Wurzelblätter noch unversehrt vorhanden sind.

46. Frankoa rupestris Poepp. ist eine chilenische Staude, der in Kalthäusern gezogenen F. sonchifolia Cav. sehr ähnlich und ebenso zu verwenden. Sie besitzt an der Basis des kurzen Stengels ziemlich grosse, etwas dickliche, sehr behaarte und leierförmig-fiederspaltige Blätter von gedrängtem Wuchse und endigt mit einer aus weissen

Blüthen bestehenden Traube. F. sonchifolia hat die Blüthen rosenroth.

47. Gilia minima coerulea soll hellblau blühen und nur 3 Zoll hoch werden. Wir haben die Pflanze noch nicht gesehen, sie möchte aber wohl zu G. multicaulis Benth. (achilleaefolia Lindl.) gehören. Ueber G. laciniata R. et P. ist im vorigen Jahrgange (S. 68) bereits gesprochen. Sie stammt aber nicht aus Texas, wie die meisten übrigen Arten und wie es in den meisten Verzeichnissen heisst, sondern aus Peru und Chili.

48. Die Godetien besitzen im Allgemeinen schöne, grosse Blüthen, welche nur leider sehr vergänglich sind, sich jedoch rasch wiederum ergänzen; sie bauen sich aber nicht hübsch und haben deshalb wohl nicht die Anerkennung gefunden, welche sie sonst verdienen. Man hat eine Reihe von Formen, welche hauptsächlich in der Blumenfärbung beruhen und von Lindley, später von Spach, als Arten unterschieden wurden. Eine mit Blumen, wo die Mitte eine dunkele Färbung besitzt, ist vor einigen Jahren als „Braut" (the bride) von England aus in den Handel gekommen. Von den besonders grossblühenden Arten haben wir nur 2: die längst bekannte Godetia purpurea (Oenothera) Willd. und amoena (Oenothera) Lehm., zu welcher letzteren die Braut gehört. Neuerdings besitzt man sie auch gefüllt als Godetia Lindleyana fl. pl. (s. vor. Jahrg. S. 69 u. 1. Jahrg. S. 66). G. lepida Lindl. (Oenothera T. and Gr.) ist hingegen eine Form der G. purpurea. Was G. reptans ist, von der man eine weiss- und rothblühende Form besitzt, wissen wir nicht. Vielleicht G. decumbens (Oenothera) Dougl.?

49. Von der niedlichen, kleinen Crassulacee Grammanthes gentianoides DC., welche viel zu wenig benutzt wird, hat man ausser den bereits im 4. Jahrg. der Wochenschrift (S. 388) genannten Formen noch jetzt eine weiss- und rosafarben-blühende erhalten.

50. Gronovia Humboldtiana R. et S. ist von der Linné'schen Gr. scandens gar nicht verschieden und war bereits vor 140 Jahren in Kultur; neuerdings haben wir sie nirgends mehr gesehen. Es ist eine interessante, jährige Liane, über deren Stellung im Systeme man nicht recht klar ist. Sie steht zwischen den Cucurbitaceen und Loaseen. Den in der Kontur herzförmigen, aber fünflappigen und behaarten Blättern stehen die doldentraubigen, kleinen Blüthen von grünlicher Farbe gegenüber.

51. Gynandriris Sisyrinchium Parl. ist die alte Iris Sisyrinchium L. oder Moraea Sisyrinchium Ker und fand sich früher häufiger in den Gärten vor, während sie neuerdings fast ganz, wenigstens aus denen der Liebhaber, verschwunden zu sein scheint. Sie sieht einer Iris xiphioides Ehrh. nicht unähnlich und besitzt, wie diese, Zwiebeln. Die hellblauen Blumen, von denen die äusseren und zurückgeschlagenen Abschnitte an der Basis einen gelben Fleck haben, besitzen eine sehr lange und dünne Röhre. Vaterland dieser Iridee sind: Italien, die pyrenäische Halbinsel und Nord-Afrika.

(Schluss folgt.)

Nachrichten über Gärtnereien.

I. In der Handelsgärtnerei von Gebrüder Feicht in Berlin (Müllerstrasse 117) befindet sich ein schöner Winterapfel, der der weiteren Verbreitung werth ist. Er ist daselbst aus Samen entstanden und noch nicht beschrieben. Wegen seiner Wachsfarbe haben ihn die Besitzer „Feicht's Winter-Wachsapfel" genannt. Er steht dem Englischen Quitten-Apfel sehr nahe und wurde bisher für diesen gehalten. Dieser hat aber stets eine rein-gelbe Farbe, während jener auf der Sonnenseite eine feine, wie angehauchte Röthe besitzt. Im Baume unterscheidet sich diese Sorte noch mehr durch den völligen Mangel eines wolligen Ueberzuges an den Sommertrieben und durch ein kräftiges Wachsthum, sowie durch seine sehr belohnende, grosse Tragbarkeit, welche letztere man bekanntlich grade von dem Englischen Quitten-Apfel nicht rühmen kann. Die Krone ist sehr breit, da sie sich aus weitabstehenden Aesten zusammensetzt, und wird, wie es scheint, weniger von Insekten heimgesucht, als andere Sorten. Die Frucht wird im November essbar und dauert mit gleichem vorzüglichen Geschmacke bis Ostern.

II. Das reichhaltige Verzeichniss über Gemüse-, Gras-, Feld-, Wald- und Blumen-Samen, nebst Anhang von Knollengewächsen, Beerenfrüchten, Pflanzen-Sortimenten u.s.w. für das Jahr 1865 von Ernst Benary in Erfurt ist bereits erschienen. Den vielen Freunden, welche alljährlich ihren Bedarf aus genannter Gärtnerei entnehmen, wird die Nachricht willkommen sein. Auf frankirte Anfrage wird ihnen das Verzeichniss franco zugesendet.

Weiter theilen wir mit, dass ein Nachtrags-Verzeichniss von Pflanzen-Neuheiten, sowie das vollständige Georginen-Verzeichniss, gegen Anfang März zur Ausgabe bereit sein wird.

III. Eben liegt uns das Verzeichniss der Pommer'schen Obstbaum- und Gehölzschulen in Radekow bei Tantow (an der Berlin-Stettiner Eisenbahn) vor; wir machen um so mehr darauf aufmerksam, als die Obstbäume und Gehölze auch hinsichtlich der richtigen Benennung in einer mustenhaften Ordnung gehalten werden. Die Besitzer senden die Verzeichnisse auf frankirte Anfragen gern und bereitwilligst franco zu.

Verlag von Karl Wiegandt in Berlin, Kommandanten-Strasse No. 62

Druck der C. Feister'schen Buchdruckerei in Berlin, Zieten-Platz No. 2.

Wochenschrift

des

Vereines zur Beförderung des Gartenbaues in den Königl. Preussischen Staaten

für

Gärtnerei und Pflanzenkunde.

Redakteur:

Professor Dr. Karl Koch,

General-Sekretair des Vereines.

No. 10. Berlin, den 11. März **1865.**

Preis des Jahrganges $5\frac{1}{2}$ Thlr., sowohl bei Bezug durch den Buchhandel, als auch franco durch alle Post-Anstalten des deutsch-österreichischen Post-Vereines.

448. Versammlung des Vereines zur Beförderung des Gartenbaues,

am 26. Februar.

Apothekenbesitzer Augustin machte den Vorschlag, die Sitzung des Vereines anstatt um $11\frac{1}{2}$, resp. 12, schon um 11 Uhr beginnen zu lassen, weil es den meisten Mitgliedern bequemer sein möchte. Da allgemein beigestimmt wurde, werden von nun an die Verhandlungen während der Monate Oktober, November, Dezember, Januar, Februar und April pünktlich um 11 Uhr ihren Anfang nehmen. Für die Sommer-Monate schlug Kunst- und Handelsgärtner Späth vor, anstatt der Mittagsstunde eines Sonntages lieber die Abendzeit eines Wochentages zu wählen. Auch hierfür sprachen sich viele Stimmen aus, weshalb der Gegenstand in der April-Versammlung noch näher erörtert werden soll.

Der Vorsitzende, Geheimer Ober-Regierungsrath Knerk, theilte mit, dass die Direktion der Thierarzneischule wiederum ihre Aula für unsere Frühjahrs-Ausstellung freundlichst zur Verfügung gestellt habe und dass demnach diese den 2. April daselbst stattfinden werde.

Zum Ordner für diese wurde ernannt:

Kunst- und Handelsgärtner Lackner.

Zu Preisrichtern hingegen:

Apothekenbesitzer Augustin, zugleich als Vorsitzender,

Kunst- und Handelsgärtner Benary in Erfurt,

Obergärtner Gaerdt,

Kunst- und Handelsgärtner Nicolaus Haage in Erfurt,

Hofbuchdrucker Hänel in Magdeburg,

Kunst- und Handelsgärtner L. Mathieu,

Hofgärtner Morsch in Charlottenhof und

Kunst- und Handelsgärtner Priem.

In Betreff der röthlichen Auswüchse auf den Blättern der Birke, welche nach dem eben vorgelesenen Programme für einen Pilz, Taphrina Betulae, erklärt worden waren, fügte Professor Koch noch hinzu, dass nach den neueren Untersuchungen von Fée diese fadenförmigen oder wollartigen Polster auf verschiedenen Blättern, welche erstere als Fadenpilze und zu den Geschlechtern Taphrina, Erineum und Phyllerium gehörig, bis jetzt beschrieben worden wären, ihren Ursprung in mikroskopischen Milben hätten. Die auf den Weinblättern bekannte Filzkrankheit habe ebenfalls nach Landois in einer Milbe, welche den Namen Phytopus Vitis erhalten, ihren Ursprung. Umgekehrt entständen die sogenannten Taschen bei den Pflaumen durch einen Schmarotzerpilz, der zuerst von Fuckel erkannt und Exoascus Pruni genannt worden sei; Professor de Bary in Freiburg habe ohnlängst seine Entwickelungsgeschichte gegeben.

Nach Professor Schultz-Schultzenstein verdanke man die Nachweisung einer Milbe bei den wolligen Polstern auf den Blättern dem Professor v. Siebold in München, der ihr den Namen Eriophagus d. i. Wollfresser gegeben. In Betreff der

Taschen könne er dem eben Ausgesprochenen keineswegs beipflichten. Er wolle die Anwesenheit des Pilzes zwar keineswegs ableugnen; er sei aber wohl erst durch die abnormen Zustände während der Befruchtung entstanden, also sekundär. Er habe immer die Beobachtung gemacht, dass, wenn Regen in die Blüthen falle, das Vorkommen der Taschen sich häufe. So viel er wisse, kämen diese Missbildungen auch nicht in Treibereien vor, wo man die Befruchtung mehr in der Hand habe und abnorme äussere Einflüsse abhalten könne. Von Seiten der Hofgärtner Hempel und Brasch wurde bestätigt, dass sie im Treibhause nie Taschen an den Pflaumenbäumen beobachtet hätten.

Inspektor Bouché berichtete über die Anbau-Versuche des Versuchs-Gartens, sowie über die stattgefundenen Vertheilungen an Pflanzen und Samen des Jahres 1864. Wenn man dem Vereine hier und da den Vorwurf mache, dass wenig neue Sachen ausgegeben würden, dagegen meist Samen von bereits bekannteren Pflanzen zur Vertheilung kämen, so thue man ihm Unrecht. Der Verein könne Sämereien von eben erst eingeführten und in hohem Preise stehenden Blumen, welche ihm erst von Handelsgärtnern zu Kultur-Versuchen übergeben wären, nicht vertheilen, ohne diesen zu nahe zu treten, sondern dürfe erst im nächsten Jahre eine Vertheilung der selbstgewonnenen Sämereien vornehmen. Wer eben erst eingeführte Neuigkeiten haben wolle, dürfe auch nicht die Ausgaben scheuen. Der Verein spreche nur in der Wochenschrift seine Ansicht darüber aus, damit Liebhaber bei ihren Ankäufen eine Richtschnur hätten. Der Verein wolle überhaupt Handelsgärtnern in ihrem Verkaufe nicht beeinträchtigen, sondern nur hübsche und der Verbreitung werthe Pflanzen und Blumen in den entlegenern Provinzen mehr bekannt machen und dadurch Liebhaber bestimmen, dergleichen sich anzuschaffen und ihre Gärten stets mit neuerem Schmucke zu versehen. Die Mittel des Vereines, die so vielfach in Anspruch genommen würden, reichten auch keineswegs hin, um alle die neuen und in der Regel theuren Pflanzen, wie sie in den Handel kommen, alsbald zu kaufen.

Von den ausgestellten Pflanzen, welche aus 3 Gärten eingeliefert waren, nahm zunächst ein wunderschönes Exemplar der Phalaenopsis Schilleriana, wie es gewiss, selbst in England nicht, bisher ausgestellt gewesen, die Aufmerksamkeit der Anwesenden in Anspruch. Zwischen den 4 zebraartig gezeichneten Blättern von über Fusslänge und fast 4 Zoll Breite erhob sich der Blüthenstiel bis zu einer Höhe von 3¾ Fuss. Von den 4 Hauptästen war der unterste über 2 Fuss lang. Die Anzahl der reizenden Blüthen betrug nicht weniger als 93. Obergärtner Kraus des Rittergutsbesitzers Moritz Reichenheim hatte die Orchidee ausgestellt.

Eine andere Pflanze verdankte man dem Obergärtner des Kommerzienrathes Dannenberger, Langguth, und war ein Leucopogon Cunninghami. Sie befand sich in einem 14-zölligen, etwas flachen Topfe und hatte bei einer Höhe von 3½, einen Durchmesser von 4 Fuss.

Endlich hatte der Kunst- und Handelsgärtner Lauche in Potsdam noch 2 Töpfe der in der neuesten Zeit erst aus Frankreich eingeführten Viola Brandyana, über und über mit den wohlriechendsten Blüthen bedeckt, ausgestellt. Dieses Veilchen soll eigentlich weissgestreifte Blumen haben, was hier kaum der Fall war. Ihr Vorzug besteht darin, dass es sich sehr gut treiben und auch zu einem Bäumchen erziehen lässt (s. 6. Jahrg. der Wochenschr. S. 335).

Professor Koch machte Mittheilungen über die Amsterdamer Ausstellung. Der offizielle Nachtrag zum Programme sei eben im Drucke und werde alsbald ausgegeben werden. Bereits hätten gegen 200 Botaniker und Gärtner vom Rufe ihr Erscheinen angekündigt. Er nenne die Professoren Cohn in Breslau, Münter in Greifswald, Karsten in Berlin, Caspary in Königsberg, Hasskarl in Cleve, Sachs in Bonn, Reichenbach in Hamburg, Hoffmann in Giessen, Brongniart in Paris, Martins in Montpeillier, Lecoq in Clermont-Ferrand, Morren in Lüttich, Rodigas und Pynaert in Gent, Passerini in Parma, v. Nordmann in Helsingfors u. s. w., sowie die Gärtner Jühlke in Erfurt, Bouché (Inspektor) und Sauer in Berlin, Baltet in Troyes, Stelzner in Gent u. s. w.

Aber noch andere Ausstellungen finden in diesem Frühjahre und im Anfange des nächsten Sommers statt. Ausser den schon besprochenen machen wir noch aufmerksam: auf die Wandersammlung und Ausstellung in Kassel vom 30. Juni bis 2. Juli, wo zu gleicher Zeit eine Konferenz der Deputirten der Vereinigung deutscher Gartenbau-Gesellschaften stattfindet, auf die Ausstellung auf der Brühl'schen Terrasse zu Dresden vom 12. bis 18. April und auf die Ausstellung in Mainz vom 23. bis 26. April.

Kunst- und Handelsgärtner Späth berichtete über die am 24. Februar stattgefundene Sitzung des pomologischen Obst-Ausschusses. Von auswärts war dieses Mal kein Obst eingesendet worden, wohl aber hatte der Baumschulbesitzer Lorberg eine Anzahl interessanter Aepfel zur weiteren Kenntnissnahme mitgebracht, die auch zum Theil Veranlassung zu Verhandlungen gaben. Kunst- u. Handelsgärtner Späth sprach sodann über das Bedürfniss eines guten Systemes, um unbekannte Obstsorten aufzufinden, und wies dabei auf dasjenige hin, was Lucas in seinem im Jahre 1863 erschienenen Leitfaden zum Bestimmen der Obstsorten gegeben habe. Es sei nicht zu leugnen, dass dieses Werk von allen, welche er kennen gelernt, am meisten praktisch sei und dass es ihn nur selten im Stich gelassen habe. Allerdings sei es künstlicher Natur und stütze sich zu viel auf relative Merkmale; die Wissenschaft der Pomologie sei aber auch bis jetzt nur eine Praxis gewesen. Die Zeit werde jedoch hoffentlich noch kommen, wo wissenschaftliche Prinzipien zu Grunde gelegt werden könnten. Um diese zu finden, mache es sich aber nothwendig, dass Männer der Wissenschaft sich mit Eifer auch der Pomologie widmen. Es sei dieses zwar schon, besonders im Auslande, aber doch immer einzeln geschehen; er wolle nur auf die Verdienste aufmerksam machen, welche der jetzige Vicepräsident der Kaiserlichen Akademie der Wissenschaften in Paris, Decaisne, sich erworben. Wenn dieser aber plötzlich in der neuesten Zeit sich dahin ausspreche, dass ein System des Obstes ein Ding der Unmöglichkeit sei, so erkenne er zwar die grossen Schwierigkeiten an, welche da geboten würden, wo von an und für sich sehr verwandten Formen fortwährend Aussaaten, zum Theil bei vorausgegangenen Kreuzungen, gemacht und die Unterschiede nur gering wären, abgesehen davon, dass diese durch klimatische und Boden-Verhältnisse noch vielfach verändert werden könnten: eine Möglichkeit bis zu einem gewissen Punkte müsse aber doch vorhanden sein. Es könne natürlich zunächst auch nicht von einem in jeder Hinsicht vollkommenen Systeme die Rede sein — das gebe es auch in der Botanik nicht —, sondern man müsse nur für das Erste darnach streben, eine Weise zu finden, wie man sich am Leichtesten und Bequemsten aus den verschiedenen Apfel- und Birnsorten herausfinde. So lange man nur die äussere Form und Farbe berücksichtige, wie es jetzt fast nur geschehe, werde es nie gelingen; Kernhaus, Kelch, Fleisch u. s. w. im Zusammenhange mit der Betrachtung des Baumes, von dem die Früchte stammen, geben z. B. weit sichere Charaktere.

Auch die Frage, ob und wie weit die Unterlage einen Einfluss ausübe, wurde ausführlich behandelt. Da Vertreter der Wissenschaft und zugleich der Praxis an den Verhandlungen Antheil nahmen, wurde diese schon so oft zur Diskussion gestellte Frage auch wirklich zu einem gewissen Punkte erledigt. Dass die Unterlage einen Einfluss ausübe, wurde schliesslich allgemein zugegeben. Auf nicht passenden Unterlagen werden die Früchte steinig, herbe, selbst oft bitter, mit einem Worte schlechter. Eine Anzahl von Birnen gedeihe nur auf Quitten-Unterlage, während andere auf Wildlingen gut werden. Ein Obstzüchter in Ratibor, Gastwirth Jaschke, habe in dieser Hinsicht vergleichende Versuche angestellt, welche zu Resultaten geführt hätten, wie aus den Verhandlungen des Vereines hervorgehe. Es waren damals die betreffenden Früchte eingesendet worden und man hatte sich selbst von dem grossen Unterschiede derselben Frucht auf verschiedenen Unterlagen überzeugt. Im Allgemeinen sei um so mehr von einer Veredlung zu erwarten, je mehr der innere Bau der Unterlage und des Edelstammes mit einander übereinstimmten.

Dass die Unterlage aber ihre eigenen Eigenschaften auf den Edelstamm übertragen könnte, wurde zum grossen Theil bestritten, anderntheils hatte man Beispiele angeführt, welche jedoch dieses ziemlich sicher zu stellen schienen. Es werde zwar behauptet, dass der Edelstamm bisweilen Früchte, denen fast gleich, welche sonst die Unterlage trage, hervorbringe; bei genauer Untersuchung habe es sich jedoch fast immer herausgestellt, dass in diesem Falle das Edelreis, durch einen Zufall und ohne dass man es gemerkt habe, abgeworfen worden und dass dafür eine in der Nähe des Ansatzes befindliche Knospe der Unterlage zur Entwickelung gekommen, welche man für das Edelreis gehalten.

Obergärtner Reinecke brachte dagegen einen Fall zur Sprache, der allerdings die Möglichkeit eines intensiveren Einflusses der Unterlage auf die Edelreiser nachwies. Im Decker'schen Garten befand sich vor 8 Jahren ein kräftiger, etwa 30 Jahre alter Apfelbaum, welcher stets ungeniessbare Früchte mit hartem, gläsernem Fleische trug. Den Baum pfropfte der Obergärtner Reinecke im Mai des Jahres 1857 ab, und zwar in den Spalt. Es wurden dazu Reiser von einem gesunden und kräftigen Gravensteiner, der etwa 6 bis 8 Schritt davon entfernt stand, genommen. Im dritten Jahre trug der mit 12 Reisern abgepfropfte Baum die ersten Früchte, welche die Gestalt und Farbe des schönsten Gravensteiners hatten, alle aber inwendig durchsichtig-gläsern waren. Diese Erscheinung hat sich seitdem alle Jahre wiederholt; es sind stets nur Aepfel, vom Ansehen und Farbe des Gravensteiners, aber mit hartem, gläsernem Fleische, erhalten worden.

In Betreff der doppelten Veredlung, welche in der neueren Zeit immer mehr angewendet werde, glaube man ein Mittel gefunden zu haben, um Sorten, welche schwierig wachsen und vor Allem keinen graden Stamm machen, dadurch im Ansehen besser zu erhalten, dass man zunächst auf einen Wildling eine Sorte bringe, welche in der Beschaffenheit ihres Holzes und ihres Säftelaufes zwischen diesem und der Sorte, von der man schliesslich Früchte haben wolle, zwischen inne stehe, also gleichsam den Vermittler darstelle. Anderseits meine man auch durch doppelte Veredlung — und das gelte namentlich bei Blüthensträuchern, wie Azaleen und Kamellien — eine grössere Tragbarkeit, resp. ein reichlicheres Blühen hervorzubringen.

Endlich legte Kunst- u. Handelsgärtner Späth die letzten Hefte des niederländischen Obstgartens vor und empfahl das elegant ausgestattete und im Preise mässige Werk den Obstzüchtern und Pomologen. Es seien bereits schon früher über dieses pomologische Kupferwerk günstige Urtheile in der Versammlung ausgesprochen worden, er erlaube sich demnach jetzt im Interesse desselben doch auch auf einige Missstände, wie sie ihm wenigstens erschienen, aufmerksam zu machen, damit dieselben bei den künftigen Heften möglichst vermieden würden. Es werden nämlich, wie es auch nicht anders gehe, die Früchte nicht in einer systematischen Reihenfolge, sondern zerstreut aus allen Abtheilungen, publizirt, um den Liebhabern aus allen diesen die wichtigeren Sorten zuerst vorzuführen. Dem Besitzer müsse es später überlassen bleiben, die Früchte in eine beliebige Ordnung zu bringen. Das sei aber hier, wo auf der einen Tafel 2 und mehr ganz verschiedene Sorten dargestellt würden, nicht möglich. Ferner hätten die Früchte nicht immer die nöthigen Proportionen, wie es z. B. bei der Englischen Gold-Parmäne und der Orleans-Reinette der Fall wäre. Endlich müsste man wünschen, dass noch mehr auf die vegetativen Organe des Baumes Rücksicht genommen werde, sowohl bei der Beschreibung, als bei der Abbildung. Darstellungen der Sommerreiser mit den Blättern, vor Allem aber übereinstimmende Durchschnitte, wären bei allen Frucht-Abbildungen durchaus nothwendig.

Der Vorsitzende, Geheimer Ober-Regierungsrath Knerk, theilte mit, wie sehr erfreulich es sei, dass der Obstbau in der neuesten Zeit die Anerkennung auch von Seiten der Regierung finde. Die in der Wochenschrift (vor. Jahrg. S. 441) abgedruckte Ministerial-Verfügung sei allenthalben, selbst im Auslande, freudig begrüsst, und man sehe in dieser Hinsicht jetzt einer besseren Zukunft des Obstbaues entgegen. Im zweiten Hefte der illustrirten Monatsschrift für Obst- und Weinbau sei die Cirkular-Verfügung abgedruckt und auf die Wichtigkeit derselben hingewiesen. Man dürfe sich wohl jetzt um so mehr der Hoffnung hingeben, nun einen Muster-Obstgarten, des preussischen Staates würdig, zu erhalten, als der Verein das Glück habe, unter seinen Mitgliedern auch den Mann zu besitzen, dessen Fürsorge im landwirthschaftlichen Ministerium der Obstbau besonders anvertraut sei und der selbst ein grosses Interesse dafür besitze, auch bereits mehrfach an den Tag gelegt habe.

Nach Professor Koch genüge keineswegs ein solcher Mustergarten allein, für so nothwendig er ihn auch halte. Er seinerseits verlange für jede Provinz in Preussen ausserdem noch eine Anstalt, wo man sich hauptsächlich mit den provinziellen Eigenthümlichkeiten beschäftige und wo man zunächst zu erfahren suche, welche von den bereits angebauten Obstsorten besonders gedeihen, höheren Anforderungen nachkommen und gute Erträge geben. Dann erst müsse man versuchen, gute, bisher wenig oder gar nicht bekannte Sorten einzuführen. Man müsse von unten anfangen und den Obstbau aus sich selbst entwickeln lassen. Anderntheils müsse eine solche Anstalt Jedem offen stehen, der sich belehren oder Aufklärung über irgend einen, den Obstbau betreffenden Punkt haben wolle. Die schon alte Verordnung, wonach jedes Dorf dem Schullehrer zum Obst- und Gemüsebau ein Stück Land zur Verfügung zu stellen habe, sei ferner dabei aufrecht zu erhalten. Zu diesem Zwecke müssten Unterrichts-Kurse eröffnet werden, wobei die Lehrer auch eine geringe Unterstützung für ihre Mühe zu bekommen haben. Hauptsächlich wären aber sogenannte Baumwärter heranzubilden. Wenn alles das geschehe, dann werde auch der Obstbau die Vortheile bringen, welche durch ihn in doppelter Hinsicht, in finanzieller und moralischer, der Bevölkerung zu Theil würden.

Es sei ferner erfreulich, dass in den verschiedenen Provinzen bereits Männer vorhanden wären, welche für Obstbau grosses Interesse hätten und ihn in ihren Kreisen zu fördern suchten. Der Einfluss sei ein um so nachdrücklicher, als diese Männer in regem Verkehr mit einander ständen und ihre Erfahrungen und ihre Ansichten mit einander auszutauschen suchten. Das sei die erfreuliche Folge der allgemeinen deutschen Pomologen-Versammlungen, die in's Leben gerufen zu haben, das Verdienst des Vereines in Berlin sei, sowie des aus ihnen hervorgegangenen deutschen Pomologen-Vereines, dessen Wirken sich bereits auf eine segensreiche Weise über ganz Deutschland erstrecke. Um die Liebe noch mehr zu erhöhen, hätten sich Mitglieder erboten, öffentliche Vorlesungen über Obstbau zu halten; Rittergutsbesitzer v. Bose auf Emmaburg bei Laasphe in Westphalen werde in diesem Frühjahre mit gutem Beispiele vorangehen und über Obstbau vortragen. In Proskau sei schon im vorigen Sommer der Garten-Inspektor Hannemann bereit gewesen, einen Cyclus von Vorlesungen über Obstbaumzucht für Lehrer zu halten. Auch diese Angelegenheit werde der Verein in die Hand nehmen und von Zeit zu Zeit über den Erfolg Bericht erstatten.

Von Seiten des Vorstandes des Vereines für

Land- und Forstwirthschaft in Braunschweig war das November- und Dezember-Heft seiner Verhandlungen eingesendet, worin, da Garten- und Obstbau eine besondere Sektion desselben bildet, interessante Nachrichten über deren Thätigkeit enthalten waren. Man ersah hieraus, dass in den Versammlungen des Vereines über gewichtige Fragen des Obst- und Gartenbaues überhaupt verhandelt werde. Am meisten bot aber der Bericht über die am 14. bis 16. Oktober vorigen Jahres stattgefundene Obst-Ausstellung Interesse dar.

Inspektor Bouché machte ferner Mittheilungen über die schöne Palme Livistona chinensis, welche der botanische Garten im Jahre 1859 aus dem Decker'schen Garten erworben und im vorigen Jahre geblüht, sowie Früchte gebracht habe. Darauf sprach derselbe über den Schaden, welchen die schwarzen Fliegen oft in den Gewächshäusern machen. Am Wirksamsten habe er immer gefunden, wenn Räucherungen mit einer Mischung von 2 Theilen Insektenpulver und 1 Theile Tabacksstaub stattgefunden hätten.

Prof. Schultz-Schultzenstein sprach wiederum über Sombrero-Guano und verwies in Betreff des in dem landwirthschaftlichen Centralblatte erfolgten Angriffes auf seine Erwiderung ebendaselbst.

Hofgärtner Jäger in Eisenach übergab sein eben erst erschienenes Werk: „Die Ziergehölze der Gärten und Park-Anlagen." Dasselbe enthält auf fast 40 Bogen ein alphabetisches Verzeichniss aller der Gehölze, welche bei uns im Freien aushalten und, wie der Titel sagt, bis jetzt zur Anwendung gekommen sein sollen. Doch ist auch eine Anzahl von Gehölzen in dem Werke aufgeführt, die bis jetzt noch nicht in Kultur sind und nur von Botanikern beschrieben wurden. Das Buch empfiehlt sich allen Liebhabern durch seine freundliche Ausstattung. Wir wünschen demselben eine möglichst grosse Verbreitung.

Aus der grossen Reihe von Samen-Verzeichnissen, welche eingegangen waren, wurde zunächst auf das von Metz & Co. aufmerksam gemacht. Dieses noch junge Etablissement breitet sich auf eine erfreuliche Weise immer mehr aus. Es liegen jetzt aus ihr dreierlei Verzeichnisse vor, nämlich 2 Preis-Verzeichnisse und das Verzeichniss der Baumschulen.

Sodann wurden noch das Nachtrags-Verzeichniss zur Rosen-Sammlung von E. Herger in Köstritz, das Verzeichniss der Flottbecker Baumschulen bei Hamburg, das von Haage & Schmidt in Erfurt u. s. w. besprochen.

Schliesslich wurde der Monatspreis der Phalaenopsis Schilleriana des Ritterguts-Besitzers Mor. Reichenheim (Oberg. Kraus) zugesprochen.

Aus

den Samen-Verzeichnissen Erfurter Gärtnereien.

(Schluss.)

52. Das kaukasische Hedysarum sericeum Bieb. scheint von H. grandiflorum Pall., welches schon in Süd-Russland vorkommt, nicht verschieden zu sein. Es ist ein grossblühender Esparsett und wie dieser eine Staude, die der Beachtung werth ist.

53. Helenium grandicephalum kennen wir nicht, vermuthen aber, dass es die grossblühende Form des bekannten H. autumnale L., einer bei uns hinlänglich bekannten und bisweilen verwilderten Staude mit ziemlich grossen Blüthenkörbchen ist, welche Nuttall unter dem Namen H. grandiflorum beschrieben hat.

54. Helichrysum leucocephalum Boiss. ist eine Immortelle Persien's aus der Gruppe unserer Katzenpfötchen (H. arenarium Mnch), wird aber höher. Wie bei dieser, ist die ganze Pflanze mit einem silbergrauen Filze überzogen. Ihre graulichweissen Blüthenkörbchen sind klein und bilden eine gedrängte Dolde. Wahrscheinlich ist H. leucocephalum ausdauernd.

55. Helipterum corymbiflorum Schlecht. ist eine zweifelhafte Immortelle Schlechtendal's aus Neuholland, die dieser nicht mit Sicherheit zu stellen weiss. Es ist allerdings sehr schwierig, nach den keineswegs konstanten Merkmalen, welche de Candolle in seinem Prodromus von der Abtheilung der Gnaphalieen gibt, eine neue Pflanze einzuschalten. Hoffentlich wird es nun, wo man vollkommene Exemplare, und zwar im Leben, untersuchen kann, geschehen können. Die Pflanze ist graufilzig und hat die weissen Blüthenkörbchen, wie freilich fast alle Gnaphalieen und selbst alle Senecioneen und Asteroideen, in Doldentrauben.

56. Ueber Helipterum Sandfordii (nicht Sanfordii) Hort. Thomps. haben wir bereits im 6. Jahrgange (S. 127) besprochen. Sie möchte keineswegs zu den Helipteren gehören und schliesst sich im Aeusseren den oben erwähnten Katzenpfötchen an, steht diesen aber an Schönheit weit nach. Weit mehr verdient dagegen Helipterum anthemoides DC., was ebenfalls wie H. Sandfordii aus Neuholland stammt (s. 5. Jahrgang S. 302), Beachtung.

57. Hibiscus brasiliensis L., von anderen als Pavonia brasiliensis Spreng. beschrieben, ist ein niedriger Strauch, der sich sehr verästelt und herzförmige, ausserdem aber auch gelappte Blätter besitzt. Die ziemlich grossen Blüthen sind gelb, haben aber an der Basis der Blumenblätter schwärzliche Flecken.

58. Hymenosporum flavum ist uns ein un-

bekannter immergrüner Strauch mit elliptischen Blättern und grossen gelben Blüthen, welche Trauben von 6 bis 8 Zoll Durchmesser bilden.

59. Iberis linifolia L. ist eine alte bekannte Pflanze mit schmalen und ganzrandigen Blättern, welche sich nur sehr wenig von I. umbellata L. unterscheidet und grade so angewendet werden kann.

60. Von den Trichterwinden (Ipomoea und Pharbitis) ist bereits im 4. Jahrgange (S. 399) gesprochen. Seitdem sind wiederum einige neue Formen der bekannten Arten in den Handel gekommen. Was zunächst Ipomoea purpurea Lam. (Pharbitis hispida Choisy) anbelangt, so kultivirt man die weissblühende schon längere Zeit; neu ist aber die, wo die weisse Farbe in der Nähe der Oeffnung der Blumenröhre durch 5 hellrothe Flecken unterbrochen wird, ein Umstand, der auch zur Benennung quinata Veranlassung gegeben hat. Ausserdem hat man eine dreifarbige Form als tricolor.

Von I. hederacea L. gibt es auch Formen, die ganz weiss blühen, ausserdem von I. limbata (Pharbitis) Lindl. eine mit dunkelblauen und weissgestreiften Blumen. Wiederholt machen wir auf I. rubro-coerulea Hook. (violacea vera, grandiflora und mexicana der Gärten) aufmerksam, da wir bereits von ihr auch schon eine Reihe von Formen haben und da sie sich im Freien, wo sie gut aushalten, mit ihren grossen Blumen prächtig ausnehmen.

61. Ismelia coronopifolia C. H. Schultz-Bip. gehört zu den strauchartigen Chrysanthemums der kanarischen und azorischen Inseln, welche Barker-Webb als Argyranthemum unterschieden hat. Die genannte Pflanze wurde schon von Willdenow als Chrysanthemum coronopifolium unterschieden. In Paris werden diese Arten mit feinzertheilten Blättern sehr viel im Freien zu den Blumen-Rabatten verwendet. Die weisse Farbe der Blüthenkörbchen nimmt sich zwischen dem übrigen bunten Blumenschmuck sehr gut aus. Wir empfehlen deshalb, genannte Pflanze zu demselben Zwecke bei uns anzuwenden.

62. Isolepis Holoschoenus R. et S. ist der alte Scirpus Holoschoenus L., eine Binse des südlichen, weniger des mittleren Europa's, Nordafrika's und des Orientes, wächst an feuchten Stellen, an Bach- und Flussufern u. s. w. und trägt an der Spitze des Stengels eine Anzahl kleiner Blüthenköpfe sehr gedrängt. Dass die Pflanze eine Ampelpflanze darstellen soll, bezweifeln wir, zumal alle uns bekannten Formen, auch die kleiner bleibende Abart, welche Linné selbst als Scirpus Romanus beschrieben hat, nur mit aufrechten Stengeln versehen sind.

63. Die Isotomen sind neuere holländische Lobeliaceen mit langröhrigen Blumen von blauer oder weisser Farbe, über die wir schon im ersten Jahrgange der Wochenschrift (S. 78) gesprochen haben. Von der ursprünglich weissblühenden I. petraea F. Müll. hat man jetzt auch eine blaublühende Form. Da sie klein und niedrig bleiben, können sie auf Schmuckbeeten Anwendung finden.

64. Lagenaria enormis ist keine besondere Art, sondern nur eine Form der bekannten Lagenaria vulgaris Ser., des gewöhnlichen Flaschenkürbis', mit bisweilen 5—6 Fuss langen, nach der Spitze zu keulenförmig verdickten Früchten, die wir in Berlin schon seit einigen Jahren kultiviren, leider aber gewöhnlich keinen reifen Samen erhalten.

65. Lathyrus mauritanicus kennen wir nicht. Es soll eine ausdauernde Liane mit grossen, purpurrothen Blüthen sein. Wir vermuthen, dass es L. magellanicus Lam. ist, die sich schon früher in den Gärten befand, aber nie allgemein wurde, so sehr es die Pflanze auch verdiente. Sie hat lange Trauben himmelblauer Blüthen.

66. Lilium cordifolium Thunb. wächst in Japan und auf den kurilischen Inseln, weshalb die Pflanze wohl leichter bei uns im Freien aushalten möchte, als das verwandte L. giganteum vom Himalaya. Wir haben die Lilie nur jung auf Ausstellungen in Belgien gesehen, wo schon die herzförmigen Wurzelblätter mit rothen Adern eine hübsche Erscheinung darboten.

67. Lilium tenuifolium Fisch. wurde früher in den Gärten der Liebhaber viel gefunden und ist neuerdings wiederum durch die Expeditionen nach den Amurländern bei uns eingeführt worden. So schön dieser rothe Türkenbund auch ist, so hat er doch noch keineswegs die verdiente Verbreitung gefunden.

68. Leontice Leontopodium L. ist eine interessante krautartige Berberidee mit knolliger Wurzel, welche deshalb in der Regel auch in den Verzeichnissen unter den Zwiebel- und Knollen-tragenden Pflanzen aufgeführt wird. Die Wurzelblätter sind gedreit und fiederspaltig, während die gelben Blüthen eine schlaffe Traube bilden. Vaterland ist das südöstliche Europa und Kleinasien. Wir führen die Pflanze nochmals auf, weil sie in der That Beachtung verdient (s. 6. Jahrg. S. 62).

69. Linum corymbiferum Desf. ist eine Staude des nördlichen Afrika's mit einfachem Stengel, der sich aber nach oben zu in eine grosse und ausgedehnte Doldentraube verästelt, ein Umstand, der zur Benennung Veranlassung gegeben hat. Die schönen Blumen haben die Grösse unseres gewöhnlichen Leines, aber eine gelbe Farbe.

70. Linum Lewisii Pursh ist die nordameri-

kanische Form unseres längt bekannten ausdauernden Leines (L. perenne L.), der, weil er fast den ganzen Sommer hindurch Blumen hervorbringt, in Gärten wohl Beachtung verdient. Man hat neuerdings auch eine Form, wo die Blumen weiss marmorirt sind, mit dem Beinamen variegatum.

71. Lomatia obliqua (Embothrium) R. et P. ist eine chilenische Proteacee mit immergrünen, eirunden oder länglichen Blättern von glänzender Oberfläche und mit gelben Blüthen, welche blattständige, kurze Trauben bilden. Wenn auch die Lomatien mit feingetheilten Blättern, wie die neuholländische Lomatia silaifolia (Embothrium) Sm., als Blattpflanzen mehr Beachtung verdienen, so ist L. obliqua auf jeden Fall doch ein empfehlenswerther Neuholländer.

72. Lychnis Haageana ist bekanntlich ein Blendling der L. fulgens und Sieboldii Hort., der in Erfurt bei Benary gezüchtet wurde. Inspektor Bouché im botanischen Garten in Berlin hat eine neue Reihe von Blendlingen erzogen, die jetzt Jühlke in Erfurt in den Handel bringt und zwar mit der näheren Bezeichnung grandiflora. Bereits sind, ausser der weissblühenden, Formen mit hell- und mit dunkelscharlachrothen, mit hellziegelrothen und mit braunrothen Blumen vorhanden. Von L. fulgens L. besitzt man jetzt auch eine Form mit rosarothen Blüthen.

73. Maytenus boaria Mol. ist ein immergrüner Strauch aus der Familie der Celastrineen, der in Chili zu Hause ist und der weniger wegen seiner winkelständigen, kleinen Blüthen von grünlich-weisser Farbe Empfehlung verdient, als vielmehr wegen seines Wuchses und seiner elliptischen und gesägten Blätter von angenehmen Grün. Interessant möchte es noch sein zu wissen, dass die Blätter im Vaterlande allgemein gegen entzündliche Anschwellungen gebraucht werden und die Samen ein viel gebrauchtes Oel besitzen.

74. Meconopsis cambrica Vig., eine mohnartige Staude der Pyrenäen, mit 2 oder 3 grossen endständigen Blumen von gelber Farbe. Möchte wohl wegen der Vergänglichkeit der Blumen und auch sonst kaum Eingang finden.

75. Unter den Gauklerblumen ist auch manches Neue entstanden. Vor Allem verdient die kräftige Form der mit 5 Flecken auf der Blumenkrone versehenen Abart des Mimulus luteus L., welche als Mimulus quinquevulnerus in den Gärten vorkommt, Beachtung. In den Verzeichnissen führt sie den Beinamen robustus, wird bis $1\frac{1}{2}$ Fuss hoch und bleibt aufrecht. Nicht weniger ist dieses mit den grossblühenden Sorten, (mit der näheren Bezeichnung von maximus), der Fall. Von dieser Form hat man auch Blumen mit weissem Grunde.

76. Nolana lanceolata Choisy unterscheidet sich wenig von der alten N. prostrata L. und ist auch schon im 6. Jahrgange (Seite 126) besprochen worden.

77. Papaver fugax Poir. ist ein Sommergewächs aus Persien mit hellkarmoisinrothen Blumen, was gewiss an Schönheit unserem Feldmohn (P. Rhoeas) nachsteht. Mehr verdient die orientalische Staude, P. pilosum S. et Sm. mit ihren behaarten Blumenblättern, welche eine schmutzige hell- oder orangenrothe Farbe haben, Beachtung. P. intermedium DC. fil. ist von P. bracteatum Lindl. kaum verschieden.

78. Paronychia hispanica Lam., bekannter unter dem Namen P. argentea Lam., wächst nicht allein in Spanien, sondern im ganzen südlichen Europa. Es ist eine kleine hübsche Staude, die sich besonders bei Felsenparthien gut ausnimmt und deshalb zu empfehlen ist. Meistens breitet sie sich auf dem Boden aus. Ausgezeichnet ist die Pflanze durch ihre silberweissen, verhältnissmässig grossen Neben- und Deckblätter von trockenhäutiger Konsistenz.

79. Wie man von dem bekannten Ageratum conyzoides L. (mexicanum Sweet) sehr buschige Zwerge unter dem Namen A. nanum kultivirt, so besitzt man jetzt auch dergleichen von der nahe verwandten Phalacraea coelestina Hort. (Coelestina ageratoides Cass.), welche den Namen Tom Thumb führen und gleiche Verwendung, hauptsächlich zu Einfassungen, finden können.

80. Prostranthera striatiflora Ferd. Müller bildet in ihrem Vaterlande Neuholland einen hübschen Blüthenstrauch mit zolllangen, aber sehr schmalen Blättern und zahlreichen, aber armblüthigen Trauben. Die Blüthe ist weiss, ausserdem aber mit rothen Strichen versehen, ein Umstand, der zur Benennung Veranlassung gegeben hat. Die Pflanze gehört in die Familie der Lippenblüthler.

81. Prumnopitys elegans Phil. ist Podocarpus andina Poepp., eine Taxinee, welche, so viel wir wissen, bis jetzt noch nicht im Handel sich befand, aber gleich mehrern andern Podocarpus-Arten Empfehlung verdient. Obwohl in Valdivia und anderen kältern Gegenden Chili's wachsend, bezweifeln wir doch sehr, dass sie bei uns im Freien aushält. Sie baut sich gleich den andern pyramidenförmig und hat ein freundliches Ansehen. Die Beeren haben die Grösse einer Kirsche und bilden herabhängende Trauben. Sie werden im Vaterlande wegen ihres Wohlgeschmackes gegessen und sollen getrocknet den Rosinen ähnlich schmecken.

82. Ranunculus asiaticus L. pulcherrimus. Man muss sehr bedauern, dass die schönen Ranunkeln, welche früher in keinem Garten fehlen

durften, in der neuesten Zeit so sehr vernachlässigt werden. Wir haben erst vor Kurzem Gelegenheit gehabt, ihre Schönheit sowohl, als ihre Mannigfaltigkeit, zu bewundern. Vorstehende Sorte soll weit kräftigere Pflanzen geben, was schon an den grösseren Knollen sich zeigt, und sich durch leichteres Wachsthum, selbst in dem schwersten Gartenboden, auszeichnen. Diese Ranunkeln blühen vom Juli bis September und geben demnach eine ganz vorzügliche Flor.

83. Richea dracophylla R. Br. ist ein niedriger Blüthenstrauch aus der Familie der Epakrideen und aus Neuholland stammend. Die steifen und dachziegelförmig übereinander liegenden Blätter umfassen den Stengel und bestehen sonst aus einer schmalen, am obern Ende stehenden Platte. Die sitzenden Blüthen bilden endständige Aehren.

84. Salvia japonica Thunb. stammt dagegen, wie der Name auch sagt, aus Japan. Nach Haage & Schmidt, welche sie in den Handel bringen, ist die Pflanze perennirend. Ihre Blätter nehmen im Herbste eine schöne rothe Farbe an und besitzen einen kräftigen, aromatischen Geruch. Nach der Beschreibung Thunberg's ist S. japonica dagegen einjährig und zeichnet sich durch fiederspaltige Blätter aus.

85. Salvia pseudosplendens Warsz. wird, da sie weit härter, als die gewöhnliche S. splendens Ker ist, im Sommer für's freie Land empfohlen. Um sie aber recht buschig zu machen, empfiehlt Jühlke, der sie in den Handel gebracht hat, dieselbe recht oft zurückzuschneiden. Die Blätter besitzen eine glänzende, dunkele Farbe und die scharlachrothen Blüthen kommen in reichlichster Fülle hervor. Sie wurde am Amazonenflusse in Peru von Warszewicz entdeckt.

86. Wir haben schon früher auf die Sphenogynen, kapische Körbchenträger aus der Abtheilung der Senecionen, aufmerksam gemacht, da sie zu den schöneren Stauden gehören (s. 1. Jahrg. S. 111). Sphenogyne versicolor DC., die früher auch als S. speciosa in den Gärten kultivirt wurde, erscheint von Neuem in mehren Verzeichnissen der Handelsgärtnereien, und zwar als Neuheit. Die zahlreichen Stengel, mit doppelt-fiederspaltigen Blättern dicht besetzt, liegen mit ihrem untern Theile meist auf der Erde und die gelben, im Centrum braunen Blüthenkörbchen stehen auf langen Stielen. Sehr ähnlich ist und gleich empfehlenswerth Sphenogyne anthemoides (Arctotis) L.

87. Die Swainsonien sind neuholländische Schmetterlingsblüthler mit gefiederten Blättern und langen, Trauben-bildenden Blüthen vom reinsten Weiss bis zum dunkelsten Violett und Roth. Leider halten sie bei uns nicht im Freien aus, können aber als Stecklinge sehr leicht überwintert werden und bringen ausserdem auch im Topfe leicht Samen. In England werden sie sehr viel als Gruppenpflanzen benutzt. Wir haben bereits in der allgemeinen Berliner Gartenzeitung (Jahrg. 1857, S. 364) eine ausführliche Monographie dieser schönen Pflanzen gegeben und bemerken nur noch, dass man seit einigen Jahren auch Blendlinge herangezogen hat, welche unter den Namen Sw. albo-violacea, Ferrandii und Rollissoni in den Handel gekommen sind.

88. Tripteris cheiranthifolia C. H. Schultz-Bip. ist ein wenig bekannter Körbchenträger aus der Abtheilung der Calendulaceen, welcher in Abyssinien vorkommt, während die übrigen Arten in Südafrika zu Hause sind. Die gelben Blüthenkörbchen stehen am Ende der Aeste und sind deren ziemlich viel vorhanden.

89. Veronica glauca Sibth. et Sm. ist ein griechisches Sommergewächs mit blauen, weiss-gerandeten Blüthen und blaugrünen, herzförmigen Blättern. Die Pflanze hat denselben Werth, wie die bekannte V. syriaca R. et S., und wird wohl ebenfalls, wie diese, in einigen Jahren wiederum vergessen sein.

90. Die Waitzien sind hübsche Immortellen mit gelben und weissen Blüthenköpfen und von jähriger Dauer; in England machte Lindley das Genus Morna aus ihnen. Unter diesem Namen kamen 2 Arten vor mehrern Jahren auch zu uns, bis es endlich neuerdings nachgewiesen wurde, dass Morna nitida Lindl. die Waitzia aurea Steetz und Morna nivea Lindl. die erste Waitzie ist, welche von Wendland unter dem Namen W. corymbosa beschrieben wurde. Zu diesen ist nun neuerdings noch eine dritte Art gekommen, welche Steetz als W. acuminata beschrieben hat und die kürzlich erst von dem Handelsgärtner Ausfeld in Arnstadt eingeführt wurde. Alle 3 Pflanzen sind sehr zu empfehlen.

91. Whitlavia grandiflora Harv. ist früher schon (1. Jahrg. S. 120) von uns besprochen worden. Man hat jetzt auch eine weissblühende Abart. Diese möchte jedoch weniger Beifall finden, als die ursprüngliche, violettblau-blühende Hauptform.

92. Wigandia macrophylla Ch. et Schl. ist eine baumartige Hydrolacee aus Mexiko und wird bereits in den Anlagen von Paris sehr viel angewendet, unterscheidet sich aber von der bei uns allgemein bekannten W. caracassana Humb. et Bonpl. im äussern Habitus gar nicht.

Verlag von Karl Wiegandt in Berlin,
Kommandanten-Strasse No. 62.

Druck der C. Feister'schen Buchdruckerei in Berlin,
Zieten-Platz No. 2.

Wochenschrift

des

Vereines zur Beförderung des Gartenbaues in den Königl. Preussischen Staaten

für

Gärtnerei und Pflanzenkunde.

Redakteur:

Professor Dr. Karl Koch,

General-Sekretair des Vereines.

No. 11. Berlin, den 18. März **1865.**

Preis des Jahrganges 5⅓ Thlr., sowohl bei Bezug durch den Buchhandel, als auch franco durch alle Post-Anstalten des deutsch-österreichischen Post-Vereines.

Sonntag, den 2. April, Frühjahrs-Ausstellung in der grossen Aula der Königl. Thierarzneischule (Louisenstr. 56). Die Versammlung der Mitglieder findet an demselben Tage, Nachmittags 2 Uhr, im Englischen Hause (Mohrenstr. 49) statt, worauf (um 3 Uhr) ein gemeinschaftliches Mittagsessen erfolgt, wozu die geehrten Mitglieder eingeladen werden.

Agaveen-Studien.

Von Karl Koch.

Es gibt Pflanzen, die im Leben untersucht werden müssen, wenn man einestheils ihre Stellung im Systeme begründen, anderntheils ihre spezifische Natur, zugleich verbunden mit der richtigen Benennung, sichern will. Zu diesen gehören alle baumartigen Lilien, vor Allem aber die Agaveen. Jede Familie, jedes Geschlecht und selbst jede einzelne Art muss, wenn die Verwandtschaft durch die Natur selbst begründet sein soll, schliesslich durch die Wissenschaft in der Weise festgestellt werden können, dass auch eine Erkennung ohne Blüthen möglich ist. Nur in diesem Falle kann von einer natürlichen Aufstellung die Rede sein.

Die Agaveen scheinen an und für sich sehr zu ändern. Es kommt aber noch dazu, dass mehre Arten in ihrem Vaterlande Kulturpflanzen geworden sind und damit auch eine noch grössere Neigung zu verschiedenen Formenbildungen erhalten haben. Aussaaten, die man in neuester Zeit bei uns in Europa gemacht, haben bereits dieses bestätigt und sind Veranlassung geworden, dass in der That eine nicht unbeträchtliche Reihe von Formen entstanden ist, die man zum Theil selbst zu selbständigen Arten erhoben hat. Die Liebhaberei für diese interessanten Pflanzen hat in der neuesten Zeit sehr zugenommen: in allen Kulturländern Europa's existiren nicht unbedeutende Sammlungen, deren Besitzer sich angelegen sein lassen, die Zahl ihrer Arten und Formen zu vergrössern.

Man darf sich deshalb nicht wundern, wenn man die Verzeichnisse der Handelsgärtner und der Liebhaber einer Durchsicht unterwirft und findet, dass darin viele Namen enthalten sind, über die man nirgends Auskunft erhält. Dieselben Arten und Formen haben aber in Deutschland und jenseits des Rheines oft verschiedene Namen erhalten, so dass, da fortwährend Austausche stattfinden, dieselben Pflanzen mit 2, 3 und mehr Namen in den Verzeichnissen figuriren. Man erkennt die Identität bisweilen auf den ersten Blick; leider werden aber die Namen nebeneinander fortgeführt, oft nur, um damit die Sammlung scheinbar noch grösser zu machen. Wo man sie aber nicht erkennt, macht das seltenere Blühen der Agaveen überhaupt es schwierig, die verschiedenen Formen mit Bestimmtheit bei den bezüglichen Arten einzureihen, besonders wenn sie sich noch in einem frühen Zustande befinden. Es lässt sich auch gar nichts dagegen sagen, wenn Handelsgärtner markirte und in ihrer Erscheinung abweichende Samenpflanzen mit besonderen Namen in den Handel bringen. In ästhetischer Hinsicht hat eine schöne Form mehr Werth, als eine sich nicht präsentirende Art. Was anderes ist die wissenschaftliche Bedeutung einer Pflanze, wo die Frage, ob Art, ob Abart oder Form? sehr wichtig ist und schliesslich auch dem Liebhaber zu Gute kommt.

Der Fürst Salm-Dyck fühlte zuerst die Nothwendigkeit einer Revidirung der in den Gärten befindlichen Agaveen. Niemand war auch so sehr berufen, als er, dem selbst eine herrliche Sammlung auf seinem Stammschlosse Dyck zur Verfügung stand, der ferner durch seine Reisen in den Stand gesetzt war, Studien über Agaveen zu machen, wo er diese in Gärten vorfand. Seine letzte vorzügliche Arbeit ist in dem 7. Bande der „Bonplandia" abgedruckt. Nicht ohne Glück versuchte er hier eine Eintheilung zu geben, die nur auf Merkmale ausserhalb der Blüthe beruhte und immer noch als die beste der Art angesehen werden muss.

Da auch der botanische Garten in Berlin eine reiche Sammlung von Agaveen, die grösstentheils aus direkt eingeführten Arten des Grafen v. Karwinsky, sowie der Reisenden Deppe und Ehrenberg bestanden, besass und ausserdem nicht wenige Arten sich im Besitze des Hofgärtners H. Sello in Sanssouci bei Potsdam befanden, welche zum Theil schon von nicht unbedeutender Grösse waren, und endlich auch verschiedene Pflanzen- und Blumen-Liebhaber in Berlin schöne und seltene Agaveen hatten: so versuchte auch ich ein Jahr darauf (1860), eine Zusammenstellung der Agaveen (im 3. Jahrg. der Wochenschrift, S. 3) zu geben. Bei der Eintheilung liess ich mich hauptsächlich vom Habitus der Pflanzen leiten. Leider kannte ich aber doch zu wenig und ausserdem noch manche Arten in zu kleinen Exemplaren, um schon allen Arten die richtige Stellung anweisen zu können. Fürst Salm-Dyck und General v. Jacobi machen mir dieses mit Recht zum Vorwurf. Ersterer übergab mir alsbald und noch kurz vor seinem Tode eine Kritik meiner Agaveen-Abhandlung, welche ich auch im Interesse der Wissenschaft im 4. Jahrgange der Wochenschrift (S. 177) abdrucken liess.

General v. Jacobi hatte seine Agaveen-Studien unter des greisen Fürsten Leitung in Dyck selbst begonnen und widmete sich auch nachher noch mit grossem Eifer dem Studium dieser interessanten Pflanzen. Liebhaber, und selbst deshalb im Besitze einer schönen Sammlung, wurde ihm bei ihrer Kultur zu Beobachtungen aller Art Gelegenheit geboten. Doch hat er dabei nicht versäumt, bei seinen verschiedenen Reisen in Deutschland und in Belgien in anderen Sammlungen Studien zu machen, so dass er sich schliesslich berufen fühlte, ebenfalls seine Ansichten über den Werth, besonders der neu eingeführten Arten, und über deren Stellung zu einander zu veröffentlichen (s. Hamburger Gartenzeitung, Jahrgang 1864 und 1865).

In dieser noch nicht beendeten Arbeit hat General v. Jacobi ebenfalls versucht, eine zum Theil auf anderen Prinzipien beruhende Eintheilung der Agaveen zu geben. Einestheils vermissen wir aber die Durchführung dieser Prinzipien, anderntheils sind gar zu viele Abtheilungen gegeben. Sein Versuch war um so schwieriger, als ihm zu wissenschaftlichen Untersuchungen und Vergleichungen kaum einige blühende Pflanzen zu Gebote gestanden haben. Der Werth einer Art lässt sich aber doch schliesslich nur durch die Blüthe endgültig feststellen. Daher kam es wohl, dass er sich gar zu sehr vom äusseren Ansehen verleiten liess und allenthalben Arten zu finden glaubte, wo sich eine Verschiedenheit in der Blatt- und namentlich in der Zahnbildung kund gab. Man darf sich deshalb nicht wundern, dass sehr nah verwandte Arten, ja dieselben Pflanzen unter verschiedenen, weit von einander und in ganz andern Abtheilungen stehen. Agave attenuata Hort. Berol. und glaucescens Hook. sind eine und dieselbe Art und befinden sich in zwei verschiedenen Abtheilungen. Ebenso ist seine Agave guttata von der echten A. virginica L. gar nicht verschieden; und doch stehen beide ebenfalls in verschiedenen Abtheilungen. A. pugioniformis Zucc. steht in der 7. Abtheilung seiner Keratanthae und gehört ohne Zweifel in die nächste Nähe der macracantha Zucc. Es stehen bei den Marginatis die in jeder Hinsicht verschiedenen Agaveen, welche die Namen A. Ghiesbrechtii und horrida erhalten haben. Und doch unterscheiden sich diese z. B. nicht sehr von Agave cucullata der Gärten, welche in der nächsten Nähe von A. Scolymus Salm-Dyck gestellt werden muss, möglicher Weise sogar nur eine freudig-grüne Abart derselben darstellt. Was überhaupt die in Belgien, besonders von A. Verschaffelt, Tonnel, van der Vinnen u. s. w. eingeführten Arten anbelangt, so haben wir diese schon längst, und zwar zuerst mit der bei ebengenannten Männern vorgefundenen Benennung in der Wochenschrift besprochen. General v. Jacobi hat dieses aber ganz ausser Acht gelassen, da er zum Theil andere Autoritäten citirt. Diese sind überhaupt keineswegs allenthalben genügend berücksichtigt. Trotzdem bleibt aber die Jacobi'sche Arbeit eine verdienstvolle, die namentlich späteren Bearbeitern reichliches Material an die Hand geben wird. Es ist eine fleissige Zusammenstellung alles dessen, was in den Gärten kultivirt wird.

Der beste Agaveenkenner ist heut' zu Tage ohnstreitig Cels in Paris. Schon sein Vater war ein ausgezeichneter Botaniker, zugleich auch Pflanzenzüchter und hatte speziell eine besondere Liebe für Dickpflanzen aller Art. Diese Liebe ist auf den Sohn übergegangen. Liebhaber dieser interessanten Pflanzen mögen nie versäumen, wenn sie nach Paris kommen, seine reiche Sammlung (Chaussée de Maine No. 69) zu besehen. Eine bessere Kenntniss ist ihm noch dadurch geworden, dass er seit langen Jahren schon Aussaaten von Agaveen gemacht und wohl fast die meisten Arten in Blüthe beobachtet hat. Ihm verdanke ich bei meiner letzten Anwesenheit in Paris im Oktober vorigen Jahres manche Aufschlüsse über die spezifische Natur mehrer Garten-Arten. In seinem neuesten Verzeichnisse hat er auch eine Tabelle über die ihm bekannten Agaveen gegeben, welche auf wissenschaftlicher Eintheilung beruht.

Die bevorstehende grosse Ausstellung in Amsterdam gibt mir Gelegenheit, nachdem ich selbst wohl die wichtigsten Sammlungen von Agaveen des Festlandes kennen gelernt, besonders noch im vorigen Herbste zu diesem Zwecke Frankreich und Belgien besucht habe, von Neuem auch meine jetzigen Ansichten über diese Pflanzen auszusprechen. Ich halte es um so mehr für meine Pflicht, als ich, zu Fragen für den Kongress aufgefordert, vorgeschlagen habe, Besitzer von Agaveen besonders zu ersuchen, ihre interessanteren Pflanzen nach Amsterdam zu senden und über die Nomenklatur derselben Verhandlungen zu eröffnen. Es kommen Männer der Wissenschaft und Praxis zusammen, durch deren Vereinigung eine Möglichkeit geboten wird, sich über Stellung, Werth und Benennung der einzelnen Arten so weit als möglich zu einigen. Ich glaube, dass grade durch solche Arbeiten und durch mögliche Vereinigungen verschiedener, die Nomenklatur betreffender Ansichten die Ausstellungen auch einen wissenschaftlichen und ihrer würdigen Zweck erfüllen. Damit aber in diesem speziellen Falle auch eine Vorlage vorhanden ist, um ohne Weiteres zur Sache einzugehen, habe ich mir erlaubt, schon jetzt diese Ansichten hier in einer besonderen Abhandlung niederzulegen und sie als Basis zur weiteren Feststellung zu überreichen. Ich bin fern davon, diese meine Ansichten schon jetzt der unbedingten Annahme würdig hinzustellen, sondern wünsche im Gegentheil, darüber Belehrung und Läuterung derselben zu erhalten, damit später eine mehr entsprechende Monographie ermöglicht werden kann.

Da Blüthen und Fruchtbildung bei Bestimmungen von Pflanzen vor Allem massgebend sind, so würde es mir lieb sein, wenn Besitzer von Agaveen-Sammlungen in dem Falle, wo interessante Arten blühen oder geblüht haben und man Blüthen getrocknet oder auch nur gezeichnet hat, mir die ersteren oder die Zeichnungen zur Verfügung stellen wollten. Seit mehrern Jahren schon habe ich mir reichliches Material zu verschaffen gesucht und namentlich während meiner letzten Reise auch erhalten, so dass ich bereits die Blüthen der meisten und wichtigeren Agaveen jetzt in den Händen habe.

Die Agaveen zerfallen in 3 Geschlechter, die durch die Blüthen leicht, durch den Habitus schwierig zu erkennen sind. Die Furcräen besitzen in der Regel an der Basis eine zwiebelähnliche Verdickung, von der aus die meist steifen und auf der Unterfläche oft rauhen Blätter strahlenförmig abstehen. Die glockenförmigen Blüthen bilden eine Rispe und schliessen Staubgefässe mit verdickten und eigenthümlich gebildeten Staubfäden ein.

Die Beschornerien ähneln zum Theil den Furcräen durch ihre auf beiden Flächen rauhen und schmalen Blätter, zum Theil stimmen sie aber auch wiederum mit den krautartigen Agaven überein. Charakteristisch sind die langen und röhrenförmigen Blüthen.

Die echten Agaven haben verschiedene Formen. Ein Stamm scheint sich im höheren Alter bei den meisten zu bilden; nur einige wenige bleiben völlig stammlos und sterben dann in der Regel nach dem Blühen ab. Diese wenigen treiben meist zwischen den unteren Blättern Knospen, durch die sie vermehrt werden, während die übrigen, wie auch die Furcräen und Beschornerien, vielleicht mit sehr wenigen Ausnahmen, unterirdische, oft dem Stamme nahebleibende Stolonen, wie die echten Cordylinen, bilden.

I. Furcraea Vent.

Ich schreibe mit Ventenat, der den Namen gegeben hat, mit Jüssieu und Kunth: Furcraea und nicht Fourcroya oder gar Furcroya und Fourcraea, weil Niemand ein Recht hat, einen bereits gegebenen Namen willkürlich zu ändern.

In den Gärten befinden sich 5 oder 6 Arten, von denen F. foetida (Agave) L. und F. tuberosa (Agave) Mill. am häufigsten bei uns kultivirt werden. Von der ersteren, welche meist als F. gigantea Vent. vorkommt, kenne ich 2 Formen, von denen die eine auf der Rückseite der Blätter sich rauh anfühlt, während die andere auf beiden Flächen ziemlich glatt ist. In dem letzteren Falle findet man am Rande, und zwar am unteren Drittel, oft einige entfernt-stehende Zähne. Die Abart, wo dieses vorkommt, ist es wahrscheinlich, welche schon im Jahre 1796 mit dem Beinamen Willemetiana unterschieden wurde.

2. F. tuberosa (Agave) Mill. ist neuerdings auch zum Theil als Yucca Parmentieri und Agave vivipara in den Handel gekommen und zeichnet sich besonders durch die scharfen Zähne am Rande der Blätter aus.

3. F. cubensis (Agave) Jacq. glaube ich in

Mons bei Aug. Maigret (ohne Namen) gefunden zu haben. Der Freundlichkeit genannten Liebhabers, der eine der schönsten Agaveen-Sammlungen besitzt, verdanke ich ein bereits herangewachsenes Exemplar, welches ich dem botanischen Garten in Berlin überwiesen habe. Die Pflanze besitzt kürzere und schlaffere Blätter mit entfernteren Zähnen.

4. F. Selloa C. Koch scheint keinen oder nur einen kurzen Stamm zu bilden und eine dunklere Farbe der kürzeren Blätter zu haben, als F. tuberosa, mit der sie hinsichtlich der Bezahnung übereinstimmt. Der F. foetida nähert sie sich hingegen in Betreff der Steifheit der zahlreicheren Blätter.

5. F. longaeva Karw. et Zucc. findet sich zwar in den Verzeichnissen vor, existirt aber gewiss nicht in den Gärten. Es ist eine riesige Pflanze von hellblaugrünem Ansehen.

6. F. Bedinghausi habe ich zuerst (s. Wochenschrift 6. Jahrg. S. 234) benannt. Sie ist von Lemaire als F. longaeva beschrieben und als Beschorneria multiflora und floribunda, sowie als Agave argyrophylla, als Yucca Toneliana und wiederum als Y. Parmentieri in den Gärten. Roezlia regia scheint nur eine weniger blaugrüne Form zu sein.

7. Ueber F. Deledevantii des Pariser botanischen Gartens lässt sich, bevor man nicht Blüthen oder wenigstens grössere Exemplare gesehen, nichts sagen. Sie steht zwischen der F. cubensis und der Agave angustifolia.

II. Beschorneria Kth.

Pflanzen mit sehr fleischigen Blättern, wie diese bei den Agaveen vorkommen, finden sich in diesem Genus nicht vor, dagegen haben die wenigen bis jetzt bekannten Arten entweder das Ansehen blaugrüner Furcräen oder krautartiger Agaveen. Ueber die Beschornerien habe ich erst im vorigen Jahrgange der Wochenschrift (S. 186) gesprochen.

1. B. tubiflora Kth besitzt schmale, rinnenförmige Blätter, welche übergebogen und weicher Natur sind. Sie schliesst sich den krautartigen Agaveen an.

2. B. yuccoides C. Koch ähnelt der Furcraea Bedinghausi so sehr, dass sie selbst ohne Blüthe schwer zu erkennen ist; doch scheinen ihre Blätter weniger steif und auf der Unterfläche auch weniger rauh zu sein.

3. B. Dekosteriana C. Koch hat breitere und schlaffere Blätter, sowie schöne rothe Deckblätter, weshalb sie in belgischen und holländischen Gärten auch unter dem Namen Beschorneria bracteata und bracteata rubra vorkommt.

(Fortsetzung folgt.)

Livistona chinensis.

Von C. Bouché, Inspektor des Königl. botanischen Gartens zu Berlin.

Im hiesigen Königl. botanischen Garten blühte vor etwa einem Jahre das Exemplar der Livistona chinensis, die derselbe 1859 aus dem Garten des Königl. Ober-Hofbuchdruckers v. Decker erwarb und setzte Samen in reicher Zahl an. Am 13. Februar wurde die etwa 3 Fuss lange Blüthenrispe mit den reifen Früchten abgeschnitten. Alle Samen schienen keimfähig zu sein, denn schon Anfang Dezember v. J. fielen beim Reinigen der Rispe einige zwanzig Stück ab, die sogleich gesäet und jetzt bis zu 6 Zoll hohen Pflänzchen herangewachsen sind.

Die ganze Zahl der an der Rispe vorhandenen Früchte beträgt 1580, worunter sich verschiedene Abnormitäten befinden, indem sich bei den meisten Palmen normal meist nur eine Nuss ausbildet, während in der Blume die Anlagen zu dreien vorhanden sind. Unter der oben angegebenen Zahl befand sich eine Frucht, in der alle drei Samen vollständig entwickelt waren, an einer andern war ein dritter Samen vorhanden, aber verkümmert. Vollständige Doppelfrüchte, an denen man keine Spur des dritten Samens wahrnahm, wurden 23 abgenommen, 5 fanden sich, in denen ein Samen vollständig ausgebildet, der zweite hingegen verkümmert war.

Die Pflanze verlor damals, als sie aus dem v. Decker'schen Garten nach dem botanischen übersiedelt werden sollte, sogleich nachdem die Fenster des für sie zu eng gewordenen Gewächshauses entfernt waren, durch den Einfluss der äusseren, trockneren atmosphärischen Luft eine grosse Zahl der alten Blätter, die sich wohl nur in Folge sehr feuchter Luft so lange Zeit erhalten hatten, wodurch sie schon im nächsten Frühlinge mit einem hübschen Stamme versehen war; derselbe ist jetzt 15 Fuss hoch und trägt eine 20 Fuss breite mit 50 Wedeln versehene prächtige Blätterkrone.

Obgleich die Pflanze, bevor sie nach dem botanischen Garten kam, eine Reihe von Jahren nicht mehr verpflanzt worden war, welches die fast in einander verfilzten Wurzeln, zwischen denen die Erde fast ganz aufgezehrt war, bewiesen, so ist sie doch, nachdem sie im Frühlinge 1860 in einen grösseren Kübel versetzt wurde, recht gut angewachsen. Es wurden auch bei dieser Palme, wie überhaupt bei allen des botanischen Gartens, die Wurzeln beim Versetzen so viel als möglich entwirrt und bis auf den alten Ballen gelockert.

Ueber einige, besonders neue Pflanzen der Laurentius'schen Gärtnerei zu Leipzig.

Es liegt uns das Preis-Verzeichniss über Baumschul-Artikel, Freilandpflanzen und Blumistik der Laurentius'schen Gärtnerei vor. Wir haben zwar bereits der neuen und neueren Pflanzen von Huber & Co. in Hyères, sowie die der Erfurter Handelsgärtnereien besprochen, die Reichhaltigkeit dessen, was in dem Laurentius'schen Verzeichnisse geboten wird, ist aber so gross und bietet des Neuen so viel dar, dass wir nicht umhin können, die Leser der Wochenschrift darauf aufmerksam zu machen.

Hauptsächlich sind es zwar bekannte Florblumen und Blüthensträucher, welche in reichster Mannigfaltigkeit hauptsächlich dargeboten werden, die einzelnen Sortimente sind aber so reichlich besetzt und mit dem Neuesten, was man in letzter Zeit gewonnen, in einer Weise versehen, dass es schon Interesse darbietet, daraus zu ersehen, welche Mühe man sich heut' zu Tage gibt, um unsere Garten- und Gewächshauspflanzen immer mehr zu vervollkommnen, und wie weit man es in dieser Hinsicht bereits gebracht hat.

Es fehlen zwar in dem Laurentius'schen Verzeichnisse Levkojen, Astern, Balsaminen, Chineser-Nelken und andere Blumen; diese werden bekanntlich aber hauptsächlich in Erfurt und auch in Quedlinburg in grosser Menge gezogen; man hat es daselbst in der Form und Farbe der Blumen so weit gebracht, dass man an andern Orten kaum auf gleiche Weise in die Schranken treten kann. Was Erfurt in dieser Hinsicht Neues geboten, haben wir bereits in 3 vorausgegangenen Nummern der Wochenschrift mitgetheilt.

Keineswegs liegt es auch in unserer Absicht, ausführlich über die neueren Alpenrosen, Azaleen, Kamellien, Fuchsien, Pelargonien, Baum-Päonien, Rosen, Verbenen, Chrysanthemum's (chinesische und kaukasische), remontirende Nelken, Lantanen u. s. w. zu sprechen, denn wo der herrschende Geschmack massgebend ist, lässt sich schwierig Rath geben. Eben so wenig bekümmern wir uns jetzt um die Obstsorten, welche für Kordon's, Spaliere u. s. w. empfohlen werden und machen nur auf das reiche Sortiment buntblättriger Pflanzen aufmerksam, welche dargeboten werden. Mehre befinden sich allerdings darunter, welche in unserer Abhandlung über buntblättrige Pflanzen im 5. Jahrgange der Wochenschrift (No. 1 bis 10) noch nicht aufgeführt sind. Uns interessiren hauptsächlich neue Pflanzen, mögen sie selbständige Arten oder nur interessante Formen darstellen.

Da die Koniferen in der jetzigen Zeit von Liebhabern sehr gesucht werden und besonders die, welche bei uns im Freien aushalten, viel Anwendung finden, so beginnen wir mit diesen und zwar zunächst mit den Hemlocks- oder Schierlingstannen, welche neuerdings auch als besonderes Genus Micropeuce Spach und Tsuga Carr. aufgestellt sind. Die gewöhnliche Hemlockstanne (Abies canadensis Mich.) gehört unbedingt zu den schönsten Nadelhölzern und war lange Zeit die einzige aus der Abtheilung, deren Zahl allerdings auch erst in den letzten Jahren zugenommen hat, so dass wir jetzt bereits deren 8 kennen, die auch sämmtlich in Kultur sind.

Abies Brunoniana Lindl. wächst in den höchsten Thälern des Himalaya bis zu einer Höhe von 8—10,000 Fuss und stellt einen 70—75 Fuss hohen Baum mit ausgebreiteten Aesten dar. So viel wir wissen, ist er bis jetzt noch nicht im Freien kultivirt worden, obwohl er, wenigstens geschützt und vielleicht anfangs im Winter gedeckt, aushalten möchte.

Aus Japan haben wir ausser der schon länger bekannten, doch aber erst durch Siebold eingeführten Abies Jezoensis Sieb., neuerdings noch 2 erhalten, die beide in der Laurentius'schen Gärtnerei sich befinden. Abies microsperma Lindl. zeichnet sich durch die blaugrüne Farbe der sehr schmalen (kaum $\frac{3}{4}$ Linie breiten) und zoll-langen Blätter aus und wird im Vaterlande bis 50 Fuss hoch. Bei Abies Alcoquiniana Veitch haben die nur $\frac{1}{2}$ Zoll langen und $\frac{1}{2}$ Linie breiten Blätter dagegen eine dunkelgrüne Farbe, welche auf der Unterfläche durch 2 blaugrüne Bänder unterbrochen wird. Sie bildet einen sehr hohen Baum, der vielleicht bei uns im Freien aushält, denn er wächst im Vaterlande in Gebirgen auf einer Höhe von 6—7000 Fuss. Beide Pflanzen hat Veitch in London eingeführt (s. übrigens 4. Jahrg. der Wochenschr. S. 86).

Abies Mertensiana Lindl. steht der gewöhnlichen Schierlingstanne sehr nahe, wächst in Kalifornien und unterscheidet sich durch stumpfe Blätter, welche gleichmässiger grün sind. Was wir als A. Williamsonii in den Gärten des Kontinents, besonders in der reichen Sammlung von Leroy in Angers gesehen haben, unterscheidet sich gar nicht von der genannten Art. Abies Douglasii Lindl. wächst ebenfalls auf der Westseite Nordamerika's, aber mehr in dem Oragon-Gebirge und bildet oft Bäume von nahe 200 Fuss. Ihre Blätter sind ziemlich lang und haben auf der Oberfläche eine glänzend-grüne, unten etwas hellere Farbe. Was unter Tsuga californica zu verstehen ist, wissen wir nicht; wir vermuthen wegen des Vaterlandes Abies Mertensiana, obwohl Abies Douglasii auch den Namen Abies californica Don führt.

Sollte Tsuga Hookeriana des Laurentius'-schen Verzeichnisses wirklich eine Hemlockstanne sein, so kennen wir sie nicht; wir vermuthen aber, dass es dieselbe Rothtanne ist, über welche wir im vorigen Jahrgange der Wochenschrift (S. 63) gesprochen haben und die von Gordon mit der Abies Pattoni Jeffr. verwechselt wurde, bis Murray ihre Verschiedenheit nachwies. Auch ist sie wiederum als A. Williamsonii von Newberry beschrieben (s. auch 2. Jahrg. S. 187).

In den Gärten kommt jetzt unter dem Namen Abies lasiocarpa, eine kalifornische Weisstanne, vom Ansehen der A. grandis Lindl., vor, die sich wesentlich von der Hooker'schen Pinus lasiocarpa, d. i. Abies amabilis Lindl., unterscheidet und deshalb vor dieser den Vorzug haben möchte, dass sie bei uns im Schutze und bedeckt aushalten wird. Wir haben sie in Belgien sehr schön im Freien gesehen. Sie unterscheidet sich von A. grandis durch viel längere und hellgrüne Blätter und durch ebenfalls heller gefärbte und regelmässiger gestellte Zweige. Gordon hat sie im Nachtrage zu seinem Pinetum (p. 53) als A. Lowiana beschrieben. An besagter Stelle theilt er auch mit, dass Lobb, der für die Low'sche Handelsgärtnerei Kalifornien besuchte, diese Weisstanne entdeckt und Samen davon nach England gesendet habe.

Von Weisstannen nennen wir noch Picea bifida (Pinus) Ant., welche von Abies Webbiana (Pinus) Wall. aber nicht verschieden ist. Picea acutissima kennen wir nicht.

Was die Kiefern oder Föhren anbelangt, so ist auch hier eine Auswahl vorhanden. Unter den zweinadeligen ist P. Banksiana Lamb., die Föhre der Hudsonsbay, zu bemerken. Sie bleibt niedrig, erhebt sich aber auch bis 5 Fuss Höhe, breitet sich aber sonst sehr aus, weshalb sie in englischen Gärten auch den Namen P. divaricata besitzt. Gewiss hält sie bei uns im Freien aus.

Die Föhren Japan's sind Pinus densiflora Sieb. und Massoniana Sieb., welche beide sich ausserordentlich nahe stehen. Die erstere unterscheidet sich aber durch die gehäuften, kaum 1 bis 1½ Zoll langen Zapfen leicht, während die letztere, wenigstens im Alter, schon von Weitem ein dunkeles Ansehen besitzt. Beide Bäume werden kaum 40—50 Fuss hoch und schliessen sich wegen ihrer 3—5 Zoll langen Nadeln den Meerstrandskiefern, besonders der P. Pinaster L., an. Von dieser ist P. Massoniana Lamb. nicht verschieden. P. Pinaster hat wegen ihres leichten Fortkommens auf dem schlechtesten Boden eine grosse Verbreitung und allmählig auch viele Namen erhalten. Sie wächst in allen Mittelmeer-Ländern, auch im nordwestlichen Frankreich, wild, ausserdem aber verwildert auf St. Helena, in Südafrika, auf Neuseeland, auf Neuholland und in Japan, sowie in China.

Eine chinesische Föhre mit 3 Blättern ist Pinus Bungeana. Sie scheint der Zürbelkiefer am nächsten zu stehen, da die bis 3 Zoll langen Blattbüschel dichtgedrängt stehen. Gewiss hält diese Art bei uns aus. P. Peuce Gris. wächst in der europäischen Türkei und ist nur eine Zwergform der P. Cembra, früher als P. C. nana in den Gärten. P. mandschurica Reg. scheint nichts weiter zu sein, als die sibirische Form der Zürbelkiefer (P. Cembra L.), während P. koraiensis Sieb. mehr der Weihmuthskiefer ähnelt, aber nicht so hoch wird, ja in der Regel in den Gärten der Halbinsel Korea, wo sie der wohlschmeckenden Samen wegen angebaut wird, nur eine Höhe von 12—14 Fuss erreicht.

Pinus Endlicheriana longifolia Roezl ist unsere bekannte P. Montezumae Lamb., während P. Raphaëliana Roezl P. Pseudostrobus L. ist. Eine der sehr wenigen Rözl'schen Pinus-Arten, welche eine gute Art darstellt, ist P. Bonapartea, die freilich ausserdem noch mit 3 Namen in die Welt geschickt wurde; P. Veitchii gehört ebenfalls dazu. Wegen ihres eigenthümlichen Wuchses machen wir auf eine Form der Weihmuthskiefer aufmerksam, welche als P. Strobus nana tabulaeformis in dem Handel ist.

Sehr zu empfehlen ist Larix Kaempferi Lindl., welche als Abies Kaempferi durch Fortune zuerst eingeführt wurde und jetzt, als einem besonderen Genus angehörig, unter dem Namen: Pseudolarix Kaempferi Gord. aufgeführt wird. Die Pflanze besitzt nämlich die Eigenthümlichkeit, dass die Schuppen der Zapfen abfallen und nicht, wie bei den gewöhnlichen Lärchen, holzig sind. Wegen ihrer Schönheit führt sie bei den Chinesen den Namen „Gold-Lärche".

Araucaria Rulei Ferd. Müll. wurde, so viel wir wissen, zuerst in Gardeners Chronicle (Jahrg. 1861 p. 868) beschrieben. Sie wächst in Süd-Neuholland und scheint in England auszuhalten. Genannt wurde sie zu Ehren des Melbourner Handelsgärtners Rule. Sie wird nicht, kaum 50 Fuss, hoch ihre Aeste breiten sich aber bis 30 Fuss aus. Die ½—⅔ Zoll langen und lanzettförmigen Blätter liegen dachziegelförmig über einander und bilden mehre Reihen. Ihre Farbe ist dunkelgrün.

Die Dammaren sind breitblättrige Koniferen, sonst im Habitus den Podocarpus-Arten ähnlich. Ausser der bekannten Dammara australis Lamb. haben wir seit mehrern Jahren noch andere australische Arten im Handel, wie D. obtusa Lindl. (Brownii und Bidwilli der Gärten) von den Neuen

Hebriden, D. Mooreï aus Neukaledonien und macrophylla Lindl. (lanceolata Hort.). Neuerdings ist nun noch D. hypoleuca, eine uns völlig unbekannte Art, zugekommen.

Die Zahl der Cupressineen in der Laurentius'schen Gärtnerei ist sehr gross. Von der schönen nordkalifornischen Cupressus Lawsoniana Murr., welche prächtig im Freien aushält und nicht genug empfohlen werden kann, hat man bereits eine Anzahl von Formen, welche Beachtung verdienen, wie die silber- und goldpanachirte und die mehr gedrängt wachsende (compacta). Wie sich die Abart stricta oder erecta von der Hauptart unterscheidet, da diese ebenfalls grade in die Höhe wächst, allerdings aber horizontale und selbst überhängende Aeste besitzt, wissen wir nicht.

Es ist sehr zu verwundern, dass die neuholländischen Frenelen in den Gärten der Liebhaber so wenig Eingang gefunden haben, obwohl sie hinsichtlich ihres Werthes als Dekorationspflanzen sich der Thuja aurea und stricta anschliessen. Im botanischen Garten zu Berlin befinden sich Exemplare der F. australis Mirb. (Chamaecyparis glauca der Gärten) und der Fr. triquetra Spach (Juniperus Cunninghami vieler Gärten) mit einer eiförmigen Gestalt, deren Schönheit nichts zu wünschen übrig lassen. Ausser diesen beiden verdient aber noch Fr. rhomboidea Endl. und macrostachya Knight Beachtung der Liebhaber. Wir bemerken schliesslich noch, dass die Frenelen sich nicht selten als Callitris-Arten vorfinden.

Von den neueren Retinisporen, welche aus Japan eingeführt wurden, haben wir bereits schon im 5. Jahrgange der Wochenschrift (S. 79 u. 80) gesprochen; ebenso sind die buntblättrigen Formen von R. obtusa Sieb. und pisifera Sieb. im 6. Jahrgange (S. 70) erwähnt worden. Jedoch wurde noch nicht auf R. leptoclada Zucc. aufmerksam gemacht, welche man lange Zeit für eine Form der R. squarrosa Sieb. hielt. Sie bildet einen dichten Busch von 3—6 Fuss Höhe, deren Zweige herabhängen und eine blaugrüne Farbe haben.

Thujopsis Standishii Gord. wurde im Jahre 1861 von Fortune aus Yeddo eingeführt und besitzt eine grosse Aehnlichkeit mit Th. dolabrata Sieb., hat aber kleinere und auf der Unterfläche weniger silberweisse Blätter, steht also an Schönheit der eben genannten Art nach.

Von dem amerikanischen Lebensbaume (Thuja occidentalis L.) hat man bereits eine Menge Formen; die, welche die Namen Th. triangularis und cristata führen, sind uns unbekannt. Auch kennen wir die beiden Formen des morgenländischen Lebensbaumes nicht, welche die Namen Biota Wallichii und Fortunei glauca führen.

Unter den Wachholder-Arten haben wir nur Juniperus chrysoleuca gefunden, die noch ganz neu zu sein scheint. Leider vermögen wir nichts darüber zu sagen.

Schliesslich wenden wir uns den Taxineen zu, wo die Zahl der Podocarpus-Arten, welche sich im Laurentius'schen Garten vorfinden, nicht gering ist; unter ihnen befinden sich einige sehr interessante Arten. Zu ihnen gehören P. salicifolia Klotzsch, welche der P. macrophylla Don. (longifolia der Gärten) allerdings sehr nahe steht, ihrer Schönheit halber aber nicht genug empfohlen werden kann. Nächstdem nennen wir P. nubigena Lindl., nereifolia R. Br. und Purdieana Hook. P. Murrayana kennen wir nicht.

Wenden wir uns nun einigen Gehölzen des Freilandes zu. Robinia monophylla (s. 4. Jhrg. der Wochenschr. S. 160) verdient Beachtung und nimmt sich mit ihren grossen, länglichen Blättern eigenthümlich aus. Gewöhnlich kommen aber auch Blätter vor, wo 3 Blättchen vorhanden sind.

Die Form unseres stumpfblättrigen Ahorn (Acer Pseudoplatanus), welche den Namen Leopoldi führt, hat goldgelbe, rosa-panachirte Blätter und schliesst sich der rothblättrigen und schon länger bekannten Form an.

Fraxinus excelsior spectabilis ist eine schnellwüchsige, die Form einer italienischen Pappel annehmende Abart. Die Blätter sind verhältnissmässig grösser, als bei der gemeinen Esche, und besitzen eine freudig-grüne Farbe. Eigenthümlich ist, dass sie schon in einem Jahre auf einer kräftigen Unterlage einen stärkeren Umfang erhält.

Sambucus linearis, eine sehr interessante, wenn auch keineswegs ganz neue Form der S. nigra L. In den Gärten der Liebhaber hat sie noch keineswegs die Beachtung erhalten, welche sie verdient. Die Fiederblättchen sind ganz fein.

Alnus imperialis (s. 3. Jhrg. S. 72) ist allerdings schöner, als die gewöhnliche A. asplenifolia, wie wir uns selbst in Frankreich überzeugt haben. Ueber A. japonica Sieb. et Zucc., dessen Einführung wir dem Regierungsrath Wichura in Breslau verdanken, ist ebenfalls im vorigen Jahrgange der Wochenschrift (S. 275) gesprochen worden. Sie verdient wegen der rothbraunen Färbung der Blätter Beachtung.

Als Balsampappeln werden in unseren botanischen Gärten 2 Arten kultivirt, eine aus Sibirien und eine aus Nordamerika, die beide in Anlagen viel zu wenig benutzt sind. Die letztere ist die echte Papulus balsamifera L., welche auch den Namen P. Tacamahaca Mill. führt, die andere ist P. laurifolia Led. Ausser diesen wird im Laurentius'schen Verzeichnisse noch eine Abart, wahrscheinlich von der P. nigra, unter dem Namen albo-argentea aufgeführt; sie ist uns unbekannt.

Endlich machen wir noch auf 2 Eichen wegen der interessanten Färbung ihres Laubes aufmerksam. Die eine, die nordamerikanische Quercus nigra L., ist zwar schon längst bekannt, aber doch keineswegs so allgemein verbreitet, wie es wegen der dunkelen Färbung ihres Laubes sein sollte. A. glauca Thunb. hat dagegen blaugrüne Blätter. Es ist allerdings noch die Frage, ob die letztere bei uns im Freien aushält.

Von Hibiscus syriacus L. kultivirt man jetzt in Belgien, Frankreich und England sehr schöne Formen. Wenn diese auch in Nordosten Deutschlands nicht unbedeckt gut aushalten, so bieten sie doch ausserdem weniger Schwierigkeiten dar. Wir haben, besonders während unsers letzten Aufenthaltes in Frankreich, dergleichen gesehen, die in dem Bau der meist gefüllten Blumen und der Farbenpracht nichts zu wünschen übrig liessen. Vor Allem nennen wir Lady Stanley, fastuosa fl. pl., Fleur de Marie und paeoniflora.

Auch vom Lilak, dessen Formen sämmtlich bei uns, selbst die härtesten Winter, überstehen, sind wir auch reich an Neuigkeiten. Géant de batailles, Marly, Karlsruhensis, de Versailles, Charlemagne u. s. w. sind Formen, welche sich seit langer Zeit schon Anerkennung erworben haben. Dazu kommen neuerdings: Gloire de Bordeaux, Croix de Brahy und Victoria, welche letztere sich durch rosafarbene Blumen mit einem violetten Stern auszeichnet.

Zu den Blüthensträuchern des freien Landes gehört auch die auf dem Boden sich ausbreitende Prunus pumila L., in den botanischen Gärten schon längst als P. Susquehanae Willd. und Cerasus glauca Mnch bekannt und nicht mit Amygdalus pumila L., der gefüllten Prunus japonica Thunb., zu verwechseln. Schon ihr blaugrünes Laub nimmt sich stets eigenthümlich aus; einen besonderen Reiz hat aber die Pflanze, wenn Mengen weisser Blüthen ihn fast völlig bedecken. Wir haben den Blüthenstrauch noch nirgends in Anlagen gesehen, so sehr er auch der Beachtung werth ist.

Unter den Weinreben zum Schmuck werden auch 2 japanische genannt, die von unserer verwilderten Weinrebe sehr verschieden sind: Vitis flexuosa Thunb. und Thunbergii S. et Z., die aber gleiche Anwendung verdienen. So oft wir indess auch schon auf die reizende Vitis elegans C. Koch, welche in den Verzeichnissen immer noch unter dem falschen Namen Cissus heterophylla foliis elegantissimis und Vitis tricolor vorkommt und auf ihre Verwendung aufmerksam gemacht haben (s. 4. Jahrg. S. 303, 5. Jahrg. S. 4 und 6. Jahrg. S. 95), so hat sie doch immer noch nicht die Verbreitung erhalten, welche sie haben sollte, weshalb wir auch jetzt von Neuem auf sie zurückkommen.

Rhodotypus kerrioides S. et Z. ist ein sehr hübscher Blüthenstrauch aus Japan, im Wachsthum, Blatt und Blüthen der bekannten Kerria japonica (Corchorus) L. sehr ähnlich, bleibt aber bei uns niedriger und hat die letzteren weiss. Wahrscheinlich hält er, wie diese, ebenfalls bei uns aus.

Schliesslich gedenken wir noch einer Blattpflanze. Girardinia armata Kth (nicht spinosa, wie in den Verzeichnissen steht) ist eine Urticee aus dem Himalaya, welche früher auch als Urtica diversifolia und horrida bekannt war. Sie hat dunkelgrüne, ziemlich grosse und fiederspaltige Blätter, welche hauptsächlich auf der Unterfläche und auf dem Blattstiele mit Brenn-Borsten besetzt sind. Sie wurde vor längerer Zeit im botanischen Garten zu Berlin eingeführt und war lange Zeit daselbst eine Zierde, bis sie vor einigen Jahren leider in einem ungünstigen Winter zu Grunde ging.

Zur Nachricht.

Die Flottbecker Baumschulen.

Es ist uns schon seit längerer Zeit das Verzeichniss von James Booth & Söhne, Besitzer der bekannten Flottbecker Baumschulen bei Hamburg, zugegangen. Dieselben haben sich bereits längst ein grosses Verdienst um die Verbreitung gutes Obstes erworben und suchen sich ihren Ruf fortwährend zu erhalten. Hinsichtlich der Benennungen hat man sich den Bestimmungen der deutschen Pomologen-Versammlungen angeschlossen und hält deshalb neben manchen andern guten Sorten vor Allem die Obstsorten in grosser Menge vorräthig, welche von diesen Versammlungen zum allgemeineren Anbau empfohlen wurden. Nächstdem findet man in den Flottbecker Baumschulen Allee-Bäume und Schmuck-Gehölze in grösster Auswahl. Wir werden uns erlauben, da manches Neue und manches Interessante darunter ist, noch einmal speziell darauf zurückzukommen.

Verlag von Karl Wiegandt in Berlin, Kommandanten-Strasse No. 62.

Druck der C. Feister'schen Buchdruckerei in Berlin, Zieten-Platz No. 2.

Wochenschrift

des

Vereines zur Beförderung des Gartenbaues in den Königl. Preussischen Staaten

für

Gärtnerei und Pflanzenkunde.

Redakteur:

Professor Dr. Karl Koch,

General-Sekretair des Vereines.

No. 12. Berlin, den 25. März **1865.**

Preis des Jahrganges 5⅓ Thlr., sowohl bei Bezug durch den Buchhandel, als auch franco durch alle Post-Anstalten des deutsch-österreichischen Post-Vereines.

Sonntag, den 2. April, Frühjahrs-Ausstellung in der grossen Aula der Königl. Thierarzneischule (Louisenstr. 56). Die Versammlung der Mitglieder findet an demselben Tage, Nachmittags 2 Uhr, im Englischen Hause (Mohrenstr. 49) statt, worauf (um 3 Uhr) ein gemeinschaftliches Mittagsessen erfolgt, wozu die geehrten Mitglieder eingeladen werden.

Der

Gartenbau-Kongress in Amsterdam.

Etwas spät ist uns das Programm über den Kongress, welcher mit der allgemeinen Ausstellung in Amsterdam in den Tagen vom 7. bis 12. April verbunden sein wird, zugegangen; wir beeilen uns daher, wenn auch nicht das Ganze, so doch das Wichtigste daraus mitzutheilen. Es ist ein leitender Ausschuss bereits ernannt; er besteht aus 4 Professoren der Botanik: Oudemans in Amsterdam, Präsident, Rauwenhoff in Rotterdam, Sekretär, Miquel in Utrecht und Suringar in Leiden, aus 2 Inspektoren botanischer Gärten: Grönewegen in Amsterdam und Witte in Leiden, und aus 1 Handelsgärtner: Krelage in Harlem.

Man hat keine speziellen Fragen aufgestellt, sondern dieses den Botanikern und Gärtnern überlassen, welche sich zur Theilnahme bereit erklärt haben. Diese Theilnahme ist sehr erfreulich, denn es hatten sich bis zur Ausgabe des Programmes 218 Botaniker, Gärtner und Pflanzenliebhaber gemeldet. Von diesen stellen allerdings die Niederlande das grösste Kontingent, nämlich 81. Nächstdem ist es Deutschland, was am meisten vertreten sein wird, nämlich mit 45, und zwar sind bis jetzt angemeldet: 18 Preussen, 5 Oesterreicher und 22 aus dem übrigen Deutschland. Die Zahl der Preussen wird aber noch grösser werden, da allein von Seiten der Berliner Mitglieder des Vereines zur Beförderung des Gartenbaues eine nicht geringe Anzahl nach Amsterdam gehen wird. Das kleine Belgien allein wird 40 Männer zum Kongresse senden. Frankreich ist mit 33, Grossbritannien nur mit 9 vertreten. Hoffentlich wird aber die Theilnahme von jenseits des Kanales noch grösser werden. Die übrigen Nationen werden nur durch 3 Russen, 2 Dänen, 2 Italiener, 1 Schweizer, 1 Spanier und 1 Schweden vertreten sein.

Von Botanikern und Reisenden nennen wir aus Deutschland, und zwar aus der Zahl der Preussen: Caspary aus Königsberg, Cohn und Goeppert aus Breslau, Hasskarl aus Cleve, Karsten und Koch aus Berlin, Münter aus Greifswald und Sachs aus Bonn; aus Oesterreich: Baron v. Hügel, jetzt in Brüssel, und v. Warszewicz in Krakau; ausserdem: Hoffmann aus Giessen, Pringsheim aus Jena, Reichenbach Sohn aus Hamburg, Schnittspahn aus Darmstadt, Seubert aus Karlsruhe und Wendland aus Herrenhausen bei Hannover. Aus Frankreich machen wir aufmerksam auf Baltet, Barillet-Deschamps, Brongniart, Fée, Graf Lambertye, Lecoq, Martins, Pinel, Triana; aus Belgien: auf Bivort, Cannart d'Hamale, Funck, van Heurck, van Houtte, Lemaire, Linden, Morren, Pynaert, Rodigas und A. Verschaffelt; aus der Schweiz: auf Meisner in Basel; aus Italien: auf Passerini; aus Schweden: auf Anderson; aus Dänemark: auf Lange; aus Russland: auf Nordmann und Regel; aus England: auf Lee und Hogg.

Bis jetzt haben 34 Theilnehmer Fragen eingesendet; die Zahl derselben beträgt 56. Wenn auch mehre derselben zusammenfallen, so bleibt die Zahl immer noch so gross, als dass sie sämmtlich, so interessant und wichtig sie auch sein mögen, zur Verhandlung kommen könnten. Schwierig wird es aber sein, eine Auswahl zu treffen. Mehre Fragen hat in der That das Bedürfniss herbeigeführt, so vor Allem Einigung über das Prinzip bei Feststellung von Namen, Eintheilung der Arbeit von Seiten der Männer der Wissenschaft bei Bestimmung der Pflanzen, der Begriff Art, Abart, Sorte u. s. w. und ihre Entstehungsweisen, ferner die Frage der Kreuzung und der künstlichen Befruchtungen, Einfluss der Wärme und des Lichtes auf die Entwicklung und überhaupt Ernährung der Pflanzen, Degeneration der Pflanzen, Krankheiten der Pflanzen, die durch Insekten hervorgerufenen Missbildungen an Pflanzen, Aufgabe der botanischen Gärten, Unterricht in der Gärtnerei, Baumschnitt, warum gedeihen Orangen nicht mehr wie früher? was sind die Ursachen, dass die Liebhaberei für die Haidepflanzen nicht mehr in gleicher Weise vorhanden ist? Akklimatisation der Pflanzen, Blüthenkalender u. s. w.

Schliesslich bemerken wir noch, dass mit den Eisenbahn - Direktionen Verhandlungen angeknüpft sind, um Ermässigungen im Preise herbeizuführen. Wer sich zur Theilnahme bis zum 25. März gemeldet haben wird, erhält Karten auf die Person lautend, die dann vorzuzeigen sind. In Amsterdam werden den Mitgliedern auf dem Bureau der Ausstellung Einlasskarten für die Ausstellung und für den Kongress ausgehändigt.

Die Mitglieder des leitenden Ausschusses, der Jury, die Aussteller, welche Preise erhalten haben und die Inhaber der Partout-Billete für die Ausstellung sind eo ipso Mitglieder des Kongresses, alle übrigen Theilnehmer haben 5 holländische Gulden zu zahlen.

Eine besondere Kommission ist ernannt, um den Gästen Logis zu besorgen und ihnen überhaupt während ihres Aufenthaltes in Holland mit Rath und That an die Hand zu gehen.

Es wird gebeten sich zu wenden:

1. Wegen der Besorgung von Logis:

An Herrn Hoeufft van Velsen (Heerengracht in der Nähe der Vyzelstraat X, 399) in Amsterdam.

2. Für Angelegenheiten der Ausstellung:

An Herrn Krelage, 1. Sekretär des leitenden Ausschusses für die Ausstellung, in Harlem.

3. Für Angelegenheiten des Kongresses:

An Herrn Rauwenhoff, Sekretär des leitenden Ausschusses für den Kongress, in Rotterdam.

Cordyline Regelii C. Koch.

Unter dem Namen Dracaena erythrorrhachis Banksii und Veitchii und Dr. Banksii sind 2 Dracäneen eingeführt worden, welche sich durch mehr oder weniger zweizeilige Stellung der Blätter auszeichnen. Es haben zwar auch andere Arten, wie Cordyline superbiens C. Koch (Dracaena indivisa der Gärten), dieselbe Blattstellung, aber nur in der Jugend. Diese beiden Arten bilden einen Uebergang zu den Dianellen und selbst zu den Anthericeen. Die eine derselben fanden wir bereits vor zwei Jahren in Sanssouci bei dem Hofgärtner H. Sello in Blüthe und hatten damit Gelegenheit, sie näher zu untersuchen; die zweite sahen wir mehrfach in Belgien und besonders schön bei dem Kunst- u. Handelsgärtner de Beuckelaer in Brüssel. Da versprochen war, einen Blüthenstand der letzteren uns zur Verfügung zu stellen, so hofften wir, wenn wir beide Arten mit einander verglichen hätten, bessere Diagnosen geben zu können, und hielten deshalb mit der Veröffentlichung der ersteren zurück.

In dem Juli-Augustheft der Regel'schen Gartenflor vom vorigen Jahre hat der Herausgeber eine Cordyline Banksii beschrieben (S. 201) und (auf der 444. Tafel) abgebildet. Regel hat übersehen, dass der jüngere Hooker in Gardener's Chronicle (Jahrg. 1860, S. 791) bereits eine Aufzählung neuseeländischer und neuholländischer Cordylinen veröffentlicht hat, über die wir in der Wochenschrift (3. Jahrg. S. 353) ausführlich berichtet haben. In dieser Aufzählung findet sich auch eine Cordyline Banksii vor, die von der des Handels und von der Regel eine Beschreibung gibt, durch einen ziemlich hohen Stamm und durch 5—6 Fuss lange, sowie $1\frac{1}{2}$—2 Zoll breite Blätter wesentlich verschieden ist. Wir sehen uns deshalb gezwungen, den Regel'schen Namen umzuändern und nennen die Art zu Ehren eines Mannes, dem wir die erste Beschreibung verdanken und der überhaupt um die Gärtnerei nicht weniger, als um die Wissenschaft, sich grosse Verdienste erworben hat.

Cordyline Regelii scheint kaum einen Stamm zu bilden, der über die Erde sich erhebt. Die 2 bis 3 Fuss langen und ziemlich dünnen Blätter sind sehr schmal-elliptisch, indem sie sich von der höchstens zollbreiten Mitte aus nach beiden Seiten verschmälern. Ein grosser, dicker und weissgefärbter Mittelnerv, der besonders auf der unteren Fläche sehr hervortritt, durchzieht die Fläche von unten nach oben; ausserdem laufen auf jeder Seite noch 2—3 andere feinere Nerven, ebenfalls von weisser Farbe, diesem parallel, zwischen denen sich schliesslich noch eben so viel schwächere und deshalb kaum sichtbare befinden. Der Rand ist durchaus glatt, während die Substanz ziemlich trocken erscheint.

Die mittelständige Rispe erhebt sich bis zu 3 und selbst 4 Fuss und wird nach oben einfacher. Die kleinen, einzelnen und geruchlosen Blüthen stehen mit dem sehr kurzen Stiele vermittelst eines Gliedes in Verbindung und werden von 3 kleinen Deckblättern an der Basis umgeben, von denen das mittlere länger ist. Die Blüthenhülle besitzt eine kurze Röhre, welche den rundlichen Fruchtknoten einschliesst. Anfangs stehen die 6 länglichen Abschnitte ziemlich horizontal ab, später jedoch schlagen sie sich meist zurück. Sie besitzen eine weissliche, auf dem Rücken jedoch röthliche Farbe und sind kaum $2\frac{1}{2}$ Linien lang. Die Staubfäden sind etwas kürzer und tragen grünliche, quer-überliegende Beutel. An der Spitze des aufrechten, weissen und säulenförmigen Griffels befinden sich 3 sehr kurze, abstehende Narben. In jedem Fache des Fruchtknotens befinden sich 8 eirunde und gegenläufige Eichen in 2 Reihen.

Die zweite Art, welche als Dracaena erytrorrhachis Banksii in Belgien viel kultivirt und während des Sommers auch im Freien angewendet wird, nennen wir zu Ehren des Handelsgärtners in Brüssel, bei dem wir sie in schönen Exemplaren gesehen haben: Cordyline Beuckelaerii. Sie steht der C. Regelii sehr nahe, wird aber weit grösser und ihre Blätter sind bei gleicher härtlicher Konsistenz auch steifer. Ob die ebenfalls sehr hervortretende Mittelrippe immer die braunröthliche Farbe besitzt, wie wir sie bei den Brüsseler Exemplaren gesehen haben, bezweifeln wir. Von der nahe stehenden C. superbiens (Dracaena indivisa der Gärten), hat man ebenfalls Formen, wo die Mittelrippe grünlich, gelblich, röthlich und bräunlich erscheint. Aus dieser Ursache haben wir wohl recht gehandelt, den Garten-Namen nicht angenommen zu haben.

Der 10 bis 12 Fuss hohe Blüthenstengel besteht in seinem obersten Viertel aus der ausgebreiteten Rispe, deren Blüthen ausserordentlich wohlriechend sein sollen, ein Umstand, der der Pflanze einen grossen Werth verleiht. Dazu kommt noch, dass sie nach den Mittheilungen de Beuckelaer's sehr leicht und ziemlich alle Jahre blüht. Darnach haben die Blüthen auch eine weisse Farbe und scheinen sich von denen der C. Regelii nicht viel zu unterscheiden.

In der Abhandlung der neuseeländischen Cordylinen des jüngern Hooker wird auch eine Cordyline Pumilis aufgestellt. Wahrscheinlich liegt hier ein Druckfehler vor, von dem man bedauern muss, dass der Autor auch später nicht Gelegenheit genommen, den Namen aufzuklären. Wahrscheinlich soll es Pumilio oder humilis heissen, 2 Namen, welche der Pflanze allerdings entsprechen.

Wir haben früher geglaubt, dass C. Regelii nicht verschieden sein möchte. Bei mehrmaliger Vergleichung der Beschreibung mit unserer Pflanze möchte diese aber doch eine andere Art darstellen, wenn es auch unzweifelhaft ist, dass sie ihr nahe steht. Nach dem jüngern Hooker hat C. Pumilis (?) einen nur fingerstarken, liegenden Stengel, der aber auch fehlen kann. Die Blätter, von denen übrigens nicht gesagt wird, dass sie zweizeilig stehen, sind noch kleiner und werden bei 3 und 4 Linien Breite kaum bis $1\frac{1}{2}$ Fuss lang. Mit Recht vergleicht sie Hooker deshalb mit Grasblättern. Endlich werden die weissen Blüthen auch gestielt angegeben, während sie hier fast sitzend sind. Von den 3 Deckblättern ist das mittelste doppelt so lang, als die übrigen.

In demselben Juli-Augusthefte der Regel'schen Gartenflora vom vorigen Jahre hat Regel auch eine Dracaena concinna beschrieben und abgebildet (Seite 197 und 441. Tafel). Diesen Namen hatte die Pflanze eine Zeit lang im Berliner botanischen Garten, wo sie zuerst gewesen zu sein scheint, bis sie Kunth in seiner Monographie der Dracäneen (enum. plant. V., p. 8) für eine Abart der echten Dr. marginata Lam. ansah und als Dr. marginata latifolia beschrieb. Seitdem ist der Name Dr. concinna im Berliner botanischen Garten wiederum verschwunden. Regel hat ihn jedoch in seiner Monographie der Dracäneen (Gartenfl. 8. Jhrg. S. 329) von Neuem in Anwendung gebracht.

Der Name müsste auch Berechtigung haben, wenn nicht Göppert schon 4 Jahre vorher sie bereits als Cordyline Betschleriana (Verhandl. der Leop.-Car. Akad., 25. Bd., I. Abth. S. 55) aufgestellt hätte. Dass Göppert aus Kunth's Monographie bei seiner Cordyline marginata auch concinna nochmals als Abart aufführt, darf nicht auffallen, da er die Kunth'sche Pflanze nicht kannte und nur diesem folgte. Von der Identität beider Pflanzen hat sich auch Göppert überzeugt.

In dem 1. Hefte der Gartenflora von diesem Jahre hat Regel Cryptanthus bivittatus, eine Bromeliacee, abgebildet, ohne zu erwähnen, dass die Pflanze schon früher von uns berichtigt wurde. Wir haben bereits mehrmals, zuletzt im 5. Jahrgange (S. 204), bekannt gemacht, dass Tillandsia bivittata Lind. ein Cryptanthus ist. Uebrigens hat Lemaire die Pflanze zuerst ausführlich beschrieben, unter dem falschen Namen Nidularium bivittatum (Illustr. hort. Tom. IX, Misc. p. 58), dann wurde sie wiederum von Hooker unter dem ebenfalls falschen Namen Billbergia bivittata (bot. mag. t. 5270) abgebildet.

Agaveen-Studien.

Von Karl Koch.

(Fortsetzung.)

III. Agave L.

A. Agavae paniculatae.

Agaven mit rispenförmigem Blüthenstande.

So sehr auch General v. Jacobi sich gegen eine Eintheilung der Agaven nach dem Blüthenstande ausspricht, so bleibt diese doch die einzige, welche Anspruch auf Wissenschaftlichkeit machen kann. Es kommt noch dazu, dass man schon aus dem ganzen Habitus der Pflanze meist ersehen kann, ob der Blüthenstand eine Armleuchterartige Rispe oder eine Aehre darstellt und dass diese Eintheilung demnach auch praktischen Werth besitzt.

Die hierher gehörigen Arten haben entweder sehr fleischige und besonders an der Basis dicke oder weniger fleischige, sondern mehr lederartige Blätter. Im ersteren Falle ist ihre Form mehr oder weniger elliptisch und das obere Ende läuft in einen starken braungefärbten Stachel aus, während in anderem Falle die Blätter selten ebenfalls elliptisch, sondern meist schmal sind und eine gleiche Breite haben. Auch laufen sie gewöhnlich in eine weniger stechende und nicht oder wenig anders gefärbte Spitze aus. In beiden Fällen erhebt sich aber am Rande die Substanz des Blattes etwas und trägt bei den Arten mit fleischigen Blättern einen ebenfalls braungefärbten, hornartigen und sich leicht ablösenden Dorn, bei denen mit lederartigen Blättern ist dieser aber schwächer und in der Regel hellgrün gefärbt, nie hornartig und sich ablösend. Ein eigentlicher Stamm scheint sich bei den fleischig-blättrigen nicht zu bilden, während er, wenigstens bei ältern Exemplaren der zweiten Gruppe, wohl stets vorhanden ist.

a. Agavae carnosae.

(Agaven mit fleischigen Blättern).

1. Agave americana L. ändert in der Form der Blätter, die bisweilen ziemlich schmal sind und dann die Form darstellen, welche ich als intermedia bezeichnet habe. Sie hat stets ein graugrünes Ansehen. Wir haben auch buntblättrige Formen, die selbst im Vaterlande schon vorkommen, wie wir aus Descourtil's Flora der Antillen ersehen, wo diese unter dem Namen A. Antillarum abgebildet ist. In der Regel sind hier die Blätter in die Länge gezogen und mit Ausnahme der Spitze fast gleich breit, weshalb Fürst Salm-Dyck diejenigen, wo dieses der Fall ist, als eine eigene Art und unter dem Namen Agave picta beschrieben hat, in den Gärten dagegen kommt sie als A. longifolia und A. americana picta vor. Von der buntblätterigen Abart besitzen wir mehre Formen:

α. medio-picta, am Rande grün und in der Mitte breit-gelb,

β. variegata, am Rande gelb und in der Mitte grün,

γ. elegantissima, am Rande breit-hellgelb, fast weiss, mit grünen Streifen, ausserdem grün,

δ. striata, grün, aber gelb gestreift.

Von der A. medio-picta befindet sich in der Laurentius'schen Gärtnerei in Leipzig ein Exemplar mit 20 Blättern, was 5½ Fuss im Durchmesser besitzt. Die Blätter sind in einem eleganten Bogen zurückgeschlagen. Ausserdem hat daselbst eine A. a. striata mit 21 Blättern einen Durchmesser von 5 Fuss. Die Blätter stehen hier dagegen aufrecht und sind nur an der Spitze zurückgeschlagen.

2. A. Salmiana Otto ist sehr leicht zu erkennen an den meist wenigen und an der Basis sehr dicken Blättern, welche im oberen Viertel sich in eine lanzettförmige und rinnige, schliesslich mit einem langen und festen Dorn sich endigende Spitze verlaufen. Die starken, einer breiten, fleischigen Basis aufsitzenden Zähne sind meistens rückwärts gekrümmt. Auch diese Art scheint sehr zu ändern. Ich weiss nicht, ob man in Frankreich oder Belgien den Samen, aus dem man verschiedene Formen erzogen hat, direkt aus dem Vaterlande gewonnen oder ob die Pflanze in Europa blühte. Ich habe leider noch nicht Gelegenheit gehabt, Blüthen zu sehen und zu untersuchen. Im botanischen Garten zu Berlin befinden sich bereits sehr alte und starke Exemplare. Bei Cels in Paris sah ich eine Pflanze, welche bei 7 Fuss Höhe einen Durchmesser von beinahe 12 Fuss besass; einzelne Blätter waren 6½ Fuss lang und über 1 Fuss breit.

α. Die Abart mit breiteren Blättern befindet sich seit langer Zeit unter dem Namen A. Tehuacanensis Karw. in dem Berliner botanischen Garten; beschrieben wurde sie aber mit der Hauptart zuerst von dem Fürsten Salm-Dyck im Jahre 1859 (s. Bonpl. VII, 89).

β. Noch breitere und mehr aufrecht stehende Blätter besitzt A. Jacobiana Salm-Dyck. Die Pflanze hat ein ganz anderes Ansehen, da die Blätter weit kürzer, zahlreicher und bei aufrechter Stellung mehr nach innen gekrümmt sind. Dieserhalb führt sie auch in Frankreich den Namen A. mitraeformis. Ich würde sie, namentlich in dieser so ausgeprägten Form, kaum für eine Abart gehalten haben, wenn ich nicht Uebergänge gesehen, die keinen Zweifel übrig lassen, und mir nicht von Cels in Paris und Maigret in Mons versichert worden wäre, dass sie aus demselben Samen mit A. Salmiana gefallen sei.

γ. Eine dritte sehr schöne Abart der A. Salmiana sah ich in der Laurentius'schen Gärtnerei, weshalb ich ihr auch den Beinamen Laurentiana beilege. Es war bereits ein stattliches Exemplar, dessen lange Blätter wie mit einem hellen blaugrünen Hauche, der einigermassen an die Färbung der A. coerulescens und Funkiana erinnerte, überzogen waren. Die unteren und kleineren Blätter lagen dem Boden auf und schlugen sich selbst über den Topf zurück, während 4 andere und längere mit der Basis anfangs aufrecht standen und dann in einem eleganten Bogen sich nach aussen wendeten.

3. A. atrovirens Karw. ist mir eine völlig unbekannte Pflanze, da seit Jahren im Berliner botanischen Garten eine andere Art unter diesem Namen kultivirt wurde. Nach der Beschreibung von Salm-Dyck steht sie allerdings der A. Salmiana, mit der sie Cels ebenfalls vereinigt haben will, sehr nahe und scheint sich hauptsächlich durch dunkelgrüne und glänzende Blätter zu unterscheiden. Sie soll von allen Agaven die grössten Dimensionen erreichen.

4. A. ferox C. Koch möchte vielleicht auf gleiche Weise sich als eine der Formen der A. Salmiana herausstellen. Sie nimmt ebenfalls, wie die vorige, riesige Dimensionen an. Das grosse Exemplar im botanischen Garten zu Berlin scheint noch lange nicht ausgewachsen zu sein. Die mit sehr gekrümmten Dornen besetzten Blätter sind weniger graugrün und weit kürzer, aber auch breiter, als bei A. Salmiana. Die rinnenförmige Spitze ist auch nicht so sehr in die Länge gezogen, als bei genannter Art.

5. A. inaequidens C. Koch ist eine sehr hübsche, weniger und fast gar nicht grau-, sondern mehr hellgrüne Art, im Ansehen der A. americana, aber doch dadurch ausgezeichnet, dass die im Verhältniss zur Mitte wenig schmalere Basis der Blätter mit einem häutigen und welligen Rande versehen ist. Ausserdem ist dieser aber mit ungleichen, braunen und leicht abbrechbaren Zähnen besetzt, von denen die grösseren einer geringen krautartigen Erhebung aufsitzen, während die kleinern in der schwachen Bucht befindlich sind. Bis jetzt habe ich die Art nur im botanischen Garten in Berlin gesehen.

6. A. potatorum Zucc. bleibt kleiner, als die vorher genannten Arten und baut sich, besonders in der Jugend, rosettenartig. Die unteren Blätter sind ziemlich flach ausgebreitet, während die übrigen etwas in die Höhe stehen. Nach den in dem botanischen Garten zu Berlin befindlichen Exemplaren scheinen sie doch schliesslich eine bedeutendere Grösse anzunehmen, als man zu glauben scheint. Ihre Farbe ist in der Regel ein Graugrün, was aber auch bisweilen in's Grasgrüne übergeht. Ihre Gestalt ist dagegen elliptisch-rautenförmig, wobei der breiteste Durchmesser meist im Anfange des obersten Drittels liegt. Sie wird sehr häufig mit A. Scolymus verwechselt, weshalb Fürst Salm-Dyck beide Arten für nicht verschieden hielt. Bei Cels in Paris, wo sie eben geblüht hatte, sahen wir sie, aber ebenfalls unter dem Namen Scolymus. Der Schaft besass eine Höhe von 23 Fuss. Die ziemlich entfernt stehenden Aeste theilten sich meist an der Spitze in 3 Aestchen und diese wiederum in 3 Zweige, von denen jeder an der Spitze 3—5 kurzgestielte Blüthen hatte. Da die Aeste schon bei 12 Fuss Höhe des Schaftes begannen, so betrug nach Cels genauer Zählung die Anzahl aller Blüthen nicht weniger als 8600. Die lanzettförmigen Deckblätter hatten bei $1\frac{1}{2}$ Zoll Breite eine Länge von 3 Zoll. A. potatorum, welche Direktor Schnittspahn in Darmstadt auf der Mainzer Ausstellung hatte und welche General v. Jacobi A. Schnittspahnii nennt, vermögen wir nicht zu unterscheiden. In Belgien haben wir junge Exemplare als A. amoena und elegans, bei Fr. A. Haage in Erfurt hingegen als A. mexicana gesehen. Ihre Färbung war jedoch heller, als bei der herangewachsenen Pflanze.

7. A. Scolymus Karw. hat im Jahre 1843 im Berliner botanischen Garten, wo die Pflanze bereits seit 10 Jahren kultivirt wurde und 14 Jahre alt sein konnte, geblüht (s. Otto & Dietr., allgem. Gartenz. 11. Band. S. 401). Vergleicht man die Beschreibung der Pflanze mit der seit wenigen Jahren in den Handel gekommenen A. coccinea, so möchte diese sicher nicht verschieden sein. Wie ich mich neuerdings wiederum in den Gärtnereien von Fr. A. Haage in Erfurt und Laurentius in Leipzig überzeugt habe, ist die Form der aber stets mehr breiten Blätter sehr verschieden; alle sind aber glänzend und freudig-grün und stehen wenig in die Höhe. Die Pflanze scheint noch kleiner zu bleiben, als die sonst verwandte A. potatorum, mit der sie auch hinsichtlich der Stellung der Blätter übereinstimmt. Im vorigen Dezember hat wiederum eine Pflanze im Fürstlich-Waldburg'schen Garten zu Wolfegg (im Württemberg'schen) geblüht; der Freundlichkeit des dortigen Hofgärtners Schupp verdanke ich nicht allein eine ziemlich genaue Beschreibung, sondern auch Blätter und Blüthen. Darnach unterliegt es keinem Zweifel, dass es dieselbe Art ist, welche A. Dietrich im Jahre 1843 beschrieben hat.

8. A. scabra Salm-Dyck scheint noch kleiner zu bleiben, als die vorige, von der sie sich wiederum durch eine graugrüne Farbe der ziemlich flach aufliegenden Blätter unterscheidet. Die Dornen sind

schwächer, als bei den beiden vorhergenannten Arten. Die Rauhigkeit auf den Blättern, auf die der Fürst Salm-Dyck grossen Werth zu legen scheint, war bei den Exemplaren, die mir zu Gebote standen, fast gar nicht zu bemerken. Sollten wir die echte Pflanze nicht mehr besitzen? Geblüht hat sie, so viel ich weiss, noch nirgends. In Frankreich habe ich sie unter dem Namen A. serrulata, in Belgien und in Deutschland als A. applanata gesehen (s. Wochenschr. 5. Jahrg. S. 83). Bei Cels in Paris sah ich von A. applanata ein Exemplar, was 2 Fuss im Durchmesser und eine hellgraugrüne Farbe besass. Als A. applanata, die auch als A. Ghiesbrechtii vorkommt und zu einer anderen Abtheilung gehört, befindet sich aber noch eine andere Pflanze in den belgischen und französischen Sammlungen.

9. A. asperrima Jacobi ist uns völlig unbekannt, scheint aber jungen Exemplaren der A. Salmiana nahe zu stehen. Eigenthümlich sind die rauhen Blattflächen. Das einzige Exemplar, wonach die Art aufgestellt wurde, befindet sich im Münchener botanischen Garten und ist aus von Lindheimer eingesendeten Samen erzogen worden.

10. A. Verschaffeltii C. Koch (s. Wochenschrift 5. Jahrg. S. 101 und 341) wurde von A. Verschaffelt in Gent eingeführt und während der grossen Ausstellung zu Gent und dann während des pomologischen Kongresses zu Namur im Jahre 1862 ausgestellt. In meinem Berichte über beide Ausstellungen habe ich sie zuerst erwähnt und auch kurz charakterisirt. Wenn daher General v. Jacobi in seiner Abhandlung Lemaire als den bezeichnet, der die Art in der wissenschaftlichen Welt eingeführt hat, so hätte er die Quelle anführen müssen, wo dieses geschehen. So viel ich weiss, hat Lemaire erst neuerdings A. Verschaffeltii in der Revue horticole (Jahrg. 1865, p. 32) genau beschrieben, nachdem sie in der Handelsgärtnerei von Jean Verschaffelt in Gent geblüht hatte. Es gilt dieses nicht allein von A. Verschaffeltii, sondern auch von den übrigen durch A. Verschaffelt eingeführten Arten, wie A. Ghiesbrechtii, applanata, horrida, ferox und cucullata.

A. Verschaffeltii schliesst sich hinsichtlich ihrer Kleinheit der A. scabra an, unterscheidet sich aber durch fast aufrecht stehende Blätter, welche eine umgekehrt eirund- oder rauten-spathelförmige Gestalt haben und, mit Ausnahme des unteren verschmälerten Theiles, mit grossen und gekrümmten, oft sehr ungleichen Zähnen besetzt sind. Der gegen 10 Fuss hohe Schaft trägt im obern Drittel sehr kurze Aeste mit Doldentrauben an der Spitze. Die Blüthen sind kurz gestielt und aus ihnen ragen die Staubgefässe weit hervor. Sollte A. Verschaffeltii nicht vielmehr eine Abart der A. scabra sein, wenigstens derjenigen, welche jetzt unter diesem Namen vorkommt?

11. A. Mescal de J. v. Ellem. ist eine interessante Agave, deren genauere Kenntniss ich dem um Agaveen und Dickpflanzen überhaupt verdienstvollen de Jonge van Ellemeet auf Overduin bei Middelburg in der niederländischen Provinz Seeland verdanke. Später sah ich wahrscheinlich dieselbe Pflanze im botanischen Garten in Paris unter dem Namen A. heterodon und verwechselte sie selbst Anfangs mit meiner A. inaequidens, die aber weit grösser wird und bereits näher beschrieben ist. Bei meiner letzten Reise nach Erfurt und Leipzig, um in den grossen Sammlungen von Fr. A. Haage jun. und Laurentius fernere Agaveen-Studien zu machen, fand ich bei letzterem ebenfalls ein sehr schönes Exemplar der A. Mescal, was mir das Material einer genauen Beschreibung gibt.

Die Laurentius'sche Pflanze besitzt jezt 22 Blätter und hat bei einer Höhe von $1\frac{1}{2}$ Fuss einen Durchmesser von 2 Fuss. Sie baut sich, wie A. Verschaffeltii, mit deren Farbe sie ebenfalls ziemlich übereinstimmt, indem die Blätter, mit Ausnahme der unteren und fast horizontal gerichteten, aufrecht stehen. Die Pflanze erhält dadurch eine im Umrisse etwas kugelige Gestalt. Beim Anfühlen der Blätter gibt sich eine Verschiedenheit der Substanz von A. Mescal und Verschaffeltii kund, indem diese bei letzterer härtlich, bei ersterer hingegen ziemlich weich erscheint. Bei $5\frac{1}{2}$ Zoll Breite besitzen die Blätter eine Länge von 11 Zoll. Die Zahnbildung ist sehr ungleich und kräftig. In der Regel erhebt sich in der Mitte des erhabenen Randes ein starker, zur Seite dagegen ein schwacher Zahn, während wiederum in der Mitte des ausgeschweiften Bogens ein etwas stärkerer Zahn steht. Oder der Hauptzahn befindet sich mehr seitlich und ein schwächerer steht ihm gegenüber. Alle Zähne haben eine dunkelbraune Farbe und sind hakenförmig gekrümmt.

Unter dem Namen A. ferox, die aber nicht mit meiner Pflanze dieses Namens verwechselt werden darf, hat neuerdings A. Verschaffelt eine Agave in den Handel gebracht, die sich von A. Mescal kaum unterscheidet, anderntheils aber der A. Verschaffeltii und Scolymus nahe steht und nach der Mittheilung genannten Gärtners auch mit A. Verschaffeltii und cucullata aus demselben Samen hervorgegangen sein soll. Ich habe bei Auguste Maigret in Mons ein schönes, schon mehr herangewachsenes Exemplar gesehen, was ebenfalls, wenn auch weniger, freudig-grüne Blätter besass. Sollte in Betreff des Samens in sofern keine Verwechslung stattgefunden haben, dass zufällig Samen verschiedener Agaven mit einander vermischt worden wären, so könnte man A. ferox der Verschaffelt'schen Gärtnerei als ein Verbindungsglied der A. Verschaffeltii und Scolymus und demnach auch erstere nur als eine Form der zweiten betrachten.

A. cucullata (Wochenschr. 5. Jahrg. S. 34) ist dagegen wiederum graugrün und besitzt mit der später zu beschreibenden, freudig-grünen A. Ghiesbrechtii gleich-geformte und gleich-gezähnte Blätter; diese liegen aber zum Theil mehr auf oder stehen doch, mit Ausnahme der innersten, fast horizontal ab. Dass die Ränder anfänglich am obern breiten Theile aufwärts, später jedoch umgekehrt abwärts gebogen sind, macht, dass entweder auf der Ober- oder auf der Unterfläche eine Vertiefung entsteht. Diese Eigenthümlichkeit gab Veranlassung zur Benennung. Dass A. cucullata und A. ferox aber kaum Form-Unterschiede sind, geht aus der Jacobi'schen Beschreibung der ersteren hervor (s. Otto's Hamb. Gartenz. 21. Jahrg. S. 124). In Belgien haben wir als A. cucullata wiederum Pflanzen gesehen, die der oben näher bezeichneten A. applanata nahe standen.

12. A. granulosa Scheidw. ist ebenfalls eine interessante, zu den kleineren Arten gehörende Agave, die ich wiederum bei A. Maigret in Mons sah, und die ohne Zweifel, obwohl sie Manches mit der vielgestalteten A. Scolymus gemein hat, doch eine selbstständige Art darstellen möchte. Die Pflanze bildet eine Rosette von 1¼ Fuss Durchmesser und besitzt ein freudig-grünes Ansehen. Die grösseren Blätter sind bei 2¾ Zoll Breite 9 Zoll lang. Mit Ausnahme der unteren, welche sich an der Spitze etwas zurücklegen, stehen sie mehr aufrecht und biegen sich in einem leichten Bogen nach innen. Ausgezeichnet sind sie aber ausserdem, dass der Rand mehr oder weniger hornig und fast weissgefärbt ist und aus ihm weniger starke, graugelbe Dornen sich erheben. Der hellbraune Enddorn hat an seiner Basis eine weissliche Farbe, die sich auch in einer lanzettförmigen Spitze auf dem Rücken des Blattes herabzieht. Wegen des zum Theil hornigen Randes bildet sie auch eine Annäherung zu A. Ghiesbrechtii, welche letztere vielleicht doch hier angereiht werden muss.

13. A. vivipara L. ist durch die hellgrüne Färbung der ziemlich dicken, weicheren und auch mit einem weicheren Enddorn versehenen Blättern sehr leicht zu erkennen. A. Theometel Zuccagni (in Roem. Collect. 138, t. 3) gehört sicher hierher. Ebenso vermag ich keinen wesentlichen Unterschied von A. sobolifera Salm-Dyck zu finden, von der ich wiederum nach der freilich dürftigen Beschreibung A. polyacantha Haw. nicht unterscheiden kann, besonders wenn ich auf die dabei citirte und zu Grunde gelegte Abbildung in Hermann's Hortus (t. 16 u. 17) mich stütze. Die Farbe der etwas längern Blätter wird bei A. sobolifera weniger hell-, als vielmehr freudig-grün angegeben. Original-Exemplare habe ich allerdings bis jetzt nicht gesehen.

Cels und Andere sind geneigt, die Pflanze hierher zu ziehen, welche jetzt als A. laetevirens (A. ornata Jacobi) in den Gärten vorkommt. Hier sind allerdings die Blätter mehr länglich, als bei A. vivipara, wo sie eine eirund-längliche Gestalt haben. A. laetevirens hat gelbliche Streifen in der Nähe der beiden Ränder, ist also eine buntblättrige Abart.

Unter dem Namen A. cubensis sah ich bei Cels Pflanzen, die aus Samen der A. laetevirens hervorgegangen sein sollten, wo die Blätter keine Streifen besassen; auch waren die Blätter dunkeler gefärbt.

(Fortsetzung folgt.)

Die Flottbecker Baumschulen.

Wir haben ein gärtnerisches Etablissement bei Altona, was bereits einige und 80 Jahre existirt und mit der Anlegung von Baumschulen in's Leben trat, im ersten Jahrgange der Wochenschrift (Seite 280) besprochen. Die Flottbecker Baumschulen haben seitdem in sofern eine Aenderung erhalten, als die beiden Besitzer, Lorenz & John Booth, ihr Hauptaugenmerk wiederum auf die ursprüngliche Kultur, auf die Heranziehung von Obst- und Ziergehölzen, sowie von Blüthensträuchern, gerichtet haben. Früher umfasste das Etablissement die gesammte Gärtnerei; alle Zweige derselben waren ziemlich gleichmässig vertreten. Fremde, die Hamburg besuchten, versäumten nicht, auch die Booth'schen Pflanzenschätze in Augenschein zu nehmen, und vor Allem die Schönheit der Warmhauspflanzen, den Blüthenreichthum der Orchideen, der Kamellien u. s. w. zu bewundern.

Es geht aber heut' zu Tage mit der praktischen Gärtnerei, wie mit der botanischen Wissenschaft. Wie kein Gelehrter diese mehr ganz umfassen kann, entweder Physiolog oder Systematiker, ja selbst in der Systematik nur sich auf einen Theil beschränken muss, wenn er etwas leisten will, so ist es nicht anders mit der Gärtnerei. Das Material ist längst über den Kopf gewachsen. Es gehören Räumlichkeiten dazu, um Warm- und Kalthauspflanzen, Stauden, Sommergewächse, Obst- und Ziergehölze in einem gewissen Gleichgewichte zu kultiviren, wie sie selbst den grössten Gärten in der Regel nicht zu Gebote stehen, abgesehen von den Schwierigkeiten, eine solche Gesammt-Gärtnerei zu leiten und zu beaufsichtigen. In unserer jetzigen Zeit muss man sich konzentriren.

So sind denn auch die Flottbecker Baumschulen, seitdem die Kultur der oben genannten und diesen sich anschliessenden Bewohner tropischer Länder aufgegeben worden ist, nicht etwa deshalb kleiner geworden, im Gegentheil ihr Areal hat sich nicht unbedeutend vergrössert. Es liegt uns der vor Kurzem ausgegebene Katalog vor. Ein Blick in demselben lehrt uns den reichen Inhalt an Obst- und Ziergehölzen, an Stauden und an Kalthaus-Pflanzen jeglicher Art, besonders an Blüthensträucher kennen. Auch einige gesuchte und mehr verbreitete Palmen und Farne finden sich noch vor.

Was die Obstgehölze anbelangt, so finden wir in den Flottbecker Baumschulen in sofern einen erfreulichen Umschwung, als wir nicht mehr eine Menge ausländischer, in der Regel auch weniger unser nordisches Klima vertragender Sorten im Vordergrunde finden, sondern man nur hauptsächlich solche kultivirt, welche von Seiten der deutschen Pomologen in den bereits stattgefundenen 4 Versammlungen empfohlen wurden. Da auch die Nomenklatur derselben zu Grunde liegt, so findet der Liebhaber, welcher seinen Garten oder sonst ihm zur Verfügung stehendes Land mit Obst bepflanzen will, eine Auswahl, wie er sie haben will und wie er sie braucht.

Es kommt noch dazu, dass die Stämmchen ohne Ausnahme, wie wir uns überzeugt haben, schön gewachsen sind und rasch schon, wenn sie nur einigermassen rationell behandelt werden, Ertrag geben.

Vor Allem interessirten uns aber bei der Durchsicht des Verzeichnisses die Ziergehölze. Die Flottbecker Baumschulen haben von jeher die umfassendste Sammlung in Deutschland gehabt und sie besitzen sie auch noch. Wenn auch in den Leroy'schen Baumschulen in Angers unbedingt die Massen-Erzeugung eine noch grössere ist, so steht doch die Gehölz-Sammlung in Flottbeck bei Altona an Zahl der Arten und Formen keineswegs nach, im Gegentheil, man möchte sie zum grossen Theil für noch grösser halten. Man muss bedenken, dass der südliche Himmel von Angers eine Menge südländischer Gehölze zu kultiviren gestattet, welche gegen den Ausfluss der Elbe in die Nordsee nicht mehr gedeihen.

Der Raum erlaubt uns nicht, in das Einzelne näher einzugehen. Einige Geschlechter sind hauptsächlich reich vertreten, so vor Allem die Eichen. Sie waren es aber auch, die stets mit besonderer Aufmerksamkeit von dem Grossvater der jetzigen Besitzer bis auf diese herab kultivirt wurden. Nächstdem sind die Weiss- und Rothdorn-Arten (Crataegus), die Eschen (Fraxinus-Arten), welche so sehr einer genaueren Bearbeitung bedürfen, die Prunus-Arten, die Ahorn-Gehölze u. s. w. zu nennen. Von einigen ist die Zahl der Abarten ausserordentlich gross, so die der Ilex, ja sogar die unserer beiden Eichen, der Rothbuche und selbst der echten Kastanie.

Wir könnten auch noch den Reichthum an Blüthensträuchern kurz erwähnen; es genüge aber mit dem, was gesagt und überhaupt, dass darauf aufmerksam gemacht ist.

Garten-Nachrichten.

Rosenfreunden

zeigen wir hiermit an, dass in der Herger'schen Rosengärtnerei zu Köstritz im Fürstenthum Reuss ein Nachtrags-Verzeichniss zu der über 2000 Sorten umfassenden grossen Rosen-Sammlung erschienen ist und auf portofreies Verlangen franco übersandt wird. Wir theilen ferner mit, dass

Hochstämmige Rosen

fortwährend der Hauptgegenstand der dortigen Rosenkulturen sind und sich daselbst in reichlichster Menge und in schönster Auswahl vorfinden.

Gartenflora.

Allgemeine Monatsschrift für deutsche, russische und schweizerische Garten- und Blumenkunde und Organ des Russischen Gartenbau-Vereines in St. Petersburg. Unter Mitwirkung vieler Botaniker und Gärtner Deutschlands, Russlands und der Schweiz, herausgegeben und redigirt von Dr. E. Regel, H. Jäger, Fr. Franke, C. Bouché und E. Ortgies. XIV. Jahrgang. 1865. 12 Hefte. Lex. 8. Mit illuminirten und schwarzen Abbildungen

4 Thlr oder 7 fl.

Ausgabe mit schwarzen Abbildungen

2 Thlr oder 3 fl. 30 kr.

Verlag von Ferdinand Enke in Erlangen.

Wir beeilen uns noch anzuzeigen, dass Frau von Schwanenfeld, geb. v. d. Decken, auf Sartowitz bei Schwetz einen Preis von 10 Thalern für eine Gruppe von Farnen, welche in der Frühjahrs-Ausstellung am 2. April von Seiten der Preisrichter für würdig erkannt wird, ausgesetzt hat. Durch einen Zufall ist leider die Bekanntmachung verspätet worden.

Verlag von Karl Wiegandt in Berlin,
Koch-Strasse No. 22.

Druck der C. Feister'schen Buchdruckerei in Berlin,
Zieten-Platz No. 2.

Wochenschrift

des

Vereines zur Beförderung des Gartenbaues in den Königl. Preussischen Staaten

für

Gärtnerei und Pflanzenkunde.

Redakteur:

Professor Dr. Karl Koch,

General-Sekretair des Vereines.

No. 13. Berlin, den 1. April **1865.**

Preis des Jahrganges 5¼ Thlr., sowohl bei Bezug durch den Buchhandel, als auch franco durch alle Post-Anstalten des deutsch-österreichischen Post-Vereines.

Sonntag, den 2. April, Frühjahrs-Ausstellung in der grossen Aula der Königl. Thierarzneischule (Louisenstr. 56). Die Versammlung der Mitglieder findet an demselben Tage, Nachmittags 2 Uhr, im Englischen Hause (Mohrenstr. 49) statt, worauf (um 3 Uhr) ein gemeinschaftliches Mittagessen erfolgt, wozu die geehrten Mitglieder eingeladen werden.

In welcher Weise ist ein öffentlicher Kursus über Obstbaumzucht und Obstbau einzurichten?

Diese Frage tritt immer mehr heran, je mehr die Nothwendigkeit eines besseren Obstbaues selbst hervortritt und in allen Provinzen des preussischen Staates, ja selbst ganz Deutschlands, das Bedürfniss einer rationellen Pflege der Obstbäume sich Geltung verschafft. Die frühere Ansicht, dass der Obstbaum gleich dem Waldbaume in seinem Wachsthume sich selbst zu überlassen sei, ist endlich glücklich beseitigt; der Obstbaum, wenn er gute Früchte bringen soll, ist ein Kunstprodukt, was besonders behandelt sein will.

Schon längst hat man dieses jenseits des Rheines, in den beiden im Obstbau uns überlegenen Ländern, in Belgien und Frankreich, gefühlt; die Regierung sowohl, wie Gartenbau- und landwirthschaftliche Vereine, sind daselbst bemüht, durch befähigte Männer öffentlichen Unterricht in der Behandlung der Obstbäume zu geben und besonders die Bewohner des Landes für den Obstbau zu interessiren. Es unterliegt keinem Zweifel, dass grade dieser öffentliche Unterricht viel beigetragen hat, den Obstbau in genannten Ländern nicht allein zu vervollkommnen, sondern ihm auch eine grössere Ausdehnung zu geben.

Der Verein zur Beförderung des Gartenbaues in Berlin hat seit längerer Zeit sich schon die Hebung und Förderung des Obstbaues zur besonderen Aufgabe gestellt und durch die Versammlungen der deutschen Pomologen und Obstzüchter bereits auch die Initiative ergriffen; er glaubt deshalb auch hier vorangehen zu müssen, um öffentliche Vorlesungen in's Leben zu rufen. Seine innigeren Verhältnisse zu dem deutschen Pomologen-Verein, der bereits segensreich über das ganze grosse Vaterland wirkt, und namentlich zunächst mit dessen Vorstands- und Ausschuss-Mitgliedern, tragen nicht wenig dazu bei, dem, was er thut, Nachdruck zu verleihen. In dieser Angelegenheit erlaubt er sich aber auch, die Mitwirkung und Unterstützung aller Gartenbau-Vereine in Anspruch zu nehmen. Es ist durchaus nothwendig, dass dergleichen öffentliche Vorlesungen durch ganz Deutschland stattfinden und durch die betreffenden Gartenbau-Vereine in die Hand genommen werden. Wir fordern deshalb diese auf, mit dem hiesigen Gartenbau-Vereine in Verbindung zu treten, damit der Unterricht allenthalben auf eine gleichmässige, fruchtbringende Weise gegeben werde.

Einstweilen haben wir den Rittergutsbesitzer v. Bose auf Emmaburg bei Laasphe in Westphalen, ein thätiges Ausschuss-Mitglied des deutschen Pomologen-Vereins, aufgefordert, uns seine Ansichten über die Art und Weise des öffentlichen Unterrichtes über Obstbau auszusprechen. Er ist freundlichst unserem Wunsche nachgekommen; wir erlauben uns nun diese seine Ansichten zur weiteren Kenntniss zu bringen. Den Gartenbau-Vereinen liegt es weiter ob, in ihren Kreisen Männer zu gewinnen zu suchen, welche bei der zum Unterrichte durchaus nöthigen Liebe, mit Enthusiasmus und Sachkenntniss sich bereit erklären, einen öffentlichen Kursus zu halten.

Wir lassen nun den Rittergutsbesitzer v. Bose selbst sprechen.

„Ueber die Frage:

in welcher Weise ist ein öffentlicher Kursus über Obstbaumzucht und Obstbau einzurichten?

gebe ich im Nachstehenden meine persönliche Ansicht kund.

Die Bedürfnissfrage betrachte ich als erledigt. Sie trat an uns in einer Zeit, wo das Ausland, und besonders Frankreich, längst darüber einig war. Frankreich ist uns hierin weit voraus; es hatte seine Lehrer der Obstbaumzucht nicht nur an öffentlichen und Staatsanstalten, sondern auch Wanderlehrer, während wir in Deutschland lediglich auf Hohenheim beschränkt waren. Seit 1860 ist nun Reutlingen dazugetreten.

Vergleichen wir weiter Deutschland mit Frankreich, so finden wir auch in der Art und Weise, in welcher öffentliche Vorträge über Obstbaumzucht und Obstbau gehalten werden, einen wesentlichen Unterschied. Allein das ist ein Punkt, in welchem wir uns Frankreich nicht als Vorbild hinstellen wollen. Deutsche Art ist nicht französische Art, und Frankreichs Logik passt wenig für den hausbakkenen Verstand des Deutschen.

Deshalb stelle ich an die Spitze meiner Bemerkungen die beiden folgenden Sätze:

1. Der Vortragende muss sich seiner Zuhörer bewusst sein, d. h. er muss deren Fähigkeiten in so weit beurtheilen können, dass er darnach seinen Vortrag einrichtet. Vermag er das nicht, dann ist sein Zweck zumeist verfehlt, denn das zu wenig oder zu viel schadet hier in gleicher Weise.
2. Der Vortragende muss nicht vom hohen Katheder herab dociren und an der schwarzen Tafel demonstriren, sondern da, wo seine Worte sofort die praktische Erläuterung, resp. Anwendung finden, also in den Baumschulen, vor dem Obstbaume selbst u. s. w. Die Anschauung ist und bleibt das lebendige Wort.

Zu dem Speziellen übergehend halte ich dafür, es sei der Kursus in zwei Hauptheile zu scheiden: in die Lehre von der Obstbaumzucht und in die Lehre vom Obstbau. Beide Begriffe trennen sich selbst. Dadurch bietet sich aber auch eine Trennung des Stoffes, welche eine Trennung des Kursus' in zwei Abschnitte gestattet. Eine solche Theilung des Kursus' halte ich für vortheilhaft in allen Fällen, wo derselbe nicht an einer öffentlichen Anstalt, wie z. B. an einer landwirthschaftlichen Lehranstalt u. s. w. abgehalten wird, sondern an je einem beliebigen Orte zur Belehrung des Landmannes und Aller, die eben Belehrung wünschen. Die Trennung in einen Frühjahrs- und in einen Herbst-Kursus entspräche dem und gäbe zugleich Gelegenheit, sich mehr an die Praxis zu halten.

Der Frühjahrs-Kursus begriffe die Einleitung, den allgemeinen Theil und das Spezielle über Erziehung des Obstbaumes bis zu der Zeit, wo der ausgebildete Baum auf seinen Standort gepflanzt wird, wo er nunmehr Früchte tragen soll. Der Herbst-Kursus behandelte dann den Baum als solchen in den übrigen Lebensperioden, sowie seine Früchte.

Zweierlei würde ich vorläufig von dem Kursus absetzen: einmal die Lehre von den künstlichen Formen und deren Behandlung und dann die Lehre von der Benutzung des Obstes. Ersteres ist mehr für Leute vom Fach und würde in den Sommer-Monaten gelehrt werden müssen, während letzteres nur an wenigen Orten zur praktischen Darstellung gelangen kann. Beides wird vorzugsweise ein Unterrichts-Gegenstand für öffentliche Lehranstalten bleiben müssen. Ausnahmen hiervon werde ich jederzeit mit Freuden begrüssen, obgleich ich mir selbst sagen muss, dass, wenn von der Obstbenutzung die Rede, mein Auditorium sich zumeist in ein weibliches verwandelt.

Ich gehe nun zur Aufstellung des Schema's für den ganzen Kursus über, wobei ich irgend nöthige Bemerkungen anschliessen werde. Ich behalte die obige Eintheilung in einen Frühjahrs- und einen Herbst-Kursus bei.

Zunächst:

A. der Frühjahrskursus. — Obstbaumzucht, mit den Abschnitten:

I. Einleitung. — Pflanzenphysiologie in ihren Grundzügen, so weit solche für Erziehung und Behandlung des Obstbaues erforderlich.

Es ist meines Erachtens ein grosser Fehler, wenn Lehr- und Handbücher der Obstbaumzucht diesen Punkt ganz vernachlässigen oder in einer unfassbaren Weise darstellen. Der Schüler muss nicht nur wissen, dass etwas so oder so gemacht werden soll, sondern er muss dabei selbst denken und sich selbst sagen können, wesshalb es grade so und nicht anders verrichtet werden kann. Vermag er das nicht, so ist er eben nur eine Maschine.

II. die Baumschule — in den verschiedenen Abtheilungen und den einzelnen Obstsorten. Dahin gehören namentlich:

Bodenkunde. Kernsaat. Behandlung der Pflanzen bis zur Veredlung. Das Veredeln mit Bezug auf Stammform und Obstsorte. Behandlung der veredelten Stämme bis zum Verpflanzen an dem Standorte. Das Verpflanzen und die Anlage von Obstpflanzungen u. s. w. u. s. w.

B. der Herbstkursus. — Obstbau. — Dieser schliesst sich unmittelbar an den Frühjahrskursus an, beginnt mit der Pflege der Obstbäume im Allgemeinen, Fortbildung der Obstbäume — behandelt das Ausputzen, Verjüngen, die Hülfsmittel zur Beförderung des Wachsthumes, die Krankheiten, die schädlichen Thiere u. s. w., geht dann zur Obsternte über und schliesst mit den Grundzügen der Pomologie.

Aus dieser kurzen Uebersicht leuchtet der Vortheil eines Herbstkursus' deutlich hervor. Der Hauptgegenstand der Demonstration steht da einmal in vollster Pracht und gewährt ein Bild dessen, was wir erstreben und wie solches erstrebt werden soll. Hier ist dann die Gelegenheit geboten, den Frühjahrskursus zu ergänzen, selbst zu vervollständigen. Dahin gehört z. B. die Lehre vom Schnitt, die Kronenbildung, die Herbstveredlung, das Umpfropfen alter Bäume u. s. w. u. s. w.

Der pomologische Theil hat sich zumeist auf das Allgemeine zu beschränken; die einzelnen Sorten nach ihren äusseren Merkmalen kennen und unterscheiden zu lernen, wie auch eine Hervorhebung des Besseren u. s. w. sich vorzugsweise empfehlen würde.

Das ist ein kurzer Abriss dessen, was gegeben werden kann. Ein Geringeres würde wenig Vortheil bringen, wogegen ein Mehr wohl in den örtlichen Verhältnissen begründet sein mag, das alsdann einzutreten haben würde.

Wünschenswerth ist und bleibt es unbedingt, einen solchen oder einen ähnlichen Kursus nicht nur in jeder Provinz, sondern in jedem einzelnen Kreise einzurichten. Wie dies zu bewirken ist, soll hier nicht untersucht werden. Ich gestatte mir blos die Bemerkung, dass dies auf zweierlei Wegen geschehen kann, einmal durch irgend eine befähigte Persönlichkeit in jedem Kreise, oder anderweit durch eigens bestellte Wander-Lehrer für mehre Kreise. Der erstere Weg ist der minder kostspielige und ich glaube, dass er sich für Rheinland und Westphalen zur Ausführung bringen liesse, während der zweite einen grösseren Aufwand erfordern und bei dem Mangel an geeigneten Personen manche Schwierigkeit bieten würde. Halte ich auch den ersten Weg für den besseren, so ist doch keinem ein grosser Werth für das Allgemeine abzusprechen.

Lilium Szovitsianum F. et M. und fulgens C. Morr.

In verschiedenen Pflanzen-Verzeichnissen, auch in dem Laurentius'schen, werden beide genannte Lilien aufgeführt. Wir erlauben uns über sie um so mehr einige Worte zu sagen, als beide die Aufmerksamkeit der Blumenliebhaber und eine grössere Verbreitung verdienen und hinsichtlich ihrer Namen und ihrer Abstammung keineswegs in der Weise bekannt sind, als es wünschenswerth ist.

I. Lilium Szovitsianum F. et M. (L. colchicum Stev.) haben wir selbst in Transkaukasien in wildem Zustande gesehen. Wir vermögen durch längere und mehrfache Vergleichungen, trotz der entgegengesetzten Behauptung Ruprecht's (Regel's Gartenflor IX, S. 372), diese Lilie, wo nach den beiden Autoren die Blumenblätter nur am oberen Theile rückwärts gebogen sind (s. Ind. sem. hort. bot. Petrop. $18^{39}/_{40}$ p. 58), eben so wenig, wie L. Loddiggesianum R. et S., wo die Blumenblätter fast noch mehr, als bei einem Türkenbund (Lilium Martagon L.) zurückgerollt sein sollen, von L. monadelphum Bieb. speziefisch nicht zu unterscheiden. Die Gestaltung der Blume scheint einestheils vom Alter derselben, anderntheils vom Boden abzuhängen (s. übrigens Linn. XXII, S. 233). Die Blume besitzt bei der Grösse unserer weissen Lilie eine schöne gelbe Farbe, welche im Innern durch rothe Punkte unterbrochen wird. Die Pflanze jedoch, welche wir jetzt als Lilium Szovitsianum in den Gärten haben, ist unserer Ansicht nach eine andere. Ihre Blumen sind weit kleiner, stets Türkenbund-artig und haben Anfangs eine grünlich-, später eine ochergelbe Farbe. Die Gartenpflanze, welche neuerdings in Regel's Gartenflor (13. Jahrg. S. 161) als L. Szovitsianum näher beschrieben und (auf der 436. Tafel) abgebildet, ist dieselbe, welche wir zuerst in Lasistan entdeckten und L. ponticum (Linn. XXII, S. 234) genannt haben.

Die Abbildung in Flore des serres (Tom. V, t. 507) hat unserer Ansicht nach zu grosse Blüthen, oder ist vielmehr wohl die Form des L. monadelphum Bieb., welche im botanical Magazine (tab. 1405) abgebidet und später als L. Loddigesianum R. et S. beschrieben worden ist.

II. Als Lilium fulgens Ch. Morr. var. staminosum hat A. Verschaffelt im vorigen Jahre eine Lilie in den Handel gebracht, die, wenn auch schon längst bekannt, doch eigentlich nie hinlänglich gewürdigt wurde, so sehr sie auch Beachtung verdient. Das Verdienst ihrer ersten Einführung gehört dem bekannten Reisenden v. Siebold, während sie Louis van Houtte in Gent schon Anfangs der dreissiger Jahre in den Handel brachte. Beschrieben und abgebildet wurde sie zuerst als

L. fulgens in einem bei uns fast unbekannten Kupferwerke: „Encyclographie du regne végétal, herausgegeben von Drapitz in Brüssel", bereits im Jahre 1835 von dem verstorbenen Professor Karl Morren in Lüttich. 11 Jahre später hat sie Lindley in dem botanical Register (Tom. XXXII, t. 50) unter dem Namen L. sanguineum veröffentlicht. In dem van Houtte'schen Pflanzen-Verzeichnisse ist sie fortwährend, und zwar bis in die neueste Zeit, als L. atrosanguineum und mit 2 Abarten (s. auch 5. Jahrg. d. Wochenschrift, Garten-Nachrichten S. 39) fortgeführt worden.

Wahrscheinlich ist L. fulgens C. Morr. nur eine Form des bei uns schon längst bekannten L. Thunbergianum R. et S., worüber uns v. Siebold in seinem Catalogue raisonné (pag. 48) mittheilt, dass in Japan nicht weniger als 14 Abarten, resp. Formen, kultivirt werden. Von ihnen finden sich im Laurentius'schen Verzeichnisse ebenfalls 8 vor. L. fulgens bleibt viel niedriger, als die Hauptform und besitzt prächtige, feuerrothe Blumen. Die jetzt als L. staminosum in den Handel gebrachte Abart ist halbgefüllt.

Agaveen-Studien.

Von Karl Koch.

(Fortsetzung.)

b. Agavae coriaceae.

(Agaven mit lederartigen Blättern).

14. A. Verae crucis Mill. ist ebenfalls zu Veränderungen geneigt und zeichnet sich durch die im Verhältniss zu den übrigen Arten dieser Abtheilung breiten Blätter aus. Die Farbe ist graugrüner, als bei A. americana, mit der sie übrigens wenig Aehnlichkeit hat. Sie macht stets, wenn sie älter wird, einen Stamm, kann aber auch schon blühen, wenn dieser kaum entwickelt ist. Hierauf beruht die Lemaire'sche Berichtigung meiner Angabe in der Revue horticole (Jahrg. 1865, p. 33). Die Zuccarini'sche Abbildung in den Verhandlungen der Leopoldo-Carolinischen Akademie (XVI, 2. p. 670. tab. 49 und 50) zeigt sogar einen sehr entwickelten Stamm.

In England wurde die Art zu Ende des vorigen Jahrhundertes unter dem Namen A. lurida kultivirt; wir sind jedoch geneigt die Pflanze, welche im botanical Magazine (tab. 1522) als solche abgebildet ist, gar nicht dafür zu halten. Nach der Darstellung des obersten Blatttheiles möchte sie eher der A. Salmiana zugehören. In Holland, Belgien und Frankreich haben wir sie häufig unter dem Namen A. virginica und Milleri, bisweilen auch als A. mexicana gefunden. Die echte A. virginica Mill. halte ich dagegen nach der freilich kargen Beschreibung des Autors für eine schmalblättrige Form der A. americana; ebenso die Lamark'sche A. mexicana, obwohl ich jetzt unter diesem Namen in Frankreich nur A. Verae crucis gesehen habe.

In unseren Gärten haben wir 2 Hauptformen: eine arm- und eine reichblättrige. Die erstere ist bei uns gewöhnlich als A. Milleri und moxicana in den Gärten, während jenseits des Rheines grade die reichblättrige Abart diese beiden Namen führt. Von dieser finden sich wiederum 2 Formen vor: eine mit schmalen und eine mit breiten Blättern. Die letztere habe ich in meiner frühern Abhandlung über Agaveen (3. Jahrg. S. 38) als A. polyphylla beschrieben, während die erstere schon weit früher als A. Jacquiniana Schult. bezeichnet wurde. Von der breitblättrigen Abart haben wir in Frankreich auch eine buntblättrige Form gesehen.

Die armblättrige Abart ist bei uns sehr verbreitet und scheint leichter einen kurzen Stamm zu bilden, als die reichblättrige. Während bei der ersteren die Blätter in der Regel steifer sind, erscheinen sie hier schlaffer und im obern Drittel zurückgeschlagen.

15. Unter dem Namen A. Saundersii hat kürzlich Hooker im botanical Magazine (t. 5493) eine Art bekannt gemacht, welche mit der breitblättrigen Form der A. Verae crucis viel Aehnlichkeit besitzt. Es liegt mir eine Abbildung derselben vor, welche erstere ich wiederum der Freundlichkeit von de Jonge v. Ellemeet verdanke und welche letztere als virginica Mill. vorhanden war, wo diese nur durch ihre graugrüne Farbe von der schönen blaugrünen A. Saundersii sich unterscheidet. Die mehr lederartigen Blätter werden 2 Fuss lang und 4 Zoll breit angegeben und sind flach ausgebreitet. Der Blüthenstand ist der der A. Verae crucis eigenthümliche, indem am Ende kurzer Aeste zahlreiche Blüthen in wenigen und dichten Büscheln stehen.

16. A. Ixtli Karw. Unter diesem Namen beschreibt Fürst Salm-Dyck eine in der Nähe von A. angustifolia und macracantha stehende Pflanze mit steifen, am unteren Theile halb-walzenförmigen Blättern, deren Rand mit entfernt-stehenden, schwarzen Dornen besetzt ist und die mit einem sehr stechenden, dunkelpurpur-farbigen Enddorn endigen. Im botanischen Garten zu Berlin wird dagegen eine andere Pflanze schon seit den dreissiger Jahren kultivirt, die jung ganz das Ansehen einer A. angustifolia besitzt, allmählig aber sehr bedeutende Dimensionen annimmt. Die Blätter sind an den beiden grossen Exemplaren des Berliner Gartens ge-

ring an der Zahl, ziemlich gleich- und zwar kaum 4 Zoll breit, aber gegen 4 Fuss lang und mit entfernt-stehenden Zähnen besetzt. Was ich sonst, zum Theil aus dem Dyck'schen Garten stammend, als A. Ixtli gesehen habe, waren entweder junge Exemplare der Berliner A. Ixtli oder gehörten zu A. angustifolia.

17. A. angustifolia Haw. Hierunter verstehe ich die schmalblättrige Art von Veracruz (Aloë americana ex Vera-cruce foliis angustioribus minus glaucis) des Hortus Amstelodamensis (Tom. II. tab. 16), welche bei uns unter verschiedenen Namen vorkommt. Sie steht der echten A. Verae crucis, (Aloë americana ex Vera-cruce foliis latioribus et glaucis), von der sie Aiton auch nur als Abart betrachtet, nahe, ist aber in allen Theilen kleiner.

Ob Miller in seinem Garten-Lexikon unter seiner A. rigida dieselbe Pflanze verstanden und kultivirt hat, bezweifle ich, da er sie ganzrandig nennt. In den früheren Ausgaben seines berühmten Werkes, welche noch keine Pflanzen-Namen im Linné'schen Sinne haben, ist sie dagegen bestimmt mit dem Commelyn'schen Namen aufgeführt. Weil er daher wahrscheinlich nicht die Commelyn'sche Pflanze vor sich gehabt hat, sondern ihren Namen auf eine andere überträgt, halte ich für besser, den Namen A. rigida ganz zu vermeiden. In den Gärten wird sie gewöhnlich mit ähnlichen Arten verwechselt und führt deshalb auch die Namen: A. flaccida Haw., laxa Zucc., serrulata Karw., rubescens Salm-D. und Cantala Roxb.

Im botanischen Garten zu Berlin werden eine lang- und eine kurzblättrige Abart kultivirt, die beide viele und steife Blätter von einer hellen, etwas graugrünen Farbe haben. Ihre Gestalt ist eine sehr schmal-elliptische, wobei also die grösste, meist 2 Zoll im Durchmesser enthaltende Breite genau in der Mitte liegt. Die Substanz ist namentlich in dem untern Theile des Blattes etwas fleischig und dieses deshalb auch auf beiden Flächen etwas konvex. Der Enddorn ist braun, stark und stechend.

A. Karwinskii Zucc. findet sich leider nicht mehr im Berliner botanischen Garten. Obwohl die Färbung freudig-grün angegeben wird, zweifle ich doch nicht daran, dass es dieselbe Pflanze darstellt. A. punctata Hort. gehörte dann ebenfalls hierher.

18. A. flaccida Haw. Im Berliner botanischen Garten wurden früher A. flaccida und rubescens Salm-Dyck als Synonyme betrachtet. Ich bin derselben Meinung und halte auch A. laxa Karw., sowie A. serrulata Salm-Dyck, welche erstere nur langblättriger zu sein scheint, für nicht verschieden. Die riemenförmigen, fast gleich breiten und mehr oder weniger graugrünen Blätter sind keineswegs so steif, wie bei der vorigen Art, sondern weit schlaffer und hängen im obern Drittel meist über. Von dem röthlichen Schein, der dem Fürsten Salm-Dyck zur Benennung rubescens Veranlassung gegeben hat, habe ich nichts bemerkt; wohl aber kommen die jungen Blätter blaugrün heraus. Der Enddorn ist zwar ebenfalls braun gefärbt, aber nur schwach. Die Pflanze macht stets, wie A. angustifolia, einen kurzen Stamm.

Im botanischen Garten in Berlin wird eine Pflanze als A. laxa schon seit langer Zeit kultivirt, welche schlaffe, schmale und gleich Anfangs in einem Bogen übergeschlagene Blätter von freudig-grüner Farbe besitzt, über deren Stellung ich kein Urtheil abzugeben vermag.

19. A. Cantala (Furcraea) Haw. wird unter dem gleichbedeutenden Namen A. Rumphii Hassk. schon seit langer Zeit im botanischen Garten zu Berlin kultivirt. Sie ist der A. flaccida ähnlich, aber in allen ihren Theilen grösser. Der verkürzte Stamm, aus dem die Anfangs steifen, im oberen Drittel aber überhängenden und ziemlich gleichbreiten Blätter von etwas graugrüner Farbe hervorkommen, ist etwas zwiebelartig-verdickt, so dass die Pflanze einigermassen an Furcräen erinnert. Das Ende der Blätter ist in einen langen, dünnen und nur am Ende bräunlichen Dorn ausgezogen.

20. Der A. Commelini (Furcraea) Kth liegt die Commelyn'sche Abbildung einer im vorigen Jahrhunderte im Amsterdamer botanischen Garten befindlichen Agavee (Hort. Amstelod. II, t. 10) zu Grunde. Sie sieht mehr einer Furcräe ähnlich und hat wie diese lange, nur an der Basis oder gar nicht mit Zähnen besetzte Blätter von freudig-grüner Farbe. Die Oberfläche ist glatt, die untere hingegen wenig rauh. Am meisten ähnelt die Pflanze der Furcraea cubensis, hat aber noch breitere und mehr wellenförmige Blätter.

21. A. bromeliaefolia Salm-Dyck ist mir unbekannt. Was ich unter diesem Namen in Gärten gesehen habe, waren Formen der A. angustifolia. Sie soll sich durch schmale, $1\frac{1}{2}$ Fuss lange und in der Mitte $1\frac{1}{2}$ Zoll breite, sowie hautartige Blätter ohne stechende Spitze auszeichnen. Damit steht aber wiederum die Angabe im Widerspruch, dass die letztere das Ansehen der Bromelia Pinguin haben soll. Die Blätter sind bei beiden sehr schmal. Der Rand ist gezähnt. Die Blattfarbe wird glänzend-grün angegeben. Blüthen kennt man nicht. Was im Berliner botanischen Garten seit langer Zeit als A. bromeliaefolia kultivirt und auch von dem Fürsten Salm-Dyck für die echte Pflanze erklärt wurde, hat allerdings einige Aehnlichkeit, hinsichtlich der Blätter, mit einer Bromelia Pinguin, passt aber gar nicht zu der gegebenen Beschreibung. Vergleicht man diese aber selbst,

wie sie im Hortus Dyckensis und dann später in einer Abhandlung der Bonplandia gegeben ist, so kommen auch hier Widersprüche vor.

A. bromeliaefolia des botanischen Gartens besitzt das Ansehen einer Furcraea cubensis und hat ziemlich steife, fast 2 Fuss lange, in der Mitte über 3 Zoll breite Blätter von glänzend- und hellgrüner Farbe, welche einer etwas zwiebelartigen Anschwellung des verkürzten Stammes entspringen. Der Rand ist meist etwas nach aussen gebogen, ausserdem aber mit weisslich-grünen Zähnen besetzt, sonst sind beide Seiten des Blattes flach. Anstatt eines stechenden Dornes ist eine in die Länge gezogene, kaum harte Spitze vorhanden.

A. bulbifera Salm-Dyck ist eine nicht weniger zweifelhafte, der A. bromeliaefolia aber jedenfalls nahestehende Art. Die Widersprüche in beiden von dem Fürsten gegebenen Beschreibungen sind hier noch grösser. Im Hortus Dyckensis werden die Blätter hautartig und hellgrün, in der Bonplandia lederartig und blaugrün angegeben. Am Blüthenstengel sollen sich anstatt der Blüthen, wie bei vielen Furcräen, Zwiebeln bilden.

22. A. macracantha Zucc. Ich bezweifle, dass die Pflanze in diese Abtheilung gehört und folge hierin nur der Anordnung von Cels. Die gleichbreiten, aber in einen sehr stechenden Dorn an der Spitze auslaufenden und sehr steifen Blätter sind, besonders an der Basis, sehr dick, im Querdurchschnitt fast eirund, und stehen ringsum ab. Auf der unteren Fläche sind sie sehr konvex, auf der oberen dagegen flach oder bei jungen Exemplaren selbst etwas rinnenförmig. Am Rande befinden sich keineswegs so starke Zähne, wie man nach dem Namen, welcher „starkzahnig" bedeutet, schliessen sollte. A. flavescens Hort. Monac. und Salm-Dyck ist sicherlich nicht verschieden. Neuerdings kommt sie auch als A. Besseriana (wohl eigentlich Bessereriana?) in den Gärten vor.

23. A. pugioniformis Zucc. halte ich mit Cels für eine interessante Abart der A. macracantha. Die Blätter sind zum grossen Theil halbstielrund und laufen in eine lange, harte und sehr stechende Spitze aus, welche Veranlassung zur Benennung „dolchförmig (pugioniformis)" gab. Ihre Farbe ist ebenfalls ein bläuliches Graugrün. Im botanischen Garten zu Berlin existirt eine andere Pflanze d. N., welche sich von der blaugrünen Form der A. heteracantha durch sehr schmale und rinnige Blätter unterscheidet.

24. Unter dem Namen A. Houlletii Cels hat man im Pariser botanischen Garten ein schönes Exemplar einer ohne Zweifel noch nicht beschriebenen Art, welche wohl in die Nähe von A. yuccaefolia Hook. (nicht Red.), also in die Abtheilung der Agaven mit ährenförmigem Blüthenstande gehört, von Cels aber selbst zwischen A. Ixtli und macracantha gebracht wird. Die Basis bildet eine zwiebelige Anschwellung, von der die ziemlich steifen, dicken Blätter von 1¼ Fuss Länge und in der Mitte von 1 Zoll Breite entspringen. Nach einer Mittheilung von Cels hat derselbe aber ein Exemplar mit doppelten Dimensionen gesehen.

B. Agavae spicatae.

(Agaven mit ährenförmigem Blüthenstande.)

Diese Abtheilung bringt man am besten in 4 Gruppen, von denen die erste sich den fleischigen Arten der vorigen Abtheilung anschliesst und sich dadurch unterscheidet, dass die hornartigen Zähne am Rande der nicht so gedrängt stehenden Blätter nicht auf fleischigen Erhebungen sich befinden, weniger stark sind, gehäufter stehen und selbst bisweilen zusammenfliessen oder ganz und gar fehlen. Ihre Substanz ist möglichst noch fleischiger und auch ihr Enddorn weicher. Hauptsächlich ist aber diese Gruppe durch eine mehr oder weniger deutliche Entwickelung eines Stammes ausgezeichnet. Ich habe sie deshalb mit dem Namen der Aloe-artigen (Aloinae) bezeichnet.

Die zweite Gruppe umfasst eine Reihe von Arten, wo die Blätter einen hornartigen Rand besitzen, aus dem sich entweder ebenfalls hornartige Zähne erheben oder sich hornartige Fasern ablösen. Sie sind als Marginatae d. h. gerandete bezeichnet.

Die dritte Gruppe der binsenförmigen (Junciformes) besitzt die Blätter steif binsenförmig oder flach riemenförmig, in beiden Fällen meist übergeschlagen.

Die vierte Gruppe endlich umfasst die kleinern und mehr krautartigen Arten, welche zum Theil sogar einziehen. Die Blätter sind hier stets etwas fleischig, in der Regel in die Länge gezogen und rinnenförmig, bisweilen aber auch breiter und flach.

a. Agavae aloinae.

(Agaven vom Ansehen der Aloen.)

25. A. latissima Jacobi ist eine der schönsten und grössten Agaven mit freudig-grünen Blättern von ziemlich weicher Konsistenz. Bei über 3 Fuss Länge haben die letztern in der Mitte eine Breite von 8, an der fast 4 Zoll dicken Basis hingegen von 5½ Zoll. Ihre Oberfläche ist ziemlich flach. Ausgezeichnet ist die Zahnbildung, indem sich längs des Randes grössere und kleinere zusammenhängende Zähne von brauner Farbe hinziehen. Von der Mitte aus verschmälert sich das Blatt in einen elliptischen Bogen und läuft schliesslich in einen braunen Stachel aus. Die Pflanze scheint einen kurzen Stengel zu bilden. Ich hielt sie früher für A. atrovirens.

26. A. chloracantha Salm stellt im Berliner botanischen Garten eine schöne Pflanze von bedeutendem Durchmesser dar, welche mit der vorigen hinsichtlich der Blattfarbe so ziemlich übereinstimmt; sie unterscheidet sich aber durch schmälere Blätter und entfernt-stehende Zähne, die Anfangs eine weisse, später eine dunkelbraune Farbe besitzen. Die Blätter haben ausserdem eine sehr dicke Basis und sind überhaupt ziemlich fleischig, laufen selbst in einen weniger stechenden Dorn aus. Sie bildet einen niedrigen Stamm. Ich hielt sie früher für A. polyacantha Haw., als welche sie auch General von Jacobi beschrieben hat. Bei Fürst Salm-Dyck hat sie geblüht.

27. Unter dem Namen A. densiflora Hook. ist im botanical Magazine (tab. 5006) eine Agave abgebildet worden, welche neuerdings wiederum als A. xalapensis (?chiapensis Cels) in den Handel gekommen ist. Die Blätter sind ebenfalls etwas in die Länge gezogen und haben eine freudig-grüne und glänzende Farbe. An der ziemlich dicken Basis sind sie nur wenig schmäler, als in und über der Mitte. Die Zähne stehen ziemlich entfernt und sind bei jugendlichen Pflanzen stärker, als bei herangewachsenen, wo sie sich leicht abstossen. Ein ziemlich grosses Exemplar blühte vor einigen Jahren bei dem Hofgärtner H. Sello in Sanssouci bei Potsdam und ist seitdem in den Besitz des botanischen Gartens gekommen. General v. Jacobi hat ihr neuerdings den Namen A. Boucheana gegeben. Möglicher Weise ist A. densiflora Hook. nur eine Form der A. chloracantha.

28. Auch A. Martiana Hort. Berol. ist eine nahe verwandte Pflanze der A. chloracantha von ebenfalls freudig-dunkelgrünem und glänzendem Ansehen. Die ebenso grossen Blätter sind aber noch schmäler, fast gleich breit (3—3½ Zoll Breite bei 2—2½ Fuss Länge), und bedeutend dicker, besonders an der Basis. Im obern Drittel verschmälern sie sich lanzettförmig und laufen in eine rinnenförmige und stechende Spitze aus. Bei den beiden vorigen verschmälert sich der obere Theil des Blattes dagegen in einem elliptischen Bogen. Die Randzähne sind noch weit schwächer, aber später ebenfalls braun. Sie hat noch nicht geblüht.

29. A. rupicola Reg. ist nach Fürst Salm-Dyck von seiner A. mitis nicht verschieden. Im botanischen Garten zu Berlin befinden sich von beiden grosse Original-Exemplare, welche sich nur dadurch unterscheiden, dass erstere einen ziemlich hohen, letztere dagegen fast gar keinen Stamm besitzt. Das könnte allerdings zufällig sein. Die Farbe der im Verhältniss kürzeren und breiteren Blätter ist ein mattes Hellgrün. Auch die entfernter stehenden Zähne sind etwas grösser und mit Ausnahme der hornigen und gelblich-bräunlichen Spitze, ebenfalls hellgrün. Blüthen habe ich zu beobachten noch nicht Gelegenheit gehabt.

30. A. micracantha Salm-Dyck zeichnet sich durch ihre sehr helle, grünlich-weisse Farbe der Blätter und durch die ebenfalls hellen und wimperähnlichen Randzähne aus. Eigenthümlich ist ihr auch, dass die Blätter mit einem Bogen an der Basis aufsteigend sind, während sie bei den übrigen bis jetzt besprochenen Arten dieser Abtheilung mehr oder weniger, die unteren selbst horizontal abstehen. Trotz der Weichheit der länglich-elliptischen Blätter endigen diese doch in einen ziemlich harten Dorn. Auch ihre Blüthen weichen in sofern von denen der übrigen Arten dieser Abtheilung ab, als sie aufrecht stehen, während sie bei A. densiflora zurückgeschlagen sind. In der reichen Agaveen-Sammlung von Tonel in Gent sahen wir sie unter dem Namen A. oblongata ebenfalls blühend. Später wurde sie auch von Hooker in Blüthe beobachtet und als A. Celsiana im botanical Magazine (tab. 4934) abgebildet. Ferner habe ich sie in den Gärten als A. glaucescens und attenuata dentata, in der Tonel'schen Sammlung als A. concinna (s. 5. Jahrg. der Wochenschr. S. 198) gesehen. General v. Jacobi nennt die Form mit sehr hellen Blättern A. albicans. Cels in Paris zeigte mir Sämlinge, wo die Zähne am Rande gar nicht und kaum ausgebildet waren.

31. A. attenuata Hort. Berol., eine ausgezeichnete Art, welche schon sehr lange im botanischen Garten zu Berlin kultivirt wurde und zuerst unter diesem Namen von dem Fürsten Salm-Dyck beschrieben worden ist. Neuerdings ist sie im botanical Magazine (tab. 5333) wiederum als A. glaucescens abgebildet. In Belgien sah ich sie auch als Ghiesebrechtia mollis. Sie zeichnet sich durch den gänzlichen Mangel aller Bezahnung, durch die grosse Zerbrechlichkeit der Blätter und durch die rasche Bildung eines ziemlich hohen Stammes aus, durch den sie das Ansehen einer baumartigen Aloë erhält. In der Regel ist die Farbe der Blätter ein ganz helles, wie mit Reif überzogenes Weissgrün; es scheint jedoch, als wenn die Farbe allmählig auch dunkler werden könnte, wie wir an einem prächtigen, grossen Exemplare des Baron Osy in Antwerpen gesehen haben (siehe 7. Jahrg. d. Wochenschr. S. 166).

32. A. Ellemeetiana C. Koch (7. Jahrg. d. Wochenschr. S. 164) schliesst sich der vorigen in Gestalt der Blätter und durch den gänzlichen Mangel aller Bezahnung an. Die Farbe der gedrängter stehenden Blätter ist aber ein dunkeles Grün. Ausserdem unterscheidet sich A. Ellemeetiana von attenuata durch eine derbere, nicht so leicht zer-

brechliche Blattsubstanz und durch den fast fehlenden oder sehr kurzen Stamm aus. Das schönste Exemplar befand sich in der Sammlung von van der Vinnen in Brüssel und wurde daselbst bei der stattfindenden Versteigerung von de Jonge van Ellemeet, über dessen Dickpflanzen-Sammlung ich speziell gesprochen (7. Jahrgang der Wochenschrift S. 161), erstanden. Behufs meiner Agaveen-Studien überwies genannter Pflanzenliebhaber mit nicht genug anzuerkennender Freundlichkeit dieses schöne Exemplar dem botanischen Garten zu Berlin, wo es sich demnach jetzt befindet.

33. A. Sartori C. Koch ist nicht minder eine sehr interessante Art, welche einen Stamm zu bilden scheint. Ausserdem zeichnet sie sich durch ziemlich dicke, fast gleich-breite und horizontal-abstehende und dunkelgrüne Blätter, welche einen helleren Mittelstreifen haben und am Rande mit kleinen Zähnen versehen sind, aus. In der Laurentius'schen Gärtnerei sah ich ein schönes, grosses Exemplar mit 17 Blättern und einem Durchmesser von $3\frac{1}{2}$ Fuss unter dem Namen A. pulcherrima. Das Exemplar stammte ebenfalls aus der Sammlung des verstorbenen van der Vinnen; ich vermuthe, dass es dieselbe Pflanze ist, welche Cels als A. Vandervinneni Lem. aufführt. In den Gärten befindet sich diese Art häufig mit der Benennung A. Noacksii und Noackii.

Eine ähnliche, wenn nicht dieselbe Pflanze befand sich während des ersten Gärtner-Kongresses im Frühjahre 1863 in Mainz, welche der Garten-Direktor Schnittspahn in Darmstadt eingeliefert. Das Exemplar hatte kurz zuvor geblüht und zeichnete sich durch einen überhängenden, einfachen Blüthenstand aus, ein Umstand, der dem Besitzer Veranlassung gab, die Pflanze unter dem Namen A. pendula in den Verhandlungen des Darmstädter Gartenbau-Vereines zu beschreiben. Nach Mittheilungen des Generals v. Jacobi soll jedoch diese Pflanze, die einzige wohl, welche in Europa existirte, zu Grunde gegangen sein und lässt sich ihre Beziehung zu A. Sartori erst ermitteln, wenn diese geblüht haben wird.

Ferner sah ich in Sanssouci bei Potsdam eine ebenfalls sehr ähnliche Pflanze, bei der der hellere Mittelstreifen fehlte. Sie machte weniger leicht einen Stengel und bildete, da die kleinen braunen Zähne bei ältern Exemplaren zusammenhingen und mit ihren Spitzen leicht abstiessen, gleichsam einen Uebergang zur nächsten Gruppe der Marginatae. Ich habe sie in meiner früheren Abhandlung unter dem Namen A. aloina unterschieden.

34. A. Hookeri nenne ich die Agave, welche Hooker im botanical Magazine (tab. 5213) als A. yuccaefolia abgebildet hat. Eine Vergleichung mit der A. yuccaefolia Red., welche in dem grossen Liliaceen-Werke (Tom. VI, t. 328 und 329) abgebildet ist, zeigt auf den ersten Blick, dass hier 2 verschiedene Pflanzen vorliegen. Was wir in unseren Gärten jetzt unter diesem Namen kultiviren, scheint mit ziemlicher Sicherheit mit der Hooker'schen Pflanze übereinzustimmen, obwohl ich sie bis jetzt, wahrscheinlich der Jugend halber, noch nicht mit einem Stamm, wie die Abbildung zeigt, gesehen habe. Die sehr schmalen, graugrünen und fleischig-lederartigen Blätter sind rinnenförmig, ziemlich in die Länge gezogen und schlagen sich gleich Anfangs in einen eleganten Bogen zurück. Der Rand ist dicht mit kleinen braunen und meist zusammenhängenden Sägezähnen besetzt.

(Schluss folgt.)

Die Grossherzogliche Landesbaumschule
auf Marienhöhe bei Weimar.

Zu den ältesten Landesbaumschulen gehört die, welche im Jahre 1834 am Ettersberg bei Weimar gegründet wurde und jetzt unter der Aufsicht des Regierungsrathes Paalzow steht. Ausser der Anzucht nur bewährter Sorten von Kern- und Steinobst dient die Anstalt auch zur Heranbildung von Obstgärtnern und Baumwärtern. Grade an den letzteren fehlt es und wird hierdurch einem Bedürfnisse abgeholfen.

Da die Leiter der Anstalt immer an den Pomologen-Versammlungen Theil genommen haben, so wird die Baumschule auch nach den dort zur Geltung gekommenen Prinzipien behandelt. Vor Allem werden die in Naumburg, Gotha und Berlin empfohlenen Obstsorten in Massen herangezogen und um billige Preise verkauft. Wir machen deshalb, da die Nachfrage mit jedem Jahre zunimmt, Grundbesitzer, welche Anpflanzungen machen wollen, auf diese bis jetzt weniger bekannte Baumschule aufmerksam. Aepfel, Kirschen und Pflaumen sind in jeglicher Form, in Hoch-, Halb- und Zwergstämmen zu haben, Birnen jedoch für dieses Jahr nur in Halb- und Zwergstämmen vorhanden. Verzeichnisse werden übrigens auf frankirte Anfrage portofrei zugesendet.

Verlag von Karl Wiegandt in Berlin,
Koch-Strasse No. 22.

Druck der C. Feister'schen Buchdruckerei in Berlin,
Zieten-Platz No. 2.

Wochenschrift

des

Vereines zur Beförderung des Gartenbaues in den Königl. Preussischen Staaten

für

Gärtnerei und Pflanzenkunde.

Redakteur:

Professor Dr. Karl Koch,

General-Sekretair des Vereines.

No. 14. Berlin, den 8. April **1865.**

Preis des Jahrganges 5½ Thlr., sowohl bei Bezug durch den Buchhandel, als auch franco durch alle Post-Anstalten des deutsch-österreichischen Post-Vereines.

Die internationale Ausstellung land- und forstwirthschaftlicher Produkte, Geräthe und Maschinen.

Eröffnet am 2. Juni 1865 in Köln.

Ausser den bereits besprochenen, zum Theil grösseren Ausstellungen, welche in diesem Jahre stattfinden, sind uns noch mehre mit der Bitte angezeigt, selbige in der Wochenschrift zur weiteren Kenntniss zu bringen. Unter diesen ist unbedingt die Kölner, welche der Verein Flora für Gartenkultur und Botanik mit Zuziehung anderer, hauptsächlich landwirthschaftlicher Notabilitäten veranstaltet, um so mehr die bedeutendste, als sie einestheils allgemeiner Natur ist und vor Allem durch landwirthschaftliche Gegenstände vertreten sein wird, anderntheils man aber die Jubelfeier der funfzigjährigen Verbindung der Rheinprovinz mit Preussen damit verbinden will. Diese Ausstellung sollte zuerst Mitte Mai stattfinden; da aber bereits um diese Zeit eine fast gleiche Ausstellung in Stettin stattfindet, so hat man Kölnischer Seits die Eröffnung bis auf den 2. Juni, also bis zum Freitag vor Pfingsten, hinausgeschoben. Auf jeden Fall ist diese Zeit auch weit günstiger, da an und für sich das Pfingstfest eine Menge Menschen nach den schönen Rheinufern führen wird.

Wenn auch leider die Gegenstände des Gartenbaues in den Hintergrund treten werden, so möchten doch die der Landwirthschaft, welche überhaupt mit dem Gartenbau die innigsten Beziehungen besitzt, auch dem Gärtner und Pflanzenliebhaber von grossem Interesse sein. Wir sind im Stande durch spezielle Mittheilungen Näheres darüber zu berichten. Vor Allem hat man, da alle Jahre die menschlichen Arbeitskräfte seltner und theurer werden, die Bearbeitung des Bodens durch Dampfkraft in's Auge gefasst und ist zu diesem Zwecke ein bedeutender Preis ausgesetzt, nämlich:

150 Friedrichsd'or für den besten Dampfpflug.

Ausserdem werden folgende 2 hohe Preise zur Verfügung gestellt:

500 Thaler für die beste Strassen-Lokomotive,
500 Thaler für die beste Dampf-Feuerspritze.

Von Wichtigkeit dürfte die Ausstellung von Gegenständen werden, welche in die sogenannte häusliche Oekonomie gehören. Hier ist noch sehr viel zu thun, da weniger die Intelligenz der grossen Industrie, welche gewöhnlich auch über grosse Mittel zu verfügen hat, sondern der in der Regel unbemittelte Handwerker thätig ist; diesem wird aber selten Gelegenheit geboten, die Vortheile anderer Städte und Länder in seinem Fache sich anzueignen.

Endlich wollen wir noch erwähnen, dass die Kohlen-Industrie Deutschlands, sowie auch die Englands, nicht allein durch Proben vertreten sein wird, sondern auch durch Karten und Grubenpläne. Ferner werden vollständige Sammlungen sämmtlicher Salzwerke des deutschen Staates vorhanden sein. Endlich hat die französische Tabaks-Regie ihre ganzen Fabrikate auszustellen sich vorgenommen.

Schliesslich erwähnen wir noch, dass auch eine Verloosung von Gegenständen im Gesammtwerthe von mindestens 10,000 Thaler, welche während und in der Ausstellung selbst angekauft werden, stattfindet. Das Billet kostet 1 Thaler und gibt die Berechtigung, einmal die internationale Ausstellung, ausserdem aber die schönen Anlagen der Flora während der ganzen Zeit zu besuchen.

Allerlei
aus der Gärtnerei und Pflanzenkunde.

II.

Wir haben zunächst den Tod zweier Männer zu beklagen, welche um Gärtnerei und Pflanzenkunde sich grosse Verdienste erworben haben. Am 11. März starb Sir Robert Schomburgh, der Mann, dem wir die Einführung vieler Pflanzen, vor Allem der Victoria regia, zu verdanken haben. Geboren in den gesegneten Fluren der goldenen Aue, also im nördlichen Thüringen, am 5. Juni 1804, hatte er von der ersten Jugend an einen unwiderstehlichen Drang, fremde Länder zu besuchen. Er widmete sich zwar dem Kaufmannsstande, beschäftigte sich jedoch hauptsächlich mit mathematischen Studien. Im Jahre 1830 ging er nach Westindien und wurde daselbst schon bald wegen seiner Kenntnisse geschätzt. Im Auftrage der englischen Regierung erforschte er die kleine Insel Anegada aus der Gruppe der Jungfern-Insel und lieferte eine vorzügliche Abhandlung über sie ein.

Im Jahre 1834 besuchte er das britische Guiana und erhielt hierauf von Neuem von Seiten der englischen Regierung den Auftrag, die Grenz-Regulirung der britischen Besitzung daselbst mit Brasilien auszuführen. Von Seiten der preussischen Regierung wurde ihm sein jüngster Bruder Richard, der Gärtner ist und sich jetzt in Neuholland angesiedelt hat, beigegeben, um Sammlungen für die Berliner Museen anlegen zu lassen. Robert Schomburgh führte seine Mission zu einer solchen Zufriedenheit aus, dass ihm die Königin von Grossbritannien zum Ritter schlug.

Im Jahre 1848 ernannte ihn die englische Regierung zu ihrem Konsul bei der Republik von St. Domingo, wo er blieb, bis er den Auftrag erhielt, nach Bankok in Siam zu gehen, um da die Vertretung zu übernehmen. Hier ist er geblieben bis zum vorigen Jahre, wo seine zerrüttete Gesundheit ihn zwang, seine Stellung aufzugeben. Er kehrte nach Europa zurück und ging zunächst nach England und später nach Deutschland zu seinen Verwandten. Der lang andauernde und häufigem Wechsel unterworfene Winter war seinem angegriffenen Zustande nicht günstig. Er kränkelte fortwährend und starb schliesslich an völliger Entkräftung.

Auch der Garten-Direktor Schott in Schönbrunn bei Wien ist in diesen Tagen gestorben. Noch wissen wir nichts Näheres über seinen Tod und behalten uns deshalb vor, noch später über ihn einige Worte zu sagen. Er war ein ausgezeichneter Gärtner, dem der Garten von Schönbrunn hauptsächlich seinen Ruf verdankt. Aber auch wissenschaftlich hat er sich ausgezeichnet und besass neben vieler Praxis gediegene Kenntnisse in der Botanik. Mit grosser Vorliebe beschäftigte er sich besonders mit den Aroideen. Seine Sammlung lebendiger Pflanzen aus dieser Familie in Schönbrunn ist das Ausgezeichnetste, was in dieser Hinsicht existirt.

Ausser den bereits von uns angezeigten und zum Theil besprochenen Ausstellungen sind uns noch einige Programme zugekommen, auf die wir hiermit aufmerksam machen wollen:

1. Vom 12. bis 18. April wird wiederum eine Ausstellung der Gesellschaft „Flora" von Pflanzen, Blumen, getriebenen Früchten und Gemüsen auf der Brühl'schen Terrasse zu Dresden sein. Die Zahl der Preise beträgt 61. Hier werden vor Allem Florblumen und Blüthensträucher eine Hauptrolle spielen.

2. Vom 23. bis 26. April findet in Mainz, von dem dortigen Gartenbau-Verein veranstaltet, eine Blumen- und Pflanzen-Ausstellung statt, wobei 32 Preise ausgesetzt sind. Blüthensträucher und Florblumen werden auch dieses Mal wiederum bevorzugt sein.

3. Vom 29. April bis 2. Mai wird der Gartenbau-Verein in Bamberg seine Frühjahrs-Blumen-Ausstellung in der Karmeliter-Kirche daselbst halten. 64 Preise sind ausgesetzt.

Es ist uns ferner ein Flugblatt: „Der Pomologische Verein für das Königreich Hannover und seine Zwecke" zugegangen. Dieser Verein konstituirte sich, wie wir früher angezeigt haben, am 4. Februar v. J. zu Göttingen, und will ein Central-Verein für das ganze Königreich Hannover sein. Als Aufgaben hat er sich gesetzt:

1. Den Gemeinden mit Rath und That an die Hand zu gehen.
2. Ueberhaupt eine Gemeinde-Gärtnerei in's Leben zu rufen.
3. Für Heranbildung eines tüchtigen Gärtner-Personals zu sorgen.

Die letzte Aufgabe ist sehr schwierig. Da wenig Aussicht vorhanden ist, die Gründung eines Staats-Institutes zur Heranbildung von dergleichen

Leuten hervorzurufen, aber bereits in dieser Hinsicht Privat-Institute existiren, welche dieses gegen Zahlung einer geringen Summe übernehmen, so verlangt der genannte Verein, dass diese benutzt werden. Unserer Ansicht nach ist aber der Mangel tüchtiger Gärtner hauptsächlich in zwei Ursachen zu finden, von denen der eine in dem Personal der Gärtner selbst liegt, der andere dagegen bei den Gutsbesitzern zu suchen ist. Auf dem Lande werden oft unfähige Bauernjungen herangezogen, die auch nicht eine Idee von dem haben, was zu einer guten Frucht gehört und denen ein saurer Apfel manchmal besser schmeckt, als einer, der einen feinen Geschmack besitzt. Solche Leute wollen nun auch noch in der Regel vornehme Gärtner werden und vor Allem Gewächshäuser haben, die ihnen nur die Lust zur Anzucht von Gemüsen und Obst verleiten. Nicht viel besser ist es oft mit Gärtnern der Stadt bestellt, welche für das Land die nöthige Liebe für ihren Stand nicht mitbringen.

Anderntheils haben viele Gutsbesitzer die Bedeutung und den Nutzen der Gärtnerei noch keineswegs erkannt. Kammerdiener und Grossknechte werden viel besser bezahlt, als tüchtige Gärtner. Man will einen einigermassen gebildeten Mann haben, der mit Geschmack anordnen und, um mit Erfolg Pflanzen zu kultiviren, das Leben derselben studiren soll. Trotzdem verlangt man von ihm noch, dass er für den Herrn auch Hasen und Rebhühner schiessen oder gar während der Mahlzeiten hinter seinem Stuhle stehen soll. Ein gebildeter Gärtner auf dem Lande muss aber eine Stellung erhalten, wo er sich selbst zunächst weiter ausbilden und dann Einfluss auf die ästhetische Ausbildung sämmtlicher Glieder des Hauses ausüben kann. Nur in diesem Falle erfüllt der Gärtner seinen Zweck auf dem Lande und bringt seinem Herrn durch rationelle Kulturen der Obstbäume und des Gemüses die pekuniären Vortheile eben so reichlich, wie der Inspektor oder Verwalter in der eigentlichen Landwirthschaft.

Keine Frucht wird in Nord-Amerika so geliebt, wie die Erdbeere, so dass die Gartenkultur keineswegs ausreicht, um das Bedürfniss zu decken. Man hat schon lange in Nord-Amerika angefangen, die Erdbeeren im Grossen zu bauen. Allein in der Umgegend von Neu-York sind nicht weniger als 1500 Acker*) zur Erdbeerzucht verwendet; es gibt einzelne Züchter, welche 30—50 Acker allein mit Erdbeeren bestellen. Obwohl nun im Durchschnitt der Acker Landes 160 bis 200 Büschel**) Erdbeeren Ertrag gibt, so reicht dieses doch noch nicht aus, um den Ansprüchen nachzukommen, weshalb noch von ausserhalb viel nach genannter Stadt eingeführt wird.

Der grösste Erdbeerzüchter lebt in Pittsburg und heisst **Knox**. Er hat die Kultur der Erdbeeren auf die höchste Stufe des Ertrags gebracht, so dass er vom Acker bis 250 Büschel Ertrag hat. Freilich bearbeitet er den Boden auf eine Weise, dass der Acker ihm oft 200 Dollar zur Herstellung zu stehen kommt. Man nennt **Knox** deshalb in ganz Amerika den Erdbeerkönig. Es gibt ausserdem aber noch Erdbeerzüchter, welche täglich 6,000 Quart Erdbeeren auf den Markt bringen, was ihnen für die ganze Erdbeerzeit eine Einnahme von 6,200 Dollars gibt.

Der grösste Erdbeer-Markt der Welt findet auch wohl in Neu-York statt. Nicht weniger als 50,000 Büschel (also über 33,000 preussische Scheffel) werden jährlich in genannter Stadt konsumirt. Nächstdem ist in Philadelphia und Cincinnati das Bedürfniss am grössten. In jeder der beiden Städte ist der Bedarf jährlich bis auf 12,000, in Boston bis auf 10,000 Büschel gestiegen. In einer einzigen Woche wurden allein in Neu-York 400,000 Quart, (also nahe an 200,000 Metzen), Erdbeeren verkauft. Mit der Erie-Eisenbahn kamen an einem Abende 200,000 Quart Erdbeeren an und wurden alsbald verkauft. Ferner wurden im Jahre 1861 in Neu-York nicht weniger als 8 Mill. Quart (4 Mill. Metzen) Erdbeeren verkauft, welche die Händler mit 2½ Cent (ohngefähr 12½ Pf.) das Quart kauften, um es wenigstens wiederum um das Doppelte an den Konsumenten zu verkaufen.

Der nun Jahre schon währende Krieg des Südens gegen den Norden in den Vereinigten Staaten Nordamerika's hat auch manche Vortheile für die Bewohner des letzteren hervorgerufen. Bis vor dem Kriege bezogen die Nordstaatler mehre Produkte aus dem Süden, so unter Anderem den Zucker. Die bedeutende Erhöhung des Preises desselben war die Folge, dass man Surrogate, um Zucker daraus anzufertigen, in grösseren Mengen kultivirte. Die Runkelrübe scheint jenseits des Grossen Oceans für Gewinnung von Zucker nicht so tauglich, wie bei uns, zu sein. Zwar werden bereits seit sehr langer Zeit nicht unbedeutende Mengen von Zukker aus dem Safte mehrer Ahorn-Arten, besonders des bei uns viel angepflanzten **Acer dasycarpum**, weniger des **A. saccharinum**, bereitet; diese reichten aber lange nicht aus, um selbst bei erhöhter Kultur zu genügen.

Mehr lohnte der Anbau des schwarzfrüchtigen Zucker-Sorghums, einer bekannten orientalischen Getreideart, welche vor einem Jahrzehend unter

*) Der Acker verhält sich zu dem preussischen Morgen, wie 1,58494 : 1,00000.

**) Der Büschel enthält 10,58127 preussische Metzen. 32 Quart gehen auf einen Büschel.

dem Namen Holcus saccharatus von Neuem aus China eingeführt wurde. Während bei uns alle Versuche in Betreff des Anbaues zur Gewinnung von Zucker resultatlos waren und sich selbst in Süd-Frankreich nicht günstig gezeigt hatten, verhält es sich in den Staaten nordwärts vom Ohio umgekehrt. Man hatte schon vor dem Kriege nicht unbedeutende Mengen Zucker aus dem Safte des H. saccharatus gewonnen und sucht nun seinen Anbau möglichst auszubreiten. Zu diesem Zwecke wurde aber ausserdem durch Wray noch der sogenannte Imphi (Imphee der Engl.), eine ebenfalls schwarzfrüchtige Sorte, die sich aber kaum von dem chinesischen H. saccharatus unterscheidet, aus Süd-Afrika eingeführt. Nach einer Abhandlung im Patent-Office-Report in Washington v. J. 1861 waren damals 6,000 Mühlen im Gange, um die zuckerreichen Stengel zu zerkleinern und auszupressen. Jede Mühle bearbeitet 20 Barrels (gegen 43,000 Eimer), was zusammen 120,000 Barrels gibt. Rechnet man den Barrel zu 20 Dollar, so ergibt dies eine Summe von 2,400,000 Dollar (zu 1 Thlr $12\frac{1}{2}$ Sgr.).

Auf einem Acker werden 225 Gallonen (zu 3 Quart) gewonnen, welche ungefähr 1,575 englische Pfund krystallisirten Zucker geben. Ausserdem erhält man noch eine Menge Syrup, die selbst bis 150 Gallonen betragen kann. Der Brutto-Ertrag eines Ackers ist, da das Pfund Zucker mit 10, die Gallone Syrup mit 40 Cents verkauft wird, 196 Dollar. Rechnet man die dabei gehabten Unkosten zu 50 Dollar, so bleibt immer noch ein Netto-Ertrag von 146 Dollar auf den Acker.

Naudin hat von Neuem auf den Umstand aufmerksam gemacht, dass die weisse Lilie sehr selten Samen trägt und dass in der Regel kurz nach dem Verblühen derselben der Stengel abwelkt. Um Samen zu erhalten, schlug schon Conrad Gesner, der nun grade vor 300 Jahren starb, vor, gleich nach dem Blühen den Stengel an der Basis abzuschneiden und ihn mit der Spitze nach unten an einem hellen Orte aufzuhängen. In diesem Falle bleibt der Stengel bis zum Herbste grün und die allmählig reifenden Früchte schliessen Samen ein.

Ein Gleiches geschieht bei andern Zwiebel- und Knollen-Gewächsen, die sehr selten reife Früchte bringen; wir erinnern nur an die Hyazinthen, Tulpen, Erd-Orchideen u. s. w., während aber doch wiederum andere, wie die Kaiserkronen, fast regelmässig nach dem Blühen nicht absterben, sondern keimfähige Samen heranbilden. Naudin sucht den Grund mit Recht in der Gewohnheit unserer meisten Zwiebel- und Knollen-Gewächse, sich durch sogenannte Wurzelbrut zu vermehren. Die Pflanze selbst sei nicht im Stande, so viel Nahrungsstoffe zu bilden, um nach beiden Richtungen hin, durch Samen und durch Wurzelbrut, auf die Vermehrung hinzuwirken. Die eine, und zwar hier die Samenbildung, geschieht nicht zu Gunsten der Wurzelbrut.

Es wäre aber doch auch bisweilen, besonders wenn man neue Sorten heranziehen will, wünschenswerth, die Pflanze zur Samenbildung zu bestimmen. Ein Belgier, van den Born, gräbt zu diesem Zwecke zur Zeit der Blüthe an der Lilienpflanze die Erde auf und nimmt die beginnende Wurzelbrut weg. In Folge dessen nehmen die aufgespeicherten Nahrungsstoffe einen andern Weg, und zwar den nach oben, um nun zur Samengewinnung herangebildet zu werden.

Agaveen-Studien.

Von Karl Koch.

(Schluss.)

b. Agavae marginatae.

(Agaven mit gerandeten Blättern.)

35. Als A. Ghiesbrechtii (Wochenschrift 5. Jahrgang Seite 83 und 143) habe ich zuerst eine Agave näher bezeichnet, welche von A. Verschaffelt in Gent eingeführt wurde und seitdem sich in mehrern Ausstellungen Belgiens befand. Es ist eine schöne Art, welche sich wegen ihrer Rosettenform den kleinern Arten der fleischigen Gruppe mit rispenförmigem Blüthenstande im Habitus anschliesst, vielleicht selbst diesen angeschlossen werden muss. Sie ist sehr kenntlich an den breit-elliptischen und mit einem breiten, hornigen Rande versehenen Blättern, deren Farbe meist glänzend- und freudig-grün ist, bisweilen aber auch in ein schwaches Graugrün übergeht. Sie breiten sich ziemlich flach aus, sind fleischig und haben meist eine schmale und im Verhältniss ausserordentlich dicke Basis, sowie entgegengesetzt einen starken Dorn. Aus dem hornartigen Rande erheben sich meist hin- und hergebogene oder abwärts gewendete Zähne. Im botanischen Garten zu Paris wird diese Art schon längst als A. squalidens kultivirt. Sonst habe ich sie auch in einigen Sammlungen als Littaea grandidentata gesehen. A. horrida (Wochenschrift 5. Jahrgang S. 341) und Rohani Hort. u. Jac. vermag ich spezifisch nicht zu unterscheiden.

36. A. xylacantha Salm-Dyck (nicht xylonacantha oder auch xylinicanta der Franzosen) ist eine ausgezeichnete Art, welche wegen ihres Ansehens in dieser Abtheilung etwas abnorm steht. Nach Fürst Salm-Dyck soll sie zu den periodischen Pflanzen gehören und daher nach dem Blühen absterben. Es scheint mir dieses nicht richtig zu sein, da alle grossen Exemplare, welche ich gesehen, einen Stamm besassen. Mit der Hauptform der A.

Salmiana hat sie nur wenige Blätter gemein, welche aber lang werden, ziemlich gleich-breit bleiben und im Alter hin- und hergebogen erscheinen. Der hornige Rand von graugelblicher Farbe ist mit ziemlich starken Dornen besetzt und löst sich leicht von der fleischigen Unterlage.

Cels bringt A. vittata Reg. als Abart hierher. Ich kenne die Pflanze nicht; aus der Regel'schen Beschreibung (s. Reg. Gartenfl. 7. Jahrg. S. 312) möchte man es aber wohl vermuthen, dass er Recht hat, obwohl Regel sie selbst zu der weniger ähnlichen A. heteracantha als Abart zu stellen geneigt ist. Ausgezeichnet erscheint der hellgrüne Mittelstreifen auf dunkelgrüner Oberfläche, welcher sie allerdings wiederum der zuletzt genannten Art nähert.

In Belgien habe ich bei dem verstorbenen van der Vinnen ein sehr grosses Exemplar mit gelber Panachirung gesehen. Kleinere Pflanzen mit denselben Zeichnungen sind aber auch ausserdem von mir beobachtet worden.

In Mons sah ich endlich noch in der schönen Sammlung von A. Maigret eine hierher gehörige Pflanze, wo die Blätter nicht so lang (nur 2 Fuss), aber sehr dick und gegen die Basis 3½ Zoll breit waren. Von da verschmälerten sie sich lanzettförmig. Eigenthümlich war, dass sämmtliche Blätter sich abwärts bogen, und zwar mit ihrem starken Bogen sämmtlich nach einer Seite gewendet. Der hornige Rand war endlich breiter, als bei der Hauptart und Anfangs braun, später silbergrau.

37. A. Karatto (nicht Keratto) Mill. ist eine sehr lange schon bekannte Art, welche steife, dunkelgrüne und von einem helleren, bisweilen aber kaum sichtbaren Mittelstreifen durchzogene Blätter besitzt, welche mit einem hornigen und ebenfalls gezähnten, leicht ablösbaren Rande versehen sind. Sie ist später als A. univittata Haw. beschrieben und kommt in Belgien auch als A. taeniata vor. A. Poselgeri Salm. unterscheidet sich durch ihre Kleinheit, wird aber gar nicht selten auch grösser. A. Lophanta Schiede, von der ich bei Cels ein schönes, grosses Exemplar sah, scheint sich nur durch etwas hin- und hergebogene Blätter zu unterscheiden.

38. A. heteracantha Zucc. ähnelt der vorigen sehr, unterscheidet sich aber durch die steiferen und besonders an der Basis auch dickeren Blätter von hell- oder gelblich-grüner Farbe. Vor 3 Jahren habe ich Gelegenheit gehabt, ein blühendes Exemplar im botanischen Garten zu Brüssel zu sehen. Exemplare von A. ensifera in Paris und von A. Kerchovei in Belgien habe ich nicht unterscheiden können. Als A. coerulescens hat Fürst Salm-Dyck und als A. Funkiana habe ich eine Agave unterschieden, welche sich beide durch ihre blaugrünen Blätter kenntlich machen, wahrscheinlich aber doch ebenfalls nur interessante Abarten der A. heteracantha darstellen. A. Funkiana besitzt einen braunen, A. coerulescens einen gelblich-weissen, hornigen Rand.

39. A. amurensis Jac. scheint eine interessante Pflanze zu sein, die ich noch nicht gesehen habe und nur nach der Jacobi'schen Beschreibung kenne. Die Blätter sind 5 Zoll lang, an der Basis 1¼ Zoll breit und verschmälern sich oberhalb der Mitte in einen langen und verhältnissmässig dünnen Dorn. Die Farbe ist ein schmutziges und mattes Dunkelgrün, während der hornige (holzige nach Jacobi) Rand rothbraun erscheint.

40. A. filifera Salm-Dyck ist eine durch die zahlreichen Blätter mit faserigem, hornigem Rande leicht erkennbare Art. Sie baut sich halb kugelförmig. Die weisse Zeichnung auf den Blättern verliert sich bisweilen vollständig. Durch Aussaaten, welche man gemacht, hat man allmählig eine Menge Formen und Abarten erhalten, die man zum Theil als Arten beschrieben hat. Zuerst stellte Fürst Salm-Dyck die Abart mit mehr in die Länge gezogenen und weniger faserigen Blättern unter dem Namen A. filamentosa auf, dann beschrieb Scheidweiler eine Abart mit sehr dicken Fasern unter der Bezeichnung „adornata, d. h. die geschmückte," worauf erst Lemaire dieser den Namen A. schidigera ertheilte. So verschieden vollkommen ausgebildete Exemplare auch erscheinen mögen, so habe ich doch so viel Uebergänge, namentlich bei jungen Pflanzen, gesehen, dass unmöglich Merkmale zur spezifischen Unterscheidung dieser beiden Abarten gefunden werden konnten. Hoffentlich wird A. schidigera noch einmal blühen, um sich als Abart zu konstatiren. Endlich kommen auch die Fälle nicht selten vor, wo die weisse Zeichnung ganz und gar fehlt.

c. Agavae junciformes.

(Agaven mit binsenförmigen Blättern.)

41. A. geminiflora (Littaea) Tagliab. wurde in Frankreich schon zu Ende des vorigen Jahrhundertes als Dracaena und Yucca Boscii, später in Deutschland als Bonapartea juncea Willd. kultivirt und ist eine viel verbreitete Art, welche wegen ihrer pfriemenförmigen und fast zweischneidigen, mehr oder weniger in einem eleganten Bogen überhängenden Blätter, deren Rand, gleich der A. filifera, oft fasert, sehr leicht zu erkennen ist und mit der folgenden Art unter den Agaven im äussern Ansehen abnorm steht. Die Farbe der nicht gestreiften Blätter ist bald hell-, bald grau-, bald dunkelgrün. Aus Samen hat in dieser Hinsicht

Hofbuchdrucker Hänel in Magdeburg eine Reihe von Formen erzogen.

42. A. striata Zucc. besitzt ganz ähnliche, in der Regel kürzere Blätter, welche aber deutlich gestreift sind. Die mit steifen, nach allen Seiten hin abstehenden und in eine sehr stechende Spitze auslaufenden Blättern versehene Form führt auch den Namen A. Hystrix Cels und stricta Salm-Dyck, während die mit rückwärtsgeschlagenen Blättern gewöhnlich auch als eigene Art mit dem Namen A. recurva Zucc. angesehen wird. Eine 3. Abart, welche den Beinamen glauca führt, hat schöne blaugrüne Blätter.

43. A. dealbata habe ich schon vor mehrern Jahren, am Schönsten bei dem Senator de Cannart d'Hamale in Mecheln, gesehen und unter diesem Namen auch bereits aufgeführt (s. 5. Jahrg. d. Wochenschr. S. 192). Sie zeichnet sich durch sehr lange, flache, rinnenförmige und überhängende Blätter aus, deren Rand fein gezähnelt ist, und deren beide Flächen gestreift erscheinen. Eigenthümlich ist, dass die Pflanze sich immer nur nach einer Seite wendet. Ihre Farbe ändert ebenso, wie bei A. geminiflora und striata. In Belgien habe ich schöne Exemplare von blau-, aber auch von grau- und mattgrüner Farbe gesehen. Im Berliner botanischen Garten befindet sich ebenfalls ein prächtiges Exemplar, was im vorigen Jahre geblüht hat. General v. Jacobi hielt sie wegen der dunkelgrünen Färbung für eine eigene Art, der er den Namen A. dasylirioides gegeben hat.

d. Agavae herbaceae.
(Krautartige Agaven.)

44. A. spicata Cav. scheint sich nicht in Kultur zu befinden, in sofern sie nicht die Pflanze ist, welche im Jahre 1860 bei Cels in Paris geblüht hat und als A. yuccaefolia in der Revue horticole (Jahrg. 1860, S. 520) beschrieben und abgebildet wurde. Sie hat etwas grössere Dimensionen als A. yuccaefolia. Die in die Länge gezogenen, schmal-lanzett- und rinnenförmigen Blätter besitzen eine Länge von $2\frac{1}{2}$ Fuss und haben eine zwar hautartige, aber doch ziemlich steife Textur. Der Rand ist gezähnelt. Der Schaft erreicht eine Höhe von 12—15 Fuss, wobei allein die Aehre ein Drittel einnimmt, und ist am untern Theile mit immer kleiner werdenden Blättern besetzt.

45. A. maculosa Hook. (bot. mag. tab. 5122) hat das Ansehen einer niedrigen Aloe und besitzt kurze, länglich-lanzett-rinnenförmige, ziemlich fleischige und flach aufliegende Blätter, welche einen knorpelig-gezähnten Rand besitzen und auf der hellgrünen Oberfläche dunkelgrüne Flecken haben. Der nur bis $\frac{1}{2}$ Fuss hohe Schaft hat sehr wenige und entfernt stehende Blüthen, welche sich vor allen Agaven durch drei eirunde und horizontal abstehende Narben auszeichnen.

46. A. maculata Reg. ist nicht zu verwechseln mit A. maculosa Hook., von der sie sich durch längere, linien-lanzettförmige, rinnige, bei einer Breite von $1\frac{1}{4}$ Zoll gegen 1 Fuss lange und zurückgeschlagene Blätter unterscheidet. Die bräunlichgrünen Flecken treten nicht sehr hervor. Der schmale durchsichtige Rand ist mit kleinen, aber entfernt stehenden und weisslichen Zähnen besetzt. Der 3 Fuss hohe Blüthenschaft trägt nach Regel gestielte Blüthen, ein Umstand, der die Art wesentlich auszeichnen würde.

Der botanische Garten in Berlin hat eine Pflanze von Dr. Engelmann aus St. Louis erhalten. Sie hat vor einigen Jahren geblüht. Abweichend war, dass die Kapsel mit dem bleibenden Griffel gekrönt war und seitlich aufsprang, eine Eigenthümlichkeit, die übrigens allen krautartigen Agaven zuzukommen scheint. Auch waren die Blüthen nur sehr kurz und kaum gestielt. Sollten schliesslich trotz der entgegengesetzten Ansichten des Fürsten Salm-Dyck doch nicht A. maculata Reg. et Engelm. und maculosa Hook. identisch sein? Ich habe leider die Regel'sche Pflanze noch nicht gesehen.

47. A. yuccaefolia Red. ist bei uns verschwunden, da unter diesem Namen wohl meist A. Hookeri kultivirt wird. Sie bildet keinen Stamm, hat aber eine Menge 2—$2\frac{1}{2}$ Fuss langer, schmaler und rinnenförmiger Blätter, welche an der Basis bräunlich gefleckt sind und in einem eleganten Bogen nach aussen gewendet sind. Der knorpelige Rand ist fein gezähnt. Auf jeden Fall steht diese Art wenigstens der Regel'schen A. maculata Reg. sehr nahe, in sofern sie nicht selbst eine nur weniger gefleckte Abart darstellt.

48. A. brachystachys Cav. (A. spicata DC. in Red. Lil. VIII, t. 485) ähnelt wiederum der A. yuccaefolia durch die schmalen und rinnenförmigen Blätter, welche aber länger sind, aufrecht stehen und einen völlig zahnlosen Rand besitzen. Am Stengel werden sie allmählig kleiner; die Aehre ist kurz und enthält in der Regel 15—20 Blüthen.

49. A. polyanthoides Schlecht. et Ch. befindet sich im Berliner botanischen Garten und wird im Sommer im freien Grunde kultivirt, wo sie regelmässig blüht. Sie steht der vorigen gar nicht so nahe, dass sie Klotzsch damit vereinigen konnte. Sie hat etwas fleischige Blätter; dieselben sind ganzrandig, über 2 Fuss lang und über 1 Zoll breit, sowie ziemlich flach. Der Schaft wird 6 bis 8 Fuss hoch und trägt an seinem oberen Ende eine kurze, aber dichte Traube ziemlich dichter Blüthen. Sie zieht regelmässig ein. A. Sapo-

naria Lindl. halte ich nicht für verschieden; eben so möchte Polyanthes mexicana Zucc. dieselbe Pflanze sein.

50. A. revoluta Klotzsch wird ebenfalls im botanischen Garten zu Berlin kultivirt und gehört zu den einziehenden Arten. Sie ist in allen Theilen kleiner, als die vorhergehende. Ihre kürzern, schmalen und ebenfalls nicht rinnenförmigen, doch in der Jugend konkaven Blätter erreichen bei ½ Zoll Breite eine Länge von 6—8 Zoll und haben eine mehr blau- oder mehr freudig-grüne Farbe. Der durchscheinende Rand ist ebenfalls ganz. Die Blüthen bilden eine dichte Aehre. Bisweilen sind die Blätter etwas breiter und dann am Rande wellenförmig. Klotzsch betrachtete diese Form als eine Art, die er A. undulata nannte. Ich habe jedoch keinen spezifischen Unterschied finden können.

51. A. virginica L. besitzt flache, längliche oder elliptische Blätter mit bräunlich-dunkelgrünen Flecken, die sich ziemlich flach dem Boden auflegen. Ihre Substanz ist zwar weich und etwas fleischig, aber doch krautartig. Der Rand ist sehr fein gezahnt. Der Blüthenschaft wird nicht hoch und trägt eine ziemlich lange Aehre mit etwas entfernt-stehenden Blüthen. General v. Jacobi hat sie von Neuem unter dem Namen A. guttata aufgeführt. Sie hat in diesem Winter im botanischen Garten zu Berlin geblüht.

Im botanischen Garten zu München wurde früher eine krautartige Agave kultivirt und in der Auswahl merkwürdiger Pflanzen desselben Gartens von Martius als Polyanthes maculata beschrieben und abgebildet. Obwohl die Blätter schmäler und verhältnissmässig länger sind und der hin- und hergebogene Schaft nur wenige entfernt-stehende Blüthen mit zurückgeschlagenen Blumen-Abschnitten besitzt, so halte ich die Pflanze doch nicht für spezifisch verschieden.

Nachtrag.

Ausser den von mir näher charakterisirten Arten haben Lemaire in Gent und v. Jacobi in Breslau noch einige Arten aufgestellt, über die ich mir, da ich sie nicht gesehen, kein Urtheil erlaubt habe. Zum Theil ist mir darüber von einigen spezielle Mittheilung geworden; ich habe nicht versäumt, diese an betreffender Stelle einzuschalten. Es möchte aber doch wünschenswerth sein, von den übrigen die gegebenen Diagnosen wenigstens aufzuführen, oder, wo diese mehr Beschreibungen sind, die Arten darnach kurz zu charakterisiren.

I. In der Illustration horticole (Jahrg. 1864, Miscellanées p. 63) hat Lemaire folgende 7 neue Arten beschrieben:

1. A. Kerchovei (Marginatae). Ohne Stamm; Blätter von einer meist sehr dicken (0,25) und sehr erweiterten Basis allmählig bis zur Spitze verschmälert und zugespitzt, steif, blaugrün, sehr fest, tief gerinnt, breit- und weisshäutig am Rande; Dornen sehr gross, flach, hakenförmig gekrümmt, selten ziemlich grade, mit dem Rande 0,01—2 lang, sehr entfernt (0,03—5); Enddorn aus den zusammenfliessenden Rändern gebildet, zoll-lang, braun.

2. A. Vandervinneni (Grandes). Auch ohne Stamm; sehr kräftig, hellgrün-bläulich; Blätter der Basis dick (0,06), abstehend-horizontal, die übrigen ziemlich aufrecht und fast büschelförmig, sämmtlich fast länglich, an der Basis 0,15 breit, dann kaum verschmälert, daselbst 0,12 breit, sehr steif, zuletzt in eine Spitze gezogen; der schmale Rand erst braun, dann weisslich; Randdornen wenig an der Basis breiter, grade, selten hakenförmig; Enddorn 0,03.

3. A. quadrata (Caulescentes). Mit sehr kräftigem Stamm; Blätter wenig zahlreich, sehr kurz (0,09—10+0,07), genau länglich-quadratisch, fein zugespitzt, freudig weisslich-blaugrün; Enddorn flach, rinnenförmig, gedreht (0,03 lang). Randkerbe gross, mehr oder weniger entfernt, dazwischen ziemlich spitze oder unregelmässig-wellige Buchten; Randdornen braun, schlank, bisweilen gekrümmt.

4. A. Beaucarnei (Marginatae). Ohne Stamm. Blätter sehr zahlreich, dicht, aufrecht, an der Basis sehr breit, 0,04—5 dick, weiter oben nicht zusammengezogen, allmählig eiförmig verschmälert, grünblaugrün, 0,12 lang (ohne Dorn); Rand schmal, weisslich oder bräunlich; Randdornen sehr klein, deltaförmig, grade; Enddorn sehr stark, aus den zusammenlaufenden Rändern gebildet, wenig gedreht, 0,04½ lang. Aehnlich A. Kerchovei, (vielleicht A. Poselgeri?).

5. A. Lemairei (Marginatae). Ohne Stamm; Blätter an der Basis verhältnissmässig sehr dick (0,02), länglich-lanzettförmig; Randdornen verschieden entfernt, gross, hakenförmig, mit dem breiten, braunen Rand zusammenfliessend, Buchten gekerbt; Enddorn aus den zusammenlaufenden Rändern gebildet. Scheint auf den ersten Blick eine kleine A. Kerchovei zu bilden.

6. A. fourcroydes (später auch ixtlioides genannt). Ohne Stamm; an der Basis wenig verbreitert, schmutzig blaugrün; Blätter zahlreich, abstehend zurückgebogen, oberhalb der Basis wenig zusammengezogen, schmal länglich-lanzettförmig, ziemlich flach, ungerandet (Länge 0,60, Durchmesser 0,07); Enddorn braun, 0,03 lang; Randdornen entfernt, klein, grade oder auf- und abwärtsgebogen, röthlich. (Wohl eine junge Pflanze der Ixtli des botanischen Gartens in Berlin).

7. A. funifera ist, was auch Lemaire später selbst einsieht, eine Yucca, wie ich bereits vor einigen Jahren ausgesprochen habe (s. 5. Jahrgang der Wochenschr. S. 199).

II. In der mehrmals früher genannten Abhandlung des General v. Jacobi in der Hamburger Garten- und Blumenzeitung sind ausser den bereits erwähnten noch beschrieben, resp. (da die Abhandlung noch nicht vollendet ist) genannt worden:

1. A. cinerascens. Hinsichtlich des Charakters ihrer Randbewaffnung schliesst sie sich der A. latissima an; wenn auch gleich ein Zusammenfliessen der Dornen nicht in dem Masse stattfindet, so ist dagegen die Masse und Grösse derselben im Vergleich zu der der genannten eine viel bedeutendere. Sie steht demnach zwischen der genannten und der A. Tehuacanensis und asperrima. Ihre Farbe ist graugrün. Sie befindet sich im botanischen Garten zu Poppelsdorf bei Bonn.

2. Schlechtendahlii (mexicana Cels). Bis jetzt hat die Pflanze 7—8 Zoll lange, an der Basis 3, in der Mitte 2 Zoll breite Blätter, die in eine langgestreckte Spitze mit einem 9 Linien langen, halbgerinnten und braunen Dorn auslaufen. Ihre Stellung ist entschieden aufsteigend. Es scheint sich ein Stamm zu bilden. Was ich als A. mexicana in Paris gesehen habe, war A. Verae-crucis.

Nur namentlich sind genannt:

3. A. elongata, scheint zur A. Ixtli zu gehören.

4. A. pallida, ob eine hell-graugrüne Form der A. Verae-crucis?

5. A. uncinata (multiflora Hort. Kew. und polyacantha Hort.).

6. A. Offoyana, 7. melanacantha Lem. und 8. rudis Lem. scheinen der A. densiflora (Boucheana) nahe zu stehen.

9. A. Ehrenbergii folgt auf micracantha.

10. A. pruinosa Hort. steht neben A. Sartori.

11. Von Furcraea atroviridis Jac. et Goepp. weiss ich gar nichts.

III. Endlich werden noch Agaveen in verschiedenen Verzeichnissen, besonders in dem von van Sweet in Gent, aufgeführt:

1. A. Bedinghausii.
2. A. densa.
3. A. gigantea.
4. A. grandidens (vielleicht Littaea grandidens, d. i. A. Ghiesbrechtii?)
5. A. Ousselghemiana.
6. A. revoluta, mit einer weiss-gerandeten Abart.
7. Bonapartea rigida.
8. Bonapartea robusta.
9. Bonapartea tenuifolia.

Die

Landes-Obst- und Weinbauschule in Klosterneuburg bei Wien.

Wir haben schon früher Gelegenheit gehabt, über diese Obst- und Weinbauschule zu sprechen; da uns das eben ausgegebene Programm derselben vorliegt, so wollen wir auf's Neue auf die unter der Leitung des Direktors v. Babo stehende Anstalt aufmerksam machen. Am 1. März 1860 gegründet, befindet sie sich bereits in einem sehr erfreulichen Zustande und beginnt einen bedeutsamen Einfluss auszuüben. Ausführlich über das Programm zu sprechen, erlaubt uns Zeit und Raum nicht, zumal ein Auszug bei der Kürze, mit der Mittheilungen darüber gemacht sind, auch kaum ausführbar ist.

Mit Recht wird dabei auf die Wissenschaft das grösste Gewicht gelegt und der Grund, warum in den sonst so gesegneten Fluren Nieder-Oesterreichs Obst- und Weinbau keineswegs in dem Zustande sich befinden, wie es sein sollte, darin gesucht, dass man nicht vorwärts gegangen ist, sondern im Allgemeinen noch fortfährt, Obst und Wein zu kultiviren, wie vor 2 und 3 Jahrhunderten. Sehr erfreulich ist es, bei der Anlage der Schule einen Gemeinsinn offenbart zu sehen, wie wir ihn an anderen Orten nachgeahmt zu sehen wünschten. Kaum hatte man die Nothwendigkeit eingesehen, junge Leute vom Lande heranzubilden, um durch diese die neuesten Verbesserungen im Obst- und Weinbau rasch zu verbreiten, so stifteten Gemeinden und Private für unbemittelte, aber fähige junge Leute Freistellen, deren Zahl bereits auf 109 gestiegen ist.

Ein anderer, nachahmungswerther Punkt ist, das an der Schule betheiligte Lehrer-Personal auch pekuniär so zu stellen, dass dieses freudig Unterricht ertheilen kann. Wenn man hier knausert, dann schadet man der Sache nur. Am Unterrichte können ausser den Schülern noch Externisten, welche ausser der Schule Logis und Kost haben, und Hospitanten Theil nehmen.

Zur Nachricht diene, dass in der Königlichen Hof-Sämereihandlung und Baumschulen von J. L. Schiebler & Sohn in Celle grossfrüchtige englische Preis-Sorten von Stachelbeeren, in gut bewurzelten und kräftigen Pflanzen, mit Namen und Farbenzeichnung, 25 Stück in eben so viel Sorten zu 3½, 12 Stück in 12 Sorten hingegen für 1⅔ Thaler inclusive Emballage pro Cassa zu beziehen sind.

Verlag von Karl Wiegandt in Berlin, Koch-Strasse No. 22.

Druck der C. Feister'schen Buchdruckerei in Berlin, Zieten-Platz No. 2.

Wochenschrift

des

Vereines zur Beförderung des Gartenbaues in den Königl. Preussischen Staaten

für

Gärtnerei und Pflanzenkunde.

Redakteur:

Professor Dr. Karl Koch,

General-Sekretair des Vereines.

No. 15. Berlin, den 15. April **1865.**

Preis des Jahrganges 5⅓ Thlr., sowohl bei Bezug durch den Buchhandel, als auch franco durch alle Post-Anstalten des deutsch-österreichischen Post-Vereines.

Die Lüddemann'schen Orchideen in Paris.

Briefliche Mittheilung von Franz Kummer.

Ein scharfer Nordostwind weht über Paris und hat uns von Neuem den Winter gebracht, den wir hinter uns zu haben glaubten. Des Morgens, wenn der Pariser aufsteht, ist sein erster Blick nach dem Montmartre gerichtet. Glänzt ihm da eine noch so leichte Schneedecke entgegen, so ist ihm auch der Winter wiederum herangezogen und — er friert.

Für eine Stadt, wie Paris, wo man glaubt, sich schon in einem wärmeren Klima zu befinden, ist das um so empfindlicher, als man sich gar nicht in seiner Häuslichkeit für einen andauernden Winter eingerichtet hat und wiederkehrende Kälte, zumal wenn man schon ziemlich lange gefroren hat, um so empfindlicher sich zeigt. So gemüthlich auch Kamine sein mögen, so sind sie doch, wenn man es warm haben will, sehr unpraktische und unzulängliche Einrichtungen. Wenn nun schon der Pariser in seinem Hause wenig gegen Kälte sich schützen kann, so ist es mit seiner Kleidung noch schlechter beschlagen. Der eiskalte Wind zupft ihn, wie er sich ausdrückt, gar sehr an Nase und Ohren. Er geht dann nicht gern aus; es müsste ihm denn etwas geboten werden, was ihn reizt, besonders aber, was noch neu ist.

Das war in diesen Tagen (Ende Februar) der Fall, wo in einem reizend gelegenen Garten auf der Höhe des Boulevarts der Gobelins eine Orchideen-Ausstellung stattfand. Ein Deutscher, wohl allen denen bekannt, welche mit Paris und Frankreich überhaupt in Verbindung stehen, Lüddemann, hat daselbst seit Jahren schon eine Handelsgärtnerei gegründet, die besonders durch Anzucht von Warmhauspflanzen, vor Allem von Blattpflanzen und Orchideen, sich auszeichnet. Lüddemann hat auch das Verdienst, die deutsche Liebhaberei für Blattpflanzen hauptsächlich nach Frankreich übertragen zu haben und versieht fortwährend Paris mit Palmen, Dracäneen, Cycadeen, Bromeliaceen, Aroideen u. s. w.

Es versäume doch kein Blumen- und Pflanzenfreund, der nach Paris kommt, die Lüddemann'sche Gärtnerei zu besuchen; schon die Aussicht von da fast über die ganze stolze Metropole an der Seine belohnt den, der den freilich von jener Seite des Flusses aus etwas weiten Weg nach dem Boulevart der Gobelins nicht scheut, hinlänglich. Unter stolzen Cedern, wie sie sonst selbst in wärmeren Gegenden nur selten vorkommen, überblickt man fast die ganze Stadt bis nach dem Montmartre. Und selbst jetzt, wo eine leichte Schneedecke auch die Oberfläche des Gartens bedeckt hatte, bildete das dunkele Grün dieser Libanonbewohner einen eigenthümlichen Gegensatz.

Grade das Unfreundliche ausserhalb trug nicht wenig bei, den Werth des Pflanzenschmuckes im Innern der Gewächshäuser zu erhöhen. Man wird zwar diese in der Lüddemann'schen Gärtnerei immer wohl mit seltenen oder schönen Pflanzen geschmückt finden, in diesen Tagen glänzten sie aber um so mehr, als eine sehr grosse Anzahl von Orchideen, jenen Bewohnern tropischer Urwälder, welche nicht den Boden zu ihrem festen Wohnsitz wählen, sondern den Stamm alter und mächtiger Bäume, ihre seltsam gestalteten Blüthen entfaltet hatten.

So wie man in eines der Glashäuser eintritt, sieht man eine Stellage mit blühenden Exemplaren der Phalaenopsis Schilleriana bedeckt. Wohl 20 bis 30 ziemlich starke Pflanzen, zwar mit andern Orchideen zum Theil wechselnd, scheint es doch, als wenn keine Unterbrechung vorhanden wäre, denn die verästelten Blüthenrispen decken rechts und links die Räume. Am entgegengesetzten Ende des Hauses erblickt man aber auf einer Säule eine isolirt stehende Pflanze, in. der That hors de ligne. Der hohe Blüthenschaft ist mit seinen leichten und graziösen Aesten an einem feinen Spalier geheftet, und über 80 Blumen in ihren schönen rosigen Farben bieten sich den Blicken des Schauenden dar.

Die einzelnen Pflanzen werden theils in Holzkästen, theils in Töpfen kultivirt und haben buntmarmorirte Blätter von 5, 8 bis 10 Zoll Länge. Sie geben das Bild von Fülle der Gesundheit, die sich besonders durch zahlreiche Luft-Wurzeln mit ihren frischen grünen Spitzen bekundet. Die Zeichnung der Blätter ist fast bei der grossen Hälfte ganz und gar von einander abweichend. Bald erblickt man kleine, matt-weisse Punkte und dann wiederum ganz weisse grössere Flecken, die bisweilen das Ansehen der Blätter von Begonien geben. Wer diese merkwürdigen Gestaltungen einzeln sieht, könnte leicht geneigt sein, verschiedene Arten vor sich zu sehen.

Dasselbe gilt von der Grösse, Farbe und dem Reichthum der Blumen, von denen einige fast ganz weiss sind und nur von dem zartesten Rosa angehaucht erscheinen. Gleich daneben stehen Pflanzen mit Blumen von tiefgesättigtem Rosa. Wiederum sah man Pflanzen mit kleinen Blumen und dagegen andere, wo diese an Grösse denen von Phalaenopsis grandiflora nichts nachgaben. Die Einen blühten reich, bei Andern trug der Schaft einer sonst ziemlich starken Pflanze nur wenig Blumen. Bedenkt man, dass die Blüthezeit bei allen Phalaenopsis-Arten 6 bis 8 Wochen währt, so haben wir wenig Pflanzen, welche so lange Genüsse bieten.

Wenden wir uns rechts nach den Tablets, so stehen hier noch hunderte in kleinen Töpfen, welche nur in feinen Kies gepflanzt sind. Auch hier sind wiederum viele in Blüthe, welche zum Schneiden für die feineren Blumenläden bestimmt sind. Keine anderen Pflanzen sind so sehr im Stande, den Fortschritt in der Gartenwelt zu bekunden, als Orchideen. Noch vor 10 Jahren war es eine Seltenheit, dass Orchideenblumen in die Bouquets für den Handel kamen. Heut' zu Tage wird in Paris kein Bouquet für fein und fashionable gehalten, was nicht wenigstens einige Orchideenblüthen besitzt.

Diese Phalaenopsis-Pflanzen wurden von dem bekannten Reisenden Porte von den Philippinischen Inseln eingesendet. Ein Zufall wollte es, dass ich die Kiste sah, als diese vor noch nicht ganz 2 Jahren ankam. Jede einzelne Pflanze war auf Brettern und zwar reihenweise angeheftet; von Blättern war keine Spur vorhanden. Die Wurzeln glichen zusammengeschrumpften Bindfaden und der Wurzelstock schien kaum noch etwas Leben anzudeuten. Es kam freilich dazu, dass die Kiste wochenlang im Hafen zu Marseille gelegen hatte, wie es ja leider so oft mit dergleichen Sendungen geht. Und heut, welcher Erfolg! aber auch welches Glück, dass die Pflanzen, die, wie selbst Porte meldet, mit Mühe im Vaterlande zu finden sind, in Händen kamen, die so geschickt operirten. Beweis dafür ist auch, dass selbst die anerkanntesten englischen Orchideenzüchter, wie Veitch, Low, Rollisson, William es anerkennen, da sie ihren Bedarf meist von Lüddemann in Paris beziehen. Nach Deutschland hat Lüddemann bis jetzt keine Pflanze abgesetzt, dagegen sind ausser England, noch Frankreich, Belgien und Holland die Märkte für die Phalaenopsis und Orchideen überhaupt. Der Preis für schöne Pflanzen stellt sich auf 100 bis 200 Franc, ein Preis, der sich bei der Schönheit und Seltenheit der Pflanzen stabil halten möchte.

Für die Kultur der Orchideen, welche noch vor einigen Jahrzehenden zurück war, hat Lüddemann sich grosse Verdienste erworben. Als ehemaliger Obergärtner des bekannten Orchideen-Liebhabers Pescatore zu Château de la selle bei Paris, dessen Sammlung seiner Zeit die hervorragendste war, hatte er Gelegenheit, Erfahrungen zu machen und sich Kenntnisse zu sammeln.

Vor Allem ist Lüddemann mit der Vermehrung der Orchideen vertraut; seine jungen Pflanzen wachsen auch rasch heran. Ich sah einjährige Aëriden, Saccolabien, Vanda's u. s. w., die ich Anfangs für 3 Jahre alt hielt. Ferner versteht Lüddemann schwer blühende Arten ebenfalls zum Blühen zu bringen, und zwar selbst bisweilen die kleinsten Exemplare. Obwohl im Allgemeinen jede Handelsgärtnerei ihre schönsten Exemplare in der Regel verkauft und dieses auch in der Lüddemann'schen der Fall ist, so finden sich doch noch stets solche vor, wie ich schon eins angeführt habe, welche in Sammlungen der Liebhaber Epoche machen würden. Es sind jetzt eben Cattleyen vorhanden, wie sie kaum wo anders wieder zu finden sein möchten.

Die
Behandlung des Birnbaumes.

Vom Baumschul-Besitzer Müller in Strassburg a. Rh.

Die Unterlage, welche die Veredlung bei einem Birnbaume erhalten soll, kann zweierlei Art sein: man kann sich des Wildlings oder der Quitte bedienen. Der Wildling wird in der Schule aus Samen herangezogen, die Quitte hingegen erhält man durch Stecklinge, Ableger oder wohl auch aus Samen. Obgleich der Wildling viel kräftigere Stämme liefert, die noch dazu von längerer Dauer sind, als die Quitte, so hat die letztere doch sehr oft, namentlich beim feineren Obst, den Vorzug, zumal sie das darauf gesetzte Edelreis viel leichter und früher zum Fruchtansatz bringt und die Früchte selbst in der Regel weit schmackhafter und gewöhnlich auch grösser werden, als da, wo ein Wildling die Unterlage bildet. Des Wildlinges bedient man sich im Allgemeinen vortheilhafter bei einem trocknen, wenig fruchtbaren Terrain, während man den Quittenstamm lieber im reichen, kräftigen und etwas feuchten Boden vorzieht.

Die Veredlungsarten sind: das Pfropfen in den Spalt oder in die Krone und das Aeugelen oder Okuliren auf das schlafende Auge. Das Okuliren wird meist nur bei jungen Unterlagen angewendet, wogegen das Pfropfen in den Spalt bei ältern Bäumen, das Pfropfen in die Krone endlich bei schon sehr starken Unterlagen den Vorzug verdient. Die letzte Veredlungsart ist darum besser, wie die vorhergenannte, weil sie die Unterlage weniger verwundet.

I. Der Birnbaum wird in den Obstgärten, an den Strassen u. s. w. meist als Hochstamm angepflanzt.

II. Als Halbstamm, und zwar in Kesselform (en forme de vase oder de Gobelet), veredelt man ihn bald auf Quitte, bald auf Wildling. Zu diesem Zwecke stutzt man im Frühling nach der Pflanzung 3 Zweige der Krone auf eine Länge von 6—8 Centimeter (2½—3 Zoll*) ein. Sind keine entsprechenden Zweige vorhanden, so muss man sie erst heranziehen, indem man sie zunächst auf 3 oder 4 Augen zurückschneidet und dann im Sommer die 3 Triebe aussucht, welche die besten sind. Diese werden an einen hölzernen Reif, der nach innen herumgeht, auf eine Weise angebunden, dass jeder von dem andern gleich entfernt steht und damit auch die Form des Kessels gegeben ist. Die übrigen Triebe werden auf 4 oder 5 Blätter ausgekneipt.

Im zweiten Jahre stutzt man wiederum jeden der 3 Aeste bis auf 12—15 Centimeter (5—6 Zoll) ein und zieht aus den beiden obersten, nach den Seiten stehenden Augen von Neuem 2 Zweige heran, welche den Mutter-Ast doppelt vertreten. Auf diese Weise enstehen 6 Hauptäste. Während des Sommers werden die unmittelbar unter den beiden obenerwähnten seitlich stehenden Endknospen liegenden Triebe auf 7—9 Centimeter (etwa 2½—3½ Zoll) ausgekneipt, die übrigen dagegen erst, wenn sie eine Länge von 18—20 Centimeter erreicht haben.

Im dritten Jahre stutzt man ebenfalls die beiden an jedem Mutteraste befindlichen gipfelständigen Zweige 15—20 Centimeter ein und selbst, je nach der Stärke, noch mehr. Man fährt fort auf gleiche Weise Hauptäste heranzuziehen, um endlich für den Kessel ein Gerüst zu erhalten, wo jeder Hauptast von dem anderen ungefähr 20—25 Centimeter entfernt ist. Die andern Zweige werden auf gleiche Weise, wie früher angegeben ist, behandelt.

In den darauf folgenden Jahren fährt man so lange mit der Verdoppelung der Hauptäste fort, bis der Kessel die Grösse und den Umfang erhalten hat, den man haben will. Die übrigen Zweige kneipt man fortwährend aus, um recht viel Fruchtholz zu erhalten. Dieses selbst wird auf die Weise behandelt, wie es später bei der Pyramide gezeigt werden wird.

Der Birnbaum in Kesselform ist im Gemüse- wie im Obstgarten ganz vortheilhaft, weil er nicht viel Schatten macht und weil die Vertheilung der Aeste Licht und Sonne gestattet, allenthalben ihren Einfluss auszuüben. Die Folge davon sind auch schönere und wohlschmeckendere Früchte.

III. Die dritte Form, die man dem Birbaum mit Vortheil geben kann, ist die der Pyramide, die zugleich auch als die verbreitetste, wenigstens in Frankreich und Belgien, angesehen werden kann. Sie ist ferner die, welche sich am besten dazu eignet, um zeitig gute Früchte zu erhalten. Auch ist sie einfach und gestattet die grösste Anzahl Bäume auf irgend einem gegebenen Raume. Sie besteht aus dem aufrecht-stehenden Stamme (dem Mutterstamme, tige mère) und aus den Seitenästen (den Mutter- oder Hauptästen, branches de charpente). Diese beginnen etwa 25 Centimeter vom Boden und setzen sich aufwärts in der Weise vom Stamm bis zum Gipfel fort, dass sie nach oben an Länge abnehmen. Dadurch entsteht die Form eines Kegels oder einer Pyramide, welche im Durchschnitt 5—6 Meter Höhe mit einem Durchmesser an der Basis von 2—2½ Meter besitzt. Die Basis eines Hauptastes muss von der des nächsten ungefähr 20—25 Centimeter entfernt sein. Dabei ist die Vorsicht zu treffen, dass die aufeinander folgenden Hauptäste nicht direkt übereinander stehen, sondern am Stamme mit-

*) 1 Centimeter hat etwas über 4½ Linie (1 : 1,588), während der Meter etwas mehr als 3 Fuss besitzt (1 : 3,1862).

einander abwechseln, damit der obere den untern nicht unmittelbar bedecken kann. Dass das nicht immer so genau, als es sein müsste, geht, liegt auf der Hand, da man dabei von der Beschaffenheit des Baumes, wie er nämlich seine Aeste bildet, abhängig ist.

Die Aeste müssen einfach und nicht gabelförmig getheilt sein, insofern man sich nicht gezwungen sieht, sich doch einer solchen Gabelung zu bedienen, um eine Lücke, die durch zu grosse Entfernung zweier aufeinander folgender Hauptäste entsteht, auszufüllen. Die Hauptäste müssen von der Basis bis zur Spitze mit Fruchtholz besetzt sein.

Um sich selbst eine Pyramide heranzuziehen, nimmt man 2-jährige, bereits veredelte Pflanzen. Bedient man sich zur Pflanzung älterer Bäume, so müssen diese schon die Vorbildung erhalten haben, auf der man weiter heranzieht. Bei 2-jährigen Pflanzen verkürzt man die Zweige ungefähr um ein Drittel der Länge. Im nächsten Jahre stutzt man den Mutterstamm auf 50—60 Centimeter ein, wobei man wohl zu beobachten hat, dass das Endauge sich grade über der Wunde des Schnittes vom vorigen Jahre befindet, damit der Stamm in möglichst grader Richtung bleibt. Finden sich am Stamme noch kleine Triebe vor, so werden diese bis zur Erhöhung am Stamme, auf der sie stehen, abgeschnitten, indem sich in der Regel daselbst (auf beiden Seiten des Triebes) noch 2 sehr wenig entwickelte Augen befinden, welche nun zur Ausbildung gelangen. Diese Augen nennt man in Frankreich Neben-Augen (Sous-yeux).

Wenn die jungen Bäume zur Anpflanzung aus der Baumschule in dem Zustande bezogen werden, dass sie bereits die Hauptäste besitzen, so erhalten diese alsbald den zweiten Schnitt.

Im Verlaufe des Sommers, der auf den ersten Schnitt folgt, muss man für die Ausbildung der nöthigen Hauptäste Sorge tragen, um sich dadurch ein tüchtiges Gerüst (charpente) zu verschaffen.

Die Hauptäste beginnen, wie schon angegeben, etwa 20—25 Centimeter vom Boden, um den Baum bei dem Schnitte mit Leichtigkeit behandeln können; eben so weit muss ein Hauptast von dem andern abstehen. Alle Triebe, welche zwischen denen liegen, die man zu Hauptästen bestimmt hat, werden auf 2 Blätter zurückgekneipt.

Da sich der Saft rascher und leichter nach den oberen Theilen des Baumes zu bewegt, so ist es von grosser Wichtigkeit, die 2 oder 3 zu Hauptästen bestimmten Triebe, die dem Endtriebe zunächst stehen, einzukneipen, sobald sie eine Länge von 20 Centimeter ungefähr erreicht haben. Auf diese Weise geht nachher der Saft um so mehr nach den unteren Trieben, als in den Endtrieb, welcher jedoch immer der kräftigste bleiben muss. Wenn es, trotz des Einkneipens, vorkommen sollte, dass sich die unteren, zu Hauptästen bestimmten Seitentriebe nicht gehörig entwickeln, so muss man denselben dadurch zu Hülfe kommen, dass man einen kleinen Querschnitt über der Stelle des Stammes macht, aus der sie entspringen; auf diese Weise kann ein Theil des aufsteigenden Saftes nicht weiter gehen. Sollte aber dieser Einschnitt noch nicht genügen, und höhere Triebe sich unverhältnissmässig stark entwickeln, so muss man diese dadurch in ihrem Wachsthume aufhalten, dass man von ihrer krautartigen Spitze etwa 5 Centimeter abkneipt.

Beim **zweiten Schnitte** bezweckt man nächst der Verlängerung der schon vorhandenen Hauptäste die Anzucht einer Reihe neuer, oberhalb der älteren, etwa mit einer Entfernung von 20 Centimeter vom Hauptstamme beginnend. Ein besonderes Augenmerk hat man darauf zu legen, dass nirgends eine Lücke vorhanden ist und die Hauptäste regelrecht um das Ende des Stammes stehen. Zu diesem Zwecke schneidet man je nach der Stärke der bereits vorhandenen Hauptäste den Endtrieb 30 bis 40 Centimeter über der Stelle, wo er beginnt, zurück. Dabei darf man aber nie die Form einer Pyramide, die man geben will, aus den Augen lassen, indem man bei dem Schnitte natürlich die unteren Aeste stets etwas länger lässt, als die darüber stehenden. Es nehmen die Hauptäste von unten nach oben allmählig an Länge ab. Zur Verlängerung des Stammes wählt man, wie das vorhergehende Jahr, eine Knospe aus, die aber auf der entgegengesetzten Seite von derjenigen steht, von der die Verlängerung, welche man jetzt schneidet, ausgegangen ist. Die Augen an der Basis dieses Endtriebes sind sehr oft glatt und wenig versprechend. In diesem Falle macht man ungefähr 2 Millimeter (fast 1 Linie) über ihnen ebenfalls einen Querschnitt in die Rinde.

Was die Hauptäste anbetrifft, die man im vorhergehenden Jahre erhalten hat, so verkürzt man dieselben ebenfalls um ein Drittel, die Hälfte oder noch mehr, je nach der Stellung, welche sie einnehmen, und nach der Stärke, welche sie erlangt haben, indem man sie vorzugsweise auf ein Auge, das nach aussen gestellt ist, schneidet, damit der sich daraus entwickelnde Trieb eine natürliche Fortsetzung der schief aufsteigenden Linie des vorjährigen Triebes bildet. Nur wenn der Hauptast, dessen Trieb man zurückschneiden will, seinem Nachbar zu nahe steht, schneidet man über einem seitlich gelegenen Auge, was entgegengesetzt dem anderen besagten Hauptaste sich befindet.

Wenn aber Aeste vorhanden sind, die sich zu

schwach entwickelt haben, wie das oft bei denen der Fall ist, die am meisten nach unten stehen, so schneide man dieselben verhältnissmässig länger als die übrigen, ja lasse sie unter Umständen ganz ohne Schnitt, damit sie die gehörige Stärke und Länge erhalten. Diese Stärke erlangen sie allmählig durch die bedeutende Menge Blätter, welche sich aus der grösseren Anzahl stehengebliebener Augen entwikkelt haben. Je mehr Blätter aber vorhanden sind, desto mehr wird der aufsteigende Saft zur Verarbeitung herangezogen. Im Allgemeinen ist anzunehmen, dass die stark-entwickelten Theile einen langen, die schwächeren hingegen einen kürzeren Schnitt haben müssen. Die Einschnitte unterstützen ebenfalls gar sehr, um in dem Wachsthume der Aeste stets das Gleichgewicht zu erhalten. Man macht sie bei schwachen Aesten über der Stelle des Stammes, von wo sie ausgehen, bei starken hingegen unter derselben. Bei Aesten, die sich zu schwach entwickelt haben, kann man auch durch einen Längseinschnitt zu Hülfe kommen, indem man an seiner Basis das Messer einsetzt und damit aufwärts geht. Ein solcher Längsschnitt muss stets auf der Nordseite gemacht werden und wird nie sein Ziel verfehlen.

Sollte man versäumt haben, bei schwachen Aesten im vorhergegangenen Jahre einen Einschnitt darüber zu machen, um eine grössere Menge von Saft hier festzuhalten, so thue man es noch nachträglich. Es sind ferner die Einschnitte des vorausgegangenen Jahres, wenn sie nicht hinlänglich geholfen haben und die Aeste immer noch zu schwach geblieben sind, auch zu wiederholen. Man kann nicht genug darauf sehen, dass das Gleichgewicht erhalten wird; versäumt man es, so wird eine Pyramide nie ihren Zweck erfüllen, und sie ist verfehlt.

Während des Sommers, der dem zweiten Schnitte folgt, müssen die Endtriebe der Aeste ein ähnliches Ausbrechen erhalten, wie im vorhergehenden Jahre, damit man eben nur die Triebe lässt, welche zur Bildung der Form des Baumes nothwendig sind.

Während der guten Jahreszeit versäume man nicht das Auskneipen aller neuen Triebe, die ein Bestreben haben, stärker zu werden, als die andern; vor Allem wache man aber darüber, dass die dem Endtriebe zunächst liegenden Seitentriebe nicht kräftiger werden, als die unteren oder gar als der Endtrieb selbst.

Die 2 oder 3 Triebe an den Seitenästen, welche dem Endtriebe am nächsten stehen, werden ausgekneipt, sobald sie eine Länge von 3—4 Zoll erreicht haben, die übrigen hingegen bei einer Länge von 5—7 Zoll.

Dritter Schnitt. Die Seitenäste des ersten Jahres werden in demselben Verhältnisse geschnitten, wie im vorhergehenden; diejenigen, die sich im vorhergehenden Jahre nach dem 2. Schnitte erst entwickelt haben, schneidet man ein wenig kürzer, um das Wachsthum derer des ersten Jahres mehr zu begünstigen. Der Gipfel- oder Endtrieb des Baumes wird in derselben Länge, wie im vorhergehenden Jahre, geschnitten.

Die auf den Seitenästen gekneipten Zweige werden bis auf die Krone zurückgeschnitten, um Fruchtholz zu erlangen. Sollten schon Fruchtspiesse existiren und der Baum befindet sich sonst in gutem Zustande, so lässt man sie in ihrer ganzen Länge, höchstens dass man die zu langen Fruchtruthen auf 2—3 Zoll einbricht.

In diesem Alter finden sich manchmal schon einige Fruchtknospen; diese kann man ruhig tragen lassen, wenn sie sich auf schon stärkern Aesten entwickeln, wenn nicht, unterdrücke man sie alsbald, wie sie sich zeigen. Während des Sommers fahre man fort, die Einschnitte und das Auskneipen nach Bedürfniss zu machen.

Vierter Schnitt. Dieser Schnitt ist fast ganz so, wie der des vorigen Jahres. Man verlängert die Seitenäste je nach ihrer Kräftigkeit; die Verlängerung des Gipfel erfolgt von selbst. Die Fruchtbildungen werden von nun gelassen, in sofern der Baum nicht etwa zu schwach ist und der durch die Fruchtbildung aufgezehrte Nahrungssaft nicht dadurch zum Nachtheil der Seitenäste des Baumes konsumirt wird. Es kommt dieses manchmal bei Bäumen, die auf Quitte veredelt sind, vor. In diesem Falle unterdrückt man einen Theil der Knospen, sobald sie sich entfalten wollen oder selbst ausserhalb der Schnittzeit. Besonders nehme man die weg, welche auf noch zu schwachen Seitenästen sitzen, damit so viel Nahrungssaft als möglich zur Erstarkung derselben verwendet werden kann. Bevor man an Früchte denken kann, muss die vollkommene Ausbildung des Baumes geschehen sein.

Die Sommerarbeiten sind dieselben, wie im vorhergehenden Jahre.

Fünfter Schnitt. In diesem Alter hat der Baum schon in allen Theilen ein gleichmässiges Verhältniss. Die untersten oder Hauptäste fangen bereits an, sich durch ihre eigene Schwere zu senken und geben dem Stamme im Ganzen die pyramidale Gestalt. Man muss nur darauf sehen, dass die einzelnen Seitenäste sich nicht zu sehr einander nähern. Nach dem Schnitte ziehe man diejenigen Aeste, die zu sehr hängen, auf irgend eine Weise wiederum mehr in die Höhe. Dagegen drücke man die, welche zu grade in die Höhe stehen, durch ein Stück Latte oder Holz, welches zwischen sie und den Stamm geklemmt wird, um so viel nieder, als es nöthig ist, damit sie die gehörige Richtung erhalten. Nur auf diese Weise erhält der Baum seine regelrechte Form und die Luft hat zu allen Theilen freien Zutritt. Schnitt und die übrige Behandlung des Baumes während des Sommers sind wiederum so, wie im vorigen Jahre.

Sechster Schnitt. In diesem Alter hat der Baum schon eine ganz anständige Höhe. Die Seitenäste des ersten und zweiten Jahres haben fast ihre vorgeschriebene Länge erreicht und werden nur noch jährlich um wenige Augen verlängert. Der Gipfel wird ebenfalls von nun an kürzer gehalten, ohne dass man jedoch unterlässt, die Zahl der neuen Seitenäste jährlich etwas zu vermehren. Eine Abweichung besteht nur in der Zahl der neuen Aeste, welche man heranzieht. Statt der früheren 7—9 lässt man jährlich sich nur noch 4—6 bilden, um von nun an, und zwar nach der Stärke des Baumes, auch Nahrungssaft zur Bildung von Früchten bereit zu haben. Dabei darf es aber nie dem Gipfel des Baumes daran fehlen, damit auf diese Weise das regelrechte Wachsthum der Pyramide gesichert ist. Geht verhältnissmässig zu viel Saft in die unteren Seitenäste und die oberen leiden darunter, so fängt der Gipfel der Pyramide alsbald an, zu breit zu werden, indem die Aeste zu kurz aufeinander folgen; er wird dadurch geschwächt und stirbt selbst in kürzerer oder längerer Zeit ab.

So fährt man denn fort, den Umfang und die Höhe des Baumes bis in das zwölfte Jahr zu vergrössern. Steht dann der Baum in einem guten, reichen Boden, so erhält er eine Stärke und Dimensionen, wie man bei Pyramiden sonst nicht zu sehen gewöhnt ist.

Um von nun an das richtige Gleichgewicht in dem Ganzen stets sich zu erhalten, verfährt man auf folgende Weise: Sobald man sieht, dass eine Seite der Pyramide zurückbleibt und schwächere Aeste besitzt, als die anderen, so schneide man länger an der ersteren und gestatte nur sehr wenigen Früchten, sich auszubilden. Auf der letzteren lasse man hingegen möglichst viele Früchte zur Entwikkelung gelangen. Ausserdem kneipe man sämmtliche junge Triebe, selbst den Endtrieb, ein, wenn es nothwendig erscheint. Ferner vermag man die zu sehr entwickelten Aeste in ihrem Wachsthume zurückzuhalten, wenn man sie während der stärksten Vegetation auf irgend eine Weise mehr oder weniger herabbiegt. Eine Folge davon ist nämlich, dass der Nahrungssaft sich langsamer und in geringerer Menge nach diesen abwärts-gebogenen Aesten bewegt und dadurch auch um so mehr den schwächeren Theilen zu Gute kommt. Mit dem Tage aber, wo die schwächeren Aeste sich wieder erholt haben und den übrigen an Stärke gleichkommen, bringe man diese sofort wieder in ihre frühere Lage zurück, damit sie nicht etwa nun von den anderen an Stärke überholt werden und dadurch von Neuem die Harmonie in der Ernährung gestört ist.

Mit Vortheil kann man auch wieder bei den schwachen Aesten dergleichen Einschnitte der Länge nach machen, wie sie früher schon angegeben sind. Es ist dieses besonders dann angezeigt, wenn dergleichen zurückgebliebene Aeste schon alt sind und die verhärtete, mehr oder weniger unelastische Rinde das Eintreten des Nahrungssaftes hindert.

Diese Längsschnitte macht man am Besten mit der Spitze des Messers, indem man nur oberflächlich einschneidet und dann vorsichtig bis zum Splint, ohne diesen aber zu verletzen, weiter eindringt. Man kann mehre solcher Längsschnitte machen, wo sie dann etwa 2—3 Centimeter ($\frac{3}{4}$—1 Zoll) von einander entfernt sind. Man beginnt stets von unten, und zwar dicht an der Basis des bestimmten schwachen Astes, und zieht das Messer nach oben. Auch an dem Stamme grosser Obstbäume kann man solche Einschnitte mit Vortheil machen, wenn dieser in keinem richtigen Verhältniss mit der Krone steht; umgekehrt schneidet man in der Krone selbst ein, wenn diese zu schwach ist. Der Zweck dieses Längsschnittes ist, den Zufluss des Nahrungssaftes zu vermehren und das Cambium zu bedingen, neue Gefässbündel zu erzeugen, durch die den schwachen Theilen mehr Nahrung zugeführt wird, hauptsächlich aber die Knospen kräftiger werden zu lassen. Die günstigste Zeit für dergleichen Längsschnitte ist natürlich der Frühling, wo der Säftezufluss am stärksten ist.

(Schluss folgt.)

Bitte um Gehölze
für den zoologischen Garten in Breslau.

Indem wir uns mit Vergnügen der gütigen Berücksichtigung erinnern, welche unsere vorjährige, die Bepflanzung des zoologischen Gartens zu Breslau betreffende Bitte fand, so möge man uns entschuldigen, wenn wir sie in diesem Frühjahre abermals zu wiederholen uns erlauben. Es ist zwar bereits gelungen, so viel, als es die bis jetzt beabsichtigten Zwecke des Gartens erforderten, ihn mit ausreichender Vegetation zu versehen, doch bleiben immer noch viele Wünsche zu erfüllen übrig, um deren Beachtung wir das geehrte Publikum ersuchen, welches ja auch schon in anderer Hinsicht dem jungen Institute so viel Interesse zuzuwenden pflegt. Wünschenswerth erscheinen also für uns von Bäumen: die für winterliche Zierde so unentbehrlichen Nadelhölzer: Rothtannen oder Fichten (Pinus Abies L.), Weisstanne, Lärchen- oder Leerbaum, Schwarz- oder Oesterreichische Kiefer und gemeine Kiefer; von Laubbäumen: Ahorn, insbesondere der im zeitigen Frühjahr gelbblühende Spitz-Ahorn, aber auch Berg- und Strauch-Ahorn, Birken, Erlen, besonders die schnell wachsende Weiss-Erle, weisse wohlriechende Akazie, Canadische, Silber-, Zitter- und Schwarz-Pappeln, (wir scheuen diese schönen Bäume nicht und nehmen die jetzt so allseitig verfolgten gern in unsern Schutz), die Ahlkirsche, Platanen, Paulownien, Eber-Eschen, Faulbäume, Linden, (Sommer- und Winterlinde), Rosskastanien, in allen ihren Arten und Formen, und Eichen; Obstbäume jeder Art, (Kirschen, Pflaumen, Pfirsiche, Birnen, Aepfel), ohne besondere Rücksicht der Qualität der Sorten, da wir mehr auf das Dekorative sehen und die verschiedenen Bewohner des Gartens die mannigfaltigsten Früchte erfordern, also empfangen wir auch dankbar unveredelte oder Wildlinge, — im Ganzen alle von jeder Grösse. Wir bedürfen insbesondere 80 bis 100 ansehnliche Stämme, am liebsten Ahorn, Kastanien oder Linden, zur Bepflanzung der Umgegend des Kaffeehauses, um ihm bald ein angenehmes Aeussere zu verschaffen. Das gewiss höchst dankbare und daher nicht genug zu empfehlende Verpflanzen umfangreicher Bäume wurde wohl oft schon früher versucht, in Deutschland vielleicht in Muskau zuerst vor 30 bis 40 Jahren in grösserem Umfange geübt, gelingt aber nur dann, wenn man, vorausgesetzt anderweitig passender Pflege, weder Wurzeln noch Zweige beschneidet und sie in eine mässig feste Lage bringt, bis sie sich gut bewurzelt haben. Von Sträuchern empfingen wir sehr gern Wachholder, Weiden aller Art, blauen, gewöhnlichen, aber auch chinesischen und persischen Flieder, (die Baumform mit eingeschlossen), gelbe Akazien (Robinia Caragana), Goldregen oder Bohnenbaum, Hartriegel oder Cornusarten, besonders der so zeitig blühende Cornus mas, dann die Winterzierden: Cornus sanguinea und alba, Symphoricarpus oder Schneestrauch, Liguster, wilden Jasmin, Schneeball, hohlen und gefüllten, alle Johannisbeer-Arten, besonders Ribes aureum und Ribes sanguineum, den Sanddorn Hippophaë, den wilden Oelbaum, so zweckmässig zur Unterbrechung des eintönigen Grüns, den so oft als Unkraut verfolgten, jetzt, worauf wir hier beigehend aufmerksam machen wollen, zur Papierbereitung von beachtenswerther Seite empfohlenen Hasenginster; Spartium scoparium, die Zierde der Haidegegenden; ferner den Frühjahrsholunder: Sambucus racemosa, auch nigra u. Ebulus, dann Spiraeen und Weissdorn verschiedener Art, Wilden Wein, sowie wir endlich auch jeden dekorativen Einzelstrauch, vorzugsweise Rosen, dankbarlichst annehmen, da wir in bevorstehendem Sommer nach Deckung der Haupt-Flächen und nach Bestimmung der Plätze der grösseren Gebäude dahin kommen, auch dergleichen wirksam zu verwenden. Farnkräuter ersuchen wir auch nicht übersehen zu wollen! Endlich wünschten wir auch unseren Anlagen den, den Laubwäldern im Frühjahr eigenen Blüthenschmuck zu gewähren, um auch zugleich unsere Mitbürger zu veranlassen, unserem Beispiele zu folgen und ihren, im ersten Frühjahre so kahlen Gärten, kleineren und grösseren Parks eine Zierde zu verleihen, deren sie jetzt gänzlich entbehren. Wie sich dergleichen ausnehmen, kann man in den Gehölzen des botanischen Gartens sehen. Wir empfehlen hierzu, wie schon früher, unter anderen und bitten zugleich um Mittheilungen: weisse und auch gelbe Osterblumen (Anemone nemorosa, ranunculoides), das Leberblümchen, das anfänglich roth, dann blau sich färbende Lungenkraut (Pulmonaria officinalis) und die noch hübschere Lissa und die Striegauer Berge zierende P. angustifolia, die beiden Himmelschlüsselarten, die Trollblume (Trollius europaeus), den Sauerklee (Oxalis Acetosella), das Knabenkraut oder die Orchis-Arten nebst der Hohlwurz (Corydalis bulbosa), die wohl zu den schönsten unserer einheimischen Pflanzen gehören; Springauf und verwandte Arten Majanthemum und Polygonatum, die Goldstern- oder Vogelmilch-Arten (Ornithogalum), das kleine und grosse Schneeglöckchen (Galanthus und Leucojum), die durch ihre eleganten, grossen und zum Theil immergrünen Blätter, weniger durch ihre Blüthen empfehlenswerthe Haselwurzel (Asarum), die wilden Waldveilchen, den wilden oder Bärenlauch (Allium ursinum). Fast überall im Vorgebirge, so wie auch in der Ebene weit verbreitet, wie z. B. auf das massenhafteste in den durch die Eisenbahn uns so nahe gebrachten Thälern der Weistritz und des Striegauer Wassers, wünschen wir, dass es uns endlich gelingen möge, ihnen allen, wie einst vor 14 Jahren den bis dahin auch unbeachtet gebliebenen Farnkräutern Eingang in unsere Gärten zu eröffnen. Wir bitten die verehrten Gönner des zoologischen Gartens alle ihre Beiträge an den Direktor Dr. Schlegel, (zoolog. Garten an der Passbrücke), gütigst adressiren zu wollen.

Breslau, den 3. März 1865.

Göppert,
im Auftrage des Komité's.

Neumann's
moderne Anlage des Gartens am Hause und der städtischen Villa.
2. Heft.

Wir haben bereits zu Ende des vorigen Jahrgangs dieses Werk besprochen; seitdem ist nun das 2. Heft erschienen. Auf gleiche Weise, wie früher, werden auch hier Beispiele vorgeführt, wie ein gegebenes Terrain sich am besten und auf eine Weise arrangiren lässt, dass es ästhetischen Ansprüchen nachkommt und in der That auch dem Besitzer Freude macht. Zu den 9 bereits im ersten Hefte gegebenen Beispielen kommen hier wiederum 8. Diese Beispiele haben deshalb einen Werth, dass sie aus dem Leben genommen und zum Theil selbst praktisch ausgeführt sind.

Ueber alle zu sprechen, erlaubt uns der Raum nicht; es möchte auch schwer werden, da der Verfasser mit solcher Kürze spricht, dass sich ein Auszug nicht geben lässt. Die im Farbendruck sehr schön ausgeführten Pläne machen das Gesagte leicht verständlich. Der Plan 17 ist ein Beispiel für unsere grossen Städte, wo Hausbesitzer um so mehr den Werth auch des kleinsten Gartens erkennen, als sie weit zu gehen haben, um in das Freie zu kommen. In Berlin findet man dergleichen in Menge ausgeführt. Man muss in der That oft die Kunst des Gärtners bewundern, wie dieser jeden, auch den kleinsten Raum benutzt hat, um einen Strauch oder einige Blumen anzubringen.

Das Wohnhaus besitzt gegen die Fronte eine Breite von 45 Fuss, steht frei und hat auf jeder Seite 8 Fuss freien Raum, welcher letzterer auf der einen Seite zur Einfahrt dient, auf der andern in der Weise benutzt wird, dass er für die Jugend einen Spiel- und Turnplatz bildet. Der Strasse zu wird er durch einige Sträucher völlig bedeckt. Vor dem Hause ist ein 10 Fuss breiter Gartenraum, zu dem man von den Seiten aus durch Veranden hineinkommt, während man aus dem Hause selbst über eine entsprechende Terrasse eintreten kann.

Hinter dem Hause befindet sich der schmale Hof, welcher auf der, der Einfahrt gegenüberliegenden Seite ein aus Rasen aufsteigendes Bousquet besitzt, um daselbst die Mauer zu decken. Der Hof wird hinten durch die Wirthschafsgebäude geschlossen. Durch dieses führt der Weg nach dem eigentlichen Garten mit einer Breite von 34 Fuss. Bei solchen kleinen Gärten fehlt man in der Regel darin, dass man gar zu Vielerlei anbringen möchte und darüber kleinlich wird. In der Regel schliessen nun noch hohe Mauern den Garten ein, so dass die kleinen Arabesken, Rundtheile, Boskets und Einzelpflanzen wie für Liliputs gemacht erscheinen. Selbst in dem hier gegebenen Plane ist unserer Meinung nach noch zu viel vorhanden, so hübsch sich auch die Zeichnung ausnimmt.

Gleich interessant sind die anderen Pläne; wir machen ferner besonders auf den Plan 15 aufmerksam, wo namentlich der gothische Baustyl im Verhältniss zu unseren heutigen Garten-Anlagen gewürdigt ist. Wir stimmen mit dem Verfasser ganz überein, dass er in seiner Reinheit zu diesen und überhaupt zu Gärten und Parks, in sofern diese nicht sehr gross und mehr waldartig sind, gar nicht passt.

Zwergobst.

Es ist nicht zu leugnen, dass Zwergobst in den Gärten eine grosse Zierde darstellt; man kann deshalb nicht genug darauf aufmerksam machen. Einmal sind es die Blüthen, besonders vom Kernobst, von Aepfeln obenan, welche mit ihren hellrothen oder weissen Blüthen zwischen dem frischen Grün der Blätter Effekt machen und dann geben auch die allmählig sich färbenden Früchte einen reizenden Anblick. Grade auf Rabatten zwischen sonstigen Blumen nehmen sie sich am besten aus.

Bei dieser Gelegenheit erlauben wir uns auf eine Sammlung von Zwergobst, besonders von Aepfeln, aufmerksam zu machen, welche in Schlesien mit besonderer Sorgfalt herangezogen sind und auch in vollendeter Form zu billigen Preisen abgegeben werden. Liebhaber mögen sich deshalb an den Obergärtner der Gräflich-Limburg-Stirum'schen Anlagen in Gross-Peterwitz bei Canth, Fehse mit Namen, wenden. Die Auswahl ist bedeutend. Es stehen Liebhabern 200 verschiedene Apfelsorten auf Doucin (Pirus praecox, deren man sich meist in Frankreich zur Unterlage bedient) und 107 auf Paradies-Apfel (der in Holland und Deutschland gebräuchlichen Unterlage) zur Verfügung.

Aber auch ausserdem sind daselbst allerlei Obstgehölze zu beziehen, vor Allem aber mögen noch die Kirschen, auf Prunus Mahaleb veredelt, erwähnt werden.

Verlag von Karl Wiegandt in Berlin, Koch-Strasse No. 22.

Druck der C. Feister'schen Buchdruckerei in Berlin, Zieten-Platz No. 2.

Wochenschrift

des

Vereines zur Beförderung des Gartenbaues in den Königl. Preussischen Staaten

für

Gärtnerei und Pflanzenkunde.

Redakteur:

Professor Dr. Karl Koch,

General-Sekretair des Vereines.

No. 16. Berlin, den 22. April **1865.**

Preis des Jahrganges 5⅓ Thlr., sowohl bei Bezug durch den Buchhandel, als auch franco durch alle Post-Anstalten des deutsch-österreichischen Post-Vereines.

Sonntag, den 30. April, Vormittags pünktlich 11 Uhr, findet im Englischen Hause (Mohrenstr. 49) eine Versammlung des Vereines zur Beförderung des Gartenbaues statt, wozu die geehrten Mitglieder eingeladen werden.

Frühjahrs-Ausstellung des Vereines zur Beförderung des Gartenbaues, am 2. April.

„Nicht die ältesten Leute erinnern sich eines solchen Wetters" heisst es gewöhnlich, wenn einigermassen abnorme Zustände in der Witterung eintreten; in der That mögen aber kaum die, welche mehr als ein oder vielleicht zwei Lebensalter hinter sich haben, solche lange, kaum unterbrochene Winter erlebt haben. Die Winter $18^{29}/_{30}$ oder $18^{37}/_{38}$ könnten wohl einigermassen ähnlich gewesen sein, vielleicht noch einzelne kältere Tage aufzuweisen gehabt haben: sie wechselten aber doch mit länger oder kürzer andauerndem mildem Wetter ab. Dass ein solcher Winter auf die Entwickelung der Pflanzen Einfluss haben muss, unterliegt um so weniger keinem Zweifel, als noch dazu ein ebenso ungünstiger, kalter und nasser Sommer vorausgegangen war und Anfangs Oktober sich bereits Fröste eingestellt hatten. Das Holz unserer Bäume und Sträucher vermochte unter solchen Umständen, wie man sich denken kann, nicht die gehörige Ausbildung zu erhalten und wird deshalb auch die lange, zum Theil auch starke Kälte weniger ertragen haben, so dass wir im spätern April und Mai erst erfahren werden, welchen nachtheiligen Einfluss der Winter gehabt hat.

Auch auf unsere Frühjahrs-Ausstellung hat die Witterung nachtheilig eingewirkt. Blüthensträucher z. B., welche zur früheren Entwicklung eine gewisse Zeit und einen regelmässigen Verlauf der Witterung verlangen, haben sich nur mit Mühe antreiben lassen und bedurften einer sorgfältigeren Aufmerksamkeit. Selbst die Azaleen zeigen nicht die Blüthenfülle, wie in andern Jahren, und haben überhaupt eine kürzere Blüthezeit. Warmhauspflanzen, und vor Allem Orchideen, hatten während des Winters für ihre Blüthen-Entfaltung zu wenig Licht und blühen deshalb in diesem Jahre ebenfalls keineswegs in dieser Ueppigkeit, wie wir sie noch im vorigen Jahre bewunderten. Die jetzigen kalten Tage erlauben zwar noch zum Theil den Transport, wenn die Pflanzen gut eingepackt wurden, der Aufenthalt in einem ungeheizten Saale würde ihnen aber sehr wenig zuträglich sein, selbst da, wo die Ausstellung nur einen Tag dauert. Aus dieser Ursache fehlte leider zum grossen Theil dieser reizende Blüthenschmuck, den wir in allen unseren Ausstellungen zu sehen gewöhnt sind, fast ganz; nur einige an ein kälteres Klima ursprünglich gewöhnte Arten waren dieses Mal vorhanden.

Das Ausstellunglokal war dasselbe, was schon seit einigen Jahren benutzt wurde: die grosse Aula der Königlichen Thierarzneischule (Louisenstr. 56). Das anstossende Zimmer, was sonst ebenfalls mit Pflanzen gefüllt war, enthielt dieses Mal nur Garten-Geräthe und Garten-Instrumente.

An der einen Giebelseite in der Nähe der Eingangsthür stand wiederum eine Gruppe von Blüthensträuchern, blühenden krautartigen Gewächsen und wenigen Blattpflanzen, welche Garten-Inspektor

Bouché aus dem botanischen Garten aufgestellt hatte. In der Mitte befand sich eine grosse Aralia oder vielmehr Fatsia japonica, mit schönen, freudiggrünen und glänzenden Blättern dicht besetzt. Neben ihr erhoben sich rechts zu gleicher Höhe eine neuholländische Akazie mit kleinen feinen Blättern und dicht mit gelben Blüthenköpfchen versehen, links hingegen ein reichlich-blühender Clianthus puniceus, dessen rothe Trauben freundlich mit dem Grün der Blätter kontrastirten. Den Topf der Fatsia deckte eine Haide der Mittelmeerländer (Erica mediterranea) von fast 3 Fuss Durchmesser. Und wiederum davor stand ein Nidularium Scheremitejewii mit rothen Herzblättern.

Aus der Zahl der übrigen Pflanzen nennen wir ein hohes Helichrysum grandiflorum von silbergrauer Farbe, Franciscea calycina mit violetten, grossen Blumen, Vriesia psittacina, eine neue Form des Hippeastrum aulicum, die nette Scilla italica, verschiedene Primula-Arten, Gnidien, echte Haiden, Epakris, Pimeleen u. s. w. Das Ganze war hübsch zusammengestellt und die verschiedenen Farben von Gelb, Roth, Blau und Weiss mit dazwischen liegenden Nüancirungen wechselten freundlich mit einander ab.

Die entgegengesetzte Giebelseite, wo vom Katheder aus sonst Weisheit verkündet wird, war nächst der Wand durch kurzblättrige Neuholländer, besonders Leptospermen, und ausländische Cypressen mit leichteren und deshalb eleganteren Zweigen einigermassen verdeckt. Aus dem Katheder selbst ragte ein Azaleenbaum (Azalea carminata) mit einer mehr als 3 Fuss im Durchmesser enthaltenden Krone hervor, welche der Obergärtner Boese aus dem Kommerzienrath-Reichenheim'schen Garten zur Verfügung gestellt hatte. Rechts befand sich eine nicht minder umfangreiche, weissblühende Azalee des Obergärtners im Danneel'schen Garten, Pasewaldt, der aber vom Oktober ab eine selbständige Gärtnerei in Charlottenburg gründen wird, links hingegen die früher häufiger auf Ausstellungen gesehene Acacia pulchella in einem grossen Exemplare und dicht mit gelben Blüthenköpfchen besetzt. Diese Schaupflanze verdankte man dem Obergärtner Neumann im Garten des Kommerzienrathes Ravené. Zwischen diesen Pflanzen waren die Büsten Sr. Majestät des Königs und Ihrer Majestät der Königin aufgestellt.

Vor dem Katheder standen 3 Myrtenbäumchen aus der Choné'schen Gärtnerei von gegen 4 Fuss Höhe und mit $1\frac{1}{2}$ Fuss im Durchmesser enthaltender Krone. Farne mit frischen grünem Laube deckten die Töpfe.

Den Raum zwischen der eben beschriebenen Mitte der Giebelwand und den beiden langen Seitenwänden füllten links eine Gruppe von getriebenen Blüthensträuchern und rechts eine Farn-Gruppe aus. Die letztere enthielt weniger echte Farne, wie Cyrtomium falcatum, Asplenium Belangeri und vestitum, ein Schau-Exemplar des Adiantum cuneatum u. s. w., als vielmehr Bärlapp-Pflanzen (Lycopodiaceen), sämmtliche in vorzüglicher Kultur. Selaginella Wallichii besitzt mit seinen tieffiederspaltigen und blattähnlichen Zweigen noch am meisten das Ansehen der Farne. S. Lyonii baut sich zwar ähnlich, hat aber doch schon mehr den Charakter einer Selaginelle. Das hier befindliche Exemplar besass $2\frac{1}{2}$ Fuss im Durchmesser. S. Pervillei steigt ebenfalls in die Höhe und hat flach-liegende ziemlich breite Zweige von glänzender dunkelgrüner Farbe; bei S. erythropus ist diese dagegen hellgrün.

Die Gruppe der getriebenen Blüthensträucher hatte Obergärtner Boese aus dem Garten des Kommerzienrathes Reichenheim ausgestellt. Weigela rosea und amabilis waren mit Blüthen überfüllt; letztere blüht immer reicher, wenn die Blüthen auch an Schönheit denen der W. rosea etwas nachstehen. So dicht mit Blüthen besetzt, wie es hier bei Rhodora canadensis der Fall war, haben wir kaum ein Exemplar gesehen. Auch den Syringen, dem Schneeball, den Spiräen u. s. w. sah man die Ungunst der Witterung nicht an.

Wir wenden uns nun von hier zu dem langen Tische in der Mitte, wo der Obergärtner Neumann aus dem Garten des Kommerzienrathes Ravené ein schönes Exemplar des Pandanus Blancoi in der Mitte aufgestellt hatte. An den langen und schmalen Blättern vom schönsten, wie angehauchten Blaugrün war auch nicht der geringste Makel zu entdecken. Ringsum befand sich eine Gruppe von Wandelblumen oder, wie man gewöhnlich sagt, von Cinerarien. In dieser Jahreszeit sind reichlichblühende Pflanzen der Art eine Seltenheit, und noch dazu in diesem Jahre. Die einzelnen Exemplare waren kurz und sehr gedrängt, die Farbenpracht der Blüthen konnte hingegen nicht vorzüglicher sein. Endlich machen wir auf ein blühendes Cyclamen persicum aufmerksam, weil es eine einjährige Pflanze war und doch schon blühte.

Diesen sich rechts und links anschliessend und die übrige Tafel ausfüllend, befand sich eine Doppelgruppe aus dem Garten des Kommerzienrathes Reichenheim. Jedes Exemplar war eine prächtige Schaupflanze, deren wir leider alle Jahre jetzt weniger sehen. Eine Genetyllis tulipifera mit 89 überhängenden und tulpenähnlichen Blüthenständen, die man bei dem ersten Blicke leicht für einzelne Blüthen halten könnte, befand sich darunter. Es ist ein schwer zu ziehender Blüthenstrauch. Ein

Gleiches gilt von der Hovea Celsii, die wir früher manchmal, aber doch nie in dieser Schönheit, auf unseren Ausstellungen gesehen haben. Eine solche blaue Farbe der in reichlichster Anzahl vorhandenen Blüthen ist in der Familie der Schmetterlingsblüthler selten.

Chorozema Henchmanni mit ihren kleinen hellrothen Blüthen steht an Schönheit dem Ch. ilicifolium nach, Dillwynia Henchmanni möchte noch weniger Beifall finden, zumal wenn sie nicht in gleicher Vollkommenheit, wie hier, vorhanden sein sollte. Es war in der That mit der letzteren das Mögliche gethan, um die Pflanze wohlgefällig zu machen.

Gegen das andere Ende der langen Tafel machen wir zuerst auf die prächtige Orchidee: Dendrobium Wallichianum, eine Abart des D. nobile, aufmerksam. Wiederum reichlichste Blüthenfülle; an einem einzigen Blüthenschafte befanden sich 29 Blüthen, die Zahl aller betrug weit über 100. Die Pflanze besass bei einem Durchmesser von 2½ eine Höhe von 3½ Fuss. Eine andere, weniger umfangreiche Orchidee war Epidendron Stamfordianum, und zwar die Abart elegans. Die kleinen hellbräunlichen und weisslichen Blüthen bilden zierliche Trauben. Eine dritte Orchidee: Arpophyllum giganteum, zeichnete sich durch schönes Laub aus, aus dem 2 violettrothe Blüthentrauben herausragten. Weiter befanden sich hier noch 2 schöne Azaleen, eine rothe und eine weisse, als Kronenbäumchen, sowie 2 Eriostemon's und 1 Helipterum spectabile.

Was die jetzt so sehr beliebten Blüthensträucher der Azaleen ferner anbelangt, so waren diese an der hintern Wandseite von besonderer Schönheit vertreten. Man verdankte sie nebst einigen anderen dem Obergärtner Kraus aus dem Garten des Rittergutsbesitzers Mor. Reichenheim. Die Zahl der hier vorhandenen Azaleen betrug nicht weniger als 15. Alle stellten niedrige Kronenbäume, von denen eine jede in vollendeter Schönheit und in reichlichster Fülle ihre Blüthen entwickelt hatte, dar. Die meist mehr flachen Kronen hatten einen Durchmesser von 2 bis 3 Fuss. Man sah meist einfarbige, doch auch bunte. Von dem blendenden Weiss bis zum feurigen Rosa, zur matten Lachsfarbe, zum tiefdunkelen Purpurroth oder zum Blaulila waren die Nüancirungen vertreten. Die Farbe war, besonders beim Roth und Lila, so feurig, dass das Auge nicht lange darauf ruhen konnte.

Ueber diesen herrlichen Blüthensträuchern ragte in der Mitte ein grosses Exemplar einer Alpenrose aus dem Himalaya, Rhododendron Dalhousianum, mit grossen, einige Zoll im Durchmesser enthaltenden Blumen von schwefelgelber Farbe und echter Glockenform hervor. Nicht weniger als einige 30 Blüthen waren hier vorhanden, die zu 2 und 3, selbst 5 am Ende der Zweige sich befanden. Vor dieser Alpenrose stand eine Cattleya. Skinneri, also eine Orchidee, mit ziemlich grossen, violettrothen Blüthen. Ausserdem befanden sich in der Gruppe noch 2 Exemplare des Tropaeolum tricolor, auf Drahtgestell gezogen, mit fast Tausenden kleiner rothen, violetten und gelben Blüthen besetzt. Die Farbenpracht der eben genannten Pflanzen trat um so mehr hervor, als Obergärtner Kraus durch einige Blattpflanzen, besonders Farne, ein schönes Grün dazwischen gestellt hatte.

Längs der Fensterseite, welche sich unmittelbar den beiden Giebelseiten anschliesst, befanden sich mehre Gruppen, von denen die der Blüthensträucher des Universitätsgärtners Sauer der oben bereits besprochenen Farngruppe sich anschloss. Es waren hier Deutzien, Spiraea Reewesii, Hortensien, die interessante Prunus triloba mit ihren oft mehre Stempel enthaltenden, rosafarbenen Blüthen u. s. w.

Hofgärtner Morsch in Charlottenhof hatte wiederum eine kleine Gruppe von Alpenpflanzen aufgestellt. Primula denticulata und marginata, Soldanella alpina, Erythronium Dens canis, Merendera caucasica, Draba aizoides u. s. w., aber auch Streptanthus polyanthus. Sämmtlich waren sie um ein schönes, buschiges Exemplar der Libonia floribunda des Kunst- und Handelsg. Priem aufgestellt, deren orangefarbene und rothe Blüthen aus den dunkelgrünen, glänzenden Blättern leuchtend hervortraten.

2 Gruppen Berliner Hyazinthen in schönster Blüthe folgten; sie bezeugten wiederum, dass der Berliner Sandboden doch auch Vorzügliches hervorzubringen vermag. Vielleicht interessirt es Liebhaber, zu wissen, welche Sorten uns als die vorzüglichsten erschienen, um darnach später eine Wahl zu treffen. Doch ist der Geschmack verschieden und reserviren wir uns, wenn wir hier und da nicht Zustimmung erhalten sollten. Die eine Gruppe hatte Kunst- und Handelsgärtner de la Croix (Lange-Strasse No. 26) aufgestellt. Aus der grossen Zahl der Blumen nennen wir: Grand Lilas, Grand Vedette, La precieuse, Charles Dickens, Regulus unter den einfach-, Mimosa und Laurens Koster unter den doppelt-blauen, Eldorado, Amicitia, Marie Katherina unter den einfach-, Lord Wellington unter den doppelt-rothen, Grand vainqueur, Blanchard und Königin der Niederlande unter den einfach- und endlich Latour d'Auvergne unter den doppelt-weissen.

Zwischen dieser und der Hyazinthengruppe des Kunst- und Handelsgärtners Späth befanden sich schöne Rittersterne oder Amaryllis in meist feurigen Farben. Aus ihrer Reihe machen wir auf folgende aufmerksam: Franklin: sehr gross, schön-hellroth mit einem weissen Mittelbande, was fast bis in die kurze Endspitze verläuft; Frau Kaiser: ebenfalls gross, von weisser Farbe, aber mit rosarothen Streifen. Bosseana besitzt zwar kleine Blumen, aber diese haben eine wunderschöne, tiefpurpurrothe, etwas sammetartige Farbe. Der bekannte Amaryllideenzüchter Hoffmann hatte die Gruppe aufgestellt.

Aus der Hyazinthengruppe des Kunst- und Handelsgärtners Späth heben wir ausser den zum grossen Theil schon bei Gelegenheit der de la Croix'schen Gruppe genannten Sorten noch: Mammuth, tubiflora, Montblanc, Prinz Albrecht und Mars hervor. — Dicht daneben stand aus derselben Handelsgärtnerei auch eine Gruppe von Alpenrosen, wie sie auf dem Berliner Markte und zu Tausenden nach auswärts geführt werden. Es waren meist 2½-jährige Stecklinge von 2 bis 2½ Fuss Höhe mit 2 bis 5 und 6 Blüthenköpfchen. Uns gefielen besonders: Prinz Camill Rohan mit weissen, aber rothpunktirten Blumen, Cunningham's white: gross- und weissblühend, und Madame Wagener: hellrosa und roth umrandet.

Kunst- und Handelsgärtner Choné (Frankfurter Chaussée) hatte eine Gruppe grosser Exemplare von Azaleen aufgestellt, die sich sämmtlich durch schöne und grosse Blüthen auszeichneten. Es waren zwar bekannte Sorten, welche gewöhnlich in Berlin herangezogen werden, aber immer schön bleiben und nicht zu den ephemeren Erscheinungen gehören. Neben den grossen 2½ und 3 Fuss im Durchmesser enthaltenden Pflanzen waren auch kleinere Kronenbäumchen vorhanden, auf die wir, weil sie besonders gesuchte Arten enthielten, speziell aufmerksam machen wollen. Duchesse Adelaide von Nassau mit ihrem reinen Purpurroth empfehlen wir ebenso sehr, als Arthur mit feurig-rothen Blumen, sowie das Dresdener Erzeugniss: Kommerzienrath Lottermoser, wo die grossen Blumen eine hellrothe Farbe haben, ferner die halbgefüllte rothe Azalee, welche den Namen Bernard André erhalten hat, und Alexander II. mit Blumen, welche in der Mitte roth, an dem Rande aber zart rosa sind.

Ausserdem verdankte man aber Kunst- und Handelsgärtner Choné noch eine Gruppe zum Theil selbst gezüchteter Alpenveilchen oder Cyclamen's, sämmtlich in reichlichster Blüthenfülle und im schönsten Blüthenschmuck. Sie gehörten sämmtlich zu Cyclamen persicum und waren theils Formen, theils aber auch Blendlinge mit andern Arten, so das bekannte Cyclamen Atkinsii. Die Alpenveilchen sind so schön, dass man bedauern muss, sie so wenig bei den Liebhabern zu sehen. Früher fanden sie sich auch häufiger in deren Fenstern vor. Es sind allerdings eigene Blumen, welche trotz aller Mühe, die man sich gibt, bisweilen durchaus nicht gedeihen wollen. Es waren meist 3 Jahre alte Sämlinge.

Vom Kunst- und Handelsgärtner Lackner war dagegen eine Gruppe von Alpenrosen aufgestellt, ebenfalls nur Marktpflanzen enthaltend. Unter ihnen befanden sich einige neuere Sorten, die die Berücksichtigung der Liebhaber in hohem Grade verdienen. Es gilt dieses besonders von Rhododendron Phaëton mit schwarzrothen, Rh. elegans mit lilafarbigen Blüthen und Rh. Jean Verschaffelt, dessen Blüthen roth sind, aber noch dunklere Punkte in reichlichster Fülle enthalten.

Dem Kunst- und Handelsgärtner Louis Friebel (Frankfurter Chaussée) verdankte man eine Gruppe blühender Wandelblumen oder Cinerarien, welche zur Erhöhung der Farbenpracht nicht wenig beitrugen. Auch hier war die Kultur vorzüglich; die einzelnen Pflanzen zeichneten sich durch gedrungenes Wachsthum aus, so dass die dichten Blüthentrauben aus den grünen Blattrosetten sich nur wenig erhoben. Inmitten dieser Wandelblumen befand sich eine Schaupflanze des Himanthophyllum miniatum, die der Kunst- und Handelsgärtner Priem freundlichst zur Verfügung gestellt hatte.

Von Gruppen haben wir auch noch eine Zusammenstellung bunt-, oder zum geringen Theil geschlitzt-blättriger Gehölze des freien Landes, hier sich aber in Töpfen befindend, zu gedenken, welche der Baumschulbesitzer Lorberg ausgestellt hatte. Buntblättrige Pflanzen gehören jetzt zur Tagesordnung und werden zum Theil um hohe Preise verkauft. Speziell einzugehen, liegt ausserhalb unseres Planes. Mögen einige weniger schön, als vielmehr nur modern sein, so ist es doch nicht zu leugnen, dass andere auch reellen ästhetischen Werth besitzen. Es ist dieses z. B. besonders von der geschlitztblättrigen Wallnuss, von Prunus Avium asplenifolia, von der buntblättrigen Linde und Ulme, besonders von derjenigen der letzteren, welche als Ulmus viminalis marginata in den Handel kommt u. a. m., der Fall.

Neuheiten waren in geringer Anzahl vorhanden. Man wundert sich oft, und zwar mit Recht, wo all' die neuen Pflanzen und neuen Formen herkommen? Man möchte selbst einmal für eine Zeit von 10 oder doch wenigstens 5 Jahren in Betreff der neuen Einführungen Stillstand haben. Keineswegs waren wir über die Abart des Dendrobium macrophyllum, welche den Beinamen Dayanum führt, so entzückt, als man in England es allgemein ist. Mehr gefiel uns Habrothamnus Hartwegi aus dem botanischen Garten mit den prächtigen Röhrenblüthen, zumal weil sie gedrungener wächst und sich deshalb mehr zum Blüthenstrauch eignet.

Reizend war die neue Azalee, welche zum Andenken des verstorbenen Prinz-Gemahl Albert von England (Souvenir du prince Albert) genannt ist. Ihre rosafarbenen und gefüllten Blüthen waren ziemlich breit weiss-umsäumt. Man verdankte sie dem Obergärtner Pasewaldt aus dem Danneel'schen Garten. Eine andere Azalee hatte wie Azalea indica alba grosse milchweisse Blüthen und war von dem Kunst- und Handelsgärtner Hoffmann ausgestellt; ebenso A. rosea crispiflora (weiss und rothgeschmitzt).

Endlich erwähnen wir noch eines 3-jährigen Alpenrosensämlings des Obergärtners Kraus aus dem Garten des Rittergutsbesitzers Mor. Reichenheim um so mehr, als die beiden Blüthenstände eine wunderschöne rothe Farbe besassen.

Gemüse war gar nicht vorhanden und von getriebenen Erdbeeren fanden sich nur einige Töpfe mit einladenden Früchten vor, welche der Hofgärtner Nietner in Schönhausen geliefert hatte.

Auch ein Bouquet des Gärtners Rex aus dem Ravené'schen Garten, was trotz der schweren Blumen: Kamellien, Azaleen, Narzissen und Rosen durch feine Neuholländer-Zweige und Frauenhaar leicht gehalten war, erntete Beifall.

Schliesslich kommen wir zu den Garten-Geräthen und Garten-Instrumenten. Eine sehr reiche Sammlung, die leider, weil sie in einem besonderen Saale aufgestellt war, gar nicht in der Weise besehen wurde, als sie es verdiente. Um so mehr fühlen wir uns verpflichtet, nachträglich noch darauf aufmerksam zu machen. Der Kaufmann Ad. Schwartz in Berlin (Zimmerstr. No. 87) hatte sie zwar ausgestellt und hält auch ein vollständiges Lager in seiner Wohnung, Verfertiger ist aber der Fabrikant Schmidt in Erfurt. Wir haben schon auf mehrern Ausstellungen eine Sammlung der ausgesuchteren, zum Theil sinnreich ausgesonnener und vorzüglich angefertigter Gartengeräthe der Schmidtschen Fabrik, zuletzt in Stettin, gesehen; allenthalben ernteten sie Beifall ein. Zeit und Raum erlauben uns nicht, speziell auf sie einzugehen; deshalb müssen wir Gartenbesitzer auf das Lager in Berlin oder in die Fabrik in Erfurt selbst verweisen.

Garten-Instrumente waren hingegen von Heyne (Leipzigerstr. No. 41) in einer ebenfalls ausgesuchten Sammlung ausgestellt. Auch hierüber haben wir schon mehrmals bei Gelegenheit von Ausstellungsberichten Meldung gethan. Schon oft haben die Instrumente von Seiten der Preisrichter Ehren-Diplome oder Preise wegen ihrer Vorzüglichkeit zugesprochen erhalten, so dass wir dem früher Gesagten nichts Neues hinzuzufügen im Stande sind.

Wir bemerken schliesslich noch, dass der Kunst- und Handelsgärtner Lackner es übernommen hatte, das ganze Arrangement der Ausstellung zu übernehmen. Dass es vorzüglich ausgeführt war, bezeugte der Beifall, der durchaus von denen, welche die Ausstellung besucht haben, ausgesprochen wurde.

Die
Behandlung des Birnbaumes.

Vom Baumschul-Besitzer Müller in Strassburg a. Rh.

(Schluss.)

Hat der Baum auf diese Weise seine regelrechte Form erhalten, so bedarf er von nun an nicht geringerer Sorgfalt für die Erhaltung des Gleichgewichtes in allen seinen Theilen.

Jedes Frühjahr arbeite man den Boden um den Stamm des Baumes leicht um, gebe aber besonders darauf Acht, dass man die feinen Wurzeln, welche sich dicht an der Oberfläche des Bodens befinden, nicht beschädige. Während des Sommers behacke man den Boden einige Male, um ihn von Unkraut rein zu erhalten.

Sobald ein Baum anfängt im Wachsthume nachzulassen und dünne, schwache Triebe zu machen, was gewöhnlich von einer Bodenerschöpfung kommt, so begiesse man den Boden mit einer Nahrung enthaltenden Flüssigkeit, und zwar 75 Centimeter vom Stamme beginnend bis ungefähr 2 Meter Entfernung. Man nimmt dazu irgend einen Dungguss, wie Ochsenblut mit Wasser vermischt, Kuhkoth, Schafmist, Wasser, in dem Hornspäne 14 Tage lang eingeweicht waren u. s. w. Als das beste Mittel habe ich gefunden, dass man in einer Entfernung von 1—2 Meter vom Stamme, je nach dem Alter des Baumes, einen Graben von gegen 1 Met. Tiefe und Breite macht, und diesen mit einer guten nahrhaften Erde, die mit gut-verrottetem Pferdedünger vermischt ist, ausfüllt; oder man gräbt auch die Erde in der Nähe des Stammes auf und ersetzt diese durch eine starke Lage gut verrotteten Düngers, den man mit der weggenommenen Erde wieder bedeckt. Bei beiden Verfahren muss man sich freilich in Acht nehmen, die Wurzeln nicht zu verletzen oder auch nur lange bloss zu legen.

Ist der Baum nicht schon gar zu alt und umfangreich, so kann man auch zum Verpflanzen seine Zuflucht nehmen. Es ist dieses ein Mittel, was am besten Gelegenheit gibt, die ganze erschöpfte Erde zu erneuern. Man macht dann ein Loch von wenigstens 6 Fuss Durchmesser und ersetzt die herausgenommene Erde durch andere gute, die man der Oberfläche des Bodens entnommen hat.

Moos und Insekten, die sich am Stamme und an den Aesten einnisten, müssen alle Frühjahre vermittelst einer Bürste sorgfältig entfernt werden. Zur weiteren Vernichtung derselben überstreiche man ferner Stämme und Aeste mit Kalkmilch.

Es genügt jedoch keineswegs, dem Baume eine kräftige Vegetation und eine schöne Form zu sichern, man muss ihn auch tragbar zu machen wissen, sobald die Bildung von Fruchtholz nicht zur rechten Zeit erfolgt. Es kommt dieses häufig bei Bäumen vor, die auf Wildling veredelt sind und bei einigen Sorten, die die Neigung haben, zu viel Holz auf Kosten der Früchte zu machen.

Zur Erreichung dieses Ziels dienen mehre Mittel, wie das Herunterbiegen der Zweige, das Einbrechen der noch krautartigen Theile, das Veredeln mit Fruchtruthen, das Drehen der Triebe oder Zweige, der Ringelschnitt, das Zurückschneiden der Wurzeln, der Sommerschnitt, das Verpflanzen u.s.w. Aber erst, wenn das Auskneipen, das Herabbiegen des Astes, das Einbrechen und der Augustschnitt nicht genügen, um den Baum zeitig zum Fruchttragen zu bringen, nimmt man zu den anderen, oben erwähnten Mitteln seine Zuflucht. Das Verpflanzen, der Ringelschnitt und das Beschneiden der Wurzeln müssen schliesslich die letzten Hülfsmittel bleiben.

Das Herabbiegen besteht nur darin, dass man die Spitze des Astes durch irgend ein Band nach dem Boden zu zieht und in dieser Lage festhält. Das Drehen der Zweige und der einigermassen langen Fruchtruthen um den Ast, von dem sie ausgehen, wobei man die Spitze nach unten richtet, bringt dieselbe Wirkung hervor.

Das Einbrechen (Cassement) besteht in dem Einknicken der Zweige, welche an den seitlichen Hauptästen vorhanden sind, bis auf 3 oder 4 Augen. Es geschieht stets in der Weise, dass ungefähr die Hälfte des Durchmessers des Zweiges noch mit dem obern Theile zusammenhängt und der Nahrungssaft an dieser Stelle nach diesem treten und ihn auch weiter ernähren kann. Durch das unvollkommene Eintreten des Saftes nach oben aber werden die unteren Fruchtaugen bethätigt und diese selbst kommen zur Entwickelung. Am besten geschieht dieses Einbrechen zur Zeit des Winterschnittes.

Das Pfropfen mit einem Fruchtspiesse (Lambourdes, wie der Franzose sagt). Ihre Länge schwankt im Allgemeinen zwischen 1 und 8 Centimeter. Diese Veredlung geschieht im Monat August, wenn die Knospen sich schon gebildet haben, ebenso, wie man okulirt, indem man die Fruchtruthe mit einem Schildchen von einem Baume abnimmt, der zu viel Fruchtholz hat und es auf den andern, der umgekehrt zu wenig davon besitzt, setzt. Man kann hier die Veredlung durch Anplatten auch sehr gut anwenden, indem man auf der einen Seite der Fruchtruthe einen schrägen, den sogenannten Rehfuss-Schnitt macht und damit auf einer von Rinde entblössten Stelle des Astes anlegt, um sie daselbst zu befestigen.

Das Drehen findet Ende des Monates Juni oder auch Anfang Juli statt, sobald nur die Triebe einige Festigkeit erlangt haben. Die Methode, die man bis jetzt allgemein angewendet hatte, bestand einfach in dem Herumdrehen der Basis eines Zweiges um seine Achse, um das Gewebe aus seiner Lage zu bringen. Neuerdings zieht man jedoch die Methode Lachaumé's, des früheren Inspektors der Garten- und landwirthschaftlichen Kolonie zu Petit-Bourg, vor. Derselbe dreht nämlich den Zweig oder den Trieb nicht an der Basis, sondern in einer Entfernung von 6 Centimeter davon und zwar in der Weise, dass die Spitze desselben nach unten sieht. In dieser Lage erhält sich der gedrehte Zweig von selbst.

Der Ringelschnitt besteht bekanntlich darin, dass man von der Rinde des Astes 5 bis 10 Millimeter ungefähr, je nach der Stärke, vom Stamme oder von den Haupt- oder Mutterästen wegnimmt. Man macht diese Operation gleich im Anfange der Vegetation, damit die Wunde wenigstens zum Theil noch in demselben Jahre sich wieder ausfüllen kann. Der Zweck dieser Manipulation ist, den Baum zu bedingen, an dem obern Theile mehr Früchte, am untern hingegen mehr Holz hervorzubringen. Die Zeitigung der Früchte wird ebenfalls dadurch früher; auch ihr Volumen nimmt zu, jedoch in der Regel auf Kosten der Qualität. Der Ringelschnitt gibt auch ein gutes Resultat bei sehr kräftigen Bäumen, die übermässig blühen, aber nur wenig Früchte ansetzen. In diesem Falle macht man den Ringelschnitt in der Zeit, wo die Blüthen sich entfalten.

Mit dem Namen Brindilles (Fruchtruthen) belegen die Franzosen einen dünnen, biegsamen und in die Länge gezogenen Zweig von 10 bis 15 Centimeter und bisweilen darüber, dessen seitliche Augen klein und rundlich sind, das Endauge aber weit dicker ist und sich manchmal schon im ersten Jahre zur Fruchtknospe umwandelt. Diese Art Fruchtruthen haben wenig Neigung, kräftig zu treiben und sind eins der ersten Hülfsmittel für den Fruchtansatz. Man liebt sie bei allen kräftigen Bäumen, wo der Fruchtansatz nicht sehr reichlich ist. Sie zum Fruchttragen zu bringen, ist nicht schwer, in sofern die Endknospe sich noch nicht in ein Fruchtauge umgewandelt hat, indem man diese ausbricht und den ganzen Zweig herunterbiegt.

Auf Bäumen, die genügend mit Fruchtspiessen

(Lambourdes) versehen sind, kann man diese Art Fruchtruthen unterdrücken, wenn sie nicht dazu dienen sollen, eine leere Stelle am Aste auszufüllen. In diesem Falle schneidet man sie auf zwei Augen zurück.

Als Dard (Fruchttrieb) bezeichnet der Franzose einen kurzen, schwachen und steifen Zweig, der aus einem Auge im alten Holze hervorgegangen ist und nur eine Länge von 2 bis 8 Centimeter, selten darüber, besitzt. Er steht im rechten Winkel auf dem Aste und endigt mit einem kegelförmigen Auge, das sich aber allmählig abrundet und sich oft im dritten Jahre in ein Fruchtauge umbildet. Im ersten Jahre ist dieser Fruchttrieb sehr häufig nur ein in die Länge gezogenes Auge, das, anstatt sich zu einem Triebe zu entwickeln, stehen bleibt und im Sommer nur von einigen Blättern umgeben wird. In den folgenden Jahren fährt der Fruchttrieb fort, sich zu verlängern und das Auge bildet sich schliesslich in ein Fruchtauge um. Dieser Fruchttrieb oder Dard ist eins der hauptsächlichsten Organe für die Fruchterzeugung; man unterdrückt ihn sehr selten und höchstens dann, wenn es deren mehre an einer und derselben Stelle gibt. Manchmal trägt er in demselben Jahre, in dem er sich bildet, Fruchtaugen. In diesem Falle kann er sehr gut im Monat August zur Fruchtzweig-Veredlung (Greffe des lambourdes) dienen.

Der Fruchtspiess (Lambourde) ist weiter nichts als ein Fruchttrieb (dard), der mit einem Fruchtauge an seiner Spitze endet; ein solcher Fruchtspiess ändert natürlich mit dem Alter, denn bei jeder Frucht-Erndte wechselt auch seine Gestalt. Man schont sorgfältig alle solche Fruchtspiesse; es müsste denn der Fall eintreten, dass ein Baum über und über damit bedeckt und nachher nicht kräftig genug ist, um sie sämmtlich zu ernähren. Man muss deshalb auch Acht haben, dass sie sich nicht erschöpfen, was geschieht, wenn man sie gehen lässt, ohne sie zu schneiden. Man beschränkt am besten gleich bei dem Winterschnitt ihre Ueberhandnahme, indem man einige unterdrückt. Es geschieht dieses am besten, wenn man von den stärksten die Spitze wegnimmt, um auf diese Weise auch mehr Augen an der Basis zu erhalten.

Fruchtkuchen (Bourse) ist die fleischige Stelle, wo die Früchte ansassen. Ihre Form ist eirund. Auch unterhalb des Fruchtkuchens befinden sich mehre Augen, die sehr geneigt sind, sich in Fruchtaugen umzuwandeln. Diese Fruchtkuchen sind es vor Allem, an denen reichlich Früchte hervorgebracht werden. Die Pflege, die diese Art Zweige beanspruchen, besteht einfach darin, gleich bei dem Winterschnitte die Spitze (also da, wo die Frucht gesessen hat) glatt und scharf abzuschneiden, um die unregelmässig gestaltete Narbenfläche, welche durch das Abnehmen der Frucht entsteht, durch eine glatte, leicht vernarbende Fläche zu ersetzen.

Quirlholz (Branche à fruit im eigentlichen Sinne des Wortes) entsteht aus dem eben beschriebenen Fruchttrieb nach mehrern Jahren. Es hat schliesslich eine Länge von 10—15 Centimeter und selbst mehr. An ihm findet man ausser dem Mutterkuchen alle vorher abgehandelten Sorten von Fruchtzweigen, Fruchtspiesse (lambourdes) und Fruchtruthen (brindelles). Sobald dieses Quirlholz in seinem Anfange als Fruchttrieb (Dard) einmal angefangen hat, Früchte zu bringen, so gibt es diese alljährlich, in sofern nicht unvorhergesehene Fälle dazwischen kommen. Um sie stets zu haben, muss man sie in der Weise schonen, dass man sie nicht mehr tragen lässt, als ihre Stärke erlaubt; sonst erschöpfen sie sich sofort.

Gutachten über die Gauthier'sche Spargelkultur.

Von F. A. Priem, Kunstgärtner in Berlin, (Frankfurter Chaussée No. 7.)

Die Art und Weise, wie Rentier Gauthier in Paris seine angeblich neue Spargelkultur angibt, hat sehr viel Gutes und ist namentlich bei schwerem oder niedrig gelegenem Boden mit Vortheil anzuwenden.

Keineswegs ist diese Kultur-Methode aber, für Berlin wenigstens, neu, denn der Kunstgärtner Albrecht (Frankfurter Chaussée No. 6) hat dieselbe schon längst, vielleicht zuerst in Anwendung gebracht und bereits gegen 3 Morgen tiefgelegenen Boden nach dieser Methode angepflanzt, auch stets die besten Erfolge erzielt. Ein Gleiches gilt vom Kunstgärtner C. F. Choné (Frankfurter Chaussée No. 8).

Die Unkosten würden bei dem alljährlich sich wiederholenden Anhäufeln oder Aufhöhen der einzelnen Pflanzen nach und nach dieselben sein, wie bei der alten Methode.

Das Pariser Klima erlaubt nun freilich, schon die einige Monate alten Samenpflanzen anzulegen, wie Rentier Gauthier angibt, während man hier in Berlin bei dieser Methode vorzieht, einjährige Pflanzen zur Anlage zu verwenden. Rentier Gauthier gibt ferner verschiedene Entfernungen bei der Anpflanzung an, um dadurch stärkeren oder schwächeren Spargel zu erzielen; man erachtet dieses hier in Berlin für überflüssig, weil stärkere Stauden ebensowohl starken, wie schwachen Spargel liefern. Da hier aber fast nur weisser und nicht, wie in Frankreich meist, grüner Spargel gesucht wird, so ist für uns hier das Verfahren des Rentiers Gauthier, denselben grün zu erzielen, nicht anzuwenden. Den Spargel ferner mit den Händen herauszunehmen, wäre nur bei kleineren Anlagen ausführbar, bei grösseren hingegen würden die Unkosten weit mehr betragen, als man schonen würde. Das Spargelmesser, mit Vorsicht angewendet, ist deshalb immer vorzuziehen. Das Abschneiden der Stengel im Monat November auf 1 Fuss Länge ist gewiss recht zu empfehlen, um das plötzliche Absterben derselben zu verhindern. Auf jeden Fall ist das Letztere der Pflanze immer nachtheilig. Eine Reserve von jungen Pflänzchen in Töpfen ist auch zu empfehlen, da sehr oft bei neuangelegtem Spargel ein Theil durch Witterungs-Verhältnisse oder schädliche Insekten zerstört wird. Leider versäumt man in Berlin, diese Vorsicht zur späteren Nachpflanzung anzuwenden. Das Bestreuen der jungen Pflanzen mit Asche endlich könnte wohl vortheilhaft sein, um Larven oder andere Feinde zu beseitigen.*)

Berlin, den 20. Februar 1865.

J. L. G. Weise's Melonen-, Gurken- und Champignon-Gärtner.

4. Auflage, bearbeitet von Hartwig.

Im Jahre 1830 erschien die erste Auflage des genannten Buches, worauf 1847, vom Freiherrn v. Bindenfeld besorgt, die zweite und 1856 die dritte Auflage erfolgte. Es liegt uns jetzt die vierte vor, vom Hofgärtner Hartwig in Weimar verfasst. Seit der ersten Auflage haben allerdings die Ansichten über Kulturen überhaupt sich geändert, aber grade bei den im Titel des Buches genannten sind die Prinzipien wenigstens dieselben geblieben, wenn auch hier natürlich die Ausführung eine andere geworden ist. Man gab sich früher, wo die Gärtner sich im Allgemeinen in ihren Kulturen mehr beschränkten, in dem Einzelnen grössere Mühe, und brachte es deshalb oft zu einer ziemlichen Vervollkommnung. Jetzt ist man intelligenter und hauptsächlich rationeller geworden und kultivirt mit mehr Leichtigkeit, als früher.

Das Buch von 7 Bogen und 3 Tafeln Abbildungen zerfällt in 3 Abtheilungen und gibt darin die 3 im Titel angezeigten Kulturen auf eine fassliche und leichte Weise. Melonen wollen bei uns nicht recht im Freien gedeihen, daher ihre Kultur in Beeten immer vorzuziehen ist, zumal, wenn man frühzeitig Früchte haben will. Der Verfasser hat die Früh- oder Treibkultur, und zwar in gewöhnlichen, durch Mist erwärmten und in heizbaren Kästen, ausführlich behandelt. Der Kultur der Melonen im Glashause sind nur wenige Worte gewidmet, während die auf Hügeln (auf sogenannten Eselsrücken) und auf Kegeln wieder ausführlicher besprochen ist. Untergeordneten Ranges sind die Melonen-Kulturen auf Mooshaufen und auf Mistlagern.

Die zweite Abtheilung macht uns mit den Kulturen der Gurken bekannt. Wir erfahren, wie diese im Freien, und zwar in Gärten und im Grossen auf dem Felde, aber auch, wie sie in Treibbeeten, zu ziehen sind. Ein besonderer Abschnitt wird der Samengewinnung zugewendet. Die Champignonzucht, welche in der dritten Abtheilung besprochen wird, füllt den übrigen Raum des Buches aus. Wenn der Verfasser aber meint, dass reine Exkremente von Pferden, ohne Zuthun von Champignon-Samen (Sporen) im Stande wären, sogenanntes Champignon-Weiss oder Brut zu erzeugen, so irrt er sich gar sehr. Die Brut wird sich nur dann zeigen, wenn die Haufen Pferdedünger da aufgestellt werden, wo Champignons früher vorhanden waren und also Samen (Sporen) hinlänglich da sind, um das Champignon-Weiss zu erzeugen. Wir unserseits würden den Rath geben, gute, kräftige Champignons auf den Pferdemist zu bringen und diesen dann mit einer leichten Schicht Erde zu bedecken oder sich auch der künstlichen Brutsteine zu bedienen. Die hier angegebene Methode ist eine veraltete und unsichere, die längst von tüchtigen Champignonzüchtern beseitigt ist. Wir erlauben uns in dieser Hinsicht auf eine früher von uns gegebene Abhandlung in der Wochenschrift (siehe 6. Jahrgang S. 121) aufmerksam zu machen, wo die in Paris und Brüssel gebräuchliche Methode angegeben ist.

Wir erlauben uns auf die eben erschienene No. 76 des Prix-Courant für das Jahr 1865 des Garten-Etablissements von Ambroise Verschaffelt in Gent aufmerksam zu machen, da er eine Menge neuer und interessanter Pflanzen enthält; so die schöne Palme: Verschaffeltia splendida, den reizenden Blüthenstrauch: Abutilon vexillarium, die Aroidee: Dracontium asperum (Amorphophallus vinosus, die buntblättrige Liane: Smilax macrophylla maculata u. s. w.

*) Eine ausführliche Beschreibung der Gauthier'schen Methode wird in einer der nächsten Nummern folgen.

Verlag von Karl Wiegandt in Berlin, Koch-Strasse No. 22.

Druck der C. Feister'schen Buchdruckerei (J. L. Blancbois), Berlin, Zieten-Platz No. 2.

Wochenschrift

des

Vereines zur Beförderung des Gartenbaues in den Königl. Preussischen Staaten

für

Gärtnerei und Pflanzenkunde.

Redakteur:

Professor Dr. Karl Koch,

General-Sekretair des Vereines.

No. 17. Berlin, den 29. April **1865.**

Preis des Jahrganges 5½ Thlr., sowohl bei Bezug durch den Buchhandel, als auch franco durch alle Post-Anstalten des deutsch-österreichischen Post-Vereines.

Vormittags pünktlich 11 (nicht erst ½12) Uhr, findet Sonntag, den 30. April, im Englischen Hause eine Versammlung des Vereines zur Beförderung des Gartenbaues statt, wozu die geehrten Mitglieder eingeladen werden.

449. Versammlung des Vereines zur Beförderung des Gartenbaues, am 2. April.

Anstatt der Versammlung am letzten Sonntage im März findet eine andere am ersten Sonntage im April statt, weil nach früherem Beschlusse dann die Frühjahrs-Ausstellung damit verbunden wird. Aber selbst dieser Aufschub von einer Woche hatte in diesem Jahre die Vegetation gegen frühere Jahre kaum etwas vorwärts gebracht. Es wurde deshalb schon hier und da der Wunsch laut, die Versammlung nebst Ausstellung noch um 8 Tage für die folgende Zeit zu verschieben; Inspektor Bouché stellte sogar den förmlichen Antrag, die Ausstellung auf 8 oder 14 Tage zu verschieben. Es komme noch dazu, dass das Osterfest sowohl, als das eben beginnende neue Quartal mancherlei Hindernisse mit sich führe, die sowohl die Betheiligung an der Ausstellung, als den Besuch derselben mannigfach störten. Der Vorsitzende, Geheimer Ober-Regierungsrath Knerk, glaubte jedoch wegen der wechselnden Zeit, in der Ostern fällt, durch eine Verlegung um 8 Tage in manchen Fällen nichts gewonnen zu haben und sprach sich gegen eine Verlegung aus.

Der Vorsitzende sprach sodann allen Denen, welche zur Verherrlichung der Ausstellung beigetragen hatten, im Namen des Vereines, sowie Derer, welche an der Ausstellung Theil genommen, den verbindlichsten Dank aus. Es sei in diesem Jahre um so mehr anzuerkennen, als das ungünstigste Wetter vorausgegangen war und alle Gärtner mehr als je mit Widerwärtigkeiten zu kämpfen hatten. Aber auch der Ordner, Kunst- und Handelsg. Lackner, verdiene nicht weniger Dank, da er das ihm Gebrachte sinnreich und dem heutigen Geschmacke entsprechend aufgestellt hatte.

Professor Koch theilte mit, dass ihm von Seiten des Sekretariates des Kongresses, welcher am 7. April in Amsterdam seine Sitzungen beginnen würde, noch Karten zugeschickt worden wären, um selbige für fernere etwaige Theilnehmer auszufüllen. Er ersuche deshalb Diejenigen, welche noch nachträglich nach Amsterdam reisen wollten, solche bei ihm in Empfang zu nehmen.

Der Maschinenbaumeister Eckert legte einige Programme zu der grossen landwirthschaftlichen Ausstellung in Stettin, welche vom 16. bis 21. Mai stattfindet, vor und machte besonders noch darauf aufmerksam, dass auch damit eine Ausstellung von Pflanzen und Blumen verbunden sei, die es wünschenswerth mache, dass auch Berliner Gärtner Antheil nähmen. Man habe nämlich die Ueberzeugung gewonnen, dass das ganze Unternehmen eine bedeutende Ausdehnung erhalte; es sei demnach auch Ehrensache der Gartenbau-Abtheilung, dass diese an dem, was gebracht werde, nicht nachstehe.

Da weitere Verhandlungen von Wichtigkeit nicht vorlagen, forderte der Geb. Ober-Regierungsrath Knerk den Vorsitzenden des Preisrichteramtes auf, das Urtheil desselben zu verlesen. Dieses lautet:

Verhandelt am 2. April 1865 im Ausstellungs-Lokale.

I. Geldpreise des Vereines.

A. Zusammenstellung gut kultivirter Pflanzen.

1. Für 6 Stück reichblühender Eriken u. s. w. (1 Friedrichsd'or), fällt aus.

2. Für 6 Stück reichblühender Leguminosen in 6 verschiedenen Arten oder Abarten ein Preis von 2 Friedrichsd'or: dem Kommerzienrath Reichenheim (Obergärtner Boese).

3. Für 6 Stück reichblühender Cyclamen's in mindestens 3 verschiedenen Arten oder Abarten in vorzüglicher Kultur (1 Friedrichsd'or), fällt aus.

B. Schaupflanzen.

4. Für eine Zusammenstellung von 6 Pflanzen in mindestens 3 verschiedenen Arten in vorzüglicher Kultur (1 Friedrichsd'or), fällt aus.

5—9. Fünf Preise von je 1 Friedrichs'dor für einzelne, ungewöhnlich reich- und schönblühende Pflanzen nach der Wahl der Aussteller:

5. Dendrobium Wallichianum des Kommerzienrathes Reichenheim (Oberg. Boese).

6. Tropaeolum tricolor grandiflorum des Rittergutsbesitzers Reichenheim (Oberg. Kraus).

7. Acacia pulchella des Kommerzienrathes Ravené (Oberg. Neumann).

8. Azalea carminata des Kommerzienrathes Reichenheim (Oberg. Boese).

9. Fällt aus.

C. Neue Einführungen.

10. u. 11. Preise von je 1 Friedrichsd'or für Pflanzen, welche hier zum ersten Male ausgestellt werden und welche so weit ausgebildet sein müssen, dass ihre Eigenschaften deutlich erkennbar sind und eine grössere Verbreitung als Zier- oder Nutzpflanzen voraussetzen lassen:

10. Pandanus Blancoi des Kommerzienrathes Ravené (Oberg! Neumann).

11. Azalea indica: Souvenir de Prince Albert, des Rentiers Danneel (Oberg. Pasewaldt).

D. Getriebene Pflanzen.

12. Für eine Aufstellung von getriebenen, blühenden Gehölzen in mindestens 6 verschiedenen Arten 2 Friedrichsd'or: der Gruppe des Universitätsgärtners Sauer.

13. Für eine Aufstellung blühender Hyazinthen in mindestens 20 Sorten 1 Friedrichsd'or: dem Kunst- und Handelsg. Späth.

14. Für eine Aufstellung blühender Amaryllis in mindestens 8 Sorten 1 Friedrichsd'or: dem Kunst- und Handelsg. Hoffmann.

15. Für eine Aufstellung blühender Tulpen (1 Friedrichsd'or), fällt aus.

16. Für eine Zusammenstellung von mindestens 3 blühenden Exemplaren der Paeonia arborea (1 Friedrichsd'or), fällt aus.

17. Für eine oder mehre Sorten getriebenen Gemüses oder in Gefässen gezogenen Obstes (1 Friedrichsd'or), fällt aus.

II. Geldpreise von Privaten.

1. Der Knerk's Preis von 1 Friedrichsd'or: der Aufstellung blühender Hyazinthen in mindestens 20 Sorten des Kunst- und Handelsgärtners de la Croix.

2. Der Frau v. Schwanenfeld'sche Preis zu 10 Thaler für eine Gruppe Farrnkräuter: dem Universitätsgärtner Sauer.

Da die ausgefallenen Preise zur weiteren Verfügung der Preisrichter standen, so wurden weitere 8 Preise zu 1 Friedrichsd'or zugesprochen, und zwar wie folgt:

1. Den getriebenen Gehölzen des Kommerzienrathes Reichenheim (Oberg. Boese).

2. Der Genityllis tulipifera des Kommerzienrathes Reichenheim (Oberg. Boese).

3. Dem Rhododendron Dalhousianum des Rittergutsbesitzers Reichenheim (Oberg. Kraus).

4. Den Cyclamen persicum's des Kunst- und Handelsg. Choné.

5. Der Gruppe buntblättriger Gehölze des Baumschulbesitzers Lorberg.

6. Der Zusammenstellung von Azaleen des Rittergutsbesitzers Reichenheim (Oberg. Kraus).

7. Der gemischten Gruppe des botan. Gartens (Inspektor Bouché).

8. Den Azaleen des Kunst- und Handelsg. Choné.

III. Ehren-Diplome.

1. Der Alpinen-Sammlung des Hofgärtners Morsch in Charlottenhof.

2. Der Azalea vittata rosea crispiflora des Kunst- und Handelsg. Hoffmann.

3. Dem Dendrobium nobile pulcherrimum des Kommerzienrathes Reichenheim (Obergärtner Boese).

4. Den 6 Rhodendren des Kunst- und Handelsgärtners Lackner.

5. Den Garten-Geräthschaften des Kaufmanns Schwartz aus der Fabrik von J. Schmidt in Erfurt.

H. Augustin. F. A. Priem. Morsch. Gaerdt. E. Schmidt.

Gauthier's neue Methode der Spargelzucht
nebst Angabe des Verfahrens in Berlin.

Vom Kunst- und Handelsgärtner K. W. Christoph.

Es ist mir von Seiten des Vereines eine kleine Abhandlung über ein neues Verfahren, sich guten Spargel zu erziehen, mitgetheilt worden, was ein Mitglied des Gartenbau-Vereines in Paris, Gauthier mit Namen, zum Verfasser hat. Gauthier ist Grundbesitzer und beschäftigt sich schon, wie es scheint, seit langer Zeit speziell mit Spargel- und Erdbeerzucht. Aus dem Journal des Gartenbau-Vereines in Paris ersieht man, dass er bisweilen in Kommissionen gewählt wird, welche über Kulturen zu berichten haben. Wir müssen daraus schliessen, dass er in Theorie und Praxis gleich bewandert ist. Gauthier hat übrigens schon früher seine Erfahrungen in einzelnen Kulturen in kleinen Abhandlungen zur Kenntniss gebracht, wie aus den, in einigen Versammlungen des Vereines mitgetheilten Berichten des General-Sekretärs, Professor Koch, erinnerlich ist. In dem 5. Bande der Wochenschr. (S. 349) ist sogar sein Verfahren, gute Erdbeeren zu erziehen, ausführlich mitgetheilt.

Gauthier nennt sein Verfahren neu und empfiehlt es für alle Bodenarten. In wie weit die erste Behauptung richtig ist, werde ich alsbald nachweisen, ein Kultur-Verfahren aber für sämmtliche Boden-Arten anwenden zu wollen, widerspricht aller Erfahrung. Man kann aus der Natur der Pflanze wohl gewisse Prinzipien feststellen, die jeder Kultur einer Pflanze zu Grunde liegen müssen, und demnach rationell verfahren, aber nach bestimmten, unabänderlichen Regeln lässt sich nicht kultiviren, sondern man muss stets den obliegenden Verhältnissen Rechnung tragen. Grade aus den Angaben Gauthier's ersieht man, so gerechtfertigt auch seine Kultur des Spargels auf dem Terrain seines Gartens sein mag, dass er ausserhalb Paris und vielleicht in einem Umkreise von 4 bis 6 Meilen keine Spargel-Kulturen von Bedeutung gesehen hat.

Der Boden von Paris gehört bekanntlich zu dem strengen, der entweder aus zum Theil schlechten Kalk und Mergel besteht, zum Theil auch, wo lehmige Unterlagen vorhanden sind, feuchter Natur ist. Schon deshalb muss die Kultur des Spargels in und bei Paris eine andere sein, als in und um Berlin, wo wir gewöhnlichen, kieseligen Sand, in der Regel mit feuchtem Untergrunde haben. Aehnlicher möchte sie schon mit der Erfurter sein, obwohl auch diese wegen der Boden-Verhältnisse eine andere ist.

Die Spargelpflanze ist ursprünglich wohl an den Küsten des Mittelmeeres wild und von da aus erst allmählig durch die Kultur nach den Binnenländern gebracht und hier in einzelnen Fällen verwildert. Sie bedarf demnach einen sandigen, leicht zu erwärmenden Boden mit etwas feuchtem Untergrunde. In dem dicht mit ziemlich dicken Wurzelfasern versehenen Wurzelstocke sammelt sich das Jahr vorher reichlicher Nahrungsstoff, um die Anlagen von Stengeln, also die jungen Knospen, im Frühjahre zur Entwickelung zu bringen. Da grade die jungen Stengel bis zu einer gewissen Grösse uns zur Nahrung dienen und so lange weggenommen werden, bis der Wurzelstock ziemlich erschöpft ist, so macht es sich von selbst nothwendig, dass man in der Kultur möglichst viel nährende Stoffe dem Boden zuführen muss. Darin liegt meiner Ansicht nach die Quintessenz der Spargelkultur.

Wo der Boden leicht und durchlässig ist, wie es bei dem Berliner Sandboden der Fall ist, hat man weiter nichts zu thun, als guten Dünger, der zu gleicher Zeit auch die Erde locker erhält, zuzuführen, doch so, dass dieser nicht unmittelbar mit dem Wurzelstocke zusammenkommt, weil dann, bei leicht faulendem Dünger wenigstens, die zarten Knospen, zumal wenn feuchte Witterung lange anhält, ebenfalls von der Fäulniss ergriffen werden können. Stehendes Wasser vertragen die dicken, mit einer schwammigen Rinde versehenen Wurzeln gar nicht, wohl aber müssen diese stets von sich bewegendem Wasser umgeben werden, durch das stets neue Nahrungsstoffe zugeführt und aufgenommen werden.

Hat man, wie in und bei Paris, einen strengen Boden, so muss man nothwendiger Weise ihn verbessern, ihn leicht und mürbe machen; ist der Untergrund meist durch darunter stehenden Thon oder Lehm nass, so muss man, wie es in Paris an niederen Stellen gewöhnlich geschieht, eine Art Faschinen oder grobes, durch einander geworfenes Gestein unter der Erde anbringen, durch welche das bis dahin stehende Wasser einen Abfluss erhält.

Der sonst mehr oberflächlich wachsende Spargel muss, um möglichst lange Triebe unter der Erde zu erhalten, in der Kultur tiefer gelegt werden, was wiederum gegen die Natur der Spargelpflanze ist. Aus dieser Ursache wird er ursprünglich auch oberflächlich gepflanzt, damit der Wurzelstock unter dem Einflusse der Wärme und der Luft sich gehörig erstarken kann, und später erst, wenn die jungen Triebe gestochen werden sollen, tiefer gebettet. Das kann nun geschehen, indem man eine Art Gräben oder Furchen zieht und in diese die Spargelpflanzen bringt, bis zur Zeit der Benutzung des Beetes die Oberfläche planirt wird, oder man behäufelt später die Spargelpflanzen, bis zu 1 und selbst $1\frac{1}{2}$ Fuss, wie die Kartoffeln, einzeln oder mehre zusammen in der Form eines Eselsrückens. Im erstern Falle kommt die Feuchtigkeit den Pflanzen mehr zu Gute, wenn wir trockene Jahre haben; sind diese aber sehr nass, so faulen die Spargelpflanzen leicht und die Behäufelungen würden bessere Resultate hervorbringen. In dem Berliner Sandboden haben wir dieses nicht zu befürchten; im Gegentheil würden dergleichen behäufelte Pflanzen nicht Nahrung genug haben, bei vielem Wind und Trockenheit dürfte es auch an der nöthigen Feuchtigkeit fehlen. Dazu kommt die viele Arbeit, da unser Sand keineswegs an dem Haufen ruhig liegen bleibt und immer wieder von Neuem an die Spargelpflanze gebracht werden muss. Die Resultate der Behäufelung möchten schon bedeutend sein, wenn dadurch allein die Mehrkosten gedeckt werden sollten.

Gauthier verlangt in dem nassen Boden seines Gartens Behäufelungen und will dadurch mehr und bessere Resultate erzielt haben, als seine Landsleute, welche gewöhnlich, wie bei uns, den Spargel in Furchen pflanzen. Er kann auf seinem Boden Recht haben, indem es ihm nur auf guten Spargel ankommt und er die grössere Mühe und sonstige Kosten nicht weiter in Anschlag bringt. Dieses Verfahren ist aber keineswegs neu und wird selbst in Berlin hier und da schon seit langer Zeit in Anwendung gebracht. Ich habe aber nicht gesehen, dass man trotz der dabei gehabten grösseren Mühe mehr Resultate davon gehabt hätte, als ich.

Alle andern Vorschriften Gauthier's sind Nebensachen und verstehen sich von selbst. Dass man zur Anzucht stets Samen nimmt, der von guten, ja selbst von den besten Pflanzen erhalten ist, bezieht sich nicht allein auf den Spargel, sondern auf alle unsere Kulturpflanzen, auf Blumen sowohl, wie auf Gemüse. Wenn Gauthier sagt, dass gut bewurzelte Pflanzen sehr oft dünnen Spargel geben, so ist das wohl so zu verstehen, dass ein starker, zusammenhängender Wurzelstock vorhanden sein muss und nicht eine Reihe neben einander liegender, mit Fasern besetzter Wurzeläste, durch deren grössere Selbständigkeit sich kein ordentlicher Wurzelstock bilden konnte. Die Wurzelfasern sind für alle Pflanzen, und besonders derer der Kultur, welche uns zur Nahrung dienen sollen, ausserordentlich wichtig; je besser das Wurzelvermögen, um so mehr gedeiht die Pflanze.

Dass das Stechen des Spargels vorsichtig gemacht werden muss, weiss jeder, der die grosse Empfindlichkeit des Wurzelstockes und seiner Fasern kennt. Das leise Abbrechen an der Basis lässt sich wohl in Kleinem ausführen, aber nicht in Grossem, wo die Zeit höher angeschlagen werden muss, als die dadurch erzielten Vortheile wiegen. Ich weiss nicht, wie man bei 3 Morgen Landes, wo zur Zeit des Stechens des Spargels 2 Mann vollauf zu thun haben, noch vorsichtig die Erde mit den Händen wegscharren und den Spargel an der Basis ablösen kann. Man wäre eben gezwungen, zu einer Zeit, wo man an und für sich schon viel zu thun hat, wenigstens noch einmal so viele Leute zu halten.

Darin muss man aber dem Verfasser beistimmen, dass es sehr gut ist, wenn die Spargelpflanzen im Sommer an einen Stock gebunden werden, damit sie der Wind nicht umbricht. Alle grünen Theile der Pflanze verarbeiten den ihnen zugeführten Nahrungssaft, damit dann dieser als nährender Bestandtheil in dem Wurzelstock niedergeschlagen werden kann.

Im November soll man die Stengel bis zu 1 Fuss über der Erde abschneiden und von dem Wurzelstocke wiederum Erde wegnehmen, so dass nur eine leichte Decke übrig bleibt. Damit befördert man die Reife der Pflanze, wie Gauthier sich ausdrückt, d. h. man lässt der Luft eine grössere Einwirkung auf den Wurzelstock. Die Entfernung der einzelnen Pflanzen von einander richtet sich nach der Stärke, in der man die einzelnen Keime zu haben wünscht.

Wir in Deutschland wollen nur sogenannten weissen Spargel von möglichst grosser Stärke, der Franzose hingegen, wie der Engländer, liebt den dünnen, aber zugleich zarten und grünen Spargel, der einen pikanten, etwas bittern Geschmack besitzt und ähnlich den jungen Erbsen zubereitet wird. Der Franzose nennt ihn deshalb „Asperge aux petits pois". Dieser muss möglichst eng stehen, etwa in 5—6 Zoll Entfernung. Beim Treiben ist die doppelte Entfernung nothwendig. Um grossen, dicken, weissen Spargel zu ziehen, müssen die Pflanzen 3 Fuss auseinander stehen.

Am Schlusse empfiehlt Gauthier noch zur Vertilgung des kleinen, oft grosse Verwüstungen als vollkommenes Insekt sowohl, wie als Larve machenden Spargelkäfers (Crioceris Asparagi und duodecim-punctata) das Bestreuen mit Asche, ein Mittel, welches auch bei uns bekannt ist. Wenn dieses nicht helfen sollte, dann müsse man absuchen. Auf kleinen Beeten geht dieses wohl, bei grossen Anpflanzungen möchte es aber doch seine Schwierigkeiten haben.

Wenn ich nun auf die Methode der Spargelkultur übergehe, wie sie in Berlin allgemein ist, so bemerke ich gleich von vornherein, dass der jetzige städtische Gärtner Huot diese bereits ausführlich in einem besonderen Büchelchen niedergelegt hat. Da ich aber aufgefordert bin, das Verfahren, wie ich es seit Jahren schon in Anwendung bringe, mitzutheilen und doch hier und da etwas Abweichendes sich vorfinden möchte, so bin ich gern dazu bereit.

Zunächst möchte ich Jedem rathen, der nicht den passenden Boden zur Spargelkultur besitzt, diese, wenigstens im Grossen, aufzugeben. Die Verbesserung des Bodens und die sonstigen Mühen kosten ihm so viel, dass er mit anderen Züchtern, die diese Kosten nicht anzuwenden brauchen, nicht in Konkurrenz treten kann.

Bei der Saat hat man, wie oben schon erwähnt, auf den besten Samen zu sehen; man nimmt also solchen, den man von den stärksten Pflanzen sammelt. Zu diesem Zwecke sticht man nicht den ersten und besten Spargel, sondern lässt diesen grade zur Samengewinnung stehen. So viel, wie irgend möglich, säe man im Herbste. Die Saat zu dieser Zeit ist darum so empfehlenswerth, weil die Winterfeuchtigkeit auf die harten Samenschalen schon ihren lösenden Einfluss ausüben kann. Nur, wenn der Boden zu früh zufriert, verschiebe man es bis in das erste Frühjahr. Dazu benutze ich ferner das beste, wenn thunlich frisch rijolte Land und versuche möglichst gleichmässig zu säen, so dass ungefähr die einzelnen Pflänzchen 2 Zoll von einander zu stehen kommen.

Was nun die eigentlichen Spargelbeete anbelangt, so wähle man hierzu, wenn der Garten oder das Feld aus niedrigem und hohem Lande besteht, stets das höher gelegene. Bevor die Bepflanzung geschieht, lasse ich die Beete stark düngen und dann 2½—3 Fuss tief rijolen, denn der auf diese Weise nach unten kommende Dünger gibt der ausgewachsenen Pflanze, die mit ihren Wurzeln dort hineingeht, eine nachhaltige Kraft und Stärke. Man hüte sich aber, den Untergrund, der bei uns ein weisser, scharfer, höchst schädlicher Sand ist, nach oben zu bringen. Nachdem das Stück Land also gut rijolt ist, werden der Länge nach Gräben in ungefähr 3½ Fuss Entfernung und 1—1¼ Fuss Tiefe gemacht. Die dadurch herausgenommene Erde wird benutzt, um die Stellen zwischen je 2 Gräben zu erhöhen und sogenannte Wälle anzufertigen, deren Höhe von der aufgeworfenen Erde abhängig ist.

Bei leichtem Boden verlangt es eine ganz besondere Sorgfalt, dass man mit dem Spaten die Erde etwas fest an den Seiten anschlägt, weil diese bei den austrocknenden Frühjahrswinden sonst bald in die Gräben hinabrollt und die jungen Spargelpflanzen im Wachsthume hindert, wenn nicht ganz und gar zu Grunde richtet.

Damit kein Land unbenutzt bleibt, werden die aufgesetzten Wälle alsbald bestellt, wobei man in den noch unbepflanzten Gräben entlang gehen kann. Hierzu eignen sich nur diejenigen Pflanzen, welche nicht vor der Spargelreife abgeerntet zu werden brauchen, z.B. Petersilienwurzel, Mohrrüben, Zuckerwurzel u. dgl. Das Anpflanzen von Kohlrabi ist darum bei frisch gepflanztem Spargel nicht zu empfehlen, weil solche zu einer Zeit geerntet werden müssen, wo das Dazwischentreten dem Spargel durchaus schadet. Nach dem Besäen der Wälle werden diese nicht geharkt, wie es sonst geschieht, sondern im Gegentheil nochmals mit dem Spaten angeklopft, um die Erde so viel als möglich fest zu erhalten.

In die Gräben wird noch vor dem Pflanzen des Spargels wiederum Dünger gebracht, derselbe aber nur flach untergegraben, damit nicht etwa der, welcher bei dem Rijolen schon mit eingebracht wurde, wieder heraufkommt. Man wähle dazu den besten, am meisten zersetzten Dünger, den man zur Verfügung hat und lässt ihn mit Körben eintragen.

Nun erst beginnt man mit dem Einsetzen der jungen Spargelpflanzen, wozu man die ein-, oder wenn man im Herbste gesäet hat, anderthalbjährigen nimmt. Wenn man nach der frühern Gewohnheit 2 und 3 Jahre alte Pflanzen nimmt, so erhält man dadurch auch keine früheren und besseren Ernten. Dabei vergesse man nicht, dass die jungen Pflanzen, wie sie herausgenommen, möglichst gegen Wind und Sonnenbrand geschützt, überhaupt recht feucht gehalten werden, weil die feinen weissen Wurzelfasern, die einer kräftigen Spargelpflanze unbedingt nöthig sind, leicht vertrocknen und überhaupt ungemein empfindlich sind.

Die Pflanzen werden 9—12 Zoll weit auseinander gepflanzt und die Wurzel wird dabei unversehrt gelassen. Wir nehmen hier in Berlin fast immer den Spaten bei dem Pflanzen, während Gauthier sich eines gewöhnlichen Pflanzholzes bedient. Den Spaten setze ich senkrecht in die Erde und mache durch Hin- und Herbewegen des Stieles ein keilförmig sich erweiterndes Loch, worin die Pflanzen sehr behutsam hineingebracht werden, so dass die Augen des Wurzelstockes grade in dem Niveau der Grabensohle liegen. In andern Gegenden bringt man die jungen Pflanzen auf kleine kegelförmige Erhöhungen, an denen die Wurzelfasern herabhängen oder man macht in den Gräben niedrige Eselsrücken, auf denen man ebenfalls, indem die Wurzeln nach 2 Seiten abfallen, die Pflanzen bringt.

Das Pflanzen geschieht am besten durch zwei Leute, von denen der eine nur Löcher macht, der dahintergehende aber die Pflanze in das Loch bringt und gleichzeitig das vorhergehende zutritt, was also keine besondere Thätigkeit in Anspruch nimmt. Ist man genöthigt, bei grosser Hitze zu pflanzen, so muss man die Sorgfalt verdoppeln und nicht versäumen, eine jede Reihe gleich nach dem Bepflanzen, wobei man längs des danebenliegenden und noch nicht bepflanzten Grabens geht, anzugiessen. Bei solcher grossen Hitze ist es auch rathsam, sofort nach dem Rijolen die Wälle fest anzuschlagen und zu bestellen, überhaupt mit Allem sich zu beeilen. Da im Verlaufe des Sommers, besonders bei dem Housesernten der Wälle, aber auch während des Winters, von diesen Erde abfällt, so muss im nächsten Frühjahre auch dafür gesorgt werden, dass die Gräben wieder gereinigt und die Wälle in den frühern Zustand versetzt werden. Man thut dieses so frühzeitig als möglich, wo die Augen des Wurzelstockes noch schlafen.

Im darauf folgenden Sommer vergrössern und erstarken sich die Spargelpflanzen so sehr, — man nennt dieses Reifen, — dass im darauf folgenden Jahre das Stechen des Spargels beginnen kann. Deshalb beginnt man mit dem Winter die Gräben mit der Erde der Wälle auszufüllen und die Oberfläche vollkommen gleich und eben zu machen, nachdem die Spargelreihen vorher schon durch eingeschlagene Pfähle bezeichnet worden sind. Wo eine Pflanze steht, wird ein Stock eingesetzt. Wenn z. B. 1864 im Frühjahre gepflanzt worden ist, so werden im Herbste 1865 die Gräben zugestossen und im Frühjahre 1866 kann die erste Ernte beginnen. Die zwischen den Spargelreihen liegenden Stellen werden nach und vor mit passendem Gemüse bepflanzt. Diese erste Spargelernte muss natürlicherweise noch mässig sein; man darf nur wenig stechen, damit man nicht auf Kosten der nächsten Jahre zu viel fortnimmt. Während man im ersten Jahre vielleicht nur 4 Wochen sticht, dehnt man diese Zeit später auf 8 Wochen (ungefähr vom 20. April bis 20. Juni) aus.

Schliesslich empfehle ich der Ansicht Vieler entgegen ein reichliches Düngen. Ich halte es für vollständig unbegründet, dass, wie versichert wird, der zu reichliche Dünger die Spargelmade hervorrufe. Es könnte dieses nur der Fall sein, wenn man sich eines Düngers bedient, der sehr in der Zersetzung begriffen ist. Man würde übrigens weniger dadurch die Vermehrung des Spargelkäfers unterstützen, als vielmehr Gelegenheit geben, dass die zarten Wurzelfasern faulen und damit die ganzen Spargelpflanzen zu Grunde richten.

Gauthier will in Töpfen Vorrath haben, um ausgegangene Pflanzen stets wieder ersetzen zu können. Die Spargelbeete müssen erneuert werden, wie der Ertrag zu gering wird. In dem Berliner Sandboden halten sie sich, indem die Pflanzen nicht übermässig angestrengt werden, überhaupt mit dem nöthigen Dünger auch die Sorgfalt erhalten, selbst 15—20 Jahre. In andern Gegenden müssen sie dagegen schon in der Hälfte der Zeit erneuert werden.

Neue Blattpflanzen
aus der Linden'schen Gärtnerei in Brüssel.

Wir haben bereits im vorigen Jahrgange der Wochenschrift (Seite 276) einige Pflanzen besprochen, welche Direktor Linden direkt aus Brasilien von seinem Sammler Wallis eingesendet erhalten hatte und bei unserer Reise nach Frankreich von uns in Augenschein genommen wurden. Als wir zurückkehrten und 10 Wochen später zum zweiten Male nach Brüssel kamen, fanden wir mehre dieser neuen Pflanzen in Blüthe. Wir machten alsbald an Ort und Stelle die Beschreibung und erlauben uns nun jetzt, wo das eben ausgegebene Verzeichniss der Linden'schen Gärtnerei uns vorliegt, auf sie zurückzukommen und ausserdem noch einige wenige andere, die wir damals ebenfalls sahen, über die wir uns aber noch nicht ausgesprochen haben, anzuschliessen. Von einigen, die wir im Herbste gesehen, scheint noch nicht hinlänglich Vermehrung vorhanden zu sein, da sie noch nicht im diesjährigen Verzeichnisse aufgenommen sind.

Wir beginnen mit den Marantaceen.

1. Phrynium lineatum C. Koch et Lind. scheint zwar, wie wir früher gesagt haben, Aehnlichkeit mit P. flavescens zu haben. In ihrer weiteren Entwickelung zeigt sie sich allerdings anders und gehört sogar in eine andere Abtheilung. Es bilden sich nämlich, wenn auch kurze, so doch deutliche Stengel. Aus dem Knoten eines obern Blattes entspringt der kurze und völlig-unbehaarte Blüthenstiel, dessen Aehre mit dem Durchmesser von 1 Zoll eine Länge von 2 Zoll besitzt. Die eirund-lanzettförmigen und ringsherum stehenden Deckblätter sind am unteren Theile hellgrün und werden allmählig nach oben zu noch heller, zuletzt weiss. Jedes Aehrchen enthält 4 Blüthen von weisser Farbe. Die 3 schmal-länglichen Kelchblätter sind fast halb so lang, als die etwas gekrümmte, zoll-lange Blumenröhre.

Die 3 äusseren Blumenabschnitte sind ziemlich gleich breit, nehmen am obern Theile einen gelblichen Schein an und sind $4\frac{1}{2}$ Linie lang. Von den innern beiden ist das eine blendend-weiss, von der Grösse fast der äusseren, aber noch hautartiger und konkav. Die Lippe ist kurz, dicklich und ohne eigentliche Lamina, während der kapuzenförmige, gleich lange Abschnitt (Staminodium) oben gelblich erscheint. Das geflügelte Staubgefäss ist bis zu ⅓ der Länge mit dem Griffel verwachsen und hat einen aufrechtstehenden Staubbeutel, dessen einziges Fach dem kapuzenförmigen Abschnitte zugewendet ist. Die Narbe besitzt ein breites, abwärts gerichtetes Anhängsel.

2. Phrynium brunnescens C. Koch et Lind. gehört, wie schon früher gesagt ist, in die Abtheilung des P. flavescens und besitzt einen wurzelständigen Blüthenstand, der sehr kurz gestielt und ohne alle Behaarung ist. Die grossen, länglich-lanzettförmigen Deckblätter sind oben abgestutzt und haben eine Länge von 1½ Zoll. Das Aehrchen besteht aus 6 gelben Blüthen und der unbehaarte Fruchtknoten ist weisslich, besitzt aber einen rosenrothen Schein. Die hellgelbe und nur an der Basis wenig gekrümmte Blumenröhre hat eine Länge von 1½ Zoll und wird zur Hälfte von schmalen und elliptischen Kelchblättern umgeben. Von den Blumenabschnitten sind die 3 äussern länglich und spitz, während von der innern Reihe das eine und wenig grössere breit-eirund-länglich und an der Spitze 2-lappig erscheint. Auch hier hat die kurze Lippe keine Platte und besitzt nur 4 Linien Länge, ist also nur halb so lang, als jenes. Ihr gleicht aber an Länge der kapuzenförmige Abschnitt. Das Staubgefäss ist diesem zur Hälfte angewachsen und besitzt einen am geflügelten Staubfaden herablaufenden Staubbeutel.

3. Phrynium vaginatum C. Koch et Lind. So und nicht, wie aus Versehen früher (vor. Jahrg. S. 277) gedruckt ist „albovaginatum", wurde von uns eine Marantacee aus Brasilien genannt. Der Name bezieht sich auf die langen Scheidenränder, von Anfangs weisser, später rosarother Farbe, des 9 Zoll langen Blattstieles. Auch hier kommt der ziemlich dreieckige und 3 Zoll lange Blüthenstand aus der Wurzel heraus und hat fast gar keinen deutlich sichtbaren Stiel. Die an der Basis fast zollbreiten, eirunden und plötzlich in eine lanzettförmige, sehr abstehende Spitze auslaufenden Deckblätter haben 2½ Zoll Länge und schliessen 8-blüthige Aehrchen ein. Von ihnen sind die 3 untersten viel länger, unten rosa, nach oben aber grünlich-weiss. Die völlig unbehaarten und mit Ausnahme der Blumenabschnitte hellrosarothen Blüthen haben 8 Linien lange und sehr schmale Kelchblätter, während die Blumenkrone 2½ Zoll lang ist. Davon kommt 1⅞ Zoll auf die Blumenröhre. Die drei äusseren elliptisch-lanzettförmigen Blumenabschnitte haben eine blendend-weisse Farbe. Von der innern Reihe ist der eine ziemlich grosse Abschnitt so tief getheilt, als wären 2 vorhanden. Die Täuschung wird um so grösser, als einer der Lappen grösser ist, nach innen zu eingeschnitten erscheint und an der breiten Spitze wiederum schwach 3-theilig ist. Die aufrechte weisse Lippe hat keine Platte und ist etwas kleiner als das gelbliche kapuzenförmige Staminodium. Das breite Staubgefäss endet mit dem aufrechten Staubbeutel und einem gleich langen hautartigen Anhängsel. Das Anhängsel der Narbe ist kurz.

4. Ueber Phrynium densum C. Koch et Lind. vermögen wir nichts Neues dem, was wir früher (vor. Jahrg. S. 277) gesagt, hinzuzufügen, auf jeden Fall verdient die Art als Blattpflanze mit bunter Zeichnung Beachtung.

Wir gehen zu den übrigen Pflanzen über.

5. Staurostigma zebrinum C. Koch et Lind. heisst eine interessante Aroidee. Bekanntlich hat Schott den Scheidweiler'schen Namen willkürlich in Asterostigma umgeändert; es muss aber die ursprüngliche Benennung Staurostigma wieder hergestellt werden, was wir deshalb bemerken, weil Linden mit Unrecht in seinem Verzeichnisse sich des Namens Asterostigma bedient hat. Die Art zeichnet sich vor den übrigen dieses Geschlechtes aus, dass sie sehr gross wird und deshalb den Dracontien und Sauromaten mehr ähnelt, als den kleinen Staurostigmaten. Der 4 Fuss hohe und an der Basis zoll-dicke Blattstiel besitzt eine dunkelgrüne, fast schwarze Farbe und ist heller gezeichnet, ein Umstand, der zur Benennung Veranlassung gab. Die fussförmig-getheilte Blattfläche ist fast flach ausgebreitet. Das mittelständige Fiederblatt ist am grössten. 6 fiederspaltige und leierförmige Fiederblätter, dazwischen kleine, längliche Appendices. Die beiden seitlichen Fiederblätter sind kleiner und nur fusslang, während jene eine Länge von 1¼ Fuss besitzen. Ihre Fiederspalten sind aber ganzrandig.

Der Blüthenstand ist kurzgestielt und endigt mit einem 7 Zoll langen Kolben. Die 5 Zoll lange Scheide hat eine schmutzig-graubraune Farbe und wickelt den Kolben 2 Zoll lang ein, worauf sie sich öffnet und eine Breite von 2½ Zoll besitzt. Die strahlenförmigen weissen Narben befinden sich im eingeschlossenen Theile des rosafarbenen Kolbens, verlieren ausserhalb derselben ihre Strahlen und werden schliesslich rundlich.

6. Dracontium asperum C. Koch. Aus Versehen ist Sauromatum asperum C. Koch gedruckt worden. Nach Linden ist Amorphophallus nivosus Lem., eine Aroidee, welche unlängst in der Illustration horticole abgebildet ist, von ihr nicht verschieden; die Linden'sche Pflanze, die wir in Brüssel selbst gesehen haben, ist dieselbe Pflanze, welche wir bereits im 2. Jahrgange der Wochenschrift, also schon vor fast nun 5 Jahren, beschrieben haben. Während die Amorphophallus- und Sauromatum-Arten der Alten Welt ausschliesslich an-

gehören — deshalb konnte schon Amorphophallus vinosus nicht dazu gehören — wachsen die Dracontien nur in der Neuen Welt.

Dracontium asperum steht dem Dr. polyphyllum sehr nahe und zeichnet sich mit dieser durch den schönen schlangenähnlich-gefleckten Blattstiel aus, der hier eine bedeutende Höhe erreicht und mit der mehrfach zusammengesetzten und dann schliesslich horizontal-aufliegenden Blattfläche ganz eigenthümlich aussieht. Die Blüthe entwickelt sich vor den Blättern.

7. Anthurium magnificum Lind. Der viereckige Blattstiel ist geflügelt, ein Umstand, der die Pflanze besonders auszeichnet, und besitzt eine Länge von gegen 1½ Fuss. Das grosse, ziemlich dicke und lederartige Blatt steht fast senkrecht in die Höhe und besitzt eine herzförmige Gestalt. Seine Farbe ist dunkelgrün, wird aber durch silberweisse Aderung unterbrochen. Von besonderer Schönheit an der Pflanze ist, dass die Blätter in ihrer ersten Jugend hellroth sind und später dunkler werden, indem sie in's Bräunliche übergehen, bis endlich die eigentliche Färbung sich herausstellt. Sie steht dem Anthurium leuconeuron am nächsten, unterscheidet sich aber durch den viereckigen Blattstiel sehr leicht. Entdeckt wurde die Art durch Linden's Reisenden, Braam, in der kolombischen Provinz Kundinamarka.

8. Livistona Martiana Gaudich. ist, so viel wir wissen, noch gar nicht beschrieben, sondern nur abgebildet und zwar in dem botanischen Theil des Reisewerkes der Korvette Bonite. Sie stammt von den Sandwich-Inseln und verdient von Seiten der Palmen-Liebhaber alle Beachtung.

9. Begonia magnifica Lind. wächst ebenfalls in der kolombischen Provinz Kundinamarka, und zwar in einer Höhe von 10,000 Fuss, wo es gar nicht selten friert, so dass sie sich in ihrer Kultur wesentlich unterscheiden möchte. Vielleicht verträgt sie auch im Sommer für's Freie verwendet zu werden. Wir sind zwar in neuerer Zeit mit Begonien wahrhaft überschwemmt worden, so dass man sie sich, trotz der Schönheiten, welche sie darbieten, satt gesehen hat. Einige, wie B. smaragdina und imperialis, werden aber fortwährend geliebt. Ihnen schliesst sich nun die genannte Art an. Die dunkelgrünen und weissgeaderten Blätter stehen auf rothen Stielen. Sie sind zwar klein, aber in der Regel in solcher Menge vorhanden, dass die Pflanze einen Durchmesser von 3 Fuss haben kann. Besonderen Werth hat die Pflanze ausserdem durch ihre Blüthen, die sehr gross sind und eine scharlachrothe Farbe haben.

10. Adelobotrys Lindenii Naud. ist eine epiphytische Melastomatee aus Brasilien, welche mit ihren rund-zugespitzten Blättern von prächtiger grüner Färbung und den zahlreichen weissen Blüthen in den Winkeln derselben sich reizend ausnimmt. Die Blüthen haben mit denen mehrer anderer Melastomateen noch die Eigenthümlichkeit, dass sie mit dem Verblühen eine andere Farbe annehmen, indem sie allmählig sich röthen und zuletzt purpurroth erscheinen.

Wir erlauben uns hierbei zu bemerken, dass die bei uns in den Gärten als Miconia Lindenii vorkommende, von uns früher als M. chaetodon (7. Jahrgang S. 241) beschriebene Melastomatee nach der Mittheilung Linden's Octomeris Schlimii Naud. ist; wir berichtigen daher hiermit unseren Irrthum.

11. Coccocypselum metallicum hat Linden eine kleine, der Erde aufliegende, buntblättrige Pflanze genannt, welche wahrscheinlich den Higginsien sich anschliesst und also zu den Rubiaceen gehört. Sie ähnelt dem ebenfalls von Linden eingeführten C. cupreatum, was leider aber auf dem Rückwege von der Mainzer Ausstellung vor nun 2 Jahren zu Grunde gegangen ist. Die herzförmigen Blätter haben einen metallischen Reflex.

12. Rogiera gratissima Pl. et Lind. wurde von dem Reisenden Ghiesbrecht in der mexikanischen Provinz Chiapas entdeckt und schliesst sich den bekannteren Arten dieses Geschlechtes an. Sie zeichnet sich durch reichliches Blühen aus. Wir sahen im vorigen Herbste in der Linden'schen Gärtnerei kleine Stecklinge schon in Blüthe; wir machen deshalb Pflanzen-Liebhaber auf diesen Umstand aufmerksam. In England ist sie bereits verbreitet und wegen ihrer Schönheit beliebt.

13. Sphaerogyne cinnamomea L. schliesst sich der bereits bekannten S. latifolia an, soll sich aber weit leichter kultiviren. Ihren Namen hat sie wegen der zimmetbraunen Färbung der Blattstiele und des Stengels erhalten.

Verlag von Karl Wiegandt in Berlin, Koch-Strasse No. 32.

Druck der C. Feister'schen Buchdruckerei (J. L. Blanchois), Berlin, Zieten-Platz No. 2.

Wochenschrift

des

Vereines zur Beförderung des Gartenbaues in den Königl. Preussischen Staaten

für

Gärtnerei und Pflanzenkunde.

Redakteur:

Professor Dr. Karl Koch,

General-Sekretair des Vereines.

No. 18. Berlin, den 6. Mai **1865.**

Preis des Jahrganges 5⅓ Thlr., sowohl bei Bezug durch den Buchhandel, als auch franco durch alle Post-Anstalten des deutsch-österreichischen Post-Vereines.

Der Herzogliche Schlossgarten zu Bieberich.

Eine Reise-Skizze.

Der Rhein hat von jeher eine eigenthümliche Macht ausgeübt; schon in der ersten Zeit meiner Studienjahre, wo noch keine Eisenbahnen im raschen Fluge die Menschen dahin führten, ergriff ich den Wanderstab, um einem längst gefühlten Drange nachzukommen und den oft schon besungenen deutschen Fluss, den „Vater Rhein", kennen zu lernen. Es waren seine ersten Zuflüsse, wonach mein Sehnen stand; Wochen lang brachte ich in dem Bündner Lande zu und klimmte an den Bächen empor, um die Quellen selbst, die ihm die ersten Wasser gaben, zu erschauen. Auf schwindelnder Höhe stand ich oft und schaute dem rasch dahinfliessenden Elemente nach. Alpenrosen in reichlicher Blüthenfülle, blaue Enziane, weissblühender Hahnenfuss der Gletscher, Fünffingerkraut mit goldgelben Blumen u. s. w. pflückte ich. Noch heute bilden die damals gesammelten Pflanzen eine Zierde meines Herbarium's.

Zwei Mal trieb mich dann der Wissensdrang aus dem Vaterlande und selbst aus dem heimischen Erdtheile, wo ich das Licht der Welt erblickt hatte, hinaus nach der Wiege der Menschheit, nach jenen Ländern, wo nach biblischer Sage die ersten Menschen gewandelt haben sollen. Wie es den Jüngling mächtig getrieben, die Quellen des Rheines vor Allem zu schauen, so war in dem Manne der Drang selbst noch weit grösser, die bis dahin freilich noch unerforschten Quellen des Euphrat zu suchen und unserer Kenntniss zu erschliessen. Zwei Jahrzehende nach meiner ersten Schweizerreise, ziemlich um dieselbe Jahreszeit, war ich so glücklich, den Gebirgssattel zuerst zu finden, auf dem der klassische Euphrat seinen Ursprung nimmt.

Nach Jahren wieder in das Vaterland zurückgekehrt, war es abermals der Rhein, wohin es mich vor Allem zog. Der freundliche Rheingau in dem glücklichen Nassauer Lande und das romantische Rheinthal selbst, von Bingen bis über Koblenz herab, sind seitdem mehrmals das Ziel meiner Reisewünsche gewesen. Es wird mir seitdem schwer, wenn ich in die Nähe des Rheines komme und an seinen freundlichen Ufern nicht wenigstens einige Tage weilen kann. So war es auch jetzt, wo ich aus Holland kam und daselbst die grosse internationale Ausstellung in Amsterdam in Augenschein genommen hatte. Der schönste blaue Himmel und eine milde Sonne, wie sie uns lange Zeit nicht geworden, forderten mich um so mehr dazu auf. So fuhr ich von Köln aus aufwärts den Rhein.

Die Vegetation schien selbst am Anfange der zweiten Hälfte des April noch nicht der warmen Luft, die endlich zu wehen begann, zu trauen, denn nur dürftig grünten an den Bergen die Gräser; und die Gehölze hielten ihr Laub noch in den Knospen geschlossen. Doch waren bereits Leberblümchen, Waldröschen, grüne Nieswurz, Schlüsselblumen und Veilchen die Vorboten auf Matten, Wiesen und Hainen. An einzelnen Stellen streuten ferner die Blüthenstände (Kätzchen) der Weiden, der Haselstaude und der Eller ihren gelben Blumenstaub aus. Die Aprikose begann hier und da ebenfalls ihre hellrothen Blüthen zu entfalten. Aber auch ohne Pflanzen- und Blumenschmuck hat der Rhein mit seinen Ufern mannigfache Reize; die oft seltsamen Konturen der Felsen treten um so mehr hervor und bieten der Phantasie Gelegenheit, sie zu bestimmten Gestalten zu formen.

Bieberich, was ich aus früher Zeit schon lieb gewonnen, wurde das Ziel meiner Rheinreise. Der Herzogliche Wintergarten daselbst war mir von früherher noch zu sehr im Gedächtnisse, als dass ich von Neuem mich nicht hätte an seinen Schönheiten erfreuen sollen. 10 Tage früher hatte mich der Dampfwagen zwischen Magdeburg und Braunschweig noch durch eine Gegend geführt, wo fusshoher Schnee lag; jetzt erwachte der Frühling und ich trat in Räume der üppigsten Blüthenfülle ein. Flora, die liebliche Göttin, waltete schon darin. Man klagt im Allgemeinen, und zwar mit Recht, dass der harte Winter, dem ein nicht minder ungünstiger Sommer vorausgegangen war, der reichlichen Entwickelung von Blumen Hindernisse mancher Art in den Weg gelegt habe und die Blüthenflor gegen frühere Jahre geringer sei. Davon war jedoch in den Biebericher Wintergärten nichts zu merken. Sowohl die Blüthenfülle im Allgemeinen, als auch die Vollkommenheit der einzelnen Blumen, liessen nichts zu wünschen übrig.

Ich habe schon einmal Gelegenheit gehabt, über Bieberich und seine Wintergärten zu sprechen. Es war vor 4 Jahren, als im Namen seines kunstsinnigen Herzoges der Garten-Direktor Thelemann Gärtner und Gartenbesitzer der Nähe und Ferne aufforderte, das Schönste an Pflanzen und Blumen zu bringen zu einem Wettkampfe in Flora's Tempel. Es ist damals über diese Ausstellung ausführlich (4. Jahrg. der Wochenschrift S. 105) berichtet worden. Diese Biebericher Ausstellungen, welche in Zwischenräumen von 3 und 4 Jahren sich drei Mal wiederholt hatten, sind zugleich die ersten gewesen, welche in dieser grossartigen Weise zu Stande gekommen und schon internationaler Art waren; denn auch das Ausland hatte bereits Antheil genommen. Es folgten dann rasch aufeinander die grossen Ausstellungen in Karlsruhe, in Mainz, in Brüssel und jetzt in Amsterdam, denen nun im nächsten Jahre eine gleiche in London, wozu bereits eingeladen, sich anschliessen wird.

Es liegt ausserhalb meines Planes, über die Bedeutung der internationalen Ausstellungen zu sprechen; so viel steht aber fest, dass sie viel dazu beigetragen haben, den Sinn für Verschönerungen durch Pflanzen und Blumen nicht weniger, als überhaupt die Liebe im Allgemeinen für diese zu fördern und zu heben. Mag man schöne Gärten zu den Luxus-Gegenständen rechnen: gewiss trägt aber kein anderer so viel zur Veredelung des menschlichen Herzens bei, als die Pflege der Pflanzen und Blumen und ihre nach bestimmten Schönheits-Gesetzen erfolgte Gruppirung. Wie der Landschaftsmaler aus der Natur selbst seine Bilder zusammensetzt und sie zu einem harmonischen Ganzen vereinigt, so soll auch der Landschaftsgärtner die Anlagen, welche er macht, in ihren einzelnen Theilen der Natur entlehnen. Seine Aufgabe ist selbst um so schwieriger, als er die Anlage mit den Umgebungen, ja selbst mit dem Besitzer und Denen, für die sie gemacht wird, in Einklang bringen muss. Denn ein Volksgarten z. B. muss anders beschaffen sein, als der Park eines reichen und vornehmen Herrn. Sodann hat der Landschaftsgärtner auf das fernere Wachsthum der Pflanzen Rücksicht zu nehmen; er muss alle Jahre von Neuem Hand an seinem Bilde anlegen. Das Bild des Landschaftsmalers ist etwas Fertiges; das Bild des Landschaftsgärtners soll zwar auch etwas Abgeschlossenes sein: wie die lebendigen Pflanzen aber in ihm wachsen und sich verändern, so bleiben auch die einzelnen Theile im Verlaufe der Zeit nicht dieselben. Es wechseln vor Allem die Konturen.

Der Schlossgarten von Bieberich gehört zwar mit seinen Gewächshäusern zu dem Lieblings-Aufenthalte des Herzogs von Nassau, eines kunstliebenden Fürsten, er steht aber auch zu jeder Tageszeit dem Publikum offen und wird, namentlich in der besseren Jahreszeit, sehr viel von Einheimischen und Fremden besucht. Es war keine leichte Aufgabe für einen Gartenkünstler, in einer Gegend, wo die Natur selbst so viel Reize nach allen Richtungen hin gespendet, etwas zu schaffen, dem man nicht ansehen durfte, dass der Mensch hier gewaltet hatte. Schönheiten mannigfacher Art, welche in und durch die Pflanzenwelt ihre Begründung haben und sonst zerstreut gefunden werden, waren auf einem Raume von gegen 150 Morgen so zu vereinigen, dass kein greller Uebergang vorhanden, dass sie alle zusammen auch wiederum ein harmonisches Ganzes bildeten.

Haine, Wiesen, Wasser, einzelne schöne Bäume, Blumengruppen u. s. w. wechseln im Biebericher Schlossgarten mit einander ab. Alles besitzt eine elegante Form im Einklang mit den eleganten Toiletten, welche sich lustwandelnd darin bewegen. Jede Anlage in diesem Sinne bedarf der Menschen. Darin unterscheiden sich die echt-englichen Park's von den unserigen, wo weniger Menschen, als vielmehr Thiere die Bilder lebendiger machen müssen, wo Alles in der reinen Waldnatur erhalten werden soll. Es flüchtet sich der englische Lord gern aus dem Treiben der Menschen nach seinem Park, um allein zu sein. Eine hohe Mauer umschliesst in der Regel deshalb den Park, so dass dieser in keiner Verbindung zu der landschaftlichen Umgebung steht.

Ich habe schon gesagt, dass es keine geringe Aufgabe war, dem Biebericher Schlossgarten eine Gestaltung zu geben, welche den Anforderungen entspräche und zu gleicher Zeit mit den Umgebungen in Harmonie stände. Der breite Rhein mit seinem ruhig dahinfliessenden Wasser wird durch das Schloss selbst, was den Garten im Westen begrenzt, gedeckt. Ich glaube, dass der Garten dadurch gewinnt. Ohne kleinlich gegen die grossartigen Umgebungen zu erscheinen, stellt er auf diese Weise doch etwas Ganzes und Abgeschlossenes dar, zu dem die Taunushöhen einen natürlichen Rahmen bilden. Diese selbst bieten sich nicht allenthalben, sondern nur an einzelnen Stellen, wo die Anlage ein integrirender Theil der ganzen Landschaft sein soll und ist, den Blicken der Lustwandelnden dar. Die ursprünglich ebene Fläche des Schlossgartens ist nur wenig künstlich bewegt, hauptsächlich um die Wege zu decken; viele Wege, die doch jede Anlage haben muss, sind dem Auge nicht angenehm. Es ist eine der nicht leichten Aufgaben eines Gartenkünstlers, dass er diese so legt, dass man sie am wenigsten und gar nicht sieht.

Einzelne Bäume sind sehr schön, selbst malerisch geformt. Unter ihnen, und zwar den Hauptwegen entlang, werden während der Sommerzeit die Neuholländer, Koniferen, Palmen, Cycadeen, Pandaneen und sonstige Gewächshauspflanzen aufgestellt. Ein anderer Theil, der mehr freie Sonne verlangt, dient zur Deckung von Mauern und Remisen. Damit dieser Theil des Schlossgartens aber auch während des Winters und in der ersten Zeit des Frühjahres nicht kahl erscheint, werden Rothtannen von genügender Höhe im Walde kurz an der Wurzel geschlagen und an eben bezeichneter Stelle eingesetzt. So hatten sie sich während einer Zeit von 5 Monaten im Aussehen gut erhalten, bis sie nun, wo sie allmählig anfangen, ihre Nadeln zu verlieren, durch Gewächshaus-Gehölze ersetzt werden. Ich erlaube mir, Vorsteher von Parks und Gärten ganz besonders hierauf aufmerksam zu machen, da auch während der schlechteren Jahreszeit dergleichen nackte und unschöne Stellen nicht vorhanden sein dürfen. Es kommt noch dazu, dass die Rothtannen später zu Stangen, deren man an und für sich bedarf, gebraucht werden können.

Einen besonderen Reiz erhält der Biebericher Schlossgarten während der Sommerzeit durch die Stanhopeen, welche an den Aesten der Bäume angebracht werden und gleich Ampeln herunterhängen. Diese Stanhopeen sind bekanntlich mexikanische und kolumbische Orchideen, welche deshalb in Körbe gepflanzt und aufgehängt werden, weil die mehre Zoll im Durchmesser enthaltenden Blumen nicht auf der Oberfläche derselben sich entwickeln, sondern mit ihren Stielen nach unten wachsen und dann meist aus dem Boden des Korbes herauskommen. Wenn nun schon an und für sich die grossen Blumen mit ihrer gold- oder safrangelben Farbe, welche durch grössere und kleinere braune Flecken unterbrochen ist, die Blicke der Lustwandelnden auf sich ziehen, so ist ihr eigenthümlicher gewürzhafter Geruch, der im geschlossenen Gewächshause oft betäubend wirkt, hier aber im Freien weithin sich verbreiten kann, ohne nachtheiligen Einfluss auszuüben, und namentlich von Damen geliebt wird, noch mehr der Gegenstand der Aufmerksamkeit. Durch diese Stanhopeen erhält man zugleich ein, wenn auch schwaches Bild der tropischen Urwalds-Vegetation mit ihren in reichlichster Fülle blühenden Epiphyten.

Wenn in der zweiten Hälfte des Winters Berge und Fluren noch mit tiefem Schnee bedeckt sind, dann bereitet der Biebericher Schlossgarten durch seine Gewächshäuser dem Besucher eine andere Ueberraschung: diese stehen in seltener Blüthenpracht. Wer nur einigermassen anständig gekleidet ist, kann ohne Weiteres in die geschmückten Räume eintreten. Der hier residirende Herzog Adolph v. Nassau ist fern davon, an dem Schönen, was er hier sich schafft, allein seine Freude haben zu wollen; mit nicht genug anzuerkennender Liberalität theilt er diese seine Freude selbst mit dem Geringsten, sobald dieser, gleich ihm, einen höheren Sinn in seiner Brust trägt oder auch nur sein Interesse an Pflanzen und Blumen kund gibt. Ihm ist es ferner gleich, ob der Besucher Landeskind oder ob er in einem anderen Lande geboren.

In der zweiten Hälfte des Winters, sagte ich, sind die Gewächshäuser geschmückt, denn in der ersten werden die Pflanzen zum festlichen Schmucke herangezogen. Tausende von Menschen kommen, besonders Sonntags, von der Mitte Februar bis in den April, von Nah und Fern nach dem Biebericher Wintergarten; sie wiederholen selbst zum Theil ihre Besuche um so mehr, als der Garten-Direktor Thelemann fortwährend bemüht ist, Abwechselungen darzubieten. Jede Woche fast bietet etwas Neues dar. Was im Begriff steht, abzublühen, wird entfernt und durch eben Aufspriessendes ersetzt. Es soll allenthalben dem Beschauer das frische, jugendliche Leben der Pflanzen entgegentreten und alles vermieden werden, was nur einigermassen an die Vergänglichkeit erinnern könnte. Von Zeit zu Zeit wird sogar das Ganze umgestellt und neue Bilder treten an die Stelle der alten. Ich brauche wohl nicht auseinander zu setzen, welche Vorbereitungen dazu gehören, um 2½ Monate lang in nicht kleinen Räumen den Blüthenschmuck zu erhalten und ausserdem öfters neue Abwechselungen zu bieten?

Bevor ich zu schildern versuche, wie ich Mitte April die Gewächshäuser des Biebericher Schlossgartens fand, sei es mir erlaubt, zunächst diese selbst etwas näher zu beschreiben. Der Komplex besteht aus 9 Gewächshäusern, welche zusammen einen viereckigen Raum von 200 Fuss Länge und 150 Fuss Breite einschliessen. 2 von ihnen erscheinen grösser und breiter und laufen einander parallel; ich bezeichne sie als Längshäuser. Die übrigen sind Querhäuser und verbinden die Längshäuser miteinander. Von ihnen ist das äusserste, wie die beiden Längshäuser, gewölbt und besitzt eine ziemlich gleiche Breite. In der Mitte ist es mit einer Kuppel versehen und steht daselbst wiederum mit einem viereckigen, ziemlich hohen Hause von 65 Fuss Länge und 45 Fuss Breite in Verbindung. Ausser dem eben besprochenen breiten Querhause stehen die beiden Längshäuser noch durch 5 schmälere Querhäuser von 95 Fuss Länge, die natürlich einander parallel laufen, in Verbindung. Von ihnen wird das eine am Eingange der Längshäuser zur Vermehrung benutzt, die anderen sind mit Blumen geschmückt und zwar das zweite hauptsächlich mit Blüthensträuchern, besonders mit Proteaceen und Diosmeen, das dritte mit Epakrideen, das vierte mit Ericeen und das fünfte mit Kamellien. Die Einrichtung ist in der Weise, dass man von den Längshäusern aus einen vollen Blick auf die mit genannten Blumen geschmückten Querhäuser, die der Enge halber nicht betreten werden dürfen, besitzt.

Von besonderer Schönheit war das Querhaus mit den Kamellien, die in so reichlicher Blüthenflor vorhanden waren, dass man ihnen die Ungunst des langen Winters und des vorausgegangenen kalten und nassen Sommers nicht ansah. An 2 Stellen war auf jeder Seite eine Nische herausgebaut, die man besonders geschmückt hatte. In der Mitte daselbst stand eine etrurische Vase auf mit Grün umgebenem Postamente und schloss ein dem entsprechendes Bouquet ein. Ausserdem hingen geschmückte Ampeln herab.

Durch das eine Längshaus von 25 Fuss Breite führte ein wenig gewundener Weg von oben nach unten. Auf beiden Seiten deckten bis an das gewölbte Dach allerhand Blüthensträucher die Wände, so dass es schien, als lustwandele man durch ein enges Blumenthal, wie sie in der That hier und da in den wärmeren Ländern vorkommen und wie sie mich an ähnliche in dem pontischen Gebirge am Südufer des schwarzen Meeres erinnerten. Den Fuss der aufsteigenden Pflanzendecke auf beiden Seiten des Weges bedeckten hauptsächlich Hyazinthen in schönster Blüthe und in den Farben abwechselnd. Dann folgten verschiedene kleinere Blüthensträucher, besonders Epakrideen, Ericeen, Cytisus canariensis, einige Proteen, während neuholländische Akazien, Leptospermen, Grevillien u. s. w. mit ihren schlanken, meist blühenden Zweigen an dem gewölbten Dache sich nach innen bogen.

Das zweite Längshaus ist ungefähr 4 Fuss breiter und gestattete deshalb, den Weg selbst auf eine solche Weise zu schlängeln, dass er von vorstehenden Boskets mit einzeln stehenden Pflanzen auf eine Weise gedeckt werden konnte, dass man ihn gar nicht bemerkte. Hier befanden sich die grösseren Blüthensträucher, wie Azaleen, Alpenrosen und Kamellien, zwischen denen verschiedene Blattpflanzen, wie vor Allem die Cordyline australis, das Feuer der Blumen etwas milderten. Kleine Springbrunnen, an denen Richardia aethiopica (gewöhnlich Calla genannt) mit ihren milchweissen Blumenscheiden prangte, und sonstige Wasserbassins trugen zur Abwechselung ebenfalls bei, zumal das Plätschern des Wassers, wenn wenig Menschen sich in den Räumen bewegten, den Lustwandelnden in eine eigenthümliche Stimmung zu versetzen vermochte.

Vor Allem schön waren hier wiederum die Kamellien. Ich erinnere mich kaum, eine Camellia reticulata mit solchen grossen und mit so vielen Blüthen gesehen zu haben, als es hier der Fall war; C. alba fimbriata ist immer schön und stets in reichlichster Blüthenfülle. Mich freute ausserdem, noch manche andere Kamellie aus älterer Zeit zu sehen, die jetzt durch neuere und oft minder schöne Sorten ersetzt ist. Ferner sieht man die ursprünglichen Sorten der Himalaya-Alpenrose (Rhododendron arboreum), so schön sie in der Färbung des Laubes und der Blüthen auch sind, jetzt so selten. Auch diese kann man in Bieberich wieder finden.

Das oberste und breiteste Querhaus enthält die Warmhauspflanzen, die hauptsächlich wegen ihrer grossen, schönen Blätter und des freudigen Grüns derselben zur Dekoration verwendet werden. Von besonderer Schönheit war hier ein grosser Pandanus odoratissimus und einige Cycas'. Ausserdem fanden sich besonders Palmen, Marantaceen, Aroideen, Bambusen, Plectogynen, Farne u. s. w. vor. Belebt wurde das Haus durch einige Vögel, besonders Lachtauben, die in Käfichen versteckt in dem dichten Grün der Blattpflanzen verborgen waren.

Schliesslich will ich noch mit einigen Worten des hier anstossenden viereckigen Hauses gedenken. Es war ein Kalthaus und enthielt vor Allem einige schöne Araukarien. Der Boden in der Mitte war mit Selaginellen bedeckt, aus denen einzelne hohe und schöne Bäume herausragten. Sonst waren noch Tulpen, Primeln u. s. w., welche kleinere Gruppen bildeten, vorhanden. Sehr hübsch nahmen sich endlich noch 2 hohe, natürliche Bouquets in Pyramidenform aus; man hatte zu diesem Zwecke mehr in die Höhe gewachsene Blüthensträucher mit ihren völlig gedeckten Töpfen ganz dicht neben und über einander gestellt und sonst noch von Azaleen, Kamellien, Akazien u. s. w. blühende Zweige angebracht, so dass dadurch eine völlige Abrundung ermöglicht wurde.

Belgique und Illustration horticole.

Jahrgang 1864. 2. Hälfte.

Einige der in beiden Zeitschriften abgebildeten Pflanzen sind bereits früher besprochen; wir führen diese deshalb jetzt nur namentlich mit Angabe der Tafeln an: Clematis Jachmanni: Belgique horticole tab. 18 und Illustration horticole tab. 414; Deutzia crenata fl. pl.: Belgique horticole tab. 19; Lapageria rosea albiflora: Illustration horticole tab. 406; Hippeastrum procerum Duch.: tab. 408. Ueber Vanda Lowii Lindl. (tab. 417) haben wir im 4. Jahrg. der Wochenschr. (S. 369) eine besondere Abhandlung geliefert. Ueber Lilium fulgens staminosum (tab. 422) ist ebenfalls erst (S. 99) gesprochen worden.

Wenn wir auch bereits den buntblättrigen Hibiscus, der vor einigen Jahren als H. Cooperi in den Handel gekommen ist, mehrmals erwähnt haben, so hatten wir ihn doch noch nicht in Blüthe gesehen. Das ist nun jetzt der Fall gewesen. Eine hübsche Abbildung ist auch in der Illustration horticole (tab. 412) von ihm gegeben. Wenn der Strauch auch schon an und für sich gärtnerischen Werth hat, so ist dieser durch die schönen, zinnoberrothen Blüthen mit über 5 Fuss Durchmesser noch mehr gesteigert. Die Pflanze soll aus Neuholland stammen und wurde von Veitch in London eingeführt. Sie scheint, wenn auch nicht in das Warm-, so doch in das temperirte Haus zu gehören. Am Nächsten steht die Pflanze dem H. liliflorus Cav. und speciosus L.

Achyranthes Verschaffeltii Lem. (tab. 409) der Illustration) stammt aus der brasilianischen Provinz Para und stellt eine buntblättrige Amarantace im Habitus und Farbe der Aerva sanguinolenta vor; ihre Farbe ist aber noch intensiver roth. In England führt die Pflanze den Namen Iresine Herbstii. Sie wurde zuerst in Gardeners Chronicle (s. vor. Jahrg. p. 654) unter diesem Namen erwähnt; auch ist sie bereits in dem Floral Magazine abgebildet worden. Dem Vaterlande, aber auch dem Ansehen nach, kann sie allerdings keine Achyranthes sein, da Arten dieses Geschlechtes nur in der Alten Welt vorkommen; ob aber grade eine Iresine? bezweifeln wir ebenfalls. Auf jeden Fall ist sie ihrer intensiven blutrothen Farbe der eirundlichen und an der Spitze eingekerbten Blätter wegen zu empfehlen.

Hippeastrum pyrrhochroum Lem. (t. 420 der Ill.) vermögen wir von H. miniatum (Amaryllis) Sims auf keine Weise zu unterscheiden.

Billbergia Baraquiniana Lem. (tab. 421 der Illust.) steht der alten Billbergia zebrina (Bromelia) Herb. so nahe, dass wir ebenfalls keinen Unterschied zu finden vermögen. Trotzdem bleibt sie eine sehr zu empfehlende Pflanze, welche wegen ihrer mit grauweissen Querbändern versehenen Blätter auch eine Dekorationspflanze darstellt. In dieser Hinsicht werden die Bromeliaceen bei uns viel zu wenig beachtet, während sie in Paris in dieser Hinsicht allgemeine Anerkennung finden.

Bei dieser Gelegenheit erlauben wir uns noch zu bemerken, dass Billbergia Leopoldi Hort. und B. Rohaniana de Vr. sich von B. vittata Mor. gar nicht unterscheiden. Der älteste Name der Pflanze ist aber B. Moreliana, den ihn und zwar schon alsbald nach der Morel'schen Einführung derselben A. Brongniart in Paris gegeben hat.

Abutilon vexillarium Ed. Morr. (tab. 16 der Belg. hort.) vermehrt die Zahl der Blüthensträucher aus dem Geschlechte Abutilon. Diese Pflanze stammt aus dem südlichen Amerika, woher der Handelsgärtner Beaufays zu Verviers im Jahre 1863 Samen erhielt. Sie scheint rasch zu blühen und verdient schon aus dieser Ursache eine grössere Empfehlung, als andere. Der Strauch verästelt sich sehr. Seine eirund-lanzettförmigen Blätter mit herzförmiger Basis besitzen ein freudiges, angenehmes Grün. Die bunten Blüthen kommen aus den Winkeln der kleinern Blätter am oberen Theil der Zweige hervor und wenden sich auf eleganten, kaum Zoll langen Stielen nach aussen. Aus dem eirunden, schön roth gefärbten Kelche kommen die 5 gelben Blumenblätter hervor und stehen mit ihrem oberen Theile ziemlich flach ab. Mit ihnen kontrastirt die violette Farbe des herausragenden violetten Staubgefässbündels.

Unter der Ueberschrift; „La reproduction des fougères" befindet sich (S. 235) in der Belgique horticole eine interessante Abhandlung über die Reproduktion der Farne mit schwarzen Zeichnungen. Gleich Anfangs sind hübsche Vegetationsbilder der Hemitelia spectabilis, des Balantium Karstenianum und der Cyathea arborea vorhanden.

Von den übrigen Darstellungen machen wir auf die des Antrophyum obtusum und der Davallia heterophylla aufmerksam.

Cereus flagelliformis Haw. war früher eine Pflanze, die fast in allen bürgerlichen Familien Mitteldeutschlands kultivirt wurde. Sie machte keine weitere Mühe und blühte doch alle Jahre in reichlicher Fülle. Ueber die vielen neuen Pflanzen verschwindet sie jetzt allmählig immer mehr. Es ist Schade. Wir ergreifen demnach jetzt von Neuem die Gelegenheit, wo eine neue Form unter der speziellen Bezeichnung „Barbanson" in der Belgique horticole (t. 13) abgebildet ist, um auf sie aufmerksam zu machen.

Malva Martensii Ed. Morr. soll aus Neuholland stammen und blühte zuerst im Jahre 1859 im botanischen Garten zu Löwen. Sie schliesst sich den bekannten Kapensern an und möchte wahrscheinlich auch einer der bereits von daher beschriebenen Arten angehören. Die eirund-spitzen Blätter sind an der Basis bisweilen schwach-herzförmig und haben einen wenig eingeschnittenen und ausserdem gesägten Rand. Aus dem Winkel der oberen Blätter kommen rosafarbige und kurzgestielte Blüthen hervor.

Aus der Zahl der bekannteren Blüthensträucher nennen wir zuerst aus Illustration horticole: Camellia Giardino Schmitz (tab. 410) im zartesten Rosa und mit reinem dachziegeligem Bau. Sie blüht dankbar und stammt aus Italien. C. Isabella Opsini (tab. 418) wurde von César Franchetti in Florenz gezüchtet. Ihr Bau ist zwar ziemlich regelmässig, die äusseren Blumenblätter sind aber gross und wölben sich etwas rückwärts, während die kleinern und gedrängteren der Mitte mehr aufrecht stehen. Auch hier ist die Farbe ein sehr helles Roth.

Rosen finden wir ebenfalls 2 in genannter Zeitschrift abgebildet. Rose Duchesse de Médina-Céli gehört zu den sogenannten remontirenden Hybriden und zeichnet sich durch eine prächtige dunkele Purpurfarbe aus. Der Bau der Blume erinnert einigermassen an die dunkelen Rosen aus der Abtheilung der Mabeka's oder türkischen Rosen, wie sie noch vor 30 und 40 Jahren gezogen wurden. Das freudige Dunkelgrün der Blätter harmonirt freundlichst mit dem Purpur der Blume. Gezüchtet wurde sie von den Handelsgärtnern Marest, Vater und Sohn, in Paris. Eine zweite Rose von eigenthümlichem Bau ist in der Revue horticole (tab. 14) abgebildet. Sie führt den Namen Mad. Cornelissen und hat ganz das Ansehen einer Baum-Päonie; ihre weissen, gegen die Mitte hin gelblichen Blumenblätter sind am Rande unregelmässig gekerbt-gezähnt. Sie gehört wohl zu den Theerosen. Gezüchtet wurde sie von dem bekannten Blumisten H. Cornelissen in Brüssel.

Wir haben uns schon früher dahin ausgesprochen, dass die pontischen und nordamerikanischen Azaleen, oder die sogenannten Freiland-Azaleen, bei uns so wenig Anerkennung finden; wir ergreifen jetzt, wo eine sehr hübsche Sorte in der Illustration horticole (tab. 415) abgebildet ist, ebenfalls die Gelegenheit, um von Neuem darauf aufmerksam zu machen. Sie führt mit Recht den Namen Bouquet de Flore. Die Blüthen stehen dicht gedrängt und haben, mit Ausnahme der Mitte der Abschnitte, wo sie weiss und im obersten gelb erscheint, eine rothe Farbe.

Rhododendron Grand duc de Bade heisst eine Alpenrose, welche A. Verschaffelt von 2 Sorten des R. arboreum gezüchtet hat und welche in der Illustration horticole (tab. 423) abgebildet ist. Die Blüthen sind nicht gross, stehen aber dicht gedrängt. Sie besitzen eine blendend-weisse Farbe, die durch zahlreiche rothe Flecken und Punkte unterbrochen ist. Die Blumenblätter sind keineswegs abgerundet, sondern mehr oder weniger tief und unregelmässig gezähnt und geschlitzt.

In derselben Zeitschrift sind ferner (tab. 413) eine Reihe Chrysanthemum's aus der Zahl der im Herbste blühenden Liliputs abgebildet. Sie stammen von Madame Lebois in Toulouse und haben einen gedrängten, dachziegelförmigen Bau. Die kleineren besitzen kaum den Durchmesser eines Zolles, während die grösseren den doppelten Durchmesser haben.

Dagegen werden in der Belgique horticole (tab. 17) 4 verschiedene Sorten der Primula chinensis dargestellt, die in der neuesten Zeit in den Handel gekommen sind. Mit dem Beinamen clarkiaeflora haben die Gebrüder Huber in Hyères eine Sorte in den Handel gebracht, wo die kleinen Blüthen am Rande der gekerbten Blumenabschnitte bei rosarother Grundfarbe weiss erscheinen oder überhaupt weiss sind. Unter dem Namen filicifolia sind wiederum Chinaprimeln von Henderson & Sohn in den Handel gekommen, wo die Blätter noch mehr eingeschnitten sind, so dass sie das Ansehen von denen der Farne haben. Ihre Blüthen besitzen eine braunrothe Farbe mit gelbem Auge und sind ziemlich gross.

Delicata nennt Smith in Dalwich eine dritte Sorte, wo die weissen Blüthen dicht gefüllt sind und einen zarten Hauch von Rosa besitzen. Rubra grandiflora heisst eine vierte Sorte dagegen, wo bei gleicher Füllung die Farbe der Blume ein dunkeles Rosa ist.

Wir kommen zu 2 Gehölzen. Ein buntblättriger Ahorn hat sich zufällig unter den Sämlingen bei dem Handelsgärtner Vervaene in Gent vorgefunden, der wegen seiner Schönheit in seiner ganzen Ausgabe von A. van Geert akquerirt worden ist und nun in den Handel kommt. Er hat wegen seiner Schönheit den Namen zu Ehren des Königs von Belgien, Leopold, erhalten und ist in der Illustration horticole (tab. 411) abgebildet. Die Blätter sind fast ganz braun und roth gezeichnet.

In der Belgique horticole sind (zu Seite 260) 2 bildliche Darstellungen einer Pyramiden-Pappel gegeben, welche schlanke Formen der P. moniliformis Ait. darstellen, so dass sie schwierig von der italienischen Pappel unterschieden werden können. Wir machen auf sie aufmerksam, da das Holz dieser Pappel vor dem der italienischen in jeglicher Hinsicht den Vorzug hat.

Schiesslich erwähnen wir noch eine Frucht. Poire Beurré Jean van Geert wurde in Gent in einer Handelsgärtnerei, deren Namen sie trägt, gezüchtet. Sie hat echte Birnform, indem sie oben am breitesten erscheint und von da abwärts nach der Basis sich sanft verschmälert. Essreif besitzt sie eine schöne gelbe Farbe, welche durch braune Punkte und unregelmässige kleine Flecken unterbrochen wird. Auf der Sonnenseite röthet sie sich etwas. Ihr Fleisch ist weiss und schmelzend, der Geschmack weinig-süss und gewürzhaft.

Eine
neue Versetzungsart grosser Bäume.

Von Franz Kummer in Paris.

Während meines Aufenthaltes in Ferrières, wo der Baron v. Rothschild den Herbst zuzubringen pflegt, hatte ich häufig Gelegenheit, grosse Bäume zu versetzen. Es ging mir daselbst, wie dem Fürsten Pückler-Muskau in seiner ersten Schöpfung zu Muskau oder in seiner zweiten zu Branitz bei Kottbus, dass nämlich ringsum in der Nähe und selbst noch in einer Entfernung von 6—8 Meilen vor uns kein einigermassen schöner Baum sichtbar war. Es wurde der höchste Preis dafür bezahlt; ausserdem schonte man weder Mühen noch Geld, um den Transport zu ermöglichen. Es wäre gewiss interessant, zu ermitteln, welche Summen sowohl der Baron v. Rothschild, als auch Fürst v. Pückler-Muskau für den Ankauf von grösseren Bäumen ausgegeben haben.

Fürst v. Pückler-Muskau bringt bekanntlich die ganze Umgegend mit seinen Anlagen in Verbindung; deshalb kaufte er selbst Bäume auf fremdem Eigenthum mit dem Rechte, dass diese an dem Orte stehen bleiben und nicht abgehauen werden dürfen. Man sieht sowohl in der Nähe von Muskau, als in der Nähe von Branitz dergleichen Bäume in fremden Feldmarken zerstreut, welche dem Fürsten gehören. Vor Allem liebte er alte, zum Theil hohle und selbst mehr oder weniger abgestorbene Eichen, welche frei auf Aeckern standen und namentlich des Abends oder auch des Nachts bei Mondenschein etwas Geisterhaftes darboten. Waren sie ihm zu sehr vom Grünen entblösst, so pflanzte er wohl auch Jelängerjelieber und selbst Epheu darum.

Das Versetzen grosser Bäume hat man wohl zuerst in England versucht und mit Erfolg ausgeführt; es geschah dieses aber doch in der Regel nicht in der Vegetation, sondern am häufigsten im Frühjahre und im Herbste. Bei Bäumen, welche keine Ballen halten, wurde die Versetzung auch mitten im Winter mit sogenannten Frostballen vorgenommen. Fürst Pückler-Muskau pflegte in der Regel zu lächeln, wenn man ihm die Ansicht aussprach, dass beim Versetzen Wurzel und Krone im Verhältniss stehen müssten; wären demnach die Wurzeln sehr beschnitten worden, so müssten dem entsprechend auch die Aeste sehr eingestutzt und zum Theil selbst ganz weggenommen werden. Der Meister unserer heutigen Landschaftsgärtnerei beschnitt die Krone fast gar nicht, ja selbst nicht, wenn die Versetzung mitten im Sommer geschah. Er trug nur Sorge, dass die Krone möglichst gegen Sonnenstrahlen geschützt wurde, was am meisten durch Vornahme der Operation während feuchter und mehr kühler Witterung geschah, und dass der Baum, und zwar sowohl die Wurzeln, als auch die Krone selbst, viel Feuchtigkeit erhielten. Wo die Entfernung von dem Orte, wo der Baum ursprünglich stand, nach dem, wohin er versetzt wurde, nicht gross war und demnach die Wurzelfasern bei weniger Ballen-haltenden Bäumen nicht so leicht vertrocknen konnten, waren dergleichen Vorsichtsmassregeln gar nicht in dem Grade nöthig.

In diesem Falle verhältnissmässig geringer Entfernungen habe ich mir zum Versetzen, selbst der grössten Bäume, ein Verfahren ausgedacht und auch stets mit Erfolg ausgeführt, von dem ich glauben kann, dass ich den vielen Freunden und Besitzern landschaftlicher Anlagen einen Dienst erweise, wenn ich es hier mittheile. Auf die Zeit der Versetzung kommt es dabei gar nicht an. Wenn ich einen Baum zu versetzen hatte, so betrachtete ich ihn zunächst etwas näher und bestimmte dann erst die Grösse des Ballens, da jene erst nach der Grösse des Baumes selbst und je nach der Eigenthümlichkeit der Art, kurze oder lange Wurzeln zu bilden, festgesetzt werden muss.

8—12 Fuss Durchmesser reichen in der Regel bei den stärksten Bäumen aus. Auch die Tiefe des Ballens hängt von den Umständen ab. Eine gleiche Tiefe reicht meist vollkommen aus, ja sie kann selbst etwas geringer sein. Der Ballen muss viereckig sein und nach unten sich etwas verschmälern. An den Ecken des zum Ballen bestimmten Erdstückes treibe ich starke Pfosten ein und nehme dann die Erde allmählig an den Seiten heraus. Hält der Baum Ballen, so brauche ich an diesem die Erde nur ein wenig anzuschlagen, ist dies aber nicht der Fall, so setze ich alsbald die Bretter in die Fugen der Pfosten ein und drücke sie um so mehr nach unten, als Erde nach unten weggenommen wird.

Ist die Erde an den 4 Seiten in einer ziemlichen Breite weggenommen, so schneide ich unten den Ballen ab und schiebe ein Brett als Boden unter. Hauptsache ist dabei, dass das Brett des Bodens gehörig mit den Seitenwänden und vor Allem mit den Pfosten verbunden, resp. vernagelt wird, so dass beim Transport alles gehörig zusammenhält. Unter dem Boden, indem natürlich der Baum mit dem Ballen etwas gehoben wird, bringe ich einen sehr niedrigen Eisenbahnwagen von gegen 6 Zoll Höhe an, den ich zu gleicher Zeit auf Schienen lege.

Bevor die Herausnahme des Ballens mit dem Kübel geschieht, giesse ich flüssigen, dicken Gyps oben auf. Dieser durchdringt dann in Folge seiner Schwere die ganze Erde, wo leere Räume sind, hauptsächlich zwischen dem eigentlichen Ballen und den Wänden. Man giesst so lange, bis nichts mehr eindringt und die Oberfläche des Bodens einige Zoll hoch damit bedeckt ist. Man kann diese Operation auch machen, bevor der Eisenbahnwagen untergeschoben wird. Schon nach einer Viertelstunde ist der Gyps völlig ausgetrocknet und keine Erschütterung kann die Erde mehr aus ihrer ursprünglichen Lage bringen.

Um den Baum mit dem Kübel herauszubringen, nehme ich auf der einen Seite weitere Erde ab, so dass ich einen schräg-aufsteigenden Weg erhalte, auf dem der Kübel nach oben gebracht wird. Auf sogenannten beweglichen Eisenbahnen, die man auch zu anderen Zwecken benutzen kann, wird er nach der Stelle, wo er eingesetzt werden soll, gebracht. In Ferrières nahm ich zum Transport in der Regel 8 normännische Stiere. Ich habe diese stets Pferden vorgezogen, weil sie ruhiger sind und gleichmässiger ziehen.

Das Loch, worin der Baum eingesenkt werden soll, muss dem entsprechen, wo er herausgenommen war. Auf dem absteigenden Wege brauchen natürlich jetzt keine Schienen gelegt werden. An Ort und Stelle angebracht, hebt man den Kübel etwas und zieht den Wagen vor. Die Wände kann man ruhig wegnehmen, ohne dass man befürchten müsste, der Ballen gehe auseinander; wohl aber lässt man den Boden, der allmählig verfault, darin. Auch der Gyps bleibt, mit Ausnahme der einige Zoll enthaltenden Decke auf der Oberfläche des Ballens. Wie es scheint, übt der Gyps auf die zukünftige Entwickelung des Baumes einen sehr guten Einfluss aus. Das Wurzelvermögen bei dergleichen Bäumen ist ein überraschendes. Nach ungefähr 6 Jahren findet man in der Regel keine Spur von dem Gypse mehr und der Baum hat ein Ansehen, wie man es nicht besser wünschen kann.

Die zur Vertheilung gekommenen Pfropfreiser aus Belgien.

Leider konnte die Vertheilung erst jetzt geschehen, da eine längere Abwesenheit des General-Sekretärs diese nicht früher erlaubte; hoffentlich geschieht sie aber doch nicht zu spät. Die Namen der betreffenden Birnen sind dieses Mal an die Pfropfreiser selbst gebunden, so dass eine Verwechselung nicht leicht geschehen kann. Obwohl bei der Aufforderung, zu der Vertheilung sich zu melden, bestimmt und ausdrücklich gesagt wurde, dass bei den auszusprechenden Wünschen das im vorigen Jahrgange der Wochenschrift abgedruckte Verzeichniss der vom Sekretär der Confédération des sociétés d'horticulture en Belgique, Ferd. Kegeljan, begutachteten Birnen zu Grunde liegen solle, so ist doch hier und da dies nicht geschehen; es sind selbst Sorten verlangt, die gar nicht in dem Verzeichnisse standen. Dadurch ist die Vertheilung sehr erschwert worden. Bei späteren Vertheilungen müssen wir deshalb bitten, genau nach der Vorschrift zu gehen.

Anderntheils thut es uns sehr leid, den Wünschen nicht durchaus entsprochen zu haben. Noch ist der Präsident der genannten Fédération, Rogier in Namur, sehr krank; es konnten demnach von ihm, der ohne Zweifel das grösste und schönste Sortiment von Birnen besitzt und früher schon einmal mit grosser Liberalität Reiser zur Verfügung gestellt hatte, dieses Mal keine bezogen werden. Wollen wir wünschen, dass derselbe bald wieder hergestellt und vielleicht später dann das Fehlende ersetzt werde.

Verlag von Karl Wiegandt in Berlin, Koch-Strasse No. 22.

Druck der C. Feister'schen Buchdruckerei (L. Mewes), Berlin, Zieten-Platz No. 2.

Wochenschrift

des

Vereines zur Beförderung des Gartenbaues in den Königl. Preussischen Staaten

für

Gärtnerei und Pflanzenkunde.

Redakteur:

Professor Dr. Karl Koch,

General-Sekretair des Vereines.

No. 19. Berlin, den 13. Mai **1865.**

Preis des Jahrganges 5⅓ Thlr., sowohl bei Bezug durch den Buchhandel, als auch franco durch alle Post-Anstalten des deutsch-österreichischen Post-Vereines.

Mittwoch, den 24. Mai, Abends 6 Uhr, findet im Palmenhause des botanischen Gartens eine Versammlung des Vereines zur Beförderung des Gartenbaues statt, wozu die geehrten Mitglieder eingeladen werden.

450. Versammlung des Vereines zur Beförderung des Gartenbaues,

am 30. April.

Nach Verlesung des Protokolles fügte der Vorsitzende, Geh. Ober-Regierungsrath Knerk, dem Antrage des Inspektors Bouché, die Frühjahrs-Ausstellung um 8 oder 14 Tage zu verlegen, hinzu, dass der erste Sonntag im April allerdings zwar mehrfache Inkonvenienzen für die Mitglieder habe, dass aber das Osterfest, was ein bewegliches sei, auch Berücksichtigung finden müsse, da dieses doch nicht mit der Frühjahrs-Ausstellung zusammenfallen könne; es sei demnach wohl am besten, dass bei der Berathung des Programmes für eine jede Frühjahrs-Ausstellung erst der Tag festgestellt werde, der wohl der geeignetste dazu sein möchte. Da beigestimmt wurde, ernannte der Vorsitzende für die nächste Frühjahrs-Ausstellung einen Ausschuss und ersuchte denselben, auch gleich diesen Punkt der Feststellung des Tages zu erledigen. Es wurden ernannt:

Apothekenbesitzer Augustin,
Garten-Inspektor Bouché,
Hofgärtner Brasch,
Obergärtner Gaerdt,
Kunst- und Handelsgärtner Hoffmann,
Obergärtner Kraus,
Kunst- und Handelsgärtner Lackner,
Obergärtner Pasewaldt und
Kunst- und Handelsgärtner Priem.

Zugleich ersuchte der Vorsitzende den Apothekenbesitzer Augustin bald möglichst eine Sitzung zusammenzuberufen, damit der Entwurf des Programmes schon in der nächsten Sitzung zur Beschlussnahme vorgelegt werden könne.

Weiter theilte der Vorsitzende mit, dass es wohl wünschenswerth sei, für die nächste Fest-Ausstellung im Juni ein geräumigeres Lokal zur Verfügung zu haben. Er erlaube sich daher noch einen andern Ausschuss zu ernennen, der darüber die nöthigen Vorschläge in der nächsten Sitzung mache und bitte deshalb

den Obergärtner Boese,
den Garten-Inspektor Bouché,
den Hofgärtner Brasch,
den Geh. Ober-Regierungsrath Heyder,
den Professor Koch und
den Kunst- und Handelsgärtner Späth

ebenfalls zu einer Sitzung zusammenzutreten und hierüber Berathungen zu pflegen, damit auch diese Angelegenheit zur Beschlussnahme vorgelegt werden könne.

In der vorletzten Versammlung war der Wunsch von Seiten mehrer Mitglieder geäussert worden, dass die Versammlungen des Vereines während der Sommerzeit von dem Sonntag auf einen Wochentag verlegt und während der Abendzeit abgehalten werden möchten. Abgesehen davon, dass es gewiss für viele Mitglieder bequemer sei, so würde dann auch den Familien, und besonders den Damen, Gelegenheit geboten, den botanischen Garten, wo an und für sich im Sommer die Versammlungen stattfinden, zu besuchen und an den Sitzungen selbst Theil zu nehmen. Man könnte es wenigstens einmal versuchen, welche Theilnahme stattfände, und dann daraus ersehen, in wieweit diese Neuerung festzuhalten sei. Es wurde demnach beschlossen, dass die nächste Versammlung am Mittwoch, den 24. Mai (den Tag vor Himmelfahrt), stattfinden und Abends 6 Uhr im Palmenhause des botanischen Gartens beginnen solle.

Der Geh. Ober-Regierungsrath Heyder sprach sein Bedauern darüber aus, dass er nicht in der Februar-Versammlung des Vereines anwesend gewesen sei, als die Cirkular-Verfügung des Ministers für die landwirthschaftlichen Angelegenheiten wegen Einrichtung von Obst-Muster-Anstalten in Verbindung mit den landwirthschaftlichen Akademien zur Sprache gekommen sei; er würde in der Lage gewesen sein, manche Aufklärungen zu geben, welche wahrscheinlich dazu beigetragen hätten, die an jene Besprechung sich knüpfende, einen Theil des gedruckten Protokolles (S. 76 der Wochenschrift des Vereines) bildende Kritik überflüssig erscheinen zu lassen. Ob es in der That ein Bedürfniss sei, dergleichen Obst-Mustergärten in jeder Provinz des Staates zu errichten, wodurch sehr erhebliche Kosten entstehen müssten, werde abzuwarten sein; für jetzt genügten gewiss 4 solche Anstalten in den Provinzen Preussen, Pommern, Schlesien und Rheinland, in denen die landwirthschaftlichen Akademien belegen sind; allenfalls würde der Redner eine fünfte in der Provinz Sachsen noch für zweckmässig halten. Derselbe wies sodann an der Hand der Cirkular-Verfügung vom 30. November 1864 eingehend nach, dass diese Verfügung allen denjenigen Anforderungen bereits entspreche, welche in der erwähnten Kritik erhoben worden seien, indem sie Alles das anordne, was dort als wünschenswerth und erforderlich bezeichnet sei. Eine Verordnung, dass jedes Dorf dem Schullehrer zum Obst- und Gemüsebau ein Stück Land zur Verfügung zu stellen habe, sei schwerlich vorhanden und habe von ihm nicht ermittelt werden können; wahrscheinlich sei das eine Verwechselung mit den, die Anweisung von Schul-Dotationen bei den ländlichen Gemeinheitstheilungen betreffenden gesetzlichen Bestimmungen. Schliesslich machte der Redner darauf aufmerksam, dass schon seit einer Reihe von Jahren in der Landesbaumschule zu Alt-Geltow bei Potsdam mit Beihülfe des Staates sogenannte Garten-Routiniers (praktische Gärtner für Gehölzzucht, Obst- und Gemüsebau) ausgebildet und alljährlich etwa 4 bis 5 solcher Routiniers dort entlassen würden, welche erfahrungsmässig leicht ein gutes Unterkommen fänden.

Nach Professor Koch wäre wohl nicht leicht eine ministerielle Cirkular-Verfügung so freudig begrüsst worden, als die über den Obstbau. Es wäre demnach wohl ganz natürlich, wenn der Eine oder Andere, der sich für Obstbau interessire, noch Wünsche ausspreche oder auf Einzelheiten, die vielleicht in der Cirkular-Verfügung nicht so ausführlich besprochen seien, grösseren Werth lege. Es seien ihm von vielen Seiten Schreiben zugegangen, welche ohne Ausnahme die Wichtigkeit der Cirkular-Verfügung anerkannt hätten; er selbst habe geglaubt, dass es gut sein möchte, wenn diese Schreiben zum Theil in einer der Versammlungen des Vereines zur weiteren Kenntniss kämen; eine natürliche Folge davon sei aber nun, dass einzelne Stellen der eingelaufenen Schreiben auch in dem Berichte über die Versammlung für die Wochenschrift aufgenommen worden wären. Dass darin eine Kritik der Cirkular-Verfügung liege, müsse er durchaus in Abrede stellen; er habe es im Interesse des Obstbaues und bona fide gethan; im Gegentheil sei es nur der Ausdruck der Freude über das Erscheinen der Cirkular-Verfügung gewesen.

Inspektor Bouché berichtete über die ausgestellten Pflanzen, welche dieses Mal aus 3 verschiedenen Gärten eingeliefert waren. Aus Oschersleben hatte Kunst- und Handelsgärtner Schwanecke eine Anzahl von Stiefmütterchen, zum Theil in abgeschnittenen Blumen, zum Theil in blühenden Pflanzen, eingesendet, welche eine hübsche Auswahl boten und Liebhabern empfohlen werden können. Die Blumen hatten zum Theil eine seltene Vollkommenheit erlangt. Obergärtner Reinecke theilte mit, dass der Besitzer eben 2 Morgen damit bepflanzt und dazu nicht weniger als gegen 190,000 Stück gebraucht habe. Wir wiederholen es, dass Reisende, welche von Berlin oder Magdeburg nach dem Westen auf der Eisenbahn reisen, es nicht versäumen sollten, sich einen kurzen Aufenthalt in Oschersleben zu gönnen und die mit Stiefmütterchen bepflanzten Felder in Augenschein zu nehmen. Zur nähern Kunde diene übrigens, dass das Dutzend der besten Sorten mit 1, das 1. Qualität mit ½ und das 2. Qualität mit ⅓ Thaler verkauft werde.

Aus dem Garten des Kommerzienrathes Reichenheim hatte der Obergärtner Boese ein Aërides Veitchii mit nicht weniger denn 12 Blüthentrauben ausgestellt. Ausserdem verdankte man ihm ein stattliches Exemplar der Calathea picturata, so wie Exemplare der noch neuen Koniferen: Thujopsis laetevirens und Standishii, die beide wegen ihrer Schönheit allgemeinere Verbreitung verdienen. Der Obergärtner Kraus aus dem Garten des Rittergutsbesitzers Mor. Reichenheim hatte ebenfalls Orchideen gebracht. Saccolabium curvifolium verdiente mit seinen beiden safranrothen Blüthentrauben auch als Schaupflanze Beachtung; ausserdem waren Aërides odoratum mit 9, A. Fieldingii hingegen mit 7 Blüthentrauben vorhanden. Auch Aërides virens superba erregte die Aufmerksamkeit der Anwesenden, während Coelogyne Parishii, die erst seit Kurzem in Berlin vorhanden ist, mit ihren pappelgrünen Blüthen an Schönheit den anderen genannten Orchideen weit nachstand.

Inspektor Bouché machte weiter bekannt, dass an Mitglieder des Vereines aus dem Versuchsgarten verschiedene Florblumen, wie Lobelia Erinus grandiflora, verschiedene Sorten von Fuchsien, Heliotropien, Ageratum coelestinum, Viola tricolor maxima, Verbenen und Pentstemon's abzugeben seien. Hierauf Reflektirende werden ersucht, sich bis zu dem 20. d. M. bei demselben zu melden, worauf Ende desselben Monates die Zusendung geschehen wird.

Weiter theilte Professor Koch mit, dass in Folge des Aufrufes des General-Sekretariates und der Bitte zahlreicher Mitglieder um Pfropfreiser guter Birnen, er sich an den Sekretär des Bundes der vereinigten Gartenbau-Vereine Belgiens, Kegeljan in Namur, gewendet und auch eine grosse Sendung von Pfropfreisern erhalten habe. Die Vertheilung sei durch den Kunstgärtner Kühne in Charlottenburg geschehen; es seien aber noch viele Pfropfreiser vorhanden, die noch zu Gebote ständen. Kunst- und Handelsgärtner Späth habe den Rest übernommen und sei bereit, so weit der Vorrath reiche, an diejenigen abzugeben, welche deren haben wollten.

Obergärtner Körner aus dem Soltmann'schen Garten legte den blühenden Zweig eines Pelargoniums vor, was sehr grosse Aehnlichkeit mit dem in Südafrika wildwachsenden, früher häufiger kultivirten Pelargonium tomentosum besass. Er hatte die Pflanze aus Samen, den er von grossblühenden Sorten selbst gewonnen, erhalten. Bekanntlich hat P. tomentosum, wie die meisten in Süd-Afrika einheimischen Arten, sehr kleine Blüthen, wo 2 grösseren obern Blumenblättern 3 kleinere und namentlich schmalere nach unten gegenüberstehen. Nach Professor Koch sind die meisten unserer Garten-Pelargonien Blendlinge, wo man durch die Kultur allmählig grosse oder mehr abgerundete Blumen zu erzielen suchte. Es müsste daher in dem Falle, wo man aus Samen eines grossblühenden Pelargoniums eine echte Art, nämlich das P. tomentosum, erhalten habe, dieses auch zum Theil aus dem ersteren entstanden sein. Es sei dieses eine Erscheinung des plötzlichen Rückganges, welche keineswegs vereinzelt dastehe, sondern hier und da vorkomme. Habe doch auch Decaisne bei seinen bekannten Aussaaten mit Birnen Sämlinge erhalten, welche die grösste Aehnlichkeit mit einer der Urarten unserer Birnen, mit der Pirus sinaica, besassen.

Nach Inspektor Bouché geschähen diese Rückgänge doch in der Regel mehr nach und nach, indem man bei wiederholten Aussaaten die Pflanzen sich selbst überlasse. Es möchte interessant sein, zu erfahren, ob sich unter den übrigen Sämlingen noch andere Mittel- und Uebergangsformen befänden. Bekanntlich seien alle die jetzt als Zierpflanzen kultivirten Pelargonien durch gegenseitige Befruchtung der am Kap heimischen kleinblüthigen Arten, z. B. P. betulinum, capitatum, quercifolium, acerifolium, sidaefolium u. dgl. m., entstanden und allmählig durch Befruchtung der daraus entstandenen Bastarde und Varietäten mehr und mehr vervollkommnet worden. Bei den ersten auf diese Weise gezogenen Bastarden, z. B. P. macranthum, eximium, augustum, Daveyanum u. s. w., liessen sich die oben genannten Urspezies im Habitus und in der Blumenform sehr leicht erkennen, während es jetzt unmöglich sei, an unseren Zier-Pelargonien die Abstammung noch zu enträthseln. In Frankreich und England bemühe man sich, neue Blumenformen bei den Pelargonien zu erziehen und mache deshalb mit vielen kleinblüthigen Arten, wie man sie nur noch in botanischen Gärten finde, Kreuzungs-Versuche. Von Paris namentlich sei er selbst vielfach ersucht, von der grossen Anzahl kapischer Arten, die hier im botanischen Garten kultivirt werden, die interessanteren einzusenden. Man habe sich an den jetzigen Blumenformen satt gesehen und wünsche deshalb durch diese neue Richtungen zu erziehen. Gern sei er den ihm ausgesprochenen Wunsche nachgekommen und werde seinerseits, wenn ihm Mittheilungen darüber zugegangen sein werden, diese auch zur Kenntniss der Mitglieder bringen. Professor Koch fügte diesem hinzu, dass ebenfalls bereits in dem vorigen Jahrgange der Wochenschrift darüber berichtet sei (Seite 284), wo von Seiten des Londoner Gartenbau-Vereines die Angelegenheit in's Auge gefasst worden.

Professor Koch theilte den Brief eines Gärtners mit, der eine grosse Ananaszucht habe und dem plötzlich die meisten Pflanzen erkrankt seien. Bis Mitte März standen die Ananaspflanzen sehr gesund und üppig, mit der genannten Zeit fingen jedoch in dem einen Hause mehr, als in dem andern, die Blätter vieler Exemplare gelb zu werden an. Bei näherer Untersuchung zeigten sich an deren Basis faule Flecken, so dass an einzelnen Exemplaren 10 bis 15 Blätter abgeschnitten, andere dagegen weggeworfen werden mussten. In ihrer Pflege hatten die Pflanzen keine Aenderung erlitten; es hatte in den Häusern nie geraucht und während des Gelbwerdens der Blätter befanden sich auch die Wurzeln scheinbar in gutem Zustande.

Nach Inspektor Bouché liesse sich da, wo man

keine Einsicht von dem Zustande der Pflanzen habe, kein Urtheil geben; es müsste deshalb zunächst der betreffende Gärtner ersucht werden, eine kranke Pflanze einzusenden. Wahrscheinlich liege doch eine Erkältung der Pflanzen vor; man würde es gewiss bei genauer Untersuchung der Wurzelspitzen gefunden haben, sobald die Pflanzen ihr frisches Ansehen nicht mehr gehabt und eine mehr oder weniger bräunliche Farbe gezeigt hätten. Obergärtner Gaerdt war anderer Meinung. Bei einer Erkältung müssten alle Pflanzen gleich ergriffen worden sein. Wahrscheinlicher sei es ihm, dass die Anwendung eines zu scharfen Düngers zu Grunde gelegen. Da dieser nicht allenthalben in gleicher Intensität angewendet worden sei, werde die ungleichmässige Erkrankung einigermassen erklärt. Kräftigere Pflanzen widerständen auch leichter, als schwächere. Es wurde aber auch hier eingewendet, dass dann die nachtheilige Wirkung sich nicht erst den März, sondern früher gezeigt haben würde, da die Anwendung des Düngers doch schon im Herbste geschehen sei. Allerdings, fügte Inspektor Bouché hinzu, läge bei den neuerdings häufiger sich zeigenden Pflanzen-Krankheiten oft die Anwendung zu vieler Reizmittel und ganz besonders des Guano zu Grunde; er warne — so sehr die künstlichen Düngmittel auch sonst Beachtung verdienten — vor ihrem zu häufigen und intensiven Gebrauche. Er habe die Ueberzeugung, dass die jetzt so oft gehörten Klagen über Erkrankung der Orangenbäume meistens in der übermässigen Anwendung von Guano und anderen Reizmitteln ihren Grund hätten.

Der Vorsitzende, Geh. Ober-Regierungsrath Knerk, forderte diejenigen Mitglieder auf, welche die internationale Ausstellung in Amsterdam besucht hätten, Mittheilungen zu machen. In Folge dessen legte Professor Koch eine Ansicht des Industrie-Palastes und einen Plan des Ausstellungs-Lokales vor und gab in Kurzem sein Urtheil ab. Hierauf berichteten der Reihe nach: der Geh. Ober-Regierungsrath Heyder, Inspektor Bouché, Obergärtner Gaerdt und der Vorsitzende selbst. Im Allgemeinen sprach man sich dahin aus, dass die Ausstellung eine grossartige gewesen, wozu freilich das wunderschöne Lokal sehr viel beigetragen habe, und dass namentlich einzelne Gegenstände in einer Vollkommenheit vorhanden waren, wie man sie früher wohl nicht gesehen hätte. Agaveen fand man, wohl hauptsächlich in Folge des besonderen Aufrufes, am reichlichsten und zum Theil in wunderschönen grossen Exemplaren; dass es an Hyazinthen, Tulpen, Narzissen, Amaryllis u. s. w. nicht fehlte, kann man sich denken. Holland behauptet noch fortwährend in dieser Hinsicht seinen bewährten Ruf. Proteaceen, die leider immer seltener werden, waren in mehrern Sammlungen reichlich vertreten; darunter befanden sich sehr seltene Arten in schönen Exemplaren, wie man sie vergebens jetzt sucht. Vor Allem war ein Reichthum von Bouquets vorhanden. Erfurt rivalisirte hierin mit Paris und hat gewiss nicht den Kürzeren gezogen. So unbedeutend es Vielen scheinen mag, wenn auch Veilchen als besonders beachtungswerth genannt wurden, so verdienten doch einige Sammlungen wegen der Schönheit und Kulturvollkommenheit der einzelnen Exemplare Bewunderung. Die Rosengruppen standen zwar an Zahl der Exemplare denen, welche vor einigen Jahren in Mainz ausgestellt waren, nach, aber verdienten gewiss in der Kulturvollkommenheit der einzelnen Pflanzen den Vorzug. Auch die Ilex-Gruppen waren ausgezeichnet.

Da in den nächsten Nummern der Wochenschrift ein spezieller Bericht der Ausstellung gegeben wird und die Berichte Derer, die eben gesprochen, dabei benutzt werden sollen, so enthalten wir uns hier alles Weiteren und Spezielleren.

Professor Koch erlaubte sich schliesslich noch einige Worte über den Kongress der Botaniker und Gärtner, der zu gleicher Zeit mit der Ausstellung stattfand, zu sagen. Derselbe war sehr besucht; es hatten sich unter Anderem die meisten Direktoren der botanischen Gärten Deutschlands eingefunden, so dass die reine Botanik, sowie nicht weniger die praktische Gärtnerei, durch Männer, die auch ausserhalb ihres nächsten Wirkungskreises bekannt sind, sehr vertreten war.

Oudemans, Professor der Botanik in Amsterdam, eröffnete den Kongress. Es wurden für die Berathungen, je nachdem die angekündigten Themata rein wissenschaftlicher oder mehr praktischer Natur waren, 2 Sektionen gebildet. In die erstere wählte man Fée aus Strasburg zum Präsidenten und Fenzl aus Wien zum ersten Vice-Präsidenten, während für die andere K. Koch aus Berlin als Präsident und de Cannart d'Hamale aus Mecheln als erster Vice-Präsident aus der Wahlurne hervorgingen.

Wir nennen hier noch eine Reihe von Männern, deren Namen in weiteren Kreisen bekannt sind, und zwar: Fenzl aus Wien, Göppert und Cohn aus Breslau, Karsten aus Berlin, Münter aus Greifswald, Grisebach aus Göttingen, Hoffmann aus Giessen, Regel aus Petersburg, Anderson aus Stockholm, Meisner aus Basel, Passerini aus Parma, Fée aus Strasburg, Lecocq aus Clermont-Ferrand, Barral und Hérincq aus Paris, Baltet aus Troyes, Graf Lambertin aus Chaltrait, Th. Moore, Standish, R. Warner und Veitch aus London, Morren aus Lüttich, Linden aus Brüssel, Verschaffelt a. Gent, de Beucker a. Antwerpen.

Allerlei
aus der Gärtnerei und Pflanzenkunde.
III.

Bereits ist in Amsterdam von Seiten der Londoner Gartenbau-Gesellschaft die Mittheilung gemacht, dass im nächsten Jahre eine internationale, mit einem Kongresse von Botanikern und Gärtnern verbundene Ausstellung von Pflanzen, Blumen und allen mit der Gärtnerei in Verbindung stehenden Gegenständen stattfinden wird; es ist selbst bereits durch den Abgeordneten genannter Gesellschaft die förmliche Einladung erfolgt. Wenn schon überhaupt die Londoner Gartenbau-Gesellschaft grosse Verdienste um die gesammte Gärtnerei und vor Allem um die Einführung neuer Pflanzen und um Verschönerung der Gärten sich erworben hat, so sind ihre Anstrengungen seit der Uebersiedelung ihres Hauptsitzes von Chiswick nach South-Kensington von einer Bedeutung gewesen, die schon jetzt die Folgen erkennen lässt.

Es gab eine Zeit, wo die Gärtnerei in London durch eine Reihe grosser und wissenschaftlich gebildeter Männer vertreten war; der Londoner Gartenbau-Verein selbst war der Sammelpunkt, wo diese zusammenkamen und sich gegenseitige Mittheilungen machten. Man lese nur die 8 Bände ihrer Verhandlungen (Transactions) durch und man wird die Namen jener Männer und das, was sie zur allgemeinen Kenntniss gebracht, finden. Viererlei war es aber ganz besonders, wie Bateman in der Sizzung vom 14. Februar besonders hervorhob, was den Chiswicker Garten, in dem die Versammlungen stattfanden und wo jene Männer ihre Ideen zur Ausführung brachten, damals auszeichnete: der Chiswicker Garten war ein Versuchsgarten im eigentlichen Sinne des Wortes, aus dem eine Reihe glücklicher Erfolge hervorgingen. Er war ferner der Ausgangspunkt für neue Pflanzen. Die Gartenbau-Gesellschaft selbst unterhielt mit grossen Opfern Reisende in fremden Ländern, suchte aber auch sonst Pflanzen von irgend einer Bedeutung, welche nach Europa kamen, im Interesse der Gärtnerei zu gewinnen nnd auch zu verbreiten. Der Garten in Chiswick war auch im Besitze einer Gehölzsammlung, wie in der Weise keine zweite existirte. Welchen Einfluss schöne Bäume und Ziersträucher auf den heutigen eleganten Gartengeschmack gehabt haben, ist bekannt. Man sieht noch jetzt in Chiswick prächtige Exemplare von den seltensten Arten. Endlich und nicht minder inhaltsschwer ist es, dass grade in Chiswick jene grossen Ausstellungen stattfanden, welche sich weit hin über die Grenzen der vereinigten 3 Königreiche eines grossen Rufes erfreuten.

Die Zeiten sind aber anders geworden. Liebe zu Pflanzen und Blumen sind jetzt weit mehr Gemeingut Aller geworden; man versucht allenthalben seine nächste Umgebung auszuschmücken und zu verschönern. Und grade dem gemeinen Manne, der so Manches entbehrt, muss man diese Wohlthat theilhaftig werden lassen. In dem grossen London, sowie in andern volkreichen Fabrikstädten Grossbritanniens, wo der Werth des Grund und Bodens sehr bedeutend ist, leben Millionen von Menschen, denen nur die Räume vor dem Fenster und die Zimmer zu ihrer Blumenzucht angewiesen sind. Es ist in diesen Blättern schon früher darüber gesprochen. Die Gartenbau-Gesellschaft in London hat sich deshalb in neuester Zeit die Beförderung dieser Art Blumenzucht hauptsächlich zur Aufgabe gesetzt; wir haben den Brief ihres Vicepräsidenten, des berühmten Jos. Paxton, bereits früher mitgetheilt.

Aber auch auf die Ausstellungen selbst hat Paxton sein Augenmerk geworfen; er hält es für gut, dass sie Einrichtungen erhalten, welche den neueren Anforderungen einestheils entsprechen, anderntheils aber zur Verallgemeinerung der Liebe zu Pflanzen und Blumen noch mehr beitragen. Der Ausschuss der Gartenbau-Gesellschaft (Council), der dem Vorstande mit Rath und That zur Seite steht, hatte die Ansichten Paxton's acceptirt und brachte sie in der Versammlung vom 14. Februar zur Sprache. Wie alles Neuere seine Widersacher hat, so hier auch dieses. Es hatten bereits schon vorher eine Anzahl tüchtiger Gärtner, unter denen wir die Namen Turner, Veitch und Lee nennen wollen, sich dagegen erklärt. Um mit mehr Nachdruck gegen die Neuerungen bei den Ausstellungen zu wirken, verbanden sich die Unzufriedenen selbst zu einer besonderen Gesellschaft der Aussteller (exhibitor's society), um ihre Interessen besonders gegen den Ausschuss und gegen dessen Neuerungen zu vertreten. Sie erklärten in corpore, sich nicht mehr bei den Ausstellungen betheiligen zu wollen, so lange diese Neuerungen nicht wieder zurückgenommen würden.

Diese Neuerungen bestanden hauptsächlich darin, dass an den meisten Sonnabenden eine Ausstellung, wobei auf bestimmte Blumen und Pflanzen besondere Rücksicht genommen werden solle, stattfindet. Zu gleicher Zeit sollte eine offizielle Besichtigung des Gartens und der in ihm liegenden Gewächshäuser vorgenommen werden. Von Zeit zu Zeit wollte man endlich entsprechende Vorträge damit verbinden. Nach unserer Ansicht ist grade diese Neuerung lehrreich und zeitgemäss. Die Florblumen und Blüthensträucher haben ihre bestimmte Florzeit. Wenn daher grade bei diesen Sonnabends stattfindenden Ausstellungen darauf Rücksicht genommen wird, so liegt auch zugleich mehr Gelegenheit vor, ihnen eine besondere Aufmerksamkeit zuzuwenden.

Wir erlauben uns daher, diese Neuerung vor Allem auch den Gartenbau-Gesellschaften des Kontinentes zu empfehlen, und haben wohl da, wo sie ausführbar ist, nicht auf gleichen Widerstand zu stossen. Aus dieser Ursache theilen wir die Namen der Pflanzen und Blumen mit, welche für die verschiedenen Sonnabende bevorzugt werden sollen. Was die bereits verflossenen Sonnabende anbelangt, so waren für den 4. Februar die Crocus, für den 11. die Begonien, für den 18. die Haiden, für den 25. die Narzissen, für den 4. März die Epakris, Tulpen und wiederum die Crocus, für den 11. Dicentra (nicht Dielytra, welche irrige Schreibart in der That bei dem Engländer zur zweiten Natur geworden zu sein scheint), Polyanthes und Scilla, für den 25. Kamellien, Akazien und Anemonen, für den 1. April Cytisus, Aurikeln und Maiblumen, für den 15. Wandelblumen (Cineraria), Deutzien und Primeln, für den 22. Amaryllis, Daphne und gefüllte Pfirsiche, für den 29. Tausendschönchen (Bellis perennis fl. pl.), Hortensien und Lack, für den 6. Mai Azaleen, Diosmeen und Alpenrosen bestimmt.

Von nun an werden bei den Ausstellungen an verschiedenen Sonnabenden bevorzugt: Pantoffelblume (Calceolaria), Gauklerblume (Mimulus) und Stiefmütterchen für den 20. Mai, Disa, Jasmin und Päonie für den 27. Mai, alle Arten Nelken, Petunien und Phlox fur den 5. August, Aphelexis, Hahnenkamm, Pentstemon und Verbene für den 12., Achimenes, Löwenmaul (Antirrhinum), Erythrina, Gladiolus und Gloxinie für den 19., Aster, Glockenblume, Kalosanthes, Fuchsie und Gesnere für den 26. August, Ixora, Lapageria, Lobelie und Dionaee für den 2. September, Caladien, Malven, Schlauchpflanzen (Nepenthes) und Theepflanzen für den 9., Rose, Vallota und Zinnie für den 16., Blumenrohr, Georgine und Heliotrop für den 23., Anthurium, Bougainvillea und Bouvardia für den 30., Aphelandra, Sedum und Dieffenbachie für den 7. Oktober, Selaginellen und Solanum für den 14., Alokasien und Eranthemum für den 21., Croton und wiederum Begonien für den 28., Chrysanthemum und Poinsettien für den 4. November, Dracänen für den 11., Palmen für den 28., Bromelien für den 2. Dezember, Cactus für den 9., Euphorbien für den 23., und Farne, sowie Yukken, für den 30. Dezember.

Ausser den Modificirungen der Ausstellungen hatte man schon längere Zeit das Bedürfniss eines engeren Aneinanderschliessens aller englischen Gartenbau-Gesellschaften gefühlt. Die Londoner Gartenbau-Gesellschaft hat jetzt die Bedingungen bekannt gemacht, unter denen der Anschluss geschehen kann, sowie die Vortheile, welche den Gartenbau-Gesellschaften ausserhalb der Metropole, wenn sie sich näher anschliessen wollen, daraus erwachsen. Es sind beides dieselben, welche auch den Gartenbau-Gesellschaften in Preussen und in Deutschland von Seiten des Vereines zur Beförderung des Gartenbaues in Berlin geboten werden.

Endlich ist wichtig, dass die Londoner Gartenbau-Gesellschaft zwar auch ferner noch der praktischen Gärtnerei hauptsächlich ihr Augenmerk zuwendet, dass sie aber auch die Nothwendigkeit einer wissenschaftlichen Grundlage gefühlt hat. In der Landwirthschaft, wie in der Industrie, hat man längst für deren Entwickelung die Bedeutung der Wissenschaft erkannt; sollte sie diese nicht auch für die Gärtnerei haben? Bei uns in Deutschland wusste man dieses schon längst; der Verein zur Beförderung des Gartenbaues in Berlin darf sich wohl seiner Wissenschaftlichkeit rühmen, die sich in seinen mannigfachen Verhandlungen und vor Allem in seinem Organe, der Wochenschrift für Gärtnerei und Pflanzenkunde, seit Jahren schon ausgesprochen hat und noch fortwährend ausspricht.

Man hat auch einen Mann gewonnen, der sich in der botanischen Welt bereits einen bedeutenden Ruf erworben und in den Sphären der niederen Pflanzenwelt, besonders der Organismen, welche auf die höheren Gewächse einen nachtheiligen Einfluss ausüben, wichtige Entdeckungen zu Tage gefördert. Es ist dieses J. Berkeley. Dieser Gelehrte wird eine Zeitschrift unter den Auspicien der Londoner Gartenbau-Gesellschaft herausgeben und als Mann der Wissenschaft dem Vorstande und dem Ausschusse zur Seite stehen.

Weiter sucht die Gesellschaft in London sich mit den hervorragendsten Botanikern des In- und Auslandes in Verbindung zu setzen. Zu diesem Zwecke hat sie in der Sitzung vom 14. Februar eine Anzahl von Botanikern zu ihren Ehren-Mitgliedern ernannt. Es sind dieses zunächst in dem vereinigten Königreiche: Balfour, Professor an der Universität in Edinburgh, J. Berkeley in Wandsford (Northamptonshire), Darwin in Bromley (Kent), Harvey, Professor in Dublin, Jos. Hooker, Adjunkt des Direktors des botanischen Gartens in Kew, Dr. Moore in Dublin. Aus Frankreich sind zu Ehren-Mitgliedern ernannt: Decaisne, Vice-Präsident der Akademie der Wissenschaften in Paris, Dr. Naudin in Paris und Planchon, Professor in Montpeillier; aus Deutschland: v. Martius, Professor in München, Karl Koch, Professor in Berlin, Reichenbach, Professor in Hamburg und der nun verstorbene Direktor Schott in Schönbrunn bei Wien; aus den Niederlanden: der japanische Reisende v. Siebold in Leiden; aus der Schweiz: A. de Candolle, Professor in Genf; aus Italien: Parlatore, Professor in Florenz, und endlich aus Russland: Regel, Direktor des botanischen Gartens in Petersburg.

Die Gartenbau-Gesellschaft der Rhone in Lyon hat eine Preis-Aufgabe gestellt, auf die wir wegen ihrer Wichtigkeit aufmerksam zu machen uns erlauben: Dünger und Komposte in ihrer speziellen Anwendung bei verschiedenen Gruppen von Pflanzen. Bei Gelegenheit dieser Preis-Aufgabe verlangt die Gesellschaft einfache, kurze und praktische Bemerkungen über die Natur des Bodens und die Mittel, diesen zu klassifiziren; dann wünscht sie Beobachtungen und Thatsachen zu erfahren, welche dem Gärtner bei der Anwendung des Düngers und der Komposte als Richtschnur dienen können, und zwar sowohl bei speziellen Kulturen, als auch bei bestimmten Bodenarten. Der Preis beträgt 300 Franks. Die betreffenden Abhandlungen müssen vor dem 31. Dezember an den Sekretär der Gesellschaft, Cusin (Palais des arts), eingesendet werden. Die Namen der Verfasser sind in besonderen versiegelten Couverts beizufügen.

Obwohl mehr den Landwirth, als den Gärtner interessirend, so möchte doch auch für diesen die Preis-Aufgabe wichtig sein, welche der landwirthschaftliche Central-Verein des Departements Pas-de-Calais gestellt hat. Es existiren bekanntlich Insekten, besonders im Larven-Zustande, welche den zur Zuckerfabrikation bestimmten Runkelrüben sehr grossen Schaden zufügen. Genannter Verein hat nun eine goldene Medaille im Werthe von 100 Fr. für die beste Abhandlung über diesen Gegenstand ausgesetzt. Diese Abhandlung ist vor dem 15. August an den Baron d'Herlincourt in Eterpigny, an den Grafen d'Herlincourt zu Souchez oder an Godin, Archivar des Departements in Arras, einzusenden.

Wir haben bereits mehrmals von Ausstellungen grösserer Ausdehnung gesprochen; man könnte selbst in diesem Jahre den ganzen Frühling und Sommer damit zubringen, von einer Ausstellung zur andern zu reisen. Von Amsterdam sind Theilnehmer nach Wien gegangen, um von da nach Nizza zu reisen. Dann folgt, wie wir mitgetheilt haben, eine grosse Ausstellung in Dublin. In Deutschland wird die Ausstellung in Stettin in diesen Tagen eröffnet und Anfang Juni kann man der in Köln beiwohnen. Eben geht uns wiederum die Anzeige zu, dass am 13. August eine internationale Ausstellung der belgischen Garten- und Landbau-Gesellschaft in Huy eröffnet und den 20. geschlossen werden wird. Aus dem uns vorliegenden Programme ersieht man, dass man neben Pflanzen auch hauptsächlich Gemüse und weniger Obst mit Preisen bedacht hat.

Wir haben schon früher mitgetheilt, dass uns einer der Obergärtner in den Baumschulen von Leroy in Angers, Bapt. Desportes, eine Abhandlung über die Ausfuhr von Garten-Produkten aus Angers übergeben hat. Ihres interessanten Inhaltes halber kommen wir heute auf sie zurück und erwähnen zuvor nur noch, dass wir über die Baumschulen Leroy's und zum Theil über deren Ausfuhr bereits speziell gesprochen haben (s. vorigen Jahrg. der Wochenschr. S. 289). Im Herbste und Winter $18^{60}/_{61}$ sind allein aus Angers an Gehölzen 1,500,000 Kilogr., von denen bekanntlich 50 einen Zollzentner bilden, mit der Eisenbahn abgesendet worden. Nimmt man an, dass auf andere Weise, zu Schiffe, auf Wegen u. s. w. nur ein Drittel der genannten Masse ausgeführt ist, so kommt die nicht unbeträchtliche Summe von 2 Millionen Kilogramm, also von 40,000 Zentnern, heraus.

Weit grösser ist die Ausfuhr von Obst, und vor Allem von Aepfeln und Birnen, da diese von Angers aus allein nach Paris über 2 Mill. Kilogr. beträgt; im Ganzen exportirt das Departement, wo Angers Hauptstadt ist, nicht weniger als 5 Mill. Kilogramm (100,000 Zentner). Welche Einnahme hat nur die Eisenbahn von Angers nach Paris, zumal wenn man bedenkt, dass von den leichtvergänglichen Birnen gegen 150,000 Kilogr. mit Eilfracht gehen? Die Monate, wo am meisten Obst nach Paris geführt wird, sind der August, Oktober und November. In diesem zuletzt genannten Monate wird sehr oft an einem einzigen Tage 35 bis 40,000 Kilogr. auf die Eisenbahn gebracht, während für die beiden anderen Monate der tägliche Durchschnitt nur 10,000 Kilogr. beträgt.

Im Durchschnitt wird das Kilogramm (2 Pfund) Birnen mit 30 Cent. (nicht ganz $2\frac{1}{2}$ Sgr.) bezahlt, was, da ohngefähr eine halbe Million nach Paris und ebenso viel auf anderen Eisenbahnen exportirt wird, eine Einnahme von nahe einer halben Million Franks gibt; allein für Birnen! Eine fast gleiche Summe stellt sich für die im Durchschnitt wohlfeileren Aepfel heraus. Von diesen werden viele noch weiter und zwar über Havre nach England und Russland ausgeführt.

Seit einigen Jahren hat man angefangen, auch Kirschen und Erdbeeren, sowie endlich Aprikosen, auf den Pariser Markt zu bringen. Von den Kirschen werden jährlich durchschnittlich gegen 80,000, von den Erdbeeren gegen 65,000 Kilogramm ausgeführt. Die ersteren werden im Durchschnitt das Kilogramm mit 30, die Erdbeeren mit 41 Centimes verkauft, was den Züchtern eine Einnahme von 50,000 Franks ergibt.

Nächst dem Obste hat auch die Ausfuhr von mancherlei Gemüse für Angers eine Bedeutung. Es gilt dieses besonders vom Blumenkohl, von dem durchschnittlich fast 800,000 Kilogr. nach Paris verführt werden. Im Monat April wird bisweilen an einem einzigen Tage 30- und selbst 40,000 Kilogramm Blumenkohl auf die Eisenbahn gebracht. Da der grösste Theil mit Eilfracht geht, so kann man denken, dass auch die Eisenbahn-Direktionen zwischen Angers und Paris dadurch eine nicht geringe Einnahme erhalten, die selbst drei Viertel derer, welche die Blumenkohlzüchter haben, beträgt. Im Durchschnitt bezahlt man nach den verschiedenen Zeiten das Dutzend Blumenkohlstauden mit 1½ bis 3 Franks, was zusammen eine Summe von über 100,000 Franks ergibt.

Von jungen Erbsen gehen durchschnittlich in ihren Hülsen 120,000 Kilogr. nach Paris, von denen die Züchter eine Einnahme von 24,000, die betreffenden Eisenbahn-Gesellschaften hingegen 12,000 Franks haben. Ebenso hat man angefangen, junge Bohnen nach Paris zu verladen. Doch ist dieser Artikel noch unbedeutend und beträgt das Jahr nur gegen 25,000 Kilogr. Im Durchschnitt erübrigen die Züchter dafür noch nicht 9,000 Franks.

Artischokken sind eine Lieblingsspeise der Franzosen. Wenn nun auch dieses Gemüse in grossen Massen bei Angers gebaut wird und auf den Markt kommt, so wird es doch wegen seines schweren Gewichtes kaum auf den Eisenbahnen ausgeführt. Mit Eilfracht lohnt es nicht und bei der gewöhnlichen Fracht bedarf man bis Paris 6 Tage, also einen Zeitraum, wo die Artischokken nicht mehr frisch ankommen können. Um desto grösser ist der Verbrauch aber in den kleineren Orten der nächsten Umgebungen.

Schliesslich kommen wir zu einer Erwerbsquelle der armen Leute des Departements, welche eine jährliche Einnahme von gegen 70,000 Franks verschafft. Diese Erwerbsquelle kannte man vor der Erbauung der Eisenbahnen in Anjou noch nicht. Sie besteht aus einer kleinen, Pflanze, die auch bei uns allenthalben wild wächst und von der bei uns Wenige wissen, wie gern die jungen Blätter dieser Pflanze in Paris, aber auch sonst in Frankreich, besonders als Salat, gegessen werden. Es ist dieses der Löwenzahn (Taraxacum officinale), Pissenlit der Franzosen. Seit mehrern Jahren hat man auch angefangen, ihn zu kultiviren und dadurch eine weit wohlschmeckendere Speise zu erhalten.

Gegen das Ende des Winters und im Anfange des Frühlings sieht man eine Menge armer Frauen auf den Wiesen, Triften, an Rändern u. s. w., besonders in den Niederungen der Loire, um die zarten Blätter des Löwenzahns zu pflücken. Vom frühen Morgen an und so lange das Tageslicht es ihnen erlaubt, sammeln sie und bringen täglich bei einigem Fleisse so viel zusammen, dass ihnen dadurch eine Einnahme von 2 bis 3 Franks wird. Zu Hause angekommen, müssen die mühselig gesammelten Blätter von Neuem einer Arbeit unterworfen werden. Noch schwächere Frauen, die es nicht vertragen, die Blätter selbst zu sammeln, und Kinder übernehmen das Geschäft des Sortirens und der Waare mehr Ansehen zu geben. Man theilt den Löwenzahn zunächst in grünen und weissen, welcher letztere ohngefähr ⅛ der gesammelten Menge ausmacht und höher bezahlt wird. Während der erstere das Kilogramm 20 Centimes kostet, so erhält man für den letzteren dagegen 45.

Nach den genaueren Erkundigungen Desportes' wird aus 4 Dörfern in Anjou jährlich 300,000 Kilogramm (also 6000 Zentner) Löwenzahn allein nach Paris verladen und damit, wie gesagt, für die Sammler die bedeutende Einnahme von 70,000 Fr. erzielt. Wenn man bedenkt, dass allein 4 von Paris so entfernte Dörfer eine schon so bedeutende Summe von einem bei uns so wenig geachtetem Kraute beziehen, so kann man ohngefähr daraus schliessen, um wie viel mehr die in der Nähe von Paris wohnenden Armen damit sich verdienen können und welche grossen Massen in der Residenz des Kaisers gegessen werden mögen.

Da gewiss wenige der Leser wissen, was man in Paris mit diesem Löwenzahn anfängt, so theilen wir Näheres darüber mit. Der grüne Löwenzahn wird nämlich als Spinat verspeist, während der weisse den beliebten Salat gibt, der in der französischen Metropole den Namen Barbe de Capucin führt.

Verlag von Karl Wiegandt in Berlin, Koch-Strasse No. 22.

Druck der C. Feister'schen Buchdruckerei (L. Mewes), Berlin, Zieten-Platz No. 2.

Wochenschrift

des

Vereines zur Beförderung des Gartenbaues in den Königl. Preussischen Staaten

für

Gärtnerei und Pflanzenkunde.

Redakteur:

Professor Dr. Karl Koch,

General-Sekretair des Vereines.

No. 20. Berlin, den 20. Mai **1865.**

Preis des Jahrganges 5½ Thlr., sowohl bei Bezug durch den Buchhandel, als auch franco durch alle Post-Anstalten des deutsch-österreichischen Post-Vereines.

Mittwoch, den 24. Mai, Abends 6 Uhr, findet im Palmenhause des botanischen Gartens eine Versammlung des Vereines zur Beförderung des Gartenbaues statt, wozu die geehrten Mitglieder eingeladen werden.

Die

internationale Ausstellung

von Pflanzen, Blumen und damit in Verbindung stehenden Gegenständen in Amsterdam,

vom 7. bis 12. April 1865.

Ein Jahrhundert ist verflossen, wo die Niederländer sich in Europa rühmen durften, das Volk zu sein, was am meisten Pflanzen und Blumen nicht allein mit besonderer Liebe pflegte, sondern auch aus fremden Ländern einführte und zum Gemeingut unserer Gärten machte. Unser grösster Botaniker, Linné, erhielt seine Ausbildung hauptsächlich in Holland; dort schrieb er den Hortus Cliffortianus, ein Werk, was seinen Ruhm rasch über ganz Europa verbreitete. 8 andere Werke, von grösserer oder geringerer Bedeutung, unter ihnen die Genera plantarum, wurden ausserdem in dem kurzen Raum von 2 Jahren, wo er in Hartecamp ohnweit Haarlem bei Georg Cliffort lebte, von ihm herausgegeben. Noch befindet sich im botanischen Garten in Leiden ein riesiges Exemplar der Lonicera alpigena, was Linné selbst gepflanzt haben soll.

In der zweiten Hälfte des 17. und fast im ganzen 18. Jahrhunderte bis zu der grossen französischen Revolution blühten die Gärtnerei nicht weniger, als die wissenschaftliche Pflanzenkunde, in Holland; eine Reihe grosser Männer förderten beide; ihre Namen haben noch heut' zu Tage einen guten Klang. Wir nennen aus ihrer Zahl Paul Hermann, Boerhave, Joh. und Casp. Commelyn, Royen und Burmann. Ein Danziger Kaufmann, Jak. Breyn, ein grosser Pflanzen-Liebhaber und selbst Pflanzenkenner, machte bereits in der zweiten Hälfte des 17. Jahrhundertes eine Reise nach Holland, nur um dessen Pflanzenschätze kennen zu lernen; Centurien ausländischer Pflanzen, welche er herausgab, geben Kunde von den damaligen Zuständen der Gärtnerei in Holland.

Es ist zu bedauern, dass die grossen Verdienste, welche anderthalb Jahrhunderte lang Holland um Gärtnerei und Pflanzenkunde gehabt hat, keineswegs in der Weise bekannt sind, wie es wünschenswerth wäre. Man denkt in der Regel, wenn man von Holland spricht, nur an die Tulpen- und Hyazinthenzucht. So grosse Bedeutung diese aber gehabt haben mögen und gewiss auch noch haben, so hätte es gewiss für die botanische Wissenschaft und für die Gärtnerei noch ein weit grösseres Interesse, wenn Jemand sich der Mühe unterziehen wollte, zunächst nur alles zusammenzustellen, was in der näher bezeichneten Zeit in Holland geschehen ist. Jetzt wäre es vielleicht noch Zeit, wo Ueberlieferungen vorhanden sind und reichliches Material sowohl in den einzelnen Archiven von Städten u. s. w., aber auch in Familien, gefunden werden möchte.

Holland fühlte es selbst, nachdem es von benachbarten Ländern in Betreff der Gärtnerei zum Theil eingeholt, zum Theil selbst überflügelt war, dass es Zeit sei, sich weniger abzuschliessen, wie es in den letzten Jahrzehenden geschehen, als vielmehr den Bestrebungen der Neuzeit zu folgen. Zweierlei war es aber immer noch, worin Holland fortwährend sich eines Rufes erfreut hatte: Blumenzwiebelbau und die Anzucht von Obstgehölzen; beide sind heut' zu Tage noch daselbst von Bedeutung. In allen übrigen Zweigen der Gärtnerei bedurfte es aber eines frischen Impulses.

Als daher im vorigen Frühjahre in Brüssel eine mit einem botanisch-gärtnerischen Kongresse verbundene Pflanzen-Ausstellung in's Leben gerufen wurde und man die Anregung erkannte, welche beide auf Gärtner und Liebhaber ausgeübt hatte, so traten auch alsbald Männer in Holland zusammen, welche eine gleiche Ausstellung und einen gleichen Kongress für Amsterdam in Anregung und schliesslich zur Ausführung brachten.

Diese Ausstellung fand vom 7. bis 12. April in dem neuen Industriepalaste statt. Dieser befindet sich in der Nähe des Bahnhofes der rheinischen Eisenbahn am Ausgange der Utrechter Strasse im Osten der Stadt. Schon lange hatte man in Amsterdam das Bedürfniss gefühlt, gleich anderen Städten ein Gebäude zu besitzen, was hauptsächlich zu Ausstellungen, aber auch zu geselligen Zwecken benutzt werden könnte. Schon am ersten Tage der Aktienzeichnung war die Summe gedeckt, so dass am 7. September 1858 der erste Pfahl zur Grundsteinlegung eingeschlagen werden konnte. 6 Jahre fast bedurfte man bis zur Vollendung des Palastes, denn am 16. August vorigen Jahres geschah seine feierliche Einweihung.

Der Industriepalast ist im byzantinischen Style erbaut und besteht aus einem grossen Saale, der auf beiden langen Seiten von 4 kleineren Sälen und anderen Räumen eingeschlossen wird. Die Länge des ganzen Gebäudes beträgt gegen 120½, die Breite dagegen 81 holländische Ellen*). Der Mittelsaal oder das eigentliche Schiff hat die bedeutende Höhe von 31½ Ellen (also ungefähr 100 Fuss), während die in der Mitte befindliche Kuppel sich noch 18 Ellen höher erhebt. Durch die Kuppel, sowie von den Seiten des oberen, über die Nebensäle herausragenden Theiles des Schiffes fällt das nöthige Licht ein, so dass die Beleuchtung für Kunstgegenstände, hauptsächlich Gemälde, aber auch für Pflanzen und Blumen, eine sehr günstige genannt werden kann.

Das Schiff wird durch 9 Ellen (gegen 30 Fuss) hohe Säulen, welche eine von den Seiten des Mauerwerkes aus ringsherum gehende Gallerie tragen, in 3 Längs-Räume getheilt, und hat eine Länge von fast 113, eine Breite dagegen von fast 31 Ellen. Von dieser Breite kommen ziemlich 20 Ellen auf den mittleren, bis zum Dache ununterbrochenen Raum, 5½ Ellen hingegen auf jeden der unter den Gallerien befindlichen Räume. Das ganze Schiff enthält nicht weniger als 7000 Quadrat-Ellen Oberfläche, rechnet man noch die Oberfläche, die die Gallerien bieten, dazu, so stehen noch über 1,400 Quadrat-Ellen bei Ausstellungen zu Gebote. In der Mitte der beiden Seiten ist eine halbmondförmige Ausbiegung, durch die die hauptsächlichsten Ein- und Ausgänge führen.

*) Die holländische Elle ist dem französischen Meter gleich; der preussische Fuss verhält sich dagegen wie 1 : 3,1862.

Was dazu gehörte, das Schiff mit Pflanzen zu füllen, ist leicht zu begreifen. Welche Massen in der That auch vorhanden waren, kann man schon daraus schliessen, dass selbst für einige Florblumen-Gruppen, ausserdem für Obst, Gemüse und für mit der Gärtnerei in Verbindung stehende Gegenstände noch die Gallerien in Anspruch genommen werden mussten. Grössere Sammlungen von Koniferen und Ilex, sowie die Muster-Formen von Obstbäumen, waren ausserdem ausserhalb aufgestellt. Für die Bouquets sowohl, als für die Warmhauspflanzen und für die neuen Einführungen endlich hatte man 2 Nebensäle in Anspruch genommen.

Wenn wir auch keineswegs mit der Art der Aufstellung zufrieden waren und nach unseren Ansichten bei der ästhetischen Gruppirung Manches zu wünschen übrig blieb, so war und blieb doch das Ganze grossartig. Besonders war der Blick von einigen Stellen der Gallerien hinab auf das Blumenmeer, in dem die Azaleen die Hauptrolle spielten, und auf die herrlichen Gruppen von Blattpflanzen wahrhaft feenartig. Der Eindruck wurde an den beiden Tagen, wo die Räume am Abende mit vielen Tausenden von Gaslichtern erleuchtet waren und hinter hohen Palmen, Pandaneen, Cycadeen u. s. w. die Nationalhymne erklang, noch mehr erhöht.

Die Mitte des grossen Ausstellungsraumes nahm ein Rundtheil ein, wo aus mit grünem Rasen belegter Fläche in der Mitte eine Heliconia augusta, umgeben von einigen Palmen und Cycadeen, sich erhob. Am Rande des grünen Rasens befanden sich in Viereck gestellt 2 prächtige Exemplare des Encephalartos Altensteinii, ein seine Blätter weithin ausbreitendes Baumfarn und eine reizende Fächerpalme. Ein Kranz von hohen Blüthensträuchern schloss den Rasen ein. Nach beiden Giebelseiten standen 2 Gruppen blühender hochstämmiger Rosen in einer Vollendung des Laubes und der Blumen, die nichts zu wünschen übrig liessen. Man hätte sie im Freien nicht schöner sehen können. Nach den beiden Ausgängen in der halbmond-förmigen Ausbiegung hingegen waren Azaleen, sämmtlich fast als Schaupflanzen, zu Gruppen zusammengestellt, deren meist feurige Farben weit hin leuchteten. Ihnen schlossen sich Gruppen von Epakrideen an, deren weisse, rosafarbene und feuerrothe Blüthen an meist steifen und aufrechten Zweigen ziemlich dicht standen. Gemildert wurde die Farbenpracht durch Sortimente von niedrigen Freilandfarnen.

In einiger Entfernung von diesem grossen Rundtheile nach beiden Seiten hin befanden sich 2 grosse viereckige Wasserbassins, in deren Mitte ein Wasserstrahl sich erhob. Das Plätschern des Wassers wirkt stets auf den, der sinnend oder schauend daherschreitet, eigenthümlich und scheint ihn selbst befähigter zu machen, Gedanken zu fassen oder Eindrücke aufzunehmen. Wasserpflanzen, wie blühende Calla's, Cyperus alternifolius, Papyrusstauden, einige Anthurien u. s. w. ragten aus dem feuchten Elemente hervor.

Wiederum Gruppen verschiedener Blüthensträucher, aber niedriger, so dass das höher liegende Wasserbecken nicht gedeckt wurde, umstanden in einem Kranze die emporgerichteten Kanten desselben ziemlich in gleicher Weise. Es waren wiederum Rosen, aber in buschiger Form und Epakrideen, ausserdem aber noch Kamellien, Eriken und Azaleen, welche alle durch das dunkele Grün der blühenden Laurustin's in ihren Farben gemildert wurden.

Von dem Rundtheile nach den beiden Eingängen in der Mitte der beiden Seiten sich wendend, sah man grosse Blattpflanzen den oben bezeichneten Halbmond ausfüllend. Das Grün daselbst that dem Auge wohl. Vor Allem zog nach dem Halbmond des hintern Einganges und dem Garten zu, eine hohe Phoenix, die wohl einen besseren Platz, wo man sie in ihrer Schönheit ordentlich gesehen, verdient hätte, die Aufmerksamkeit der Schauenden auf sich. Ausserdem fanden sich aber hier noch andere Palmen, Cycadeen und diesen entsprechende Pflanzen vor. 2 Gruppen Proteaceen, aus schönen und seltenen Arten meist bestehend, lehnten sich nach vorn diesen an und schlossen wiederum eine mächtige Gruppe von Azaleen ein, die selbst noch weiter in dem grossen innern Raum sich vorschob. Um diese zu einem grossen Ganzen vereinigte Gruppen führte der Weg nach den hinteren Räumen des grossen Industrie-Palastes, wo auf der einen Seite die Restauration sich befand, auf der anderen hingegen die beiden grossen Nebensäle mit den Bouquets einerseits und mit den Warmhauspflanzen und neuen Einführungen andernseits sich befanden. Dort war auch das Bureau des Direktoriums der Ausstellung und des Kongresses. Eine Thür führte ferner, wie schon angedeutet, in dem nach hinten sich anschliessenden Garten, der eben erst angelegt werden sollte, nachdem man durch Legung eines entsprechenden Rostes dem ursprünglich sumpfigen Boden das nöthige Terrain abgewonnen hatte. Mit grossen Kosten hatte man sich aus der Nähe und Ferne grössere und kleinere Bäume zu verschaffen gewusst, um möglichst bald eine fertige Anlage herzustellen.

In dem vordern Halbmonde, wo man von der Utrechter Strasse aus eintrat, standen ebenfalls, aber zu 2 grossen Ganzen vereinigte Gruppen von fast nur Dekorationspflanzen, zwischen denen man nach dem Innern des grossen Saales gelangte. Die Gruppen bildeten hier aber weniger zusammenhängende Boskets, als vielmehr schöne Einzel-Exemplare von stattlichen Lorbeerbäumen nach der Wand zu und von hohen Dracäneen und Yukken nach dem Innern zu. Holland erfreut sich von jeher eines besonderen Rufes in der Anzucht schöner Lorbeer- und Orangenbäume: dieser Ruf schien sich auch hier bewährt zu haben.

Mit diesen beiden Gruppen hingen wiederum 2 andere (auf jeder Seite eine) zusammen, welche im Anfange die hintere Wand deckten und aus hohen Koniferen, besonders Araukarien, aus Neuholländern, vor Allem Proteaceen, und aus einigen Akazien bestanden. Andere Gruppen zogen sich an den, die Gallerie tragenden Säulen nach beiden Giebelseiten in ununterbrochener Folge dahin. Hinter ihnen führte ein Weg; zwischen diesem und der übrigen freien Wand aber waren Stellagen aufgestellt, auf denen Crocus, Narzissen, Tulpen, Amaryllis und einige andere Zwiebelpflanzen Platz gefunden hatten.

Die beiden eben erwähnten, bis fast zur Giebelseite sich hinziehenden Aufstellungen verschiedener hoher Dekorationspflanzen waren nach dem Innern des Ausstellungsraumes zu keineswegs durch eine grade Linie begrenzt, sondern besassen an beiden Enden etwas seitlich gekrümmte Verlängerungen oder Vorsprünge, so dass daselbst ein Bogen gebildet wurde, in dessen Ausschnitte wiederum eine entsprechende Gruppe in Arabeskenform angebracht war. Der vordere Vorsprung zog sich ziemlich bis zur Mitte des Ausstellungsraumes, wo ihm von jener Seite her ein gleichgeformter entgegenkam; zwischen ihnen führte der Weg von dem Wasserbassin nach dem grossen Rundtheil hindurch.

Im Allgemeinen waren die Aufstellungen an der hinteren Wand, von der aus man durch den Halbmond nach dem Garten gelangte, dieselben; nur führte der Pfad nicht, wie ebenfalls schon gesagt ist, in der Mitte zwischen 2 Gruppen rechts und links hindurch, sondern ging um eine einzige grosse mittelständige Gruppe auf beiden Seiten herum. Deshalb begannen hier auch gleich längs der Wand die Stellagen, auf denen hier nur Hyazinthen in Töpfen und in Gläsern aufgestellt waren. Diese Aufstellung war unbedingt eine der ersten

Glanzpunkte der des Schönen so viel darbietenden Ausstellung. Hier entsprach Holland mehr als irgend wo seinem bewährten Rufe. Die Zwiebelgärtner Haarlem's und der Umgegend hatten trotz des vorausgegangenen schlechten Sommers und des nicht minder ungünstigen Winters gezeigt, was sie in dieser Hinsicht zu leisten vermochten. Diese Zwiebelpflanzen allein hätten es gelohnt, auch die Reise nach Amsterdam aus weitester Entfernung zu unternehmen.

Grade in diesen längs der Wand sich hinziehenden Gruppen mit den Arabesken nach vorn boten zum Theil reizende Blicke dar, zum Theil enthielten sie Sammlungen bestimmter Pflanzen, wie man sie sonst kaum zu Gesicht bekommen würde. Natürlich war die Einrichtung getroffen, dass nach der Hinterseite die höhern Dekorationspflanzen standen und nach vorn die kleineren Blüthensträucher, baumartige Lilien, besonders Agaveen, Cacteen u. s. w. gruppirt waren. Vor Allem fanden wir die Orangengehölze schön, sowohl die Bäume, als auch die strauchartigen Exemplare. Eigenthümlich sahen einige aus, die am Spalier gezogen waren und zum Theil in Blüthe standen. Nachstdem kommen wir wieder auf die Proteaceen-Gruppen zurück, von denen man nur bedauern musste, dass ihre Aufstellung nicht immer in der Weise war, dass die einzelnen Exemplare in ihrer Schönheit hätten erkannt werden können. Auch bei den Koniferen war leider oft dasselbe der Fall. Einige Palmengruppen nahmen sich um so schöner aus, als die einzelnen Exemplare sich auch einer guten Kultur erfreuten. Leider vermochte man dem Einzelnen gar nicht in der Weise Rechnung zu tragen, als es bei dem reichlichen Material nöthig war, zumal noch der Kongress viel zu viel Zeit in Anspruch nahm. Wir bedauern es und sprechen es noch besonders aus, wenn wir Manches übersehen haben, was eine nähere Beachtung und Besprechung verdient hätte.

Wenden wir uns den Giebelseiten zu, so waren diese durch hohe Pflanzen gedeckt. An der einen befand sich das Orchester, was aber mit hohen Palmen, Cycadeen, Pandaneen, Dracäneen u. s. w. so umstellt war, dass man es gar nicht sah. Auf der einen Seite führte ein Weg hinter dem Orchester nach aussen, während auf der andern Seite 2 prächtige Gruppen von Araliaceen und sonstigen Warmhauspflanzen vorhanden waren.

Die entgegengesetzte Giebelseite war in der Mitte mit grossen Koniferen, wo sich besonders einige Araukarien und Dacrydien auszeichneten, umtsellt. Vor ihnen hatte man Alpenrosen und Kamellien in ziemlich grossen Gruppen aufgestellt, welche wiederum eine ausgesuchte Sammlung von Agaveen umsäumte. Diesen zur Seite breiteten sich endlich herrliche Schaupflanzen von allerhand Ericeen und Diosmeen (geruchlose und Geruch verbreitende Haiden) aus.

Da, wo die Giebelseite mit den langen Seiten zusammenstiess, waren 2 Thüren vorhanden, um auf einen freien Raum zu gelangen, wo die bereits schon erwähnten Gruppen von Freiland-Koniferen, von Ilex und von Obstgehölzen Platz gefunden hatten. Vor diesen Thüren im Innern des Ausstellungsraumes befanden sich auch die Treppen, welche auf die Gallerien führten.

Endlich sind noch 2 Boskets in elliptischer Gestaltung und querliegend zu erwähnen, welche zwischen den Giebelgruppen und den beiden Wasserbassins aufgestellt waren. Zwischen diesen schoben sich allerdings zunächst noch die beiden hinteren Vorsprünge der grossen seitlichen Aufstellungen vor. Allerhand kleinere Blüthensträucher und Florblumen waren hier angebracht.

Wie schon erwähnt, befanden sich in den beiden Nebensälen einerseits die Bouquets mit den eigenen Züchtungen von Blüthensträuchern und anderntheils die Warmhauspflanzen, sowie die neuen Einführungen. An letzteren stand die Amsterdamer Ausstellung der in Brüssel nach; es ist dieses auch ganz natürlich, da in dem Verlaufe eines Jahres, also von 1864 bis 1865, nicht Massen neuer Pflanzen wiederum eingeführt werden konnten. Für Brüssel war eine längere Zeit vorausgegangen. Trotzdem befanden sich aber auch interessante und schöne Pflanzen unter den neuen Einführungen, wie wir später noch sehen werden.

Wenn auch die Warmhauspflanzen in geringerer Anzahl gegen Brüssel vorhanden waren, so ist der Grund wohl in den kalten Tagen zu Ende März und selbst noch zu Anfang April zu suchen, wo Viele nicht gewagt haben, ihre Pflanzen der ungünstigen Witterung noch ausserdem auszusetzen, da sie an und für sich schon durch die Ausstellung selbst leiden. Marantaceen und Aroideen, sowie Sammlungen tropischer Pflanzen, welche zu den Menschen in irgend einer Beziehung stehen, waren hier hauptsächlich vertreten.

Bouquets fanden wir dagegen in grösserer Anzahl, als wir irgendwo zusammen gesehen haben. Wenn wir bisher in dieser Hinsicht von den meisten Ausstellungen wenig zufriedengestellt wurden, selbst in Brüssel und Paris nicht, so überraschte uns dieses Mal wahrhaft das, was in dieser Hinsicht hier vorhanden war. Frankreich, Holland und Deutschland rivalisirten in Betreff der Bouquets miteinander; es war sehr schwer zu sagen, welchem Lande die Palme gebührte. Mag uns Partheinahme für das Vaterländische vorgeworfen werden, die deutschen (Erfurter) Bouquets übertrafen nach unserer Annicht die anderen an sinniger Zusammenstellung und an Leichtigkeit; es galt dieses auch von den Haargarnituren und von den Brautkränzen.

Die Bouquets von getrockneten Blumen befanden sich auf den Gallerien. Da unterlag es nun gar keinem Zweifel, dass die Erfurter in jeglicher Hinsicht alles das, was in dieser Hinsicht noch vorhanden war, weit übertrafen. Die Blumen selbst waren auch viel besser getrocknet und hatten, selbst die gefärbten Gräser, ein wohlgefälligeres und besseres Ansehen.

Leider haben wir den verschiedenen Aufstellungen auf den Gallerien nur wenig Aufmerksamkeit schenken können; es ist aber nicht zu leugnen, dass sich Vieles daselbst befand, was wohl verdient hätte, dass speziell darauf aufmerksam gemacht worden wäre. Es galt dieses vor Allem von den nicht unbedeutenden Sammlungen von Obst. Trotz der späten Jahreszeit waren noch vom vorigen Herbste Früchte, besonders Aepfel und selbst Birnen, zur Ansicht aufgestellt, die im Aussehen und in der Form kaum etwas zu wünschen übrig liessen. Wir hätten wohl gewünscht, dass ein Sachverständiger grade hierüber uns Mittheilung gemacht. Bewunderung erregten auch einige frische Weintrauben. Weniger waren wir mit dem Gemüse zufrieden. Aus seiner Beschaffenheit ersah man, dass der Holländer Gemüse nicht besonders liebt; er ist in dieser Hinsicht grade der Gegensatz des Franzosen. So war z. B. Spargel vorhanden, wie er auf dem Berliner Markte kaum Beachtung gefunden hätte.

Auf gleiche Weise vermochten die Abbildungen und Modelle von Pflanzen und Pflanzentheilen unseren Beifall nicht zu erwecken, so sehr man auch holländischer Seits davon befriedigt schien. Es war Alles in so grossem Massstabe und dabei ziemlich roh angefertigt, so dass wir zweifeln, ob Laien sich dadurch eine Vorstellung vom Bau der Blüthe oder von der Zusammensetzung der Pflanze machen können; wir glauben im Gegentheil, dass sie dadurch ganz falsche Vorstellungen erhalten.

Schliesslich sei es uns noch gestattet, die Bemühungen und den Erfolg sämmtlicher Mitglieder des leitenden Ausschusses oder des Direktoriums anzuerkennen; durch die Ausstellung hat dieses sich grosse Verdienste um Wissenschaft und um Praxis erworben. Nicht weniger haben sich die Mitglieder mit nicht genug anzuerkennender Liebenswürdigkeit um ihre Gäste, die aus allen Kulturländern herbeigekommen waren, bemüht und diesen den Aufenthalt in Amsterdam möglichst angenehm gemacht. Das Vorhandensein eines gemeinschaftlichen Lokals, wo man sich des Abends fand, trug ausserdem viel dazu bei, dass die Theilnehmer an dem Kongresse sich gegenseitig kennen lernen und ihre Gedanken austauschen konnten. Einigen Männern, die ganz besonders während der Dauer der Ausstellung unermüdlich waren und allen Wünschen der Gäste freudig entgegenkamen, danken wir noch besonders, ohne damit den Anderen, mit denen wir weniger in Berührung kamen, nahe treten zu wollen. Es sind dieses: der Bürgermeister von Amsterdam, Messchert van Vollenhoven, der Präsident der Amsterdamer Ackerbau-Gesellschaft, Hoeufft van Velsen, das Mitglied im Provinzialrathe der Provinz Seeland, de Jonge van Ellemeet, Krelage in Haarlem und Inspektor Witte in Leiden.

(Fortsetzung folgt.)

Der Park von Kunnersdorf.

Vom Kreis-Deputirten v. Wolff,
Vorsitzenden des Oberlausitzischen Gartenbau-Vereines in Görlitz.

Zu den interessanten Gärtnereien der Umgegend von Görlitz ist unstreitig der Park zu Kunnersdorf zu rechnen. Man gelangt von der Stadt aus auf der Nieskyer Chaussee in einer kleinen Stunde dahin. Die erste Anlage schreibt sich aus dem Jahre 1768 her, wo man die Umgebung des neuerbauten Schlosses gärtnerisch verschönerte. Die Fläche, welche man damals zu diesem Zwecke von den umliegenden Gehölzen, Feldern und Wiesen abtrennte, mochte ungefähr 5 Morgen betragen. Der in jener Zeit florirende Styl des berühmten französischen Gartenkünstlers Le Nôtre wurde auch bei den neuen Anlagen zum Muster genommen. Zierlich geschnörkelte Blumenbeete, künstlich geschnittene Hecken und Bäume, Fontainen, Grotten, Figuren u. s. w., wie der Zeitgeist der Abgemessenheit und Regelmässigkeit huldigte, waren auch hier vielfach angebracht; noch heute finden sich in den erweiterten Anlagen durch die vielen, die Lebendigkeit der Landschaft erhöhenden Wasserkünste Erinnerungen aus jener Zeit. Die unterirdischen Wasserleitungen treten an 18 verschiedenen Stellen hervor, erleichtern die Unterhaltung des Gartens und haben für die Oekonomie einen dauernden Nutzen. Die in jener Zeit angepflanzten Ahorn, Linden, Buchen, Eschen u. s. w. bilden mit einer grossen Anzahl bedeutend älterer Eichen und Linden, Fichten und Kiefern den schönsten Schmuck des jetzigen Parkes.

Im Anfange dieses Jahrhundertes, wo man die Schönheit der englischen Anlage immer mehr kennen und würdigen lernte und die Landschaftsgärten, Nachahmungen der selbstwüchsigen Natur, auch auf dem Kontinente eingeführt wurden, sollte auch in Kunnersdorf die Anlage nach diesem neuen Geschmacke umgeschaffen und zugleich erweitert werden. Die schönen Bestände von alten Bäumen,

Baumgruppen und Gehölzen gaben den sichersten Anhalt zu malerischen Umrissen und festen Punkten des neuen Parkes; denn die zur Schönheit der Landschaftsgärtnerei bedingte ideale Regellosigkeit ist mit der Axt viel mannigfaltiger und naturgemässer herzustellen, als durch eine peinlich-berechnete Unregelmässigkeit durch Anpflanzung. Das noch Fehlende wurde ergänzt; man brachte namentlich werthvolle, neu eingeführte Bäume und Sträucher an passenden Stellen an. So finden wir noch heute aus dieser zweiten Periode herrliche Exemplare von Tulpenbäumen in seltener Vollkommenheit von beinahe 2 Fuss Stammdurchmesser, eine Blutbuche von gegen 60 Fuss Höhe, prächtige, grossblättrige amerikanische Linden, kanadische Fichten, Gleditschien, Robinien, Eichen in den mannigfachsten Arten.

Grosse Geldopfer und Arbeitskräfte wurden verwendet, um Vollendetes zu schaffen; aber leider scheiterten alle Unternehmungen an der Unsicherheit der vielbewegten Zeit. Es war aber ein Glück, dass sie nur hemmte und nicht als Zerstörerin dort auftrat. Das Gut hatte das gleiche Schicksal mit den meisten Besitzungen: es wechselte vielfach die Herren und noch häufiger die Gärtner. Die sorgfältige Pflege konnte nicht ausgeübt werden, die Orangeriehäuser brachen zusammen und von dem sonst reichgefüllten Inhalte deuteten im Jahre 1840 noch 2 in Kübeln befindliche Pomeranzenstämme auf die Vergangenheit hin. In diesem eben genannten Jahre lichtete aber die Axt von Neuem den wilden Wuchs und liess die schönen Gruppen hervortreten. Die erweiterte Anlage jedoch, wie sie jetzt in ihrer grösseren Ausdehnung und in der sorglichen Sauberkeit sich zeigt, verdankt Kunnersdorf seiner derzeitigen Herrschaft, dem Königlich Belgischen Minister von Nothomb, welcher seit 1850, in welchem Jahre er das Gut erkaufte, unablässig von Jahr zu Jahr mit dem gediegensten Geschmacke der Gärtnerei seine Aufmerksamkeit widmet. Der dortige Kunstgärtner Uhsemann, ein Mann von Fach, kenntnissreich und betriebsam, bietet eine sichere Unterstützung und eine Gewähr für das Gelingen der Ausführung.

Die Küchengärten, welche früher mitten im Parke lagen, wurden weit hinaus verlegt, störende Mauern niedergerissen, neue zur Spalierzucht aufgeführt, und der Park zu einem Umfange von 30 Morgen ausgedehnt. Mit der Erweiterung wurden hindernde Grundstücke von den Nachbarn erworben und Fahrwege verlegt. Jetzt wird alljährlich in dieser Weise fortgewirkt, um den Park immer mehr zu einem schönen Ganzen auszubilden. Eine der effektvollsten Verschönerungen des Gartens ist ein 2 Morgen grosser, an dem Schlossberge künstlich ausgegrabener Teich. Die Ufer sind in schwungvollen Wellenlinien gezogen, die Anpflanzung der Ränder, des Schilfes im Wasser und die kleine Insel bilden einen grossen Schmuck und machen in der belebten Abwechslung einen höchst angenehmen Gesammt-Eindruck. Die Ostseite des Parks lehnt sich an ein kleines, aber wasserreiches und schnell fliessendes Flüsschen, den Ebersbach, an. Die dem Auge wohlthuenden Krümmungen des Baches und die theils durch die ländlichen Gebäude belebten, theils von Wiesen umgebenen jenseitigen Ufer bieten grosse Mannigfaltigkeit dar.

Um das Innere des ziemlich weitläufigen Parkes einigermassen kennen zu lernen, müssen wir eine flüchtige Wanderung durch denselben antreten und ersteigen zuerst die Treppenterrasse des Schlosses. Dies liegt auf der Südostseite am Eingange des Gartens und ist auch nach dem daran stossenden Hofe zu mit kunstgerechten Anlagen umgeben. Das Gebäude, in eleganten Formen gehalten, hat durch Abgrabung des Terrains nach der Gartenseite sehr gewonnen. Es ist von frischgrünenden Rasen-Rabatten eingefasst, auf denen neben aufgestellten Kübelpflanzen in mannigfach ansprechender Weise Schlingpflanzen und wohlriechende, wie durch Farbenreichthum ausgezeichnete Blumen-Füllungen vertheilt sind. Von der Höhe der Terrasse und aus dem dahin ausmündenden Saale hat man einen reichen Ueberblick auf einen weiten Theil des Parks und auf die früher erwähnten Tulpenbäume im Vordergrunde. Dieser würde durch die Fortnahme einer Linde und wenigen Gesträuchs noch ungemein gewinnen, da dadurch eine Fernsicht erzielt werden würde, wie sie bei der Thallage des Gartenterrains an anderer Stelle kaum wiederzufinden sein möchte.

Der Saal und das Terrassen-Plateau sind mit zierlichen Gruppen schöner Topfgewächse, namentlich Blattpflanzen, dekorirt. Auf den ausgebreiteten Rasenplätzen vor dem Schlosse prangen in mannigfach zierlicher Zeichnung viele Blumenbeete in massiger Farbenfülle von Verbenen, niedrig gezogenen Rosen, Calceolarien, Fuchsien, Lobelien, Pelargonien u. s. w. Wenden wir uns vom Schlosse rechts und bleiben auf der Höhe, so finden wir in nächster Nähe verschiedene komfortable Ruhepunkte, namentlich einen sehr schattigen Sitzplatz unter Platanen, mit einer Blumenpyramide geschmückt, und nicht entfernt davon einen zweiten. Zur Seite der zierlichen eisernen Armsessel und Bänke sind Kübel von Orangen und Granaten aufgestellt. Um die blanken Platanenstämme winden sich Kletterpflanzen und schlingen sich festonartig von Baum zu Baum. Die Form des Teiches, dessen volle Uebersicht man von hier aus geniesst, und die in graziöser Eleganz an malerischer Stelle gewonnenen Ruhepunkte lassen in ihrer anmuthigen und präcisen Anlage der Vermuthung Raum geben, als wäre der Griffel zu diesen Zeichnungen von zarter Hand geführt.

Auf einzelnen lichten Punkten sind auf dem Rasenteppich hochstämmige Fuchsien von seltener Vollkommenheit eingesenkt, die in ihrem grellen Roth einen herrlichen Effekt machen. Von dem Plateau führt ein schlängelnder Fusspfad durch den Rasengrund hinab an die schön bewaldeten Ufer des Ebersbaches, an dessen ganzer Länge Fusswege und Ueberbrückungen in eigenthümlicher Manier, durch aneinander gefügte Klafterscheite von Rindenholz, angelegt sind. Die Brückenlinien führen oft über weite Klüfte, Wasserfälle, Seitenbäche, Felslagen, so dass der Blick stets durch die reichen Abwechslungen in der Nähe und durch die Aussicht auf das seitwärts sich hinziehende Park- und Wiesen-Plateau gefesselt wird. Auf den Höhen und grünen Berghängen prangen schöne Ziersträucher, Blumengruppen, Monumente, Figuren, abwechselnd mit freistehenden herrlichen Baumstämmen, und an den Aussichtspunkten sind zu einladender Ruhe einzelne Sessel aufgestellt. Sitzplätze von origineller Art finden sich an vielen Stellen des inneren Parkes und der weiteren Spazierwege, indem aus wurzelfesten Baumstämmen in sinniger Weise bequeme Lehnsessel ausgearbeitet sind. Von solchen Sitzen aus wird der Wanderer stets durch liebliche Fernsichten auf das belebte Pfarrdorf, Kirche, Wiesen und Laubhaine oder auf in der Nähe befindliche aufstrebende Riesenstämme belohnt. Wer ein Liebhaber von solchen Prachtbäumen ist — und welcher Naturfreund wäre es nicht — versäume nicht in die Wildniss hineinzuschauen und namentlich nicht die Rieseneiche am Kirchfusswege hinter dem Küchengarten aufzusuchen. Letzterer ist, wie sich dies von selbst versteht, wohl gepflegt, ebenso die vielen Obst-Alleen, welche das ganze Gutsterrain nach allen Richtungen durchschneiden. Volle Erwähnung verdient hier die sehr ergiebige Spalier-Obstzucht nach der du Breuil'schen Methode. An den Küchengarten, als jetzigen Schluss des Gartens, ist die freundliche und sehr geräumige Gärtnerwohnung angebaut, in deren oberen Räumen sich herrschaftliche Logirstuben befinden. Zur Seite des Hauses stehen die Treibhäuser. Die Lage des Gutes, das noch vorhandene schöne Material in den vielfach auf dem Terrain vertheilten Laubhainen, bietet die lebhafteste Anregung, noch eine weite Fläche in die Anlagen hineinzuziehen. Der Anfang ist bereits gemacht mit schattigen Fusswegen durch die Waldstreifen, welche in die Nachbarorte führen. Ob bei dem Schönheitssinn der jetzigen Besitzer man der Verlockung zur weiteren Vollendung widerstehen kann, wird die Zukunft lehren.

Die
Obst- und Gartenbau-Sektion
der Schlesischen Gesellschaft für vaterländische Kultur in Breslau.

Wir sind in den Stand gesetzt, über die Verhandlungen, welche in den Sitzungen genannter Sektion vorkommen, von Zeit zu Zeit nähere Mittheilungen zu machen; in sofern die verhandelten Gegenstände ein allgemeineres Interesse in Anspruch nehmen, kommen wir gern dem Wunsche nach, dieselben in der Wochenschrift zur weiteren Kenntniss zu bringen. Die Obst- und Gartenbau-Sektion in Breslau besitzt ein Grundstück, auf dem sie vorzüglich Obstbaumsorten heranzieht, welche eine weitere Verbreitung verdienen, um sie zu gleicher Zeit zu vervielfältigen. Auf diese Weise ist für die Hebung des Obstbaues und zur Verbesserung des Obstbaumbestandes schon sehr viel für Schlesien geschehen.

Es liegt uns ein Bericht aus der Sitzung vom 22. Februar vor, aus dem wir Kenntniss von dem Umfange der im Jahre 1864 in dem Garten der Sektion vorgenommenen Obstbaum-Veredlungen und erfolgten Verkäufen edler Obstbaum- und Strauchsorten erhalten. Der Bestand ist jetzt: 12,700 Obstwildlinge, 5,800 Obstedel-Stämmchen in 396 Sorten, 6,300 edle Beerensträucher und Weinsenker in 100 Sorten, 115 Stand- und Probebäume mit 223 Sorten und 690 Standpflanzen von Beerenobst und Wein in 115 Sorten. Es wäre wohl zu wünschen, dass auch von anderen Gartenbau-Vereinen dem Obstbau eine solche spezielle Aufmerksamkeit zugewendet würde. Es lässt sich nicht leugnen, dass in dieser Hinsicht noch allenthalben viel zu thun ist, dass aber auch nichts so sehr die materiellen Interessen berührt und den Wohlstand einestheils der Gemeinden und anderntheils derer, die über wenig Grund und Boden zu verfügen haben, fördert, als der Obstbau. Es kommt dazu, dass die Kosten der Unterhaltung, wenn es ordentlich angefangen wird, nicht bedeutend sind und durch theilweisen Verkauf sehr gemindert werden.

Interessant war ferner in besagter Sitzung die Vorlage verschiedener Obstbaum- und Pflanzen-Etiketten. Wegen grösster Haltbarkeit des dazu verwendeten Materiales und der saubern Bearbeitung wurden trotz des etwas höhern Preises die Schiefer-Etiketten aus der Fabrik von A. W. Faber in Nürnberg besonders empfohlen; man fasste auch den Beschluss, sie für den Garten der Sektion anzuschaffen. Dieselben sind auf beiden Seiten geschliffen und mit weisser Oelfarbe grundirt, wo auf der Name mit der Dr. Gräff'schen oder mit der vom Apotheker Peck in Görlitz angefertigten unauslöschbaren Dinte eingetragen wird. Ist die Schrift trocken, so überzieht man das Ganze mit weissem Dammarlack. Ferner fand man die von Lucas aus Reutlingen empfohlenen Lederbänder zum Anbinden der Etiketten an Obst- und Luxusbäume vorzüglich.

Von Seiten mehrer Mitglieder war früher auf die Schönheit und Kulturvollkommenheit von Fuchsien und Pelargonien in Schlawentsitz aufmerksam gemacht worden. Man hatte deshalb den Hofgärtner Schwedler daselbst ersucht, sein Verfahren bekannt zu machen. Derselbe war dem Wunsche nachgekommen und hatte die betreffenden Abhandlungen darüber eingesendet. Hoffentlich werden auch diese zur weiteren Kenntniss kommen.

In der Sitzung am 29. März wurde die Mittheilung gemacht, dass die Abgabe von Edelreisern aus dem Garten der Sektion an alle die, welche ihre Wünsche ausgesprochen hätten, erfolgt sei. Man wäre nun eben im Begriff, die im Garten gewonnenen Sämereien von Blumen und Gemüsen ebenfalls zur Vertheilung zu bringen.

Durch den Berliner Verein war früher in Anregung gebracht, statistische Notizen über die gärtnerischen Zustände zu sammeln. Auch im Schoosse der Obst- und Gartenbau-Sektion hatte man die Wichtigkeit der Zusammenstellung von dergleichen Notizen zu einem Berichte erkannt und in Folge dessen in der Provinz Schlesien Aufforderungen in allen Kreisen erlassen, dergleichen an die Sektion einzuliefern. Es war dieses mehrfach geschehen; von Anderen wurden sie zugesagt. Der Stadtschulrath Wimmer wurde nun ersucht, allerdings zunächst noch das, was aus einigen Kreisen versprochen war, abzuwarten, dann aber mit der Ausarbeitung eines möglichst-vollständigen Berichtes über die Gartenbau-Zustände in der Provinz Schlesien vorzugehen, um diesen schliesslich an ein hohes landwirthschaftliches Ministerium gelangen zu lassen.

Bei dieser Gelegenheit sei es uns erlaubt, auch andere Gartenbau-Vereine an ihr Versprechen, dergleichen Notizen aus ihren Provinzen zu sammeln und selbige an die betreffende Behörde einzusenden, zu erinnern. Wir wiederholen, dass nur dann den mancherlei Gebrechen und Misständen, welche sich leider noch hier und da vorfinden, abgeholfen werden kann, wenn man höheren Orts möglichst genau mit dem Zustande des Obst- und Gartenbaues überhaupt vertraut ist.

Pappeln mit konischer Krone.

In dem Berichte über den Inhalt des vorigen Jahrganges des Belgique horticole ist von einer Form der virginischen Pappel (Populus moniliformis) die Rede; wir erlauben uns noch auf eine andere aufmerksam zu machen, welche schon seit 50 Jahren, wenigstens in Frankreich, bekannt ist. Wir haben sie selbst noch nicht gesehen und entlehnen deshalb Näheres aus einer Abhandlung Carrière's in der Revue horticole (Jahrg. 1865, p. 58).

Diese Form zeichnet sich dadurch aus, dass die Krone eine konische Form besitzt, also an der Basis am breitesten ist und nach der Spitze zu sich allmählig verschmälert. Wenn die virginische Pappel schon an und für sich rasch wächst, so ist die Vegetation der eben erwähnten Form noch weit üppiger. Dieser Umstand gab Ursache zur Benennung. Durch ganz Frankreich ist sie nämlich als Peuplier régénéré bekannt. Sie wurde, wie die meisten Formen, zufällig erhalten. Nach Carrière entstand sie zuerst in einer Baumschule zu Arcueil bei Paris im Jahre 1814 und wurde 2 Jahre später von dem damaligen Gärtner des Herzogs von Larochefaucoult in Montmirail als interessante Form erkannt.

Eine andere Pappel mit konischer Krone haben die Gebrüder Simon-Louis in Metz im Jahre 1832 ebenfalls zufällig aus Samen, und zwar wahrscheinlich der kanadischen Pappel, erhalten. Eigenthümlich ist, dass auch diese Form sehr rasch wächst und sich ungemein verästelt. Es existiren Bäume mit einem Alter von 25 Jahren, welche eine Höhe von über 80 Fuss und 3 Fuss über dem Boden einen Stamm-Durchmesser von über 3 Fuss besitzen. Der damalige Besitzer der Baumschule hat der Pappel den Namen Peuplier Eugène (zu Ehren eines Sohnes) gegeben.

Lilium auratum.

Wir haben mehrfach über diese schöne Lilie aus Japan gesprochen. Der hohe Preis der Zwiebeln hat manchen Gartenliebhaber aber bis jetzt abgehalten, dieselbe sich anzuschaffen. Es möchte deshalb angenehm sein, jetzt zu erfahren, dass blühbare Zwiebeln von verschiedener Stärke mit dem Preise von 10, 15 und 25 Franks von A. van Geert in Gent zu beziehen sind.

Verlag von Karl Wiegandt in Berlin, Koch-Strasse No. 22.

Druck der C. Feister'schen Buchdruckerei (L. Mewes), Berlin, Zieten-Platz No. 2.

Wochenschrift

des

Vereines zur Beförderung des Gartenbaues in den Königl. Preussischen Staaten

für

Gärtnerei und Pflanzenkunde.

Redakteur:

Professor Dr. Karl Koch,

General-Sekretair des Vereines.

No. 21. Berlin, den 27. Mai **1865.**

Preis des Jahrganges 5½ Thlr., sowohl bei Bezug durch den Buchhandel, als auch franco durch alle Post-Anstalten des deutsch-österreichischen Post-Vereines.

Einige neue Pflanzen

aus

zugegangenen Verzeichnissen von Handelsgärtnereien.

Während des Kongresses von Gärtnern und Botanikern in Amsterdam sind auch 2 wichtige Fragen zur Verhandlung gekommen. Wir lassen es auf sich beruhen, ob erspriessliche Resultate daraus hervorgehen; auf jeden Fall sind sie aber sehr wichtig und verdienen es, dass sie auch hier zur Sprache kommen. Es wäre sehr gut, wenn Jemand sich der Mühe unterziehen wollte, diese Fragen einer weiteren Erörterung zu unterwerfen; die Redaktion ist gern bereit, die Spalten ihrer Wochenschrift zu diesem Zwecke zur Verfügung zu stellen.

Die eine Frage wünschte eine Weise in der Nomenklatur der Pflanzen zu erfahren, wo man an dem Namen gleich ersehen könnte, ob man eine wirkliche Abart oder nur eine Form vor sich habe? Wie unangenehm ist es, wenn man sich eine Pflanze, die man nicht kennt, deren Schönheit aber gerühmt wird, verschreibt und man erhält anstatt einer Art, wie man aus dem lateinischen Namen vermuthen musste, eine unbedeutende und nichtssagende Form einer alten Pflanze. Dr. Ascherson in Berlin hat in der Wochenschrift diesen Uebelstand gerügt und einen guten Vorschlag gemacht (s. vor. Jahrg. der Wochenschr. S. 110). Arten sollten demnach stets 2 lateinische, einen Geschlechts- und einen Art-Namen erhalten, während gärtnerische Formen anstatt des lateinischen Art-Namens mit einer französischen oder irgend einer Person entlehnten Benennung, aber ohne lateinische Endung, in den Verzeichnissen aufgeführt werden sollten. Professor Koch hat in Amsterdam diesen Vorschlag von Neuem zur Sprache gebracht und Beifall erhalten. Ob aber die Gärtner trotzdem sich auch dazu bequemen werden, bezweifeln wir, so wünschenswerth es auch wäre. Leider glauben Viele, gärtnerische Formen von Pflanzen leichter zu verkaufen, wenn sie ihnen einen lateinischen Namen geben und sie damit als Art in den Handel bringen.

Die zweite wichtige Anregung gab ebenfalls Professor Koch. Jedermann fühlt den Missbrauch, der absichtlich und ohne Absicht mit der Benennung neu eingeführter Pflanzen getrieben wird. Längst bekannte Pflanzen, welche ein Handelsgärtner von seinem Sammler als etwas Neues erhält, will man doch, um einigermassen die Kosten zu decken, gern verwerthen. Man sucht demnach nach einem zufälligen Unterschiede, den das Individuum gibt, und schickt dann die alte Pflanze sehr oft mit einem neuen Namen in die Welt. Oder der Besitzer, der auch unmöglich alle Pflanzen kennen kann, weiss es nicht, wie die Pflanze heisst, oder ob sie noch keinen Namen hat, also neu ist. Er fragt auch vielleicht hier und da um Rath und bringt, da er darüber nichts zu erfahren vermag, die Pflanze mit einem neuen Namen in den Handel. Umgekehrt werden noch nicht beschriebene Pflanzen für beschriebene gehalten und mit alten Benennungen ausgegeben. Dass unter solchen Verhältnissen die Verwirrung gross werden muss, liegt wohl auf der Hand.

In diesem Falle haben die Botaniker weit mehr Schuld, als die Gärtner. In der Regel blicken sie als Männer der Wissenschaft mit einer gewissen Vornehmthuerei auf den Gärtner herab und thuen, als wenn der Garten mit allem, was er enthält, ausserhalb der Natur läge. Dem Gärtner stehen aber so viel Erfahrungen zu Gebote, die der Wissenschaft zu weiteren Forschungen die Hand bieten und bisweilen auch den Weg zeigen, auf dem die Botaniker vorwärts gehen und zu Resultaten gelangen können, dass es im Interesse der Systematiker nicht weniger, als der Physiologen, liegen sollte, diese Erfahrungen zu benutzen. Zur genauen Kenntniss einer Pflanze genügt — denn so viel wissen wenigstens die, welche es mit der Wissenschaft ernst meinen — keineswegs ein kurzes Betrachten derselben zur Zeit der Blüthe oder der Frucht, noch weniger reichen in den meisten Fällen Untersuchungen von getrockneten Exemplaren aus, durch die man wohl das Individuum, aber nie und nimmer mit Sicherheit die Art kennen lernen kann; man muss die Pflanze in allen ihren Stadien gesehen und untersucht haben. Dazu gebraucht man allerdings Zeit, die unsere Artenmacher sich nicht nehmen. Sie finden es langweilig, Jahre lang vielleicht Beobachtungen an einer und derselben Pflanze anzustellen, und halten es für bequemer, nach kurzen Vergleichungen getrockneter Exemplare ein Urtheil abzugeben. Dass der Gärtner, der eine und dieselbe Pflanze vielleicht täglich unter der Hand hat, mehr Gelegenheit besitzt, etwas zu sehen, was grade zur Unterscheidung nahe stehender Arten wichtig ist, den Botaniker aber leicht entgehen kann, wird man zugeben. Eben deshalb sind Botaniker und Gärtner auf einander angewiesen und können einander gegenseitig sehr nützlich sein.

Professor Koch hat in Amsterdam vorgeschlagen, die Systematiker möchten sich in die Arbeit theilen; ein Jeder könnte bekannt machen, mit welchen Familien er sich speziell beschäftigt. Der Gärtner würde dann bei seinen Pflanzen, die er direkt aus fremden Ländern erhält, den betreffenden Botaniker, der dadurch zugleich interessantes Material zur Verfügung bekäme, um Rath fragen. Bis jetzt wirken nur wenige Botaniker in dieser Hinsicht. So viel wir wissen, sind es fast nur Reichenbach in Hamburg, Koch in Berlin, Wendland in Herrenhausen, Morren in Lüttich, Hooker in Kew, Lindley in London und Regel in Petersburg, welche in dieser Hinsicht hauptsächlich thätig sind. Es wäre aber wohl zu wünschen, dass unter den tüchtigen Systematikern sich noch Andere den genannten anschliessen. Wir zweifeln nicht, dass die Redaktion der Wochenschrift bereit sein wird, die Vermittelung zu übernehmen, wenn sie dazu aufgefordert werden sollte.

Es sind zwar von Seiten der Redaktion in diesem Jahre schon einige Mal neue Pflanzen besprochen worden. Der Gegenstand ist aber dadurch keineswegs erschöpft. Es liegen uns Beispielsweise 3 Verzeichnisse von Gewächshauspflanzen vor, in denen nicht wenige Pflanzen wiederum zum ersten Male aufgeführt werden; es sind dieses die Verzeichnisse von Laurentius in Leizpig, Groenewegen in Amsterdam und Jakob-Makoy in Lüttich. Manche dieser neuen Pflanzen haben wir gesehen, von andern haben wir nur gehört. Es dürfte deshalb wohl das Interesse der Pflanzenliebhaber und Botaniker in Anspruch nehmen, wenn wir uns hier erlauben, über die eine oder andere Art etwas zu sagen.

Wir beginnen mit den Palmen. Hier ist so mancherlei in der neusten Zeit eingeführt worden, so dass es wohl wünschenswerth wäre, wenn H. Wendland in Herrenhausen bei Hannover, unbedingt der beste Palmenkenner, sich der Mühe unterziehen wollte, eine Zusammenstellung der neuesten Palmen für die Wochenschrift anzufertigen. Er würde sich damit ein grosses Verdienst erwerben. In der Voraussetzung, dass es geschieht, werden wir hier nur kurz sein.

Bei Laurentius in Leipzig haben wir Oenocarpus minor gesehen, welcher wegen seines schlanken Wuchses, seiner leichtgefiederten Blätter und seines schönen Grünes uns sehr wohl gefiel. Groenewegen in Amsterdam bringt jetzt andere Palmen in den Handel. Areca glandiformis von den Molukken, kennen wir nicht. Ptychosperma sp. Ternate, haben wir in Amsterdam gesehen und verdient Empfehlung. Von den beiden Calamus-Arten: adspersus und fasciculatus wächst ersterer in den vulkanischen Gegenden Java's an Ufern von Bächen und ist mit sehr starken Dornen besetzt, die ihm ein eigenthümliches Ansehen geben. Die andre Art gleicht diesem in vielen Stücken, kommt aber nur auf dem ostindischen Festlande vor. Metroxylon elatum erhält in seinem Vaterlande eine bedeutende Höhe. Der Besitzer vermag allerdings nur kleine Exemplare zu 1 Fuss Höhe und mit 5 und 6 Blättern versehen, Liebhabern anzubieten. Licuala spinosa stammt aus Java, wo die dortigen Einwohner sie benutzen, um ihre Tabackspfeifen daraus zu machen. Die Blätter bestehen aus 20 Blättchen. Licuala Oxleyi soll zwar bedeutend grössere Blätter, als die eben genannte, haben, sich aber trotzdem durch Leichtigkeit auszeichnen. Ceratolobus concolor sahen wir ebenfalls nur klein; aus der Beschreibung Miquels in seiner Flora von Niederländisch-Indien geht aber hervor, dass diese auf Sumatra wachsende Palme zu den schönsten Arten gehört.

Von den beiden Pandanus, welche in derselben Gärtnerei angeboten werden, kennen wir P. cuspidatus, im Ansehen des P. odoratissimus, aber mit breiteren und plötzlich mehr zugespitzten Blättern. Der Beschreibung nach muss P. ceramicus schöner sein und mehr Effekt machen.

Seit einiger Zeit sind von Cordyline Jacquini, der Jacquin'schen Dracaena Terminalis, welche sich durch ihre rothbraune Färbung auszeichnet, eine ganze Reihe von Formen, leider zum Theil so benannt, dass man glauben müsste, man hätte eine besondere Art vor sich, direkt aus dem Vaterlande eingeführt worden. Den bekannteren sind in den Verzeichnissen von Laurentius und Jakob-Makoy wiederum einige neue hinzugefügt. Als D. Cooperi hat Veitch bekanntlich zuerst eine Form mit breiten und lebhaft gefärbten Blättern eingeführt, welche mit D. Humboldtii (auch stricta und grandis genannt) in dieser Hinsicht ziemlich übereinstimmt, sich aber dadurch wesentlich unterscheidet, dass die Blätter in einem eleganten Bogen überhängen. Bei D. latifolia pendula sind die Blätter noch breiter, aber weniger schön gefärbt. Was man als D. siamense in den Handel gebracht hat, besitzt ebenfalls breite Blätter, welche auf der Oberfläche fast gar nicht gefärbt sind, auf der Unterfläche aber einen röthlichen Schein haben. Die Form ist weniger empfindlich, als die Hauptart und die übrigen Formen, und besitzt einen gedrungenen Habitus, steht aber an Schönheit nach. Dasselbe gilt von D. siamense, welche schon länger bekannt ist und nur an den Rändern geröthete Blätter, aber ganz rothe Blattstiele besitzt. D. Porteana versicolor schliesst sich in jeglicher Hinsicht der D. Humboldtii an.

Ueber D. limbata mit ihren schmalen, aufrecht stehenden und bräunlich-grünen Blättern, die ausserdem noch einen schmalen rothen Rand haben, vermögen wir nichts zu sagen.

Aroideen werden fortwährend eingeführt, wenn auch im Allgemeinen die Liebe für diese Blattpflanzen sehr nachgelassen hat. Neu ist nicht alles, was einen neuen Namen besitzt. Von der Alocasia zebrina sind 2 Formen in dem Handel, welche in Makoy's Verzeichnisse besondere Namen führen. Bei A. tigrina besteht die Zeichnung auf dem Blattstiele mehr aus kleinern, nicht in Streifen erscheinenden Flecken, bei A. longiloba sind die Blätter dagegen sehr in die Länge gezogen, was besonders von den beiden Abschnitten gilt, welche die Bucht einschliessen.

Durch Linden sind wiederum neue Kaladien (brachytris, porphyrobasis, trichlorum, mirabile und cinereum) in den Handel gebracht und werden wegen ihrer Schönheit gerühmt. In Paris lebt ferner ein Liebhaber, der Apotheker Bleu, der mit den bekannteren buntblättrigen Formen der Kaladien Kreuzungs-Versuche angestellt hat, die zum Theil Resultate gegeben haben. Es sind einige neue interessante Formen zwar entstanden, die meisten ähneln aber den bekannteren auf eine solche Weise, dass sie kaum unterschieden werden können. Beachtung verdient C. Lamartini, wo die Blätter ziemlich gross sind und ausser den rothen Nerven noch kleine rothe Flecken besitzen. Beide treten um so mehr hervor, als die übrige Fläche des Blattes glänzend erscheint. Ebenso ist der Blendling, welcher den Namen Madame Andrieu erhalten hat, interessant, die grossen, mehr pfeilförmigen Blätter haben rothe und violett-eingefasste Nerven, ausserdem aber unregelmässige weisse oder rosafarbene Flecken.

Schismatoglottis variegata besitzt aufrecht stehende, längliche Blätter mit einem weissen Mittelnerven und bleibt klein, während Siphonium divaricatum als Schmuckpflanze neben der Alocasia metallica steht, sonst aber der A. Lowii ähnlich sein soll. Anthurium discolor soll seinen Namen von dem röthlichen Scheine haben, den die Blätter besitzen, und wird wegen seiner Schönheit empfohlen. Amorphophallus cupreus haben wir in Amsterdam nur sehr klein gesehen und vermögen deshalb noch nicht zu sagen, ob die Pflanze überhaupt zu diesem Genus gehört. Uns scheint es zweifelhaft. Die 3 Blättchen waren ziemlich breit-elliptisch und hatten ein grünlich-braunes Ansehen.

Schliessen wir hier die Orchideen mit kleinen und bunten Blättern an, welche hauptsächlich durch Groenewegen in den Handel gekommen, so sind diese meist schon durch die letzte Blume'sche Arbeit bekannt geworden. Nephalophyllum tenuifolium besitzt hellgrüne Blätter mit dunkelgrüner Zebrazeichnung und von ei-herzförmiger Gestalt, die Blattstiele haben dagegen eine rothe Farbe. Der Beschreibung nach sollte man vermuthen, dass Zephyranthes zebrinus von Jacob Makoy nicht verschieden ist. Cystorchis javanica haben wir früher schon in Ausstellungen gesehen. Die etwas wellenförmigen, eiförmigen und zugespitzten Blätter sind leberfarben, zeichnen sich aber durch metallischen Glanz aus. Anecochilus Reinwardtii heisst eine dritte Orchidee mit sammetartigen Blättern, welche in der Grösse und Färbung derselben ein würdiges Seitenstück zum A. setaceus bildet.

Von sonstigen Monokotylen nennen wir Maranta lineata aus dem Laurentius'schen Verzeichnisse. Die Pflanze gehört zu den kleinen, aber mehr buschigen Arten mit kurz-gestielten, gedrängten Blättern, welche durch hellgrüne, fast weisse Streifen gezeichnet sind. Wenn auch nicht ganz neu, so machen wir doch auf den von Wendland aus Central-Amerika eingeführten Costus zebrinus, sowie auf die Dioscorea argyraea mit ziemlich grossen, rundlich-herzförmigen und weiss-gefleckten Blättern nochmals aufmerksam.

Aspidistra angustifolia ist nur eine schmalblättrige Form der bekannten A. elatior oder Plectogyne variegata, wie sie gewöhnlich im Norden Deutschlands genannt wird. Man kennt sie nur mit weissen Längsbändern. Astelia Banksii ist eine interessante Juncacee aus Neuholland, die viel in botanischen Gärten kultivirt wird, aber auch neuerdings als Blattpflanze empfohlen ist. Von ihr besitzt man auch eine buntblättrige Form, wo jedoch, weil überhaupt die schmalen Blätter etwas weisslich sind, die weisslichen Ränder weniger hervortreten.

Buntblättrige Dikotylen für das Warmhaus sind Colonyction sanguineum, eine des Nachts die grossen Blüthen entfaltende Winde, welche auch wegen der röthlichen Färbung der rundlich-herzförmigen Blätter Empfehlung verdient. Wir machen auf diese schöne Pflanze besonders aufmerksam. Auch Piper bicolor verdient Beachtung. Die Pflanze schliesst sich dem Cissus porphyrophyllus an, der, wie schon früher ausgesprochen wurde, wohl zum Genus Cubeba gehört und besitzt ebenfalls herzförmige Blätter mit einem reizenden rothen Widerschein. Die Blattstiele sind mit weissen Haaren besetzt.

Zehneria hastata, eine Cucurbitacee mit knolliger Wurzelbildung, schliesst sich unserer bekannten Pilogyne suavis an, ob sie aber gleiche Verwendung erhalten kann, wissen wir nicht. Gerühmt wird sie wegen der silberweiss-hervortretenden Nerven. Ob dieses aber sehr auffallend ist, bezweifeln wir, da es bei vielen Cucurbitaceen der Fall ist.

Graptophyllum comorense soll der alten Justicia picta L. (Grapt. hortense N. v. E.) sehr ähnlich sein. Das anders gefärbte Mittelband auf dunkelgrüner Blattfläche hat eine orangegelbe Farbe, während diese bekanntlich bei genannter Pflanze silberweiss erscheint. Eranthemum sanguinolentum steht dem E. rubrovenium (Gymnostachyum Verschaffeltii) sehr nahe und unterscheidet sich nur durch breitere, karminroth-gefärbte Nerven und Adern.

Melastoma sanguineum scheint eine solche Art zu sein, von der wir in der Einleitung gesprochen haben, indem sie wahrscheinlich von den (wenigstens auf der Unterfläche) rothgefärbten Blättern ihren (Garten-)Namen erhielt. Nun existirt aber wirklich eine Pflanze dieses Namens, welche Don beschrieben hat und welche später von Korthals wiederum M. pulcherrimum genannt wurde. Die Pflanze besitzt blaurothe Blüthen, welche Ursache zur Benennung gaben, während die mit steifen Haaren besetzten Blätter ungefärbt sind. Wir vermuthen, dass M. discolor des Laurentius'schen Verzeichnisses dieselbe Pflanze darstellt. Diesen Namen hat aber schon Linné zur Bezeichnung einer Art gegeben, welche später von de Candolle als Tetrazygia discolor beschrieben ist.

Bredia hirsuta Bl. ist eine ziemlich krautartige Melastomatee, welche sich durch Blüthenreichthum auszeichnet. In dieser Hinsicht schliesst sie sich den Centradenien, Monochäten und anderen halbkrautartigen Pflanzen dieser Familie an und kann auch dieselbe Verwendung erhalten.

Monochaetum hybridum Lemoinei ist neuerdings von Lemoine durch Befruchtung des Monochaetum ensiferum mit einem Blendlinge des M. sericeum, der vor einigen Jahren erhalten wurde, gezüchtet. Dieser Blendling hat noch einmal so grosse Blüthen, als die Mutterpflanze, verästelt sich weit mehr und besitzt deshalb auch einen grösseren Blüthenreichthum.

Scepasma longifolia schliesst sich im Habitus den Phyllanthus-Arten an, wo die kleinen Blätter an dünnen Zweigen auf 2 Reihen stehen, so dass es scheint, als wären gefiederte Blätter vorhanden. Die Angabe in den Verzeichnissen, dass dieses wirklich der Fall sei, beruht daher auf einem Irrthum. Zwischen den kleinen Blättern kommen die kleinen, rothen Blüthen hervor und hängen nach unten herab.

Stauranthera grandifolia Benth. (nicht grandiflora Wall.) ist eine ostindische Pflanze, welche schon deshalb keine Gesneracee sein kann, sondern eine Cyrtandracee. Sie besitzt sehr grosse, schöne Blüthen mit kurzer Röhre. Ihre Farbe ist himmelblau, im Schlunde aber gelb. Sie ist sehr zu empfehlen und schliesst sich den Meyenien an.

Siphocampylos ciliatus hat Linden eingeführt, ist aber als Eigenthum an Lemoine in Metz übergegangen. Er schliesst sich an Schönheit den übrigen Arten dieses Geschlechtes an. Den Namen hat die Pflanze von den, mit langen Wimpern am Rande besetzten Blättern erhalten. Aus ihren Winkeln kommen auf schlanken Stielen die ziemlich grossen Blüthen von mennigrother Farbe hervor.

Clerodendron Balfourii gehört, wie Clerod. Thompsoniae, zu den sich windenden Arten und besitzt, wie genannte Art, einen blendend-weissen Kelch, aus dem eine brennend-rothe Blüthe hervorkommt. In wiefern sie sich von genannter Art unterscheidet, vermögen wir nicht anzugeben. Auf jeden Fall ist der Unterschied nicht bedeutend.

Machaerium firmum Benth. bildet in Brasilien einen schönen Baum mit gefiederten Blättern und gehört zu den Schmetterlingsblüthlern, und zwar zu den Dalbergieen. Ob es bei uns zum Blühen kommt, wissen wir nicht; auf jeden Fall nicht leicht. Interessant möchte es aber vielen Pflanzenliebhabern sein, zu wissen, dass wahrscheinlich unser schönes Polysanderholz von diesem Baume stammt. Da es auch eine schöne Blattpflanze darstellt, so verdient es auch in dieser Hinsicht empfohlen zu werden.

Hübsche Blattpflanzen sind bekanntlich die Stadtmannien. Zu den bereits bekannteren und seit einiger Zeit in den Gärten kultivirten Arten kommen noch St. Ghiesbrechtii und Legrellei. Wir haben noch nicht Gelegenheit gehabt, sie zu sehen; wenn sie sich aber einigermassen den bekannten anschliessen, so verdienen sie Beachtung.

Cupania undulata sahen wir zuerst vor 2 Jahren bei Linden in Brüssel, sie scheint aber erst jetzt in den Handel gekommen zu sein. Sie steht den Stadtmannien, mit denen sie zur Familie der Sapindaceen gehört, sehr nahe und besitzt, wie diese, gefiederte Blätter. Ob sie bereits beschrieben ist, wissen wir nicht; da die Zahl der bekannten Arten gross ist, vermuthen wir es.

Ob Pisonia longirostris ein Gartenname ist oder sie schon beschrieben wurde, wissen wir nicht; auf jeden Fall stellt sie aber eine ausgezeichnete Blattpflanze baumartiger Natur aus der Familie der Nyctagineen dar. Wir können auch nicht sagen, da die Pisonien in der Alten und Neuen Welt wachsen, woher sie stammt. In der Jugend kommen die Blätter roth heraus, alt haben sie hingegen die Eigenthümlichkeit, dass sich mitten durch die freudig-grüne Oberfläche ein ziemlich breiter rother Streifen hindurch zieht.

Saurauja (Sauravia) superba scheint wiederum ein Gartenname zu sein, da wir ihn nirgends finden. Wir kennen leider auch die Pflanze nicht. Die Blätter sollen dick und lederartig sein und jung eine röthliche Farbe haben, während im herangewachsenen Zustande nur ein rother Schein bleibt. Die Sauraujen gehören bekanntlich zu den Ternströmiaceen und kommen hauptsächlich auf den Sunda-Inseln vor.

Urostigma Hasseltii steht der Ficus Cooperi, die ebenfalls ein Urostigma sein möchte, sehr nahe und soll sich nur durch hellere Blattfarbe auszeichnen. Wahrscheinlich sind das Vaterland Ostindien oder die Sunda-Inseln, während die zuletzt genannte Pflanze aus Neuseeland stammt. Diese gedeiht zwar unserem gewöhnlichen Gummibaume (Urostigma elasticum, Ficus elastica) gleich gut in unseren Zimmern; bis jetzt scheint man aber wenig Gebrauch davon gemacht zu haben; vielleicht liegt es daran, dass die Vermehrung nicht so leicht ist. Auch Urostigma Hasseltii soll im Zimmer leicht gedeihen.

Dombeya angulata wird von Groenewegen empfohlen; wir wissen aber nicht, ob es die Cavanilles'sche Pflanze d. N. oder die Roxburgh'sche ist; wir vermuthen das letztere, dann wäre die Pflanze aber identisch mit D. palmata Cav., die wir, so viel wir wissen, noch nicht in Kultur gehabt haben, während die D. angulata Cav., welche von der Insel Bourbon stammt, eine bekannte Kulturpflanze darstellt.

Die
internationale Ausstellung
von Pflanzen, Blumen und damit in Verbindung stehenden Gegenständen
in Amsterdam,

vom 7. bis 12. April 1865.

(Fortsetzung.)

Wir gehen zu den einzelnen Einsendungen über. Dass wir nicht auf gleiche Weise über Alles berichten können, da die Zeit dazu viel zu kurz war und wir ausserdem vielfach in Anspruch genommen wurden, sprechen wir hiermit gleich aus; die Berichterstattung kann sich nur vorzugsweise auf Dasjenige erstrecken, welchem wir unsere Aufmerksamkeit zugewendet haben.

Es möchte zuvor noch das Interesse der Leser der Wochenschrift in Anspruch nehmen, zu erfahren, wie man bei der Preiszusprechung in Amsterdam verfuhr. Aus fast allen Ländern Europa's hatte man Preisrichter erwählt: Männer der Wissenschaft und der Praxis, auch Laien. Ihre Zahl betrug 196, von denen allerdings manche ausgeblieben waren, so dass die Gesammtzahl nur gegen 150 betragen mochte. Da das dargebotene Material sehr gross und auch verschieden war, so wurden 10 Sektionen aus den Preisrichtern gebildet, von denen eine jede nur eine bestimmte Zahl von Preisfragen zu erledigen hatte. Jede Sektion wählte sich selbst ihren Präsidenten und ihren Sekretär durch Stimmzettel.

Die Aussprüche sämmtlich hier mitzutheilen, würde zu weit führen. Uns interessirt vor Allem das dargebotene Material. Wir beschränken uns daher nur darauf, am Schluss die Namen derer zu nennen, welche die meisten Zusprechungen erhalten haben oder deren gekrönte Einsendungen in irgend einer Hinsicht besonderes Interesse darbieten.

Die erste Sektion, wo Regel, Direktor des botanischen Gartens in Petersburg, als Präsident, Professor Suringar in Leiden als Sekretär fungirte, hatte über die Einlieferungen zu den ersten 23 Aufgaben ihr Urtheil abzugeben.

Mit den neuen Pflanzen wurde begonnen. A. Verschaffelt in Gent und Linden in Brüssel hatten in dieser Hinsicht, wie schon in Brüssel, so auch hier, das Meiste geliefert. Unter den Farnen des ersteren nennen wir Marattia jacarandaefolia, Cibotium regale und Hemitelia fraxinifolia, die wohl alle 3 wegen ihrer Schönheit einer Zukunft entgegengehen. Neben der reizenden Verschaffeltia splendida, die wir schon in Brüssel gesehen haben, war eine zweite Art dieses noch unbeschriebenen Palmen-Geschlechtes unter dem Namen V. speciosa vorhanden. Die grossen, einfachen Blätter dieser beiden reizenden Palmen nahmen sich sehr gut aus und beschatteten gleichsam die übrigen meist kleineren Pflanzen. Ihnen schloss sich Zalacca Wagneri an. Ob Pandanus ornatus und Zamia grandis wirklich neue Arten sind, müssen wir dahingestellt sein lassen. Neue Formen von Dieffenbachien unter den Namen nobilis und giganteus stehen den in den letzten Jahren eingeführten nicht nach. Die letztere hat tigerartig-gefleckte Blattstiele, sowie weissgebänderte und weissgefleckte Blätter.

Von den beiden gefleckt-blättrigen Smilax-Arten: macrophylla und salicifolia möchte die erstere wegen der grossen Blätter den Vorzug verdienen. Amarantus amoenus ist nichts weiter, als die kleine buntblättrige Amarantacee: Teleanthera paronychioides, welche im Nordosten Deutschlands länger als ein Jahrzehend, namentlich zu Einfassungen, benutzt wird. Aralia Sieboldii fol. retic. ist wegen der hervorstehenden Nerven auf glänzendgrüner Fläche der Hauptart vorzuziehen. Phrynium van den Heckei ist die von uns beschriebene Calathea picturata. Das früher bereits besprochene Abutilon vexillarium E. Morr. sahen wir zuerst hier im blühenden Zustande.

Sehr interessirten uns die kleinen Agaven in Rosettenform, weil sie wiederum eigenthümliche zwergige Formen der vielgestalteten A. Scolymus (A. Verschaffeltii der Gärten) darstellten. Hier wäre von Neuem Gelegenheit geboten, neue Arten zu machen. Von der, welche als A. cucullata vorkommt, ist schon früher gesprochen worden. Sie zeichnet sich durch den sehr langen Enddorn aus. A. princeps scheint eine Art Stamm zu bilden, indem die unteren Blätter abfallen und die ganze Pflanze sich demnach etwas erhebt. Die breiten Blätter haben eine blaugrüne Farbe. Nicht minder interessant war die Form, welche den Namen A. striata erhalten hat, weil ihre flach-aufliegenden Blätter deutlich gestreift sind.

Auch die japanischen Ahornformen des vielgestalteten Acer palmatum (Thunb.) C. Koch nahmen mit Recht die Aufmerksamkeit der zahlreichen Besucher in Anspruch. Als A. sanguineum war die rothblättrige Form mit 5 und 7 tiefen Abschnitten vorhanden, während diese bei A. amabile grün waren. Dieselbe Farbe hatten sie bei A. jucundum, waren aber 9-lappig. Eine sehr geschlitzt-blättrige Form hatte den Namen A. Friederici-Guilielmi erhalten.

Nicht minder ausgezeichnete Pflanzen befanden sich unter den neuen Einführungen Linden's aus Brüssel; es betrifft dieses ganz besonders die Blattpflanzen des Warmhauses. Als Araliaceen verdienen Aralia furfuracea und lepidota, die wohl beide zum Genus Oreopanax gehören, Beachtung der Liebhaber. Meliosma nobilis steht mit ihren grossen, härtlichen Blättern der Theophrasta imperialis nahe und verdient gleiche Empfehlung. Saurauja serupiquensis gehört zu den sehr behaarten Arten und nimmt sich mit ihren, im jugendlichen Zustande braunroth gefärbten Blättern sehr gut aus. Cyanophyllum glaucovirens schliesst sich den anderen Arten dieses Geschlechtes an und besitzt durch die blaugrüne Färbung der Blätter einen besonderen Reiz. Auch Sphaerogyne cinnamomea, wo die Blattstiele und Stengel eine zimmetbraune Farbe besitzen, verdient Empfehlung; ebenso machen wir auf die beiden Rupalen (Rhopala's): aurea und elegantissima, aufmerksam.

Dem Linden'schen Etablissement verdanken wir schon manche schöne Marantacee; jetzt war aber eine vorhanden, welche unserer Ansicht nach alle die bis jetzt eingeführten Arten weit übertrifft und einigermassen an die niedrig-bleibende Dracaena nobilis erinnert. Sie führte den Namen Maranta rosea-picta, den sie mit Recht besass; denn die kurzgestielten und gedrängt-stehenden Blätter waren dunkel und glänzend grün, besassen aber ausserdem drei ziemlich breite Längsstreifen vom schönsten hellen Karmin. M. Wallisii heisst eine andere Art, wo längs des Mittelnerves sich ein dunkelgrün gefärbtes Band dahinzieht; aber auch der Rand der Blätter war, jedoch ziemlich schmal, dunkel gefärbt. Maranta amabilis hatte dagegen einen silbergrauen Mittelstreifen auf den länglichen Blättern und schien klein zu bleiben.

Dioscorea Anecochilus verdient wegen der reizenden Zeichnung auf den Blättern diesen Namen und wird gewiss in den Sammlungen der Liebhaber eine dauernde Stellung einnehmen. Dasselbe gilt von den beiden sich ebenfalls windenden Echites-Arten: rubro-venosa und variegata, von denen die erstere wegen der rothen Aderung auf den Blättern so genannt wurde, während bei der letztern diese durch ein silbergraues Mittelband gezeichnet sind. Von den Linden'schen Urospathen haben wir schon früher gesprochen; sie waren hier in 3 Formen, welche die Namen aureo-reticulata, maculata und marmorea führten, vorhanden. Sie schliessen sich, wie früher schon gesagt wurde, als Aroideen den buntblättrigen Kaladien an.

Auch eine Palme fand sich unter den Linden'schen Einführungen vor: Cocos elegantissima, welche sich, wenigstens in diesem jugendlichen Alter, durch leichte Formen auszeichnete. Unter den Blüthensträuchern empfehlen wir Rogiera gratissima Pl. et L. und Franciscea Lindeniana Planch. Letztere scheint weit mehr buschig zu wachsen, als die bekannten Arten, und empfiehlt sich ausserdem durch die Fülle pfirsichrother Blüthen. Encholirion Liboni ist unzweifelhaft, eben sowie E. Jonghei, eine Vriesia oder Tillandsia und schliesst sich in jeder Hinsicht der genannten an. Weniger Berücksichtigung möchte Dimorphanthus mandshuricus, eine krautartige, der Aralia chinensis sehr ähnliche Araliacee, verdienen.

James Veitch in London hatte ebenfalls interessante Pflanzen zur Verfügung gestellt. Wir billigen vollständig, dass diese, in sofern sie noch keiner botanischen Kontrole unterlagen, ohne Namen ausgestellt waren, bedauern aber auch, dieselben deshalb zum Theil übergehen zu müssen. Wir wünschen, dass andere Handelsgärtner sich daran ein Beispiel nehmen möchten, und nicht immer neue eingeführte Pflanzen ohne Weiteres mit Namen zu belegen. Maranta Veitchii befand sich dieses Mal in einem kleineren Exemplare vor, als es voriges Jahr in Brüssel der Fall war. Schade, dass sich diese schöne Pflanze nicht so leicht vermehren lässt, denn noch ist sie nicht im Handel. Mit ihren grossen Längsbinden nimmt sie sich wunderschön aus. Sie steht der Calathea picturata am nächsten und scheint sich hauptsächlich durch grössere und rundere Blätter zu unterscheiden.

Eine von unsern bekannten Arten abweichende Sonerila war vorhanden, die hoffentlich recht bald in unsere Gewächshäuser kommen und daselbst zur Zierde gereichen wird. Auch Bertolonia pubescens möchten wir empfehlen, sowie die noch nicht bekannte Melastoma. Urceolina aurea, eine Amaryllidee aus den Kordilleren, übertrifft wegen der goldgelben Blüthen die beiden bis jetzt bekannten Arten des Geschlechtes an Schönheit, weshalb wir auf sie aufmerksam machen. Auch 2 in den Gärten gezüchtete Alpenrosen waren vorhanden: Rhododendron Princess Helena und Alexandra, die gewiss auch bei uns Beifall finden werden.

Groenewegen & Co. in Amsterdam besitzen eine Gärtnerei, die trotz ihres nicht langen Bestehens sich wegen der Reichhaltigkeit und Schönheit ihrer neueingeführten Pflanzen auch bei uns Anerkennung verschafft hat. Ihnen verdankte die Ausstellung auch jetzt eine nicht unbedeutende Anzahl derselben. Von mehrern derselben ist in der vorausgegangenen Abhandlung gesprochen worden, daher wir diese jetzt nicht zum zweiten Mal erwähnen und nur die Pflanzen nennen, welche wir noch nicht aufgeführt haben. Casuarina sumatrana gehört ohne Zweifel zu den schönsten und leichtesten ihres Geschlechtes. Warum überhaupt die mehr buschig wachsenden Casuarinen, welche im Habitus der Thuja aurea und stricta sich anschliessen, diese aber unbedingt noch an Eleganz übertreffen, nicht mehr von Liebhabern kultivirt werden, begreift man nicht. Es kommt dazu, dass sie in der Kultur wenig Mühe machen und im Winter schon mit einigen Grad Wärme fürlieb nehmen.

Radermachia stricta Hort. Bog. stammt aus Java und besitzt gefiederte, hautartige Blätter, während diese bei Saurauja superba eine elliptische Form und eine glänzende Oberfläche besitzen. Ihre Farbe ist leberfarbig-grün; jung kommen sie aber rein leberfarbig heraus. Hoya maxima zeichnet sich durch dicke, lederartige Blätter aus. Eigenthümlich schien uns der noch nicht benannte Brodbaum mit seinen 5 Zoll langen und 1½ Zoll breiten Blättern, da diese rothe Stiele besassen. Spathophyllum Minehassae sah dem Sp. Humboldtii ähnlich. Schliesslich machen wir noch auf das Zuckerrohr mit gestreiften Blättern (Saccharum officinarum foliis striatis) aufmerksam.

Sehr interessante Pflanzen enthielt die Sammlung von Jean Verschaffelt in Gent. Von den hier aufgestellten Agaveen werden wir später berichten, wenn wir überhaupt diese Pflanzen besprechen. Peperomia arifolia besass breit-längliche, aber zugespitzte Blätter, wo die grüne Oberfläche durch silbergraue Längsbänder unterbrochen war. Anthurium grande war noch zu klein, um ein Urtheil darüber zu geben. Die Blätter ähnelten denen des A. leuconeuron, schienen aber weniger hart zu sein. Der Blattstiel war rund. Dracaena lentiginosa steht der von uns ohnlängst beschriebenen Cordyline Regelii sehr nahe; die schmalen Blätter haben aber eine schmutzig-leberbraune Farbe. Raphiolepis ovata besass breit-elliptische, immergrüne Blätter mit dunkelgrüner Oberfläche. Dass Prumnopitys elegans Phil. nichts weiter ist, als Podocarpus andina ist, haben wir schon früher gesagt. Hebeclinium janthinum mit bunten Blättern vermehrt wiederum die grosse Zahl der buntblättrigen Pflanzen.

Endlich hatte noch der Kunst- und Handelsgärtner Glijm in Utrecht einige neue Pflanzen aufgestellt, von denen jedoch die als Billbergia aufgestellte Tillandsia dianthoidea, obwohl sie als Neuheit einen Preis erhielt, eine längst bekannte, wenn auch schöne Pflanze ist. Beachtung verdient Rupala nobilis. Ebenso wollen wir auf die 3 Formen der Begonia subpeltata (wohl peltata Hassk.) aufmerksam machen.

Als einzelne neue Pflanze war zunächst ein Siphocampylos von dem Obergärtner Esser bei dem Kommerz. Schöller in Düren bei Aachen mit prachtvollen scharlachrothen Blüthen aufgestellt. Sollte es nicht der S. ciliatus, den jetzt Lemoine in Metz in den Handel bringt, sein?

Aus dem Leidener botanischen Garten hatte der Hortulanus Witte einen Amorphophallus mit fast weissem und nur schwachgefleckten Blattstiel, wo leider die Blattflächen noch nicht entwickelt waren, ausgestellt, ausserdem aber noch Cyrtandra bicolor mit blaugrünen, metallisch-glänzenden Blättern.

Dem Kunst- und Handelsgärtner Geitner aus Planitz bei Zwickau verdankte man eine noch nicht bestimmte Bromeliacee, Jean Vervaene fils in Gent dagegen eine buntblättrige Chamaerops humilis, die er selbst zufällig aus Samen erhalten hatte, ausserdem aber noch eine sehr schöne Azalee, der er den Namen Souvenir de l'exposition universelle d'Amsterdam gegeben hatte.

Sammlungen blühender Gewächshauspflanzen waren 12 eingesendet. Die meisten bildeten Schaupflanzen in kugeliger oder eirunder Gestalt und von 2 bis 2½ Fuss Durchmesser und befanden sich in gutem Kulturzustande. Abgerundete Formen und Blüthenreichthum zeichneten die meisten Exemplare aus. In ganz Holland erfreuen sich die Utrechter Handelsgärtner in dieser Hinsicht eines guten Rufes; sie hatten auch dieses Mal die schönsten Sammlungen eingesendet. Bei Gelegenheit einer Reise durch Holland vor einigen Jahren (s. 5. Jahrg. d. Wochenschrift S. 270) haben wir dieses schon anerkannt. Ausser Glijm, den wir an besagter Stelle rühmten, hatten sich noch die Handelsgärtner de Groot, Metlerkamp und van Lunteren betheiligt. Die Sammlungen einiger Liebhaber standen keineswegs nach, wie die Suermondts in Rotterdam, van de Grampel und J. H. Kraeijembrink bei Bilt.

Diese Schaupflanzen waren im Allgemeinen dieselben, die auf unseren Ausstellungen früher häufiger gesehen wurden, als jetzt: Arten aus den Familien der Geruch- und echten Haiden (Diosmeen und Ericeen), der Epakrideen, der Polygaleen, der Proteaceen, aus den Gruppen der neuholländischen Genisteen, Rhammeen, Akazien u. s. w. Wenn wir nicht fürchteten, zu viel Raum einzunehmen, würden wir manches Interessante berichten können; so sei es uns wenigstens nur erlaubt, auf die kapischen Haiden, welche alle Jahre jetzt seltener werden, aufmerksam zu machen, da sie von besonderer Kulturvollkommenheit und Schönheit hier vorhanden waren. Wir nennen in dieser Hinsicht besonders Erica Halfordii und andromedaeflora, ausserdem aber Epacris Coopelandi, sodann noch einige Eriostemons.

Schaupflanzen als Einzel-Exemplare waren von blühenden Pflanzen 16, von nicht blühenden 9 vorhanden. Nicht alle entsprachen unseren Anforderungen, während andere die Hand eines Meisters erkennen liessen. Wir nennen in dieser Hinsicht eine Erica triumphans und ein Rhododendron Countess of Haddington von A. van Geert in Gent, Eriostemon myoporioides von Glijm in Utrecht, Azalea indica rubra plena von van den Boosche in Gent (Obergärtner Eeckhaute), Banksia Cunninghami von Meulman in Amsterdam (Obergärtner Jacobs), Isopogon anthemifolius (ein Steckling vom Jahre 1855) von de Smit in Overveen und Theophrasta imperialis von Mad. Legrelle d'Hanis in Antwerpen.

Blattpflanzen-Gruppen fanden sich 9 vor. Von ihnen zog die des Baron Osy in Antwerpen die Aufmerksamkeit Aller auf sich: schöne Exemplare in ausgezeichneter Kultur und in allen Theilen untadelhaft, wie wir schon mehrmals bei Gelegenheit der Berichte belgischer Ausstellungen ausgesprochen haben. Leider hatten sie einen sehr ungünstigen Platz erhalten, sonst möchten sich die darin befindlichen schönen Alsophilen, Cyatheen, Dasylirien, Pincenectien, Agaven u. s. w. noch ganz anders ausgenommen haben. Ausserdem verdienten die Sammlungen von de Smit in Overveen bei Haarlem, wo Banksien und Araukarien eine Hauptrolle spielten, und von A. Verschaffelt in Gent besondere Beachtung. In der Sammlung des letzteren waren die 10 Exemplare eigentlich sämmtlich Schaupflanzen, die sich um so mehr auch präsentirten, als sie einen guten Standpunkt erhalten hatten. Wir nennen aus ihrer Zahl Cyathea medullaris, Zamia lanuginosa und Cycas Ruminiana, welche letztere vor Cycas Rumphii, mit der sie wohl eine und dieselbe Art bildet, den Vorzug hat, dass sie weit rascher wächst und in der Kultur leicher ist.

(Fortsetzung folgt.)

Berichtigung.

Bei der Nennung der Pflanzen, zu deren Einsendung von Seiten der Londoner Gartenbau-Gesellschaft an bestimmten Tagen zur Ausstellung aufgefordert wird (S. 150), werden wir berichtigt, dass man in England unter Polyanthus keineswegs unsere Tuberose, sondern die Primel versteht.

Verlag von Karl Wiegandt in Berlin, Koch-Strasse No. 22.

Druck der C. Feister'schen Buchdruckerei (L. Mewes), Berlin, Zieten-Platz No. 2.

Wochenschrift

des

Vereines zur Beförderung des Gartenbaues in den Königl. Preussischen Staaten

für

Gärtnerei und Pflanzenkunde.

Redakteur:

Professor Dr. Karl Koch,

General-Sekretair des Vereines.

No. 22. Berlin, den 3. Juni **1865.**

Preis des Jahrganges 5¼ Thlr., sowohl bei Bezug durch den Buchhandel, als auch franco durch alle Post-Anstalten des deutsch-österreichischen Post-Vereines.

451. Versammlung des Vereines zur Beförderung des Gartenbaues,

am 24. Mai.

Der Vorsitzende, Geh. Ober-Regierungsrath Knerk, ersuchte zunächst den Hofgärtner Brasch und den Kunst- und Handelsgärtner Lackner bei der am 18. Juni stattfindenden Fest-Ausstellung von Pflanzen und Blumen das Amt der Ordner freundlichst zu übernehmen. Ueber das Lokal, wo dieselbe stattfinde, werde er später Mittheilung machen. Zugleich ersuchte er folgende Mitglieder:

Direktor August,
Apothekenbesitzer Augustin,
Stadtrath Ahrends,
Direktor Baerwald,
Hofgärtner Brasch,
Inspektor Bouché,
Gasthofbesitzer Dreitzel,
Gasthofbesitzer Duderstedt,
Hofgärtner Hempel,
Thiergarten-Inspektor Henning,
Fabrikbesitzer Hensel,
Professor Koch,
Apothekenbesitzer Kuhtz,
Apothekenbesitzer A. Meyerhoff,
Kaufmann Preuss,
Rentier Sonntag,
Rentier Stiemke sen.

zu einem Ausschusse zusammenzutreten, um die nöthigen Vorbereitungen für das mit der Ausstellung verbundene Jahresfest zu treffen.

Zu Preisrichtern wurden dagegen ernannt:

Geh. Ober-Reg.-Rath Heyder, als Vorsitzender,
Apothekenbesitzer Augustin,
Hofgärtner Karl Fintelmann in Charlottenburg,
Hofgärtner Giessler in Glienicke,
Kunst- und Handelsgärtner Hoffmann,
Kunst- und Handelsgärtner Lauche in Potsdam,
Baumschulbesitzer Lorberg,
Kunst- und Handelsgärtner L. Mathieu,
Kunst- und Handelsgärtner Späth.

Endlich ersuchte der Vorsitzende den

Direktor August,
Hofgärtner K. Fintelmann in Charlottenburg,
Obergärtner Gaerdt in Moabit,
Kunst- und Handelsgärtner Mathieu und
Kammergerichtsrath Vogel

für die nächste Fest-Versammlung Vorschläge zu der Wahl eines neuen Vorstandes zu machen.

Geh. Ober-Regierungsrath Knerk theilte einen Artikel des Professor Dr. Cohn über die Exkursion nach dem Haarlemer Meer mit, welche bei Gelegenheit der internationalen Pflanzen-Ausstellung in Amsterdam unter Führung eines Mitgliedes des dirigirenden Ausschusses derselben, Hoeufft van Velsen, gemacht worden war. Mehre Mitglieder, welche daran Antheil genommen, fügten diesem ebenfalls einige Mittheilungen hinzu, so dass das Interesse für den Gegenstand erhöht wurde. Man sprach schliesslich den Wunsch aus, dass eine Beschreibung der Trockenlegung des Haarlemer Meeres, sowie des jetzigen Zustandes desselben mit seinen verschiedenen Kulturen, nicht allein das Interesse der Mitglieder, sondern überhaupt das sämmtlicher Leser der Wochenschrift in Anspruch nehmen dürfte. Da nach Professor Koch auf der Königl. Universität über die Trockenlegung des Haarlemer Meeres ein interessantes Werk vorhanden sei, da er ferner selbst spätere Abhandlungen darüber erhalten und diese bei der Bearbeitung eines Artikels zur Verfügung stellen könne, so würde eine Zusammenstellung des am meisten Wissenswerthen keine Schwierigkeiten darbieten. Er erlaube sich deshalb, den Hofgärtner Fintelmann in Charlottenburg, der längere Zeit in Holland gewesen und der holländischen Sprache mächtig sei, dazu vorzuschlagen. Gewiss werde auch der Gutsbesitzer Amersfordt, welcher eine Musterwirthschaft im Haarlemer Meer besitze und die Theilnehmer an der angedeuteten Exkursion so gastfrei in seinem Hause aufgenommen habe, noch andere Materialien zur Verfügung stellen, wenn man ihn darum ersuche.

Inspektor Bouché berichtete über die ausgestellten Pflanzen, welche aus 3 Gärten eingeliefert waren. Wie gewöhnlich, befand sich auch dieses Mal wiederum eine Gruppe von Blüthensträuchern und sonstigen blühenden Pflanzen aus dem botanischen Garten vor, welche manches Interesse darbot. Vor Allem machte Inspektor Bouché auf Veronica formosa R. Br. aufmerksam. Bisher habe dieser Blüthenstrauch alle Jahre weiss geblüht, in diesem Jahre seien aber merkwürdiger Weise blaue Blüthen zum Vorschein gekommen. Dergleichen Fälle, wo Blüthen plötzlich eine andere Farbe annehmen, möchten nicht oft vorkommen. Ferner machte derselbe auf 2 kleine Pflänzchen: Saxifraga tenella und Saponaria ocymoides, die ihre Töpfe ganz mit Blüthen überdeckt hatten, besonders aufmerksam, da sie sich zum Ueberziehen von Felsenpartbien sehr gut eignen.

Aus dem Garten des Kommerzienrathes Reichenheim hatte Obergärtner Boese einige Orchideen ausgestellt, von denen Trichopilia crispa 24 Blüthen ringsum in einem Kranze besass, während die Zahl der Blüthen von Cypripedium barbatum superbum nicht weniger als 22 betrug. Allgemein erregte aber ein Steckling der reizenden Fuchsie: Venus de Medici, durch seinen Blüthen-Reichthum und durch seine Kultur die Aufmerksamkeit und Bewunderung der Anwesenden. Obwohl dieser erst am 28. Februar des vorigen Jahres in die Erde gebracht, also grade 1 Jahr alt war, so besass er bereits doch eine Höhe von 9 und einen Durchmesser von 3 Fuss.

Nicht weniger fanden die 3 Orchideen: Trichopilia marginata gloxiniflora, Angulosa Ruckeri und wiederum Cypripedium barbatum des Rittergutsbesitzers Reichenheim (Obergärtner Kraus) Anerkennung. Der Kranz der Blumen, welcher bei der zuerst genannten Art ringsherum stand, betrug hier sogar 36.

Apothekenbesitzer Augustin legte als Vorsitzender des Ausschusses, der für die nächste Frühjahrs-Ausstellung ein Programm entwerfen sollte, einen Entwurf zur Berathung, resp. Beschlussnahme vor. Man glaubte im Schosse des Ausschusses im Allgemeinen keine Abänderungen gegen das frühere Programm vornehmen zu dürfen, wohl aber beantrage man, die Bestimmung, nach der jede Schaupflanze wenigstens 6 Monate im Besitze des Ausstellers sich befinden müsse, fallen zu lassen, da unbedingt die Ausstellung darunter leiden müsse und es im Grunde ziemlich gleich sein könne, wer eine Schaupflanze herangezogen, wenn sie nur vorhanden sei und durch ihr Beispiel auf die Vervollkommnung in der Blumenzucht hingewirkt werde. Ausserdem wurden dieselben Gründe für und wider die Bestimmung hervorgebracht, wie sie bereits früher schon bei gleichen Gelegenheiten gebracht wurden und auch in der Wochenschrift zur weiteren Kenntniss gekommen sind. Wie hier die Majorität sich für den Vorschlag des Ausschusses entschied, so wurden auch die übrigen unwesentlichen Veränderungen gegen das frühere Programm angenommen. Schliesslich fügte diesem der Vorsitzende noch hinzu, dass er, um die Kultur der Rosen noch mehr zu heben und der Frühjahrs-Ausstellung einen weiteren Schmuck zuzuführen, er einen zweiten Preis für getriebene Rosen aussetze.

Inspekter Bouché theilte mit, dass das, was er hier zur weiteren Kenntniss bringen wolle, zwar nicht mit der Gärtnerei in genauer Verbindung stehe, aber doch auch in gewissen Fällen Interesse für Gärtner haben könne. Der Schlossermeister C. Reinhardt in Berlin (Friedrichstr. 96) habe nämlich Apparate (elektrische Glockenleitungen) erfunden, wonach man in den Stand gesetzt sei, sofort zu wissen, wenn eine Thür geöffnet werde. Diebische Einbrüche könnte man dadurch auf eine leichte Weise verhindern. Solche elektrische Glokkenleitungen könnten aber auch mit Thermometern in Verbindung gesetzt werden. Dann wisse man augenblicklich, wenn in einem Gewächshause im Winter, wo geheizt werden müsse, die Temperatur einen bestimmten niederen Grad, oder auch im Sommer einen zu hohen Grad erreicht habe. Im letzteren Falle werde umgekehrt dem Gärtner angezeigt, dass er lüften müsse. Dergleichen Vorrichtungen würden dem betreffenden Chef der Gärtnerei stets die Gewissheit geben, dass von Seiten des Aufsichts-Personales nichts versäumt worden sei.

Hofgärtner G. A. Fintelmann auf der Pfaueninsel bedauerte in einem Schreiben um so mehr, der Sitzung nicht beiwohnen zu können, als er eine ihm sehr interessante Frage zur Diskussion stellen wolle. Obergärtner Franz Kummer zu Paris habe in No. 18 der Wochenschrift (S. 144), wo er über den Gebrauch von Gyps bei dem Versetzen von grossen Bäumen spricht, angeführt: dass nach ungefähr 6 Jahren man in der Regel keine Spur von dem Gypse mehr finde, welcher zur Festigung des kübelartig umschlossenen viereckigen Ballens eingegossen worden sei.

Diese Einsickerung von Gyps sei wohl die sinnreichste Unternehmung, welche je für gärtnerische Ausführungen ersonnen worden, und die nächste Wirkung so einleuchtend und zweckentsprechend, dass es keiner weiteren Besprechung bedürfe.

Die zweite Wirkung sei für ihn die, dass durch den Gyps Lamellen und andere Körper gebildet werden, welche durch ihre rauhe, Feuchtigkeit anziehende und haltende Oberflächen neu gebildeten Zasern eine Anlagerung bieten, wie sie gar nicht besser gedacht werden könne. Hofgärtner Fintelmann erklärt sich die Beobachtung: „dass der Gyps auf die zukünftige Entwickelung des Baumes einen sehr günstigen Einfluss auszuüben scheine" eben und nur dadurch. Nach den ihm bekannten Erfahrungen, eigner und vieler anderer, sowohl von Gärtnern als auch von Landwirthen, würden Kalk und Mergel noch nach vielen Jahren der Bebauung im Boden in „augenscheinlich" unverminderter Menge vorgefunden, wenn der eine oder der andere zur Verbesserung des Bodens verwendet worden sei. Wenn aber die so eben angeführte Thatsache überall auch nur als „augenscheinlich" angeführt werde, so bleibe doch zu beachten, dass Mecklenburger Landwirthe in Bezug auf Mergel nach 40 Jahren, vom Auffahren an gerechnet, so behauptet haben.

Ohne, ja eben weil die Beobachtung des Obergärtners Kummer doch nicht in Zweifel zu ziehen sei, halte er dafür, dass die angeführte Thatsache näher zu untersuchen und dass namentlich festzustellen sei, ob das Verschwinden des Gypses dort einer chemischen Einwirkung der Boden-Bestandtheile, oder allgemein der Thätigkeit der Pflanzen-Wurzeln zugeschrieben werden müsse.

Nach Professor Schultz-Schultzenstein wäre bei der Thatsache zunächst festzustellen, ob der Gyps wirklich verschwunden, oder nicht vielmehr so zerfallen sei, dass er mit der übrigen Erde sich völlig vermengt habe, so dass er als besonderer Körper nicht mehr zu unterscheiden gewesen sei. Nach Professor Koch möchte eine theilweise Aufnahme stattgefunden haben, da Gyps, wenn auch in noch so geringen Mengen, in Wasser löslich sei. Schwefelsäure, welche Gyps enthalte, befördere die Bildung der Eiweissstoffe in der Pflanze, und Kalk sei ein nothwendiger Bestandtheil für die Ernährung der Pflanze. Dass eine so grosse Menge von Gyps, von welcher bei der Verpflanzung solcher grossen Bäume in besagter Abhandlung die Rede sei und welche mehre Scheffel betrage, in so kurzer Zeit aufgezehrt sein solle, erscheine ihm allerdings problematisch. Dr. Filly suchte dagegen das Verschwinden so grosser Massen dadurch zu erklären, dass der Gyps durch Regenwasser in die Tiefe hinabgeschwemmt sei. Man müsse demnach sich zuvor zu überzeugen suchen, ob sich nicht genanntes Mineral in der Tiefe noch vorfinde. Auch Inspektor Bouché führte ein Beispiel an, wo andere Mineralstoffe und zwar Lehm, der auf Sandboden gelegen habe, allmählig durch den Regen mehre Fuss tief in die Erde geführt worden sei.

Der Vorsitzende hielt den Gegenstand für wichtig genug, um einen Ausschuss zu ernennen, um den Gegenstand näherer Prüfung zu unterwerfen und die nöthigen Versuche anzustellen. Er ersuchte daher

den Professor Dr. Karsten,
den Apothekenbesitzer E. Meyerhoff,
den Obergärtner Gaerdt und
den Baumschulbesitzer Lorberg

zusammenzutreten, und das Nöthige zu veranlassen, damit in einer der spätern Versammlungen darüber berichtet werden könnte.

Kunst- und Handelsgärtner Demmler theilte mit, dass in manchen Gegenden eine kleine Raupe ganze Erdbeer-Anpflanzungen vernichtet habe; er wünsche etwas Näheres über das betreffende Insekt zu erfahren. Er wurde ersucht, die Raupe einzusenden, um weitere Untersuchungen darüber anstellen zu lassen.

Inspektor Bouché legte Pappel-Blendlinge vor, welche aus Papulus canadensis (Willd.) und laurifolia gefallen sein sollten und zufällig im botanischen Garten aufgegangen waren.

Den Monatspreis erhielt die Fuchsia des Kommerzienrathes Reichenheim (Obergärtner Boese).

Es waren im Anfange der Sitzung zur Wahl der verschiedenen Ausschüsse, welche jedes Mal in der Mai-Versammlung geschieht, Stimmzettel herumgegeben. Nachdem diese ausgefüllt zurückgegeben waren, wurden 3 Mitglieder ersucht, das Skrutinium zu machen; in Folge dessen waren gewählt:

I. In den Ausschuß für Obst, Gemüse, Nutz- und Handelspflanzen.

1. Kunst- und Handelsgärtner Späth,
2. Hofgärtner Fintelmann in Charlottenburg,
3. Baumschulbesitzer Lorberg,
4. Kunst- und Handelsgärtner Christoph und
5. Obergärtner Boese.

II. In den Ausschuß für Erziehung von Blumen und für Treiberei.

1. Inspektor Bouché,
2. Obergärtner Gaerdt in Moabit,
3. Obergärtner Kraus,
4. Universitätsgärtner Sauer und
5. Hofgärtner Morsch in Charlottenhof.

III. In den Ausschuß für Gehölzkunde und bildende Gartenkunst.

1. Hofgärtner Meyer in Sanssouci,
2. Hofgärtner Brasch,
3. Inspektor Henning,
4. Kunst- und Handelsgärtner Hoffmann,
5. Obergärtner Reinecke.

IV. In den Ausschuß für die Entwerfung eines Etats, sowie für Revision der Kasse und der Bibliothek.

1. Direktor August,
2. Rechnungsrath Maresch,
3. Kunst- und Handelsgärtner Mathieu,
4. Geh. Regierungsrath Pehlemann,
5. Kommerzienrath Ravené.

Schliesslich theilte der General-Sekretär, Professor Koch, ein Schreiben Sr. Excellenz des Herrn Ministers des Innern zur Kenntnissnahme der betreffenden Gärtner mit:

„Euer Wohlgeboren eröffne ich auf die Vorstellung vom 10. März d. J., dass Ihr darin gestellter Antrag, eine Modification der polizeilich angeordneten Beschränkung des Transports von thierischen pp. Exkrementen in hiesiger Stadt hinsichtlich des Pferdedüngers herbeizuführen, durch die von dem Königlichen Polizei-Präsidium hierselbst inzwischen erlassene Polizei-Verordnung vom 13. April d. J. seine Erledigung gefunden hat, indem darnach die Abfuhr von Pferdedünger bis auf Weiteres ohne Einschränkung auf gewisse Tagesstunden freigegeben worden ist, sobald die Abfuhr mittelst dicht verschlossener und bedeckter Wagen erfolgt.

Berlin, den 14. Mai 1865.

Der Minister des Innern.

Im Auftrage:
Sulzer."

Professor Koch fügte diesem hinzu, dass damit auch das Schreiben mehrer Handelsgärtner an Se. Excellenz den Herrn Minister der landwirthschaftlichen Angelegenheiten, denselben Gegenstand betreffend, erledigt sei und wäre ihm der Auftrag geworden, auch dieses zur Kenntniss der betreffenden Gärtner zu bringen.

Die
internationale Ausstellung
von Pflanzen, Blumen und damit in Verbindung stehenden Gegenständen in Amsterdam,

vom 7. bis 12. April 1865.

(Fortsetzung.)

Sammlungen offizineller Pflanzen hatten die botanischen Gärten in Leiden und Gent (Oberg. Witte und van Hulle) geliefert; die des ersteren enthielt 213 verschiedene Arten, unter denen freilich auch unsere Arzneikräuter der ganzen europäischen Flor vorhanden waren, die des anderen hingegen nur 49, allerdings nur tropische, zum Theil sehr seltene Arten. Schade, dass die meisten aus beiden Sammlungen nur aus kleinen Exemplaren bestanden. Wir hätten auch gewünscht, dass beide Sammlungen nicht so gedrängt gestanden hätten, damit sie ihren Zweck der Belehrung besser hätten erfüllen können. Groenewegen in Amsterdam hatte dagegen eine Sammlung tropischer Pflanzen, die in heissen Ländern sich in grosser Kultur befinden, ausgestellt.

Die 3 Sammlungen blühender Sträucher des Freilandes, sowie die von Freiland-Stauden, boten nichts Besonderes dar. Dagegen sahen wir unter den 5 Sammlungen buntblättriger Gewächshauspflanzen manches recht Interessante. In der Groenewegen'schen Sammlung befanden sich sodann noch fast sämmtliche Higginsien (Campylobotrys-Arten), Eranthemum sanguinolentum, Pogonia discolor und mehre andere, in der von van der Hecke de Lembeke in Gent hingegen eine hübsche Pinanga maculata, Echeveria metallica mit grünlich-röthlichen, eine Rosette bildenden Blättern, eine prächtige Ananassa Penangensis u. s. w. Sammlungen buntblättriger Kalthauspflanzen hatte man nur 2 eingesendet. Unter den Sammlungen von buntblättrigen Stauden und Gehölzen befanden sich zwar einige interessante Formen, Neues aber haben wir nicht gesehen.

Die Sammlungen von Gehölzen mit immergrünen Blättern waren bemerkenswerth, bestanden aber hauptsächlich aus Koniferen und ausserdem aus Ilex, Rhododendron, Berberis u. s. w. Am meisten gefiel uns die des Baumschul-Besitzers Copijn in Groenekan bei Utrecht.

Neue Gehölze mit immergrünen Blättern haben wir in beiden Sammlungen nicht gefunden. In der von Glijm in Utrecht waren auch Chamaebatia foliolosa und Griselinia (nicht Grislenia) littoralis, von denen die erstere kaum eine Bedeutung erhalten dürfte, während die letztere gewiss nicht bei uns aushält, da sie in Neuseeland zu Hause ist.

Auf jeden Fall ist es aber eine interessante Pflanze. Die Sammlung van Smet's in Gent enthielt japanische Gehölze, unter ihnen die Aucuba japonica in 6 Formen, wovon wir die von Veitch eingeführte Aucuba longifolia noch nicht gesehen hatten.

Die zweite Sektion des Preisrichteramtes hatte die Einsendungen zu den Nummern 24 bis 50 des Programmes zu beurtheilen. Präsident war de Cannart d'Hamale aus Mecheln, Sekretär hingegen Professor Reichenbach in Hamburg. Für Orchideen waren viererlei Bewerbungen vorhanden, denen nur durch 10 Einsendungen entsprochen war. Orchideen gehören in Holland und Belgien nicht, wie in England und Berlin, zu den Modepflanzen der reicheren Gartenbesitzer; Handelsgärtner vermögen der Kultur dieser schwierigen und theuren Pflanzen nicht die Aufmerksamkeit zuzuwenden, welche sie verlangen, wenn man Schaupflanzen von ihnen herangezogen haben will. Aus dieser Ursache waren diese Orchideen in Amsterdam, wie in Brüssel, untergeordneten Ranges. Eine Ausnahme machten die kleinen buntblättrigen Arten, welche man als Sammetblätter und Petolen umfasst. Für diese war auch eine besondere Bewerbung vorhanden.

A. Verschaffelt in Gent hatte 25 blühende Orchideen in 2 Sammlungen ausgestellt, unter denen wir Cypripedium Stonei, Cattleya Wageneri und vielleicht Brassavola Digbyana als weniger häufig vorkommend nennen. Eine dritte Sammlung enthielt 10 Arten der eben erwähnten buntblättrigen kleineren Orchideen. In der Sammlung des Linden'schen Etablissements nennen wir Brassavola glauca, Lycaste Skinneri var. virginalis und Vanda Cathcartii.

Als Einzelpflanze verdiente ein Exemplar des Cypripedium villosum, was de Cannart d'Hamale in Mecheln ausgestellt hatte und 20 Blüthen besass, Beachtung. Ausser A. Verschaffelt hatten noch 3 Liebhaber Sammlungen von Sammetblättern und Petolen eingesendet, von denen die der Mad. Legrelle d'Hanis unbedingt die schönste war, obwohl die von J. A. Willink in Amsterdam und namentlich die von Groenewegen, ebenfalls in Amsterdam, letztere namentlich durch neue und seltene Arten, Anerkennung verdienten.

Palmen waren sehr schöne, zum Theil auch in grossen Exemplaren vorhanden. Auch hier glänzten wiederum die 3 Sammlungen von A. Verschaffelt in Gent. Die eine enthielt 15 Arten in ziemlich grossen und starken Exemplaren und in untadelhafter Kultur. Die noch ziemlich neue Latania Verschaffeltii hatten wir noch nirgends so gross gesehen, ebenso Areca Verschaffeltii. Jubaea spectabilis, Latania Jenkinsii, Livistona Hoogendorpii und Areca speciosa wären ausserdem zu nennen. Von den neueren und neuen Arten haben wir schon früher einige genannt, die wir demnach übergehen. Phoenicophorium Sechellarum ist dem Astrocaryum Borsigianum ähnlich, hat aber mehr rundliche Blätter und ist fast noch dorniger. Zalacca Wageneri besitzt ein eigenthümliches Aussehen, da die jugendlichen Blätter eine blaugrüne Farbe haben. Calamus Verschaffeltii schliesst sich denen an, welche dicht mit Dornen besetzt sind.

Auch Groenewegen in Amsterdam hatte 6 neue Palmen aus den Sunda-Inseln ausgestellt; sie waren aber noch zu klein, um schon zu bestimmen, ob sie bekannten Arten angehören oder neu sind. Auf jeden Fall nehmen sie aber die Aufmerksamkeit der Liebhaber in Anspruch. Endlich verdankte man dem Handelsgärtner Glijm in Utrecht 2 Palmen-Sammlungen zu je 15 Exemplaren. Die grösste Palme, Klopstockia cerifera, hatte der Handelsgärtner Geitner in Planitz bei Zwickau geliefert. Schade, dass sie keinen günstigeren Platz bekommen, wo sie ihre langen Blätter hätte gehörig ausbreiten und überhaupt sich präsentiren können. Eine hübsche Phoenix farinifera hatte auch Glijm in Utrecht ausgestellt, eine Dattelpalme hingegen von besonderer Schönheit die Freifrau Sixma van Heemstra.

Cycadeen waren in prächtigen Exemplaren vorhanden. Die schönsten verdankte man dem Handelsgärtner Glijm in Utrecht. Encephalartos lanuginosa war von besonderer Grösse. Auch A. Verschaffelt in Gent hatte 6 Arten in stattlichen Exemplaren beigesteuert; von ihnen nennen wir Zamia villosa und Lehmanni. Die schönsten Pandaneen waren dagegen aus dem botanischen Garten in Leiden durch den dortigen Hortulanus Witte eingeliefert: 13 verschiedene Arten, die man wohl kaum wo anders in dieser Weise zusammensehen möchte. Wunderschön war in der That Pandanus elegans. Ausserdem nennen wir den echten Pandanus cuspidatus, ferner Bagea, laevis und littoralis. Von bedeutender Grösse hatte Linden in Brüssel ein Exemplar des P. elegantissimus ausgestellt.

Für Farne waren 5 Preisbewerbungen vorhanden. So schön die einzelnen Sammlungen, sowie die Einzel-Exemplare zum Theil, auch erschienen, so hatte die Brüsseler Ausstellung, besonders an Baumfarnen, grössere und mehr Pflanzen. Die Warmhausfarne waren am meisten vertreten. Die grösste Sammlung hatte Willink in Amsterdam geliefert, denn sie enthielt nicht weniger als 92 verschiedene, zum Theil sehr seltene und neue Arten. Sie machte um so mehr Eindruck, als alle Exemplare ohne Ausnahme sich einer vorzüglichen Kultur erfreuten. Raum und Zeit erlauben uns nicht, ausführlich über diese interessante Sammlung zu sprechen. Auch 6 Baumfarne von besonderer Schönheit fanden sich aus dem Willink'schen Garten vor. Dass schönste Baumfarn (als Einzel-Exemplar) hatte jedoch A. Verschaffelt in Gent geliefert: Cyathea dealbata. Eine zwar kleinere, dagegen aber ausgesuchte Sammlung verdankte man der Mad. Legrelle d'Hanis in Antwerpen. Endlich hatten auch die botanischen Gärten in Rotterdam und Leiden durch ihre Obergärtner, Witte, Vater und Sohn, entsprechende Sammlungen eingeliefert.

Neue Farne hatte nur Linden in Brüssel ausgestellt, und zwar in 12 verschiedenen Arten. Wir machen auf Asplenium philippense, myriophyllon und rhachirrhizum, sowie auf Alsophila denticulata und gigantea, aufmerksam, obwohl auch die anderen Verbreitung verdienen. Auch unter seinen 25 Farnen des Warmhauses befanden sich manche interessante Pflanzen.

Lycopodiaceen liebt man in Holland, wie in Belgien, und verwendet grosse Sorgfalt auf ihre Kultur und auf die Vervollkommnung der Sammlung. Es waren deren 5 vorhanden. Wiederum war es Willink in Amsterdam, der hier sich besonders auszeichnete; doch verdienten ebenfalls die Sammlungen der Mad. Legrelle d'Hanis in Antwerpen und von van der Hecke de Lembeke Beachtung. In so schönen Schau-Exemplaren, wie sie jedoch auf der letzten Frühjahrs-Ausstellung in Berlin vorhanden waren, sah man die Lykopodiaceen nicht in Amsterdam. In der Willink'schen Sammlung befand sich ein schönes Exemplar des Lycopodium tetrastichon.

Unter den Aroideen haben wir dieses Mal wenig Neues gefunden; es waren aber 3 Sammlungen mit ziemlich richtigen Namen und zum Theil selbst in recht grossen, schönen Exemplaren vorhanden. Obenan stand wiederum die Sammlung der Mad. Legrelle d'Hanis in Antwerpen. Die beiden anderen Sammlungen hatten die botanischen Gärten in Leiden und Rotterdam eingesendet. Aus der zuerst genannten Sammlung führen wir Anthurium imperiale an; es sieht dem A. Beyrichianum ähnlich und besitzt demnach elliptische Blätter von 2—2¼ Fuss Länge und 5 Zoll Breite. Die Oberfläche hat eine schöne, dunkelgrüne Farbe, während aus der unteren und blasseren der abgerundete Mittelnerv weit heraustritt. A. Maximilianum gehört in die Nähe von A. nymphaefolium und besitzt herz-lanzettförmige Blattflächen von 1¼ Fuss Länge und 9 Zoll Breite, welche mit ihrer Spitze nach unten gerichtet sind. Als Pothos crassinervia war Anthurium glaucescens vorhanden.

Für Kaladien war eine besondere Aufgabe gestellt; wir haben nichts Besonderes in den beiden Sammlungen gefunden, die leider durch die kalten Tage ungemein gelitten hatten.

Araliaceen fanden sich in 4 Sammlungen vor. Grosse, gutkultivirte Exemplare enthielt die Sammlung des Baron Osy in Antwerpen, während die von Linden, der sich um die Einführung dieser noch lange nicht hinlänglich gewürdigten Blattpflanzen bekanntlich grosse Verdienste erworben hat, ausgesuchter war. In den letzten Jahren hat sich die Zahl nicht vermehrt.

Nepenthes' waren nur durch eine Sammlung von 4 Arten, welche Groenewegen in Amsterdam eingeliefert hatte, vertreten, während Bromeliaceen in 5 Sammlungen sich vorfanden. Bromeliaceen sind ohne Blüthen schwierig zu bestimmen; es gilt dieses ganz besonders von der Gruppe der Billbergien, wo es noch nicht gelungen ist, die Genera gehörig abzurunden. Ausserdem verkennt man 2 Geschlechter vollständig: die Hechtien und Encholirien. Unter dem ersteren Namen kultivirt man bald Puyen, H. planifolia selbst ist nichts weiter als die echte, bald die baumartig-wachsende Puya chilensis, bald echte Bromelien mit mehr oder weniger sich erhebendem Stengel. Zu letzteren gehören alle kleineren Hechtien, die neuerdings unter diesem Namen im Handel gekommen sind, wie H. Ghiesbrechtii. Bei dem Kunst- und Handelsgärtner Lüddemann in Paris haben wir im vorigen Herbste Gelegenheit gehabt, diese und noch 2 andere Arten in Blüthe zu sehen. Die jetzigen Garten-Encholirien sind wohl sämmtlich Vriesien.

Unter den 5 vorhandenen Sammlungen enthielten die Linden's in Brüssel und die der Mad. Legrelle d'Hanis in Antwerpen die besten und seltensten Exemplare. Während bei uns die Bromeliaceen als Blattpflanzen noch nicht hinlänglich gewürdigt sind, werden sie besonders in Paris in grosser Menge auf den Markt gebracht und finden sich in den Niederlanden und in Belgien weit häufiger in den Gewächshäusern der Liebhaber. Bekanntlich existiren auch eine Reihe von Bromeliaceen, welche schöne und langandauernde Blüthen haben.

Es wunderte uns, nur eine Sammlung von Marantaceen zu sehen, obwohl ausserdem noch manche zerstreut in gemischten Gruppen sich vorfanden. Diese einzige Sammlung hatte Mad. Legrelle d'Hanis durch ihren Obergärtner Fr. Verroort eingesendet und bestand aus 20 Arten und Abarten.

Begonien spielen immer noch jenseits des Rheines eine Rolle, während sie bei uns von Jahr zu Jahr seltener werden und sich schliesslich auf einige wenige beschränken, besonders solche, die ausgepflanzt werden können. In Belgien und Holland züchtet man fortwährend noch, wie wir aus den vorhandenen 3 Sammlungen sahen. Von diesen schien uns die von Borski in Bloomendaal die schönste zu sein, obwohl auch die des Handelsgärtners Been in Rotterdam manche interessante Form einschloss.

So viel wir wissen, ist zum ersten Male für eine Ausstellung eine Preisaufgabe, welche Apocynaeen umfassen sollte, in Amsterdam gegeben. Es ist nicht zu leugnen, dass grade diese Familie sehr hübsche Blüthensträucher des Warm- und Kalthauses einschliesst, welche auch die verdiente Anerkennung gefunden haben; ich erinnere an die Allemanden, an Vinca, ja selbst an unseren Oleander. In der einzigen Sammlung, welche der botanische Garten in Rotterdam geliefert hatte, befanden sich einige neue und interessante Arten, wie Bleekeria calocarpa Hassk., Cerbera laurifolia Hort., Cyrtosiphonia reflexa Hort. Amst., Gonioma Kamassi E. Mey. und ein noch unbestimmter Chilocarpus.

Auch Euphorbiaceen sind bis jetzt, so weit unsere Kenntniss reicht, auf den Ausstellungen noch nicht der Gegenstand einer Preisaufgabe gewesen. Allerdings hat dieses hier seine Schwierigkeiten, da genannte Familie nicht gärtnerisch abgerundet ist und sehr verschiedenartige Formen einschliesst. Die einzelnen Pflanzen der beiden Sammlungen, der des botanischen Gartens in Rotterdam und der von de Smet in Gent, bildeten demnach auch kein harmonisches Ganze. Eine dritte Sammlung, welche einem Handelsgärtner in Jutphaas, van den Berg sen., gehörte, bestand nur aus Euphorbia splendens in 20 Exemplaren.

Man hätte besser gethan, wie es bei uns und sonst in der Regel geschieht, einen Theil der hier vorhandenen Euphorbiaceen mit den Kakteen zu vereinigen. Diese fanden sich in 2 Sammlungen vor, von denen die von Krelage & Sohn in Haarlem manche interessante Art enthielt.

Die dritte Sektion hatte die Sammlungen, die den Bewerbungen No. 51 bis 68 des Programmes entsprachen, und fast nur Blüthensträucher enthielten, zu beurtheilen. Baumann, Präsident der Académie royale d'horticulture in Gent, wurde zum Präsidenten, Professor Caspary in Königsberg in Pr. zum Sekretär erwählt.

Sechserlei Bewerbungen betrafen allein die Azaleen, Blüthensträucher, die jetzt neben Alpenrosen, Kamellien, Rosen und Epakrideen in allen Gärten und auf allen Ausstellungen im Vordergrunde stehen. Die Gruppen sowohl, als auch die einzelnen Exemplare, entsprachen allen Anforderungen, die man nur machen kann. So sehr diese Blüthensträucher auch bei uns und in Belgien bei dergleichen Gelegenheiten prevaliren, so müssen wir doch gestehen, dass wir in dieser Weise noch nicht Azaleen zusammengesehen hatten. Sie waren es hauptsächlich, welche zur glänzenden Ausschmückung des ganzen Palastes beitrugen. Wenn wir nun auch Eindrücke grossartiger Natur mit uns nach heim gebracht haben, so erlaubte uns doch das übrige für die Wissenschaft so reichlich dargebotene Material nicht, hier noch umfangreiche Studien zu machen und wir sehen uns gezwungen, rascher in der Berichterstattung über die Azaleen und die übrigen Blüthensträucher und Florblumen hinwegzugehen, als es manchem Leser der Wochenschrift lieb sein dürfte.

Die schönsten Sammlungen von Azaleen hatten Beerlaerts van Blolland und Ram in Utrecht und Hoffmann in Voorburg, sowie die Handelsgärtner Jos. Vervaene & Co. in Gent, van der Laan im Haag und Glijm in Utrecht ausgestellt. Durch neugezüchtete Azaleen zeichneten sich dagegen Dominique Vervaene (Vater) und Jos. Vervaene & Co. in Gent aus.

Auch für Alpenrosen waren fünferlei Bewerbungen ausgeschrieben. Einsendungen waren keineswegs in gewünschter Weise erfolgt, weshalb auch nicht alle Preise vertheilt wurden. Besondere Erwähnung verdienen wiederum die Sammlungen von Hoffmann in Voorburg, Glijm in Utrecht und van der Laan im Haag, sowie die von de Groot in Utrecht. Als Schaupflanze hatte A. van Geert in Gent eine Alpenrose (Rhododendron Countess of Haddington) in seltener Kulturvollkommenheit ausgestellt, deren 3 Zoll langen und trichterförmigen Blüthen ausserhalb röthlich, innen hingegen weiss gefärbt waren.

Von den neugezüchteten Sorten haben wir einige, welche uns besonders gefielen, angemerkt, daher wir hier darüber berichten wollen. Unter denen von Jean Vervaene (Sohn) in Gent hatte Rh. Romain Desmet eine rosarothe Farbe, welche durch sehr zahlreiche, purpurgefärbte Punkte unterbrochen war, während Gent's Wunder eine zarte Lilafarbe der Blumen, die nur im oberen Theile durch dunklere Punkte unterbrochen war, besass. Unter den neuen Sorten des Vaters Vervaene nennen wir: Comte de Gomer: weiss und fleischroth gerandet; Jaune macule: dunkel-lila, oben gelbpunktirt; Distinction: grosse offene Blume, zart rosa, in der Mitte allmählig in ein blendendes Weiss übergehend; Remarquable: kleine purparrothe Blume mit fast ganz schwarzen Punkten.

Auch de Smet in Gent hatte einige neue Züchtungen ausgestellt. Mad. de Smeet: fleischroth, punktirt; Compactum tigrinum: hellroth und dicht purpur-punktirt; und dianthiforme: eine eigenthümliche Form mit sehr kleinen, dicht-gedrängten Blumen in Becherform und in rother Farbe.

(Fortsetzung folgt.)

Verlag von Karl Wiegandt in Berlin, Koch-Strasse No. 22.

Druck der C. Feister'schen Buchdruckerei (L. Mewes), Berlin, Zieten-Platz No. 2.

Wochenschrift

des

Vereines zur Beförderung des Gartenbaues in den Königl. Preussischen Staaten

für

Gärtnerei und Pflanzenkunde.

Redakteur:

Professor Dr. Karl Koch,

General-Sekretair des Vereines.

No. 23. Berlin, den 10. Juni **1865.**

Preis des Jahrganges 5⅓ Thlr., sowohl bei Bezug durch den Buchhandel, als auch franco durch alle Post-Anstalten des deutsch-österreichischen Post-Vereines.

Sonntag, den 18. Juni, Nachmittags 2 Uhr, findet im Englischen Hause (Mohrenstr. 49) die Fest-Versammlung des Vereines zur Beförderung des Gartenbaues statt, worauf das gemeinschaftliche Mittagsmahl (um 3 Uhr) erfolgt. Die Fest-Ausstellung ist in der Königlichen Thierarzneischule (Louisenstr. 56) am 18. und 19. Juni.

Kartoffelpilz und Getreiderost.

Ein Vortrag des Professor Radlkofer zu München über die Kartoffelkrankheiten und eine Abhandlung des Professor de Bary in Freiburg über Getreiderost geben uns Gelegenheit, einen Gegenstand zur Sprache zu bringen, der erst neuerdings durch die Wissenschaft Aufklärung erhalten hat. Die Naturforschung hat in den letzten Jahren auf dem Felde der Pflanzenkrankheiten Resultate gebracht, welche den Ansichten der grossen Menge schnurstracks entgegenlaufen. Das sogenannte Befallen der Pflanzen, wo über Nacht die eine oder andere Erscheinung schädlicher Art über Pflanzen von oben herab gekommen sein sollte, hat ebenso seine Erklärung erhalten, als wir früher schon, zuerst durch die erfolgreichen Untersuchungen Ehrenberg's, wussten, dass die Manna, von der die Juden eine Zeitlang nach ihrem Auszuge aus Aegypten gelebt haben sollten, keineswegs vom Himmel gefallen, sondern ein irdisches Produkt ist, was noch heut' zu Tage, bisweilen in grossen Massen, in denselben Gegenden, wie zur Zeit des Auszuges der Juden, gefunden wird.

Kartoffelpilz und Getreiderost haben ihren ersten Grund in kleinen, mit den Augen nur dann sichtbaren Organismen, wenn diese massenhaft beisammen sind. Man rechnet sie zu den Pilzen, und zwar zu den niedrigsten Formen dieser nur von Thieren und Pflanzen oder deren Ueberresten lebenden Pflanzen. Wie der Schmetterling und das Insekt überhaupt verschiedene Zustände mit bestimmten Funktionen besitzt, bevor dasselbe seinen Lebenslauf beschliesst, so auch der Pilz. Ein Theil seines Lebens ist ihm selbst, nämlich seinem Wachsthum und seiner Vergrösserung, gewidmet, während in der übrigen Zeit das Individuum bemüht ist, durch Bildung besonderer Organe, der sogenannten Sporen oder Pilzsamen, für die Fortpflanzung zu sorgen.

In dem Stadium des Wachsthums verlängern und vermehren sich die Fäden, welche aus der Spore herausgetreten sind und bilden bei den meisten Schwämmen zunächst das sogenannte Schwammweiss oder Mycelium, wie wir es namentlich bei den Champignons kennen. Jeder gebildete Gärtner weiss wohl heut' zu Tage, dass diese in unseren Küchen so sehr beliebten Schwämme nicht von selbst aus Pferdedünger oder ähnlichen Substanzen entstehen, sondern dass zu ihrer Bildung Samen oder noch besser Schwammweiss vorhanden sein muss und dass letzteres wiederum dadurch entsteht, dass ausgewachsene Champignons zerschnitten und in eine vorbereitete Mischung von Dünger und Erde oder ersterem allein gelegt werden.

Dieses geschieht künstlich, kann aber auch auf natürlichem Wege geschehen, indem die leichten Pilzsamen durch die Luft weiter getragen werden, um an einer günstigen Stelle zur Entwickelung zu kommen. Wir erinnern an den Staub des bekannten Bovist's, der weiter nichts ist, als solche Pilzsamen oder Sporen, die weithin getragen werden. Wir haben absichtlich betont, dass die Sporen eine günstige Stelle finden müssen, wenn sie zur weiteren Entwickelung kommen sollen. Wären die Pilze nicht so ausserordentlich wählerisch für ihre Ausbildung und verlangten nicht dabei die Erfüllung ganz besonderer Bedingungen, so würde gewiss in der kürzesten Zeit die ganze Erde mit Pilzen bedeckt sein. Man denke nur, dass ein einziger Bovist viele Millionen von Sporen besitzt, die alle möglicher Weise keimen und sich entwickeln können. Daher kommt es, dass die Pilze in der Regel, wenn sie erscheinen, auch massenhaft auftreten, sobald eben die Bedingungen ihrer Existenz vollständig geboten sind.

Wenn die Bildung des Schwammweisses oder des Myceliums, also der eigentlich vegetative Theil im Leben der Pilze, dem Raupen-Zustande bei den Insekten entspricht, so ist die Erscheinung der Organe, welche man im gewöhnlichen Leben als die eigentlichen Pilze begreift, mit dem Zustande des vollendeten Insektes zu vergleichen. Es treten die Pilzfäden zu diesem Zwecke meist aus dem Mycelium heraus, und zwar oft zu besonderen Organen, in denen die Bildung der Sporen geschieht. Man nennt diese Organe Fruchtlager, bei höheren Pilzen, wie bei den Champignon's, wohl auch den Hut, der nicht selten noch einen besonderen Träger besitzt.

Es ist angedeutet, dass die Pilze ihre Nahrung lebenden oder todten Organismen entnehmen; erstere, mögen sie nun Pflanzen oder Thiere sein, kommen mit ihnen in Kampf. Die Einwirkung der Pilze wird um so grösser sein, je weniger sie bei der Entnahme des Nahrungsstoffes Widerstand finden. Je kräftiger dagegen Pflanzen und Thiere sind und in Folge dessen der Entnahme von Nahrungsstoff durch Pilze mehr Widerstand entgegensetzen können, um so geringer wird die Einwirkung der letzteren auch sein müssen. Pilze, wie auch andere Pflanzen und Thiere, welche auf gleiche Weise von der Nahrung anderer leben und diesen jene entziehen, nennt man Schmarotzer oder Parasiten.

Durch die Entnahme von Nahrungsstoffen durch Schmarotzer leiden, wie gesagt, Pflanzen und Thiere; die Einwirkung ist der Art, dass allerhand Folgen eintreten können, ja selbst der Tod. Schwächliche Pflanzen und Thiere sind, wie schon gesagt, überhaupt mehr ausgesetzt, als starke und kräftige. Aber auch ausserdem können noch ausserhalb liegende Zustände vorhanden sein, welche den Schmarotzern ihre Entnahme von Nahrungsstoff erleichtern oder umgekehrt erschweren. Rascher Temperaturwechsel zum Beispiel und damit verbundene Erkältungen wirken auf Pflanzen und Thiere nachtheilig ein; stellen sich in diesem Falle noch Schmarotzer ein, so haften diese um so leichter, je bedeutender die Erkältung war. Das rasche Hervortreten von Pilzen ist oft eine Folge. Während den Tag vorher vielleicht scheinbar noch keine Spur von Pilzen vorhanden war, sind die Pflanzen am andern Morgen wie übersäet damit. Dieses plötzliche Erscheinen der Pilze und die bald darauf folgende Erkrankung der Pflanzen konnte man lange Zeit sich nicht anders erklären, als dass, wie man sich ausdrückte, ein giftiger Thau vom Himmel gefallen sei. Es ist dieses das Befallen der Pflanzen im Munde des gemeinen Mannes.

Wenn wir hier eine Ursache genannt haben, welche das plötzliche Auftreten eines schmarotzenden Pilzes einigermassen erklärt, so mag es noch eine Menge anderer Ursachen geben, welche deren Entwickelung begünstigen, aber von uns nicht erkannt sind. Wir haben gleich Anfangs gesagt, dass grade die Pilze sehr wählerisch sind und dass enggesteckte Bedingungen erfüllt werden müssen, wenn sie sich entwickeln sollen. Darin liegt oft ein Grund, dass von 2 scheinbar gleich gesunden Individuen das eine von den Pilzen angegriffen wird und vielleicht unterliegt, während das andere unberührt bleibt, dass ferner eine bestimmte Sorte unserer Kulturpflanzen in dem einen Jahre vorherrschend von schmarotzenden Pilzen ergriffen wird, während sie in einem anderen Jahre unbehelligt bleibt, dagegen eine andere bis dahin resistirende Sorte vorzugsweise der Heerd für dergleichen Schmarotzer wird. Der Wissenschaft bleibt hier noch sehr viel zu thun übrig.

Aehnlich verhält es sich mit unseren epidemischen und ansteckenden Krankheiten. Manche Menschen haben mehr Neigung ergriffen zu werden, als andere, während diese grade in einer späteren Zeit vorherrschend erkranken. Wir belegen diese grössere Geneigtheit zum Erkranken mit dem Namen Disposition. Nicht anders verhält es sich mit den schmarotzenden Pilzen, welche ebenfalls zu ihrer Entwickelung günstige äussere Verhältnisse (Gelegenheits-Ursachen) und eine gewisse Leichtigkeit der Aufnahme des Schmarotzers durch den innern Zustand der Pflanze bedingt (Disposition) verlangen.

Nach dieser nothwendigen Auseinandersetzung zum Verständniss des Ganzen wenden wir uns der seit einigen Jahren vorzugsweise herrschenden Kartoffelkrankheit zu. 2 deutsche Botaniker haben das Verdienst, hier zuerst wissenschaftliche Forschungen, welche Resultate zur Folge hatten, angestellt zu haben: Dr. Speerschneider und Professor Dr. de Bary. Ihnen verdankt man die Kenntniss des innigsten Zusammenhanges eines schmarotzenden Pilzes und der sogenannten Kartoffelfäule. Die Wucherung des ersteren, der Perenospora infestans genannt ist, im Innern der Knollen sowohl, als der gansen Pflanze, und seine Entziehung des Nahrungsstoffes innerhalb der Zellen ruft die bezeichnete Krankheit hervor.

Professor Dr. Radlkofer in München hat die Kartoffelkrankheit, wie bereits gesagt, zum Gegenstande eines Vortrages im dortigen Gartenbau-Vereine gemacht und uns denselben freundlichst zukommen lassen. Das Interesse, was für jede wissenschaftliche Entdeckung und besonders für diese Erscheinung vorhanden ist, hat uns veranlasst, aus dieser Abhandlung mizutheilen, wie weit die Wissenschaft uns Erklärung gegeben.

Der Anfang der Kartoffelkrankheit ist das Aufstreuen der Sporen des Peronospora infestans genannten Schmarotzerpilzes auf die Oberfläche der Pflanze oder der Knolle. Untersucht man Blätter mit einem Mikroskope, so findet man besonders auf der Unterfläche kleine Oeffnungen, die sogenannten Spaltöffnungen, welche mit den Räumen zwischen den Zellen im Innern der Pflanze in Verbindung stehen. Die aufliegenden Sporen keimen bei feuchter Luft und dringen in das Innere der Pflanze ein, um daselbst zu wuchern. Man erblickt alsbald schon mit blossem Auge bräunliche Stellen, wo die Oberhaut sich etwas erhoben hat. Untersucht man diese Stellen, so findet man das Schwammweiss oder das Mycelium, was alsbald wiederum einzelne Fäden durch die Spaltöffnungen nach aussen sendet. Diese Fäden verästeln sich am oberen Theile und bilden daselbst anfangs kugelige, später eirunde Blasen, die Sporen, durch die die Krankheit weiter getragen wird.

Ganz besonders während der Sporenbildung wird der Pflanze viel Nahrung entzogen. Die Zellen des Blattes werden oft ganz erschöpft und dieses selbst kräuselt sich in der Regel mehr oder weniger zusammen, in diesem Falle allmählig ganz und gar zu Grunde gehend. Bisweilen sind aber die Erscheinungen am Blatte so gering, dass sie mit dem blossen Auge gar nicht bemerkt werden und die Kartoffelpflanzen scheinbar gesund sind. Diesem ersten Stadium der Pflanze folgt früher oder später die Ansteckung der Knollen.

Die Spore des Kartoffelpilzes hat eine doppelte Weise zu keimen. Sie treibt entweder an ihrer Spitze einen dünnen Schlauch aus, der, sobald er an eine Stelle kommt, wo er sich weiter entwickeln kann, also auf die Oberfläche der Knolle oder an irgend einen Theil der Pflanze, mit seiner Spitze in das Innere, indem er die Zellwandung durchbohrt, dringt. Auf Kosten des Inhaltes wuchert sie weiter, sich immer mehr ausbreitend, d. h. wieder Mycelium bildend, und schliesslich die Verderbniss des durchzogenen Gewebes bewirkend. Dieses gibt sich meist durch Fäulniss, aber auch bisweilen durch trockene Zersetzung (Zellen- oder Trockenfäule) kund.

Die andere Art der Keimung ähnelt der, wie man sie zuerst bei Algen beobachtete. Es scheidet sich nämlich der dickflüssige Inhalt der Spore in mehre Körperchen, welche durch die sich öffnende Spitze derselben sich entleeren. In diesem Falle muss aber Wasser vorhanden sein, in dem es geschieht. Bei der Kleinheit der Sporen gehört dazu so wenig, als bei Nebel, Regen u. s. w., wenigstens eine Zeit lang, auf den Blättern hinlänglich vorhanden ist. Diese Körperchen (Schwärmsporen) haben eine helle Spitze, unter der 2 äusserst zarte Wimpern, welche 2 und 3 Mal die Körperchen an Grösse übertreffen, sich befinden und sehr lebhafte Schwingungen machen. Dadurch drehen sich diese Körperchen um ihre Achse und rücken mit der Spitze vorwärts. Es ist dieses eine ähnliche Bewegung, wie man sie bei mehrern Infusionsthierchen kennt.

Diese Schwärmsporen werden wiederum durch Regen u. s. w. in die Erde hinabgeführt, wo sie an den Knollen die Stätte zu ihrer Entwickelung finden. Sie verhärten zu echten Sporen und beginnen dieselbe Vegetation, wie sie bereits beschrieben ist, indem sie in das Innere der Knolle eindringen. Hier geschieht bei günstigen Zuständen und bei gehöriger Disposition die Entwickelung bisweilen sehr rasch und die ganze Knolle kann in kurzer Zeit verfault sein.

In anderen Fällen, namentlich bei grosser Trockenheit und wenn die Knollen eine luftige Lage als Aufbewahrungsort haben, ruht die Vegetation des schmarotzenden Pilzes eine Zeit, um dann mit erneuter Kraft desto üppiger zu wuchern.

Bringt man solche infizirte Kartoffeln als Saat in Erde, so dringen die Myceliumfäden bald in die Kartoffelkeime und steigen in denselben empor. Schliesslich treten sie durch die Spaltöffnungen auf die Oberfläche und bilden einen Heerd von Sporen, durch die die Verbreitung der Krankheit nicht allein ermöglicht wird, sondern sogar auf eine so rasche Weise geschieht, dass unter günstigen Umständen ein ganzes Feld in der kürzesten Zeit überzogen sein kann. Die bis dahin gesunden Pflanzen werden befallen, und ohne helfen zu können, erkennt man eines Morgens die Krankheit.

Landwirthe und Gärtner hatten schon lange ausgesprochen, dass der Rost des Getreides, und vor Allem der des Roggens, sich in besonders verheerender Weise zeigt, wenn Sauerdornsträucher in der Nähe sich befanden. Man glaubte, dass der Blumenstaub des Sauerdorns, dann der auf den Blättern des Sauerdorns in grossen Massen auftretende Rost, den Rost des Roggens bedinge. Genaue Vergleichungen beider Rostarten zeigten jedoch 2 ganz verschiedene Zustände: der des Roggens war ein einfacher Rost (und zwar eine Puccinie), der des Sauerdorns hingegen ein Becherrost (Aecidium). Die Wissenschaft sprach sich deshalb bis in die neueste Zeit gegen diese Ansicht, also gegen einen Zusammenhang beider, aus. Durch den Professor de Bary ist nun endlich doch der Zusammenhang gezeigt.

Rost und Brand sind 2 allgemein in der Pflanzenwelt vorkommende Erscheinungen, welche wiederum in Pilzen ihren Grund haben und welche bisweilen so massenhaft auftreten, dass Erkrankungen bei den betroffenen Pflanzen vorkommen. Da jedoch beiderlei Pilze in der Regel sich nicht in der Weise ausbreiten, wie der Kartoffelpilz, und ebenso wenig tief in das Innere einer Pflanze eindringen, so tödten sie diese nicht, sondern veranlassen zunächst nur partielle Krankheits-Erscheinungen, die aber allerdings wiederum um so allgemeiner werden können, je grösser die Zahl der erkrankten Stellen ist. Die ganze Pflanze kann selbst dadurch in Mitleidenschaft gezogen werden.

Die Ausbreitung der ersten Fäden oder des Myceliums ist beim Rost meistentheils beschränkt; in einzelnen Fällen aber, z. B. beim Steinbrande, kann sie jedoch ebenfalls sehr bedeutend sein, so dass das Mycelium die ganze Pflanze durchzieht, bevor es auf der Oberfläche erscheint. Die Rostpilze kommen nur an oberflächlichen Stellen einer Pflanze dicht unter der Oberhaut vor, wo Spaltöffnungen sind; man findet sie deshalb am häufigsten auf der Unterfläche der Blätter. Die Myceliumfäden treten hier in der Mitte enger zusammen und bilden eine dichtere Schicht (das Fruchtlager, Stroma), aus der sich einzelne Fäden erheben und an ihrer Spitze Sporen tragen. Da die Oberhaut der Pflanze an dieser Stelle zerstört wird, so befinden sich die Sporen-tragenden Fäden schliesslich ausserhalb der Substanz derselben und können durch den Wind sehr leicht weiter getragen werden.

Verwandte Pflanzen haben in der Regel besondere Formen von Rostpilzen, ja es gibt deren, die nur auf einer Pflanze vorkommen und selbst wiederum nur auf bestimmte Theile derselben beschränkt sind. Ihre Vermehrung geschieht durch die oben erwähnten Sporen, die aber noch verschiedener Art, als sie bereits beim Kartoffelpilz beschrieben, sind. De Bary nimmt fünferlei an, die aufeinander folgen. Auf dem Fruchtlager findet man im Spätjahre Sporen, welche einzeln oder gepaart fadenförmigen Stielen aufsitzen und sich nicht davon trennen (Teleutosporen). Sie keimen nur nach kürzerer oder längerer Winterruhe, indem sie einen dicklichen Schlauch (Promycelium) treiben, der alsbald sich in (meist 4) Zellen theilt. Diese bilden pfriemenförmige Verlängerungen, welche an der Spitze die zweite Art von Sporen (Sporidien) tragen. Letztere sind es nun, welche, sobald sie auf ihre Nährpflanze kommen, keimen, indem sie in das Innere dringen und daselbst Mycelium bilden.

Nach 2 oder 3 Wochen bilden sie die bereits erwähnten Fruchtlager (Aecidien), und zwar in becherförmiger Gestalt, und noch eine Art von Organen (Spermogonien), deren Bedeutung man noch nicht kennt. In dem eben erwähnten Fruchtlager stehen dicht-gedrängt cylindrische, nach oben aber dicker werdende Stiele (Basidien), welche eine Reihe abgeschnürter Sporen tragen. Auch diese Sporen keimen alsbald und ihr zartwandiger Schlauch tritt, aber nur durch die Spaltöffnung, in das Innere der Nährpflanze und bildet daselbst wiederum Mycelium, bis endlich nach aussen ein polsterförmiges Lager (was man Uredo nennt) entsteht, in dem sich die letzte Art von Sporen bildet. Eigenthümlich ist, dass diese Sporen im Anfange nur Mycelium mit polsterförmigem Lager bilden und dadurch die Verbreitung des Pilzes so rasch geschehen kann, dass die Nährpflanze darunter mehr oder weniger leidet. Erst später entstehen andere Sporen, und zwar die, welche wir anfangs als Teleutosporen bezeichneten. Mit diesen Sporen beginnt im nächsten Jahre derselbe Kreislauf, wie wir ihn eben näher angegeben haben.

Bis jetzt hat man die beiden Entwickelungs-Zustände der Aecidien und Uredinen als selbständige, von einander unabhängige Roste betrachtet, die wiederum bei verschiedenen Nährpflanzen zum Theil sich in ihrer Entwickelung anders zeigten. Man nahm daher von Aecidium und Uredo verschiedene Arten an und betrachtete beide Namen als den Ausdruck für Genera. Diese Genera selbst wurden später bei der Masse des Materials getheilt. Wie in der Thierwelt schon früher nachgewiesen wurde, dass gewisse niedrige Thiere, besonders solche, die auf oder in anderen Thieren als Schmarotzer leben, verschiedene Entwickelungsstufen durchmachen, die bis dahin ebenfalls für selbständige Thierarten betrachtet wurden, weil sie fortpflanzungsfähig waren, so ist dieses nun, wie wir gesehen haben, auch bei den Pflanzen durch die Wissenschaft klar geworden. Man belegt diese Erscheinung mit dem Namen Generationswechsel.

So genau, wie es hier beschrieben ist, findet man es nicht immer. Bisweilen scheinen nicht alle Zustände vorzukommen. In der Regel leben sie aber zusammen auf derselben Nährpflanze, wenn auch bisweilen auf verschiedenen Individuen. Bei dem Getreiderost kannte man lange Zeit nur die ersten und letzten Zustände; es fehlte uns noch die Kenntniss des mittleren, des Aecidien-Zustandes. Der Forschung de Bary's war es vorbehalten, auch hier Licht zu verschaffen, indem er nachwiess, dass die Aecidien unseres Sauerdornes im innigsten Zusammenhange mit dem Getreideroste stehen. Noch sind seine Untersuchungen nicht geschlossen, noch ist Manches dunkel und unerklärt: den unmittelbaren Zusammenhang hat er aber klar dargelegt.

Vergebens hatte man bisher versucht, die Sporidien des Getreiderostes zur weiteren Entwickelung zu bringen. Sie keimten wohl, drangen aber nicht in die Getreide-Pflanze ein und gingen zu Grunde. De Bary liess Sporidien auf jungen Blättern des Sauerdorns keimen. Hier drangen sie nun rasch in das Innere ein und riefen den Aecidium-Zustand hervor, den man schon lange unter dem Namen Aecidium Berberis als einen selbständigen Rostpilz betrachtet hatte. Die Sporen des genannten Becherrostes zur weiteren Entwickelung zu bringen, ist ihm jedoch nicht gelungen, wenn es auch ohne Zweifel sein möchte, dass sie mit der Bildung des Getreiderostes in Beziehung stehen. Hier ist die Lücke, welche wir bereits angedeutet haben.

Andere Rostarten, wie der Rost auf der Saubohne (Vicia Faba) und anderen Hülsenträgern, haben die hier bezeichneten Entwickelungsstufen sämmtlich auf derselben Nährpflanze. Direkte Versuche haben die Sporen des Becherrostes (Aecidium Leguminosarum) auf den Blättern derselben Nährpflanze, der Vicia Faba, zum Keimen gebracht und den gewöhnlichen Rost mit Anfangs abfallenden und später überwinternden Sporen, den die Wissenschaft früher als 2 verschiedene Arten (Uredo Leguminosarum und Uromyces appendiculatus) beschrieb, hervorgerufen.

Mit dem sogenannten Fleckenroste auf dem Getreide (Puccinia straminis) verhält es sich in sofern etwas anders, als die abfallenden und die überwinternden Sporen in verschiedenen Lagern sich bilden. Noch weiss man aber nicht, welche Nährpflanzen es sind, auf denen der entsprechende Becherrost sich bildet. Während bei den vorigen beiden Rostarten nach der Bildung der beiderlei Sporen das diese hervorbringende Pilzgewebe (Mycelium) innerhalb der Pflanze zu Grunde geht, bleibt es hier den Winter hindurch, perennirt also, um im Frühjahre von Neuem Sporen zu bilden.

Der Raum erlaubt uns nicht, noch weiter zu berichten, was de Bary in seiner neuesten Abhandlung über diesen Gegenstand sagt; wer sich aber speziell dafür interessirt, den verweisen wir auf diese, welche vor Kurzem in den Monatsberichten der Akademie der Wissenschaften in Berlin abgedruckt ist.

Die internationale Ausstellung von Pflanzen, Blumen und damit in Verbindung stehenden Gegenständen in Amsterdam, vom 7. bis 12. April 1865.

(Fortsetzung.)

Für Kamellien waren ebenfalls viererlei Bewerbungen vorhanden und diesen durch 18 Einsendungen entsprochen worden. Mag das Jahr Ursache gewesen sein, dass die Kamellien, wie es ja ausserdem auch bei uns der Fall war, nicht so gut als zu anderen Zeiten ausgefallen sind, die in Amsterdam vorhandenen standen ebenfalls gegen früher im Allgemeinen nach. Trotzdem waren einige von besonderer Schönheit vorhanden. Die schönsten Sammlungen hatten H. M. Ram in Utrecht, Jean Vervaene (Sohn) und Jos. Vervaene & Co. in Gent, sowie auch van Eeckhaute in Gent gesendet.

Neue Züchtungen von Kamellien waren von 11 Seiten her vorhanden; die schönsten verdankte man Dom. Vervaene (Vater) in Gent. Da wir ebenfalls einige neue Kamellien, welche uns besonders gefielen, angemerkt haben, theilen wir hier unsere Noten mit. Von Dom. Vervaene empfehlen wir besonders Vincenzio Palazzi: grosse Blumen, zart dunkelrosa und dunkelgeadert; Alba graciosa; Bella Romana: weiss und roth geschmitzt; Planipetala: weiss, Blume sehr offen; Elisa pallida; von J. Vervaene & Co.: Clio vera: Blumen im schönsten Karmin, was nach innen allmählig heller wird; Compacta alba; von Jean Vervaene (Sohn): Léon Legnay: blutroth; Galanti nova und Gloria de Milano; von Dallière in Gent: Nimfo dell'Arno; Sole d'Italia: grosse dunkel-fleischrothe Blumen. Eine eigenthümliche Form hatte Camellia Comtesse Manieri, indem die Blumenblätter aufrecht standen und wie bei einem Becher eine Höhlung einschlossen.

Die Sammlung von neuholländischen Akazien, welche der Handelsgärtner Glijm in Utrecht aufgestellt hatte, enthielt 15 der bekannteren reichblühenden Arten in vorzüglicher Kultur. Eine zweite Sammlung verdankte man dem Handelsgärtner de Groot ebendaselbst.

Epakris waren in 8 Sammlungen und in vorzüglicher Kultur vorhanden. Man hatte gezeigt, was man mit diesen Pflanzen zu machen vermag. Es mochte hier den Preisrichtern Mühe gemacht haben, bei der Zusprechung das Richtige zu treffen. Nach unserer Ansicht hatten J. H. Kraijenbrink in Bilt, de Joncheere van Harmelen in Harmelen, van de Grampel in Bilt und Krelage in Haarlem die besten Sammlungen.

Die Liebe zu Eriken hat auch in den Niederlanden, wo sie vor Zeiten so gross war, sehr abgenommen. Nur 3 Sammlungen waren aufgestellt. Etwas Besonderes haben wir nicht zu bemerken; die schönste Sammlung gehörte de Joncheere van. Harmelen. Dass jedoch einige, und zwar in Form der vollkommensten Schaupflanzen, in den bereits besprochenen Gruppen der Blüthensträucher sich vorfanden, ist ebenfalls schon bemerkt.

Für Rosen waren 4 verschiedene Aufgaben gestellt. Ein Urtheil über sie haben wir gleich Anfangs ausgesprochen; wir wiederholen es, dass wir in Amsterdam das Beste sahen, was uns bis dahin vorgekommen ist. Die Sammlungen von van der Laan im Haag, Margottin in Bourg-la-reine bei Paris, de Groot in Utrecht, Kleinstarink in Utrecht und Hoffmann in Voorburg liessen nichts zu wünschen übrig.

Der vierten Sektion wurden die Einsendungen für die Nummern 69 bis 95 des Programmes zur Beurtheilung übergeben. Zum Präsidenten erwählte man den Professor Karl Koch aus Berlin, zum Sekretär den Präsidenten der Linné'schen Gesellschaft in Brüssel, Müller.

Ueber die Sammlungen von baumartigen Lilien (Agaveen, Dracäneen und Yukken), welche sich um die Preise der Aufgaben von No. 69 und 70 bewarben, wird besonders gesprochen werden. Die nächsten 3 Nummern im Programme waren den Koniferen zugewendet. Wenn wir auch zugeben, dass der vorausgegangene Winter auf alle Koniferen einen nachtheiligen Einfluss ausgeübt hat und man dieses den ausgestellten Pflanzen ansah, so standen doch die der Amsterdamer Ausstellung denen, die in Brüssel im vorigen Jahre vorhanden waren, in jeglicher Hinsicht in Kultur nach.

Es waren 8 Sammlungen aus 50 und 4 Sammlungen aus 25 Arten, resp. Abarten vorhanden, von denen die von A. van Geert in Gent und von Glijm in Utrecht den Vorzug verdienten. Aber auch die von Koster & Sohn fanden allgemein die verdiente Anerkennung. Von neueren und neuen Arten und Formen haben wir nichts gesehen, doch möchten Araucaria albo-spica und multicaulis, wenn man erst grössere Exemplare sieht, wohlgefällige Formen darstellen.

Sehr interessant waren die 5 Sammlungen von Proteaceen, und zwar grade deshalb, weil sie einestheils eine Reihe von Arten in grossen Exemplaren enthielten, die jetzt leider in unseren Gärten nur noch sehr selten gesehen werden, anderntheils von ausgezeichneter Kultur waren. Es ist nicht zu leugnen, dass diese 5 Proteaceen-Sammlungen den Werth der ganzen Ausstellung ungemein erhöhten. Wir müssen aber nochmals unser Bedauern aussprechen, dass die einzelnen Exemplare durchaus nicht die freie Stellung erhielten, die sie verdient hatten. In jeglicher Hinsicht verdient die Sammlung von B. E. Cankrien in Rotterdam zuerst genannt zu werden; aus ihr nennen wir Lambertia echinata R. Br. und Knightia excelsa R. Br., beide, soviel wir wissen, erst neuerdings in unsere Gärten gekommen, ferner Banksia dryandrioides R. Br., Caleyi R. Br. und marginata Cav., sowie Dryandra nivea R. Br. und armata R. Br. In der Glijm'schen Sammlung waren unter Anderem schöne Exemplare von Banksia aemula R. Br., Victoriae Meisn., collina R. Br., Baueri R. Br., Brownei Baxt., Dryandra longifolia R. Br., Leucadendron Levisianum Berg (Protea hirsuta Willd.); in der von Meulman in Amsterdam von Banksia Cunninghami Sieb., littoralis R. Br., marcescens R. Br., integrifolia L. fil. und von Protea cynaroides L. Auch die Proteaceen von Boekweg in Zeist bestanden aus schönen Exemplaren, von denen wir die alte bekannte Protea formosa R. Br., Banksia dryandroides Baxt. und Dryandra armata R. Br., sowie Dr. Drummondii Meisn. nennen.

Berberideen waren als Sammlungen nicht eingesendet, dagegen fanden sich 3 Sammlungen von Myrtaceen vor. Es waren meist Neuholländer, weniger Bewohner des tropischen Amerika's und Asien's. In der des botanischen Gartens in Leiden befanden sich einige interessante Jambosen und Gustavien, während in der Sammlung von Glijm: Leptospermum persicaefolium, Calothamnus chaenophylla und Eugenia Michelii bemerkenswerth waren, die Exemplare aber überhaupt sich in guter Kultur befanden.

Von Farnen ist schon früher gesprochen. Von den 3 Sammlungen des kalten Hauses verdiente die von J. A. Willink die meiste Beachtung.

Ausgezeichnet waren die 5 Sammlungen von Ilex. Wir müssen offen gestehen, dass wir, so viel Schönes wir auch schon in dieser Hinsicht gesehen hatten, doch das hier Vorhandene in jeglicher Hinsicht den Vorzug verdiente; es war sehr schwer, die Preise nach dem Werthe und der Schönheit der einzelnen Exemplare zu vertheilen, denn jede Sammlung war vorzüglich und enthielt Ausgezeichnetes. Von den 5 Sammlungen wurde die von Krelage & Sohn in Haarlem von den Preisrichtern und wohl auch sonst als die beste anerkannt. Nächstdem verdiente aber auch die Sammlung von Hooftman und Ottolander in Boskoop Anerkennung. Aus Boskoop hatten ferner W. C. Boer und Koster & Sohn schöne Sammlungen von Ilex-Formen eingesendet.

Der 79. Nummer des Programmes, die eine

Sammlung von Eichen verlangte, war nur einmal entsprochen. Das Gleiche gilt von der Forderung von 4 grossen und schönen Laurustin. Dagegen waren Lorbeer- und Orangenbäume in stattlichen Exemplaren vorhanden. Was von Baum-Päonien in Blüthe vorhanden war, verdiente kaum eine Berücksichtigung.

Auch die Sammlungen von Pelargonium zonale (einschliesslich den buntblättrigen Sorten) entsprachen unseren Erwartungen nur wenig; von letzteren hatte man auch nur eine Sammlung eingesendet. Nicht weniger galt dieses von den meisten Florblumen: den Wandelblumen oder Cinerarien, den Pantoffelblumen oder Calceolarien, den Stiefmütterchen, den Primeln, der Reseda und den Heliotropien. Mehr Beifall fanden die China-Primeln. Von Aurikeln, obwohl von Holland, aus dereinst ein Jahrhundert lang und länger die schönsten Formen über ganz Europa verbreitet wurden, war keine Einsendung geschehen. Wohl aber verdienten die Veilchen, von denen 6 Sammlungen vorhanden waren, Beachtung. Zum Theil waren die letzteren baumartig gezogen; aber auch die anderen entsprachen in Vollkommenheit und Reichthum der Blumen den Anforderungen. Die schönsten hatten die Handelsgärtner Kleinstarink in Utrecht und Reeling in Amsterdam geliefert.

Die Zwiebel- und Knollengewächse hatte man bei der Konkurrenz natürlich vor Allem berücksichtigt. Das Programm enthielt nicht weniger als 35 Aufgaben (die Nummern 96 bis 129). Man hatte, wir wissen nicht aus welchen Gründen, 2 Sektionen (die 5. und 6.) in der Weise gemacht, dass dieselben Blumen, in sofern nur die Aufgabe etwas anders gestellt war, beiden Sektionen zur Beurtheilung überwiesen worden waren. Ritter Wilding in London war in der 5. Sektion zum Präsidenten und H. Vilmorin aus Paris zum Sekretär ernannt worden. In der 6. Sektion hingegen fungirte als Präsident Kruseman, Chef der Handelsgärtnerei Schertzer & Sohn in Haarlem, Professor Lemaire in Gent hingegen als Sekretär.

Die Beurtheilung dieser Zwiebelgewächse überlassen wir einem Sachkundigeren. Von einem solchen wurde sie uns versprochen; leider ist man aber bis jetzt unserem Wunsche nicht nachgekommen. Sollte er noch erfüllt werden, werden wir sie in einer der folgenden Nummern der Wochenschrift folgen lassen. Vergebens suchten wir auch in englischen und französischen Berichten über die Ausstellung etwas Spezielles, um damit wenigstens einen Versuch zu machen: bis jetzt sind uns aber nur allgemeine Räsonnements zu Gesicht gekommen, jedoch kein genaues Eindringen in die Sache.

(Schluss folgt.)

Die schönen Waldbäume des Forstreviers Lampertsdorf.

Wir haben mehrmals darauf aufmerksam gemacht, wie interessant es wäre, eine Sammlung der grössten und schönsten Bäume Deutschlands zu besitzen, und auch mitgetheilt, dass man in England angefangen hat, sich in dieser Weise für das Vereinigte Königreich ein Album anzulegen. Deutschland besitzt noch manche alte Wälder, die hinlänglich dazu Stoff geben könnten. Thüringen, der Harz, Franken, Schlesien u. s. w. werden viel besucht und alte Bäume sind es nicht selten, wohin die Schritte des Touristen sich lenken. Hat doch die Umgebung Berlin's seine berühmten Eichen, nach denen man hier und da lustwandelt!

Es liegen uns Photographien von Bäumen aus Schlesien vor, die wir dem Besitzer derselben, dem Landesältesten Friedrich von Thielau auf Lampertsdorf, verdanken. Es wäre wohl zu wünschen, dass auch andere Forstbesitzer die schönsten und interessantesten Bäume auf gleiche Weise photographiren liessen und dann in Verbindung träten, um gegenseitig diese Photographien auszutauschen. Auf diese Weise kämen sie in den Besitz eines Albums, was in mehrfacher Hinsicht Werth hätte.

Vorliegende Sammlung besteht aus 8 Blättern von 15 Zoll Höhe und $11\frac{1}{2}$ Zoll Breite, nebst einer Tafel Text. Da die betreffenden Bäume im Zusammenhange mit der Umgebung dargestellt sind, so gibt jede einzelne Tafel zugleich ein Bild, was dem Maler sowohl, als dem Landschaftsgärtner, zu seinen Kompositionen Stoff geben kann.

Die erste Tafel stellt 3 Rothtannen dar mit einer Höhe von 134, 140 und 142 Fuss und einem Stamm-Umfange bei Brusthöhe von 8 Fuss 9 Zoll, 8 Fuss 6 Zoll und 9 Fuss 10 Zoll, während man auf der zweiten Tafel denselben Baum sieht, der aber in der Natur eine Höhe von 149 Fuss besitzt; in Brusthöhe hat der Stamm $10\frac{1}{4}$ Fuss Umfang.

Auf der dritten und vierten Tafel sind Edeltannen wiederum zu 3 und einzeln dargestellt. Die letztere hat bei einem Umfange ($4\frac{1}{2}$ Fuss über dem Boden) von $10\frac{3}{4}$ Fuss eine Höhe von 145 Fuss, während diese bei den 3 anderen 130, 135 u. 140, der Umfang aber $6\frac{3}{4}$, 7 und $7\frac{1}{4}$ Fuss beträgt.

Die Kiefern der 5. Tafel haben in der Natur 94 und 97 Fuss Höhe und in Brusthöhe einen Stamm-Umfang von $8\frac{1}{4}$ und 8 Fuss. Die Buche auf der 6. Tafel ist bei $12\frac{1}{4}$ Fuss Stamm-Umfang 86 Fuss hoch, der spitzblättrige Ahorn aber auf der 7. Tafel bei $7\frac{1}{4}$ Fuss Stamm-Umfang 81 Fuss hoch, die Esche endlich auf der 8. Tafel hat bei 9 Fuss Stamm-Umfang 72 Fuss Höhe.

Programm für die Preisbewerbung

bei der

Frühjahrs-Ausstellung des Vereines zur Beförderung des Gartenbaues in den Königl. Preuß. Staaten,

in der ersten Hälfte des April 1866.

(Der Tag, an welchem die Ausstellung stattfindet, soll in der Januar-Versammlung des Vereines festgesetzt werden.)

Allgemeine Bedingungen.

1) Die behufs der Preisbewerbung aufzustellenden Pflanzen müssen, mit Namen versehen, am Tage vorher in das Lokal der Ausstellung abgeliefert werden; sie bleiben den Sonntag über bis 6 Uhr Abends aufgestellt und sind demnächst bis spätestens Montag Mittag wieder abzuholen.
2) Für Transportkosten wird keine Entschädigung gewährt.
3) Die Pflanzen müssen sich ebenso, wie die Töpfe, in einem für die Ausstellung geeigneten Zustande befinden; andernfalls werden sie von den Ordnern zurückgewiesen.
4) Das Preisrichteramt wird aus 7 Personen bestehen, deren Berufung dem Vorstande des Vereines zusteht, welcher zugleich den Vorsitzenden ernennt. Selbst-Aussteller sind ausgeschlossen. Bei etwaiger Stimmengleichheit gibt die Stimme des Vorsitzenden den Ausschlag, dem auch das Recht zusteht, im Falle einer Unvollzähligkeit des Preisrichteramtes andere, vom Vorstande nicht ernannte Mitglieder des Vereines zuzuziehen.

I. Geldpreise,

welche aus dem Beitrage Sr. Maj. des Königs, des erhabenen Protektors des Vereines, gewährt werden.

Allgemeine freie Konkurrenz.

A. Zusammenstellung gut kultivirter Pflanzen.

1) Für 6 Stück reichblühender Eriken in 6 verschiedenen Arten oder Abarten: ein Preis von 2 Friedrichsd'or.
2) Für 6 Stück reichblühender Leguminosen in 6 verschiedenen Arten oder Abarten: ein Preis von 2 Friedrichsd'or.
3) Für 6 Stück reichblühender Cyclamens in mindestens 3 verschiedenen Arten oder Abarten in vorzüglicher Kultur: ein Preis von 1 Frd'or.
4) Für eine Zusammenstellung von 6 Pflanzen in mindestens 3 verschiedenen Arten: ein Preis von 1 Friedrichsd'or.

B. Schaupflanzen.

5 bis 9) Fünf Preise von je 1 Friedrichsd'or für einzelne ungewöhnlich reich- und schönblühende Pflanzen nach der Wahl der Aussteller.

C. Neue Einführungen.

10 und 11) Zwei Preise von je 1 Friedrichsd'or für Pflanzen, welche hier zum ersten Male ausgestellt werden und welche so weit ausgebildet sein müssen, dass ihre Eigenschaften deutlich erkennbar sind und eine grössere Verbreitung als Zier- oder Nutzpflanzen voraussetzen lassen.

D. Getriebene Pflanzen.

12) Für eine Aufstellung von getriebenen blühenden Gehölzen in mindestens 6 verschiedenen Arten: 1 Friedrichsd'or.
13) Für eine Aufstellung von 12 Stück getriebenen blühenden Rosen in mindestens 3 verschiedenen Sorten: 1 Friedrichsd'or.

14 und 15) Zwei Preise von je ein Friedrichsd'or für eine Aufstellung blühender Hyazinthen in mindestens 20 Sorten.

16) Für eine Aufstellung blühender Amaryllis' in mindestens 8 Sorten: 1 Friedrichsd'or.
17) Für eine Zusammenstellung von mindestens 3 blühenden Exemplaren verschiedener Varietäten der Paeonia arborescens, oder Clematis in 3 Arten oder Abarten: 1 Friedrichsd'or.
18) Für eine oder mehre Sorten getriebenen Gemüses oder in Gefässen gezogenen Obstes, (Himbeeren, Erdbeeren u. dgl.): ein Preis von 1 Friedrichsd'or.

Zusammen 20 Friedrichsd'or.

II. Geldpreise, welche von Privaten ausgesetzt sind.

19) Für eine Aufstellung von 12 Stück getriebenen Rosen in mindestens 3 verschiedenen Sorten, ein Preis, ausgesetzt von dem Vorsitzenden des Vereines, Geh. Ober-Regierungsrath Knerk: 1 Friedrichsd'or.

In so weit die vorstehenden Preise nicht zuerkannt werden sollten, werden dieselben den Preisrichtern zur Verfügung gestellt, behufs der Zusprechung für andere vorzügliche gärtnerische Erzeugnisse, welche sich etwa auf der Ausstellung befinden möchten.

III. Ehren-Diplome.

Auch steht den Preisrichtern die Zuerkennung von 5 Ehren-Diplomen für vorzügliche Gegenstände der Ausstellung frei.

Berlin, den 24. Mai 1865.

Verlag von Karl Wiegandt in Berlin, Koch-Strasse No. 72

Druck der C. Feister'schen Buchdruckerei (L. Mewes), Berlin, Zieten-Platz No. 2.

Wochenschrift

des

Vereines zur Beförderung des Gartenbaues in den Königl. Preussischen Staaten

für

Gärtnerei und Pflanzenkunde.

Redakteur:

Professor Dr. Karl Koch,

General-Sekretair des Vereines.

No. 24. Berlin, den 17. Juni **1865.**

Preis des Jahrganges 5¼ Thlr., sowohl bei Bezug durch den Buchhandel, als auch franco durch alle Post-Anstalten des deutsch-österreichischen Post-Vereines.

Sonntag, den 18. Juni, Nachmittags 2 Uhr, findet im Englischen Hause (Mohrenstr. 49) die Fest-Versammlung des Vereines zur Beförderung des Gartenbaues statt, worauf das gemeinschaftliche Mittagsmahl (um 3 Uhr) erfolgt. Die Fest-Ausstellung ist in der Königlichen Thierarzneischule (Louisenstr. 56) am 18. und 19. Juni.

Amsterdamer Agaveen-Studien.

Von Karl Koch.

Der Aufforderung, recht viele Einsendungen für die Nummern 69 und 70 des Programmes zu machen, damit die Nomenklatur der so schwierigen baumartigen Lilien, und vor Allem der Agaveen, einigermassen ermöglicht werde, war man vielseitig nachgekommen; es war ein so reichliches Material vorhanden, als man früher wohl kaum zusammen gesehen hatte. Leider wurde es aber nicht möglich, da durch den Kongress und auch sonst Botaniker und Gärtner während ihrer kurzen Anwesenheit in Amsterdam so sehr in Anspruch genommen waren, Sachverständige zu einer gemeinschaftlichen Berathung oder gar zu einer Verständigung in der Nomenklatur zu bringen. So war ich denn leider zum grossen Theil bei der Untersuchung und Vergleichung des so reichen Materiales doch hauptsächlich auf mich selbst gewiesen.

Ich habe dabei die Genugthuung erhalten, dass die früher, und vor Allem noch in der letzten Abhandlung in diesem Jahrgange der Wochenschrift (S. 81), von mir ausgesprochenen Ansichten im Ganzen sich zu bestätigen schienen. Es betrifft dieses vor Allem die Frage, was ist Art und was ist Abart oder gar nur Form? Grade die Agaveen bieten durch ihre Neigung zu ändern, dem Botaniker viele Schwierigkeiten dar, so dass er nur dann im Stande ist, bei Betrachtung derselben bis zur Höhe des Begriffes Art zu kommen, wenn er sehr viel gesehen und überhaupt durch Bearbeitungen, auch anderer Pflanzenfamilien, eine Gewandtheit in der Auffassung oder das, was man den praktischen Blick nennt, erhalten hat.

Die schwierige Aufgabe eines systematischen Botanikers ist den Formenkreis einer Art festzustellen und sich nicht durch zufällige Abweichungen, die in der Kultur der Pflanzen mehr geboten sind, als ausserdem im wilden Zustande derselben, auf Irrwege bringen zu lassen. Man verfällt bei einseitigem Studium sehr leicht in den Fehler, das, was dem Individuum eigen ist, auf die Art übertragen. Ich habe gar nichts dagegen, wenn der Gärtner, der eine andere Aufgabe hat, als der Botaniker, Individuen mit abweichenden, vielleicht ästhetischen Ansprüchen mehr nachkommenden Formen, mit besonderen Namen bezeichnet und ihnen auch bei dem Verkaufe einen höhern Preis vindizirt; die Aufgabe des Botanikers ist aber eine andere: er darf sich nur durch wissenschaftliche Prinzipien leiten lassen.

Ich vermag, wie ich eben schon angedeutet habe, dem, was bereits in meiner letzten Abhandlung über Agaveen (S. 81) gesagt ist, nur wenig Neues oder Abweichendes hinzuzufügen. In der ersten Abtheilung der Agaven mit rispenförmigen Blüthenständen bemerke ich zunächst, dass ich in der Sammlung von Meulman in Amsterdam unter dem Namen Agave laetevirens eine sehr schöne Pflanze gesehen habe, welche auch von dem Besitzer als eine buntblättrige Form der gewöhnlichen A. americana betrachtet wurde. Auch sonst in deutschen Sammlungen sind mir dergleichen grüngelb-gestreifte Exemplare der A. americana vorgekommen. Es ist diese A. laetevirens also wesentlich verschieden von der, welche hauptsächlich in Belgien und Frankreich vorkommt und nichts weiter ist, als eine buntblättrige Form der A. vivipara L. (s. S. 93).

A. Salmiana Otto war in allen möglichen Formen, schmal- und breit-, wenig- und vielblättrig, hell- und dunkelgrün-gefärbt vorhanden. Nur die früher von mir A. mitraeformis bezeichnete Form (S. 92) fehlte, dagegen fand ich, und zwar wiederum in der Meulman'schen Sammlung, die überhaupt höchst interessante Exemplare darbot, eine bis dahin mir noch nicht vorgekommene Form, wo die ganze Pflanze, ähnlich wie bei der von mir mit der Bezeichnung Laurentiana unterschiedenen Abart, eine wunderschöne blaugrüne Farbe besass. Abweichend war ausserdem, dass der obere Theil des Blattes lanzettförmig, also allmählig in einen langen Dorn verlief. Die ganze Substanz des Blattes erschien auch viel weniger fleischig.

A. atrovirens Karw. und Salm-Dyck ist bestimmt nichts weiter als eine dunkelgefärbte Form der A. Salmiana.

A. coccinea Hort. ist A. potatorum Zucc. mit glänzenden, freudig-grünen Blättern. Es scheint, als wenn die Pflanze in jugendlichem Zustande und aus Samen erzogen stets dieselbe glänzend-grüne Farbe besässe und nur erst in einem gewissen Alter ihren Glanz verliere. Ableger von älteren Pflanzen, wie ich sie in Paris gesehen habe, sind dagegen auch klein schon graugrün.

A. scabra unserer meisten Gärten ist nichts weiter, als eine der vielen Formen, unter denen A. Scolymus vorkommt. Die Fürst Salm-Dyck'sche Pflanze d. N. scheint verloren gegangen zu sein, denn auf dem Schlosse Dyck bei Neuss ist sie nicht mehr vorhanden; was man jetzt dort kultivirt, ist dieselbe Form der A. Scolymus, welche sich hier und da auch als A. applanata vorfindet. Nach brieflicher Mittheilung des Fürsten Salm-Dyck soll nämlich seine A. scabra rauhe und nicht glatte Blätter haben, wie alle die Exemplare, welche ich unter dem Namen A. scabra gesehen habe, besitzen. General v. Jacobi beschreibt in seiner Agaveen-Abhandlung die Blätter seiner A. scabra ebenfalls völlig glatt (s. Hamburger Garten-Zeitung S. 123).

Ueber die geschichtliche Auseinandersetzung des Generals v. Jacobi vermag ich natürlich kein Urtheil abzugeben; man kann aber doch nicht annehmen, dass ein so erfahrner Botaniker, wie der Fürst Salm-Dyck war, ein solches Versehen begangen haben sollte, das er etwas rauh angegeben hätte, was glatt war. Die Rauhigkeit der Blätter muss ihm im Gegentheil sehr aufgefallen sein, denn er gab nach diesem Merkmale der Art den Namen der rauhen Agave (Agave scabra). Und hätte er sich wirklich bei seinen ersten Angaben über die Pflanze geirrt, so würde er doch nicht auf meine spezielle Anfrage absichtlich auf seinem Irrthum beharrt und eine Unwahrheit gesagt haben. Fürst Salm-Dyck sagt übrigens weder in seiner Abhandlung (s. Bonplandia VII, p. 89), noch in seinem ausführlichen Briefe an mich, dass er seine Pflanze aus Karlsruhe erhalten, wohl aber spricht er dieses bestimmt bei der A. Jacobiana aus. Nach ihm ist seine A. scabra oft mit A. tehuacanensis verwechselt worden, deshalb muss sie ihr doch auch nahe stehen. Erst in diesen Tagen habe ich eine A. scabra aus dem Münchener botanischen Garten bekommen, die ebenfalls nur eine breitblättrige Form der A. Salmiana d. h. eine A. tehuacanensis darstellt.

Der Freundlichkeit des Inspektors Kolb im botanischen Garten zu München verdanke ich auch ein Exemplar der Jacobi'schen A. scaberrima. Wären die Blätter beim Anfühlen nicht so rauh, wie bei den meisten Furcräen, so würde ich geneigt sein, sie für eine graugrün-gefärbte A. Salmiana zu halten; so ähnlich sind die Blätter und der ganze Bau beider Pflanzen.

Es scheint eine Eigenthümlichkeit der A. scabra der Gärten zu sein, dass ihre Blätter im jugendlichen Zustande mehr oder weniger flach sind, und auch dem Boden flach aufliegen. Es ist dieses wohl ohne Zweifel auch der Grund gewesen, warum hier und da die Pflanze auch unter dem Namen A. applanata kultivirt wird. Die späteren, keineswegs grösseren Blätter sind dagegen in die Höhe gerichtet und neigen sich mit ihrem oberen Ende nach innen. Es scheint, als wenn die Pflanze selbst, ähnlich den in die Abtheilung der Aloinae gehörigen Arten, einen Stengel bilde. In diesem Zustande ähnelt sie der Form der A. Scolymus, welche seit einigen Jahren als A. Verschaffeltii in den Handel gekommen ist und bisweilen auch grössere Dimensionen annehmen kann.

Der Enddorn hat bei allen Formen der A. Scolymus, also auch bei A. scabra und Verschaffeltii, in der Regel eine beträchtliche Länge, seine braune hornartige Substanz setzt sich selbst noch bisweilen, besonders bei der als A. applanata unterschiedenen Form bis zu einem Drittel des Blattes am Rande fort. Die seitlichen und dornartigen Zähne sind ebenfalls bei allen Formen in der Regel bedeutend und bisweilen auch im Zickzack gekrümmt. Ich habe aber auch dagegen wiederum Exemplare gesehen, wo sie umgekehrt fast abgerundet waren, so dass sie als Kerbzähne erschienen; diese Form hatte man wiederum als A. Verschaffeltii crenata ausgestellt. Sehr hübsch nahm sich die Form aus, wo die im Zickzack gebogenen Zähne eine ochergelbe Farbe besassen. Sie führte den Namen A. Verschaffeltii streptacantha. Von den zwergigen Formen der A. Scolymus, welche sich unter den neuen Pflanzen von A. Verschaffelt in Gent befanden und welche kaum den Durchmesser von 5 und 6 Zoll besassen, ist schon gesprochen worden (Seite 166).

Nicht minder interessant waren die Agaven aus der ersten Abtheilung mit mehr lederartigen Blättern, wo besonders die beiden seit länger als 150 Jahren bekannten und bereits von Miller beschriebenen Arten: Aloë Verae crucis foliis latioribus und angustioribus, oder wie sie in der heutigen Systematik heissen: Agave Verae crucis Mill. und angustifolia Haw., in einer Menge von Exemplaren vorhanden und fast in allen Formen vertreten waren. Dem, was ich früher schon gesagt, habe ich nichts Neues hinzuzufügen. Ich bemerke nur noch, dass als A. mexicana eine blaugrüne Form vorhanden war, die vielleicht mit der neuerdings von Hooker aufgestellten A. Saundersii identisch ist (s. S. 100).

Ueber A. Ixtli Karw. bin ich keineswegs in's Reine gekommen, so viel Agaven auch unter diesem Namen sich vorfanden und von mir verglichen wurden. Ein Theil von ihnen stellte Formen der A. angustifolia Haw. dar, andere gehörten dagegen zu A. Cantala (Furcraea) Haw.; wiederum schienen welche von A. Ixtli des botanischen Gartens in Berlin nicht verschieden zu sein. Oft blieb ich unklar, zu welcher der 3 genannten Arten ich sie stellen sollte. Kein einziges Exemplar dieses Namens stimmte aber nur einigermassen mit der Beschreibung der Pflanze, wie sie Fürst Salm-Dyck gegeben, überein. Darnach steht A. Ixtli Salm-Dyck, wie ich schon gesagt habe, zwischen A. macracantha Zucc. und der steifen Abart der A. angustifolia Haw. und ist vielleicht weiter nichts als eine Form der ersteren. Unter den auf der Amsterdamer Ausstellung befindlichen Pflanzen der A. Ixtli waren auch Formen der steifen Abart der A. angustifolia, welche General v. Jacobi als A. elongata beschrieben hat. Dieselbe Pflanze sah ich auch ferner in der Sammlung von Jean Verschaffelt, ebenfalls verwechselt, unter dem Namen A. virginica.

Ich gehe zu den Agaven mit unverästeltem, also mit ährenförmigem Blüthenstande über. Zu diesen gehört ohne Zweifel die schöne grosse Pflanze, die Mad. Legrelle d'Hanis zu Antwerpen ausgestellt hatte. In der äussern Erscheinung stimmte sie am meisten mit A. chloracantha einestheils, mit A. densiflora Hook. anderntheils, überein. Die Zahl der elliptischen Blätter war ziemlich bedeutend und grösser als bei genannten Arten. Auch erhoben sie sich mehr und bogen sich in der Weise, wie es bei A. micracantha Salm-Dyck der Fall ist, etwas nach innen; ihre Farbe war aber ein mattes Dunkelgrün und die rasch auf einander folgenden kurzen Zähne am Rande waren braun gefärbt. Hoffentlich blüht das Exemplar bald, um endgültig darüber entscheiden zu können.

Dass A. xalapensis der Gärten wirklich nichts weiter darstellt, als A. densiflora Hook. (A. Boucheana Jacobi), davon habe ich mich wiederholt überzeugt.

A. rupicola Reg. war ebenfalls in mehrern interessanten Exemplaren vorhanden, besonders die Form, welche sich mit ihrem Stengel weniger erhebt, niedrig bleibt und von Salm-Dyck als A. mitis beschrieben ist. Zu dieser Form gehört auch A. Ehrenbergii Jacobi.

Unter dem Namen A. Ousselghemiana befand sich in der Jean Verschaffelt'schen Sammlung die sehr blasse, weisslich-grünliche Form der A. micracantha, welche auch als A. glaucescens in den Gärten vorkommt.

Sehr interessant waren die zahlreichen Formen der A. Ghiesbrechtii C. Koch, die in dieser Hinsicht mit A. Scolymus wetteifert. Dass auch diese Art, die in der Regel kleine Rosetten von 6 bis 9 Zoll, selten von 1 Fuss Durchmesser bildet, auch ziemlich gross werden kann, habe ich gesehen. Ich zweifle nämlich um so weniger, dass A. splendens in der Sammlung von Meulman in Amsterdam nichts weiter ist, als diese grosse Form der A. Ghiesbrechtii, weil ich Mittelformen gesehen habe. Ich bemerke übrigens, dass ausserdem in der genannten Gruppe noch einige ähnliche Exemplare vorhanden waren, an denen ich leider bei der Kürze der mir zu Gebote gestandenen Zeit nicht umfassende Studien machen konnte.

A. Karatto ist eine schon von Miller ziemlich genau charakterisirte und von spätern Botanikern ebenfalls recht gut bezeichnete Art, so dass man, wenn man alle die Angaben mit einander vergleicht, nicht begreift, wie man noch Zweifel darüber haben kann, dass sie mit A. Lophanta Schiede oder A. univittata Haw. identisch ist. Höchstens könnte man die sehr nah verwandte A. heteracantha Zucc. noch dafür nehmen, wenn man nicht wüsste, dass diese erst viel später eingeführt ist.

Die zuletzt genannte Art habe ich übrigens in der Sammlung von Jean Verschaffelt als A. stenophylla gesehen.

Wenn ich in meiner letzten Agaveen-Abhandlung A. Kerchovei Lem., von der ich damals kein Original gesehen hatte, als eine Abart der A. Karatto bezeichnet habe, so muss ich meine Ansicht jetzt, wo in der Amsterdamer Ausstellung mir einige prächtige Exemplare für meine Studien zu Gebote standen, dahin ändern, dass ich sie jetzt als Art anerkenne, obwohl ich in Paris unter dem Namen A. ensifera Exemplare gesehen habe, welche an der Basis ebenfalls ziemlich breite Blätter besassen.

Diese A. Kerchovei Lem. besitzt steife und abstehende Blätter, die von einer ziemlich breiten Basis aus sich allmählig mit einer Länge von 1 Fuss in lanzettlicher Form und mit einem harten Dorn endigend, verschmälern und einen ziemlich breiten Rand von grauweisslicher Farbe besitzen. In grösserer oder geringerer Entfernung befinden sich ziemlich lange Zähne. Die Farbe der Blätter ist dunkelgrün und durch keinen Streifen unterbrochen. Eine gedrängte Form mit entfernter stehenden Zähnen an den mehr elliptisch-verlaufenden Blättern hat von Lemaire den Namen A. Beaucarnei erhalten.

Von A. filifera var. adornata Scheidw. (schidigera Lem.) hatte Jean Verschaffelt eine neue und sehr interessante Form ausgestellt, welche den Beinamen „ignescens" führte, weil die Enddornen der Blätter eine weniger feuerrothe, als vielmehr orangengelbe Farbe besassen.

Als Bonapartea stricta pulverulenta befand sich in derselben Sammlung eine A. striata Zucc. mit steifen, wie mit Mehl überstreuten Blättern, deren Farbe noch heller erschien, als bei der als B. glauca bekannten Form. A. striata, von der A. stricta nicht verschieden ist, ändert überhaupt ebenso, wie A. geminiflora Gawl. (Bonapartea juncea Willd.), in Aussaaten ungemein.

Endlich war auch A. dealbata C. Koch in zahlreichen Exemplaren, im schönsten Blaugrün sowohl, als im matten Grün, vorhanden. Bekanntlich hat General v. Jacobi die zuletzt genannte Form als A. dasylirioides beschrieben. Mittelstufen zeigten deutlich, dass die Färbung der Blätter weder hier, noch bei der vorigen und bei vielen andern Arten, einen Grund zur Unterscheidung von Arten gibt.

Schliesslich ersuche ich Besitzer von Agaveen-Sammlungen, mir freundlichst Blüthen dieser Pflanzen zur Verfügung zu stellen, namentlich wenn diese bei solchen Arten, die man noch nicht kennt, vorkommen sollten. Eine Zeichnung der ganzen Pflanze wäre allerdings ebenfalls wünschenswerth.

Die
internationale Ausstellung
von Pflanzen, Blumen und damit in Verbindung stehenden Gegenständen in Amsterdam,
vom 7. bis 12. April 1865.

(Schluss.)

Der 7. Sektion waren die Zusammenstellungen von Blumen zu Bouquets, Tafel-Aufsätzen, Garnituren u. s. w., welche zu den Nummern 130 bis 143 gehörten, überwiesen. Baron Osy aus Antwerpen wurde zum Präsidenten erwählt, van der Straal aus Rotterdam fungirte dagegen als Sekretär. Wir haben uns schon hierüber im Allgemeinen ausgesprochen. Wir wiederholen es, dass wir noch auf keiner Ausstellung bis jetzt so Schönes und Vorzügliches in dieser Hinsicht gesehen hatten, als in Amsterdam. Geschmack und seltene Kunstfertigkeit in der Zusammenstellung herrschte fast durchaus vor. Und doch hätten wir gewünscht, dass viele der grösseren Zusammenstellungen, besonders der Tafel-Aufsätze, bei dem reichlichen und schätzbaren Material etwas leichter, die Farben mitunter weniger grell gewesen wären. In letzterer Hinsicht galt dieses vor Allem von denen aus Frankreich.

Man muss freilich in sofern gerecht sein, als der Künstler doch auch bei dem, was er schafft, mehr oder minder dem herrschenden Geschmacke Rechnung tragen muss, dass man sich diesem nicht ganz entziehen kann. Man wird aber nicht behaupten, dass der heutige Geschmack, besonders wie er sich in der Mode kund gibt, ein ausgesuchter wäre. Ausserdem ist es sehr schwierig, grade in solchen der Mode unterworfenen Dingen ein Urtheil abzugeben; auch der Beurtheiler ist nicht weniger von lokalen Ansichten und von der Zeitrichtung abhängig. In Frankreich zumal neigt man sich im Allgemeinen den bunten Farben zu; man liebt überhaupt weniger sanfte Uebergänge. Man will helles Licht und Schlagschatten möglichst grell neben einander haben, da man die Sinne mehr für den Augenblick, als für die Dauer fesseln will. Der Franzose ist unbeständig und verlangt den Wechsel mehr, als irgend ein anderes Volk.

Ganz anders ist der sinnige Deutsche, dessen Gemüth grade in der Kunst mehr in Anspruch genommen sein will, als der kalte Verstand. Bei ihm sind harmonische Uebergänge nothwendig. Feurige Farben verlangt er wohl auch; sie dürfen ihn aber nicht betäuben, sondern müssen durch andere gemildert werden. Alles Grelle schneidet bei ihm gleichsam ein; er ist in seinem Gefühle leicht dadurch beleidigt. Er will das Licht durch den Schatten nur gehoben haben, nicht scharfe Gegensätze damit schaffen. Der Franzose sucht, wie gesagt, die Sinne zu fesseln, der Deutsche bemüht sich, Eindrücke in der Seele zu hinterlassen. So leicht sonst unser Nachbar jenseits des Rheines sich bewegt und in eleganten Manieren sich gefällt, so sprechen sich doch grade diese Eigenschaften in den Bouquets am wenigsten aus; umgekehrt sucht der sonst oft schwerfällige, unmanierliche Deutsche in den Bouquets zwischen den schwerern und grössern Blumen durch Gräser, Gypsophilen u. s. w. eine grössere Leichtigkeit herzustellen, er mildert ferner die grellen Farben durch das Grün leichtblättriger Farne.

Wer mit Aufmerksamkeit die französischen und deutschen Zusammenstellungen von Blumen in Amsterdam gesehen und miteinander verglichen hat, wird auch mit uns die Verschiedenheit in der Auffassung und Darstellung gefunden haben. Es ist aber nicht allein hiermit der Fall; nicht weniger tritt dieses in der deutschen und französischen Landschaftsgärtnerei hervor. So grossartig der Franzose in seinen landschaftsgärtnerischen Schöpfungen — die neuen Anlagen von Vincennes bei Paris haben uns wahrhaft mit Bewunderung erfüllt — auch sein kann, so werden doch auch hier die Sinne viel zu sehr in Anspruch genommen, es wird zu sehr auf Effekt berechnet. Eine Durchführung des Einzelnen bis in die kleinsten und unbedeutendsten Dinge findet man nicht in französischen Anlagen; minutiöse Studien sucht man vergebens in ihnen. Wo das Aeussere in den Anlagen so sehr hervortritt, als dies in Frankreich der Fall ist, da kann der gemüthliche Deutsche sich nicht auf die Länge der Zeit wohl finden; er vermag sich in ihnen nicht von den Geschäften und Mühen des Tages zu erholen. Der Franzose langweilt sich dagegen in unseren durchstudirten Parks. Obwohl ihm keineswegs, wie man bei uns meist mit Unrecht annimmt, das Gemüthsleben abgesprochen werden kann, so hat er doch keineswegs die Absicht, im Bois de Boulogne, im Park von Vincennes u. s. w. sich zu erholen; er will in seiner ausgewählten Kleidung sich zeigen und diese sehen.

Deutsche, Franzosen, Belgier und Holländer hatten Bouquets und Blumen-Zusammenstellungen überhaupt eingesendet; sie wetteiferten miteinander. In einem der beiden langen Säle stand eine lange Tafel, geschmückt wohl mit dem Schönsten, was je die genannten 4 Völker in dieser Weise gebracht haben mögen. An den Bouquets hätte man die 4 Völker erkennen können. Der gemächliche, immer gleiche Holländer hatte sich grosser, strahlender Blumen hauptsächlich bedient und diese meist mit dunkelen, immergrünen Blättern umgeben. Einfach und gediegen, obgleich etwas schwerfällig, waren auch seine Bouquets. Nächst dem Obergärtner Mähl von J. A. Willink in Amsterdam hatten die Handelsgärtner W. A. Zalme im Haag, die Gebrüder van den Berg und Groenewegen & Comp. in Amsterdam, sowie de Groot in Utrecht Vorzügliches geleistet.

Eine Genterin, Marie Leys, und eine Antwerpenerin, G. Moens, welche erstere wir schon bei Gelegenheit der Brüsseler Ausstellung im vorigen Jahre kennen gelernt, hatten Braut-Bouquets geliefert: geschmackvoll, feurig, wie die Braut man sich denkt; doch auch kokett. Deutschen Jungfrauen würden sie weniger gefallen haben, noch weniger den Müttern, die Anspruchslosigkeit und mehr Innerlichkeit von den Bräuten und den Bouquets verlangen.

Aus Paris hatte Antoine Bernard, der sich in der grossen Kaiserstadt in dieser Hinsicht mit Recht eines grossen Ansehens erfreut, Tafelaufsätze und Bouquets zur Verfügung gestellt, in denen der elegante, in Gegensätzen sich gefallende Franzose sich aussprach. Es war, als wenn die Bonmots, in denen unser Nachbar jenseits des Rheines unübertrefflich ist, auch in der seltsamen Gruppirung der einzelnen Blumen zu einander sich kund gaben. Rosen spielten natürlich eine Hauptrolle; doch es wurde auch das bescheidene Veilchen, freilich aber gleich zu 30 bis 50 zusammengebunden, nicht verschmäht. Ruhepunkte suchte man vergebens, das Auge sah sich gezwungen, von einer Blume zur andern zu schweifen; noch weniger vermochte das sinnige Gemüth sich zu vertiefen.

Das war es aber grade, was uns in den deutschen Bouquets und vor Allem in den Garnituren von J. C. Schmidt in Erfurt gefiel; doch hatten sie sämmtlich der herrschenden Richtung ebenfalls etwas, uns bisweilen zu viel, Rechnung getragen. Nicht allenthalben erschienen die Uebergänge gleich lieblich. In der Zusammenstellung der Farben waren die Bouquets aber meisterhaft gehalten. Doch dazu muss man Deutscher sein, so im Gemüthe leben und träumen können, als es die Bewohner diesseits des Rheines nur allein vermögen. Lieblich war der Haarschmuck einer Braut.

Die getrockneten Blumen und alles, was man aus diesen angefertigt, hatten mit Recht einen andern Platz erhalten. Sie befanden sich auf der Gallerie. So schwierig die Aufgabe der Preisrichter bei den Bouquets u. s. w. aus eben auseinander gesetzten Gründen gewesen sein mag, so leicht war die Entscheidung hier, denn nur die deutschen Einsendungen, die von J. C. Schmidt in Erfurt, entsprachen den Anforderungen und verdienten Berücksichtigung. Wie weit sind alle andern Volker, und vor Allem die Franzosen, doch in dieser Hinsicht gegen die Deutschen zurück!

Beifall fand auch ein grosses, von Glas und Rahmen eingeschlossenes Tableau aus getrockneten Blumen und Blättern angefertigt. Eine Genterin, die Frau des Handelsgärtners Stelzner, hatte nicht weniger Kunstfertigkeit im Trocknen, als Geschmack im Kombiniren, an den Tag gelegt.

Die 8. Sektion hatte das Obst nebst den Obstgehölzen und das Gemüse zu beurtheilen (No. 144 bis 156 des Programmes). Pepin, Chef der Kulturen im botanischen Garten zu Paris, wurde zum Präsidenten erwählt, Baltet aus Troyes und Professor Pynaert aus Gent fungirten als Sekretäre. Wir haben schon im Anfange unseres Berichtes ausgesprochen, dass vorzügliches Kernobst, Aepfel und Birnen, vorhanden war. Leider sind wir zu wenig Kenner, um in das Einzelne einzugehen. Wir müssen bedauern, dass, wie es scheint, überhaupt Niemand der Mühe sich unterzogen hat, speziell über die vorzüglichen Obstsorten zu berichten.

Die schönste Sammlung hatte Douchet, Wirth der Restauration auf dem Bahnhofe von Mecheln, ausgestellt. Nächstdem verdiente aber die Sammlung von Boddaert in Gent Anerkennung. Wenn auch die getriebenen Weintrauben wahrscheinlich im Geschmacke Manches zu wünschen übrig liessen, so hatten sie doch für diese Zeit ein gutes Aussehen. Auch die Erdbeeren waren zu beachten.

Hinsichtlich des Gemüses müssen wir leider wiederholen, was wir gleich Anfangs gesagt haben, dass dieses nur mittelmässig war. Besonders scheint man hinsichtlich des Spargels, obwohl grade dieser in Holland in früheren Zeiten sich eines Rufes erfreute, in der neuesten Zeit nichts vorwärts gegangen zu sein.

Von Obstbäumen, nach holländischem und französischem Muster gezogen, waren zwei grosse Sammlungen vorhanden. Die eine hatte der Verein zur Verbreitung und zur Verbesserung der Fruchtbäume in Boskoop, die andere die bekannte Handelsgärtnerei von Jamin & Durand in Bourg-la-Reine bei Paris eingesendet. Beide bestanden aus Muster-Exemplaren und gaben während des Kongresses zu Diskussionen Veranlassung.

Da die Verhandlungen des Kongresses gedruckt werden, wird man später davon in Kenntniss gesetzt werden. Die Sammlung von Fruchtbäumen in Töpfen, welche der Handelsgärtner de Beuker in Antwerpen ausgestellt hatte, beanspruchte nach jeder Richtung hin Anerkennung.

Der 9. Sektion waren die mit der Gärtnerei in Beziehung stehenden Gegenstände, besonders der Kunst und der Industrie, zur Beurtheilung überwiesen. Tisserand, Chef der kaiserlichen landwirthschaftlichen Institute zu Paris, war Präsident, A. Wesmael, Direktor der Gartenbau-Gesellschaft in Mons, Sekretär. Wir haben gleich Anfangs ausgesprochen, dass es uns in der Kürze der Zeit, die uns zugewiesen war, nicht möglich gewesen, auch dieser Abtheilung unsere Aufmerksamkeit zuzuwenden. Wir enthalten uns daher jeden Urtheiles.

Die 10. Sektion endlich hatte alle Gegenstände zu beurtheilen, die nicht speziell im Programme namentlich gemacht waren. Professor Morren aus Lüttich wurde zum Präsidenten, Barral, Redakteur der Revue horticole und des Journal d'agriculture in Paris, zum Sekretär erwählt. Insofern die betreffenden Gegenstände Pflanzen und Blumen betrafen, haben wir schon auf sie Rücksicht genommen; für die übrigen mangelte uns die Zeit.

Wir schliessen hiermit unseren Bericht und empfehlen ihn der Nachsicht der Leser. Die Aufgabe war bei dem reichen Material und bei der kurzen uns zu Gebote stehenden Zeit nicht gering, zumal auch der Kongress uns noch vielfach in Anspruch nahm. Wir erlauben uns nur noch einige Worte über die Aussteller und über die Preiszusprechungen zu sagen.

Die Zahl der Einsendungen betrug nicht weniger als 840 Nummern, welche sich auf 286 Aussteller vertheilten. Am meisten hatten beigetragen die Handelsgärtner Glijm in Utrecht, Ambr. und Jean Verschaffelt in Gent, Linden in Brüssel, Krelage & Sohn, sowie Schertzer & Söhne in Haarlem, Groenewegen & Co. in Amsterdam, van der Laan im Haag und Koster & Sohn in Boskoop, ferner die Grundbesitzer: Mad. Legrelle d'Hanis in Antwerpen, Meulman und Willink in Amsterdam, de Groot in Utrecht und J. H. Kraaijenbrink in Bilt, sowie endlich die botanischen Gärten in Leiden, Rotterdam und Amsterdam.

Die meisten Preise, nämlich 20, hat Glijm in Utrecht erhalten; nächstdem kamen Krelage und Sohn mit 16, A. Verschaffelt in Gent und de Groot in Utrecht mit 11. Ausserdem haben die Preisrichter zugesprochen: Linden in Brüssel 7 Preise, auf gleiche Weise, wie Groenewegen & Comp. und Willink in Amsterdam, sowie dem Hortulanus Witte in Leiden und van der Laan im Haag. Mad. Legrelle d'Hanis in Antwerpen erhielt 6, Schertzer & Söhne in Haarlem, J. H. Kraijenbrink in Bilt und Meulmann in Amsterdam jeder 5 u. s. w.

Die Ausstellung war ein Privatunternehmen, wenn auch die Königl. Niederländische Gesellschaft zur Beförderung des Gartenbaues unter dem Protektorate Ihrer Majestät der Königin und der Ehren-Präsidentschaft des Prinzen von Oranien zugleich im Verein mit der Mehrzahl der Niederländischen Garten- und Ackerbau-Vereine, wie man aus dem Programme ersieht, an der Spitze stand und in ihrem Namen eingeladen wurde. Das ausserordentlich schöne Lokal begünstigte das Unternehmen. Die sehr grossen Kosten wurden zum Theil durch freiwillige Beiträge gedeckt, zum Theil hoffte man sie dadurch wieder einzubringen, dass man nur gegen Eintrittsgeld eintreten durfte.

Um sich aber auf jeden Fall zu sichern, wurde zur Zeichnung eines sogenannten Garantie-Fonds aufgefordert, wozu Aktien ausgegeben wurden. Dabei zahlte man, so viel wir wissen, nicht ein, sondern verpflichtete sich nur für den möglichen Ausfall, der dann auf die ausgegebenen Aktien als Einheit vertheilt werden sollte. Welchen Anklang das ganze Unternehmen fand, ersieht man daraus, dass nicht weniger als 311 Personen ihre Bereitwilligkeit durch Zeichnung an den Tag gelegt hatten. Fast die Hälfte zeichneten mehr als eine Aktie, nicht wenige verpflichteten sich für 5 und selbst für 10, einer sogar (de Jonge van Ellemeet auf Overduin bei Middelburg) für 20 Aktien.

Die Beiträge bestanden zum Theil aus baarem Gelde, theils aus Medaillen. So hatten unter Anderem die Holländische Regierung 5000, die Stadt Amsterdam 3000, der König der Niederlande 2000 Gulden gezeichnet. Die ganze Summe belief sich auf 12,810 Gulden. Medaillen wurden 156 zur Vertheilung von Privaten übergeben. Unter diesen befanden sich 32 goldene und 27 vergoldete silberne, die anderen waren einfach-silberne und zwar kleine und grosse Medaillen.

Dr. Gloger's Höhlenbrüter.

Es ist uns eben ein kleines Schriftchen, die Hegung der Höhlenbrüter, zugegangen, auf das wir Gartenbesitzer ganz besonders aufmerksam machen und empfehlen. Der im vorigen Jahre zu Berlin verstorbene Dr. Gloger ist Verfasser; es ist das Einzige, was man in seinem Nachlasse gefunden hat. Dr. Gloger war der Naturforscher, der zuerst auf eine eindringliche und überredende Weise auf die nützlichen Freunde der Land- und Forstwirthschaft, wie er die Thiere nannte, welche das Ungeziefer vertilgen, aufmerksam machte. Seine erste und zweite Schrift ist zu vielen Tausenden von Exemplaren durch ganz Deutschland verbreitet worden und hat auch vielfache Uebersetzungen, besonders in französischer Sprache, erhalten.

Das Schriftchen, was uns jetzt vorliegt, beschränkt sich nur auf eine kleine Abtheilung dieser nützlichen Freunde der Land- und Forstwirthschaft, auf die sogenannten Höhlenbrüter. Unter diesem Namen versteht man Vögel, welche in hohlen Bäumen, in Löchern u. s. w. brüten. Diese Höhlenbrüter, zu denen allerdings noch einige andere Vögel kommen, wie die Sperlinge, die Boussarde, Kukkuke u. s. w., sind die hauptsächlichsten Vertilger von Insekten, Mäusen u. s. w. Leider zieht man hier und da grade gegen diese Vertilger am meisten zu Felde, ohne zu bedenken, dass man dadurch gegen seinen eigenen Vortheil handelt. In einer Gegend Deutschlands, so erzählte Dr. Gloger, hat man in einer kurzen Zeit 400 Mäuseboussard's getödtet. Wenn man nun bedenkt, dass dieses meist Grundbesitzer gethan, so haben diese wohl nicht bedacht, dass sie sich dabei am meisten geschadet haben. Ein solcher Boussard braucht täglich als Nahrung 16—20 Mäuse, weshalb er in einem Jahre gegen 6000 Mäuse verzehrt. Es blieben demnach in dieser Gegend gegen $2\frac{1}{2}$ Millionen Mäuse am Leben. Was diese für Schaden bringen können, braucht man wohl nicht näher zu erörtern.

Dr. Gloger verlangt, dass vor Allem hohle Bäume nicht aus den Wäldern entfernt werden. Sie sind der eigentliche Sitz der Höhlenbrüter nicht allein, auch der Fledermäuse, welche mit diesen im Vertilgen der Insekten und Würmer wetteifern. Es wird sogar empfohlen, hohle Bäume, so schlecht sie auch aussehen, anzupflanzen. Hohle und zum Theil abgestorbene Bäume, wenn sie bereits einen bedeutenden Umfang erreicht haben, nehmen sich übrigens, besonders wenn sie mit Schlingpflanzen umgeben werden, gar nicht schlecht aus. Man gehe nur nach Muskau, wo Fürst Pückler zuerst wirkte, um sich davon zu überzeugen.

Wo dieses nicht geht, besonders in Gärten, empfiehlt Dr. Gloger, künstliche Löcher in Form sogenannter Nistkästen anzufertigen und auf den Bäumen anzubringen. Bis jetzt kennt man hauptsächlich nur dergleichen für Staare. Dr. Gloger hatte mit Eifer die Brütungsweise der Vögel studirt und dergleichen Nistkästen für die verschiedenen Arten dieser Vögel angefertigt. Der Verleger des Büchelchens (Allgem. deutsche Verlagsanstalt in Berlin) hat nach dem Muster dergleichen Nistkästen nacharbeiten lassen und bringt sie zugleich mit in den Handel.

Es sind deren sechserlei: 1. für Staare, weisse Bachstelzen, Wendehälse u. s. w. 2. Schlafkästen zum gemeinschaftlichen Uebernachten für Meisen u. s. w. 3. Für Sperlinge und ähnliche Vögel. 4. Für Meisen und dergleichen. Von diesen 4 Sorten kostet das Dutzend 4 Thlr. 5. Für Rothschwänzchen das Dutzend 3 Thlr. 6. Für Fliegenschnepper das Dutzend 2 Thlr.

Cytisus Adami.

Wir haben in unseren Gärten einen interessanten Blendling zweier bestimmter Arten, eines zwergartig wachsenden Blüthenstrauches, Cytisus purpureus, und eines mehr in die Höhe gehenden Gehölzes, C. Laburnum, resp. alpinum. Die erste Pflanze blüht blauröthlich; die Blüthen stehen in geringer Anzahl zu 2 bis 5 an der Spitze der im Frühjahre nicht zur Entwickelung gekommenen Zweige, so dass es scheint, als wenn sie seitenständig wären. Bei der andern Pflanze (C. Laburnum), die bei uns gewöhnlich den Namen Goldregen oder Bohnenbaum führt, bilden die gelben Blüthen eine Traube, welche das Ende eines zur Entwickelung gekommenen, aber auch sehr oft verkürzten Zweiges ist,

Durch Zufall entstand in der Nähe von Paris ein Blendling, der das Ansehen eines Bohnenbaumes besass, wo die Blüthen aber eine helle kupferrothe Farbe hatten. Es kamen aber auch dergleichen hervor, wo die Farbe allmählig in das reine Gelb derer des Bohnenbaumes überging. Dergleichen Blendlinge, die allmählig in einer ihrer Urformen übergehen, sind keine seltene Erscheinung.

Bei dem angeführten Blendlinge, welcher nach seinem ersten Besitzer in Vitry bei Paris den Namen C. Adami erhielt, kommen aber bisweilen nicht allein Zweige mit Blüthen des Bohnenbaumes hervor, sondern auch solche, wo C. purpureus sich ebenso vollständig entwickelt hatte. Dass diese Erscheinung sehr grosses Aufsehen machte, kann man sich denken. Gesprochen ist mancherlei darüber, eine genügende Erklärung hat jedoch, ausser Fenzl in Wien, so viel wir wenigstens wissen, noch Niemand versucht.

Während des Kongresses von Botanikern und Gärtnern in Brüssel im Frühjahre 1864 kam der Gegenstand ebenfalls zur Sprache. Es ist in jedem Blendlinge ein Kampf beider Individualitäten, welche ihn gebildet haben, also auch bei Cytisus Adami, vorhanden. Die schwächere Stammart wird allmählig der stärkeren weichen müssen, bis zuletzt die eine — und zwar in der Regel wohl die Mutterart — die Oberhand behält und die andere verschwindet. Um so mehr muss es aber auffallen, dass grade da, wo die Schwächung der einen Art bereits eingetreten ist, diese letztere plötzlich in ihrer Vollkommenheit hervortritt und sich als selbstständiges Individuum zur Geltung bringt, dass also gleichsam die schwächere Art als etwas Fremdes ausgeschieden wird und demnach der Blendling wiederum in seine 2 reinen Arten zerfällt.

Es scheint übrigens, als wenn die Bildung eines ähnlichen Blendlinges auch in England von selbst geschehen wäre. Der französische Blendling, wie Brongniart in Brüssel bestimmt ausgesprochen hat, ist das Produkt von C. Laburnum und purpureus; was die Engländer hingegen unter dem Namen Cytisus sordidus kultiviren, ist (wenigstens nach den uns zu Gebote stehenden Exemplaren) wohl sicher das Produkt von C. alpinus und purpureus. Die Blättchen haben zwar hier in Form und Grösse Aehnlichkeit mit denen von C. Laburnum, sind aber, wie bei denen von C. alpinus, völlig unbehaart. Es wäre wohl zu wünschen, dass beiderlei Blendlinge genau untersucht würden.

Schliesslich bemerken wir, dass jetzt in den bekannten Baumschulen von Schiebler & Sohn in Celle 2 ziemlich grosse Exemplare des besagten Blendlinges in Blüthe stehen, wo schon seit einigen Jahren ein bereits nun zum Ast entwickelter Zweig befindlich ist, der stets C. purpureus in Blatt und Blüthen darstellt. Seit diesem Jahre hat sich nun noch ein zweiter Zweig des C. purpureus dazu gebildet. Man sieht hier regelmässig alle Jahre dieselbe Erscheinung, welche in Brüssel zum Theil bezweifelt wurde. Wer demnach noch zweifelt, dem rathen wir, besagte Baumschule, wo überhaupt mancherlei Interessantes geboten wird und gewiss Jedermann eine freundliche Aufnahme findet, zu besuchen.

Verlot, Conservator am botanischen Garten zu Paris, bezweifelt in seiner interessanten Abhandlung über Bildung und Fixation von Abarten, dass bei Arten aus 2 verschiedenen Geschlechtern sich Blendlinge nicht bilden können. Nach dieser Behauptung müssten Cytisus Laburnum und C. purpureus, wie es auch Linné später, sowie die meisten Botaniker, annehmen, einem und demselben Geschlechte angehören. Der Begriff „Genus oder Geschlecht" ist und wird stets ein künstlicher bleiben. Wenn wir auch keineswegs zu Denen gehören, welche jede Abweichung in Blüthe und Frucht für hinlänglich halten, um ein Genus zu bilden, sondern verlangen, dass Arten eines Geschlechtes in ihrer ganzen Erscheinung mehr oder minder mit einander harmoniren, so sind wir doch geneigt, in C. Laburnum und purpureus die Typen zweier Geschlechter anzunehmen, die sich hinsichtlich ihrer äussern Erscheinung, in Blüthe und Samenbau wesentlich unterscheiden. Laburnum hat Trauben, einen kurzen Kelch und am Samen keine Spur einer Caruncula, während die echten Cytisus-Arten wenige Blüthen auf einer nicht zur Entwickelung gekommenen Achse, einen langen Kelch, gedrehte Flügel und eine Caruncula am Samen besitzen.

Verlag von Karl Wiegandt in Berlin, Koch-Strasse No. 22.

Druck der C. Feister'schen Buchdruckerei (L. Mewes), Berlin, Zieten-Platz No. 2.

Wochenschrift

des

Vereines zur Beförderung des Gartenbaues in den Königl. Preussischen Staaten

für

Gärtnerei und Pflanzenkunde.

Redakteur:

Professor Dr. Karl Koch,

General-Sekretair des Vereines.

No. 25. Berlin, den 24. Juni **1865.**

Preis des Jahrganges 5½ Thlr., sowohl bei Bezug durch den Buchhandel, als auch franco durch alle Post-Anstalten des deutsch-österreichischen Post-Vereines.

Dienstag, den 27. Juni, findet eine gemeinschaftliche Besichtigung des Parkes von Glienicke statt, wozu wir die geehrten Mitglieder einladen. Theilnehmer werden ersucht, sich ¼12 Uhr auf dem hiesigen Potsdamer Bahnhofe einzufinden.

452. Versammlung des Vereines zur Beförderung des Gartenbaues,

am 18. Juni.

Der Vorsitzende sprach den beiden Ordnern, Hofgärtner Brasch und Kunst- und Handelsgärtner Lackner, welche sich mit Liebe und Umsicht der Aufstellung unterzogen und das Arrangement zur allgemeinen Zufriedenheit in den beiden Räumen der Aula der Königl. Thierarzneischule gemacht hatten, zunächst im Namen des Vorstandes und des Vereines, aber auch aller Derer, welche die Ausstellung besucht, seinen Dank aus. Auf gleiche Weise sei man aber auch denen verpflichtet, welche Beiträge geliefert. Dass trotz der vorausgegangenen ungünstigen Umstände eines langen und harten Winters, sowie eines darauf folgenden anfangs sehr heissen, später wiederum kalten Frühlinges die Ausstellung so gut ausgefallen und neben Blattgrün doch so viel schöner und reizender Blumenschmuck vorhanden war, hatte man wohl nicht vermuthet.

Inspektor Bouché erlaubte sich, trotzdem es Gebrauch sei, dass an der Fest-Sitzung, wo heute das 43jährige Bestehen des Vereines gefeiert werden sollte, keine weiteren Verhandlungen als die, welche das Fest selbst betreffen, gepflogen werden, einen Gegenstand zur Sprache zu bringen. Der Verein habe nämlich vor einigen Jahren durch den bekannten Erdbeer- und überhaupt Obstzüchter de Jonghe in Brüssel ein reiches Sortiment der neuesten Erdbeeren bezogen, um Versuche mit deren Kultur anzustellen und sich von dem Werthe der Früchte zu überzeugen. Seiner Zeit sei über das Letztere durch den General-Sekretär, Prof. Koch, berichtet worden; nöthig möchte es aber sein, dass auch Mitglieder, denen Pflanzen mitgetheilt waren, sich über die erhaltenen Erdbeeren aussprächen.

Einen Umstand wollte er aber hierbei noch besonders zur Sprache bringen. Er habe nämlich bemerkt, dass die in der neuesten Zeit gezüchteten Erdbeer-Sorten im Durchschnitte gegen klimatische Verhältnisse mehr empfindlich seien, als die alten bekannten. Diese Beobachtung habe er besonders während des letzten langen Winters gemacht. Er wünsche nun, dass auch andererseits hierüber stattgefundene Beobachtungen bekannt gemacht würden. So sei es unzweifelhaft, dass alle Erdbeer-Sorten, wo Fragaria chilensis bei der Züchtung Theil genommen, sehr empfindlich wären und daher auch oft erfrören.

Nach Professor Koch sei diese Art eine aus wärmern Klimaten, die selbst in vielen Gegenden des gegen Deutschland günstigeren Frankreich im Winter gedeckt werden müsse und bei uns, selbst bei der sorgfältigsten Behandlung, nie gut gedeihen werde. Die meisten Sorten unserer Garten-Erdbeeren seien theils nichts weiter, als Formen der Fragaria virginiana, von der Fragaria grandiflora nur eine Abart darstelle, theils aber auch Blendlinge mit den beiden europäischen Arten: Fragaria vesca und besonders elatior, vielleicht auch mit Fragaria collina. Blendlinge der Fr. virginiana mit der Fr. chilensis habe man früher mehr gehabt; sie seien aber mit der Zeit durch andere verdrängt worden, die eben besser gediehen. Unter den de Jonghe'schen Sorten habe er nur 4 oder 5 bemerkt, welche wahrscheinlicher Weise unter dem Einfluss der Fr. chilensis gezüchtet worden seien.

Auch Obergärtner Gaerdt stimmte diesem bei. In der ganzen Zeit, wo er Erdbeeren gezogen, habe er dieselbe Erfahrung gemacht; es sei deshalb deren Kultur von ihm aufgegeben worden.

Der Vorsitzende berichtete dem Gebrauche gemäss über die Zustände des Vereines im Innern, wie nach Aussen. Beides sei zufriedenstellend. Durch Zunahme der Mitglieder habe der Verein mehr Mittel bekommen, um den von Jahr zu Jahr sich steigernden Bedürfnissen nachzukommen. Die Thätigkeit des Vereines sei fortwährend nach allen Zweigen der gesammten Gärtnerei gerichtet, wenn auch der Obstbau vor Allem seine Aufmerksamkeit auf sich gezogen. Die Liebe zu Pflanzen nehme sichtbar zu, selbst bei den Bewohnern der entfernteren Provinzen. Das Ansehen des Vereines nach Aussen sei dasselbe geblieben, ja es habe sich wohl noch gesteigert. Mit allen deutschen Gartenbau-Vereinen, aber auch mit den meisten des Auslandes, stehe unser Verein fortwährend in Verbindung und werde diese durch eine rege Korrespondenz wach erhalten.

Am Jahresfeste sei es aber auch Gebrauch, dass die Mitglieder des Vorstandes ihre Funktionen niederlegten und dass ein neuer Vorstand gewählt werde. Ein besonders dazu ernannter Ausschuss habe Vorschläge gemacht, die hiermit zur Kenntniss der anwesenden Mitglieder kämen. Niemand sei jedoch an diese Vorschläge gebunden, sondern Jedermann frei in seiner Wahl. In der Zeit bis zur stattgefundenen Neuwahl ersuche er den Gymnasial-Direktor Dr. August, die Leitung der Geschäfte zu übernehmen, hauptsächlich aber das Scrutinium zu übernehmen.

Nachdem dieses stattgefunden, theilte der Direktor Dr. August mit, dass sämmtliche Mitglieder des Vorstandes einstimmig wiedergewählt wären, nämlich als

Vorsitzender: Geh. Ober-Regierungsrath Knerk,
1. Stellvertreter: Professor Dr. Braun,
2. Stellvertreter: Garten-Inspektor Bouché,
General-Sekretär: Professor Dr. Koch,
Schatzmeister: Rentier Sonntag.

Der Vorsitzende forderte nun das Preisrichter-Amt auf, seine Aussprüche mitzutheilen. Da der Vorsitzende im Preisrichter-Amte, Geh. Ober-Regierungsrath Heyder, verhindert war, der Sitzung beizuwohnen, so übernahm es der General-Sekretär, das darüber aufgenommene Protokoll zu verlesen.

Verhandelt Berlin, am 18. Juni 1865.

Behufs Vertheilung der durch das Programm vom 27. November v. J. für den Zweck der heutigen Ausstellung des Gartenbau-Vereines ausgesetzten Prämien war das unterzeichnete Preisrichter-Amt zusammengetreten und hat nach vorgängiger ausführlicher Berathung nachstehenden Ausstellungs-Gegenständen die dabei bemerkten Preise zugesprochen:

A. Die von Sr. Maj. dem Könige verliehene goldene Medaille.

Den sämmtlichen auf der Ausstellung befindlichen Leistungen aus dem Garten des Rittergutsbesitzers Reichenheim (Obergärtner Kraus).*)

B. Den Link's-Preis (20 Thaler).

1. Der gemischten Gruppe schönblühender und besonders gut kultivirter Gewächse aus dem Garten des Kommerzienrathes L. Reichenheim (Oberg. Boese).

C. Gruppirungen.

Für die schönste Gruppe besonders gut kultivirter Pflanzen in mindestens 12 Exempl. 10 Thlr.:

2. Dem Königl. botanischen Garten für die grosse, von demselben aufgestellte Pflanzengruppe.

Für die schönste Gruppe Marktpflanzen in mindestens 12 Exemplaren 10 Thlr.:

3. Der Gruppe Phlox Drummondii (Louise Grell), bestehend aus 50 Exemplaren, dem Handelsgärtner Günther in Charlottenburg gehörig.

4 bis 7. 4 Preise zu je 5 Thlr. für je eine aus mindestens 12 Exemplaren bestehende Gruppe der nämlichen Spezies Marktpflanzen:

a. den Pelargonien des Kommerzienrathes Ravené (Obergärtner Neumann),
b. den Scharlach-Pelargonien des Handelsgärtners Günther,
c. den Petunien des Handelsgärtners Heydert aus Potsdam,
d. den Calceolarien desselben.

D. Schaupflanzen.

8. Der Preis von 10 Thalern für die beste Kulturpflanze: der Doryanthes excelsa des Kommerzienrathes Reichenheim (Oberg. Boese).

9 bis 15. 7 Preise zu je 5 Thalern für einzelne, besonders gut kultivirte Schaupflanzen:

a. dem Gymnostachyum Verschaffeltii des Königlich botanischen Gartens,
b. dem Philodendron Wendlandii desselben,

*) Wir bemerken, dass, wie übrigens schon früher mitgetheilt wurde, auch in den amtlichen, hier mitgetheilten Protokollen die Bezeichnung „Herr" stets in der Wochenschrift ausgelassen wird.

c. der Selaginella altissima des Kommerzienrathes Reichenheim (Obergärtner Boese),
d. dem Cissus porphyrophyllus desselben,
e. der Calosanthes coccinea des Kunstgärtners Allardt.

Die 2 anderen Preise wurden nicht zuerkannt.

E. Neue Einführungen.
2 Preise zu 5 Thalern.

16. Dem Neotopteris australasaca des Königl. botanischen Gartens,

17. dem Anthurium magnificum des Handelsgärtners Lauche zu Potsdam.

F. Abgeschnittene Blumen.
1 Preis zu 5 Thalern.

18. Dem Sortiment abgeschnittener Rosen des Handelsgärtners Forkert zu Charlottenburg.

G. Obst und Gemüse.
2 Preise zu 5 Thalern.

19. Für das beste Obst: den Pflaumen des Hofgärtners Brasse zu Pless,

20. für das beste Gemüse: den Gurken des Handelsgärtners Buder zu Plattenburg bei Glöwen.

H. Zur Verfügung der Preisrichter.

Derartige Preise sind unter 21—24 des Programmes 4, zu je 5 Thalern, ausgesetzt. Ausserdem sind von den Preisen für Schaupflanzen (unter 9 bis 15) 2 zurückgefallen, so dass hier 6 Preise zur Verfügung stehen. Diese sind zuerkannt:

a. der buntgestreiften Primula sinensis des Handelsgärtners Benda,
b. der Pflanzengruppe des Handelsgärtners Barrenstein,
c. den wohl erhaltenen Aepfeln des Königlichen Schloss-Kapellans Gette zu Freienwalde,
d. den Erdbeeren des Handelsgärtners Schulz zu Potsdam,
e. dem Bouquet des Gehülfen Rex im Garten des Kommerzienrathes Ravené,
f. den abgeschnittenen Violen des Handelsgärtners Schwanecke zu Oschersleben.

J. Ehren-Diplome

sind zuerkannt:

1. Den Fuchsien des Kommerzienrathes Ravené (Obergärtner Neumann),

2. den abgeschnittenen Rosen von Heinicke,

3. dem Bouquet des Garten-Eleven Bouché,

4. der Scutellaria Mociniana des Kunstgärtners Esser in Düren,

5. den aufgestellten neuen Pflanzen des Handelsgärtners Benda,

6. der Pflanzengruppe des Universitätsgärtners Sauer.

L. Heyder. Augustin. Max Lorberg. L. Späth. Giesler. J. Hoffmann. L. Mathieu. C. Fintelmann.

Revue horticole.

Jahrgang 1864. Zweite Hälfte.

Mit besonderer Vorliebe wird im genannten Journale neuerdings der Obstbau behandelt; Männer wie Baltet, Carrière, de Liron d'Airoles, Dubreuil, Hardy und Laujoulet bürgen dafür, dass die gegebenen Artikel nicht allein interessant sind, sondern auch Stoff zum weiteren Nachdenken geben. So wünschenswerth es auch wäre, von Zeit zu Zeit eine Uebersicht des Neueren, was in ihnen enthalten ist, in der Wochenschrift zu geben, so müssen wir doch aus mehrern Gründen darauf verzichten und dieses Zeitschriften, die sich nur mit Obstbau und Obstkenntniss befassen, überlassen. Wir entnehmen aus genannter Zeitschrift nur Notizen über abgebildete Obstsorten, sowie über einige besprochene neue Gehölze und Florblumen.

Bei dieser Gelegenheit machen wir nochmals darauf aufmerksam, dass man in Berlin und sonst im Norden Deutschland's der Meinung ist, dass die Erdbeeren sich nicht für eine zu frühe Zeit treiben liessen. Diese Zeit, wo man in Berlin getriebene Erdbeeren hat, ist in der Regel aber nur wenige Wochen früher im Jahre, als die, wo sie bei guter Lage und hinlänglichem Schutz im Freien reifen. Man stützt sich bei dieser Ansicht auf die Nothwendigkeit, bei Erdbeertreibereien anhaltend Sonnenschein und gutes Wetter zu haben, damit die Bienen und andere ähnliche Insekten in die Beete eingelassen werden können, um durch die Verbreitung des Blumenstaubes zum besseren Anschwellen der Früchte beizutragen. Wir verkennen beide Momente keineswegs, aber doch bringt man an andern Orten, namentlich in Paris und selbst in dem weit ungünstigeren Petersburg, auch in Hamburg, weit früher im Jahre Erdbeeren auf den Markt, als bei uns. Es müsste demnach, sollte man denken, auch bei uns möglich sein, diese frühzeitiger zu haben.

Wir haben uns schon früher dahin ausgesprochen, und kommen jetzt noch einmal darauf zurück, dass bei Treibereien und ganz besonders bei denen der Erdbeeren, die Sorte, welche man nimmt, von der grössten Wichtigkeit ist. Die bisher bei uns zum genannten Zwecke gebräuchlichen Sorten, wie Princess Alice, Seedling Elize und Sir Harry, geben uns ziemlich spät Früchte. Sie scheinen demnach nicht tauglich zu sein; nothwendiger Weise müssen wir daher zu anderen unsere Zuflucht nehmen. Es wäre demnach vor Allem wünschenswerth, mit den bei uns überhaupt gebräuchlichen Sorten Versuche in Betreff des Treibens anzustellen und wenn man keine passenden Sorten unter ihnen findet, sich erst nach dem Auslande zu wenden. Es scheint jedoch allerdings, als wenn gewisse Erdbeeren sich an einzelnen Orten gut, an anderen dagegen gar nicht oder schlecht treiben liessen.

Kunst- und Handelsgärtner Lauche in Potsdam hat uns die Sorten von Erdbeeren namhaft gemacht, welche im leichten Boden, besonders in dem von Berlin, gedeihen; es dürfte das Verzeichniss derselben auch das Interesse der Leser der Wochenschrift in Anspruch nehmen, weshalb wir uns erlauben, dieselben hier mitzutheilen. Es sind nämlich folgende ältere und neuere Sorten: Princess Alice, Seedling Elize (beide sehr früh), August Redemeyer, Burrs Scottia, Eclipse, Duc de Malakoff (sehr gross und ungemein volltragend, aber etwas spät), Dr. Karl Koch, Oscar, Sir Harry, Wizard of the Nord, British Sovereign, Newton Seedling, Crimson Kluster und Marie Louise.

Die Kulturen der Erdbeeren werden immer bedeutender. Nicht allein in Amerika, wie wir aus einem früheren Artikel gesehen haben (S. 107), auch in Grossbritannien und Frankreich, aber auch in Belgien, z. B. bei Namur, wird sie im Grossen kultivirt. Wir werden später Gelegenheit haben, auf dergleichen grosse Kulturen zurückzukommen. Für jetzt interessirt uns eine Tafel Abbildungen nebst einem Aufsatze des bekannten Erdbeerzüchters bei Paris, Ferd. Gloede, den dieser bei Besprechung der unseren Kulturen zu Grunde liegenden Sorten, resp. Arten, im Jardin fruitier du Museum in der Revue horticole (S. 271) verfasst hat.

Die 5 Sorten, welche auf einer besonderen Tafel zu Seite 271 abgebildet, und als Norm für die 5 ursprünglichen Erdbeer-Arten zu betrachten sind, waren bei uns früher ziemlich bekannt, sind aber zum Theil bei der leider immer mehr überhand nehmenden Sucht nach dem Neuen mehr oder weniger verdrängt und nicht immer durch bessere ersetzt worden.

1. Sir Harry. Diese dunkelgefärbte, rundliche und mit rosafarbigem Fleische versehene Sorte kommt bei uns noch hier und da als Victoria-Erdbeere vor und verdient fortwährend unsere Beachtung. Um reichlichen Ertrag zu haben, thut man am besten, Pflanzen von Ausläufern zu nehmen, sobald wie man es im Sommer thun kann, d. h. sobald diese einigermassen angewurzelt sind. Wenn man sie dann gegen Ende Juli pikirt, so hat man im Oktober bereits buschige Pflanzen, welche man vielleicht auch zum Treiben benutzen kann, auf jeden Fall aber im Frühjahre reichlichen Ertrag geben. Jedes Jahr muss man sich neue Pflanzen heranziehen.

2. Roseberry gehört in die Abtheilung der Scharlach-Erdbeeren (s. 2. Jahrg. der Wochenschr. S. 239) und hat den Vorzug durch ihre Frühzeitigkeit, weniger durch ihren Ertrag. Man hat jedoch jetzt Sorten aus ihr erzogen, die auch in letzterer Hinsicht den besseren übrigen Sorten nicht nachstehen, wie Beehive, (welche eben deshalb ihren Namen, der Bienenstock bedeutet, erhalten hat), und Groveend-Scarlet. In England wird sie gewöhnlich zum Treiben benutzt.

3. Blackprince ist ebenfalls schon eine alte bekannte Sorte, welche ihren Namen, der schwarzer Prinz bedeutet, von der dunkeln, etwas in's Violette gehende Farbe erhalten hat. Sie ist ebenfalls frühzeitig, wird aber in dieser Hinsicht von May-Queen, d. i. Mai-Königin übertroffen. Die echte Erdbeere d. N. hat leider den Nachtheil, dass sie sehr leicht befallen wird.

4. Die Monats-Erdbeeren (Quatre-Saisons) werden bei uns keineswegs so häufig kultivirt, als sie es verdienen, zumal man neuerdings Sorten besitzt, die ausserordentlich viel Ertrag geben und sich sehr gut treiben lassen. In Paris verkauft man von ihren Früchten bis Weihnachten und selbst bis in das neue Jahr hinein. Während man bei uns von ihnen die weissen Sorten nicht liebt, ist in Frankreich die Weisse von Orleans (la Blanche d'Orleans) neuerdings sehr verbreitet. Ausser ihr haben jenseits des Rheines den Vorzug: Potager du Versailles, Galland, Gloire du Nord, Gloire de Saint-Genis-Laval, Reine de Quatre-Saisons, Perpetuelle de Poitou, Janus und Meudonnaise oder Erdbeere mit dem Lattichblatte, welche jetzt auch wieder als Triomphe d'Hollande in den Handel gekommen ist.

5. Die Chili-Erdbeere ist empfindlich gegen unsere Winter und muss etwas gedeckt werden; sie gedeiht aber nur in Haide-Erde. Von allen Erdbeeren gedeiht sie am spätesten. Bekanntlich will man durch Kreuzung von ihr und der Scharlach-Erdbeere die Ananas-Erdbeere, welche heut' zu Tage hauptsächlich in einer grossen Menge von Sorten kultivirt wird, gezüchtet haben.

In der 2. Hälfte des Jahrg. 1864 finden sich auch 2 Birnen abgebildet, von denen die eine im weiteren Kreise auch bei uns bekannt, die andere dagegen noch nicht verbreitet ist; beide verdienen aber empfohlen zu werden. Beurré Sterckmanns (zu S. 311) wurde 1820 durch Sterckmanns in Löwen, dessen Namen sie trägt, erhalten und unterscheidet sich von der Poire Belle-Alliance, mit der sie oft verwechselt wird, durch einen weit längeren Stiel, sowie dadurch, dass sie selbst länger ist, als breit. Obwohl sie in guten Lagen und in guten Jahren ersten Ranges ist, so wird sie doch leider, wenn die Sommer feucht sind, schlechter und bekommt vor Allem leicht Risse. Ebenso wird sie von Insekten gern heimgesucht. Sonst besitzt die Birn aber ein gewürzhaftes, zuckeriges und angenehm-schmeckendes Fleisch von grünlich-weisslicher Farbe, was sehr saftig, aber weniger butterig ist. Der Baum liebt bei offener Lage einen leichten, warmen Boden und wächst dann kräftig. Stets gibt er reichen Ertrag.

Beurré Lebrun (zu S. 371) kam zum ersten Male in Troyes in der Champagne vor 2 Jahren zur Ausstellung; ihr Züchter, der Baumschulbesitzer Guéniot daselbst, erhielt eine goldene Medaille. Den Namen hat sie zu Ehren des Präsidenten der Gartenbau-Gesellschaft der Aube, Lebrun Dalbonne, erhalten. Die Frucht reift im September und Oktober und ist ziemlich in die Länge gezogen, fast walzenförmig, da sie bei 3½ bis 5 Zoll Länge im obern Theile nur einen Durchmesser von 2¾ bis 3 Zoll besitzt. Ihre Farbe ist ein grünliches Gelb. Ausgezeichnet ist sie dadurch, dass man im Innern weder Fächer noch Samen bemerkt. Ihr Fleisch ist sehr butterig und zugleich saftig. Am meisten hat die Frucht Aehnlichkeit mit Bonne d'Ezée und der Beurré de Nantes. Wie der Baum sich verhält, muss man abwarten, doch scheint er fruchtbar zu sein.

Pomme Reinette carrée (zu S. 311) stammt aus dem Norden Frankreichs; der bekannte Pomolog, de Liron d'Airoles, erhielt ihn im Jahre 1863 aus dem Departement Côte d'Or. Es ist eine vom äusseren Ansehen hübsche Reinette von fast 3 Zoll Durchmesser, welche sich in der Nähe des grossen und offenen Kelches durch die Kalville-artigen Erhabenheiten auszeichnet. Die glatte und sich leicht abziehende Haut besitzt, wenn der Apfel vom Baume abgenommen wird, eine dunkelgrüne Farbe, die sich aber allmählig in Gelb umwandelt, bis sie zur Zeit der Lagerreife goldgelb, auf der Sonnenseite schön geröthet erscheint. Von Januar an kann die Reinette gegessen werden und liefert in dieser Zeit eine gewürzhafte, zuckerreiche und saftige Frucht.

Wenden wir uns nun den in besagter Zeitschrift abgebildeten Blumen und Gehölzen zu.

Unter dem Namen Amygdalus pedunculata (zu Seite 370) hat schon Pallas eine Zwergmandel bekannt gemacht, welche in Sibirien und im nördlichen China wild wächst, aber auch in dem zuletzt genannten Lande mit gefüllten Blüthen kultivirt wird. Bunge in Dorpat beschreibt auch eine Abart, wo mehre Stempel in der Blüthe vorhanden sind, wie es bei andern Steinobstgehölzen, besonders bei Prunus-Arten, ebenfalls vorkommt. Die einfachblühende Zwergmandel mit gestielten Früchten — denn dieses bedeutet der Name Amygdalus pedunculata — ist durch Regel in Petersburg nach Europa gekommen und scheint im botanischen Garten zu Paris zuerst geblüht zu haben. In der Anwendung verhält sich dieser Blüthenstrauch der gewöhnlichen Zwergmandel (Amygdalus nana), der er überhaupt nahe steht, ziemlich gleich.

Maclura tricuspidata (Seite 390) wurde im Jahre 1862 direkt aus China im botanischen Garten zu Paris eingeführt und gedeiht daselbst vorzüglich, so dass man in einigen Jahren reife Früchte zu erzielen gedenkt. Das wäre allerdings ein Vorzug vor dem nordamerikanischen Osage-Dorn (Maclura aurantiaca), der trotz aller Versuche wegen seiner Empfindlichkeit gegen unsere Fröste nicht zum allgemeinern Anbau kommen wird. M. tricuspidata bildet einen sehr ästigen Strauch mit etwas überhängenden Zweigen und mit lederartigen, dreilappigen und auf der Oberfläche glänzenden Blättern, in deren Winkel Dornen hervorkommen.

Gundelia Tournefortii L. (zu Seite 330) wurde bereits zu Tournefort's und Miller's Zeit, also im Anfange und in der Mitte des vorigen Jahrhundertes, in Frankreich und in England kultivirt, findet sich wohl auch noch in einigen botanischen Gärten vor. Es ist eine bis zu 3 Fuss hohe Staude, welche mit dem dornigen Bärenklau (Acanthus spinosus) grosse Aehnlichkeit hat und auch, wie dieser, angewendet werden kann. Gewöhnlich verästelt sich die Pflanze an der Basis etwas, so dass sie ein breites und buschiges Ansehen erhält. Ihre schönen und grünen Blätter sind fiederspaltig und ihre Fiederspalten mit in Dornen auslaufenden Zähnen versehen. Die röthlichen Blüthenköpfchen werden zu 5 bis 7 von grossen Deckblättern eingeschlossen. Gundelia Tournefortii gehört zu den interessanten Körbchenträgern, wo die Körbchen nur aus einer einzigen Blüthe bestehen.

Pancratium maritimum L. (Seite 450) ist zwar eine bekannte Schönlilie oder Amaryllidee, welche an allen Küsten des Mittelmeeres sehr häufig wächst, leider aber in der Kultur keineswegs so leicht ist, wie das bekannte P. illyricum L. In der Revue horticole wird deshalb vorgeschlagen, weil sie im Vaterlande nur in reinem Sande gedeiht und alsbald zu Grunde geht, wenn humöse Bestandtheile sich darunter befinden, diese in ein Gefäss mit reinem Sande zu thun und damit in eine mit Wasser gefüllte Unterschale zu stellen. Da die Pflanze ihre blendend-weissen und wohlriechenden Blumen nicht im Frühjahre, wie die meisten andern Zwiebelgewächse, sondern im Sommer, entfaltet, hat sie dadurch einen besonderen Werth.

Die Kaiser Ferdinand-Hyazinthe (S. 351) gehört zu den einfachen blauen Sorten, die sich wegen der dicht stehenden Blüthen und der Leichtigkeit, mit der sie sich treiben lässt, besonders empfiehlt.

Im Jahre 1863 erhielt der bekannte Pomolog

Baltet in Troyes unter seinen Georginen-Sämlingen 2 Sorten, welche allgemein gefielen und deshalb zuerst in der Revue horticole (zu Seite 291 und 391) bildlich dargestellt und auch von dem Züchter selbst beschrieben sind. Beide gehören zu den Blumen in regelrechter Dachziegelform, welche man in Frankreich (unpassend) Dahlias-Oeillets, d. h. Nelken-Georginen, nennt. Die eine, welche den Namen Maria Joigneaux erhalten hat, besitzt violette, die andere: Mademoiselle Jeanne Barral, gelbe Blüthenkörbchen.

Bei dieser Gelegenheit sei es uns erlaubt, auf ein Verfahren des Handelsgärtners Maillard zu Créton im Departement der Eure, Massiv's von Georginen heranzuziehen, aufmerksam zu machen. Jedermann weiss, welchen Schaden Stürme und selbst schon starker Wind in den Georginen-Anpflanzungen machen. Deshalb schlägt Maillard Massiv's von 2 bis 2½ Fuss Höhe vor, wo die Pflanzen durch spezielle Behandlung gezwungen werden, mehr buschig zu wachsen, um sich gegenseitig zu stützen. Das Verfahren ist ähnlich dem, wie man es anwendet, um sich gute Schaupflanzen zu erziehen.

Im Mai, sobald es die Witterung erlaubt, pflanzt man in einer Entfernung von 4—4½ Fuss bereits angetriebene Georginen, um den Stengel, wenn sie angewurzelt sind, oberhalb der untersten Blätter abzuschneiden. In Folge dessen kommen aus den Blattwinkeln Knospen zur Entwickelung. Haben diese Zweige 3 Paar Blätter getrieben, so werden auch diese bis zum ersten Blattpaar zurückgeschnitten. Wiederum kommen Knospen aus den Winkeln der Blätter. Mit den daraus hervorkommenden Zweigen wird nun ebenso, wie angegeben, verfahren. So verfährt man weiter, bis man 12 bis 16 Zweige erhalten hat. Jetzt erst überlässt man die Pflanze sich selbst, jedoch stets mit der Sorgsamkeit, dass keine Seite im Wachsthum voraus ist, im Gegentheil durch die ganze Pflanze das Gleichgewicht erhalten wird. So wird man die Freude haben, ein reichlich-blühendes Massiv von Georginen zu besitzen, was dem Winde weniger ausgesetzt ist.

Schliesslich machen wir noch auf die schönen gefüllten Zinnien aufmerksam, wie selbige aus dem Etablissement von Vilmorin-Andrieux in Paris hervorgegangen und bereits zu hoher Vollkommenheit gelangt sind (Seite 331). Wir erfahren dabei, dass die gefüllten Zinnien wahrscheinlich nicht in Europa entstanden sind. Der Besitzer des genannten Etablissements sah sie nämlich zuerst im Jahre 1858 in Bagnères-de-Bigorre bei G. Grazan, welcher den Samen einige Jahre vorher von einem seiner Söhne aus Ostindien erhalten hatte.

Löwenzahn und Cichorie.

In dem letzten Allerlei (S. 152) haben wir der bedeutenden Ausfuhr von Löwenzahn (Taraxacum officinale), welche in jedem Frühjahre von Angers aus nach Paris stattfindet, Erwähnung gethan und gesagt, dass derselbe in der kaiserlichen Residenz als Kapuzinerbart, Barbe de Capucin, ein beliebter Salat sei. Wir sind von Paris aus dahin berichtet worden, dass der eigentliche Kapuzinerbart, der allgemein den Winter hindurch, aber auch im Frühjahre eine beliebte Speise darstellt, unsere gewöhnliche Cichorie (Cichorium Intybus), und nicht der Löwenzahn, sei. Die gebleichten Löwenzahnblätter werden nur ausnahmsweise als Barbe de Capucin in den Strassen von Paris verkauft.

Die Berichtigung soll uns Gelegenheit geben, über 2 bei uns wildwachsende Pflanzen, welche in Paris nicht allein, sondern fast in ganz Frankreich, als Nahrung, besonders als Salat, dienen, zu sprechen und auf ihren Gebrauch aufmerksam zu machen. Man hört oft, besonders in Berlin, aber auch in anderen grossen Städten Deutschlands, dass es in der letzten Zeit des Winters und im Anfange des Frühjahres an gutem Gemüse, hauptsächlich aber an Salat fehle, dass überhaupt keine grosse Auswahl geboten werde. Die verschiedenen Kohle, Spinat, vielleicht Porrée und die wenigen Wurzelgemüse sei in der Regel Alles, was während dieser Zeit auf dem Markte vorhanden wäre.

Man hat in der That nicht Unrecht. Es liegt aber wohl dabei grössere Schuld an den Konsumenten, als an den Produzenten. Wir Deutsche sind mehr Gewohnheits-Menschen, als andere Völker; es hält bei uns schwer, eine noch so gute Speise einzuführen. Man findet sie vielleicht wohlschmeckend, kehrt aber immer wieder zu dem, was der Vater und Grossvater schon gegessen haben, zurück. Freilich kommt dazu, dass neuere Gemüse, wie alles Neue, im Anfange auch theurer ist und dass erst eine Zeit vergehen muss, ehe der Anbau allgemeiner wird. Man scheut Anfangs die etwas höhere Ausgabe, und darüber wird das Gemüse nicht allgemein.

Bisweilen herrscht im Volke selbst ein Widerwille gegen neue Speisen; man ist hier im eigentlichen Sinne des Wortes konservativ, während man sonst, z. B. in Kleidung u. s. w., nicht oft genug wechseln kann. Wie sehr hat man sich Mühe gegeben, die Körbelrübe, das feinste Wurzelgemüse, was wir haben, allgemeiner zu machen. Sie wurde hier und da in grösserer Menge angebaut und selbst um sehr niedrige Preise verkauft; trotzdem fand sie aber doch keinen Abgang und so stellte man ihren Anbau wieder ein. Die Körbelrüben sind daher auch jetzt seltener geworden und Diejenigen, welche sie lieben, müssen sie deshalb um höhere Preise kaufen.

Vielleicht gelingt es nun, auf 2 bei uns fast gar nicht bekannte, in Frankreich aber allgemein verbreitete Nährpflanzen nicht allein aufmerksam zu machen, sondern auch Veranlassung zu geben, dass sie nach und nach allgemein angebaut werden. Es kommt dazu, dass diese beiden Nährpflanzen selbst im wilden Zustande gegessen werden können.

Was zunächst den Löwenzahn (Pissenlit der Franzosen) anbelangt, so ist die Art und Weise seiner Benutzung im freien Lande, auf Wiesen u. s. w. bereits an eben angezeigter Stelle mitgetheilt worden. Will man sich aber besseres Material verschaffen, dann muss man natürlich die Pflanze kultiviren.

Zu diesem Zwecke sucht man zur Samengewinnung die besten Pflanzen mit vollem, dichtem Herz aus. Der Same wird im Frühjahre auf gutes Gartenland ausgesäet; im Oktober bedeckt man die Pflanzen mit etwas grobkörnigem Sande. Schon nach 14 Tagen brechen die sich neubildenden Blätter durch und erscheinen auf der Oberfläche. Allmählig entfernt man nun den Sand wiederum in der Weise, wie man die äusseren gebleichten Blätter abnimmt.

Ein besseres Verfahren ist im vorigen Jahrgange des Horticulteur français (p. 153) mitgetheilt und soll jetzt allgemein in Frankreich angewendet werden. Man sucht nämlich im Frühjahre auf Wiesen, Triften oder Rändern kräftige Pflanzen aus und bringt sie auf dazu eingerichtete Beete. Während der wärmeren Zeit darf man nicht versäumen, von Zeit zu Zeit zu begiessen. Sobald die Blüthen sich zeigen, schneidet man diese mit den Blättern ab. Damit beginnt eine neue Bildung von Blättern, die ganze Pflanze wird gedrängter. Bevor die Winterkälte sich einstellt, nimmt man die Pflanzen heraus und schlägt sie in einen dunkelen Keller ein. Am besten geschieht dieses in Sand. Hier bleichen die Blätter unter Abschluss des Lichtes und unter einer gleichmässigen Temperatur. Wenn man von der Pflanze Gebrauch machen, d. h. Blätter abschneiden will, so entfernt man den Sand bis an den Hals des Wurzelstockes und nimmt sie dicht an ihrer Basis ab.

Hat man die Absicht, die Pflanzen aus Samen heranzuziehen, so erhält man diese erst im zweiten Jahre so kräftig, dass sie grosse, zarte und weiche Blätter besitzen. Es ist daher stets vorzuziehen, die wilden Pflanzen zum Gebrauche zu benutzen.

Die Cichorie wird in Frankreich dagegen fast immer nur angebaut, da die jungen Blätter der wilden Pflanze einen etwas unangenehmen, bitteren Geschmack haben und auch härter sind. Die junge Saat benutzt man auf gleiche Weise, wie man bei uns den jungen Salat geniesst; sie verlangt nur hinlänglich Feuchtigkeit und muss wiederholt werden. In Frankreich verschafft man sie sich fast das ganze Jahr hindurch. Man säet sie wohl auch in Reihen und schneidet im Sommer die Blätter, ähnlich wie bei dem Spinate, ab, um sie als Gemüse zu benutzen. Will man sie als Salat haben, so schneidet man sie zuvor in lange Striemen und geniesst sie mit Essig, Oel und den nöthigen Gewürzen.

Der Hauptgebrauch der Cichorie ist aber als Kapuzinerbart, d. h. gebleicht. Zu diesem Zwecke müssen im April und Mai die Samen (nach dem Bon Jardinier) etwas weitläufig gesäet werden. Im November oder Dezember bereitet man in einem dunkelen Keller die nöthigen Lager, aus einer leichten und sandigen Erde, auch wohl von verrottetem Dünger angefertigt und bei einer Breite von 2 Fuss, mit einer Tiefe von $2\frac{1}{4}$—3 Zoll. In solche Lager werden die Wurzeln der Pflanzen gesetzt, so dass die Blätter grade herausragen. Mit derselben Erde und bis zu derselben Dicke werden alsbald auch diese bedeckt. Man kann die Lager auch übereinander anlegen. Wenn Trockenheit herrscht und es überhaupt nothwendig sein sollte, muss Feuchtigkeit gegeben werden. Wie die Blätter durchgegangen sind und sich oben zeigen, dabei auch die gehörige Grösse erhalten haben, benutzt man sie, indem man sie abschneidet. Man thut dieses allmählig, bis die Lager abgeräumt sind.

In und bei Paris hat man auch ein anderes Verfahren. Man macht sich nämlich aus frischem Pferdedünger ein Beet und stellt einfach auf dieses die in Büschel gebundenen Pflanzen. Hier ist es noch nothwendiger, dass stets die nöthige Feuchtigkeit vorhanden ist, um die Pflanzen frisch zu erhalten.

Man säet wohl auch den Cichorien-Samen im Freien auf Beete, welche vorbereitet sind, entweder breitwürfig oder in Reihen, welche 6 bis $7\frac{1}{2}$ Zoll weit auseinander liegen. Im Februar bedeckt man die Pflanzen bis 4 und $4\frac{1}{2}$ Zoll hoch mit Erde oder mit einer doppelten Lage von Blättern. 3 bis 4 Wochen später kommen, je nach der herrschenden Temperatur, die Blätter zur Entwickelung und man schneidet sie dann ab, wie man sie für brauchbar hält.

Neuerdings hat man von der Cichorie auch eine Sorte erzogen, wo die Blätter breiter werden und sich ähnlich, wie beim Kopfsalat, zusammenschlagen und auch auf gleiche Weise benutzt werden. Diese Sorte wird vom März bis Mitte Juni ausgesäet und ebenfalls wie Kopfsalat behandelt.

Die
Eigenschaften einer Rose.

Der sehr warme Mai ist der Entwickelung der Rosen günstig gewesen; trotz des aber darauf folgenden kalten und zum Theil auch noch nassen Juni haben wir eine Rosenflor gehabt und besitzen sie zum Theil noch, wie sie in vielen Jahren vorher nicht gewesen ist. Eine seltene Fülle findet man besonders an den Hochstämmen; der Bau der Blume ist im Allgemeinen so vollkommen, als man es nur wünschen kann.

In Gardeners Chronicle (pag. 463) finden wir einen interessanten Aufsatz von einem Rosen-Liebhaber über die Eigenschaften einer schönen Rose; es dürfte wohl auch das Interesse der Leser der Wochenschrift in Anspruch nehmen, zu wissen, was man jenseits des Kanals darüber denkt. Eine den Ansprüchen nachkommende Rose hängt demnach zunächst ab:

1. Von der Substanz der Blumenblätter. Darunter versteht man, dass das Blumenblatt eine gewisse Stärke besitzt, in Folge dessen der Einfluss der Witterung sich weniger geltend machen kann. Ein etwas dickliches Rosenblatt hält die Farbe weit mehr, als ein dünneres, etwa von der Stärke unseres Seidenpapieres. Weder die heisse Sonne, noch der schwere Regen schadet ihm, in sofern beide nicht sehr anhaltend sind. In dieser Hinsicht zeichnen sich besonders folgende Rosen aus: Charles Lefèbre, Senateur Vaïsse, Prince Léon, Gloire de Santenay, Maurice Bernardin, Duc de Rohan, Triomphe de Rennes, Duchesse d'Orléans, Gloire de Dijon und Souvenir de la reine d'Angleterre.

Unter den Sommerrosen gibt es mit substanziellen Blumenblättern weniger, als unter denen, die hauptsächlich im Herbste ihre Blüthen entfalten; doch haben wir ebenfalls einige unter ihnen, die in dieser Hinsicht genügen, wie Paul Ricaut, Coupe d'Hébe, Charles Lawson und Madame Zoutman. Die letzte stellt unbedingt die schönste unter den weissen Rosen dar. Obwohl ihre Blumenblätter weniger substanziell sind, so ist die Blume doch gegen Hitze und Nässe unempfindlich. Nächst der Substanz sind aber auch Tiefe der Farbe, möglichst runde Form, besonders gleichmässiger Saum und gehöriger Sammet sehr zu beachten.

2. Hinsichtlich der Form verdienen die Kugel- und Becher-Formen wohl den Vorzug. Der Bau muss möglichst symmetrisch sein; dabei sind wohlgefällige Konturen und vor Allem eine gut ausgefüllte Mitte nothwendig. In Gärten mögen auch die weniger gefüllten und vor Allem die päonienartigen eine Stelle finden. Maurice Bernardin und Duc de Rohan sind Muster für die Kugel-, Mad. Furtado, obwohl sonst die Rose schlecht wächst und auch empfindlich ist, für die Becherform. Unter den remontirenden Hybriden werden in dieser Hinsicht Senateur Vaïsse und Charles Lefèbre von keiner andern übertroffen. Nächstdem schliessen sich Cécile Chabrillant und W. Griffiths an; leider halten diese aber bei schlechtem Wetter nicht gut Farbe.

3. Die Farbe hält im Allgemeinen, wie schon angedeutet, um so mehr, als die Blumenblätter substanziell sind. So reizend einige Rosen bei der Entfaltung sind, so verlieren sie doch oft, wie z. B. La brillante, bei Regen und Sonnenschein ungemein rasch. Wiederum sind es Duc de Rohan, Senateur Vaïsse und M. Bernardin, welche auch am besten die Farbe halten. Die dunkelste und in dieser Hinsicht die schönste ist und bleibt Prince Camille de Rohan; ihr schliesst sich Duc de Cazes an. Ch. Lefèbre hält ihr reiches und feuriges Karmosin nicht lange, sondern wird allmählig dunkler und erhält Flecken.

4. Unter wahrer Basis versteht der Engländer Belaubung, Wachsthum und Widerstandsfähigkeit gegen äussere Einflüsse. Ueber die Wichtigkeit dieser 3 Punkte brauchen wir wohl nicht weiter zu sprechen. Was hilft die schönste Rose, wenn sie schlecht wächst und empfindlich ist, oder wenn ihr Laub nicht entspricht?

5. Eine gute Entfaltung der Blume ist schliesslich ein nothwendiges Attribut einer schönen Rose; ohne diese kann sie nicht Anspruch auf Schönheit machen.

Eine Araucaria excelsa.

Schöne und grosse Araukarien findet man nicht oft. Aus dieser Ursache wird es vielleicht dem einen oder andern Liebhaber von Koniferen angenehm sein, zu erfahren, dass wegen Mangels an passender Räumlichkeit ein bejahrter Herr ein, auf seinem Landgute befindliches, prächtiges Exemplar der Araucaria excelsa, 11 Fuss hoch und 10 Fuss im untern Durchmesser, zum Verkaufe stellt. Dieser schöne Baum bildet im Sommer sowohl eine herrliche Zierde im Garten, als während der Wintermonate in einem Kalthause oder selbst in einem Salon. Da dieses Exemplar unter allen Umständen verkauft werden soll, so wird es weit unter seinem Handelswerthe abgegeben.

Näheres hierüber wird die Laurentius'sche Gärtnerei in Leipzig gern mittheilen.

Verlag von Karl Wiegandt in Berlin, Koch-Strasse No. 22.

Druck der C. Feister'schen Buchdruckerei (L. Mewes), Berlin, Zieten-Platz No. 2.

Wochenschrift

des

Vereines zur Beförderung des Gartenbaues in den Königl. Preussischen Staaten

für

Gärtnerei und Pflanzenkunde.

Redakteur:

Professor Dr. Karl Koch,

General-Sekretair des Vereines.

No. 26. Berlin, den 1. Juli **1865.**

Preis des Jahrganges 5½ Thlr., sowohl bei Bezug durch den Buchhandel, als auch franco durch alle Post-Anstalten des deutsch-österreichischen Post-Vereines.

Die Fest-Ausstellung
des Vereines zur Beförderung des Gartenbaues,
in den Tagen des 18. und 19. Juni.

Mit einer gewissen Bangigkeit hatte man der Eröffnung dieser Ausstellung entgegengesehen. War schon der lange Winter mit einer fast ununterbrochenen Kälte vom Monat November bis Ende März, ja selbst bis in den April hinein, nicht vortheilhaft für die Entwickelung der Blumen gewesen, zumal dabei auch noch wenig Sonnenschein vorhanden war, so brachten die heissen Tage des Mai wiederum die Vegetation in einer Weise vorwärts, dass besonders Gehölze ihre Blüthen gegen andere Jahre um beinahe 14 Tage früher entfaltet hatten. Es galt dieses nicht allein von denen des freien Landes, auch die der Gewächshäuser eilten mit ihren Blüthen voraus. Selbst Orchideen, besonders Lälien, Cattleyen, Aërides u. s. w., welche um diese Zeit der zweiten Hälfte des Juni gewöhnlich in prächtiger Blüthenfülle prangten, hatten jetzt zum grossen Theil abgeblüht.

Von allem dem bemerkte man in der Ausstellung nichts. Ein reicher Blüthenschmuck prangte zwischen dem saftigen Grün des eigenen Laubes und der vorhandenen Blattpflanzen. Nur eins fiel leider auf: die Zahl der Aussteller war geringer, als es je früher der Fall gewesen. Man vermisste vor Allem eine grössere Betheiligung der Handelsgärtner. Wir geben zu, dass es diesen schwierig sein mag, in der Anzucht von Schaupflanzen, in der Aufstellung von Neuheiten oder theuren Orchideen, zu deren spezieller Zucht auch die wenigsten eingerichtet sein mögen, mit manchem Obergärtner unserer wohlhabenderen Gartenbesitzer zu rivalisiren; sie sind aber im Allgemeinen in der Anzucht von sogenannten Marktpflanzen und überhaupt da, wo es auf Massen-Erzeugung ankommt, so geschickt und bereits auch im In-, sowie im Auslande so anerkannt, dass sie hier festen Muthes in die Schranken treten und Vorzügliches leisten könnten. Der Verein hat grade in der neuesten Zeit hierauf sein Augenmerk gerichtet und möchte durch seine Ausstellungen zeigen, wie weit der Berliner Gärtner in dieser Hinsicht vorgeschritten ist.

Die Ausstellung fand wiederum in den bekannten Räumen der Königlichen Thierarzneischule in der Louisenstrasse statt. Gegen die früher benutzten Lokale sind diese allerdings klein; man will aber auch von Seiten des Vereines einige Jahre hindurch die Ausstellungen in ihrer Ausdehnung beschränken, um desto mehr Mittel für eine demnächst in's Leben zu rufende Ausstellung grossartigen Massstabes zu ermöglichen. Wahrscheinlich wird diese auch im Jahre 1867 stattfinden.

Hofgärtner Brasch in Monbijou und Kunst- und Handelsgärtner Lackner hatten sich bereitwilligst der Mühe unterzogen, die Anordnungen zu treffen und die Aufstellung zum Theil selbst zu übernehmen. Was sie geleistet und wie weit ihnen das künstlerische Arrangement gelungen, überlassen wir Jedem selbst zu beurtheilen, der die Ausstellung gesehen. Wir wissen, dass wohl Jedermann auch in dieser Hinsicht die Ausstellungräume nicht unbefriedigt verlassen hat und vor Allem der Verein den Ordnern zu Danke verpflichtet ist.

In der Aula selbst war wiederum die Anordnung getroffen, dass die beiden Giebelseiten von dem botanischen Garten zu Gruppen-Aufstellungen benutzt wurden. An den beiden anderen langen Wandseiten waren dagegen Tafeln zur Aufnahme von Pflanzen aufgestellt; eine dritte Reihe endlich zog sich, diesen parallel-laufend, in der Mitte dahin und trug besonders die Schaupflanzen. Im zweiten Zimmer waren ebenfalls Tafeln ringsum gestellt. Auf ihnen standen zum grossen Theil die neuen Einführungen und Züchtungen, einige Sammlungen von Florblumen und die Kästen mit den abgeschnittenen Rosen und Stiefmütterchen, sowie endlich die Garten-Instrumente.

An der vordern Giebelseite, gleich beim Eingange, war die eine Gruppe des botanischen Gartens. Inspektor Bouché hatte aus dem ihm anvertrauten Institute an Blumen und Blattpflanzen das Schönste ausgewählt, um hier eine entsprechende Zusammenstellung zu übernehmen. Den Mittelpunkt bildete eine Brassaiopsis speciosa in Blüthe. Die grossen, aus fingerförmig-zusammengestellten Blättchen bestehenden und langgestielten Blätter beschatteten gleichsam die zahlreichen Dolden grünlich-gelber und unscheinlicher Blüthen. Daneben befanden sich rechts und links Carludovica rotundifolia und incisa, von denen die erstere im Allgemeinen noch selten ist, aber unbedingt eine der schönsten Blattpflanzen darstellt. Nach vorn ragten die weissen Blüthenähren der bekannten Calanthe veratrifolia zwischen den langen und elliptischen Blättern weit hervor, während vor dem Grün der letztern, ihre rothen Traubenblüthen hoch emporstreckend, die mit Recht den Namen Gesnera magnifica führende Blüthenpflanze sich befand. Noch kleinere Pflanzen in Blüthe, und zwar interessante Orchideen, besonders ein Saccolabium guttatum, umgeben von Cypripedium barbatum und villosum, standen nahe am Rande der Gruppe, so dass jedoch wiederum ihre Töpfe durch kleine Farne, besonders Adianten, gedeckt wurden.

Auf gleiche Weise waren interessante Pflanzen verwendet, um den übrigen Raum auf beiden Seiten zu füllen. Mehr gegen das Ende hin standen rechts und links ein prächtiges Exemplar der Thrinax elegans, deren langgestielte und in der That elegante Blätter sich strahlenförmig ausbreiteten und wiederum Punkte bildeten, wo das Auge befriedigt eine Zeit lang ruhen konnte. An anderen schönen Blattpflanzen nennen wir noch: Cyathea medullaris, Aspidium vestitum, Chamaedorea gracilis und Ahrenbergiana, Costus zebrinus, Remusatia vivipara, die mehr sonderbare, als schöne Ataccia cristata in Blüthe u. s. w. Rubus australis ist eher barock zu nennen. Reich war ferner der Blüthenschmuck. Von den grösseren und weniger verbreiteten verdient vor Allem Metrosideros rubrifolia genannt zu werden, da sie sich hinsichtlich der Dauer und Schönheit der Blüthen den bekannten rothblühenden Callistemon's anschliesst. Als Vertreter der strauchartigen Körbchenträger, welche in Südafrika das niedrige Gebüsch und Hecken bilden, waren Cullumia ciliaris und Ozothamnus myrsinites vorhanden, Mitraria coccinea vertrat dagegen die Gesneraceen, Rhynchospermum jasminoides die sich windenden Apocyneen. Ausserdem fehlten natürlich Eriken, Pimeleen, Hermannien, Sollyen, Cupheen u. s. w. nicht, um die Mannigfaltigkeit zu vergrössern.

Ebenfalls mehr interessant, als schön, waren die neuholländischen Marsileen, deren mehlreiche Früchte bekanntlich jenen unglücklichen Reisenden in Neuholland, welche vor einigen Jahren ihre Kühnheit und ihren Wissensdraug mit dem Tode büssen mussten, eine Zeit lang ihr Leben fristeten.

Die gegenüberstehende Giebelseite war nur durch Blattpflanzen gedeckt. Die Leichtigkeit, mit der die einzelnen Exemplare hier standen, that dem Auge wohl; es war möglich, die besseren Pflanzen so ziemlich in ihrer Gesammtheit zu erblicken. Wir sind kein Freund von dichten Aufstellungen, denn auch in der Natur macht undurchdringliches Gebüsch keinen freundlichen Eindruck. Eine reizende Fächerpalme (Corypha umbraculifera) bildete den Mittelpunkt, grosse Cocos und Caryoten erhoben sich dagegen auf beiden Enden der Giebelseite neben hohen Exemplaren der Cordylina australis mit prächtiger Krone, während die bis an die Basis beblätterte C. superbiens sich zwischen zum Theil blühenden Neuholländern befand. Aus dem schönen Grün dieser Blattpflanzen ragten die Büsten des erhabenen Protektors des Vereines, Sr. Majest. des Königs, sowie Ihrer Maj. der Königin, hervor.

Ausserdem war aber noch von Seiten des botanischen Gartens eine ziemlich ansehnliche Zahl von besonders gut gezogenen Pflanzen geliefert worden. Wir nennen von ihnen die noch wenig verbreitete Jambosa magnifica, ferner Climocandra obovata, Cordyline Porteana versicolor, Dracaena stenophylla, Attalea funifera, Anthurium cucullatum und Laucheanum, beide in Blüthe, Syngonium Schottii, Philodendron Wendlandii, den buntblättrigen Pandanus in einem wunderschönen Exemplare, die buntblättrige Alocasia indica, Carludovica atrovirens, Schizocasia Portei, Lomaria gibba, Microlepia platyphylla, der sonderbare Cephalotus follicularis u. s. w.

Als Schaupflanze nahm eine grosse Schale, welche das reizende Gymnostachyum Verschaffeltii mit seinen rothgeaderten Blättern zwischen dem freudigen Grün der Selaginellen fast ganz überzogen hatte, die Aufmerksamkeit der Besucher der Ausstellung in Anspruch. Als Blattpflanze war auch eine uns unbekannte Art aus dem westlichen Afrika mit langen elliptischen Blättern, deren Unterseite eine silbergraue Färbung hatte, vorhanden. Es ist ohne Zweifel eine Pallisota und steht der P. Barteri sehr nahe. Schliesslich führen wir aus dem botanischen Garten als neue Einführung noch das hübsche Farn Neotopteris australasiaca auf.

Nächst dem botanischen Garten hatte der Kommerzienrath Reichenheim durch seinen Obergärtner Boese das Meiste und unter ihm Vorzügliches geleistet. Der grösste Theil war zu einer Gruppe vereinigt, welche die Mitte der einen der langen Tafeln einnahm. Orchideen traten im Vordergrund, aber eine Medinilla magnifica, deren rosafarbigen grossen Blüthentrauben zwischen den ansehnlichen und freudig-grünen Blättern herabhingen, bildete den Mittelpunkt, um den alles gruppirt war. Aus den zu nennenden Pflanzen wird man finden, dass dergleichen Gruppen kaum auf anderen Ausstellungen Deutschlands, man möchte sagen des ganzen europäischen Kontinentes, gesehen werden möchten.

Unter den 24 verschiedenen Orchideen befanden sich manche, welche an Blüthenfülle und Schönheit gekrönte und bewunderte Exemplare der Brüsseler und Amsterdamer Ausstellung weit übertrafen, andere, die ganz besonders das Interesse der Kenner und der Laien in Anspruch nehmen dürften. Zu den letztern gehört z. B. Paphinia cristata. Schade, dass die Blumen weniger Farbenpracht entfalten. Die mehr aufrechtstehenden Blumenblätter hatten eine Länge von 2¼ Zoll, woraus man einen Schluss auf den Umfang der ganzen Blüthe machen kann. Ein Exemplar der Lycaste Deppei hatte 36, ein des Cypripedium barbatum superbum 21 Blüthen. Von den 12 Blüthen der Cattleya Mossiae besass eine jede über 7 Zoll Durchmesser.

Ein herrlicher Geruch wurde durch verschiedene Aërides' und Vanda's ausserdem verbreitet. Beide Genera waren durch 7 verschiedene Arten vertreten. Von den übrigen verdienen noch besonders genannt zu werden: Oncidium leucochilon, flexuosum, Odontoglossum Reichenheimii, Cymbidium Manillense, Maxillaria tenuifolia (ebenfalls sehr reichblühend) und viridis.

Von anderen Pflanzen befanden sich noch in dieser Gruppe: 2 grosse baumartige Fuchsien als fünfvierteljährige Stecklinge mit einer Höhe von 9 und 10 Fuss und mit Blüthen dicht besetzt, ein schönes Exemplar des Polypodium aureum, Schau-Exemplare der Sonerila margaritacea, die ihr sonstiges sparriges Wachsthum ganz und gar verloren hatten, der Pothos argyraea, der Maranta zonata und regalis, der Begonia smaragdina und imperialis.

Auf der langen Tafel mit den Schaupflanzen in der Mitte der Aula hatte Obergärtner Boese weiter noch aus dem Garten des Kommerzienrathes Reichenheim ausgestellt: eine in der That völlig untadelhafte Doryanthes excelsa mit fast 5 Fuss langen Blättern, so dass der Breiten-Durchmesser der ganzen Pflanze 8 Fuss betrug. Die Schale von 1½ Fuss Durchmesser, welche ein Exemplar des Cissus porphyrophyllus in halbkugeliger Form gezogen, enthielt, bot einen reizenden Anblick dar. Einzelne Blätter waren vorhanden, welche bei einer Breite von 4½ eine Länge von 6 Zoll besassen. Nicht weniger zog das über 2¼ Fuss hohe Exemplar der Cryptomeria elegans die Blicke, besonders der Kenner, auf sich; diese Form, wenn sie gut gezogen ist, verdient bei Weitem den Vorzug. Auch gefielen die Schau-Exemplare der Sollya heterophylla und der Selaginella altissima allgemein.

Ferner hatte Obergärtner Boese einige neue Pflanzen ausgestellt, unter denen sich auch ein noch unbestimmtes Aërides, Eranthemum sanguineum und Cissus amazonicus befanden. Schliesslich berichten wir noch über eine auf dieser Tafel mit einer Glasglocke bedeckte Schale, welche eine Macodes Petola und eine Pogonia discolor enthielt. Diese letztere interessante Orchidee hat ein einziges grosses Blatt von dunkelbrauner Farbe, was aufliegt.

Die grosse Gruppe des Rittergutsbesitzers Reichenheim nahm die lange Tafel an der hintern Wand allein ein. Ein eigentlicher Mittelpunkt, um den Alles gruppirt gewesen wäre, war nicht vorhanden, da eigentlich alle hier stehenden Pflanzen im richtigen Sinne des Wortes Schaupflanzen waren und demnach auch für sich betrachtet werden mussten. Im Hintergrunde standen Neuholländer, welche Hofgärtner Crawack in Bellevue zur Verfügung gestellt hatte, um die Wand zu decken. In der Mitte so ziemlich stand ein Aërides odoratum mit 6 Stengeln, an denen nicht weniger als 20 Blüthentrauben in einem eleganten Bogen herunterhingen, daneben war dagegen ein Cypripedium barbatum mit 15 Blüthen aufgestellt. Als eine zum ersten Male ausgestellte Pflanze sahen wir ein Dendrobium Lowii, dessen gelbe Blüthen wesentlich von denen anderer Dendrobien abzuweichen scheinen. Auch ein Exemplar der Disa grandiflora verdient noch wegen seiner Schönheit genannt zu werden; von den beiden Blüthenstengeln war der eine 1½ Fuss hoch und trug 2 grosse Blüthen.

Leider fangen die Petolen und Sammetblätter (Anecochilus- und Physurus-Arten) an, wieder seltener zu werden; um so mehr war es erfreulich, wiederum in der Gruppe des Rittergutsbesitzers

Reichenheim eine Schale mit Anecochilus Friderici Augusti (des früheren A. setaceus) in prächtiger Kultur zu finden. In gleicher Vollkommenheit standen daneben (ebenfalls in einer Schale und von einer Glasglocke bedeckt) Exemplare der kleinen Kannenpflanze (Cephatotus follicularis) dicht beieinander; sie wurden wegen ihrer eigenthümlichen Blattbildung viel bewundert.

Ausserdem nahm ein wirklich riesiges Exemplar des Achimenes Verschaffeltii mit einem Breiten-Durchmesser von fast 4 und einer Höhe von über 2 Fuss die Aufmerksamkeit der Schauenden in Anspruch. Die schönen lilafarbigen Blüthen kamen zu Tausenden aus den Blattwinkeln hervor. Nicht weit davon erhob sich dagegen ein baumartiges Exemplar des Oreopanax macrophyllum bis zu einer Höhe von 9 Fuss.

Die ganze grosse Gruppe war von Gloxinien umsäumt. Wir hatten schon im vorigen Jahre Gelegenheit, uns über diese Florblumen des Warmhauses auszusprechen und ihre Kultur-Vollkommenheit bei uns hervorzuheben. Auf vielfachen Reisen in Deutschland, in den Niederlanden, in Belgien und in Frankreich haben wir dergleichen, wie sie bei uns so oft vorkommen, nicht gesehen. Die einzelnen Blumen zeichneten sich nicht weniger durch ihre Farbenpracht, als auch durch ihre Grösse aus; einzelne besassen an der Oeffnung einen Durchmesser von 3 Zoll.

Universitätsgärtner Sauer hatte eine eigenthümliche Gruppe ausgestellt, die sich aber auf einem besonderen Blumentische noch viel besser ausgenommen hätte. Ein Stück Stamm mit einigen kurzen Aesten und einer Höhe von gegen $3\frac{1}{2}$ Fuss trug nämlich oben einen viereckigen Korb mit einer Stanhopea tigrina, deren Blüthen in grosser Anzahl herabhingen und einen starken Geruch verbreiteten. Tamus-Ranken bedeckten zum grossen Theil den Stamm, an dessen Basis sich ein kurzer, pyramidenförmiger Hügel erhob. Nach oben war auf ihm eine blühende Bromelia Carolinae in der Weise schief gestellt, dass man die rothen Herzblätter in ihrer ganzen Pracht schauen konnte. Ausserdem befanden sich in dem mit Selaginellen bedeckten Hügel noch einige buntblättrige Kaladien, blühende Gloxinien, die rothblättrige Achyranthes Verschaffeltii, Venushaar u. s. w.

Demselben verdankte man ausserdem noch als neue Einführung Chamaedorea repens, die wir jedoch von der übrigens reizenden Ch. Martiana nicht zu unterscheiden vermögen.

Auf einer der langen Tafeln befand sich ferner eine Gruppe neuester und neuerer Pflanzen aus dem Garten des Kunst- und Handelsgärtners Barrenstein in Charlottenburg. Unter den Odier'schen Pelargonien gefielen uns ganz besonders: L'avenir, hellroth mit weissen Spitzen, die beiden oberen Blumenblätter mit einem braunen Flecken in der Mitte; Madame Pescatorei, ebenfalls hellroth, aber die einzelnen Blumenblätter breit weiss-umsäumt; Napoléon III., die oberen Blumenblätter sammetbraun und nur der äusserste Rand roth, die unteren Blumenblätter roth, aber durch einen grossen braunen Flecken in der Mitte unterbrochen; Phaëton, in der Form fast ganz regelmässig, von blutrother Farbe, die sich aber ziemlich rasch nach der Mitte zu in Weiss umwandelte.

Die neue Form des Coleus Verschaffeltii, wo die Mitte der Blätter grün ist, nimmt sich weniger hübsch aus, als die ursprüngliche ganz braunblättrige Pflanze. Eranthemum verbenaceum hat elliptische Blätter von $4\frac{1}{2}$ Zoll Länge und $1\frac{3}{4}$ Zoll Breite; ihr Mittelnerv ist mit den seitlichen Hauptästen breitweiss, während ausserdem die Oberfläche mattgrün erscheint. Die weiss-gestreifte Maranta striata ist zu klein, um sehr aufzufallen. Reizend nahm sich die baumartige Hauswurz aus, wo die Blätter eine hellgelbe Farbe angenommen hatten. Auch ein Gras war blühend vorhanden, was als Gynerium sp. in den Handel gekommen ist, ohne Zweifel aber ein Andropogon darstellt.

Die Gruppe neuer Pflanzen des Kunst- und Handelsgärtners Benda enthielt ebenfalls viel Interessantes und Empfehlenswerthes. Wir machen ganz besonders auf die buntblättrige China-Primel, welche bei dem Besitzer selbst aus Samen gefallen war, aufmerksam. Da sie sich auch in guter Kultur befand, so kam ihre Schönheit zur Geltung. Die Blätter hatten fast durchaus eine goldgelbe Farbe; es schien aber, als wenn auch noch eine rothe Färbung sich dazugesellen wollte.

Unter den sonstigen neueren Pflanzen nennen wir die wegen ihres Blüthenreichthums nicht genug zu empfehlende Rogiera gratissima, ferner die Blattpflanzen Gomphia Theophrasta, Simaruba grandis, Saurauja assamica, die Farne Neotopteris australasiaca, Osmunda regalis cristata, Davallia tenuifolia stricta, ferner Calathea picturata, das dreifarbige Pelargonium Mrs Pollock u. s. m.

Als Schaupflanzen hatte Kunst- und Handelsgärtner Benda schliesslich noch eine Zamia Lehmanni, sowie eine Achyranthes Verschaffeltii ausgestellt.

Auch der Kunst- und Handelsg. W. Lauche an der Wildparkstation bei Potsdam hatte einige neue Pflanzen ausgestellt, von denen Anthurium magnificum vor Allem Empfehlung verdient. Bekanntlich steht es dem A. leuconeuron sehr nahe, unterscheidet sich aber durch viereckige Blattstiele. Die jungen Blätter kommen braun heraus. Ausserdem sahen wir Alocasia surinamensis, eine Form der Alocasia zebrina, ferner den buntblättrigen Osmanthus ilicifolius und die Schizocasia Portei.

Von Düren hatte der Kunstgärtner Esser eine neue Pflanze in Blüthe ausgestellt, die sich noch nicht im Handel befindet, aber unbedingt eine sehr gute Akquisition ist und Empfehlung verdient. Es ist die bereits im vorigen Jahrgange der Wochenschrift beschriebene und auch abgebildete Scutellaria Mociniana (S. 313). Da, wo wir sie in Blüthe sahen, erlauben wir uns noch zu bemerken, dass sie in der Natur schöner ist und namentlich feurigere Blüthen besitzt, als sie in der Abbildung dargestellt ist. Gut und buschig gezogen wird sie hauptsächlich zu Schaupflanzen sich eigenen.

Aus Celle im Hannöver'schen hatten Schiebler & Sohn einige roth- und orangeblühende Potentillen eigener Zucht ausgestellt, die von der Vervollkommnung, wozu sich diese Blume befähigt zeigt, Zeugniss ablegten. Auch diese Pflanzen waren früher bei uns mehr in Kultur und sind leider mehr oder weniger durch andere verdrängt worden. In Frankreich kommen sie, seitdem Gärtner in Nancy sich ihrer Neuzucht besonders angelegen sein lassen, wiederum mehr in Ansehen. Möchten die ausgestellten Blumen Gelegenheit geben, dass dieses auch bei uns geschieht!

Wenden wir uns nun den Florblumen zu, die mannigfach vertreten waren. Obergärtner Neumann hatte aus dem Garten des Kommerzienrathes Ravené in Moabit eine Sammlung von Fuchsien und Pelargonien ausgestellt. Die erstere enthielt junge Stecklingspflanzen in Exemplaren, welche im Durchschnitt eine Höhe von fast 2 und einen Durchmesser von über 1—1½ Fuss besassen. Gute Kultur und Blüthenreichthum zeichneten sämmtliche Exemplare aus. Die Pelargonien gehörten zu den sogenannten englischen und enthielten manche reizende Blume in Farbe und Form.

Kunst- und Handelsgärtner Günther in Charlottenburg hatte dagegen buntblättrige Pelargonien in einer ansehnlichen Gruppe zusammengestellt. Da diese jetzt vielfach und fast überall im freien Lande benutzt werden und als sogenannte Massiv's nicht leicht durch andere Pflanzen ersetzt werden können, so hatten Liebhaber hier Gelegenheit, sich die ihnen wohlgefälligen Sorten zu bemerken. Wohl noch mehr und vor Allem nahm aber eine andere Gruppe von Phlox Drummondii genannten Gärtners in Anspruch. Es war dieses die Sorte, welche Fr. A. Haage jun. in Erfurt vor wenigen Jahren gezüchtet und unter den Namen Louise Grell in den Handel gebracht hat. Aus der Mitte der Blumen gehen rothe und weisse Strahlen in Form von Bändern ab. Am meisten ähnelt diese Sorte dem alten bekannten und früher in den Gärten sehr viel verbreiteten Phlox Radetzki.

Kunst- und Handelsgärtner Heydert in Charlottenburg verdankte man eine Gruppe von krautartigen Calceolarien und eine andere von Petunien. Was die letzteren anbelangt, so hatten sie sämmtlich schöne und grosse Blumen, in denen die violette Farbe vorherrschte und zwar rein oder durch weisse Bänder oder Striche unterbrochen. Eine gleiche Mannigfaltigkeit zeigten die Calceolarien oder Pantoffelblumen.

Weiter erwähnen wir noch der Pelargonien und Calceolarien des Kommerzienrathes Reichenheim, da die einzelnen Exemplare sämmtlich eine gute Kultur besassen, so wie der baumartig gezogenen Fuchsien des Kunstgärtners Kuhns.

Zu den Florblumen gehört auch die Kalosanthes coccinea; sie wird zu Tausenden in verschiedenen Gärtnereien herangezogen und in den Blumenkellern, so wie auch auf den Märkten, verkauft. Kunst- und Handelsgärtner Allardt hatte aber ein Exemplar hier ausgestellt, was in dieser Grösse und Vollendung kaum wo anders gefunden werden möchte. Nicht weniger als einige 70 Stengel erhoben sich und trugen die scharlachrothen Blüthenköpfe an ihrer Spitze.

Wir gehen zu den Sortimenten abgeschnittener Blumen über. Nicht alle Jahre trifft es sich so glücklich, dass die Höhe der Rosenflor mit den Tagen des Stiftungsfestes des Vereines zusammenfällt, wie es in diesem der Fall war. Die reichste und unbedingt schönste Sammlung verdankte man dem Kunst- und Handelsgärtner Forkert in Charlottenburg. Es war in der That eine Auswahl, und zwar eine grosse, denn nicht weniger als 113 verschiedene ältere Sorten waren in einem besonderen flachen Kasten und 92 neuere in einem zweiten ausgestellt. Im Allgemeinen sind die Blumen in diesem Jahre etwas kleiner, dagegen war uns das Feuer und der Schmelz der Farbe noch in keinem Jahre in dieser Vollendung entgegengetreten, wie jetzt. Wir enthalten uns in das Einzelne einzugehen, da wir ohnehin nächstens einen ausführlichen Artikel über Rosen zu bringen gedenken.

Auch der Kunst- und Handelsgärtner Jänicke (Köpnickerstr. 54) hatte eine, aber kleinere Sammlung von Rosen ausgestellt, die nur das Beste enthielt, was wir in dieser Hinsicht besitzen. Noch geringer an Zahl der Sorten war die Sammlung des Buchdruckereibesitzers Heinicke, in einem desto vollkommneren Zustande befanden sich aber die einzelnen Blumen. Der Besitzer ist Liebhaber, dem nur um das Beste zu thun ist und das, was er besitzt, selbst mit Liebe und Sorgfalt pflegt. Nicht weniger sah man dieses den in künstlichen und flachen Körbchen sinnreich nach den Farben zusammengestellten Rosen des Notars Lämmerhirt an. Erdbeerranken bildeten den Boden des Körbchens mit der sanft aufsteigenden Wand und aus Epheuranken war der Henkel angefertigt.

Dicht bei den frischen Rosen befand sich ein drittes flaches Körbchen mit denselben Blumen gefüllt. Juni- und Goldkäfer, Thautropfen u. s. w. auf den Blumenblättern machten es wahrscheinlich, dass die Blumen erst vor Kurzem gepflückt sein möchten. Erst wenn man längere Zeit sie angeblickt und auch den Laubblättern sich zugewendet hatte, wurde man durch deren mattgrüne Farbe, der das Leben zu fehlen schien, aufmerksam, und schaute auch die Rosen an — um sie als nachgebildete zu erkennen. Hätte man natürliche Laubblätter zwischen den so kunstvoll angefertigten Blumen angebracht, die Täuschung wäre, trotz der natürlichen Rosen in der nächsten Nähe, noch vollkommener gewesen. Das Körbchen war in der Feder- und Blumenfabrik von Bolsius Erben (C. Löbel, Mohrenstr. 45) angefertigt.

Stiefmütterchen hatten die Kunst- und Handelsgärtner Schwanecke in Oschersleben und Heydert in Potsdam in abgeschnittenen Blumen, ersterer auch als blühende Pflanzen, eingesendet. Welche Mannigfaltigkeit in Form und Farbe der Blumen! Wir haben so oft über diese Lieblingsblumen gesprochen, so dass wir jetzt darüber hinweggehen können. Nur auf eine Sorte wollen wir aufmerksam machen: auf Dr. Faust, von fast schwarzer Farbe und mit gelbem Auge.

Bouquets zu Tafelaufsätzen, in der gewöhnlichen leichten Pyramidenform, hatten der Garten-Gehülfe Rex im Ravené'schen und der Gärtner-Lehrling Jul. Bouché im botanischen Garten eingeliefert. Einen Rosenkranz von besonderer Kunstfertigkeit verdankte man dagegen der Madame Lackner, würdig, um das Haupt der Büste Ihrer Majestät der Königin von Preussen zu krönen.

Obst war wenig vorhanden. Vorzügliche Pflaumen hatten die Hofgärtner Brasse in Pless und Nietner in Schönhausen geliefert, Erdbeeren hingegen in bester Qualität und trotz der vorausgegangenen ungünstigen Jahreszeit der Kunst- und Handelsgärtner Schultz in Potsdam, der Buchdruckereibesitzer Heinike in Berlin und Frau Rittergutsbesitzer Bertha Schweizer, während man 2 baumartig-gezogene Stachelbeerpflanzen, mit Früchten überladen, dem Kunst- und Handelsgärtner Ohse in Charlottenburg verdankte. Aepfel der vorjährigen Erndte und von gutem Ansehen hatte der Kastellan Gette in Freienwalde ausgestellt.

Von Gemüse waren nur Gurken, aber in vorzüglichster Qualität, vorhanden; eingeliefert hatten sie der Handelsgärtner Buder in Plattenburg bei Glöwen und Hofgärtn. Nietner in Schönhausen. Die Gurke des letztern besass eine Länge von 17 Zoll.

Endlich war eine Sammlung guter Garten-Instrumente aus der Fabrik von Heyne (Leipziger-Strasse 41) ausgestellt. Wir machen besonders auf die Messer und sonstigen schneidenden Instrumente aufmerksam, da diese sich sowohl durch eine gute Schneide, als auch durch Wohlfeilheit, auszeichnen.

Doch wollen wir auch nicht versäumen, am Schlusse unseres Berichtes darauf aufmerksam zu machen, dass der Hofgärtner Crawack in Bellevue eine Anzahl von Neuholländern und Florblumen zur Verfügung gestellt hatte, welche zur allgemeinen Ausschmückung verwendet worden waren.

L'Horticulteur français und The Florist and Pomologist.

Jahrg. 1864, 2. Hälfte.

Unter den in der 2. Hälfte des Jahrganges 1864 des Horticulteur français abgebildeten Pflanzen befindet sich eine Rose von besonderer Schönheit. Sie führt den Namen Maréchal Niel (tab. 20) und wurde im Süden Frankreichs gezüchtet. Es ist eine Theerose, welche sich im äusseren Habitus den gelbblühenden, wie Chromatella, Solfatare u. s. w. anschliesst, sie aber in manchen Dingen übertrifft. Durch den bekannten Rosenzüchter Eugène Verdier in Paris kam sie im vorigen Frühjahre in den Handel. Die im Anfange ziemlich kugelrunde, später aber sich mehr öffnende Blume besitzt den bedeutenden Durchmesser von 12 bis 14 Centimeter (4½ bis 5½ Zoll) und riecht sehr angenehm.

Camellia Livina Maggi (tab. 27) ist eine bunte Blume von regelrechter Dachziegelform und hat ebenfalls den bedeutenden Durchmesser von 4½ Zoll. Die Grundfarbe ist weiss, sie wird aber unterbrochen durch zahlreiche rosenrothe Schmitzen und Punkte, so dass die Kamellie eine entfernte Aehnlichkeit mit einer Bandrose erhält. Sie ist italienischen Ursprunges und schon länger bekannt. Nichts desto weniger muss sie empfohlen werden.

Auf der 23. Tafel sind einige der neueren und ausgewählteren Gladiolus abgebildet. In Betreff der Anzucht, aber auch der Behandlung dieser Florblume ist man in Frankreich uns vorangeeilt. Den ganzen Sommer hindurch, und nicht nur in der eigentlichen Blüthezeit, sieht man in den Gärten der kaiserlichen Residenz und in den nächsten Umgebungen eine Auswahl der Gladiolus, durch die man sie erst recht schätzen lernt. Die auf besagter Tafel dargestellten Gladiolus sind von dem in dieser Hinsicht bekannten Souchet gezüchtet.

Gladiolus Mad. Vilmorin besitzt ziemlich grosse Blumen von rosarother Farbe, doch so, dass nach dem Innern zu diese allmählig in blendendes Weiss übergeht, während dagegen der Rand der Blume dunkeler erscheint. G. Reine Victoria hat vielleicht noch grössere Blumen von blendend-weisser Farbe; es zieht sich aber in der Mitte des untersten Blattes ein breiter karminrother Streifen bis nahe an die obere Spitze. G. Napoléon III. besitzt ebenfalls nicht minder grosse Blüthen, diese haben aber eine brennend-rothe Farbe in der Weise, dass diese auf dem untersten Blatte durch Gelb, was Roth einschliesst, unterbrochen wird.

Haemanthus cinnabarinus Dne (tab. 13) wurde bereits schon früher (5. Jahrg. S. 278) von uns besprochen. Wir haben dem dort Gesagten nichts hinzuzufügen, bemerken jedoch, dass man mehre Haemanthus, besonders H. puniceus, in Paris jetzt im Sommer im Freien auf Beeten hat und dass dieselben sich dort sehr gut ausnehmen.

Hibiscus Cooperi (tab. 209) ist ebenfalls erst unlängst von uns besprochen worden.

Plumbago coccinea (tab. 20) nennt man jetzt mit Boissier die alte Linné'sche P. rosea, weil die Farbe der Blüthe diesem letzteren Namen allerdings nicht entspricht. Obwohl schon seit dem Jahre 1777 in den Gärten, ist sie doch kaum aus den botanischen Anstalten der Art herausgekommen, ja jetzt selbst in diesen seltener geworden. Und doch verdient dieser Blüthenstrauch aus Ostindien mit seinen schönen rothen Blüthen, welche eine Aehre bilden, Beachtung, auch Seitens der Liebhaber. Wir erlauben uns zu gleicher Zeit auf Plumbago capensis, einem Ranker, ebenfalls aufmerksam zu machen, da er in Deutschland sehr selten ist. Wir sahen ihn von besonderer Schönheit an mehrern Orten Frankreichs, besonders im botanischen Garten zu Paris.

Brachysema speciosum (tab. 18) ist eine noch nicht näher beschriebene Art, ebenso wie Br. acuminatum, welche van Houtte im Jahre 1854 einführte und nicht von jener verschieden zu sein scheint. Alle Brachysemen sind zu empfehlende Blüthensträucher Neuholland's mit einfachen Blättern und aus der Familie der Schmetterlingsblüthler. Die Blätter haben eine eirund- oder länglich-lanzettförmige Gestalt und einen ganzen Rand. In der Jugend besitzen sie eine silbergraue Färbung. Aus dem Winkel eines Blattes kommen auf einem kurzen Stiele 2 brennendrothe Blüthen von Zoll-Länge hervor.

Goodia lotifolia Salisb. (tab. 24) ist ein anderer Schmetterlingsblüthler aus Vandiemensland, der gewöhnlich in den Gärten und in den Verzeichnissen, aber auch in gärtnerischen Zeitschriften unter dem falschen Namen Goodia latifolia vorhanden ist und sich während der ersten Frühlings-Monate durch seinen Blüthen-Reichthum auszeichnet. Diese besitzen eine gelbe Farbe und bilden Aehren am Ende der Sommertriebe. Die eiförmig-rundlichen Blättchen stehen zu 3 auf einem gemeinschaftlichen Stiele.

Cassia schinifolia DC. fil. (tab. 21) ist eine australische, schon von Sweet in seiner australischen Flor als C. Barklayana beschriebene Caesalpiniacee und schliesst sich im Aeussern den bei uns bereits bekannten und hier und da viel kultivirten Arten: C. floribunda Cav., corymbosa Lam. und laevigata Willd. (grandiflora Dsf.) an, indem sie auf gleiche Weise, wie die genannten Halbsträucher, während der guten Jahreszeit in's Freie gebracht werden kann und den ganzen Sommer hindurch sich mit gelben Blüthen, welche zu 5 bis 7 auf einem ziemlich langen Stiele stehen, bedeckt. 9 sehr schmale Fiederpaare bilden die Blätter.

Genetyllis fuchsioides (tab. 15) unserer Gärten ist G. macrostegia Turcz., über die wir bereits ausführlich im 2. Bande der Wochenschrift (S. 127) gesprochen haben. Ein schönes Exemplar, mit Blüthen dicht besetzt, haben wir unlängst in dem Garten des Kommerzienrathes Reichenheim in Berlin gesehen. Uebrigens heisst die griechische Göttin, nach der das Genus den Namen erhalten hat, nicht Genethyllis, wie im Horticulteur français geschrieben ist, sondern Genetyllis.

Yucca Treculeana Carr. (tab. 16) wurde von Trecul, der in den Jahren 1848 und 49 im Auftrage der französischen Regierung Texas besuchte, entdeckt und hat gleich anfangs mehre Namen erhalten. Carrière selbst gibt (Rev. hort. 1858, p. 580) folgende Synonyme an: Y. canaliculata, recurvata, undulata, agavoides, contorta und revoluta; wir sind dagegen im Stande noch hinzuzufügen: Y. concinna und cornuta. Es scheint eine Pflanze zu sein, welche aus Samen gezogen, ungemein ändert. Im Berliner botanischen Garten befinden sich dergleichen Samenpflanzen, welche unter sich und von den sonst von uns gesehenen grössern Exemplaren sehr abweichen. Die Hauptmerkmale, um sie von den andern Yukken zu unterscheiden, sind die lederartige Konsistenz und die graugrüne matte Farbe der Blätter, sowie der orangenrothe Rand derselben. Durch den letzteren erhält die Pflanze Aehnlichkeit mit Y. rufocincta Haw., von der sie vielleicht gar nicht verschieden ist. Doch sind hier die Blätter rauh, während sie bei jener glatt sein sollen.

Schon das Vaterland „Texas" gibt der Vermuthung Raum, dass Y. Treculeana Carr., wenn auch nicht bei uns im Norden, so doch im Süden Deutschland's, aushält, also in dieser Hinsicht gleiche Verwendung mit Y. gloriosa, besonders mit der Abart recurva, gestatten möchte. Die Pflanze macht später einen Stamm, der aber nie eine bedeutende Höhe zu erreichen scheint. Der Blüthenstand unterscheidet sich wesentlich dadurch von dem der übrigen Arten, dass er sich wenig über die Blätter erhebt und eine dichte, länglich-eirunde und zusammengesetzte Traube bildet.

Wir haben schliesslich noch einen Apfel zu erwähnen, der im Horticulteur français abgebildet ist. Pomme Robin (tab. 22) stellt einen der haltbarsten Früchte aus der Gruppe der Reinetten dar, denn er bleibt bis in den April und selbst bis zum Mai saftig. Er wurde in der Gärtnerei von Robin, dessen Namen er auch erhalten hat, zu Corbeil im Departement Seine-et-Oise aus Samen gezogen. Er ist breiter als hoch (7 Centim. zu 5, oder 2 Zoll 8 Linien zu 1 Zoll 10 Linien) und hat (lagerreif) eine grünlich-goldgelbe, auf der Sonnenseite jedoch meist eine rothe Färbung. Das etwas säuerliche, gewürzhafte und zuckerreiche Fleisch ist weiss und ziemlich saftig.

Wenden wir uns nun den sechs Abbildungen, welche in der 2. Hälfte des Florist und Pomologist abgebildet sind, zu und beginnen wiederum mit einer Frucht, und zwar mit einer Birn (zu S. 241), welche bei uns neuerdings als Pastorenbirn (s. illustr. Handb. d. Obstk. 2. Band, S. 503) mehr bekannt geworden ist, in England aber als Vicar of Winkfield (bei uns irrthümlich als Vicar of Wakefield) sich eines grossen Rufes erfreut. Ob sie bei uns zu empfehlen ist, steht dahin; während sie Oberdieck und Lucas keineswegs absonderlich finden, lobt sie Donauer. Die Birn scheint bei uns eine andere Form erhalten zu haben; während sie hier sich der Beurré Clairgeau nähert, stellt die Abbildung in besagter Zeitschrift eine fast flaschenförmige Birn dar, die der in die Länge gezogenen Belle Angevine weit mehr gleicht. Man sollte beide Früchte kaum für eine und dieselbe halten. In besagter Abbildung hat sie die Länge von über 5 Zoll bei einem Durchmesser von fast 3 Zoll im obern Drittel. Charakteristisch ist an dieser Birn die mehr oder weniger schiefe Stellung des Kelches, dessen lange Abschnitte der Oberfläche der Birn flach aufliegen.

Wir enthalten uns einer nähern Beschreibung, da wir die Birn als bekannt voraussetzen und fügen nur einige Worte bei, welche sich auf ihre Geschichte beziehen, und welche aus den Schriften der Gartenbau-Gesellschaft von Berry entlehnt sind, da in dieser Hinsicht bei uns mancherlei Irrthümer herrschen. Der Name des Pfarrers von Villiers in dem frühern Herzogthum Berry, der die Birn zufällig in einem Walde des in der Nähe liegenden Schlosses Fromenteau fand und sie weiter verbreitete, ist Leroy, keineswegs Clion, wie es im illustrirten Handbuche heisst. Dieser letztere Name bezeichnet dagegen einen grösseren Ort, von dem das Dorf Villiers nur 8 Kilometer (also etwas über 1 Meile) entfernt liegt. Dort, sowie in der ganzen Umgegend, wird die Pastorenbirn (Poire Curé) noch ungemein viel angebaut. Nach England kam sie durch den Pfarrer Rham von Winkfield in Berkshire, und erhielt deshalb den Namen Vicar of Winkfield, der irrthümlich mit dem bei uns bekannteren Namen Vicar of Wakefield verwechselt wurde. Neuerdings ist die Birn wiederum durch den bekannten französischen Pomologen de Liron d'Airoles als Comice de Toulon verbreitet worden.

Die beiden Clematis-Formen: Jackmanni (zu Seite 193) und rubroviolacea (zu Seite 265) sind bereits ausführlich besprochen (s. vorigen Jahrgang S. 405).

Zu den schönsten neueren Rosen gehört ohne Zweifel Lord Macauley (zu Seite 169). Wir wissen nicht, wie sie bei uns gedeiht, in England gehört sie aber zu den Rosen, welche ausserordentlich üppig wachsen und reichlich blühen. Das dunkele und grosse Laub, was die Blüthenbüschel an der Basis umschliesst, gestattet dem sammetnen Purpur der Blume um so mehr hervorzutreten. Bisweilen ist die Farbe der letzteren dunkelkarmoisin oder blutroth. Die Form der Blume ist eine becherförmige.

Grahams yellow perfection Wallflower (zu Seite 145) heisst ein gross- und reichblühender Lack, den der Gärtner des Ritters Graham in Cranford nach langjährigen Bemühungen heranzog und wegen seiner Schönheit im Jahre 1863 von Seiten der Gartenbau-Gesellschaft in London empfohlen wurde. Ausgezeichnet ist die Sorte durch das reine Gelb der ausserordentlich wohlriechenden Blüthen.

Trichinium Manglesii Lindl. ist eine Immortelle aus der Familie der Amarantaceen, die Empfehlung verdient. Der Berliner botanische Garten erhielt Samen durch Ferd. Müller aus Neuholland; leider scheinen die Pflanzen aber etwas schwierig in der Kultur zu sein. Vor Allem setzen sie bis jetzt wenig Samen an. Trichinium Manglesii baut sich buschig und treibt eine Menge aus oder oberhalb der Wurzel entstehender Aeste, welche mit Aehren von breitlänglicher Gestalt endigen. Die nicht verwelkenden, dicht mit langen Haaren besetzten Blumen haben eine rothe Farbe.

Verlag von Karl Wiegandt in Berlin, Koch-Strasse No. 22.

Druck der C. Feister'schen Buchdruckerei (L. Mewes), Berlin, Zieten-Platz No. 2.

Wochenschrift

des

Vereines zur Beförderung des Gartenbaues in den Königl. Preussischen Staaten

für

Gärtnerei und Pflanzenkunde.

Redakteur:

Professor Dr. Karl Koch,

General-Sekretair des Vereines.

No. 27. Berlin, den 8. Juli **1865.**

Preis des Jahrganges 5⅓ Thlr., sowohl bei Bezug durch den Buchhandel, als auch franco durch alle Post-Anstalten des deutsch-österreichischen Post-Vereines.

Dasylirien und Puya chilensis.

Eine Gruppe des botanischen Gartens in Berlin.

Wir haben früher in unserem Schriftchen über botanische Gärten uns dahin ausgesprochen, dass diese in unserer jetzigen Zeit, neben der Belehrung der studirenden Jugend und ausser der Wissenschaft Material zuzuführen, noch die Aufgabe haben, durch künstlerisch-zusammengestellte Pflanzen auch auf das ästhetische Gefühl des Menschen einzuwirken und dessen Bildung zu erhöhen. Da die Kunst nicht aus Phantasie-Gebilden besteht, sondern nur aus der Natur schöpft, da also die zusammengestellten Pflanzen immer in der Weise bei einander stehen müssen, wie es in der Natur der Fall ist, so haben dergleichen Gruppen stets auch eine wissenschaftliche Bedeutung, indem sie pflanzen-geographische Bilder darstellen.

Im botanischen Garten zu Berlin befindet sich ohnweit des Einganges auf einem schönen Rasenplatze eine Gruppe von eigenthümlichen Pflanzen, welche den Terrassen der amerikanischen Kordilleren entlehnt sind. Besonders in Mexiko, aber auch in Chili, sind diese Terrassen bisweilen steinig und Pflanzen eigenthümlicher Gestalt bedecken den oft dürren Boden, wo viele Monate, ja vielleicht das ganze Jahr hindurch kein Tropfen Regen fällt. Es sind baumartig-gewordene Lilien, die man als solche gar nicht erkennen würde, wenn man nicht ihre Tulpen oder Hyazinthen ähnlichen Blüthen gesehen hätte, wenn man nicht wüsste, dass auch der Bau der Früchte sich von dem der echten Lilien-Gewächse, wie sie bei uns mit Zwiebeln und nur im Frühjahre blühend und überhaupt vegetirend vorkommen, nicht unterschiede. Sie führen in der Wissenschaft den Namen Yukken und Dasylirien und schliessen sich andern an, die unter ähnlichen Verhältnissen in Brasilien, in Australien und seltener in Afrika, sowie im tropischen Asien, vorkommen.

Zu diesen baumartigen Lilien gehören noch andere, welche zwar nicht immer einen deutlichen Stamm bilden, dagegen grosse fleischige Blätter besitzen, als wären es riesige Aloën, also Pflanzen, wie sie sonst nur in Südafrika und auf den Inseln nordöstlich von Afrika wachsen. Diese riesigen Aloën, welche die Wissenschaft mit dem Namen der Agaven belegt hat, sind zum Theil für die Bewohner Mexiko's ausserordentlich wichtig, weil sie während der Blüthezeit eine Menge süssen Saftes geben können, aus dem man ein oft berauschendes Getränk, die sogenannte Pulque, bereitet.

Mit den Lilien nahe verwandt sind die Ananaspflanzen oder Bromeliaceen. Während der grösste Theil von ihnen an und auf andern Pflanzen lebt, also sogenannte Epiphyten darstellt, gibt es aber doch auch noch einige, welche sich in der äusseren Form den baumartigen Lilien anschliessen, physiognomisch sogar mit ihnen zu vereinigen sind. Hierher gehören die Puyen und einige echte Bromelien. Unsere bekannte Ananas gehört ebenfalls in diese Familie und kann recht gut mit ihren pergament- oder lederartigen Blättern als Typus derselben betrachtet werden. Die Ananasfrucht ist dagegen ein

Kunstprodukt und kann demnach durchaus nicht als Norm für die Früchte der Bromeliaceen betrachtet werden.

Ausser diesen baumartigen Lilien kommen aber auf den trockenen und steinigen Terrassen der Kordilleren, besonders im Norden derselben, noch andere sonderbar gestaltete, in der äusseren Form sich aber diesen anschliessende Pflanzen vor, die eben deshalb von ihren nächsten Verwandten, den Stachel- und Johannisbeeren, abweichen und scheinbar sehr entfernt von ihnen stehen. Es sind dieses die Fackeldisteln oder Cacteen, welche aber noch häufiger kugelige oder rundlich-eckige Formen annehmen und in dieser Gestalt mehr in wärmeren Gegenden Mexiko's und auf der Ostseite des tropischen Amerika's wachsen. Man wundert sich vielleicht, dass man Fackeldisteln und Stachelbeeren in einem natürlichen Systeme zusammenstellt; und doch existiren unter den ersteren Arten, Pereskien, die ebenfalls blättrige Sträucher bilden und den Uebergang zu den letzteren machen.

Von den hier näher bezeichneten Pflanzen, den sogenannten baumartigen Lilien, interessiren uns nur die Dasylirien und eine Bromeliacee: Puya chilensis. Von der geographischen Verbreitung und dem physiognomischen Charakter der Fackeldisteln oder Cacteen werden wir vielleicht ein anderes Mal sprechen.

Es sei uns erlaubt, vor Allem einige Worte über die bezeichnete Gruppe im Allgemeinen zu sagen, um dann auf die einzelnen Pflanzen speziell überzugehen. Die ganze Gruppe, welche nach allen Seiten frei steht und selbst aus einiger Entfernung von allen Seiten betrachtet werden kann, hat einen Durchmesser von über 13 Fuss. In der Mitte erheben sich die Pflanzen bis zu einer Höhe von 9 und 10 Fuss, (die Kübel, worin sich die Pflanzen befinden, natürlich eingerechnet); darüber hinaus geht noch die 6 Fuss hohe Blüthenrispe eines Dasylirion longifolium.

15 grössere Exemplare (4 Puya chilensis in der Mitte, dagegen 4 Dasylirion acrotrichon, 3 D. longifolium, 3 D. serratifolium und 1 D. Karwinskyi ringsum) bilden die eigentliche Gruppe, während noch 10 kleinere Dasylirien am Rande aufgestellt sind. Das mittelste Exemplar, eine Puya chilensis, hat einen Stamm von über 4 Fuss Höhe und ziemlich ¾ Fuss Durchmesser. Am obersten Theil des Stengels befinden sich noch Blattüberreste. Ziemlich in der Mitte des Stammes geht ein Ast von über Fusslänge ab, der sich mit der Spitze aufrecht wendet und die Blattkrone trägt. Die harten und am Rande sehr dornigen Blätter, welche die dichte Krone bilden, schlagen sich oberhalb der Mitte in einem Bogen zurück. An der Basis haben sie eine Breite von 2 Zoll, während die Länge bis 3 Fuss beträgt.

Das nächste grosse Exemplar der Puya chilensis ist ebenfalls 4 Fuss hoch, aber weniger stark entwickelt. Ein ebenfalls schwächerer, aber fast 2 Fuss langer Ast geht dicht unter der fast abgestorbenen Spitze ab und trägt eine dichte Blattkrone.

Dasylirion acrotrichon besitzt in einem Exemplare einen Stamm von über 2 Fuss Höhe, der nach unten zwiebelartig erweitert ist, so dass er fast eine birnförmige Gestalt besitzt. Dieser Theil des Stammes, mit einem Querdurchmesser von über 1 Fuss, ist auf der Aussenfläche ausserordentlich rissig und zeigt daselbst ziemlich tiefe Spalten. Nach oben verlieren sich diese allmählig etwas, ohne dass aber die korkige Rinde glatt wird. Die dicht besetzte Krone hat einen Durchmesser von über 5 Fuss. Der nach allen Seiten wie Strahlen ausgehenden und sehr steifen, sowie schmalen Blätter, welche an der Spitze sich fasern und daselbst gleichsam einen Pinsel tragen — ein Umstand, der zur Benennung acrotrichon, d. h. an der Spitze mit Haaren besetzt, Veranlassung gegeben — sind mehre Hunderte. Die Spiralen betrugen an diesem Exemplare wenigstens 30 und jede Spirale hatte wohl 36 Blätter.

Ein Dasylirion longifolium steht eben in Blüthe und besitzt einen gleich-walzenförmigen Stamm von 4 Fuss Höhe. Ebenfalls sind hier am oberen Theile, wie es übrigens auch bei D. acrotrichon der Fall ist, Blatt-Ueberreste vorhanden. An der Spitze theilt er sich und trägt 2 Blattkronen. Aus der Mitte der einen erhebt sich die 6 Fuss hohe und 1½ Fuss im Durchmesser enthaltende Rispe, bis fast an die Basis sich herabziehend. Es ist eine weibliche Pflanze, daher die weissen Blüthen nur Pistille enthalten. Diese sind jetzt, ohne befruchtet worden zu sein, mit 3-flügeligen, 4—5 Linien im Durchmesser enthaltenden Kapseln von röthlicher Farbe dicht besetzt. Die Eichen in ihnen sind zwar etwas angeschwollen, es fallen aber bereits die unbefruchteten Kapseln allmählig ab.

Endlich ist auch ein grosses Exemplar des D. serratifolium vorhanden. Dieses hat mit seinen allerdings breiteren und auch schärfer gesägten, ebenfalls aber sehr steifen Blättern grosse Aehnlichkeit mit D. acrotrichon und scheint hinsichtlich seiner Farbe sehr zu ändern. Besagtes Exemplar hat eine helle, blaugrüne Farbe; daneben steht aber gleich ein anderes und kleineres, was mehr matt- und dunkelgrün erscheint. Der Stamm des D. serratifolium ist ebenfalls, wie bei D. acrotrichon, walzenförmig und besitzt einen Durchmesser von ziemlich 8 Zoll.

Von D. longifolium und acrotrichon befinden sich jedoch die beiden grössten Exemplare, welche der botanische Garten besitzt, nicht in besagter Gruppe, sondern stehen einzeln, aber nicht weit davon, auf demselben Rasenstücke. Das erstere ist noch unverästelt und nimmt sich mit seiner Blattkrone am Ende des 3½ Fuss hohen Stammes reizend aus. Dieser selbst ist bis zur oberen kleineren Hälfte mit Blatt-Ueberresten noch bedeckt und besitzt einen Durchmesser von fast ¾ Fuss. Die schmalen und riemenförmigen Blätter steigen Anfangs ziemlich grade in die Höhe, schlagen sich dann aber in einem eleganten Bogen zurück, so dass sie bei einer Länge von fast 5 Fuss ziemlich die Hälfte des Stammes bedecken.

Das einzelnstehende Exemplar des D. acrotrichon besitzt einen Stamm von 3 Fuss Höhe und, zumal er fast bis an die Basis mit Blatt-Ueberresten bedeckt ist, einen Durchmesser von gegen 1 Fuss, die wunderschöne, regelrechte Krone hat dagegen einen Durchmesser von 6 Fuss.

Nach dieser Beschreibung der Gruppe sei es uns erlaubt, noch Einiges über die darin enthaltenen Pflanzen zu sagen, um dadurch für diese das Interesse noch mehr zu erhöhen.

Was zunächst die Puya chilensis anbelangt, so wächst diese auf dürren Hügeln Chili's und wurde zuerst von dem Franziskaner Feuillée im Jahre 1709 oder 1710 entdeckt, später auch beschrieben und abgebildet. In der zweiten Hälfte des 18. Jahrhundertes fand sie auch der spanische Jesuit Molina und gab ihr in seiner 1782 zuerst erschienenen Naturgeschichte von Chili den Namen Puya chilensis, indem er den Geschlechtsnamen der einheimischen Benennung entlehnte.

Sie scheint schon früher in den Gärten, und zwar als Pourretia coarctata, gewesen zu sein, obwohl die echte Pflanze dieses Namens, welche Ruiz und Pavon unter diesem Namen beschrieben haben, verschieden zu sein scheint. Schon seit längerer Zeit wurde Puya chilensis im botanischen Garten zu Berlin unter dem Namen Hechtia planifolia kultivirt, bis endlich vor einigen Jahren das grösste vorhandene Exemplar blühte und wir dadurch im Stande waren, die Identität mit der echten Puya chilensis nachzuweisen.

Durch Vergleichung der Blüthen der Puya chilensis mit denen einiger Pourretia-Arten fanden wir auch, dass beide Genera keineswegs identisch sind, sondern als verschieden von einander betrachtet werden müssen. Schon der äussere Habitus ist ein anderer, vor Allem aber die Art und Weise des Blühens. Während bei Puya an der blühenden Pflanze der die Rispe tragende Stengel mit hautartigen und weichen Blättern — gewöhnlich Schuppen genannt und den echten Deckblättern gleichend — besetzt ist, behalten die Blätter bei Pourretia ihre Gestalt und werden nur allmählig kleiner. Zwischen Puya und Pourretia ist daher derselbe Unterschied, wie zwischen Billbergia und Bromelia (oder vielmehr Agallostachys Beer).

Schliesslich erwähnen wir noch, dass die Eingeborenen in Chili sich der grossen, starken und gekrümmten Zähne als Angeln zum Fangen der Fische bedienen.

Wir gehen zu den Dasylirien über. Die erste Nachricht von einer Pflanze dieses Geschlechtes erhielten wir von Dr. Schiede aus Kassel, welcher im Jahre 1828 im Auftrage der preussischen Regierung für den Berliner botanischen Garten in Gemeinschaft mit dem verstorbenen Kunst- und Handelsgärtner Deppe in Charlottenburg eine Reise nach Mexiko machte und leider daselbst schon im Jahre 1836 gestorben ist. In seinem zweiten Reiseberichte, der im 4. Bande der Linnaea abgedruckt ist, erzählt (Seite 230) Dr. Schiede von einer interessanten Pflanze, deren steife Blätter an der Spitze einen Faserbüschel tragen und die er vorläufig deshalb Yucca acrotricha nennt. Durch ihn erhielt auch alsbald der botanische Garten in Berlin die Pflanze.

Der in München verstorbene Professor Zuccarini erkannte zuerst, dass hier der Typus eines eigenthümlichen Geschlechtes vorliege und nannte dieses Dasylirion (d. h. Lilie mit gedrängten, dicht bei einander stehenden Blüthen). Graf von Karwinsky, der nur wenig später von München aus Mexiko besuchte, entdeckte ausser dieser Art noch einige andere; diese gaben Zuccarini weiter Gelegenheit, Blüthen und Früchte zu untersuchen und das Genus wissenschaftlich festzustellen. 3 Jahre später (1840) lernte auch Brongniart in Paris Arten dieses Geschlechtes kennen, erkannte ebenfalls in ihnen den Typus eines besonderen Genus und nannte dieses, von der Arbeit Zuccarini's nichts wissend, zu Ehren eines kolumbischen Reisenden Roulinia.

Seit einem Jahrzehend sind von Belgien aus neue Dasylirien aus Mexiko in den Handel gekommen, welche sich durch eine zwiebelartige Anschwellung an der Basis des Stammes auszeichnen, diesen selbst aber weiter nach oben schlanker besitzen. Die Blattkrone besteht aus schmalen, langen und grasähnlichen Blättern, welche meist überhängen. Aus Versehen, weil man den Namen nicht gut lesen konnte, hat man diese Pflanze, welche ihr Entdecker, der bekannte Reisende Galeotti, für eine Freycinetie hielt, und auch bei seinen Einsendungen als solche bezeichnete, Pincenectien oder Pincenectitien genannt (s. 2. Jahrg. d. Wochenschrift S. 112). Der in Gent verstorbene Professor

Scheidweiler sprach jedoch zuerst aus, dass diese Pincenectien echte Dasylirion-Arten seien, Professor Lemaire hingegen bildete aus ihnen sein Genus Beaucarnea, zu Ehren eines belgischen Blumenfreundes, der unter Anderem auch eine schöne Sammlung baumartiger Lilien besitzt. Wir sind hingegen sogar der Meinung, dass diese Pincenectien dieselbe Pflanze darstellen, welche Zuccarini als Dasylirion junceum beschrieben hat. Wir haben in Belgien auch Pflanzen unter diesem Namen gesehen, welche durchaus keinen Zweifel übrig liessen.

Ueber diese Pincenectien theilte uns Direktor Linden in Brüssel mit, dass sie gesellig wachsen und in der Regel so nahe bei einander stehen, dass die schliesslich hohl gewordene Basis des Stengels mit der zwiebelartigen Erweiterung zusammenwachsen und auf dem Boden eine oft 20 und 30 Fuss im Durchmesser enthaltende, unebene Decke von 2 und 3 Fuss Höhe bilden, aus der der obere schlankere Theil der Stämme sich noch 6 bis 8 Fuss erhebt. Man kann sich wohl denken, welch' eigenthümlichen Anblick dieses gewährt.

Die Zahl der bis jetzt genau bekannten Dasylirien beträgt 6, dazu kommen noch einige andere, die wir wegen der Unsicherheit ihrer Stellung hier übergehen; sie scheinen einen beschränkten Verbreitungsbezirk zu haben und nur auf einigen Terrassen Mexiko's vorzukommen. Ihre Verwandtschaft zu den Cordylinen ist sehr gross, so dass Brongniart und Kunth sogar eine, welche in Humboldt's Genera plantarum (tab. 674) abgebildet ist, Cordyline parviflora unter dem Namen Dasylirion Humboldtii beschrieben haben.

Die Dasylirien unterscheiden sich hauptsächlich durch völlig-getrennte Blüthen, in denen jedoch auch bisweilen ein Fruchtknoten, wenn auch steril, von Staubgefässen umschlossen vorkommt, und durch eine Kapsel mit 3 tiefen Furchen und meist geflügelten Fächern von den Cordylinen und den übrigen Dracäneen.

1. Dasylirion acrotrichon Zucc. Caulis basi ad modum bulbi incrassatus, ibidem sulcato-rimosus; Folia rigida, angustissima, lineari-lanceolata, basi latissima, spinis uncinatis margine armata, apice fibroso-penicilliformi.

2. D. serratifolium Zucc. Caulis crassus, cylindricus; Folia rigida, anguste lanceolata, margine spinis magnis uncinatis armata, apice integro.

β. glaucophyllum Hook. bot. Mag. tab. 5041, glaucescens Hort. (5. Jahrg. d. Woch. S. 325).

3. D. longifolium Zucc. Caulis crassus, cylindricus; Folia elongata, loriformia, dependentia, margine subtiliter serrulata.

Roulinia Karwinskyi Brongn. vix differt.

4. D. junceum Zucc. Caulis basi ad modum bulbi incrassatus, ibidem minus rimosus; Folia elongata, linearia, margine asperula.

Variat foliis asperis, flexuosis, glaucescentibus, strictis et dependentibus (Pincenectia tuberculata, linifolia, recurvata, stricta, glauca et gracilis Hortorum.

5. D. graminifolium Zucc. Caulis hemisphaericus, parvus, uniceps (?); Folia rigida, elongata, lineari-lanceolata, ad marginem spinis aduncis et spinulis armata, apice fibroso-penicilliformi; Panicula elongata.

6. D. Hartwegianum Zucc. Caulis hemisphaericus, parvus, pluriceps; Folia rigida, lineari-lanceolata, ad marginem spinosa, apice integro; Paniculata ovata-oblonga (D. caespitosum Scheidw.)

Allerlei
aus der Gärtnerei und Pflanzenkunde.
IV.

Am 2. April feierte der Geh. Hofrath Reichenbach, der Vater unseres Orchideenkenners in Hamburg, in Dresden sein 50-jähriges Doktor-Jubiläum im Stillen. Wenige Lehrer haben für die Scientia amabilis, wie Linné bekanntlich die Botanik nennt, so begeistert, wenige haben die Liebe für das Studium der vaterländischen Flor so gehoben, als er. Dazu kam noch seine persönliche Liebenswürdigkeit, mit der er jüngere und ältere Männer in ihren Forschungen mit Rath und That unterstützte. Anfangs Mitglied der Leipziger Universität, siedelte er doch schon bald nach Dresden über. Im Jahre 1848 verlor er bei dem dortigen Aufstande sein reiches, für die deutsche, ja mitteleuropäische Flor einzig dastehendes Herbar durch den Brand im Zwinger, wo es aufgestellt war. Dieses unglückliche Ereigniss betrübte ihn so sehr, dass er von dieser Zeit an sich von der Oeffentlichkeit im wissenschaftlichen Leben völlig zurückzog, obwohl er fortwährend seinem Lieblingsstudium oblag. Wie war es auch möglich, ohne sein verlorenes Material weiter zu arbeiten!

Am 6. Juni ist Joseph Paxton gestorben. Wie wir in dem letzten Allerlei (S. 149) gesehen haben, nahm er noch bis in die letzte Zeit an Allem, was in der Gärtnerwelt vorging, den regsten Antheil. Wie viele grosse Männer, besonders in England und Nordamerika, war auch er das Kind armer Leute. Sohn eines gewöhnlichen Gärtners auf einem Gute des Herzogs v. Northumberland, arbeitete er in seiner ersten Jugend daselbst, erregte aber durch seinen Fleiss, seine Umsicht, aber auch durch seine Bescheidenheit, die

Aufmerksamkeit seines Herrn, so dass er alsbald zum Obergärtner ernannt wurde.

Schönheitssinn und die Fertigkeit in Anlagen machte ihn aber auch im weiteren Kreise rasch bekannt. Der verstorbene Herzog v. Devonshire ersuchte ihn, die Leitung und Aufsicht seiner weitläufigen Gartenanlagen in Chatsworth zu übernehmen, was er denn auch that. Hier wirkte er bis an das Ende seines Lebens und stieg von Jahr zu Jahr in der Gunst seines neuen Herrn, der ihm schliesslich die Oberaufsicht über alle seine Güter übertrug. Chatsworth wurde bald einer der grossartigsten Parks in ganz England und namentlich von Fremden, die den geistreichen Mann kennen lernen wollten, viel besucht. Aber nicht allein hier entfaltete Joseph Paxton eine grosse Thätigkeit, sondern mit gleicher Sachkenntniss und Geschicklichkeit verwaltete er auch die Güter, allenthalben neue und grossartige Gedanken zur Ausführung bringend.

In Chatsworth fasste er den ersten Gedanken zum Bau eines Krystallpalastes. Freudig stellte der Herzog von Devonshire ihm die Mittel zu Gebote, einen solchen zu erbauen. Bald stand das prächtige Gebäude, mit einer Länge von 300 Fuss und nur aus Eisen und Glas angefertigt, fertig da und erregte die Bewunderung aller Derer, welche es sahen. Das Palmenhaus in Kew und der grosse Ausstellungs-Palast vom Jahre 1851 waren die ersten grossen Nachbildungen, welche errichtet wurden. Er war auch einer der Gründer des Sydenhamer Krystall-Palastes.

Ein so grosser und rastlos-strebender Geist, als Joseph Paxton war, ergriff auch die Zeit, in der er lebte. An allem Grossen, was zunächst in seinem Vaterlande geschah, nahm er den regsten Antheil. Er wurde Parlaments-Mitglied, nahm sich der Arbeiter auf die leutseligste Weise an und suchte mit allen gesetzlichen Mitteln deren Lage zu verbessern. Als der Krieg gegen Russland entbrannte und in der Krim zum Ausbruche kam, eilte er ebenfalls dahin, um von Balaklawa eine Eisenbahn nach den Vorwerken Sebastopols zu bauen.

Dies sind einzelne Züge, die wir aus seinem vielfach bewegten Leben gegeben, welche aber wohl im Stande sind, den Mann in seiner Grösse und in seinen Eigenthümlichkeiten zu fassen. Er war Mitglied des Gartenbau-Vereines in London und ausserordentlich thätig in ihm. Noch in der letzten Zeit, wie wir bereits an anderer Stelle mitgetheilt haben, bemühte er sich, mehr Leben in die Ausstellungen zu bringen und diese selbst nützlicher zu machen. Auch dem armen Manne gönnte er die Freude an schönen Blumen und suchte ihn durch Preise zur eigenen Anzucht derselden zu ermuntern.

In der Regensburger Flora (S. 223) befindet sich ein interessanter Artikel aus dem Cornhill-Magazine über den Anbau von Pflanzen im südöstlichen Frankreich, welche zu Spezereien und wohlriechenden Wassern dienen. Der Inhalt ist so interessant, dass wir nicht umhin können, ihn zur Kenntniss der Leser der Wochenschrift zu bringen. Dieser Anbau findet in dem Dreieck zwischen Nizza, Cannes und Grasse statt.

Hier blühen Jasmin, Orange, Veilchen, Tuberose, Jonquille (gelbe Narzisse), Rose und Cassia nicht, wie in unseren Gärten in Beeten, sondern auf Feldern. Die Atmosphäre ist, wie man sich denken kann, angefüllt mit Wohlgerüchen. Es ist wie ein Land aus Tausend und einer Nacht. Man fühlt sich gedrückt von der verschwenderischen Pracht der Natur. Der Boden ist so fruchtbar, dass, um Douglas Jerrold's Witzwort anzuführen, wenn man den Boden mit einer Haue kitzelt, er mit einer Blume entgegenlächelt, oder, wie die Eingeborenen sagen, wenn man einen Spazierstock pflanzt, so wird der Griff eine Blume treiben.

Durchschnittlich gewinnt man in diesem Bezirk:

Orangeblüthen .	1,475,000	Pfund
Rosen	530,000	„
Jasminblüthen . .	100,000	„
Veilchen	75,000	„
Cassiablüthen . .	45,000	„
Geraniumblätter .	30,000	„
Tuberosenblüthen	24,000	„
Jonquillen	5,000	„
in Summa	2,284,000	Pfund.

Ganz abgesehen von dem Lavendel und anderen gemeinen Pflanzen, die im grossartigsten Massstabe gebaut werden. Der Lavendel gibt auf jedem preussischen Morgen einen Ertrag von 125 Thaler.

Man braucht ungefähr 6,300 Rosenpflanzen für den preussischen Morgen und dieser bringt in mittleren Jahren 3,150 Pfund Rosen hervor.

Die jungen Cassiapflanzen werden aus Samen gezogen, der in Beete gesäet wird. Im dritten Jahre haben sie gemeiniglich eine Höhe von 2 oder 3 Fuss und werden dann in Felder versetzt; jeder Baum erfordert hier 12 Quadratfuss Raum. Nach dem dritten Jahre bringt der Baum Blüthen hervor. Wenn er ausgewachsen ist, erreicht er eine Höhe von 10—12 Fuss, mit 6 Fuss langen Aesten und der Stamm wird so dick, wie das Handgelenk eines Mannes. Er bringt dann 3 Pfund Blumen, die einen intensiven Geruch haben, einigermassen dem des grünen Thee's gleichend.

Der Jasmin wird durch Steckreiser des wilden Jasmin angebaut und dann am Ende von 2 Jahren mit dem spanischen Jasmin (Jasminum grandiflorum) gepfropft. Zur Besteckung eines preussischen Morgens sind ungefähr 50,400 Pflanzen erforderlich und zum vollen Tragen gelangen sie erst im zweiten Jahre nach dem Pfropfen. Sind sie aber reif, so liefert jedes Tausend Pflanzen 60 Pfund Blumen jährlich. Je mehr Blumen gepflückt werden, um so mehr werden Blüthen erzeugt.

Die Orangenbäume werden aus Samen gezogen. Ein Baum braucht 15 Jahre, um zur Reife zu gelangen. In voller Kraft liefert jeder Baum durchschnittlich 25 Pfund Blüthen jährlich.

Bei uns wächst das Veilchen überall und wie es will; aber die heisse Sonne von Nizza wird von den Veilchen ebenso schlecht ertragen, wie von den Damen. Sie werden daher unter dem Schatten der Orangen- und Limonenbäume, oder eng an Mauern und Häusern gepflanzt. Die Fortpflanzung geschieht durch Theilung der Wurzeln, und zwar pflanzt man sie so, dass sie ungefähr einen Fuss von einander rings herum in Büscheln wachsen, wodurch die Pflanzer im Stande sind, die Blumen zu sammeln, ohne auf dieselben zu treten. Eine Fläche von der Grösse eines preussischen Morgens liefert 70—80 Pfund Blumen.

Mitten in diesen Blumenfeldern stehen die chemischen Laboratorien und in diese bringen die Grundbesitzer ihre Blumen, grade so wie bei uns der Bauer sein Getreide in die Mühle. Die hier bereiteten wohlriechenden Essenzen wandern in alle Welt. Die Unterthanen des Königs von Dahomey verbrauchen Lavendelwasser in grosser Menge und geben uns Elfenbein und Palmöl dafür. Im fernen Westen Amerika's tauschen die Volksstämme der weiten Prairien und die Hermelin-Jäger gern ihre besten Pelze aus gegen den mit Bergamott-Essenz wohlriechend gemachten Schnupftaback, der sogar mit grossem Vergnügen gegessen wird. Leute, die nicht die Gestänke von Köln haben, lieben doch das Wasser des „allein echten" Farina.

In No. 20 von Gardener's Chronicle ist ein interessanter Artikel über unsere heutige Pflanzenkenntniss enthalten, der vielfach unser Interesse in Anspruch zu nehmen im Stande ist. Er ist verfasst bei Gelegenheit der Empfehlung von Hooker's und Bentham's Genera plantarum, von dem, wie wir dabei erfahren, der zweite Theil bereits unter der Presse sich befindet und bald ausgegeben wird. Wir stimmen dem Verfasser dieses Artikels vollständig bei, dass man neuerdings viel zu viel Genera und Species gemacht hat, dass aber der Grund hauptsächlich in einseitigen Untersuchungen nach getrockneten, zum Theil unvollständigen Exemplaren liegt.

Auch wir haben uns mehrmals schon dahin ausgesprochen, dass die Aufstellung von Arten und Geschlechtern gemeiniglich viel zu schnell, man könnte auch sagen, leichtsinnig geschieht. Um eine gute Art zu begründen, muss man sie in allen ihren Lebensstadien beobachtet haben und möglichst alle äusseren Einflüsse kennen, welche auf Veränderungen in der Gestalt wirken. Blüthe und Frucht sind nicht minder veränderlich, als die Laubblätter, und werden allein keineswegs sichere Charaktere geben.

Wenn der Verfasser besagten Artikels dabei aber gegen deutsche Botaniker und deren Leichtsinn bei Aufstellung der Arten loszieht und immer wieder Klotzsch' Begoniaceen gleichsam als abschreckendes Beispiel nennt, so hätte er auch folgerecht anerkennen sollen, dass wir vielleicht grade jetzt in Deutschland die besonnensten Systematiker besitzen. Ausschreitungen gibt es allenthalben; das müsste man grade in England wissen. Jenseits des Kanals fehlt es nicht an Männern, selbst an solchen, die sich eines grossen Rufes erfreuen, die sich trotz ihrer grossen Hülfsmittel nicht einmal die Mühe geben, diese zu benutzen, und deshalb einen Fehler nach dem andern machen. Es möchte ein Leichtes sein, aus der Liste der letzten Veröffentlichungen neuer Pflanzen in England gar nicht wenige auf alte Arten zurückzuführen oder nachzuweisen, dass diese in falschen Geschlechtern untergebracht sind. Doch wir wollen hier keine Namen nennen, sondern vielmehr an passender Stelle die Reduktion selbst vornehmen.

Ebenso wenig ist aber zu billigen, wenn man jenseits des Kanales das Kind mit dem Bade ausschüttet und ohne Weiteres Arten zusammenwirft, die gar nicht zusammengehören. Es hat sich jüngst erst ein belgischer Botaniker mit Recht bei dem Erscheinen einer englischen Flor über den Leichtsinn, mit dem dieses darin geschehen, sehr scharf ausgesprochen. Die Darwin'sche Theorie, welche übrigens Viele gar nicht verstanden haben, scheint leider den Nachtheil mit sich zu führen, dass mancher Botaniker, wenn er mit der Bestimmung einer vorgelegten Pflanze nicht rasch fertig wird, gleich eine angehende Species erblickt. In Deutschland erklärt man dagegen Alles alsbald für einen Blendling oder Bastard. Wenn der Gärtner neugezüchtete Formen für Blendlinge erklärt, so hat es keine wissenschaftliche Bedeutung, denn kein Mensch kümmert sich weiter darum; wenn aber ein Botaniker Blendlinge als solche erklärt, sobald nur eine Pflanze in ihrer äusseren Form zwischen 2 Arten steht oder wo er noch gar nicht weiss, ob wirklich 2 gute Arten oder nicht vielmehr 2 einigermassen konstante Formen oder Varietäten eingewickt haben, wo er also noch gar nicht zu erforschen bemüht war, wie weit der Formenkreis einer Art geht, so wird dadurch die Wissenschaft eher verdunkelt, als erhellt und erläutert.

Man hat in England, besonders bei Koniferen, die Beobachtung gemacht, dass exotische Pflanzen aus bei uns erhaltenen Samen gezogen, ein schlechteres und schwächeres Ansehen haben, als solche, die aus Samen der ursprünglichen Heimath entstanden. Es werden besonders Abies Douglasii, Menziesii und nobilis in dieser Hinsicht aufgeführt. Anderntheils wird diesem auch in England selbst widersprochen. Beide Theile können Recht haben.

Unsererseits ist ebenfalls auch bei andern Pflanzen, besonders Gehölzen, diese Beobachtung gemacht, dass die aus hiesigen Samen gezogenen Pflanzen fremder Abkunft nicht recht gedeihen wollten, kränkelten und selbst ganz zu Grunde gingen. Wir haben aber auch dergleichen Samenpflanzen an anderen Orten vorzüglich gedeihend gefunden. In diesem letzteren Falle fanden sie alle Bedingungen, welche im Vaterlande ihnen geboten wurden, im ersteren hingegen nicht. Die Samen, welche die späteren Pflanzen gaben, konnten sich nicht in der Weise erkräftigen, wie es nothwendig war, um starke Exemplare zu bilden. Es wird dieses aber stets bei den Arten der Fall sein, welche ein günstigeres Klima in der Heimath haben.

Wir sahen vor Kurzem bei dem Kunst- und Handelsgärtner Forkert in Charlottenburg grosse Töpfe, die zerbrochen und wiederum mit Cement zusammengekittet waren. Selbst solche fanden wir, wo ein fehlendes Stück des Topfes ganz und gar mit Cement ausgefüllt war. Die Anwendung des Cementes können wir Gärtnern und Gartenbesitzern nicht genug empfehlen.

Im botanischen Garten zu Berlin hat Inspektor Bouché schon lange mannigfache Anwendung mit Cement gemacht. Ganz besonders vortheilhaft sind die Wasserbehälter wegen ihrer grossen Dauer. Wenn der Cement gut ist, schadet selbst der härteste Frost nichts. Auf gleiche Weise lassen sich schadhaft gewordene Treppen mit Cement ausbessern.

Um wieder auf die mit Cement hergestellten grossen Töpfe und Kübel zurückzukommen, so haben wir uns von deren Haltbarkeit vielfach überzeugt. Man kann ein solches Gefäss ohne Weiteres an der früher schadhaften Stelle anfassen und heben; es bricht gewiss viel eher an einer anderen Stelle entzwei, als an der, wo der Cement befindlich ist.

Eine eigenthümliche Erscheinung ist, dass in diesem Jahre viele sonst grüne Pflanzen, besonders Gehölze, durchaus oder nur an einzelnen Theilen panachirte Blätter erhalten haben, dass bei denjenigen hingegen, wo eine Panachirung vorhanden war, diese noch weit mehr hervorgetreten ist. Auch in England hat man es an mehrern Stellen beobachtet. So wird es besonders von einer kleinblättrigen Ulme erzählt, die früher auch nicht eine Spur einer Panachirung trug und jetzt nach dem letzten Winter buntblättrig geworden ist. Wir möchten wohl wissen, ob diese Erscheinung auch in andern Gegenden vorgekommen ist. Ohne Zweifel haben der vorausgegangene kalte Sommer und Herbst, wo das Holz nicht recht reif geworden ist, und der darauf folgende strenge und anhaltende Winter Veranlassung dazu gegeben.

Im vorigen Spätherbste hat in der Normandie und zwar in Caën, einer der beiden Hauptstädte, der 3. Kongress für Kernobst, aus dem der sogenannte Cider angefertigt wird, stattgefunden. Man kann hieraus sehen, welche Bedeutung dieser Industrie-Zweig in Frankreich erlangt hat. Wir haben schon früher auf die bedeutende Fabrikation von Obstwein in der Normandie aufmerksam gemacht und thuen es jetzt von Neuem. Der Apfelwein ist vor Allem ein vorzügliches und sehr gesundes Getränk. Wie die Gartenbau-Vereine in Frankreich hierauf ihr Augenmerk wenden, so möchte es auch von Seiten der deutschen Gartenbau-Vereine wünschenswerth sein, ein Gleiches zu thun. Am Rhein und hauptsächlich in Württemberg ist bereits auch der Apfelwein sehr beliebt; man sah sich selbst bisweilen in dem zuletzt genannten Lande gezwungen, da die Früchte des Inlandes zur Erzeugung von Apfelwein nicht ausreichten, jene aus dem Norden um höhere Preise zu beziehen. Im Nordosten und in Mitteldeutschland wird nur ausnahmsweise Cider getrunken. Hier und da hat man Versuche angestellt, ihn zu bereiten; weil man aber nicht viel Nutzen davon hatte, ist die Erzeugung wieder eingestellt.

Mancher sonst naturwüchsige Industrie-Zweig gedeiht nicht, weil man ihn nicht rationell betreibt, und vor Allem versäumt, richtige und gute Materialien zu verwenden. So verhält es sich auch bei uns in Betreff des Obstweines. Nicht alle Aepfel und Birnen taugen dazu.

Während der letzten mit dem Kongresse zu Caën verbundenen Ausstellung von Ciderfrüchten in den Tagen vom 8. bis 13. November vorigen Jahres hat man sich ebenfalls überzeugt, wie viel unpassende Früchte immer noch zu diesem Zwecke selbst in Frankreich angebaut werden. Um wie viel mehr geschieht dieses bei uns, wo man in der Regel nur bei Ueberfluss an Obst und Mangel an Absatz daran denkt, Cider anzufertigen, und jede Sorte für geeignet hält, auch alles vorhandene Obst bunt durch einander benutzt. Bei Gelegenheit des Kongresses in Caën hat man sich zu einer jährlichen Wiederholung der mit Ausstellung von Ciderfrüchten verbundenen Kongresse vereinigt, hauptsächlich um die Sorten zu bezeichnen, welche am Tauglichsten sind. Es wäre dieses auch eine Aufgabe der allgemeinen, für die nächsten demnächst zu bestimmenden Versammlungen der deutschen Pomologen.

Wenn schon bei uns die Charlatanerie in der Gärtnerei nicht selten vorkommt, so scheint sie in Frankreich bisweilen an der Tages-Ordnung zu sein. Es wird erzählt, dass reisende Gärtner jenseits des Rheines von Stadt zu Stadt ziehen, um sich der gröbsten Betrügereien, und zwar unter den Augen der Polizei, zu Schulden kommen zu lassen. So soll Einer, bevor er in einer Stadt mit seinen Produkten einzieht, sich genau zuvor nach den Einwohnern und sonstigen Verhältnissen erkundigen, vor Allem wie viel Exemplare er von einer als absonderlich ausgegebenen Pflanze wohl möglicher Weise absetzen kann. Ungefähr so viel gibt er an, noch im Besitz zu haben, und — verkauft sie in der Regel auch.

Dergleichen absonderliche Pflanzen sind z. B. rother Schneeball oder rosafarbiger Jasmin. Es versteht sich von selbst, dass die um hohen Preis angekaufte Pflanze nicht etwa wirklich rothe Blüthen hervorbringt, sondern weiss blüht. Unterdessen ist der Verkäufer aber schon längst fort und der Käufer hat das Nachsehen.

In Bergerac, einer keineswegs sehr kleinen französischen Stadt, ist es sogar vorgekommen, dass herumziehende Händler mit Obstgehölzen sich Professoren der Obstbaukunde nannten und über Obstbau Vorlesungen hielten. Zu diesem Zwecke schickten sie einige Stunden vor Beginn des Unterrichts einen Tambour durch die Strassen der Stadt, um durch Trommelschlag zur Theilnahme an diesen aufzufordern. Wenn auch, wie berichtet wird, ein solcher Charlatan in Bergerac selbst keinen Boden für seine Belehrungen gefunden hat, so muss es doch wohl wo anders geschehen sein. Man frage sich selbst, welchen Unterricht ein solcher Mensch zu geben vermag?

Wir erlauben uns wiederholt darauf aufmerksam zu machen, bei Ankauf von Pflanzen sich nur an bekannte Gärtnereien zu wenden und lieber eine Kleinigkeit mehr für eine gute Waare zu geben. Am allerschlimmsten ist man bei herumziehenden Händlern mit Obstgehölzen bestellt, wenn man von diesen kauft. Wir besitzen jetzt so vorzügliche Baumschulen, welche auch in der That möglichst niedrige Preise stellen, dass man sich nicht genug wundern kann, wie Leute, um einige Groschen zu sparen, von solchen Händlern ihren Bedarf zu entnehmen vermögen. Man überlegt freilich nicht, dass gute Stämme auch früher Ertrag geben und man schon sehr bald das Mehr, was man gegeben, durch frühzeitigeren und reicheren Ertrag ersetzt erhält, dass der Verlust aber noch grösser ist, wenn dergleichen Obststämmchen bald wiederum eingehen oder nach mehrern Jahren guter Pflege schlechte Früchte tragen, so dass man sich gezwungen sieht, umzupfropfen und noch einige Jahre zu warten.

In Paris, wie überhaupt im nördlichen Frankreich, werden Erdbeeren mit Vorliebe gezogen. Wenn man während der Erdbeerzeit in den besuchtesten Strassen herumgeht und Blicke in die Schaufenster der Fruchthändler wirft, so sieht man diese Lieblingsfrüchte oft von enormer Grösse, ohne dass sie im Innern hohl oder mollig wären. Erdbeeren von 2 und 3 Loth sind grade keine Kleinigkeit. In dieser Hinsicht wird besonders die Erdbeere, welche den Namen Dr. Nicaise führt, gerühmt; es kommt noch dazu, dass sie sehr geschmackvoll ist, viel Zucker und ein angenehmes Aroma besitzt. Man hatte unlängst eine Frucht mit einem Gewichte von nahe 4 Loth (66 Gramm.) erzogen. Als Viele, denen dies mitgetheilt wurde, mit Achselzucken antworteten, sendete man ein Exemplar ein, was sogar über 5 Loth (80 Gramm.) schwer war.

Dasylirion acrotrichon Zucc.

Bei dem Hofbuchdrucker Haenel in Magdeburg steht eben ein weibliches Exemplar des Dasylirion acrotrichon Zucc. in Blüthe; es wäre wohl zu wünschen, dass eine Befruchtung stattfände, um keimfähige Samen zu erhalten. Sollte daher zufällig ein männliches Exemplar irgendwo blühen, so bittet Hofbuchdrucker Haenel, ihm möglichst bald Blumenstaub zukommen zu lassen. Ohne Zweifel würden wir auf diese Weise ebenfalls eine Reihe interessanter Formen, wie es bei den Aussaaten von Agave geminiflora, striata u. s. w. geschehen, erhalten. Auch die Dasylirien- (resp. Pincenectien-)Samen, welche man aus dem Vaterlande bezogen, haben bei uns verschiedene Formen geliefert, welche als Dasylirion, resp. Roulinia u. Bonapartea gracilis und pitcairnifolia in den Handel gekommen sind und meist zu D. serratifolium Zucc. gehören.

Verlag von Karl Wiegandt in Berlin,
Koch-Strasse No. 22.

Druck der C. Feister'schen Buchdruckerei (L. Mewes),
Berlin, Zieten-Platz No. 2.

Wochenschrift

des

Vereines zur Beförderung des Gartenbaues in den Königl. Preussischen Staaten

für

Gärtnerei und Pflanzenkunde.

Redakteur:

Professor Dr. Karl Koch,

General-Sekretair des Vereines.

No. 28. Berlin, den 15. Juli **1865.**

Preis des Jahrganges 5½ Thlr., sowohl bei Bezug durch den Buchhandel, als auch franco durch alle Post-Anstalten des deutsch-österreichischen Post-Vereines.

Mittwoch, den 26. Juli, Abends 6 Uhr, findet im Palmenhause des botanischen Gartens eine Versammlung des Vereines zur Beförderung des Gartenbaues statt, wozu die geehrten Mitglieder eingeladen werden.

Der zweite Kongress deutscher Gärtner, Botaniker und Gartenfreunde und die allgemeine deutsche Ausstellung von Gemüsen, Obst, Pflanzen, Blumen u. s. w. in Erfurt,

vom 9. bis 17. September 1865.

Es ist die Zeit der Kongresse. Der Einzelne verliert sich heut' zu Tage in der Masse des Ganzen; er vermag, mit sehr wenigen Ausnahmen eines geistigen Bevorzugtseins, nur in Gemeinschaft mit anderen Gesinnungsgenossen Grosses zu schaffen und Einfluss auf den Gang der Ereignisse auszuüben. Lange Zeit stand der Gärtner allein und das, dem er sich gewidmet, konnte sich nicht die Anerkennung verschaffen, welche nothwendig war, um zur Geltung zu kommen. Mag das Eigenthümliche seines Wesens, in dem die Kunst sowohl, als das Handwerksmässige der Behandlung gleich vertreten ist, ebenso Schuld daran gewesen sein, als dass er wiederum mit dem Landwirthe konkurrirt, ja selbst von diesem oft in seiner Stellung abhängig ist: das Gefühl der Zusammengehörigkeit fehlte bisher dem Stande der Gärtner.

Doch nicht er allein hat jetzt begriffen, welche wichtige Stellung er im Leben einzunehmen berufen ist, auch ausser ihm hat man seine Bedeutung erkannt und gewürdigt. Der Gärtner hängt auf's Innigste mit dem Manne der Wissenschaft zusammen, der sich das Studium der Pflanze zur Lebens-Aufgabe gemacht, aber auch mit dem, der die Pflanze für ein Mittel hält, den Menschen nach der einen, der ästhetischen Seite hin einer Vervollkommnung entgegen zu führen. Gärtner Erfurts laden jetzt nach der deutschen Gärtner-Metropole, wo seit mehrern Jahrhunderten schon die Kultur der Pflanzen gewerbsmässig betrieben wurde, ein, einestheils um eine grössere Gemeinschaft unter sich selbst herbeizuführen, anderntheils aber auch durch eine Ausstellung zu zeigen, dass die Gärtner würdig sind, als selbständige Genossenschaft aufzutreten. Freunde von Blumen mögen sehen, welche Fortschritte in der neuesten Zeit gemacht sind, Botanikern wird ein reichliches Material geboten.

Nachdem schon vor 12 Jahren Obstzüchter und Pomologen das Bedürfniss einer grösseren Vereinigung gefühlt und diese in's Leben gerufen hatten, tagte bereits der erste allgemeine Gärtner-Kongress vor 2 Jahren in Mainz. Dort wurde beschlossen, das nächste Mal in Erfurt zusammenzukommen.

Wir fordern daher hierdurch alle Gärtner, Garten-Liebhaber und Botaniker auf, recht zahlreich sich in der alten, ehrwürdigen Stadt an den genannten Tagen einzufinden, um so mehr, als die Gastfreundschaft der Thüringer, vor Allem der Bewohner ihrer Hauptstadt, von jeher sich bewiesen hat.

Programm.

1. Die Ausstellung findet vom 9. bis 17. September 1865 statt. Die Eröffnung erfolgt am 9. Nachmittags 1, der Schluss am 17. Abends 7 Uhr. Zu Ausstellungs- und Festräumen sind drei aneinanderstossende Gärten von gegen 12 Morgen Flächen-Inhalt mit 2 Eingängen bestimmt.

Das Bureau ist in Poppe's Garten eingerichtet.

2. Die Konkurrenz ist eine allgemeine und nicht beschränkte.

3. Die Anmeldung der auszustellenden Gegenstände muss unter Beifügung eines doppelt ausgefertigten speziellen Verzeichnisses derselben bis zum 31. August frankirt an das Bureau für die Erfurter Ausstellung adressirt werden.

4. Von den beiden Verzeichnissen muss das eine den Namen des Ausstellers und seines Wohnortes enthalten, das andere, da es den Preisrichtern zur Verfügung gestellt wird, darf aber nicht vom Besitzer unterschrieben werden.

Der Aussteller hat auf den Einlieferungs-Listen die Nummer des Preises zu bezeichnen, um welchen er sich zu bewerben die Absicht hat. Um mehr als einen Preis kann eine und dieselbe Sammlung sich nicht bewerben.

5. Die auszustellenden Gegenstände müssen spätestens bis 7 Uhr Abends des 7. Septembers eintreffen, ordnungsmässig aufgebunden und deutlich etiquettirt, bis Mittag des 8. an dem für sie bestimmten Platze aufgestellt sein, sei es durch den Aussteller selbst, oder durch eine Mittelsperson, jedenfalls aber nur nach den Anweisungen der für das Arrangement bestellten Kommission. Abgeschnittene Blumen können noch am 9. September bis Morgens 9 Uhr aufgestellt werden.

6. Diejenigen Aussteller, welche diese Bedingungen (5) nachzukommen versäumen, haben zu gewärtigen, dass die von ihnen eingelieferten Gegenstände bei der Aufstellung einen minder günstigen Platz erhalten und nicht in den Ausstellungs-Katalog aufgenommen, unter Umständen auch gar nicht aufgestellt werden.

Einlieferungen, bei welchen hingegen die Bedingung 3 aus den Augen gesetzt ist, können an der Preisbewerbung nicht Theil nehmen.

Um die Anfertigung des Ausstellungs-Kataloges zu beschleunigen und den Preisrichtern die Ausübung ihrer Funktionen zu erleichtern, wird dringend gebeten, das Verzeichniss nach den Sektionen des Programmes zu ordnen.

7. Die Ausstellungs-Kommission ist befugt, alle der Ausstellung nicht würdige Gegenstände zurückzuweisen.

8. Sammlungen unter der Firma von Vereinen sind nur in Sektion II. zulässig. Jeder Aussteller ist gehalten, unter seiner eigenen Firma in die Konkurrenz einzutreten.

9. Eingelieferte Gegenstände können während der Dauer der Ausstellung nur mit Zustimmung der Ausstellungs-Kommission zurückgezogen werden.

10. Zur Ausübung des Preisrichter-Amtes werden 30 Fachmänner und Sachkundige aus allen Gegenden Deutschlands gewählt, welche nicht wirkliche Mitglieder des Gartenbau-Vereins sind. Sie treten bereits am 8. September Mittags zusammen.

Zur Unterstützung der Preisrichter wird jeder Sektion ein mit dem ausgestellten Material vertrauter und bei den Aussprüchen des Preisrichter-Amtes nicht interessirter Führer beigeordnet werden.

11. Den Preisrichtern ist es anheim gegeben, über diejenigen Preise innerhalb ihrer Sektion zu verfügen, für welche die dem Programm entsprechende Leistung nicht vorhanden ist.

12. Am Schlusse der Sektions-Verhandlungen ordnet jede Sektion eines ihrer Mitglieder zur Bildung eines Ausschusses ab, welcher den von Sr. Majestät dem Könige bewilligten Extrapreis und zugleich diejenigen Preise zu vergeben hat, welche auch die in 11. gedachte Verwendung nicht gefunden.

13. Das Resultat der Berathungen der Preisrichter wird bei der Eröffnung der Ausstellung in öffentlicher Sitzung bekannt gemacht. Die Ueberreichung der Preise findet am nächsten Tage oder später statt.

14. Nach Schluss der Verhandlungen des Preisrichter-Amtes liefert das Bureau die Firmenkarten zur Bezeichnung der Konkurrenzen. Auch ist daselbst eine Liste zur Einzeichnung der fremden Besucher der Ausstellung, der Kongress-Mitglieder, der Theilnehmer am Bankett und an der Vergnügungsfahrt ausgelegt.

15. So lange die Preisrichter in Funktion sind, dürfen weder die Aussteller, noch andere Personen, mit Ausnahme der Sektions-Führer, in den Ausstellungs-Räumen verweilen.

16. Während der Dauer der Ausstellung findet eine Verloosung der von den Ausstellern etwa zur Verfügung gestellten, resp. von dem Vereine angekauften Gegenstände statt, sofern die Erlaubniss der Behörde dazu ertheilt wird. Ein darauf bezüglicher Vermerk möchte schon den Einlieferungslisten beizufügen sein.

17. Die Transport-Kosten für die Hersendung der Gegenstände trägt der Gartenbau-Verein, mit Ausschluss der Garten-Möbel und Garten-Geräthschaften. Die unter der Adresse der Kommission für Ausstellungs-Angelegenheiten anlangenden

Kolli's werden auf Kosten des Vereines nach dem Ausstellungs-Lokale geschafft.

18. Für den Schutz und die Pflege der ausgestellten Gegenstände wird von der Ausstellungs-Kommission Sorge getragen werden.

19. Am Tage nach dem Schlusse der Ausstellung Abends 6 Uhr hört die Garantie des Vereines für die ausgestellt gewesenen Gegenstände auf.

20. Ein Wohnungs-Ausschuss wird dafür Sorge tragen, dass den Preisrichtern und sonstigen Ehrengästen, insbesondere auch den Theilnehmern am Kongress für die Zeit der Ausstellung ein gastliches Unterkommen bereitet ist.

21. Die Legitimationskarte für die Theilnahme an den Verhandlungen wird vom Bureau gegen Erlegung von 1 Thaler ausgefertigt. Dieselbe berechtigt zugleich zum freien Besuch der Ausstellung.

I. Theil.

Die zur Konkurrenz ausgesetzten Preise.

A. Extrapreis Sr. Maj. des Königs Wilhelm:

1 goldene Medaille für die hervorragendste Leistung im Gebiete des Gartenwesens.

B. Extrapreise Ihrer Maj. der Königin Augusta,

und zwar:

a. 1 Pariser Pendule „Alexander v. Humboldt",
b. 2 Fruchtschalen und
c. 2 Blumenvasen von Silber

für irgend welche beste Sammlungen, die aus Produkten der 4 ersten Sektionen des Haupt-Programmes oder auch nur aus einer gemischt sind und sollen diese Preise nach Massgabe der im Programme unter 12 aufgestellten Gesichtspunkte zugesprochen werden.

C. Preise des Vereines.

Sektion I.

Gemüse und landwirthschaftliche Produkte.

1. Für eine Sammlung verschiedener, gut kultivirter Gemüsearten in mindestens 250 Sorten:
1 grosse und 1 kleine goldene, sowie
5 grosse silberne Medaillen.

2. Für eine Sammlung des schönsten Blumenkohls in 3 Sorten und 10—12 Exemplaren:
1 grosse und 1 kleine silberne Med.

3. Für eine Sammlung von Kohlarten (Kraut-, Wirsing-, Blattkohl) in mindestens 30 Sorten, von jeder 2 Exemplare:
2 grosse und 3 kleine silberne Med.

4. Für eine Sammlung vorzüglich gut kultivirter Wurzelgewächse, als Karoten, Skorzoner, Haferwurzeln, Pastinaken, Sellerie, Petersilienwurzeln, Rhapontika u. s. w., in mindestens 25 Sorten:
1 grosse und 2 kleine silberne Med.

5. Für eine Sammlung schöner Kohlrabi und früher Speiserüben in mindestens 12 Sorten, von jeder 3 Exemplare:
1 kleine silberne Med. und 1 Ehren-Diplom.

6. Für eine Sammlung Kopfsalat und Endivien in wenigstens 18 Sorten:
gleichfalls.

7. Für eine Sammlung Stangen- und Buschbohnen, beide getrennt und in grünem Zustande, in wenigstens 30 Sorten:
gleichfalls.

8. Für die beste Sammlung Zwiebeln, Scharlotten und Lauch, in mindestens 15 Sorten:
gleichfalls.

9. Für eine Sammlung von Speise- und Zier-Kürbissen, in mindestens 30 Sorten:
gleichfalls.

10. Für die reichhaltigste Sammlung schöner Gurken:
gleichfalls.

11. Für Champignons u. Champignonbrut:
gleichfalls.

12. Für eine Auswahl schöner und guter Kartoffeln:
gleichfalls.

13. Für eine Sammlung bestkultivirter Runkelrüben in mindestens 8 Sorten, jede in 2 Exempl.:
gleichfalls.

14. Für eine Sammlung schöner Herbst- und Steckrüben (Kohlrüben) in mindestens 8 Sorten, zu 3 Stück:
gleichfalls.

15. Für eine Sammlung vorzüglich bewährter Getreidesorten:
gleichfalls.

NB. Blosse Schul-Sortimente sollen bei No. 15, wie bei No. 12 von der Konkurrenz ausgeschlossen sein.

16. Für eine reichhaltige Sammlung Flachs, Hanf und andere Gespinnstpflanzen:
gleichfalls.

17. Für eine ausgezeichnete, in Obigem nicht erwähnte Leistung in der Gemüse-Kultur:
1 grosse und 2 kleine silberne Med.

Sektion II.

Obst und Obstbäume.

18. Für eine Sammlung schöner frühzeitiger Trauben:
1 kleine silberne Med. und 1 Ehren-Diplom.

19. Für eine Sammlung schöner Aepfel und Birnen:
1 grosse und 1 kleine silberne Med. und 3 E.-D.

20. Für eine Sammlung Pflaumen und Pfirsichen in mindestens 12 Sorten:
1 kleine silberne Med. und 1 Ehren-Diplom.

21. Für eine Sammlung grosser Ananas:
1 grosse und 1 kleine silberne Medaille.

22. Für eine Sammlung schöner Melonen in mindestens 12 Sorten:
1 kleine silberne Med. und 1 Ehren-Diplom.

23. Für eine Sammlung mit Früchten besetzter Topf-Obstbäume in mindestens 24 Sorten:
1 grosse und 1 kleine silberne Med.

24. Für ein Sortiment von Obstbäumen in 20 schönen Hoch- und ebensoviel Zwergstämmen:
1 grosse silberne Med. und 1 Ehren-Diplom.

25. Für ein Sortiment schöner, regelmässiger Formbäume in wenigstens 12 Exemplaren:
gleichfalls.

26. Für eine ausgezeichnete, zu dieser Sektion gehörige, aber unerwähnt gebliebene Leistung:
1 grosse und 1 kleine silberne Med., sowie
1 Ehren-Diplom.

Sektion III.

Gewächse in Töpfen.

27. Für eine Sammlung von 50 vorzüglich gut kultivirten Gewächshauspflanzen in mindestens 30 Arten und Abarten:
1 grosse goldene und 1 grosse silberne Med.

28. Für die drei besten neu eingeführten Pflanzen, welche in Erfurt zum ersten Male ausgestellt werden:
1 grosse und 1 kleine silberne Med.

29. Für eine Sammlung von 25 verschiedenen, für das Blumenfenster geeigneten Gewächshauspflanzen, in vorzüglich entwickelten Exemplaren:
1 kleine silberne Med. und 1 Ehren-Diplom.

30. Für eine Sammlung von 12´ grossen, vorzüglich entwickelten Dekorationspflanzen für den Salon:
gleichfalls.

31. Für eine Sammlung von 20 grossen Dekorationspflanzen für den Gartenrasen in starken, symmetrisch ausgebauten Exemplaren:
1 grosse und 1 kleine silberne Med.

32. Für eine Sammlung Warmhauspflanzen in 30 Arten und Abarten mit panachirten und verschieden-gefärbten Blättern:
gleichfalls.

33. Für eine Sammlung gut kultivirter Succulenten incl. Cacteen:
1 kleine silberne Med. und 1 Ehren-Diplom.

34. Für eine Sammlung von 50 besonders dekorativen Arten und Abarten von Koniferen in schönen Exemplaren:
1 kleine goldene und 1 grosse silberne Med.

35. Für eine Sammlung schönblühender Scharlach-Pelargonien neuerer und neuester Einführung in mindestens 25 Sorten:
1 grosse und 1 kleine silberne Med.

36. Für eine Sammlung von 12 Sorten buntlaubiger Scharlach-Pelargonien:
gleichfalls.

37. Für eine Sammlung schöner Fuchsien in 40 neueren Sorten, gefüllte und einfach-blühende:
gleichfalls.

38. Für eine Sammlung schöner Fuchsien in 20 neueren Sorten:
1 kleine silberne Med. und 1 Ehren-Diplom.

39. Für eine Sammlung Lantanen und Heliotropien in 20 besonders reichblühenden Sorten und in Kultur-Exemplaren:
gleichfalls.

40. Für eine Sammlung von 25 Sorten Verbenen, reichblühend und in schönen Farben:
1 grosse und 1 kleine silberne Med.

41. Für eine Sammlung von 25 Sorten blühender Petunien, gefüllte und einfache:
1 kleine silberne Med. und 1 Ehren-Diplom.

42. Für eine Sammlung gut kultivirter Rosen aller Formen in mindestens 50 Sorten:
1 kleine goldene und 1 grosse silberne Med.

43. Für die schönste Gruppe Astern in mindestens 4 Formen:
3 grosse und 5 kleine silberne Med., sowie
3 Ehren-Diplome.

44. Für ein Sortiment Herbst- und Kaiser-Levkojen, in Töpfen erzogen:
1 grosse und 2 kleine silberne Med.

45. Für ein Sortiment in Töpfen erzogener Sommergewächse in 100 Sorten, mit Ausschluss der Astern:
1 grosse und 1 kleine silberne Med.

46. Für eine Sammlung schönblühender Stauden des freien Landes in 25 Arten und Abarten:
1 kleine silberne Med. und 1 Ehren-Diplom.

47. Für eine Sammlung buntblättriger Stauden des freien Landes in mindestens 25 Arten und Abarten:
gleichfalls.

48. Für eine ausgezeichnete, aus blühenden und ornamentalen Pflanzen gemischte Gruppe:
1 grosse und 1 kleine goldene, sowie
1 grosse silberne Med.

49. Für eine ausgezeichnete, in Obigem nicht erwähnte Leistung in der Topfpflanzen-Kultur:
1 grosse und 2 kleine silberne Med.

Sektion IV.

Abgeschnittene Blumen.

50. Für eine Sammlung Rosen aller Formen in mindestens 100 Sorten:
1 grosse und 1 kleine silberne Med., sowie
2 Ehren-Diplome.

51. Für ein Sortiment neuerer und neuester Rosen von gegen 40 Sorten:
1 grosse und 1 kleine silberne Med., sowie
1 Ehren-Diplom.

52. Für das schönste Sortiment von Astern aller Formen:
3 grosse und 5 kleine silberne Med., sowie
3 Ehren-Diplome.

53. Für ein Sortiment gefüllter Malven in mindestens 25 Sorten:
1 kleine silberne Med. und 1 Ehren-Diplom.

54. Für 5 neue, noch nicht im Handel befindliche, durch vollkommenen Bau und Färbung ausgezeichnete Georginen mit mindestens 12 Zoll langen Stielen:
1 grosse silberne Med. und 1 Ehren-Diplom.

55. Für ein Sortiment Georginen in mindestens 200 vollkommen gebauten verschiedenen Blumen, gross- und kleinblumigen (Liliputs):
1 kleine silberne Med. und 1 Ehren-Diplom.

56. Für die beste Sammlung von Stiefmütterchen (Pensée's), nach den Farben geordnet:
gleichfalls.

57. Für das reichhaltigste und beste Sortiment gefüllter Zinnien (Zinnia elegans):
5 Ehren-Diplome.

58. Für das reichhaltigste Sortiment Helichrysum und anderer Immortellen, die für das Bouquet verwendbar sind:
2 Ehren-Diplome.

59. Für die beste Sammlung Hahnenkamm (Celosia cristata):
gleichfalls.

60. Für die schönste Sammlung Herbst- und Kaiser-Levkojen:
1 grosse und 1 kleine silberne Med., sowie
2 Ehren-Diplome.

61. Für eine sonstige ausgezeichnete, in diese Sektion fallende und noch nicht erwähnte Leistung:
1 grosse und 2 kleine silberne Med., sowie
2 Ehren-Diplome.

Sektion V.

Arrangements.

62. Für 4 geschmackvoll gearbeitete und mit geeigneten Pflanzen besetzte Ampeln für den Salon:
1 Ehren-Diplom.

63. Für eine mit Blumen- und Blattpflanzen garnirte Jardinière für den Salon:
gleichfalls.

64. Für einen eleganten, in ansprechender Weise mit lebenden Pflanzen besetzten Blumentisch:
gleichfalls.

65. Für 2 vasenartige Körbe, in welchen blühende und Blattgewächse in Moos vegetiren:
gleichfalls.

66. Für eine zweckmässig konstruirte und mit Schling- und Kletterpflanzen besetzte Laube für den Salon:
gleichfalls.

67. Für zwei Körbe, geschmackvoll mit Obst, Laub und Blumen garnirt:
gleichfalls.

68. Für ein geschmackvoll aus dem gewähltesten Material gebundenes Rosenbouquet:
gleichfalls.

69. Für die geschmackvollsten Bouquets aus lebenden oder getrockneten Blumen in verschiedenen Grössen und Dessins:
gleichfalls.

70. Für einen Braut- und einen Ballkranz von besonderer Schönheit:
gleichfalls.

71. Für ein sonstiges besonders ansprechendes Arrangement aus abgeschnittenen Blumen:
1 grosse silberne Med.

Sektion VI.

Garten-Möbel, Garten-Geräthschaften und sonstige Garten-Requisiten.

72. Für ein elegantes Mobiliar aus Korbflechter-Arbeit für den Garten-Salon:
1 Ehren-Diplom.

73. Für ein aus Eisen gefertigtes Mobiliar für den Garten:
gleichfalls.

74. Für Blumen- und Fruchtkörbe in 12 verschiedenen Mustern:
gleichfalls.

75. Für Blumenvasen und Fruchtschalen in 12 verschiedenen Dessins:
gleichfalls.

76. Für eine kräftig wirkende und dauerhafte Gartenspritze nach einer neuen Konstruktion:
1 grosse silberne Med.

77. Für eine vorzüglich gute Handspritze für das Gewächshaus mit verschiedenen Sieben:
1 Ehren-Diplom.

78. Für ein Sortiment dauerhaft und elegant gearbeiteter Gartenwerkzeuge:
gleichfalls.

79. Für ein vollständiges Sortiment von Blumentöpfen, gut in Material und Brand:

gleichfalls.

80. Für ein neues praktisches Gartenwerkzeug:

1 kleine silberne Med.

Zu derselben Sektion gehörig:

Konkurrenz für Gartengehülfen.

81. Für einen nach gegebenen Bestimmungen entworfenen, sauber ausgeführten und vollständig erläuterten Gartenplan:

1 grosse und 1 kleine silberne Med.

NB. Die detailirten Bestimmungen sind in portofreien Briefen von dem Vorstande des Gartenbau-Vereines zu erbitten.

82. Für eine grössere, schön gearbeitete und mit entsprechenden Pflanzen besetzte Tuffsteingruppe:

1 kleine silberne Med.

83. Für irgend eine geschmackvolle, gärtnerisch-dekorativen Zwecken dienende Vorrichtung:

gleichfalls.

D. Privatpreise.

1. Die Erfurter Bürgerschaft hat am 8. Juni d. J. 4 Erfurter Bürgerpreise,

jeden im Werthe von 100 Thalern,

ausgesetzt, in Anbetracht der vorgerückten Jahreszeit, welche eine besondere Vorbereitung für anderweitige Leistungen nicht mehr gestattet, gleichfalls für gemischte Gruppen, wie solche unter B. gefordert wurden.

Zur Sektion I.

2. Louis Prager in Erfurt hat am 1. Mai

einen silbernen Becher

für die schönsten und grössten Hellerlinsen unter der Bedingung ausgesetzt, dass der Aussteller nachweise, er habe in diesem Sommer mindestens 4 Morgen damit bestellt gehabt. Sollte der geforderten Leistung nicht entsprochen werden, so steht der Preis dem Preisrichter-Amte für eine andere verdienstliche Leistung der landwirthschaftlichen Pflanzenkultur zur Verfügung.

Zur Sektion V.

3. Friedrich Reichardt hierselbst offerirte am 20. Mai dem Gartenbau-Verein

1 silberne Medaille

als ersten Preis für 4 geschmackvoll gearbeitete und mit geeigneten Pflanzen besetzte Ampeln.

Zur Sektion VI.

4. Friedrich Teichmann in Erfurt setzte am 3. Juni

1 silberne Medaille

aus für ein Sortiment gusseiserner Gartenmöbel, bestehend in Tisch, Kanapée und Stuhl. Bei Beurtheilung dieser Leistung sollen bequeme und gefällige Form und Billigkeit des Preises massgebend sein, weshalb es wünschenswerth erscheint, dass dem gedachten Sortimente ein Preiskourant beigefügt werde.

5. Karl Lucius in Erfurt offerirte am 8. Juni zur Konkurrenz für Gartengehülfen einen

Preis von 50 Thalern

für irgend eine geschmackvolle, gärtnerisch-dekorativen Zwecken dienende Vorrichtung, und zwar dergestalt, dass derselbe als erster und Extrapreis vor der in 83 des Haupt-Programmes ausgesetzten kleinen silbernen Medaille vergeben werden soll.

6. Ausgesetzte Preise vom Vereins-Mitgliede C. Siegling in Erfurt:

a. für das schönste Bouquet von immortellenartigen Blumen:

2 Thaler, das Accessit 1 Thaler;

b. für das schönste Bouquet aus künstlich-getrockneten Blumen, wobei die Verwendung von Immortellen nicht ganz ausgeschlossen ist:

2 Thaler;

c. für das schönste Bouquet aus Ziergräsern:

1 Thaler;

d. für den schönsten Kranz aus immortellenartigen u. künstlich getrockneten Blumen:

2 Thaler, das Accessit 1 Thaler;

e. *für die beste Abhandlung über das Treiben der Gemüse:

3 Thaler, das Accessit 1 Thaler;

f. für die beste Abhandlung über Obsttreiberei:

3 Thaler, das Accessit 1 Thaler;

g. für die beste Abhandlung über Anzucht und Kultur solcher Sommergewächse, welche sich nicht für das freie Land, sondern für Topf- oder Fensterkultur eignen:

2 Thaler, das Accessit 1 Thaler.

Um die unter e., f. und g. ausgesetzten Privatpreise können nur Gärtnergehülfen und Lehrlinge sich bewerben. Die Veröffentlichung der Abhandlungen in einem beliebigen Garten-Journale behält sich der Preisgeber vor.

7. Weitere Privatpreise von Bürgern der Stadt Erfurt:

Zur Sektion I.

1a. Der Ferd. Lucius'sche Preis — 1 grosse goldene Medaille:
für die beste gemischte Sammlung Erfurter Gemüse.

13a. Der Büchner'sche Preis — 1 grosse silberne Medaille:
für das grösste und beste Sortiment Turnips und Runkelrüben.

16a. Der Martini'sche Preis — 1 grosse silberne Medaille:
für den besten Hopfen in komprimirter oder loser Form.

Zur Sektion II.

20a. Der von Haagen'sche Preis — 1 grosse silberne Medaille:
für die grösste gemischte Sammlung guter und richtig bestimmter Obstsorten.

Zur Sektion III.

29a. Der Trommsdorf'sche Preis — 1 grosse silberne Medaille:
für die besten neueren, zur Zimmerkultur geeigneten blühenden oder ornamentalen Pflanzen.

31a. Der Pausch'sche Preis — 1 extra-grosse silberne Medaille:
für 2 vollkommene Schaupflanzen eigener Kultur, welcher Art dieselben auch sein mögen, Blattpflanzen ausgeschlossen.

37a. Der Siegling'sche Preis — 1 grosse silberne Medaille:
für die besten Fuchsien-Sämlinge deutscher Zucht.

39a. Der Steinbrück-Eckoldt'sche Preis — 1 goldene Medaille:
für die reichste und schönste Gruppe in voller Flor stehender Strauch-Kalceolarien.

42a. Der Aug. Lucius'sche Preis — 1 goldene Medaille:
für die schönste Gruppe gut kultivirter Rosen in mindestens 75 Sorten.

44a. Der Julius Hoffmann'sche Preis — 1 goldene Medaille:
für die schönste Gruppe im Topfe kultivirter Levkojen, ohne Rücksicht auf die Spielarten.

46a. Der Stürcke'sche Preis — 1 goldene Medaille:
für das beste Arrangement aus immerblühenden Pflanzen, wie es sich zur Ausschmükkung des Vorplatzes einer Villa eignet.

49a. Der Gebr. Kallmeyer'sche Preis — 1 kleine goldene Medaille:
für die kräftigsten und gesundesten, durch künstliche Vermehrung erzeugten Handelspflanzen in gewöhnlichen Versandt-Töpfen. Bei der Beurtheilung dieser Leistung ist zugleich auf die grössere oder geringere Schwierigkeit der Vermehrung Rücksicht zu nehmen.

Zur Sektion IV.

60a. Der Moos'sche Preis — 1 goldene Medaille:
für das beste Arrangement aus abgeschnittenen Blumen in mosaikartiger Form.

8. Schliesslich hat der Minister für die landwirthschaftlichen Angelegenheiten, Se. Excell. von Selchow in Berlin, Aussicht auf eine Anzahl von Staatsprämien für noch näher zu bestimmende gärtnerische Leistungen eröffnet. Die Verleihung derselben hat der Minister sich selber vorbehalten.

2. Theil.

Fragen, welche den Berathungen des Kongresses unterbreitet werden.

Zur Sektion I.

Ueber die Theorie Darwin's, insbesondere über die Züchtung neuer Pflanzenraçen durch Auslese.

Zur Sektion II.

Ueber die wichtigsten Operationen bei der Bildung der Formenbäume mit Rücksicht auf die Verschiedenheit der Obstsorten, sowie auf Standort und Bodenbeschaffenheit.

Zur Sektion III.

Welche Mittel sind zu empfehlen, um die durch Verschiedenheit der Nomenklatur und Terminologie herbeigeführten Uebelstände möglichst zu beseitigen?

Zur Sektion IV.

Entwickelungsgeschichte einiger wichtiger Florblumen, als Levkojen, Astern u. s. w., von den ersten Anfängen bis zum gegenwärtigen Stande der Sortimente.

Zur Sektion V.

Ueber die Verwendung malerischer Pflanzen nach Form und Farbe zur Verschönerung der Wohnung und der Umgebung derselben.

Zur Sektion VI.

Welche Gartengeräthschaften haben sich in den letzten 10 Jahren als besonders empfehlenswerth und der Pflanzenkultur förderlich erwiesen?

Ausserdem noch:
Ueber Fortbildungsschulen für junge Gärtner, und in welchem Umfange soll in denselben Theorie und Praxis gelehrt werden?

Schlußbemerkung.

Für die in Erfurt abzuhaltende Allgemeine deutsche Ausstellung ist der Plan gefasst worden, das Unternehmen in seinen Grenzen, wie auch in seiner Bedeutung, zu erweitern. Es wird sich nämlich in den Ausstellungsräumen ein **Europäischer Gemüsemarkt** etabliren, der — wiewohl ohne Theilnahme an der Konkurrenz — alle zur Nahrung dienenden Vegetabilien umfassen soll, welche im September in den Hauptstädten Europa's einen Gegenstand des Handels bilden. Hieran wird sich durch Vermittelung der Königlichen General-Konsulate der produktivsten Länder der Erde eine Ausstellung **vegetabilischer Rohprodukte**, als: Früchte, Oelgewächse, Faserstoffe, Farbe- und Nutzhölzer, Cerealien, Flechtmaterial u. s. w. reihen, welche für den Weltverkehr nutzbar zu werden versprechen.

Angenommen in den General-Versammlungen des Erfurter Gartenbau-Vereines am 13. September und am 6. Dezember 1864, sowie am 13. Juni 1865.

Der Vorstand des Erfurter Gartenbau-Vereines.

Ferd. Jühlke. (1. Vorsitz.) **Ernst Benary.** (2. Vorsitz.)
Theodor Rümpler, Sekretär. **Petersen,** Schatzmeister.

Für die technische Kommission:

Franz Anton Haage. **Joh. Nikolaus Haage.**
F. C. Heinemann. **R. Neumann.** **A. Schmerbitz.**

Neumann's
moderne Anlage des Gartens am Hause.

3. Heft.

Das 3. Heft des bereits schon in seinen früheren Erscheinungen besprochenen Werkes (S. 120 und vorigen Jahrg. S. 408) liegt uns vor und gibt uns Gelegenheit, darauf zurückzukommen. Unser Urtheil bleibt dasselbe; wir können dieses Büchelchen allen Denen, welche sich für den Gegenstand interessiren oder selbst in der Lage sind, einen Garten am Hause anzulegen oder eine Villa mit Garten-Verschönerungen zu umgeben, zur eigenen Belehrung nur bestens empfehlen. Der Verfasser geht in seinen Beispielen vom Leichten zum Schweren, vom Einfachen zum Zusammengesetzten über.

No. 19 bringt uns die Beschreibung einer Anlage für ein Gesellschafts-Lokal in der Nähe einer Stadt, wo man an schönen Tagen hinwandert, um einige Stunden im Freien zuzubringen. Berlin besitzt dergleichen Lokale in Menge; doch haben wir unter ihnen nur sehr wenige gefunden, welche uns genügten. In der Regel waren die einfachen die besten. Wir geben zu, dass dies für Berlin, wo Tausende von Menschen sich auf einem beschränkten Raume herumtummeln, sehr schwierig ist; einzelne Schatten gebende Bäume sind in diesem Falle das Beste. Diese Aufgabe scheint uns der Verfasser mit besonderem Geschick gelöst zu haben. Wir stimmen ihm aber keineswegs bei, dass er die Akazie verwirft. Wir kennen keinen Baum, der malerischer wäre, als sie. Dass er nicht zu viel Schatten gibt, halten wir grade für einen Vortheil, weil der Boden dann leichter austrocknet und der Aufenthalt dann gesunder ist. Auch möchten wir bemerken, dass unsere Platane nicht aus Amerika stammt, sondern aus dem Oriente.

Nicht minder bieten die Pläne 21 und 22 durch die dargebotenen Schwierigkeiten manches Interessante dar. Die sonst in einigen anderen Werken der Art gegebene Schablone für dergleichen Verschönerungen möchte wohl hier im Stich gelassen werden, während in diesem Falle, noch dazu bei so beschränktem Raume, das Mögliche geschehen ist. In No. 23, welche uns den Plan einer Villa gibt, hätten wir die einzelnen Gruppen mehr zusammenhängend gewünscht; so sieht es zu vereinzelt und zu unruhig aus. Im Uebrigen stimmen wir dem Verfasser völlig bei. Besonders interessant sind auch die Terrain-Verhältnisse bei No. 24. Zur Rekapitulation der verschiedenen nothwendigen Arbeiten gehört No. 25.

Da auch die Ausstattung des Werkes zufriedenstellend ist und der Preis (3 Thaler) ein mässiger genannt werden kann, so wünschen wir ihm eine möglichst grosse Verbreitung.

Wir erlauben uns auf die

Handelsgärtnerei von Karl Günther

in Charlottenburg bei Berlin aufmerksam zu machen. Seine ausgestellten Verbenen und Pelargonien wurden vor Kurzem wegen ihrer vorzüglichen Kultur und wegen Neuheit der Formen gekrönt. Florblumen überhaupt, besonders aber die genannten, werden hauptsächlich in ihr in Massen herangezogen und zu billigen Preisen gestellt werden.

Verlag von Karl Wiegandt in Berlin,
Koch-Strasse No. 22.

Druck der C. Feister'schen Buchdruckerei (L. Mewes),
Berlin, Zieten-Platz No. 2.

Wochenschrift

des

Vereines zur Beförderung des Gartenbaues in den Königl. Preussischen Staaten

für

Gärtnerei und Pflanzenkunde.

Redakteur:

Professor Dr. Karl Koch,

General-Sekretair des Vereines.

No. 29. Berlin, den 22. Juli **1865.**

Preis des Jahrganges 5⅓ Thlr., sowohl bei Bezug durch den Buchhandel, als auch franco durch alle Post-Anstalten des deutsch-österreichischen Post-Vereines.

Mittwoch, den 26. Juli, Abends 6 Uhr, findet im Palmenhause des botanischen Gartens eine Versammlung des Vereines zur Beförderung des Gartenbaues statt, wozu die geehrten Mitglieder eingeladen werden.

Ein neuer Pappelblendling und über Pappeln überhaupt.

In dem botanischen Garten zu Berlin befinden sich schöne, grosse Exemplare der lorbeerblättrigen Pappel (Populus laurifolia Led.) aus Sibirien. Sie tragen nur weibliche Blüthen. Obwohl keine einzige männliche Pflanze in der nächsten Umgebung, und selbst nicht in weiter Entfernung, vorhanden ist, bringen sie doch fast alljährlich keimfähige Samen hervor; es muss demnach eine Befruchtung von einer anderen Pappelart geschehen sein, wie es auch in der That der Fall ist. An der Potsdamer-Strasse, welche am botanischen Garten vorbeiführt, befinden sich nämlich zahlreiche Exemplare der Pyramiden- und der kanadischen Pappel, (Populus canadensis Mnch), die dagegen sämmtlich aus männlichen Exemplaren bestehen, und bilden mit Ulmen und Eichen eine schöne Allée. Eine von diesen beiden Pappeln ist es nun auch ohne Zweifel gewesen, welche mit ihrem Blumenstaube die weiblichen Blüthen der lorbeerblättrigen Pappel befruchtete. Die keimfähigen Samen entwickeln sich meist von selbst, und zwar dann gleich in grosser Menge, zu Pflanzen, welche später den pyramidenförmigen Habitus im höheren Grade als die echte Populus laurifolia besitzen und demnach auch den Pyramiden-Pappeln ähnlich zu verwenden sind.

Bekanntlich hat man in der neuesten Zeit in Preussen ein Dekret erlassen, wonach verboten ist, an den Chausséen und Wegen Pyramiden-Pappeln anzupflanzen. So verschwinden diese Bäume allmählig wiederum, welche in der zweiten Hälfte des vorigen und in der ersten des jetzigen Jahrhundertes so allgemein beliebt waren, dass ein französischer Naturforscher, Rozier, von der zu seiner Zeit herrschenden Pappelmanie sprechen konnte. Allgemein wurden sie zu Alléen, Avenuen u. s. w. gebraucht. Die Landschaft, welche grade durch diese Pappeln bei uns einen eigenthümlichen Charakter erhielt, wird jetzt durch das Abschlagen derselben eine andere.

Wir halten das Verbot der preussischen Regierung für gerechtfertigt. Die Pyramiden-Pappel ist am wenigsten zu Alléen an Wegen tauglich, so malerisch und passend sie auch zu Avenuen und sonst in Anlagen sein mag und gewiss nicht durch andere Bäume ersetzt werden kann. Als Einzelpflanze besitzt sie unbedingt einen ausserordentlichen Werth und nimmt sich an Häusern auf dem Lande, in Schloss- und Gutshöfen vorzüglich aus. Im herzoglichen Schlossgarten in Dessau befindet sich ein wunderschönes grosses Exemplar, was wohl eins der ältesten in Deutschland sein mag und dessen Besichtigung wir allen Denen, welche dahin kommen, empfehlen.

Wenn man früher einen grossen Werth darauf legte, dass die Wege und besonders gangbare

Chausséen durch Bäume beschattet wurden, so waren grade die Pyramiden-Pappeln am wenigsten dazu geeignet. In der Zeit, wo Eisenbahnen noch nicht die Verbindungen erleichterten und Fussreisen der Jugend an der Tagesordnung waren, hörte man oft Klagen über den Mangel an Schatten, der bei Alléen aus Pyramiden-Pappeln bestehend, sich fast bis auf nichts reduzirte. Das ist allerdings jetzt anders, wo der Student kaum noch zu Fusse wandert und selbst der Handwerksbursche meint, dass die Eisenbahnen ihn wohlfeiler und bequemer zum Ziele führen. Dieser Nachtheil würde jetzt kaum noch empfunden werden.

Desto gewichtiger fallen andere Nachtheile, welche die Pyramiden-Pappel mit sich führt, in die Wagschale. Grund und Boden haben heut' zu Tage einen ganz andern Werth, wie früher; eine Beeinträchtigung des Ertrages ist daher von Bedeutung. Wenn nun an und für sich alle Bäume ohne Ausnahme die normale Ausbildung unserer Kulturpflanzen in der Nähe der bepflanzten Wege mehr oder weniger beeinträchtigen, so geschieht dieses durch die Pyramiden-Pappel, obwohl sie wenig Schatten gibt, ganz besonders. Dieser Baum ist, wie alle Pappel-Arten, raschwüchsig und nimmt sehr viel Nahrungsstoffe aus dem Boden auf. Seine Wurzeln gehen sehr weit. Man macht zwar auf beiden Seiten der Wege tiefe Gräben, die in der Regel das Ausbreiten der Wurzeln anderer Bäume nach dieser Seite hin verhindern, die Wurzeln der Pyramiden-Pappel steigen aber in die Tiefe hinab, gehen unter der Sohle der Gräben hinweg, um auf jener Seite wiederum in die Höhe zu steigen, und beeinträchtigen die Kulturpflanzen der anstossenden Wiesen und Aecker auf eine solche Weise, dass der Ertrag nur sehr gering ist.

Nicht minder spricht ein anderer Umstand gegen die Anpflanzungen der Pyramiden-Pappeln. Nächst dem Weissdorn und dem Spindelbaum ist wohl kaum ein Gehölz dem Raupenfrasse so ausgesetzt, als die genannten. Es ist selbst unangenehm, Abends unter Pappeln zu gehen und beständig von anstossenden Pappelschwärmern belästigt zu werden. Man sagt zwar, dass die Raupen dieser Abendschmetterlinge sich nur von den Blättern der Pappeln ernährten; wenn diese aber entlaubt sind, treibt der Hunger die Raupe auch auf andere Bäume, wo sie gleiche Verheerungen anrichten können. Ausserdem ist die Rinde der Pyramiden-Pappel sehr rissig und bietet manchem schädlichen Insekt für sich oder seine Eier einen bequemen Aufenthaltsort.

Es ist nun die Frage, welche Bäume wohl dann am geeignetsten sind, die Pyramiden-Pappel an unsern Strassen zu ersetzen? Unsere Waldbäume geben in der Regel immer noch zu viel Schatten, selbst wenn man sie von Zeit zu Zeit lichtet, und Obstbäume sind in vielen Gegenden noch nicht genug respektirt, um mit Vortheil benutzt zu werden. Könnte man es durchsetzen, dass zu gleicher Zeit alle Wege mit Obstbäumen bepflanzt würden, so gewöhnten sich die Menschen rascher daran, die Früchte zu respektiren. Viel wird allerdings bei Obstanpflanzungen dadurch gefehlt, dass man unpassende Sorten, oder diese bunt durcheinander, anpflanzt, so dass man sie im letzteren Falle eine lange Zeit bewachen lassen muss und nicht durch den Ertrag entschädigt wird. Ausserdem wird der Absatz verschiedener Früchte erschwert, ja selbst unmöglich gemacht, während eine oder wenige Sorten in Menge sich leichter verkaufen.

Einen vorzüglichen Alléebaum liefert wahrscheinlich der Anfangs erwähnte Blendling, ohne die Nachtheile der Pyramiden-Pappel mit sich zu führen. Wie die Mutterpflanze, die lorbeerblättrige Pappel, macht auch der Blendling eine schmallängliche Krone, die sich einigermassen, wie bereits angedeutet, im Ansehen der Pyramiden-Pappel nähert, aber noch etwas breiter wird. Ob ihre Wurzeln ebenfalls weit und namentlich unter der Sohle der Gräben nach den daranstossenden Aeckern und Wiesen gehen werden, müsste allerdings die Erfahrung lehren; die Mutterpflanze scheint wenigstens keine weitgehenden Wurzeln zu machen. Auf jeden Fall wird der Blendling nicht so sehr von feindlichen Insekten heimgesucht, wie die Pyramiden-Pappel; sie besitzt den eigenthümlichen aromatischen Stoff aller Balsampappeln, zu denen auch die mit lorbeerartigen Blättern gehört, zwar weniger, aber doch hinlänglich genug, um Insekten abzuhalten.

Dieser Blendling, den wir mit dem Namen P o p u l u s h y b r i d a B e r o l i n e n s i s belegen, steht hinsichtlich der Zweig- und Blattbildung zwischen den beiden Eltern. Die hellgrauen Jahreszweige sind nur wenig oder kaum eckig und die Blätter besitzen eine rautenförmige Gestalt, die bei denen an Wassertrieben sich mehr in die Länge zieht, selbst länglich wird, ausserdem aber auch fast deltaförmig erscheint. Ueberhaupt steht der Blendling der lorbeerblättrigen Pappel näher, als der kanadischen oder Pyramiden-Pappel.

Dieser Pappel-Blendling soll uns Gelegenheit geben, über die Pappeln im Allgemeinen zu sprechen. Die Pappeln bilden bekanntlich mit den Weiden eine eigene Familie, deren Glieder sich durch völlig getrennte Geschlechter auf 2 verschiedenen Pflanzen, durch eine Blüthe, in der nur eine unvollkommene Hülle vorhanden ist, durch eine balgkapsel-ähnliche Frucht und durch mit einem Haarschopf versehene Samen unterscheiden.

Die Weiden haben in der Regel schmale, die Pappeln hingegen breite Blätter. Sonst wird die Hülle der Weidenblüthe durch 2 Drüschen, die der Pappel hingegen durch eine becherförmige Bildung vertreten. In der ersteren sind auch nur 2 (selten mehr oder nur 1), in der anderen hingegen 8 und 12, bisweilen auch nur 4, häufiger jedoch mehr Staubgefässe vorhanden.

Man theilt die Pappeln am besten ein:

1) in Espen mit in der Kontur rundlichen Blättern und von den Seiten zusammengedrückten oder rundlichen Blattstielen, sowie mit meist behaarten Trieben. 4, 8, selten mehr Staubgefässe;
2) in echte Pappeln mit 3- oder 4-eckigen, unten wenig helleren Blättern und von der Seite zusammengedrückten Blattstielen, sowie mit unbehaarten Trieben und etwas klebrigen Knospen. 12 bis 30 Staubgefässe;
3) in Balsam-Pappeln mit rundlichen oder länglichen, unten weisslichen Blättern, sowie mit rundlichen Blattstielen und klebrigen Knospen. 12 bis 30 Staubgefässe.

1. Espen oder Aspen (Leuce Rchb.).

1. Populus alba L. Ramuli argentei; Folia ambitu ovata, basi truncata aut subcordata, turionum quinqueloba, subtus niveo-tomentosa, ramorum inciso-dentata, subtus griseo-alba; Petioli sub-teretes, superne leviter canaliculati; Amenta fructifera densa; Stigmata 4; (P. nivea Willd., P. major Mill.)

Ein wunderschöner Baum, der in seinem Vaterlande riesige Dimensionen annimmt — wir sahen in dem frühern Chamat Schemachi im Westen des Kaspischen Meeres Exemplare von 18 bis 24 Fuss Umfang — und unser Klima recht gut verträgt. Nur junge Bäume besitzen auf der Unterfläche der Blätter einen dicken, schneeweissen Filz, der sich später allmählig verliert. Bei alten Bäumen besitzt der Filz auf den Blättern eine mehr graue Farbe und kann selbst ganz und gar verschwinden; an den jungen Lohden ist er jedoch stets vorhanden. Bei uns wird die Silber-Pappel meist als P. Arembergia Lodd. und argentea Hort., in Frankreich als P. acerifolia kultivirt.

Wild kommt sie nur im Süden Europa's, sowie in Nordasien und im Oriente bis nach Persien und dem Himalaya, vor. Wir haben sie nie in Wäldern gefunden, sondern stets nur einzeln, am häufigsten an Flüssen und Bächen, doch auch auf den trokkensten Stellen, und dann grade in den oben erwähnten riesigen Dimensionen. Ihr Vorkommen bei uns ist keineswegs so häufig, als man angibt, da sie häufig mit der nächsten Art verwechselt wird.

2. Populus hybrida Bieb. Ramuli griseo-argentei; Folia ambitu ovata, angulato- et grosse-dentata, basi vix truncata, plerumque rotundata, subtus griseo-argentea, demum glabriuscula, turionum saepe lobata, argentea; Petioli subteretes; Amenta fructifera elongata, laxa; Stigmata duo, sed singula saepe quadrifida. (P. alba Mill., P. canescens Willd.)

Ein schöner, grosser Baum, welcher im Oriente ziemlich gemein zu sein scheint und auch im Gebirge vorkommt. Ohne Zweifel wächst er auch wild in Süd- und Mittel-Europa, und zwar weniger vereinzelt, in sofern er nicht angepflanzt ist, als vielmehr in Wäldern. Er war schon den älteren Botanikern bekannt und wurde als Populus alba minor unterschieden, während die echte Silber-Pappel den Namen Populus alba major führte. Von dieser unterscheidet er sich durch kleinere und in der Kontur breit-längliche Blätter, welche ihren silbergrauen Filz auf der Unterfläche der Blätter sehr bald verlieren, hauptsächlich aber durch kleinere Früchte, welche lange, fast walzenförmige und schlaffe Aehren bilden.

Es ist in der Kultur eine Form entstanden, welche der zuletzt genannten Art ausserordentlich ähnlich sieht und namentlich in der Jugend, aber auch an Sommertrieben und an sogenannten Wasserreisern oder Lohden, Blätter mit schneeweissen Ueberzuge auf der Unterfläche besitzt. Diese Form hat stets schlaffe und walzenförmige Fruchtähren, wie die Hauptart. Willdenow versteht unter seiner P. canescens nur diese Form. Was die Smith'sche Pflanze d. N. anbelangt, so wagen wir, so lange uns nicht vollständige Original-Exemplare zu Gebote stehen, oder vielmehr so lange wir nicht Bäume in lebendem Zustande untersuchen können, kein Urtheil abzugeben. Möglicher Weise könnte diese selbst ein Blendling der P. hybrida Bieb. mit P. alba L. sein? Man vergleiche übrigens die Darstellung in Reichenbach's Abbildungen zur deutschen Flor (11. Bd., 617. Tafel).

Dass es wirklich auch Blendlinge von P. alba L. und hybrida Bieb. gibt, möchte kaum einem Zweifel unterliegen. Für einen solchen Blendling halten wir z. B. die im Banate wachsende P. Bachofenii Wierb., von der uns Original-Exemplare von Reichenbach Vater vorliegen. Was dagegen Reichenbach Sohn in seinem Icones florae Germaniae (Tom. XI auf der 616. Tafel) abbildet, ist die echte P. hybrida Bieb., während seine P. hybrida (auf der 614. Tafel) den eben besprochenen Blendling darstellt.

3. Populus grandidentata Mchx. Ramuli pubescentes; Folia ovata, acuta, grosse dentata, juniora pilosa, demum glabra; Petioli compressi (P. trepida Mühlb., [?] P. deltoides Bartr. et Marsh.)

Diese im Norden der Vereinigten Staaten Nord-

Amerika's wachsende Art steht der P. hybrida weit näher, als der P. tremula oder gar der P. Atheniensis, mit der sie gewöhnlich verwechselt wird. Im Kultur haben wir sie bis jetzt noch nicht gesehen. Ob die P. grandidentata der Belgier die echte Pflanze d. N. ist, bezweifle ich wenigstens nach der Abbildung eines Blattes in der Abhandlung von Wesmael (Bullet. de la féder. d. soc. d'hort. en Belg. 1861 p. 323). Wohl aber gehört die Pflanze, welche im Nouveau Duhamel (Tom. II, t. 53) als P. tremuloides Mich. abgebildet ist, hierher.

4. Populus tremula L. Ramuli pubescentes; Folia ambitu subrotunda, grosse dentata, turionum et interdum juniora pilosa, demum glabra; Petioli latere compressi; Amenta fructifera cylindracea, densiuscula. (P. australis Ten.)

Die Espe ist bei uns ein allgemein bekannter Baum, der sich in den Laubwäldern häufig vorfindet und durch die leichte Beweglichkeit seiner Blätter bekannt ist. Im Durchschnitt besitzen die weiblichen Exemplare grössere Blätter. Was man in den Gärten als Trauer-Esche findet, ist in Deutschland wohl durchaus eine Form der Athens'schen Espe; doch habe ich auch bei Leroy in Angers die echte Espe mit hängenden Blättern gesehen. Von dieser sind Exemplare jetzt in der Landesbaumschule bei Potsdam vorhanden.

Auch dieser Baum besitzt eine sehr grosse Verbreitung durch ganz Europa und Asien. Auf den sonst ziemlich holzlosen Ebenen Armenien's kommt er weniger baum-, als vielmehr strauchartig, oft als einziges Gehölz vor. Er scheint auch in Nordafrika nicht selten zu sein. Als Schlagholz wird die Espe in vielen Gegenden angebaut und liefert dann reichlichen Ertrag.

Wir besitzen eine in Ungarn wachsende Abart, wo die Behaarung auf jungen Blättern bedeutender ist und diese auch länger andauert. Es ist dieses P. villosa Lang.

5. Populus Atheniensis Lodd. (cat. a. 1783, Ludw. n. Baumz. p. 53): Ramuli glabri; Folia ovata, acuminata, turionum ovato-lanceolata, omnia leviter dentata, glaberrima; Petioli latere compressi; Amenta fructifera cylindracea, densa. (P. graeca Ait., P. tremuloides Mchx., P. laevigata W., P. benzoifera Tausch.)

Nicht nach dem griechischen Athen hat diese Espe ihren Namen erhalten, sondern Loddiges, der bekannte englische Baumschulbesitzer, nannte sie nach Athens im nordamerikanischen Staate Neuyork oder Ohio. Aiton gab ihr hingegen, in der Meinung, sie sei von dem griechischen Athen nach England gekommen, den falschen Namen P. graeca. Diese Espe, welche übrigens schon im Jahre 1769 und später noch einmal eingeführt wurde, scheint schon sehr frühzeitig (und zwar ebenfalls 2 Mal hinter einander und mit 2 verschiedenen Namen) nach Deutschland gekommen zu sein, denn schon Ludwig führt sie 1783 in seiner neueren Baumzucht als Pappel von Athens auf. Bei deren leichten Vermehrung darf es nicht auffallen, dass sie in alten Parks oft verwildert vorkommt. Bei Berlin und Potsdam vertritt sie sehr häufig in den Anlagen die gewöhnliche Espe und wird auch meist für sie genommen. Sie unterscheidet sich aber sehr leicht durch die schwach-gezähnten Blätter, die in allen ihren Stadien völlig unbehaart sind. Wir finden übrigens keineswegs, wie so oft ausgesprochen ist, dass diese Espe ein schlechtes Ansehen habe, umgekehrt bildet dieses Gehölz bisweilen eine wohlgefälligere Krone, als P. tremula.

6. Populus euphratica Oliv.: Ramuli puberuli; Folia orbiculari-ovata aut ovata, margine remote et grosse dentata, basi integerrima, utrinque glaberrima, glauca; Petioli latere compressi. (P. diversifolia Schrenk.)

Wir besitzen durch Prof. Petermann in Berlin ein Exemplar aus der syrischen Wüste, wo die Pflanze zuerst von Olivier entdeckt wurde. Später fanden sie Bové und dann die bekannten Reisenden Karelin und Kiriloff, sowie Schrenk, in der Songarei, also in den Wüsten jenseits des Kaspischen Meeres. Durch die Entdeckung der Pflanze von Buhse wurde sie auch in den Ländern zwischen Syrien und der Tatarei, also in Persien, nachgewiesen. In Kultur ist sie leider noch nicht.

7. Populus pruinosa Schrenk: Folia retusoreniformia, ovataque, integerrima, pruinoso-glauca aut subvelutina; Petiolus teretiusculus.

Diese Art wächst ebenfalls in der Songarei und scheint der vorigen sehr nahe zu stehen. Ganzrandige Blätter und rundliche Blattstiele unterscheiden sie von der vorigen Art. Sie ist ebenfalls noch nicht in Kultur.

8. P. heterophylla L.: Rami juniores pubescentes, teretes; Folia cordata, dentata, juniora tomentosa, petiolo subterete; Flores masculi polyandri (P. cordifolia Burgsd., argentea Mchx.).

Diese in den südlichen Staaten Nordamerika's sich vorfindende Pappel war früher in unseren Baumschulen vorhanden, wie man aus den älteren dendrologischen Werken ersieht; da sie aber sehr leicht erfriert, hat man ihren weiteren Anbau aufgegeben. So ist sie nach und nach verschwunden. Im Aeussern ähnelt sie der P. angulata, mit der sie auch häufig verwechselt wurde, unterscheidet sich aber durch die mehr herzförmigen und in der Jugend filzigen Blätter mit fast rundlichen Stielen. Auch sind die Knospen nicht klebrig. Durch mehr Staubgefässe schliesst sie sich der nächsten Gruppe an.

(Schluss folgt.)

Ueber Obst-Erträge.

Von J. Butterbrodt in Hildesheim.*)

Die Obstbaumpflanzungen, worauf ich mich hinsichtlich ihrer seit einer Reihe von Jahren gelieferten Erträge beziehen will, stehen an den Chausséen von Hildesheim nach Goslar und Braunschweig. Sie sind vor etwa 40—50 Jahren durch die unendlich vielen Bemühungen des jetzt noch lebenden Wegebaumeisters a. D., Frische, entstanden und, so viel ich weiss, die ältesten Obstbaumpflanzungen an Chausséen in unserem Lande. Nach den mir gemachten Mittheilungen des genannten Herrn sind zur Zeit der Anlage gedachter Baumpflanzungen besondere Mittel für dergleichen Pflanzungen an Chausséen nicht disponibel gewesen, weshalb man die Obstbäume auf dem billigsten Wege hat beschaffen müssen. Kirschenstämme z. B. sind aus dem Walde geholt und von ungeschulten Chaussée-Arbeitern veredelt an die Chausséen gepflanzt worden. Ferner sollen von Privatleuten verschiedentlich Bäume umsonst geliefert worden sein u. dgl. m.

Dass unter solchen Umständen in's Leben getretene Obstbaumpflanzungen nicht zu den Muster-Anlagen gehören können, lässt sich leicht begreifen. Man musste damals froh sein, dass man überhaupt Bäume bekam und der fehlenden Geldmittel wegen nehmen, was angeboten wurde. Daher ist es denn auch gekommen, dass an den betreffenden Chausséestrecken, ausser vielen unveredelt gebliebenen Obstbäumen, auch hinsichtlich der Reifzeit und Qualität der Früchte alles bunt durcheinander steht. Wenn z. B. die Aepfel anfangen, im August zu reifen, so haben wir auf der ganzen Länge der Strecke fast alle 8 Tage hie und da einen Baum mit reifen Früchten. Solche einzeln stehende Bäume können aber nicht bewacht werden und, weil ohnedem zum Verkaufe des Obstes von diesen einzelnen Bäumen, der Geringfügigkeit wegen, regelmässige Termine nicht angesetzt werden können, so ist der Ertrag der früh-reifenden Obstsorten ein sehr geringer. In der Nähe der Stadt würde derselbe ein verhältnissmässig hoher sein, wenn die frühen Sorten sämmtlich ausgesuchte wären und streckenweise zusammenständen.

Ausserdem sind die vor einem halben Jahrhunderte aus den „Bamberger Baum-Fabriken" hervorgegangenen Streiflinge, welche hier mit den Namen „Wollen-, Heeden-, auch Zunder-Apfel" belegt sind, reich vertreten. Unter den Birnen kommt mehrfach die St. Germainbirn vor, welche selten geniessbare Früchte liefert, und dergleichen unpassende Sorten noch mehr.

*) Uns zugesendet und in dem Hannover'schen land- und forstwissenschaftlichen Vereinsblatte (No. 25) auch abgedruckt.

Neben diesen Apfel- und Birnsorten von geringer Güte haben wir aber auch gute Sorten. Darunter z. B. mehre Graue und Gold-Reinetten, Peppins, sehr gute Streiflinge, den deutschen Weinsäuerling u. s. w. Es finden sich unter den guten Sorten auch solche, welchen unser Klima und die freie Lage nicht zusagt, z. B. der edle Winter-Borsdorfer, der kaum alle 5—6 Jahre einmal eine Mittelerndte liefert; die Karmeliter-Reinette, welche in nassen Jahren über und über fleckig und bald faul wird u. s. w.

Unter den Kirschen sind: die Lauermannskirsche (hier Münsterkirsche genannt, weil die Edelreiser aus den Gärten des Grafen Münster entnommen sind), mehre Herzkirschen, die kurzstielige Weichsel, mehre Amarellen und Glaskirschen, als sehr werthvolle Sorten vorhanden. Von geringer Güte und geringem Ertrage sind die vorhandene Schwefelkirsche (hier Butterkirsche genannt) und viele wildaufgewachsene Vogelkirschen.

Von Zwetschen kommen nur die gewöhnliche Hauszwetsche, daneben auch theilweise die im Verkaufe fast gänzlich werthlose Krieche, von Wallnüssen die gewöhnliche Wallnuss vor.

Der Boden, worin die Apfel-, Birn-, Kirschen- und eine Abtheilung Zwetschenbäume stehen, ist durchweg ein guter, humusreicher Lehmboden. Die andere Abtheilung Zwetschen, sowie die Wallnussbäume, stehen hingegen in einem magern und steinigen Boden.

Die Lage gedachter Pflanzungen ist mit wenigen Ausnahmen eine offene, freie und ebene, nur stehen die letzterwähnten Zwetschen- und Wallnussbäume um 100—200 Fuss höher, als die zuerst genannten Obstarten.

Hinsichtlich der bei Aepfeln erzielten Erträge will ich mich auf die Pflanzung zwischen Hildesheim und Uppen, als die in Betreff ihrer Anpflanzung regelmässigste, und auf die letzten 10 Jahre beziehen. Diese Baumpflanzung enthält 546 Apfelbäume und lieferte Ertrag:

	Thlr	Sgr.	Pf.
im Jahre 1855 . . .	346	20	—
„ „ 1856 . . .	256	2	5
„ „ 1857 . . .	272	21	—
„ „ 1858 . . .	374	7	5
„ „ 1859 . . .	198	23	5
„ „ 1860 . . .	381	20	—
„ „ 1861 . . .	54	24	—
„ „ 1862 . . .	298	23	—
„ „ 1863 . . .	6	25	—
„ „ 1864 . . .	292	25	—
in 10 Jahren Summa	2483	15	5

oder 100 Bäume im Durchschnitt 454 Thlr 24 Sgr., oder 1 Baum im Durchschnitt jährlich 13 Sgr. 6 Pf.

Diese Apfelbäume sind noch im kräftigen Zustande und lässt sich annehmen, dass dieselben noch etwa 30 Jahre lang gleiche Erträge liefern werden, wonach dieselben also eine Lebensdauer von etwa 80 Jahren und eine Ertragfähigkeitsdauer — wenn dieselbe vom 25. Jahre an nach ihrer Anpflanzung gerechnet würde — von 55 Jahren hätten.

Birnbäume stehen an vorgenannter Strecke 92 Stück; der Ertrag war dem der Aepfel fast gleich.

Kirschbäume, ältere, stehen an der Chaussée vor Einum 312 Stück. Diese haben aufgebracht:

	Thlr	Sgr.	Pf.
im Jahre 1855 . . .	85 Thlr	— Sgr.	— Pf.
„ „ 1856 . . .	63 „	5 „	5 „
„ „ 1857 . . .	160 „	7 „	5 „
„ „ 1858 . . .	207 „	15 „	— „
„ „ 1859 . . .	144 „	27 „	— „
„ „ 1860 . . .	192 „	24 „	— „
„ „ 1861 . . .	59 „	— „	— „
„ „ 1862 . . .	149 „	27 „	— „
„ „ 1863 . . .	245 „	12 „	— „
„ „ 1864 . . .	174 „	5 „	— „
in Summa	1482 Thlr	3 Sgr.	— Pf.

oder 100 Bäume durchschnittlich 475 Thlr oder 1 Baum im Durchschnitt jährlich 14 Sgr. 2 Pf.

Die Kirschbäume haben theilweise schon seit mehrern Jahren gekränkelt und sind einzeln im Absterben begriffen. Die meisten dagegen sind noch recht kräftig; man würde ihnen noch eine Ertragfähigkeitsdauer von etwa 20 Jahren zurechnen können, wonach dieselbe — vom 15. Jahre an nach ihrer Anpflanzung gerechnet — auf 45 bis 50 Jahre sich beläuft.

Die vor 48 Jahren an der Braunschweiger Chaussée angepflanzten Zwetschenbäume sind vor 3 — 7 Jahren, weil sie grösstentheils abgestorben waren, wieder entfernt und durch Apfel-, Birn- und Kirschbäume ersetzt. Die zu derselben Zeit an der Goslar'schen Chaussée in magerem Boden angepflanzten Zwetschenbäume stehen theilweise noch, sind aber im Absterben begriffen und werden bereits durch Zwischenpflanzungen von Kirschbäumen wieder ersetzt. Von Zwetschenbäumen stehen an letzterer Strecke 584 und haben an Ertrag geliefert:

	Thlr	Sgr.	Pf.
im Jahre 1855 . . .	40 Thlr	27 Sgr.	5 Pf.
„ „ 1856 . . .	33 „	22 „	— „
„ „ 1857 . . .	16 „	4 „	— „
„ „ 1858 . . .	89 „	20 „	— „
„ „ 1859 . . .	99 „	15 „	— „
„ „ 1860 . . .	41 „	18 „	— „
„ „ 1861 . . .	2 „	29 „	— „
„ „ 1862 . . .	105 „	— „	— „
„ „ 1863 . . .	— „	— „	— „
„ „ 1864 . . .	19 „	17 „	— „
in Summa	449 Thlr	22 Sgr.	5 Pf.

oder 100 Bäume durchschnittlich $77\frac{4}{73}$ Thlr oder 1 Baum im Durchschnitt jährlich 2 Sgr. 3 Pf.

Diese Zwetschenbäume sind mit ihrem Ertrage zu Ende, indem alle Jahre mehre Dutzende absterben. Ihre Ertragfähigkeitsdauer stellt sich demnach — vom 15. Jahre nach ihrer Anpflanzung gerechnet — auf etwa 25 Jahre.

Die hier in Rede stehenden Zwetschenbäume haben nun freilich während eines Zeitraumes von etwa 12—16 Jahren, z. B. vor ungefähr 20 Jahren, wie ich mich zu erinnern weiss, einen höhern Ertrag, als den der letzten 10 Jahre geliefert; indess hat der Ertrag doch nicht das Doppelte des Durchschnitts der letzten 10 Jahre erreicht.

Die betreffenden Wallnussbäume stehen oberhalb Wendhausen, sind aber noch nicht so alt, als die vorgenannten Obstarten, ferner wegen Veränderung des Chausséekörpers in den letzten Jahren versetzt, haben also noch keinen nennenswerthen Ertrag geliefert und können daher auch noch keinen Massstab abgeben.

Ehe wir eine Schlussfolgerung aus den vorhin aufgeführten Resultaten ziehen, möchte ich erst besonders darauf aufmerksam machen, dass die Erträge bei Aepfeln, Birnen und Kirschen um mehr als doppelt so hoch sich herausgestellt haben würden, wenn statt der vielen angepflanzten Sorten von geringem Werthe nur gute Sorten vorhanden wären und die gleichzeitig reifenden und hinsichtlich ihrer Qualität zusammengehörenden Sorten parthienweise zusammen ständen. Denn die Fälle wiederholen sich alljährlich, dass Verkaufsparthien, in denen 1 oder 2 gute Sauerkirschen-, Apfel- oder Birnbäume stehen, mehr als das Doppelte des Preises erreichen, welchen Parthien mit schlechter Beschaffenheit der Früchte erlangen.

Nach den bisherigen Resultaten der vorhin erwähnten Obstbaumpflanzungen liefert nach der Anpflanzung also:

1) der Apfelbaum 55 Jahre lang alljährlich 13 Sgr. 6 Pf.,
2) der Birnbaum ein ähnliches Resultat,
3) der Kirschbaum 45 Jahre lang alljährlich 14 Sgr. 2 Pf.,
4) der Zwetschenbaum 25 Jahre lang alljährlich 2 Sgr. 3 Pf.

Hiernach würde man zu Haupt-Anpflanzungen an Eisenbahnen, Chausséen, Wegen oder auf Feldern nur Apfel-, Birn- und Kirschbäume zu wählen haben. Zwetschenbäume wären ausschliesslich nur als Nebenpflanzung zu betrachten, d. h. da anzupflanzen, wo ein anderer Baum nicht mehr Platz finden kann. Auch halte ich den Zwetschenbaum mehr des Schutzes bedürftig, als die anderen genannten Obstarten, weil von ihm fast alle Bäume, wovon ein Jeder bei den vorhandenen Bäumen sich noch täglich überzeugen kann, in Folge des freien Standes durch Stammfäule arg gelitten haben, was bei den anderen Obstarten in denselben Lagen fast bei keinem einzigen Baume vorgekommen ist. Als Nebenpflanzung indess empfehle ich übrigens den Zwetschenbaum, der Vorzüglichkeit seiner Früchte wegen, der Beachtung, nur nicht da, wo es auf die rentabelste Ausnutzung des Bodens ankommt. In derselben Zeit, in welcher man beim Apfel-, Birn- und Kirschbaume die Anpflanzungs- und Erziehungskosten nur einmal hat, sind solche beim Zwetschenbaume zweimal aufzuwenden.

Ich erlaube mir nun zum Schluss, eine summarische Uebersicht des Ergebnisses der Einnahmen von sämmtlichen Obstbäumen meines Distriktes zu geben, bemerke aber vorher, dass die meisten der betreffenden Obstbäume erst in den letzteren Jahren angepflanzt sind und daher grosse Kosten verursacht haben. Letztere werden indess von jetzt an mit jedem Jahre geringer, wohingegen der Obst-Ertrag mit jedem Jahre sich steigern wird.

Der Baumbestand betrug Ende vorigen Jahres in Summa 4499 Stück. Die Ertrags-, sowie Pflanzungs- und Bewachungs- (Erndte-) Kosten, welche ich des augenblicklichen Mangels an Zeit wegen nur bis zum Jahre 1858 zurück zusammenstellen kann, betrugen:

im Jahre	Ertrag			Anpflanzungs- u. Erndtekosten			Mithin: Ueberschuss			Mithin: erforderl. Zuschuss		
	Thlr	Sgr	Pf	Thlr	Sgr	Pf	Thlr	Sgr	Pf	Thlr	Sgr	Pf
1858	930	22	5	165	18	8	795	3	7	—	—	—
1859	645	18	5	214	24	5	431	19	—	—	—	—
1860	908	15	—	344	6	8	564	8	2	—	—	—
1861	155	10	—	167	13	5	—	—	—	12	3	5
1862	968	12	—	294	26	1	673	15	9	—	—	—
1863	269	22	5	227	25	6	41	26	9	—	—	—
1864	634	3	—	254	23	5	379	9	9	—	—	—
in Summa	4512	8	5	1669	18	8	2885	23	2	12	3	5
ab den erforderlichen Zuschuss f. 1861	—	—	—	—	—	—	12	3	5	—	—	—
ergibt auf genannte 7 Jahr rein	—	—	—	—	—	—	2873	19	7	—	—	—
oder pro Jahr	—	—	—	—	—	—	410	15	7	—	—	—

Also 410½ Thlr reinen Ueberschuss erzielen wir bis jetzt jährlich. Lassen wir uns nun eine Rechnung nach den, bei den im vollen Ertrage stehenden Bäumen, bereits gemachten Erfahrungen machen. Wir werden etwa 20 Jahre nach heute, bis wohin die in den letzten Jahren gepflanzten Bäume sämmtlich im vollen Ertrage stehen werden, und da die meisten, ausser Birn-, Aepfel- und Kirschbäume sind (die noch vorhandenen Zwetschenbäume werden in wenigen Jahren durch Kirschbäume ersetzt sein), den Ertrag jeden Baumes mindestens mit 13½ Sgr. anrechnen können. Der Gesammtertrag der in Rede stehenden, mit Obstbäumen bepflanzten, etwa 3¾ Meilen langen Strecke, wird darnach jährlich 5000 mal 13½ Sgr. gleich 2216⅔ Thlr. betragen. Ziehen wir hiervon ⅕ der bisherigen jährlich gehabten Kosten (welche von jetzt an nur durch Unterhaltung und Erndte verursacht werden) mit 238⅔ Thlr ab, so bleibt uns ein Reingewinn von 1978 Thlr als Minimum im Jahre. Derselbe wird sich jedoch jedenfalls bei besserer Kenntniss der Obstverwerthung noch steigern. Dazu haben wir den Holzwerth der abgängigen Bäume noch überher in Einnahme zu bringen.

Wer also bei diesen Zahlen, die der Wirklichkeit entnommen sind, noch Bedenken gegen Bepflanzung der Chausséen, Wege u. s. w. mit Obstbäumen hat, dem weiss ich Rath nicht mehr zu ertheilen.

Noch viel günstiger gestaltet sich der Obstbau in Privatgärten und sonstigen Obstanlagen.

Aus dem botanischen Garten in Breslau.

Vom Geh. Rath und Professor Dr. Göppert.

I.

Unter dieser Ueberschrift beabsichtige ich von Zeit über wissenschaftliche und allgememein interessante Verhältnisse, Gewächse u. s. w. des botanischen Gartens zu berichten. Zunächst also über ein ausserordentlich rasches Wachsthum, wie es bis jetzt wenigstens noch bei keiner andern Pflanze beobachtet worden ist. Vor 12 Jahren erhielt ich aus Holland 2 Exemplare des damals noch sehr seltenen Pandanus furcatus Roxb. von der Grösse gewöhnlicher Ananaspflanzen, die seit der Zeit zu Stämmen von 18 — 22 Fuss Höhe mit zahlreichen Blättern von 15 Fuss Länge herangewachsen sind und Hauptzierden unseres Palmenhauses ausmachen. Bei einer Demonstration der grössern dieser interessanten Pflanze am 2. Mai d. J. war von einer Blüthen-Entwickelung noch nichts zu sehen, den 4. Abends zeigten sich an der Spitze einige weisse, mit ihren Spitzen geschlossene Blätter und am andern Morgen war aus ihnen eine traubige, fast 1 Zoll dicke und bereits 3 Fuss lange Blüthentraube mit 10 — 14 Zoll langen und 2 — 3 Zoll breiten Blättern hervorgetreten, in deren Winkeln eben so viele, unseren Teichkolben (Typha) ähnliche, 6 — 8 Zoll lange und 1½ Zoll dicke Aehren sich befanden, welche Millionen gelblich-weisse, nur aus Staubgefässen bestehende Blüthen enthielten. Die Verlängerung erfolgte nun langsamer, die Blüthenrispe senkte sich, hatte aber dennoch in der kurzen Zeit von 36 Stunden die enorme Länge von 5 Fuss erreicht. Ebenso schnell begann das zweite Exemplar am 13. Mai Abends in Blüthe zu treten und, obgleich kaum zu erwartende Umstände auch hier eine exacte Beobachtung in kurzen Zwischenräumen verhinderten, so ergab sich doch, dass die grösste Längen-Entwickelung von 3¼ Fuss in dem Verlauf von 4—5 Stunden stattgefunden hatte. Die Länge des Stieles betrug hier 3¼ Fuss, die der Blüthentraube 2½ Fuss, also das Ganze fast 6 Fuss. Man hätte hier in der That das Wachsthum sichtbar verfolgen können, wie dies Miquel gelungen ist, der innerhalb von 3 Stunden den Kolben um 3 Fuss sich verlängern sah.*) Vielleicht glückt es mir das nächste Mal, diese wunderbare Erscheinung, bei welcher ich auch noch die Entwickelung hoher Temperaturgrade bemerkte, in ihrem ganzen Verlaufe zu beobachten. Der Blüthenkolben selbst wird neben der Mutterpflanze bei einem aus Java stammenden Fruchtkolben derselben Art im Palmenhause aufgestellt. Verwandtes physiologisches Interesse bietet ein in der Nähe des Wassergrabens an der kleinen Weinlaube angestelltes, Jedem zugängliches Experiment. Eine auf einer Weinrebe durch Kautschuk befestigte Glasröhre zeigte das schnelle Steigen des Saftes, welches vom Beginn der Vegetation bis zum Ausschlagen der Blätter dauert und bis zur Höhe von 36 Fuss erfolgt, wie ich vor einigen Jahren beobachtete. Hales sah das in eine Röhre gegossene Quecksilber um 38 Zoll sich erheben, was einer Wassersäule von 43 Fuss 3¾ Zoll Höhe gleichkommt, worauf also die das Wasser in die Höhe treibende Kraft den Druck von 2½ Atmosphären auszuhalten vermöchte und fünfmal stärker wäre, als die Kraft, welche das Blut in die Schenkel der Schlagadern eines Pferdes treibt. Es liegt auf der Hand, dass diese Erscheinung nicht durch rein-physikalische Momente, als etwa durch Haarröhrchen-Anziehung, wie Einige meinen, sondern nur duch die organische Thätigkeit der Zellen erklärt werden kann. An einem Orte des Gartens, der auch physiologische Zwecke zu verfolgen sich vorzugsweise zur Aufgabe stellt, sieht man als Produkt des Bildungssaftes in einer Weide die auf Stanniolblättchen abgelagerten Jahreslagen u. dergl. m. Die zahlreichen bei uns eingeführten Arten der Pomaceen, Amygdaleen, welche fast durchweg der gemässigten Zone der nördlichen Halbkugel angehören, stehen nun in Blüthe, unter ihnen auch die japanischen, die sich durch Schönheit der Farben und Blüthenreichthum, nicht aber durch Trefflichkeit der Früchte auszeichnen, wie die Obstkultur mit der der Blumen überhaupt dort nicht gleichen Schritt zu halten scheint. Die in der That sehr reichblühende Malus Toringa und floribunda siud von Pirus baccata nicht verschieden. Zu Zierden der in der Nähe befindlichen japanischen Parthie gehören vor Allem jetzt die Magnolien, die Formen der Magnolia Yulan, Soulangeana aus China, Lenneana, wie auch die nordamerikanische M. auriculata und acuminata. Die Flora des hohen Nordens und der Alpen beginnt sich immer mehr zu entfalten. Ich komme später darauf zurück und erwähne hier nur die für die Bewohner des hohen Nordens durch seine wohlschmeckenden Früchte besonders wichtigen Rubus arcticus, Cornus suecica, die Zierde der Haine Skandinaviens, und Cypripedium macranthum, der sibirische Frauenschuh, überaus grossblüthige Erd-Orchideen, Papaver nudicaule, nach Franklin die härteste Pflanze der arktischen Regionen u. s. w. Ein Rhododendron magnoliaefolium vom Himalaya mit wohlriechenden, Lilien-grossen Blüthen auf der neu-eingerichteten Erikenparthie, links von der Kastanien-Allée, lässt auf die grossartigen Verhältnisse der Alpinen-Flora jenes interessantesten Gebirges der alten Welt schliessen. Die Aufstellungen gehen ihrer Beendigung entgegen, unter ihnen diesmal auch der im vorigen Herbste und Winter gezogene Pilz des in so vieler Beziehung überaus interessanten Mutterkornes (Claviceps purpurea).

*) Der Blüthenstengel von Agave americana wächst durchschnittlich nur 2 Fuss in jeder Woche, der von Dasylirion etwas rascher, nämlich 10—12 Zoll täglich.

Erklärung.

Es muss für meine verehrlichen Geschäftsfreunde eine befremdliche Erscheinung sein, dass die in meiner letzten Preisliste verzeichneten, von mir gezüchteten Neuheiten Indischer Azaleen, als: Charlotte v. Schiller, Ernst Moritz Arndt, Friedrich Barbarossa, Kleist v. Nollendorf, Max v. Schenkendorf, Prinz Ferdinand v. Preussen und Theodor Preusser, welche erst mit Ablauf gegenwärtigen Monats in den Handel versandt werden, schon jetzt von Herrn Kunst- und Handelsgärtner Hermann Lüdicke in Dresden in dessen kürzlich erschienenem Preis-Verzeichnisse, und zwar verhältnissmässig zu Spottpreisen, zur Abnahme empfohlen werden.

Um diese Empfehlung in ihrem wahren Werthe zu zeigen und zugleich den Kredit meines eignen Geschäftes zu wahren, finde ich mich zu der öffentlichen Erklärung veranlasst, dass Herr Lüdike zur Zeit sich noch nicht im Besitze einer der oben genannten, anerkannt ausgezeichneten Neuheiten befindet und daher zur Abgabe derselben auch noch nicht im Stande sein kann.

Hanau, den 8. Juli 1865. **C. Schulz,**
Kunst- u. Handelsgärtner.

Verlag von Karl Wiegandt in Berlin,
Koch-Strasse No. 22.

Druck der C. Feister'schen Buchdruckerei (L. Mewes),
Berlin, Zieten-Platz No. 2.

Wochenschrift

des

Vereines zur Beförderung des Gartenbaues in den Königl. Preussischen Staaten

für

Gärtnerei und Pflanzenkunde.

Redakteur:

Professor Dr. Karl Koch,

General-Sekretair des Vereines.

No. 30. Berlin, den 29. Juli **1865.**

Preis des Jahrganges 5⅓ Thlr., sowohl bei Bezug durch den Buchhandel, als auch franco durch alle Post-Anstalten des deutsch-österreichischen Post-Vereines.

Ein Beitrag zur Obstkultur.

Vorgetragen

während des Gärtner-Kongresses in Amsterdam im April 1864.

Von de Beucker in Antwerpen.

Seit einigen Jahren haben sich die Gartenkundigen aller Länder hauptsächlich mit der Behandlung und vor Allem mit dem Beschneiden der Obstbäume befasst. Die Wissenschaft hat die Mittel dabei geboten, das Leben der Pflanze genauer kennen zu lernen und damit ein rationelles Verfahren einschlagen zu können, so dass wir bereits auf einer so hohen Stufe stehen, um das Mass der Erträge in der Hand zu haben. Aber nicht Alle, welche sich mit Obstbau beschäftigen, denken bei dem, was sie thun, nach und sind bei ihren Handlungen sich oft nicht der Gründe bewusst; Viele machen es nur auf die vorgeschriebene Weise, ohne zu wissen, warum? Bei dieser handwerksmässigen Behandlung der Obstbäume darf es nicht auffallen, wenn einmal die erhofften Erträge auch nicht erhalten werden, man sich demnach verrechnet hat. Das ist aber nun einmal in der Welt so. Nicht Alle, die Obstbau treiben, sind dazu befähigt; je mehr sie aber bei der Behandlung des Baumes dessen Leben kennen lernen, desto mehr bringen sie auch Verbesserungen, um einen höheren Ertrag zu erzielen, an.

Das ganze Streben eines Obstzüchters muss darauf gerichtet sein, gute und möglichst viele Früchte zu erhalten. Er muss daher darnach streben, die Fruchtaugen, welche immer mehr nach unten stehen, zu erkräftigen und zur Entwickelung zu bringen.

Bei der Nachforschung zur Verbesserung hat man zwei Manieren vom Beschneiden und Behandeln. Die eine ist das Beschneiden mit Hülfe der Rede von Ursachen und Folgen, die andere dagegen das alte handwerksmässige Beschneiden ohne Nachdenken über das Warum und Darum.

Jeder Ast einer guten Birn-Pyramide z. B. muss frei fortwachsen, darf sich aber doch jährlich nur um so viel verlängern, als er gute Fruchtaugen entwickeln kann. Hierin liegt eigentlich das Ganze der Behandlung, nämlich das richtige Mass im Beschneiden zu treffen. Man kann auch zu viel wegnehmen, so dass es dann an den nöthigen Organen zur Vorbereitung der Nahrungsstoffe fehlt. Die oberen Aeste der Pyramide müssen stets kürzer geschnitten werden, da an und für sich das Streben vorhanden ist, nach oben zu wachsen und der Säftezufluss nach unten langsamer geschieht. Nie dürfen ferner die Aeste einer Pyramide sich theilen oder, wie man sagt, vergabeln. Eben so wenig entspricht es einem rationellen Verfahren, wenn aus einem Aste sich noch ein anderer entwickelt. Der Ast muss nur mit Fruchtorganen versehen sein. Es befinden sich ausserdem am Stamme stets Augen genug, um die nöthigen Aeste zu erzeugen.

Auf diese Weise und bei steter Sorge, das Gleichgewicht in allen Theilen des Baumes zu erhalten, schafft man schöne Pyramiden. Sind einmal Fehler gemacht und hat eine Seite das Uebergewicht über die andere, so ist es schwer, in allen Theilen die gleiche Kraft wieder herzustellen. Aber selbst bei allem Fleisse und bei der grössten Aufmerksamkeit will es bisweilen bei einigen Bäumen durchaus nicht gelingen, das Gleichgewicht zu behaupten. In diesem Falle liegt die Ursache meist in dem ungleichen Wurzelvermögen; man muss daher darnach streben, vor Allem dieses zu geben. Ich bediene mich deshalb folgenden Verfahrens. Ich bemerke aber noch dabei, dass ich dadurch im Stande bin, die Quitten-Unterlage, die auch manches Unangenehme bei aller Vorzüglichkeit mit sich führt, ganz und gar zu entbehren.

Wenn meine Birnwildlinge 4 Jahre alt sind, nehme ich im Monat März $1\frac{1}{2}$—2 Zoll tief in der Erde über den Wurzeln einen $\frac{1}{2}$ Zoll breiten Rindenring ab. In Folge dessen bildet sich an der oberen Grenze des Ringes ein Wulst von Kambium, aus dem alsbald warzenförmige Erhöhungen entstehen. Diese verlängern sich und es entsteht alsbald ein Kranz von wurzelähnlichen Gebilden, die auch in der That die unteren Wurzeln zu vertreten im Stande sind. Sollten im Monat August auf diese Weise noch nicht hinreichend Wurzeln vorhanden sein, so macht man im September in der verdickten Rinde mehre Einschnitte, welche noch vor dem Winter heilen und viele Wurzeln erzeugen.

Im Herbste des folgenden Jahres nimmt man das Bäumchen aus der Erde und schneidet oberhalb der natürlichen Wurzeln den Stamm weg, so dass die künstlich erzeugten Wurzeln an ihre Stelle treten. Diese sind bisweilen in solcher Menge vorhanden, dass man sich gezwungen sieht, auch hiervon einige zu entfernen und nur die besten, kräftigsten und gleichmässigsten beizubehalten. Ist das geschehen, so pflanzt man das Bäumchen in guten Boden. Dabei trägt man stets Sorge, dass die Wurzeln gleichmässig vertheilt und nicht zu tief gelegt werden, sondern der Oberfläche des Bodens möglichst nahe bleiben.

Im 6. Jahre seines Alters kann das Bäumchen veredelt werden. Auf diese Weise wird es nicht allein kräftig wachsen, sondern erhält dabei stets auch bei einiger Pflege und Aufmerksamkeit einen regelmässigen Wuchs. Was seine Fruchtbarkeit anbelangt, so wird es in keiner Weise der eines Stammes mit Quitten-Unterlage nachstehen und ebenso frühzeitig Früchte haben. Ich habe einen Baum herangezogen, der kräftig ist und eine lange Reihe von Jahren reichliches und vorzügliches Obst liefern wird.

Dieses Verfahren lässt sich allerdings nur bei jungen Bäumen anwenden. Es kommen aber auch Fälle vor, wo das Wurzelvermögen auf der einen Seite erst später schwächer wird, als auf der andern. In diesem Falle suche ich das Gleichgewicht auf eine andere Weise herzustellen. Ich nehme nämlich eine gesunde Wurzel von einem jungen, aber nicht wilden Baum und setze diese unten am Stamme, und zwar natürlicher Weise auf dessen schwachtreibender Seite, ein. Das Pflanzen derselben geschieht im November oder Anfangs Dezember. Dabei muss man sorgen, dass sämmtliche feine Faserwurzeln daran bleiben, damit der Stamm gut anwächst. Das Einsetzen der Wurzel in den alten Stamm geschieht hingegen, sobald die Rinde sich vom Holze löst, also vom März bis Anfang April. Bei der Auswahl der Wurzeln verfährt man wie bei dem gewöhnlichen Veredeln der Bäume; sie können natürlich nur von Stämmen verwandter Arten genommen werden, z. B. für Birnen: von Birnen, Quitten, Mispeln, Sorbus, Weissdorn u. s. w., für Pfirsiche oder Aprikosen: von Pflaumen, Schlehen oder Mandeln.

Auf diese Weise kann man Birnen, welche auf Quitten veredelt sind und nicht mehr kräftig wachsen, mit Wurzeln von Birnen versehen. Dadurch gibt man ihnen neue Kräfte, dass sie freudiger wachsen; veraltete Bäume können dadurch wieder jung und lebenskräftig gemacht werden, nur müssen hier die Wurzeln nicht in den Stamm, sondern in die Wurzeln eingesetzt werden.

Wenn man einen zu kräftig-wachsenden Birnbaum besitzt, welcher nicht tragen will, so kann man mit Erfolg auf die Birnwurzeln Wurzeln von Quitten oder Weissdorn pfropfen. Die Pflaumenwurzeln pfropft man mit Wurzeln von Mirabellen oder Aprikosen, die Aepfel mit Wurzeln von Johannisstämmen u. s. w.

Durch das Wurzelpfropfen besitzt man die leichten, bequemen und sicheren Mittel:

1. kranke Bäume gesund zu machen,
2. alte Bäume zu verjüngen,
3. unfruchtbare Bäume zu Früchten zu zwingen,
4. bei Bäumen, die das Gleichgewicht verloren haben, dasselbe wieder herzustellen.

Durch das Wurzelpfropfen behandelt man den unterirdischen Baum wie den oberen.

*) Dieses Auskunftsmittel halten wir für sehr wichtig. Es scheint uns aber von Seiten der Erfahrung noch Manches nicht erprobt zu sein. Wir verstehen es so, dass bei zu kräftig-wachsenden Stämmen man Wurzeln von langsamer wachsenden Sorten nehmen soll und umgekehrt soll bei träger Vegetation die Wurzel einer rascher wachsenden Sorte genommen werden.
Die Redaktion.

Ein neuer Pappelblendling und über Pappeln überhaupt.

(Schluss.)

2. Echte Pappeln (Aigeiros Rchb.)

9. Populus nigra L. Ramuli subteretes, patentes aut arrecti; Folia deltoidea aut rhomboidea, margine glaberrima, petiolis ab initio puberula.

Unsere gewöhnliche Schwarzpappel scheint einen grossen Verbreitungs-Bezirk zu besitzen, denn sie kommt nicht allein in ganz Europa, sondern auch im Oriente, in Sibirien und selbst auf dem Himalaya vor. Es ist ein sehr nützlicher Baum, der besonders als Schlagholz mannigfach angebaut wird. Seine Blätter dienen in mehrern Gegenden Deutschlands auch zum Futter, besonders für Schafe, ein Gebrauch, der sich übrigens im Himalaya ebenfalls vorfindet.

Die Schwarzpappel ist neuerdings von der Kanadischen Pappel in mehrern Gegenden, besonders in der Nähe von Berlin, vielfach verdrängt worden, so dass sie hier und da gar nicht mehr zu finden ist und deshalb oft mit der genannten verwechselt wird.

Da ihre Aeste meist in einem Winkel von 45 Grad und weniger abstehen, so besitzt die Krone eine längliche Gestalt. Dieses scheint selbst im Süden noch mehr der Fall zu sein, als bei uns. Besser bespricht an mehrern Stellen diese Abart mit schmälerer Krone, welche er für eine Mittelform der echten Schwarz- und der Pyramidenpappel hält und welche er zuerst als P. pannonica und dann als P. croatica aufgeführt hat. Den zuletzt genannten Namen sollen übrigens Graf v. Waldstein und Kitaibel, die bekannten ungarischen Floristen, zuerst gebraucht haben. Der bereits verstorbene Professor Tenore in Neapel beobachtete sie ebenfalls in Unter-Italien, hielt sie für eine von der echten Schwarzpappel spezifisch verschiedene Art und nannte sie Populus neapolitana (ad flor. neap. syll. V, p. 50). Auch wir haben Schwarzpappeln mit schmälerer Krone jenseits des Kaukasus gesehen. Wir vermuthen auch, dass die Populus dilatata, welche C. A. Meyer in Dörfern am Kaspischen Meere gefunden hat, ebenfalls zu dieser Abart gehört und nicht zur Pyramidenpappel.

Diese südliche Abart erhält nie eine so schmale Krone, als die Pyramidenpappel, welche bei uns auch unter dem Namen der lombardischen oder italienischen Pappel bekannt ist, und unterscheidet sich von dieser durch delta-, nicht rautenförmige Blätter, wie erstere ebenfalls bei unserer Schwarzpappel vorgefunden werden.

Die Pyramidenpappel hat noch weniger vom Stamme abstehende und diesem fast parallel aufwärts-strebende Aeste und Zweige und rautenförmige Blätter, welche gegen die Basis hin keilförmig zulaufen. Wegen dieser beiden Verschiedenheiten hat man sie vielfach für eine selbständige Art gehalten und sie unter den Namen Populus italica Ludw., pyramidalis Roz., pyramidata Mnch, fastigiata Desf., dilatata Ait. beschrieben. Man glaubte um so mehr Grund dazu zu haben, als man wähnte, sie stamme aus dem Oriente oder aus der Krim.

In Betreff der Abstammung aus der Krim wissen wir nicht, worauf diese Ansicht sich gründet. In der Krim wächst sie sicher nicht wild und die wenigen Exemplare, die wir daselbst gesehen haben, fanden sich nur in Gärten vor. Auch Steven, welcher bekanntlich eine Flora der Krim geschrieben hat, führt die Pyramidenpappel darin nur als in Gärten wachsend an. Dasselbe sagt Marschall Bieberstein in Betreff der Kaukasusländer.

Bei der Behauptung, dass die Pyramidenpappel aus Persien stamme, stützt man sich in der Regel auf den bekannten Reisenden Morier, der im Anfange dieses Jahrhundertes 2 Reisen hintereinander nach Persien machte. Wir haben beide Reisewerke zu diesem Zwecke durchgeblättert, aber über Pyramidenpappel gar nichts gefunden. Es scheint demnach, dass die ganze Behauptung, welche Bosc in dem Nouveau cours d'agriculture zuerst aufgestellt zu haben scheint, auf die einzige Mittheilung Morier's beruht, dass dieser einmal 2 Reihen (rows) Pappeln angepflanzt gefunden. Niemand hat sich seitdem aber die Mühe gegeben, in Morier's Reisewerken nachzusehen, um sich von der Wahrheit der Aussage zu überzeugen, sondern der Eine sagte es dem Andern einfach nach.

Wichtiger wäre schon für die Ansicht, dass Persien das Vaterland der Pyramidenpappel sei, dass Royle in seinen Illustrationen zur Flor des Himalaya ebenfalls von dieser Abart spricht. Ein andrer Reisender, Fraser, habe nämlich ihm mitgetheilt, dass er sie in Persien gefunden. Ausserdem erhielt er aus dem botanischen Garten von Saharumpore Zweige einer Pyramidenpappel. Das könnte aber auch die zuerst erwähnte Form der Schwarzpappel gewesen sein, abgesehen davon, dass sie auch erst in den besagten Garten aus Europa eingeführt sein möchte.

Ueber den Ursprung der Pyramidenpappel mag so viel feststehen, dass sie gegen das Ende der ersten Hälfte des vorigen Jahrhundertes aus der Lombardei in Frankreich und von da in anderen Ländern eingeführt wurde. Wir haben in der Revue horticole (1861, p. 107) die Notiz gefunden, dass sie bereits vor 2 Jahrhunderten ein Soldat aus der Lombardei mitbrachte und dem Gärtner Bernard Hervy in Vitry, der sich später in Moret (ein Departement der Seine und Marne) etablirte, mittheilte. Andererseits und wahrscheinlicher soll sie zuerst im Jahre 1749 aus der Lombardei in Moret eingeführt worden sein. Nach Bosc dagegen hat sie vor 123 Jahren de Reigemortes eingeführt und zuerst zur Bepflanzung des Kanales von Montargis im Departement der Loire benutzt.

In Frankreich kam die Pyramidenpappel sehr rasch zu Ansehen; man entdeckte, abgesehen von ästhetischem Werth, eine Menge vorzüglicher Eigenschaften an ihr und pflanzte sie allenthalben da an, wo früher die echte Schwarzpappel gestanden. Rozier in Paris, einer der ausgezeichnetsten Naturforscher und Landwirthe in der Mitte des vorigen Jahrhundertes, nennt ihre übermässigen Anpflanzungen in Frankreich eine Manie.

Der frühere Direktor des botanischen Gartens in Monza, Manetti, hat in Gardeners Magazine (Tom. XI, p. 569) eine Abhandlung über die Pyramidenpappel veröffentlicht. Nach ihm ist sie eine selbständige Abart und ebenfalls die Lombardei das Vaterland. Abgesehen davon, dass sie besonders in den Landschaften von Bologna, Ferrara und Modena noch heut' zu Tage in ungeheurer Menge wächst, kommt sie immer noch an den Ufern des Po, besonders in der Nähe von Mantua, sobald der Boden tief rijolt wird, von Neuem mit der gewöhnlichen Schwarzpappel aus Samen zum Vorschein. Da nach anderen uns gewordenen Nachrichten in Italien, wie bei uns, fast nur männliche Exemplare vorkommen, so könnten diese allerdings keineswegs aus zufälliger Aussaat entstanden sein. Die Samen sollen noch aus der Zeit stammen, wo die Ufer des Po von grossen Wäldern bedeckt waren. Bertoloni, der bekannte Herausgeber einer Flora von Italien, ist derselben Ansicht, dass die Pyramidenpappel eine gute, seit undenklichen Zeiten in Italien wachsende Art darstellt. Er lässt sie selbst schon in der mythologischen Vorzeit in Italien vorkommen. Die Pappeln, in welche die Schwestern Phaëton's verwandelt wurden, sollen Pyramidenpappeln gewesen sein.

Eine dritte Abart wurde von Rozier in seinem Dictionnaire d'agriculture (VII, p. 618) unter dem Namen Populus flexilis aufgestellt. Sie soll etwas zähere Zweige besitzen, sonst sich aber gar nicht von der Hauptart unterscheiden.

Interessanter ist eine vierte Abart, weil sie in zwei weit von einander entfernten Gegenden entstanden zu sein scheint. Es ist dieses die Abart mit behaarten jungen Zweigen und rautenförmigen Blättern. Sie wurde zuerst von Michaux als Populus hudsonica und später von Pursh als P. betulaefolia beschrieben. Genannte beide Botaniker lassen sie zwar in Nord-Amerika wild wachsen, Torrey erklärt sie dagegen in seiner Naturgeschichte von Neu-York für eine nur sehr vereinzelt an bestimmten Orten in Nord-Amerika vorkommende Abart der P. nigra, die erst jenseits des Oceans eingeführt wurde. Bei uns scheint man nur weibliche Exemplare zu kultiviren.

Wohl dieselbe Abart hat Tenore in Unter-Italien aufgefunden und sie in seiner 5. Sylloge zur Flora Neapels (S. 50) als eine eigene Art unter dem Namen Populus caudina beschrieben. Wir haben zwar bis jetzt keine Original-Exemplare davon gesehen, der Beschreibung nach stimmt sie aber mit der P. hudsonica ziemlich überein. Nur die eckigen Zweige, welche Tenore angibt, weichen ab, obwohl junge Triebe der Schwarzpappel bei uns ebenfalls bisweilen sehr eckig sind.

Die Form mit rothen Blattstielen, welche Poiret deshalb Populus rubra genannt hat, ist keine besondere Abart, sondern eine Pyramidenpappel.

Endlich soll auch eine Abart mit bunten Blättern existiren.

10. Populus canadensis Moench. Ramuli subteretes aut angulati; Folia deltoidea, juniora margine ciliata; Petioli glaberrimi. (P. moniliformis Ait., P. carolinensis Borkh., P. virginiana Foug., P. marylandica Bosc, P. Lindleyana Hort., P. laevigata Hort., P. neglecta Hort.)

Diese in ganz Nord-Amerika einheimische Art ist seit der Mitte des vorigen Jahrhundertes in Europa eingeführt worden und hat sich so sehr verbreitet, dass, wie bereits erwähnt ist, die gewöhnliche Schwarzpappel oft ganz und gar von ihr verdrängt wurde. Wie jetzt in der Nähe von Berlin die kanadische Pappel allgemein zu Alléebäumen benutzt ist und die schönen Pappeln an der Frankfurter Chaussée, an der Potsdamer Strasse u. s. w. nur aus ihnen bestehen, so sind die berühmten Alléebäume von Versailles und im Jardin des plantes zu Paris ebenfalls nur die bezeichneten Pappeln aus Nord-Amerika.

P. canadensis steht der gewöhnlichen Schwarzpappel nahe und wird selbst von einzelnen Botanikern, wie von Decaisne und Carrière in Paris, von dieser nur für eine Abart gehalten. Sie unterscheidet sich jedoch durch weit grössere, genau delta-förmige Blätter, deren knorpeliger Rand mit feinen Haaren (welche später kaum mit den Augen noch erkannt werden können) besetzt ist; dagegen sind die Blattstiele, welche bei der Schwarzpappel in der Jugend behaart sind, hier wohl nur glatt und unbehaart. In ökonomischer Hinsicht ist sie der genannten vorzuziehen, da sie rascher wächst und auch grössere Dimensionen annimmt.

Die männlichen Bäume unterscheiden sich von den weiblichen in sofern, als die jungen Triebe fast gar nicht oder doch weniger eckig sind, als bei jener, und dass die Blätter in der Jugend eine bräunliche Farbe haben. Aber auch die jungen Zweige der weiblichen Pflanze erscheinen bei älteren Exemplaren bisweilen mehr oder weniger rund; in der Regel treten jedoch die Kanten so sehr hervor, dass man bisweilen geneigt sein könnte, die Pflanze als zur P. angulata gehörig zu betrachten. Es scheint selbst, als wenn die Pappeln, welche man unter diesem Namen bei uns kultivirt, sämmtlich nur weibliche Exemplare der Kanada-Pappeln wären. Nach Wesmael, dem wir eine Monographie der Pappeln verdanken*), belaubt sich die weibliche Pflanze 14 Tage früher, als die männliche.

Diese Verschiedenheiten im Aussehen der männlichen und weiblichen Pflanzen haben in Frankreich zu Verwirrungen Anlass gegeben, die sich dann auch nach Deutschland fortpflanzten; man hielt sie für 2 verschiedene Arten und hat sie auch als solche beschrieben. Es scheint, wie man aus den Benennungen der kanadischen und virginischen Pappel schliessen muss, dass die eine aus Kanada, die andere aus Virginien in Frankreich eingeführt wurde. Wie wenig man aber im Stande war, beide Pappeln zu unterscheiden, ersieht man daraus, dass beide Namen ganz gewöhnlich mit einander verwechselt wurden und noch werden. Schon Duhamal macht darauf aufmerksam und nennt kanadische Pappel, was man im Jardin des plantes virginische nannte.

In Deutschland hielt man später ebenfalls männliche und weibliche Pflanzen der kanadischen Pappel für verschieden. Mit diesem Namen selbst belegte man die weibliche Pflanze, während die männliche als Populus monilifera bezeichnet wurde. Andererseits verwechselte man die letztere mit der Carolinapappel (Populus angulata Ait.). Unter diesem Namen scheint man aber auch eine Abart, welche unserer Pyramidenpappel glich, und von der wir noch besonders sprechen werden, ja auch diese selbst verstanden zu haben. Es unterliegt nämlich keinem Zweifel, — auch Willdenow hat die Ansicht — dass die Carolinapappel, welche nach Burgsdorf die Alléen und Pflanzungen in Wörlitz und Dessau geziert haben soll, die echte Pyramiden- oder Italienische Pappel darstellt. Mönch nennt in seinem Methodus später, 1784, die weibliche Pflanze Populus latifolia, die männliche hingegen P. glandulosa.

In England wurde die Kanadapappel bereits 1772 von dem damaligen Professor John Hope in Edinburg, und zwar unter diesem Namen, eingeführt. Erst 18 Jahre später erhielt sie durch Aiton, dem Direktor des botanischen Gartens in Kew, den Namen Populus monilifera. Zu Anfang dieses Jahrhundertes scheint aber dieselbe Verwirrung in Betreff der Nomenklatur auch in England entstanden zu sein, so dass daselbst Niemand mehr recht wusste, wie die einzelnen Arten und Abarten zu benennen seien. Es kann deshalb nicht auffallen, wenn Loudon selbst glaubt, dass alle Pappeln mit gelblich-weisser Rinde (nämlich P. nigra, canadensis, fastigiata und angulata) nur Formen einer und derselben Art sein möchten.

Seit der Beschreibung und Abbildung der virginischen und kanadischen Pappel (d. h. der männlichen und weiblichen Pflanze) in der Geschichte nordamerikanischer Forstbäume von Michaux als besondere Arten unter dem Namen P. monilifera und canadensis (Tom. III, pag. 295) herrschte unter den Botanikern gar kein Zweifel mehr, dass beide Namen auch wirklich 2 spezifisch verschiedene Pappeln bedeuteten. Michaux unterschied letztere durch die Gegenwart von Drüsen an der Einfügung der Blattstiele und durch eckige Zweige. Beide Merkmale sind aber nicht durchgreifend, um die männliche und weibliche Pflanze zu unterscheiden. Wir haben nur, wie oben schon ausgesprochen ist, das einzige Merkmal gefunden, dass nämlich bei der männlichen Pflanze die jungen Blätter 14 Tage später mit einer bräunlichen Farbe (nach Wesmael) herauskommen, bei der weiblichen hingegen nicht.

In Frankreich führt die männliche Pflanze gewöhnlich auch den Namen Peuplier de Suisse (d. i. Pappel aus der Schweiz), in England hingegen wird sie auch Black italian poplar (d. h. Schwarzpappel aus Italien) genannt. Daraus hat man schliessen wollen, dass sie überhaupt erst aus Italien oder aus der Schweiz nach Nordamerika gekommen sei. In der Encyclopédie méthodique wird schon eine Abart der P. nigra als helvetica, ausserdem aber noch die Kanadapappel als besondere Art beschrieben.

Dass es aber wirklich in Amerika nur eine Art gibt, ersieht man selbst aus Michaux's Werke; P. monilifera (Peuplier de Suisse, d. h. die männliche Pflanze) wird zwar in dem obenerwähnten Werke beschrieben, zugleich aber auch gesagt, dass sie nicht wild daselbst wachse. Umgekehrt spricht Torrey in dem botanischen Theil der Naturgeschichte von Neu-York nur von P. monilifera.

In neuerer Zeit ist man wiederum auf kanadische Pappeln, in Form der Pyramidenpappeln aufmerksam geworden (s. Seite 143 und 160). Nach Carrière soll diese Abart bereits als Peuplier regenerée im Jahre 1814 entstanden sein. Wir hal-

*) Bulletin de la fédération des sociétés d'horticulture de Belgique 1861 p 314.

ten ihren Ursprung für noch älter und glauben, dass die pyramidenförmige Karolinapappel, von der die deutschen Dendrologen und Botaniker der zweiten Hälfte des vorigen Jahrhundertes sprechen, zum Theil dieselbe sein möchte. Wie es scheint, ist sie später bei uns wieder verloren gegangen. Doch möchte sie vielleicht auch noch hier und da vorhanden sein und nur mit der gewöhnlichen Pyramidenpappel verwechselt werden.

Von der Kanadapappel entstand zufällig vor einigen Jahren eine Form mit bunten Blättern, wie sie übrigens schon lange in England existirt.

11. Populus angulata Ait.: Ramuli et rami angulati; Folia cordato-deltoidea, cum petiolo glaberrima. (P. heterophylla Dur., macrophylla Lodd.)

Wir haben diese nur in den südlicheren Staaten Nord-Amerika's wachsende Pappel, welche den Namen der Karolinapappel führt, in Deutschland mit Gewissheit noch nicht gesehen, wohl aber in Frankreich, wo sie im Norden jedoch ebenfalls nicht gut gedeiht und bei hartem Winter zum Theil erfriert. Was wir in deutschen Baumschulen unter diesem Namen bis jetzt gesehen haben, waren, so weit wir nachzukommen vermochten, nur kräftigwachsende Exemplare der P. canadensis, wo die Zweige und vor Allem die jungen Triebe durch hervorragende Kanten sich kenntlich machten und dadurch allerdings eine grosse Aehnlichkeit mit P. angulata veranlasst wurde. Ausser den sehr eckigen Zweigen sind aber auch bei der P. angulata die Blätter mehr herzförmig und selbst an älteren Zweigen weit grösser, als bei der bezeichneten Form der P. canadensis. Wegen ihrer Empfindlichkeit gegen klimatische Einflüsse wird die Karolinapappel wohl kaum in Deutschland allgemein werden.

Unter dem Namen P. cordata wird wahrscheinlich in Frankreich eine Abart (vielleicht auch ein Blendling mit P. canadensis) kultivirt, wo die Blätter etwas herzförmig sind und auf gelben (nicht auf röthlichen) Stielen stehen. Ausserdem unterscheidet sie sich dadurch, dass sie fast gar nicht gegen unsere klimatischen Verhältnisse empfindlich ist.

3. Balsam-Pappeln (Tacamahaca Rchb.)

12. Populus candicans Ait.: Ramuli rubescentes, teretes; Gemmae pyramidatae; Folia cordata, serrata, juniora pilosa; Petiolus pilosus. (P. macrophylla Lindl., P. ontariensis Desf., P. acladesca, fälschlich acladensis Hort., P. heterophylla Hort., P. tristis Hort.)

Eine bei uns ziemlich verbreitete Pappel Nord-Amerika's, die wegen ihres raschen Wachsthumes und der grossen, herzförmigen Blätter mit dunkelgrüner Ober- und silberweisser Unterfläche zu Anpflanzungen Empfehlung verdient. Die eirundliche Krone ist weit dichter, als bei der kanadischen Pappel, die sie überhaupt an Schönheit übertrifft. Es kommt noch dazu, dass sie im Frühjahre, wie übrigens auch die übrigen in diese Abtheilung gehörigen Arten, einen wohlriechenden Balsam ausschwitzt, der sehr angenehm ist. In der Jugend sind die Blätter behaart, werden aber in der Regel gegen den Sommer hin mehr oder weniger glatt, die Blattstiele bleiben jedoch rauh. An älteren Bäumen besitzen die jungen Zweige eine schöne rothe Farbe und sind stielrund, während aus der Erde emportreibende Triebe oft eckig sind und mehr in die Länge gezogene Blätter besitzen.

13. Populus balsamifera L.: Ramuli rubescentes, teretes; Gemmae pyramidatae; Folia membranacea, ovato-acuminata aut oblonga, serrulata, triplicinervia, cum petiolo glabra. (P. Tacahamaca Mill.)

Diese ebenfalls in Nord-Amerika wachsende Pappel steht der vorigen sehr nahe; wahrscheinlich wurde von Linné und Miller auch diese mit darunter verstanden. Sie unterscheidet sich durch die nicht herzförmige Basis der Blätter, aus der deutlich 3 Nerven entspringen. Nur auf den Blattstielen finden sich hier und da einzelne Haare vor. Wie P. candicans bildet sie schöne Bäume. In den Gärten und Baumschulen kommt sie meist als P. viminalis vor, eine Benennung, welche eigentlich nur einer schmalblättrigen Abart zukommt.

14. Populus suaveolens Fisch.: Ramuli rubescentes, teretes; Gemmae elongatae; Folia subcoriacea, late elliptica, serrulata, cum petiolo glaberrima (P. Tacamahaca der meisten Gärten).

In der Regel wird diese Art mit der vorigen verwechselt oder von ihr nur als Abart betrachtet. Ob sie wirklich eine gute Art darstellt, müssen spätere Untersuchungen zeigen. Während Nord-Amerika das Vaterland der vorigen Art ist, wächst diese in Sibirien. Im Allgemeinen hat P. suaveolens eine mehr in die Länge gezogene Krone und die Blätter sind etwas lederartig, sowie auf der Oberfläche dunkler gefärbt. Ihre Form ist auch mehr elliptisch, als länglich, und aus dem Mittelnerven entspringen schon oberhalb der Basis 2 Aeste, so dass im eigentlichen Sinne des Wortes hier ebenso wenig, wie bei P. candicans, von 3 aus der Basis entspringenden Nerven die Rede sein kann.

15. Populus laurifolia Led.: Ramuli flavescentes, angulati; Folia late aut angusta, elliptica aut ovata, serrulata, cum petiolo glaberrima (P. longifolia H. Fisch.).

Eine in Sibirien allgemein verbreitete Pappel, welche sich durch ihre schmale, aber hohe Krone auszeichnet und sich dadurch von den amerikanischen Arten leicht unterscheidet. Ausserdem sind die jungen Zweige sehr eckig und haben, gleich unserer Schwarzpappel, eine gelbe Farbe. Die Blätter sind sehr verschieden. Wir besitzen aus dem Vaterlande Exemplare, wo diese fast rundlich sind, und wiederum solche, wo sie eine denen der Weiden ähnliche Form besitzen. Da der Baum ebenfalls rasch wächst und von Insekten nicht so heimgesucht zu werden scheint, als namentlich unsere Pyramidenpappel, so ist er unbedingt zu Alléen dieser vorzuziehen.

Populus Berolinensis haben wir den Blendling genannt, der wahrscheinlich durch Befruchtung mit dem Blumenstaube der Pyramidenpappel im botanischen Garten zu Berlin entstanden ist. Er besitzt den Habitus der P. laurifolia, unterscheidet sich aber, wie Anfangs ausführlich auseinandergesetzt ist, durch ziemlich rundliche Zweige und rautenförmig-elliptische Blätter.

Schliesslich erwähnen wir noch, dass in den Illustrationen zur Flora des Himalaya von Royle 3 Pappel-Arten: P. ciliata, pyriformis u. nana genannt werden, aber nicht beschrieben sind; zwar ist die eine, P. ciliata, auf tab. 84ª abgebildet und steht darnach der P. candicans im Ansehen am nächsten, besitzt aber auch mit der P. canadensis Aehnlichkeit. Zu welcher Abtheilung sie gehört, lässt sich aus der Abbildung nicht ersehen; wahrscheinlich möchte die Art aber zu den Balsampappeln gehören.

Ferner gedenken wir noch einer zwar beschriebenen, aber auf jeden Fall noch zweifelhaften oder wenigstens unvollkommen bekannten Art:

16. Populus trichocarpa T. et Gr.: Folia cordato-triangularia, serrata, glabra, subtus pallida; Squamae amenti feminei laciniatae, villosae; Germen tomentosum.

Diese in Kalifornien wachsende Art, von der man in Hooker's Icones (T. IX, p. 878) die Abbildung einer weiblichen Pflanze findet, ist nur aus Herbariums-Bruchstücken bekannt und scheint der P. candicans am nächsten zu stehen. Die Bildung der weiblichen Blüthe ist aber so eigenthümlich, dass diese Pflanze in keiner der 3 Abtheilungen eingereiht werden kann.

Die remontirenden Himbeeren.

In der Zeitschrift der Pariser Gartenbau-Gesellschaft (S. 284) befindet sich ein interessanter Aufsatz von Royer in Saint-Remy (Depart. Côte-d'or) über die Behandlung der remontirenden Himbeere; da er auch manchem Leser der Wochenschrift genehm sein dürfte, theilen wir aus ihm Einiges mit und begleiten das Gesagte mit unseren Bemerkungen. Die remontirende Himbeere, und zwar sowohl die roth-, als auch die weissfrüchtige, wird in Frankreich weit allgemeiner, als bei uns, angebaut, und wegen der Schmackhaftigkeit der Beeren sowohl, als hauptsächlich wegen des doppelten Ertrages, der gewöhnlichen vorgezogen. Was das Erstere anbelangt, so haben wir bis jetzt den Herbst-Himbeeren noch keinen rechten Geschmack abgewinnen können; wir fanden sie Ausgangs September und im Oktober in der Regel etwas fade und ohne eigentliches Gewürz. Allerdings ist es möglich, dass man in Frankreich und auch sonst eine bessere Sorte kultivirt, als uns zu Gebote steht; vielleicht möchte auch nicht weniger die Behandlung auf die Qualität der Früchte einen Einfluss haben.

Der Himbeerstrauch gehört zu den eigenthümlichen Pflanzen, wo der überirdische Theil 2 Sommer in der Regel bedarf, um Früchte hervorzubringen. Er stirbt aber nicht, wie die Stauden oder zweijährigen Pflanzen, im ersten Herbste ab, um im nächsten Jahre von Neuem auszutreiben, sondern ist holzig und überdauert den Winter, um dann im nächsten Sommer zu blühen und Früchte hervorzubringen. Ist das geschehen, so stirbt der überirdische Theil ab und neue Triebe treten an seine Stelle. Wir haben bei uns keine zweite Pflanze, wo diese Eigenthümlichkeit vorkommt, wohl aber existiren in südlichen Ländern deren mehre, wo der überirdische Theil 2 und mehre Jahre bedarf, bevor er Blüthen und Früchte hervorbringt und dann abstirbt. Es ist Beispielsweise mit der Kerria japonica, mit mehrern Smilax-Arten u. s. w. der Fall. Botanischer Seits ist diese Vegetations-Weise noch nicht hinlänglich bekannt, wenigstens sucht man in botanischen Werken vergebens etwas davon.

Wenn ein kräftiger Stengel bei günstigem Sommer und warmem Herbste sich so weit entwickelt, dass die Blüthentriebe noch austreiben, so werden diese bei weiteren günstigen Bedingungen schliesslich noch Früchte hervorbringen. Dieses Remontiren unterscheidet sich demnach von dem Remontiren der Rosen u. s. w. in sofern, als hier der Stengel bleibt, an ihm aber die eigentlich erst für das nächste Jahr bestimmten Triebe schon in diesem zur Entwickelung kommen. Bei der Himbeere remontirt nicht der Stengel, der getragen hat, sondern der, welcher erst in diesem Jahre ausgetrieben ist und im nächsten Jahre tragen sollte, verfrüht sich in der Weise, dass die für spätere Zeit bestimmten Triebe schon jetzt Blüthe und Früchte hervorbringen.

Wenn schon an und für sich jede Pflanze, welche Ertrag (hier Früchte) geben soll, dieses um so mehr thun wird, je fruchtbarer der Boden ist, so unterstützt man die Erkräftigung der Himbeer-

Stengel durch Dünger ganz besonders und zwingt sie dadurch bisweilen zum Remontiren. Auch Begiessen mit Jauche ist vortheilhaft. Doch das Düngen genügt keineswegs allein, man muss, will man einen grösseren Ertrag haben, die Himbeerpflanzen auch ausserdem durch eine aufmerksamere Kultur unterstützen. Die remontirende Himbeere darf zunächst keine Lage nach Norden erhalten, weil sonst die Herbst-Früchte wegen gänzlichen Mangels an Sonne und wegen fehlender Wärme entweder gar nicht zur Entwickelung kommen oder wenigstens doch nicht gut reifen werden. Die Sommer-Früchte bedürfen der Sonne nicht so sehr, sie reifen selbst ohne diese. Bekanntlich wächst auch die Himbeere vorherrschend im Schatten der Wälder wild und bedarf einer frischen, nicht trockenen Luft. Ist daher die Luft in Gärten trocken, so muss sie durch Begiessen der Himbeerpflanzen in ihrer Frische erhalten werden.

Wenn der Verfasser besagten Aufsatzes meint, dass die Himbeere nicht mit dem Boden wählerisch sei (pas exigeant pour la nature du sol), so glauben wir, dass er irrt, denn die Himbeere bedarf eines humöseren Bodens weit mehr, als jeder andere Fruchtstrauch. In den Wäldern, wo sie wild wächst, bedecken faulende Blätter den Boden und befördern den Humus. Diese liegen anfangs auch locker auf und erhalten dadurch bei fortwährender langsamen Verdunstung des sich darunter ansammelnden Wassers die Frische der Luft. Wenn der Boden in den Gärten, wo Himbeeren stehen, deshalb auch von Unkraut rein gehalten werden muss, so thut man doch gut, abgefallenes Laub ruhig liegen und faulen zu lassen.

Nach Royer sind die Anpflanzungen der Himbeere im Frühjahre derer im Herbste vorzuziehen, weil die Wurzel, welche stets eine mehr oberflächliche Lage erhalten muss, durch starke Fröste in diesem Falle während des Winters leicht leidet und erfriert. Vom dritten Jahre an muss selbst der beste Boden gedüngt werden, da wenige Pflanzen so sehr zehren, als die Himbeere. Es geschieht dieses weniger während der Laub-, als vielmehr während der Frucht-Bildung. Die Pflanzen können zwar noch im üppigsten Wachsthume stehen, wenn der Boden einigermassen erschöpft ist, sie tragen aber wenig oder gar keine Früchte. Man thut auch gut, eine Anpflanzung nicht zu lange stehen zu lassen, sondern sie, aber an einer andern Stelle, von Zeit zu Zeit, am besten alle 3 und 4 Jahre, zu erneuern.

Die Vermehrung ist sehr leicht. Die Himbeere besitzt in der Erde laufende Wurzelstöcke oder vielmehr unterirdische Stengel mit Knospen dicht besetzt. Jedes Stück eines solchen Stengels, was eine oder mehre Knospen auf der obern Seite besitzt, ist zur Fortpflanzung tauglich und wird in die Erde gelegt, wo es alsbald treibt. Selbst mit dem untersten Theil des überirdischen Stengels Ableger zu machen, geht nicht, weil dieser überhaupt nur eine zweijährige Dauer hat.

Hauptsache bei der weiteren Behandlung bleibt, das Himbeergebüsch nicht zu dicht wachsen zu lassen. Schon Anfang Juli muss man die alten abgestorbenen Stengel, oft zugleich mit dem abgetragenen Theile des Wurzelstockes, wegnehmen; im Frühlinge dagegen schneidet man alle schwachen Triebe, welche emporkommen, weg und lässt nur die stärkeren stehen. Je nachdem die einzeln überirdischen Stengel einfach sind oder sich verästelt haben, beträgt die Entfernung der einzelnen von einander mehr oder weniger, im Durchschnitt 1 bis $1\frac{1}{2}$ Fuss. Es ist bei den Himbeeren ebenso nothwendig, dass die Luft allenthalben durchdringen kann, als bei den Pyramiden des Kernobstes.

Die vorjährigen, zum Fruchttragen bestimmten Stengel haben eine Höhe von $2\frac{1}{2}$ Fuss. Im Mai, wo diese bereits gehörig erstarkt sind, erhält man nur von ihnen Schösslinge. Die stärksten werden im Frühjahre bis auf $2\frac{1}{2}$ Fuss zurückgeschnitten, damit sie sich verästeln. Diese tragen im Durchschnitte 14 Tage früher als die andern, welche man grade in die Höhe hat gehen lassen. Die ersteren erhalten sich in ihrer aufrechten Stellung nicht allein selbst, sondern auch die unverästelten, so dass diese mit Früchten überladen, nicht umfallen können. Auf diese Weise erspart man auch Pfähle und überhaupt die Arbeit des Anbindens.

Auch beim Pflücken der Beeren ist Vorsicht nothwendig. Die unverästelten Stengel brechen leicht, daher man beim Abnehmen der Beeren mit einer Hand diese abpflücken, mit der andern aber den Stengel halten muss. Leider üben Bienen und andere ähnliche Insekten dadurch einen schädlichen Einfluss aus, dass sie während des allmähligen Reifens aus den Beeren den Saft nehmen, so dass diese vertrocknen.

Die remontirende Himbeere verhält sich zwar im Allgemeinen der remontirenden Erdbeere (Fragaria semperflorens) gleich, hat aber darin einen grossen Vorzug, dass die Herbstfrüchte denen des Sommers hinsichtlich der Grösse und der Qualität ziemlich gleichen. Bei denen der Erdbeere verhält es sich in sofern anders, als diese zum Theil gar nicht zur Entwicklung kommen oder doch kaum des Geniessens werth sind.

Verlag von Karl Wiegandt in Berlin, Koch-Strasse No. 22.

Druck der C. Feister'schen Buchdruckerei (L. Mewes), Berlin, Zieten-Platz No. 2.

Wochenschrift

des

Vereines zur Beförderung des Gartenbaues in den Königl. Preussischen Staaten

für

Gärtnerei und Pflanzenkunde.

Redakteur:

Professor Dr. Karl Koch,

General-Sekretair des Vereines.

No. 31. Berlin, den 5. August **1865.**

Preis des Jahrganges 5⅓ Thlr., sowohl bei Bezug durch den Buchhandel, als auch franco durch alle Post-Anstalten des deutsch-österreichischen Post-Vereines.

Mittwoch, den 9. August, Abends 6 Uhr, soll im sogenannten Karlsbad (Mielentz) an der Potsdamer Brücke eine Besprechung über den Pensions-Verein für deutsche Gärtner unter dem Vorsitze des Ausschusses (Obergärtner Boese und Kraus, sowie Kunst- und Handelsgärtner Karl Lackner) stattfinden, wozu alle Gärtner Berlins und Umgegend, auch Nicht-Mitglieder des Vereines, eingeladen werden.

453. Versammlung des Vereines zur Beförderung des Gartenbaues,

am 26. Juli.

Auch dieses Mal fand die Versammlung wieder gegen Abend an einem Wochentage im Palmenhause des botanischen Gartens statt, eine Einrichtung, welche die Mitglieder sehr zufrieden zu stellen scheint. Ein Hauptvortheil dabei mag sein, dass nach Schluss der Verhandlungen, welcher auch dieses Mal gegen 8 Uhr erfolgte, die übrige helle Zeit des Abends noch zu einem Spaziergange durch den Garten und hauptsächlich zu den Versuchs-Anbauten geschehen konnte, ohne von der grossen Hitze des Tages belästigt zu werden. Diese selbst war dieses Mal wohl Ursache, dass Niemand gewagt hatte, Pflanzen auszustellen; dagegen waren aus dem Versuchsgarten des Vereines zahlreiche Blumentöpfe zur Vertheilung durch Loose unter die Mitglieder zur Verfügung gestellt worden.

Der Vorsitzende des Vereines, Geh. Ober-Regierungsrath Knerk, war verreist. Da auch der 1. Stellvertreter, Professor Braun, amtlich verhindert war, so übernahm der 2. Stellvertreter, Inspektor Bouché, den Vorsitz und brachte zuerst den Pensions-Verein für deutsche Gärtner zur Sprache, indem er den zu diesem Zwecke ernannten Ausschuss aufforderte, darüber zu berichten. Obergärtner Boese theilte demnach mit, dass durch das Unwohlsein des Vorsitzenden des Ausschusses, des Rentier's Danneel und dessen Abreise, sowie durch die Vorbereitungen zum Jahresfeste die Berathungen des Ausschusses leider hinausgeschoben worden wären, dass er ferner mit seinem Kollegen, Kunst- und Handelsgärtner Lackner, sich gezwungen gesehen hätte, für den Rentier Danneel in der Person des Obergärtners Kraus einen Ersatzmann hinzuzuziehen.

Nach genauer Prüfung der Schriftstücke und reiflicher Ueberlegung seien die 3 Mitglieder des Ausschusses zu der Ueberzeugung gekommen, dass ein Pensions-Verein, wie er jetzt unter dem vorläufigen Vorsitze des Erzgebirgischen Gartenbau-Vereines in Chemnitz gegründet werden solle und wie er sich von dem, wie man ihn in Görlitz während der 4. Versammlung deutscher Pomologen in's Leben zu rufen vergebens versucht habe, wesentlich unterscheide, nicht allein im Prinzip, sondern auch in der Ausführung gerechtfertigt sei und für den Gärtnerstand heilsame Früchte bringen müsse. Der Ausschuss könne daher nur wünschen, dass auch hier in Berlin, und zwar in dem Sinne, wie es in den vorliegenden Statuten ausgesprochen, ein Zweig-Verein gegründet werde. Dieser Pensions-Verein sei, wie aus einer Vergleichung zu ersehen, eine Erweiterung der Hamburg-Altonaer Wittwenkasse, welche bereits seit dem Jahre 1852 einen segensreichen Einfluss ausgeübt habe. Es unterliege keinem Zweifel, dass ein solcher Verein um so vortheilhafter einwirken müsse, aus je mehr Mitgliedern er bestehe. Die Schwierigkeiten, welche man früher darin gefunden, dass man am Sitze der Kasse die Zustände an anderen Orten nicht gut kennen könne, würde durch die Errichtung von Zweig-Vereinen beseitigt. Es liege auch in deren Interesse, dass bei ihnen Ordnung erhalten und namentlich nicht Mitglieder aufgenommen würden, welche nach den Statuten auszuschliessen wären.

Hauptsache sei in dem jetzigen Pensions-Verein die Gegenseitigkeit, wo also die Ueberschüsse, welche bei allen Versicherungs-Gesellschaften sich herausstellen, nicht fremden Aktionären, sondern allein den theilnehmenden Gärtnern zu Gute kommen. Bei dieser Gegenseitigkeit, wo im Anfange nur eine bestimmte Summe ($\frac{9}{10}$ der ordentlichen Einnahmen) zur Vertheilung jährlich kommt und erst ein Reservefond von 5000 Thalern angelegt wird, ehe dessen Zinsen zu den ordentlichen Ausgaben gebracht werden, kann allerdings in Unglücksfällen, z. B. wo viele verheirathete Gärtner plötzlich sterben, der Wittwe nur eine geringere Summe zu Gute kommen, als sie sonst berechtigt wäre, in Empfang zu nehmen; sie erhält aber immer doch Unterstützung. Je grösser die Anzahl der Theilnehmenden aber ist, um so mehr gleicht es sich auch wieder aus. Darin liegt der Vorzug einer einzigen Unterstützungskasse im Gegensatze davon, dass von einander unabhängige Kassen bestehen. Ein Vortheil mag auch darin liegen, dass jeder Gärtner bis zur 5-fachen Höhe der verschiedenen Beiträge (2 Thlr Eintrittsgeld, 2—6 Thlr, je nach dem Alter, jährlicher Beitrag und Einkaufsgeld für die Ehefrauen bis zum 40. Jahre 1 Thlr und für jedes aufsteigende Jahr 1 Thlr mehr) zahlen kann und dadurch auch berechtigt wird, bis zu 5 Unterstützungen bei der Vertheilung (bis zu 5 Einheiten) in Anspruch zu nehmen. Unverheirathete Mitglieder können in Krankheitsfällen bestimmte Unterstützungen beanspruchen.

Obwohl der Verein zur Beförderung des Gartenbaues in Berlin fast zu drei Vierteln aus Nicht-Gärtnern, also zum allergrössten Theile aus Pflanzen-Liebhabern besteht, welche selbstverständlich an Unterstützungen nicht Antheil nehmen können, so liegt auch, wie besonders Inspektor Bouché und Professor Koch hervorhoben, das Wohl der praktischen Pfleger der Pflanzen und Blumen, also der Gärtner, im Interesse der letzteren. Mancher würde gewiss bereit sein, ebenfalls einen Beitrag zu geben, ohne auf Unterstützung Anspruch zu machen. Prinzipale dürften sich auch bereit finden lassen, für ihre Gärtner die zu zahlenden Beiträge zu entrichten.

Der hiesige Verein könnte demnach zwar nicht selbst als Zweig-Verein beitreten, aber doch, wie auch in den vorläufigen Statuten vorgesehen, einen Ausschuss in's Leben rufen, der sich speziell und unter seiner Beaufsichtigung den Mühewaltungen unterzöge. Man hielt es deshalb für gut und im Interesse sämmtlicher Gärtner, an alle Gärtner Berlins und Umgegend, auch an die, welche sich nicht als Mitglieder an den hiesigen Verein betheiligt haben, noch einmal die Aufforderung zu erlassen, zu einer bestimmten Zeit zu einer Berathung (mit Zugrundelegung der von dem Erzgebirgischen Vereine in Chemnitz in's Leben gerufenen Statuten) resp. zu einer Beschlussnahme zusammenzutreten. Bis jetzt habe leider allerdings sich wenig Geneigtheit dazu gezeigt. Als Tag der Berathung wurde von Seiten des Ausschusses Mittwoch der 9. August, Abends 6 Uhr, und als Versammlungsort das sogenannte Karlsbad (Mielentz) an der Potsdamer Brücke festgesetzt.

Es wurde vorgeschlagen die nächste Versammlung eine Stunde früher zu beginnen, da in 4 Wochen die Tage wohl so kurz geworden wären, dass es um 8 Uhr nicht mehr gehörig hell sei. Aus dieser Ursache wird die nächste Versammlung Mittwoch den 30. August, Abends 5 Uhr, den Anfang nehmen.

Inspektor Bouché legte Kartoffeln vor, welche durch Ausartung der sogenannten Sechswochen-Kartoffeln entstanden wären. Wenn auch Niemand die Möglichkeit der Ausartung der Kartoffeln bezweifelte und sogar der Uebergang der weissen in die rothe und umgekehrt zugegeben wurde, so möchte doch in diesem Falle weniger eine Ausartung, als vielmehr eine Verwechslung in der Aussaat stattgefunden haben. Die vorliegende Sorte sei nach den Kunst- und Handelsgärtnern Demmler und Christoph eine hier bei Berlin unter dem Namen „Erfurter weisse" wohlbekannte Kartoffel.

Professor Koch theilte mit, dass in der interessanten Preisschrift Verlot's über Bildung und Erhaltung der Abarten, auf die er gelegentlich zurückkommen werde, auch einer Rose mit gegenüberstehenden Blättern gedacht wäre. Diese Rose führe den Namen Rosa cannabifolia, sei also eine bekannte Sorte, welche mit der von Redouté abgebildeten R. cymbaeformis Delaun. identisch sei, und gehöre, was auch Verlot bestätige, als Abart zur R. alba L. Während sie bisher, wie es bei allen Rosen der Fall sei, nur mit abwechselnden Blättern vorhanden gewesen, sind in der That bei den 2 Exemplaren, welche Professor Koch der Freundlichkeit Verlot's selbst verdankte, an dem

Zweige alle unteren Blätter gegenüberstehend, weiter nach oben erhalten diese jedoch wiederum eine abwechselnde Stellung. Aus der ganzen Familie der Rosaceen möchte wohl kein zweites Beispiel bekannt sein, wo die Blätter gegenüberstehend beobachtet wären; es wäre auf jeden Fall deshalb interessant zu wissen, ob diese Abweichung von der Regel sonst irgendwo noch beobachtet worden.

Inspektor Bouché berichtete ferner über die von Seiten des Vereines aus Holland bezogenen Anemonen und Ranunkeln. Er bedauere sehr, dass das Anemonen-Sortiment bereits zum allergrössten Theil verblüht sei; was aber noch vorhanden, bezeuge den Reichthum und die Schönheit in den Farben der Blumen. An manchen Tagen wären gegen 200 verschiedene Blumen vorhanden gewesen. Leider habe er an den Ranunkeln nicht dieselbe Freude gehabt, da wahrscheinlich die grosse Dürre auf die Entwickelung der Blumen keinen vortheilhaften Einfluss ausgeübt habe. Nur wenige Blumen, und auch diese keineswegs in der gehofften Schönheit, hätten sich entfaltet. Obergärtner Gaerdt theilte dagegen mit, dass die Ranunkeln, welche Professor Koch ebenfalls aus Holland für den Geh. Ober-Regierungsrath Heyder mitgebracht habe, die schönsten Blumen in den mannigfaltigsten Farben hervorgebracht hätten.

Die krautartigen Päonien, welche ferner Professor Koch aus Paris von Eugène Verdier fils ainé für den Verein bezogen und die in diesem Winter nebst Gladiolus während einer starken Kälte hier angelangt waren, ohne nur im Geringsten vom Froste gelitten zu haben, hatten zum Theil schon geblüht und sich durch schöne Farben ausgezeichnet. Die Gladiolus hingegen fingen eben zu blühen an und scheinen viel zu versprechen. Sämmtliche Sortimente werden vermehrt und kommen später zur Vertheilung unter die Mitglieder.

Ausserdem legte Inspektor Bouché mehre Blumen vor, welche Prof. Koch im vorigen Herbste aus Paris erhalten hatte. Von den beiden Lantanen verdient die mit weisser Blüthe (Queen Victoria) Beachtung, während die zwergige Form, welche als rosea nana sehr viel in den Anlagen von Paris gebraucht wird, bei uns schon unter einem andern Namen bekannt ist. Die als Heliotropium Guascoi zu denselben Zwecken benutzte Beetpflanze steht anderen bei uns gezogenen Sorten an Schönheit nach. Ebenso möchte die schwefelgelb-blühende Wucherblume der kanarischen Inseln, welche meist als Chrysanthemum sulphureum und frutescens luteum in den Pariser Anlagen benutzt wird, den weissblühenden Arten nachstehen. Dagegen empfahl Inspektor Bouché ein neues Trachelium unter dem Namen lanceolatum nanum, was er seit einigen Jahren im botanischen Garten kultivire. Es zeichne sich durch gedrängten Wuchs, sowie Reichthum von blauen Blüthendolden aus und lasse sich auf Beeten mit Erfolg verwenden.

Professor Koch machte Mittheilungen über das in den Sitzungen des Vereines schon mehrmals besprochene Futtergras Ceratochloa australis oder Bromus Schraderi. Sein Anbau nehme in England alle Jahre zu; landwirthschaftliche Zeitungen empfehlen es zum Anbau im Grossen. Nachdem im vorigen Jahre eine besondere Abhandlung in Frankreich darüber erschienen, bringe jetzt der Scottish Farmer in der Nummer vom 5. Juli eine ausführliche Beschreibung und Abbildung dieser Pflanze. Dabei wird anerkannt, dass dieses Futtergras bereits im Jahre 1841 von Seiten des botanischen Gartens in Berlin an die bekannte Samenhandlung von Peter Lawson in Edinburgh mitgetheilt und von diesem wiederum an Vilmorin-Andrieux et Co. in Paris gelangt sei. Professor Koch wiederholte, was er früher schon ausgesprochen, dass Hofgärtner G. Fintelmann auf der Pfaueninsel dieses Futtergras zuerst im Grossen angebaut, dass er hingegen im Anfange der funfziger Jahre Samen von Bromus Schraderi, und zwar zugleich mit dem der Körbelrübe, nach Frankreich zu Kultur-Versuchen geschickt habe.

Nach dem Scottish Farmer gehört das Futtergras mit seinen breiten, zahlreichen Blättern und der Menge von Samen, welche es hervorbringt, zu den besten Gräsern, die wir haben. Pferde, Rindvieh und Schafe fressen es begierig, frisch sowohl, als getrocknet. Französischen Berichten nach übertrifft es in jeglicher Hinsicht noch das französische Raigras (Arrhenatherum elatius, Avena elatior), in Betreff seiner Wirkung auf die Milch-Ergiebigkeit steht es sogar der Luzerne gleich.

Auch bei uns in Deutschland sind, aber stets jedoch vereinzelt, vielseitige Versuche mit Bromus Schraderi gemacht worden, die leider aber nur zum Theil Resultate gebracht haben. Nicht immer scheint dieses Futtergras nämlich unsere klimatischen Verhältnisse zu vertragen und friert leicht im Winter aus; dagegen hat es sich als Sommergewächs, selbst an mehr nach Norden und Nordosten zu gelegenen Orten, wie in Hinterpommern und Westpreussen, bewährt, so dass man im Verlaufe eines Sommers 3 Schnitte machen und hierauf es selbst noch für Füllen zur Weide benutzen konnte. 5 Pfund Samen auf 60 Quadratruthen gaben in der Nähe von Danzig ein starkes 2-spänniges Fuder und 8 Scheffel Samen. Im April mit Schwedischem Klee auf ein halbes Ackerland gesäet, wurde bei Leipzig schon im Mai ein Schnitt kurzes Gras zum Füttern, gegen Ende August aber 30 Centner vorzüglichen Heues erhalten, worauf selbst noch ein Schnitt zum Füttern kommen konnte. Eine Eigenthümlichkeit des Grases ist sein langes Grünbleiben bis in den Dezember hinein, selbst wenn bereits Schnee gefallen ist.

Inspektor Bouché machte bei dieser Gelegenheit noch auf 2 andere Gräser aufmerksam, welche als Futter eine weitere Verbreitung finden dürften. Das eine, Paspalum stoloniferum Bosc stammt nach Professor Koch aus den Hochebenen Peru's und wurde bereits vor fast einem halben Jahrhunderte im botanischen Garten zu Paris kultivirt. Dort lernte es Bosc kennen und empfahl es wegen seiner Ergiebigkeit als Futtergras. Es scheint jedoch in Frankreich keine Anwendung gefunden zu haben, wohl aber kam es nach dem botanischen Garten in Berlin, wo es Hofgärtner G. A. Fintelmann auf der Pfaueninsel kennen lernte und lange Zeit mit Erfolg als Futtergras anbaute.

Das andere Gras, was Inspektor Bouché wegen seines Ertrages ebenfalls als Futter empfahl, war Melica altissima L. Da es im Banate auf waldigen Anhöhen und zwischen Gesträuch wächst, gedeiht es auf jeden Fall bei uns. Ob es aber in offener Lage und im Grossen angebaut werden kann, ist eine andere Frage, die erst durch Versuche beantwortet werden kann.

Auch Kunst- und Handelsgärtner Demmler empfahl ein Gras, Beckera peduncularis, wegen seiner Bestaudung als Futtergras. Nach Inspektor Bouché möchte es sich aber nicht zum Anbau eignen, da es aus Abyssinien stammt und bei uns im Freien keinen Samen zur Reife bringt.

Professor Koch machte Mittheilungen über die Thätigkeit der beiden jetzt nebeneinander bestehenden Gartenbau-Gesellschaften in London. Wie früher bereits in der Wochenschrift (S. 149) mitgetheilt wurde, hatte vor Allem der vor Kurzem verstorbene Joseph Paxton auf die Nothwendigkeit einer wissenschaftlicheren Grundlage des Londoner Königlichen Gartenbau-Vereines, sowie auf eine grössere Belehrung und Belebung durch Vorträge hingewiesen. In Folge dessen wurden mehre Neuerungen eingeführt, gegen die wiederum eine Reihe praktischer Gärtner sich aussprach. Da sie trotzdem zur Ausführung kamen, erklärten die Unzufriedenen ihren Austritt und riefen eine neue Gartenbau-Gesellschaft, bei der die Praxis im Vordergrunde stehen sollte, in's Leben. Diese neue Gartenbau-Gesellschaft hat sich bereits am 7. März d.J. unter dem Namen „United horticultural society, d. h. Vereinigte Gartenbau-Gesellschaft", konstituirt. Sie fasst Praxis und Theorie in's Auge, um dadurch den Gartenbau in allen seinen Zweigen zu fördern; es sollen durch sie die Mittel geboten werden, um Pflanzen, Blumen und essbare Früchte einer näheren Prüfung zu unterwerfen, auch hinsichtlich ihrer richtigen Namen, sowie deren Synonyme, ferner ihren relativen Werth festzustellen und ihr Leben im gesunden und kranken Zustande, ihren Nutzen, ihre Eigenschaften, sodann die Art und Weise ihrer Kultur und ihrer Veredlung kennen zu lernen. Endlich soll eine Unterstützungskasse für kranke, alte oder verunglückte Gärtner gegründet werden.

Die Vereinigte Gartenbau-Gesellschaft ruft regelmässige Versammlungen, wobei zu gleicher Zeit Pflanzen, Blumen, Früchte und andere auf die Gärtnerei Bezug habende Gegenstände ausgestellt werden können, zusammen. Ein Prüfungs-Ausschuss gibt über diese Auskunft und schlägt zu Belohnungen 1., 2. oder 3. Reihe vor. Diese Belohnungen bestehen in Geld, was aber erst zu Ende des Jahres in der Höhe, wie es die Kasse erlaubt, ausgezahlt wird. Ausserdem werden gärtnerische Zeitschriften und Bücher angeschafft. Wünscht es die Gesellschaft, so werden ihre Verhandlungen, Berichte u. s. w. gedruckt und zu Gunsten der Kasse verkauft.

In den regelmässigen Versammlungen sollen auch Vorträge über irgend einen gärtnerischen Gegenstand gehalten werden.

Am Schlusse eines jeden Jahres wird Rechnung gelegt. Was an Geld nach Auszahlung aller Verpflichtungen und nach Abzug der unbedeutenden Summe von 5 Pfund Sterling (35 Thlr), die als Reservefond dient, übrig bleibt, wird dem Unterstützungsfond überwiesen.

Die Vereinigte Gartenbau-Gesellschaft hat bereits 3 Ausstellungen: am 11. April, am 6. Juni und am 12. Juli gehabt, die ziemlich beschickt waren und von ihrer Thätigkeit Zeugniss ablegten.

Die alte Königliche Gartenbau-Gesellschaft in London, welche bekanntlich in dem Stadttheile South-Kensington ihren Sitz hat, führt dagegen fort, in demselben Geiste weiter zu wirken. Durch die Gewinnung des tüchtigen Botanikers Berkeley zur Herausgabe eines wissenschaftlich-gehaltenen Journales hat sie bereits ihre Thätigkeit erweitert. Wie man aus der Probenummer ersieht, werden die Pflanzen-Krankheiten, wie sie in den Gewächshäusern und bei der Kultur der Pflanzen vorkommen, hauptsächlich in dem Journale berücksichtigt werden. Bereits hat Berkeley die Fleckenkrankheit auf den Orchideenblättern genau untersucht und zum Gegenstande einer Abhandlung gemacht.

Kleinere und grössere Ausstellungen, Versammlungen, wissenschaftliche Vorträge und Rundschau folgen rasch auf einander. Während am 22. Juli eine grosse Ausstellung von Pflanzen und Früchten abgehalten wurde, war am 25. nebst einem wissenschaftlichen Vortrage noch eine kleinere Ausstellung von neuen Pflanzen und am 26. eine Rundschau im Garten. Dagegen wird am 29. eine kleinere Ausstellung von Farnen, am 5. August eine von Florblumen, mit einer Rundschau verbunden, stattfinden. Am 7. August werden die Preise verkündigt, welche den Soldaten in den Baracken für ihre daselbst kultivirten Pflanzen zugesprochen sind.

Dass die Gartenbau-Gesellschaft sich jetzt grosse Mühe gibt, Liebe zu Pflanzen und Blumen auch bei dem gemeinen Manne zu verbreiten, ist schon früher erwähnt. Es ist dieses ein besonderes Verdienst, was sie sich erwirbt. Von bestimmten Ausschüssen werden an gewissen Tagen die von ärmeren Leuten und von Fabrik-Arbeitern bewohnten Stadtviertel besucht, um an solche, welche die hübschesten Pflanzen und Blumen gezogen haben, Preise auszutheilen. Wir möchten diese Einrichtung auch anderen Vereinen, selbst wenn sie nicht in grossen Städten sind, empfehlen.

Professor Koch theilte ferner mit, dass jetzt auch in Berlin Aepfel im Grossen aus Nord-Amerika eingeführt werden, und zwar in Form des sogenannten Bamberger Schälobstes. Die Kaufleute Gabke & Co. (Grünstrasse 16) beziehen es direkt und verkaufen das Pfund zu 4 Sgr. Es zeichnet sich durch starke Säure aus.

Nach dem Schlusse der Verhandlungen forderte der Vorsitzende auf, nach dem Versuchsgarten des Vereines eine Wanderung zu machen und daselbst die in Blüthe stehenden Florblumen in Augenschein zu nehmen. Allgemein gefielen daselbst die sogenannten Scharlach-Pelargonien mit einem bräunlichen Ring auf den Blättern (Pelargonium zonale), welche die Engländer jetzt als Nosegay-Geranium (d. h. Geranien mit besonders entwickeltem Blumenstrausse) bezeichnen und welche zur Anpflanzung im Freien, zu Gruppen und zu Einfassungen nicht genug empfohlen werden können. Der Versuchsgarten hatte vom Garten-Direktor Jühlke in Erfurt vor einigen Jahren ein Sortiment englischer Sorten erhalten, die allgemeine Verbreitung verdienen. Wir machen deshalb Gartenbesitzer darauf aufmerksam. Aus ihrer Zahl nennen wir: Stella und Minimum mit feurig-blutrothen, Eclipse u. Imperial Crimson mit brennend-scharlachrothen, Lady Downes und Lady Smith mit rosa-zinnoberrothen, Tom Thumb und Rose Rendatler mit rosenrothen und Hendersonii mit weissen Blüthen.

Nächstdem gefielen Blumen des Himmelsröschen (Eudianthe oculata Fenzl, Viscaria oculata Ldl., Lychnis Coeli rosa Desr., Agrostemma Coeli rosa L.), deren Samen als Agrostemma hybrida coccinea eingeliefert waren, in ihrem mannigfachen Farbenspiel des Roth. Der Glanz der Farbe erinnerte zum Theil an die Blumen des Phlox Drummondii. Vor Allem zogen die dunkel-karminrothen Blumen die Aufmerksamkeit auf sich. Unter den Strohblumen zeichneten sich die Sorten aus, wo die innersten blumenblattartig-ausgebreiteten Blätter des Hüllkelches eine glänzend-weisse Farbe besitzen, während dieselbe bei den übrigen braunroth erscheint.

Die Mannigfaltigkeit in den Zeichnungen und in der Form des alten Chrysanthemum carinatum Schousb. (jetzt Ismelia versicolor Cass.) hat sich, seitdem Burridge die ersten Florblumen von Neuem in den Handel brachte, ungemein vergrössert. Man besitzt jetzt auch gefüllte Sorten mit vorherrschend weisser Farbe.

Unter den Sommer-Levkojen verdient die Zwergform, welche als Englische Zwergbouquet-Levkoje in den Handel gekommen ist, vor Allem die Beachtung der Liebhaber. Sie wird kaum fusshoch, verästelt sich aber dabei gleich von unten auf ungemein, so dass sie selbst ebenso breit werden kann.

Ferner wollen wir nicht unterlassen, auf Lupinus sulphureus von Neuem aufmerksam zu machen, da dieses Sommergewächs weit buschiger, als irgend eine andere Lupine sich baut und deshalb den Vorzug verdient.

Die Pyramidenpappel.

Wir haben in unserer Monographie der Pappeln unsere Zweifel ausgesprochen, dass die Pyramidenpappel aus Persien erst in Italien eingeführt sei und erhalten auch jetzt noch diese Ansicht nach unseren geschichtlichen Untersuchungen aufrecht. Eine andere Frage ist allerdings, ob die Pyramidenpappel nicht auch in anderen Gegenden, wo die gewöhnliche (P. nigra) wild wächst, vorkommen könne, so im Orient und besonders in Persien? Wir müssen diese Frage bejahen, denn dieselbe Form könnte ja sehr leicht in ganz verschiedenen Gegenden entstanden sein, wie wir der Beispiele mehre haben. Dass wirklich im Oriente eine schlanker wachsende Pappel keine Seltenheit ist, davon haben wir uns selbst überzeugt und dieses auch (S. 235) ausgesprochen. Unsere weit schlanker wachsende und sich auch in den Blättern unterscheidende Pyramidenpappel aber haben wir jedoch nirgends im Oriente gesehen.

Es ist uns eben von unserem Freunde, dem bekannten Reisenden Dr. Kotschy, über denselben Gegenstand auf unsere Anfrage eine Mittheilung zugegangen. „Ihre Anfrage wegen der Pyramidenpappel muss ich bejahend beantworten. In den

Bergen über Teheran ist sie, wie bei uns, nichts Seltenes; sie wird auch sehr hoch. Ebenso fand ich sie an der Nord- und Südseite des Elbrus. Eingelegt habe ich keinen Zweig. Im Libanon wächst auch eine Pyramidenpappel, aber sie hat ausgebuchtete und an der Unterseite silberfilzige Blätter; ich glaube, es ist eine Form der Populus alba." Aus dem letzten Zusatze einer Silberpappel in Pyramidenform, wie wir sie ebenfalls einmal im Oriente gesehen haben, scheint es uns immer noch eine Frage, ob Dr. Kotschy nicht vielmehr die Form mit eigentlicher Pyramidenkrone, welche der Graf Waldstein und Kitaibel als Populus croatica bezeichnet haben, gesehen und diese mit der echten Pyramidenpappel verwechselt hat, wie es uns anfänglich auch ergangen ist. Unsere Pyramidenpappel ist ein Baum der Ebene, der in Bergen nicht gedeiht, während die, von der Dr. Kotschy spricht, grade nur in Bergen wächst. Schade, dass Dr. Kotschy keinen Zweig von seiner persischen Pyramidenpappel eingelegt hat, da der Streit durch die Vergleichung der Blätter wahrscheinlich geschlichtet werden könnte.

Dr. Kotschy hat im südlichen Klein-Asien auch eine Espe gefunden, welche er in seiner Reise nach dem cilicischen Taurus (S. 81 und 381) Populus cilicica nennt. Eine Beschreibung dieses Baumes gibt er leider nicht und glaubt mit dieser auch so lange zurückhalten zu müssen, als er nicht Blüthen- und Frucht-Exemplare gesehen. Boissier hält sie für Populus tremula. Dass diese unsere Espe eine sehr grosse Verbreitung besitzt und auch im Oriente, selbst auf dem holzarmen armenischen Hochlande ist, haben wir schon früher ausgesprochen. Nach dem uns vorliegenden Materiale stimmen auch wir Boissier bei, vermögen wenigstens an unseren in Armenien gesammelten und den in Deutschland wachsenden Espen keinen Unterschied zu finden.

Die Dresdener Blumen-Ausstellung.

Vom Rittergutsbesitzer v. Bose.

Gelegentlich der von der deutschen Ackerbau-Gesellschaft in Dresden veranstalteten landwirthschaftlichen Ausstellung hatte die Gesellschaft Flora daselbst die Erzeugnisse des Gartenbaues dem Publikum in ausgiebiger Weise vor Augen und zur Anschauung gebracht.

In der Mitte des grossen Festplatzes war ein Viereck ausersehen, diesen Theil der Ausstellung aufzunehmen. Zwei Seiten desselben waren durch Bretterbauten eingegrenzt, in denen die verschiedenen Topfpflanzen, Gemüse und Obstbäume untergebracht waren. Den Raum zwischen diesen Bauten hatte man sehr hübsch mittelst eines Kreuzweges in 4 Theile getheilt und diese mit Grassamen angesäet, so dass sie einen feinen, freilich nur schwachen Rasen bildeten. Die Mitte nahm ein Springbrunnen ein. Auf und an diesen Rasenplätzen waren alle solche Gegenstände aufgestellt, welche zu Garten-Verzierungen verwendet werden, ferner Statuen, Vasen u. s. w., unter denen die Serpentin-Vasen von Zöblitz unstreitig den ersten Rang einnahmen und die Beachtung aller Kenner des wahrhaft Schönen auf sich zogen.

Blumen und Topfgewächse waren sehr übersichtlich in einzelnen Sammlungen aufgestellt, aber leider fehlte ein Katalog darüber, und die beigesteckten Etiketts der einzelnen Aussteller waren durch das Besprengen so verwischt, dass deren Entzifferung einige Schwierigkeit darbot. Zu nennen sind vorzugsweise: eine Sammlung Pelargonien, meist in Blüthe, in gedrungenen, kräftigen Exemplaren, dann eine Sammlung Fuchsien, weniger durch die Sorten, als durch die pyramidale Erziehung der einzelnen Pflanzen ausgezeichnet. Dann die Pflanzen des Königl. botanischen Gartens und die Koniferen, meist zur Verzierung des Ganzen verwendet.

Ganz besonderes Lob verdient die durch den Dresdener Gärtner-Verein bewirkte Aufstellung des Gemüses. Kopfsalat, Kohlrabi u. s. w. in kleinen Blumentöpfen, so frisch und schön, wie man es selten auf Ausstellungen sieht, fand sich hier vor. Dabei war eine Sammlung von Ziergehölzen in abgeschnittenen Zweigen sehr interessant und wegen grosser Vollständigkeit bemerkenswerth.

Obstbäume in Körben und Fruchtsträucher — sehr viele mit Früchten — waren von dem Besitzer der Blasewitzer Baumschulen in tadellosen Exemplaren vorhanden und lieferten den Beweis der Tüchtigkeit dieses noch im Entstehen begriffenen Institutes. Die Vorzüglichkeit der von dort eingelieferten Bäume verschiedenster Form trat um so mehr hervor, als eine andere Sammlung das gerade Gegentheil zur Anschauung brachte: Bäume mit Früchten ohne Blätter, knotige Stämme u. s. w., und überhaupt zu der Vermuthung Veranlassung gab, sie sei eben des abschreckenden Beispiels wegen da. Leider war der Name des Ausstellers nicht zu entziffern.

Der Total-Eindruck des Ganzen war ein sehr guter und von dem zahlreichen Publikum durch förmliche Belagerung anerkannt. Einige blühende Orchideen reisten die Nichtkenner auf eigenthümliche Weise.

La Constante,

eine der dankbarsten und empfehlenswerthesten Erdbeeren.

Von Herm. Göthe in Karlsruhe.

Obgleich in den Gartenzeitungen meist nur Neuheiten empfohlen werden, glaube ich doch auch auf etwas Altes, was sich vollkommen bewährt hat, aufmerksam machen zu müssen. Unter etwa 50 Erdbeersorten, die ich seit einer Reihe von Jahren in den verschiedensten Verhältnissen in Kultur besass, hat sich die von de Jonghe in Brüssel gezüchtete Constante entschieden am besten bewährt. Im Jahre 1861 machte ich auf meiner Reise nach Frankreich auch dem bekannten Obstzüchter de Jonghe in Brüssel einen Besuch und lernte daselbst unter den vielen Sorten von Erdbeeren, die dort aus Samen gezüchtet waren, auch La Constante kennen.

Auf de Jonghe's ganz besondere Empfehlung liess ich mir von dieser Sorte noch in demselben Spätjahre einige Pflanzen schicken und kultivire sie nun seit 4 Jahren neben den anderen besseren Sorten. Nach vollkommener eigener Ueberzeugung nicht weniger, als nach dem Urtheil Derer, welche diese Sorte von mir bezogen, ist La Constante unbedingt die vorzüglichste und dankbarste aller Erdbeeren, welche wir bis jetzt kultiviren. Sie entsprach allen Erwartungen. Ein grosser Vorzug ist auch ihre reiche Tragbarkeit. Sie reift von Anfang bis Ende Juni, hat eine kegelförmige, oft auch breitgedrückte Gestalt und erreicht unter gewöhnlichen Verhältnissen die Grösse einer Wallnuss und oft die Schwere von 1 Loth und darüber.

Als ganz besonders empfehlenswerthe Eigenschaften möchte ich noch hervorheben, dass die Pflanze einen kräftigen, gedrungenen Wuchs und kurze Blatt- und Blüthenstiele besitzt. Wegen der schönen Färbung und dem prachtvollen Aussehen — eine herrlich-glänzende Röthe bedeckt nämlich die ganze Frucht — wird sie entschieden auch eine gesuchte Marktfrucht werden, die auf Tafeln gern gesehen wird.

In Betreff der Kultur will ich nur kurz erwähnen, dass ich die Pflanzung im August vornehme, wobei die Pflanzen 1½—2 Fuss von einander zu stehen kommen. Wenn sich Ranken zeigen, werden sie abgeschnitten. Länger als 4 Jahre lasse ich die Pflanzen nicht stehen, sondern besetze das Land nach entsprechender Boden-Verbesserung mit neuen Pflanzen. Der jährliche Durchschnitts-Ertrag an Früchten war von einer vollkommenen Pflanze gewöhnlich ¼ Dresdener Kanne (über ⅜ Preussische Quart) im Werthe von etwa 2—3 Sgr.

Unter den aus anderen Quellen bezogenen Pflanzen dieser Sorte erhielt ich 3 Mal unechte; ich mache ganz besonders hierauf aufmerksam. Als sichere Bezugsquellen möchte ich ausser der Obstbaumschule zu Obergorbitz bei Dresden, wo obige Erfahrungen gemacht wurden und von wo 100 Stück für 1 Thlr zu beziehen sind, zunächst noch den Züchter selbst, de Jonghe in Brüssel und die Gartenbauschule zu Karlsruhe erwähnen. Die beste Versandtzeit der Pflanzen ist der August.*)

*) Obwohl La Constante schon früher in der Wochenschrift (s. 5. Jahrg., S. 315) als eine der vorzüglichsten Erdbeer-Sorten von uns bezeichnet wurde, so stehen wir doch nicht an, vorstehende kleine Abhandlung jetzt aufzunehmen, um von Neuem die Aufmerksamkeit auf diese vorzügliche Sorte hinzulenken. In Betreff der vom Verfasser zuletzt gemachten Angabe bemerken wir nur, dass die Erdbeerpflanzen, wenn sie nicht gut behandelt werden, rasch zurückgehen und dann gewöhnliche Früchte hervorbringen. Wir haben uns auch bei La Constante davon überzeugt und hätten gar nicht geglaubt, die Frucht von ihr vor uns zu sehen, wenn der Besitzer die Pflanzen nicht selbst durch uns bezogen hätte. Die Red.

Praktische Anleitung zur Baumzucht.

Von Ch. Baltet, Horticulteur in Troyes.
Mit einer Einleitung vom Generalkonsul Ed. Ladé.
Mit dem Portrait des Verfassers und 44 Abbildungen. Ravensburg, Dorn'sche Buchh. 1865. gr. 8. 13 Bg. 1 fl. 36 kr. oder 28 Sgr.
Mitgetheilt vom Garten-Inspektor Lucas in Reutlingen.

Wir haben dem Generalkonsul Ladé in Geisenheim, einem der eifrigsten Förderer der Pomologie und deutschen Obstkultur, die Uebertragung einer Schrift zu verdanken, welche gewiss von grosser Bedeutung für die Praxis der Obst- und Gehölz-Baumschulen ist und welche wir allen unseren Kollegen auf das Wärmste empfehlen wollen.

Mit Ch. Baltet persönlich bekannt und seit Jahren in geschäftlichem, sowie wissenschaftlichem Verkehr, lag Ladé der Gedanke sehr nahe, eine der besten, praktischsten und zuverlässigsten Anleitungen zur Baumzucht, die von Baltet geschrieben wurde, auch in Deutschland zu verbreiten.

In dem einleitenden Vorwort sagt Ladé:

„Dass Frankreich noch gegenwärtig in der Baumzucht, ebenso wie in manchen anderen Fächern, mit verhältnissmässig geringeren Mitteln und weniger Anstrengung brillantere Erfolge erringt, liegt in der durchgreifenden Centralisation. Alle öffentlichen Bestrebungen geschehen dort nur nach einer Richtung hin und von einer höchsten Instanz aufgemuntert, unterstützt und belohnt, während sich hier ungleich zahlreichere und mühseligere Anstrengungen ohne entsprechenden Nutzen für das Allgemeine zersplittern.

Die kolossalen Werke der industriellen Associationen unserer Zeit beweisen zur Genüge, was die Vereinigung von Kräften vermag. Ebenso würde die Verbindung aller deutschen Land- und Gartenbau-Vereine zu einem grossen Bunde ein unendlicher Gewinn für's Vaterland sein. Und solche Einheit Deutschlands, solche Macht in der Einheit liegt in dem Bereiche der Möglichkeiten, weil ehrliches Zusammentreten aller Betheiligten, männliches Aufgeben kleinlicher Separat-Interessen und Vorurtheile die einzigen Bedingungen sind.

Auch ohne deutsche Hauptstadt könnte an irgend einem Punkte Deutschlands das Haupt eines solchen National-Verbandes geschaffen werden. Eine solche Central- und oberste Behörde, aus den ausgezeichnetsten Fachmännern bestehend und mit hinreichenden pekuniären Mitteln versehen, würde Ordnung, Zusammenhang und Licht schaffen, wo jetzt Chaos, Zweifel und Misstrauen walten; sie würde zu wohlthätigen Neuerungen und lehrreichen Versuchen anregen, gute Schriften prämiiren und das Verdienst überall ermuntern und belohnen. Durch sie wäre eine ebenso interessante als lehrreiche Statistik des deutschen Land- und Gartenbauwesens ermöglicht. Sie würde für Jeden und Alle eine stets bereitwillige, meisterhafte Rathgeberin sein. Ihr würde von nah und fern aus jedem Winkel des weiten Vaterlandes jede Entdeckung, jeder neue Gedanke sofort bekannt werden, und sie würde nach strenger Prüfung — das Nutzlose und Trugvolle verwerfend — das wirklich Schöne und Nützliche ebenso rasch wieder zur Kenntniss Aller bringen. Aber auch die Fortschritte anderer Völker würden durch ihre Vermittelung leichter, rascher und sicherer als seither deutsches Gemeingut werden, und zwar in einer den Interessenten unendlichen Zeitverlust ersparenden Auslese des Wissenswerthesten. Sie würde Deutschland in allen internationalen Angelegenheiten würdig vertreten, und den deutschen Ausstellungen den Glanz und die praktische Bedeutung verleihen, die ihnen jetzt noch so sehr mangeln. Ein solches Haupt auf einem solchen Körper mit tausenden geschickten und rührigen Gliedern, wie kein zweiter mehr in dieser Welt, würde sich zu riesenhafter Grösse erheben, und Ruhm und Segen über das gesammte Vaterland verbreiten."

Diesen grossen Gedanken begrüssen wohl Alle, denen die Hebung und Vervollkommnung des deutschen Gartenbaues wirklich am Herzen liegt, mit Enthusiasmus und wünschen, dass er ohne Parthei-Interesse und recht bald in's Leben treten könnte.

Auf den Inhalt der Baltet'schen Schrift selbst übergehend, so zerfällt dieselbe in 3 Haupt-Abschnitte:

1. Die Vermehrungs-Arten der Holz-Gewächse,
2. Die Baumschule,
3. Aufzählung der verschiedenen Baum- und Strauch-Gewächse, welche in der Baumschule gezogen werden, nebst kurzen Angaben über deren Kultur und Vermehrung.

Bei der sehr konzisen Ausdrucksweise und dem reichen, gedrängten Inhalt des vorliegenden Buches, ist eine Angabe, auch nur des Wesentlichsten, des darin Gesagten nicht wohl möglich und sind wir überzeugt, dass auch der erfahrene Praktiker manches Neue finden wird, während dem Anfänger hier eine sehr klare Darstellung der, in einer der bedeutendsten Baumschulen in Frankreich erprobten Kulturmethoden, gegeben ist.

Von hervorragendem Interesse ist der Abschnitt von der Veredlung (S. 38) und dann besonders die sehr praktische Anleitung zum Okuliren (S. 41—46) und das Okuliren mit Zweigen (S. 50), eine Veredlungsart, die nicht genug empfohlen werden kann.

Nicht minder lehrreich sind die Abschnitte über den Baumschnitt in der Baumschule, das Formiren (S. 91—105).

In dem Abschnitt: Nebenkulturen und Einrichtungen ist (S. 122) die Beschreibung eines sehr praktischen Vermehrungshauses gegeben. Der 3. Hauptabschnitt enthält spezielle Kultur-Angaben über die einzelnen Obstbaumarten, über die laubabwerfenden Ziergehölze, über die immergrünen Sträucher und über die Nadelhölzer.

Ist auch die Behandlung dieses Theiles etwas sehr kurz, und vielleicht etwas zu flüchtig, so findet sich doch der Praktiker bald darin zurecht, und wird gern die hier gegebenen Winke über Kultur und Vermehrung für seine Baumschule benutzen. Ich kann nicht umhin, zu erklären, dass mir das Studium dieser Schrift ebenso viel Genuss wie Belehrung gewährte.

2 grosse Blattpflanzen.

Verlag von Karl Wiegandt in Berlin, Koch-Strasse No. 22.

Druck der C. Feister'schen Buchdruckerei (L. Mewes), Berlin, Zieten-Platz No. 2.

Wochenschrift

des

Vereines zur Beförderung des Gartenbaues in den Königl. Preussischen Staaten

für

Gärtnerei und Pflanzenkunde.

Redakteur:

Professor Dr. Karl Koch,

General-Sekretair des Vereines.

No. 32. Berlin, den 12. August **1865.**

Preis des Jahrganges 5½ Thlr., sowohl bei Bezug durch den Buchhandel, als auch franco durch alle Post-Anstalten des deutsch-österreichischen Post-Vereines.

Allerlei
aus der Gärtnerei und Pflanzenkunde.
V.

Als wir in dem Berichte über eine Sitzung des Gartenbau-Vereines in Paris im vorigen Herbste (s. vor. Jahrg. d. Wochenschr. S. 338) die Mittheilung gemacht hatten, dass de la Roy, Grundbesitzer in der Nähe von Paris, seine Obstbäume im August verpflanzt und Erfolg davon gehabt habe, wurde das Faktum mannigfach bezweifelt. Wir haben uns später, als wir nach Paris zurückkehrten, dem Ausschusse angeschlossen, der von Seiten der Pariser Gartenbau-Gesellschaft beauftragt worden war, an Ort und Stelle die Anpflanzungen zu besehen und darüber Bericht zu erstatten. Seitdem waren durch de la Roy wiederum, und zwar in demselben Jahre und ziemlich zu derselben Zeit, wie das Jahr vorher, dergleichen Umpflanzungen geschehen, ebenfalls mit Erfolg. Der Ausschuss des Pariser Gartenbau-Vereines hat bereits im Journale der genannten Gesellschaft Bericht erstattet, der dahin geht, dass Obstanpflanzungen im August unter gewissen Verhältnissen zu empfehlen und den gewöhnlichen im Herbste oder Frühlinge sogar vorzuziehen sind. Von einem Mitgliede des Berliner Vereines, dem Kunst- und Handelsgärtner Späth, wurde in einer der Sitzungen ebenfalls die Mittheilung gemacht, dass bei uns Obstbäume mitten in der Vegetation, und zwar ebenfalls mit Erfolg, versetzt werden können.

Der erwähnte Grundbesitzer, de la Roy, Maire von le Pin bei Chelles ohnweit Paris und im Departement der Seine und Marne, ein eifriger Obstzüchter und kenntnissreicher Pomolog, hat seitdem sein Verfahren bei der Bepflanzung von Obstbäumen im Monate August selbst zur weiteren Kenntniss gebracht und schon vor längerer Zeit darüber spezielle Mittheilung gemacht. Absichtlich haben wir die weitere Veröffentlichung bis jetzt aufgeschoben, ergreifen aber jetzt, wo die Verpflanzzeit wiederum gekommen ist, die Gelegenheit, um das Verfahren de la Roy's in der Wochenschrift zu veröffentlichen. Möchten Obstfreunde dadurch veranlasst werden, ebenfalls Versuche anzustellen, um zu konstatiren, in wieweit das de la Roy'sche Verfahren bei uns anwendbar ist. Wir bitten, über den Erfolg uns später Bericht zu erstatten.

Wir lassen jetzt in dem Folgenden den Verfasser besagter Mittheilung, den Maire de la Roy, selbst sprechen:

„Während die Obst-Anpflanzungen bis jetzt bei Regen und Kälte gegen das Ende des Jahres geschahen, versuchte ich im August des Jahres 1863 gegen das Ende des Monates August während einer anhaltenden Trockenheit und einer tropischen Hitze eine Reihe von auf Quitten veredelten Birnen, die ein Alter von 3—6 Jahren besassen, zu verpflanzen. Schon 14 Tage nach der Verpflanzung fingen die Wurzeln zu treiben an, Beweis genug, dass mein Verfahren durch Erfolg belohnt werden würde. Sämmtliche Bäume sind seitdem auch angewachsen und zeichnen sich ausserdem durch kräftige Belaubung aus; die ältern haben selbst nun wiederholt Früchte angesetzt und zur Reife gebracht. Einige dieser Birnen wurden bereits im vorigen Herbste in einer der Sitzungen des Pariser Gartenbau-Vereines vorgelegt und für schmackhaft gefunden.

Im vorigen Jahre wiederholte ich ziemlich um dieselbe Zeit mit 150—200 Stück Bäumchen den Versuch von Neuem; auch dieser ist mit Erfolg gekrönt. Durch dieses Verfahren, im August die Obstbäumchen zu versetzen, gewinne ich ein Jahr. Ich habe schon im Verlaufe eines Jahres Ertrag, der mir bei Herbst-Verpflanzungen nur ausnahmsweise, bei Frühjahrs-Verpflanzungen gar nicht wird. Angenehm ist dabei, dass diese August-Anpflanzungen während einer günstigen Jahreszeit gemacht werden, nicht aber im Schmutz und in der Kälte, wie beide während der gewöhnlichen Pflanzzeit im Monat November nicht ausbleiben. Die Bäume haben Zeit, noch in demselben Jahre vollständig anzuwachsen, und zwar bevor die schlechte Jahreszeit eintritt, während dieses, wenn die Verpflanzung erst im Monat November geschieht, nur unvollkommen oder gar nicht geschieht.

Es versteht sich von selbst, dass dieses Verfahren, Obstbäume zu verpflanzen, nur ausführbar ist, wenn die Entfernungen nicht zu gross sind. Bei der grossen Dürre, welche in der Regel im August herrscht, würden bei längerem Transport die Wurzeln zu sehr leiden. Am rathsamsten geschieht es nur innerhalb einer und derselben Baumschule oder Obstplantage. Selbst in diesem Falle ist aber immer noch Vorsicht nothwendig, wenn die Anpflanzung gelingen soll.

Bevor man mit der Herausnahme beginnt, müssen die betreffenden Löcher zur Aufnahme auch schon fertig sein. Die herausgenommenen Bäume selbst taugt man alsbald in eine Flüssigkeit, welche aus Kuhkoth und Wasser bis zu einer gewissen Konsistenz gemengt besteht, so dass die Wurzeln mit einer ziemlich dicken Schicht umschlossen sind. Diese Schicht verhindert zunächst die Einwirkung der austrocknenden warmen Luft und bringt der Wurzel zur Erkräftigung und Neubildung reichlichen Nahrungsstoff zu. Ich rathe auch, so oberflächlich als möglich zu pflanzen. Stehen die Wurzeln zu tief, so gebraucht der Baum eine lange Zeit, bevor er sich wieder erholt, und geht auch selbst sehr leicht ein.

Was übrigens die Kuhkoth-Flüssigkeit anbelangt, so rathe ich ihre Anwendung auch bei den gewöhnlichen Anpflanzungen. Carrière, Chef der Baumschulen im Jardin des plantes in Paris, bedient sich ihrer schon seit einer langen Reihe von Jahren mit Vortheil. Ich habe selbst Bäume, die in Folge eines langen Transportes sehr gelitten hatten und unter anderen Umständen sicher zu Grunde gegangen wären, durch das alsbaldige Eintauchen in die näher bezeichnete Flüssigkeit erhalten.

Es dürfte schliesslich die Mittheilung Interesse haben, dass ich im vorigen Jahre im August einige Bäume mit Früchten versetzte. Diese reiften selbst noch nach der Versetzung. Leider habe ich damals versäumt, einige zu kosten und vermag deshalb über ihren Geschmack nicht zu urtheilen.

Es ist uns ein Bericht über eine Rosen-Ausstellung zugegangen, welche am 9. u. 10. Juli in Brie-Comte-Robert (im Departement der Seine und Marne) stattfand. Dass die Rosen seit dem letzten Dezennium sehr vervollkommnet wurden, ist bekannt; damit geht auch die immer mehr zunehmende Liebe zu Rosen Hand in Hand. In England finden schon seit mehrern Jahren besondere Rosen-Ausstellungen statt; es existiren selbst jenseits des Kanales Gesellschaften, welche nur die Rose als Gegenstand der Beschäftigung haben.

So viel uns bekannt ist, haben Ausstellungen von Rosen in Frankreich allein nicht stattgefunden, wenigstens nicht in der Ausdehnung, wie es jetzt in Brie-Comte-Robert der Fall gewesen. Diese Ausstellung muss allerdings grossartig gewesen sein, denn es waren nicht weniger als gegen 800 Sorten in über 6300 Blumen vertreten. Interessant ist für uns, dass dieselben Sorten, welche meist bei uns vor Allem beliebt sind, auch in Frankreich am meisten Beifall fanden. Diese verdienen es daher besonders, weiter empfohlen zu werden. Im Interesse der Liebhaber, welche ihre Gärten noch nicht hinlänglich mit Rosen versehen haben, theilen wir die Liste derer mit, welche in Brie-Comte-Robert am meisten gefielen: Maréchal Niel, Anna Diesbach, Hate, Hausburg, Baronne Pelletan de Kinkelin, Maurice Bernardin, Président Lincoln, Impératrice Eugénie, John Appert, Sénateur Vaïsse, Duchesse de Norfolk, Madame Furtado, Comtesse Cécile de Chabriand, Madame Victor Verdier, Général Washington, Madame Elise Vilmorin, Souvenir de la reine d'Angleterre, Eugène Appert, Madame Eugène Verdier, Charles Lefèvre, Monsieur Alphons Belin, Denis Helye, Madame la Baronne de Lassus, Saint-Geniès, Madame Boutin, Charles et Louise Margottin, Maréchal Vaillant, Monte-Cristo, Prince Camille de Rohan, Deuil du prince Albert, Victor Verdier, Reine des Violettes, Madame Boll, Empéreur de Maroc, François Lacharne, Vicomte Vigier, Monsieur Charles Crapelet, Soeur des anges, Baron Rothschild, Bernard Palissy, Maréchal Suchet (Guillot), Duchesse de Morny, Triomphe d'Alençon.

Die Grafschaft Brie, der westliche und fruchtbare Theil der Champagne, war schon im Mittelalter wegen seiner Rosen berühmt. Auch jetzt ist sie noch die Gegend, wo die Rosen im Grossen am meisten gebaut werden. Zwischen fruchtbaren Getreidefeldern breiten sich daselbst die Rosengärten aus, welche hauptsächlich das Material zu dem in Paris viel gebrauchten Rosenwasser geben. In früheren Zeiten wurden die Rosen der Grafschaft Brie noch weit mehr, sowohl zu Spezereien, als zur Medizin, gebraucht und bildeten deshalb einen bedeutenden Handelsartikel. Es geht die Sage, dass ein Graf Thibault von Brie, von den Kreuzzügen heimkehrend, eine wohlriechende Rose von Damaskus nach der Heimath verpflanzt habe, wo sie zuerst in der Nähe des Schlosses Provins angebaut wurde. Diese Rose von Provins ist aber nicht mit der Rose aus der Provence zu verwechseln. Es wäre doch wünschenswerth, dass diese Rose von Provins näher festgestellt würde.

Wir haben diese oben gegebene Mittheilung, welche übrigens von uns schon früher (im 1. Bande der Wochenschrift, S. 364), zum Theil wenigstens, veröffentlicht wurde, der Rede des Präsidenten Camille Bernardin entnommen und fügen aus ihr noch hinzu, dass bis zu Ende des vorigen Jahrhundertes die Zahl der Sorten von Rosen sehr gering war; ausserdem befanden sich unter ihnen noch sehr viele halbgefüllte und selbst einfache. Man liebte in früheren Zeiten auch mehr den Geruch, als die Blume selbst. Während der französischen Revolution beschäftigte man sich mit ganz anderen Dingen, als dass man für die Kultur der Rosen noch Zeit und Aufmerksamkeit gehabt hätte.

Erst als die Kaiserin Josephine, welche Rosen über Alles liebte, Dupont beauftragte, in Malmaison einen Rosengarten anzulegen und alle bis dahin kultivirten Sorten anzupflanzen, begann von Neuem eine grössere Liebe zu den Rosen. Dieses Mal galt es aber hauptsächlich den Blumen, deren Bau man nun vielfach zu vervollkommnen suchte. Hauptsächlich soll es die Frau des Grafen v. Bougainville, des bekannten Seefahrers, gewesen sein, welche in ihrem Schlosse Suisnes sich mit der Anzucht neuer Sorten beschäftigte. Trotz der damaligen unruhigen Zeiten blieb von da an die Rose die beliebteste Blume der Franzosen und wohl aller Völker. Wiederum in der Grafschaft Brie war es, wo von Neuem ihre Kultur im Grossen betrieben wurde. 13 Ortschaften liegen rings um Brie-Comte-Robert, welche sich fast nur mit der Anzucht von Rosen beschäftigen.

Wir haben im vorigen Jahrgange der Wochenschrift (S. 21), nach Berichten des Konseil-Mitgliedes im Arrondissement von Lyon, Hobitz-père, Mittheilungen über die Wirkung des Kochsalzes auf die Vegetation der Pflanzen gemacht und aufgefordert, ebenfalls damit Versuche anzustellen. Mag die Wirkung des Kochsalzes eine direkte oder eine indirekte sein durch Aufschliessen der im Boden befindlichen unlöslichen Salze, so viel möchte sich doch herausgestellt haben, dass sie eine vortheilhafte ist. Die Anwendung des Kochsalzes ist daher zu empfehlen.

Hobitz-père hat bereits im Jahre 1861 in einem besonderen Werkchen: „Notice sur l'emploi du sel en agriculture comme engrais, aliment et médicament" seine Erfahrungen mitgetheilt. Seitdem sind die Versuche von ihm fortgesetzt worden und die bis dahin erhaltenen Resultate in einer zweiten Auflage obigen Werkes, welche im vorigen Jahre zu Grenoble gedruckt wurde, veröffentlicht. Es würde zu weit führen, aus dem Werkchen auch nur einen Auszug zu geben; es möchte dieses selbst sich auch schwierig machen lassen, da es eben nur aus der Aufzählung der Resultate besteht und diese nicht abzukürzen sind. Gern sind wir bereit, Denen, welche sich dafür interessiren, das Werkchen für eine Zeit zur Verfügung zu stellen. Vielleicht möchte die Angelegenheit noch mehr gefördert werden, wenn das Schriftchen selbst in's Deutsche übersetzt würde.

Der Verfasser, Hobitz-père, schreibt uns darüber: „Die Broschüre enthält nur das, was ich selbst versucht habe; wer demnach nach meiner Vorschrift Versuche anstellt, möchte wohl sicher auch dieselben Resultate erlangen. In Ihrem Lande, wo die Bauern weit gebildeter, als bei uns sind, werden diese mehr im Stande sein, bei der Anwendung des Kochsalzes rationell zu verfahren und dadurch, besonders auf leichtem und sandigem Boden, sich grössere Erträge zu verschaffen. Für thonigen und lehmigen Boden würden wir rathen, Kalk mit möglichst kondensirtem Salzwasser zu begiessen und ihn dann unterzupflügen. In Frankreich werden bereits auf den kaiserlichen Domänen Versuche nach meinem Systeme angestellt. Da versprochen ist, mir darüber zu berichten, werde ich nicht verfehlen, Ihnen darüber ebenfalls Mittheilungen zu machen."

Durch ein verehrliches Mitglied des Vereines, durch den mit seinen Hopfenkulturen bekannten Banquier Jos. Jak. Flatau in Berlin, sind uns ebenfalls Mittheilungen über die Wirkung des Kochsalzes gemacht worden, die wir hier im Interesse der Sache ebenfalls zur weiteren Kenntniss bringen wollen.

„Im Jahre 1849 ist von mir bereits beim Hopfenbau in Neutomysl (Prov. Posen) Kochsalz als Dünger angewendet. Im Jahre 1860 habe ich eine Denkschrift an das hohe landwirthschaftliche Ministerium überreicht, wo ich die Mittel zur Förderung des Hopfenbaues in Preussen mitgetheilt und mich auch über Kochsalz zum Düngen des Hopfens ausgesprochen habe. Als ich im Frühjahre 1861 ebenfalls eine Hopfen-Anlage in Buckau in der Mark Brandenburg machte (vergl. Monatsschrift des landwirthschaftlichen Provinzial-Vereines für die Mark Brandenburg und Niederlausitz No. 3, 1864, pag. 90), ist wiederum von mir Kochsalz angewendet worden. Ferner wurden auf dem Versuchsfelde des Central-Vereines für Akklimatisation in Deutschland zu Berlin im Frühjahre 1862 Versuche zu einer Hopfen-Anlage gemacht und wiederum Kochsalz angewendet (vergl. Zeitschrift des genannten Vereines 1862, No. 10, p. 86). Auf gleiche Weise ist auch von mir Kochsalz angewendet worden.

Die von mir beobachteten Resultate sind, dass Kochsalz, namentlich auf leichtem Boden und in trockenen Jahren, günstig wirkte, theils durch die Dungkraft, theils dadurch, dass das Salz aus dem Boden und aus der Luft Feuchtigkeit anzieht und die Ackerkrume feucht erhält. Aber grosse Vorsicht ist dabei zu beobachten, ganz besonders darf es nicht in zu grossen Mengen angewendet und der Wurzel nicht zu nahe gestreut werden. Im letzteren Falle wird die Wurzel angegriffen und der Hopfenstock erkrankt."

Endlich liegt uns eben das Juniheft des Florist and Pomologist vor, wo wiederum das Kochsalz, besonders bei Gemüsekulturen, empfohlen wird. Wir haben uns früher darüber ausgesprochen, dass das Kochsalz in Grossbritannien zu verschiedenen Zeiten und in einzelnen Gegenden vielfach angewendet wurde, zum allgemeineren Gebrauch scheint es jedoch jenseits des Kanales ebenfalls nicht gekommen zu sein. Der Verfasser besagter Abhandlung sucht den Grund in einer verkehrten Anwendung, indem man es nämlich in zu grosser Menge oder zur unrechten Zeit anwendete. In der Regel ist eine Mischung von einer Unze Salz auf eine Gallone Wasser zum Begiessen am geeignetsten befunden.

Bei Spargel, der ursprünglich eine Meerpflanze ist, hat sich die Anwendung des Kochsalzes hauptsächlich bewährt. Man muss mit dem Begiessen anfangen, sobald man nicht mehr sticht, sondern die Triebe in die Höhe gehen lässt. Eine allgemeine Regel lässt sich dabei nicht geben, da Oertlichkeiten und Witterungs-Verhältnisse viel Einfluss ausüben; man muss mit Wenigem anfangen und dann steigern. Bei trockenem Wetter ist das Salz besonders angezeigt, da es Feuchtigkeit anzieht. Besonders hält es diese des Nachts zurück und ist Ursache, dass diese zu Gunsten der Vegetation verwendet wird.

Auf gleiche Weise hat sich die Anwendung des Salzes bei allen Kohlarten vortheilhaft gezeigt. Bei Beten, Mohrrüben, Pastinak und anderen Wurzelgemüsen ist es gut, wenn das Salz auf das bereits vor oder während des Winters gegrabene Land gestreut wird, so dass es allmählig in den Boden ziehen und sich mit ihm vermischen kann. Eine Hand voll für die Quadrat-Elle (zu 9 Fuss) reicht aus. Die im Frühjahre eingebrachten Saaten keimen und vegetiren ganz vorzüglich. Selleri wird am besten zu verschiedenen Malen mit Salzwasser begossen, bei Kartoffeln streut man das Salz über den Boden, sobald sie gelegt sind.

Auf gleiche Weise wird das Salz bei Obstbäumen, besonders bei Pflaumen und Pfirsichen, angewendet.

In Karlsruhe ist mit dem Polytechnikum eine besondere Landwirthschafts-Schule verbunden, in der auch dem Gartenbau Rechnung getragen wird. Garten- und Landbau sind im Wesentlichen nicht verschieden, weshalb Gärtner und Landwirthe dieselbe Ausbildung bedürfen. Der Vorstand der Landwirthschafts-Schule, Prof. Stengel, hat ein Programm ausgegeben, auf das wir aufmerksam machen. Wir stimmen vollständig mit der Art und Weise überein, wie der Unterricht daselbst gehandhabt wird und sind überzeugt, dass nur dadurch Resultate erzielt werden. Es heisst im Programme: „Man ist bei Errichtung dieser Landwirthschafts-Lehre von dem Grundsatze ausgegangen, dass Angesichts der grossen Fortschritte, welche die Naturwissenschaft einerseits, die praktische Erfahrung auf dem Gebiete der Landwirthschaft andererseits gemacht haben, es nicht mehr an der Zeit sei, auf landwirthschaftlichen Hochschulen die Praxis vom Katheder zu lehren, sondern dass die Erfahrung erworben werden müsse und dass hierzu die eigentliche Praxis viel geeigneter sei, als der Unterricht auf irgend einer Lehrkanzel, dass ferner die Behandlung der Landwirthschafts-Lehre als sogenannte Erfahrungs-Wissenschaft, d. h. ein Ausbau derselben auf Grundlage der Erfahrung mit blosser Zuhülfe der Naturwissenschaften zur Erklärung von durch die Erfahrung festgesetzten Erscheinungen und Thatsachen, nicht mehr angemessen sei, sondern dass man vielmehr die Landwirthschafts-Lehre aufzubauen habe, einerseits auf der Grundlage der Volkswirthschaftslehre, andererseits auf dem Gebiete der Naturwissenschaften, dass also Nationalökonomie und Naturwissenschaften nicht als Hülfswissenschaften, sondern in Verbindung mit der Mathematik als Grundwissenschaften der Landwirthschaftslehre angesehen und behandelt werden." Weiter heisst es im Programme: „Die sichersten Grundlagen des landwirthschaftlichen Betriebes bilden die Naturwissenschaften in ihren ewigen unabänderlichen und unverrückbaren Gesetzen, und das richtige Verständniss der gesammten Volkswirthschaft — nicht aber die auf jeder Meile wechselnde und sich ändernde Erfahrung. Sind Naturwissenschaften und Nationalökonomie die Grundpfeiler aller tieferen landwirthschaftlichen Bildung, und muss der studirende Landwirth, um in diesen Wissenschaften zu einer wirklich wissenschaftlichen Auffassung zu gelangen, die Wissenschaften um ihrer selbst willen und in ihrer vollen Ausdehnung studiren, so folgt daraus, dass dem Studium dieser Wissenschaften eine längere Studienzeit eingeräumt werden muss, um so mehr, da, um zu einem wirklichen Verständniss in diesen Wissenschaften zu gelangen, die Kathederlehre und Demonstration nicht genügt, sondern eine Selbstthätigkeit im Arbeiten und Forschen Seitens des Studirenden hinzutreten muss."

Wie sehr der badischen Regierung daran liegt, im Volke den Sinn für Obstbau zu heben, ersieht man daraus, dass in beiden Lehrer-Seminarien, in Karlsruhe und Ettlingen, ein Kursus über Obstbau, und zwar durch H. Goethe, dem Gärtner der Anstalt und Lehrer für Garten- und Obstbau, gegeben wird.

Wir haben zwei Mal über die Benutzung des Löwenzahnes (Taraxacum officinale) als Gemüse und als Salat in Frankreich (S. 152 u. 198) gesprochen. Dass er an einzelnen Orten auch in Deutschland auf gleiche Weise benutzt wird, wussten wir bereits. Von Seiten des Dr. Hasskarl in Kleve geht uns aber die Nachricht zu, dass in der dortigen Gegend die Mittelrippe der Blätter genannter Pflanze vielfach als Gemüse benutzt wird, nicht als Salat, obwohl der Name Mol-Sla, was im Holländischen Maulwurfs-Salat bedeutet, darauf hinweist. Diese Benennung spricht ferner dafür, dass die Bewohner des nördlichen Theiles der Rheinprovinz diese Nahrung durch die Holländer kennen lernten. Die Aerzte halten dieses Gemüse allgemein für gesund, besonders wegen seiner leichten Verdaulichkeit, und empfehlen es selbst Leidenden.

Während der 4. Versammlung deutscher Pomologen, Obst- und Gemüsezüchter in Görlitz im Jahre 1863 empfahl Inspektor Lucas in Reutlingen eigens präparirte Lederstreifen zum Anbinden der Etiketten wegen ihrer Dauerhaftigkeit. Es sind seitdem viele Versuche gemacht worden, welche ihre Brauchbarkeit bestätigen. Jedermann kennt die Unannehmlichkeiten, welche daraus entstehen, wenn die Etiketten verloren gehen. In Obstbaumschulen entstehen ganz besonders dadurch die grössten Verwirrungen in der Nomenklatur. Es wird deshalb Vielen angenehm sein, zu erfahren, dass diese Lederstreifen auch billiger zu stehen kommen, als jedes andere Binde-Material. Bereits hat der Verfertiger, Theodor Klemm in Pfullingen (Königreich Württemberg), Patente in Grossbritannien und in den Vereinigten Staaten Nord-Amerika's bekommen.

Zum Anbinden der Etiketten und Nummerhölzer kosten 100 Stück zu 8 Zoll (Württ. Mass) Länge: 10 Sgr. oder 33 Kr. südd. W., 100 Stück zu 7 Zoll Länge: 8 Sgr. oder 27 Kr. Zum Anbinden von Bäumen hingegen kosten 100 Stück von 2 Fuss 5 Zoll Länge: 1 Thlr 27 Sgr. oder 3 Fl. 20 Kr., 100 Stück von 1 Fuss 7 Zoll Länge: 21 Sgr. oder 54 Kr., 100 Stück von 1 Fuss 5 Zoll Länge: 12 Sgr. oder 42 Kr.

Dagegen haben sich die Faber'schen Schiefer-Etiketten nicht bewährt. Es sind uns, besonders aus Schweden, Mittheilungen zugegangen, welche sich entschieden dagegen aussprechen. Schon nach kurzem Gebrauche zerbröckeln sie sich und zerfallen in einzelne Stücke. Man hatte in einer Baumschule allgemein davon Anwendung gemacht und sah sich schon nach Verlauf eines Jahres gezwungen, die Schiefer-Etiketten durch andere zu ersetzen.

Dass deutsche Erzeugnisse im Auslande Anerkennung finden, davon kann sich Jedermann überzeugen, der im Auslande gewesen ist. Um so mehr muss man sich wundern, dass es immer noch Blumenliebhaber gibt, welche der Meinung sind, dass man etwas Gutes nur aus dem Auslande beziehen könne. Wir wollen damit keineswegs verlangen, dass man gar nichts von dem Auslande kaufen solle, sondern halten im Gegentheil den internationellen Verkehr für ausserordentlich wichtig, für beide Theile selbst, dem In- und Auslande, sehr nothwendig und nützlich. Wir sprechen uns nur gegen das Verkennen der inländischen Industrie aus. Davon haben wir uns leider oft überzeugt, dass man ziemlich häufig mittelmässige Waare um hohe Preise aus dem Auslande bezogen hatte, die man im Inlande besser und wohlfeiler hätte bekommen können.

Es gibt z. B. immer noch Blumenfreunde, die den Samen zu ihren Stiefmütterchen (Pensée's) in der Meinung aus England beziehen, dass nur jenseits des Kanales etwas Vorzügliches existire. Der bekannte Baumschulbesitzer And. Leroy in Angers schreibt uns über die Stiefmütterchen des Kunst- und Handelsgärtners Schwanecke in Oschersleben, von dem wir Samen genannter Blume mitgetheilt hatten: „Es macht mir grosses Vergnügen, Ihnen mittheilen zu können, dass die Stiefmütterchen, von denen Sie uns im vorigen Herbste die Samen mitgebracht hatten, eine wahre Revolution (une veritable revolution) unter unsern Blumenzüchtern hervorgerufen haben; man hatte bis dahin noch nicht so schöne Blumen, hauptsächlich was das seltene und mannigfaltige Kolorit anbelangt, gesehen."

Im Horticulteur français ist (Seite 165) eine Gloxinia abgebildet, wo ausserhalb der Krone sich noch die Anfänge einer 2. Krone gebildet haben. Diese seltsame Form ist bei Chantin in Versailles entstanden. Wir haben hiermit wieder ein Beispiel, wo eine Abweichung von der Norm bei einer und derselben Pflanze sehr oft zu gleicher Zeit oder kurz darauf an 2 und mehrern Arten erscheint. Schon vor 3 Jahren sahen wir nämlich diese merkwürdige Abweichung in dem Garten des Kommerzienrathes Reichenheim. In einer Sitzung des Vereines zur Beförderung des Gartenbaues wurde eine solche Gloxinie mitgetheilt. Obergärtner Boese brachte auch durch verschiedene Aussaat-Versuche die Entwickelung der zweiten und zwar äusseren Krone bis zu einem bestimmten Grade, zu einer deutlichen Krone in Form der eigentlichen ist es jedoch noch nicht gekommen; es scheint selbst, als wenn diese Abweichung sich wiederum allmählig verlieren wollte.

Nach Mittheilung Morren's in Lüttich haben seit einigen Jahren dergleichen Missbildungen sich auch bei Gloxinien-Blüthen in der Handelsgärtnerei von Jakob-Makoy in Lüttich gezeigt. Ueberhaupt scheint Lüttich der Ort zu sein, wo diese Erscheinung an der Gloxinien-Blüthe zuerst beobachtet wurde. Wir finden nämlich über denselben Gegenstand bereits eine Abhandlung, welche den verstorbenen Professor Karl Morren, den Vater des jetzigen, zum Verfasser hat und in dem Sammelwerke Fuchsia (pag. 157), was im Jahre 1849 erschienen ist, abgedruckt wurde. Die an besagter Stelle befindliche Abbildung der Blüthe zeigt aber nur an der unteren Seite der Krone ein blumenblattähnliches Anhängsel.

Ueber

Urwälder Deutschlands,

insbesondere des Böhmerwaldes.

Vom Geheimen Medizinalrath und Professor Dr. Göppert in Breslau*).

Wenn man von Urwäldern spricht, pflegt man gewöhnlich eher an die primitiven Wälder der Tropen zu denken, als dergleichen noch in Europa oder gar mitten in Deutschland zu vermuthen. Schweigen doch alle Beschreiber deutscher Wälder und Waldbäume von dergleichen und begnügen sich nur mit Abbildungen schwächlicher Epigonen, statt die Natur in ihrem Urzustande aufzusuchen. Bereits im Jahre 1855 schilderte F. v. Hochstetter die Urwälder des Böhmerwaldes, denn von ihnen soll hier vorzugsweise die Rede sein, nach allen ihren Verhältnissen eben so anziehend als treu („Allgemeine Zeitung" 1855, No. 167, 175, 182, 197, 219, 220, 252), und unter den Männern von Fach war unser Ober-Forstmeister v. Pannewitz der erste und, so viel ich weiss, bis jetzt auch der einzige, der sie wiederholt besuchte und uns auf sehr interessante Weise mit ihren ausserordentlichen Wachsthums-Verhältnissen bekannt machte. (Verhandl. des schles. Forstvereins vom Jahre 1856 S. 280—296, 1864 Beil. S. 24 u. f.).

Hierdurch vielfach angeregt, gelang es mir im Jahre 1858, eine, wenn auch nur kleine, aber doch fast alle Eigenthümlichkeiten zeigende Urwaldstrecke in der Herrschaft Seitenberg der Grafschaft Glaz nachzuweisen, wodurch ich mich aber nur noch mehr veranlasst sah, jene klassischen Gegenden selbst aufzusuchen, was ich im August des vorigen Jahres in Begleitung eines meiner Schüler, Apotheker Müncke, ausführte. Nachstehend versuche ich in möglichst gedrängten Sätzen den Hauptinhalt meines Vortrages wiederzugeben, der, von Abbildungen begleitet, als selbständige Arbeit in den Akten der Kaiserl. Leopoldinisch-Carolinischen deutschen Akademie der Naturforscher veröffentlicht werden soll.

1. Die Urwälder befinden sich im Böhmerwalde, welcher sich in fast 30 Meilen Länge von den Grenzen des Voigtlandes bis nach Ober-Oesterreich hinzieht und die natürliche Grenze zwischen Böhmen und Bayern bildet, und zwar vorzugsweise im Ursprungsgebiet der Moldau auf den Herrschafts-Gütern des jetzt regierenden Fürsten Adolph v. Schwarzenberg, Herzog von Krummau, auf den Herrschaften Krummau, Winterberg, Stubenbach, sowie auch auf der gräflich Thun'schen Herrschaft Gross-Zdikau.*) Nach Hochstetter wird das Gesammtareal dieser Urwälder etwa auf 33,000 Joch (1 Joch gleich 2¼ preuss. Morgen) geschätzt, während der gesammte Waldbestand jener eben genannten vier Herrschaften mit dem regenerirten oder kultivirten Walde zusammen ungefähr 100,000 Joch beträgt. In völlig primitivem Zustande ist vorzugsweise ein auf dem sich bis zu 4,298 Fuss erhebenden Kubany befindlicher Urwald von 7,200 Morgen preuss. erhalten, von welchem auch ein höchst wesentlicher Theil nach einer Verordnung des Fürsten möglichst konservirt werden soll, wodurch sich Se. Durchlaucht ein in seiner Art einziges Denkmal gründet, welches

*) Vortrag, gehalten in der Sitzung der naturwissenschaftlichen Sektion der Schlesischen Gesellschaft für vaterländische Kultur in Deutschland.

*) Ob in dem angrenzenden Bayrischen Walde noch Urwälder in unserem Sinne vorhanden sind, ist mir unbekannt. Einzelne kolossale Stämme sah ich auf diesem Gebiete in der Umgegend des Dreisesselberges.

die Wissenschaft stets in hohen Ehren halten wird.

2. Der Charakter europäischer Urwälder kann bei der geringen Mannichfaltigkeit unserer Baumvegetation im Vergleich zu denen der Tropen nur ein einförmiger sein, und steigert sich diese Einförmigkeit noch auf grösserer Höhe, beschränkt sich zuletzt auf Nadelhölzer, weil eben nur dort sich bei dem Zustande unserer sozialen Verhältnisse dergleichen zu erhalten vermochten. So besteht denn auch in der That die gegen 700 Morgen grosse, im Glazergebirge in 3500 Fuss Höhe gelegene Urwaldstrecke nur aus Rothtannen (Pinus Abies L.), im Böhmerwalde die untere Region auf unserem Hauptbeobachtungspunkte, dem Kubany von 2000 bis 3500 Fuss aus Weiss- und Rothtannen mit beigemischten Buchen und einzelnen Bergahorn, die obere Region von 3400—4000 Fuss nur aus Rothtannen oder Fichten (Pinus Abies L.).

3. Als Hauptcharakter tritt uns nun in der Buchen- und Weisstannen-Region die erst in der bedeutenden Höhe von durchschnittlich 60—100 Fuss vorhandene Kronenbelaubung entgegen, daher die Helligkeit und auch die Möglichkeit der Entwickelung des jungen Ausschlages, welche freilich erst bei Bildung irgend einer Lücke erhebliche Fortschritte macht, dann aber rasch, selbst nach hundertjähriger Unterdrückung, das unfreiwillig Versäumte nachholt, wie das Studium der Querschnitte solcher Stämme zeigt. Die Regeneration oder Verjüngung dieser Wälder erfolgt also fortwährend und man hat daher nicht nöthig, wie von Einigen angenommen wird, an einen in grossen, etwa 4 bis 500-jährigen Zeiträumen eintretenden sogenannten säkularen Wechsel der gesammten Baumvegetation zu denken. Die grössten Dimensionen erreicht die Weisstanne. Stämme von 120—150 Fuss Höhe bei 4—6 Fuss Umfang sind gewöhnlich, von 200 Fuss Höhe, im Durchmesser von 6—8 Fuss nicht selten, mehre mass ich zu 8 Fuss, daher denn auch pro Joch 142—200 Klafter im Urwalde häufig vorhanden erscheint. Die stärkste bis jetzt beobachtete, noch in ihren Ruinen von Hochstetter gesehene Weisstanne hatte 30 Fuss Umfang bei 200 Fuss Länge. Auf 30 Klaftern 30-zölligen Brennholzes schätzte man die Holzmenge des jetzt leider nicht mehr vorhandenen Riesen. Buchen, Rothbuchen (Fagus sylvatica), obschon von geringerer Stärke, doch in einzelnen Exemplaren von 14 Fuss Umfang, wetteifern im Höhenwachsthum und erreichen nicht selten die bedeutende Höhe von 100—130 Fuss bei 80—90 Fuss Kronenbelaubung. Fichten, auch in dieser Region häufig, erreichen zwar nicht die Höhe und Stärke der Weisstanne, aber doch eine so imposante Grösse in Tausenden von Stämmen, wie sie nur als Seltenheiten in unseren Wäldern angetroffen werden. Ihre Entwickelungs- und Wachsthumsweise auf abgebrochenen, stehenden und liegenden Stämmen und dazu noch die Verwachsung der Wurzeln neuer und alter Stöcke untereinander liefern die charakteristischen Merkmale des deutschen Urwaldes, welche nach vielfach eingezogenen Erkundigungen von Reisenden der Tropen keine dortige Baumart zeigt. Entwickelung auf abgebrochen stehenden Stöcken oder Stämmen bedingt zuletzt bei allmählicher Zersetzung und Schwinden des Mutterstammes das zuerst von Ratzeburg (1831) beschriebene stelzen- oder pandanenartige Wachsthum, wo die Bäume wie von Säulen getragen erscheinen, und Entwickelung auf liegenden Stämmen, die reihenweise Stellung der Bäume im Urwalde, die hier auf die ausgezeichnetste Weise hervortritt. Oft stehen 5—6 an 150 Fuss hohe und 3—4 Fuss dicke Fichten in graden, oft sich kreuzenden Linien und tausend und abermals tausend jüngeren Anfluges verschiedener Grösse wuchern auf den überall wild durcheinander liegenden, in allen Stadien der Zersetzung befindlichen Zeugen vergangener Jahrhunderte. Nur die kräftigeren erhalten sich und bleiben zuletzt in fast gleichen Entfernungen und in graden Linien zurück, welche der Richtung des Stammes entspricht, auf dem sie einst entsprossen. Nach den genauen vom Forstmeister John, dem verdienten Pfleger des Kubany, angestellten, mir gütigst mitgetheilten Messungen befinden sich in etwa 2—3200 Fuss Seehöhe hier auf 1 preuss. Morgen an 160 Klaftern Holzmasse, wovon etwa ⅗ auf lebenden und die übrigen ⅖ auf todten stehenden und lagernden Stämmen, hier Ronen genannt, kommen. Von 3400 Fuss ab mindert sich das gewaltige Höhenwachsthum, vermehrt sich aber die Festigkeit, und in dieser Region von 3500 bis 4000 Fuss finden sich Stämme von 6—700-jährigem Alter bei nur 2 bis 3 Fuss Dicke, deren Holz unter anderem zu Resonnanzböden verwendet wird, welches besonders im Stubenbacher Revier in unübertrefflicher Güte gefunden und durch die hier befindliche Fabrik von Bienert, als des Gründers dieser Industrie, in allen Gegenden der Erde verbreitet wird.

4. Von den anderweitigen Bäumen finden sich hier noch Ulmen, Bergahorn, doch im Ganzen von keinem bemerkenswerthen Umfange, sowie die in allen nordischen Wäldern als Baum und Strauch einheimische Eberesche; dann als Unterholz fast nur Salix Caprea, Lonicera, Sambucus racemosa u. s. w., von krautartigen Gewächsen in besonderen, auf feuchten, von fliessendem Wasser berieselten, nicht eigentlich sumpfigen Lagen, auf welchen auch die

Bäume vorzugsweise zur massenhaftesten Entwickelung gelangen, die gewöhnlichen Pflanzen unserer höheren Vorgebirge. Im Ganzen aber ist die von uns auch möglichst berücksichtigte Phanerogamen-Flora des ganzen Böhmerwaldes, der trotz der Höhe seiner Berg-Gipfel von 4—4600 Fuss durchaus keinen alpinen Charakter, wie etwa das Riesengebirge, besitzt, arm zu nennen, aber dennoch eben wegen ihrer Dürftigkeit mit Hinsicht auf Verbreitung der Gewächse von grösstem Interesse. Auf dem höchsten Punkt, dem Arber, in 4600 Fuss Seehöhe, meint man die Flora eines Wiesen- oder Waldrandes der Ebene vor sich zu sehen, wenn nicht zwischen den die Rasenflächen begrenzenden Felsengruppen Juncus trifidus und Agrostis rupestris hervorsprossten und mit den Gyrophoren und Andreaeen auf dem Gestein die hohe Lage verriethen.

5. Wenn wir nach den Ursachen der Erhaltung dieser wunderbaren Wälder forschen, so haben wir wohl als ein Hauptmoment ihre geographisch schwer zugängliche Lage, die erst sehr spät und nur durch Anlegung von kostbaren Kanälen ihre allgemeinere technische Benutzung gestattete, und die beschränkte Zahl von Holz konsumirenden Fabriken zu nennen. Denn nur Glashütten sind vorhanden, Eisenwerke fehlen wegen Mangel an Eisenerzen. Zu ihrer ausserordentlichen Entwickelung trägt die durch Beobachtung nachgewiesene, überaus feuchte Atmosphäre wesentlich bei, welche durch die mit Krummholzkiefern bewachsenen, die Moldau und alle ihre Seitenthäler bis hoch herauf erfüllenden Moore*) veranlasst wird, wie denn endlich auch die Entfernung jeder Einwirkung des Menschen nicht hoch genug anzuschlagen ist. Man überliess die Lichtung der Natur, vielleicht die Hauptursache der so merkwürdig hohen Kronenbelaubung; alle Abfälle der Vegetation, sowohl der baum- als strauchartigen, kamen hier wieder zu Gute, daher auch die im Allgemeinen sehr gesunde Beschaffenheit dieser Wälder und ihre so massenhafte Holzproduktion, wie sie in vielen unserer meist vielfach regenerirten, durch Entfernung der Abfälle und Untervegetation in ihrem natürlichen Wechselverhältnisse von Nahrung und Konsumtion gestörten, also wie man wohl in Wahrheit sagen kann, durch Raubbau geschwächten Wäldern so leicht niemals wieder zum Vorschein kommen kann, und auch dort sich vermindern wird, wenn mit der Zeit die Verhältnisse zu Benutzung der sämmtlichen Erzeugnisse des Waldes drängen sollten. Ich verwahre mich hier im Voraus gegen alle Einwürfe und Vorwürfe, die man mir wegen dieser Ansicht machen dürfte, lasse alle Nothwendigkeits- und Nützlichkeits-Rücksichten bei Verwaltungen gelten: mir liegt nur daran, auf eines der grossartigsten naturhistorischen, bis jetzt nichtsdestoweniger ausser Böhmen nur wenig berücksichtigten wahren Phänomens die allgemeine Aufmerksamkeit zu lenken.

Denn die Wälder interessiren uns nicht mehr allein wegen ihrer Holzproduktion, sondern auch wegen ihrer hohen klimatischen Bedeutung, wegen ihrer Wichtigkeit für die Regelung der Gewässer zur Verhütung der Gefahren von Ueberschwemmungen, womit so viele Länder eben in Folge der Vernachlässigung ihrer Pflege auf das Empfindlichste heimgesucht werden. Nur auf solchem primitiven Boden kann die bis jetzt freilich kaum noch gegründete Forstchemie, die alleinige Basis einer rationellen Forstbewirthschaftung, wer wollte dies leugnen, entscheidende Erfahrungen über Nahrung und Produktion sammeln und so vielen kostspieligen physiologischen Einsichten widersprechenden Versuchen entgegentreten, welche oft so schwere Opfer ohne Erfolg und Nutzen kosten. Dem bei allen solchen Untersuchungen eben so betheiligten Botaniker bietet sich dort ein unerschöpfliches Material für morphologische und physiologische Studien dar, und der Oekonom kann sich, wie so leicht nirgends, überzeugen, was ein Boden, den man nicht seiner natürlichen Hülfsmittel beraubt, zu leisten vermag. Den Paläontologen zeigt die trotz viel tausendjähriger ungestörter Vegetation in so geringer Menge vorhandene Dammerde, dass die Steinkohlenlager nicht direkt aus Urwäldern und ihrem Abfalle einst entstanden sein können.

Mögen recht Viele jene klassischen Gegenden besuchen, an welche sich auch zugleich bei mir dankbare Erinnerungen, insbesondere an den hohen Besitzer knüpfen, durch dessen Anordnungen meinen Bestrebungen die wesentlichste Förderung zu Theil ward.

*) Die Bedeutung dieser viele tausend Morgen grossen und oft 20—30 F. mächtigen Moore ist für die Erhaltung des Wasserreichthums der Moldau, somit für das ganze Land gewiss nicht hoch genug anzuschlagen, worin mir Jeder beistimmen wird, der auf Gebirgen Gelegenheit hatte, den Einfluss von Mooren und Sumpf- oder Knieholzkiefern auf Bildung und Unterhaltung von Quellen zu beobachten. Sphagna scheinen die Entstehung jener Moore vorzugsweise vermittelt zu haben, die an vielen Orten eben durch den Einfluss jener winzigen, im Haushalt der Natur aber so bedeutungsvollen Moose noch in weiterer Bildung begriffen sind

Verlag von Karl Wiegandt in Berlin, Koch-Strasse No. 22.

Druck der C. Feister'schen Buchdruckerei (L. Mewes), Berlin, Zieten-Platz No. 2.

Wochenschrift

des

Vereines zur Beförderung des Gartenbaues in den Königl. Preussischen Staaten

für

Gärtnerei und Pflanzenkunde.

Redakteur:

Professor Dr. Karl Koch,

General-Sekretair des Vereines.

No. 33. Berlin, den 19. August **1865.**

Preis des Jahrganges 5⅓ Thlr., sowohl bei Bezug durch den Buchhandel, als auch franco durch alle Post-Anstalten des deutsch-österreichischen Post-Vereines.

Mittwoch, den 30. August, Abends 5 Uhr, findet im Palmenhause des botanischen Gartens eine Versammlung des Vereines zur Beförderung des Gartenbaues statt, wozu die geehrten Mitglieder eingeladen werden.

Die Schlesische Gesellschaft für vaterländische Kultur.

Sektion für Obst- und Gartenbau.

Sitzung vom 12. Juli d. J.

Von E. H. Müller, Sekretär der Sektion.

Aus dem Obstbaumschul- und Versuchsgarten der Sektion wurde durch deren Gärtner ein Sortiment Johannisbeeren zur Ansicht und Prüfung vorgelegt; unter den rothfrüchtigen zeichneten sich durch Grösse der Frucht, Geschmack und reiche Tragbarkeit als besonders empfehlenswerth aus: Gonduin, Du Caucase, Versaillaise und die etwas später reifende Kirsch-Johannisbeere, welchen aber die d'Angleterre und die Langtraubige mit reichlichem Fruchtansatz, letztere mit bis 3 Zoll langen Trauben, jedoch nur in Bezug auf Grösse der Frucht, wenig nachstehen, während die Süsse beste bei nur kleiner Frucht, aber ebenfalls reicher Tragbarkeit, ihrem Namen vollständig entspricht, die Ahornblättrige jedoch wenige und kleine Früchte trägt und deshalb nur für Sammlungen geeignet ist; von den weiss- und buntfrüchtigen nimmt Macrocarpa (weiss) durch Grösse und Wohlgeschmack der Frucht sowohl, als durch ausserordentlich reichen Ertrag ohne Zweifel die erste Stelle unter den empfehlenswerthen Sorten ein und möchten wir dieser die längst bekannte Holländische grosse weisse, folgen lassen; die Grosse fleischfarbene Champagner mit ziemlich grosser, blassrother Frucht empfiehlt sich weniger durch reiche Tragbarkeit, als durch milden, guten Geschmack; die neue Sorte: Gloire de Sablon, mit mittelgrosser, roth- und weiss-panachirter Frucht ist durch diese recht zierend, scheint auch übrigens empfehlenswerth zu sein; es hat jedoch ihr wahrer Werth, besonders in Bezug auf Ertragsfähigkeit, noch weiterer Prüfung zu unterliegen.

Kunstgärtner Grunert in Weidenhof ertheilte brieflichen Bericht über seine Kultur-Versuche mit Gurken und deren Erfolge; derselbe wurde vorgetragen und soll in dem nächsten Jahresbericht veröffentlicht werden.

Der Stadtrath a. D., Rahner, hatte die Güte, durch den Stadt-Schulrath Dr. Wimmer die hier wohl noch wenig bekannte Varietät der Vogelkirsche (Prunus avium) vorlegen zu lassen, von welcher an einem Stiele, ohne dass dieser ein Verwachsen mehrer Stiele oder nach dem Fruchtansatz hin eine Verästelung in mehrern Fruchtstielchen zeigte, stets 2—4 vollständig ausgebildete, auch keineswegs im Fleische miteinander verwachsene Kirschen mit je einem ganz normalen Steine vorhanden waren; es stammte diese Kirsche aus der Gegend von Goldberg und soll der betreffende Baum nur solche Früchte tragen; ob alljährlich, konnten wir bisher noch nicht ermitteln. Es soll versucht werden, zu erfahren, ob diese Spielart durch Aussaat oder doch wenigstens, da auch Reiser versprochen sind, durch Pfropfung sich erhält.

Der Sekretär theilte zwei Aufsätze aus der „Regensburger Flora" mit, der eine über Obstkultur auf den normannischen Inseln, der andere über das Vorhandensein kochend-heisser Quellen am

Fusse eines Gletschers der Blauen Berge, welche sich nach kurzem Laufe in einen Bach und durch diesen alsbald in den Stekin-Fluss im britischen Nord-Amerika ergiessen und deren Umgebung in weiter Ausdehnung eine so hohe Bodenwärme und üppige Vegetation zeigt, dass, wenn mit einem Glashause überbaut, man in demselben bei tropischem Klima Angesichts der nahe gegenüber gelegenen Eismassen in den Schönheiten einer tropischen Vegetation zu schwelgen vermöchte.

Ferner gab der Sekretär Kenntniss davon, dass der Jahresbericht der Sektion für 1864 ausgegeben und versendet worden sei, legte die kürzlich empfangene 24. Lieferung des Arnoldi'schen Obst-Kabinets vor und machte Mittheilung von einem Schreiben des Erfurter Gartenbau-Vereines und dem von demselben erhaltenen Festprogramm, für die vom 9. bis 17. September zu Erfurt statthabende nationale Ausstellung von Garten- und landwirthschaftlichen Produkten u. s. w., indem er wiederholt zur Betheiligung an derselben durch Einsendungen aufforderte.

Ueber die Italienischen Gärten.

Ein Vortrag, gehalten in der Schlesischen Gesellschaft für vaterländische Kultur vom Professor Dr. Cohn in Breslau.*)

Die Garten-Anlagen Italien's sind im Auslande nicht so gekannt und geschätzt, als sie verdienen; sie repräsentiren eine bestimmte Epoche in der Geschichte der Gartenkunst und bieten Muster-Beispiele eines in seiner Art klassischen Styles, welcher zwar von dem bei uns herrschenden ganz abweichend, den dortigen Verhältnissen aber in vollkommenster Weise entspricht.

Die Gärten Italien's sind grösstentheils im goldenen Zeitalter der Kunst, im 16. Jahrhundert, zum Theil noch im 17., angelegt und bis auf die Gegegenwart fast unverändert erhalten, während in anderen Ländern die gärtnerischen Schöpfungen jener Jahrhunderte fast überall wieder vernichtet oder in moderne, sogenannte englische Anlagen umgewandelt worden sind. Diese Stabilität der Italienischen Gärten hängt zusammen mit der Geschichte dieses Landes, welches in jener Zeit seine höchste Blüthe in den Künsten, wie im Wohlstande, erreicht hatte, seitdem aber bis auf die letzte Zeit stationär geblieben oder vielmehr zurückgeschritten war, zu Neuschöpfungen daher wenig Neigung fühlte. Anderseits sind die adeligen Geschlechter, welche Gärten gegründet, grossentheils noch bis in die Gegenwart im Besitz derselben geblieben und haben mit Pietät die Schöpfungen des alten Glanzes zu erhalten gesucht. Aus ähnlichen Gründen bewahren auch die Paläste und Villen und selbst die Bürgerhäuser Italiens in ihrer äussern und innern Einrichtung den Charakter vergangener Jahrhunderte bei weitem vollständiger, als dies in anderen Ländern der Fall ist.

Die Italienischen Gärten sind die direkten Nachkommen der alten Römischen, von denen bekanntlich einzelne sehr ausführliche Beschreibungen erhalten sind, die bei der Wiedergeburt der alten Studien geflissentlich studirt und nachgeahmt wurden. Ueberdies sind ohne Zweifel in diesem Lande, das nie, wie das übrige Europa, ein Zwischenreich vollkommener Barbarei zu durchleben hatte, die Traditionen antiker Gartenkunst, besonders in den Gärten der Klöster und Paläste, unmittelbar von Jahrhundert zu Jahrhundert fortgeerbt worden.

Bedingt wird der Charakter der Italienischen Gärten zunächst durch das Bedürfniss seiner Bewohner, welche von jeher den Palazzo in der Stadt nur zeitweise bewohnten, einen grossen Theil aber, namentlich der wärmeren Jahreszeit, auf dem Lande (alla campagna) zuzubringen sich gewöhnt hatten. Die Italienischen Landhäuser liegen aber, gleich den meisten Städten und Dörfern Italien's, seit den ältesten Zeiten nicht, wie bei uns, in der Ebene, auch nicht in den Thälern, welche meist durch Malaria, im Sommer wenigstens, unbewohnbar sind, sondern auf der Höhe der Berge. Während der Thalboden ausschliesslich dem Feldbau überwiesen ist, sind die Berg-Abhänge mit Gärten und Villen besetzt. Hieraus ergibt sich für die ersteren die Nothwendigkeit einer räumlichen Beschränkung; Parks, die sich über grosse Flächen, oft Quadratmeilen gross, erstrecken, sind eben nur in der Ebene möglich. Der einförmige Charakter der Vor-Appeninen, welche in der ganzen Halbinsel schroff sich zu bedeutender Höhe erheben, bedingt, dass jeder Garten als Terrain nur einen steilen Abhang vorfindet, der terrassirt werden musste, um überhaupt mit Bequemlichkeit zugänglich zu sein. Da die Villa oder das Casino stets den Gipfel des Abhanges einnimmt, so kommt es zunächst darauf an, den Genuss der oft herrlichen Aussicht durch eine sorgfältig angelegte und planirte Schloss-Terrasse zugänglich zu machen und von diesem Mittelpunkte aus eine Anzahl tieferer Terrassen durch regelmässig abgestufte Treppen oder Zickzackwege zu verbinden. Nur durch einen einfachen, leicht übersichtlichen Gartenplan konnte unter diesen Umständen der Aussicht über den Garten von der Palast-Terrasse aus der Charakter des Wilden und Verworrenen genommen und ein künstlerischer Ef-

*) Vom Verfasser mitgetheilt und zunächst in dem Jahresberichte der Schlesischen Gesellschaft für vaterländische Kultur abgedruckt.

fekt erzielt werden. Die hierdurch unabänderlich gegebene Anlage erforderte zugleich einen bestimmten Charakter der Bewässerung, welche in dem trockenen Kalkgebirge und dem heisseren Klima zur Erhaltung der Anlagen überhaupt der grössten Sorgfalt bedurfte. Schon die Alten hatten durch meilenlange Aquädukte zu demselben Zwecke die grössten Anstrengungen gemacht; in den Gärten nahm jede Terrassenstufe in der Regel ein regelmässiges Reservoir auf, das von dem nächst-höheren gespeist wird und zur Anlage von Springbrunnen und Kaskaden gewissermassen von selbst aufforderte. Blumenparthien und Rasenplätze (bowling greens und pleasure grounds) in grösserer Ausdehnung zu unterhalten, ist im dortigen Boden und Klima, im Sommer wenigstens, ganz unmöglich, wo der Boden bis zum Beginn der Herbstregen meist so ausgedorrt ist, dass er auch nicht ein grünes Hälmchen oder eine natürliche Blume zeigt; ebenso unzweckmässig wären hier unsere schattenlosen Pfade, die nur auf den ästhetischen Genuss einzelner freigestellter Baumgruppen berechnet sind. Das erste Bedürfniss eines Italienischen Gartens ist der Schatten, derart, dass man zu jedem Punkte und bei jeder Tageszeit hingelangen kann, ohne der brennenden Sonne ausgesetzt zu sein. Hierdurch ist mit Nothwendigkeit die Einfassung sämmtlicher Wege durch dichte Alléen oder durch hohe Hekkenwände geboten, welche das Freistellen eines einzelnen Baumes in der Regel unmöglich machen. Der Charakter der Italienischen Vegetation ist in hohem Grade dieser regelmässigen Anordnung und Behandlung entsprechend, denn es fehlen daselbst im Allgemeinen jene Bäume, welche einzeln durch die Schönheit ihrer Krone und die Reichhaltigkeit ihrer Belaubung imponiren, wie unsere Eichen, Linden, Ahorne, Akazien u. s. w., vielmehr sind alle immergrünen Gehölze Italien's in der Form ihres steifen, harten und dunkelen Blattwerks einander sehr ähnlich, einzeln meist unbedeutend, aber unter der Scheere zum Aufbau heckenartiger Mauern in hohem Grade geeignet (Prunus Laurocerasus, lusitanica, Viburnum Tinus, Laurus nobilis, Buxus sempervirens, Arbutus Unedo u. s. w.). Die wenigen Bäume, welche entweder durch ihr prachtvolles Astwerk sich auszeichnen, wie die Steineichen (Quercus Ilex, Q. Suber u. s. w.), oder eine erhabene, aber meist ebenfalls sehr regelmässig-geformte Krone entfalten, wie die Cypressen und Pinien, werden, in Quincunx gepflanzt, zu lichten Hainen ohne Unterholz und Gras-Teppich vereinigt, in deren Schatten eine kühle Dämmerung herrscht. Fasst man schliesslich noch den Styl der Villa in's Auge, der aus der klassischen Zeit meist unübertroffene Muster der edelsten Renaissance vorführt, so ist derselbe gewissermassen in dem ganzen Garten selbst fortgesetzt, wie denn überhaupt Architektur sich in Loggien, Kolonnaden, Pergolen, Balustraden und gemauerten Terrassen überall geltend macht, die gewöhnlich aus dem schönsten Marmor erbaut sind; den meisten Gärten sieht man es an, dass Architekten ihre Zeichner gewesen, und unter solchen Umständen erscheint der Schmuck klassischer, meist antiker Statuen, Büsten, Vasen, Säulen, Wasserbecken oder Sarkophage in diesen, für ein künstlerisch gebildetes Auge bestimmten Räumen ein durchaus naturgemässer, während in den Gärten von Nordeuropa von derartigen plastischen Produkten meist nur Karikaturen zu finden sind, wobei ich natürlich von den neuesten im Geiste der besten italienischen Gärten geschaffenen Anlagen in Potsdam u. s. w. absehe.

Rechnet man alles dies zusammen, so kommt man zu der Ueberzeugung, dass der Styl der Italienischen Gärten durchaus dem Charakter des Terrain's, des Klima's, der Pflanzenwelt jenes Landes, wie dem Bedürfniss und der Bildung seiner Bewohner, entspricht. Wenn derselbe auch eine gewisse Einförmigkeit nicht vermeiden kann und einen reinen Naturgenuss, wie in einem guten englischen Park, nicht zulässt, so würde doch die Nachahmung eines solchen für die dortigen Verhältnisse gewiss ebenso wenig angemessen sein, wie es für uns die Uebertragung des Italienischen Styls gewesen ist, der allerdings nur in der Verballhornung des französischen Rokoko's zu uns gelangte.

Das Lob, welches wir den Italienischen Gärten ertheilen, bezieht sich jedoch nur auf die originalen Schöpfungen der klassischen Zeit. Später machte sich auch in Italien, wie in den Bauten und den übrigen Künsten, so auch in den Garten-Anlagen, ein unerträglicher, überladener und verdorbener Rokoko- und Barockgeschmack, in Uebertreibung des französischen, geltend, der noch bis auf den heutigen Tag herrscht, so dass die neueren Anlagen Italiens, von der Isola bella im Lago maggiore bis zur Villa Pallavicini in Genua, mit ihren oft albernen Wasserkünsten, den buntbemalten, styl-losen, überhäuften Bauten, den gekünstelten Grotten u. s. w. in jeder Beziehung als Muster eines schlechten Geschmacks gelten können, und nur durch den unverwüstlichen Zauber ihrer Vegetation, wie der ganzen Landschaft, den nordischen Fremden entzücken.

Ebenso ist der Vorrath der in den Anlagen Italiens benutzten Gewächse, fast seit den Zeiten der alten Römer, unverändert geblieben, und namentlich von den vielen neueren Einführungen aus der tropischen und subtropischen Zone bis jetzt nur ein höchst beschränkter Gebrauch gemacht worden, obwohl ein sehr grosser Theil derselben sicher in dem dortigen Klima, namentlich längs der Küste, fortkommen würde. Die botanischen Gärten von Genua, Rom, Neapel u. s. w. zeigen, welche herrliche Gewächse sich in Italien akklimatisiren lassen und welche ungeahnte Effekte sie bei praktischer Benutzung gewähren könnten. So sind auf dem Monte Pincio in Rom die von Napoleon dem Ersten geschaffenen öffentlichen Anlagen durch Boskets von Agave, Yucca, Chamaerops, Phoenix, Sabal, Rhaphis, Dracaena, blühende Musa, riesige Cereus, Opuntia, Ficus elastica, sowie durch zahlreiche Neuholländer und Capbäume gebildet, während auf den Rasen von Sedum und Vinca sich exotische Farne, Saccharum, Gynerium und andere fremdartige Pflanzen erheben, die freilich meist auch in unseren Warmhäusern vorhanden sind, hier aber in freiem Lande in ungewöhnlichen Dimensionen entwickelt, kaum wieder erkannt werden. Noch günstiger gelegen ist Neapel; eine im Besitz eines reichen Parisers befindliche, von einem belgischen Gärtner angelegte Villa (del Principe Luigi) zeigt mit ihren Palmen- und Cycadeen-, Araucarien- und Casuarinen-Hainen und ihren tropischen Gehölzen, welche wunderbare Schöpfungen unter diesem Himmel die Gartenkunst bei gehöriger Ausbildung hervorrufen könnte, und wie die Benutzung derselben der etwas stereotype Charakter der bisherigen Anlagen sich auf das glücklichste vermeiden liesse. Hoffen wir, dass bei der neuen Wiedergeburt Italiens auch die schöne Kunst der Gärten eine neue Blüthe erreichen wird; vielleicht ist es auch den im Allgemeinen so weit fortgeschrittenen deutschen Gartenkünstlern vorbehalten, hierbei fördernd und vermittelnd mit einzugreifen. Nachahmungswerth ist jedoch auch bei uns vor allem die Liberalität der italienischen Grossen, welche ihre Villen und Gärten in der Nähe und selbst mitten in den grossen Städten stets einige Tage in der Woche oder selbst täglich der ungehinderten Benutzung der Einheimischen und Fremden überlassen, und die ihren schönsten Ausdruck in der wahrhaft adeligen Inschrift der Villa Borghese findet: Quisquis es viator, vade quo libet, carpe, quae placent; extero magis, quam hero haec parantur. (Wer immer Du seist, Wanderer, gehe, wohin Dir beliebt, pflücke ab, was Dir gefällt; mehr für den Fremden als für den Herrn ist alles das eingerichtet.)

Den Vortrag beschloss eine speziellere Erwähnung einiger der interessanteren Gärten Italiens, insbesondere der cypressenreichen Villa Guisti in Verona, der Gärten am Lago maggiore und Lago di Como, des neuen Giardino publico und einiger Squares in Mailand, des Giardino Doria, Aqua Sole und der Villa Pallavicini in Genua, des Giardino publico in Livorno, des Giardino Boboli und der Cascinen in Florenz, der Villa reale in Bologna, der Villa Doria Pamphili, Albani, Ludovisi, Medici, Borghese, Colonna, Aldobrandini u. s. w. in Rom; der herrlichen Villa d'Este in Tivoli, der Villa reale, del Principe Luigi, Campo santo u. s. w. in Neapel u. s. w.

Das

Pomologische Institut in Reutlingen.

Von einem früheren Zöglinge.

Diese vorzüglich die Obstkultur, aber auch die anderen Theile des Gartenbaues theoretisch und praktisch pflegende Anstalt erhielt in neuerer Zeit mehrfach Besuche von Bedeutung; es wird daher bei dem Interesse, welches für die in Rede stehende, bis jetzt in Deutschland allein dastehende Schöpfung, sich überall zeigt, auch den Lesern der Wochenschrift angenehm sein, etwas darüber zu erfahren.

Das Pomologische Institut wurde im Frühjahre 1860 durch den Garten-Inspektor Lucas, der deshalb am 1. Februar genannten Jahres von Hohenheim, seinem früheren Wirkungskreise, nach Reutlingen übersieselte, gegründet. Es ist ein Privatunternehmen, welches weder vom Staat, noch sonst woher eine Unterstützung erhält.

Es wurde zunächst eine bei der Stadt Reutlingen, dicht am Tübinger Thore gelegene, gegen 15 Magdeburger Morgen grosse Fläche, die theils im Privatbesitz, grösstentheils aber stiftisches Eigenthum war, erworben und bereits Mitte März 1860 der Unterricht eröffnet. Die Zahl der Zöglinge war gleich anfangs nicht klein, denn allein die derjenigen, welche sich zum Baumwärterkurs eingefunden hatten, betrug damals schon 17. In diesem Jahre nehmen Theil: 1. am Baumwärterkurs (Mitte März bis Ende Mai) 40; 2. am Obstgärtnerkurs (Mitte März bis Ende September) 20—25; 3. am Lehrerkurs (2 Wochen im Oktober) 10—25; 4. am Winterkurs (1. November bis Mitte März) 20—25. Bei einem Besuche der Anstalt trafen wir jüngst junge Pomologen und Gärtner aus Württemberg, Baden, Hessen, Bayern, Preussen, Sachsen, Frankfurt, der Schweiz, Schweden und Norwegen. Ausserdem hatten schon früher bisweilen aus verschiedenen anderen Ländern, wie aus Hannover, Russland u. s. w., Zöglinge die Anstalt besucht. Die ganze Zahl derjenigen Personen, die seit der Gründung des Instituts bis jetzt die Anstalt zum Zweck ihrer Belehrung auf kürzere oder längere Zeit frequentirt haben, beträgt 325. Viele der hier gebildeten Zöglinge sind längst in günstigen Stellungen oder für die Hebung der Obstkultur in ihren Heimathsgemeinden thätig, gewiss sprechender Beweis für die guten Erfolge. Die Grossherzoglich-hessische Regierung sendet ferner jährlich 12 bis 15 junge Leute mit Staatsunterstützung hierher; diese nehmen jedoch grossentheils nur an dem Baumwärterkurs Antheil; doch machen auch stets einige den Obstgärtnerkurs mit durch.

Ein Vorzug dieser Anstalt mag noch darin liegen, dass die Zöglinge nicht nur theoretisch in allen für sie wissenswerthen Fächern Unterricht erhalten, sondern auch während und durch die Arbeiten, die durchaus nach rationellen Grundsätzen ausgeführt werden, fortwährend sich praktisch ausbilden können. Es ist schon mehrfach vorgekommen, dass in grösseren norddeutschen Baumschulen Zöglinge des Pomologischen Instituts als Gehülfen kamen; sobald diese ihre Stellen verliessen, wurde in der Regel das Institut um neue Besetzung derselben ersucht. Sogar nach den Pomologischen Gärten in Agram und Tiflis sind gegenwärtig Zöglinge des Pomologischen Instituts verlangt.

Nachdem die Königlichen Majestäten von Württemberg am 1. Juni d. J. das Pomologische Institut besucht hatten, kam bald nachher als Kommissarius des Königl. Preussischen Ministeriums für landwirthschaftliche Angelegenheiten der Geh. Ober-Regierungsrath Heyder aus Berlin, um Einsicht von den Einrichtungen des Institutes zu nehmen. In Folge dessen wurde dem Inspektor Ed. Lucas jüngst die ehrenvolle Aufforderung Sr. Excellenz des Ministers der landwirthschaftlichen Angelegenheiten, v. Selchow, zu Theil, sich nach der landwirthschaftlichen Akademie in Proskau (Schlesien) zu begeben, um dort bei der Gründung eines Obst-Mustergartens und eines Pomologischen Institutes, welches mit der Akademie unmittelbar in Verbindung stehen wird, seinen erfahrenen Rath zu geben.

Die Zahl Derer, welche die Anstalt, um ihre Einrichtungen kennen zu lernen, besuchen, nimmt alljährlich zu. 2 Vorstände von landwirthschaftlichen Schulen waren unlängst mit ihren Zöglingen hier. Es besuchte selbst vor kurzer Zeit eine grössere Anzahl von Mitgliedern der Abgeordneten-Kammer die Anstalt und sprachen sich diese wiederholt günstig über ihr rasches Emporblühen aus. Da grade Zöglinge nach einer neuen, zuerst im Pomologischen Institute eingeführten Methode, die wesentliche Vortheile bietet, okulirten, so nahm auch diese Arbeit die Aufmerksamkeit der Abgeordneten besonders in Anspruch.

Werfen wir einen Blick auf den Garten. Geschmackvolle Anlagen, in denen überall Obstbäume in allen Formen vorherrschen, umgeben die erst neugebauten, stattlichen und geräumigen Institutsgebäude, welche die Wohnung, Hörsäle und Sammlungen enthalten. Ein breiter Weg, beiderseits mit Rabatten umgeben, durchzieht das ganze Areal der Länge nach. Sehr hübsch nehmen sich auf den Rabatten die Einfassungen mit Apfelkordons, die zum Theil schon schöne Früchte tragen, aus, nicht weniger aber auch die verschiedenen Formen von Pyramidenbäumen und Spalieren, welche sich stets sorgfältiger Pflege erfreuen.

Der Sohn des Besitzers des Institutes, der sich besonders für Baumschnitt ausgebildet hat und gegenwärtig auch die Zöglinge bei den praktischen Arbeiten anleitet, hat die spezielle Beaufsichtigung darüber.

Die Baumschule ist, wie auch anderwärts, in Abtheilungen gebracht, und zwar in der Weise, dass je 2 Zöglinge eine solche zu besorgen haben. Dadurch erhalten die jungen Leute schon zeitig die erforderliche Selbständigkeit für die pomologische Praxis. In den 8 Schlägen der Baumschule, von denen die meisten je $1\frac{1}{4}$ Württembergische Morgen umfassen und aus 8 Quadraten, jedes mit 1500—2000 jungen Obstbäumen bepflanzt, bestehen, befindet sich eine beträchtliche Anzahl ganz ohne Pfahl erzogener, kräftiger, grader und gesunder Hochstämme, die bereits vollkommen die Stärke haben, welche sie zum Verpflanzen befähigt; ferner sind hier in grosser Auswahl geformte Spalier- und Pyramidenbäume, Zwergbäume für Topf-Orangerie zu Kordon's, ein schönes Weinreben-Sortiment u. s. w. vorhanden.

Von grossem Interesse waren den Besuchern der Anstalt die diesjährigen neuen Anlagen, welche sich auf dem ersten abgeleerten Schlage befinden. In Bezug auf Wuchs lässt das hier Vorhandene nichts zu wünschen übrig, da die im letzten Frühjahre gepflanzten Birnwildlinge bereits binnen Kurzem okulirt werden können, was gewiss bei der enormen Trockenheit in diesem Frühjahre als ein bemerkenswerthes Resultat anzusehen ist.

Dass dabei musterhafte Ordnung gehalten werden muss, versteht sich von selbst. Man sieht selten ein Unkraut in der ganzen Baumschule, der Boden ist überall rein und gut gelockert. Ein bekannter schlesischer Pomolog, der jüngst die Anstalt besuchte, erklärte die Reutlinger Baumschule jetzt für eine der bedeutendsten und jedenfalls eine der bestgehaltenen Baumschulen Deutschlands.

Ausser dem eben näher bezeichneten Areal gehört noch ein schönes, vollständig drainirtes Baumgut, mit gegen 300 tragbaren, schön gezogenen, kräftigen, 22-jährigen Aepfelbäumen zum Pomologischen Institut.

Der Unterricht wird grossentheils durch den Direktor ertheilt, ausserdem tritt der Obergärtner Belke aus Königsberg jetzt als zweiter Lehrer des Gartenbaues ein; dieser wird zu gleicher Zeit auch

Blumenzucht vortragen. Ausserdem theilen sich Oekonom Vogel, Cassier Massen und Weingärtner Wickler in die übrigen Fächer des Unterrichts.

Die einzelnen Lehrgegenstände, welche im Laufe eines Jahres vorkommen, sind: Allgemeiner Pflanzenbau, Gemüsebau, Obstbau und Obstbenutzung, Baumschnitt, Weinbau, Pomologie, Gehölzkunde, Landschaftsgärtnerei, Blumenkultur, allgemeine und spezielle Botanik, Geognosie, Chemie und Physik, Encyclopaedie der Landwirthschaft, Geometrie und Mathematik, Buchhaltung und Zeichnen.

Die Bedingungen zur Aufnahme sind folgende: Honorar für Unterricht, Wohnung, Heizung, Licht und Bedienung:

Für den 1-jährigen Kurs in der höheren Lehranstalt 60 Thaler, für den 1-jährigen Kurs in der Gartenbauschule 40 Thaler, für den Sommerkurs (Obstbauschule) 20 Thaler, für den Baumwärterkurs 10 Thaler. Die Kost (Frühstück, Mittag und Abendessen) beträgt monatlich 6½ Thaler, dagegen erhalten die Zöglinge, welche an der Arbeit regelmässig Antheil nehmen, eine Arbeits-Entschädigung von täglich 12 Xr., im Winter 10 Xr., was monatlich etwa 2¼ Thaler beträgt. Bewährte Zöglinge, welche länger bleiben wollen, erhalten gewöhnlich entweder das Honorar erlassen oder auch freie Kost und rücken dann in die Stellen der Gehülfen ein. Alle bis jetzt abgegangenen, brauchbaren Zöglinge erhielten auf ihren Wunsch durch das Institut gute Stellen.

Meredith's Traubenkultur.

Aus dem Englischen frei wiedergegeben von A. R. E.

Die durch No. 27 des Gardeners Chronicle (in einem Berichte über die dritte diesjährige Ausstellung der Londoner Royal botanical Society, welche am 5. Juli in Regent's Park stattfand) erwähnte auffallende oder, besser gesagt, noch nicht dagewesene Grösse einer von Meredith aus Garston bei Liverpool ausgestellten Traube von Black Hamburgh, welche nicht weniger als 9 Pfund 8 Unzen wog, veranlasst mich dazu, nachstehenden Artikel aus No. 22 des Gardeners Chronicle für die Spalten der Wochenschrift zu übersetzen.

Meredith hatte zu gleicher Zeit die beste je gesehene Prentham Black und eine wunderbar schöne Buckland Sweetwater ausgestellt. Letztere jedoch schien, wie bemerkt wird, nicht ganz reif gewesen zu sein. Für die Traube von Black Hamburgh, welche, mit dem Stiel nach unten hängend, ausgestellt war und 6 Schultern, jede von der Grösse einer gewöhnlichen Traube besass, wurde dem Besitzer von den Preisrichtern der höchste ihnen zur Verfügung stehende Preis zuerkannt.

In Brüssel und Antwerpen nahmen die Trauben besagten Züchters ebenfalls den ersten Rang ein, obschon die Zahl der Mitbewerber eine sehr beträchtliche war. In Paris erhielten sie, neben dem in einer grossen goldenen Medaille bestehenden Hauptpreise der Gartenbau-Gesellschaft, noch eine goldene Medaille vom Kaiser im Werthe von 20 Guineen (140 Thlr) — gewiss eine beneidenswerthe Auszeichnung —, während sie vergangenes Jahr auf den Londoner Ausstellungen mit nicht weniger als 11 Hauptpreisen gekrönt wurden.

Eine Beschreibung des „Vinegard", die solche herrliche Produkte liefert, muss demnach nothwendigerweise von aussergewöhnlichem Interesse sein.

Vor kaum 8 Jahren war die Fläche, auf der Meredith's Etablissement steht, ein mit Gras bewachsenes Feld; sie wurde hauptsächlich wegen ihrer herrlichen Lage gewählt und befindet sich auf der schönsten Seite Liverpool's, von dem sie durch prachtvolle Anlagen und elegante Villen, den Wohnsitzen der Kaufmanns-Fürsten der grossen Seestadt, getrennt ist.

Hier also begann Meredith seine Weinhäuser zu errichten. Sie sollten dazu bestimmt sein, dem Publikum zu beweisen, was die Weinrebe unter geschickter, auf wissenschaftlicher Basis begründeter Behandlung hervorzubringen im Stande ist. Kaum 3 Jahre nach Anpflanzung der Reben lieferten dieselben schon Früchte, welche den Hauptpreis zu Sydenham gewannen; eine bei dieser Gelegenheit ausgestellte Traube von Black Hamburgh wog damals schon 4½ Pfund. Nicht lange nachher lieferten dieselben Reben eine Traube von der nämlichen ausgezeichneten Sorte, welche fast 6 Pfund schwer war, und in neuerer Zeit wog eine zu Sydenham ausgestellte Child of Hale, ein vielversprechender Sämling von Meredith, nicht weniger als 8¼ Pfund, während 3 Trauben von Black Hamburgh, welche ebendaselbst im verflossenen September ausgestellt wurden, zusammen 11¼ Pfund an Gewicht hatten. Diese Beispiele sprechen wohl hinreichend für den Erfolg von Meredith's Kultur-Methode.

Was die Lage anbetrifft, so waren die besten Trauben, die Meredith erzielt hat, in einem nach Osten gelegenen Hause, wo sie nach 1 Uhr Nachmittags keine Sonne mehr hatten, gezogen. Im Gegensatze lieferte ein nach Westen gelegenes Haus, welches von der Sonne vor 1 Uhr Nachmittags nicht beschienen wurde, Trauben von Black-Hamburgh, Alicante und Lady Downes, welche zwar alle in ihrer Art ausgezeichnet, doch nicht ganz so vollkommen waren, wie die ersterwähnten. Selbst in einem nach Norden gelegenen Hause, 117 Fuss lang, 19 Fuss breit und mit geripptem Glase gedeckt, wurden Black Barbarossa, Lady Downes, Alicante und Child of Hale erzielt, welche nicht allein wegen ihrer Grösse, sondern auch wegen der schönen Färbung und des feinen Aroma's bemerkenswerth waren. Dieselben sind alle in eine, nach dem stückweisen Systeme hergerichtete, 2 Fuss 9 Zoll breite und 3 Fuss tiefe Rabatte gepflanzt. Dieselbe wird später, je nachdem die Wurzeln sich ausbreiten, erweitert. Da diese Reben noch alle jung sind, so wurden sie im vergangenen Winter scharf zurückgeschnitten und in diesem Jahre wachsen sie kräftig.

An einem längs der Rückseite dieses Hauses angebrachten Spaliere hat Meredith eine vorzügliche Erndte von sehr späten Trauben in Töpfen erzielt; dieselben bestehen in Black Alicante und Lady Downes Seedling; sie wurden am 14. Januar vorigen Jahres angetrieben und waren am darauffolgenden 1. Juli reif. Am 1. April dieses Jahres wurden Früchte davon abgeschnitten, welche sich in einem verhältnissmässig ausgezeichneten Zustande befanden und zu South-Kensington ausgestellt wurden. Dadurch ist die merkwürdige Thatsache festgestellt, dass Trauben, mit gehöriger Sorgfalt behandelt, während eines nicht geringeren Zeitraumes als 9 Monaten, in reifem Zustande an den Reben hängend, erhalten werden können. Diese Reben liess man auf ein weiteres Jahr stehen, um zu sehen, was sie hervorbringen würden. Auf diese Weise wird ein zu gleicher Zeit nutzenbringender und dekorativer Hintergrund gewonnen, und zwar ohne irgend welchen Nachtheil für die permanenten Reben, womit das Haus bepflanzt ist.

In Bezug auf das Erwärmen von Weinbeeten hat Meredith eben Versuche angestellt. In einem 118 Fuss langen und 17 Fuss breiten Hause werden 80 Fuss des Beetes, welches 3 Fuss über den Fusspfad erhöht ist, durch 4 Zoll weite Wasserröhren, welche in einem hohlen Raume unter der Erdmasse liegen, erwärmt. Der Rest des Beetes ist nicht erwärmt. Da man die betreffenden Wirkungen ohne Zweifel genau beobachten und pünktlich verzeichnen wird, so dürfte deren Resultat sicherlich von höchstem Interesse sein. Andere, sich auf den nämlichen Gegenstand beziehende Experimente, sind ebenfalls im Verlaufe hier, und zwar in einem Massstabe, der darauf berechnet ist, die immer noch bestrittene Frage: „ob die Anwendung künstlicher Wärme bei Weinbeeten vortheilhaft ist oder nicht", zu erledigen.

In dem eben erwähnten Hause sind die meisten der besten in Kultur sich befindenden Weinsorten nebeneinander gepflanzt worden, sowohl um ihre Vorzüge vergleichsweise zu prüfen, als es Käufern zu ermöglichen, eine befriedigende Wahl zu treffen. Die Sammlung von Traubensorten ist hier eine überaus reichhaltige, wovon jährlich Massen vermehrt und veräussert werden.

Meredith's Häuser sind meistentheils mit nach beiden Seiten abfallenden oder sogenannten Sattel-Dächern versehen und von Ost nach West laufend; die Trauben der nach Norden liegenden Seite reifen ebenso schnell, als die der Südseite. Diese Häuser werden mit bestem Erfolge vermittelst warmen Wassers geheizt und sowohl von unten als von oben gelüftet. Die untere Vorrichtung zum Lüften ist so eingerichtet, dass die Luft gezwungen ist, über die Röhre zu strömen, ehe sie in's Haus eindringt, eine Vorrichtung, die, namentlich für den Winter, ganz unentbehrlich ist. Die Ventilatoren werden in beträchtlichen Längen, vermittelst Hebel, mit einer solchen Schnelligkeit geöffnet und geschlossen, dass ein Haus von 144 Fuss Länge, in weniger als einer Minute durchgehend, und ohne die geringste Anstrengung, gelüftet werden kann.

Mit einem Wort, Meredith schreibt der Leichtigkeit und Schnelligkeit, womit seine Häuser gelüftet werden können, einen grossen Theil seines Erfolges zu. Die Belaubung seiner Reben, welche von der grössesten Ueppigkeit ist, zeigt weder Brandflecke, noch irgend welche sonstige Verunstaltungen.

Ein mit eben sich zu färben anfangenden Früchten gefülltes Haus verspricht ebenfalls ausserordentliche Trauben zu liefern, welche mit bewundernswürdiger Regelmässigkeit über die von oben bis ganz unten mit Laub und Früchten bedeckten Reben vertheilt sind.

Dieses mit Satteldach versehene Haus ist 65 Fuss lang und 23 Fuss breit; die Reben sind im Hause gepflanzt, doch erstrecken sich die Wurzeln noch ausser dem Beete, welche ein wenig über die angrenzenden Flächen erhaben sind und im Winter mit Stroh und Glas bedeckt werden, um überflüssige Nässe und Schnee abzuhalten, indem nebenbei dafür gesorgt wird, dass der Boden locker und porös bleibt, nicht allein um dem Wasser ungehinderten Durchgang zu ermöglichen, sondern auch um der Luft freien Zutritt zu verschaffen, da Meredith stets darauf hinzielt, die natürlichen Bedingungen so viel wie möglich nachzuahmen. Er ist wirklich dermassen von der Wichtigkeit dieses Grundsatzes durchdrungen, dass gegen den allgemeinen Gebrauch er nicht einmal beim Winterschnitt die losgetrennte Rinde von seinen Reben ablöst, mit Gewissheit glaubend, dass dieselbe nicht allein in gewissem Grade die Stämme vor den brennenden Strahlen einer sengend durch das Glas strahlenden Sommer-Sonne schützt, sondern dass dieselbe auch die Stämme durch ihren Schutz gewissermassen feucht erhält.

Zwei parallel-laufende, mit Spann- oder Satteldächern versehene Weinhäuser scheinen bestimmt zu sein, in nicht sehr ferner Zeit die Hauptzierde dieses Gartens zu werden. Jedes ist 144 Fuss lang und 26 Fuss breit, mit einem 6 Fuss breiten, der Länge nach durch die Mitte laufenden Pfad. Es sind prachtvolle Häuser, welchen nur das grosse Kalthaus in Chiswick gleichkommt. (?) Wenn sie ebenfalls mit Reben bepflanzt und diese mit Früchten beladen sind, so dürfte ihr Anblick wahrlich der Mühe einer langen Reise lohnen. Eins davon ist mit weissen, das andere mit dunkelen Traubensorten bepflanzt. Die Reben sind gegenwärtig noch sehr jung, aber in kräftigem Wachsthum begriffen. Sicherlich werden diese Häuser nicht allein für ihren Besitzer gewinnbringend, sondern auch für, vom Glück weniger begünstigte Weinzüchter höchst belehrend sein.

Reife Trauben sind hier das ganze Jahr hindurch zu haben, da alte Früchte nicht allein bis zum Erscheinen der neuen ausdauern, sondern sogar oft noch einen ganzen Monat lang neben denselben hängen. Die ersten Erndten werden an Reben in Töpfen, welche verhältnissmässig eben so schöne Früchte liefern, als die in freier Erde gepflanzten, erzielt.

Was die Beete anbelangt, so sind dieselben aus den gewöhnlichsten Materialien zusammengesetzt, welche lediglich in gesunder, faseriger, mit gründlich verrottetem Dünger und Knochenmehl gemischter Rasenerde bestehen; sie werden jedoch später reichlich mit flüssigem Dünger, so oft dessen Gebrauch anwendbar erscheint, versehen.

Meredith's Erfolgen liegt also kein Geheimniss in der Erdmischung, sondern nur allgemeine gute Behandlung zu Grunde.

Neben der Weinzucht betreibt Meredith auch den Bau von Gewächshäusern, ein Geschäft, zu dessen Betrieb ihn jedoch eher die Verhältnisse, als eigene Wahl, veranlasst haben. Besitzer in seiner unmittelbaren Nähe, welche sahen, was er für sich selbst geleistet hatte, betrachteten ihn natürlicher Weise, und mit Recht als die am meisten dazu geeignete Person, ein Gleiches für sie auszuführen, und die Resultate, welche er in dieser Beziehung in der Nähe von Liverpool erzielt hat, sind so befriedigend, dass gegenwärtig Wein-, sowie auch andere Gewächshäuser in allen Theilen Englands unter seiner Leitung errichtet werden.

Aus einigen dieser Häuser sind ebenfalls schon ausgezeichnete Trauben ausgestellt worden. Es dürfte uns nicht wundern, wenn auch einige dieser von Meredith erbauten Weinhäuser ebenfalls, zwar nicht vorzüglichere, aber doch jedenfalls die schwersten der von der „Vinegard" zu Garston hervorgebrachten, gleichkommenden Trauben liefern werden. Ein derartiger Erfolg würde dem Ruhme des grossen Weinzüchters nur noch höheren Glanz verleihen.

Mittel gegen Blattläuse.

Von Hermann Göthe.

Von den verschiedenen Mitteln, die gegen Blattläuse empfohlen werden, hat mir in meiner Praxis keines so gute Dienste gethan, als die Kalkmilch oder das Tüncherweiss, was gewöhnlich nur gegen die Schildläuse gebraucht wird. Die Mischung von Kalk und Wasser muss derartig sein, dass der betreffende Pflanzentheil mit einem dünnen weissen Ueberzuge leicht bedeckt wird. Ich lasse das Bestreichen gewöhnlich gegen Abend vornehmen und habe nach 1- oder 2-maliger Anwendung stets den besten Erfolg gehabt, ohne irgend welchen Nachtheil für die Pflanze.

In dem Garten des Kaufmanns und Nutzholzhändlers Haseloff blüht eben ein schönes Exemplar der Agave densiflora Hook. Wir machen Liebhaber um so mehr darauf aufmerksam, als auch andere Agaven von prächtigem Ansehen, besonders eine Agave Poselgeri von seltener Schönheit, daselbst sich befinden und der Besitzer denen, welche sich für die blühende Pflanze interessiren, den Zutritt gern gestattet.

Es sind uns eben von Seiten zweier Handelsgärtnereien die Verzeichnisse von Blumenzwiebeln zugegangen. Die Berliner Zwiebelzucht nimmt von Jahr zu Jahr an Bedeutung zu; ihre Produkte verbreiten sich bereits über ganz Deutschland. Wir erlauben uns daher, Wiederverkäufer, aber auch Liebhaber von Blumenzwiebeln, auf diese beiden Verzeichnisse aufmerksam zu machen. Berliner und Harlemer Zwiebeln sind in bester Auswahl und zu billigen Preisen in den Handelsgärtnereien von de la Croix (Lange-Strasse No. 26) und von Wildensee (Eisenbahn-Strasse No. 19) zu beziehen.

Verlag von Karl Wiegandt in Berlin,
Koch-Strasse No. 22.

Druck der C. Feister'schen Buchdruckerei (L. Mewes),
Berlin, Zieten-Platz No. 2.

Wochenschrift

des

Vereines zur Beförderung des Gartenbaues in den Königl. Preussischen Staaten

für

Gärtnerei und Pflanzenkunde.

Redakteur:

Professor Dr. Karl Koch,

General-Sekretair des Vereines.

No. 34. Berlin, den 26. August **1865.**

Preis des Jahrganges 5½ Thlr., sowohl bei Bezug durch den Buchhandel, als auch franco durch alle Post-Anstalten des deutsch-österreichischen Post-Vereines.

Mittwoch, den 30. August, Abends 5 Uhr, findet im Palmenhause des botanischen Gartens eine Versammlung des Vereines zur Beförderung des Gartenbaues statt, wozu die geehrten Mitglieder eingeladen werden.

Die Ursachen verschieden gefärbter Weintrauben oder Weinbeeren an einem und demselben Stocke.

Es ist eine bekannte Thatsache, dass es Weinstöcke gibt, die schwarze und weisse Weintrauben zu gleicher Zeit hervorbringen, ja wo eine und dieselbe Weintraube verschieden gefärbte Beeren besitzt und schliesslich selbst Weinbeeren, die 2 Farben haben, und zwar nicht allein die eine in Form von Streifen, sondern wo beide sich scharf gegen einander abgrenzen. Es ist ferner beobachtet worden, dass der Saft der Beeren von einer und derselben Weinrebe bald gefärbt, bald ungefärbt ist; man hat selbst ganz verschiedene Blätter gesehen, als wenn zwei verschiedene Sorten zu einer Pflanze kopulirt worden wären.

Diese Thatsachen haben im Schoosse der Ackerbau-Gesellschaft des Herault zu Montpeillier Veranlassung zu Meinungs-Aeusserungen über die Ursachen dieser Sonderbarkeit gegeben. Der Sekretär genannter Gesellschaft, Bouschet, behauptete, dass dieses in Folge einer künstlichen Befruchtung geschieht, während nach dem Direktor des botanischen Gartens in Montpeillier, Professor Planchon, diese Anomalien in Folge des Atavismus entstehen. Atavismus nennt man in der Wissenschaft das plötzliche Zurückfallen in eine der Urformen, welche irgend eins der Vorfahren eines lebenden Organismus gehabt hat. Wenn demnach bei Cytisus Adami, wie es ja bekannt ist, plötzlich die beiden Arten, welche diesen Blendling gebildet haben, zum Vorschein kommen, so geschieht es in Folge des Atavismus, nämlich durch Zerfallen des durch das Zusammenwirken zweier Arten entstandenen Blendlings in die ursprünglichen Arten. Noch häufiger zeigt sich dieser Atavismus bei unseren Kulturpflanzen, welche, je vollkommener (nach unseren Begriffen) diese im Verlaufe einer sehr langen Kultur geworden sind, d. h. je grössere Veränderungen im Verlaufe vieler Jahre sie erhalten haben, bei der Aussaat um so mehr in eine der Formen, welche ihrem jetzigen Zustande vorausgegangen sind, zum Theil und selbst durchaus zurückfallen können.

Dieser Streit hat die Ackerbau-Gesellschaft in Montpeillier veranlasst, zu Experimenten aufzufordern, um dadurch die eine oder andere Ursache mit Thatsachen zu begründen. In Folge dessen hat sie in diesem Frühjahre ein Programm ausgegeben. Bis jetzt behauptet die Wissenschaft, dass die Aktion der Befruchtung nur die Entwickelung des Keims (Embryo) bedinge, also auf die Bildung eines neuen Individuums Einfluss ausübe, sonst aber keine bleibende Veränderung an sonstigen Theilen der Mutter hervorrufe. Dem tritt jetzt Bouschet entgegen, indem er behauptet, dass der Einfluss des männlichen Prinzipes neben der Bildung des Keimes auch auf die Hüllen, welche den Keim umgeben, einwirken und diesen nicht allein, sondern auch den Fruchthüllen die Farbe mittheilen könne, welche die Samen- und Fruchthüllen des Individuums, von dem der Pollenschlauch stamme, besitzen. Er stützt sich dabei auf seine Versuche. So oft er eine Weinsorte, wo der Saft der Beeren ungefärbt gewesen, mit dem Blumenstaube einer andern Sorte, wo der Saft der Beeren Farbe besessen, befruchtet habe, wären in demselben Jahre an der Weinrebe Beeren mit gefärbtem und ungefärbtem Safte vorhanden gewesen. Auf gleiche Weise seien von ihm Befruchtungen weissbeeriger Sorten mit dem Blumenstaube schwarzbeeriger und umgekehrt geschehen. Eine Folge davon sei wiederum gewesen, dass er an einer und derselben Pflanze weisse und schwarze, ferner sogar halb-weisse und halb-schwarze Beeren erhalten habe. Diese Versuche seien auch mit Chasselas-Sorten, von denen es bekanntlich keine mit schwarzen Beeren gebe, denen also nur Weinreben mit weissen Beeren zu Grunde liegen, wo mithin von einem Atavismus nicht die Rede sein könne, gemacht, und doch habe er hier ebenfalls weisse und schwarze Beeren erhalten. Die Sorte, welche Chasselas noir (unser Frankenthaler oder Black Hamburgh der Engländer) heisst, sei kein Chasselas und habe mit Unrecht diesen Namen erhalten.

Bouschet geht selbst noch weiter, indem er behauptet, dass der Einfluss eines fremden Pollenschlauches nicht allein auf den Eihüllen und der Fruchtknotenwand (den späteren Samen- und Fruchtschalen) vorhanden sei, sondern sich auch noch weiter erstrecken könne. Von einem Morastel noir habe er an einer Rebe Beeren nur auf der einen Seite schwarz erhalten, während eine zweite Rebe nicht allein weisse Trauben, die sich jedoch wesentlich von denen des Morastel blanc unterschieden, sondern auch eine Belaubung erhalten, die in Form und Farbe eine ganz andere gewesen, als Morastel sonst besitze.

Ueber diese letzte Erscheinung wagen wir uns nicht auszusprechen. Dass aber ein fremder Pollenschlauch auf die Eihüllen und auf die Fruchtknotenwand unter Umständen einen Einfluss ausüben kann, unterliegt keinem Zweifel. Man kann sich auch an anderen Pflanzen durch Beispiele, welche sehr leicht nachzumachen sind, überzeugen. Schon vor mehren Jahren haben wir Versuche der Art an der Maispflanze gemacht und dieselben Resultate, von denen Bouschet jetzt spricht, erhalten. Zu der Zeit, als die jetzt noch bestehende Handelsgärtnerei von Moschkowitz & Söhne in Erfurt unter der Firma Moschkowitz & Siegling sich sehr viel mit Maisbau beschäftigte und, um Sorten, welche bei uns auch unter ungünstigen Verhältnissen gedeihen sollten, zu erziehen, aus verschiedenen Ländern Mais bezog, nahmen wir regen Antheil an diesen Versuchen. Wir verfolgten sie viele Jahre mit grosser Aufmerksamkeit und unterliessen selbst nicht, sowohl in dem Versuchsgarten des Vereines zur Beförderung des Gartenbaues in Berlin, als auch in anderen Gärten uns befreundeter Besitzer Anbau-Versuche zu machen. So oft wir Mais-Sorten zusammenbrachten, deren Körner eine verschiedene Färbung hatten, so erhielten wir auch Kolben (und zwar in demselben Jahre und nicht erst durch neue Aussaaten), wo die Körner beiderlei Farbe hatten. Durch diese Erscheinung aufmerksam gemacht, machten wir nach bestimmten Vorschriften Aussaaten und erhielten stets dieselben Resultate, d. h. Maiskolben mit zweierlei gefärbten Körnern. Wir haben zu jener Zeit in den Versammlungen des Vereines zur Beförderung des Gartenbaues mehrmals dergleichen Kolben vorgelegt und darüber Mittheilungen gemacht. Seit mehrern Jahren, wo unsere Landwirthe vom Maisbau immer mehr zurückgekommen sind und dieser fast gar nicht mehr oder doch weit seltener bei uns betrieben wird, haben auch wir die Anbau-Versuche mit Mais ganz und gar eingestellt.

Dass die Maispflanze mit ihrer sehr kurzen Vegetationsdauer am meisten dazu geeignet ist, diesen Streit zu entscheiden, ist keine Frage; wir empfehlen sie daher ganz besonders zu Versuchen. Für dieses Jahr ist es zu spät, noch Versuche anzustellen; wir wünschen aber doch zur Lösung dieser interessanten und nicht weniger wichtigen Frage, dass auch Andere recht viel Versuche anstellen möchten.

Nächst dem Maise empfehlen wir vor Allem die Bohnen, wo zwar weniger die Hülsen eine andere Farbe besitzen, doch aber die Samen. Die künstliche Befruchtung hat allerdings hier seine Schwierigkeit, ist aber doch durchzuführen. Auch die Erbsen verdienen Beachtung, weniger hinsichtlich der Farbe, als vielmehr wegen der Form.

Die Ackerbau-Gesellschaft in Montpeillier hat eine Kommission, bestehend aus Planchon, Bouschet, Golfin, Hortolès und Chancel, niedergesetzt und Bouschet speziell mit der Redaktion der Erfahrungen, welche über diesen Gegenstand gemacht werden, Planchon hingegen mit der Redaktion der physiologischen Versuche betraut. Darnach besteht das Programm auch aus 2 Theilen.

In ersterer Hinsicht, um Erfahrungen zu sammeln, wird gewünscht:

1. Dass die benutzten Weinreben dicht bei einander stehen und zu gleicher Zeit blühen. Wo dieses nicht der Fall ist, muss man die Blüthezeit der frühen Sorte zu retardiren suchen.

2. Es müssen gut unterschiedene Sorten zu den Versuchen benutzt werden, wie schwarz- und

weissfrüchtige, oder wo die Beeren gefärbt und ungefärbt sind. Sehr passend möchten auch die amerikanischen Reben, sowie die mit Muskattrauben sein, um Versuche mit ihnen und den gewöhnlichen Sorten anzustellen. Ebenso sind Reben zu nehmen, wo die Beeren eine verschiedene Gestalt haben.

3. Man thut gut, die Trauben, welche man gegenseitig befruchten will, zusammenzubinden und manchmal zu schütteln. Nach der Befruchtung trennt man sie jedoch wiederum und bezeichnet sie besonders.

4. Es sind die Abweichungen, welche möglicher Weise sich kurz nach der Befruchtung zeigen, alsbald zu konstatiren. Es ist ferner damit fortzufahren bis zur Reife der Trauben, wo sie dann wohl am evidentesten hervortreten.

5. Wünschenswerth ist, dass die Versuche noch weiter verfolgt werden, indem man von den Samen der künstlich-befruchteten Trauben noch Aussaaten macht. Zu diesem Zwecke ist am besten, die Trauben bis in den Monat Dezember zu halten zu suchen, bevor man den Samen nimmt und aussäet. Man säe aber nicht allein von den Trauben, resp. Beeren, wo durch die künstliche Befruchtung eine Abweichung sichtbar ist, sondern auch von denen, wo diese nicht vorhanden, da möglicher Weise in den Sämlingen sich noch Verschiedenheiten herausstellen könnten.

6. Es möchte gut sein, im 2. oder 3. Jahre die Sämlinge auf kräftige Pflanzen im Freien zu veredeln, um schon im 5. und 6. Jahre Früchte zu erhalten.

Bei dem wissenschaftlichen Theile wird ferner gewünscht:

1. Dass die Beschaffenheit der Blüthen bei der wilden, resp. verwilderten Pflanze mit der bei der Kulturpflanze verglichen wird, dass die Blüthen der einzelnen Trauben an und für sich verglichen werden, ob sie Zwitter oder zweigeschlechtig sind und ob dieses einen Zusammenhang mit der Farbe der Beeren hat. Ferner ist es wichtig zu wissen, ob die Befruchtung geschieht, ehe die mützchenartig an ihren Spitzen zusammenhängenden Blumenblätter abgestossen werden, ferner welchen Einfluss Insekten und Wind haben und ob die Nektar-Drüschen an der Basis des Stempels eine Bedeutung bei der Befruchtung ausüben?

2. Es ist auch auf Anomalien bei den Blüthen Rücksicht zu nehmen, hauptsächlich auf die Beschaffenheit und auf den Einfluss der Blüthen, die Marès avolidouires nennt, auf gleiche Weise derer, welche die Coulards genannten Weintrauben liefern, und endlich derer, wo die Befruchtungs-Organe blattartig geworden sind.

3. Es sind streng-wissenschaftliche Befruchtungen vorzunehmen, wie sie allein nur bestimmte Resultate geben müssen und wie sie auch bereits dem Manne vom Fache bekannt sind.

Die Linden.

Monographische Bearbeitung

von Karl Koch.

Zu den schönsten Bäumen gehören unbedingt die Linden; sie wurden hauptsächlich in Deutschland von Alters her in Gärten sowohl, wie an Häusern und Kirchen, viel angepflanzt. An heissen Tagen bringen die Besitzer gern in ihren Schatten zu, und Sonntags versammeln sich Jung und Alt in manchen Dörfern unter einer dichtlaubigen Linde. Wenige Bäume besitzen eine so dichte Krone und dauern eine so lange Zeit, wie diese. Grade dieser Umstand hat der Linde bei dem Volke etwas Ehrwürdiges, man möchte selbst sagen, etwas Heiliges gegeben, mehr noch in einer Zeit, wie die vorausgegangene, wo man noch nicht im Fluge des Dampfes die Welt durcheilte, wo die Menschen an der Scholle, wo sie das Sonnenlicht zuerst erblickten, fester und treuer hingen, als jetzt. Eine solche Linde war in Dörfern und kleinen Städten nicht selten auf das Innigste mit der Geschichte einer Familie, ja eines Dorfes verbunden. Im Flachlande Thüringens existiren noch Linden, welche die Dörfer, mit denen sie vielleicht entstanden und die im unglücklichen dreissigjährigen Kriege verwüstet worden waren, bereits Jahrhunderte überlebt haben. Neustadt an der Linde, eine Stadt Württemberg's, erhielt ihren Namen von dem Baume, der gewiss schon bei seiner Gründung ansehnlich gewesen sein muss und noch heut' zu Tage existiren soll.

Eine Geschichte der Linde möchte manchen interessanten Stoff darbieten; es dürfte nicht weniger die Beschreibung der grössten Linden, welche jetzt in Deutschland und in Europa existiren, das Interesse der Leser der Wochenschrift in Anspruch nehmen. Leider haben wir hierüber nur wenige Aufzeichnungen und die vorhandenen finden sich so zerstreut, dass es schwierig ist, diese zu sammeln und zu einem Ganzen zu verarbeiten. Auch sind die Nachrichten meist nicht mehr neu und daher nicht brauchbar. Deshalb ist es nothwendig, dass Sachverständige sich des Gegenstandes einmal annehmen. Die Redaktion stellt deshalb an alle die, welche in der Nähe grosser Linden leben, die ergebenste Bitte, ihr von ihnen, besonders wenn sich noch ein geschichtliches Interesse daran knüpft, Nachricht zu geben, um später eine Abhandlung darüber veröffentlichen zu können. Zu diesem Zwecke möchte es aber nothwendig sein, die Stärke des Stammes dicht über der Erde und etwa 3 Fuss über derselben, ebenso seine Höhe, wo die Verästelung beginnt, und schliesslich den Umfang und die Höhe der Krone zu wissen. Auch ist die Art festzustellen. Weniger Geübte würden wir ersuchen, einige Blätter in einem Briefcouverte beizulegen und uns zukommen zu lassen. Wir sind noch keineswegs im Klaren, welche unserer einheimischen Linden es eigentlich ist, die die längste Lebensdauer besitzt und deshalb besonders in früheren Zeiten an Kirchen, Häusern u. s. w. angepflanzt wurde. Die grossblättrige wird meist genannt; uns scheint es aber vielmehr in der Regel die zu sein, welche die Botaniker des 16. u. 17. Jahrhundertes sehr gut kannten, welche trotzdem aber erst in der letzten Zeit von dem bekannten Dendrologen Hayne als selbständige Art mit dem Namen T. vulgaris festgestellt wurde. Die berühmte Linde der Burg Teck im Württemberg'schen gehört ebenfalls nach Johann Bauhin zu dieser Art.

Wir beschränken uns jetzt auf die Beschreibung und Feststellung der bis jetzt bekannten Arten. Sämmtliche Linden gehören der nördlichen gemässigten Zone an. In der Neuen Welt scheinen sie aber weiter nach Süden zu gehen, als in der Alten, denn sie werden daselbst noch in Mexiko beobachtet. In der Alten Welt werden sie schon im äussersten Süden Europa's selten und finden sich dann nur im Gebirge vor.

Für den Systematiker gibt es in seiner Wissenschaft manche Crux; zu diesen gehören auch die Linden, so gering auch die Zahl der bekannten und wirklich existirenden Arten ist. Es gibt Botaniker, welche behaupten, dass es nur eine einzige Art gebe und dass das, was man bis jetzt als eine Art bezeichnet habe, nur Formen und höchstens Abarten seien; andere nehmen eine Art für die Alte und eine für die Neue Welt an. Das mag für Viele absonderlich scheinen; es ist aber doch ausserordentlich schwierig, die Arten mit bestimmten, wirklich unterscheidenden Merkmalen festzustellen. Die meisten Versuche sind bis jetzt als misslungen zu betrachten. Wenn Männer, wie Loudon, Torrey und Gray, sowie Ledebour, daran zweifelten, so möchten Aussprüche solcher Botaniker doch wohl einiges Gewicht haben.

Diese Unsicherheit in der Feststellung der Arten datirt sich noch aus dem vorigen Jahrhunderte. Während man noch früher (vor Allem C. Bauhin und Tournefort, auch noch Miller, dieser jedoch nur in den ersten Ausgaben des Gärtner-Lexikons) dreierlei Linden in Europa unterschied, vermochte Linné nicht mehr durchgreifende Unterschiede bei den Linden zu finden und stellte daher nur eine einzige Art, welche er, im Gegensatze zur amerikanischen, Tilia europaea nannte, auf, unterschied aber von ihr nicht weniger als 6 Abarten. Diese scheint er selbst weniger gesehen, als vielmehr auf die Autorität früherer Botaniker hin und ohne alle Kritik aufgezählt zu haben; die Sommerlinde wird sogar 3 Mal unter verschiedenen Benennungen aufgeführt.

Mit der Einführung der amerikanischen Linden wurde die Unsicherheit noch grösser. Durch Catesby kam bereits im Jahre 1712 die erste Linde, und zwar eine mit unten behaarten Blättern, nach England und wurde nach ihrem speziellen Vaterlande Carolina: Tilia caroliniana genannt. Linné lernte hingegen eine andere Linde zuerst aus Nord-Amerika kennen, nämlich die, welche auf der Unterfläche in der Regel fast ganz unbehaarte Blätter besitzt und vorzugsweise in den nördlichen Staaten und in Kanada wächst. Er nannte sie bereits 1753, wie schon gesagt ist: Tilia americana. Eingeführt wurde sie selbst schon ein Jahr früher, und zwar ebenfalls wieder in England. Es unterliegt keinem Zweifel, dass Miller später diese beiden amerikanischen Arten verwechselte, denn in der uns zu Gebote stehenden 16. Ausgabe seines Gärtner-Lexikons vom Jahre 1761 wird grade umgekehrt T. americana mit unten behaarten und T. caroliniana mit unten unbehaarten Blättern angegeben.

Die Einführung der dritten amerikanischen Art, welche hauptsächlich jenseits des Alleghany-Gebirges im Staate Ohio wächst, soll gegen 1762 geschehen sein. Sie muss aber noch früher in Frankreich gewesen sein, denn Duhamel de Monceau kennt und erwähnt sie bereits in seinem Traité des arbres. Unserer Meinung nach kam sie auch zeitig nach Deutschland, denn was Willdenow als T. alba, Duroi hingegen als T. americana und Mönch als T. tomentosa genannt haben, ist, wie auch Steven behauptet (Mém. de la soc. des natur. de Mosc. III, 102), die amerikanische Pflanze mit unten weissfilzigen Blättern. Erst als Willdenow (Species plantarum, Tom. II, p. 1162) aus Ungarn (wahrscheinlich nur Blüthen-) Exemplare der dort wachsenden, unten weissfilzigen Linde erhielt und diese mit der der Gärten identifizirte, wurde der eben angegebene Name auf die letztere übertragen. Es kam noch dazu, dass diese alsbald (im Anfange dieses Jahrhundertes) ebenfalls in den Gärten eingeführt und daselbst um so rascher verbreitet wurde, als sie weit besser unsere klimatischen Verhältnisse vertrug, als die nordamerikanische weissblättrige Linde.

Bisher glaubte man in der An- und Abwesenheit der blumenblattartigen Staminodien in den Blüthen ein Merkmal zu haben, wonach man unsere Sommer- und Winterlinden von den ähnlichen in Nord-Amerika unterscheiden könne. Nachdem aber Alex. Braun in der Nähe von Karlsruhe, seinem früheren Aufenthalte, Linden gefunden, wo diese Staminodien in den Blüthen eines und desselben Baumes bald vorhanden sind, bald fehlen, ist auch dieses Merkmal schwankend geworden. Der frühere Garten-Direktor Hentze in Kassel hat ebenfalls Blüthen-Exemplare unzweifelhaft amerikanischer Linden uns mitgetheilt, wo die Staminodien ganz und gar fehlen oder wenigstens an ihrer Spitze Staubbeutel nachtragen. Wir haben auch Blüthen der europäischen Tilia vulgaris untersucht, wo die Staubfäden sehr breit, den Staminodien ähnlich, waren und bald Staubbeutel trugen, bald nicht. Die Unterscheidung der Linden wird selbst um so schwieriger, als möglicher Weise zwischen der Tilia vulgaris und americana Kreuzungen entstanden sein können, durch die Blendlinge hervorgerufen sind.

I. Tilia platyphyllos Scop. fl. carn. I, 373 (1772): Folia duplo serrata, subtus pubescentia, vix pallida; Corymbi pauciflora; Staminodia nulla; Stylus teres, stigmatibus convergentibus; Nux quinquecostata, pilis brevibus, erectis vestita, pericarpio duro, sublignoso. (Tilia grandifolia Ehrh., T. pauciflora Hayne.)

Wirklich wild habe ich diese Linde, welche den Namen der Sommerlinde führt, mit Sicherheit nur in den waldigen Gebirgen südlich von der Donau gefunden; nördlich von ihr mag sie nur erst durch die Kultur gekommen sein. Auch Reichenbach (der Vater) lässt sie wild nur in Bergwäldern des südlichen Gebietes wachsen (Flor. excurs. II, 829). Die älteren Botaniker, wie C. Bauhin, sprechen dieses ebenfalls aus und nennen sie Berglinde. Ob sie wirklich in den Ardennen ursprünglich wild wächst, vermögen wir nicht zu entscheiden, bezweifeln es aber mit Courtois; wahrscheinlicher schon ist ihr ursprüngliches Vorkommen in den Vogesen, gewiss dagegen in den niederen Bergwäldern der Schweiz. In den Ebenen Ober-Italiens ist sie nicht einheimisch, eben so wenig kommt sie in Mittel- und Süd-Italien vor, wohl aber auf Korsika. Wie weit sie nach Osten vordringt, vermögen wir ebenfalls nicht mit Sicherheit zu entscheiden. In Russland scheint sie nicht einheimisch zu sein, so auch nicht in der europäischen Türkei, in Griechenland und in den Kaukasusländern, wo sie durch Tilia rubra Stev. vertreten wird. Obwohl sie nach Hartmann in Schweden wild wachsen soll, so möchte sie doch erst später daselbst eingeführt sein. Auch in Grossbritannien lässt sie Watson nicht ursprünglich wachsen.

Nach der Ansicht der meisten Botaniker soll in Deutschland diese Linde zur Anpflanzung in der Nähe von Dörfern und Schlössern schon seit sehr langer Zeit benutzt worden sein. Besonders im Süden befinden sich noch Bäume, z. B. im Württembergischen und in Franken, welche ein Alter von 1000 Jahren haben sollen. Nach einer solchen erhielt sogar eine von Neuem aufgebaute Stadt am Kocher den Namen Neustadt an der Linde. Wahrscheinlich lernten die Holländer, als bei ihnen die Gartenkunst allgemein wurde, die Sommerlinde in Deutschland kennen und führten sie in ihrem Vaterlande ein, wo sie alsbald auf verschiedene Weise verwendet wurde. Damals übte die holländische Gartenkunst einen grossen Einfluss auf alle Länder Europa's aus; es wurden, besonders zu Anlagen, die nöthigen Gehölze aus Holland bezogen. Auch die Sommerlinde verbreitete sich von da aus hauptsächlich nach England und Frankreich und erhielt deshalb allgemein den Namen „Holländische Linde."

Durch die lange Kultur in allen Ländern Europa's wurde sie allmählig zu Veränderungen geneigt, ein Umstand, der mehre Botaniker veranlasste, aus auf diese Weise entstandene Formen neue Arten aufzustellen.

Besonders sind es 2 Botaniker, welche die Linden ihrer Umgebung einer genauen, aber keineswegs kritischen Untersuchung unterbreiteten und schliesslich eine ganze Reihe neuer Arten bekannt machten. Diese Arten beschränkten sich zum Theil in der That nur auf einzelne Individuen. Diesem Umstande ist es zuzuschreiben, dass das Vorkommen derselben meist auch auf diese beschränkt blieb. Es geht mit den Sommerlinden, wie mit den Rubus-, Rosa- und Hieracium-Arten; man hat fast so viele Arten gemacht, als man Exemplare untersucht hatte. Form, namentlich der Basis, Stärke der Behaarung der Blätter, Farbe der Jahrestriebe, Form und Länge der Deckblätter, Länge der Blüthenstiele, Zahl der Blüthen und Form der Früchte (bis zu einem gewissen Punkte) sind bei der Sommerlinde schwankend und dürfen nicht zur Unterscheidung der einzelnen Lindenarten benutzt werden.

Der erste Botaniker, welcher im grösseren Massstabe Arten fabrizirte, war der bekannte österreichische Florist und Leibarzt des Kaisers Franz, Dr. Host in Wien; seine Arten sind zum Theil noch einigermassen haltbare Formen, die sich (allerdings stets mit einigen Abweichungen) auch wo anders vorfinden (s. Flor. austr. II, 59). So nannte er Tilia vitifolia eine Form mit etwas gelappten Blättern. Bei T. corylifolia, tenuifolia und T. obliqua sind die Hälften der Blätter ungleich und bei den beiden ersteren die Basis zu gleicher Zeit auch herzförmig, bei letzterer aber nicht. T. praecox hat runzliche, mehr oder weniger nierenförmige Blätter. Während die Substanz der Blätter bei T. tenuifolia dünn ist, erscheint sie bei T. mutabilis grade umgekehrt ziemlich dick. Diese eben genannte Form kommt ziemlich häufig bei uns vor. T. latebracteata besitzt sehr grosse und namentlich breite Deckblätter und bei T. pyramidalis hat der Baum eine pyramidenförmige Gestalt. Der jüngere Reichenbach hat in dem 6. Bande seiner Icones florae Germaniae sehr gute Abbildungen der Host'schen Linden gegeben.

Die Namen des böhmischen Floristen Opiz übergehen wir, als zu wenig damit vertraut. Wem sie interessiren, findet in der Flora (18. Bd, S. 502) Näheres darüber.

In den neuen Memoiren der Akademie der Wissenschaften in Brüssel (im 9. Bande) hat der belgische Florist Courtois ebenfalls eine Abhandlung über Linden veröffentlicht. Grund dazu gab ihm eine kleine Linden-Allée, aus 10—12 Bäumen bestehend, die alle zu gleicher Zeit vor Kurzem angepflanzt waren. Diese Bäume, welche wahrscheinlich aus einer und derselben Baumschule bezogen waren und vielleicht Stecklings-Pflanzen eines und desselben Baumes sein mochten, unterschieden sich zum Theil so sehr unter einander, dass Courtois sich veranlasst fand, nicht weniger als 6 neue Arten daraus zu machen. Diese neuen Arten sind vermehrt worden und finden sich bereits auch in deutschen Baumschulen vor. Wir haben sie mehrfach daselbst gesehen, leider aber noch nicht in Blüthe beobachtet. Sie sehen sich sämmtlich einander sehr ähnlich und unterscheiden sich theilweise von der gewöhnlichen, mehr dünnblätterigen Art durch eine festere Konsistenz und durch eine geringere Behaarung der Blätter. Diese letzteren stimmen daher am meisten mit der Host'schen T. mutabilis überein. Diese hat übrigens ihren Namen daher erhalten, weil die Blätter schon im August ihre dunkelgrüne Farbe verlieren und mehr gelblich werden. Da diese 6 vermeintlichen Arten von Courtois, wie schon gesagt, sich bereits in den Baumschulen befinden, so führen wir sie namentlich mit ihren mehr in die Augen fallenden Charakteren auf.

1. T. macropoda: Blätter kreisrund-herzförmig; Deckblätter länglich, nicht bis zur Basis des Stieles herablaufend; Frucht birnförmig, mit 5 hervorspringenden Leisten.

2. T. platyptera: Blätter schief-herzförmig; Deckblätter breit-länglich, nicht bis zur Basis des Stieles herablaufend; Frucht umgekehrt-eiförmig, mit 5 hervorspringenden Leisten. Entspricht der Host'schen T. latebracteata.

3. T. oblongata: Blätter schief-herzförmig; Deckblätter schmal, bis zur Basis des Stieles herablaufend; Frucht umgekehrt-eirund, mit 5 hervorspringenden Leisten.

4. T. bicuspidata: Blätter schief-herzförmig, grosszahnig, nach oben in 2 Spitzen auslaufend; Deckblätter bis zur Basis herablaufend; Frucht kugelig-birnförmig, mit 5 Leisten.

5. T. obliqua: Blätter an der Basis schief, nicht herzförmig; Deckblätter länglich, bis zur Basis des Stieles herablaufend; Frucht rundlich-birnförmig, mit 5 sehr hervorspringenden Leisten, mit einer Spitze versehen.

6. T. apiculata: Blätter schief-herzförmig, oben glänzend; Deckblätter bis zur Basis des Stieles herablaufend; Frucht eirund-rundlich, mit schwachen Kanten.

Bestimmte, in ihren Formen sich treubleibende Abarten lassen sich, wie gesagt, nicht oder kaum feststellen. Wenn ich es dennoch versuche, so geschieht dies nur, um doch einigermassen die in den Gärten kultivirten Arten in bestimmten Abtheilungen unterzubringen.

A. Hinsichtlich des Habitus:

1. die Pyramidenlinde (Tilia pyramidalis).

B. Hinsichtlich der Farbe an den Zweigen:

2. Linde mit goldgelben Zweigen (T. aurea),

3. Linde mit rothen Zweigen (T. corallina Ait.). Diese Linde wurde schon von Ray als eine besondere Art bezeichnet. In der Regel sind hier die Früchte rundlich und haben wenig merkbare Leisten. Sonderbar, dass Ray den Früchten dieser rothzweigigen Linde nur 4 erhabene Leisten zuschreibt, während die mit gelblich-grünen Zweigen, welche er ebenfalls als eine besondere Art unterscheidet, deren 6 haben soll. Ich habe selten Früchte mit nur 4, mit 6 Leisten gar nicht gesehen.

C. Hinsichtlich der Gestalt der Blätter:

4. Linde mit schiefen Blättern (T. obliqua),

5. Linde mit schief-herzförmigen Blättern (T. corylifolia),

6. Linde mit sehr breiten, mehr eirunden Blättern (T. latifolia),

7. Linde mit scharf-gesägten Blättern (T. serratifolia),

8. Linde mit flach-gelappten Blättern (T. vitifolia),

9. Linde mit breit-geschlitzten Blättern (T. speciosa),

10. Linde mit tief- und fein-geschlitzten Blättern (T. asplenifolia).

D. Hinsichtlich der Konsistenz und Farbe der Blätter:

11. Linde mit dünnen, dunkelgrünen, aber matten Blättern (T. tenuifolia),

12. Linde mit derberen und oben glänzenden, dunkelgrünen Blättern (T. lucida),

13. Linde mit derberen und oben matt-, später gelblich-grünen Blättern (T. mutabilis),

14. Linde mit panachirten Blättern (T. variegata).

E. Hinsichtlich der Behaarung der Blätter:

15. Linde mit auf der Unterfläche dicht behaarten und ausserdem in den Winkeln zusammenstossender Nerven-Aeste mit Haarbüscheln in Menge versehenen Blättern. Auch die Oberfläche der Blätter ist hier oft mit kurzen Haaren besetzt (T. pubescens Hort., nicht Ait.),

16. Linde mit auf der Unterfläche fast unbehaarten Blättern (T. glabriuscula, mutabilis Host.).

F. Hinsichtlich der Früchte:

17. Linde mit rundlichen Früchten, wo die Leisten weniger hervortreten (T. sphaerocarpa, T. corallina Ait.). Sollte diese Form nicht zu T. vulgaris gehören?

18. Linde mit eckigen, jedoch birnförmigen Früchten (T. turbinata),

19. Linde mit elliptischen Früchten (T. macrocarpa).

(Schluss folgt.)

Le Verger,

publication périodique d'arboriculture et de pomologie.

Dirigée par M. Mas,
Président de la société d'horticulture de l'Ain.

Unter diesem Namen erscheint seit Anfang dieses Jahres ein periodisches Werk, was sich die Aufgabe stellt, alle in Frankreich angebauten Kern- und Steinobstfrüchte zu beschreiben und im Farbendruck abzubilden. Es ist demnach ein Werk, was sich dem von uns bereits mehrmals besprochenen niederländischen Obstgarten (de nederlandsche Boomgaard), der zugleich in deutscher und holländischer Sprache erscheint, anschliesst. Der Titel des französischen Werkes „Verger" bedeutet bekanntlich ebenfalls Obstgarten.

Die Franzosen haben zwar schon ein grosses Werk „Arbres fruitiers du Museum d'histoire naturelle", was einer der bedeutendsten Botaniker unserer Zeit, der Akademiker Decaisne in Paris, schon seit Jahren herausgibt und in der Bearbeitung sowohl, wie in der Ausstattung, nichts zu wünschen übrig lässt. Dieses Werk ist aber so kostspielig, dass seine Anschaffung nur sehr reichen Privatleuten und öffentlichen Instituten möglich ist. Es möchte aber auch ausserdem in sofern eine andere Tendenz haben, als es auf rein wissenschaftlicher Grundlage beruht, während der Verfasser des französischen Obstgartens, wie die des niederländischen, zu gleicher Zeit, man möchte sagen vorherrschend, der Praxis huldigen.

Der Präsident Mas ist Liebhaber und Besitzer eines grossen Gartens, in dem er die meisten französischen Obstsorten selbst kultivirt und beobachtet. Als Vorsitzender einer Gartenbau-Gesellschaft in einem Departement (der Aine), wo sehr viel Obst gebaut wird, hat er auch Gelegenheit, das Obst im Allgemeinen, besonders aber seiner Umgegend, genau kennen zu lernen. Als Mitglied des grossen Gartenbau-Vereines in Paris wird er häufig Obstausschüssen zugetheilt, um Berichte über Obstanpflanzungen, Obstausstellungen u. s. w. abzustatten. Auf der Reise eines solchen Obstausschusses, an dem wir ebenfalls Theil nahmen, hatten wir die Ehre, die persönliche Bekanntschaft des Verfassers besagten Obstwerkes zu machen.

Es liegt uns bereits das 7. Heft vor. Die Ausstattung lässt nichts zu wünschen übrig. Das Format ist gross-oktav. Jedes Heft besteht aus einem Bogen Text und 4 Tafeln kolorirter Abbildungen. Das Werk erscheint in monatlichen regelmässigen Lieferungen, welche bald über Kern-, bald über Steinobst handeln. Es ist aber beim Druck durch besondere Paginirung für die einzelnen Obstarten die Einrichtung getroffen, dass beim Schluss des Werkes das Gleiche zu besonderen Monographien vereinigt werden kann. Dergleichen werden 11 sein, von denen eine jede einen besonderen Band bildet. Diese 11 Monographien resp. Bände werden enthalten: 1. Winterbirnen, 2. Sommerbirnen, 3. Herbstbirnen, 4. Späte Aepfel, 5. Frühzeitige Aepfel, 6. Pflaumen, 7. Pfirsichen, 8. Kirschen, 9. Aprikosen, 10. Trauben und 11. Stachel-, sowie Himbeeren. Erdbeeren sind demnach ganz ausgeschlossen, wie das übrige Schalen- und das Nussobst. Es fehlen auch die Feigen. Die Johannisbeeren werden wohl mit den Stachelbeeren zugleich abgehandelt. Es möchte doch gut sein, wenn der Verfasser auch diese Früchte in einem 12. Bande zusammenstellte.

Ueber den Inhalt behalten wir uns vor, einmal besonders zu berichten, wenn uns erst mehr Material, als in den bereits ausgegebenen Heften enthalten ist, vorliegt. Nur so viel sei erwähnt, dass ausser bekannteren Sorten auch eine Reihe noch nirgends beschriebener Früchte mit aufgeführt sind. Wünschenswerth wäre es, dass, besonders bei den bekannteren Früchten, auch deren Verbreitung angegeben würde; es ist dieses ein Umstand, den wir leider auch in dem sonst so vorzüglichen illustrirten Handbuche der Obstkunde von Oberdieck, Jahn und Lucas sehr vermissen. Wenn die Verfasser von Handbüchern hierauf Rücksicht nehmen wollten, so würde auch weit mehr vermieden, dass man Beschreibungen erhält, wie sie nur auf die Früchte einer bestimmten Gegend passen, als es der Fall ist. Unsere tüchtigeren Pomologen, wie Oberdieck, Jahn, Lucas u. s. w. haben zwar zu diesem Zwecke die grossen Ausstellungen redlich benutzt, wie wir aus deren Berichten ersehen, das aufgehäufte grosse Material erlaubt es aber nicht immer, dieses mit der durchaus nothwendigen Musse zu thun.

Den Preis des französischen Obstgartens finden wir mässig. 25 Fr., also 6 Thlr 20 Sgr. für 6 Bogen gross-oktav Text und 48 fein kolorirte Abbildungen ist eine Summe, die auch weniger Bemittelte geben können. Wer heut' zu Tage Obstbau treiben und sich auch wissenschaftlich ausbilden will, reicht nicht mit dem, was im Vaterlande geboten wird, aus; er muss auch kennen lernen, was das Ausland darüber bekannt gemacht hat. Ausser der sehr exakten Beschreibung des Baumes, sowohl, als der Früchte, wird manche praktische Bemerkung noch geboten. Grade auf diesen Bemerkungen, welche aus der Erfahrung des Verfassers fliessen, legen wir einen grösseren Werth.

Wörmann's Garten-Ingenieur.

Eben wird uns das 1. Heft der 7. Abtheilung des von uns bereits mehrmals angezeigten und auch besprochenen Garten-Ingenieurs zugesendet. Es enthält: „Das Wasser und seine Verwendung in der Gärtnerei." Dass das Wasser eine ungemeine Wichtigkeit für den Gärtner hat und dieser selbstverständlich ohne Wasser gar nicht existiren kann, ist eine bekannte, hinlänglich gewürdigte Thatsache; es greift aber auch andererseits tief in das gärtnerische Gewerbe ein. Durch seine Vermittelung kann man andere beabsichtigte Zwecke erreichen — es ist also technisch gewichtig. Mit ihm sind endlich auch in ästhetischer Hinsicht nicht unbedeutende Erfolge zu erreichen; das Wasser ist das Belebende der Landschafts-Gärtnerei.

Ohne genaue Kenntniss des Wassers vermag auch der Gärtner es sich nicht so zu Diensten zu stellen, als es ihm vortheilhaft ist; wir billigen deshalb, dass der Verfasser in diesem Falle ex ovo beginnt und in einem besonderen Abschnitte das Wasser in chemischer Beziehung behandelt und dann in einem zweiten von seinem natürlichen Auftreten spricht. In technischer Hinsicht sind die physikalischen Eigenschaften des Wassers und seine Beziehung zur Luft noch gewichtiger, weshalb die beiden Abschnitte, welche dieses behandeln, auch ausführlicher abgefasst sind.

Nun erst kommt der Verfasser zur praktischen Anwendung und widmet zunächst dem Eiskeller seine Aufmerksamkeit. Dass hier ohne weitere Ueberschrift und gleichsam als noch zu demselben Abschnitte gehörig von der Bildung der Wasserdämpfe, von der Anwendung derselben bei der Dampfmaschine, sodann vom Regen und Schnee u. s. w. gesprochen wird, finden wir etwas unlogisch; wir hätten gewünscht, dass das Theoretische, was hier noch nachträglich abgehandelt wird, in den früheren Abschnitten mit aufgenommen worden wäre. Vielleicht gibt uns das 2. Heft Aufschluss über die Ursachen dieser Zusammenstellung.

Wir werden jetzt zu gleicher Zeit die Gelegenheit ergreifen, um den Lesern der Wochenschrift Mittheilung von dem zu machen, was bis jetzt von dem ganzen Werke, welches keinem auf Bildung Anspruch machenden Gärtner fehlen sollte, aber auch dem Gartenbesitzer von grösstem Nutzen sein kann, erschienen ist und bis Ende 1866 noch erscheinen soll. Bis jetzt sind 7 Abtheilungen, jede mit einer grossen Reihe elegant ausgestatteter Tafel-Abbildungen erschienen. Das 1. Heft der letzteren haben wir eben besprochen.

1. Abtheilung: Kulturkästen und Mistbeete; 4 Bogen Text und 5 Tafeln Abbildungen. 22½ Sgr.

2. Abtheilung: Teppichgärten und deren Anlage; 4 Bogen Text und 7 Tafeln. 1 Thlr 6 Sgr.

3. Abtheilung: Kanal- und Ofenheizungen; 6 Bogen Text und 6 Tafeln. 1 Thlr.

4. Abtheilung: Praktische Mathematik; 11 Bogen Text und 8 Tafeln. 1 Thlr 17½ Sgr.

5. Abtheilung: Schutzwände, Schutzhäuser, Kalt- und Lauhhäuser; 15 Bogen Text und 19 Tafeln. 3 Thlr.

6. Abtheilung: Cirkulations-Heizungen; 9 Bogen Text und 8 Tafeln. 1 Thlr. 15 Sgr.

Ausser der 7. Abtheilung, von der uns bereits das 1. Heft vorliegt, werden noch 8 Abtheilungen veröffentlicht werden, so dass damit ein grosses, in sich abgeschlossenes Werk vollendet sein wird. Diese werden enthalten:

Das Feldmessen, das Planzeichnen, die warmen Gewächshäuser, das Nivelliren, die Erdarbeiten, die Gewächshäuser eleganter Form, Blumen-Erker und Blumen-Stuben und endlich Garten-Verzierungen.

Verkauf von Warmhauspflanzen.

Verlag von Karl Wiegandt in Berlin, Koch-Strasse No. 22.

Druck der C. Feister'schen Buchdruckerei (L. Mewes), Berlin, Zieten-Platz No. 2.

Wochenschrift

des

Vereines zur Beförderung des Gartenbaues in den Königl. Preussischen Staaten

für

Gärtnerei und Pflanzenkunde.

Redakteur:

Professor Dr. Karl Koch,

General-Sekretair des Vereines.

No. 35. Berlin, den 2. September **1865.**

Preis des Jahrganges 5¼ Thlr., sowohl bei Bezug durch den Buchhandel, als auch franco durch alle Post-Anstalten des deutsch-österreichischen Post-Vereines.

Kongress und Ausstellung in Erfurt.

Vom 9. bis 17. September findet in Erfurt der 2. Kongress deutscher Gärtner und Botaniker, verbunden mit einer grossartigen Ausstellung, statt. Das darauf bezügliche Programm haben wir bereits (s. No. 28) veröffentlicht. Es ist alle Hoffnung vorhanden, dass ersterer viel besucht wird; wir fordern deshalb ebenfalls zur regen Theilnahme auf.

Auch beeilen wir uns ferner mitzutheilen, dass das Direktorium der Berlin-Anhalt'schen Eisenbahn die Beförderung auf derselben zum halben Fahrpreise auf die ganze Zeit, sowie den freien Rück-Transport der auf der Tourfahrt tarifmässig frei gemachten Ausstellungs-Gegenstände freundlichst bewilligt hat. Zu diesem Zwecke darf das Billet auf der Hinfahrt nicht abgegeben werden.

Zur Legitimation als Mitglied dient eine mit dem Vereins-Siegel versehene Karte, welche aus der Wohnung des General-Sekretärs (Hafenplatz 4) abzuholen ist.

Der Gartenbau in Belgien.

Von Baltet in Troyes.

In keinem Lande hat der Gartenbau eine so hohe Stufe erreicht, als in Belgien; nirgends wird aber auch von Seiten der Regierung so viel für den Gartenbau gethan, als wiederum in Belgien. Die vielen Gartenbau-Vereine, welche in dem genannten Lande existiren und durch zahlreiche Versammlungen, Ausstellungen u. s. w. Zeichen ihres Lebens, ihrer Thätigkeit geben, tragen ebenfalls nicht wenig dazu bei, dass unter den Bewohnern Liebe zu Pflanzen und Blumen erhöht und überhaupt das Interesse dafür wach erhalten wird. Mit Ausschluss weniger haben sich die Gartenbau-Vereine Belgiens seit einigen Jahren zu einem Bunde (Fédération des sociétés d'horticulture de la Belgique) vereinigt, um die grösseren Aufgaben des Gartenbaues gemeinschaftlich, und dann mit um so grösserer Energie, in die Hand zu nehmen. Ein solches gemeinschaftliches Werk waren z. B. die grossen Ausstellungen in Namur und Brüssel im Herbste des Jahres 1862 und im Frühlinge 1864.

In den Verhandlungen des eben genannten Bundes der vereinigten Gartenbau-Vereine sind bereits die öffentlichen, den Obst- und Gartenbau betreffenden Anstalten in Belgien, besprochen; es ist uns aber jetzt eine interessante Schrift von Baltet, dem bekannten französischen Pomologen und Gärtner in Troyes, zugegangen, welche in noch grösserer Ausführlichkeit diese öffentlichen Anstalten und was sonst in Belgien für den Gartenbau geschehen ist, bespricht. Bei dem Aufschwunge, den auch jetzt alle Zweige des Gartenbaues bei uns nehmen, ist es wohl von Interesse, von dem Inhalte des Baltet'schen Werkes Kenntniss zu nehmen. Es möchte dieses selbst um so gewichtiger sein, als man in der neuesten Zeit von Seiten der Preussischen Regierung den Garten-, vor Allem aber den Obstbau in's Auge gefasst hat und bereits auch die ersten Verordnungen erlassen sind, um ihn einer grössern Belebung, hauptsächlich durch Unterrichts-Mittel, entgegenzuführen.

Belgien ist von allen Ländern der Erde am meisten bevölkert; es wohnen auf einem Quadrat-Myriameter*) nicht weniger als 15,568 Einwohner, während in Frankreich nur 6,830, in Preussen 6,000, in Oesterreich sogar nur 5,709 Menschen auf denselben Flächen-Raum kommen. Schon deshalb hat der Grund und Boden in Belgien einen grössern Werth, als in den genannten Ländern; man ist folgerecht deshalb gezwungen, von ihm eine grössere Rente zu ziehen, als in anderen Staaten. Die grösste Rente gibt aber vom Boden der Gartenbau, d. h. die Kultur mit dem Spaten und in Töpfen.

Wenn nun schon der Belgier sich durch die Verhältnisse gezwungen sieht, seinem Boden grössere Erträge, wie sie nur der Gartenbau zu geben vermag, abzuwinnen, so kommt ihm ausserdem noch seine Intelligenz, sein Eifer und nicht weniger seine Erfahrung dabei zu statten. Es bieten auch die Institutionen des Landes Gelegenheit, sich gut zu unterrichten. Ausserdem werden, wie wir später sehen, in allen grösseren Städten von unterrichteten und befähigten Männern Lehrkurse über verschiedene Gegenstände der Gärtnerei und der Botanik stets unentgeltlich gegeben, an denen Jedermann Antheil nehmen kann.

Baltet hat sein Werk über den Gartenbau in Belgien dem Minister des Ackerbaues, des Handels und der öffentlichen Arbeiten in Paris gewidmet; sein Wunsch ist, dass man auch in Frankreich auf gleiche Weise vorwärts gehe. Baltet möchte aber den Gartenbau in allen Ländern gehoben wissen und verlangt, dass er die Stelle einnimmt, welche ihm von Natur aus im Staate angewiesen ist. Auch Preussen und Deutschland sollen die Segnungen des Gartenbaues zu Gute kommen, denn bei der rasch zunehmenden Bevölkerung erhält der Grund und Boden alle Jahre einen höhern Werth, der bei der gewöhnlichen Bewirthschaftung nicht oder kaum ausgeglichen wird.

Es wäre wohl zu wünschen, dass sich Jemand der Mühe unterziehen wollte, das Baltet'sche Werk über den Gartenbau in Belgien in's Deutsche zu übertragen. Wir wollen einstweilen darauf aufmerksam machen und eine Uebersicht dessen, was in Belgien für den Gartenbau geschieht, geben.

Wir betrachten das Werk selbst noch keineswegs für abgeschlossen und hoffen, dass der fleissige und mit den Verhältnissen in Belgien vertraute Verfasser uns nun auch in einem zweiten Theile mit den Resultaten der hier veröffentlichten Mittel zur Hebung und Förderung des Gartenbaues bekannt macht. Nichts überzeugt so sehr, wie Zahlen. Es hätte aber auch ein wissenschaftliches Interesse, zu erfahren, welche gewiss bedeutende Summen Geldes der Gartenbau überhaupt in Anspruch nimmt, wie gross die Zahl der Gärtner und die Fläche des von ihnen in Anspruch genommenen Landes ist, wie viel Menschen beschäftigt werden, wie viel jährlich im Lande selbst verbraucht und wie viel nach dem Auslande geführt wird u. s. w. u. s. w.?

Wir wollen nun versuchen, die Einrichtungen, welche in Belgien zur Hebung und Förderung des Gartenbaues getroffen, näher kennen zu lernen.

I. Die Gartenbauschule in Vilvorde.

Sie wurde im Jahre 1849 durch L. de Bavais mit Unterstützung des Staates gegründet. Darnach stellt der Besitzer die nöthigen Gebäude her. Die Hälfte der Kosten (25 bis 30,000 Francs) trägt der Staat in der Weise, dass er dieses Kapital mit 5 Procent verzinst und binnen 14 Jahren in jährlichen Raten die ganze Schuld abträgt. Ausserdem zahlt er die Zinsen der Summe, welche zum Ankauf des Grundstückes für die Gebäude und des mit einer Mauer eingehegten Arboretums nöthig war. Dafür steht ihm die Besetzung der 7 Lehrerstellen zu, wobei der König den Direktor ernennt.

Die Unterrichtszeit ist eine 3-jährige. Gegenstände des Unterrichts sind: Botanik, Blumenzucht, Gemüse- und Obstbau, Arithmetik, französiche und vlämische Sprache und praktische Uebungen; im 2. Jahre kommen noch Anlage von Gärten und Bau von Gewächshäusern, im 3. endlich Physik, Chemie und Geologie dazu.

Für jeden Schüler, der wenigstens 17 Jahre alt sein und Schulbildung haben muss, werden 400 Frcs gezahlt, wovon ¾ der Staat und ¼ der Zögling selbst entrichtet. Dafür erhält er Wohnung, Kost, Heizung u. s. w. Raum ist für 30 vorhanden. Ende August findet die öffentliche Prüfung statt. Schüler, welche gute Fortschritte machen, erhalten eine Gratifikation von 15 Cent. den Tag, in der Weise, dass die Summe für das ganze Jahr und für einen Schüler nicht 30 Francs überschreitet. Im Jahre 1863 wurden solcher Gratifikationen nicht weniger als 685 Francs 80 Cent. vertheilt. Das Terrain um-

*) Der Myriameter verhält sich zur preussischen Meile, wie 1,3276 zu 1,0000.

fasst 43 Hektaren*), von dem ein Stück mit einer Mauer zur Aufnahme des Arboretums, der eigentlichen Obstschule und des Gemüsebaues, umschlossen ist. An dieser Mauer ist für 564 Meter Raum zu Spalieren geboten. Die eigentlichen Baumschulen, der Gemüse- und Blumengarten, sowie die Gewächshäuser, befinden sich im ältesten Theile der Anlage.

Die Gartenbauschule von Vilvorde steht, wie gesagt, unter spezieller Aufsicht des Staates, zu welchem Zwecke ein besonderes Direktorium (Commission de surveillance), aus 3 Personen bestehend, vom Könige ernannt wird. Dieses muss die Anstalt alle Jahre wenigstens 2 Mal besuchen und dann einen Bericht an den betreffenden Minister erstatten. Ausserdem tritt es am Schlusse des Schuljahres (Ende August) zur weiteren Berathung und zur Hebung der Anstalt mit dem Direktor derselben und den Lehrern zusammen. Ausserdem ist aber noch der königliche Inspektor des Ackerbaues und der Vicinalwege beordert, ebenfalls 2 Mal im Jahre die Anstalt zu inspiciren.

Mit der Gartenbauschule sind öffentliche Vorlesungen (10 das Jahr) verbunden, woran Jedermann Antheil nehmen kann, ohne etwas dafür zu zahlen. Vom Jahre 1856 bis 1862 nahmen 3,737 Personen Antheil, und zwar 2,947 Gärtner und 790 Liebhaber. Auf Verlangen werden den ersteren auch Diplome ausgestellt.

2. Die Gartenbauschule von Gentbrügge bei Gent.

Während in der Gartenbauschule in Vilvorde dem Obstbaue hauptsächlich Rechnung getragen wird, ist hier die höhere Gartenkunst in den Vordergrund getreten; doch ist neuerdings auch den übrigen Zweigen, und vor Allem dem Obstbaue, ebenfalls mehr Aufmerksamkeit zugewendet worden, so dass der Unterricht hierin keineswegs dem in Vilvorde nachsteht. Im Allgemeinen sind dieselben Einrichtungen und dieselben Verhältnisse zum Staate vorhanden, doch scheint der Direktor mehr selbständiger zu sein. Hierin liegt wohl auch der Grund einer geringeren Unterstützung, welche im Jahre 1863 nur 4,665, 1864 aber 4,800 Francs betrug. Der Direktor entwirft im Anfange des Jahres den Etat und legt ihn dem Staate zur Begutachtung, resp. Bewilligung vor. Dieser Etat besteht aus den Einnahmen (dem Reste des vorausgegangenen Jahres und dem Zuschusse des Staates), denen die Unterhaltung der Zöglinge, die Kosten des theoretischen Unterrichtes und unvorhergesehene Fälle als Ausgaben entgegenstehen.

Direktor ist jetzt Louis van Houtte, dessen grossartige Gärtnerei als praktisches Unterrichtsmittel zur Verfügung steht. Seit 1849, wo die Schule als Staatsschule in's Leben gerufen wurde, hat sie unzweifelhaft einen grossen Einfluss auf die rasche Entwickelung der Gartenkunst ausgeübt. Eine nicht geringe Zahl der tüchtigsten Gärtner, welche wir jetzt haben, sind aus ihr hervorgegangen; noch fortwährend werden tüchtige Männer in ihr herangezogen. Auch das Lehrer-Personal (6) ist ausgezeichnet; Namen, wie Crepin, Pynaert, Rodigas und Burvenich sind bereits bei uns durch ihre Werke bekannt.

Die Zeit des Aufenthaltes der Schüler ist auch hier eine 3-jährige. Angenommen werden nur junge Leute mit der gehörigen Vorbildung und, nachdem sie das 16. Jahr zurückgelegt haben. Die Zahl der Schüler ist zwar nur auf 20 berechnet, in der Regel sind aber deren mehre vorhanden. Die Pension für jeden Schüler beträgt jetzt 600 (vor 1863 nur 500) Francs. Es gibt für Inländer auch Freistellen, wo der Staat die Hälfte und die Provinz oder die Kommune, wo der Zögling herstammt, die andere Hälfte zahlt. Solcher Freistellen waren im vorigen Jahre 12 vorhanden.

30 Stunden werden wöchentlich dem theoretischen Unterrichte gewidmet, von denen die eine Hälfte auf den Unterricht selbst, die andere auf das Selbst-Studium kommt. Unterrichts-Gegenstände sind: französische und vlämische Sprache, Arithmetik, Unterricht im Zeichnen, Botanik, Physik, Chemie, Geologie, Geographie, Gewächshausbau, Anlage von Gärten, theoretischer und praktischer Gartenbau, Baumzucht, Gemüsezucht, praktische Arbeiten aller Art. Im 3. Jahre kommt noch Buchführung dazu.

Während des Sommer-Halbjahres werden an jedem Donnerstage Nachmittag Exkursionen veranstaltet und jeden Sonnabend müssen die Zöglinge Berichte oder Beschreibungen dessen, was sie ausgeführt haben, einliefern. Diese werden vorgelesen und geben dann zu Diskussionen Veranlassung.

Das Schuljahr beginnt am 1. Februar und dauert bis zum 15. Dezember.

Mit der Gartenbauschule in Gentbrügge sind ebenfalls öffentliche Vorlesungen über Behandlung und Schnitt der Obstbäume verbunden. Dergleichen finden im Winter 7 und im Sommer 3 statt. Seit dem Jahre 1856 haben 3,500 Personen daran Antheil genommen.

(Schluss folgt.)

*) Die Hektare hat fast 4 Morgen und verhält sich wie 3,9166 zu 1,0000.

Ueber
das Verpflanzen der Gehölze im August.

Vom Baumschulbesitzer Hafner in Radekow bei Tantow.

Der Gärtner muss es sich zum Grundsatze machen, jede Arbeit bis an ihr Ende gut und möglichst einfach auszuführen. Bisweilen drängen sich aber zu einer Zeit die Arbeiten so sehr, dass er gut thut, wenn nur immer einigermassen möglich, die eine oder andere Arbeit auf eine passendere Zeit zu verlegen. Ich bin keineswegs ein Freund von Versuchen, namentlich wenn sie kostspielig sind. Diese überlasse ich reicheren Leuten. Der Handelsgärtner hat eine andere Aufgabe: er soll durch gute Waare Geld verdienen. Aber dennoch können Fälle eintreten, wo auch er seine Zuflucht zu Versuchen nehmen kann. Ein solcher Fall ist der, wo eine Menge Arbeiten auf einen verhältnissmässig kurzen Zeitraum fallen. Hier ist zu ermitteln, ob doch nicht die eine oder andere Arbeit zu einer gelegeneren Zeit gemacht werden kann.

Wir sind gewöhnt, im Frühlinge oder Herbste unsere Pflanzungen zu vollführen und machen nur eine Ausnahme, wenn die allergrösste Noth uns dazu zwingt. Man mag aber nie dabei vergessen, dass das Verpflanzen grösserer, sowie kleinerer Laubbäume im August ein sehr kostspieliges und doch stets mehr oder minder unsicheres Unternehmen ist, und dass Handelsgärtner, die von dem Fleisse ihrer Hände leben müssen, keineswegs dergleichen Dinge vornehmen dürfen, wenn sie ihr eigenes Geschäft nicht in Frage stellen wollen. Meiner Meinung nach lassen sich von Seiten der Handelsgärtner und Privaten, wenn sie nicht über grosse Mittel zu verfügen haben, Laubbäume im August nur dann ohne Kosten und mit etwas Sicherheit verpflanzen, wenn sie ihre Sommertriebe gemacht haben und gewissermassen ein Stillstand im Wachsthume eingetreten ist.

Ist aber auch der weniger Bemittelte gezwungen, im August eine Pflanzung vorzunehmen, so schneide man vor Allem sämmtliche Blätter ab und vollführe, nachdem Alles zur Pflanzung schon vorbereitet ist, alle Arbeiten auf das Sorgfältigste. Nach dem Verpflanzen umgebe man den ganzen Baum noch wo möglich sofort mit einem Zelte und beginne nun mit dem Giessen und dem Spritzen. Dieses muss selbst ununterbrochen und so lange fortgesetzt werden, bis der Baum, was vielleicht erst nach einigen Wochen geschieht, von selbst sich erhalten kann. Selbst im September, wenn plötzlich heisse Tage eintreten, hat man darauf zu achten, ob und wie lange der Baum noch des Wassers benöthigt ist.

Ob das Werk als gelungen betrachtet werden kann, wird sich übrigens erst im Frühlinge herausstellen, wo überhaupt das Verpflanzen mit grösserer Sicherheit und mit weit weniger Kosten ausgeführt werden kann. Werden die Blätter nicht vor der Verpflanzung abgeschnitten, so muss man den Baum natürlich um so stärker begiessen und bebrausen, weil die Blätter fortwährend verdunsten.

Ob man nun durch das Verpflanzen im August einen freudigeren Wuchs hervorruft, als man ihn bei den Bäumen erzielt, die im Herbste und Frühlinge gepflanzt werden, und ob, wenn ersteres der Fall ist, das Verfahren einen Vortheil bringt, wenn man den Kostenpunkt und die Unsicherheit in's Auge fasst, wollen wir dahingestellt sein lassen; von mir wird es jedoch entschieden bezweifelt.

Anders verhält es sich aber mit den verschiedenen Koniferen, die von Mitte August bis Ende September ohne Nachtheil gepflanzt werden können. Man kann sich selbst stets eines grösseren Erfolges versichert halten, als bei der Pflanzung im Frühlinge. Versuchsweise habe ich in diesem Jahre verschiedene Tannen, Lebensbäume, Wachholder-Arten, Taxbäume und Kiefern, sowie Gehölze mit immergrünen Blättern, als Mahonien u. a. m., schon Anfangs August verpflanzen lassen. Die Hitze war bekanntlich enorm und das Erdreich so trocken, dass ich manchmal die Achseln zuckte und schliesslich nicht viel auf Erfolg rechnete. Jetzt aber, nach 14 Tagen, haben sämmtliche Pflanzen neue Wurzeln gemacht, trotzdem dass sie nur einmal angegossen sind. Es kommt freilich dazu, dass darauf einige Regentage folgten und es bis jetzt (Ende August) nicht an Feuchtigkeit fehlte. Man hat ausserdem den Vortheil, dass die Pflanzen, welche etwa nicht gewachsen sein sollten, im Frühlinge ersetzt werden können. Gut bewurzelte Koniferen vertragen auch den Transport in diesen Monaten ohne Gefahr.

Ich habe früher nur im Frühjahre meine Koniferen und immergrünen Gehölze verpflanzt; seitdem ich aber alle Jahre nicht unbedeutende Verluste gehabt, so dass selbst die Hälfte dieser Gehölze zu Grunde ging, nehme ich zu genannter Zeit gar keine Pflanzungen mehr vor. Alles geschieht im August.

Seit mehrern Jahren schon habe ich mich mit Vorliebe der Anzucht der Koniferen gewidmet; es steht mir bereits eine nicht unbedeutende Anzahl guter, stets im Freien aushaltender Arten in zahlreichen Exemplaren zur Verfügung. Ich ergreife deshalb hier die Gelegenheit, Liebhaber auf meine Sammlung aufmerksam zu machen. Man kann versichert sein, dass nur gut angewachsene Exemplare zu billigen Preisen abgegeben werden.

Die Linden.

Monographische Bearbeitung

von Karl Koch.

(Schluss.)

II. Tilia multiflora Led. fl. ross. I, 442 (1842): Folia tenuia, subtus glabra, sed in axillis venarum barbata, vix pallida, argute serrata; Corymbi multiflori; Staminodia nulla; Stylus teres, glaber, stigmatibus horizontalibus; Nux apice et basi attenuata, pilis accumbentibus vestita, pericarpio tenui, fragili.

Eine sehr schöne Linde, welche in Mischwäldern des adscharischen und pontischen Gebirges wächst. Professor Nordmann in Helsingfors entdeckte sie im ersteren, wir fanden sie hingegen ziemlich häufig im pontischen Gebirge. Schade, dass die an den botanischen Garten in Berlin eingesendeten Samen nicht gekeimt haben.

III. Tilia dasystyla Stev. Bull. de la soc. d. natur. de Mosc. IV, 260 (1832): Folia subcoriacea, subtus glabra, pallida, sed in axillis barbata, serrata; Corymbi pluriflori; Stylus totus tomentosus, stigmatibus erectis; Nux apice et basi attenuata, demum versus basin 5-costata, pilis plerumque accumbentibus vestita, pericarpio coriaceo.

Diese in der Krim und im Kaukasus wachsende Art gehört in jeglicher Hinsicht zu den schönsten Linden. Obwohl sie schon ziemlich lange in unseren Gärten sich befindet — Loudon führt sie bereits 1838 in seinem Arboretum auf —, so ist sie doch noch keineswegs so verbreitet, als sie es verdient. Man findet sie kaum in einigen Privatgärten. Sie scheint sich schon im äusseren Habitus zu unterscheiden, indem sie sich weniger kugelig oder eirund baut, sondern vielmehr in die Höhe geht. Die Blätter besitzen auf der Oberfläche eine schöne dunkelgrüne und etwas glänzende Farbe, auf der mit Ausnahme der unbedeutenden Bärtchen in den Winkeln der Adern unbehaarten Unterfläche hingegen ist diese weit heller und matt. Steven gibt die Deckblätter am Blüthenstiel bis an die Basis herablaufend an, was jedoch durchaus nicht der Fall ist, da bei den uns zu Gebote stehenden Exemplaren ein kleiner Theil des Stieles frei bleibt. Die Deckblätter scheinen übrigens klein zu bleiben. Blüthen haben wir zu beobachten leider noch nicht Gelegenheit gehabt, doch wird als gewichtiges Merkmal, was auch zur Benennung dasystyla (d. h. mit behaartem Griffel) Veranlassung gegeben hat, der behaarte Griffel angegeben. Die spindelförmige Frucht hat zur Zeit der Reife 5 schwache Leisten und besitzt eine lederartige, ziemlich dicke Schale.

Diese Linde steht der Abart der Tilia americana, welche ebenfalls dickliche Blätter besitzt und in den Gärten als T. begoniaefolia vorkommt, am Nächsten, unterscheidet sich aber durch auf der Oberfläche glänzende Blätter. Sonst ähnelt sie auch einer Form der T. vulgaris Hayne mit ebenfalls auf der Oberfläche glänzenden Blättern, die aber weit dünner sind.

IV. Tilia corinthiaca Bosc in Nouv. cours d'agric. XIII, 139 (1809*): Folia chartacea, subtus glabra, sed in axillis pallide barbata, pallida, argute serrata; Flores minores; Stylus totus glaberrimus, pentagonus, stigmatibus erectis; Nux ovata aut obovata, basin versus vix 5-costata, pilis accumbentibus vestita, pericarpio coriaceo (T. rubra DC. exp. et Stev., T. triflora Puer.).

Leider befindet sich diese in der europäischen Türkei, in Griechenland, in der Krim und im nördlichen Oriente wachsende Linde nicht in Kultur, obgleich sie es früher gewesen zu sein scheint. Bosc und de Candolle der Vater haben sie gewiss lebend gekannt; der letztere verwechselte sie aber mit der rothzweigigen Abart (T. corallina Ait.) der Sommerlinde, welche rundliche Früchte besitzt. Wir haben sie in schönen Exemplaren auf dem kaukasischen Gebirge in einer Höhe von 4—5000 Fuss gesehen, aber auch auf den südlichen Abhängen desselben. In der Ebene scheint sie nicht zu wachsen. Sie steht der T. vulgaris Hayne sehr nahe, bildet vielleicht nur eine Abart derselben und unterscheidet sich durch scharf-gesägte, auf der Unterfläche bedeutend hellere, jedoch nicht blaugrüne Blätter, sowie durch den völlig unbehaarten, deutlich 5-eckigen Griffel. Steven gibt die Narben ausgebreitet an, was wir aber weder an den direkt von ihm erhaltenen, noch an den von uns im Kaukasus gesammelten Exemplaren gesehen haben. Leicht erkennbar ist die Art ausserdem noch an den kleinen Blüthen, die selbst noch kleiner sind, als bei der Steinlinde (T. ulmifolia).

V. Tilia vulgaris Hayne Arzn. Gew. III, 47 (1813): Folia membranacea, subtus glabra, sed in axillis pallide barbata, vix pallidiora, dupliciter serrata; Corymbi multiflori; Stylus teres, basi tomentosus, stigmatibus denique horizontalibus; Nux globosa aut ovata, obscure aut vix 5-costata, pilis patentibus vestita, pericarpio coriaceo (T. europaea L., Sm. et. al., intermedia DC., Tecksiana Court., pallida Wierb., floribunda Rchb. fil. icon. fl. Germ. VI, f. 5136, nec A. Br.).

Diese in Mittel- und Nord-Europa, auch noch in Ober-Italien, sowie in Bosnien vorkommende Linde scheint ziemlich verbreitet zu sein, wird oft

*) Mir steht leider nur die von Mitgliedern der Pariser Akademie herausgegebene Ausgabe vom Jahre 1809, sowie ein späterer Abdruck derselben, zu Gebote.

aber mit unserer Stein- und Sommerlinde verwechselt. Wie weit sie in Russland vorkommt, wissen wir nicht, da Ledebour sie nicht von der Steinlinde zu unterscheiden vermochte. Sie ist die Tilia femina folio majore Caspar Bauhin's und die T. femina platyphyllos Johann Bauhin's, nicht aber T. platyphyllos, wie man meistens annimmt; sie ist es ferner auch, welche Linné als T. europaea, zu der er die zuerst genannte und T. ulmifolia Scop. nur als Abarten bringt, beschrieben hat; wenn wir nicht Verwechselungen fürchteten, müssten wir auch zu ihrer Benennung den Linné'schen Namen gebrauchen.

Dass sie ein Blendling der T. platyphyllos und ulmifolia sein sollte, wie Mehre annehmen, ist sicher unrichtig, denn sie wächst in manchen Wäldern ursprünglich wild, wo eine der sogenannten Mutterarten gar nicht vorkommt. Der letzteren steht sie wohl näher, unterscheidet sich aber in der Regel gar nicht so schwierig durch ihre auf der Oberfläche dunkelgrünen Blätter, deren Bärte in den Winkeln der Adern auf der wohl etwas blasseren, aber nicht blaugrünen Unterfläche hellgrau sind. Bei T. ulmifolia haben diese eine fuchsrothe Farbe, welche ausserdem auf der Oberfläche meist etwas gelbgrün ist. Nicht weniger unterscheidet sich die rundliche Form der grösseren und mit dem behaarten Reste des Griffels meist noch versehene Frucht, deren dickere, mehr lederartige Schale mit rauhem Filz besetzt ist. Auch scheint der Griffel nach dem Verblühen nie länger zu werden, was bei anderen Linden sonst meist der Fall ist. Sie blüht früher.

Die gemeine Linde ändert keineswegs so sehr, als die grossblättrige und wird in Deutschland gewöhnlich noch weit mehr als diese zu Alléen, Avenuen u. s. w. verwendet. Im Nordosten Deutschlands ist sie sogar allgemein, weniger im Südwesten, wo nebst der grossblättrigen die amerikanische unbehaarte Linde meist dazu benutzt wird. T. vulgaris nimmt ebenfalls ungemeine Dimensionen an. Dass unsere meisten wegen ihrer Grösse berühmten Linden zu T. vulgaris gehören möchten, habe ich bereits ausgesprochen.

Wir besitzen eine Abart mit auf der Oberfläche glänzenden und dunkelgrünen Blättern, die sich weit hübscher ausnimmt und daher zu Anpflanzungen besonders zu empfehlen ist. Wahrscheinlich ist es dieselbe, welche Bechstein als T. hybrida unterschieden hat (Forstbot. 5. Aufl. S. 342).

VI. Tilia ulmifolia Scop. fl. carn. I, 374 (1772): Folia subchartacea, dupliciter serrata, subtus glabra, sed in axillis rufo-barbata, glauca; Corymbi pluriflori; Stylus teres, basi tomentosus, stigmatibus denique horizontalibus; Nux obovata, 5-costata, pilis accumbentibus laevis, pericarpio tenui, fragili (T. cordata Mill. Dur., parvifolia Ehrh., microphylla Vent., sylvestris Desf.).

Ebenfalls ein mehr nordischer Baum, der gewöhnlich den Namen Stein- oder Winterlinde führt und jenseits der Alpen nur angepflanzt vorkommen möchte. Nach Osten scheint er eine grosse Verbreitung zu haben und in Russland grosse Wälder, in denen der bei uns gebräuchliche Lindenbast meist angefertigt wird, zu bilden. Diese Linde ist lange nicht so schön, als die vorhergehende Art, und bildet nie so stattliche Bäume. Ihre Krone scheint mehr in die Höhe zu gehen. Ferner erreicht sie auch nicht ein so hohes Alter, was in der Regel 150 Jahre nicht überschreitet. Wie die Steinlinde später ausschlägt, als die gemeine und die holländische, so blüht sie auch 10 und selbst 14 Tage später. Ihre Blüthen haben nur einen schwachen Geruch; geruchlos sind sie aber keineswegs, wie Hayne angibt.

Unter dem Namen T. septentrionalis hat Ruprecht (flor. ingr. 213) eine Linde beschrieben, welche sich hauptsächlich durch 2- und 3-blüthige Doldentrauben auszeichnet. Dergleichen Bäume kommen aber auch in Thüringen gar nicht selten vor, wie Bechstein ebenfalls bestätigt. Es scheint überhaupt die Steinlinde, so oft sie in Mischwäldern vorkommt, nur wenige Blüthen zu besitzen, während sie, auf gutem Boden allein stehend, gewöhnlich reichlich-blühende Doldentrauben hervorbringt.

Die Früchte ändern etwas in der Gestalt, die am häufigsten umgekehrt eirund- oder birnförmig sind; doch sind rundliche Früchte auch nicht selten. In diesem Falle verlieren sich auch meist die Kanten mehr oder weniger. Ueberhaupt treten diese nie so scharf hervor, wie bei der Sommer- oder Holländischen Linde.

Aus mehrern Gärten und auch von einigen Botanikern haben wir die Form mit tief-herzförmigen Blättern als T. flavescens A. Br. erhalten.

VII. Tilia americana L. sp. pl. 733 (1753): Folia membranacea, argute serrata, subtus plerumque glabra, sed saepe in axillis venarum barbata, vix pallida; Corymbi multiflora; Staminodia angusta; Stylus basi tomentosus; Nux globosa aut ovata, ecostata, pilis denique accumbentibus vestita, pericarpio coriaceo (T. caroliniana Mill., glabra Vent., nigra Borkh., canadensis Mchx, mexicana Schlecht., americana nigra, Mississipensis und longifolia dentata Hort.).

Ein schöner Baum, welcher mit der Sommer-, aber auch mit der gemeinen Linde grosse Aehnlichkeit besitzt und in seinen Blattformen eben so wandelbar ist, als die erstere. Die Blätter sind bald herzförmig, und zwar mit gleichen und ungleichen Hälften, bald an der Basis abgerundet und selbst abgestutzt. In diesem letzteren Falle wurde diese Linde von Spach als eigene Art mit der Benennung Tilia truncata unterschieden. Auch ist die Unterfläche, abgesehen von den stärkeren und schwächeren Bärten in den Winkeln der Adern, keineswegs stets unbehaart; die Behaarung, wenn sie vorhanden, scheint sich aber doch in der Regel gegen den Herbst hin zu verlieren. Diese Form mit unten behaarten Blättern wird von Spach als T. neglecta, von Al. Braun als T. nigra β. vestita unterschieden. Auch hinsichtlich der Blüthen scheinen Verschiedenheiten vorzukommen; diese sind bald kleiner, bald grösser und stehen bald gedrängt, bald mehr schlaff (T. laxiflora Pursh). Bisweilen befinden sich die schlaffen Doldentrauben auf verlängerten Stielen (T. floribunda Al. Braun exp.).

Ausserdem lassen sich noch folgende Formen, resp. Abarten unterscheiden:

1. Tilia begoniaefolia wird in den Gärten diejenige Abart genannt, welche sich durch dickliche, auf der Oberfläche dunkelgrüne, aber stets matte Blätter auszeichnet. Die Blüthen sind hier verhältnissmässig gross.

2. Nicht selten kommt eine Form unter dem Namen Tilia inciso-dentata in den Gärten vor, welche grosse, eingeschnitten-gezähnte Blätter besitzt. Sie bleibt aber nur in der Jugend konstant und geht mit dem Alter in die Hauptform über.

3. Aus der Gehölz-Sammlung in Muskau haben wir von dem Park-Inspektor Petzold eine Form erhalten, wo die Blüthen innen eine röthliche Farbe besitzen sollen. An dem getrockneten Exemplare vermochte man es nicht mehr zu unterscheiden.

4. Sehr interessant und zu Anpflanzungen besonders zu empfehlen ist die Abart mit schönen rothen Zweigen. Sie verhält sich, wie schon Bosc sagt, zu der Hauptart, wie Tilia corallina zur Tilia platyphyllos. Sie soll in Louisiana vorkommen, weshalb sie auch von dem eben genannten Botaniker als Tilia Ludovicia bezeichnet wurde, und scheint zuerst in Paris kultivirt worden zu sein. Von da ist sie wahrscheinlich in den Karlsruher Garten gekommen, wo sie Al. Braun kennen lernte und wegen ihres sehr frühzeitigen Blühens T. praecox nannte. Auch Ventenat scheint in seiner Abhandlung über Linden ihrer gedacht zu haben (Mém. de l'inst. T. IV, 2. p. 12); nach ihm wurde sie damals von einigen französischen Botanikern T. multiflora genannt. Diese Eigenthümlichkeit der rothen Zweige ist allerdings wichtig, zumal noch andere Merkmale dazukommen. Die Blüthen sind nämlich verhältnissmässig gross und die Staubgefässe haben die Länge der gekerbten Blumenblätter und Staminodien, während diese beiden bei der gewöhnlichen T. americana jene an Länge fast doppelt übertreffen. Es liegen uns aber wiederum vom Garten-Direktor Hentze aus Kassel Exemplare vor, wo in der Blüthe ziemlich dieselben Verhältnisse vorkommen und die Sommertriebe nicht eine rothe, sondern eine grünliche Farbe besitzen.

5. Wiederum besitzt eine Abart kleinere Blüthen, zeichnet sich aber ausserdem noch ganz besonders dadurch aus, dass die Staminodien entweder ganz und gar fehlen oder sich doch nur zum Theil und dann oft unvollkommen, indem sie noch leere Staubbeutel tragen, entwickeln. Al. Braun hat das Verdienst, zuerst darauf aufmerksam gemacht zu haben. Doch sind uns hierüber ebenfalls schon früher vom Garten-Direktor Hentze in Kassel Mittheilungen zugekommen. Al. Braun selbst hat diese Abart, welche er als zwischen T. americana und ulmifolia stehend betrachtet und geneigt ist, sie deshalb für einen Blendling beider zu halten, unter dem Namen Tilia flavescens (Bot. Zeit. 1. Jahrgang S. 586) aufgestellt. Diese Ansicht Braun's hat ohne Zweifel Vieles für sich. Wie wir bereits mitgetheilt, haben wir aus einigen Gärten Exemplare unter dem Namen flavescens erhalten, die sich von Tilia ulmifolia gar nicht unterscheiden; wir wissen freilich nicht, ob die Pflanzen, woher diese Exemplare stammten, aus Samen oder aus Stecklingen gezogen wurden oder ob nicht überhaupt eine Verwechslung stattgefunden hatte.

6. Auch von Tilia floribunda hat uns Braun Exemplare mitgetheilt, die abgesehen vom allerdings abweichenden Blüthenstand, Aehnlichkeit mit T. flavescens zeigen und ebenfalls die Staminodien mehr oder weniger verkümmert besitzen. Was wir im botanischen Garten unter beiden Namen kultiviren und direkt aus Karlsruhe bezogen haben, besitzt Blüthen ohne alle Staminodien, und steht der T. ulmifolia so nahe, so dass man sie kaum unterscheiden kann. Ob diese, von uns mehre Jahre hintereinander untersuchten Bäume aus Samen gezogen sind, wissen wir nicht. Sind T. flavescens und T. floribunda (wenigstens zum Theil) Blendlinge, so könnten sie allerdings auch, wie wir Beispiele ausserdem haben, in die eine oder andere Urart (in diesem Falle in die T. ulmifolia) zurückgegangen sein. Eine Verwechslung von Haus aus könnte ebenfalls stattgefunden haben. Dass wir die von dem jüngern Reichenbach als T. floribunda in seinem Icones Florae Germaniae abgebildete Linde als zu T. vulgaris gehörig betrachten, haben wir schon gesagt.

VIII. Tilia pubescens Ait. hort. Kew. 1. Aufl. p. II, 229 (1789): Folia membranacea, magna, grosse et argute serrata, subtus pilis stellatis accumbentibus vestita, pallida; Corymbi multiflori; Flores majores, staminodiis angustis instructi; Stylus basi tomentosus, persistens; Nux oblonga, pilis accumbentibus obtecta, pericarpio obscure 5-costato, lignoso (T. heterophylla, macrophylla und hybrida superba Hort., T. americana Mill.).

Diese Linde, welche schon früher den Namen der Karolinalinde führte, macht vor Allem grosse, schöne Blätter, die eine mehr in die Länge gezogene Gestalt, als alle übrigen Arten der Neuen und Alten Welt besitzen und schon deshalb leicht unterschieden werden kann. Im Fruchtzustande ist sie gar nicht zu verwechseln, denn den bleibenden Griffel besitzt keine zweite Art. Da sie rasch wächst und besonders in ihrer Jugend sich durch herrliche Belaubung auszeichnet, so verdient sie vor Allem in Anlagen angepflanzt und weiter verbreitet zu werden. Die Unterfläche der Blätter ist zwar fast immer mit anliegenden Sternhaaren besetzt, diese machen die Farbe derselben aber nur wenig blässer, so dass sie oft, mit blossem Auge angesehen, unbehaart aussieht. Doch scheinen sich bisweilen auch die Haare auf den Blättern gegen den Herbst hin zu verlieren.

Vaterland sind mehr die südlichen Staaten Nord-Amerika's. Wie früher bereits mitgetheilt, wurde sie auch aus Carolina eingeführt und erhielt deshalb den Namen Carolinalinde. Miller und einige Andere verwechselten übrigens die Namen T. caroliniana und americana mit einander.

IX. Tilia tomentosa Mnch Verz. ausl. B. u. Str. 136 (1785): Folia subchartacea, argute serrata, subtus griseo-tomentosa; Petioli glabrescentes; Corymbi pluriflorii; Staminodia spathulata; Stylus ad basin glaberrimus, mox deciduus; Nux depressa, paene 5-cocca, subverrucosa, 5-sperma, pericarpio sublignoso (T. alba Ait. Willd. Jacq., americana Dur., argentea Desf., americana pendula Hort.).

Die amerikanische Silberlinde befand sich bereits 1767 im Gordon'schen Garten in England und wurde von diesem dem botanischen Garten in Kew mitgetheilt. Von da erhielten sie Thouin und Cels in Paris. Sie muss auch zeitig nach Deutschland gekommen sein, denn sie befand sich, wie wir aus Mönch ersehen, sehr frühzeitig auf der Wilhelmshöhe (damals Schloss Weissenstein) bei Kassel. Noch früher (1772) besass man sie in Harbke bei Helmstädt. Mit Anfang dieses Jahrhundertes wurde sie durch die orientalische Silberlinde, mit der sie verwechselt wurde, verdrängt; doch findet sie sich immer noch in einzelnen Gärten vor.

Beide Linden werden gewöhnlich in den Baumschulen mit einander verwechselt. Nach Michaux wird sie in der Neuen Welt nicht so hoch und gross, als die der Alten Welt. Ihre Zweige sind schlaff und hängen meistentheils in einem Bogen über. Im Allgemeinen aber sind die Blätter bei der ersteren nicht so fest und auch die Bezahnung ist einfach, während bei T. rotundifolia die Blätter oft ausserdem noch schwach gelappt erscheinen. Bei dieser sind die kürzeren und dickeren Blattstiele auch graufilzig, während bei jener, wo die Behaarung rascher verschwindet, sie schliesslich unbehaart sind und ausserdem ein schlankeres Ansehen besitzen. Am meisten unterscheidet jedoch die Frucht, welche das Ansehen einer 5-knöpfigen Nuss hat und mit schwachen, warzenförmigen Erhöhungen besetzt ist. Auch erscheint sie von oben nach unten zusammengedrückt.

Spezielles Vaterland der amerikanischen Silberlinde sind die westlichen Staaten, besonders Ohio.

X. Tilia rotundifolia Vent. in Mém. de l'inst. Tom. IV, 2. 13 (1802): Folia subcoriacea, argute aut inciso-serrata, subtus griseo-tomentosa; Petioli semper griseo-tomentosi; Corymbi pluriflori; Staminodia spathulata; Stylus basi tomentosus; Nux ovata aut oblonga, 1-aut 2-sperma, pericarpio obscure 5-costato, sublignoso (Tilia alba W. et K., petiolaris DC., rosea Hort.).

Diese bis jetzt nur in Ungarn, in der europäischen Türkei und in Kleinasien beobachtete Silberlinde war gewiss im vorigen Jahrhundert noch nicht bekannt. Selbst Jacquin hatte, als er seine Tilia alba im Hortus Schönbrunnensis (III, t. 283) 1798 abbildete, noch die amerikanische Silberlinde vor sich. Die erste Kunde erhielten wir von ihr aber 4 Jahre später durch den Grafen Waldstein und durch Kitaibel, welche sie in ihrem Kupferwerke der seltenen Pflanzen Ungarns unter dem falschen Namen Tilia alba auf der 3. Tafel abbildeten. Ventenat, der wahrscheinlich Exemplare von dem Reisenden Olivier aus der Umgegend von Konstantinopel erhalten hatte, beschrieb sie, nichts von den ungarischen Floristen wissend, ebenfalls in demselben Jahre als Tilia rotundifolia und bildete sie wiederum zu gleicher Zeit ab.

Sie ist bei uns weit mehr als die amerikanische Silberlinde verbreitet und wird wegen ihres späten Blühens, wo alle übrigen Linden abgeblüht haben, besonders von Bienenzüchtern, sehr geliebt. Wie die Blüthen aller Linden viel Honig absondern, so diese ganz besonders. Im Wachsthume gleicht sie der Sommerlinde am meisten, macht aber noch eine rundlichere Krone, die so dicht ist, dass sie gegen die brennendsten Strahlen der Sonne hinlänglichen Schutz verleiht.

Man besitzt eine Abart, wo die Unterfläche der Blätter weniger graulich-weiss, selbst fast grün sind. Spach hat diese als T. alba β. virescens bezeichnet.

Verlag von Karl Wiegandt in Berlin, Koch-Strasse No. 22.

Druck der C. Feister'schen Buchdruckerei (L. Mewes), Berlin, Zieten-Platz No. 2.

Wochenschrift

des

Vereines zur Beförderung des Gartenbaues in den Königl. Preussischen Staaten

für

Gärtnerei und Pflanzenkunde.

Redakteur:

Professor Dr. Karl Koch,

General-Sekretair des Vereines.

No. 36. Berlin, den 9. September **1865.**

Preis des Jahrganges 5⅓ Thlr., sowohl bei Bezug durch den Buchhandel, als auch franco durch alle Post-Anstalten des deutsch-österreichischen Post-Vereines.

454. Versammlung des Vereines zur Beförderung des Gartenbaues,

am 30. August.

Insp. Bouché übernahm, da der Vorsitzende verreist war und der erste Stellvertreter eben verreisen wollte, den Vorsitz und berichtete zuerst über die ausgestellten Pflanzen, welche dieses Mal nur aus 2 Gärten eingeliefert waren. Oberg. Boese hatte aus dem Garten des Kommerzienrathes Reichenheim 3 Orchideen ausgestellt, welche zum ersten Mal in Berlin blühend gesehen wurden. Es waren dieses die beiden Aërides: Reichenbachii und nobile, sowie die interessante Abart des grossblumigen Saccolabium Blumei, welche den Beinamen Dayi führt. Ausserdem sah man ebendaher wiederum ein hübsches Exemplar der vor mehrern Jahren viel Aufsehen machenden, jetzt aber leider allmählig wiederum selten werdenden Gitterpflanze, Ouvirandra fenestralis, aus Madagaskar (s. 1. Jahrg. 176, 4. Jahrg. 148).

Aus dem botanischen Garten war eine hübsche Sammlung hauptsächlich blühender Pflanzen ausgestellt, unter denen sich auch 2 Sterkulien befanden, von denen man den Samen durch den Regierungsrath Wichura in Breslau, der bekanntlich die japanische Expedition als Botaniker begleitete, erhalten hatte. Doch waren sie noch zu klein, um schon darüber entscheiden zu können. Ausserdem fanden sich vor: Methonica Leopoldi und Plantii. Nach Professor Koch möchten beide Pflanzen specifisch verschieden sein. Letztere ist wohl nur eine Form der M. superba und Synonym der M. virescens Lindl., deren Blüthe anfangs grün ist, später aber ebenfalls roth wird. M. Leopoldii ist vom älteren Hooker auch als M. grandiflora veröffentlicht.

Ferner machte Inspektor Bouché auf die interessante Kapparidee: Saccopetalum (nicht Sarcopetalum) Horsfieldii der Insel Java aufmerksam, sowie auf die schon mehrfach besprochene Tricyrtis hirta und auf Hemiandra pungens, eine neuholländische Labiate. Auch bedauerte derselbe, dass die sich stets gleich bleibende Form des gefüllten Mutterkrautes, welche schon vor längerer Zeit aus England eingeführt ist und den Beinamen new Double führt, in den Privatgärten ganz und gar wieder verschwunden ist (s. 1. Jahrg. 258). Von besonderer Schönheit war auch Tecoma grandiflora, ein Blüthenstrauch, welcher in den wärmern Gegenden Frankreichs zum Theil im Freien aushält und auch bei uns mehr Aufmerksamkeit verdiente. Endlich war ein Cactus: Echinopsis oxygona mit 4 fast Fuss langen Blüthen vorhanden.

Professor Koch theilte mit, dass von Seiten der Berlin-Anhalt'schen und der Thüringer Eisenbahn-Gesellschaft den Mitgliedern des Vereines, welche nach Erfurt zur Ausstellung und zum Kongresse reisen wollen, gegen Vorzeigung einer Legitimations-Karte freie Rückfahrt bewilligt sei, und forderte um so mehr zur regen Theilnahme auf, als von Seiten des Erfurter Gartenbau-Vereines alle Anstrengungen gemacht worden seien, die, wie es schiene, mit Erfolg gekrönt werden würden. Geh. Ober-Regierungsrath Heyder wünschte aber vor

Allem auch eine rege Betheiligung bei der Ausstellung selbst von Seiten der Berliner Gärtner. Da wo der gesammte Gartenbau voraussichtlich aus wohl allen Ländern und Gegenden vertreten sei, dürfe Berlin, wo dieser auf einer so hohen Stufe stehe, nicht zurückbleiben. Grade in der Anzucht von eleganten Marktpflanzen und Florblumen erfreue sich Berlin allgemeiner Anerkennung; seine Azaleen, Eriken, Hortensien, Dracäneen, Ficus, Epheu und wie die Blumen- und Blattpflanzen alle heissen mögen, werden nach allen Himmelsgegenden verbreitet. Nicht weniger baue man hier sehr gutes Gemüse; namentlich seien alle Kohlarten in vorzüglichen Kultur-Exemplaren vorhanden, wie man sich mehrmals überzeugt habe.

Für die Besucher der Erfurter Ausstellung wolle er noch mittheilen, dass in Folge der Aufforderung eines hohen Ministeriums der auswärtigen Angelegenheiten an alle im Auslande lebenden preussischen Konsuln, in ihren Bezirken angebaute Gemüse und Früchte nach Erfurt zu senden, Hoffnung vorhanden sei, dass in dieser Hinsicht eine Sammlung zusammenkommen dürfte, wie sie, in Deutschland wenigstens, noch nicht gesehen. Leider seien mehre dergleichen Transporte verunglückt. Da er ferner als Königlicher Kommissar schon einige Tage früher in Erfurt anwesend sei, erlaube er sich, Mitgliedern in die Ausstellung betreffenden Angelegenheiten seine Vermittelung anzubieten.

Kunst- und Handelsgärtner Demmler fügte diesem hinzu, dass er es übernommen, in der Umgegend von Rixdorf, welche sich seit Jahren durch ihre Kohlzucht ausgezeichnet habe, eine Sammlung dort gebauten Gemüses zu veranstalten und nach Erfurt zu besorgen.

Obergärtner Boese berichtete über die in letzter Sitzung ausgeschriebene Versammlung von Gärtnern, um über die Gärtner-Unterstützungs-Kasse, resp. über Betheiligung einen Beschluss zu fassen (s. Seite 241). Die Versammlung sei von so wenig Gärtnern besucht worden, dass daraus geschlossen werden müsse, wie wenig das Bedürfniss einer solchen Unterstützungs-Kasse hier in Berlin vorliege. Es liesse sich deshalb von Seiten des damit betrauten Ausschusses nichts weiter thun, als die Angelegenheit fallen zu lassen und dem Erzgebirgischen Gartenbau-Verein in Chemnitz, der sich mit grosser und anzuerkennender Opferfreudigkeit der Angelegenheit bis jetzt unterzogen, davon Mittheilung zu machen.

Obergärtner Gaerdt übergab eine Nelumbium-Blüthe von bedeutender Grösse, wo aber ausserdem eine nicht geringe Anzahl von Staubgefässen in Blumenblättern umgeschlagen war, also die ersten Anfänge des Gefülltseins sich eingefunden hatten. Er habe dieses bereits im vorigen Sommer beobachtet, aber in geringerem Masse, und hege deshalb die Hoffnung, dass sich im Verlauf der Jahre die Blumen immer mehr füllen würden. Die Pflanze, von der die Blume entnommen, befinde sich im Freien, und zwar in einem teichähnlichen fliessenden Wasser, was durch Wasser der in der Nähe befindlichen Maschinen gefüllt werde und demnach das ganze Jahr hindurch eine hohe Temperatur besitze. Er habe ausserdem die Beobachtung gemacht, dass die Nelumbien in fliessenden Gewässern sich viel üppiger und freudiger entwickeln, als in stehenden.

Nach Inspektor Bouché sind gefüllte Nelumbien ihm nur aus den Gewächshäusern in Belvedère bei Weimar bekannt. Auch der hiesige botanische Garten habe früher dergleichen Pflanzen von dorther kultivirt. Leider seien sie aber hier wieder verloren gegangen; er hoffe jedoch, dass sie noch in Belvedère existirten, um sie von dort von Neuem zu beziehen. Diese gefüllten Nelumbien aus Belvedère seien zwar kleiner gewesen, als die vorliegende, aber gefüllter.

Hofgärtner Fintelmann auf der Pfaueninsel machte weitere Mittheilungen über die beiden in der vorigen Sitzung besprochenen Futtergräser.

Paspalum stoloniferum Bosc habe er schon im Jahre 1822 aus dem Berliner botanischen Garten kennen gelernt, aber erst 1836 oder 1837 unter dem Namen Mayzillo und, als chilenische Futterpflanze bezeichnet, von dem verstorbenen Regierungsrath v. Türk (dem bekannten Seidenzucht-Erwecker), der seine Liebhaberei für Futterpflanzen, namentlich Gräser, gekannt, erhalten. Bis etwa 1844 sei die Pflanze von ihm mit gutem Erfolge auf reichlich gedüngtem Boden als Grünfutter gebaut worden. Sie sei aber immer erst ziemlich spät zum Schnitt gekommen, welche Eigenthümlichkeit ihm jedoch grade sehr lieb gewesen, da er von Ende August an gewöhnlich Noth gehabt, Grünfutter für die fremden Grasfresser, die sich damals auf der Pfaueninsel befanden, zu beschaffen. Er habe viel Samen vertheilt, aber kein Mensch sei auf weitere Versuche dauernd eingegangen und daher wäre es zum eigentlichen Anbau im Grossen nicht gekommen. Es mag aber doch trotzdem eine gute Grünfutterpflanze sein, und könnten jetzt, wo man mit den Futterpflanzen in grosser Verlegenheit ist, neue Versuche angestellt werden. Der Same muss übrigens von der noch grünen Pflanze gestreift werden. 6 Pfund Samen geben für einen Magdeburger Morgen einen guten Bestand.

Was den Bromus Schraderi anbelangt, so habe er ihn unter dem Namen Ceratochloa unioloides kennen gelernt und ihn anfangs für ein Ziergras gehalten. Durch diesen Irrschluss sei er ihm in die Hände gespielt. Er habe ihn, obgleich er ein Bromus war, doch als brauchbares Futtergras erkannt und ihn mit dem deutschen Namen Hornhafer belegt. Allerdings hätte er eigentlich Horntrespe*) heissen müssen, die Trespen waren aber damals grade im besonderen Verruf gerathen, weil man die Schafzüchter mit zwei unserer gemeinsten und schlechtesten Unkräuter, mit Bromus sterilis und tectorum, glücklich zu machen versprochen hatte.

Für seinen Bedarf reichlich mit Futter versehen, habe er den Hornhafer eigentlich nur deshalb ackermässig gebaut (jährlich 1 bis 2 Morgen), um seine Natur kennen zu lernen und immer Samen zur Vertheilung zur Hand zu haben. Nach den nun 19-jährigen Erfahrungen sei die beste Saatzeit zur Zeit der Erbsensaat, also im März und vor Mitte April. In diesen 19 Jahren ist, ausser in diesem Jahre, nur einmal der Anbau fehlgeschlagen, in sofern nur ein dürftiger Schnitt gemacht werden konnte.

Auch von diesem Grase muss der Same von der grünen Pflanze gestreift werden. 30 Pfund ist eine sehr reichliche Saat zum Unterpflügen für das Mähefutter. Zur Samenerndte wird in 18 Zoll entfernten Reihen gedrillt. Der Ertrag ist sehr schwankend (von 120—240 Pfund vom Morgen), freilich auf sehr leichtem Sande und hinter Kartoffeln. Will man den Hornhafer als Mähefutter benutzen, dann muss gedüngt werden.

Inspektor Bouché machte bei dieser Gelegenheit noch auf 2 Futterpflanzen aus dem Geschlechte Panicum aufmerksam, deren Samen ihm von Seiten der japanischen Expedition übermittelt worden war. Das eine, was ungemein in's Kraut ging, sei noch nicht beschrieben und wegen seiner Benutzung Panicum esculentum genannt worden, das andere sei vielmehr eine Setaria, welche noch nicht näher bestimmt sei, aber unserer Setaria verticillata und glauca nahestehe. Nach Professor Koch seien Futterpflanzen, wo der Samen nicht regelmässig reife, immer für den Landwirth eine sehr missliche Sache. Habe dieser seine Viehfütterung einmal darnach eingerichtet und fehle ihm dann plötzlich zum weiteren Anbau der Same, so komme er in nicht geringe Verlegenheit. So böten die Sorghum-Arten, und vor Allem der vor einigen Jahren aus China eingeführte Zucker-Sorgho, die üppigsten und lukrativsten Futterpflanzen, die kaum vom Mais ersetzt würden; da sie aber nur ausnahmsweise bei uns reifen Samen bringen und dieser nicht, wie der Mais, aus der Nähe (aus Baden, Kärnthen, Ungarn u. s. w.) bezogen werden kann, so verlieren sie natürlich ihren Werth.

Professor Koch legte die beiden letzten Hefte der pomologischen Zeitschrift „le verger" vor und berief sich dabei auf seine in der 34. Nummer (S. 271) befindliche Besprechung. Derselbe ergriff die Gelegenheit, um über den pomologischen Garten in Braunschweig, welchen er vor einigen Tagen besucht habe, einige Worte zu sagen. Derselbe sei erst vor einigen Jahren angelegt, befinde sich aber bereits in einem Zustande, der Zeugniss ablege von dem, was man wolle: Belehrung geben und gute Sorten verbreiten. Er sei im eigentlichen Sinne des Wortes ein Mustergarten. Ueber die spezielle Eintheilung enthalte er sich Näheres zu sagen, zumal schon früher (im vor. Jahrg. der Wochenschrift S. 50) ein besonderer Artikel darüber mitgetheilt sei. Er wünsche nur, dass recht Viele den pomologischen Garten in Braunschweig besuchen möchten, um sich selbst von seinen vorzüglichen Einrichtungen zu überzeugen.

Etwas habe ihm besonders gefallen, zumal es praktischen Werth habe, weshalb er Mittheilung davon machen wolle. Bekanntlich werden alljährlich neue Obstsorten eingeführt. Gesetzt auch, sie haben Werth und vor früheren Sorten Vorzüge; wenn sie aber bei uns nicht gedeihen, vor Allem gegen unsere rauhe Witterung empfindlich sind, so bleiben sie trotzdem für uns unbrauchbar und müssen, wenigstens für allgemeine und grosse Kulturen, verworfen werden. Professor Engelbrecht, dem die wissenschaftliche Leitung anvertraut ist, bringt dergleichen neue Obstsorten zuerst auf Kordons. Gedeihen sie hier nicht, so ist die Sorte für uns völlig unbrauchbar. Weiter werden Versuche auf Spalieren, besonders Palmetten, gemacht; geben sie hier Erträge, so werden sie weiter auf Pyramiden und endlich auf Hochstamm versucht. Auf diese Weise wird ihr Verhalten gegen unsere klimatischen Verhältnisse auf das Bestimmteste festgestellt.

Nicht weniger gefiel Professor Koch eine andere Einrichtung. Bekanntlich bringt man mehre Obstsorten, um ihren relativen Werth zu prüfen, auf einen und denselben Stamm, in der Meinung, dass dann diese unter gleichen Verhältnissen wüchsen und auch gleiche Resultate geben müssten. Man hat auf diese Weise wohl bisweilen 30 und 40 Sorten auf einen und denselben Stamm gebracht. Bekanntlich nennt man dergleichen Bäume auch Sortenbäume. Professor Koch ist keineswegs derselben Ansicht, da das Kernobst auf den unteren Aesten nicht dieselbe Vollkommenheit erhält, als es auf den oberen der Fall ist. Bei einer geringeren Anzahl von Sorten, etwa 5 und 6, welche auf die 5 und 6 ziemlich in gleichem Niveau aus der Spitze

*) Die erste Benennung Ceratochloa bedeutet wörtlich aus dem Griechischen übersetzt: Horngras.

des Stammes entspringenden Aeste gebracht werden und wo die eigentliche Fortsetzung des Stammes herausgeschnitten ist, mag dagegen ein gleiches Wachsthum stattfinden. So waren auch im pomologischen Garten in Braunschweig nie mehr als 5 und 6 Sorten auf denselben Stamm gebracht.

Professor Koch theilte ferner mit, dass man in Frankreich jetzt die Petunien als Kronenstämmchen heranziehe. Es gehe jetzt in der Gärtnerei, wie in den früheren Zeiten den Römern mit den Fischen. Wenn sie in Rom wohnten, verlangten sie Seefische auf ihren Tischen und hatten sie umgekehrt ihren Aufenhalt am Meere, da durften nur Landfische auf die Tafel kommen. Die Petunie nimmt sich auf der Erde hingebreitet gewiss sehr gut mit ihren grossen Blumen aus und erfüllt ihren Zweck. Warum nun unter mehrfachen Mühen sie baumartig heranziehen und sie mit einer Krone versehen, wo wir dergleichen Pflanzen sonst schon in natürlichem Wachsthume besitzen? Man will eben nur das Aussergewöhnliche. Uebrigens soll es gar nicht so schwierig sein und der Stengel, wenn er gut gestützt wird, sich leicht verholzen und so erkräftigen, dass er eine Art Stamm bildet. Schneidet man dann an seiner Spitze die herauskommenden Zweige recht zurück, so erhält man alsbald eine Krone. Nach Inspektor Bouché habe man auch bei uns früher hochstämmige Petunien herangezogen; diese wurden aber auf Stämme von Nicotiana glauca veredelt.

Umgekehrt hatte Professor Koch die sonst so steife Georgine auf dem Boden niedergehakt und als Einfassung benutzt in Frankreich gefunden. Es war in der That ein eigenthümlicher Anblick, die Georginen-Blüthen gleichsam aus der Erde herauskommen zu sehen. Freilich verlangt es nicht wenig Mühe, bevor man die eigentliche Steifheit der Georgine bezwingt. Doch hat man es auch mit anderen Pflanzen, z. B. mit den Rosen, mit vielem Erfolge und mit Geschick gemacht.

Eine eigenthümliche Erscheinung dieses abnormen Sommers sei nach Professor Koch, dass selbst Sämlinge der Riesen-Wellingtonie von 2 und 3 Jahren in Menge Fruchtansätze gebildet, grössere Exemplare aber selbst vollkommene Zapfen hervorgebracht hätten. Er habe dieses vor einigen Jahren schon bei dem Kunst- u. Handelsgärtner Baumann in Gent, freilich aber nur vereinzelt, gesehen. Auf jeden Fall sei es eine merkwürdige Eigenthümlichkeit dieses grössten aller Bäume, schon in so jugendlichem Zustande Frucht-Anlagen zu bilden. Professor Koch ergriff die Gelegenheit, um Zapfen der Wellingtonie, die in Angers, also im westlichen Frankreich, gereift waren und solche, welche er aus dem eigentlichen Vaterlande Kalifornien erhalten, vorzuzeigen. Die letzteren waren mehr als noch einmal so gross, wie die ersteren.

Man habe bis jetzt geglaubt, dass die Wellingtonie in Kalifornien nur in einzelnen Exemplaren vorhanden sei und dass deshalb die Möglichkeit des Aussterbens gegeben wäre. Diese Befürchtung habe neuerdings Professor Brewer gehoben, indem er auf der Sierra nevada bei einer Höhe von 6,000 Fuss einen ganzen Wald von Wellingtonien entdeckt habe. Einzelne Bäume besässen daselbst ebenfalls eine Höhe von beinahe 300 Fuss und hatten einen Umfang (4 Fuss über dem Boden) von 90 Fuss. Wenn man übrigens meine, dass die Wellingtonie, wie es in einer Zeitschrift heisst, weil sie in wärmeren Gegenden Deutschlands im Freien aushalte, ein nützlicher Forstbaum werden könne, so irre man sich, denn das Holz der Wellingtonie ist ausserordentlich leicht und würde kaum als Brennholz eine Bedeutung erhalten. Ebenso sei die frühere Ansicht, wonach die Wellingtonie mehre Jahrtausende alt werde, durch die Wissenschaft als unrichtig nachgewiesen worden.

Professor Koch legte aus Gardeners Chronicle (S. 697) die Abbildung eines interessanten sogenannten Rosenkönigs vor. Die erste Blume hatte sich ohne Fruchtknoten (oder eigentlich ohne Fruchtbecher, denn jene werden von diesen eingeschlossen) entwickelt. Dafür war der eigentliche Stiel in der Mitte der Blume durchgewachsen und trug an seiner Spitze eine mit Blumenblättern uud Staubgefässen dicht-gefüllte Rose. Anstatt der Griffel, welche sonst herausragen, kam aber hier wiederum ein Stiel hervor, der eine zu einem Laubzweige entwickelte Knospe trug.

Obergärtner Boese theilte mit, dass in dem Garten des Kommerzienrathes Reichenheim sich ebenfalls eine solche abnorme Rosenbildung vorfände.

Professor Koch theilte weiter mit, dass der Chef des Luxemburger Gartens in Paris, Rivière, eine Methode habe, baumartige Monokotylen zu vermehren, die bei uns nicht allgemein, wenigstens nicht genau in der Weise, bekannt sein möchte. Sie beruhe nämlich auf einen hohen Grad von Wärme und völlige Abgeschlossenheit der Pflanzen gegen das Licht. Zu diesem Zwecke fertige sich Rivière hölzerne Kästen von der Grösse, wie er sie nöthig habe, an und setze sie mit dem Theil der monokotylen Pflanze, welche Wurzel schlagen solle, einer Wärme von 38—40 Grad (wahrscheinlich C., also $30,_4$—32 Grad R.) aus. Von Dracaena Knerkiana habe er den Kopf abgenommen und sie bei einer Temperatur von 30 Grad (C., 24 Grad R.) in die Erde gepflanzt, wo sie nicht Wurzeln schlagen wollte; wie sie aber die obige

Temperatur erhalten, habe sie binnen 14 Tagen schon so schön angewurzelt, dass er sie verpflanzen konnte. Auf gleiche Weise vermehre er Palmen, Pandaneen, Yukken und andere baumartige Monokotylen.

Nach Kunst- und Handelsgärtner Priem vermehre man in Berlin zwar weniger in völlig geschlössenem, aber doch in ziemlich dunkelem Raume und bei höherer Wärme ebenfalls baumartige Monokotylen schon seit sehr langer Zeit und in ziemlich bedeutender Menge. Grade Dracäneen werden von Berlin aus in grosser Anzahl alljährlich nach Frankreich, namentlich nach Paris, versendet. Von Palmen vermehre man allerdings nur solche, welche Seiten-Achsen treiben, wie Raphis, Wallichia u. a.; er glaube auch nicht, dass Ceroxylon, Areca und andere dergleichen baumartige Palmen sich auf diese Weise vermehren lassen.

Nach Inspektor Bouché habe es auch mit den mehrern Pandaneen seine Schwierigkeiten. Die Vermehrung von Pandanus utilis, odoratissimus und Boucheanus durch Stecklinge habe ihm nie recht glücken wollen, so grosse Mühe er sich auch gegeben habe, selbst nicht bei sehr erhöhter Temperatur. Dagegen sei es ihm bei den kleineren und leicht sich verästelnden Arten, wie Pandanus caricosus, gramineus, amaryllifolius, javanicus u. s. w., stets gelungen.

Schliesslich theilte der Vorsitzende mit, dass die Preisrichter den zuerst hier aufgestellten Orchideen des Obergärtners Boese aus dem Garten des Kommerzienrathes Reichenheim den Monatspreis zugesprochen hätten.

Der Gartenbau in Belgien.

Von Baltet in Troyes.

(Schluss.)

3. Oeffentliche Vorlesungen über Gartenbau (Conferences horticoles).

Es ist eine Eigenthümlichkeit des Belgiers, das, was er weiss, auch Anderen gern mitzutheilen. Nicht allein dem gelehrten und wissenschaftlich-gebildeten Manne kommt dieser Charakterzug in genanntem Lande zu, sondern auch dem Praktiker. Während der Gärtner bei uns in der Regel bei Behandlung der Pflanzen sogenannte Vortheile weder seinem Kollegen und noch weniger dem Laien mittheilt, im Gegentheil ängstlich darüber wacht, dass seine Manipulationen nicht weiter bekannt werden, spricht sich der intelligente Gärtner in Belgien gern über das gegen Andere aus, was bei der Behandlung von Pflanzen ihm von Nutzen gewesen ist. Hieraus erklärt es sich wohl auch, dass die seit wenigen Jahren eingeführten, meist praktische Gegenstände behandelnden Vorlesungen über Garten- und Ackerbau allgemeinen Beifall gefunden haben.

Ein grosses Verdienst hat sich dabei der Gärtner Pierre Joigneaux erworben. Er hielt zuerst im Jahre 1854 in der Provinz Luxemburg, von dem dortigen Provinzial-Schulrath aufgefordert, einen Cyclus von Vorlesungen über Gartenbau. Sein lebendiger Vortrag, verbunden mit Demonstrationen an Pflanzen, erhielt nicht allein den verdienten Beifall, er regte auch ungemein an. Joigneaux wurde noch in demselben Jahre aufgefordert, ebenfalls dergleichen Vorlesungen in Dinant, in Gent, in Marchin, in Huy, in Lüttich und in Namur zu halten. Um auch den niedern Volksklassen Kenntniss der Behandlung des Obstbaumes zu verschaffen, forderte im Jahre 1859 der Gouverneur der Provinz Namur, Graf de Baillet, Joigneaux weiter auf, 15 Volksschullehrer im Gartenbau zu unterrichten. Während 13 Tagen gab letzterer diesen täglich 2 Stunden theoretischen und ebenso viel praktischen Unterricht. Selbst eine solche kurze Zeit genügte. Der Gouverneur wohnte mit einigen seiner Regierungsräthe diesem bei und überzeugte sich selbst von dem Erfolge. Joigneaux gab später diese seine Vorlesungen unter dem Titel: Conferences sur le jardinage et la culture des arbres fruitiers, heraus.

Damit war der nöthige Boden gewonnen. Es kam noch dazu, dass die beiden Gartenbauschulen in Vilvorde und Gentbrügge ebenfalls schon, wie wir gesehen, das Ihrige beitrugen, um die Kenntniss in der Gartenkunst, hauptsächlich aber im Obstbau, allgemeiner zu machen und zur Theilnahme an den öffentlichen Vorlesungen anzuregen. In der Landes-Vertretung wurde dieser Gegenstand ebenfalls zur Sprache gebracht und am 18. Juli 1860 ein Gesetz erlassen:

„Vorlesungen über Acker- und Gartenbau können da eingerichtet werden, wo man sie für angemessen findet."

In Folge dessen erliess der damalige Minister Rogier an die Gouverneure der Provinzen eine Cirkular-Verfügung, wo es unter Anderem heisst: „Die Vorlesungen sind allerdings nur fakultativ, d. h. das Gesetz selbst legt keinerlei Pflicht auf. Die Regierung kann sie aber da in's Leben rufen, wo sie sie für nützlich hält. Es ist dabei hauptsächlich auf die Unterstützung der Kommunen, der Associationen und selbst der Privaten, welche zum allgemeinen Wohl etwas zu thun geneigt sind, zu rechnen. Vor Allem hat man dabei seine Aufmerksamkeit auf die Acker- und Gartenbau-Vereine, sowie auf die Kommunalräthe zu wenden, um diese zur Betheiligung heranzuziehen. Zu bemerken ist, dass dergleichen Vorlesungen immer nur da in's Leben zu rufen sind, wo wirklich Aussicht auf Erfolg vorhanden ist. Ferner muss auf die Art und Weise der Vorlesungen Rücksicht genommen und darauf gesehen werden, dass sie wirklich auch den Nutzen, welchen man beabsichtigt, bringen. Die Vorlesungen sind kurz und bündig zu halten; Alles ist auszuschliessen, was nicht streng zur Sache gehört, um die Zuhörer nicht zu ermüden. Schon aus dieser Ursache darf ein Cyclus von Vorlesungen nicht zu gross sein. Hierauf hat man die Behörden ganz besonders aufmerksam zu machen. Nichts ist schädlicher als Uebersättigung. Die Regierung ist bereit, wo es sich als nothwendig herausstellen sollte, Geldmittel für diese Art Unterricht zur Verfügung zu stellen."

Die Worte des Ministers fanden durch das ganze Land Anklang. An vielen Orten wurden Mittel herbeigeschafft, um die Vorlesungen von sachverständigen Männern halten zu lassen. In der Regel wurde jeder Cyclus, der meist aus 10 Vorlesungen bestand, mit 300 bis 500 Francs honorirt. Die nöthigen Lokalitäten stellte die Kommune oder ein Verein unentgeldlich zur Verfügung. Selbst die Eisenbahn-Direktionen trugen ihren Antheil zur Erleichterung der Theilnahme an den Vorlesungen bei, indem sie entfernt wohnenden Theilnehmern eine Ermässigung des Fahrpreises auf der Eisenbahn um die Hälfte zu Gute kommen liessen.

Schon im Jahre 1861 wurden an 21 Orten dergleichen öffentliche Vorlesungen über Gartenbau und Obstzucht gehalten. Ihre Zahl stieg im Jahre 1862 auf 221, an denen 2,920 Zuhörer Theil nahmen. Am meisten nahmen die Vorlesungen über Obstbaum-Behandlung das Interesse in Anspruch. 161 wurden im zuletzt genannten Jahre allein hierüber gehalten und 2,560 Zuhörer nahmen Antheil. Vom Staate war ein Zuschuss von 8,000 Francs das Jahr bewilligt worden. Allerdings erhalten von dieser Summe auch die Vorlesungen über Ackerbau (171 mit 4,213 Zuhörern) Zuschüsse. Wegen dieser gar nicht erwarteten Erfolge konnte der Minister auch in der Kammer der Abgeordneten sagen:

„Wenn man bedenkt, wie sehr die ländliche Bevölkerung an diesen Vorlesungen sich betheiligt, so unterliegt es keinem Zweifel, dass diese Unterrichts-Methode noch sehr populär werden wird. Sie trägt mächtig dazu bei, neue Ideen und Fortschritte auf dem Felde des Acker- und Gartenbaues zu verbreiten und legt dem Volke klar vor, wie wichtig die Belehrung ist und welches Kapital Kenntnisse sind."

Im Jahre 1863 betrug die Anzahl der öffentlichen Vorlesungen über Gartenbau 359, über Ackerbau hingegen 188. An den letzteren nahmen gegen 10,000, an den erstern gegen 8,000 Personen Antheil. Aber ausserdem wurden noch über dieselben Gegenstände eine Reihe öffentlicher Vorlesungen, welche nicht unter spezieller Kontrole des Staates standen, gehalten.

Wie diejenigen, welche den öffentlichen Vorlesungen in den beiden Gartenbauschulen in Vilvorde und Gentbrügge beiwohnten, Anspruch hatten auf ein Diplom, so ist auch seit dem 26. Mai 1862 eine Ministerial-Verfügung erlassen, wonach dergleichen Diplome an Zuhörer der übrigen Vorlesungen ebenfalls zu diesem Zwecke auszustellen sind, in sofern eine Prüfung, wonach wirklich Erfolg vorhanden, vorausgegangen ist.

Von besonderem Gewichte ist, dass auch viele Schullehrer Antheil an den Vorlesungen nahmen. Joigneaux hatte dergleichen bei seinen Vorlesungen in Neuvilliers nicht weniger als einige und 30, bei denen in Malonne ebenfalls gegen 15. Für diese Lehrer wurden besondere Ausstellungen veranstaltet, wobei Medaillen, Bücher, Sämereien u. s. w. als Preise vertheilt wurden.

Ueber die im Jahre 1864 gehaltenen öffentlichen Vorlesungen stehen uns noch keine Nachrichten zu Gebote.

4. Der Bund der vereinigten Gartenbau-Vereine Belgiens (Fédération des sociétés d'horticulture de la Belgique).

Der Minister Rogier selbst gab zur Vereinigung der belgischen Gartenbau-Vereine durch eine Cirkular-Verfügung an dieselben vom 23. Oktober 1858 die Veranlassung. Am 3. Mai 1859 verhandelten Abgeordnete fast aller Gartenbau-Vereine Belgiens im Rathhause zu Mecheln über die Art und Weise eines gemeinschaftlichen Bundes. Völlige Autonomie der einzelnen Vereine galt zwar auch ferner noch als Grundsatz; doch hielt man einen engern Anschluss mit bestimmten Satzungen für geboten. Statuten wurden entworfen und alsbald auch vom Minister genehmigt.

Nach diesen wird ein gewählter Vorstand die Leitung übernehmen und alljährlich zu bestimmten Zeiten die Abgeordneten der verschiedenen Vereine zu gemeinschaftlicher Berathung zusammenrufen. Es werden daselbst wichtige Fragen aus der gesammten Gärtnerei zur Beantwortung gestellt und für die besten Lösungen Preise ausgesetzt. Durch einen besonderen, alle Jahre herauszugebenden Bericht kommen die Verhandlungen und Beschlussnahmen des Vorstandes, die Preisschriften u. s. w. zur weitern Kenntniss.

Wer mit den gärtnerischen Zuständen Belgien's nur einigermassen vertraut ist, wird anerkennen müssen, dass der Bund der vereinigten Gartenbau-Vereine schon in der kurzen Zeit seines Bestehens segensreich gewirkt hat. Ohne alle Eifersucht bewegen sich die einzelnen Vereine ruhig neben einander; jeder schafft und wirkt in seiner Sphäre, schliesst sich aber dem Bunde an, wo es einer allgemeinen Anstrengung bedarf. Dass die Leitung durch einen gewählten Vorstand und nicht durch einen Verein geschieht, mag hauptsächlich zu dem erfreulichen Gelingen beigetragen haben. Abgesehen von den gelösten Preisaufgaben, die bereits in dem Bulletin der Fédération abgedruckt sind, hat der Bund der vereinigten Gartenbau-Vereine Belgiens seine Thätigkeit durch 2 mit Ausstellungen verbundene Kongresse an den Tag gelegt. Im Herbste 1862 fand in Namur der Kongress der Pomologen, im Frühjahre 1864 in Brüssel der Kongress der Gärtner und Botaniker statt. Ueber beide ist wiederum in dem Bulletin des Bundes und zu seiner Zeit auch in der Wochenschrift berichtet worden.

Der Bund der Gartenbau-Vereine erhält ebenfalls vom Staate einen jährlichen Zuschuss; ausserdem werden die Kosten durch die Vereine in Form von jährlichen Beiträgen gedeckt. Die Zahl der belgischen Vereine, welche sich angeschlossen haben, beträgt jetzt 24, gewiss für ein so kleines Land nicht unbedeutend. Ausserdem sind aber noch 13 Vereine, welche zum Theil auch den Ackerbau in den Bereich ihrer Thätigkeit gezogen haben und dem Bunde nicht beigetreten sind, vorhanden.

5. Unterricht über Gartenbau in den Seminarien (écoles normales).

Bereits im Jahre 1842 war in beiden Seminarien des Staates der Gartenbau als Unterrichts-Gegenstand aufgeführt; seit dem Jahre 1862 ist er aber auch in den Seminarien vorgeschrieben, welche unter den Bischöfen stehen. Darnach erhalten die jungen Leute in denselben Unterricht: über Obstbau, über Gemüsebau, über Blumenzucht und über die Erziehung von Forst- und Nutzbäumen, sowie über Anlegung von Hecken.

6. Botanische Gärten.

Aufgaben eines botanischen Gartens sind:

a. Kultur von so viel Pflanzen als möglich, um mehr oder weniger Repräsentanten aller Familien zu haben,
b. Aufstellung der Pflanzen in wissenschaftlicher Ordnung und je nach ihren Beziehungen zum Menschen, als medizinische, ökonomische, technische u. s. w.,
c. Erziehung von mehr unterrichteten Gärtnern, öffentliche Vorlesungen über Praxis und Theorie, öffentliche Demonstrationen, wissenschaftliche Versuche,
d. Wissenschaftliche Wanderungen im Garten, um die Liebe für die Wissenschaft, für die Pflanzen überhaupt und für künstlerische Aufstellung hervorzurufen.

Angewandte Theorie und rationelle Wissenschaft sollen bei dem Direktor des Gartens sowohl, als bei dem Inspektor, in den Vordergrund treten.

In allen botanischen Gärten müssen sich ausser einer Bibliothek und einem Herbarium noch botanische Museen vorfinden. Es ist nicht genug, dass Zweige blühender Pflanzen aufbewahrt werden: man muss die Pflanze, von ihrem Keimen in allen ihren Hauptstadien bis zum Absterben, zum Theil oder ganz einlegen und ebenso die eventuellen, zu dem Menschen in Beziehung stehenden Produkte daneben legen. Ebenso ist das Jahr der Einführung in Europa, resp. im Garten selbst, anzumerken.

Früher hatten die botanischen Gärten in Belgien die Aufgabe, neue Pflanzen aus fremden Ländern einzuführen; zu diesem Zwecke wurden vom Staate besondere Reisende ausgesendet. Neuerdings haben die grösseren Gärtnereibesitzer ihren eigenen Reisenden. Dadurch ist allerdings dieser Zweck botanischer Gärten in den Hintergrund getreten.

Grössere botanische, mit den Universitäten in Verbindung stehende Gärten befinden sich in Brüssel, Gent, Lüttich und Löwen, kleinere in Antwerpen, Mecheln und Turnai.

7. Gartenbau-Zeitschriften.

Abgesehen davon, dass viele Gartenbau-Vereine Berichte liefern, werden in Belgien noch 4 gärtnerische Zeitschriften mit illustrirten Abbildungen herausgegeben: 1. Annales de pomologie, 2. Flore des serres et des jardins de l'Europe, 3. Illustration horticole, 4. Belgique horticole.

8. Zeichen der Anerkennung (signes de distinction).

Bei Gelegenheit der grossen Industrie-Ausstellung zu Brüssel im November 1847 wurde vom Könige ein besonderes Zeichen der Anerkennung in Form von Medaillen, einer goldenen und silbernen, in's Leben gerufen und diese in Folge einer Kabinets-Ordre vom 1. März 1848 auch für Gärtner und Landwirthe bestimmt. Sie werden bei Gelegenheit von Ausstellungen vertheilt, wo das Preisrichteramt die nöthigen Vorschläge macht.

2 Exemplare des Sadebaumes.

Der Sadebaum (Juniperus Sabina L.) wird zwar in Anlagen vielfach verwendet, als Einzelpflanze sieht man ihn jedoch keineswegs oft. Und doch nimmt er sich als solche vorzüglich aus, besonders wenn er Platz hat, um sich auszubreiten. Wie der gewöhnliche Wachholder, so kann auch er ein bedeutendes Alter erreichen. Im botanischen Garten in Berlin befindet sich ein Exemplar, was gewiss weit über 100 Jahre alt ist; ein anderes haben wir vor Kurzem in einer hübschen Anlage bei Magdeburg gesehen, welche unter dem Namen Vogelgesang bekannt ist und von den Bewohnern genannter Stadt, besonders von denen der in der Nähe liegenden Neustadt, viel besucht wird.

Wir wollen versuchen, beide Sadebäume etwas näher zu beschreiben. Der des botanischen Gartens in Berlin befindet sich gleich am Eingange, wenn man durch den von den Wohnungs-Gebäuden eingeschlossenen Raum hindurchgegangen ist, hinter einem Theile der letzteren. Er bildet mit einer Weihmuthskiefer, einer kalifornischen Ceder (Taxodium distichum), einer Traueresche, einer Kirschpflaume und einigen anderen niedrigen Gehölzen eine schöne Gruppe, welche, besonders von der freien Seite aus, sich reizend ausnimmt. Von Reisenden wird diese Gruppe ganz besonders bewundert, während der Berliner, durch seinen oftmaligen Besuch daran gewöhnt, meistentheils gleichgültig vorübergeht und in der Regel grössere Aufmerksamkeit auf die kleinen, daran stossenden Blumen-Parthien verwendet.

Es ist Schade, dass dieser Sadebaum, so sehr er auch durch die dahinter befindliche, in seltener Schönheit dastehende Weihmuthskiefer wiederum gehoben wird, doch nach dieser zu sich nicht hat so ausbreiten können, als es geschehen, wenn er auch in dieser Richtung in seinem Wachsthume nicht gehindert worden wäre. Während er nach vorn, d. h. nach der freien Seite zu, von seinem höchsten Punkte, wo er sich bis zu 9½ Fuss erhebt, nach vorn in einer schiefen Ebene bis zur Erde herab verläuft, fällt er nach hinten plötzlich ab. Am meisten breitet er sich nach den Seiten aus, wo er einen Durchmesser von 36 Fuss besitzt. Der ganze Umfang beträgt 109 Fuss. Da, wie schon erwähnt, Blumenparthien mit hellen Farben sich anschliessen, so tritt die bedeutende grüne Fläche des Sadebaumes um so mehr hervor.

Es sei uns erlaubt, mit einigen Worten auch die Weihmuthskiefer etwas näher zu bezeichnen. Dieselbe besitzt einen 7 Fuss hohen und 8½ Fuss im Durchmesser enthaltenden Stamm und hat überhaupt eine Höhe von gegen 60 Fuss. Die Krone wird durch einige starke Aeste, die sich mehrfach theilen, und der Fortsetzung des Stammes gebildet. Die Art und Weise ihres Wachsthumes und der Richtung, wo keiner dem andern gleicht, gibt dem Baume einen besonderen Werth, so dass er Malern zu Skizzen nicht genug empfohlen werden kann.

Leider ist auch die dicht dabeistehende kalifornische Ceder ebenfalls in ihrem Wachsthume sehr beeinträchtigt worden. Namentlich hat die Seite der Krone, welche der Weihmuthskiefer zu gerichtet ist, sich nur schwach entwickeln können. Bei einem Stamm-Durchmesser von 5½ Fuss hätte Höhe und Umfang bedeutender sein müssen. Ebenso ist zu bedauern, dass die nun darauf folgende Traueresche einestheils durch die kalifornische Ceder, anderntheils auf der andern Seite durch die Kirschpflaume ebenfalls in ihrer Ausbreitung gehindert wird.

Wir gedenken hierbei noch eines anderen Sadebaumes des botanischen Gartens, welcher aber eine eigene Art, Juniperus prostrata Pers., darstellt. Er breitet sich mit allen seinen zahlreichen Zweigen flach auf dem Boden auf und gibt, besonders im Frühjahre, mit seiner blaugrünen Färbung einen reizenden Anblick.

Der Sadebaum im Volksgarten Vogelgesang bei Magdeburg geht aufrecht in die Höhe und steht auf einem Rasen-Rundtheil in der Mitte. Pyramidenförmig gezogene Taxbäume, 6 an der Zahl, stehen am Rande genannten Rundtheiles im Kreise herum; ihr von dem des Sadebaumes abweichendes Grün lässt jenes um so mehr hervortreten. Leider hat man zwischen die Taxbäume noch japanische Quitten gepflanzt, so dass der prächtige, gleichsam in Etagen gewachsene Sadebaum von 15 Fuss Höhe mehr oder weniger verdeckt wird und in seiner Schönheit nicht hervortreten kann. Hoffentlich werden im Verlaufe des Winters die japanischen Quitten herausgenommen und erhalten eine andere und bessere Verwendung.

Einen besonderen Reiz erhält dieser senkrecht in die Höhe steigende Sadebaum noch dadurch, dass an seiner Basis sich Aeste auf die Erde gelagert haben und diese ihn gleichsam wie einen Rahmen umgeben, aus dem er emporsteigt. Dieser Rahmen hat nicht weniger als 3 Fuss Durchmesser, so dass, wenn man den des aufsteigenden Theiles hinzurechnet, sich im Ganzen hier ein Durchmesser von über 10 Fuss herausstellt.

Verlag von Karl Wiegandt in Berlin, Koch-Strasse No. 22.

Druck der C. Feister'schen Buchdruckerei (L. Mewes), Berlin, Zieten-Platz No. 2.

Wochenschrift

des

Vereines zur Beförderung des Gartenbaues in den Königl. Preussischen Staaten

für

Gärtnerei und Pflanzenkunde.

Redakteur:

Professor Dr. Karl Koch,

General-Sekretair des Vereines.

No. 37. Berlin, den 16. September **1865.**

Preis des Jahrganges $5\frac{1}{3}$ Thlr., sowohl bei Bezug durch den Buchhandel, als auch franco durch alle Post-Anstalten des deutsch-österreichischen Post-Vereines.

Mittwoch, den 27. September, Abends 4 Uhr, findet im Palmenhause des botanischen Gartens eine Versammlung des Vereines zur Beförderung des Gartenbaues statt, wozu die geehrten Mitglieder eingeladen werden.

Die Abtei Locklum.

Eine gärtnerische Skizze.

Eine der berühmten Abteien der vergangenen Zeit im Braunschweiger Lande ist die von Locklum, $2\frac{1}{2}$ Meile von Braunschweig gelegen. Eine schöne Chaussée, wie man sie eben nur im Braunschweig'schen und im Altenburg'schen findet, führt den, welcher den Park oder die vorzüglich eingerichtete Landwirthschaft daselbst in Augenschein nehmen will, zu Wagen in $1 - 1\frac{1}{2}$ Stunden dahin. Diese Chaussée ist zum Theil mit Aepfelbäumen garnirt und bietet deshalb zur Zeit der Blüthe genannter Bäume ebenso, als wenn die rothbäckigen Früchte ihrer Reife entgegengehen, einen freundlichen Anblick dar.

Vielseits sprechen sich Landwirthe gegen das Anpflanzen der Obstbäume an Wegen aus und stützen sich dabei auf ihre gemachten Erfahrungen. Erkundigt man sich aber da, wo man keine Resultate erhalten, etwas näher nach der Art der Anpflanzung und nach der Auswahl der Sorten, sowie nach der Sorgfalt, welche ihr gewidmet wird, so stellt es sich bald heraus, dass sie in der Regel gleich anfangs und noch mehr später gefehlt hat. Dieselbe Nachlässigkeit findet sich in der Auswahl der Sorten vor. Kirschen, Aepfel, Birnen, ja Ebereschen und selbst Laub- und Nutzbäume sind bunt durcheinander gepflanzt; Obstbäume mit Sommerobst stehen neben solchen, die Winterobst tragen. Die nöthigen Bäumchen wurden nicht etwa aus einer soliden Baumschule gekauft, sondern man glaubte es wohlfeiler zu haben, wenn man möglichst billiges Material von herumziehenden Händlern oder unsicheren Baumschulen sich zu verschaffen suchte. Viele Stämmchen trugen schon beim Pflanzen den Keim des Todes in sich. Und da wundert man sich noch, wenn die Anpflanzung missglückt und keine Resultate gibt, wenn diese Bäumchen allmählig wieder absterben, dass man ferner im glücklichsten Falle zwar Obst erhält, aber mehr schlechtes, als gutes, ja zum Theil sogar Holzäpfel und Holzbirnen, dass endlich die Bewachung vom Monat August bis Oktober (weil eben planlos Sommer- und Winterobst durcheinander gepflanzt wurde) mehr kostet, als das Obst werth ist, oder dass kein Händler eine Pachtung von dergleichen Obst-Potpourri übernehmen will. Was würde man aber zu dem Landwirthe sagen, wenn er sein bestes Getreide nicht etwa zur Saat nimmt, sondern, weil er es um einige Groschen höher verwerthen kann, es lieber verkauft, oder wenn er seinen Runkelrüben-Samen möglichst wohlfeil von unzuverlässigen Händlern bezieht oder solchen Pflanzen entnimmt, welche noch in demselben Jahre, wo sie gepflanzt wurden, in Samen gingen. Nimmt etwa der Landwirth, wenn er sein Vieh veredeln will, zum Bespringen die schlechtesten Böcke und Stiere oder übergibt es vielleicht dem, der das wenigste Sprunggeld verlangt? Beim Getreide, bei den Runkeln scheut man also die höchsten Preise nicht, um gute Frucht zu erhalten; nicht weniger ist man in der Thierzucht wählerisch: beim Obstbau glaubt man aber, dass bei schlechter Auswahl und vernachlässigter Behandlung doch gute Früchte kommen müssten!

Die an der Chaussée von Braunschweig nach Locklum befindlichen Obstbäume werden mit der grössesten Sorgfalt behandelt. Man braucht sich deshalb nicht zu wundern, dass fast alle daselbst angepflanzten Bäume jetzt ziemlich vollhingen, da doch sonst in diesem Jahre nur geringe Obst-Erträge zu erwarten sind, dass ferner das Obst auch ein gutes Aussehen hatte, ganz im Gegentheil zu dem, was wir an einigen Chausséen im Magdeburg'schen sahen. Hier trugen die Aepfelbäume entweder fast gar nichts, oder waren so dicht mit kleinen, zum Theil verkrüppelten Früchten besetzt, dass die Aeste zu brechen drohten. Diesen letzteren Zustand nannte man Obstseegen und wunderte sich noch, dass wir nicht damit übereinstimmten. Als wir freilich nach der Verwerthung fragten, erfuhren wir auch nichts anderes, als was wir vermuthet hatten: dass man dergleichen Obst gar nicht oder doch nur um geringe Preise verkaufen könnte.

An Chausséen und Vicinalwegen muss man grade und kräftige Stämme anpflanzen, welche bei der oft ausgesetzten Lage den Winden besser widerstehen können. Wenn sie auch etwas mehr kosten, so hat man doch schon sehr bald das Mehr durch reichlicheren und frühzeitigeren Ertrag und durch bessere Qualität der Früchte ersetzt. Man darf nicht vielerlei Obst, sondern nur möglichst wenige Sorten, die alle zu gleicher Zeit reifen und daher nur kurze Zeit Bewachung beanspruchen, anpflanzen. Am besten sind an Chausséen Aepfel, an Nebenwegen auch Pflaumen und Kirschen. Sommer- und Herbstäpfel taugen ebenfalls nicht, da sie nicht festhängen, sondern leicht abfallen und durch ihr hübsches Ansehen zum Naschen verleiten. Am geeignetsten sind Reinetten und andere vor dem Abnehmen schlecht aussehende Sorten, welche fest an den Bäumen hängen und erst eine Lagerreife durchzumachen haben, ehe sie geniessbar sind.

Wichtig für den Verkauf ist, dass man Massen nur einiger guter, aber nicht vielerlei Sorten auf den Markt bringt. Dafür finden sich immer Händler, besonders wenn diese sich einmal daran gewöhnt haben. Hat man Tausende oder auch nur Hunderte von Scheffeln einiger weniger Winter-Sorten, so verkaufen diese sich viel leichter, als wenn es 20 und 30 Sorten sind, von denen man nur wenige Scheffel abgeben kann. Die Klagen, dass man sein Obst nicht an den Mann bringen könne und es zuletzt den Schweinen füttern müsse, haben immer ihre Gründe. Bei rasch vergänglichem Obste muss man es auch verstehen, dieses zu verwerthen. Gebackenes und getrocknetes Obst, Obstwein, als Muss oder Kraut eingedickte Obstsäfte finden ebenfalls Abnehmer, besonders wenn sie gut sind; man braucht sich beim Verkaufe auch nicht zu beeilen.

Die Obstbäume sind, wie sie jetzt bestehen, ein Kunst-Produkt; sie bedürfen deshalb auch weit mehr der Nachhülfe, als die Bäume des Waldes. Sie müssen von Zeit zu Zeit gelichtet werden, damit Luft und Licht an alle Zweige ungehindert treten kann. Bei Anpflanzungen an Chausséen haben diese gelichteten Obstbäume noch den Vortheil, dass sie den in der Nähe befindlichen Aeckern, von denen sie ausserdem durch einen Graben getrennt sind, mit ihrem geringen Schatten gar keinen Schaden bringen.

Freilich wenn man solche Bäume mit wild durcheinander-gewachsenen Aesten an den Chausséen hat, wie wir es vielfach gesehen haben, dann darf man sich auch nicht wundern, wenn sie die in der Nähe befindlichen Aecker sömmern. Auch kommt noch dazu, dass bei diesem Mangel an Licht und Luft Moose und Flechten an dem Stamme und seinen Aesten üppig wuchern und die Wechselwirkung des ganzen Baumes mit der atmosphärischen Luft auf eine Weise hindern, dass von einem Ertrage bald nicht mehr die Rede sein kann, ja dass der ganze Baum zwar langsam, aber sicher dem völligen Absterben entgegengeht.

Nach dieser Abschweifung kommen wir zur Abtei Locklum selbst. Man erwartet wohl nicht in einer gärtnerischen Zeitschrift die geschichtliche Auseinandersetzung der Abtei von ihrem Ursprunge bis auf den heutigen Tag, eben so wenig eine Beschreibung der Gebäude und der landwirthschaftlichen Einrichtungen; uns interessirt nur das Gärtnerische und was damit zusammenhängt. Es ist, namentlich für grössere Grundbesitze, allerdings ein Vortheil, wenn der Besitzer ein wohlhabender Mann ist. Er hat die Mittel, um zu melioriren, wo es nöthig sein sollte; er ist ferner nicht gezwungen, mit Vernachlässigung des Aesthetischen eine grössere Rente herauszuschlagen. In dieser angenehmen Lage befindet sich die Abtei von Locklum. Besitzer ist einer jener reichen Kaufleute der Hansestadt Bremen, welche das Gut rationell bewirthschaften lassen und ausserdem sich für die bessere Jahreszeit einen ländlichen Aufenthalt verschafft haben. Locklum liegt zwar noch in der Ebene, aber doch so nahe dem Harze, dass man in kürzester Zeit dahin kommen kann.

Im Anfange der 2. Hälfte des vorigen Jahrhundertes herrschte fast durch ganz Deutschland bei reichen Grundbesitzern eine Vorliebe für amerikanische Gehölze. Im Südwesten Deutschlands waren es die dortigen Pfalz- und Markgrafen, die schöne Parks anlegten. Zum Theil existiren diese noch jetzt, wie der Schwetzinger, und nehmen unsere Aufmerksamkeit fortwährend in Anspruch. Im Norden liessen die damaligen Kurfürsten von Hessen, die Fürsten von Anhalt und mehre Private, wie die Herren v. Veltheim in Harbke u. s. w., allerhand Gehölze aus Nord-Amerika kommen, um grossartige Lustgärten zu gründen. Der Oberforstmeister v. Wangenheim ging selbst nach Nord-Amerika, um die dortigen Wälder und Bäume kennen zu lernen und von letzteren Sämereien mitzubringen. Ziemlich zu derselben Zeit sollen auch die Park-Anlagen von Locklum in's Leben gerufen worden sein.

Wir haben noch nicht Zeit und Musse gehabt, die Entstehung und Fortbildung des Locklumer Parkes geschichtlich zu verfolgen, und beschränken uns daher nur darauf, in Kürze den jetzigen Zustand desselben zur Kenntniss der Leser der Wochenschrift zu bringen und überhaupt auf ihn aufmerksam zu machen. Er weicht wesentlich von denen in Harbke, in Wörlitz, auf der Wilhelmshöhe bei Kassel (früher Schloss Weissenstein) u. s. w. dadurch ab, dass die nordamerikanischen Gehölze nicht auf gleiche Weise in den Vordergrund treten, wie an genannten Orten, sondern dass vielmehr europäische Bäume vorherrschen.

Einen solchen Reichthum mächtiger Stämme auf einem verhältnissmässig kleinen Raume, wie er im Locklumer Parke vorhanden ist, sucht man sonst vergebens. Man muss selbst bedauern, dass diese riesigen Bäume so dicht bei einander stehen und deshalb dem Auge nicht immer in der Weise entgegentreten, als es zu deren Vortheil nöthig wäre. Dergleichen schöne Bäume würden als einzeln stehende Exemplare einen ganz anderen Effekt machen.' Leider ist auch zur Freilegung derselben bis jetzt noch nichts geschehen, so wünschenswerth dies auch wäre. Wenn auch der schmale Raum, der den eigentlichen Park bildet, nicht breiter gemacht werden kann und vor Allem keine Wiesenflächen innerhalb des Parkes zum Hervortreten etwas thun können, so würden doch bei einigem Lichten die riesigen Bäume mehr zu Gesichte kommen und mächtig imponiren.

Es liesse sich auch Vieles thun, um den Effekt zu erhöhen, wenn man von der nächsten Umgebung, namentlich nach der Seite hin, wo er nicht mit dem Schmuckgarten oder dem Pleasure-ground zusammenhängt, etwas dazu nähme und so den Park erweiterte. Da aus Allem hervorgeht, dass der jetzige Besitzer, Kaufmann Frerichs, seine Besitzung zu verschönern bemüht ist und da bereits auch den landwirthschaftlichen Gebäuden nebst den Hofräumen grosse Sorgfalt gewidmet wurde, so dass auch Nicht-Landwirthe das, was hier in dieser Hinsicht geboten ist, gern sehen werden, so zweifeln wir auch nicht, zumal auch schon der Schmuckgarten mit Geschick in Angriff genommen ist, dass man später dem Parke ebenfalls grössere Sorgfalt widmen werde, so dass seine Schönheiten sich dem Auge unter günstigeren Verhältnissen darbieten. Mit einem solchen Terrain und mit solchem Material lässt sich sehr viel machen. Freilich ist es nothwendig, dass Jemand die nöthige Anleitung gibt, der das Material zu beherrschen vermag und den nöthigen Geist und die Fachkenntniss besitzt, um hier mit Erfolg Hand anzulegen und damit dem Besitzer den geistigen Genuss zu verschaffen, der ihm geboten werden muss.

Der Kern der grossen Bäume besteht hauptsächlich aus Rosskastanien, Pyramidenpappeln, Silberpappeln, spitz- und stumpfblättrigem Ahorn, Acer Negundo, europäischen und amerikanischen Eschen, Tulpenbäumen, Juglans cinerea und aus der virginischen Ceder (Juniperus virginiana). Es unterliegt keinem Zweifel, dass die Bäume noch einen ganz anderen Umfang gehabt hätten, wenn sie nicht durch andere, dicht danebenstehende Gehölze mehr oder weniger in ihrem Wachsthume gehindert gewesen wären.

Am meisten imponirten uns 4—6 Pyramidenpappeln; sie besassen zum Theil einen Stammdurchmesser von 6 — 9 Fuss, waren aber trotzdem gesund. Der Meinung, dass die Pyramidenpappel, weil sie bei uns nur durch Stecklinge vermehrt wird, jetzt allmählig zu Grunde gehe, wurde hier mit schlagenden Beispielen widersprochen. Eigenthümlich war der Stamm genannter Pappeln dadurch, dass Leisten oder Rippen in einer Höhe von 6 und 8 Fuss am Stamme herauskamen, in ihrem Laufe nach unten immer mehr hervortraten und dann in der Nähe des Bodens einen Durchmesser von 1 Fuss und mehr besassen. Bei einer solchen riesigen Pyramidenpappel traten bei etwa 25 Fuss Höhe 4 senkrecht in die Höhe steigende Aeste an die Stelle des Stammes und erreichten wohl eine Höhe von 50, vielleicht 60 Fuss. Wir erinnern uns, nur im Schlossgarten zu Dessau eine ähnliche riesige Pappel gesehen zu haben. Diese stand aber ganz frei und in der Nähe der Mulde, also dicht am Wasser.

Auch 3 Exemplare der sonderbaren Form der Esche, wo anstatt gefiederter sich einfache Blätter entwickelt haben, waren von besonderer Schönheit vorhanden. Dass grösste besass bei 50 und einigen Fuss Höhe einen Kronen-Umfang von über 100

Fuss; der Stamm hatte einige Fuss über dem Boden an 3 Fuss Durchmesser.

Eine Juglans cinerea besass einen Stammdurchmesser von $3\frac{1}{2}$ Fuss und war bis zu einer entsprechenden Höhe in einer Schlankheit emporgewachsen, dass man sie aus der Ferne für eine Esche halten konnte. Dergleichen amerikanische Eschen übrigens, wie hier einige vorhanden, erinnern wir uns in Harbke ebenfalls gesehen zu haben. Silberpappeln haben wir auch wo anders von bedeutender Grösse gefunden; aber doch wollen wir auf ein Exemplar aufmerksam machen, wo der $4\frac{1}{2}$ Fuss im Durchmesser enthaltende Stamm von grünendem Epheu auf eine Weise umrankt war, dass es doch der sonst üppigen Entwickelung der Krone einigermassen Abbruch gethan hatte. Von hohem Interesse war für uns auch ein grosses, schöngewachsenes Exemplar der Sorbus Aria.

Nicht weniger machten einige Exemplare des Acer Negundo, nicht allein wegen ihres grossen Umfanges und wegen ihres bedeutenden Stammes, sondern hauptsächlich wegen der malerischen Zertheilung der Aeste grossen Effekt. Das eine hatte einen schönen Stamm von 3 Fuss Durchmesser fast bis zur Höhe von 8 Fuss und verästelte sich dann auf eine dem Auge sehr wohlgefällige Weise, so dass ein Maler zu einer Skizze Gelegenheit gefunden hätte, wie sie ihm nicht häufig geboten sein mag. Ueberhaupt können wir Maler, welche sich vorzugsweise mit dem Landschaftlichen beschäftigen, gar nicht genug auf die schönen alten Bäume von Locklum aufmerksam machen, um dort Studien vorzunehmen.

Schliesslich gedenken wir noch zweier virginischer Cedern, die so schlank und bis zu einer solchen Höhe gewachsen waren, wie wir sie, so häufig das Gehölz auch in unseren Anlagen angepflanzt ist, nicht immer finden. Stämme von $2\frac{3}{4}$ und $1\frac{1}{2}$ Fuss Durchmesser, deren Krone in Cypressenform sich bis zu einer Höhe von 55 Fuss erhebt, machten einen eigenthümlichen Eindruck, zumal sie von dem schönsten Laubschmucke in der Nähe stehender Bäume umgeben waren.

Es bleiben uns nur einige Worte über den Schmuckgarten zu sagen übrig. Derselbe liegt mehr seitlich vom Park, der aber später sich herumziehen soll. Eine grosse Rasenfläche mit einem Wasserbassin in der Mitte, welches durch einen Bach gespeist wird, nimmt den grössten Theil ein. Das Wasser, was heraustritt, bildet einen hübschen Fall über grosses und kleines Findlings-Gestein und verliert sich dann alsbald. Wir hätten es lieber mit einer Naturbrücke versehen. Dem Wasserfall gegenüber, an dem ziemlich ringsherum führenden Pfade, befand sich eine Bank unter dem Laubdache einer umfangreichen Esche Süd-Europa's mit kleinen Blättern, um sich mit Musse des hier gebotenen herrlichen Anblickes zu erfreuen. Daneben, dem fallenden Wasser näher und schon auf dem Rasengrunde, stand eine Traueresche von bedeutender Grösse. 2 ziemlich grosse Exemplare des neuholländischen Flachses (Phormium tenax) in Kübeln bildeten gleichsam das Thor für die Wasser. Einen reizenden Anblik bot auch eine Felseninsel in dem Teiche dar, eine baumartige Yucca in der Mitte, um die Scharlach-Pelargonien ihre feurigen Blüthen in Menge entfaltet hatten.

Allerlei
aus der Gärtnerei und Pflanzenkunde.
VI.

Wir haben erst vor Kurzem mitgetheilt, dass England seinen bedeutendsten Gartenkünstler in Joseph Paxton verloren hat; heute befinden wir uns in der traurigen Lage, den Tod des grössten Botanikers, William Jackson Hooker, mitzutheilen. Ihm verdankt die Wissenschaft ungemein viel. In seiner gewichtigen Stellung als erster Direktor des botanischen Gartens in Kew bei London, des grössten nicht allein Grossbritanniens, ja der ganzen Welt, war er stets bemüht, aus allen Ländern der Erde Pflanzen einzuführen. Er war es, der Reisende ermuthigte und unterstützte, er veranlasste die Errichtung so mancher botanischer Gärten in gewichtigen englischen Besitzungen, er stellte sein Privat-Herbar Gelehrten mit der grössten Bereitwilligkeit zur Verfügung, er brachte es dahin, dass das ihm anvertraute wissenschaftliche Institut Jedem, der sich Belehrung schaffen wollte, geöffnet war und gab ihm Einrichtungen, die Jedermann benutzen konnte, er selbst war so thätig, dass die Wissenschaft, vor Allem die Kenntniss der Pflanzen, ihm allein eine ganze Bibliothek verdankt. Wir enthalten uns jetzt alles Näheren, um später über diesen bedeutenden Mann zu sprechen. Wahrscheinlich wird sein Sohn, Joseph Dalton Hooker, sein bisheriger Adjunkt, der sich durch sein kühnes Vordringen im Himalaya besonders bekannt gemacht hat, auch sein Nachfolger sein.

Eben liegt uns der letzte Bericht William Jackson Hooker's über den botanischen Garten in Kew vom Jahre 1864 vor. Es sei uns erlaubt, darüber Mittheilungen zu machen, wie derselbe vom Publikum benutzt wird.

Seitdem die botanischen Gärten nicht mehr dem Publikum verschlossen sind, sondern Jedermann, der sich belehren oder auch nur an den darin kultivirten Pflanzen und Blumen erfreuen will, offen stehen, hat der Besuch und demnach auch das Interesse für Botanik, sowie für Pflanzen und Blumen überhaupt, sehr zugenommen. In Berlin steht es bekanntlich ebenfalls Jedem frei, zu jeder Tageszeit, ausser am Sonnabende und Sonntage, den botanischen Garten, und zwar ohne Weiteres, zu besuchen; es wird auch auf eine erfreuliche Weise davon Gebrauch gemacht. In Kew werden dagegen zum Besuche des dortigen botanischen Gartens Karten ausgegeben. Es steht dieses zwar nach unserer Ansicht keineswegs mit den sonstigen liberalen Einrichtungen Englands in Uebereinstimmung, es hat aber das Gute, dass man die Anzahl der Besucher genau kennt und damit weiss, welch' bedeutendes Bildungsmittel ein botanischer Garten überhaupt ist.

Nach diesem neuesten Berichte besuchten im Jahre 1864 den botanischen Garten in Kew 17,246 Personen mehr, als im Jahre 1863. Die Gesammtsumme der Besucher an den Sonntagen allein betrug 218,308, an den Wochentagen 254,999. Am meisten wurde der Garten im Juli, am wenigsten im Februar besucht, denn im ersteren Monate betrug die Zahl der Billets, welche ausgegeben wurden: 115,575, im letzteren: 1,760. Die grösste Zahl der Besucher (16,307) war an einem Wochentage: am 16. Mai, an einem Sonntage (13,958): am 10. Juli, die kleinste hingegen im ersteren Falle (1): am 9. März, im letzteren Falle (28): am 17. Januar. Im Ganzen besuchten den botanischen Garten in Kew während des Jahres 1864 nicht weniger als 473,307 Personen.

Es sei uns erlaubt, hier Einiges über die im nächsten Jahre zu London stattfindende internationale Pflanzen- und Blumen-Ausstellung hinzuzufügen. Dieselbe wird wahrscheinlich im Monat Mai, also später, als es sonst gewöhnlich der Fall ist, stattfinden und ist bereits ein Ausschuss zu diesem Zwecke ernannt, der sich mit den nöthigen Vorbereitungen und Einleitungen beschäftigt. Es werden nur 2 Versammlungen abgehalten werden. Das Verfahren dabei weicht aber wesentlich von dem ab, wie wir es in Brüssel und Amsterdam und auch sonst bei Kongressen gesehen haben. Es sollen nämlich schon zuvor interessante oder gewichtige Fragen bearbeitet werden und die Resultate in der Form von Abhandlungen zum Druck kommen. In dieser Form sollen sie dann auch auf dem Kontinente verbreitet werden, um zur Kenntniss aller Derjenigen, welche sich dafür interessiren, zu gelangen. Während des Kongresses wäre man dann mit den vorliegenden Fragen auf das Genaueste unterrichtet und die Debatten würden nicht so resultatlos sein, als es sonst leider häufig der Fall ist.

Man hat bereits auch versucht, Mittel herbeizuschaffen, um die bedeutenden Kosten zu decken. Schon sind 1,000 Pfd St., also gegen 7,000 Thlr, vorhanden. Ausserdem steht auch ein sogenannter Kreditfond bis über die Höhe der doppelten Summe (2,500 Pfd St.) zur Verfügung.

Auch in Wien bereitet man sich für eine allgemeine Ausstellung vor. Bekanntlich ist von Seiten des Gartenbau-Vereines in Wien ein schönes und grosses Ausstellungs-Gebäude erbaut und durch eine glänzende Ausstellung im vorigen Frühjahre eröffnet worden. Eine andere soll im nächsten Frühjahre stattfinden, wo der österreichische Gartenbau hauptsächlich vertreten sein soll. Es ist nicht zu leugnen, dass, so grossen Werth auch internationale Ausstellungen haben mögen, dergleichen, wo hauptsächlich inländische Erzeugnisse in den Vordergrund treten, nicht weniger ihre Bedeutung haben. Ein Reich, wie Oesterreich, was aus verschiedenen Ländern besteht und demnach auch in der Erzeugung von Garten-Produkten seine Eigenthümlichkeiten besitzt, wird auch durch eine nationale Ausstellung dem Fremden sehr Vieles darbieten können, was Interesse hat, abgesehen von dem Nutzen für die inländische Gärtnerei.

In der 26. Nummer des Gardeners Chronicle (S. 601) finden wir über die Zusammensetzung der Jury, hauptsächlich bei internationalen Ausstellungen, einen Artikel, mit dem wir vollständig übereinstimmen, so sehr auch in einer der folgenden Nummern genannter gärtnerischer Zeitschrift dagegen gesprochen ist. Bei der Zusammensetzung der Jury, also des Preisrichter-Amtes, sollte man doch vor Allem solche Männer im Auge haben, welche die Pflanzen kennen und auch einigermassen ihre Kultur beurtheilen können. Diesen gewiss nothwendigen Standpunkt, den ein Preisrichter einnehmen muss, hatte man zum grössten Theil bei den internationalen Ausstellungen in Brüssel und Amsterdam sehr vernachlässigt; man sah Männer unter den Preisrichtern, die weder von der Kenntniss der Pflanzen, noch von der Kultur derselben auch nur eine Idee hatten; die Zahl derselben schien selbst die Oberhand zu haben. Diejenigen, welche gar nichts verstehen, sind in der Regel noch brauchbarer, als die, welche glauben etwas zu wissen und auch in der That, wie man sagt, die Schule durchgelaufen haben. Die ersteren schliessen sich in der Regel in ihrem Urtheil denen ihrer Kollegen an, wo sie sehen, dass Verständniss vorhanden ist, während die anderen eine gewisse Selbständigkeit in Anspruch nehmen, welche leider oft zum Nachtheile des Rechts den Ausschlag gibt. Von dergleichen ungerechten Aussprüchen haben wir uns in Brüssel und Amsterdam mehrfach überzeugt.

Nach unserer Ansicht müssen bei grossen Ausstellungen unter den Preisrichtern, die aber nur befähigte Männer sein dürfen, Sektionen gebildet werden. Selbst der Tüchtigste kann nicht in Allem gleich unterrichtet sein. Jede Sektion darf aus nicht mehr als 3, höchstens aus 5 Personen bestehen. Dem Vorsitzenden muss Alles an die Hand gegeben werden, was zur richtigen Beurtheilung nothwendig ist; es müssen auch die zu beurtheilenden Pflanzen bei einander stehen. In Amsterdam war es von grossem Nachtheil, dass man oft den ganzen Ausstellungsraum mehre Male durchlaufen musste, um au fait zu sein; der Führer selbst wusste bisweilen nicht, wo diese oder jene Pflanzen standen. Während des langen Suchens verwischte sich wieder zum Theil, was man sich im Gedächtniss eingeprägt hatte. Es ist auch zu vermeiden, dass ganz heterogene Gegenstände in eine Sektion gebracht werden, wie es namentlich in Brüssel, aber auch zum Theil in Amsterdam der Fall war. Einer Sektion darf auch nicht zu viel aufgebürdet werden, da man sonst leicht ermüdet und schliesslich die Urtheile über's Knie gebrochen werden.

Der Verfasser besagten Artikels verlangt ferner, dass für den Kongress 2 Präsidenten gewählt werden, von denen der eine ein wirklicher Botaniker ist (d. h. einer, der Pflanzen kennt und gärtnerische Fragen einigermassen zu beurtheilen versteht), der andere hingegen ein wissenschaftlich-gebildeter Praktiker oder auch ein Gartenbesitzer mit den nöthigen Kenntnissen versehen. Die Wahl von Vice-Präsidenten soll dem Gutdünken der Versammlung überlassen bleiben. Unserer Ansicht nach sind Vice-Präsidenten ganz unnütz, zumal grade hier grosser Missbrauch getrieben wird. Es werden zum Theil die tüchtigsten Männer zurückgestossen, dagegen gute Freunde, die von der Kenntniss der Pflanzen nichts verstehen, ernannt.

In Paris hat im Industrie-Palaste vom 15. August bis zum 5. September eine Insekten-Ausstellung stattgefunden, welche auch Gärtnern und Botanikern mannigfaches Interesse dargeboten hat. Die Ausstellung war nach einem bestimmten Plane, in dem die Belehrung im Vordergrunde stand, veranstaltet. Man hatte weniger die wissenschaftliche Aufstellung im Auge, als dass man vielmehr den Landwirthen, Gärtnern, Industriellen u. s. w. Gelegenheit darbieten wollte, sich mit den Insekten, welche Erzeugnissen jeglicher Art nützlich und förderlich oder auch schädlich sind und welche überhaupt, direkt oder indirekt, zu den Menschen in einer Beziehung stehen, bekannt zu machen. So waren die Insekten zusammengestellt, welche Wachs und Honig liefern, solche, von denen man Seide erhält, ferner welche den Fruchtbäumen und Fruchtgehölzen oder den Gemüsen schädlich sind u. s. w. Leider wurde eine Sammlung derjenigen Insekten vermisst, die den Blumen und Dekorations-Pflanzen schädlich sind und in vielen Gewächshäusern nicht unbedeutende Verwüstungen anrichten.

In England hat man neuerdings auch einheimische Orchideen mit gefüllten Blumen beobachtet; so viel uns bekannt, ist dieses auf dem Kontinente noch nicht geschehen. Bei Orchis pyramidalis war es schon früher bekannt; neuerdings hat dies auch Dr. Moore bei Orchis masculi beobachtet. Die gefüllten Blumen hatten sich in der Weise gebildet, dass auf jeder Seite der Lippe sich noch eine kleinere Lippe, welche einen kurzen Sporn besass, entwickelt hatte. Im Winkel der letzteren schienen neue Blüthen hervorzukommen, die aber weder einen Fruchtknoten, noch eine Griffelsäule besassen. Anstatt der letzteren zeigten sich zahlreiche Blättchen mit Spuren neuer Blüthen.

Eine gefüllte Blume von Calanthe veratrifolia, welche man ebenfalls beobachtet haben wollte, verdiente diesen Namen nicht, da es vielmehr 3 zusammengewachsene Blüthen waren. Jede hatte noch ihre Lippe und ihre Griffelsäule; anstatt der 15 Blumenblätter waren aber nur 10 zur Entwickelung gekommen.

Die Beispiele, wo 2 und mehr Lippen vorhanden sind, kommen auch bei Aërides-Arten bisweilen vor. Noch häufiger fehlt aber bei manchen Arten genannten Geschlechtes, sowie bei Dendrobien und Cattleyen, die Lippe.

Nirgends wird wohl die Anzucht von Mohrrüben und Petersilienwurz so grossartig betrieben, als in der Umgegend von Prag. Die Gemüse- oder Grünmärkte der böhmischen Hauptstadt sind in der Regel mit genannten Wurzel-Gemüsen überfüllt. In der Richtung nach Nusle sieht man nichts weiter, als diese angebaut. Zu diesem Zwecke wird das Land in sogenannte Loose (800 Quadrat-Klaftern) getheilt und verpachtet. Aermere Leute aber pachten auch wohl nur ein Viertel und selbst ein halbes Viertel.

Beide genannte Wurzel-Gemüse werden gewöhnlich gemischt gebaut, wodurch möglicherweise ein höherer Ertrag erzielt werden könnte. Da bekanntlich der Samen zum Aufziehen einer längeren Zeit bedarf, so säet man ihn schon in den Winter-Monaten. Um den Boden möglichst zu nutzen, wird Spinat dazwischen gesäet, der dann auch bald aufgeht; der Spinat wächst bekanntlich rasch und kann schon bald wieder entfernt werden. Rauft man ihn aus, so wird der Boden gelockert; schneidet man ihn dicht über der Wurzel ab, so fault diese alsbald und dient zugleich als Dünger.

Nachdem Naudin zuerst in seiner Abhandlung über den Pilz auf den Blättern des Birnbaumes (Roestelia cancellata) durch vielfache Versuche sich überzeugt hatte, dass seine Sporen nicht auf den Birnblättern keimen, wurde ein Jahrzehend später auf den Zusammenhang genannten Pilzes mit dem Sadebaum (Juniperus Sabina) und hauptsächlich mit einem darauf befindlichen Gallertpilze (Podisoma Sabinae oder Gymnosporangium fuscum) hingewiesen. Neuerdings hat nun Oersted, Professor der Botanik in Kopenhagen, diesen Zusammenhang auf dem Wege des Experimentes nachgewiesen.

Zu diesem Zwecke trug er am 18. Mai Sporen des Podisoma Sabinae auf junge Birnblätter über und bedeckte diese, um die umgebende Luft gehörig feucht zu erhalten, mit einer Glasglocke. Hier keimten sie alsbald und schon am 25. desselben Monats zeigten sich in Folge der Ausbreitung des Myceliums gelbe Flecken. Nach 2 und 3 Tagen entwickelten sich in Form von durchsichtigen Bläschen Spermogonien, welche sich von Tag zu Tag vermehrten und schliesslich ihren schleimigen Inhalt mit den Spermatien entleerten.

Nach einem englischen Gärtner, G. Smith in Osmasten, verschafft man sich, wie Gardeners Chronicle mittheilt, kräftigere Blumenzwiebeln, wenn man sie gleich nach dem Verblühen aus der Erde herausnimmt. Richtig ist, dass ein grosser Theil des in der Zwiebel angehäuften Nahrungssaftes nach dem Verblühen noch auf die Samenbildung oder doch wenigstens auf das Streben darnach verwendet wird. Sucht man diesen Nahrungssaft für die nächste Blüthezeit zu versparen, so kommt er den Blüthen allerdings zu Gute. So sagt die Theorie; ob es sich aber in der Praxis nicht doch anders verhält, ist eine andere Frage, die zunächst auch die Praxis zu entscheiden hat. G. Smith glaubt dieselbe für sich zu haben. Die 16 blühenden Hyazinthen, deren Zwiebeln er nach seiner Weise behandelt hatte und welche im vorigen Frühjahre in schönster Blüthenpracht standen, sprachen dafür.

Zu diesem Zwecke nimmt G. Smith alsbald, wenn die Blüthen anfangen zu verwelken, die Zwiebeln aus der Erde, wäscht sie nebst den daran befindlichen Wurzeln auf das Sorgfältigste und breitet sie zum Trocknen auf einem Korbdeckel oder auf trockenem Schüttenstroh aus. Bei wiederholtem Umwenden befreit man sie auch von den sich lösenden Häuten und der jungen Brut. Sind die Zwiebeln auf diese Weise vollständig ausgetrocknet, so werden sie bis zum Herbste in einem Korbe und an einem luftigen Standorte aufbewahrt. G. Smith hat auch die Beobachtung gemacht, dass Zwiebeln, welche erst im September (im Freien) gelegt werden, zwar später, aber schöner blühen.

Wir erlauben uns zu bemerken, dass das, was hier gesagt ist, sich zunächst nur auf Hyazinthen- und andere perennirende Zwiebeln, wie die Arten von Ornithogalum, Scilla u. s. w. besitzen, beziehen kann. Hier bleibt die Zwiebel und vergrössert sich nur. Bei den ein- und zweijährigen Zwiebeln, wie solche die Tulpen, Fritillarien, Crocus, Colchicum u. s. w. besitzen, werden die für die Samenbildung nöthigen Nahrungsstoffe noch aus der alten, an und für sich zu Grunde gehenden und nicht aus der neuen, welche die Blüthen für das nächste Jahr ernährt, entnommen.

In Edinburgh hat auch in diesem Jahre wiederum eine Ausstellung von Stiefmütterchen (Pensées) stattgefunden; es war die 21., welche die Scottish Pansy Society (die schottische Stiefmütterchen-Gesellschaft) in's Leben gerufen hatte. Es ist nicht zu leugnen, dass durch Vereine, welche nur einen bestimmten Kulturzweig zu fördern bestrebt sind, für diesen auch mehr geschehen kann, als wenn diese sich die ganze Gartenkunst zur Aufgabe gestellt haben. Wir haben früher die Rosen-Ausstellung in Brie-Comte-Robert in Frankreich besprochen und auf die grosse Bedeutung von Ausstellungen von Spezialitäten hingewiesen; noch bedeutungsvoller sind dauernde Vereine mit dergleichen Spezialitäten. In Grossbritannien existiren in dieser Weise allein 7 Chrysanthemum-Vereine; man sieht hieraus auch, in welchem Ansehen die Chrysanthemums jenseits des Kanales stehen. Ferner sind 2 Tulpen- und noch 1 Stiefmütterchen-Verein vorhanden. So viel uns bekannt ist, hat nur der Verein, welcher auf dem Hannoversquare seine Ausstellungen veranstaltet, die Rose sich zur Aufgabe gestellt; es werden aber ausserdem noch alljährlich, so in dem Krystallpalaste, von Vereinen unabhängige Rosen-Ausstellungen in's Leben gerufen. Es gilt dasselbe von den Georginen, wo ebenfalls nur ein besonderer Verein dafür in Astonhall bei Birmingham existirt. Ausserdem finden aber noch alljährlich mehre Ausstellungen für Georginen statt. Für Nelken gibt es ebenfalls in Chesterfield in Derbyshire einen besonderen Verein.

In Frankreich haben sich in Betreff der Rosenkultur 2 feindliche Lager gebildet; die Einen beschneiden die Rosen möglichst kurz, um dadurch eine schönere und reichere Flor zu erzielen, die Anderen schneiden gar nicht, biegen aber die Zweige mehr oder weniger abwärts. Beide Methoden stehen aber nur scheinbar diametral entgegen, denn beide bezwecken ein und dasselbe: Anhäufung des Nahrungsstoffes und Vermeidung einer Verwendung desselben zu vegetativen Zwecken. Die unteren Knospen an den Zweigen sind von Haus aus die kräftigeren, welche eben deshalb sich meist zu Blüthen- und Fruchtknospen entwickeln. Verhindert man nun, dass der Nahrungsstoff, welcher im nächsten Jahre zur Belebung dieser Blüthen- und Fruchtknospen dienen soll, nicht schon in demselben Jahre zur Verlängerung des Zweiges und zur Entwickelung neuer Anlagen von Knospen in den Winkeln der oberen Blätter verwendet wird, so werden die ersteren sich zu Blüthen- u. Fruchtaugen ausbilden können, verhindert man es nicht, so bleiben, zumal es ausserdem in der Natur der Pflanze liegt, hauptsächllich in grader Richtung fortzuwachsen, die unteren Knospen, weil der Nahrungsstoff fehlt, unentwickelt. Es gilt dieses gleich für Rosen und für Fruchtbäume.

Verkürzt man demnach in der Zeit, wo Vorrath von Nahrungsstoff durch die Blätter aufnehmbar oder, wie man sich gewöhnlich ausdrückt, assimilirbar gemacht ist, also im Frühjahre (resp. schon im Spätherbste) oder nach dem zweiten Safttriebe, also im August, den Zweig, so kann er nicht mehr in die Länge wachsen und der bereits im unteren Theile angehäufte Nahrungsstoff kommt für die nächste Vegetations-Periode den unteren Knospen zu Gute. Wichtig ist, im Sommer die richtige Zeit zu treffen. Thut man es zu frühzeitig, so kommen die bis dahin ruhenden Knospen, welche im nächsten Jahre Blüthen und Früchte bringen sollten, noch in diesem Jahre zur Entwickelung und werden Laubzweige. Man kann es vermeiden, wenn man den Zweig nicht beschneidet, sondern nur einknickt, so dass beide Theile noch etwas zusammenhängen. Diese Methode hat ausserdem noch in sofern einen Vortheil, wenn nicht genug Nahrungsstoff vorhanden sein sollte. Geschieht das Beschneiden zu spät, so schadet es mehr, als es hilft, weil dann die Nahrung fehlt, um im nächsten Jahre die Knospen als Blüthen-, resp. Fruchtzweige zur Entwickelung zu bringen.

Durch das Niederbiegen der Zweige wird verhindert, dass diese rasch wachsen. Um bei Spalieren, Pyramiden u. s. w. das Gleichgewicht zu erhalten, werden bekanntlich Aeste, an denen sich die Zweige auf Kosten der anderen zu üppig entwickeln, so lange niedergebogen, bis die letzteren in der Vegetation wieder gleich sind. Das Niederbiegen hat auch den Vortheil, dass die Ausdünstung geringer wird und dass demnach auch nicht so viel Nahrungsstoffe mit fortgerissen werden können, als es gewöhnlich geschieht. Diese Nahrungsstoffe kommen aber wieder den Blüthen-, resp. Fruchtknospen zu Gute. Es wird also ziemlich dasselbe bezweckt, was man beim Beschneiden bezwecken will.

Man hat behauptet, dass Obstbäume oder Weinreben, wo man das Niederbiegen in Anwendung gebracht und deshalb auch einen höheren Frucht-Ertrag erzielt hätte, sich schliesslich erschöpften und zu Grunde gingen. Dasselbe ist auch bei der Rose, wo diese Methode in Anwendung gekommen sei, ausgesprochen worden. Trotzdem haben Frucht-Gehölze fortwährend grosse Erträge gegeben und Rosen in ihrem Blüthen-Reichthume nicht nachgelassen. Bei dem grösseren Reichthume von Früchten und Blüthen kann auch gar nicht von einem Erschöpfen die Rede sein. Es handelt sich nicht um eine Vergeudung aller Nahrungsstoffe in einer Pflanze, sondern nur diejenigen sollen verwendet werden, welche sonst zur Erzielung einer üppigeren Vegetation gebraucht worden wären.

Gärtnerei von Jean Verschaffelt in Gent.

Das Verzeichniss der Pflanzen von Jean Verschaffelt ist eben erschienen und kann bei portofreier Anfrage franco zugesendet werden. Wir erlauben uns zunächst auf einige darin befindliche, zum ersten Male in den Handel kommende Blüthensträucher aufmerksam zu machen. Die remontirende Rose Empereur de Mexique (Kaiser von Mexiko), welche in dieser Gärtnerei selbst gezüchtet wurde, ist aus einem Sämling des beliebten General Jacqueminot erhalten und übertrifft diese Sorte noch an gedrängtem Bau und durch eine feurigere, obwohl intensivere Farbe. Das Sammetartige der Blumenblätter ist wunderschön. Im Monat Oktober ist sie für 12 Frcs zu haben; bei Bestellungen von 3 Exemplaren wird ein viertes gratis gegeben.

Nächstdem möchte eine von Kips gezüchtete Kamellie: Eugénie de Masséna, die Aufmerksamkeit der Liebhaber auf sich ziehen. Bei schönem, dunkelgrünem Laube trägt sie prächtige grosse Blüthen von regelmässigem Bau. Ihre Farbe ist ein zur Lachsfarbe sich hinneigendes Rosa mit Ausnahme des Randes der Blumenblätter, welche rein weiss sind. Der Preis für das Exemplar ist 12, in Knospen 20 Frcs.

Die Sammlung schöner Kamellien ist überhaupt in der Gärtnerei von Jean Verschaffelt bedeutend, obwohl nur die ausgesuchteren in den Handel kommen. Das Hundert mit Blüthenknospen wird zu 150 Frcs berechnet. Auch die Sammlung indischer oder vielmehr chinesischer Azaleen verdient Berücksichtigung und wird hier das Hundert mit 100, sehr starker Exemplare aber mit 200 Frcs abgegeben.

Schliesslich machen wir noch auf das reizende bunte Klarinettenrohr (Arundo Donax variegata), wo das Dutzend in kräftigen Exemplaren zu 30 Francs verkauft wird, aufmerksam, ebenso auf die herrlichen Lorbeerbäume von je nach der Grösse 50 bis 500 Frcs.

Verlag von Karl Wiegandt in Berlin,
Koch-Strasse No. 22

Druck der C. Feister'schen Buchdruckerei (L. Mewes),
Berlin, Zieten-Platz No. 2.

Wochenschrift

des

Vereines zur Beförderung des Gartenbaues in den Königl. Preussischen Staaten

für

Gärtnerei und Pflanzenkunde.

Redakteur:

Professor Dr. Karl Koch,

General-Sekretair des Vereines.

No. 38. Berlin, den 23. September **1865.**

Preis des Jahrganges $5\frac{1}{4}$ Thlr., sowohl bei Bezug durch den Buchhandel, als auch franco durch alle Post-Anstalten des deutsch-österreichischen Post-Vereines.

Sonnabend, den 23. September, Abends 6 Uhr, wird eine Sitzung des pomologischen Ausschusses (Hafenplatz No. 4 parterre) abgehalten, wo jedes Mitglied Zutritt hat. Es werden die neuesten Birnen von Gregoire in Jodoigne vorgelegt und besprochen.

Mittwoch, den 27. September, Abends 4 Uhr, findet im Palmenhause des botanischen Gartens eine Versammlung des Vereines zur Beförderung des Gartenbaues statt, wozu die geehrten Mitglieder eingeladen werden.

Die Pflanzen-, Blumen-, Gemüse- und Obst-Ausstellung in den Tagen vom 9. bis 17. September zu Erfurt.

Ein Fremder, der in den Tagen des 9. bis 17. September die Strassen Erfurts durchwanderte, mochte glauben, dass der bekannte Kaiser-Kongress vom Jahre 1808 sich wiederholt habe; so geschmückt war die ganze Stadt, so bekränzt und festonirt erschienen die Häuser. Die sonst ziemlich stillen Strassen Erfurts waren in genannten Tagen von vielen Menschen aus der Nähe und Ferne lebendig geworden. Nicht stolze Karossen, eben wie in der genannten Zeit, durchfuhren die Strassen: zu Fusse bewegte sich die Menge neben einander und freundlich begrüssten sich die, welche viele Jahre vielleicht sich nicht gesehen, oder bis dahin sich nicht kannten. Zwar hatten sie kein festliches Kleid angethan: auf allen Gesichtern, ja in ihren ganzen Wesen sprachen sich aber Freude und Lust aus. Meist an der Hand von Bewohnern Erfurts gingen sie, die wohl aus allen Gauen des grossen deutschen Vaterlandes gekommen, in den Strassen auf und ab. Ohne dass man sich früher gesehen, ja selbst ohne dass man sich weiter darüber aussprach, fühlte man sich doch zu einander gezogen. Da war kein Unterschied zwischen dem Süd- und zwischen dem Norddeutschen. Der Oesterreicher fand sich mit dem Preussen und dieser mit dem Sachsen, dem Bayer oder dem Hannoveraner in bester Harmonie. Selbst von jenseits des Rheines waren Männer gekommen, die sich den Deutschen angeschlossen.

Und was war das Band, was Alle so innig verknüpfte, was die unleidige Politik, die ausserdem heut' zu Tage Jedermann zu treiben sich berufen fühlt, völlig verscheucht hatte? Es waren die Blumen. Flora hatte mit Ceres und Pomona sich Erfurt erwählt, um einige Tage festlich zu begehen. Nicht Fürsten und Staatsmänner traten zu einem Kongresse zusammen: es waren Gärtner, Botaniker und Blumenfreunde, welche der Erfurter Gartenbau-Verein aufgefordert hatte, in des heiligen Römischen Reichs Gärtnerstadt — wie Luther sich ausdrückt — zu einem Kongresse zusammenzutreten, um wichtige Fragen aus der Praxis und aus der Theorie zu berathen und zu schauen, was von Erzeugnissen aus dem Pflanzenreiche vorhanden.

„Des heiligen Römischen Reichs Gärtnerstadt" ist auch jetzt noch die gärtnerische Metropole nicht allein Preussens, sondern des ganzen grossen deutschen Vaterlandes. Das sah und fühlte man grade in den Tagen vom 9. bis 17. September. Nicht wie in andern Städten, wo nur viele Gärtner wohnen, wie etwa in Berlin, Dresden, Frankfurt a. M. oder in Hamburg, ist es in Erfurt. Da ist Jedermann mehr oder weniger Gärtner und pflegt für den grossen Welthandel Blumen und Pflanzen. Auch sind es meist solche, wie Levkojen, Nelken u. s. w., welche seit Jahrhunderten schon unsere Gärten zieren. Ihnen hat man in Erfurt hauptsächlich Zeit und Mühe unverdrossen zugewendet, um sie von Jahr zu Jahr einer grösseren Vervollkommnung entgegen zu führen. Die German seeds (deutschen Sämereien) sind selbst in dem benachbarten Inselreiche, wo, wie bekannt, durchaus grossartiger Gartenbau getrieben wird, in hohem Ansehen und gehen nach den Kolonien in Asien, Afrika, Amerika und Australien.

Man braucht sich deshalb nicht zu wundern, da wo Gartenbau das einzige Element ist, was Jedermann bewegt und an dem Jedermann Antheil nimmt, auch eine Theilnahme zu finden, die sich über alle Stände ausdehnte und alle Bewohner ergriff. Jeder, der in Erfurt seine bleibende Wohnstätte aufgeschlagen, hielt es für seine Ehrenpflicht, zu dem Feste möglichst beizutragen — und hat es redlich gethan. In breiten Strassen nicht allein, in den engsten Gassen zogen sich Guirlanden querüber und Flaggen wehten aus den Häusern, deren Bewohner die Fremden mit einer Herzlichkeit, die nicht blos äusserlich war, sondern aus dem innersten Innern kam, aufnahmen. Da waren in der langen Zeit von über 8 Tagen keine Misstöne, wie leider in der neuesten Zeit in manchen Städten, wo Versammlungen getagt und Ausstellungen stattgefunden haben, vorhanden gewesen, weil, wenn auch nur Wenige, die Anwesenheit der Fremden zu ihrem Vortheil ausgebeutet hatten.

Welche Stadt konnte aber auch mehr berufen sein, einen Kongress deutscher Gärtner, Botaniker und Blumenfreunde in ihren Mauern in's Leben zu rufen, als grade Erfurt? Schon in einer Zeit, wo überhaupt nur wenig Städte in Deutschland existirten, zu der Zeit Karls des Grossen, war Erfurt das Verbindungsglied zwischen dem Norden und Süden, dem Westen und Osten. Die Karavanen hielten sich gern in der schon damals bedeutenden Handelsstadt einige Tage auf, theils um zu ruhen, theils um sich von Neuem mit dem Nöthigen zu versehen. Thüringen blühte unter seinen Landgrafen und die fruchtbaren Aecker waren emsig bebaut. Neben Getreide wurden aber noch die Mutterpflanzen verschiedener Gewürze, Oel- und Farbestoffe gebaut. Anis, Fenchel, Koriander, Mohn u. s. w. einerseits, Waid und Saflor anderseits nahmen in Thüringen grosse Strecken ein und ihre Produkte wurden weithin verbreitet. Um den vielen Menschen, welche in alten Zeiten alljährlich nach Erfurt kamen, ausser Brod auch andere feinere Nahrungsmittel darzubieten, wurden ferner allerhand Gemüse im Grossen gebaut. Schon in den ältesten Zeiten scheint in Erfurt eine Gärtnerzunft existirt zu haben mit bestimmten Satzungen. Die Existenz dreier warmer Quellen, welche eine grosse Aue bewässern, machte es auch möglich, dass selbst während der ersten Wochen des Frühlings schon Gemüse vorhanden war und zu Markte gebracht werden konnte. Der Zusammenhang mit Mainz in etwas späterer Zeit war, obwohl damit Erfurts Grösse und Bedeutung von Jahr zu Jahr abnahm, doch auch wiederum Ursache, dass manche edele Frucht, vor Allem die Weintraube, von den Ufern des Rheines nach Thüringen, und zwar zunächst nach Erfurt, verpflanzt wurde und daselbst den Boden fand, auf dem sie weiter gedieh.

Die eigentliche Zeit der höheren oder Luxus-Gärtnerei in Erfurt beginnt jedoch weit später. Sie nimmt ihren Anfang mit dem Wirken zweier Männer, deren Namen heut' zu Tage keineswegs so hoch gefeiert werden, wie sie es verdienen, in der ersten Hälfte des vorigen Jahrhundertes. Dem Einen, Christian Reichardt, hat man zwar eben ein Standbild gesetzt, aber leider von vergänglichem Gyps und keineswegs in der künstlerischen Vollendung, wie man es erwarten sollte; den Anderen, Dr. Weissmantel, kennen selbst die wenigsten Gärtner, wenn sie sich nicht speziell mit Nelkenzucht beschäftigt haben. Und doch hat dieser auf die Veredlung der Florblumen im Allgemeinen und ganz besonders in Erfurt, einen bedeutenden Einfluss ausgeübt. Er war es, der mit 2 anderen Gesinnungsgenossen, dem Freiherrn v. Piper, damaligem kaiserlichen Ober-Postdirektor, und dem Kanonikus Spönla zusammentrat, um die Erfurt'sche Blumen-Gesellschaft, vielleicht der erste Verein dieser Art in Deutschland, in's Leben zu rufen und zwar, wie es in den Statuten heisst, „zum Vortheil der Blumenliebhaber Deutschlands, zu Ehren des Vaterlandes, nicht aber um des Gewinnstes willen." Eine vortreffliche Einrichtung war ferner später, dass die Mitglieder sich in die verschiedenen Kulturen theilten und eben deshalb, weil man sich beschränkte, Tüchtiges leisteten. Ganz besonders wird die Aurikel-Kultur des Kanonikus Spönla gerühmt.

Es ist zu bedauern, dass bis jetzt, so sehr auch das eben erschiene Buch „Erfurts Land- und Gartenbau, von Th. Rümpler" Beachtung verdient. Niemand mit der nöthigen Kritik und Schärfe die Erfurter Gärtnerei im Allgemeinen, ganz besonders aber in der Zeit Dr. Weissmantel's und Chr. Reichardt's, behandelt hat, zumal es an Materialien nicht fehlen kann. Unserer Meinung nach muss von Holland aus damals erst der Grund zu der Florblumenzucht Erfurts gelegt worden sein. Vor der ersten Hälfte des vorigen Jahrhundertes war diese in Erfurt kaum nennenswerth, während sie weit früher in dem nahen Eisenach und in Hessen, wo besonders die alte adelige Familie v. Riedesel schöne Gärten unterhielt, doch schon mehr oder weniger blühete.

Christian Reichardt (geb. 1685 und gest. 1775, also im 90. Jahre) war einer jener durchgebildeten Beamten, wie sie zu jener Zeit keineswegs häufig vorkamen, und beschäftigte sich von Jugend auf mit der Bewirthschaftung des Bodens, ganz besonders aber mit Gemüsezucht. Wie aus seinen Schilderungen hervorgeht, war diese in der ersten Hälfte des 18. Jahrhundertes im Verfall. Die oben erwähnte Aue war verwildert. Auf sie nun lenkte Chr. Reichardt zunächst seine Aufmerksamkeit; deshalb wollen auch wir kurze Zeit bei ihr verweilen. Sie liegt zwischen dem südlich aufsteigenden und bewaldeten Steiger und der Stadt und wird, wie bereits erwähnt, durch 3 auch im Winter warme Quellen bewässert. Dieser Umstand hat ihr im Volke den Namen „Dreienbrunnen" gegeben. Das Wasser scheint ziemlich tief aus dem südlichen Höhenzuge hervorzukommen, da es selbst in den breiten Gräben während der Winterszeit noch eine Temperatur von 9 Grad besitzt. Diese Wärme war ganz besonders dazu geeignet, dass Brunnenkresse grade in den Monaten, wo keine Vegetation mehr möglich war, üppig gedieh und den Bewohnern Erfurts eine gesunde Nahrung darbot. Ausserdem wurde dieses Wasser zu mannigfachen, besonders zu Gemüsekulturen benutzt.

Zu diesem Zwecke leitete man das Wasser der obigen 3 Quellen in die 118 Morgen umfassende Aue in der Weise, dass engere und weitere Gräben gebildet wurden, deren Erde bei der Anlegung zur Erhöhung des dazwischen liegenden Bodens benutzt wurde. Die Gräben (Klingen genannt) sind entweder nur 2 bis 3 Fuss breit, werden aber von einem von Rasen bewachsenen Rande umgeben und nur zum Bewässern der 8 bis 12 Fuss breiten Rükken, welche den Namen Jähnen führen, gebraucht; oder sie sind ziemlich so breit, als die letzteren, und dienen zur Kultur der Brunnenkresse. Diese ist bei der Jahrhunderte langen Kultur allmählig verfeinert worden und unterscheidet sich in dieser Hinsicht wesentlich von der sonst allenthalben in fliessendem Wasser wachsenden Pflanze. Ihre Versendung beschränkt sich hauptsächlich auf die ersten Monate im Jahre. In dieser Zeit sieht es ganz eigenthümlich aus, wenn die mit der grünen Brunnenkresse angefüllten Klingen aus der sonst mit Schnee bedeckten Fläche gleich breiten, weissen Streifen hervorsehen.

Die Jähnen oder Rücken zwischen den Wassergräben werden nur zum Anbau des feineren Gemüses benutzt. Hier wächst der feine Blumenkohl, wie er auch ausserhalb Erfurt seine verdiente Anerkennung findet und weit und breit verführt wird. Die intelligenteren Gärtner erhalten von ihm jährlich 2 Erndten, indem sie die jungen Pflanzen in den ersten Monaten des Jahres schon in Beeten bis zu einer gewissen Stärke heranziehen und dann auspflanzen. Später wiederholen sie die Anpflanzung.

Der Erfurter versteht seinen Boden zu benutzen, denn er erhält hier jährlich 4 und 5 Erndten. Schon im Februar oder höchstens Anfang März bringt er Kopfsalat auf seine Jähnen und pflanzt erst später den Blumenkohl, zwischen denen er hier und da auch Karoten ausgesäet hat, um diese letzteren nach kurzer vollendeter Vegetation zu erndten. Oder er bringt auf die Ränder der Jähnen Kohlrabi, pflanzt diese auch zwischen den Blumenkohl und erndtet sie, bevor die zweite Blumenkohl-Anpflanzung zur Entwickelung kommt. Der Kohlrabi folgt der Sellerie, der hier in seltener Vollkommenheit und Zartheit gedeiht und erst spät im Jahre eingeerndtet wird. Zwischen dem dunkeln Grün der Blätter ragen im Monate September noch hier und da einzelne Blumenkohlpflanzen heraus.

Auf anderen Jähnen spielen Gurken oder Zwiebeln die Hauptrolle mit der einen oder anderen Zwischenfrucht. Verschiedene Kohlarten, besonders Wirsing und Kopfkohl, vor Allem aber Blaukraut, was hier am Zartesten wird, bilden die Johanni-Anpflanzung. Ausserdem werden noch bald in erster, bald in zweiter Reihe: Spinat, Spargel, Porrée, Majoran und vor Allem Rettige gebaut und auf die Märkte gebracht.

Man kann sich denken, dass die Erträge eines auf diese Weise angestrengten Bodens nicht unbedeutend sind und auch sein müssen. Um den Boden aber in der Kultur zu erhalten, sind von Seiten der Züchter auch Mühen und Kosten erforderlich, wie man sie kaum wo anders finden dürfte. An Dünger, auch künstlichen, hauptsächlich Hornspähnen wird gegeben, was irgend nur möglich ist. Selbst die Wassergräben werden behufs der Brunnenkressen-Kultur gedüngt. Am frühen Morgen und spät am Abend sieht man die Glieder der Familie eines Gärtners mit ihren Schaufeln, um Wasser aus den Klingen auf die Jähnen zu schleudern. Schon durch den Wechsel der Früchte wird der Boden gelockert und ernährt nur die Pflanzen, welche der Gärtner darauf gebracht hat. Da sieht man kein Unkraut, kein unnützes Gras. Selbst die Klingen werden, wie oben schon angedeutet, alljährlich von Bachbungen, Mannaschwaden und andern Unkräutern, ja selbst von der wilden Brunnenkresse, gereinigt.

Der Morgen Landes des Dreienbrunnens wird

zu 25 bis 60 Thaler jährlich verpachtet. Es ist schwierig, da, wo die Bebauung zum grossen Theil mit eigenen Händen geschieht, Erträge und Unkosten in Parallelen zu stellen, ja selbst gar nicht möglich, weil man seine eigene Zeit nicht leicht auf gleiche Weise, wie bei gedungenen Arbeitern, in Anschlag bringen kann. Thut man dieses, so bekommt man eine falsche Rechnung und die Unkosten könnten sich selbst höher herausstellen, als der höchste Ertrag gibt. Anderntheils greift eine Hand in die andere. Es geht in der Gärtnerei noch mehr, als in der Landwirthschaft. Berechnet man hier die Unkosten für die einzelnen Kulturen, so betragen diese in der Regel immer mehr, als die Erträge geben, während sie sämmtlich für alle Kulturen weit unter den Erträgen stehen. Eine Frau, welche die Klingen reinigte und neu anpflanzte, antwortete uns auf die Frage, wie viel die Brunnenkressen-Kultur jährlich einbrächte? ganz richtig: „allein gar nichts, aber es greift Eins in's Andere und da gibt es schliesslich doch Etwas."

Nach dem Sekretär des Erfurter Gartenbau-Vereins, Th. Rümpler, dem wir für seine Arbeit über den Erfurter Gartenbau sehr dankbar sein müssen, liefert ein Morgen Landes im Dreienbrunnen alljährlich allein für Blumenkohl 432, für Sellerie 108 und für Kohlrabi 78½, zusammen also 618½ Thaler, gewiss eine hübsche Summe, wenn man weiss, dass die Arbeiten in der Regel bei den ärmeren Gärtnern von den einzelnen Gliedern der Familie selbst gemacht werden, also gar keine oder nur wenige Unkosten verursachen.

Welche Bedeutung der Dreienbrunnen für die Erfurter Gärtnerei besitzt, ersieht man aus ferneren Angaben Rümpler's über die Kulturen des Dreienbrunnens. Darnach werden im Durchschnitt jährlich daselbst gewonnen:

50,000 Schock Brunnenkresse, 8,000 Schock Blumenkohl, 10,000 Schock Sellerie, 8,000 Schock Kohlrabi, 1,800 Schock Wirsing, 5,000 Schock Gurken, 200 Centner Spargel, 180 Pfund Blumenkohl-Samen.

Die Preise genannter Gemüse sind natürlich nach den Jahreszeiten verschieden; bei dem Gewinne hängt auch viel davon ab, dass namentlich Blumenkohl, Kohlrabi u. s. w. möglichst frühzeitig zu Markte gebracht werden. Der Blumenkohl-Samen hat in der Regel einen sehr hohen Preis; es wird selbst das Loth an Wiederverkäufer und in ergiebigeren Zeiten zu 2 bis 4 Thaler, in diesem Jahre aber gewiss höher verkauft.

In Dreienbrunnen wird aber nur ein Theil des Gemüsebaues getrieben. Nach dem schon mehrmals angeführten Buche Rümpler's werden ausserdem noch in Erfurt gewonnen:

150 Centner Spargel, 2,000 Schock Blumenkohl, 5,000 Schock Kopfkohl oder Kraut, 3,000 Schock Wirsing und 30,000 Schock Gurken.

Im Jahre 1862 wurden allein an Blumenkohl durch die Eisenbahn befördert:

80 Centner nach Eisenach, 230 Centner nach Gotha, 106 Centner nach Leipzig, 320 Centner nach Halle, 44 Centner nach Kassel, 170 Centner nach Naumburg und 80 Centner nach Weimar.

Wenden wir uns nun noch, bevor wir an die Beschreibung der Ausstellung selbst gehen, dem Anbaue von Florblumen behufs der Samen- und jetzt auch der Immortellen-Gewinnung für einige Augenblicke zu. Der Grund zu der Grossartigkeit, wie sie jetzt existirt, wurde, wie oben angedeutet, zu Ende der ersten Hälfte des vorigen Jahrhundertes durch die Erfurter Blumen-Gesellschaft gelegt. Im Jahre 1756 wurde bereits die erste Handelsgärtnerei von Bedeutung durch Jakob Platz gegründet; sie existirt noch unter dessen Nachfolgern. 2 Jahre später entstand die von Johann Schröter am Krämpferthore und in den achtziger Jahren nahm das Geschäft seinen Anfang, was jetzt noch unter der Firma Franz Anton Haage besteht. Hier war es auch, wo der Nestor der Erfurter Gärtner, Friedrich Adolph Haage, seine Ausbildung erhielt.

Dass in den Zeiten der französischen Kriege auch in Erfurt der Blumenbau nicht gefördert wurde, kann man sich denken; aber schon in den zwanziger Jahren gelangte er zu bis dahin nicht bekannter Bedeutung. Friedrich Adolph Haage gründete 1822 sein Geschäft und ging mit rühmlichem Beispiel voran. Von Jahrzehend zu Jahrzehend hob sich die Gärtnerei immer mehr bis jetzt, wo die Ausstellung ein lautes Zeugniss abgelegt hat von dem, was in Erfurt hierin geleistet wird. Wir sind keineswegs darüber missvergnügt, dass die Betheiligung an der Ausstellung von auswärts nicht in der Weise geschehen ist, als man vielleicht geglaubt hatte, weil eben dadurch Erfurts Erzeugnisse nicht durch fremde, die in der Regel die Aufmerksamkeit immer mehr auf sich ziehen, als einheimische Gegenstände, in den Hintergrund gestellt oder doch beeinträchtigt werden konnten. Dass etwas Schönes und Herrliches von auswärts vorhanden, mag in der That den Glanz der Ausstellung erhöht haben; ihrem ganzen Wesen nach war sie aber doch eine Erfurter.

Welche Grossartigkeit der Erfurter Blumenbau in der neuesten Zeit angenommen, kann man allein daraus ersehen, dass von Seiten der Firma Haage & Schmidt zu einer Arabeske in der Ausstellung gegen 150,000 Aster-Blumen verwendet wurden. Und als wir die Blumenfelder besagter Handelsgärtnerei besuchten, sah man gar nicht, dass eine solche bedeutende Menge von Blumen abgeschnitten worden war.

Die Gärten innerhalb der Stadt haben lange schon nicht mehr ausgereicht für die Kulturen; es sind zum Theil die Wälle zu Anpflanzungen benutzt. Fremde mögen ja nicht versäumen, die Aussenwerke vor dem Brühler-Thore zu besehen, wo Ernst Benary hauptsächlich seine grossartigen Asternkulturen besitzt. Aber auch ausserdem sind grosse Ausdehnungen von Feldern, mehr oder weniger von der Stadt entfernt, in Angriff genommen.

Es kann hier nicht der Zweck sein, ausführlich auf die Beschreibungen der Erfurter Handelsgärtnereien einzugehen; hoffentlich finden wir einmal Gelegenheit, in einer besonderen Abhandlung darüber zu sprechen. 27 Handelsgärtnereien geben Verzeichnisse aus und sind von Bedeutung. Wir nennen ausser den bis jetzt schon gelegentlich aufgeführten noch die Etablissements von Jühlke (früher Karl Appelius), F. C. Heinemann, Döppleb, Gebr. Born, Lorenz, Gebr. Villain, Moschkowitz & Söhne und Fr. W. Wendel. Andere werden noch bei Gelegenheit der Beschreibung der Ausstellung namentlich aufgeführt werden.

(Fortsetzung folgt.)

Flore des serres et des jardins.

Tome XV.

Par L. van Houtte.

Wir freuen uns, wieder einmal die Fortsetzung eines Werkes anzeigen zu können, was seit dem Jahre 1845, also über 2 Jahrzehende besteht und um die Kenntniss der Gartenpflanzen sich grosse Verdienste erworben hat. Die rasche Veröffentlichung der Hefte, wie sie vor Jahren stattgefunden, hat leider in der neueren Zeit mehr und mehr nachgelassen. Während früher 12 Hefte, welche einen Band bilden, in einem Jahre erschienen, bedurfte es jetzt nicht weniger als beinahe 5 Jahre, um den 15. Band zu Ende zu führen. In nun vorliegenden Heften befindet sich für die systematische Botanik ein reicher Schatz, der keineswegs von Männern der Wissenschaft so gewürdigt wird, als er es verdient. Wir wollen nun darüber berichten. Es sind, wie es wohl nicht anders zu erwarten war, viele der in besagter Zeitschrift abgebildeten Pflanzen seitdem auch in andern Werken bildlich dargestellt und von uns bereits besprochen. Um von Neuem auf sie aufmerksam zu machen und der Vollständigkeit des Berichtes halber führen wir auch die bereits besprochenen nochmals auf, weisen aber anstatt einer Beschreibung auf das schon früher Gesagte hin.

Wir beginnen dieses Mal mit den Blattpflanzen. Da ist Musa vittata (tab. 1510), diese sonderbare, wunderschöne Banane mit weiss gebänderten Blättern, die jetzt etwas wohlfeiler im Preise geworden ist, trotzdem aber eine Seltenheit in allen Gärten ist und bleibt, so eine reizende Erscheinung sie auch ist (5. Jahrg. S. 100; 6. Jahrg. S. 29).

Phoenicophorium Sechellarum (tab. 1595) nennt H. Wendland die Palme, welche wir zuerst unter dem Namen Astrocaryum Borsigianum (2. Jahrg. S. 401) beschrieben haben. Es standen uns damals weder Blüthen noch Früchte zu Gebote, wir kannten selbst das Vaterland nicht. Wir glaubten, dass es Brasilien oder überhaupt Südamerika sei und hielten sie deshalb für ein Astrocaryum. H. Wendland hat Samen von van Houtte bekommen und schliesst hieraus, dass die Palme den Typus eines eigenthümlichen Genus habe. Da hätte er allerdings den Namen in Anwendung bringen können, den sie von ihrem Entdecker Duncan erhalten: Stevensonia (nicht Stephensonia oder Steffensonia) grandifolia. Stevenson war nämlich zur Zeit der Entdeckung der Palme Gouverneur der Sechellen, Inseln, welche zwischen der Insel Madagaskar und der ostindischen Halbinsel liegen, und Duncan glaubte, durch die Benennung diesem einen Theil seines Dankes abstatten zu können. H. Wendland hat aber einen neuen Namen gewählt, was, da der Garten-Name noch nicht wissenschaftlich festgestellt war, ihm freistand, wohl aber musste er sich des Beinamens bedienen, der zuerst zu einer wissenschaftlichen Beschreibung der Pflanze benutzt wurde. Die Palme muss demnach Phoenicophorium Borsigianum heissen.

Das Original befindet sich übrigens noch im Borsig'schen Garten zu Moabit bei Berlin unter der sorgsamen Pflege des dortigen Obergärtners Gaerdt. Es ist im Palmenhause aufgestellt und unbedingt die schönste Zierde desselben. Wer den Borsig'schen Garten besucht, versäume auch ja nicht diese reizende Palme in Augenschein zu nehmen. Da sie übrigens unter mehrern Namen in den Gärten sich befindet, theilen wir diese Synonyme hier mit: Stevensonia Sechellarum, Astrocaryum aureo-pictum und Areca Sechellarum.

Verschaffeltia splendida (tab. 1597) hat H. Wendland eine andere Palme genannt, welche ebenfalls von den Sechellen stammt und mit der vorigen so grosse Aehnlichkeit besitzt, dass man kaum eine generische Verschiedenheit vermuthen sollte. Wir haben sie zuerst im vorigen Jahre in Brüssel während der dortigen internationalen Ausstellung unter dem Namen Regelia majestica (7. Jahrg. S. 158) gesehen. Demselben Duncan, der die vorige Palme einführte, verdanken wir auch diese. Auch sie kam zuerst unter dem Namen Stevensonia und zwar viridifolia in den Handel, ist und bleibt wohl auch zunächst eine seltene und theure Pflanze, obwohl van Houtte von dieser und der vorigen Samen direkt aus dem Vaterlande bezog.

Ludovia lancaefolia Brongn. (tab. 1515) unterscheidet sich schon im äusseren Ansehen von den verwandten Carludoviken und wurde durch le Prieur und Melinon in den Jahren 1844 und 46 dem botanischen Garten zu Paris mitgetheilt. Die Pflanze hat das Ansehen einer Dracänee, mit in der Jugend 2-reihigen Blättern und besitzt diese bis zu einer Länge von 3 bis $4\frac{1}{2}$ Fuss. Sie sind schmal-elliptisch und laufen in einen umfassenden Stiel aus. Die Pflanze blüht regelmässig alle Jahre.

Dracaena Aubryana Brongn. (tab. 1522) haben wir zuerst im 3. Jahrgange (S. 356) besprochen und dann von Neuem in unserer Monographie der echten Dracänen aufgeführt (4. Jahrg. S. 398). Dracaena Terminalis stricta (tab. 1538) ist eine Terminalis rosea (Cordyline Jacquini Kth, roseo-variegata) mit steifen, aufrecht stehenden Blättern, im Gegensatz zur Terminalis pendula oder Cooperi, wo die Blätter elegant überhängen.

Bambusa Fortunei foliis niveo-vittatis (tab. 1535) halten wir für die buntblättrige Bambusa Metaki und wurde durch Siebold zuerst wohl unter den Namen Bambusa variegata und B. Simasasa albostriata und marginata aus Japan eingeführt. Später erhielten wir sie auch durch Fortune aus China. Wir haben bereits mehrmals darüber gesprochen (s. 5. Jahrg. S. 69 und 100). Sowohl die reine, als buntblättrige Art sind als Blattpflanzen sehr zu empfehlen und halten selbst in geschützten Lagen und gedeckt im Freien aus.

Alocasia zebrina (tab. 1541) wurde zuerst von Veitch eingeführt. Sie ist bereits im 6. Jahrgange (S. 331) beschrieben. Möglicher Weise möchten aber die Pflanzen von Veitch und die des botanischen Gartens doch spezifisch verschieden sein. Beide gehören übrigens zu den besten Blattpflanzen aus der Familie der Aroideen.

Amorphophallus campanulatus Bl. gehört zu den eigenthümlichen Aroideen, wo die grossen Blumenscheiden, welche man gewöhnlich für die Blumen selbst hält, vor dem einzigen, auf hohem Stiele befindlichen und zusammengesetzten Blatte kommen und einen abscheulichen Geruch verbreiten. Es ist demnach keine Kulturpflanze für Liebhaber, am wenigsten im Zimmer, interessant bleibt sie aber auf jeden Fall. Sie ist früher in Kultur gewesen, scheint aber neuerdings verschwunden zu sein.

Maranta striata (tab. 1573) haben wir auf der Amsterdamer Ausstellung gesehen; sie wurde von Veitch eingeführt. Sie stammt von den Philippinen und möchte ein Phrynium sein. In dieser Hinsicht schliesst sie sich dem von uns zuerst beschriebenen Phr. Jagoranum an. Die Pflanze gehört zu den kleineren, wo auch die kurzgestielten Blätter gedrängt stehen. Ausgezeichnet sind diese durch die weissen und gelblichen Streifen, welche längs der Seiten-Nerven von der Mitte schief nach dem Rande laufen.

Coleus scutellarioides Miqu. var. insignis (tab. 1344) kommt in Holland auch als C. atropurpureus und in England als C. nigricans vor, während die Pflanze in Deutschland als C. Meetianus verbreitet wurde (s. übrigens im vorig. Jahrg. der Wochenschr. S. 67).

Auch Iresine Verschaffeltii Lem. (t. 1601) ist bereits, und zwar in diesem Jahrgange (S. 141), schon besprochen und wird noch einmal später mit ihren vielen Synonymen erörtert werden.

Wir schliessen hier noch einige Pflanzen an, die wegen ihrer Gestaltung Interesse haben. Rafflesia Patma Bl. (tab. 1505) ist einer der interessantesten Schmarotzer Java's, welche zwar keineswegs die riesige Grösse der R. Arnoldi besitzt, aber doch gleiches Interesse hat. Ihre erste Kenntniss verdanken wir Blume. Gleich einem Hut- oder Löcherpilz wuchert die Pflanze auf den Wurzeln von Cissus in Form einer aufsitzenden Kugel, bis sie sich oben öffnet und die sonderbare Blume, deren Inneres eine braune, der Rand mit dem Lappen aber eine gelbliche Farbe hat, sich entfaltet. Die Kultur dieser und ähnlicher Schmarotzerpflanzen ist uns noch nicht gelangen.

Cereus giganteus Engelm. ist einer der grössten Säulenkaktus, welche auf den Terrassen im Süden Kaliforniens vorkommen und mit andern ähnlichen Säulenkaktus, Yukken, Dasylirien u. s. w. eine eigenthümliche Physiognomie des Landes bedingen. Die Art wurde von Thurber, einem tüchtigen Botaniker von Rhode Island, entdeckt und kann eine Höhe von 13 bis 15 Meter erreichen. Da einzelne Aeste aus der Seite entspringen und alsbald grade in die Höhe steigen, so wird das Seltsame der Gestalt noch erhöht. Die Blüthen besitzen eine Länge von über 2 Fuss und haben ziemlich fleischige Blätter von weisser Farbe. Die eiförmige Frucht ist 2 bis $2\frac{1}{2}$ Zoll lang und soll von den Eingebornen gegessen werden. Thurber hat noch eine andere Art, aber noch weiter im Süden, entdeckt, welche zwar viel kleiner bleibt, da sie nur höchstens $3\frac{1}{2}$ Meter (gegen $11\frac{1}{2}$ Fuss) hoch wird. Sie hat aber noch das Eigenthümliche, dass mehre Stämme aus der Basis emporsteigen. Unterhalb des

Gipfels kommen die grünlich-weissen Blüthen von fast Fuss Länge hervor. Engelmann hat diese Art zu Ehren des Entdeckers Cereus Thurberi genannt.

Wir wenden uns einigen Orchideen zu. Odontoglossum Bictoniense Lindl. (tab. 1502) ist bei uns hinlänglich bekannt und stammt aus Guatemala. Es hat eine aufrechte Aehre, wo die Blüthen mit grosser rosafarbener Lippe und grün- und braungezeichneten Blumenblättern ziemlich entfernt stehen. Polystachya carnea Ad. Brongn. (tab. 1521) hat die kleinen, rosa- und weissgefärbten Blüthen dagegen sehr gedrängt an einer endständigen Aehre. Für Liebhaber möchte diese Orchidee kaum zu empfehlen sein. Sie stammt aus dem tropischen West-Afrika und wurde durch Aubry le Comte dem botanischen Garten in Paris mitgetheilt, wo sie nun seit 1857 alljährlich blüht. Eine 2. Art desselben Geschlechtes hatte Pescatore eben daher erhalten und ebenfalls dem botanischen Garten in Paris mitgetheilt. Wegen ihrer gelben Blüthen hat sie den Namen P. sulphurea Ad. Brongn. erhalten.

Goodyera pubescens R. Br. (tab. 1555) sieht einem Physurus mit ihren smaragdgrünen, aber von einem silberfarbigen Adernetz durchzogenen Blättern sehr ähnlich und verdient von Seiten der Liebhaber Beachtung, wenn auch die weissen und mit grünen Spitzen versehenen Blüthen, welche gedrängt stehen, keine Bedeutung haben. Vaterland ist das Innere Nordamerika's.

Von Vanda suavis hat van Houtte wiederum eine Abart, wenn man bei der ausserordentlich schwankenden Zeichnung in den Blüthen sich dieses Ausdruckes bedienen darf, in den Handel gebracht, wo die Flecken auf der innern Seite der Blumenblätter viel gedrängter stehen. Es ist nicht zu leugnen, dass sich die Blumen reizend ausnehmen. Sie hat nach einem böhmischen Liebhaber den Beinamen Hrubyana erhalten (tab. 1604).

Cypripedien sind im 15. Jahrgange der Flore des serres 4 abgebildet und beschrieben. Unter diesen befindet sich auch unser gewöhnlicher Frauenschuh (Cypripedium Calceolus L., tab. 1563). Es ist nicht zu leugnen, dass diese Art eine unserer reizendsten Waldblumen darstellt und für unsere Gärten nicht genug empfohlen werden kann. Es ist dieses auch vielfach geschehen; dabei ist man aber, wie überhaupt bei den meisten unserer einheimischen Orchideen, in der Regel so schonungslos verfahren, dass diese herrlichen Wiesen- und Waldblumen wohl alle Jahre seltner werden.

Cypripedium insigne Wall. wird vielfach in unseren Gewächshäusern kultivirt und verdient auch mit den übrigen Arten desselben Geschlechtes wegen der langen Dauer ihrer Blüthen die Aufmerksamkeit der Liebhaber. Von der genannten besitzt man auch eine nur wenig abweichende Abart, welche nach William Maule & Sohn in Bristol den Beinamen Maulei erhalten hat und sich durch mehr in die Augen fallendes Kolorit unterscheidet (tab. 1564).

C. Dayanum Rchb. fil. (tab. 1527) steht dem C. superbiens am Nächsten und wurde auch anfangs für eine Abart davon gehalten. Es stammt aus Senegambien und erhielt seinen Beinamen nach dem Blumen-Liebhaber Day in Tottenham. Die Blüthen sind sehr gross; namentlich breiten sich die sehr schmalen, weissen und braunen Blumenblätter, welche gleich dem oberen, grün-gestreiften gewimpert sind, weithin aus. Die nach unten stehende, ebenfalls grosse Lippe besitzt eine braune Farbe. Die Laubblätter sind dunkel gefleckt.

C. Hookerae Rchb. fil. (tab. 1565), was umgekehrt hellgefleckte Blätter besitzt, ist bereits von uns früher (im 6. Jahrg., S. 292) besprochen worden; auf gleiche Weise (6. Jahrg., S. 163) Dendrobium nodatum Lindl. (tab. 1582) und mehrfach (6. Jahrg., S. 331 und 7. Jahrg., S. 74 und 378) Phalaenopsis Schilleriana Rchb. fil. (tab. 1559). Die hier gegebene Zeichnung übertrifft aber an Schönheit und Treue alle übrigen, welche bis jetzt erschienen sind.

An sonstigen Gewächshauspflanzen finden wir abgebildet: Otacanthus coeruleus Lindl. (tab. 1526). Er ist eine Akanthacee mit blauen Blumen, welche der Kapitän Capanema, Mitglied der wissenschaftlichen Expedition in Brasilien, daselbst entdeckt hat. Die Blüthen kommen gedrängt an der Spitze der Hauptzweige heraus und sind viel kleiner, als bei Meyenia erecta, mit der die Pflanze sonst im Habitus übereinstimmt.

Hippeastrum fulgidum (Amaryllis) bot. reg. ist bereits in unserer Monographie der Rittersterne (7. Jahrg. S. 32) näher besprochen. Wir erhalten hier die Abbildung der gefüllten Abart (tab. 1546), auf die wir Liebhaber aufmerksam machen wollen, da sie in der That Empfehlung verdient und in keiner Sammlung fehlen sollte. Nach van Houtte soll sie früher in den Gärten als Amaryllis Laportei und Delaportei gewesen sein.

Von Lilium auratum Lindl. (tab. 1528) ist bereits im 5. Jahrgange der Wochenschrift (S. 368) Mittheilung gemacht worden; ebenso über Tricyrtis hirta Hook. im 6. Jahrgange (S. 291).

Eranthemum sanguinolentum Hort. Veitch (tab. 1583) ist ebenfalls eine reizende Akanthacee, wo aber weniger die Blüthen, als vielmehr die Blätter, durch ihre Schönheit in die Augen fallen. Der Mittelnerv hat nämlich mit seinen Nebenästen eine schöne rothe Farbe. Die Pflanze scheint nicht hoch zu werden und hat endständige Blüthenstände, die aus einer einfachen Rispe oder zusammengesetzten Traube bestehen. Die Blüthen haben eine hellrothe Farbe und sind klein. Nach Hooker besitzt die Pflanze den Typus eines eigenen Genus, was er Hypoestes genannt hat. Wir werden später noch Gelegenheit nehmen, darüber zu sprechen.

Gymnostachyum Verschaffeltii Lem. (tab. 1581) kam bekanntlich auch von England aus als Eranthemum rubro-venium Hort. Veitch in den Handel und ist bereits von uns früher empfohlen worden (7. Jahrg. S. 285). Nach genauerer Untersuchung hat Lemaire später gefunden, dass diese Pflanze dem Genus Fittonia angehört und hat ihr nun den Namen F. Verschaffeltii gegeben.

Ourisia coccinea Pers. (tab. 1558) ist eine zwar längst schon bekannte, aber erst neuerdings aus Chili eingeführte Personate, welche nicht genug empfohlen werden kann. Im Habitus ähnelt sie den Pentstemon's und zeichnet sich durch die langröhrigen und feuerrothen Blüthen, welche mit ihrer Oeffnung nach unten gebogen sind, aus. Der verkürzte Stengel ist mehr unterirdisch und treibt einige deshalb fast wurzelständige, herzförmige und gekerbt-gezähnte Blätter, zwischen denen die aufrechte Traube hervorkommt.

Parochetus communis Ham. (tab. 1575) ist eine reizende Leguminose aus der Verwandtschaft der Kennedyen und breitet sich in seinem Vaterlande Nepal auf dem Boden aus. Bei uns findet sie als Ampelpflanze wohl die beste Verwendung, wo die schwachen Stengel mit ihren blauen und rosafarbigen Blüthen herunterhängen.

Dischidia Rafflesiana Wall. (tab. 1592) ist eine höchst interessante Asklepiadee, wird aber trotzdem in den Gewächshäusern der Liebhaber nicht gefallen. Sie wurde in der Mitte des vorigen Jahrhundertes durch den dänischen Missionsarzt Dr. König auf der Halbinsel Malakka entdeckt und dann später durch Wallich von Neuem auf Singapur aufgefunden. Eingeführt wurde die Pflanze aber erst neuerdings durch van Houtte. Die Pflanze gehört zu den vielen sich windenden Arten dieser Familie und zeichnet sich dadurch aus, dass gegen das Ende des Stengels die kleinen, eirund-spitzen Blätter in $1\frac{1}{2}$ Zoll lange und $\frac{3}{4}$ Zoll im Durchmesser enthaltende Schläuche sich umwandeln, die aussen hell-leberfarbig, innen hingegen dunkelbraun gefärbt erscheinen. Die unscheinlichen Blüthen von gelber Farbe bilden in den Winkeln der Blätter und Schläuche kurzgestielte Dolden.

(Schluss folgt.)

Schröter's Obstzucht in Töpfen und Kübeln.

Vor mehrern Jahrzehenden war die sogenannte Obstorangerie, d. h. die Obstzucht mit Zwergbäumchen in Töpfen, welche man im Winter während der kalten Zeit in Keller oder in irgend einen frostfreien Raum brachte, in sofern man nicht ein Winterhaus besass, weit mehr verbreitet, als jetzt. Diese Bäumchen, meist Aepfelbäumchen, boten schon im Frühjahre, wenn sie blühten, einen freundlichen Anblick dar, nahmen sich aber im Herbste mit Früchten beladen noch schöner aus. Jetzt, wo die Obstzucht überhaupt wiederum mehr in Aufnahme gekommen ist, ist es an der Zeit, von Neuem auch auf die Obstorangerie aufmerksam zu machen. Das Werkchen des Inspektors der Gärtner-Lehranstalt in Köthen (Herzogthum Anhalt), Schröter, ist demnach eine willkommene Erscheinung, auf die wir die Leser der Wochenschrift um so mehr aufmerksam machen, als es nur einige Groschen kostet.

Nach einem einleitenden Vorworte wird die allgemeine Pflege der Obstbäumchen und Fruchtsträucher in Gefässen kurz und bündig angegeben, so dass sich Jedermann mit dem, was er zu thun hat, vertraut machen kann. Was da gesagt ist, gilt zwar im Allgemeinen, es betrifft aber doch speziell das Kernobst, die Aepfel und Birnen. Bei dem Stein- und Beeren-Obst ist zum Theil eine andere Behandlung nothwendig, namentlich was das Beschneiden anbelangt; aus dieser Ursache sind für die Aprikose, Pfirsiche, Feige, Erdbeere, Himbeere und für den Weinstock noch Nachträge gegeben.

In einem zweiten Abschnitte werden die Obstsorten aufgeführt, welche sich am besten zur Topfkultur eignen; dass die Auswahl nicht gross ist, billigen wir. Es ist auch nichts so störend, als wenn man eine Auswahl geben will und doch eine Menge Namen nennt. Als Anhang sind einige Worte über den Schutz der Früchte gegen Thiere gesagt; ebenso findet man Weniges über Abnahme, Aufbewahrung und Versendung des Obstes.

Verlag von Karl Wiegandt in Berlin, Koch-Strasse No. 32.

Druck der C. Feister'schen Buchdruckerei (L. Mewes), Berlin, Zieten-Platz No. 2.

Wochenschrift

des

Vereines zur Beförderung des Gartenbaues in den Königl. Preussischen Staaten

für

Gärtnerei und Pflanzenkunde.

Redakteur:

Professor Dr. Karl Koch,

General-Sekretair des Vereines.

No. 39. Berlin, den 30. September **1865.**

Preis des Jahrganges 5½ Thlr., sowohl bei Bezug durch den Buchhandel, als auch franco durch alle Post-Anstalten des deutsch-österreichischen Post-Vereines.

Die Pflanzen-, Blumen-, Gemüse- und Obst-Ausstellung in den Tagen vom 9. bis 17. September zu Erfurt.

(Fortsetzung.)

Die Ausstellung befand sich im Südwesten der Stadt, wo sie schon vor 4 Jahren stattgefunden (s. 4. Jahrgang, Seite 353), hatte aber einen weit grösseren Raum, als damals, in Anspruch genommen, denn nicht weniger als 3 Gärten waren verwendet worden: 2 öffentliche: der Poppe'sche und der Vogel'sche, und ein Privatgarten: der Zech'sche. Zur Verbindung der beiden ersteren, welche durch einen Weg getrennt waren, hatte man eine breite Brücke geschlagen. Diese 3 Gärten zusammengenommen nahmen einen Flächenraum von 12 Morgen ein.

In dem Vogel'schen Garten befindet sich ein Volkstheater, was unter dem Namen des Tivoli bekannt ist; in ihm hatte man hauptsächlich die getrockneten Blumen und was aus diesen angefertigt wird, ausserdem Aquarien u. dergl., was gegen die äussere Luft mehr Schutz verlangte, aufgestellt. Hierüber wird später gesprochen werden. In dem Poppe'schen Garten hingegen hatte man eine 112 Fuss lange und 40 Fuss breite überdeckte Halle zur Aufnahme der Warmhaus- und anderen empfindlichen Pflanzen angebracht. Ausserdem fanden sich noch 2 überdeckte Gänge für die Früchte und tropischen Erzeugnisse und 2 für feinere Florblumen vor, und zwar 2 im Poppe'schen und 2 im Vogel'schen Garten. Ausserdem waren Gruppen, Einzelpflanzen, Gemüse, landwirthschaftliche Pflanzen und Erzeugnisse, Blumen-Arabesken, Blumen-Parterre's u. s. w. im Freien, entweder auf beiden Seiten sich schlängelnder Wege oder, wie die letzteren und zum Theil die ersteren, auf grünem Rasen oder anderen Flächen vorhanden.

Wohl selten hat der Himmel ein Unternehmen der Art, wie die Erfurter Ausstellung, so begünstigt, als in den Tagen vom 9. bis 17. September. Die anfangs drückende Hitze wurde später durch leichte Winde gemildert; sonst schien der schönste blaue Himmel mit dem mit Blumen aller Art geschmückten Boden in freundlichster Harmonie zu stehen. Grünes Gebüsch und selbst schattige Gänge riefen Abwechselungen hervor, wie man sie wohl kaum bei anderen Ausstellungen gefunden hat. Leider (so müssen wir, die wir gemächlich sehen wollten, sagen, so sehr es auch im Interesse des Erfurter Gartenbau-Vereines gelegen haben mag) waren aber in der Regel die Wege, mit Ausnahme der frühen Morgenstunden, durchaus von Besuchern so überfüllt, dass man sich keineswegs dem Schönen mit Musse hingeben konnte. Oft, wenn man in stiller Betrachtung an einer Gruppe oder Arabeske stand, wurde man plötzlich von dem stets in Unruhe sich befindenden und schaulustigen Publikum vorwärts gedrängt und musste oft eine lange Zeit sich gedulden, bevor man denselben Standpunkt wieder einzunehmen im Stande war, um den Eindruck vollständig aufzufassen.

Die Ueberfüllung von Menschen wurde noch dadurch vermehrt, dass man nicht nöthig hatte, das Ausstellungs-Lokal zu verlassen, um nach dem Gesehenen sich einigermassen auszuruhen oder um eine Erfrischung einzunehmen, denn der Erfurter Gartenbau-Verein, vor Allem sein nach allen Richtungen hin umsichtiger Vorstand und der mit den Anordnungen betraute Ausschuss hatten gesorgt, dass neben den geistigen Genüssen auch die Ansprüche des Körpers berücksichtigt werden konnten. 2 Restaurationen, die eine im Vogel'schen, die andere im Poppe'schen Garten, trugen für das Letztere Sorge.

Täglich brachten aus zum Theil grosser Ferne Eisenbahnzüge vom frühen Morgen an bis spät am Abende Schaulustige. Wer nicht heimkehren konnte, fand in den vielen Wirthshäusern der Stadt zwar nicht immer ein Unterkommen, wurde aber dagegen von Erfurts Bürgern freundlich aufgenommen und gern bewirthet. Es war gleichsam eine Völkerwanderung: man kam, besah sich die Ausstellung und ging wieder. Nur die Mitglieder des mit der Ausstellung verbundenen Kongresses fanden sich des Morgens von Neuem ein, um sich mit den Schätzen der Ausstellung etwas vertrauter zu machen. Man machte sich auch Mittheilungen, nahm aber ausserdem an den in einem Saale des Karthauses stattfindenden Verhandlungen Theil.

Es ist schwer, ein anschauliches Bild der ganzen Ausstellung zu geben; wir können uns natürlich nur darauf beschränken, das Interessantere herauszuheben. Wir beginnen mit der Beschreibung des Inhaltes der grossen Halle, welche die Warmhauspflanzen enthielt, nicht weil, wie Viele meinten, sie der Glanzpunkt der ganzen Ausstellung war — wir fanden manches Andere wenigstens ebenbürtig —, sondern weil wir unsererseits als Botaniker ein grösseres Interesse an den darin aufgestellten Pflanzen hatten und ihnen am meisten unsere Aufmerksamkeit zuwendeten. Den Flächenraum der Halle haben wir schon angegeben. Sie bildete ein längliches Viereck bis auf 2 nach auswärts angebrachten Nischen, welche in der Mitte der langen Seiten vorhanden waren. An diesen Seiten standen auf Tafeln die Pflanzen, während am Eingange, zwischen der Hauptthür und den beiden seitlichen, auf dem Boden Gruppen angebracht waren, an der entgegengesetzten Giebelseite aber nur einzelne Pflanzen, besonders Dracäneen, standen. Die Mitte des Ausstellungsraumes nahm ein Bassin mit einem Springbrunnen ein, auf den Seiten eingefasst von einem Blumenkorbe und einem Riesen-Bouquet. Zwischen dem Springbrunnnen und der hinteren Giebelwand hatten 2 grosse Gruppen Platz gefunden, während nach dem Ein-, resp. Ausgange zu 4 Gruppen, paarweise nebeneinander stehend, Platz gefunden hatten.

Zunächst wollen wir nun die grösseren Gruppen des Ausstellungsraumes besprechen. Die äusserste war von Seiten der Laurentius'schen Gärtnerei in Leipzig aufgestellt worden und enthielt eine Reihe noch nicht allgemein verbreiteter Blattpflanzen in guter Kultur. Eine prächtige Zamia Lehmanni bildete den Mittelpunkt. Wir nennen ausserdem: Colea floribunda, ähnelt der in Gärten bekannten, aber keineswegs botanisch genau bestimmten C. Commersonii im äusseren Ansehen ungemein, hat aber schmälere Fiederblättchen. Die Blätter selbst standen jedoch nicht quirlförmig, wie in den Handbüchern angegeben wird, sondern sich gegenüber. Galipea macrophylla ist eine nicht genug zu empfehlende Blattpflanze mit sehr grossen (bis 14 Zoll langen), elliptischen und ziemlich dicht beisammenstehenden Blättern von lederartiger Textur. Ob Jambosa magnifica wirklich eine Jambosa und nicht vielmehr eine Fagraea ist, lassen wir dahingestellt sein; ähnlich sieht sie der F. auriculata. Coccoloba majestica gehört zu den Arten mit sehr grossen, rundlichen und den Stengel umfassenden Blättern, deren Stengel grade in die Höhe steigt, ohne sich weiter zu verästeln. Ficus Grellii und Porteana waren ebenfalls in schönen Exemplaren vorhanden.

Von den Arten mit gefiederten Blättern machen wir zunächst auf Cupania Pindaiba wegen der Aehnlichkeit der Blätter mit denen der Cycas Rumphii aufmerksam. Man könnte in der That geneigt sein, sie bei oberflächlicher Betrachtung, wenn der Stamm gedeckt ist, dafür zu halten. Die erst neuerdings eingeführte Cycadee: Katakozamia Mackaei ähnelt ebenfalls derselben Cycas Rumphii. Spathodea gigantea besitzt grosse, doppelt-gefiederte Blätter, die sich weithin horizontal ausbreiten. Ebenso ist es mit Simaruba grandis der Fall. Auch mehre der neueren Formen der Cordyline Jacquini fol. purpureo-var. (Terminalis rosea der Gärten) waren in grösseren Exemplaren vorhanden, so Dracaena Cooperi mit überhängenden und Dr. grandis mit aufrechtstehenden und etwas breiteren Blättern. Cordyline rigidifolia, welche wir zuerst festgestellt haben und welche vom botanischen Garten zu Berlin verbreitet wurde, unterscheidet sich durch ihre stets steifbleibenden Blätter hinlänglich von C. congesta (stricta der Gärten).

Schliesslich nennen wir noch 2 interessante Pflanzen in dieser Gruppe: Asplenium cystopterum, ein Farn, dessen Blätter ihren allgemeinen Stiel sehr verlängern, so dass dieser schliesslich rückwärts bis zum Boden sich neigt und daselbst an seiner Spitze Wurzeln schlägt. Chamaerops tomentosa ist eine noch sehr seltene Fächerpalme, welche wir zuerst in Gent gesehen haben und in den Annales de Gand durch den älteren Morren veröffentlicht wurde.

Die zweite Gruppe hatte Fr. A. Haage jun. aufgestellt. Sie enthielt grosse Blattpflanzen. In der Mitte ragte eine prächtige, gedrungen gewachsene Musa zebrina hervor, die von einigen Palmen umgeben wurde. Cyanophyllum speciosum, Sphaerogyne latifolia, Theophrasta imperialis und pungens (Jussiaei), Miconia pulverulenta, mehre Ficus-Arten, wie F. Afzelii, imperialis, Cooperi, amazonica, ferner Podomorphe hirsuta, Laportea crenulata und Hippomane ilicifolia sind zwar erst in neuerer Zeit eingeführt, aber doch schon mehrmals in der Wochenschrift besprochen worden. Besitzer von Gewächshäusern hatten hier Gelegenheit, nach ihrem Belieben eine Auswahl zu treffen.

Das viereckige Wasserbecken enthielt 4 schöne Pflanzen: ein prächtiges Exemplar des Cyanophyllum magnificum, die buntblättrige Alocasia indica, Aloc. metallica und Xanthosoma (Colocasia Lind.) albo-violaceum. Auf beiden Seiten standen hohe und fast durchaus goldgelb-gefärbte Exemplare des Codiaeon chrysosticton (Croton pictum) mit schmalen und breiten Blättern, welche die Gebrüder Danneel zu Görzig bei Köthen zur Verfügung gestellt hatten. Allgemein gefielen ferner ein grosser Blumenkorb und ein riesiges Bouquet von gegen 8 Fuss Höhe in Eiform. Das letztere war aus den geschickten Händen der Töchter des Kunst- und Handelsgärtners Schmidt hervorgegangen.

Blumenkörbe gestatten eine grosse Mannigfaltigkeit und sind für unsere Zimmer noch keineswegs so gewürdigt, als man wünschen muss. Der rechts vom Bassin befindliche Blumenkorb mochte mit der aus ihm hervorsteigenden Vase, welche eine Cordyline australis trug, eine Höhe von 8—9 Fuss haben und enthielt in guter Auswahl Farne, buntblättrige Pflanzen und Blumen. Von seinem Rande zogen sich in elegantem Bogen 6 Drähte nach der Basis der von einem Fusse getragenen Vase nach innen und waren mit Lianen umwunden. Zwischen ihnen befanden sich 6 Armleuchter, welche anstatt der Kerzen Blumen in Töpfen trugen. Der Fuss des Blumenkorbes selbst war mit kleineren Blattpflanzen umstellt. Man verdankte denselben Fr. A. Haage jun.

Nach dem Eingange zu folgten vom Bassin aus 2 ovale Gruppen mit grossen Blattpflanzen, welche Platz & Sohn aufgestellt hatten. Die Mitte der einen nahm ein hübscher Pandanus mit langen, grün-dornigen Blättern aus Sumatra ein; andere Arten desselben Geschlechtes waren ausserdem vorhanden. Vorzüglich erschienen die Araliaceen und Rupalen; auch Dracäneen sah man in reichlicher Anzahl. Interessant war für uns eine Alocasia cucullata (Arum ramosum). An der Spitze eines kurzen Stammes befanden sich hier 5 kurze, dicke Aeste mit den aufrechtstehenden Blättern. Ausserdem zog eine blühende Pourretia meridensis die Aufmerksamkeit auf sich.

In der zweiten Gruppe waren die Pflanzen um ein schönes Exemplar des Cibotium Schiedei gestellt. Blüthenpflanzen herrschten sonst vor, besonders Eriken und ausserdem buntblättrige Pflanzen, vor Allem Sträucher aus Japan, welche hauptsächlich durch Siebold eingeführt wurden, so mehre Euvonymus-Arten, Eurybia, Ligustrum-Arten u. s. w. Sehr schön war auch die buntblättrige Ananas.

Von den beiden folgenden, ebenfalls eiförmigen Gruppen hatte die eine der Kunst- und Handelsgärtner J. C. Schmidt, die andere Ernst Benary aufgestellt. Um eine hohe Banane hatte der erstere mehr oder weniger bekannte Palmen, Pandaneen, Dracäneen, Cycadeen, gruppirt, während Benary eine grosse Fächerpalme dazu gewählt hatte. Reich war diese Gruppe an Chamädoreen, enthielt aber ausserdem noch interessante Palmen in guter Kultur, so Synechanthus sarapiquensis, Scheelia excelsa, Zalacca Wageneri, Latania Verschaffeltii und glaucophylla, Pinanga maculata u. a. m.

Zwischen der Haupt- und den beiden Seitenthüren befand sich eine gemischte Gruppe schöner Blattpflanzen von Robert Neumann, eine andere von den Gebrüdern Villain. Im Hintergrunde war hier eine grosse Monstera Lennea (Philodendron pertusum) in Blüthe, ferner waren Palmen, Yukken, Araliaceen u. s. w. vorhanden.

Wir wenden uns der linken Seite zu, wo der Kunst- und Handelsgärtner Karl Lackner aus Berlin die erste Gruppe dicht am Eingange aufgestellt hatte. Es waren Blattpflanzen, wie man sie in Berlin liebt und in grossen Massen absetzt. Doch befanden sich einige darunter, die noch keineswegs allgemein verbreitet sind, obwohl sie zu Dekorationen und selbst in Zimmern nicht genug empfohlen werden können. Es gilt dieses namentlich von der Monstera Borsigina, die, kleiner als die nah verwandte M. Lennea, mehr und rascher steigt. Unter den Dracäneen befand sich auch die Abart der Cordyline rubra, welche wir mit dem Beinamen Danneeli belegt haben und vor der Hauptart den Vorzug verdient.

Es folgten 2 Gruppen eines anderen Berliner Handelsgärtners, Karl Benda, die weniger allgemein verbreitete Pflanzen, als vielmehr deren in vorzüglicher Auswahl enthielten, wie sie meist erst in den letzten Jahren in den Handel gekommen sind. Glaskästen, die mit kleineren Pflanzen besetzte Miniaturfelsen einschlossen, bildeten die Grenzen der Gruppen. Seit mehrern Jahren schon fertigt Karl Benda nämlich dergleichen Glaskästen mit vielem Geschmacke an. Da sie, in sofern man ihnen nur einigermassen Sorgfalt widmet, sich im Zimmer ziemlich gut halten, so sind sie Liebhabern, besonders für die Boudoirs der Damen, nicht genug zu empfehlen.

Was die Pflanzen der beiden Benda'schen Gruppen anbelangt, so wollen wir nur auf einige der neuesten, in sofern sie empfohlen zu werden verdienen, aufmerksam machen. Unter den Farnen verdienen Lomaria gibba, Neotopteris australasiaca und Asplenium alatum Beachtung. Das schönste Goldfarn ist und bleibt Gymnogramme Laucheana. Aus der Zahl der Palmen nennen wir die reizende Areca speciosa und Latania Verschaffeltii. Anthurium magnificum unterscheidet sich durch die viereckigen Blattstiele von dem verwandten A. leuconeuron, ist aber diesem vorzuziehen. Vor Allem aber möchte die buntblättrige China-Primel, wo die Blätter dicht gedrängt stehen und fast durchaus goldgelb gefärbt sind, die Aufmerksamkeit der Liebhaber auf sich ziehen. Es ist eine der reizendsten Erscheinungen der neuesten Zeit, welche der Benda'schen Gärtnerei selbst ihren Ursprung verdankt.

W. Lauche an der Wildparkstation bei Potsdam hatte nur wenige, aber ausgesuchte Pflanzen ausgestellt. Pteris leucophylla und Cheilanthes Borsigiana sind reizende Farne; unter den Aroideen machen wir auf die philippinische Schizocasia Portei, ferner auf Xanthosoma (Arum) appendiculatum mit den sonderbaren Auswüchsen auf der Unterfläche der Blätter, auf Anthurium Laucheanum, Steudnera colocasiaefolia und Philodendron Schottii aufmerksam.

Wie weit die Kunst des Gärtners die Blüthezeit unserer Blüthenstäucher vorrücken kann, sah man an den weissen Kamellien des Baumschulbesitzers Jacob Rölke in Dresden, welche zum Theil bereits in Blüthe standen. Nicht lange ist es her, wo man es allgemein bewunderte, wenn die Kamellien schon zur Weihnachtszeit blühten. Dicht daneben befanden sich blühende, auf Pereskien veredelte Exemplare des Epiphyllum truncatum, welche J. Schäne sen. in Dresden geliefert hatte.

Einen Glanzpunkt der Ausstellung bildeten die Pflanzen Lindens aus Brüssel, welche erst seit Kurzem eingeführt sind und sich zum grössten Theil noch nicht im Handel befinden. Einige haben wir schon bei Gelegenheit der Beschreibung der Amsterdamer Ausstellung besprochen. Die dort befindlichen Exemplare waren aber unterdess herangewachsen und liessen ihre Schönheiten um so mehr erkennen. Es galt dieses vor Allem von der Maranta roseo-picta. Eine schönere und zugleich wohlgefälligere Blattpflanze möchte es kaum geben. Die auf der Oberfläche dunkelgrünen Blätter werden auf beiden Seiten des Mittelnervs von einem dunkel-rosafarbenen Bande durchzogen, während die Unterfläche schön braun gefärbt erscheint. Die Pflanze besitzt mit Calathea picturata sehr grosse Aehnlichkeit, wächst aber weit gedrungener. Der eben genannten Marantacee sieht Maranta illustris noch ähnlicher, ist aber unbedingt schöner. Die Blätter sind hier auch etwas grösser und auf der Unterfläche braun, nicht bräunlich, wie bei zuletzt genannter Pflanze. Eine dritte Marantacee, welche den Namen M. amabilis erhalten hat, steht dem Phrynium Jagoranum nahe, ist aber ebenfalls etwas grösser.

Die neue Dichorisandra sp. Rio negro ist nicht weniger reizend. Sie hat $5\frac{1}{2}$ Zoll lange und $1\frac{1}{2}$ Zoll in der Mitte breite Blätter, deren grüne Oberfläche in der Mitte durch ein ziemlich breites, braunrothes, aber von weisser Farbe umschlossenes Band ausgefüllt wird. Ohne Zweifel ist sie die schönste Art ihres Geschlechtes und wohl auch der ganzen Familie der Commelinaceen.

Scindapsus pictus ähnelt der Pothos argyraea, welche wahrscheinlich ebenfalls ein Scindapsus ist, wenigstens in seine Nähe gehört, ist aber in allen Theilen grösser und scheint mehr zu steigen, als sich auf der Erde auszubreiten, wie eben genannte Art. Ebenfalls marmorirt sind die Blätter von Sphaerogyne marmorata. Bei einer neuen, noch nicht näher bestimmten Bignoniacee ist die Mitte der Blätter breit-silbergrau, die Unterfläche dagegen braun. Sollte die Pflanze nicht vielmehr ein Chamaeranthemum sein? Costus angustifolius steht den genannten Pflanzen an Schönheit weit nach, ist aber wegen seines rosafarbigen Blüthenkopfes doch zu empfehlen. Endlich gedenken wir noch des Gymnostachyum argyroneuron, was sehr ähnlich in Form der Blätter dem G. sanguinolentum erscheint, das Adernetz ist aber vom reinsten Milchweiss.

Wir übergehen die übrigen Pflanzen Lindens und wenden uns dem eigenthümlichen Sämling eines occidentalischen Lebensbaumes zu. Denselben hatte der Kunstgärtner Louis Makowitsch in Ullersdorf bei Glatz zufällig aus Samen erhalten. Er besitzt grosse Aehnlichkeit mit der Thuja Meldensis, welche bekanntlich ein Blendling der Biota orientalis mit der Juniperus virginiana sein soll.

Uns scheint übrigens die Ullersdorfer Pflanze ebenfalls von Biota orientalis und nicht von Thuja occidentalis, wie angegeben wird, abzustammen.

Aus Nancy hatte Louis Römpler eine grosse Anzahl Pflanzen eingesendet, welche den Hintergrund der Nische auf dieser Seite einnahm. Reich waren die Dracäneen vertreten. Als Dracaena nigrescens sahen wir eine braungrüne Art im Wuchse der Cordyline rubra, als Dr. limbata hingegen eine Art, welche vielleicht nur eine schmalblättrige Form der Cordyline Jacquini darstellen möchte. Calonyction sanguinolentum haben wir bereits in Paris gesehen; sie stellt eine interessante Winde mit bräunlichen Blättern dar. Unter den Aroideen befanden sich manche interessante Arten und Formen, denen wir leider nicht genug Aufmerksamkeit zuwenden konnten, um bestimmter über sie zu sprechen. Durch das weisse Längsband auf den 8 Zoll langen und elliptischen Blättern zeichnete sich eine Aglaonema aus. Unter den Farnen befand sich ein grosses Exemplar der Didymochlaena lunata von seltener Schönheit. Die Farne überhaupt, welche vorhanden, waren der Empfehlung werth. Endlich machen wir noch auf Pandanus Linnaei mit seinen hellgrünen und bereiften Blättern aufmerksam.

Eine andere Gruppe, welche aus 22 verschiedenen Eriken bestand, verdankte man ebenfalls der Römpler'schen Gärtnerei in Nancy. Es waren lauter Exemplare in dem Kultur-Zustande, wie sie auch in Berlin zu Markte gebracht werden, zum Theil auch dieselben Arten, wie Erica gracilis. Weniger sieht man bei uns E. hirtiflora und colorans, die hier aber vertreten waren.

(Fortsetzung folgt.)

Flore des serres et des jardins.

Tome XV.

Par L. van Houtte.

(Schluss.)

Codonopsis gracilis Hook. fil. et Thoms. (tab. 1584) ist eine windende Campanulacee mit trichterförmigen, ziemlich grossen blauen Blüthen, die Empfehlung verdient. Sie wächst auf dem Himalaya und kann deshalb gewiss im Freien Verwendung finden. Sie ist durchaus unbehaart und ihre kleinen, eirunden, aber grobgekerbten Blätter besitzen eine blaugrüne Farbe.

Aplotaxis gossypina DC. (tab. 1590) ist ein Distelblüthler aus der Verwandtschaft der Karlinen. Der kurze gedrungene Stengel ist dicht mit schmalen und in die Länge gezogenen Blättern versehen, welche nur buchtig-gezähnt, nicht dornig sind und dicht mit Wolle bekleidet erscheinen. Aus ihnen ragt grade der einige Zoll im Durchmesser enthaltende und scheinbar ein Blüthenkörbchen bildende Blüthenstand heraus. Die einzelnen Blüthenkörbchen mit den violettblauen und von gefiederten langen Haarkronen umgebenen Blüthchen werden von einer Reihe flach ausgebreiteter Hüllblätter, welche dicht mit weisser Wolle besetzt sind und im Anfange alle Blüthenkörbchen einschliessen, umfasst. Ein Freund Wallich's, E. Gardner, entdeckte diese Art 1818 ebenfalls im Himalaya.

Von Cistus vaginatus Ait. ist bereits die Abart mit weissen Blättern (leucophyllus, 4. Jahrg. S. 234) besprochen. Im 15. Jahrgange der Flore des serres (tab. 1501) ist nun auch die Hauptart abgebildet. Sie unterscheidet sich von der Abart nur durch grüne, aber sehr behaarte Blätter. Schade, dass die grossen rosafarbenen Blüthen so rasch abfallen, sonst würde gewiss der Blüthenstrauch in den Gewächshäusern häufiger gesehen werden.

Abutilon megopotamicum Aug. St. Hil. (tab. 1599) ist nach Decaisne dieselbe Pflanze, welche Morren in Lüttich neuerdings als A. vexillarium veröffentlicht hat. Da wir sie schon näher besprochen haben (s. S. 141), so übergehen wir sie hier. Ebenso sind (5. Jahrg. S. 279) bereits Clerodendron Thompsonae Bel. (t. 1534), sowie (7. Jahrg. S. 225 und 8. Jahrg. S. 141) Clematis Fortunei Moore (tab. 1553) näher erörtert worden.

Rogiera gratissima Planch. et Lind. (tab. 1570) ist ein wunderschöner Blüthenstrauch, den Ghiesbrecht in Mexiko entdeckte; doch erhielt van Houtte auch Samen aus Guatemala. Er gehört zu den Rubiaceen, deren Blüthen sich durch angenehmen Geruch auszeichnen. Diese selbst haben eine rosenrothe Farbe und bilden an der Spitze der Aeste eine dichtgedrängte Doldentraube, welche aus dem saftigen Grün der elliptischen Blätter um so mehr hervortritt.

Was nun die Mode- und Blüthensträucher anbelangt, so sind im Junihefte eine Reihe der schönsten Rosen, auf die wir hier aufmerksam machen wollen, abgebildet worden. Rose Bernard Palassy (tab. 1547) ist eine remontirende Hybride, welche 1863 von Margottin aus Samen von R. Jules Margottin erzogen wurde. Sie besitzt das schönste Rosenroth, wie es eine Centifolie irgend nur haben kann und hat das Eigenthümliche, dass sich in der Regel 4 oder 5 Mittelpunkte bilden, um die sich die zarten Blumenblätter gruppirt haben. R. Charles Lefèvre (tab. 1548) verdanken wir hingegen dem Rosenzüchter Lacharme. Sie besitzt eine schöne, rundliche Form, ist ziemlich gross und hat eine wohlgefällige, blutrothe Farbe.

Rose Empereur de Maroc (tab. 1549), hat Guinoisseau gezüchtet. Sie besitzt eine offene Blume, welche hinsichtlich der sehr dunkelen Farbe und des Baues an mehre Essigrosen erinnert, welche früher als Serail- oder Sultan-Rosen häfig gesehen wurden. R. François Arago (tab. 1550) gehört ebenfalls zu den dunkelen Sorten und schliesst sich der R. Charles Lefèvre an, ist aber weniger rund gebaut. Züchter ist Trouillard in Angers, der Obergärtuer für Rosen im grossen Leroy'schen Etablissement. R. Général Washington (tab. 1551) besitzt keine grosse Blume von hellrother Farbe und offenem Bau. Gezüchtet wurde sie von Granger in Suisnes und 1860 in den Handel gebracht. Endlich ist noch R. John Hopper (tab. 1552), welche von dem Engländer Ward gezüchtet wurde und von uns schon früher empfohlen ist, zu nennen. Sie besitzt einen wunderschönen, kugeligen Bau und eine hellrothe Farbe. Endlich ist auch (tab. 1561) eine Theerose unter dem Namen Rose-Thé jaune d'or abgebildet. Es ist eine prächtige Blume von kugelrunder Gestalt, welche ihren Namen „die Goldgelbe" verdient. Oger hat sie gezüchtet und van Houtte mitgetheilt.

Indische oder vielmehr chinesische Azaleen sind 2 Sorten abgebildet. Azalee Président Victor van den Hecke (tab. 1567) wurde im van Houtte'schen Etablissement gezüchtet und blüht ungemein reich. Die blendend-weissen Blüthen haben rothe Schmitzen und Bänder. A. Charles de Eeckhaute (tab. 1572) hat dagegen eine prächtig-rothe Farbe und die Blumenblätter sind am Rande wellenförmig.

Auch Alpenrosen oder Rhododendren sind 2 Sorten bildlich dargestellt. Von Rhododendron Veitchianum Hook. (tab. 1416), was eine gute Art bildet und auf dem Himalaya wächst, haben wir bereits schon früher (im 4. Jahrg. S. 263) gesprochen. Dagegen ist Rh. Madame Louis van Houtte ein Erzeugniss des van Houtte'schen Etablissements und zuerst (auf der 1606. Tafel) bildlich dargestellt worden. Die zarten, weiss- und rosafarbigen Blüthen bilden einen dichten Straus und erinnern einigermassen an die beliebte, unter dem Namen „Neige et cérise" bekannte Sorte.

Kamellien sind 3 bildlich dargestellt. Camellia Roi Léopold I. wurde von de Coster vor 8 oder 9 Jahren gezüchtet und kam später in den Besitz von Jean Verschaffelt in Gent. Die Blumen sind gross und haben bei regelmässigem Bau eine prächtige rothe Farbe. C. Corradino (tab. 1569) ist ein Erzeugniss von Luzzati in Florenz und gleicht der vorigen, ist aber nicht so feurig in der Farbe. Was endlich C. imbricata plena anbelangt, so verdanken wir sie K. Schmits in Florenz, sie kam aber alsbald in den Besitz von Henderson & Sohn. Sie besitzt ebenfalls regelmässigen Bau und eine weisse Grundfarbe, welche durch zahlreiche rothe Schmitzen und Bänder unterbrochen wird.

Ueber das 3-farbige Pelargonium, welches den Namen Mrs Pollock führt und ebenfalls von Henderson & Sohn in den Handel gebracht wurde, haben wir schon gesprochen. Schade, dass diese Sorte, ebenso wie Sunset, im Freien so empfindlich ist.

Rochea versicolor DC. (tab. 1524) ist gewiss nichts weiter, als eine Form der bei uns meist als Crassula oder Calosanthes coccinea kultivirten Marktpflanze, welche sich durch bald hellere, bald dunklere Blüthen an einer und derselben Pflanze unterscheidet. In Berlin kultivirt man hell- und dunkelblühende Pflanzen in sehr grosser Menge und versendet sie auch nach auswärts.

Von den Blüthensträuchern wenden wir uns nun zu den Modeblumen. Chrysanthemum indicum flore roseo, albo-punctato (tab. 1574) wurde von dem China-Reisenden Fortune direkt eingeführt und stellt eine ganz eigenthümliche Form vor, durch die vielleicht eine ganze Reihe neuer Formen erzielt werden kann. Die Randblüthchen besitzen verlängerte Röhrchen von heller, fast weisser Farbe und endigen mit einer verlängerten, am obern Ende spitz zugehenden Zunge. Die Farbe ist zwar rosa, aber durch zahlreiche kurze Striche von weisser Farbe unterbrochen. Andere durch Fortune eingeführte Sorten sind: Bronze dragon, grandiflorum, japonicum, laciniatum, Yellow dragon mit sehr langen Strahlenblüthchen von zeisiggelber Farbe, und striatum mit sehr grossen, schöngebauten Blüthenkörbchen, welche eine prächtige Karminfarbe, aber mit weissem Reflex, besitzen.

Die Gebrüder Cavagini in Brescia haben seit einigen Jahren eine Reihe von Verbenen mit bandartig-gestreiften, ziemlich grossen Blumen, die sich eben deshalb von den kleinblüthigen, aber regelmässig-gestreiften Maonetti- oder Elisabeth-Verbenen unterscheiden, in den Handel gebracht, die bei uns unter dem Namen der Italienischen Verbenen viel Anerkennung gefunden haben. Anfangs war bei den Blumen der Grund weiss und die Streifen hatten alle Nüancirungen des Roth; jetzt hat man aber auch hellere Farben des Roth und Violett als Grundfarben und die Streifen sind nur dunkeler. Im 15. Bande der Flore des serres (tab. 1536 und 1537) sind die schönsten Formen bildlich dargestellt.

Ueber die Portulak-Röschen, von denen auf der 1562. Tafel eine schöne Auswahl abgebildet ist, und welche von dem Kunst- und Handelsgärtner Deegen in Köstritz bei Gera gezogen und in's

Leben gerufen wurden, haben wir mehrmals schon gesprochen.

Durch die Einführung des Mimulus cupreus hat man von Neuem den Gauklerblumen, welche bis dahin schon eine grosse Vollkommenheit erreicht hatten, seine Aufmerksamkeit zugewendet. Auf der 1557. Tafel befinden sich Blumen mit vorzüglichen Zeichnungen abgebildet, auf die wir aufmerksam machen wollen. Der Obergärtner Burvenich im van Houtte'schen Etablissement hat zu diesem Zwecke die Blumen des Mimulus quinquevulnerus befruchtet, während bei den frühern Sorten von Henderson & Sohn, M. W. Bull und V. Lemoine man umgekehrt, durch Befruchtung des M. cupreus mit dem Blumenstaube des M. quinquevulnerus verfahren war.

Auch von den krautartigen Calceolarien hat man in Belgien, hauptsächlich durch Constant de Bruycker wunderschöne Sorten erhalten, die sich durch besonders grosse und marmorirte Blumen auszeichnen. Eine Reihe derselben hat van Houtte auf der 1554. Tafel abbilden lassen.

Die Ringel- oder Kokarden-Astern, von denen wir auf der 1504. Tafel einige sehen, scheinen allmählig eine grössere Vollkommenheit zu erhalten, denn man sieht sie jetzt wiederum viel häufiger. Ursache mag sein, dass sie konstanter sich erhalten und mannigfaltiger werden.

Als Helianthus californicus insignis ist auf der 1517. Tafel eine Sonnenblume, ausser der grünen Mitte mit durchaus kurzen Strahlenblüthchen von goldgelber Farbe besetzt, abgebildet. Sie wurde deshalb, wie wir früher mitgetheilt haben, von Otto in Hamburg mit dem Beinamen „centrochlorus" unterschieden. Auch sie verliert sich allmählig wieder in den Gärten.

Weiter wenden wir uns einer Alpenpflanze und einigen Blüthensträuchern zu. Primula minima L. wächst auf den Alpen Tyrols und überhaupt des österreichischen Kaiserstaats, sowie der südöstlichen Schweiz, und findet sich hier und da in Sammlungen von Alpenpflanzen in botanischen Gärten vor. Bei Liebhabern haben wir sie noch nicht gesehen, so werthvoll sie auch ist.

Zu den schönsten buntblättrigen Gehölzen, die besonders durch v. Siebold aus Japan eingeführt sind, gehört auch der bereits hinlänglich bekannte bunte rothe Ahorn, der meist als Acer japonicum atropurpureum in den Gärten vorkommt. Wie wir von unserem spitzblättrigen Ahorn (Acer platanoides) hinsichtlich der Blattform mehre Abarten besitzen, so ist dasselbe auch mit einer japanischen Art der Fall, welche Zuccarini deshalb den vielgestaltigen Ahorn (Acer polymorphum) nennt. Thunberg hat mehre der Abarten als besondere Arten beschrieben. Eine derselben führt auch den Namen dissectum, darf aber nicht mit der gleichnamigen Abart, welche zum obigen Acer platanoides gehört, verwechselt werden. Von ihr hat man wiederum eine Abart, wo die Blattabschnitte rosafarbige Ränder haben. Diese nun ist auf der 1566. Tafel abgebildet.

Maximowiczia chinensis Rupr. (tab. 1594) heisst eine interessante rankende Schizandracee, die der russische Reisende Maximowicz im nördlichen China entdeckte und einer Kadsura, zu denen sie früher auch gerechnet wurde, am Nächsten steht. Aus den breit-elliptischen und gekerbten Blättern, welche meist am Ende der Zweige etwas gedrängt stehen, kommen die männlichen Blüthen von hellrother Farbe einzeln oder die weiblichen in Aehren hervor. Beide sind überhängend. Einen besonderen Schmuck bildet die weibliche Pflanze mit ihren rothen Früchten.

Der gefüllte weisse-, sowie der gefüllte und einfache rothblühende Weissdorn (tab. 1509) gehören unstreitig zu den schönsten Blüthensträuchern, die wir besitzen, und sind namentlich als Einzelbäume im Frühjahre in unseren Anlagen durch nichts Anderes zu ersetzen. Wir übergehen übrigens eine nähere Beschreibung, da wir sie als hinlänglich bekannt voraussetzen können.

Prunus triloba Lindl. (tab. 1532) ist in der That ein schöner Blüthenstrauch, der sich auch treiben lässt. Ueber ihn ist bereits ausführlich gesprochen (6. Jahrg. S. 197). Ebenso haben wir auch früher schon die Gelegenheit benutzt, um nach Mittheilungen in Flore des serres über die japanische Malus floribunda Sieb. eine vollständige Beschreibung zu geben (8. Jahrg. S. 39). In Flore des serres ist auf der 1585. Tafel ein Blüthenzweig in natürlicher Grösse abgebildet, während auf den beiden folgenden Doppeltafeln Miniatur-Darstellungen der ganzen Bäume in Blüthenknospen und in vollständig entwickelten und ausgebildeten Blüthen gegeben sind.

Schliesslich gedenken wir noch der bei uns hinlänglich bekannten Araucaria imbricata Pav., dieser reizenden Konifere des südwestlichen Amerika. Von ihrer Schönheit hat man bei uns gar keinen Begriff, da sie sich weder in unseren Gewächshäusern, noch im Freien, wo sie im Winter einen gut gedeckten Kasten über sich haben muss, normal entwickeln kann. Etwas anderes ist es in Belgien, Frankreich und England, wo sie ohne Bedeckung im Freien aushält. Die Exemplare bei van Houtte in Gent und Leroy in Angers, von welchem letzteren sie alljährlich zu Tausenden nach wärmeren Ländern ausgeführt werden, lassen nichts zu wünschen übrig. Sie befinden sich zur Versendung gleich in Körben, wo diese dann ohne Nachtheil geschieht.

Entdeckt wurde diese Araukarie mit dachziegelförmig übereinander liegenden Blättern durch die Spanier im Jahre 1780, welche nach Bauholz suchten, um ihre Flotte auszubessern. 2 Jahre später fand sie auch der bekannte Botaniker Pavon und gab ihr den Namen. 1795 brachte Menzies, der die Vancouver'sche Expedition begleitete, Samen nach Europa und zwar zunächst zu Banks, der auch dem botanischen Garten in Kew Sämlinge mittheilte. Erst 1808 machte man jenseits des Kanals Versuche, die Araukarie im Freien zu kultiviren, was auch gelang.

Auf der 1577. Doppeltafel ist die ganze Pflanze in Miniatur dargestellt, wie sie in einem Exemplare im van Houtte'schen Etablissement vorhanden ist. Die nächste Doppeltafel gibt dagegen die Darstellung eines Zapfens.

Ein Viktoriahaus.

Wir sind keineswegs ein Freund der Viktoria regia als Liebhaber. Für Pflanzenkenner mag sie bleibendes Interesse darbieten; wer aber dieses nicht ist und mehr auf ästhetischen Werth sieht, wird zufrieden sein, wenn er ein oder auch einige Mal diese Riesenblume gesehen hat, dafür aber lieber andere Wasserpflanzen kultiviren, die lieblicher und dem Auge angenehmer sind. Unserer Ansicht nach hat die Viktoria den grossen Vortheil gebracht, auf Wasserpflanzen aufmerksam gemacht zu haben.

Wir sahen in diesen Tagen zu Flottbeck bei Altona, in der Handelsgärtnerei von James Booth & Söhne, ein Viktoriahaus von besonderer Schönheit. Das Haus war nicht gross, auch keineswegs besonders gebaut, im Gegentheil erschien es uns einfach, aber eben deshalb in seinem Inhalte reizend, wie wir es kaum wo anders gesehen. Nymphäen schwammen auf dem Wasser und steckten ihre blauen, weissen und rothen Blüthen empor. Nelumbien-Blätter ragten hoch heraus und zwischen ihnen schaukelten sich die grossen, rosafarbigen Blüthen auf schlanken Stielen. In der Mitte standen buntblättrige Cyperus alternifolius, mehr weiss, als grün, während auf dem erhöhten Rande Kaladien und Xanthosomen in verschiedenfarbigem Grün aufgestellt waren. Nur hier und da unterbrach eine Stecklingspflanze des Cyanophyllum magnificum in seltener Schönheit das einfarbige Grün. Das feuchte Klima schien ihnen sehr gut zu bekommen, denn die grüne Farbe der Ober- und das Braun der Unterfläche trat um so mehr im Gegensatze zu einander hervor.

Was aber besonderen Reiz zu verleihen schien, waren Ampelpflanzen mit Achimenes, welche erstere von oben herunterhingen, während die letztern zum Theil über den Rand der Gefässe übergebogen waren. Blüthen und Blätter waren zwar gedrängt, ersetzten sich aber gegenseitig in scheinbarem Durcheinanderwachsen. Es versäume demnach Niemand, der nach Flottbeck kommt, auch das Viktoriahaus bei James Booth & Söhne zu schauen; er wird sicher Genuss haben.

Verlag von Karl Wiegandt in Berlin,
Koch-Strasse No. 22.

Druck der C. Feister'schen Buchdruckerei (L. Mewes),
Berlin, Zieten-Platz No. 2.

Wochenschrift

des

Vereines zur Beförderung des Gartenbaues in den Königl. Preussischen Staaten

für

Gärtnerei und Pflanzenkunde.

Redakteur:

Professor Dr. Karl Koch,

General-Sekretair des Vereines.

No. 40. Berlin, den 7. Oktober. **1865.**

Preis des Jahrganges 5½ Thlr., sowohl bei Bezug durch den Buchhandel, als auch franco durch alle Post-Anstalten des deutsch-österreichischen Post-Vereines.

455. Versammlung des Vereines zur Beförderung des Gartenbaues,

am 27. September.

Inspektor Bouché bemerkte noch in Betreff der in der letzten Sitzung ausgestellten und in dem Bericht besprochenen Methonica-Arten, dass seiner Meinung nach Methonica Leopoldi ein Blendling der M. virescens oder Plantii und der M. superba sei. Ferner wünschte derselbe, nachträglich noch in der Wochenschrift aufzuführen, dass in Betreff des Anbaues aus südlicheren Gegenden stammender Futtergräser, welche bei uns schwierig reifen Samen ansetzen, man dieses dadurch befördere, dass man die Aussaat auf trockenen und dürren Boden mache, wie selbiger wohl allenthalben auf Gütern vorhanden sei. Es gelte dieses zunächst von dem aus Japan eingeführten Panicum esculentum, was übrigens in der Appendix zum Samen-Verzeichnisse des botanischen Gartens bereits beschrieben sei; auf gleiche Weise auch von mehrern Mais-Sorten.

Der Vorsitzende, Geh. Ober-Regierungsrath Knerk, theilte mit, dass in den letzten vergangenen Tagen nicht allein der Verein, sondern die Gärtnerei im Allgemeinen, einen herben Verlust erlitten habe: am 15. September sei der Königl. Hofgärtner auf dem Babelsberge, Ch. F. Kindermann, nach längerem Leiden gestorben. Derselbe habe, namentlich in den früheren Zeiten, wo er noch nicht so sehr in Anspruch genommen war, wie später, den regsten Antheil an allen Bestrebungen des Vereines genommen. Unter ihm seien die herrlichen Anlagen des Babelsberges entstanden und zu der Vollkommenheit gebracht, in der sie jetzt sich befinden. Es komme noch dazu, dass er ein liebenswürdiger Charakter gewesen und mit unerschütterlicher Treue an seinem königlichen Herrn gehangen. Eben deshalb fordere er die Anwesenden auf, das Andenken des Verstorbenen durch Erheben von den Sitzen zu ehren.

Von Seiten des landwirthschaftlichen Ministeriums war ein Schreiben mit Statuten einer Unterstützungskasse des Oberlausitzischen Gartenbau-Vereines in Görlitz eingegangen, in dem ausgesprochen ist, dass auch in Berlin etwas Aehnliches in's Leben gerufen werden möchte. Der Vorsitzende bemerkte, dass diese Unterstützungskasse weniger eine Versicherungs-Anstalt darstelle, wie die allgemeine, welche von Seiten des Erzgebirgischen Gartenbau-Vereines in Chemnitz beabsichtigt und von der bereits in der letzten Sitzung des Vereines gesprochen worden sei, sondern sie bezwecke vielmehr, Gärtnern, die in Noth seien oder Unglück gehabt haben, pekuniäre Hülfe zu ertheilen. Um die dazu nöthigen Mittel herbeizuschaffen, verpflichte man sich, jährliche Beiträge zu liefern, die ebenfalls von Nicht-Gärtnern, ohne dass diese aber ein Recht auf Unterstützung haben, gegeben werden können. Er ersuche den Obergärtner Boese, der bisher die Angelegenheit geleitet, dieselbe mit den übrigen Mitgliedern des früher schon zu einem gleichen Zwecke ernannten Ausschusses einer Berathung zu unterziehen und die Resultate mitzutheilen.

Inspektor Bouché berichtete über die ausgestellten Pflanzen, welche dieses Mal aus 4 Gärten stammten. Obergärtner Neumann hatte aus dem Garten des Kommerzienrathes Ravené gefüllte Petunien in vorzüglicher Kultur und Schönheit ausgestellt. Es waren neue belgische Sorten, die Empfehlung verdienen; vor Allem galt dieses von Beauté des parterres, Madame Lambert, Henry Demay und Louis de Smeet. Nächstdem verdankte man dem Obergärtner Boese aus dem Garten des Kommerzienrathes Reichenheim eine grosse Schaupflanze der zwar schon oft, aber noch nicht in diesem Umfange gesehenen Phyllagathis rotundifolia, sowie eine schön gezogene Sonerila margaritacea und 2 Orchideen, von denen Zygopetalum maxillare zwar ebenfalls schon längst bekannt sei, aber immer schön bleibe, während Trichocentrum albococcineum, eine Vandee, bis jetzt noch nicht auf unseren Ausstellungen gesehen wurde.

Auch der Rittergutsbesitzer Reichenheim hatte durch den Obergärtner Kraus 2 Orchideen ausgestellt, von denen die eine, Cattleya superba, bereits zum zweiten Male auf unseren Ausstellungen gesehen wurde. Die schönen violetten Blüthen ähneln, wie die ganze Pflanze, der Laelia praestans ungemein und sind mit dieser kleiner, als die der meisten anderen Arten beider Geschlechter. Die zweite Orchidee war die ebenfalls schon mehrmals auf unseren Ausstellungen gesehene Renanthera oder Vanda Lowii mit ihren verschieden gefärbten Blüthen an einem und demselben Blüthenstengel. Es waren deren 2 vorhanden, die zusammen nicht weniger als 102 Blüthen besassen.

Die Sammlung des botanischen Gartens bestand aus 39 zum grössten Theil blühenden Pflanzen. Unter ihnen befand sich auch eine Gloxinia oder Salisia maculata als Schaupflanze mit einigen Fuss im Durchmesser, untadelhaft und reich an Blüthen. Unter den anderen Pflanzen machen wir noch auf Eurybia ramulosa aufmerksam. Es ist dieses eine kapische, strauchartige Asteree, mit kleinen weissen Blüthenkörbchen reich besetzt. Da sie schon als Steckling rasch blühe, so möchte sie eine gute Marktpflanze werden, zumal die Blüthen in später Herbstzeit erscheinen. Nächstdem kann Leptodactylon californicum als Beetpflanze nicht genug empfohlen werden, obwohl es etwas Pflege bedarf und besonders im Anfange empfindlich gegen Nässe ist. Seine grossen, rothen Blüthen entfalten sich den ganzen Sommer hindurch bis spät in den Herbst, wie man aus der Gruppe auf dem grossen Rasenstücke vor dem Palmenhause sehen kann. Schliesslich wurde auf ein weissblühendes Allium aufmerksam gemacht, was man der ostasiatischen Expedition verdanke. Seine Zwiebel wird in Japan gegessen.

Der Geh. Ober-Regierungsrath Knerk theilte mit, dass ein Theil des Vorstandes, sowie des Ausschusses des deutschen Pomologen-Vereines, in Erfurt während der Tage des dortigen Kongresses eine Sitzung gehalten habe, zu der er auch aufgefordert worden sei, leider aber nicht habe theilnehmen können. Dagegen hätten der Geh. Ober-Regierungsrath Heyder und Professor Koch derselben beigewohnt. Unter Anderem sei auch, da bereits mit nächstem Jahre das Triennium, d. h. die Zeit von 3 Jahren, welche zwischen den einzelnen Versammlungen liegen solle, ablaufen würde, der Beschluss gefasst worden, den Verein zur Beförderung des Gartenbaues zu Berlin, dem in Görlitz die Zusammenberufung auch der 5. allgemeinen deutschen Versammlung übertragen war, zu ersuchen, für nächstes Jahr die Versammlung, und zwar nach Reutlingen, auszuschreiben. Professor Koch sei speziell beauftragt, hierüber dem Vereine eine Vorlage zu machen; er fordere diesen deshalb auf, sich des Mandates zu entledigen.

Professor Koch ging zunächst auf das Geschichtliche der deutschen Pomologen-Versammlungen ein. Der Verein zur Beförderung des Gartenbaues habe das grosse Verdienst, zuerst auf die Nothwendigkeit solcher mit Ausstellungen verbundener Versammlungen hingewiesen und die erste vor nun bereits 12 Jahren in's Leben gerufen zu haben. Erst 3 Jahre später sei man in Frankreich nachgefolgt. Durch ganz Deutschland sei man auf das Freudigste dem Rufe gefolgt und habe seine Dankbarkeit dem Vereine eben dadurch ausgesprochen, dass man ihm stets mit dem Schlusse der einen Versammlung das Mandat übertragen habe, die nächste Versammlung von Neuem zu berufen. So liege jetzt dem Vereine ob, da die Zeit der Berufung mit nächstem Jahre herankomme, dieses nun auch zu thun.

Es war gleich anfangs die Absicht, es möchten alle Länder und Provinzen Deutschlands allmählig des Vortheils, in einer ihrer Städte eine Versammlung zu haben, theilhaftig werden, und zwar in der Weise, dass die Versammlungen das eine Mal im Norden, das andere Mal im Süden tagen. Bis jetzt war dieser Grundsatz noch nicht zur Ausführung gebracht worden, weil man es zur Konsolidirung und der Kosten halber für nothwendig gehalten hatte, die Versammlung zunächst nach preussischen Städten, wo grössere Hülfsmittel geboten wurden und von Seiten der Behörden mehr Unterstützung zu erwarten war, auszuschreiben. Doch hatte man bereits in einer nicht-preussischen Stadt, in Gotha, getagt, weil man daselbst dem Vereine ebenfalls schon bei den Vorbereitungen auf alle mögliche Weise entgegengekommen war.

Unterdess haben sich die Verhältnisse auch im Süden besser gestaltet: man hat die Wichtigkeit der Pomologen-Versammlungen erkannt. Von Reutlingen ist bereits eine Einladung nach Görlitz gekommen, man möge das nächste Mal dort tagen; die deutschen Pomologen in Görlitz haben den Wunsch ausgesprochen, dass der Verein womöglich auf Reutlingen Rücksicht nehmen solle. Wir haben allen Grund, Reutlingen zu wählen, wie aus Nachfolgendem ersichtlich sei.

Schon während der 3. Versammlung in Berlin fühlten die Pomologen Deutschlands, welche sich mit grossen Opfern den Mühen und Arbeiten bei den Ausstellungen unterzogen hatten, die Nothwendigkeit eines engeren Anschlusses, auch ausserhalb der Ausstellungen. Zwar hatten sie sich durch die Herausgabe einer pomologischen Monatsschrift und später durch das Handbuch für Pomologie bereits mehr genähert: in Berlin kam aber die Zusammengehörigkeit der deutschen Pomologen zum vollsten Ausdrucke und wurde der deutsche pomologische Verein in's Leben gerufen. Es ist das 5. Jahr, seitdem er besteht. Er hat auch bereits eine Lebensfähigkeit an den Tag gelegt, welche zu Hoffnungen im Interesse der wissenschaftlichen Pomologie und des Obstbaues berechtigt. Die Zahl seiner Mitglieder beträgt über 400; ein Vorstand leitet seine Angelegenheiten und steht mit einem Ausschusse, dessen Mitglieder in allen Ländern und Provinzen Deutschlands verbreitet leben, in innigster Verbindung. Jährlich wird irgend ein den Obstbau betreffendes Werk den Mitgliedern übergeben. Viele Pomologen nehmen alljährlich den Vorstand, und vor Allem den Geschäftsführer, Inspektor Lucas in Reutlingen, mannigfach, namentlich mit Bestimmungen allerlei Obstes, in Anspruch; gern und willig wird den Wünschen nachgekommen, so sehr es auch die Zeit der einzelnen Mitglieder in Anspruch nimmt. Nicht unbedeutende Obstsammlungen werden auf diese Weise alljährlich aus den verschiedensten Gegenden Deutschlands hinsichtlich ihrer Nomenklatur berichtigt. Es ist ausser den Pomologen-Versammlungen innerhalb des pomologischen Vereines, wie hieraus zu ersehen ist, eine Thätigkeit vorhanden, die gewiss erfreulicher Natur ist; sie möchte keineswegs ausserhalb desselben so anerkannt sein, als es wünschenswerth ist. Bei allen ihren Arbeiten unterstützen sich die Mitglieder, besonders des Ausschusses, gegenseitig und befinden sich überhaupt beständig im regsten Verkehre.

Bereits hat der Verein am Sitze der Geschäftsführung eine Musterbaumschule auf seine Kosten errichtet und unterhält sie auch im Interesse der deutschen Obstzucht. Sorten zu prüfen, ist eine ihrer hauptsächlichsten Aufgaben. Die Vorbereitungen sind schon so weit getroffen, dass man im nächsten Jahre sich selbst von dem, was sie leistet und was sie ist, überzeugen kann.

Der pomologische Verein, hervorgegangen, wie gezeigt worden ist, aus einem inneren Bedürfnisse, welches die von dem Vereine zur Beförderung des Gartenbaues in Berlin in's Leben gerufenen Pomologen-Versammlungen zum Bewusstsein brachten, wünscht auch ferner mit diesem gemeinschaftlich Obstbau und Pomologie zu fördern, überhaupt mit ihm Hand in Hand zu gehen. Im nächsten Jahre ist die Zeit abgelaufen, welche zwischen je 2 Versammlungen liegen soll. So weit der Mensch im Voraus etwas zu bestimmen im Stande ist, so werden wir im nächsten Jahre eine gute Obst-Erndte zu erwarten haben. Der deutsche pomologische Verein ersucht daher den Berliner Verein laut seinem Mandate, die 5. Versammlung deutscher Pomologen und Obstzüchter für das nächste Jahr, und zwar nach Reutlingen, zusammenzuberufen. Wie er bis jetzt nach Kräften unterstützt hat, so wird er es sich auch dieses Mal angelegen sein lassen, mit dem Berliner Vereine vereint das Möglichste zu thun, um auch diese Versammlung zu einem guten Abschluss zu bringen.

Der pomologische Verein hat auch schon die Aufgaben der nächsten Versammlung einer nähern Berathung unterworfen und erlaubt sich, seine Ansichten zur weiteren Kenntniss des Berliner Vereines zu bringen. Bis jetzt glaubte man, durch möglichst umfassende Ausstellungen von Obst aus allen Gegenden auf die Bedeutung des Obstbaues hinweisen und Liebe erwecken zu müssen, wenn auch andrerseits grade diese Massen von Obst dem wissenschaftlichen Pomologen Gelegenheit gaben, die einzelnen, unter verschiedenen Himmelsstrichen gewachsenen Früchte in ihren Form-Verschiedenheiten genauer kennen zu lernen. Man hat ferner die Obstsorten festgestellt, welche sich zum allgemeinen Anbau eignen. Durch das Verlangen vieler Aussteller, die Namen ihrer Sammlungen berichtigt zu erhalten, wurde aber den Pomologen die meiste Zeit für ihre eigentlichen Studien und zum Ausbau einer wissenschaftlichen Pomologie und eines rationellen Obstbaues geraubt.

Es möchte deshalb nun Zeit sein, auch hieran zu denken, und zwar um so mehr, als bei der jetzt allgemein herrschenden Liebe zum Obstbau die Anregung nicht mehr so nothwendig ist, als früher. Der pomologische Verein hat sich ferner vorgenommen, ein wissenschaftliches Werk über Pomologie, würdig der deutschen Wissenschaft überhaupt, mit dem Jahre 1870 zu beginnen. Die tüchtigsten Männer der Theorie und Praxis in Deutschland haben ihre Theilnahme und ihre Unterstützung zugesagt und bereits auch zum Theil sich in die verschiedenen Fächer getheilt. Es liegen aber auch eine Menge Vorarbeiten vor, welche zum grossen Theil auf der nächsten und auf der darauf folgenden Pomologen-Versammlung zur Sprache kommen sollen. Dazu ist aber mehr Ruhe nothwendig, als bisher gegeben wurde; die Zeit darf nicht zu sehr durch allgemeine Dinge, hauptsächlich durch Bestimmen von Sammlungen, zersplittert werden. In sofern möchte die nächste Pomologen-Versammlung im äusseren Ansehen eine etwas veränderte Gestalt gegen die früheren annehmen. Aus dieser Ursache ist es aber vor Allem nothwendig, dass ein Ausschuss von Seiten des Berliner Vereines erwählt wird, der mit einem anderen des pomologischen Vereines zusammentritt, um sich über die der nächsten Versammlung zu Grunde liegenden Prinzipien zu vereinigen und dann mit bestimmten Vorschlägen vorzugehen.

Für wissenschaftliche Studien ist ein kleiner Ort, wo man nicht zu sehr zerstreut wird, einem grossen vorzuziehen. Grade die Pomologen haben sich bei ihren Versammlungen vor vielen anderen der Art ausgezeichnet, dass sie verstanden, ihre Zeit zu benutzen, und zwar nur im Interesse des Obstbaues; sie wünschen auch, dass der nächsten Versammlung dieses gewährt werde. Reutlingen ist aber um so mehr dazu geeignet, als es der Geschäftsort des pomologischen Vereines ist, eine Muster-Baumschule besitzt und ausserdem von Seiten des dort befindlichen pomologischen Institutes Alles geschehen wird, um Erfolge zu erzielen.

Der Vorsitzende, Geh. Ober-Regierungsrath Knerk, glaubte im Interesse der Sache den Vorschlag machen zu müssen, zumal die heutige Versammlung grade von Seiten der Gärtner wenig besucht sei, den Antrag des Professor Koch mit seinen eben gegebenen Erörterungen durch die Wochenschrift zur weiteren Kenntniss, auch der auswärtigen Mitglieder, zu bringen und die Beschlussnahme bis zur nächsten Sitzung aufzuschieben. Es wurde beigestimmt und so wird erst in der nächsten Versammlung ein bestimmter Beschluss gefasst werden.

Professor Koch theilte mit, dass von Düren bei Aachen eine Sammlung schönen Obstes zur Bestimmung eingesendet sei; ausserdem habe der bekannte Obstzüchter Grégoire zu Jodoigne in Belgien ihm die Sammlung neuer Birnen, so weit selbige in Erfurt noch unberührt geblieben sei, zur Verfügung gestellt. In Folge dessen seien die Mitglieder des pomologischen Ausschusses am 23. September zu einer Sitzung zusammengetreten. Unter dem Obste aus Düren befanden sich unter Anderem schöne Exemplare der Birn: Josephine de Malines und dreierlei Aepfel, welche im Aeussern den Gravensteinern ähnlich sahen, aber auch hinsichtlich der Grösse den Rambouren sich näherten und ein hübsches Aussehen hatten. Sie führen in Düren den Namen „Früher, Sommer- und Später Ripp-Apfel," wahrscheinlich wegen der etwas hervortretenden Kanten. Die beiden, kaum verschiedenen ersten Sorten kamen auch der Beschreibung nach so ziemlich mit dem bereits von Diel beschriebenen Rippen-Apfel überein.

Einige der Grégoire'schen, noch nicht im Handel befindlichen Birnen wurden, da sie lagerreif waren, von Seiten des pomologischen Ausschusses untersucht und zum grossen Theil vorzüglich befunden. Es galt dieses namentlich von den schmelzenden Sorten, welche hinsichtlich des Geschmackes und des zarten, mit der Zunge leicht zu zerdrückenden Fleisches nichts zu wünschen übrig liessen. Bekanntlich aber richtete Grégoire bei der Züchtung sein Augenmerk hauptsächlich darauf, vorzügliche Wintersorten, an denen wir bekanntlich noch immer Mangel haben, heranzuziehen. Die meisten der Früchte, welche Professor Koch erhalten, scheinen erst im Winter lagerreif zu werden und lassen daher auch erst später eine Beurtheilung zu.

Kunst- und Handelsgärtner Lauche in Potsdam hatte ebenfalls einige Früchte zur Ansicht ausgestellt, welche er am Kordon gezogen hatte und die sich nicht minder durch schönes Aussehen und durch ihre Grösse auszeichneten. Unter ihnen befand sich auch die Englische Goldparmäne, welche ausnahmsweise von oben nach unten zusammengedrückt erschien, der Gravensteiner und die Duchesse d'Angoulême.

Inspektor Bouché legte eine Reihe von aus Stecklingen erzogenen Eriken vor, welche er in den verschiedenen Haideerde-Sorten, die in Folge des Aufrufes Professor Koch's im Frühjahre eingesendet worden waren, erzogen hatte. Derselbe wird eine besondere Abhandlung über diesen Gegenstand zum Drucke in der Wochenschrift übergeben.

Rentier Danneel machte Mittheilungen über eine besondere Krankheit, welche er hauptsächlich bei Feigen und bei dem Kernobste gemacht hatte, und legte betreffende Exemplare vor. Die Krankheit bestand in einem Grau- und Unansehnlichwerden der einen nach aussen liegenden Seite der Frucht, welches sich sogar oft bis zur Fäulniss steigerte, während die entgegengesetzte Seite ihre grüne Farbe beibehielt. Nach Professor Koch sei diese Krankheit echter Sonnenstich, der wohl noch in keinem Jahre so vielseitig aufgetreten sei, als in diesem verhältnissmässig sehr heissen Sommer.

Er habe sie ebenfalls an vielen Orten beobachtet. Wo man zeitig die Früchte zugedeckt habe, wären auch die Folgen des Sonnenstiches nicht weiter zur Entwickelung gekommen.

Der Vorsitzende ernannte einen Ausschuss, der den Entwurf eines Programmes für die nächste Fest-Ausstellung im Jahre 1866 berathen und vorlegen sollte, bestehend aus dem

Geh. Ober-Regierungsrath Heyder (Vorsitzender),
Obergärtner Boese,
Garten-Inspektor Bouché,
Hofgärtner Brasch,
Rentier Danneel,
Kunst- und Handelsgärtner Forkert,
Obergärtner Gaerdt,
Kunst- und Handelsgärtner Hoffmann,
Obergärtner Kraus,
Kunst- und Handelsgärtner Lackner,
Kunst- und Handelsgärtner L. Mathieu,
Kunst- und Handelsgärtner Ostwaldt,
Obergärtner Pasewaldt,
Obergärtner Reinecke,
Universitätsgärtner Sauer,
Kunst- und Handelsgärtner Späth.

Inspektor Bouché legte einige Stöcke der Schiebler'schen Viktoria-Kartoffel mit den daranhängenden Knollen vor und empfahl die Sorte zum weiteren Anbau. Die Knollen befinden sich in grosser Menge dicht am Stocke und können daher mit leichter Mühe herausgenommen werden. Trotz der Grösse scheinen sie mehlig zu sein und als Speise-Kartoffeln vorzüglich. Weiter übergab Inspektor Bouché einen Blüthenzweig vom Flieder mit der Bemerkung, dass in diesem abnormen Sommer viele Sträucher zum zweiten Male geblüht hätten, wo es sonst nur selten der Fall sei. Es gelte dieses besonders noch von dem Bohnenbaum und von dem Schneeball.

Professor Koch machte darauf aufmerksam, dass die Palme, welche bis vor Kurzem im Borsig'schen Palmenhause als Unicum, und zwar in seltener Schönheit, vorhanden gewesen sei und nun, wo man die Früchte kennen gelernt, den Namen Phoenicophorium (früher Astrocaryum) Borsigianum erhalten habe, in kleinen Pflanzen zu dem Preise von 12 Thalern durch den Kunst- und Handelsgärtner Lauche in Potsdam zu beziehen sei und übergab ein Exemplar zur Ansicht. Louis van Houtte in Gent habe direkt aus dem Vaterlande, den Sechellen, Samen erhalten und eine Anzahl Pflanzen daraus erzogen.

Obergärtner Geduldig sprach über Polmaise-Heizung und legte die betreffenden Zeichnungen einer solchen, welche er in dem Garten des Woltersdorf'schen (füher Meysel'schen) Theaters angelegt habe, vor und empfahl dieselbe wegen ihrer leichten Ausführbarkeit und Wohlfeilheit. Derselbe wird in einer besonderen Abhandlung sich weiter aussprechen.

Schliesslich theilte der Vorsitzende mit, dass die Preisrichter zwar zunächst den Orchideen des Rittergutsbesitzers Reichenheim (Oberg. Kraus) den Preis zugesprochen hätten, sie aber nicht unterlassen könnten, auch die Petunien des Kommerzienrathes Ravené (Oberg. Neumann) rühmend zu erwähnen und zu bedauern, dass ihnen nicht ein zweiter Preis zur Verfügung stände.

Die
Pflanzen-, Blumen-, Gemüse- und Obst-Ausstellung
in den Tagen vom 9. bis 17. September
zu Erfurt.

(Fortsetzung.)

Von grösstem Interesse für Botaniker und Gärtner war die nächste Gruppe der Aroideen, welche der erste Gehülfe des Hofpflanzengartens zu Schönbrunn, Leopold Kellermann, ausgestellt hatte. Sie bestand aus 10, durch Kreuzung erhaltene Pflanzen. Der Gegenstand, um den es sich hier handelt, ist zu wichtig, als dass er nur oberflächlich beleuchtet werden könnte; er verdient eine eingehende Erörterung. Wir werden ihn deshalb in einer der nächsten Nummern zum Gegenstande einer besonderen Abhandlung machen.

Auf gleiche Weise nahmen die wenigen Pflanzen aus dem Grossherzoglichen botanischen Garten zu Karlsruhe, dem bekanntlich der Garten-Inspektor Meyer vorsteht, das Interesse der Männer der Praxis und der Wissenschaft nicht allein, sondern auch der Laien, in Anspruch. Die Gitterpflanze, Ouvirandra fenestralis, machte vor einigen Jahren, als sie eingeführt wurde, grosses Aufsehen; an vielen Orten wurde ihre Kultur versucht, aber nirgends wollte die Pflanze recht und lange gedeihen. So ist sie von Jahr zu Jahr wieder seltener geworden und man sieht sie nur an wenigen Orten. In Karlsruhe allein ist sie seit Jahren zu einem hohen Grade der Entwickelung gebracht; sie kam sogar daselbst zur Blüthe und ist auch jetzt noch, wie man aus dem vorliegenden Exemplare ersah, in vorzüglichem Kulturzustande. Da wir früher bereits eine ausführliche Monographie gegeben und der Besitzer ausserdem ihre Kultur-Methode in der Wochenschrift (1. Jahrg. S. 178 und 4. Jahrg. S. 148) veröffentlicht hat, übergehen wir alles Nähere.

Nächst dieser Gitterpflanze hatte der Inspektor

Meyer ebenfalls noch Exemplare der Fliegenfalle (Dionaea Muscipula) in einer Schönheit und Kultur-Vollkommenheit ausgestellt, wie sie noch nie auf einer Ausstellung vorhanden gewesen sein mögen. Von Alocasia cuprea, welche immer noch häufig mit A. metallica verwechselt wird, haben wir zwar schon einige Male Exemplare mit selbst grösseren und ebenfalls tadellosen Blättern gesehen, aber so gedrängt im Wachsthume und deshalb so wohlgefällig noch nicht. Dasselbe galt von der Gleichenia dicarpa und einigen anderen Pflanzen.

Würdig stand neben den Meyer'schen Pflanzen die bekannte Schaupflanze Nord-Amerika's, Sarracenia purpurea, unter einer Glasglocke mit zahlreichen und ebenfalls untadelhaften Blättern. Der Kunst- und Handelsgärtner Maak in Schönebeck bei Magdeburg hatte sie eingesendet.

Es folgte ein Sortiment von Cyclamen persicum des Kunst- und Handelsgärtners August Schmerbitz in Gohlis bei Leipzig, wo die einzelnen Exemplare sich durch schönes grünes Laub auszeichneten. Ein anderes Sortiment hatte der Kunst- und Handelsgärtner Alb. Lorbecher in Erfurt geliefert.

Wiederum erblickte man eine Sammlung interessanter und zugleich schöner Pflanzen, welche man vor einem Jahrzehend in den Gewächshäusern der reicheren Privaten noch sehr viel sah und welche deshalb auch mit grosser Sorgfalt gepflegt wurden. Man scheint sich jetzt an ihnen, wie an so vielem anderen Schönen, satt gesehen zu haben. Und doch sind Petolen und Sammetblätter (Anecochilus- und Physurus-Arten) reizende Erscheinungen, die nie der Vergessenheit anheim fallen sollten. Dass die Sammlung genannter Orchideen aus der Laurentius'schen Gärtnerei in der That gefiel, ersah man aus der grossen Menge von Zuschauern, welche fortwährend bei ihnen standen.

Nicht weniger galt dieses auch von der folgenden Gruppe aus demselben Garten-Etablissement. Diese bestand aus Warmhauspflanzen mit ursprünglich oder nur erst in Folge der Kunst bunten Blättern. Interessant waren die beiden Alokasien mit getigerten Blattstielen: A. zebrina und tigrina, von denen die letztere sich vielleicht von unserer A. variegata nicht unterscheidet; diese selbst möchte aber wiederum ebenfalls nichts weiter sein, als eine Abart der A. Boryi. Unter den übrigen Pflanzen nennen wir noch: Cissus amazonica, Chamaeranthemum Beyrichianum, Rhapis flagelliformis fol. arg. var. u. s. w.

Als Einzel-Exemplar stand an der Hinterwand der Giebelseite Kingia australis, eine baumartige Binse aus Neuholland. Die Laurentius'sche Gärtnerei in Leipzig hatte sie ebenfalls zur Verfügung gestellt. Diese Pflanze wächst in ihrem Vaterlande auf trockenen und dürren Stellen. Das vorhandene Exemplar hatte einen dicken, einige Fuss hohen und etwas gekrümmten Stamm mit einem grossen und 2 kleineren seitlichen Köpfen.

Auf beiden Seiten dieser Kingia standen Dracäneen, Ficus und andere für Zimmer bestimmte Blattpflanzen. Dergleichen Gruppen fanden sich auch an anderen Stellen; wir schliessen sie aber der Kürze halber hier gleich an. Eine solche verdankte man zunächst dem Kunst- und Handelsgärtner Römpler in Nancy. Dergleichen Pflanzen werden auch dort auf die Märkte gebracht, hauptsächlich aber nach Paris versendet. Von Berliner Gärtnern hatten E. de la Croix, Choné und Priem dergleichen eingesendet, wie sie zu Tausenden in den Blumenkellern, auch auf den Märkten, in noch grösserer Anzahl aber nach auswärts vertrieben werden. In Berlin wird die Anzucht solcher Pflanzen fabrikmässiger, als irgendwo, betrieben. Die einzelnen Exemplare, wie es ebenfalls in den Fabriken lebloser Gegenstände der Fall ist, gleichen sich in der Regel, wie ein Ei dem andern. Auch dem Kunst- und Handelsgärtner J. Andr. Häuser in Erfurt verdankte man eine gleiche Sammlung. Ebenso dem Hofgärtner Brasch in Monbijou (Berlin). Dergleichen Pflanzen werden auch zur Ausschmückung von Schlössern allgemein verwendet.

Von grösseren gemischten Gruppen, welche meist auf der rechten Seite der überbauten Halle standen, nahmen die von Fr. A. Haage den grössten Raum ein. Hier zog vor Allem eine grössere Anzahl blühender Exemplare des Lisianthus Russelianus (nicht Russellianus) die Blicke der Beschauenden auf sich. Sonderbar, dass diese reizende Gentianee, welche man in genannter Gärtnerei alle Jahre in grösster Blüthenfülle sehen kann, an anderen Orten so selten blühend gesehen wird. Wir hatten früher Fr. A. Haage ersucht, uns seine Kultur-Methode mitzutheilen; diese ist auch in der Wochenschrift (6. Jahrg. S. 276) abgedruckt, und doch ist und bleibt die Pflanze in den Gärten der Liebhaber selten. Nur der Merkwürdigkeit halber erwähnen wir ein Lilium giganteum, wo neben dem Stengel unmittelbar aus der Erde eine verkümmerte Blüthe hervorgekommen war.

Vorzüglich nahmen sich die buntblättrigen Pflanzen des Warmhauses aus derselben Gärtnerei aus. Reich waren unter ihnen die Aroideen und vor Allem die Kaladien vertreten; ihnen schlossen sich wohl alle Formen der Dracaena Terminalis rosea an, sowie eine Reihe von Marantaceen mit bunt-gezeichneten Blättern. Gesnera cannabarina und zebrina mit ihren sammetartigen Blättern waren ebenfalls in mehrern Formen vorhanden. Auch sah man die buntblättrigen Pteris-Arten, welche ebenfalls anfangen, seltener zu werden, wiederum einmal beisammen.

Ferner hatte Fr. A. Haage jun. noch 2 Gruppen ausgestellt, von denen die eine 25 Pflanzen in guter Kultur zur Ausschmückung der Fenster in den Zimmern, die andere hingegen 12 grosse Exemplare zur Dekoration der Zimmer selbst enthielt. Ob grade die buntblättrige Alocasia indica im Zimmer gut aushält, möchten wir bezweifeln, wohl aber können wir mit dem Aussteller die meisten Araliaceen, auch die grösseren Dracänen, mehre Musen, besonders die kleinere Musa ornata, welche fälschlich den Namen M. rosacea führt, Pandanus utilis und odoratissimus, sowie Latania borbonica, noch besser aber Rhapis flabelliformis empfehlen. Mehre der Pflanzen, die Fr. A. Haage nur für das Fenster bestimmt, gedeihen auch überhaupt im Zimmer, selbst da, wo wenig Licht vorhanden ist. Es gilt dieses ganz besonders von allen Monsteren, Scindapsus und Philodendren, denen sich übrigens auch die Anthurien anschliessen.

Die Gebrüder Villain hatten ausser der früher erwähnten noch eine zweite Gruppe ausgestellt, in der sich neben Gewächshauspflanzen im eigentlichen Sinne des Wortes, wie Pincenectien, Phrynien, Pandanen, Jacaranda mimosaefolia, Libonia floribunda u. s. w., noch eine Reihe verschiedener Blumen, wie Verbenen, Georginen, Pelargonien und andere mehr befanden. In der gemischten Gruppe von J. C. Schmidt waren nur gutgezogene Exemplare vorhanden; von besonderer Schönheit war aber eine Boehmeria argentea.

Auch Ernst Benary hatte noch 2 Gruppen ausgestellt. In der einen war ein grosses Exemplar des Elephantenfusses (Testudinaria Elephantipes), was eben seine unscheinlichen Blüthen entfalten wollte, benutzt, um eine Anzahl empfehlenswerther Gewächshauspflanzen darum zu gruppiren; unter diesen letzteren befanden sich auch einige hübsche und seltene Nepenthes-Arten, ferner Sphaerogyne latifolia, Alocasia zebrina, Dracaena robusta und Bertolonia pubescens. Ausserdem herrschten buntblättrige Pflanzen vor. Von diesen hatte aber Benary noch eine besondere Sammlung, welche wohl sämmtliche in der neueren und neuesten Zeit eingeführte Arten, vor Allem auch reizende Anecochilus enthielt, angelegt. Um die empfindlichen Pflanzen gegen Trockenheit der Luft und ebenso gegen den Staub zu schützen, waren sie von einem grossen Glaskasten bedeckt. Hier standen beständig viele Menschen, um die bunten Zeichnungen auf den grünen Blättern zu bewundern.

Als neue Pflanzen hatten Haage & Schmidt ausgestellt: die interessante chilenische Asphodelee Leucocoryne ixioides und die chinesische Papaveracee Macleya cordata. Gleiches Interesse bot ein Blendling der Myosotis azorica und sylvatica, der als Staude sich verhielt und das ganze Jahr hindurch blüht.

Der botanische Garten in Berlin hatte durch den Inspektor Bouché ebenfalls einige Beiträge zur Ausschmückung der grossen Pflanzenhalle zur Verfügung gestellt. Unter den daselbst befindlichen Pflanzen waren interessante Arten, so die Marsilea, von deren Früchten die letzten unglücklichen Reisenden in Neuholland eine Zeit lang ihr Leben gefristet haben, um schliesslich doch zu Grunde zu gehen, ferner Cephalotes follicularis in seltener Kultur-Vollkommenheit. Wir nennen ausserdem Carludovica Moritziana, eine sehr zu empfehlende Blattpflanze, gleich den übrigen Arten desselben Geschlechtes, Philodendron latipes und Wendlandi, die sich doch spezifisch von einander unterscheiden möchten, so nahe sie sich auch stehen, ferner eine noch näher zu bestimmende Homalomena aus Hinter-Indien, Puya Glymiana, die grünblättrige Form der Agave dealbata, welche von Jacobi A. dasylirioides genannt wurde, Hakea salisburyoides, die buntblättrige Form der Metrosideros robusta, endlich Pinus elegans, Montezumae u. a. m.

Eine zweite Gruppe desselben Institutes bestand aus Dickpflanzen, hauptsächlich Crassulaceen. Aus ihrer Zahl führen wir auf: Mesembrianthemum aloïdes, felinum, lupinum, scapiger und tigrinum, Sempervivum balsamiferum, cuneatum u. Webbii, Echeveria farinosa, Crassula linguaefolia, Cotyledon cristatus, Haworthia papillosa maxima und Mamillaria cornifera.

Ausgezeichnet war ferner die Sammlung von Cacteen, Aloinen und anderen Dickpflanzen, welche Fr. A. Haage auf einem Rasenstücke recht hübsch gruppirt hatte. Man fand hier eine grosse Zahl schöner und neuer Arten, welche hauptsächlich das Interesse der Kenner in Anspruch nahmen. Wir sind zu wenig mit ihrer Nomenklatur vertraut, um die vorzüglicheren mit Bestimmtheit herauszufinden. Doch wollen wir einige, welche durch Seltenheit oder Kultur sich auszeichneten, hier nennen: Cereus Funkeanus, Tonelianus, Echinocereus Dumesnelianus, Pilocereus fossulatus, Echinocactus Emoryi, polyraphis, Williamsi, Wisliceni, Mamillaria echinocactoides, Haageana var., Krameri, pretiosa, pachythele, raphidacantha, senilis, Opuntia Engelmanni, megalacantha, maculacantha, Aloë xanthacantha, Euphorbia ornithopus, Mesembrianthemum Loggerii, Youngeanum und Diostemon Hookeri.

Wir schliessen die Sammlungen von Agaven und Yukken an, welche der Kunst- und Handelsgärtner C. Cropp in Erfurt ausgestellt hatte. Beiderlei Pflanzen haben bei uns keineswegs die Liebhaber, wie besonders in Belgien, weniger schon in Frankreich.

Wir wollen zunächst noch einiger Schaupflanzen der Jühlke'schen Gärtnerei gedenken, welche auf dem in der Mitte des Tivoli-Theaters befindlichen Rasens aufgestellt waren. Die eine war eine sogenannte Mottenpflanze, Plectranthes fruticosus, die andere Leucophyta Brownei, eine dünnstengelige, aber sich sehr verästelnde Gnaphaliee von durchaus silbergrauem Ansehen. Das Exemplar war in einer breiten Pyramide von über 2 Fuss Höhe erzogen und nahm sich auf grünem Rasen reizend aus. Die dritte Schaupflanze war Sedum Fabaria, die vierte Eucalyptus Globulus, welche letztere zu Tausenden, meistens in Gruppen, in den Anlagen zu Paris verwendet wird.

Endlich gedenken wir noch einer ansehnlichen Bromeliacee mit langen, graugrünen und sehr stachlichen Blättern, welche wahrscheinlich dem zweifelhaften Geschlechte Hechtia oder den echten Bromelien zugezählt werden muss. Der botanische Garten in Berlin hatte sie geliefert.

Von Koniferen fanden sich 7 Sammlungen vor. Am reichsten waren die aus der Laurentius'schen Gärtnerei in Leipzig, sowohl diejenige, welche nur die neueren Arten enthielt, als auch die, welche aus vorzüglich kultivirten Exemplaren bekannter Arten bestand, vertreten. Abies lasiocarpa ist weniger bekannt und möchte vielleicht auch im Freien bei uns aushalten; sie ist eine der schönsten Weisstannen. Von der Araucaria brasiliensis war eine Abart mit dunkelgrünen und etwas hängenden Aesten vorhanden. Pseudolarix Kaempferi ist eine Lärche, wo die Schuppen der Zapfen nicht bleibend sind, wie bei den übrigen Arten, sondern abfallen; auch sie möchte bedeckt aushalten. Thuja Vervaeneana ist in der That schön.

Die Exemplare der neueren Koniferen waren leider noch sehr klein und liessen auch deshalb ihre Schönheit nicht erkennen. Interessant und zu empfehlen sind: Biota Zuccarinii, eine Abart der B. orientalis, Chamaecyparis pisifera aurea und argentea, Dammara hypoleuca, Podocarpus andina (Prumnopitys elegans) und Sciadopitys verticillata. Letztere ist bereits schon mehr verbreitet, verdient aber auch ihren Ruf.

Die Sammlung von Platz & Sohn war besonders reich an Araukarien, denen sich schöne Tannen anschlossen. Neu waren uns Pinus Albertus und compacta, ferner Thuja recurva nana. Besonders schön ist Thujopsis dolabrata und Liebhabern gar nicht genug zu empfehlen. Auch die Sammlung von Fr. A. Haage jun. enthielt eine Auswahl schöner Arten in gut kultivirten Exemplaren. Unter den Cypressen bemerkten wir auch Cypressus Schomburgkii und Kaempferii. Wir freuten uns, hier auch einige Frenelen zu finden, unbedingt die leichtesten Pflanzen unter den Cupressineen. Picea Schunkii ist eine eigenthümliche Form. Die Sammlungen von C. Cropp in Erfurt und Peter Schmidt & Co. in Hamburg waren kleiner und enthielten bekanntere Arten.

Die Gruppe des Kunst- und Handelsgärtners W. Döppleb enthielt eine Reihe der verschiedenartigsten Pflanzen in gut kultivirten Exemplaren, während die der Handelsgärtnerei von Moschkowitz & Söhne nur aus Begonien (Formen und Blendlinge) bestand. Es war die einzige Gruppe der Art.

Warmhauspflanzen hatte noch der Garten-Direktor Jühlke (Karl Appelius) in dem Tivoli-Theater des Vogel'schen Gartens ausgestellt. Sie befanden sich daselbst auf Gesimsen, welche an den Säulen angebracht waren. Zwar stellten sie nicht grosse Exemplare vor, aber gut gezüchtete. Unter ihnen fanden wir besonders hübsche Pflanzen der Ligeria barbata (Tapeinotes Carolinae), der Phyllagathis rotundifolia, verschiedener Cyanophyllen und Marantaceen, Alocasia cuprea u. s. w.

(Fortsetzung folgt.)

Berichtigung.

In dem Aufsatze: 2 Exemplare des Sadebaumes (Seite 288) ist aus Versehen bei der Angabe der Stärke der dort erwähnten Weihmuthskiefer und der kalifornischen Ceder anstatt Stamm-Umfang Stamm-Durchmesser gesagt worden (2. Spalte, Zeile 1 und 15). Es wird gebeten, dieses zu berichtigen.

Bericht der 4. Pomologen-Versammlung in Görlitz.

Da mehrseitig bei der Redaktion nach dem Berichte der 4. allgemeinen Versammlung deutscher Pomologen angefragt ist und nun die nächste Versammlung bevorsteht, machen wir bekannt, dass uns wiederum eine geringe Anzahl von Exemplaren für Mitglieder des Vereines zum Preise von 20 Sgr. zur Verfügung gestellt sind. Die Red.

Verlag von Karl Wiegandt in Berlin, Koch-Strasse No. 72.

Druck der C. Feister'schen Buchdruckerei (L. Mewes), Berlin, Zieten-Platz No. 2.

Wochenschrift

des

Vereines zur Beförderung des Gartenbaues in den Königl. Preussischen Staaten

für

Gärtnerei und Pflanzenkunde.

Redakteur:

Professor Dr. Karl Koch,

General-Sekretair des Vereines.

No. 41. Berlin, den 14. Oktober **1865.**

Preis des Jahrganges $5\frac{1}{4}$ Thlr., sowohl bei Bezug durch den Buchhandel, als auch franco durch alle Post-Anstalten des deutsch-österreichischen Post-Vereines.

Christoph Ferdinand Kindermann.

Eine biographische Skizze von Karl Koch.

Am 15. September ist ein Gärtner gestorben, der mit einer der neuesten und gelungensten Schöpfungen, mit dem Königlichen Sommer-Aufenthalte Babelsberg, im innigsten Zusammenhange steht. Sollte nicht schon deshalb das Leben Kindermann's Interesse im Allgemeinen, besonders aber für die Leser der Wochenschrift, in Anspruch nehmen? Die in Berlin lebenden Mitglieder des Vereines zur Beförderung des Gartenbaues haben den Verstorbenen mitten in seinem Wirkungskreise oft thätig gesehen; denjenigen von ihnen, welche aber an den jährlich mehrfach stattfindenden Exkursionen des Vereines Theil nahmen, war um so mehr Gelegenheit geboten, ihn näher kennen zu lernen, als er nicht selten zum Führer diente und dann mit Begeisterung auf die Schönheiten des reizenden Parkes aufmerksam machte, hier und da noch interessante Bemerkungen anknüpfend. Wer ihm näher stand, lernte auch die Vorzüge seines Herzens bald kennen und einen Charakter achten, deren man nicht viele findet. Wahrhaft rührend war es, wie er seinem Königlichen Herrn ergeben war und mit seltener Treue an ihm hing.

Christoph Ferdinand Kindermann ist der Sohn einfacher Bürgersleute aus Berlin, wo sein Vater Kaufmann war, und wurde am 6. September 1805 geboren. Schon in seiner ersten Jugend beschäftigte er sich gern mit Blumen und zog diese in Töpfen heran. Dieser angeborenen Neigung zu Folge gab ihn sein Vater in seinem 15. Lebensjahre dem damaligen Hofgärtner Brasch in Bellevue bei Berlin in die Lehre, wo er alsbald die Zufriedenheit seines Lehrherrn sich zu verschaffen wusste und deshalb schon nach 3 Jahren als Gehülfe in den Königlichen Garten zu Charlottenburg übersiedelte. Um sich auch wissenschaftlich auszubilden, arbeitete er hierauf eine Zeit lang im Königlichen botanischen Garten in Berlin und später in der Landesbaumschule bei Potsdam.

Die Verschönerungen bei Potsdam, welche schon unter Friedrich Wilhelm III. ihren Anfang genommen und von Lenné in's Leben gerufen wurden, führten Kindermann vorzugsweise der bildenden Gartenkunst zu. Hauptsächlich scheint aber sein $1\frac{1}{2}$-jähriger Aufenthalt in Schwetzingen bei Heidelberg, was unter dem damaligen Direktor Zeyher, einem Manne, der sich auch als Botaniker eines Rufes erfreute, blühte, auf seine spätere Lebensrichtung grossen Einfluss ausgeübt zu haben. Zeyher liebte den jungen, strebsamen Mann schon sehr bald und beschäftigte ihn nicht allein praktisch, indem er ihn mancherlei Arbeiten selbständig ausführen liess, sondern suchte ihn auch theoretisch auszubilden.

Das erste Bedürfniss eines Landschaftsgärtners, wie eines Landschaftsmalers, ist, die Natur genau kennen zu lernen, um ihre Schönheiten herauszufinden. Was wir in der Kunst thun und zusammensetzen, muss seine Stütze in der Natur selbst haben. Ausserhalb der Natur liegen nur Zerrbilder menschlicher Erfindung. Mit dem Stock in der Hand durchwanderte Kindermann, wie gesagt, nach 1½-jährigem Aufenthalte in Schwetzingen, die Schweiz, ging von da nach Ober-Italien, wo besonders die reizenden Ufer an den Seen lange Zeit seine Sinne gefangen hielten, wo aber auch manche bizarre Anlagen ihm zeigten, wie weit menschliche Verirrungen gerathen können.

In Tyrol fand er für seinen Geist neue Nahrung in der grossartigen Natur; in Wien aber, wo damals eine Reihe von Männern dem natürlichen Gartenstyle huldigten, wo aber auch geistreiche Nachahmungen von le Nôtre's Garten-Architektur vorhanden waren, wurde ihm reicher Stoff zu seiner weiteren gärtnerischen Ausbildung geboten. Mit Eifer hörte er zu gleicher Zeit botanische und mathematische Vorlesungen an der dortigen Universität, beschäftigte sich vielfach mit systematischen Studien, wozu ihm die damaligen reichen Pflanzenschätze Wien's genug Material darboten, und widmete sich schliesslich noch dem Gewächshausbau mit besonderer Liebe.

Noch einmal ergriff er den Wanderstab. Er ging nach Ungarn, besah daselbst mehre Gärten dortiger Magnaten, kehrte aber bald zurück, um sich die Donau aufwärts nach Salzburg zu begeben und hier einige Zeit zu verweilen. Da glaubte er denn endlich, dass es Zeit sein möchte, der Heimath wieder zu gedenken. So kehrte er im Jahre 1833 nach Berlin zurück.

Nochmals trat er als Gehülfe im botanischen Garten daselbst ein und machte darauf das Examen eines Obergehülfen. Damit wurde der General-Direktor Lenné auf den besonders befähigten jungen Mann aufmerksam und übertrug ihm die Ausführung eines Planes, der für die Anlage eines in der Nähe des Thiergartens befindlichen Grundstückes entworfen war. Mit Geschick entledigte er sich seines Auftrages. Es mag wohl dieser Umstand Veranlassung gegeben haben, dass er 1836 nach dem Babelsberge versetzt wurde.

Bereits im Jahre 1832 kam der Babelsberg in den Besitz des Königs, des damaligen Prinzen Wilhelms von Preussen. Wer zu jener Zeit ihn nicht gesehen hat, wird sich kaum einen Begriff davon machen können, in welchem traurigen Zustande die jetzt so reizende Besitzung sich damals befand. Es war ein Sandberg, wie man ihn noch hier und da in der Nähe findet, kümmerlich mit einigen Kiefern und Eichen bewachsen. Gegen 250 Morgen sind behufs der Gründung eines Sommersitzes des Königlichen Prinzen damals dem Forst-Departement entnommen worden.

Schinkel wurde beauftragt, den Plan zu einem Schlosse im sogenannten Tudor-Style, wie dieser in Schottland sich ausgebildet hat, zu entwerfen, und die Ausführung dem damaligen Hof-Bauinspektor Persius anvertraut. Der Bau begann im Jahre 1833 und im Herbste 1835 stand das Schloss fertig da. Keineswegs war es aber der ganze Prachtbau, wie er sich jetzt den Blicken darbietet, sondern das Schloss bestand damals nur aus dem kleineren östlichen Theile. Dem entsprechend waren auch die Anlagen nur bescheiden. Man beabsichtigte anfangs auch gar nicht, eine Königliche Residenz zu gründen, sondern wollte nur ein Cottage, einen einfachen, ländlichen Sommer-Aufenthalt für einen Königlichen Prinzen haben.

Im April 1836 kam, wie gesagt, Kindermann nach dem Babelsberge und verheirathete sich alsbald mit Julie Zill, der Tochter eines Potsdamer Kaufmannes. Seine Befähigung als Gärtner wurde auch hier anerkannt, so dass er bereits nach 1½ Jahren zum Hofgärtner ernannt wurde. Die Entwürfe zur ersten Ausführung machte der Garten-Direktor Lenné; unter seiner speziellen Leitung wurden auch die Arbeiten in Angriff genommen. Schon bald sah man ein, dass der damalige Umfang der Besitzung nicht zu einem Ganzen genügen konnte, zumal wo man bereits schon beabsichtigte, die Anlagen mit der Umgebung landschaftlich zu verbinden. Man musste sich arrondiren.

Vor Allem suchte man die an der Havelbucht gelegenen Privatgärten durch Ankauf zu gewinnen, um zunächst freie Hand bis an das Wasser zu erhalten; ausserdem wurden aber noch einige Forststücke zu dem Parke geschlagen. Die grösste Erweiterung geschah aber im Jahre 1840, indem die Baberts-Mühle, die da stand, wo jetzt der sogenannte Flatower Thurm erbaut ist, mit den dazugehörigen Grundstücken angekauft wurde. Auf diese Weise erhielt der Park nach und nach einen Flächeninhalt von ungefähr 400 Morgen.

Die ursprüngliche Trockenheit eines hauptsächlich aus Sand bestehenden Berges legte für die rasche Bepflanzung viele Schwierigkeiten in den Weg und machte die Anlegung von stets grünen Wiesen und Rasenstücken gradezu unmöglich, insofern nicht Anstalten zu künstlichen Bewässerungen getroffen wurden. Man hatte das letzte Privat-Grundstück am Wasser käuflich an sich gebracht; darauf erbaute man im Jahre 1842 eine Dampfmaschine, welche im nächsten Jahre schon fertig war und 1844 zur Bewässerung das nöthige Wasser schaffen konnte.

Das Jahr 1843 ist für den Babelsberg besonders wichtig, weil der Entschluss gefasst wurde, dem Sommer-Aufenthalte eine Gestaltung und eine Ausdehnung zu geben, würdig des erhabenen Besitzers.

Der geniale Fürst Pückler-Muskau wurde berufen, nicht allein die Zeichnungen zu entwerfen, sondern auch die Ausführung zu überwachen. Vor Allem erhielt das Schloss in den Jahren 1845 bis 1848 eine nicht unbedeutende Vergrösserung und damit auch den Umfang, den es jetzt besitzt. Im Jahre 1854 wurde bei Gelegenheit der Feier der silbernen Hochzeit der Königlichen Majestäten auch der Grundstein zur Erbauung des Flatower Thurmes gelegt. Erst nach 5 Jahren war dieser vollendet.

Wenige Anlagen sind wohl mit solcher Liebe und Sorgfalt nicht allein in's Leben gerufen, sondern auch durchgeführt worden, als der Babelsberg. Der hohe Besitzer verfolgte mit grösstem Interesse Alles, was geschah, und stellte jegliche Mittel, die zur Ausführung nöthig waren, zu Gebote. Fürst Pückler-Muskau darf sich rühmen, geniale Gedanken auf dem Babelsberge verwirklicht zu haben, die ihm allein schon seinen Ruhm gründen könnten. Er hat gezeigt, dass ein im fremden, wenn auch verwandtem, Lande entstandener Gartenstyl auf unserem heimathlichen Grund und Boden ebenfalls nicht allein naturwüchsig werden, sondern sogar Vollendung erhalten kann. Der leider zu früh verstorbene Hofgärtner Chr. Ferd. Kindermann hat aber das Verdienst, unter seinem Königlichen Herrn die genialen Gedanken des fürstlichen Gartenkünstlers zur Ausführung gebracht zu haben, wie wir sie jetzt sehen und wie wir an ihnen einen seltenen Genuss erhalten.

Wir bemerken noch, dass die Blumen-Parterre's und Arabesken vor dem Schlosse, wie sie früher waren, nach den Zeichnungen des Fürsten Pückler-Muskau ausgeführt wurden. Jährlich brauchte man nicht weniger als 8 — 10,000 Blumentöpfe. Seit 3 Jahren sind sie aber nach schottischem Muster vom Hofgärtner Kindermann selbst noch mehr mit dem Baustyle des Schlosses in Zusammenhang gebracht worden. Die Formen sind jedoch im Allgemeinen beibehalten.

Es möchte wohl von Interesse sein, den Babelsberg nicht allein in seiner jetzigen Gestalt zu beschreiben, sondern nicht weniger auch, die Gedanken, wie sie allmählig sich entwickelten und dann zur Ausführung gelangten, zu verfolgen und an dem Gegebenen selbst nachzuweisen. Doch dazu gehört, dass man sich selbst in den Künstler versenkt und mit ihm sich in Verbindung setzt; auch gehören tiefere Studien dazu, als wir gemacht haben. Wir überlassen es demnach einer sachverständigeren und gewandteren Feder. Noch ist der Babelsberg auch nicht abgeschlossen, denn kürzlich sind wiederum Ankäufe geschehen, die seine Grenzen bis dicht an die Häuser des Dorfes Nowawes erweitern und dieses selbst in unmittelbare Verbindung mit ihm bringen. Der Potsdam zugewendete Abfall des Berges (gegen 150 Morgen) wird somit in Kurzem auf diese Weise seinen öden Charakter verlieren und gleich dem Uebrigen eine freundliche Belaubung erhalten. Inmitten dieser Erweiterung sahen wir noch vor Kurzem den Königlichen Besitzer und bemerkten das hohe Interesse für die bereits getroffenen Anordnungen.

Doch wir kehren zu dem Verstorbenen zurück, der während seines Lebens allenthalben mit seltener Treue seinen Pflichten oblag. Er sorgte nicht allein für die Ausführung der Verschönerungen des Babelsberges, er war auch thätig für die Ausschmückung des Königlichen Palais in Berlin. Zu diesem Zwecke zog er stets eine Menge von Blumen heran, besonders für den Winter. Bei Feierlichkeiten leitete er oft die Arrangements und erzog zu diesem Zwecke hauptsächlich Hyazinthen, Maiblumen und Tulpen, aber auch andere Blumen. Seine Blumen-Pyramiden und Tafel-Aufsätze erfreuten sich eines besonderen Beifalls, und zwar um so mehr, als sie mannigfaltig waren. Wir erinnern uns noch einiger derselben, welche der Verstorbene, selbst erfreut über das gelungene Werk, uns zeigte und die auch in der That vorzüglich waren.

Im Jahre 1861 feierte der Verstorbene seine silberne Hochzeit. Dieses gab dem Königlichen Herrn Gelegenheit zur persönlichen Ueberreichung seines Bildnisses. Bald darauf erhielt er auch den Adlerorden. 1863 bezog er die neue Wohnung in der Nähe des Flatower Thurmes, die merkwürdiger Weise auf derselben Stelle steht, wo früher schon ein Vorfahr von ihm gewohnt hat. Diesem gehörte selbst das ganze Grundstück, wo jetzt das Wohnhaus steht und ein Blumen-, sowie Obstgarten eingerichtet ist.

In dem obern Theil des letzteren machte auch der jüngere Lepère aus Montreuil, der das Verdienst besitzt, der französischen feinern Obstzucht bei uns Eingang verschafft zu haben, Anlagen zur Erziehung feineren Obstes. Seit vorigem Jahre sind diese vollendet. Leider waren zu ihrem Gedeihen die traurigen Witterungs-Verhältnisse dieses Sommers nicht zuträglich; doch befinden sie sich trotzdem in einem möglichst erfreulichen Zustande.

Im Anfange des Monates Oktober vorigen Jahres bekam Hofgärtner Kindermann einen leichten Schlaganfall, der sich am 1. November wiederholte und nach 10 Tagen in verstärktem Masse zum dritten Male auftrat. Von jetzt an wurde sein Zustand bedenklich, obwohl er noch den Winter über sich aufrecht erhielt. Im Anfange dieses letzten Sommers trat aber eine totale Lähmung der rechten Seite ein, wobei sich die ersten Anfänge einer Gehirn-Erweichung einstellten. Diese verschlimmerte allmählig seinen Zustand und machte endlich am 15. September seinem thätigen Leben ein Ende, nachdem er kurz vorher sein 60. Lebensjahr erreicht hatte.

Der Hofgärtner Kindermann hinterlässt eine trauernde Wittwe und 5 Kinder. Von den 3 Söhnen haben die beiden ältesten sich dem Militärstande gewidmet und sind bereits Offiziere. Der jüngste, 22 Jahre alt, ist Gärtner und eben zum Königlichen Obergehülfen ernannt worden, um als solcher auf dem Babelsberge zu bleiben und die bereits entworfenen Pläne zur Ausführung zu bringen. Von den beiden Töchtern ist die eine an den Hofgärtner Giesler in Glienicke bei Potsdam, dem Sommer-Aufenthalte des Prinzen Karl von Preussen, verheirathet.

Die Pflanzen-, Blumen-, Gemüse- und Obst-Ausstellung in den Tagen vom 9. bis 17. September zu Erfurt.

(Fortsetzung.)

Wir haben zwar schon ein Paar Gruppen genannt, welche im freien Grunde standen, da diese sich den bis jetzt abgehandelten mehr anschlossen; wir lassen aber nun auch noch andere folgen. Jedoch bitten wir von vornherein um Nachsicht, wenn unser Bericht hier lückenhaft werden sollte; wir können versichern, dass wir in den 6 Tagen unseres Aufenthaltes Alles gethan haben, um uns möglichst gut zu orientiren. Es war aber zu viel, abgesehen davon, dass man nur am frühen Morgen mit Musse schauen konnte, da ausserdem die Menge der Besucher jede ruhige Besichtigung gradezu unmöglich machte.

Zunächst erwähnen wir 3 Gruppen des Blumenrohrs (Canna), von denen 2 die Gebrüder Born und die dritte Ernst Benary aufgestellt hatten. Die eine der ersteren war umfassender. Sie enthielt hauptsächlich wohl sämmtliche Sorten und Blendlinge, welche in neuerer Zeit in Frankreich gezüchtet wurden; Schade, dass die des botanischen Gartens in Berlin fehlten, zumal diese keineswegs den französischen an Schönheit nachstehen und jedenfalls schon weit früher existirten. Es ist nicht zu leugnen, dass dergleichen Gruppen von Blumenrohr im Freien, wenn man nicht versäumt, den Pflanzen eine gute Erde und vor Allem einen warmen Fuss zu geben, namentlich im Spätsommer und gegen den Herbst hin sich wunderschön ausnehmen. Dann wird der Schmuck auch noch durch die schönen rothen und gelben Blumen erhöht.

Wir kommen zu der Verwendung eines Rasenstückes, welches die Aufmerksamkeit, namentlich der Kenner, auf sich zog. Der Kunst- und Handelsgärtner F. C. Heinemann hatte das Material nicht allein dazu hergegeben, sondern auch die Zusammenstellung selbst übernommen. Das runde Rasenstück besass einen Durchmesser von gegen 36 Fuss. Die Mitte nahm eine Gruppe ein, wo um hohes, grünbraun-blättriges Blumenrohr ein Kranz von Wigandia caracassana gestellt war. Diesem folgte ein anderer von Lilium lanceolatum, natürlich in Blüthe, und endlich ein dritter von ebenfalls blühenden Scharlach-Pelargonien. Die Farben-Nuancirungen im Grün waren reizend; besonders gut nahmen sich die weissen und rosafarbigen Lilienblüthen gegen das Mattgrün der Wigandien aus.

Gegen den Rand hin zog sich im Rasenstück eine in Halbmonden sich ringsum schlängelnde, ungefähr 6 Zoll breite Linie. Sie war mit Lonicera brachypoda, welche den Boden vollständig deckte und mit ihren goldenen Adern auf den Blättern sehr in die Augen fiel, ausgefüllt. In den grösseren, nach aussen gerichteten Bogen der Halbmonde waren 6 kleinere runde Gruppen angebracht, von denen 2: Pelargonium Radula, ziemlich hoch, aber ohne Blüthe, in der Mitte und Gnaphalium lanatum ringsum enthielten. Bei 2 anderen befand sich Coleus Blumei var. bicolor in der Mitte und wurde von der buntblättrigen Abart des Pelargonium roseum umgeben. Bei den letzten 2 Gruppen war endlich die buntblättrige Abart des Coleus scutellarioides, welche auch als C. Meetianus in den Gärten ist, in der Mitte und ein weiss-umrandetes Pelargonium zonale ringsum aufgestellt. Diesen 6 Gruppen entsprechend waren in den etwas kleineren, nach innen zu geöffneten Bogen 6 ebenfalls kleinere Gruppen, aber nur mit der rothbraunen Iresine Herbstii (Achyranthes Verschaffeltii) bepflanzt, angebracht.

Auf einem anderen Rasenstücke befand sich, von derselben Hand zusammengestellt, wiederum eine Gruppe, welche nur Exemplare zum Auspflanzen in's Freie enthielt. Wir erlauben uns, auf einen Theil um so mehr aufmerksam zu machen, als uns hierüber eigene Erfahrungen vorliegen. Die verschiedenen Blumenrohr- oder Canna-Arten, resp. Formen, übergehen wir und bemerken nur, dass die alsbald aufzuführenden Pflanzen, besonders als Einzel-Exemplare ihre Schönheit am meisten entfalten: Cosmophyllum cacalifolium C. Koch, Senecio grandifolius Less. und Sartorii C. H. Schultz-Bip., welcher ersterer immer nur noch mit dem Gartennamen S. Ghiesbrechtii vorkommt, während der andere erst neuerdings festgestellt wurde; er stammt aus Mirador. Ferner Nicotiana wigandioides C.

Koch und eine Reihe südamerikanischer Solanum's, die wir zum grössten Theil in unserer Abhandlung über Blattpflanzen aus der Familie der Solanaceen früher (3. Jahrg. S. 381) besprochen haben.

Wir gehen zu Sammlungen buntblättriger Pflanzen, zu denen man in Erfurt auch graufilzige und silberweisse rechnet, über. Auch in dieser Hinsicht hatte F. C. Heinemann einen Beitrag geliefert. Artemisia argentea, Centaurea gymnocarpa und candidissima, sowie Gnaphalium lanatum, können nicht genug empfohlen werden. Ausserdem verdankte man noch Fr. A. Haage jun., sowie Platz & Sohn, dergleichen Pflanzen, und zwar in reichlicher Anzahl. Wir nennen natürlich nur die, welche uns noch gar nicht oder doch nur selten vorgekommen waren, und zwar aus der letzteren Sammlung: Carex japonica, Centaurea orchidea, Elymus maximus, Geranium anemonifolium, Ophiopogon Lapeyrousei, Salvia Salvatorii, Trifolium atropurpureum u. Viola odorata argenteo-variegata. Unter den Pflanzen von Fr. A. Haage jun. bemerkten wir dagegen buntblätterig: Rubus rosaeflorus, Agapanthus umbellatus, Camellia Sasanqua, Fuchsia Pillar of gold, Heliotropium aucubaefolium, Hedera canariensis marmorea, Myoporum crystallinum, Nerium aucubaefolium, Petunia hybrida und Scrophularia mellifera.

Haage & Schmidt hatten eine Sammlung von weissen oder silbergrauen Pflanzen, wie sie im Sommer zu Gruppen im Freien verwendet werden können und auch zum Theil aushalten, ausgestellt. Die Sammlung war in der That interessant.

Dieselben hatten ferner auch eine Gruppe echt buntblättriger Pflanzen ausgestellt, von denen wir Aquilegia Vervaeneana, Helianthus trachelifolius fol. pict., Phlox perennis tricolor und Stachys corsica nennen. Endlich verdankte man auch Moschkowitz & Söhne eine solche, und zwar ziemlich umfassende Gruppe, aus der wir noch aufführen wollen: Salvia bicolor, Hedera latifolia maculata, Hedera hibernica, Juncus conglomeratus, Rhododendron ponticum elegans, Pelargonium Mountain of snow und Lady Plymouth.

Sammlungen schön-blühender Stauden waren 3 vorhanden: von Ferd. Jühlke, Platz & Sohn und Haage & Schmidt; die letztere war die grösste und umfassendste. Es ist unbegreiflich, das die Stauden, welche noch vor einigen Jahrzehenden gehörig gewürdigt wurden, in neuester Zeit so sehr in den Hintergrund gestellt werden. Für grössere Gärten sind sie eigentlich unentbehrlich als Blatt- und Blüthenpflanzen. Es kommt noch dazu, dass sie am wenigsten Sorgfalt verlangen.

Sommergewächse werden bekanntlich in Erfurt, um Samen zu gewinnen, am meisten gezogen; ihre Zahl ist daher nicht unbedeutend; einige, die viel verlangt werden, wie Reseda, Silene pendula und andere mehr, nehmen deshalb auf Feldern grosse Strecken ein. Man darf sich deshalb nicht wundern, wenn Ernst Benary allein 500 Töpfe mit Sommerblumen, wobei allerdings auch, wie bei Nelken, Tropaeolum, Zinnien u. s. w., die Formen mitgezählt wurden, aufgestellt hatte. Nächst diesem hatten Ferd. Jühlke, Fr. A. Haage jun., Moschkowitz & Söhne, Platz & Sohn, Schmerbitz & Petersen, H. Döring & Sohn und V. Döppleb mehr oder weniger umfangreiche Sortimente aufgestellt.

Wir gehen zu den Florblumen und einigen Blüthensträuchern über, in sofern sie in Töpfen kultivirt wurden, und beginnen mit einigen des Warmhauses, mit Gloxinien und Achimenes. Von den letzteren hatte Fr. A. Haage eine Gruppe ausgestellt, die viel Schönes enthielt. Dasselbe galt nicht weniger von den Gloxinien, welche aus Samen gezogen waren; auch einige Tydäen befanden sich darunter. Ausserdem hatte aber noch der Obergärtner Wiedemann in Neustadt bei Magdeburg eine Sammlung aus Samen gezogener Gloxinien ausgestellt, welche ebenfalls nichts zu wünschen übrig liessen. An Schönheit und gutem Bau schlossen sie sich denen an, wie wir schon früher bei Gelegenheit von Berliner Ausstellungen von demselben Züchter gesehen hatten. Endlich verdankte man noch dem Hofgärtner Nietner in Schönhausen eine Sammlung selbst-gezüchteter Gloxinien.

Wir kommen zu einem Glanzpunkte der Ausstellung, zu den Gladiolus des Pariser Gärtners Loise. Schon im vorigen Jahre hatten wir das Vergnügen, diese Florblumen von demselben Züchter während einer Ausstellung des Gartenbau-Vereines in Paris zu sehen; es wurde uns selbst die Ehre zu Theil, dem Hauptzüchter der Gladiolus in Frankreich eine Medaille als Preis zu überreichen. Wenn wir auch bisher Gladiolus in den Gärten unserer Liebhaber fanden, so aber doch nicht in der Menge und im Allgemeinen nicht in der Vollkommenheit, wie es in den beiden Nachbarländern jenseits des Rheines der Fall ist. Möchten die wunderschönen Gladiolus, wie Loise sie in einer so grossen Anzahl eingesendet hatte, nun auch bei uns mehr verbreitet werden, und zwar in solchen reizenden Sorten, wie wir dergleichen in den Tagen vom 9. bis 17. September in Erfurt gesehen. Wir bemerken noch, dass die Blüthenstengel, abgeschnitten, in mit Wasser gefüllten und gut geschlossenen Glasflaschen den weiten Weg von Paris nach Erfurt gemacht und trotzdem selbst noch am letzten Tage nur wenig von ihrer Frische verloren hatten.

Eine hübsche Sammlung von Gladiolus, und

zwar in Töpfen und zu einer Gruppe im freien Lande vereinigt, hatte auch der Kunst- und Handelsgärtner J. W. Wendel ausgestellt.

Pentstemon's gehören bei uns jetzt zu den beliebtesten Florblumen des freien Landes für die bessere Jahreszeit, seitdem die Zahl der Sorten je nach den verschiedenen Farben eine so ansehnliche geworden ist. Kunst- und Handelsgärtner F. C. Heinemann hatte eine grössere Anzahl zu einer Gruppe vereinigt.

Die strauchartigen Calceolarien haben in mancher Hinsicht den Vorzug vor den sonst in den Farben brillanteren krautartigen: die einzelnen Sorten können erhalten werden und blühen die ganze gute Zeit im Freien in reichlicher Fülle. Für sie und die vorhergehenden, sowie für mehre der folgenden Blüthensträucher hatte man besonders eine bedeckte Halle gebaut, in der sie auf beiden Seiten auf langen Tafeln standen.

Es war dieses zunächst auch mit den Lantanen und Heliotropien der Fall, von denen 4 Gruppen vorhanden waren. Die grösste verdankte man dem Kunst- und Handelsgärtner F. C. Heinemann. Besonders waren es hier die Lantanen, welche mit ihren grossen, in allen Farben des Weiss, Gelb, Roth und Violett spielenden Blüthen allgemeinen Beifall erndteten. Wir empfehlen diese den ganzen Sommer hindurch blühenden Blüthensträucher besonders zu Gruppen im Freien, wo sie üppig wachsen und gedeihen. Die Farben der Blüthen treten um so mehr hervor, als sie vom dunkelen Grün der Blätter umgeben sind. Andere hübsche Gruppen von Lantanen hatten ausserdem die Kunst- und Handelsgärtner Herm. Thalacker, V. Döppleb und Herm. Wendel geliefert.

Fuchsien erschienen im Allgemeinen in diesem Jahre nicht so schön, als in anderen; aber dennoch waren 3 Sammlungen vorhanden, welchen man die ungünstige Witterung des Jahres wenig ansah. V. Döppleb, F. C. Heinemann und Fr. Harms, letzterer in Eimsbüttel bei Hamburg, hatten sie geliefert.

Von besonderer Schönheit und zum Theil in echten Schauexemplaren waren ferner Scharlach- und buntblättrige Pelargonien. So viel auch diese südafrikanischen Pflanzen jetzt bei uns Anwendung finden, so geschieht es doch immer noch nicht in der Weise, wie in Frankreich, wo oft die grossartigsten Gruppen auf den freien Plätzen oder in den öffentlichen Gärten, wie in dem des Luxemburg, angebracht sind. Beiderlei Pelargonien bieten allein schon eine grosse Mannigfaltigkeit dar und geben die Mittel zu allerhand Verwendungen. Hier in's Einzelne zu gehen, verbietet uns Zeit und Raum; wir behalten es uns aber vor, den Gegenstand einmal zu einer besonderen Abhandlung zu machen.

Nicht weniger als 11 Sammlungen von Pelargonien waren vorhanden. Die Preisrichter mögen Mühe gehabt haben, hier zur endlichen Entscheidung zu gelangen; und diese ist sicher nicht mit Einstimmigkeit erfolgt. Ferd. Jühlke (Firma K. Appelius) hatte die neueren und neuesten aus England und Frankreich bezogen und sie zu einer Gruppe vereinigt. Es vermochte das Auge nicht lange auf den feurigen Blumen zu ruhen. Wir haben schon früher bei Gelegenheit einer Versammlung des Vereines zu Berlin der Jühlke'schen Pelargonien gedacht; was wir daselbst gesagt, gilt in noch höherem Grade hier. Wiederum war es auch F. C. Heinemann, der ebenfalls mit Preiswürdigem in die Schranken trat. Er hatte eine Gruppe buntblättriger und eine Gruppe Scharlach-Pelargonien besonders ausgestellt.

Nächstdem zog die grosse Sammlung buntblättriger Pelargonien des Kunst- und Handelsgärtners Heubner in Plauen die Aufmerksamkeit der zahlreichen Besucher auf sich. Ausserdem hatten ebenfalls F. W. Wendel und Platz & Sohn jeder sich mit 2 Sammlungen, sowie Louis Feldhügel in Langensalza und Karl Günther in Charlottenburg bei Berlin, betheiligt. Noch besonders aufgeführt zu werden verdient eine dritte Sammlung von F. W. Wendel, da sie aus 12 schönen und kräftigen Exemplaren gefüllter Scharlach-Pelargonien bestand. Endlich gedenken wir noch der Sammlung von Fançy- und Diadem-Pelargonien, welche Fr. A. Haage jun. ausgestellt hatte.

Trotz der späten Jahreszeit waren auch hübsche Rosen in Töpfen vorhanden und trugen ebenfalls zur Verschönerung des Ganzen bei. Bernh. Thalacker hatte die eine Sammlung und Drinkmann die beiden anderen geliefert. Hübsch nahmen sich auch die 12 auf Solanum Pseudo-Capsicum veredelten Exemplare des Solanum Capsicastrum aus. Da der Strauch im Zimmer gut gedeiht, so ist er um so mehr zu empfehlen. Kunst- und Handelsgärtner Heubner in Plauen hatte sie ausgestellt.

Von Verbenen waren ebenfalls hübsche Sammlungen vorhanden. Heinemann und Thalacker in Erfurt, sowie L. Feldhügel in Langensalza, hatten deren in bester Auswahl der neueren und neuesten Sorten, auch italienische, ausgestellt. Eigenthümlich nahm sich die Verbena Maonetti splendida des Kunst- und Handelsgärtners Günther in Charlottenburg aus, da sie um ein 2 Fuss im Durchmesser enthaltendes Gestell gezogen war. Neueste Chinaprimel verdankte man ferner V. Döppleb, eine weissblühende Sorte mit bunten Blättern aber dem Kunst- u. Handelsg. F. Grob in Wittenberg.

Ferner waren sogar noch Balsaminen vorhanden; das eine Sortiment gehörte dem Kunst- und Handelsg. J. Andr. Häuser, das andere Christ. Lorenz, beide in Erfurt. Nelken, hauptsächlich Chineser, die auch noch spät im Jahre blühen, vermissten wir grade da, wo alle Florblumen in vorzüglicher Auswahl sich vorfanden; doch erfreuten wir uns an 2 Sorten remontirender Nelken von J. G. Ausfeld in Arnstadt und E. Benary in Erfurt. Georginen in Töpfen waren ebenfalls nur einmal vertreten und zwar durch eine Gruppe der reizenden Zwergform, welche ihrer blendend-weissen Blüthen halber den Namen Perle erhalten hat. Kunst- und Handelsg. V. Döppleb hatte sie eingesendet. Phlox in Töpfen waren durch 2 Sammlungen vertreten. Die eine bestand aus der reizenden, von Fr. A. Haage jun. gezüchteten Sorte: Louise Grell, und war von Karl Günther in Charlottenburg geliefert, während die andere von J. C. Schmidt in Erfurt aus selbst-gezüchteten Sorten der ausdauernden Phlox decussata bestand. Petunien waren reichlicher ausgestellt. Von dieser Florblume hat man in der neuesten Zeit das Möglichste, hauptsächlich durch Kreuzungen, geleistet. Nicht weniger als 10 Sortimente waren vorhanden. Beiträge hatten hierzu geliefert: Moschkowitz & Söhne, Platz & Sohn, Jühlke, F. W. Wendel, Döppleb, Heinemann und Fr. A. Haage in Erfurt, sowie Louis Feldhügel in Langensalza und Ausfeld in Arnstadt.

Von den durch Deegen in Köstritz gezüchteten Portulak-Röschen waren 2 Sammlungen vorhanden. Man verdankte sie den Kunst- und Handelsgärtnern H. Döring & Sohn in Hochheim bei Erfurt und G. Gleichmann in Erfurt. Zwerg-Senecionen und gefüllte Zinnien hatte Kunst- und Handelsg. Oswald Neumeyer in Langensalza eingesendet. Eine der reizendsten neuen Erscheinungen in der Erfurter Blumenwelt sind die gefüllten Sanvitalien, welche V. Döppleb eben jetzt in den Handel gebracht hat. Wir können Gartenbesitzern dieselben nicht genug empfehlen.

Wir kommen zu den Astern. In Betreff der Vervollkommnung dieser Lieblingsblume wollen wir unseren Nachbaren jenseits des Rheines ihre grossen Verdienste nicht absprechen; man muss aber anerkennen, dass von deutscher Seite ebenfalls sehr viel dazu geschehen ist. Erfurt's Gärtnereien stehen hier in erster Linie. Es galt dieses selbst noch mehr, wenn man die vielen Tausende von Blumen in den Arabesken und in den Kästen betrachtete. Nicht weniger als 13 Sortimente waren in Töpfen zu Gruppen zusammengestellt. Wir überlassen es den Preisrichtern, wem die Palme gebührte und wem die schönsten Astern gehörten und nennen nur die Namen der Aussteller: Ernst Benary, V. Döppleb, H. Döring & Sohn, Drinkmann, Fr. A. Haage jun., Jühlke, Chr. Lorenz, Moschkowitz & Söhne, Platz & Sohn, Schmerbitz & Petersen, Gebr. Villain und F. W. Wendel.

Noch mehr fast haben die Levkojen ihre Vervollkommnung und ihre Mannigfaltigkeit Erfurter Gärtnern zu verdanken. Leider war dieser Sommer aber der Entwickelung dieser Florblumen so ungünstig, wie es kaum früher einer gewesen ist. Es kann daher nicht den Ausstellern ein Vorwurf gemacht werden, wenn die auf der Erfurter Ausstellung befindlichen Blumen kaum mittelmässig zu nennen waren. Ausgestellt hatten Levkojen: Ernst Benary, G. Gleichmann, Fr. A. Haage jun., Platz & Sohn und Schmerbitz & Petersen in Erfurt, sowie C. G. Möhring in Arnstadt.

Schliesslich bemerken wir noch, dass auch 2 Sammlungen von Blumenzwiebeln vorhanden waren; die eine gehörte de la Croix in Berlin (Lange-Strasse No. 26), die andere Plumpe in München.

(Fortsetzung folgt.)

Das Ringeln der Weinreben.

Von Kiegerl, Obergärtner am Versuchshofe der K. K. steiermärkischen Landwirthschafts-Gesellschaft in Graz.

Das Ringeln der Weinreben*) geschieht durch eigens hierzu konstruirte Ringelmaschinen (Ringelzangen) und kann auch im Nothfalle mit einem scharfen Messer vorgenommen werden, was aber schwieriger, unsicherer und zeitraubender ist, als mit der Ringel-Vorrichtung. Das Ringeln bewirkt bei den Weintrauben eine wenigstens um 14 Tage frühere Reife, so dass bei einer blauen Traubensorte die geringelten Trauben an demselben Stocke schon vollkommen blau sind, während die nichtgeringelten sich kaum erst zu färben beginnen; ferner bewirkt es eine viel vollkommnere Ausbildung der Trauben, ja die einzelnen Beeren werden beinahe noch einmal so gross, als bei nicht-geringelten. Durch das Ringeln sind auf dem Versuchshofe schon bis zu 7 Pfund schwere Trauben von der rothen Kalebs-Traube erzielt worden. Auch hat

*) Wir haben bereits vor einigen Jahren in Gemeinschaft des Hofgärtners Karl Fintelmann Versuche mit dem Ringeln der Weinreben gemacht, die ziemlich zu denselben Resultaten führten, wie sie vom Obergärtner Kiegerl erhalten wurden (s. 2. Jahrg. der Wochenschrift S. 195, 295 u. 391). Um auf's Neue darauf aufmerksam zu machen, entnehmen wir dem Wochenblatte der K. K. steiermärkischen Landwirthschafts-Gesellschaft (No 16, S. 123) von diesem Jahre obige Abhandlung.
Die Redaktion.

sich das Ringeln als ein ziemlich gutes Mittel gegen die Traubenkrankheit bewährt, indem die geringelten Trauben auf kranken Stöcken meistens noch geniessbar waren, während die ungeringelten an demselben Stocke gänzlich von der Krankheit vernichtet worden sind.

Das Wesen des Ringelns besteht in der 1 bis 2 Linien breiten Abziehung der Rinde an der Rebe, gleich unterhalb der zum Ringeln bestimmten Traube auf einjährigem Holze oder am Anfange eines Schenkels oder Bogens am zweijährigen Holze, wo dann durch einen Ring sämmtliche am Bogen oder Schenkel befindlichen Trauben abgeschlossen werden.

Die beste Zeit zum Ringeln der Weinreben ist 8—14 Tage nach dem Verblühen der Trauben. Es muss jederzeit unterhalb der Trauben oder am Beginn des Schenkels neben dem Stocke, nie aber oberhalb der Trauben, vorgenommen werden, indem der rohe Saft durch das Holz und Mark in die Höhe steigt und der vollkommen verarbeitete, zur Fruchtbildung geeignete Saft zwischen dem Holze und der äussern Rinde zurückgeht und dadurch auch die Zunahme des Holzes von Aussen nach Innen bewirkt. Durch das Ringeln wird die Bewegung des verarbeiteten Saftes nach abwärts unterbrochen und kommt den oberhalb des Ringes befindlichen Trauben zu Gute; daher ihre Grösse und frühere Reife.

Ringeln kann man ohne Nachtheil für den Stock nur jene Reben, welche für das nächste Jahr nicht zum Schnitte bestimmt sind, sondern weggeschnitten werden; in Weingärten empfehlen wir vor Allem nur das Ringeln der Bogenreben.

So wichtig und empfehlenswerth das Ringeln der Weinreben in Gärten und auf Hecken zur Erzeugung vollkommener, schönerer, grösserer und früherer Trauben ist, ebenso empfehlenswerth ist das Ringeln in Weingärten in schlechten Jahren, besonders bei spätreifenden Sorten. Nach der Zeit des Verblühens der Weinreben kann man mit grosser Wahrscheinlichkeit beurtheilen, ob eine gute oder schlechte Qualität zu erwarten ist; je später und ungleichförmiger die Blüthe, eine desto mindere Qualität, wie es in dem Jahre 1860 und besonders 1864 der Fall war. Hätte man das Ringeln 1864 in Weingärten nur auf den Bogenreben angewendet, so hätte man die Reife der Trauben ausserordentlich befördert und einen besseren Wein erzeugt.

Bei der 41. allgemeinen Versammlung der K. K. steiermärkischen Landwirthschafts-Gesellschaft am 13., 14. und 15. September 1864 waren in der Landstube vom Versuchshofe nicht nur geniessbare Weintrauben von den frühreifen Sorten Klevner und Portugieser, sondern auch von später reifenden Sorten: Gutedel, Zimmettrauben, blaue Isabella, Trollinger u. s. w. in schönen, reifen Exemplaren ausgestellt, welche nur durch das Ringeln um diese Zeit zur Reife gelangen konnten, während die nicht-geringelten, frühreifen Trauben vom Portugieser und Gutedel am Versuchshofe bis zum Spätherbst nicht zur Reife gelangten, geschweige erst die noch später reifenden Sorten.

Viele tüchtige Oenologen und Weinbauer haben sich im vorigen Jahre auf dem Versuchshofe von der auffallenden Wirkung des Ringelns derart überzeugt, dass sie sich sogleich Ringelmaschinen anschafften, welchem Beispiele mehre Bauern folgten.

Nachstehende, am Versuchshofe durch das Ringeln der Reben erzielten Resultate liefern den sprechendsten Beweis von der Nützlichkeit desselben.

Vom gelben Plavetz	wogen	7	geringelte	Trauben	2 Pfd	2 Lth,	7	ungeringelte	— Pfd	16 Lth,
„ weissen Krachgutedel . .	„	10	„	„	3 „	20 „	10	„	1 „	4 „
„ rothsaftigen Färber . . .	„	10	„	„	1 „	13½ „	10	„	— „	22 „
„ weissen Lämmerschwanz	„	5	„	„	1 „	10 „	10	„	— „	19½ „
Von der blauen Isabella . . .	„	10	„	„	2 „	30 „	10	„	1 „	4 „
Vom gelben Orleans	„	4	„	„	1 „	26 „	4	„	— „	18 „
„ rothen Zierfandler . . .	„	6	„	„	1 „	26 „	6	„	1 „	1 „
„ grünen Veltliner	„	3	„	„	1 „	5 „	3	„	— „	18 „
„ weissen Rothgipfler . .	„	5	„	„	2 „	— „	5	„	— „	31 „
„ Zizamuri aus Tiflis . . .	„	3	„	„	1 „	14 „	3	„	— „	7¾ „

Im Durchschnitt der 10 Sorten wogen 6 geringelte Trauben 1 Pfd 30 Lth, 6 ungeringelte — Pfd 23 Lth.

Die Differenz beträgt daher bei 6 Trauben 1 Pfd 7 Lth.

Die untersuchten geringelten und nicht-geringelten Trauben von einer Sorte wurden von einem Stocke genommen, indem zum genauen Vergleich zwei gleich-starke Bogen ausgesucht, einer geringelt und der andere nicht geringelt wurde.

Aus den obigen Ziffern sieht man, welche Vortheile das Ringeln in Beziehung auf die Quantität hat; was die Qualität anbelangt, so war dieselbe voriges Jahr sehr auffallend, indem die geringelten Trauben geniessbar waren und der Most zwischen 8 und 15 Prozent Zucker zeigte, wogegen bei der ungeringelten Traube keine Beere geniessbar war.

Verlag von Karl Wiegandt in Berlin, Koch-Strasse No. 22.

Druck der C. Feister'schen Buchdruckerei (L. Mewes), Berlin, Zieten-Platz No. 2.

Wochenschrift

des

Vereines zur Beförderung des Gartenbaues in den Königl. Preussischen Staaten

für

Gärtnerei und Pflanzenkunde.

Redakteur:

Professor Dr. Karl Koch,

General-Sekretair des Vereines.

No. 42. Berlin, den 21. Oktober **1865.**

Preis des Jahrganges 5⅓ Thlr., sowohl bei Bezug durch den Buchhandel, als auch franco durch alle Post-Anstalten des deutsch-österreichischen Post-Vereines.

Sonntag, den 29. Oktober, pünktlich um 11 Uhr, findet im Englischen Hause (Mohrenstrasse 49) eine Versammlung des Vereines zur Beförderung des Gartenbaues statt, wozu die geehrten Mitglieder eingeladen werden. Unter Anderem kommt die Zeit und der Ort der 5. Versammlung deutscher Pomologen, Obst- und Gemüsezüchter zur Beschlussnahme.

Allerlei aus der Gärtnerei und Pflanzenkunde.

VII.

Es ist eine erfreuliche Thatsache, dass die Liebe zu Blumen und Pflanzen immer mehr um sich greift und selbst die Bewohner entfernter Provinzen erfasst hat. Sehr viel trägt dazu bei, wenn die Gutsbesitzer mit gutem Beispiele vorangehen und auf ihre Gärten grössere Aufmerksamkeit verwenden, hauptsächlich aber neue Pflanzen und Blumen sich anschaffen, um dieselben dann in ihrer Umgegend zu verbreiten. Ausstellungen wirken in von den Hauptstädten entfernteren Gegenden fast noch mehr: die Menschen sehen hier etwas Gutes und Schönes und bekommen Lust, dasselbe ebenfalls zu besitzen.

Eine solche Ausstellung fand am 17. September in dem 80 Fuss langen und 25 Fuss breiten Gewächshause des Grafen v. Hoverden-Plenken in Hünern bei Ohlau statt. Wer von Breslau nach Oberschlesien reist, versäume nicht, von Ohlau oder Brieg aus einen Abstecher nach dem Schlosse des Grafen zu machen, um daselbst auch den schönen Park nebst den Gewächshäusern in Augenschein zu nehmen. Der Garten wurde im Anfange des vorigen Jahrhundertes in dem damaligen Geschmacke angelegt. Im Verlaufe der Zeit erhielt er manche Veränderung, bis er endlich durch den Gründer des jetzigen Mohnhaupt'schen Garten-Etablissements modernisirt wurde und die Gestalt erhielt, welche er jetzt hat.

Der Besitzer des Gartens hat sich schon lange um die Förderung der Gartenkunst verdient gemacht. Der Besuch des Gartens und der Gewächshäuser steht Jedermann offen, wer den Obergärtner Grüger um Erlaubniss ersucht. Man findet in den letzteren noch eine Reihe hübscher Pflanzen, besonders Proteaceen, welche bei der jetzt vorhandenen Sucht nach Wechsel nur selten noch gesehen werden. Wir hatten schon einmal die Freude, eine kleine Ausstellung in Hünern in Augenschein zu nehmen und können versichern, dass damals das Ganze ebenfalls mit Verständniss und Geschmack arrangirt war.

Um so mehr muss dies am 17. September der Fall gewesen sein, wo der Graf speziell eingeladen hatte, die von seinem Obergärtner Grüger arrangirte Ausstellung in Augenschein zu nehmen. Das schönste Wetter begünstigte die Fahrt nach Hünern und von weit und breit kamen Blumen- und Pflanzenfreunde herbei. Es waren allein 70 verschiedene Akazien, 24 Myrtaceen, 15 buntblättrige Kaladien, 12 Dracäneen, eine Anzahl Palmen, Pandaneen u. s. w. zur Verwendung gekommen, ferner schöne Exemplare von Grevillea robusta, Dryandra mucronata, Colletia Bictoniensis, Heliconia aurea,

Maranta regalis, Boehmeria argentea, Pteris tricolor, Dasylirion acrotrichon, auch einige Anecochilen, eine Sammlung von 60 verschiedenen Koniferen, ein Dutzend über und über blühende Datura-arborea und Blüthensträucher, besonders Fuchsien und Pelargonien, in grösster Menge.

Es liegt uns ein Bericht über die Ausstellung aus einer Breslauer Zeitung vor, dem wir noch Einiges über das Arrangement entnehmen. Die hintere Mauer des Gewächshauses war durch dunkelgrüne Fichtenzweige gedeckt, so dass sich die davor aufgestellte Orangerie gut ausnahm. Die Mitte des ziemlich grossen Raumes nahm ein Springbrunnen ein, dessen plätscherndes Wasser die hinter allerhand Blumen verborgenen Lachtauben aufzufordern schien, ihre girrenden Töne ebenfalls vernehmen zu lassen. Auf beiden Giebelseiten befanden sich grosse Gruppen, zu denen hauptsächlich die eben genannten Pflanzen Verwendung gefunden hatten, während der sonstige Raum zu kleineren Aufstellungen von Florblumen benutzt war. Sehr hübsch nahm sich eine Felsenparthie aus, wo dieser entsprechende Pflanzen, besonders Dickpflanzen, Begonien, Kaladien u. s. w. Platz gefunden hatten.

Längs der Glaswand auf beiden Seiten des Einganges waren schmale Tafeln angebracht. Auf ihnen befanden sich andere Begonien und Kaladien, eine Sammlung von zum zweiten Male blühenden Gloxinien, vor Allem aber das Obst. Waren die Sammlungen auch nicht gross, so liessen doch die einzelnen Früchte nichts zu wünschen übrig. Graf v. Hoverden bemüht sich fortwährend, ebenfalls seine Obststände zu verbessern, schlechte Sorten auszumerzen und dafür gute einzuführen.

Wir wünschen schliesslich, dass dieses Beispiel, was Graf v. Hoverden hier gegeben, auch von anderen Gutsbesitzern nachgeahmt werde. Wir sind überzeugt, dass auch diese Ausstellung auf die Verbreitung der Liebe zu Pflanzen und Blumen eingewirkt hat, sowie den Obstbau heben wird.

Es liegt uns der eben ausgegebene Haupt-Katalog der standesherrlichen Baumschulen in Muskau vor; es sei uns erlaubt, einige Worte über ihn zu sprechen und dabei ebenfalls auf Verzeichnisse von Pflanzen überhaupt Rücksicht zu nehmen. Auch in Erfurt ist dieser sehr wichtige Gegenstand der Verzeichnisse während des Gärtner-Kongresses zur Sprache gekommen: ob viel dabei herausgekommen ist, bezweifeln wir. Wir haben schon mehrfach ausgesprochen, dass in den letzten Jahren in dieser Hinsicht sehr viel geschehen und dass der Anfang zu besser geordneten Verzeichnissen von deutschen Gärtnern ausgegangen ist. Doch bleibt noch Mancherlei zu wünschen übrig.

Wir verkennen keineswegs die Schwierigkeiten für einen Gärtner, der keine Zeit hat zu botanischen Studien, zumal jetzt, wo allmählig durch die Vernachlässigung der systematischen Botanik durch die Botaniker selbst, die oft leider nicht einmal wissen, welche Pflanze ihren mikroskopischen Untersuchungen zu Grunde liegt, ein heilloser Wirrwarr sich geltend gemacht hat. So sehr man es anerkennen muss, wenn Gärtner hinter dem Namen der Pflanze auch den Autor, der diese zuerst beschrieben hat, angeben und in diesem Falle auch ein besser geordnetes Verzeichniss angefertigt werden kann, so ist doch durch die Angabe des Autors noch gar keine Sicherheit gegeben, dass die Pflanzen wirklich richtig benannt sind. Es kommt noch dazu, dass derselbe Pflanzenname gar nicht selten 2, 3 und mehr Arten zukommt und schliesslich von Seiten des Gärtners aus Unkenntniss ein Autor herausgegriffen wird, welcher mit der Pflanze gar nichts zu thun hat. In diesem Falle macht sogar die Angabe des Autors die Verwirrung noch grösser. So finden wir z. B. in manchen Verzeichnissen hinter dem Namen des seit langer Zeit bei uns kultivirten Acer dissectum, einer Abart des Acer platanoides, den Namen Thunberg; dieser verstand aber darunter einen ganz anderen Baum, der nur in Japan einheimisch ist und neuerdings auch bei uns in Kultur sich befindet.

Das Verzeichniss der Muskauer Baumschulen hat ebenfalls die Autoren hinter dem Namen der Gehölze aufgeführt. Hier haben sie Werth und sind meistens sicher. Inspektor Petzold sowohl, als sein Obergärtner Kirchner, sind stets thätig, um für ihre Gehölze auch richtige Namen zu erhalten, und stehen deshalb vielfach mit Systematikern in Verbindung. Ein Blick in das letzte Verzeichniss belehrt uns, wie sie in dem Zeitraume von 2 Jahren, wo das frühere Verzeichniss ausgegeben wurde, bemüht waren, die Nomenklatur zu verbessern. Es kommt noch dazu, dass bereits auch eine Beschreibung der Gehölze in dem Arboretum Muscaviense vorliegt und auf dem vorhandenen Material weiter gebaut werden kann. Aufmerksame Leser werden in demselben finden, wie oft die Verfasser sagen, dass die Beschreibung einer Art keineswegs mit ihren Pflanzen übereinstimme und diese hinsichtlich ihres Namens deshalb zweifelhaft sei.

Es wäre wohl zu wünschen, dass dieses Beispiel auch bei anderen Gärtnern Nachahmung fände. Es hat uns sehr gefreut, dass in Erfurt jetzt allgemein das Streben ist, die Verzeichnisse zu verbessern und mit möglichst richtigen Namen zu versehen. In einer der grösseren Handelsgärtnereien, der von Haage & Schmidt, ist ein Obergärtner besonders damit betraut, auf Ordnung in den Namen zu halten; wir haben uns selbst überzeugt, wie thätig dieser in der Hinsicht war und selbst in seinem darüber geführten Tagebuche Zeichnungen anfertigte, um möglicher Weise Vergleichungen anstellen zu können.

Durch Darwin's interessante Untersuchungen über die künstliche Befruchtung, hauptsächlich der Orchideen durch Insekten, ist man erst auf die Nothwendigkeit gekommen, in unseren Gewächshäusern die Rolle der Insekten zu übernehmen und künstlich zu befruchten. Die in England erhaltenen Resultate haben in der neueren Zeit auch Gärtner auf dem Festlande veranlasst, dergleichen künstliche Befruchtungen vorzunehmen. Abgesehen von dem wissenschaftlichen Interesse hat man dadurch bewirkt, dass viele seltene und schwer sich vermehrende Orchideen auf diese Weise erhalten wurden. Manche schöne Art ist uns schon verloren gegangen, weil sie sich durch Ableger kaum vermehren liess und man ausserdem keine Samen erhielt. Auch entstehen bekanntlich durch Aussaaten in Gewächshäusern gern neue Formen, die, wenn sie hübsch und ansprechend sind, dem Gärtner eine Erwerbsquelle verschaffen können. Es scheint selbst, als wenn die Orchideen von Hause aus weit mehr zu Veränderungen geneigt wären, als andere Pflanzen. Reisende berichten uns, wie mannigfaltig bei Stanhopeen, Cattleyen, Lälien, Vandeen, Saccolabien u. s. w. die Farbe und auch zum Theil die Form der Blüthen sind. Leider haben diese Formen gar zu oft Gelegenheit geboten, sie als neue Arten in die Welt zu schicken. Es wird jetzt bei weiterem gründlichem Studium auch die Zeit kommen, wo hier gründlich aufgeräumt wird.

In Paris ist es der geistreiche Chef des Luxemburger Gartens, Rivière, der bereits vor 4 Jahren in dieser Hinsicht Versuche angestellt hat. In einer der letzten Versammlungen des dortigen Gartenbau-Vereines übergab er einen Blendling, den er durch Befruchtung der Blüthen einer Laelia crispa mit dem Blumenstaube einer L. zinnabarina erhalten und der bereits eine dritte Blüthenzeit gehabt hatte. Da Rivière ausserdem noch mehrfach Versuche angestellt hat, so würde es für ihn verdienstlich sein, wenn er sein Verfahren sowohl, als die erhaltenen Resultate, ebenfalls bekannt machte.

Auch in Berlin sind durch die Obergärtner der Gebrüder Reichenheim: Boese und Kraus, Befruchtungs-Versuche mit Orchideen vorgenommen worden, welche zu Resultaten geführt haben. Wir ersuchen dieselben, uns im Interesse der Wissenschaft ebenfalls Näheres darüber mitzutheilen, um es dann zur weiteren Kenntniss zu bringen.

Bekanntlich leiden seit mehrern Jahren schon die Seidenwürmer an einer Krankheit, welche wesentlich von der frühern verschieden ist und wegen ihrer leichten Verbreitung im hohen Grade verheerend wirkt. Alle bis jetzt in Anwendung gebrachten Mittel haben nichts gefruchtet; man bezog die Grains im Süden Frankreichs und im Norden Italiens aus Deutschland und aus dem Oriente, wo die Krankheit noch nicht aufgetreten war, vermochte aber eben so wenig dem Uebel zu steuern. Ein Seidenzüchter in Livorno, Manillier, hat sich schon lange damit beschäftigt, der Krankheit auf die Spur zu kommen, und glaubt nun in dem bekannten Oidium, welches auf verschiedenen Pflanzen, nicht allein auf der Weinrebe, schmarotzt, die Ursache gefunden zu haben. Dieses Oidium ist nach ihm allenthalben vorhanden, entwickelt sich aber nur da, wo es eine Prädisposition, d. h. eine grössere Geneigtheit, vorfindet. Diese besitzen zwar die Blätter der Maulbeere weniger; die feinen, den Augen kaum sichtbaren Sporen, welche durch den leisesten Luftzug weiter verbreitet werden und auf diese Weise auch auf die Blätter der Maulbeerbäume kommen, befinden sich aber auf letzteren und werden mit diesen von den Seidenraupen gefressen, wo sie alsbald die verheerende Krankheit hervorrufen. In Italien werden bekanntlich allgemein die Maulbeerbäume als Stütze für die Weinreben benutzt und sind ausserdem in grosser Menge in Weinbergen und auf Weinfeldern angepflanzt. Man darf sich deshalb nicht wundern, wenn die Blätter der Maulbeerbäume ebenfalls mehr oder minder von den Sporen des Oidium bedeckt sind.

Manillier will deshalb, wie wir aus seinem Berichte in dem in Lyon erscheinenden Moniteur des soies vom 5. September d. J. ersehen, nicht allein die Weinreben geschwefelt haben, sondern auch die Maulbeerbäume. Da er Schwefelwasserstoff für das Wirksamste hält, so zieht er dessen Anwendung den Schwefelblumen vor und gibt sein Verfahren an. Darnach verlangt er, dass man, um dieses zu bereiten, sich selbst einen Apparat anschaffe und mit diesem das Gas gleich auf freiem Felde anfertige. Durch ein Rohr leitet man es in ein Gefäss mit Wasser, und zwar so lange, bis man dieses gesättigt hat. Während ein Anderer nun vermittelst einer gewöhnlichen Spritze, wo nur eine feine Brause eine möglichst feine Zertheilung des Wassers zulässt, die Maulbeerbäume wie mit einem leisen Regen überspritzt, so dass die kleinen Wasserbläschen auf den Blättern hängen bleiben und ihre Wirkung äussern können, wird der Apparat zur Sättigung des Wassers eines anderen Gefässes benutzt. Auf diese Weise sind bei dieser Beschäftigung nur 2 Menschen nothwendig: der eine bereitet Schwefelwasserstoff und der Andere verspritzt das gesättigte Wasser. Die Kosten sind im Verhältniss zur gewöhnlichen Schwefelung unbedeutend.

Schon nach 24 Stunden ist der penetrante Geruch des Schwefelwasserstoffes vollständig verschwunden.

Professor Morren in Lüttich hat die Beobachtung gemacht, dass Pflanzen mit gefüllten Blumen, wenn sie bunte Blätter erhalten, die Eigenthümlichkeit der Umwandlung der Staubgefässe in Blumenblätter verlieren und damit nur einfache Blumen werden, und seine Untersuchungen in einer besonderen Abhandlung bekannt gemacht. Wir bemerken hierbei, dass Körbchenträger (Kompositen) bis jetzt noch nicht gefüllt blühend beobachtet sind; was man bei ihnen, z. B. bei Astern, Georginen u. s. w., so nennt, ist kein eigentliches Gefülltsein und Uebergehen der Staubgefässe in Blumenblätter, sondern ein Umwandeln der Röhrenblüthchen in Strahlenblüthchen. Buntblättrige Georginen mit sogenannten gefüllten Blumen u. s. w. haben also hiermit nichts zu thun.

Es wäre doch interessant zu wissen, ob diese Behauptung Morren's richtig wäre; wir wüssten wenigstens für den Augenblick kein Beispiel einer gefüllt-blühenden und zugleich buntblättrigen Pflanze zu nennen. Andererseits ist uns mitgetheilt, dass in früheren Zeiten gefüllter Lack mit bunten Blättern existirt habe, neuerdings aber verschwunden sei. Es geht deshalb an Gärtner und Gartenbesitzer die Bitte, uns hierüber ihre Erfahrungen mitzutheilen. Morren sieht das Gefülltsein für den Akt einer grösseren Lebensthätigkeit der Pflanze an, während die Panachirung grade umgekehrt einen Akt der Schwäche darstelle. Beide Abnormitäten ständen daher im Widerspruch mit einander und könnten nicht zu gleicher Zeit an einer und derselben Pflanze vorkommen.

Wir haben in einer besonderen Abhandlung über die Ursachen der verschieden gefärbten Weintrauben an einem und demselben Weinstocke (Seite 265) gesprochen und diese einestheils in dem Atavismus, anderntheils in der fremden Befruchtung gesucht. Der Herausgeber der pomologischen Zeitschrift „Pomona", Fr. J. Dochnahl, sucht die Ursachen im Mangel an Nahrung, der ein Zurückgehen in die ursprüngliche Form bedinge. Dass viele Kulturpflanzen, wenn sie schlecht behandelt werden oder auf schlechten Boden kommen, verwildern, d. h. der ursprünglichen Form sich nähern und selbst in diese zurückgehen können, ist eine Erscheinung, die wohl Niemand ableugnen kann. Dochnahl will gefunden haben, dass an Reben mit rothen Trauben bisweilen auch weisse Beeren erscheinen, nicht aber umgekehrt, weil die weisse Farbe die ursprüngliche der Beeren sei. So sieht man an dem Rothen Traminer gar nicht selten einzelne weisse Beeren, aber auch ganz weisse Trauben. Nach ihm ist ferner Clävner nichts weiter, als ein schwarzbeeriger Rulander, der ursprünglich rothe Beeren besitzt. Man bemerkt deshalb wohl hier und da an dem Clävner rothe Beeren, nie aber an dem Rulander schwarze.

In Betreff der dort (S. 267) gebrauchten Ausdrücke „Avalidouires und Coulards", welche wir damals nicht zu deuten vermochten, ist uns auf unser Anfragen mitgetheilt worden, dass der erstere Blüthen bedeutet, welche den Pollen in sich aufgenommen (avalé) haben, also befruchtet sind, während umgekehrt unter Coulards Reben mit nicht befruchteten Blüthen zu verstehen sind, die also Beeren ohne Samen oder wenigstens mit nicht keimfähigen Samen hervorbringen.

Von Seiten des Inspektors Bouché und des Obergärtners Gaerdt ist in einer der früheren Versammlungen des Vereines auf die nährende Kraft des Gaswassers aufmerksam gemacht worden. Es liegt uns die 3. Probenummer der neuen Zeitschrift „der Schlesische Landwirth" vor und in ihr eine Abhandlung über denselben Gegenstand. Der Verfasser derselben, Prof. Dr. Krocker, sagt darin:

„Das Gaswasser der Leuchtgas-Fabriken ist eine, je nach Beschaffenheit der verwendeten Steinkohle mehr oder weniger verdünnte Auflösung von kohlensaurem Ammoniak, mit sehr geringer Beimengung von Schwefel-Ammonium, unterschwefligsaurem Ammoniak und Theer-Substanzen. Es ergab beispielsweise die kürzlich von mir ausgeführte Untersuchung des Gaswassers einer Leuchtgas-Fabrik in 100 Pfd einen Gehalt von 2 Pfd Ammoniak = $1\frac{2}{3}$ Pfd Stickstoff = gegen 6,9 Pfd anderthalbfach kohlensaures Ammoniak; das Wasser einer andern Fabrik 2,4 Prozent Ammoniak, während die Kohle selbst 10 Prozent an Ammoniakwasser gab."

„Obwohl Ammoniaksalze als alleinige Düngung der Felder niemals dauernd mit günstigem Erfolge angewendet werden können, so sind die Gaswasser jedenfalls wegen des Ammoniak-Gehaltes der höchsten Beachtung werth, da es zweifellos ist, dass, je nach dem Boden, durch zeitweise alleinige Zuführung oder zugleich mit mineralischen Düngungsmitteln, namentlich mit phosphorsauren Salzen, lohnende Verwendung gemacht werden kann."

„Genauere Versuche unter Angabe bestimmter Erfolge sind besonders in England ausgeführt worden. Am lohnendsten zeigte sich die Anwendung für Grasländereien und für Getreide, wo es theils direkt, theils nach Sättigung mit Schwefelsäure aufgebracht wurde. Die mitgetheilten Resultate beziehen sich jedoch nur auf die einmalige oder für Getreidesorten selten wiederholte Anwendung. Ohne Zweifel sind bei fortgesetzter Anwendung ohne Zufuhr von Mineral-Substanzen die Erfolge abnehmend."

„Die Mittelwerthe einer grösseren Zahl von Versuchen auf verschiedenem Boden ergab z. B. unter Anwendung von gegen 500 Pfd Gaswasser für den Morgen bei Anbau von Hafer einen Mehr-Ertrag von 200 Pfd Körner und 400 Pfd Stroh."

„Für Wiesen sind zwar bestimmte Versuchs-Ergebnisse nicht bekannt, doch ist es durch vielfachen Gebrauch erwiesen, dass entsprechend günstige Ergebnisse erzielt werden können."

„Dass ungeachtet dieser Resultate immerhin ein beschränkter Gebrauch in der Landwirthschaft von dem Gaswasser gemacht wird, liegt theils in der durch die grosse Verdünnung für den Transport ungünstigen Form, theils an dem leicht wechselnden Gehalt des leicht flüchtigen kohlensauren Ammoniaks und an der Art der Anwendung."

„Da das kohlensaure Ammoniak durch Sättigen mit Schwefelsäure leicht in ein nicht-flüchtiges Salz (schwefelsaures Ammoniak) überzuführen ist und die Wirkung hierdurch eher erhöht wird, so würde ausser dieser auch die Verflüchtigung verhindert und überdies möglich werden, einen bestimmten Gehalt des Wassers an Ammoniak zu garantiren."

Für den Gärtner ist es in sofern wichtiger, als er es bei seinem beschränkten Gebrauche in dem Garten oder gar bei Blumentöpfen in der Hand hat, bestimmtere Beobachtungen anzustellen und darnach seine weitere Anwendung zu regeln. Es ist daher sehr wünschenswerth, dass von Seiten der Gärtner mit Gaswasser Versuche angestellt werden; wir bitten im Interesse dieser wichtigen Angelegenheit, uns hiervon Mittheilungen zu machen.

Es dürfte die Leser der Wochenschrift interessiren, zu erfahren, welche Bedeutung der Tabaksbau in den letzten Jahren in den Zollvereins-Staaten angenommen hat. Nach No. 41 der Annalen der Landwirthschaft in den Kgl. Preussischen Staaten betrug die Grösse des Tabaksfeldes in Preussischen Morgen:

	1861	1862	1863	1864
Preussen nebst Enklaven . .	20,596	21,906	27,580	—*)
Baiern	12,138	13,434	18,850	21,504
Sachsen	48	58	118,5	106
Hannover . . .	1,228	1,545	2,144	2,430
Württemberg .	189	262	673	732
Baden	18,722	20,616	29,468	—*)
Kurhessen . . .	529	697	886	915
Hessen-Darmstadt	1,824	1,982	3,844	5,007
Thüringen . .	604	727	750	—*)

Man kann auf Grund der Ausdehnung in früheren Jahren annehmen, dass 1864 im Ganzen 90,000 Preuss. Morgen mit Tabak bestellt waren, und die Gesammt-Erndte dürfte auf 600,000 Ctr zu veranschlagen sein. In Baiern betrug der Ertrag auf den Morgen etwa 6 Ctr und war daselbst der höchste Mittelpreis für den Centner 26 Gulden 24 Kreuzer gegen nur 16 Gulden 15 Kreuzer im Jahre 1863, der niedrigste: 5 Gulden 2 Kreuzer gegen 9 Gulden 31 Kreuzer im Jahre 1863, woraus sich ergibt, dass die besseren Sorten im Preise bedeutend gestiegen, die schlechteren gefallen sind. In runder Summe wird der Geldertrag im Zoll-Verein auf $5\frac{1}{2}$ Millionen Thaler geschätzt.

*) Noch nicht bekannt.

Die Pflanzen-, Blumen-, Gemüse- und Obst-Ausstellung in den Tagen vom 9. bis 17. September zu Erfurt.

(Fortsetzung.)

Nachdem wir die Pflanzen in Töpfen ausführlicher besprochen, kommen wir zu den übrigen Gegenständen der Erfurter Ausstellung. Wir wiederholen es, dass viel zu viel geboten wurde und auch die Gegenstände zu verschiedener Art waren, als dass Jemand im Stande gewesen wäre, über Alles genau zu berichten. Wir hatten dieserhalb Freunde ersucht, uns zu unterstützen, und bereitwillig war man uns entgegengekommen. So verliessen wir uns auf Andere und waren — verlassen, d. h. mit Ausnahme eines kurzen Berichtes über den pomologischen Theil haben wir nichts erhalten. Wegen dieser Ungleichheit vertrösten wir deshalb unsere Leser auf den grossen Bericht, der hoffentlich von Seiten des Erfurter Gartenbau-Vereines ausgearbeitet werden wird. Doch sei uns erlaubt, noch wenige Worte über die übrigen Gegenstände zu sagen.

Gemüse war so viel vorhanden, als wohl kaum je wieder zusammenkommen möchte. Leider war die Aufstellung keineswegs durchaus in der Weise geschehen, als es wünschenswerth gewesen wäre. Wo hätte man auch den Platz hernehmen sollen, um allein schon die grossen Sortimente unterzubringen? So befand sich nur das feinste Gemüse erhöht und auf Stellagen; ausserdem hatte man es auf beiden Seiten der Wege angebracht. Der grösste Theil der Besucher hatte auch zu wenig Interesse weder für die reichen Sammlungen von Gemüsen überhaupt, noch für die einzelnen Sortimente, die für den Kenner ungemein viel darboten. Man wandte sich weit mehr den schönen Blumen, den herrlichen Blattpflanzen, den einladenden Früchten u. s. w. zu.

So wird leider die schöne Gelegenheit zu umfassenden Studien und zu nur zu Resultaten führenden Vergleichungen wieder verloren gegangen sein! Es ist so viel davon gesprochen worden, die Nomenklatur des Gemüses zu vereinfachen und überhaupt die Zahl der Sorten, wie es jetzt bei dem Obste geschieht, zu verringern: Niemand aber will sich die Mühe geben, einen Augias-Stall zu reinigen. So werden wohl die langen, schleppenden Namen auch noch weiter in den Verzeichnissen fortgeführt werden und die vielen Sorten noch ferner die Verzeichnisse der Gärtner ausfüllen!

Mit Ausnahme weniger Gemüse-Arten, wie der Gurken und des Blumenkohles, schien man auf eine gute Kultur wenig Aufmerksamkeit verwendet zu haben: es galt hauptsächlich, wie schon gesagt, möglichst viel Sorten zusammenzubringen. Schuld daran mag auch das Programm gehabt haben, wo nicht speziell darauf Rücksicht genommen war. Die Einsender mochten glauben, dass die Kultur nicht in der Weise erkannt würde, um bei den Vorbereitungen viel Sorgfalt darauf zu verwenden. Anderntheils wird man zugeben, dass dieser Sommer wohl einer der ungünstigsten gewesen ist, den wir für Gemüsebau gehabt haben. Man musste sich selbst noch wundern, dass überhaupt so viel Gemüse vorhanden war.

Die grössten Sortimente von Gemüsen überhaupt hatten Chr. Lorenz (welchem man sogar 2 Sammlungen, die eine aus 366, die andere aus 320 Sorten bestehend, verdankte), Hübner in Bunzlau (280 Sorten), Jühlke, Platz & Sohn, Franz Ant. Haage, Haage & Schmidt (jeder 250 Sorten), Benary, Schmerbitz & Petersen, Moschkowitz & Söhne, Heinemann und Gebr. Born geliefert. Für einzelne Gemüse-Arten hatten Jühlke, Platz & Sohn, Chr. Lorenz, Schmerbitz & Petersen, Haage & Schmidt, Gebrüder Born, Franz Ant. Haage, Benary, Moschkowitz & Söhne, Gottfr. Haage, sowie Krüger in Lübbenau und Schley in Bamberg die meisten und auch besten Sortimente geliefert.

In mehr landwirthschaftlicher Hinsicht zeichneten sich die Königl. Akademien in Eldena bei Greifswald und Proskau in Oberschlesien aus, nicht weniger aber auch der Grossherzogl. landwirthschaftliche Garten in Karlsruhe, der Gräflich-Schwerin'sche Garten in Tamsel bei Küstrin, Jühlke und Platz & Sohn aus. Die verschiedenen Getreide-Arten waren in vorzüglicher Auswahl vorhanden, besonders Mais, wo der Karlsruher Garten allein 100 Sorten zur Verfügung gestellt hatte; ebenso die Kartoffeln und Runkelrüben.

Wir gehen zu dem Obst über und geben das, was der uns befreundete Rittergutsbesitzer v. Bose auf Emmaburg bei Laasphe (in Westphalen) mitgetheilt hat, indem wir seine eigenen Worte hier folgen lassen.

„Das ausgestellte Obst war so zahlreich und so schön, wie es wenige der Besucher erwartet haben mögen. Alle die einzelnen Sammlungen aufzuführen, ist nicht möglich, da sowohl das Verzeichniss der Ausstellungs-Gegenstände hier mangelhaft war, wie ferner die Bezeichnung der einzelnen Sammlungen selbst gänzlich fehlte.

Die Perle der gesammten Abtheilung für Obst war die durch den General-Konsul Ladé in Geisenheim am Rhein aufgelegte Sammlung von Aepfeln und Birnen. Ausgezeichnete Kultur und richtige Bezeichnung machte sie dem Kenner werthvoll. Sie stand den Früchten Belgiens und Frankreichs in keiner Weise nach. Beigelegt waren Trauben der Rheingauer Weinberge und Pfirsiche. Weshalb diese Sammlung den ersten Preis nicht erhielt, ist Sache des Preisgerichtes.

Reiche und schöne Sammlungen hatten ferner Medicinal-Assessor Jahn in Meiningen und Geh. Regierungsrath v. Trapp in Wiesbaden ausgestellt. Beide zeichneten sich durch richtige Bestimmung aus und letztere besonders durch Schönheit der Aepfel, die nach dem System von Lukas geordnet waren.

Oehme in Erfurt hatte zahlreiches Obt aufgelegt und eine Parthie Topfbäumchen mit Früchten ausgestellt; bei beiden vermisste man leider die richtige Bezeichnung. Dasselbe gilt von den zahlreichen Sammlungen aus Wernigerode und Celle (Schiebler & Sohn); erstere hatte einige jetzt selten vorkommende ältere Diel'sche Früchte, während die letztere viel falsche und oft unter mehrfacher Bezeichnung aufwies. Recht schöne Früchte fanden sich vor in den Sammlungen von Karlsruhe, Trebnitz und Beelitz (Organist Müschen), sowie in einzelnen kleineren Sammlungen, über deren Einsender leider kein Aufschluss zu erhalten war. Besonders anziehend, weil geschmackvoll, war eine kleinere Sammlung von Obst, zumeist in Fruchtkörben vereinigt, und ein Sortiment Pflaumen, wobei ein Teller prachtvoller Exemplare der sonst nicht empfehlenswerthen Diamant-Pflaume. Ferner sind noch zu nennen die grösseren Sammlungen aus Tamsel, Arnswalde, Wallerfangen, Langfuhr, Danzig (vom Kunstgärtner Reymann und dem Gartenbau-Verein), Berg bei Stuttgart und Durtz bei Barth.

Das Ausland war gleichfalls zahlreich und gut vertreten. Martin Müller aus Strassburg hatte Aepfel und Birnen in über 300 Sorten und ein reiches Sortiment Weintrauben aufgelegt, Baumann in Bollwiller Birnen und Aepfel, besonders erstere zahlreich, F. E. Gay, ebenfalls in Bollwiller, eine recht gute Kultur zeigende Sammlung, Simon-

Louis aus Metz gleichfalls Birnen und Aepfel. So schön die Früchte dieser Sammlungen auch waren, sie litten sämmtlich, mehr oder weniger, an fehlerhafter Bestimmung der Sorten, wobei ein gewisses Haschen nach Neuheiten nicht undeutlich zu erkennen war.

Von weiteren ausgezeichneten Obst-Sammlungen ist die werthvollste die von Birn-Sämlingen, welche Grégoire-Nélis aus Jodoigne (in Belgien) aufgelegt hatte und die nicht nur die Beachtung aller Pomologen, sondern auch deren Begehrlichkeit überaus stark in Anspruch nahm. Doch ist die Liberalität dieses Obstzüchters über alles Lob erhaben.

Bemerkenswerth war noch das Sortiment von Haselnüssen des Gerichts-Kommissars Dr. Koch in Jena, in 60 Sorten bestehend.

Als zum Obst speziell gehörend waren vielfach Obstbäume ausgestelltt. Besonders Formenbäume verschiedenster Art, wie sie sein und nicht sein sollen, z. B. Kordon's. Hier waren hervortretend die von Martin Müller in Strassburg, Jamin & Durand in Bourg-la-reine bei Paris und Schmidt & Hafner in Radekow bei Tantow (in Pommern). An sonstigen Obstbäumen waren noch recht schöne Hochstämme mehrfach vorhanden, besonders von Schmidt & Hafner, wobei auch Alleebäume, von Rölke in Dresden und Held in Halle.

Im Allgemeinen war die Obst-Ausstellung der Art, dass sie, selbst als Separat-Ausstellung betrachtet, alle Anerkennung und Beachtung verdient."

Nur noch einige Worte über die Birnen von Grégoire-Nélis. Wir haben uns zwar schon in dem Berichte über die letzte Versammlung des Berliner Vereines darüber ausgesprochen (s. S. 316), fühlen uns aber doch gedrungen, noch Einiges für das bessere Verständniss Derjenigen, welche mit der pomologischen Wissenschaft weniger vertraut sind, zu sagen. Grégoire-Nélis beschäftigt sich nämlich seit vielen Jahren schon mit der Anzucht von Birnen aus Samen. Er hat sich zunächst die Aufgabe gestellt, gute Winter-Sorten, an denen es uns bekanntlich fehlt, heranzuziehen. Zu diesem Zwecke hat er vor langer Zeit schon Aussaaten in reichlichster Anzahl gemacht. Mehre Tausende solcher neuen Birn-Sorten nehmen bei ihm bereits einen grossen Theil seines Obstgartens ein, um allmählig geprüft zu werden.

Grégoire-Nélis macht es keineswegs, wie manche andere Obstzüchter des Auslandes, welche die Zeit nicht abwarten können, bis sie ihre neugezüchteten Sorten auch verwerthen können und Früchte in den Handel bringen, die noch keineswegs hinlänglich erprobt sind. Schon seit geraumer Zeit hat er die besseren Sorten auf gegen 100 beschränkt. Um auch Andere ein Urtheil abgeben zu lassen, hat er ferner bereits vor einigen Jahren dem Vereine zu Berlin eine Reihe Pfropfreiser mitgetheilt. Dieselben sind damals an Mitglieder desselben vertheilt worden; hoffentlich wird auch nun in den nächsten Jahren darüber Bericht erstattet werden.

Die Sammlung der neugezüchteten Birnen hat Grégoire-Nélis uns mitgetheilt. Wir haben sie bereits dem pomologischen Ausschusse vorgelegt. Was lagerreif war, wurde gekostet und zum grossen Theil vorzüglich gefunden. Einen Theil der Winterbirnen haben wir dem Superintendenten Oberdieck in Jeinsen bei Hannover mitgetheilt. Leider waren diese wohl zu früh abgenommen, denn die meisten fingen zu welken an und werden wohl nicht, wenn sie auch lagerreif geworden sind, den Wohlgeschmack erhalten, den sie unter günstigeren Umständen gehabt hätten.

Wir schliessen hier das ausländische Obst und überhaupt die ausländischen Erzeugnisse an. Leider vermissen wir in dem von Seiten des Erfurter Gartenbau-Vereines herausgegebenen Verzeichnisse Näheres darüber. Auf einer ziemlich breiten Tafel war es ausgelegt. Es war schwer, hier nach 9 Uhr Morgens noch heranzukommen: so war die Tafel beständig von Schaulustigen umstellt. Mit Ausnahme weniger Gegenstände hat aber grade diese Sammlung auf uns weniger Eindruck gemacht. Man sah, dass es etwas zufällig Zusammengebrachtes war, wo nirgends auch nur eine annähernde Vollständigkeit herrschte. Das ist auch nicht so leicht, als man glaubt. Dazu gehören in jenen entfernteren Provinzen Männer, die Kenntnisse haben und genau wissen, was nothwendig ist.

Doch es hat da, wo so viel zu sehen vorhanden war, in sofern seinen Zweck erfüllt, als es die Mannigfaltigkeit vermehrte und die grosse Menge, welche an und für sich nicht Zeit zu längeren und aufmerksameren Betrachtungen hatte, zufriedenstellte. Von tropischen Früchten war Mancherlei vorhanden; vor Allem zog aber eine so grosse Brodbaumfrucht, wie wir selbst noch nie gesehen und wie sie ein echtes Kabinetsstück darstellte, die Aufmerksamkeit auf sich; nicht weniger Bananen am Stengel.

Ausserdem sah man Baumwolle in Kapseln, verschiedene Leinfasern, Hanf und sonstiges präparirtes Gespinnst, grosse Sammlungen ausländischer Holzarten, zum Theil leider ohne Namen und Abstammung und deshalb unbrauchbar, auch Holzarten inländischer Bäume in etwas sehr kleinen Stücken, verschiedene Talg- und Oel-Präparate vegetabilischer Natur, ferner vorzüglichen Honig, auch Geflechte aller Art u. s. w.

Den grössten Raum nahmen die abgeschnittenen Blumen ein. Dicht am Bretterhause und eine

Fortsetzung desselben bildend zog sich eine doppelte Halle dahin in einer Länge von 150 Fuss, welche einen offenen Raum auf beiden Seiten umgab. Dieser Raum war mit Rasen belegt und von dem Kunst- und Handelsgärtner Heinemann zur Anfertigung einiger Blumengruppen und mit abgeschnittenen Blumen ausgelegter Arabesken benutzt. Da diese Ausschmückung allgemeinen Beifall fand, werden wir in einer der nächsten Nummern eine ausführliche Beschreibung geben.

Ausser diesem hatten auch Haage & Schmidt eine grossartige Blumen-Arabeske an einer anderen Stelle angefertigt. Da diese auf einem von allen Seiten offenen Rasenstücke angebracht war und die etwas erhöhte Brücke zur Verbindung der beiden Gärten in der Nähe sich befand, so konnte man von hier aus das Ganze um so leichter übersehen. Hier war es, wo allein, wie wir bereits am Eingange unseres Berichtes ausgesprochen, 150,000 Aster-Blumen zur Verwendung gekommen waren. Ausser diesen Florblumen hatte man noch hauptsächlich Malven, Georginen, Tagetes, Zinnien und andere bekannte Blumen angebracht. Da die Nächte bereits kühl waren, so erhielt sich die Frische der Blumen die ganze Zeit der Ausstellung hindurch. Uebrigens trugen, wenigstens die Erfurter Aussteller, Sorge, dass einzelne welkende Blumen stets durch frische ersetzt wurden. Da die Kunst- und Handelsgärtner Haage & Schmidt uns ebenfalls nähere Details mit einer Zeichnung, die zu Grunde gelegt wurde, versprochen haben, so sind wir hoffentlich noch im Stande, in einer der nächsten Nummern der Wochenschrift eine ausführliche Beschreibung dieser Arabeske zu geben.

Die Florblumen waren in abgeschnittenen Exemplaren nicht allein zu derlei Arabesken und Parterre's benutzt, sie fanden sich auch in besonderen Kästen, dicht neben einander gesteckt, vor und gestatteten auf diese Weise einen leichten Ueberblick. Hier konnte man deutlich sehen, bis zu welcher Vollkommenheit die meisten Florblumen gebracht waren und welche Mannigfaltigkeit man im Verlaufe der letzten Jahrzehende erzielt hatte. Selbst bei Petunien und anderen Blumen, wo keine reinen und deshalb auch nicht dem Auge angenehmen Farben ursprünglich vorhanden sind, hatten diese wohlgefälligeren Platz gemacht.

Selbst Mosaik-Darstellungen waren angefertigt, wobei man anstatt der kleinen Kalk- und anderen Steinchen verschieden-gefärbte Blumen verwendet hatte. Es bedurfte die kunstfertige Hand Geübter, um aus Blumen auch Personen so darzustellen, dass Jedermann sie erkannte. So befand sich im Hintergrunde des Tivoli-Theaters Friedrich der Grosse in Blumen-Mosaik. Es waren zu dem Portrait getrocknete Blumen, wie dieselben in Erfurt in grossen Mengen zubereitet werden, benutzt, und zwar hauptsächlich Astern, Malven und verschieden-gefärbte Immortellen aus der Abtheilung der Helichryseen. Einen glücklicheren Gedanken hätten die Verfertigerinnen, die Töchter des Kunst- und Handelsgärtners Schmidt in Erfurt, nicht zur Ausführung bringen können, als hier Friedrich den Grossen darzustellen, mit seinem dreieckigen Hute und sich auf den Stock stützend. So stand er da und schaute von seinem hohen Standpunkte herab, als wollte er sagen: „Ich bin mit Euch Gärtnern zufrieden; fahrt so fort!"

Ein anderes Bild war im dunkellaubigen Hintergrunde und über Lebensgrösse aufgestellt. Es sollte die Germania darstellen, welche sich auf ihr Schwert stützt. Ohne Zweifel aber hatte den Verfertigerinnen ein Bildniss der Jungfrau von Orleans vorgeschwebt, als sie dieses zusammensetzten. Nicht getrocknete, sondern frische Blumen waren hier zur Anwendung gekommen. Wir unterschieden hauptsächlich wiederum Astern und Malven, ausserdem aber noch besonders Scharlach-Pelargonien, Georginen und Zinnien.

(Schluss folgt.)

Etablissement horticole de A. Verschaffelt.

Es ist uns eben No. 77 des Preis-Courantes für den Herbst 1865 und für das Frühjahr 1866 von Ambroise Verschaffelt in Gent zugegangen. Wir erlauben uns, die Leser der Wochenschrift darauf aufmerksam zu machen, da es auch dieses Mal ausser einer grossen Reihe interessanter Pflanzen aus den früheren Jahren wiederum mehres Neue enthält. Es gilt dieses besonders von einigen Blüthensträuchern, wie Rhododendren, Rosen und Chrysanthemum's. Den Lesern der Wochenschrift, welche diese durch Buchhändler beziehen, wird es dieser Nummer beigelegt; sonst darauf Reflektirende können es auf frankirte Briefe durch die Redaktion oder auch direkt aus Gent erhalten.

Aufforderung.

Für die Abhandlung über die internationale pomologische Ausstellung in Edinburgh den besten Dank; die Redaktion ersucht aber den Verfasser freundlichst um nähere Angabe seiner Adresse.

Verlag von Karl Wiegandt in Berlin,
Koch-Strasse No. 22.

Druck der C. Feister'schen Buchdruckerei (L. Mewes),
Berlin, Zieten-Platz No. 2.

Wochenschrift

des

Vereines zur Beförderung des Gartenbaues in den Königl. Preussischen Staaten

für

Gärtnerei und Pflanzenkunde.

Redakteur:

Professor Dr. Karl Koch,

General-Sekretair des Vereines.

No. 43. Berlin, den 28. Oktober **1865.**

Preis des Jahrganges 5⅓ Thlr., sowohl bei Bezug durch den Buchhandel, als auch franco durch alle Post-Anstalten des deutsch-österreichischen Post-Vereines.

Sonntag, den 29. Oktober, pünktlich um 11 Uhr, findet im Englischen Hause (Mohrenstrasse 49) eine Versammlung des Vereines zur Beförderung des Gartenbaues statt, wozu die geehrten Mitglieder eingeladen werden. Unter Anderem kommt die Zeit und der Ort der 5. Versammlung deutscher Pomologen, Obst- und Gemüsezüchter zur Beschlussnahme.

Geschichte der Ziergärten und der Ziergärtnerei in Deutschland während der Herrschaft des regelmässigen Gartenstyles.

Von Oskar Teichert.

Unter diesem Namen erhalten wir ein fast 16 Bogen umfassendes Werk eines jungen Gärtners, Oskar Teichert, der jetzt dem Garten des Rittergutes in Watkowitz bei Marienwerder vorsteht und uns schon früher durch eine Beschreibung des Herzoglichen Gartens in Sagan bekannt ist. Aus diesen beiden Werken geht hervor, dass er vorherrschend dem Künstlerischen in der Gärtnerei, der ästhetischen oder bildenden Gartenkunst, sich zuneigt und seit vielen Jahren schon sich mit der Geschichte der Gartenkunst im Allgemeinen beschäftigt hat.

Leider ist bis jetzt das Geschichtliche in der Gartenkunst sehr vernachlässigt worden; um so mehr müssen wir dem Verfasser Dank wissen, dass er auf einen grade sehr wichtigen Theil derselben, nämlich der ersten Gartenkunst des Kultur-Menschen mit ihren von der Baukunst abhängigen, ja selbst architektonisch-gehaltenen Anlagen, wie diese in Deutschland nach und nach ausgebildet wurden, sein Augenmerk gerichtet und den Versuch gemacht hat, eine Geschichte des regelmässigen Gartenstyles zu schreiben, und zwar in einer Weise, dass Jedermann, der nur einigermassen für den Gegenstand Interesse hat, das Buch nicht unbefriedigt aus der Hand legen wird. Wir wollen uns keineswegs verhehlen, dass manche Lücken noch auszufüllen gewesen wären; wir müssen aber bedenken, dass es ein erster Versuch ist. Mit Fleiss hat der Verfasser die Materialien, welche ihm zu Gebote standen und wozu hauptsächlich Hirschfeld's und Meyer's (Professor's in Königsberg) Werke Beiträge geliefert hatten, zusammengetragen und zu einem Ganzen vereinigt.

Unsere heutige Gartenkunst ist neu, da sie kaum länger als ein Jahrhundert existirt. Früher war sie Dienerin der Baukunst oder wurde durch das Nützlichkeits-Prinzip hervorgerufen. In alten Zeiten stellten die Gärten mit Mauern umschlossene Räume dar, wo besonders die Frauen und überhaupt die Familien zurückgezogen von der übrigen Welt ihr Leben zubrachten. Der Ursprung des Namens „Garten" selbst und das lateinische „Hortus" deuten darauf hin. Die ersten Kultur-Menschen lebten nicht in öden Flächen, sondern hatten sich in schönen, durch Berg und Thal unterbrochenen Gegenden angesiedelt; ihre Umgebung genügte ihnen und sie bedurften keine Veränderung. Der Gartenkünstler hat auch heut' zu Tage in solchen von der Natur schon reichlich ausgestatteten Gegenden kein Feld für seinen Geist; er kann höchstens an einigen Stellen nachhelfen, hübsche

Punkte durch Pfade verbinden und diese dadurch zugänglicher machen. Greift er aber ein, dann möchte es nur schlechter werden. Wer wird denn etwa am reizenden Ufer des Bosphor's einen Park in unserem, für die Ebene berechneten Gartenstyle machen wollen?

Wir erinnern uns allerdings noch des traurigen Anblickes, wo ein Engländer um die Wohnung eines Grossen des türkischen Reiches dort eine sogenannte Englische Anlage machen sollte und auch wirklich machte. Die schönsten Myrten- und Pistazienhaine, reizende Boskets von Oleander, Jasmin u. s. w., prächtige Büsche des Erdbeerbaumes, der Baumhaide oder des Rhamnus Alaternus, wie sie nur die Natur hervorrufen kann, wurden leider dabei mehr oder minder zerstört. Man riss ferner romantische Felsenparthien ein, um Raum zu grossen Rasenplätzen zu erhalten, und schlug Pinien nieder, um nordamerikanische Gehölze anzupflanzen. Wir geben uns der Hoffnung hin, dass bei dem steten Wechsel in den höchsten Chargen des Osmanen-Reiches dieser hohe Beamte recht bald wo anders hin versetzt worden ist, damit die Natur selbst die geschlagenen Unbilden bald wieder hat ausgleichen können.

Je mehr die Kultur-Menschen sich an höhere Genüsse gewöhnten, um so mehr verwandten sie Sorgfalt auf ihre Wohnung, die schliesslich in der That, besonders bei den Römern, mit einer Bequemlichkeit und einem Luxus eingerichtet wurde, wie wir sie jetzt kaum kennen. Freilich waren damals auch andere Zeiten. Wenige durch die Geburt oder durch eigene Thatkraft bevorzugte Menschen häuften mit Hülfe von Sklaven oder Unterworfenen Reichthümer auf, die ihnen die grössten Ausgaben erlaubten. Mag unsere vornehme Welt heute noch so luxuriös leben, gegen die üppigen Römer bleibt sie weit zurück. Wir haben nicht mehr Hunderttausende und Millionen selbst, die Anderen leben müssen; es hat sich Alles mehr ausgeglichen und auch der Aermste macht Ansprüche an das Leben.

Auf die Wohnung also wurde von den alten Kultur-Völkern Alles verwendet. Man pflanzte wohl Bäume, um Schatten zu haben, in der Nähe, legte auch Blumen-Parterre's an; es geschah aber nur im Zusammenhange mit der Architektur. Die schwebenden Gärten der Semiramis hatten uneigentlich diesen Namen; es waren Terrassen, auf denen einzelne beliebte Bäume standen. Wir besitzen die Beschreibung eines römischen Gartens, wie ein solcher zu Plinius' Zeit ausgesehen hat. Wer ihn kennen lernen will, findet in Meyer's vorzüglichem Werke der bildenden Gartenkunst noch Näheres darüber.

So blieb die Gartenkunst das ganze Mittelalter hindurch und bis in das 18. Jahrhundert hinein Dienerin der Baukunst. Bisweilen war sie zwar etwas freier, aber zu der freien Gestaltung eines Gartens, einer Anlage kam sie nicht. Die Schönheitslinie suchte vergebens im Garten Fuss zu fassen; gerade Linien herrschten dagegen in ihm, wie in den Wohnungen. Später erhielt sie, hauptsächlich in Italien, noch allerhand phantastische Zugaben, durch die selbst der reguläre Gartenstyl zur Ausgeburt wurde. Man lese nur in Meyer's bildender Gartenkunst und selbst in dem vorliegenden Buche, in Teichert's Geschichte des regelmässigen Gartenstyles, nach; doch gediehen in Deutschland die Verirrungen nie so weit, als in Italien und selbst in Frankreich.

In Thüringen, Hessen, Franken und am Rhein entwickelten sich zum Theil die Gärten in anderer Weise, indem das Nützlichkeits-Prinzip hinzukam. Karl der Grosse suchte den Wohlstand der ihm unterworfenen Völker auf alle mögliche Weise zu fördern. Er liess besondere Felder anweisen, wo Gemüse und Obst gebaut werden musste. Seine Verbindungen mit Italien, besonders aber mit dem Chalifen Harun-al-Raschid, machten, dass er ferner verschiedene nützliche, besonders aromatische und medizinische Pflanzen, kennen lernte. Diese liess er kommen, um sie, besonders von Mönchen, anbauen zu lassen. Diese meist von Mauern umschlossenen Felder dienten aber auch zum Vergnügen, indem Schatten-werfende Bäume und Blumen ebenfalls darin gepflanzt wurden. Vor Allem war die Linde der Lieblingsbaum und ebenso durfte die Rose nicht fehlen. Hier traten natürlich die geometrischen Figuren zurück, obwohl immer noch in den Wegen und in der Anlegung der Beete die grade Linie vorherrschte. Diese echtdeutschen Gärten, welche zur Zeit Karls des Grossen ihren Anfang nahmen, haben sich fast bis in die neueste Zeit erhalten und finden sich selbst noch, und zwar ziemlich häufig, in den Provinzen, besonders in kleinen Städten, vor.

Jenseits des Rheines und der Alpen gehören diese deutschen, dem Nützlichkeits-Prinzip huldigenden Gärten zur Seltenheit, obwohl sie hier und da ebenfalls existirt haben mögen. Dagegen verlor sich der sogenannte italienische Styl daselbst von Jahrhundert zu Jahrhundert immer mehr in unnatürlichen Auswüchsen; diese selbst herrschten schliesslich vor. Da trat, und merkwürdiger Weise grade zu einer Zeit, wo sonst jede freie Regung verpönt war, zu Ludwig XIV. Zeiten, ein Mann auf, Le Nôtre, und gab dem regelmässigen Gartenstyle geistreiche Formen. Mit Le Nôtre hat dieser auch seine Vollendung erhalten und war abgeschlossen. Stillstand gibt es jedoch bekanntlich nirgends in der Geschichte. Es wiederholte sich auch hier in der Gartenkunst, was so oft sich schon ereignet hat, dass grade die Vollendung einer Richtung alsbald einen anderen Gang und bisweilen selbst den Gegensatz hervorruft.

Jenseits des Kanales, und zwar hauptsächlich in Schottland, hatten im 18. Jahrhunderte Männer die Urwälder und die Prärien Nord-Amerika's gesehen; zum Theil waren sie dahin geflohen, um sich dem damaligen, in Unsitte uud Widerspruch gefallenden Europa zu entziehen. Sie kamen zum Theil zurück und verpflanzten die Waldeinsamkeit aus der Neuen Welt nach Schottland, um daselbst ungestört von dem Treiben der grossen Welt ferner zu leben. Es war auch nach Europa Kunde gekommen von den grossen Anlagen und Gärten in China, wohin sich die Grossen des himmlischen Reiches, von schweren Sorgen ruhend, eine Zeit lang zurückzogen. So bildete sich ein neuer Gartenstyl, wo Haine, Baumgruppen und Wiesen in freundlicher Harmonie mit einander abwechselten, aus. Das Abgeschlossene, die Einsamkeit wurde später etwas in den Hintergrund gestellt; doch erst in Deutschland suchte man die reine Natur mit dem menschlichen Leben mehr in Harmonie zu bringen. Auf diese Weise entstanden die natürlichen Anlagen und Gärten, welche mit der umgebenden Landschaft in Verbindung gesetzt und, wie sie ein Hirschfeld und ein Skell angebahnt, ein Fürst Pückler-Muskau und ein Lenné durchgeführt haben.

Doch auch die bildende Gartenkunst hat neuerdings den Umständen Rechnung tragen müssen, indem sie die Menschen selbst in grösseren Zusammenhang mit dem Garten brachte. Der von Jahr zu Jahr gesteigerte Wohlstand förderte allmählig auch den Luxus und rief schliesslich grosse Eleganz in der Kleidung und in der Wohnung hervor. Natürlich wurde auch diese in die Gärten und Parks übertragen. Man fand die Waldeinsamkeit dicht an der Wohnung mit dem Uebrigen im Widerspruch und rückte sie weiter hinaus; man verlangte da, wo man in eleganten Toiletten aus der Wohnung heraustrat, ebenfalls Eleganz und einen Uebergang zu den grünen Wiesen und Hainen, die nur in ihren Konturen und in der Mannigfaltigkeit der Nüancirungen des Grün einfachere Schönheiten zeigten. So entwickelte sich der Pleasure ground, der anfangs weit einfacher war, als jetzt, und schon damals den plötzlichen Uebergang vermeiden sollte, in der Weise, wie wir ihn sehen. Leider übertreibt die heutige Gartenkunst aber oft diese ihre Aufgabe und wird allmählig wiederum zum regelmässigen Gartenstyl, wo jedoch oft der Geist Le Nôtre's fehlt.

Wir haben geglaubt, diese Einleitung der Geschichte unserer Gärten überhaupt der Besprechung der Geschichte der Ziergärten und der Ziergärtnerei zur Zeit des regulären Gartenstyles von Oskar Teichert vorausschicken zu müssen, um damit das Buch selbst mehr einzuführen. Der Leser weiss daher, welcher Theil der Gartenkunst ihm dadurch bekannter werden soll. Es liegt auch gar nicht in unserer Absicht, einen Auszug des Buches zu geben, der nur trocken werden könnte: wir wollten darauf aufmerksam machen. Von ganzem Herzen wünschen wir, dass andere Theile der Geschichte der Gärtnerei auf gleiche Weise monographisch bearbeitet werden möchten. Vor Allem würde eine Geschichte unserer Florblumen sehr viel Interesse für jeden Gebildeten haben. Wie die heutige Aster und Georgine z. B. allmählig entstanden und zu dieser Vollkommenheit gekommen, das erfahren wir nirgends. Von vielen unserer Kulturpflanzen ist sogar fast jede Spur ihrer Einführung und ersten Entwickelung verloren gegangen.

Der Verfasser „der Gärten des regelmässigen Gartenstyles" gibt zunächst eine allgemeine Einleitung zur Geschichte der deutschen Gartenkunst überhaupt, wobei er besonders aus des Königsberger Meyer's und aus Jessen's darauf bezügliche Werke schöpft. Dass Karl der Grosse um die deutsche Gartenkunst grosse Verdienste gehabt hat, ist bekannt, weniger aber, welchen Einfluss Graf Albert von Bollstädt, gewöhnlich Albertus Magnus genannt, auf ihre Entwickelung ausübte. Dieser war ein eminenter Geist und keineswegs der Charlatan, für den man ihn hier und da gehalten. Später haben 2 Fürsten viel für Gärten gethan: Kaiser Karl IV. und der Brandenburger Waldemar.

Mit dem 15. und 16. Jahrhunderte scheinen die deutschen Gärten ihre Vollendung gefunden zu haben, bevor von Italien aus der regelmässige Gartenstyl bei den Grossen des deutschen Reiches Eingang fand. Wir hätten wohl gewünscht, dass die Schriften von Clusius und der Gebrüder Bauhin, in denen sich manche auf Gärten bezügliche Einzelheiten vorfinden, sorgfältig durchstudirt worden wären und empfehlen es, sowie überhaupt das Lesen aller damals erschienenen Kräuterbücher, auch der flämischen und holländischen, nachträglich noch dem Verfasser.

Das Buch selbst zerfällt in 3 Abschnitte, von denen der erste uns mit den verschiedenen Formen des regelmässigen Gartenstyles, dem italienischen, dem französischen und holländischen, vertraut macht. Interessant und lehrreich zu gleicher Zeit sind die Rückblicke auf die Entwickelung unserer Pflanzenkultur. Wir erfahren dabei z. B. wann zuerst Mistbeete und Treibhäuser angewendet wurden und wie selbige nach und nach sich herausbildeten. Ebenso werden wir mit der früheren Gartenliteratur bekannt gemacht.

Der zweite Abschnitt ist der wichtigste. Er enthält eine spezielle Geschichte der deutschen Ziergärten im regelmässigen Style. Wir hätten wohl gewünscht, dass die Folge auch eine geschichtliche gewesen wäre. Dazu hätte allerdings noch vollständigeres Material gehört, wie es nur aus Chroniken und Archiven erhalten werden kann; es möchte die Vollendung des Buches aber auch dadurch nicht geringe Zeit hinausgeschoben worden sein. Deshalb finden auch wir uns zufriedengestellt und möchten nur, dass der Verfasser auf demselben Wege weiter arbeitete und von Zeit zu Zeit die Resultate seiner Forschungen veröffentlichte.

Wir erhalten dafür die Schilderung der Gärten in geographischer Reihenfolge. Es wird mit denen des österreichischen Kaiserreiches, wo die von Wien natürlich eine grosse Rolle spielen, begonnen, worauf die Preussens folgen. Man sieht ebenfalls in der Gartenkunst, wie das erlauchte Geschlecht der Hohenzollern hier wirkte und Einfluss ausübte. Es scheint fast, als wenn dieser Theil mit besonderer Vorliebe behandelt wäre. Auch die Wittelsbacher haben ihre schönen Gärten gehabt, jedoch weniger in Alt-Bayern, als in der Pfalz und in den zum Elsass gehörigen Ländereien. Es gilt dieses zum Theil nicht weniger von den Württemberg'schen Herzögen. Auf gleiche Weise werden allmählig die Gärten der übrigen deutschen Länder geschildert. Ueber die alten Gärten Frankfurts und Hamburgs liesse sich allerdings noch Manches sagen.

Interessant ist am Schlusse des Abschnittes die Aufzählung der Pflanzen, welche in jener Zeit der Herrschaft des regelmässigen Gartenstyles verwendet wurden. Wenn man bedenkt, dass dabei noch allerhand Küchenkräuter und zum Menschen in Verbindung stehende Pflanzen aufgeführt sind, so war man allerdings damals sehr genügsam.

Der dritte Abschnitt enthält die wichtigeren Ereignisse in der Geschichte der deutschen Gartenkunst chronologisch geordnet und zwar im 16., im 17. und im 18. Jahrhunderte. Hierdurch kommt der Verfasser einigermassen unserem oben ausgesprochenen Wunsche nach.

Am Schlusse folgt ein alphabetisches Register der aufgeführten wichtigeren Gärten und Gartenbesitzer, der Garten- und Baukünstler u. s. w.

Schliesslich wünschen wir dem Buche eine grosse Verbreitung, zumal sein Lesen auch dazu beitragen wird, die Liebe zu Pflanzen und Blumen zu erhöhen. Es kommt dazu, dass es auch von Seiten des Buchhändlers gut ausgestattet und sein Preis niedrig gestellt ist, da es nur 1⅓ Thlr. kostet.

Die Pflanzen-, Blumen-, Gemüse- und Obst-Ausstellung in den Tagen vom 9. bis 17. September zu Erfurt.

(Schluss.)

Dass von **Astern** wiederum die grössten Sortimente vorhanden waren, kann man sich wohl bei einer Erfurter Ausstellung denken. Astern werden in Erfurt nicht in kleinen Beeten kultivirt; da findet man ganze Morgen buchstäblich mit Astern bedeckt. Man gehe vor das Brühler Thor, wo Benary seine grossartigen Asterkulturen besitzt, man gehe aber auch vor die anderen Thore, wo Jühlke, Heinemann, Fr. A. Haage jun., Franz Anton Haage, Lorenz, Platz und Sohn, Haage und Schmidt, Gebrüder Born, Döring und Sohn und Andere ihre Blumenfelder haben! Wo man 150,000 Blumen abschneiden kann, ohne dass man es bemerkt, da müssen wirklich viele Pflanzen vorhanden sein.

Doch auch von auswärts waren bedeutende Astern-Sortimente eingegangen, so hauptsächlich aus dem nahen Arnstadt, wo Möhring, Karl Fischer und Ausfeld Vorzügliches geliefert hatten; ausserdem waren aus Quedlinburg von A. Gebhardt und aus Aschersleben von G. Bestehorn bedeutende Sortimente vorhanden. Deegen in Köstritz hatte dagegen einige neugezüchtete Sorten gebracht. Wenn oft auch nur geringe Farben-Nüancirungen Veranlassung zu bestimmten Sorten gaben, so muss man doch staunen, dass Benary allein 280, Franz Ant. Haage 216, Fr. A. Haage jun. 208 und Lorenz 180 verschiedene Sorten in abgeschnittenen Blumen zur Schau gebracht hatten. Im Ganzen waren von 23 Gärtnern Beiträge geliefert.

Levkojen sind bekanntlich nächst Astern ein Hauptkultur-Zweig der Erfurter. Zur Samengewinnung werden die Pflanzen weniger im freien Lande, als vielmehr in Töpfen gezogen, die unter eigends dazu gebauten Stellagen gegen Regen und rauhe Witterung geschützt werden. Abgeschnittene Blumen halten sich auf Ausstellungen weniger und so waren auch nur 5 Sortimente vorhanden.

Reizend nahmen sich die Sortimente gefüllter Zinnien in abgeschnittenen Blumen aus. Kaum sind es einige Jahre, wo die ersten in den Handel kamen. Und wie hat man diese Florblumen schon vervollkommnet! Die von 21 Gärtnern ausgestellten Sortimente legten Zeugniss ab. Die bei den Astern genannten Handelsgärtner waren auch hier mit ihren Erzeugnissen in die Schranken getreten, ausserdem nennen wir aber noch: Moschkowitz und Söhne, Neumann, Pabst, sowie Schmerbitz und Petersen in Erfurt, ferner Gottholdt und Co. in

Arnstadt, Gebrüder Böttner in Greussen und O. Neumeyer in Langensalza.

Die Malvenblumen haben uns fast besser abgeschnitten gefallen, als an den steifen und hohen Stengeln. Man hatte hier auch besser Gelegenheit, den reizenden Bau und die zarten Farben der Blumen zu bewundern. Wir machten auch die Bemerkung, dass die abgeschnittenen Blumen viel weniger vergänglich sind, als man gewöhnlich glaubt. 11 Handelsgärtner hatten Sortimente geliefert. Fr. A. Haage jun., Pabst, Platz und Sohn, Jühlke, Benary und Gottholdt und Co. wären hier etwa zu nennen.

Georginen hatten dagegen in noch reicheren Sortimenten 9 Gärtner geliefert; unter ihnen befand sich natürlich auch unser vielleicht für ganz Europa grösster Georginen-Züchter J. Sieckmann in Köstritz mit einem grossen Sortimente und ausserdem 5 neuen viel versprechenden Sorten. Doch auch Chr. Deegen ebendaher hatte ausser ganzen Sortimenten zum ersten Male 5 neue Liliputs und 5 neue andere ausgestellt. Louis Feldhügel in Langensalza, Platz und Sohn und Fr. Haage jun. verdankte man ebenfalls Sortimente von 200 Sorten.

Reizend nahmen sich die Afrikanen (Tagetes) aus. Schade, dass die Blumen so unangenehm riechen; die schönen regelmässigen Zeichnungen besitzen aber keine anderen Florblumen. Neumann, Gebrüder Born und Franz Anton Haage zeichneten sich hier aus. Verbenen und Phlox Drummondii waren ebenfalls in reichlicher Mannigfaltigkeit und in reichlich wechselnden Farben-Nüancirungen vorhanden. Man musste diese freilich schon in den ersten Tagen gesehen haben. A. Gebhardt in Quedlinburg, Bernhard Thalacker, Haage und Schmidt und Chr. Lorenz in Erfurt sind hier zu nennen.

Noch vergänglicher sind bekanntlich Balsaminen, Petunien und Stiefmütterchen; sie boten eigentlich nur am ersten Tage Gelegenheit sich zu informiren. Mehre Sortimente waren geliefert, von denen uns die von Heydert in Potsdam, sowie von Schäfer, Drenkmann und Rob. Neumann am besten gefielen. Die schönsten Stiefmütterchen hatten Schwanecke in Oschersleben und Moschkowitz & Söhne in Erfurt ausgestellt.

Es würde schliesslich doch zu weit führen, wollten wir noch weiter über alle die verschiedenen Florblumen, welche hier in abgeschnittenen Exemplaren vorhanden waren, berichten; wir übergehen sie und bemerken nur, dass allein Fr. A. Haage jun. ausser den bereits erwähnten allein Sortimente von noch 9 Florblumen ausgestellt hatte. Unter ihnen befanden sich auch sehr hübsche Dianthus Heddewigii, Salpiglottis, Scabiosen und Senecionen. Andere Sortimente hatten noch Chr. Deegen in Köstritz, Gebrüder Born und Franz Anton Haage geliefert. Auch wollen wir nicht vergessen noch der sehr grossen Anzahl (über 300) von Gladiolus-Blüthenstengeln zu gedenken, deren Pflanzen J. C. Schmidt selbst aus Samen herangezogen hatte.

Wir gehen zu den Immortellen und getrockneten Blumen über. Helichrysen spielen hier bekanntlich die Hauptrolle und waren auch am meisten vorhanden. J. C. Schmidt macht hierin die grossartigsten Geschäfte und war auch wohl am Reichlichsten vertreten. Ausserdem aber nennen wir E. Wallberg & Rümpler, Moschkowitz & Söhne und Jühlke, sowie Schmerbitz und Petersen. Recht hübsche Arbeiten waren auch von getrockneten Blumen angefertigt; über sie zu berichten, erlaubt uns, so sehr sie es auch verdient hätten, aber weder Raum noch Zeit.

Interessant waren 2 Sammlungen von Immortellen und getrockneten Blumen, wie diese zu Bouquets u. s. w. benutzt werden. Die eine, welche zu gleicher Zeit auch ein Sortiment der ebenfalls zu gleichen Zwecken benutzten Gräser enthielt, hatte F. C. Schumann in Wurzen bei Leipzig, die andere H. Schwade in Hochheim bei Erfurt geliefert. Ein grosses Sortiment Ziergräser verdankte man dagegen Benary.

Schliesslich bleibt uns noch übrig die Sammlung abgeschnittener Zweige von Ziergehölzen, aus 400 verschiedenen Arten bestehend, zu bemerken, welche Park-Inspector Petzold aus seinem Arboretum in Muskau zur Verfügung gestellt hatte. Hauptsache war hier, dass sie richtig benannt waren und deshalb Gelegenheit boten, sich zu informiren. Doch war zu viel mehr in die Augen Fallendes vorhanden, als dass man dieser interressanten Sammlung so grosse Aufmerksamkeit gewidmet hätte, als sie es wohl verlangte.

Von den frischen Blumen und Immortellen gehen wir zu den daraus angefertigten Gegenständen über. Bouquets, Haar-Garnituren und Kränze waren vielfach vorhanden. Es ist möglich, dass die Herbstzeit zur Anfertigung derselben weniger geeignet ist oder dass die Blumen-Arabesken und die mit Blumen gefüllten Kästen die Sinne zu sehr betäubt hatten: wir waren, mit Ausnahme Einiger, weniger befriedigt. Das, was wir in dieser Hinsicht im vergangenen Frühjahre in Amsterdam, wo übrigens Erfurter Gärtner unter Belgiern und Franzosen der deutschen Kunstfertigkeit eine ehrenvolle Stellung errungen hatten, gesehen, war noch zu lebhaft in unserer Erinnerung.

Auch getrocknete Blumen und Immortellen waren zu gleichen Zwecken und ausserdem mehrfach angewendet worden. So hatte Chr. Lorenz einen fliegenden Adler, das Wappen der Stadt Erfurt haltend, aus Schilf und Immortellen angefertigt, E. A. Wallberg hingegen in einem 8 Fuss hohen und 4 Fuss im Durchmesser haltenden Kandelaber alle Sorten Immortellen, getrocknete Blumen und Rispen von Gräsern harmonisch vereinigt. Auch die Blumentische, ebenfalls damit ausgeschmückt und zwar von dem Gärtner Schwade in Hochheim bei Erfurt, nahmen sich gut aus, nicht weniger der Blumentempel aus frischen und getrockneten Blumen, welcher aus der kunstfertigen Hand von Joh. Peterseim hervorgegangen war.

An Kränzen, Bouquets, Vasen u. s. w. hatten auch Feidel in Erfurt und Gebrüder Böttner in Greussen Manches geliefert, was Kunstsinn voraussetzte. Ferner machen wir auf eine Rokoko-Anlage in alt-französischem Geschmack aufmerksam, welche der Garten-Gehülfe N. L. Christensen angefertigt hatte. Vor Allem aber gefiel eine Winter-Landschaft eigenthümlicher Art, wo man kahle, aber mit Puder oder Gypsstaub bestreute Aeste mit Zweigen, denen, wie es uns schien, Wurzelfasern noch eingesetzt waren, landschaftsmässig zusammengesetzt hatte. Man verdankte sie dem Zeichnen-Lehrer H. Kruspe in Erfurt. Ferner waren Terrarien vorhanden. Von ihnen mochte wohl das von Karl Benda in Berlin am meisten gefallen. Auch der Apparat zur Kultur von Warmhauspflanzen im Zimmer, wo man das Giessen überflüssig gemacht hat, möchte noch erwähnenswerth sein. Professor Münter in Greifswald hatte ihn ausgestellt.

Dass es aber ausserdem nicht an Blumentischen, Fruchtkörben u. s. w. fehlte, kann man sich wohl denken. Es würde aber zu weit führen, wollten wir auch hier noch in's Einzelne gehen. Wir bemerken nur noch, dass alle diese Gegenstände im Innern des Tivoli-Theaters und besonders auf den Gallerien aufgestellt waren.

Auch die übrigen, mit der Gärtnerei im Zusammenhange stehenden Gegenstände übergehen wir und verweisen in dieser Hinsicht auf den offiziellen Bericht, der demnächst erscheinen wird. Wir erlauben uns nur, abermals auf die Garten- und landwirthschaftlichen Geräthe von J. J. Schmidt in Erfurt aufmerksam zu machen, da wir sie in jeglicher Hinsicht nicht genug empfehlen können. Wir möchten aber wohl wissen, wie die Blumentöpfe, aus plastischer Kohle von G. A. Siebrecht in Kassel angefertigt, in der Praxis sich bewähren. Dass die Säuerung der Erde in solchen Blumentöpfen verringert, wenn nicht überhaupt vermieden wird, unterliegt wohl keinem Zweifel; es möchte hauptsächlich aber hier auf die Dauerhaftigkeit ankommen. Man sollte diese ebenfalls vermuthen, da in derselben Fabrik aus plastischer Kohle angefertigte Platten anstatt der Holztafeln und Schieferplatten empfohlen und grade wegen ihrer Dauerhaftigkeit angepriesen werden. Es wäre bei der Wichtigkeit des Gegenstandes wohl zu wünschen, dass vorliegende Erfahrungen in die Oeffentlichkeit gelangten.

Schliesslich noch einige Worte über die Preis-Zusprechungen. Dass es keine Leichtigkeit war, bei solchen Vorlagen und wo leider Gegenstände, die zusammen beurtheilt werden sollten, oft an ganz verschiedenen Stellen aufgestellt waren, das Richtige zu treffen, wird Jedermann zugeben. Niemand wird wohl mehr kritisirt, als die Preisrichter; sie machen es auch den Wenigsten zu Danke. Es ist ja natürlich, dass Jeder in der Regel seine Pflanzen für die besten hält; er würde sie auch nicht zur Konkurrenz gestellt haben, wenn er dies nicht thäte. Wenn wir daher mehrfach Unzufriedenheit äussern hören und auch wir keineswegs allenthalben mit den Aussprüchen zufriedengestellt waren, im Gegentheil Manches nicht begreifen können, so sind wir doch überzeugt, dass jeder Preisrichter unbeirrt nur seine individuelle Meinung ausgesprochen hat. Mehr kann er nicht thun.

Sämmtliche Aussprüche hier mitzutheilen, erlaubt uns weder Zeit noch Raum; sie sind ja auch bereits von Seiten des Erfurter Gartenbau-Vereines zur öffentlichen Kenntniss gekommen. Wir theilen demnach nur die mit, welche Medaillen oder werthvolle Gegenstände erhalten haben.

Die goldene Medaille Sr. Majestät des Königs für die hervorragendste Leistung im Gebiete des Gartenwesens erhielt Garten-Direktor Jühlke für seine Bemühungen um den Erfurter Gartenbau-Verein. Von den 3 Extra-Preisen Ihrer Majestät der Königin wurden die Pariser Pendule: F. C. Heinemann für eine gemischte Gruppe, die beiden Fruchtschalen von Silber: Ernst Benary für eine Gemüse-Gruppe und die beiden Blumenvasen von Silber: Fr. A. Haage jun. für eine gemischte Gruppe zugesprochen.

Von den 4 Erfurter Bürgerpreisen bekam das Trinkhorn von Silber: Chr. Lorenz für eine Gemüse-Gruppe, die silberne Fruchtschale: Fr. A. Haage jun. für Agaven und Yukken, den Pokal von Silber: J. C. Schmidt für eine gemischte Gruppe und den Tafelaufsatz von Silber: F. W. Wendel für eine gemischte Gruppe.

In der 1. Sektion — Gemüse — krönten die Preisrichter die Gemüse im Allgemeinen und die landwirthschaftlichen Produkte, sowie speziell die Erfurter Gemüse von Fr. A. Haage jedes durch eine grosse goldene Medaille, von denen die eine Ferd. Lucius zur Verfügung gestellt hatte, die Gemüse hingegen von Martin Haage, Haage &

Schmidt, Hübner in Bunzlau, Platz & Sohn und Heinemann erhielten jeder eine grosse silberne Medaille, ebenso der Blumenkohl von Moschkowitz & Söhne, die Kohlarten von S. Gärisch in Erfurt und Hollfelder in Bamberg, die Wurzelgewächse von Chr. Lorenz, die Runkelrüben und Turnips von Fr. A. Haage, der Hopfen von A. Kramer in Thandorf und die Berliner Gemüse von Louis Friebel; die kleinere silberne Medaille wurde aber zugesprochen: dem Zwerg-Blumenkohl von S. Gärisch, den Bohnen von Haage & Schmidt, den Gemüsen von Moschkowitz & Söhne, von Joh. Czekella und von Fr. Voigt, den Gurken von Karl Halt und Gebrüder Born, den Wurzelgewächsen der Akademie in Proskau und von Platz & Sohn, der Kohlrabi von F. W. Wendel, dem Kopfsalat von Chr. Lorenz, ebenso dessen Bohnen, sowie dessen Zwiebeln, den Kürbissen von Benary, den Champignons von Jühlke, den Kartoffeln von Schiebler & Sohn, den Runkelrüben von W. Büchner, den Getreidesorten von Jühlke, den Gespinnstpflanzen des landwirthschaftlichen Gartens in Karlsruhe und endlich den Zierfrüchten von Benary. Ausserdem erhielten Fr. A. Haage jun. für Runkelrüben und Turnips den Büchner'schen Preis, eine grosse silberne Medaille, Amtmann Huschke in Lützensömmern aber den Prager'schen Preis, einen silbernen Becher, für Hellerlinsen.

Was die 2. Sektion — Obst — anbelangt, so wurden durch eine grosse goldene Medaille gekrönt: die Aepfel und Birnen sowie die Formenbäume von Martin Müller in Strassburg, die Obstbäume in Töpfen von Hossfeld in Almerich bei Naumburg a. d. S., das Obst des Geheimen Regierungsrathes v. Trapp in Wiesbaden, die Trauben des Generaldirektors Lenné in Sanssouci bei Potsdam, die sizilianischen Früchte von Haage und Schmidt; durch die kleine silberne Medaille aber: die Aepfel und Birnen sowie die Topf-Obstbäume von Oehme in Erfurt, die Pfirsiche und Pflaumen von Galhau in Wallerfangen bei Saarlouis, die Trauben von Martin Müller in Strassburg, die Ananas von E. Lange in Haldem bei Dielingen, die Melonen des landwirthschaftlichen Gartens in Karlsruhe, die Formenbäume von Jamin & Durand in Bourg-la-reine bei Paris. General-Konsul Lade erhielt für seine Aepfel und Birnen den v. Haagen-Preis: eine grosse silberne Medaille.

Die 3. Sektion — Pflanzen in Töpfen — war am reichlichsten bedacht. Den höchsten Preis: die grosse goldene Medaille, erhielten Schmerbitz & Söhne für die in Töpfen kultivirten Levkojen und der botanische Garten in Berlin für die Cephalotus, die goldene Medaille dagegen als den Stürke'schen Preis: F. C. Heinemann für das beste Arrangement zur Ausschmückung eines Vorplatzes, als den Lucius'schen Preis: Linden in Brüssel für neue Pflanzen und als den Steinbrück-Eckholdt'schen Preis: Leop. Kellermann in Schönbrunn bei Wien für Aroideen-Blendlinge, die kleine goldene Medaille: der botanische Garten in Karlsruhe für Ouvirandra fenestralis u.s.w., Platz & Sohn für Yukka, sowie für Koniferen, und dann wieder als Kallmeyer'schen Preis: Gebrüder Villain für Versandtpflanzen eine extragrosse silberne Medaille, endlich als Pausch'schen Preis: der botanische Garten in Karlsruhe für 2 vollkommene Schaupflanzen.

Grosse silberne Medaillen wurden aber zugesprochen: den Gewächshauspflanzen und wiederum den Warmhauspflanzen, sowie der Koniferen-Sammlung, den neuen Koniferen und den Anecochilus der Laurentius'schen Gärtnerei in Leipzig, den gemischten Gruppen von E. Benary, den besten neu eingeführten Pflanzen von V. Döppleb, den Dekorationspflanzen für den Gartenrasen, sowie den Scharlach-Pelargonien, ferner den Fuchsien, auch den Petunien von F. C. Heinemann, der Alocasia cuprea des botanischen Gartens in Karlsruhe, der gemischten Gruppe von Villain, der Sarracenia rubra von Maak in Schönebeck, den Sommergewächsen in Töpfen von Moschkowitz & Söhne, den buntblättrigen Scharlach-Pelargonien von F. W. Wendel, den Astern von Haage & Schmidt, von Fr. A. Haage jun. und von E. Benary und endlich den Levkojen, ebenfalls von E. Benary; die kleinen silbernen Medaillen aber: den Stauden und Dekorations-Pflanzen von Haage & Schmidt, den Warmhauspflanzen, einer 2. Sammlung von Astern, den beiden Sammlungen von Levkojen, den buntblättrigen Stauden und den Kaladien von Fr. A. Haage jun., den Succulenten des botanischen Gartens in Berlin, den Scharlach-Pelargonien und den Stauden des freien Landes von Jühlke, den buntblättrigen Scharlach-Pelargonien, den Astern und den buntblättrigen Stauden von Platz & Sohn, den Fuchsien von V. Döppleb, den Heliotropien und Lantanen von Heinemann, den Petunien von Benary, den Astern von F. W. Wendel, ebenso denen von Chr. Lorenz, von Moschkowitz & Söhne und von den Gebr. Böttner in Greussen, den Levkojen und den Sommergewächsen in Töpfen von Schmerbitz & Petersen, den beiden Codiaeon chrysostictum (Croton pictum) von Danneel in Görzig bei Köthen, den Cyclamen von Aug. Schmerwitz in Gehlis bei Leipzig und den Kamellien von J. Rölke in Dresden.

In der 4. Sektion — abgeschnittene Blumen

— wurde die grosse silberne Medaille zugesprochen: dem Rosengärtner Metz in Erfurt für Rosen, Fr. Harms in Eimsbüttel bei Hamburg für neue Rosen, Benary, Haage und Schmidt, sowie Heinemann für Astern, wiederum Benary für Levkojen und Loise in Paris für Gladiolus, die kleinere silberne Medaille dagegen: Hofgärtner Wiegand in Eisenberg für Rosen, Fr. A. Haage jun., F. W. Wendel, Jühlke, Döring und Sohn, sowie Moschkowitz und Söhne für Astern, Jühlke wiederum für Malven, Sieckmann in Köstritz für Georginen, F. W. Wendel für Stiefmütterchen, Chr. Lorenz für Levkojen und Fr. A. Haage jun. für eine neue Sorte Igelastern. Den höchsten Preis in dieser Sektion, eine goldene Medaille als den Maas'schen Preis, erhielten jedoch: Haage und Schmidt für ein Arrangement mit abgeschnittenen Blumen.

In der 5. Sektion — Arrangements — wurden zugesprochen grosse silberne Medaillen: H. Kolbe in Erfurt für ein Blumen-Arrangement und J. C. Schmidt ebendaselbst eine silberne Medaille für Kränze und Bouquets.

Was endlich die 6. Sektion — Gärten-Requisiten — anbelangt, so erhielten hier die grosse silberne Medaille: Wilh. Knaust in Wien für eine Patent-Stativpumpe, eine silberne Medaille überhaupt: Julius Unger für ein gusseisernes Meublement, die kleine silberne Medaille: Gebrüder Dittmar in Heilbronn für eine Baumscheere mit Säge und der Gartengehülfe Oskar Schumann in Wurzen für eine Frucht-Etagere aus Naturholz.

Fischer's
Anregung zum ausgedehntesten Betriebe der Obstbaumzucht.

Der Pfarrer Fischer in Kaaden bei Saatz in Böhmen hat sich hauptsächlich durch seine 10 Gebote der Obstbaumzucht, worüber wir zur Zeit berichtet haben, auch in weiteren Kreisen bekannt gemacht. Jetzt liegt uns ein besonderer Abdruck eines gewichtigen Theiles aus einem grösseren Werke „der Obstfreund und der Obstzüchter" vor, was vor mehrern Jahren erschien. Dieser Abdruck führt den in der Ueberschrift angegebenen Titel und behandelt in ansprechender Weise den Obstbau. Die Obstbaumzucht, sagt der Verfasser im Vorworte, verschönert nicht nur die Gegend und macht sie fruchtbar, so zwar, dass Körnerfrüchte und Futtergewächse besser gedeihen und höhere Erträge geben, sondern sie veredelt auch diejenigen, welche sie betreiben. Unserer Ansicht nach ist, wie wir schon mehrmals auszusprechen Gelegenheit hatten, bei dem Obstbau gar nicht genug Werth auf diese beiden eben erwähnten Seiten, auf die ästhetische und auf die ethische, zu legen.

Der Verfasser bespricht der Reihe nach den Werth und die Bedeutung des Hausgartens, den Obstbaum als Gegenstand ländlicher Verschönerung, die materiellen Vortheile des Obstbaumes und er schliesst mit dem Aufrufe: „pflanzet Obstbäume und erziehet und pfleget sie gut!"

Eine Goldreinette, zum zweiten Male tragend.

In diesem ungewöhnlich heissen Frühling und Sommer, der durch einen kalten Juni und zum Theil Juli unterbrochen wurde, haben wir vielfach bemerkt, dass Gehölze zum zweiten Male ihre Blüthen entfalteten. So sahen wir im Hänel'schen Garten in Magdeburg eine Birnpyramide im August zum zweiten Male blühend.

Seltener möchte jedoch vorkommen, dass ein Obstbaum zum zweiten Male Früchte trägt. Ein solcher Fall ist jetzt in Berlin vorhanden. Eine Goldreinette von einigem Umfange hat im September ziemlich reichlichen Ertrag gegeben; der Baum steht jetzt wieder in Frucht. Schade, dass der Besitzer den mancherlei Freunden, welche ihn besuchten, jedes Mal einige Aepfel von der Grösse einer Wallnuss abgepflückt hat. Noch ist aber ein Ast ziemlich dicht damit besetzt. Wen die Sache interessirt, erlaubt der Partikulier Grape in Karlsbad No. 4 sehr gern, den Baum in Augenschein zu nehmen.

Diese zweite Blüthe ist dadurch entstanden, dass die Knospen, welche eigentlich erst im nächsten Jahre zur Frucht-Entwickelung kommen sollten, schon in diesem warmen Sommer sich entfalteten. Eine mikroskopische Untersuchung der an demselben Fruchtspiesse befindlichen Knospen lehrte uns, dass die im Hervorbringen unerschöpfliche Natur bereits diese, die wahrscheinlich erst im Jahre 1867 Blüthen hervorgebracht hätten, so gezeitigt hatte, dass diese schon im nächsten Jahre zum Vorschein kommen werden. Allerdings waren die Anfänge der Blüthen gegen die anderer Apfelbäume für diese Zeit noch sehr zurück.

Wenn das gelinde Wetter noch einige Zeit fortdauert, möchte wohl wenigstens eine Nothreife der vorhandenen Früchte eintreten.

Verlag von Karl Wiegandt in Berlin, Koch-Strasse No. 22.

Druck der C. Feister'schen Buchdruckerei (L. Mewes), Berlin, Zieten-Platz No. 2.

Wochenschrift

des

Vereines zur Beförderung des Gartenbaues in den Königl. Preussischen Staaten

für

Gärtnerei und Pflanzenkunde.

Redakteur:

Professor Dr. Karl Koch,

General-Sekretair des Vereines.

No. 44. Berlin, den 4. November **1865.**

Preis des Jahrganges 5¼ Thlr., sowohl bei Bezug durch den Buchhandel, als auch franco durch alle Post-Anstalten des deutsch-österreichischen Post-Vereines.

Die internationale Obst-Ausstellung in Edinburgh.

(Aus Gardeners Chronicle übersetzt.)

Mit einigen vorhergehenden Bemerkungen über Obsttreiberei von R. Hamilton.

Da gegenwärtig die Obstkultur die allgemeine Aufmerksamkeit hier in so hohem Grade in Anspruch nimmt, so darf ich wohl glauben, dass noch folgender Bericht über die vor Kurzem in der Hauptstadt Schottlands stattgehabte Obstausstellung, welche den Leitartikel zu No. 36 des „Gardeners Chronicle" bildet, für die geehrten Leser der Wochenschrift von einigem Interesse sein wird.

Wie erfreulich auch die raschen Fortschritte sein mögen, welche der Obstbau während der letzteren Jahre in Deutschland gemacht hat, so ist es dennoch nicht zu leugnen, dass, was die eigentliche Obsttreiberei anbelangt, es damit immerhin im Vergleich zu dem, was in England und Frankreich in dieser Hinsicht geleistet wird, hier noch sehr im Argen steht; und es wird sich beim Durchlesen folgenden Berichtes sicherlich Jedem unwillkürlich die Frage aufdrängen: „Wie ist es möglich, dass in einem so ungünstigen Klima, wie in dem Schottlands, dergleichen Erfolge erzielt werden können, während wir hier unter einem verhältnissmässig unvergleichlich günstigeren Himmelsstriche grade in diesem wichtigen Zweige der Gärtnerei noch so weit zurück sind?" — Unzweifelhaft kann die Ursache davon grösstentheils nur an unsern Gärtnern liegen! Und so ist es. Obstkultur überhaupt, und Obsttreiberei insbesondere, sind Kulturzweige, worin die deutschen Gärtner, so geschätzt sie auch überall, und mit Recht, ihres Fleisses, ihrer Intelligenz und ihrer Bildung wegen sind, noch sehr zurückstehen. Mögen ihnen daher die Leistungen ihrer schottischen Kollegen hierin gewissermassen zum Muster dienen und sie dazu anspornen, wenn auch nicht dieselben in aller Eile zu übertreffen, so doch mit der Zeit denselben wenigstens gleichzukommen.

Vor Kurzem reiste ein junger Irländer, Gärtner des Grafen Henkel v. Donnersmark, von einem Architekten begleitet, hier durch, um im Auftrage seines Prinzipals eine grossartige Obsttreiberei in Oberschlesien anzulegen. Wie erfreulich es auch ist, dass somit endlich einmal in dieser Hinsicht in ausgedehntem Massstabe hier der Anfang gemacht wird, so gereicht demnach der Umstand, dass Graf v. Donnersmark einen Ausländer mit dieser Anlage betrauen musste, meiner Ansicht nach den deutschen Gärtnern zum Vorwurfe, und da sicherlich in nächster Zukunft die Befähigung in dieser Spezialität unter den Eigenschaften eines tüchtigen, durchgebildeten Gärtners, wenn auch grade nicht den ersten, jedoch immerhin einen bedeutenden Rang einnehmen wird, so wäre es daher um so mehr zu wünschen, dass dieselben diesem vernachlässigten Zweige ihrer Kunst ein wenig mehr Aufmerksamkeit zuwendeten, als es bisher der Fall war; denn es wäre doch sicherlich ein harter Schlag für ihren Ehrgeiz, wenn, neben Lepère, es auf's Neue einem Ausländer gelingen sollte, sie in einem so überaus wichtigen Zweige der Gärtnerei, selbst im eigenen Vaterlande, zu übertreffen. Ich muss gestehen, dass es jedesmal den unangenehmsten Eindruck auf mich macht, wenn ich bedenke, dass es erst eines Ausländers bedurfte, oder mit anderen Worten, dass es einem Ausländer vorbehalten war, mit dem nach seinem, als Pomolog so rühmlich bekannten Vater benannten Schnitt, die eigentliche „feinere Obstkultur" hier einzuführen und, worüber man noch mehr erstaunt sein dürfte, dass es dem unternehmenden Sohne bis jetzt so leicht gelungen ist, sogar das Monopol in der Ausführung derartiger Anlagen hier zu behaupten.

Warum wählte derselbe nicht das weit bemitteltere England zum Felde seiner monopolisirenden Kunst? Die Ursache liegt klar auf der Hand und ist eine sehr einfache: weil sowohl besagter Schnitt, als all' das Wichtige, was sonst noch damit in Verbindung steht, daselbst schon seit langen Jahren bekannt ist und bekanntlich auch die ausgedehnteste Anwendung findet. Schon Loudon („der grosse Loudon," wie ihn seine Landsleute, die Schottländer, so gerne nennen und noch lieber nennen hören), gab in seinem unvergleichlichen Werke, der „Encyclopedia of Gardening," die ausführlichsten, von sehr deutlichen Abbildungen begleiteten Beschreibungen darüber.

Doch um die Geduld der Leser und den Raum des Blattes nicht allzusehr zu missbrauchen, will ich zur Uebersetzung des Berichtes, en question, übergehen:

„Es gereicht uns zu besonderer Freude, berichten zu können, dass die grosse internationale Obst-Ausstellung in Edinburgh sich des glänzendsten Erfolges zu erfreuen hatte. Wir besprechen dieselbe als eine Obst-Ausstellung, da dieselbe grade in Bezug auf diese Spezialität alle derartige vorhergehende Zusammenkünfte bei weitem übertroffen hat. Keine Ausstellung, welcher wir beiwohnten, selbst nicht die wirklich grossartige Schau, welche vor einigen Jahren unter dem Schutze der Horticultural Society in St. James Hall stattfand, könnte auch nur auf einen Augenblick mit der Edinburgher Ausstellung in Bezug auf die Fülle von Obst ersten Ranges, worunter die Tische ächzten, einen Vergleich aushalten, Dank der begeisterten Konkurrenz unter den britischen Gärtnern; denn obschon eine internationale Ausstellung, sowohl in der That, als in der Benennung, so sind wir dennoch unseren heimischen Züchtern gegenüber verpflichtet, zu gestehen, dass die Ordner der Ausstellung nur ihnen für die Beiträge, welche den Stolz der Ausstellung ausmachten, zu danken haben. Da das ausländische Obst, welches eingesandt war, von einem britischen Gärtner herrührte, so darf in der That gesagt werden, dass die Schau gänzlich dem Kunstfleisse unserer Kultivateure zu verdanken war.

Die Hauptpunkte der Ausstellung wird man auf einer andern Seite (s. Gardeners Chronicle p. 844) verzeichnet finden, doch können wir uns nicht enthalten, auch hier die Aufmerksamkeit auf die herrlichen Exemplare der Traubenkultur zu lenken, welche den Brennpunkt der Ausstellung bildeten. Wir weisen besonders auf diejenigen hin, welche von Fowler, Meredith, Thomson, Richards und Anderen geliefert wurden. Fowler's Muscate und die Hamburgh von Meredith waren prachtvoll; wir bezweifeln wirklich, ob vollkommenere Exemplare von guter Traubenkultur je die Tafeln eines Ausstellungsraumes zierten.

Auch waren, was Trauben von aussergewöhnlicher Grösse betrifft, bewundernswerthe Exemplare vorhanden, worin Fowler mit einer Traube von der Syrian (wahrscheinlich die sogenannte terre promise) von 12 Pfund $9\frac{1}{2}$ Unzen den ersten Rang einnahm und von Greenshields mit einer Barbarossa von 10 Pfund 12 Unzen unterstützt wurde. Ausser diesen waren verschiedene andere Exemplare von fast gleicher Grösse vorhanden.

Unter den Trauben, bei deren Vorzüge das Aroma massgebend war, trugen Muscat of Alexandria und Duchess of Buccleuch unter den weissen, und Muscat, Hamburgh und Black Frontignan unter den schwarzen die Palme davon. Es waren Hamburghs ausgestellt, deren Aroma ein äusserst feines war; doch können solche Trauben, von wie weit grösserem Nutzen sie auch im Allgemeinen sein mögen, mit den eben genannten vorzüglicheren Sorten da nicht konkurriren, wo die Entscheidung auf dem Besitze des feinsten Aroma's beruht; und es wäre unzweifelhaft besser gewesen, wenn die Sorten mit Muscat-Aroma von denjenigen, die dieses Aroma nicht besitzen, getrennt gewesen, d. h. in von einander getrennten Klassen ausgestellt worden wären.

Auch dürfen wir nicht vergessen, der herrlichen Exemplare von Ananas zu erwähnen, welche von D. Thomson eingesendet waren und den Preis von 10 Pfund Sterling gewannen, welcher von den Eigenthümern dieser Zeitung (Gardeners Chronicle) ausgesetzt war. Da sie sich im unreifen Zustande befanden, so waren sie in Töpfen ausgestellt, jedoch durch ihren kräftigen Wuchs, sowie durch vollkommen gerundete Frucht, als Muster von hoher Kultur charakterisirt.

Obschon die Jahreszeit für viele unserer auserwähltesten Schaupflanzen zu weit vorgerückt war, so fand sich dennoch eine sehr gute Auswahl von Pflanzen sowohl, als von abgeschnittenen Blumen, vor; unter letzteren waren Gladiolen und Malven vorherrschend. Unter den Pflanzen scheinen Statice im Norden weit mehr gezogen zu werden, als im Süden; sie sind sehr effektvoll und es waren bemerkenswerthe Kulturpflanzen davon aufgestellt (St. Holfordii und Kattryana).

Doch was uns in der ganzen Ausstellung die schönsten Exemplare von Pflanzenkultur zu sein schienen, war eine Schale mit Anecochilus Lobbii, von Lees ausgestellt, welche, was stämmigen, kräftigen, dichten Wuchs und Grösse der Blätter anbelangt, unserer Meinung nach noch nie auf unseren Ausstellungen erreicht worden sind; ferner ein von Mitchell ausgestellter, mit prachtvollen Kannen versehener Nepenthes Rafflesiana. (Diese Pflanze, wie in der nämlichen Nummer des Gardeners Chronicle bemerkt wird, war volle 8 Fuss hoch und vielleicht das Schönste, was je in ihrer Art ausgestellt worden ist.) Auch war eine mit einigen langen Rispen ihrer höchst interessanten Blüthen versehene Renanthera coccinea, eine Orchidee, die bis jetzt in Berlin noch nicht zur Blüthe gebracht wurde, obschon sehr starke Exemplare davon hier vorhanden sind, sowie eine mit 20 völlig entfalteten Blumen versehene Pflanze der äusserst seltenen Phalaenopsis Portei, von der nur 2 oder 3 Exemplare bis jetzt in Europa existiren, ausgestellt; die letztere Pflanze ebenfalls durch Lees, der sie von William für eine P. amabilis gekauft hatte. Auf gleiche Art liess Low vor einiger Zeit eine ganz beträchtliche Anzahl der herrlichen P. Lüddemanniana ungeahnt durch die Finger schlüpfen, indem er dieselben, ohne die Blüthentriebe abzuwarten, zu seinem grossen Schaden als Ph. grandiflora sp. Borneo veräusserte.

Einen Begriff von der Ausstellung, insofern sie die besseren Obstsorten betrifft, kann man am besten aus der Zahl der Einsendungen gewinnen, welche sich auf ungefähr 140 in den verschiedenen Klassen von Trauben, deren Vertretung eine aussergewöhnliche war, 7 von Ananas, 13 von verschiedenen Sammlungen von Früchten, 30 von Pfirsichen, 16 von Nectarinen und 8 von Aprikosen belief.

Der Tag war günstig und zahlreicher Besuch drängte sich durch die Halle und die Versammlungs-Säle, worin die Ausstellung abgehalten wurde, hoffentlich mit den befriedigendsten Ergebnissen für die Kasse der Gesellschaft, der Horticultural society of Edinburgh, durch welche die Ausstellung in's Leben gerufen war. Der Dank der Gärtnerwelt gebührt überdies dem leitenden Comitée für die Anregung, welche ihre wohlüberlegten und wirksam ausgeführten Pläne im Gartenbau hervorgerufen.

Wir wollen hoffen, dass sich dergleichen Zusammenkünfte wiederholen werden."

Botanical Magazine.

1. Hälfte 1865.

Orchideen haben in den letzten Jahren immer in dem Botanical Magazine eine Rolle gespielt und werden auch jetzt noch hauptsächlich berücksichtigt. Lissochilus Horsfallii R. Br. (tab. 5486) beginnt den Jahrgang und gehört, da die Art der bekannten Bletia Tankervillae sehr ähnlich sieht, zu den grössern, wo die schmal-elliptischen und gefalteten Blätter eine bedeutende Länge haben und sich durch ihr schönes Grün auszeichnen. Aus ihnen ragt der grosse, mit einer umfassenden Traube endigende allgemeine Blüthenstiel weit heraus. Die grossen Blüthen besitzen braune Kelch- und sehr zart rosafarbene oder fast weisse Blumenblätter, während die Lippe am untern Theile grün, am obern braun erscheint. Die Pflanze stammt aus Alt-Calabar und wurde 1861 durch S. Cheetham an J. B. Horsfall auf Bellamour-Hall in Staffordshire gesendet.

Dendrobium Parishii Hook. kam durch Parish, dem wir so viele Pflanzen, besonders Orchideen verdanken, von Mulmein in Ostindien zunächst an Hugh Low & Co. in Clapton. Es steht dem D. nobile und moniliforme nahe und hat rosafarbene, an der Basis weisse Blumenblätter, während die Lippe sich durch ein grosses, purpurfarbiges Auge auszeichnet. D. hedyosmum Batem. (tab. 5515) gehört hingegen zu den Arten, welche sich durch einen herrlichen, dem der Lackblume ähnlichen Geruch von der Mehrzahl der übrigen Dendrobien gut unterscheidet. Dies gab auch Ursache zur Anwendung des Beinamens, der „angenehmer Geruch" bedeutet. Derselbe Parish hat auch diese Art in Mulmein entdeckt und an Hugh Low & Co. mitgetheilt. Ihre Blüthen haben eine weisse Farbe mit Ausnahme der orangenfarbenen Lippe.

Epidendron dichromum Lindl. ist zwar schon länger bekannt, aber doch, so viel wir wissen, bis jetzt nicht in den Gärten gewesen. Neuerdings haben Hugh Low & Co. in Clapton eine Orchidee aus Bahia erhalten, welche eine Form der genannten Art darstellt und den Beinamen „amabile" erhalten hat. Die Blüthen bilden eine verästelte Traube und sind ziemlich gross. Ihre Farbe ist rosenroth, die der Lippe purpurfarbig und von einem weissen Saum umgeben. Nicht selten erscheinen die Blüthen aber auch weiss, ein Umstand, der wohl zur Benennung „doppelfarbig" Veranlassung gegeben hat (tab. 5491).

Coelogyne fuscescens Lindl. var. brunnea (tab. 5494) befand sich schon gegen das Jahr 1848 in Kew, ging aber wiederum verloren. Neuerdings ist sie wiederum durch Hugh Low & Co. in Clapton, der sie ebenfalls von Parish aus Mulmein erhalten hatte, eingeführt worden. Ziemlich grosse und elliptische Blätter kommen aus den Scheinknollen. Vor den ersteren erscheinen schon die Blüthen, welche eine überhängende Aehre bilden. Die weissen Blumenblätter haben einen gelblichen Anstrich und die auf der Aussenseite weisse Lippe ist nach innen gelb und braun gezeichnet.

Laelia praestans Rchb. fil. (t. 5498) wurde bereits 1857 in der damals von uns herausgegebenen allgemeinen Gartenzeitung beschrieben, später (1. Jahrg. S. 51) auch in der Wochenschrift erwähnt. Sie steht den übrigen Lälien an Schönheit nicht nach. Sie stammt aus Brasilien, und zwar von der Insel St. Katharina, woher sie der Konsul Schiller in Hamburg erhielt. Die Blüthen sind grösser und fleischiger als bei L. pumila, mit der die Art sonst grosse Aehnlichkeit besitzt. Die Farbe ist ein etwas in's Violette sich neigendes Roth, während die Lippe mehr purpurfarbig erscheint.

Cattleya quadricolor Batem. (tab. 5504) wurde von Rucker in Neugranada vor einigen Jahren entdeckt und hat den Namen von den 4 Farben der Blüthe erhalten. Die Blumenblätter, von denen die innern 3 Mal breiter sind, als die äussern, haben das reinste Weiss, während die Lippe am unteren einwärts-gerollten Theile rosa-lila, am obern Ende hingegen purpurviolett und darunter auf weissem Grunde gelbgestreift erscheint. In der Regel sind nur 1 und 2 Blüthen vorhanden. Dass diese Art auch eine Form der Cattleya labiata sei, möchte man meinen. Ein Reisender in jenen Gegenden hat an den Bäumen Cattleyen in allen Nüancirungen vom Weiss zu rosa oder lila gesehen. Auf gleiche Weise stellen C. Mossiae, pallida, Warszewiczii, Trianaei und Wageneri nur Formen einer und derselben Art, der C. labiata, dar.

Acropera armeniaca Lindl. (tab. 5501) ist noch eine Orchidee, deren Entdeckung und Einsendung man dem jetzigen Inspektor des botanischen Gartens in Krakau, v. Warszewicz, verdankt, der sie in Nikaragua auffand. Sie ist unbedingt die Schönste ihres Geschlechtes. Die schönen gelben Blüthen bilden eine ½ bis ¾ Fuss lange und überhängende Aehre.

Masdevallia Tovarensis Rchb. fil. (t. 5505) wurde bereits in den 40ger Jahren von dem bekannten Berliner Sammler Moritz in Columbien entdeckt und kam später lebend durch Professor Karsten und durch Wagener nach Berlin, wo sie damals als M. candida auf den Ausstellungen gesehen wurde. Nur 2 Blüthen kommen auf einem den Blättern gleichlangen Stiele hervor und besitzen eine weisse Farbe. Ihre äusseren Blumenblätter sind an der Basis zusammengewachsen und bilden daselbst eine Röhre, welche die beiden kleinen innern Blumenblätter und die unbedeutende Lippe einschliesst.

Schliesslich sind noch 2 Cypripedien dargestellt. Cypripedium laevigatum Batem. (tab. 5508) besitzt die in der Mitte gefalteten, aber fleischigen und durchaus fleischfarbigen Blätter in 2 Reihen. Zwischen ihnen steigt der behaarte Stiel empor und trägt 3 bis 5 ziemlich grosse Blüthen mit fast 2 Zoll langen, violetten Fruchtknoten. Von den beiden weissen äusseren Blumenblättern ist das obere braun-, das untere grün-gestreift. Während die 5 bis 6 Zoll langen und chokoladen- und grünlich-gefärbten inneren Blumenblätter gedreht und kaum ¼ Zoll breit sind, haben diese eine Breite und Länge von nur 1 Zoll. Die schmutzig-gelbe Lippe ist im Verhältniss zu denen anderer Arten dieses Geschlechtes klein. Vaterland sind die Philippinen, wo der junge Veitch die Pflanze entdeckte.

Cypripedium concolor Batem. (tab. 5513) besitzt dagegen breit-elliptische und dunkelgezeichnete Blätter, welche auf der Unterseite eine braune Farbe haben und sich fast horizontal ausbreiten. Zwischen ihnen kommen die bis 2 Zoll langen und drüsig-behaarten Stiele mit in der Regel 2 Blüthen hervor, welche eine durchaus hellgelbe Farbe besitzen und Veranlassung zu der Benennung gaben. Entdeckt wurde die Art von Parish in der ostindischen Provinz Mulmein.

Wir wenden uns den übrigen Monokotylen zu. Von Agave Saundersii Hook. (tab. 5493) haben wir bereits gesprochen (S. 100). Aroideen sind vier bildlich dargestellt. Arisaema papillosum Schott (tab. 5496), von dem wahrscheinlich A. erubescens Schott nicht verschieden ist, möchte keine Pflanze für Liebhaber sein. Aus einem Knollen kommen ein fussförmig-getheiltes Blatt mit getigertem Stiel und der kurz-gestielte Blüthenstiel hervor. Die grüne Blüthenscheide ist im untern zusammengerollten Theile deutlicher weiss-gestreift, als in dem oberen, eine Vertiefung einschliessenden und in eine gezogene Spitze auslaufenden. Der Kolben ist zum grössten Theile eingeschlossen. Vaterland ist Ceylon, wo die Art nur im Hochgebirge vorkommt.

Arisaema Wightii Schott heisst eine andere Art dieses Geschlechtes (tab. 5507). Aus dem Knollen kommen meist 2 Blätter, welche aus 5 fingerförmig-gestellten Blättchen bestehen. Auch hier ist die grüne Blumenscheide dunkelgestreift und besitzt weit mehr die Form eines Helmes, indem der lanzettförmige oberste Theil abwärts gekrümmt erscheint. Aus der Höhlung des unteren Theiles der Blumenscheide ragt grade der mit Stempeln und Staubgefässen besetzte Theil des Kolbens heraus und verlängert sich noch in einen sehr langen und dünnen Anhängsel. Vaterland ist wiederum Ceylon.

Arum palaestinum Boiss. (tab. 5509) ähnelt allerdings hinsichtlich der Vegetation unserer gewöhnlichen Aronswurz, besitzt aber sehr breite und stumpf-spiessförmige Blätter. Die grosse Blumenscheide ist nur in ihrem unteren zusammengerollten Theile grün und hat sonst eine dunkelbraune Farbe. Die Pflanze wächst in Palästina und wurde in der Nähe von Jerusalem entdeckt.

Alocasia Lowii Hook. var. picta (tab. 5497) ist die bereits von uns zuerst beschriebene Alocasia Veitchii (s. 5. Jahrg. der Wochensch. S. 137; 7. Jahrg. der Wochenschr. S. 90).

Aglaonema marantaefolium Blume fol. macul. (tab. 5500) ist früher als Calla picta Roxb. beschrieben und später als Aglaonema commutatum von Schott aufgestellt worden. Wir sahen die Pflanze zuerst auf der Brüsseler internationalen Ausstellung (s. 7. Jahrg. S. 158 und 182). Die länglich-lanzettförmigen Blätter besitzen an den Seiten-Nerven eine unregelmässige, silbergraue Zeichnung, die jedoch nicht sehr in die Augen fällt. Die grünlich-gelblichen Blüthenscheiden sind konkav und umgeben den nur wenig kürzeren Kolben. Vaterland sind die Molukken und sonstigen Malayschen Inseln.

Billbergia olens Hook. (tab. 5502) stammt wohl gleich den übrigen Arten dieses Geschlechtes aus Südamerika und wurde zuerst von Petersburg aus verbreitet. Die innern Blätter erhalten zur Zeit der Blüthe eine schöne rothe Farbe, während die Blüthen selbst violett gefärbt sind und einen kurzen, nicht herausragenden Blüthenstand bilden. Nach der Abbildung sind die Blumenblätter nicht verwachsen, wie es bei Billbergia cruënta der Fall ist, welche deshalb eine echte Bromelia darstellt.

Astelia Solandri A. Cunn. (tab. 5503) gehört zu den eigenthümlichen Monokotylen, welche im Habitus grossen Rietgräsern oder Sparganien gleichen und gleich den letzteren auch dichtgedrängte Blüthen, wie bei den Kolben zusammengestellt, besitzen. Diese Blüthen haben aber eine 6-blättrige weisse Blume und 6 Staubgefässe, so dass dadurch eine Verwandtschaft mit Asphodeleen hergestellt wird. Die Pflanze bildet eine dichtgewachsene Staude, möchte aber kaum Blumen- und Pflanzen-Liebhabern empfohlen werden dürfen.

Vellosia (richtiger Vellozia) candida Mik. (tab. 5514) gehört zu den Hämodoraceen mit halbunterständigem Fruchtknoten. Ihre schmalen, in der Mitte gekielten und am Rande dornig-gesägten Blätter haben gleichfalls Aehnlichkeit mit denen grosser Rietgräser, zumal die Pflanze diesen ähnlich wächst. Aus ihrer Mitte kommt eine kurzgestielte, trichter-glockenförmige Blume mit flachem Saume und von weisser Farbe hervor.

Morenia fragrans R. et P. (tab. 5492) ist zwar schon längst bekannt, wurde aber erst 1850 durch Linden eingeführt und ist seitdem ziemlich verbreitet worden. Wendland hielt sie für eine neue Palme und gab ihr den Namen Chamaedorea Lindeniana. Sie ist eine der elegantesten Rohrpalmen und verdient um so mehr Berücksichtigung, als sie auch im Zimmer aushält. Die Blätter sind sehr fein gefiedert; unter ihnen kommen die Scheiden mit den überhängenden und verästelten Blüthenständen hervor.

Die übrigen in der ersten Hälfte des Jahrgangs 1865 des Botanical Magazine abgebildeten Pflanzen sind Dikotylen und auch zum grossen Theil in den Warmhäusern zu kultiviren. Dombeya Burgessiae Gerrard ist eine kapische Büttneriacee, welche Dr. Harvey zuerst bekannt gemacht und ihren Beinamen nach einem Fräulein Burgess erhalten hat. Es ist ein sehr zu empfehlender Blüthenstrauch, der im Vaterlande nur eine Höhe von 6 bis 8 Fuss erreicht und grosse herzförmig-5-lappige Blätter besitzt. Die ziemlich grossen und weissen Blüthen sind an der Basis rothgestreift und bilden eine doldentraubige Scheindolde, die Mitte August zum Vorschein kommt.

Raphiolepis japonica S. et Z. var. integerrima (tab. 5510) ist ebenfalls ein Blüthenstrauch, aber des Kalthauses. Die breit-länglichen, fast rundlichen Blätter sind lederartig und besitzen eine schöne dunkele Färbung. Am Ende der Zweige stehen sie gedrängter und umgeben daselbst den dichtblüthigen Straus von 2 bis 5 Zoll Länge. Die Blüthen haben eine blendend-weisse Farbe und sind ziemlich gross. Vaterland ist Japan, von woher der botanische Garten in Berlin zuerst die Pflanze erhielt. Diese Abart mit ganzrandigen Blättern ist auch als R. integerrima Hook. et Arn. bekannt gemacht worden.

Die ungefleckte weibliche Aucuba japonica L. (tab. 5512) ist bereits mehrfach von uns besprochen worden. Das schönste Exemplar mit rothen Früchten dicht bedeckt sahen wir im Frühjahre des vorigen Jahres in Brüssel (s. 7. Jahrg. d. Wochenschr. S. 159 und 294).

Monochaetum dicranantherum Naud. (tab. 5506) wurde zuerst als Rhexia dicrananthera R. et S., später auch als Arthrostemma multiflorum Wern. und Monochaetum Hartwegianum Naud. beschrieben und wächst auf den Kordilleren Neugranada's, Peru's und Chili's. Es ist ein sehr hübscher Blüthenstrauch, den andern bei uns kultivirten ähnlich, aber in allen seinen Theilen grösser, obwohl er kaum bis 2 Fuss hoch wird.

Proustia pirifolia Lag. (tab. 5489) ist ein rankender Körbchenträger aus der Unterfamilie der Mutisiaceen, den Veitch & Sohn aus Chili bezogen haben. Die eirunden oder breit-länglichen Blätter sind lederartig und nur bisweilen am Rande etwas gezahnt. Am Ende der schwachen Zweige befinden sich die grossen Rispen, deren Blüthenkörbchen 5 weisse Strahlenblüthchen besitzen. Nach dem Verblühen treten die rothen Haarkronen hervor und geben damit dem Blüthenstande ein ganz anderes Aussehen.

Ein anderer Körbchenträger, aber nicht rankend und kaum Liebhabern zu empfehlen, ist Raillardia ciliolata DC. (tab. 5517) von den Sandwich-Inseln, wo er auf den höchsten vulkanischen Gebirgen der Insel Hawai vorkommt und durch Macrae, einem Sammler der Londoner Gartenbau-Gesellschaft, entdeckt wurde. Die Pflanze ist etwas strauchartig und gehört in die Unterfamilie der Senecioneen, wo sie in der Nähe der ungestrahlten Kreuzkräuter (Senecio-Arten) stehen muss. Die ungestielten Blätter sind schmal-elliptisch und die Blüthenkörbchen haben eine gelbe Farbe.

Dagegen verdient Manettia micans Poepp. et Endl. (t. 5495), eine peruanische rankende Pflanze aus der Familie der Rubiaceen, unsere Beachtung und schliesst sich in dieser Hinsicht der bekannten Manettia bicolor an, die ähnlich dieser Pflanze angewendet werden kann. Sie ist unbehaart und besitzt ziemlich grosse, eirund-lanzettförmige Blätter, in deren Winkeln die rothen Blüthen mit gekrümmter Röhre und gelbem Saume meist zu 3 auf gemeinschaftlichem Stiele hervorkommen. Entdeckt wurde sie durch den Professor Pöppig in Leipzig, eingeführt aber durch Veitch's Reisenden Pearce.

Hypoestes sanguinolenta hat Hooker die buntblättrige Akanthacee genannt, welche bisher in den Gärten als Eranthemum sanguinolentum kultivirt wurde und bereits von uns näher besprochen worden ist (s. S. 303).

Acanthus montanus T. Anders. (Cheilopsis montana N. v. E. tab. 5516) ist eine wunderschöne Blatt- und Blüthenpflanze zugleich, welche der auf Fernando Po am Ausflusse des Nigers verstorbene Dr. Vogel entdeckte und später von dem Reisenden Mann eingeführt wurde. Die grossen, buchtig-fiederspaltigen und dornig-gezähnten Blätter sizzen dem Stengel an und haben eine freudig-grüne Farbe. Die ebenfalls grossen und rosafarbigen Blüthen stehen in dem Winkel der oberen, zu Deckblättern verwandelten Blätter und bilden eine ziemlich dichte Aehre.

Swainsonia occidentalis Müll. (tab. 5490) wurde anfangs als Diplolobium Walcottii Müll. beschrieben und scheint in Neuholland und den zunächst gelegenen Inseln eine ziemlich grosse Verbreitung zu haben. Die Art schliesst sich den übrigen, welche in Kultur sind, an und besitzt ziemlich grosse Blüthen von violetter Farbe, welche eine schlaffe Aehre bilden. Die meist 9 an der Zahl daran befindlichen Paare rundlicher Blätter stehen ziemlich entfernt, haben eine freudig-grüne Farbe und sind fast ganz unbehaart. Von den 14 durch Bentham in seiner australischen Flor beschriebenen Arten befinden sich die meisten in Kultur (s. Berl. Allgem. Gartenz. 1857 S. 364).

Iresine Herbstii Hook. (tab. 5499) ist bei uns unter dem falschen Namen Achyranthes Verschaffeltii Lem. bekannter und unbedingt eine der schönsten buntlaubigen Pflanzen für den Sommer im freien Lande, welche wir neuerdings erhalten haben. Ueber sie haben wir erst vor Kurzem (S. 141) gesprochen.

Anemone angulosa Lam. (tab. 5518) haben wir zuerst, und zwar bereits vor 5 Jahren, besprochen und empfohlen (3. Jahrg. S. 174), da sie sich durch grössere Blumen von unserem Lederblümchen (Anemone Hepatica) unterscheidet. Im botanischen Garten zu Berlin wird sie schon lange kultivirt. Da sie nun von Belgien und England aus empfohlen ist, wird sie ja auch allmählig in unsere Gärten Eingang finden.

Die Wechselwirthschaft bei der Gemüsekultur.

Von J. G. Meyer, Handelsgärtner in Ulm.

Die in einem Gartenboden vorhandenen Ueberreste an Humus und in Humus verwandlungsfähigen Düngerstoffe, sowie die Pflanzen-Rückstände der letzten Erndte bilden, bevor eine neue Düngung aufgebracht wird, die nährende Kraft des Bodens. Diese Nährkraft des Bodens wird nun von den angebauten Gewächsen während ihres Wachsthums bald mehr, bald weniger aufgezehrt, und so lassen auch wieder andere Pflanzen durch ihre abfallenden Blätter, ihre Stengel und Wurzeln dem Boden einen Theil der von ihnen ihm entzogenen Nahrungstheile zurück. Für den Gemüsezüchter ist es daher äusserst wichtig, dass er seine anzubauenden Gewächse nach ihrer den Boden erschöpfenden oder nach ihrer zehrenden Kraft sehr genau kennt, um bei dem Anbau seiner Kulturgegenstände auf diese ihre Eigenschaften die gehörige Rücksicht nehmen zu können.

Die meiste Bodenkraft nehmen die Pflanzen in Anspruch: je nahrhafter, mehlreicher und stickstoffhaltiger die Früchte derselben sind. — Je weniger sie die Eigenschaft besitzen, durch ihre Blättermasse die atmosphärischen Nahrungsstoffe einsaugen. Je länger das Wachsthum einer Pflanze andauert, desto mehr bedarf sie der Nährstoffe des Bodens, gegenüber einer schneller reifenden Pflanze. Je tiefer die Gewächse in dem Boden wurzeln und je mehr sich die markigen Theile der Wurzel vergrössern. — Je näher der Blüthe und den reifen Früchten sie den Boden verlassen (wie die Sämereien), da sie, so lange sie noch grün sind, wenn auch weniger, doch noch Nahrungsstoffe aus der Luft aufnehmen, während sie mit dem Eintritt der Samenreife den ihnen so sehr nöthigen Kohlen- und Stickstoff noch aufnehmen. — Bei dünnem Stande der Gewächse, weil sie die Verflüchtigung der Nahrungsstoffe des Bodens und das Aufkommen der Unkräuter begünstigen.

Weniger Bodenkraft erfordern die Pflanzen: Bei gutem dichtem, der Pflanzengattung angemessenem Stande, sie beschatten dadurch den Boden, halten die Bodenfeuchtigkeit stets lange an, verhindern die Verflüchtigung der Nahrungsstoffe desselben und auch das Aufkommen der Unkräuter. — Je grösser ihre Blättermasse ist, desto grösser ist auch ihre Eigenschaft fruchtbare Stoffe aus der Atmosphäre aufzunehmen. — Je grössere Mengen an Abfällen von Wurzeln, Stengeln und Blättern sie dem Boden nach ihrer Einerndtung zurücklassen.

Hinsichtlich dieser, den Boden mehr oder weniger erschöpfenden Eigenschaften der Gemüsepflanzen unterscheidet man sie, einzelne Ausnahmen abgerechnet, in:

a) starkzehrende Gewächse, und rechnet zu dieser Klasse: die Blatt- und Stengelgewächse (Kohlarten, Salate, Endivien, Salat- und Suppenkräuter, Mangold, Spinat, Rhabarber, Artischocken), Gewürzpflanzen (Anis, Koriander, Fenchel), und Fruchtgewächse (Gurken, Melonen im Freien, Speiseerbsen, Liebesäpfel und Eierpflanzen).

b) mässigzehrende Gewächse: die Wurzel- und Knollengewächse (Meerrettig, Cichorie, Pastinak, Petersilie, Schwarzwurzel, Zuckerwurzel, Haferwurzel, Sellerie, Weissrübe, Erdkohlrabi, Salatrüben, Caroten, Rettige, Zwiebeln und zwiebelartige Gewächse, Kartoffel, Bataten, Erdmandeln).

c) wenigzehrende (schonende) Gewächse: die Hülsenfrüchte (Stangen- und Zwergbohnen, Ausbruch- und Zucker-Erbsen, Linsen, Ackerbohnen, Spargelerbse).

Diese hauptsächlichsten Eigenschaften unserer Gemüsepflanzen machen nun eine Abwechslung bei ihrem Anbau nöthig, wie dies bei der Kultur der landwirthschaftlichen Gewächse gebräuchlich ist, wo man unter Pflanzenwechsel, Wechselwirthschaft, Rotation, Turnus u. s. w. die Zahl der Jahre und Schläge, in welche die Bewirthschaftung des ganzen Ackerfeldes abgetheilt ist, nach deren Umlauf die bestimmte Reihenfolge wieder von vorn beginnt, versteht. Bei der Landwirthschaft hat man nämlich schon längst die Beobachtung gemacht, dass der Anbau von einerlei Früchten mehre Male und schnell aufeinander, auf einem und demselben Boden, dem guten Gedeihen derselben äusserst nachtheilig ist und dass bei einem zweckmässigen Wechsel der anzubauenden Früchte das Gedeihen derselben befördert und dabei eine Menge Dünger alljährlich erspart werden kann. Die gleiche Wechselwirthschaft muss nun aber auch bei dem Gemüsebau, sobald dieser mehr im Grossen betrieben wird, eingehalten werden. Es werden nämlich bei derselben alljährlich nur der dritte Theil des Gartens, oder der zu dem Gemüsebau bestimmten Felder frisch gedüngt, die Gewächse wechseln alle Jahre ihre Stellen und kommen erst nach 3 Jahren wieder auf ihre früheren. Auf diese Weise erhält man dreierlei Land:

1) fettes (frisch gedüngtes) für die starkzehrenden Gewächse, 2) noch Dünger habendes (vorjährig gedüngtes) für die mässigzehrenden Gewächse und 3) mageres (vor 2 Jahren gedüngtes) für die wenigzehrenden Gewächse. Die Vortheile einer solchen Rotation für den Gemüsebau sind: Ersparniss an jährlich zwei Drittheilen Dünger und gutes Gedeihen der angebauten Pflanzen, weil jede derselben das ihr dienliche Land zugetheilt erhält.

Diese für den Gemüsebau höchst wichtige Regel findet nun aber selbst bei vielen Gemüsegärtnern noch wenige Beachtung. Sie haben ihre bestimmten Kohl-, Salat- und Sellerie-Länder, bepflanzen diese alljährlich mit denselben Pflanzen und suchen den Verlust der Nahrungstheile des Bodens durch eine wiederholte, dem jedesmaligen Anbau der Pflanzen vorausgehende Düngung zu ersetzen und schaden sich dadurch auf eine mehrfache Weise, und zwar, dass sie durch eine alljährliche Aufbringung einer Menge Dünger, ihre Kulturkosten auf eine unnütze Weise vermehren, und zudem wirkt dieser noch auf den guten Geschmack mehrer Gemüsepflanzen auch äusserst nachtheilig. Anders verhält sich dies bei nur kleinen Gärten, wo wegen Mangel an Raum die Lieblings-Gemüse der Familie fast alljährlich auf einem und demselben Gartenbeete zum Anbau kommen, oder wie bei den wärmsten und am sonnigsten gelegenen Ländern des Gemüsegärtners, welch letztere in einem und demselben Jahre durch den mehrfachen Anbau der verschiedensten Gemüse darin und schnell nach einander, besonders stark ausgenutzt werden. In diesen beiden Fällen wird eine reichliche und reife (verweste) Düngung alljährlich äusserst nothwendig.

Die Einführung dieser Wechselwirthschaft macht nun aber eine Eintheilung der zur Gemüsekultur bestimmten Ländereien nöthig, welche auf eine verschiedene Weise, stets aber dergestalt gemacht werden sollte, dass dadurch die Symmetrie des Ganzen nicht gestört und der Garten durch den Anbau der verschiedenen Gewächse ein gefälligeres Aeussere mit der möglichsten Berücksichtigung auf den vortheilhaften Stand der Gemüse untereinander, erhält. Diese Eintheilung lässt sich einfach und leicht dadurch ausführen, wenn man den zu dem Gemüsebau bestimmten Raum in 3 oder 6 gleiche Theile abtheilt, wovon bei der ersten Abtheilung alljährlich 1 Theil, bei der zweiten aber 2 Theile frisch gedüngt werden müssen. Damit der Garten nach dem Anbau der Gewächse ein gefälliges Aussehn erhält, wählt man diese gedüngten Theile, ob Quartiere wie in den grössern, oder ob einzelne Beete, wie dies in den kleinern Gärten, oder aber ob einzelne Ackerbeete, wie dies bei freien Feldern vorkommt, wechselseitig, merkt sich diese, sowie die in dem vorigen Jahre gedüngten und so auch die Abtheilungen der mageren Länder, oder führt über die gemachte Eintheilung ein kleines Register.

Die botanische Systematik in ihrem Verhältnisse zur Morphologie.

Von Ernst Krause.

Der Verfasser vorliegender Schrift, welche in Weimar bei B. Fr. Voigt erschienen ist, nennt sich in der Vorrede selbst einen Laien und beansprucht als solcher die Nachsicht der Fachgelehrten. Es gab eine Zeit, wo Jeder sich berechtigt fühlte, ein System zu schreiben, und so haben wir aus den zwanziger und dreissiger Jahren die grösste Anzahl botanischer Systeme erhalten. Es geht mit den Systemen aber grade so, wie mit den Krankheiten. Je mehr Arzneien für eine Krankheit vorhanden sind, um so weniger ist diese erkannt. Grade in jenen, an Systemen so reichen Jahren hatte man in der Kenntniss der Pflanzen nicht unbedeutende Rückschritte gemacht. Dadurch war es auch nur möglich, dass Schleiden, der ein Minimum von Pflanzen und selbst diese nicht ordentlich kannte, mit solcher Wegwerfung von der Pflanzenkenntniss sprechen konnte.

Der Verfasser nennt sich zwar, wie gesagt, einen Laien, in den beiden ersten von den 3 Büchern aber, in welche das Werk zerfällt, gibt er jedoch eine Literatur-Kenntniss und ein Verständniss des Gegebenen kund, aus der man wiederum den Fachmann erkennt. Die historische Entwickelung des botanischen Systemes ist seine starke Seite. Wenn er auch den Natur-Philosophen wegleugnet, so ist er doch von der Natur-Philosophie völlig umfangen. Hier schadet sie auch nichts; wir möchten selbst sagen, dass, wie jede Geschichte philosophisch betrieben werden muss, so auch die Geschichte der botanischen Systeme. Es wird nicht leicht Jemand das Werk bis hierher unbefriedigt aus der Hand legen und gern dem Faden des geistreichen Verfassers folgen. Wir hätten gewünscht, dass es hier abgeschlossen worden wäre.

Anders ist es nämlich mit dem 3. Buche, wo der Verfasser in die Wirklichkeit getreten ist. Will man ein System der Pflanzen schreiben, da schaden geistreiche Gedanken mehr, als sie nützen, da muss man nur, und zwar möglichst viel, Pflanzen kennen. Das scheint nun grade hier nicht der Fall zu sein. Wie wären sonst solche Zusammenstellungen, wie bei den gurkenartigen Pflanzen oder gar bei den Ampfer-Gewächsen, möglich gewesen? Piperaceen, Polygonaeen und Tiliaceen und wiederum Violeen und Cucurbitaceen in einer Gruppe! In der Kenntniss der Pflanzen-Systeme sind wir durch die Schrift vorwärts, in der systematischen Kenntniss der Pflanzen rückwärts gekommen.

Obstwildlinge.

Bei dem Verlangen nach Obstwildlingen möchte es Manchem von Interesse sein zu erfahren, dass bei dem Kunstgärtner R. Wartenberg in Schmetzdorf bei Bernau (Reg.-Bez. Potsdam) Wildlinge von Aepfeln und Birnen, und zwar 1-jährige das Hundert zu 21 Sgr., 2-jährige verpflanzt zu 1 Thlr., das Tausend der ersteren zu 6½ Thlr., zu beziehen sind. Schwächere von Aepfeln zum Okuliren kosten das Hundert nur ½, das Tausend 4½ Thlr. Von Himbeeren kostet die rothe Antwerpener, sowie die Kirsch-Johannisbeere das Stück 2, das Dutzend 20 Silbergroschen.

Berichtigung.

Wir beeilen uns, einen Irrthum in der Preiszusprechung bei der Erfurter Ausstellung zu berichtigen:

Die Laurentius'sche Gärtnerei in Leipzig hat für ihre Gewächshauspflanzen nicht die grosse silberne (S. 343), sondern die grosse goldene Medaille zuertheilt bekommen.

Verlag von Karl Wiegandt in Berlin, Koch-Strasse No. 22.

Druck der C. Feister'schen Buchdruckerei (L. Mewes), Berlin, Zieten-Platz No. 2.

Wochenschrift

des

Vereines zur Beförderung des Gartenbaues in den Königl. Preussischen Staaten

für

Gärtnerei und Pflanzenkunde.

Redakteur:

Professor Dr. Karl Koch,

General-Sekretair des Vereines.

No. 45. Berlin, den 11. November **1865.**

Preis des Jahrganges $5\frac{1}{3}$ Thlr., sowohl bei Bezug durch den Buchhandel, als auch franco durch alle Post-Anstalten des deutsch-österreichischen Post-Vereines.

456. Versammlung des Vereines zur Beförderung des Gartenbaues,

am 29. Oktober.

Es wurde die Prinzipien-Frage aufgeworfen, welcher Zeitpunkt als der der Einführung einer Pflanze zu betrachten sei? Das Jahr, in welchem eine Pflanze aus irgend einem fremden Lande nach Europa gebracht wäre oder das, wo man sie in den Handel gebracht hätte? Für beide Ansichten wurde gestritten und für beide wurden Gründe hervorgebracht, ohne dass es zu einer Entscheidung gekommen wäre. Im Allgemeinen wurde gärtnerischer Seits hervorgehoben, dass das Wort „Einführung" nur in dem Sinne gebraucht werden könnte, wo eine allgemeine Einführung oder Verbreitung in den Gärten geschehen sei. Man habe auch einheimische Pflanzen, z. B. Physalis Alkekengi, Gypsophila muralis u. s. w., wo also von einer Einführung aus einem fremden Lande gar nicht, sondern nur von einer allgemeinen Einführung in den Gärten die Rede sein könnte. Allerdings sei es bei der Geschichte einer exotischen Pflanze auch sehr wichtig, die Zeit zu kennen, wo eine Pflanze nach Europa gebracht wäre, für die Geschichte des Gartenwesens habe aber die Zeit, wo eine Pflanze angefangen hätte, eine Bedeutung in den Gärten zu haben, den grössten Werth.

Inspektor Bouché sprach über die ausgestellten Pflanzen, welche aus 2 Gärten eingeliefert waren. Aus dem Garten des Kommerzienrathes Reichenheim hatte Obergärtner Boese 3 Orchideen ausgestellt, von denen Coelogyne maculata 31 Blüthen in einem Kranze besass. Es war in der That eine reizende Erscheinung, diese rosenfarbenen Blüthen mit der rothen und fein weiss-umsäumten Lippe, welche in der Oeffnung ausserdem einen gelben grossen Flecken besass! Nächstdem waren 2 Cattleyen, eine intermedia und eine guttata, vorhanden. Diese letztere weicht durch die Farbe der Blüthen wesentlich von den übrigen Arten dieses Geschlechtes ab, indem die Blumenblätter eine hellrosenrothe, durch kleine braune Flecken unterbrochene, die Lippe hingegen eine weisse, am obern Theile aber rothe Farbe besitzen.

Nicht minder zogen die 3 Exemplare der Vanda coerulea, welche Obergärtner Kraus aus dem Rittergutsbesitzer-Reichenheim'schen Garten ausgestellt hatte, die Aufmerksamkeit der Anwesenden auf sich. Die eine Pflanze von ihnen hatte sogar 3 Blüthenstengel mit zusammen 35 Blüthen. Insp. Bouché wies besonders darauf hin, wie hier die Blüthen, wenn diese schon vollständig sich entwickelt haben, sich immer noch bedeutend vergrössern. Es geschehe dieses zwar mehr oder weniger bei allen Blüthen, am allermeisten aber bei der Victoria regia, bei der binnen 24 Stunden die Ausdehnung oder Streckung auf jeder Seite 3, also im Querdurchmesser 6 Zoll betrage. Nach Professor Koch beträgt bei der Vanda coerulea, wie man sich bei den anwesenden Exemplaren selbst überzeugen könne, die Streckung binnen $1\frac{1}{2}$ und 2 Tagen bei dem ursprünglichen Durchmesser von 2 noch um $1\frac{1}{2}$ Zoll. Auch die Farbe verändere sich damit;

während diese anfangs ganz blassblau, bei den äusseren Blumenblättern fast weiss erscheine, werde sie allmählig etwas dunkler, und durch eine noch dunkelere Aderung unterbrochen.

Professor Koch theilte mit, dass der frühere Obergärtner in dem Danneel'schen Garten, Pasewaldt, welcher sich als Handelsgärtner in Charlottenburg etablirt habe, ihm eine Anzahl von Stiefmütterchen zum Vorlegen übergeben. Dieselben zeichneten sich durch schöne Farben und schöne Zeichnung aus. Er verkaufe das Dutzend Pflanzen für 10 Sgr. Bei der jetzigen, für die späte Jahreszeit noch milden Witterung könne man sich demnach noch einen angenehmen Blumenschmuck verschaffen.

Obergärtner Neumann im Kommerzienrath-Ravené'schen Garten übergab einen fasciirten Kürbisstengel von bedeutender Länge. Nach Professor Koch sei die Fasciation, d. h. das Breitwerden des Stengels, bei solchen weichen und ausserdem bald hohl werdenden Pflanzen sehr selten, — er für seine Person habe es bis jetzt noch nicht beobachtet —, so häufig sie auch namentlich beim Spargel, beim Baldrian, bei Weiden, Eschen, Kiefer u. s. w. vorkäme. Er habe dieses Exemplar im Sommer als Liane im Ravené'schen Garten gesehen, wo es mit Blüthen und unreifen Früchten dicht am Stengel besetzt, einen ganz eigenthümlichen Anblick dargeboten habe.

Professor Koch theilte mit, dass er im Garten des Notars Lämmerhirt (Gartenstr. No. 133) eine Anzahl von mit Weintrauben (Schönedel, Malvasier und Bockshorn) besetzten Reben durch das Fenster in das Zimmer gezogen gefunden habe, eine Einrichtung, die er Gartenbesitzern sehr empfehle, um sich bis nach Weihnachten selbst, wenn einigermassen günstiges Wetter anhalte, noch einen Genuss eigenthümlicher Art zu verschaffen. Nach Inspektor Bouché sei dieses Verfahren früher wohl häufiger in Anwendung gekommen und in frühern Zeiten, besonders im Bouché'schen Garten in der Blumenstrasse, bis in das neue Jahr in Anwendung gebracht worden.

Professor Koch machte nochmals auf den zum zweiten Male in Frucht stehenden Goldreinettenbaum im Garten des Partikulier Grape (Karlsbad No. 4) aufmerksam und legte Früchte von der ersten Erndte und in dem Zustande, wie sie sich jetzt befinden, vor. Inspektor Bouché theilte ebenfalls ein Beispiel mit, wo ein Transport von Obstbäumen, welche nach Caracas in Südamerika gesendet worden wären, dort in Folge der milden Witterung ebenfalls eine zweite Erndte geliefert hatten. Durch ein solches Vorzeitigen litten allerdings die Bäume und sie könnten auch schliesslich selbst zu Grunde gehen.

Physikus Dr. Schulz legte eine Weinrebe vor, wo der Sommertrieb bereits wiederum eine Traube hervorgebracht hatte. Auch hier war also der Fall eingetreten, wo die Traube, die eigentlich erst im nächsten Jahre hätte erscheinen sollen, schon in diesem Herbste zur Entwickelung gekommen war. Es war ein St. Laurent. Merkwürdiger Weise waren die Beeren, welche sonst ziemlich gross sind und eine längliche Gestalt haben, hier rund, klein und kaum von der Grösse einer Erbse.

Obergärtner Boese übergab den Blüthenstengel eines Phajus cupreus, wo die kleinen, an der Basis der Blüthen befindlichen Deckblätter sich in Laubblätter verwandelt hatten. Aus dem ährenförmigen Blüthenstande war demnach ein echter Stengel mit blattständigen Blüthen entstanden.

Der Vorsitzende, Geheimer Ober-Regierungsrath Knerk, übergab ein Schreiben von Seiten des Vorstandes des deutschen pomologischen Vereines, in welchem ersucht wurde, die nächste 5. Versammlung deutscher Pomologen und Obstzüchter im nächsten Jahre nach Reutlingen auszuschreiben. Der Gegenstand sei bereits in der letzten Versammlung des Vereines zur Sprache gekommen und habe man sich die Beschlussnahme, um ihn erst durch die Wochenschrift zur allgemeinern Kenntniss zu bringen, auf heute vorbehalten. Die Motivirung sei durch Professor Koch ausführlich geschehen und vermöge derselbe wohl nichts Neues hinzuzufügen.

Geheimer Ober-Regierungsrath Heyder glaubte noch Einiges auf den in letzter Sitzung gemachten Einwurf, dass Reutlingen zu klein sei und kein passendes Lokal zu dergleichen mit einer grossartigen Ausstellung verbundenen Versammlung besitze, erwidern zu müssen. Er habe im vorigen Sommer Reutlingen besucht und die Ueberzeugung gewonnen, dass Reutlingen für eine Pomologen-Versammlung sehr wohl passend sei. Die Stadt von gegen 12,000 Einwohnern biete mit seinen Umgebungen mancherlei Annehmlichkeiten dar; sie besitze unter Anderem recht gute Gasthäuser und habe sich behufs anderer, besonders landwirthschaftlicher Zwecke ein Ausstellungshaus erbaut, was seinen Ansichten nach den Ansprüchen einer Ausstellung zur Pomologen-Versammlung vollständig nachkomme.

Die Frage: ob die 5. Versammlung deutscher Pomologen und Obstzüchter im nächsten Jahre stattfinden solle, wurde ebensowohl, wie die, ob Reutlingen als der Ort der Versammlung zu wählen sei? einstimmig bejaht. In Folge dessen wird nun der Vorstand mit dem deutschen pomologischen Vereine in Verbindung treten, um die näheren Vorbereitungen zu treffen.

Nachträglich wurde durch den Vorsitzenden von Seiten des hiesigen Vereines ein Ausschuss ernannt, bestehend aus dem General-Sekretär, Professor Koch, und Kunst- u. Handelsgärtner Späth hier, dem Garten-Inspektor Lucas in Reutlingen, dem Gymnasial-Direktor Dr. Fickert in Breslau, dem Rittergutsbesitzer von Reuss in Lossen bei Brieg, dem Stadtrath Thränhardt in Naumburg a. d. S. und dem Kunst- und Handelsgärtner Maurer in Jena, um sich zunächst mit dem Vorstande des deutschen Pomologen-Vereines in Verbindung zu setzen und die nöthigen Vorbereitungen zu treffen.

Obergärtner Boese berichtete als Vorsitzender des Ausschusses, dem das Statut der Görlitzer Unterstützungs-Kasse für Gärtner zur weiteren Berathung behufs Errichtung eines ähnlichen Institutes hier in Berlin übergeben worden war (s. den Bericht der letzten Sitzung S. 313). Das Görlitzer Institut verfolge, wie schon früher auseinandergesetzt sei, einen anderen Weg. Nach näherer Prüfung sei man aber im Ausschusse zur Ueberzeugung gekommen, dass das Statut und die Einrichtung der allgemeinen deutschen Versicherungskasse für Gärtner, wie es aus der Berathung in Chemnitz hervorgegangen sei, den Vorzug verdiene.

Man käme doch auch hier allmählig zu derselben Ueberzeugung, dass ein solches Institut für die Gärtner von der grössten Wichtigkeit sei und wohl verdiene, in Berlin in's Leben gerufen zu werden. Auch von auswärts seien ihm Anfragen in Betreff einer hier in Berlin zu errichtenden Versicherungskasse für Gärtner-Wittwen und Waisen zugekommen. Er habe ferner von Seiten des General-Direktors Lenné in Sanssouci ein Schreiben erhalten, worin deren Nothwendigkeit ebenfalls treffend auseinandergesetzt sei. Ein Einzelner vermöge jedoch weniger zu thun; er (Lenné) sei gern bereit, wenn man so weit wäre, seine Unterstützung ihm ebenfalls angedeihen zu lassen; man möge ihm nur zu seiner Zeit Nachricht geben. Vor Allem müsse man aber wünschen, dass ein Verein, wie der hiesige, es in die Hand nehme oder ihm wenigstens doch seine moralische Kraft verleihe.

Von Seiten des Vorsitzenden, Geh. Ober-Regierungsrath Knerk, wurde zugleich im Namen der übrigen Mitglieder des Vorstandes die Bereitwilligkeit ebenfalls zu erkennen gegeben, aber doch gewünscht, dass ein Ausschuss, der unter seiner Kontrole stehe, sich mit der Angelegenheit speziell befasse und von Zeit zu Zeit über die Lage der Dinge Auskunft gebe. Nach dem Geh. Ober-Regierungsrath Heyder möchte lieber ein Einzelner die Sache in die Hand nehmen und selbständig andere Mitglieder zur Berathung heranziehen, von denen man die Ueberzeugung habe, dass sie Interesse für diesen Gegenstand hätten. Bei Ausschüssen verlasse sich oft Einer auf den Anderen, und es komme zu keinem Resultate; das habe man selbst in dieser Angelegenheit gesehen.

Da Obergärtner Boese sich stets der Sache mit besonderer Liebe angenommen hatte, so wurde er ersucht, diese auch ferner im Auge zu behalten. Er könne, wie schon gesagt, nach seinem Gutdünken Andere zur Berathung herbeiziehen. Da bereits bei Lehrern, Geistlichen, Chaussée-Beamten u. s. w. ähnliche Institute beständen und die Kenntnissnahme von deren Statuten von Nutzen sein könnte, waren der Vorsitzende sowohl, als der Rechnungsrath Maresch, bereit, dergleichen zur Verfügung zu stellen.

Professor Koch machte auf die Urbarmachung eines Stückes Landes, was zum grössten Theil aus Flugsand bestehe und dicht an Nowawes bei Potsdam liege, aufmerksam und forderte auf, dasselbe in Augenschein zu nehmen. Seit einigen Jahren habe der Besitzer, Hofgärtner Herm. Sello in Sanssouci, die Urbarmachung trotz aller sich ihm entgegenstellenden Hindernisse und trotz des letzten ungünstigen Sommers mit einer Energie in Angriff genommen, die auf Erfolg Aussicht gebe. Wohl alle Pflanzen, die, um Sand zu binden, in Anwendung gekommen oder nur vorgeschlagen seien, habe Hofgärtner H. Sello versuchsweise angepflanzt und mehr oder weniger Erfolge erzielt. Es möchte wohl von Interesse sein, wenn Hofgärtner H. Sello selbst über den Gang und über die Art seiner Anpflanzungen Bericht erstatten wollte. Weiden, Pappeln, Erlen, Sanddorn (Hippophaë), Eichen, Kiefern, Weiss- und Schwarzdorn, eine Reihe krautartiger Pflanzen: Sandhafer und der grosse Windhalm (Elymus arenaria und Calamagrostis epigeia), Beifuss, Lupinen u. s. w., seien der Reihe nach angepflanzt worden. Am besten scheinen die Pflanzen zu wirken, welche bei uns auf Sandfeldern wild wachsen. Wir möchten unsererseits noch mehre Rietgräser mit kriechenden Wurzeln, vor Allem die deutsche Sassaparille (Carex arenaria), empfehlen. An der Nordsee und nicht weniger im Departement des Landes in der Gascogne wird allgemein das Dünengras oder der Helm (Ammophila oder Psamma arenaria), und zwar zum Theil unter noch ungünstigeren Verhältnissen, mit Erfolg angewendet (siehe 7. Jahrg. der Wochenschr. S. 165).

Tamarix macrocarpa, eine Abart der gewöhnlichen T. gallica, welche in Aegypten meistens auf Dünen wächst, passt eben so wenig in unseren Verhältnissen, als Pinus maritima, die selbst in der Gascogne nur erst angepflanzt wird, wenn der Sand durch das Dünengras einigermassen gebunden ist. Auch verträgt letztere unseren harten Winter sehr schlecht. Neuerdings wird auch Salix dasyclados Wimm., welche der bekannte Weidenkenner,

Schulrath Dr. Wimmer zu Breslau in Schlesien, entdeckte, empfohlen. Wir bezweifeln, dass diese sonst als Bindemittel so vorzügliche Weide, welche Feuchtigkeit verlangt, auf Sandboden Erfolge gibt.

Professor Koch ergriff die Gelegenheit, um über Weiden-Anpflanzungen zu sprechen, und bedauerte einestheils den Mangel an Zeit, anderntheils aber auch, dass er nicht gehörig vorbereitet sei und das nöthige Material nicht zur Hand habe. Grade diesen Anpflanzungen habe er in der neuesten Zeit seine besondere Aufmerksamkeit zugewendet. Er behalte sich einen längeren Vortrag für spätere Zeit darüber vor, da er nicht bezweifle, dass dieser auch für Gärtner Interesse besitze. Wir hätten nicht allein trockene Sandfelder, die der Kultur zugeführt werden müssten, sondern auch das Gegentheil: saures Bruchland. Für das letztere seien Weiden-Anpflanzungen sehr zu empfehlen. In der Nähe von Jerxleben im Braunschweig'schen habe man jährlich für den Morgen Bruchland, was mit Korbweiden bepflanzt sei, einen reinen Ertrag von 14—16 Thaler, also soviel, wie nur der beste Weizenboden geben könne. Unweit Wittenberge liegt die sogenannte Garbe, von wo aus ein bedeutender Handel mit sogenanntem Bandholz, d. h. 4- und 5-jährigen Weiden-Stengeln, nach Amerika betrieben wird. An der Magdeburg-Halberstädter Eisenbahn habe man eben solches Bruchland mit Weiden bepflanzt und ziehe daraus jährlich eine Einnahme von 2—3000 Thalern.

Im Holstein'schen ziehen sich einzelne grosse Gärtnereien die Weiden, welche sie zum Binden bedürfen, zum Theil selbst heran. Das grösste Etablissement daselbst, die Flottbecker Baumschulen, gaben bisher jährlich für Bindeweiden gegen 6—800 Thaler aus. In diesem Jahre haben sie auf sonst fast unbrauchbarem Boden eine Weiden-Anpflanzung gemacht, welche bereits den Bedarf an Weidenruthen zum Binden in diesem Jahre ziemlich gedeckt habe.

Hofgärtner G. A. Fintelmann auf der Pfaueninsel bei Potsdam theilte mit, dass er jene kleine grün- und rothblättrige, zu Einfassungen vorzügliche Amarantacee, welche meist als Telanthera polygonoides bei uns vorkomme, neuerdings unter dem Namen Jeilium tricolor erhalten habe, und wünschte die richtige Benennung zu haben. Dem Professor Koch war der letzte Name unbekannt. Es sei die genannte Art aber eine Pflanze, die er vor 8 Jahren hier schon gesehen habe und die wahrscheinlich von hier aus erst nach England und Belgien verbreitet worden sei. Seit 3 und 4 Jahren befinde sie sich allgemeiner im Handel, wo sie nach und nach eine Reihe von Namen erhalten habe, (Achyranthes picta, Telanthera Betzichiana, Alternanthera paronychioides, A. variegata, A. spathulata und amoena), und doch sei er noch über die richtige Benennung zweifelhaft. Er seinerseits halte sie für eine Telanthera, vielleicht für eine bunte Abart der T. polygonoides, in sofern sie, wie man glaube, was er aber nicht für wahrscheinlich halte, aus Brasilien stamme. Nach dem Obergärtner Gaerdt ist die Pflanze bestimmt zuerst hierher gekommen und von hier weiter verbreitet worden. Professor Koch behielt sich vor, später ausführlich über die Pflanze zu berichten.

Professor Koch machte Mittheilungen über Obst-Anpflanzungen an Chausséen, Wegen u. s. w. Während in einigen Gegenden diese durchaus nicht gedeihen wollen, so dass man damit umgehe, die Obstbäume abzuhauen und durch andere Gehölze zu ersetzen, liefern sie an andern Stellen nicht unbedeutende Erträge. Dieser Widerspruch erkläre sich zum Theil dadurch, dass bei den Anpflanzungen allerhand Missgriffe gemacht würden und man später nicht die richtige Sorgfalt darauf verwendete. Man müsse aus anerkannten Baumschulen die Obstbäumchen kaufen und nur solche Sorten wählen, welche daselbst gedeihen. In Betreff des Kernobstes verdienen die Winteräpfel den Vorzug, weil diese am Baume schlecht aussehen und nicht zum Stehlen verleiten. Man hüte sich auch vielerlei Sorten anzubauen, besonders wenn sie noch zu verschiedenen Zeiten reifen. In diesem Falle werde das Bewachen zu kostspielig, weil es zu lange dauere. Es sei auch eine bekannte Sache, dass wenige gute Sorten in grösserer Menge sich leichter verkaufen, als viele in geringerer Menge. Die Wiederverkäufer gewöhnen sich an die ersteren und verstehen es dafür einen Markt zu finden. Es sei aber nicht genug, dass man wenige gute Sorten gleich in Menge anpflanze, man müsse die Bäume auch fortwährend im Auge behalten, sie von Moos und Flechten reinigen, sie, wenn es nothwendig werde, auch gehörig ausputzen. Gut gelichtete Obstbäume schaden auch den anstossenden Feldern weniger.

Nach Kunst- und Handelsgärtner Späth sei es vor Allem nöthig, dass, wenn die Obst-Anpflanzungen überhaupt, besonders aber an Chausséen, Wegen u. s. w., gedeihen sollen, auch Baumwärter herangezogen würden, wie diese bereits auch schon in Württemberg und in anderen Gegenden existiren, welche von der Pflege und Behandlung Kenntniss haben und auch Privatleuten die nöthige Anleitung geben können.

Von Seiten der Regierung wird, wie Geh. Ober-Regierungsrath Heyder mittheilte, auch bereits dem Obstbau alle Sorgfalt zugewendet. Man gehe damit um, ähnlich wie in Proskau, auch an den übrigen landwirthschaftlichen Akademien, so in Poppelsdorf bei Bonn, in Eldena bei Greifswald und in Waldau bei Königsberg i. Pr., Muster-Obstgärten in's Leben zu rufen und habe bereits auch die nöthigen Vorbereitungen getroffen. Ferner habe auf Anregung des Herrn Ministers für landwirthschaftliche Angelegenheiten der Herr Minister für Handel u. s. w. auf 6 Jahre jährlich 2000 Thaler zur Verbesserung der Obstbaum-Pflanzungen an den Staats-Chausséen in dem Regierungsbezirke Magdeburg bewilligt. Mit dem Unterricht für Obstbaumwärter werde im nächsten Frühjahre in Eldena und Waldau begonnen werden.

Gymnasial-Direktor Dr. August übergab ein Körbchen mit Kartoffeln, die sich sämmtlich im Keller ohne von Erde bedeckt zu sein und ohne Stengel und Blätter getrieben zu haben, gebildet und zum grossen Theil vollkommen entwickelt hatten. Nach Professor Koch ist dieses keineswegs eine seltene Erscheinung. Ein Bauer habe zufällig einige 20 Knollen einmal in einem nicht mehr gebrauchten Backofen liegen lassen; diese brachten im nächsten Frühjahre neue Kartoffeln und zwar nach der Lichtseite zu. Es wiederholte sich derselbe Vegetations-Prozess noch einige Jahre hintereinander und schliesslich fanden sich vorn am Eingange in dem Backofen eine grosse Anzahl frischer Kartoffeln vor, die sämmtlich nach dem Lichte zugewandert waren.

Geheimer Rath und Professor Dr. Göppert in Breslau hatte eine Abhandlung über die Geschichte Schlesischer Gärten eingesendet, die er in der Schlesischen Gesellschaft für vaterländische Kultur vorgetragen hatte, und Professor Koch berichtete darüber. Interessant ist darin, dass der Verfasser die Uebereinstimmung unserer sogenannten Landgärten, welche wir in der Beurtheilung des Teichert'schen Werkes besprochen haben (s. S. 338), durch ganz Deutschland ebenfalls gefunden hat; nur möchten wir sie nicht über die Zeit Karls des Grossen zurück schon existirend wissen und sie mit denen der späteren Römer vergleichen. Bemerkenswerth ist zu erfahren, dass schon ziemlich frühzeitig in Schlesien feinere Gartenkultur herrschte und dass schon zu Ende des 15. Jahrhundertes Garten-Schriftstellerei getrieben wurde. In der Mitte des 16. Jahrhundertes besass Schlesien selbst schon berühmte Gärten. So scheint die Liebe zu Pflanzen und Blumen, aber auch die Neigung, seine nächste Umgebung zu verschönern, fort und fort in Schlesien zugenommen zu haben. Es unterliegt keinem Zweifel, dass besagtes Land jetzt zu denen Deutschlands gehört, wo die schönsten Gärten existiren.

Den Monatspreis erhielten die 3 Exemplare der Vanda Lowii aus dem Garten des Rittergutsbesitzers Reichenheim (Obergärtner Kraus).

Ueber eine gefüllte Sanvitalia
und über
gefüllte Körbchenträger (Kompositen) überhaupt.

Während der grossen Ausstellung von Pflanzen in Erfurt zog eine vom Kunst- und Handelsgärtner Döppleb daselbst zuerst in den Handel gebrachte gefüllte Sanvitalia procumbens die Aufmerksamkeit der Blumen-Liebhaber auf sich. Es wird zwar behauptet, dass diese bereits schon vor 6 Jahren in Schlesien, aber wie es scheint, nicht weiter besonders bemerkt oder wenigstens ohne weiteren Werth darauf zu legen, existirt habe. Das thut zur Sache nichts. Auf Ausstellungen und für den Handel erschien die gefüllte Sanvitalia wohl zuerst in Erfurt.

Dieser bekannte Körbchenträger aus Mexiko befindet sich mit einfacher Blüthe bereits an 80 Jahre in den Gärten und wurde hauptsächlich zum Einfassen von Rabatten benutzt. Es gibt gewiss nur Wenige, welche das bescheidene Blümchen von gelber Farbe nicht schon, selbst in sonst schmucklosen Gärten kleiner Städte oder auf dem Lande, gesehen haben sollten. Es hat sich die 8 Jahrzehende hindurch erhalten, während andere Blumen, die mehr in die Augen fielen, oft spurlos wiederum aus den Gärten verschwunden sind.

Diese Sanvitalie kam im Anfange der neunziger Jahre nach dem botanischen Garten in Paris, einige Jahre später ebenfalls nach dem in Madrid. Ein gewisser Gualteri soll sie im erstern eingeführt und auch den Namen gegeben haben. Eben so wenig wir wissen, wer Gualteri gewesen ist, eben so wenig haben wir über den Namen, der zur Benennung Sanvitalia Veranlassung gegeben hat, irgendwo etwas erfahren können. Wir wissen nur, dass die Pflanze zuerst in dem Journal der Naturgeschichte, welches der damalige Bürger Lamark, der spätere berühmte Naturforscher, 1792 herausgab, (2. Band, p. 176 tab. 33) beschrieben und abgebildet wurde.

Dass sie schon zu des Engländers Plukenett's Zeit, also in der 2. Hälfte des 17. Jahrhundertes, bekannt gewesen sein soll, lässt sich, wenigstens nach der citirten schlechten Abbildung in dessen Werke, nicht mit Bestimmtheit nachweisen. Eine Wahrscheinlichkeit wäre jedoch gegeben, wenn Nikolas Gualteri, welcher im Jahre 1747 bereits als Professor der Botanik an der naturwissenschaftlichen Akademie zu Pisa verstarb, derselbe gewesen wäre, welcher der Pflanze den Namen „Sanvitalia" gegeben hätte. Dann bezöge sich wohl auch dieser auf den berühmten Parmesaner Sanvitali, der 1767 als Professor der Mathematik zu Brescia starb. In diesem Falle möchte die Pflanze in irgend einem italienischen Werke oder einer Zeitschrift zuerst beschrieben worden sein und Lamark hätte sie nur zur weiteren Kenntniss gebracht.

In Madrid erhielt dagegen die Pflanze von dem damaligen ersten Direktor des botanischen Gartens, Ortega, den Namen Lorentea atropurpurea, zu Ehren eines Gelehrten aus Valencia, Lorente, der über das Linné'sche System geschrieben hat, während der Mönch und späterer Inspektor des genannten Gartens, Cavanilles, ihr den Namen Sanvitalia villosa gab.

Die einjährige, auf dem Boden sich ausbreitende Pflanze ist ein Körbchenträger oder eine Komposite, gehört also in die grosse Familie, welche ziemlich ein Zehntel aller Pflanzen auf der Erde ausmacht und deren Arten dadurch sich auszeichnen, dass die Staubbeutel zu einer Röhre vereinigt sind, welche den Griffel umgeben, und dass ferner eine grosse Reihe von kleinen Blüthen am Ende eines sich erweiternden allgemeinen Stieles sich dicht gedrängt bei einander befinden. Da eine Reihe von Deckblättern an ihrer Basis zusammentreten und eine Kelch ähnliche Hülle bilden, welche die sämmtlichen kleinen Blüthen einschliessen, so betrachtete man diese zusammen in den früheren Zeiten als eine zusammengesetzte Blüthe (Flos compositus) und nannte alle Pflanzen, welche diese Eigenthümlichkeit hatten: Kompositen, neuerdings aber Körbchenträger. Diese letztere Bezeichnung ist unbedingt treffender, zumal auch Arten in diese Familie gerechnet werden, wo nur eine Blüthe im Körbchen enthalten, also keine zusammengesetzte Blüthe ist.

Die Körbchenträger zerfallen in 3 grosse Abtheilungen: Distel-, Lattich- und Traubendoldenblüthler (Cynarocephalae, Cichoraceae und Corymbiferae). Die ersten haben meist halb- oder ganz kugelrunde Körbchen und die Zähne der Blätter, oft auch die Blätter des Hüllkelches, endigen in der Regel in Dornen, dagegen schliessen die flachen Körbchen der Cichoraceen nur Zungenblüthchen ein und die ganzen Pflanzen führen einen weissen oder gelben Milchsaft. Alle übrigen Körbchenträger (die bei Weitem grösste Zahl) gehören zu den Corymbiferen, wo der Blüthenstand mehr oder weniger eine Traubendolde ist.

So ist die Eintheilung Jussieu's, des Gründers des natürlichen Systemes. Neuerdings hat man gekünstelt und nicht weniger als 8 Unterfamilien hergestellt, wodurch nah verwandte Pflanzen weit auseinander gerückt worden sind. Es würde zu weit führen, auch diese 8 Unterfamilien hier ausführlich zu besprechen. Vielleicht werden wir später Gelegenheit finden, es zu thun.

Zu den Corymbiferen gehört auch die Sanvitalia. Die Blüthchen haben in dieser Unterfamilie entweder sämmtlich eine trichter- oder präsentirtellerförmige Gestalt, oder nur die der Mitte und die, welche im Umkreise des Körbchens stehen, sind zungenförmig. Man nennt im letzteren Falle ein solches Körbchen eine Strahlenblume. Wenn nun bei einer solchen ursprünglichen Strahlenblume in der Kultur sämmtliche Blüthchen die Zungenform annehmen, so nennt man diese uneigentlich „gefüllt". Als gefüllte Blumen bezeichnet man sonst im gewöhnlichen Leben nur Blüthen, wo die Staubgefässe, oft auch die Stempel, sich in Blumenblätter umgewandelt haben, oder überhaupt eine Vermehrung der letzteren in der Weise vorhanden, dass die ganze Blüthe damit ausgefüllt ist, wie z. B. bei der Rose. Der gefüllte Körbchenträger ist also etwas ganz Anderes, als die gewöhnliche gefüllte Blume, und müsste eigentlich einen anderen Namen erhalten, um nicht zu Irrungen Veranlassung zu geben. Wirklich gefüllte Körbchenträger gibt es bis jetzt gar nicht.

Dieses Gefülltsein der Körbchenträger hat seit wenigen Jahren sich hier und da wesentlich verändert. So passt der Begriff „Gefülltsein" jetzt nicht mehr auf alle gefüllten Georginen und Astern. Durch die Kultur sind nämlich die zungenförmigen Ausbreitungen der einzelnen Blüthchen, wie sie im Umkreise des einfachen Blüthenkörbchens, in gefüllten Blüthenkörbchen aber durchaus vorhanden, allmählig kürzer, die kurze Röhre dagegen länger geworden, so dass schliesslich die Verlängerung sich ganz oder zum grossen Theil verlor, die Röhre dagegen bis Zoll-Länge sich ausbreitete. Die Blüthchen erscheinen dadurch wiederum als Röhrenblüthchen. Solche gefüllte Georginen heissen jetzt die bienenzelligen, die Astern hingegen Igel-Astern.

Im gewöhnlichen Leben bezeichnet man aber noch einen abnormen Zustand bei den Körbchenträgern mit dem Namen des Gefülltseins. Bei einigen Immortellen (Stroh- und Papierblumen) sind die eigentlichen, meist sehr kleinen Blüthchen röhrenförmig, dagegen verlängern sich die inneren Blätter des Hüllkelches, welche meist trockenhäutig sind und deshalb nicht verwelken, strahlenförmig. Das Blüthenkörbchen erhält dadurch das Ansehen einer gewöhnlichen Strahlenblume. Wenn nun die Zahl der verlängerten, meist gelb- oder roth-gefärbten Hüllkelch-Blätter in der Kultur zunimmt, bisweilen selbst auf Kosten der kleinen Blüthchen, so ähnelt das Blüthenkörbchen nicht wenig einem sogenannt-gefüllten. Dies ist der Grund, warum die Bezeichnung „gefüllte Blume" auch auf diesen Zustand, der eigentlich mit der Blüthe gar nichts zu thun hat, übertragen wurde.

Neue Varietäten der Rothrübe

(Beta vulgaris rubra L.)

Ihre Kennzeichen, Kultur, Eigenschaften und Benutzung.

Von J. G. Meyer, Handelsgärtner in Ulm.

Neue kleine blutrothe Salatrübe oder Echte Blutrübe.

Rübe klein, länglich-rund; sie gleicht in Form und Grösse den mittellangen Sommer-Rettigen, aussen schwärzlich, innen dunkelblutroth, zart, süss und feinschmeckend. Die Blätter sind klein und schwarzroth. Die Rübe ist eine sehr frühe und kann oft schon im August benutzt werden. Doch sollte dieselbe nicht verpflanzt, sondern der Same sogleich an Ort und Stelle, wo die Pflanzen über Sommer stehen bleiben, auf einen Fuss Entfernung ausgesteckt, oder wenn sie gesäet, noch klein auf eine solche Entfernung verzogen werden. Durch das Verpflanzen bildet diese zarte Rübe viele stärkere Nebenwurzeln und bleibt nur klein.

Neue kleine gelbe Salatrübe mit gelbem Fleische.

Rübe klein, länglich-rund, aussen und innen dunkelgelb, sehr süss und schmackhaft, mit kleinen, gelblich-grünen Blättern. Sie muss aber noch jung verspeist werden, da sie älter und grösser leicht holzig wird. Man säet sie daher, je nach Gebrauch, zu verschiedenen Zeiten.

Basano-Rübe oder Italienische Salatrübe.

Rübe klein, kugelförmig, aussen dunkelroth, innen weiss mit rothen Adern. Die Blätter sind klein und grün. Sie wird nur jung verspeist; älter und grösser werden diese Rüben leicht hohl und holzig. Man säet von Anfang des April bis zu Ende Mai, im Juni, um fortwährend junge Rüben zu haben. Die Rüben der letzten Saat werden über Winter aufbewahrt.

Castle Naudry.

Diese Salatrübe verdient (vorausgesetzt, dass wir diese echt erhielten) keine weitere Empfehlung. Sie gleicht zwar so ziemlich der dunkelrothen Zukker-Salatrübe und ist auch nicht anders, als diese, im ausgearteten Zustande mit einer Menge stärkerer Wurzeln versehen. Die Blätter sind röthlichgrün, sogar theils roth.

Neueste schwarzrothe lange, über sich wachsende frühe Salatrübe.

Rübe sehr lang, walzenförmig, wächst grösstentheils über der Erde, ist aussen und innen sehr schön dunkel-schwarzroth, sehr zart, süss und feinschmeckend. Die Blätter sind klein, dunkelgrün, rothrippig, an der Rückseite roth, färben sich aber gegen den Herbst hin sehr schön schwarzroth. Wohl die schönste der bis jetzt bekannten Salatrüben. Steckt man die Samenkörner zu Mitte oder Ausgang des April auf 1 Fuss Entfernung und lässt in der Folge auf diesen Stellen nur eine, die kräftigste, Pflanze stehen, so erhält man schon frühzeitig, und selbst auf dürftigem Boden, 12—14 Zoll lange, 2—3 Zoll dicke, sehr zarte Rüben.

Goldies neueste lange feine dunkelrothe Salatrübe.

Die Rübe gleicht so ziemlich der vorigen, sie ist etwas weniger lang und mehr dick, dunkelroth, sehr zart und schmackhaft. Die Blätter sind stärker, grösser und dunkelroth.

Kultur, Eigenschaften, Benutzung.

Die Salatrüben erfordern tieflockeren, leichtwarmen, kräftigen Boden, eine sonnige Lage und mässige Feuchtigkeit. In frisch gedüngten Feldern verlieren diese Rüben ihren feinen Geschmack, werden bei frühzeitigem Anbau zu gross und haben für die Küche wenig Werth; deshalb vermeide man eine frische Düngung selbst auf magerem Boden.

Der Same wird von April bis Mitte oder Ende des Monats Mai breitwürfig, in Reihen oder auch als Einfassung um Gartenbeete, mehr dünn und gleichförmig, ausgesäet; die zu nahe bei einander stehenden Pflänzchen werden frühzeitig ausgezogen, so dass jeder einzelnen Pflanze ein freier Raum von 1—1½ Zoll bleibt. Baut man die beiden älteren und grösseren Varietäten: die Ulmer schwarzrothe lange grosse oder die Grosse runde Zucker-Salatrübe, so säet man, um immer junge, markige und zarte Rüben zu erhalten, im Frühling nur so viel von ihnen aus, als man zum Gebrauch für den Spätsommer nöthig hat, und macht eine zweite Aussaat, ohne aber diese Rüben zu verpflanzen, zu Anfang oder Mitte Juni, welche sodann junge, sehr schmackhafte Rüben für den Winter liefert. Die Pflänzchen der Salatrüben erscheinen bei der bekannten Eigenschaft des Samens, selbst bei der gleichförmigsten Aussaat, immer büschelweise, da das grosse, eckige Samenkorn nur die Hülle von 2—3 kleineren Samenkörnern ist. Haben die Pflanzen die zum Versetzen nöthige Grösse erreicht, so verpflanzt man dieselben, ohne Verletzung ihrer Wurzeln, nachdem die äusserste Spitze derselben etwas abgezwickt wurde, auf eine Entfernung von 1 Fuss. Durch das Verpflanzen leiden die jungen Salatrüben sehr; es sollten daher nie mehr Pflanzen aus dem Saatbeete auf einmal ausgenommen werden, als man auch sogleich versetzen kann. Am besten legt man nach einer ausgespannten Pflanzschnur auf die angegebene Entfernung einige Samenkörner in die Erde und nimmt später die überflüssigen Pflanzen heraus, so dass auf den mit Samen belegten Stellen nur eine, die stärkste

Pflanze, stehen bleibt. Im Laufe des Sommers werden die Pflanzen mehrmals gut behackt und von Unkraut rein gehalten.

Zu Ende Oktober nimmt man diese Rübe aus der Erde, reinigt sie von letzterer, schneidet die Blätter so nahe als möglich an der Rübe ab, ohne diese zu beschädigen, lässt sie hierauf noch einige Zeit liegen, bis alle Feuchtigkeit und auch die Schnittwunden gehörig abgetrocknet sind und verwahrt sie über Winter in trockenen, luftigen Kellern oder in Erdgruben.

Die vorwaltenden Bestandtheile der Salatrübe sind: Zucker, Eiweiss, Fasern und Wasser. Man verspeist diese Rüben nur selten als Gemüse, sondern benutzt sie meistens zu Salat, als Zugabe zu Rindfleisch. Nachdem dieselben gewaschen, weich gekocht und abgeschält sind, zerschneidet man sie in dünne Scheiben, legt diese schichtenweise in ein Gefäss mit verschiedenen Gewürzen: Salz, Kümmel, Fenchel, Koriander, kleingeschnittenem Meerrettig, Nelken, übergiesst sie mit gutem Essig und verwahrt sie an einem kühlen Orte. In Dampf abgekocht sind sie aber viel schöner von Farbe, sowie von besserem Geschmacke.

Berichtigung über den Pariser Spargelbau.

Vom Hofgärtner Jäger in Eisenach.
(Verspätet.)

Der Bericht über die sogenannte neue Methode Gauthier's, Spargel zu ziehen, welcher in der Versammlung des Gartenbau-Vereines in Berlin gegeben und in No. 17 der Wochenschrift abgedruckt worden ist, enthält einige Unrichtigkeiten, welche nicht verschwiegen werden dürfen, wenn wir nicht in den gleichen Fehler verfallen wollen, den wir den Franzosen bei Beurtheilung unserer Zustände vorwerfen. Zuerst muss man dem Referenten beistimmen, dass die Kultur-Angaben Gauthier's fast nichts enthalten, was nicht schon bei uns bekannt, geübt oder wenigstens in Büchern niedergeschrieben wäre, dass die Methode also nicht neu ist.

Nun zu den Unrichtigkeiten. Unrichtig ist, dass der Boden um Paris von „strenger", schwerer Beschaffenheit oder durch lehmigen Untergrund feucht sei. Das ganze sogenannte Becken (im geologischen Sinne) von Paris gehört zur älteren Tertiärformation, deren Hauptgrundlage dort ein sehr fester Sandstein ist. Der Boden ist überall heiss, fast trocken und vielfach mit Feuersteinen gemischt. Man kann ihm nur durch unablässiges Giessen gute Erndten abgewinnen, und der arme Gärtner, darunter mancher Deutsche, muss stets unter der Last der schweren kupfernen Giesskannen seufzen. Anders in dem alten berühmten Gemüsebezirk von Paris, den „Marais", wowon die Gemüsegärtner den Namen Maraicher's bekommen haben, welche aber wohl in Kurzem durch Häuser verdrängt werden, wenn es nicht schon geschah. Dort ist der Boden ehemaliger Sumpf, durch die Kultur seit Jahrhunderten und durch die fast ausschliessliche Anwendung von Pferdemist in einen Humusboden verwandelt, der allerdings im Untergrunde feucht, trocken, aber so locker ist, dass ihn der Wind verweht, also keineswegs thonig und schwer. Gauthier wird daher nicht blos vom Pariser Boden gesprochen haben.

Ein zweiter Irrthum liegt in der Stelle: „Der Franzose hingegen, wie der Engländer, liebt den dünnen, aber zugleich zarten und grünen Spargel." Wahr ist nur, dass man grünen Spargel liebt, d. h. ihn erst 4 — 6 Zoll über der Erde wachsen lässt. Man legt dort eben so hohen Werth auf dicken Spargel, wie bei uns, und Schreiber dieses hat manchmal vom herrschaftlichen Koche hören müssen, dass der von ihm zur Küche gelieferte (ohne seine Schuld) dünne Spargel nur „aux petits pois" zu gebrauchen sei. Man isst ja auch bei uns den dünneren Spargel mit Petersilie in Bouillon, und auch in Frankreich sind die dünnen Spargel nur ein Nothbehelf. Möglich, dass manche Küchen daselbst mehr dünnen Spargel verlangen und dass man daher solchen durch gedrängten Stand zu ziehen sucht. Aber dass das nur Ausnahmen sind, verbürge ich. Eben so gut könnte man sagen, die Franzosen liebten nur kleine Artischocken, weil man die kleinen von den Seitenzweigen roh mit Essig, Oel und Pfeffer geniesst und dieses Essen beliebt ist.*)

Zum Schlusse empfehle ich diese „asperges (nicht asperge, da der Franzose vom Spargel nur in der Mehrzahl spricht) aux petits pois," d. h. nach Art junger Erbsen zubereitet, mit jungen Karoten als eines der besten Gemüse, welches zur Zeit auf meinen Tisch mindestens wöchentlich einmal kommt.

*) Es thut uns leid, dem Verfasser darin widersprechen und die Angabe des Referenten über die Gauthier'sche Spargelzucht aufrecht halten zu müssen. Allerdings noch mehr als der Franzose liebt der Engländer den grünen Spargel, der ihm über Alles geht. Dieser grüne Spargel ist gar nicht mit unserem dünneren Suppen-Spargel zu vergleichen. Man liebt jenseits des Rheines und des Kanales den aromatischen Bitterstoff, der nur unter dem Einfluss des Lichtes sich bildet. Dass aber auch weisser Spargel, wie bei uns, hier und da in Paris gern gegessen wird, hat Referent besagten Artikels übrigens nicht abgeleugnet. Die Redaktion.

Verlag von Karl Wiegandt in Berlin, Koch-Strasse No. 22.

Druck der C. Feister'schen Buchdruckerei (L. Mewes), Berlin, Zieten-Platz No. 2.

Wochenschrift

des

Vereines zur Beförderung des Gartenbaues in den Königl. Preussischen Staaten

für

Gärtnerei und Pflanzenkunde.

Redakteur:

Professor Dr. Karl Koch,

General-Sekretair des Vereines.

No. 46. Berlin, den 18. November **1865.**

Preis des Jahrganges 5¼ Thlr., sowohl bei Bezug durch den Buchhandel, als auch franco durch alle Post-Anstalten des deutsch-österreichischen Post-Vereines.

Sonntag, den 26. November, pünktlich um 11 Uhr, findet im Englischen Hause (Mohrenstrasse 49) eine Versammlung des Vereines zur Beförderung des Gartenbaues statt, wozu die geehrten Mitglieder eingeladen werden.

Einige Bemerkungen über den Gemüse- und landwirthschaftlichen Theil der Erfurter Ausstellung.

Vom Kunst- und Handelsgärtner Bertram in Stendal.

War der abnorm heisse und trockene Sommer durchaus nicht günstig für die Ausbildung der Feld- und Garten-Produkte und liess sich in Folge dessen kaum hoffen, dass die Ausstellung in dieser Branche werde viel und Gutes aufzuweisen haben, so fanden sich doch wider alles Erwarten die meisten Artikel dennoch reichlich und vielfach, auch in guter Qualität, ausgestellt. Besonders waren diejenigen Arten, die zu ihrem Wachsthume mehr Wärme erfordern, als z. B. die Liebesäpfel und Eierfrüchte (Solanum Lycopersicum und Melongena), desgleichen die Spanischen Pfefferarten und die Kürbisse, aussergewöhnlich schön und in den verschiedensten Formen und Farben vorhanden. Gurken sah man so viel und in so schönen Exemplaren, wie wohl je auf einer Ausstellung vorhanden waren. Auch von Wurzelgewächsen fand sich viel vor, und auch meist in gut ausgebildeten Sortimenten.

Anders verhielt es sich dagegen mit denjenigen Arten, die besser bei mehr feuchtem und kühlem Wetter gedeihen, als z. B. die Kohl-, Kohlrüben- und Salat-Arten u. s. w. Von diesen waren nur wenige Sortimente mit vollkommen ausgebildeten Exemplaren vorhanden: die meisten der ausgestellten Pflanzen dieser Arten erschienen höchst unvollkommen, so dass sich über den Werth der verschiedenen Sorten zu einander und ebenso wenig darüber, ob die bezeichnete Sorte auch wirklich diejenige sei, die sie sein sollte, in den meisten Fällen schwer ein richtiges Urtheil abgeben liess.

Was auf diesem Felde nun die Nomenklatur anbetrifft, so bleibt hier noch viel zu wünschen übrig; fast jede Gegend oder jede grössere Stadt hat für ein und dieselbe Sorte ihre besonderen örtlichen Namen, so dass nicht selten manche Kohl- oder Möhren-Sorte unter 6 und noch mehr Namen vorhanden war. Selbst in den einzelnen, von einem Aussteller eingelieferten Sortimenten, war es nicht selten der Fall, dass ein und dieselbe Sorte unter mehrern Namen vorkam, und wenn auch nur, um das Sortiment recht reichlich erscheinen zu lassen. Nach meinem Dafürhalten wäre es überhaupt besser, den Hauptakzent auf eine gute Auswahl und gut ausgebildete Exemplare zu legen, statt, wie es hier geschehen, auf das reichste Sortiment; um 250 Sorten Gemüse auszustellen, müssen zu viel Dinge hinzugezogen werden, die an und für sich ganz werthlos sind. Nur ein Sortiment in 250 Arten war von ausserhalb eingeliefert, die übrigen dieser Art von Erfurtern.

Gehen wir zu den einzelnen Gattungen über und fangen bei den Kohlarten an, so gilt hier ganz besonders das Vorhingesagte. Vom Kopfkohl, weissem und rothem, und auch vom Wirsing, waren wirklich normal ausgebildete Köpfe im Verhältniss zu den ausgestellten nur wenige vorhanden; es war dies besonders der Fall in vielen der grössern Gemüse-Sammlungen, die Erfurt und Umgegend geliefert hatten. Hier konnte man merken, dass Dürre und wohl auch Raupen Einfluss ausgeübt hatten. Es war schlechterdings gar nicht möglich, die Echtheit der Sorten zu konstatiren. Es hat ja dieses schon seine grosse Schwierigkeit bei vollkommen ausgebildeten Exemplaren, sobald sie nicht auf dem Felde neben einander stehen. Unmöglich ist es aber, unter solchen Umständen über den Werth oder Nichtwerth dieser oder jener Sorte zu urtheilen, wenn sie nicht bereits durch langjährigen Anbau abprobirt ist. Es sind darum auch die neueren und noch weniger bekannten Arten ebenso wenig zu empfehlen, als zu verwerfen.

Das eine stellte sich auch hier als bestimmt heraus, dass von den weissen Kopfkohl-Sorten in wirthschaftlicher Beziehung der Grosse glattrunde Braunschweiger bis jetzt der empfehlenswertheste ist, da er, nach den verschiedenen Einlieferungen zu urtheilen, in allen Gegenden Deutschlands gleich gut gedeiht. Was als Grosser Berliner, Grosser Magdeburger, Grosser Erfurter, Grosser Bamberger u. s. w. geht, ist mit wenigen Ausnahmen immer dieselbe Sorte. Würde ich aufgefordert, in der Weise, wie es beim Obste geschieht, einige Sorten zu bezeichnen, die sich besonders zum allgemeinen Anbau empfehlen lassen, so würden dies von den frühen Arten: der Kleine runde Erfurter und der Frühe spitze Zucker- oder Maispitze, und von den späten Arten: der Glattrunde Braunschweiger und der Spitzköpfige Winnigstädter sein. Das Grosse Schweinfurter Kraut, mit dem das Bergrheinfelder wohl identisch zu sein scheint, wird, so sehr es durch seine Grösse auch imponirt, doch keine Bedeutung bekommen, weil es zu locker gebaut ist und zum längeren Aufbewahren sich nicht eignet.

Vom rothen Kopfkohl waren nur die alten bekannten Arten ausgestellt; dagegen hat die Zahl der Wirsingsorten sich im Laufe der letzten Jahre noch vermehrt. Aber wie beim Weisskohl, so liess sich auch hier, wegen der zu geringen Ausbildung der Köpfe, der Werth der neueren Sorten nicht wohl beurtheilen und vergleichen. Ohne Zweifel ist zu empfehlen der de Vertus; die meisten der übrigen aus England eingeführten Arten scheinen zu spät zu sein und sich nur unter günstigen Umständen zum ordentlichen Kopf auszubilden.

In der Kollektion verschiedener Gemüse von Gottfr. Haage jun. in Erfurt waren einige schön aussehende und auch ziemlich ausgebildete Köpfe des „Waterloo" ausgestellt, der dem Aeussern nach sehr ansprach. Er soll aber dennoch nach nähern Erkundigungen nicht zu empfehlen sein, weil grob im Geschmack und zu spät. Besonders zu empfehlen dürften beim Wirsing sein, von den frühen Arten: der Frühe Wiener und der Frühe Ulmer, (beide streiten mit einander um die Ehre), als mittelfrüher: der Gelbgrüne krause, und als später: der Krause Erfurter und der obengenannte de Vertus. Die am besten ausgebildeten Kopfkohl-Sortimente waren ausgestellt von den Gärtnern J. G. Hübner in Bunzlau, Hollfelder in Bamberg, Friebel in Berlin und S. Garisch in Erfurt.

Blumenkohl hatten meistens Erfurter Gärtner ausgestellt, und zwar durchschnittlich in sehr schönen Exemplaren und fast ausschliesslich nur in den bekannten Erfurter Arten; von fremden Sorten waren wenige Exemplare vorhanden und standen diese in Bezug auf Qualität weit hinter den ersteren zurück. Es stimmt diese Wahrnehmung mit den bisher gemachten Erfahrungen dahin genau überein, dass mit seltenen Ausnahmen alle die vom Auslande bezogenen Blumenkohlsamen, die in den Katalogen als asiatischer, cyprischer, englischer u. s. w. meist sehr billig verkauft werden, hier selten gute Erträge liefern; es kann deshalb nicht genug darauf hingewiesen werden, dass derjenige, der Blumenkohl ziehen will, besser thut, für's Loth 3 Thlr zu bezahlen, als 5 Sgr. Der Niedrige Erfurter Blumenkohl ist jedenfalls die vorzüglichste Sorte. Wenn mehrfach Klagen darüber kommen, dass auch der theuer bezahlte Samen nicht den gewünschten Erfolg gehabt, so beweist dies eben nur, dass mehr Samen von genannter Sorte verkauft ist, als gewonnen. Auch der Berliner Treib-Blumenkohl ist eine schöne Sorte, steht der vorigen nicht viel nach, schiesst nur etwas früher in Samen. Darum ist derselbe auch billiger.

Von Kohlrabi und Kohlrüben waren separat nur wenig Sorten ausgestellt; sie befanden sich meistens in den Sortimenten. Ungewöhnliches sah ich in diesem Artikel nicht. Von den ersteren sind die frühen feinlaubigen Weissen und Blauen Wiener und die frühen Weissen und Blauen Englischen jedenfalls die besten; diese letzteren, etwas weniger früh, werden nicht so leicht stockerig. Kohlrüben waren separat gar nicht ausgestellt; einige wirklich schöne Exemplare von einer Sorte, die jedenfalls für die Küche brauchbar erschienen, befanden sich in einer Sammlung durchweg guter Gemüse, augenscheinlich von einem auswärtigen Aussteller eingesandt, aber ohne Nummer und auch ohne den Namen des Ausstellers, so dass nicht zu ermitteln war, von woher und von wem? Ich kann hierbei die Bemerkung nicht unterdrücken, dass mehrfach die Aufstellung der von ausserhalb eingesandten Gemüse

Manches zu wünschen übrig liess; auch waren mehre im Kataloge aufgeführte Sortimente gar nicht aufzufinden.

Von den Rübenarten, Herbst- und Speiserüben, waren in vielen Sammlungen eine Menge Sorten vorhanden, über deren Werth für die Küche, sowie als Futter, nach dem blossen Sehen schwer zu urtheilen ist; soweit ich selbst Gelegenheit hatte, die verschiedenen Sorten dieser Gattung abzuprobiren, da blieb die Weisse runde Mai- als Speise- und die Blau- und Grünköpfige lange als Futterrübe die beste.

Die Wurzelgewächse waren, wie schon oben bemerkt, nicht blos reichlich, sondern meistens auch gut vorhanden, mit Ausnahme des Sellerie, von dem nur wenige schöne Knollen ausgestellt waren, und zwar die besten von Gottfr. Haage jun. in Erfurt. (Ueberhaupt war die ganze Gemüse-Sammlung von diesem Aussteller sehr vorzüglich.) Was schon oben in Bezug auf Nomenklatur gesagt ist, gilt ganz besonders hier von den Möhren: fast jeder Aussteller hatte für seine Sorten andere Namen. Hierin liegt auch wohl die Ursache, dass über den Werth oder Nichtwerth der einzelnen Sorten die verschiedenen Urtheile oft so weit auseinander gehen. Es wäre überhaupt sehr wünschenswerth gewesen, wenn die Preisrichter in Verbindung mit Sachkennern aus den vorhandenen Sammlungen ein Muster-Sortiment der verschiedenen Gemüse-Arten zusammengesetzt hätten, um allen Denen, die sich dafür interessiren, einen Haltepunkt in Bezug auf die richtige und auch einheitliche Benennung zu geben; es würde dies gerade da, wo von allen Seiten ein Zusammenströmen stattfand, mehr belehrend gewesen sein, als alles Beschreiben gewisser Arten in den verschiedenen Gartenschriften. Besonders reiche und gute Sortimente waren ausgestellt von Chr. Lorenz in Erfurt, eins von ausserhalb, aber ohne Namen und Nummer, was hinderte, den Aussteller zu ermitteln (dieses Sortiment, einschliesslich der anderen Gemüse-Arten, war im Allgemeinen das am richtigsten etikettirte, es wurde schliesslich auch prämiirt), und dann auch noch von C. Platz & Sohn in Erfurt.

Was sich nun über den Werth und die Verschiedenheit der Sorten der verschiedenen Wurzelgewächse zu einander sagen lässt, so war z. B. ein Unterschied zwischen unserer alten Schwarzwurzel und der neuen russischen nicht zu finden; ebenso verhielt es sich zwischen Braunschweiger und Magdeburger Cichorien; auch habe ich noch keinen Unterschied zwischen unseren und den sibirischen Körbelrüben finden können.

Von Salatrüben (Rothe Beete) dürften die neueren rundgeformten und hellfarbigeren Sorten wohl kaum im Werthe der alten feinen schwarzrothen Sorte gleichkommen, dagegen scheint sich aber eine neuere Sorte, die rothgrau-häutige, schwarzrothe lange Crapaudine dem Aeusseren nach sehr zu empfehlen. Von Sellerie dürften, nach den aus verschiedenen Gegenden gemachten Einlieferungen zu urtheilen, wie auch nach eigenen Erfahrungen, der Glattknollige einherzige, auch Obersellerie genannt, weil er sich, nachdem er ausgewachsen, mit der Knolle halb über der Erde befindet und nur am untern Ende, ähnlich einer glatten Schmalzkohlrübe, wenige Wurzeln hat, der empfehlenswertheste sein. Von Möhren dürften für die Küche wohl als die besten gelten: die Holländische gestumpfte Karote, gleich gut zum Treiben, als für's freie Land; dann die Dunkelrothe halblange gestumpfte Braunschweiger, die auch als Frankfurter, Bardewicker u. s. w. geht und eine vorzügliche Sorte ist, und schliesslich die Lange rothe Braunschweiger und die Horn'sche lange rothe. Diese letztere unterscheidet sich von der langen Braunschweiger dadurch, dass sie quer gerippt ist, wogegen jene ganz glatt erscheint.

Vom Kopfsalat waren, ähnlich wie bei den Kopfkohlarten, in Folge der grossen Hitze und Dürre und auch der späten Jahreszeit, zwar Sorten genug, aber nur wenig gut ausgebildete Köpfe vorhanden; von den separat ausgestellten Sortimenten dieser Art waren die von Chr. Lorenz und E. Benary die besten. Aus dieser Gattung heraus einzelne Sorten besonders zu empfehlen, dürfte schwerer sein, als bei anderen Arten von Gemüse, weil sich fast alle im Werthe gleich stehen und es daher nur Geschmackssache ist. Eine Ausnahme macht der Perpignaner Dauerkopf, der sowohl sehr zart ist, als auch den Vorzug hat, bei der stärksten Hitze sehr lange im Kopfe zu stehen, ohne zu schiessen, weshalb es eben schwer hält, Samen davon zu gewinnen. Ferner sind sehr gute Sorten: der Frühe gelbe Dresdener, der Asiatische, der Forellen- und zum Treiben in den Mistbeeten der Gelbe Eiersalat oder Steinkopf. Aehnlich wie beim Kopfsalat ist es bei den Endivien. Ausgestellt waren hiervon eine Menge Sorten, auch in guter Qualität; die eine Sorte aber vor der andern ganz besonders zu empfehlen, dürfte schwer sein: im Allgemeinen gilt die Gelbe krause als vorzüglich.

Von Bohnen in grünen Schalen waren, separat ausgestellt, weniger Sortimente vorhanden, als sich der Jahreszeit nach hätte erwarten lassen; die von ausserhalb eingesandten erschienen leider meist schon sehr zusammengetrocknet. Unstreitig das beste Sortiment, sowohl nach Auswahl der Sorten, als in Bezug auf Kultur, hatte Chr. Lorenz in Erfurt geliefert, wenn auch einige Sorten dabei unter doppeltem Namen. Aber auch von einigen anderen

Ausstellern waren gute Sortimente dieser Art eingesandt, z. B. von Haage & Schmidt in Erfurt, Ferd. Jühlke daselbst, aus dem Reichsgräflich v. Schwerin'schen Garten in Tamsel bei Küstrin u. s. w. Aus diesen vielen Bohnensorten einige, als des Anbaues besonders würdig zu bezeichnen, ist kaum möglich, da fast jede Gegend oder Stadt ihre besonderen Lieblinge zu haben scheint, auch wenn diese nicht grade besser als andere Sorten wachsen. Die Grosse breite Schneide-, die Dickfleischige Zukkerbrech-, die Schwarze römische Wachs- mit gelben Hülsen, die Weisse Wachs- mit grünen Hülsen und die kleine Perlbohne ohne Fasern, scheinen von den Stangenbohnen im Allgemeinen die besten, dankbarsten und auch die am meisten verbreitetsten zu sein.

Schoten, d. h. grüne Erbsen, waren in separaten Sortimenten gar nicht ausgestellt, es befanden sich aber in einigen der grösseren Sammlungen von Gemüsen recht hübsche Sortimente vor, z. B. in der von Haage & Schmidt, E. Benary u. s. w.

Sehr gut war vertreten das Geschlecht der Zwiebeln und Schalotten, und zwar in mancherlei Separat-Sammlungen. Als besonders zeichnete sich auch hierbei wieder die Sammlung von Chr. Lorenz aus, sowie die von H. Hollfelder in Bamberg und Platz & Sohn in Erfurt. Von den Zwiebeln dürften wohl am meisten zu empfehlen sein: die Strohgelbe glattrunde holländische, die Dunkelrothe glattrunde Braunschweiger und die Glattrunde silberweisse. Die grosse Riesen-Zwiebel von Madeira ist nicht fest genug und fault zu leicht; sie ist deshalb keineswegs zu empfehlen. Einen Unterschied zwischen der Grossen römischen und Russischen Schalotte und Kartoffelzwiebel konnte man nur in den verschiedenen Namen finden; desgleichen auch zwischen den verschiedenen Winterporrée-Arten.

Wie schon zu Anfang bemerkt ist, war keine Gattung von Gemüse so reichlich und in so guter Qualität vorhanden, als die Gurken. Es dürfte hier wohl am schwersten gewesen sein, zu beweisen, welches Sortiment den Vorzug verdiene. So weit es sich nach blossem Augenschein beurtheilen liess, hatten in diesem Artikel aber auch die einzelnen Sorten die meisten verschiedenen Namen, und wiederum waren unter demselben Namen die allerverschiedensten Formen ausgestellt. Dass in mancher Sammlung 4—5 Früchte derselben Art, höchstens in der Form unwesentlich von einander abweichend und auch öfter dies noch kaum, unter ebenso viel verschiedenen Namen vorhanden waren, dürfte nicht zu viel gesagt sein. Als besonders auffallend schöne und grosse Früchte waren einige Exemplare von Simon-Louis in Metz unter Concombre très-long vert und von Rudolph in Arnstadt unter Treibgurken vom Himalaya und Arnstädter blassgrüne Riesen-Schlangen ausgestellt. Nicht bemerkt wurde eine Art, die in Berlin viel angebaut wird und dort unter dem Namen Aal- oder Berliner Treibgurke geht und die von allen bekannten Gurken die widerstandfähigste gegen äussere Witterungs-Einflüsse ist und sich deshalb sowohl zum Treiben, als auch für's freie Land, eignet.

Die Kartoffeln waren grade nicht zu viel, aber doch in einigen reichen und sonst durchweg recht schönen Sortimenten vorhanden. Besonders auffallend durch ungewöhnliche Grösse und schönes Aussehen der Knollen war ein Sortiment von Schiebler & Sohn in Celle vorhanden; ob so vorzüglich in der Qualität, liess sich allerdings nicht sofort feststellen.

Von Champignons und Champignonbrut war nur Weniges vorhanden, aber gut, besonders von J. Sieckmann in Köstritz, Fr. Harms in Eimsbüttel bei Hamburg und Ferd. Jühlke in Erfurt. Von letzterem waren besonders schöne Brutsteine und ein Glaskasten mit treibenden Champignons ausgestellt worden.

Sehr reichlich und aus den verschiedensten Gegenden Deutschlands eingesandt und durchweg in sehr grossen Exemplaren war das Geschlecht der Zucker- und Runkelrüben vertreten. Man konnte merken, dass grade dieser Artikel ein vielseitiges Interesse hat. Von den Runkelrüben imponirt besonders durch ihre Grösse die Erfurter Flaschen- und Oberndorfer Klumpen-Runkelrübe.

Revue horticole.

1. Hälfte des Jahrganges 1865.

Wie bei früheren Berichten bereits erwähnt wurde, hat sich die Redaktion genannten Journales unter Anderm auch zur Aufgabe gestellt, den Obstbau in Frankreich zu fördern und zu heben und zur Verbreitung guter Obstsorten beizutragen. Wir finden deshalb zunächst eine Reihe mehr oder weniger bekannter Birnen besprochen und zum Theil abgebildet. Was zuerst die im 1. Hefte abgebildete Marie Guisse (zu S. 10) anbelangt, so ist diese in mancher Hinsicht ganz eigenthümlicher Art. Sie ging im Jahre 1834 aus einem Sämlinge der St. Germain in einem auf einem Abhange sich ausbreitenden Garten des Grundbesitzers Guisse im Dorfe Justy, unweit Metz, hervor; der Mutterstamm existirt noch daselbst und hat mehr das Ansehen eines verwilderten, als eines guten Baumes, denn die unteren Aeste sind mehr oder weniger dornig. Anfangs führte die Birn den Namen St. Germain du Bachot nach dem Garten, wo sie entstand.

Erst 1862 kam sie in den Handel und wurde von dem Sekretär der Gartenbau-Gesellschaft der Mosel, Chabert, beschrieben.

Die Frucht ist in der Form ausserordentlich veränderlich. Im Allgemeinen erscheint sie zwar etwas länglich, doch stets schief; wenigstens haben Auge und Stiel eine schiefe Lage. Die Farbe ist mehr orange, als goldgelb, von grauen Fleckchen nach beiden Enden und ausserdem von dunkelgrünen Punkten unterbrochen. Das Fleisch ist sehr schmelzend und hat einen feinen, aromatischen Geschmack, den die Birn aber erst 10—14 Tage nach ihrer Lagerreife erhält, wo sie schon fast passirt scheint. Es muss diese Eigenthümlichkeit deshalb besonders beachtet werden. Da die Birn erst im April und im Mai genossen werden kann, besitzt sie einen besonderen Werth und verdient vor der St. Germain daher den Vorzug.

Diese Birn, welche bereits schon seit 200 Jahren bekannt ist und in der Abtei St. Germain bei Paris zuerst aufgefunden wurde, wird neuerdings nicht mehr so gesucht, als es früher der Fall war. Man hat gemeint, dass sie sich überlebt hätte und nun durch andere Birnen zu ersetzen wäre. Wahr ist es, dass sie, wie die weisse Herbst-Butterbirn, oft steinig und fleckig wird, ja selbst nicht selten verkrüppelt. In diesem Falle liegt es aber oft am Boden und noch häufiger an der Kultur und Behandlung, welches beides sie allerdings mehr verlangt, als viele andere Früchte. Ganz besonders empfindlich ist die Frucht gegen Regen, um so mehr wenn dann Sonnenschein darauf folgt und die Tropfen rasch trocknen. Alsdann zeigen sich die Flecken gern und die darunter liegenden Stellen schmecken bitter.

Es ist die St. Germain oder Hermannsbirn nicht die einzige Frucht, welche gegen klimatische Verhältnisse sich empfindlich zeigt, daher ein Verfahren, was zwar nicht im Grossen und am allerwenigsten beim Hochstamme angewendet werden kann, aber im Kleinen, besonders bei Spalieren und selbst an Pyramiden, Beachtung verdient, hier mitgetheilt werden soll, um stets ausgezeichnete Früchte für die feinere Tafel herzustellen. Dieses Verfahren besteht einfach darin, dass man Düten von geleimtem Papiere auf die Fruchtknospen setzt, wenn die Witterung noch rauh ist, und dieses wiederholt, sobald die Früchte angesetzt haben. Im letzteren Falle bleiben die Düten bis zu der Zeit, wo die Früchte abgenommen werden.

Während unserer Reisen in Frankreich und Belgien haben wir dieses Verfahren, wie es Bossin im 5. Hefte der Revue horticole (p. 97) mittheilt, mehrmals gesehen und waren stets, wenn wir auf solche Weise behandelte Früchte kosteten, über das zarte Fleisch und über den feinen Wohlgeschmack erstaunt.

Poire Philippot heisst eine zweite Birn, welche auf der 6. Tafel abgebildet und auf der 51. Seite beschrieben ist. Sie stammt aus der Baumschule des Gärtners Philippot in St. Quentin im Departement l'Aisne, wo sie in neuester Zeit aus Samen herangezogen ist. Der Baum zeichnet sich durch raschen Wuchs und frühe Tragbarkeit aus, 2 Eigenschaften, welche man besonders neuerdings liebt. Die rundlich-kreiselförmige Frucht erreicht bei einer Höhe von $3\frac{1}{2}$ einen Durchmesser von 3 Zoll und befindet sich an einem kurzen und sehr dicken Stiel. Die rauhe und dunkelgrüne Oberhaut erhält mit der Lagerreife eine helle Rostfarbe, unterbrochen durch dunklere kleinere Flecken und Punkte. Das Auge oder der Kelch ist klein und offen und liegt in einer Vertiefung. Das weisse und grosszellige Fleisch ist sehr saftig und hat einen süssen und aromatischen Geschmack. Ein Vorzug der Frucht ist, dass sie von Mitte Januar bis in den April hinein genossen werden kann, also nicht auf einmal reift.

Poire Professeur Barral ist in dem 4. Hefte abgebildet und auf der 71. Seite beschrieben. Sie ging aus Samen der Poire William in Nantes hervor, und zwar im Jahre 1853, wurde aber erst in den letzten Jahren als vorzüglich erkannt. Sie ist nicht minder umfangreich, als die vorige, in der Gestalt aber runder. Der Kelch ist etwas grösser und liegt auch in einer geringeren Vertiefung. Die dunkelgrüne und nicht rauhe Oberhaut wird zur Zeit der Lagerreife allmählig rostfarbener, zuletzt erhält sie aber das schönste Goldgelb. Die dunkleren Flecken verlieren sich damit. Das sehr schmelzende und feine Fleisch hat eine gelblich-weisse Farbe und zeichnet sich durch einen süssen und feinen Geschmack aus. Es ist eine Herbstbirn, die sich aber bisweilen bis in den Dezember hinein erhalten lässt.

Wir haben die Birn: General Tottleben zwar schon mehrmals besprochen, es dürfte aber doch von Interesse sein, zu erfahren, was man in Frankreich über sie denkt. Bei uns sind bekanntlich die Urtheile getheilt. Die bildliche Darstellung im 8. Hefte zu S. 150 lässt eine so grosse Frucht erkennen, wie wir sie auf unseren Ausstellungen noch nicht gesehen haben. Darnach misst sie bei 4 Zoll Durchmesser gegen 5 Zoll Höhe. Für die, welche ihren Ursprung nicht kennen, theilen wir mit, dass sie in Ghelin von Fontaine gezüchtet und zuerst von Papeleu beschrieben wurde, in den Handel brachte sie dagegen bekanntlich Ambr. Verschaffelt in Gent. Nach den Gebr. Baltet in Troyes hat der Baum eine gute Vegetation und zeichnet sich auch durch eine enorme Fruchtbarkeit aus. Diese geben den Rath, sie etwas lang zu schneiden und die Fruchtruthen gleich in der ersten Zeit zu kürzen, nicht erst im August oder September. Es ist gut, die Früchte nicht zu lange am Baume zu lassen, weil die Herbstregen oft Ursache sind, dass die Haut springt und dass das Fleisch das Schmelzende verliert.

Von Aepfeln, welche bekanntlich die Franzosen überhaupt weniger lieben, ist einer unter dem Namen Madame Huart im 9. Hefte und zu S. 171 abgebildet. Er wurde von dem Baumschulbesitzer Joseph Huart in Vitry im Thale von Chevreuse, und zwar im Bezirke des Dorfes Courcelles, entdeckt. Der Baum breitet sich sehr aus und besitzt die gute Eigenschaft, dass seine Blüthen sich spät entfalten. Im Allgemeinen ähnelt der Baum einem Sommer-Kalvill, dem jedoch die Frucht in sofern weniger gleicht, als die Erhabenheiten nur schwach vorhanden sind. Bei einem Durchmesser von 3 hat der Apfel nur eine Höhe von 2¾ Zoll. Der Stiel ist sehr kurz und der Kelch liegt in einer weiten Vertiefung. Nur die Sonnenseite der Frucht röthet sich, während sonst die Farbe hellgelb, ja selbst weisslich erscheint. Die Farbe ist durchaus so zart und so durchsichtig, als wäre der Apfel aus Wachs bereitet. Auch das Fleisch erscheint weiss und besitzt einen etwas säuerlichen und aromatischen Geschmack. Es ist ein Sommer-Apfel, der in Frankreich schon in der zweiten Hälfte des Juli reift.

Im 12. Hefte sind auf der 23. Tafel und zu Seite 232 einige Kirschen des südwestlichen Frankreichs abgebildet, welche daselbst geliebt werden. Gros Guindoul tardif hat eine rundliche Form und eine prächtige rothe Farbe bei einer ansehnlichen Grösse. Ihr Geschmack ist etwas säuerlich. Da sie sich gut hält, kommt sie massenweise auf die dortigen Märkte und wird roh, aber auch zu Kuchen verwendet, gegessen. Man liebt sie auch zum Einmachen und trocknet sie endlich. Cérise oder Guine Cruschente heisst eine andere Kirsche mit kleineren und dunkelrothen Früchten, deren Saft so sehr gefärbt ist, dass er selbst die Lippen färbt. Sie ist weniger für die Tafel geeignet, als zum Trocknen. Gros Bigarreau tardif ist eine späte Herzkirsche und dem Coeur de poule ähnlich. Sie ist sehr gross und hat eine dunkel-, ja zuletzt selbst schwarzrothe Farbe. Das Fleisch erscheint fein und ist sehr süss.

In der neuesten Zeit sind einige Süsskirschen von vorzüglicher Güte aus dem Staate Ohio in Nord-Amerika eingeführt, auf die wir aufmerksam machen wollen. In Cleveland, der grössten Stadt genannten Staates, lebt Professor Kirtland, einer der tüchtigsten Pomologen jenseits des grossen Oceans, dem man die eben erwähnten Sorten verdankt. Die beste von ihnen führt den Namen Cuigne Ohio's beauty, d. h. Schönheit von Ohio. Kräftigkeit und Tragbarkeit des Baumes steht mit der Vorzüglichkeit der Frucht in Verbindung. Die Kirsche ist ziemlich gross, abgerundet und besitzt eine glänzende, fleischrothe Farbe. Das saftige, weisse Fleisch ist süss und aromatisch zugleich. Es kommt noch dazu, dass der Baum während der Blüthezeit wegen seiner Schönheit Effekt macht und darin von keiner anderen Sorte übertroffen wird. Die Reifzeit beginnt in der ersten Hälfte des Juni und endigt in der zweiten.

Die anderen 3 Sorten führen die Namen Doktor, Cox's und Governor Wood. Sonderbar, dass auch in dem durch seine Kirschkultur bekannten Städtchen Werder bei Potsdam vor mehrern Jahren eine Kirsche entstanden ist, welche ebenfalls wegen ihrer Vorzüglichkeit den Namen „Doktor" erhalten hat und der Beschreibung nach der amerikanischen Sorte gleichen muss. Sollte sie vielleicht auf gleiche Weise, wie die Werder'sche frühe Herzkirsche, erst aus der Mark nach Nord-Amerika gebracht sein? so könnte auch hier der Fall eintreten, dass sie später noch von dort als eine amerikanische Sorte nach Europa gebracht wird, wie wir es von der zuletzt genannten Kirsche wissen, welche man in England ganz allgemein für ein nordamerikanisches Erzeugniss hält. Ausser den genannten Süsskirschen sind auch 2 hellrothe und ziemlich grosse Herzkirschen unter dem Namen Bigarreau Cleveland und Rockport von Cleveland aus angepriesen worden.

Von Feigen sind in der ersten Hälfte des Jahrganges 1865 der Revue horticole 2 Sorten abgebildet. Die eine führt den Namen Figue blanche à peau verte und ist im 2. Hefte zu Seite 31 abgebildet worden. Sie ist es, welche schon seit sehr langer Zeit im Süden Frankreichs, besonders in der Umgebung von Carcassonne, angebaut und getrocknet in den Handel gebracht wird. Sie bildet eine der hauptsächlichsten Einnahmen der dortigen Bewohner. Der Strauch erhält eine Höhe von 12 bis 16 Fuss und gibt jährlich im Durchschnitt eine doppelte Erndte, und zwar die erste vom Juni bis Anfang August und die zweite vom Ende August bis in den Oktober hinein. Grade die Früchte der letzteren werden zum Trocknen benutzt. Man beginnt damit im September und legt die vollständig reifen Früchte zu diesem Zwecke auf Hürden in die Sonne, um sie so lange derselben auszusetzen, bis sie eingetrocknet sind und damit eine graue Farbe angenommen haben. Gegen Abend bringt man sie unter Dach. Wenn sie eingetrocknet sind, werden sie mit Weizenmehl überstreut und schichtenweise in die zu ihrer Aufbewahrung bestimmten Kästen gebracht. Man thut wohl, auch Lorbeerblätter dazwischen zu legen, um den Feigen ein Aroma zu verleihen.

Im 7. Hefte zu Seite 131 ist die Feige Gourreau noir abgebildet und beschrieben. Sie bildet einen hohen Baum oder Strauch mit sehr zähen, meist herabhängenden Zweigen, der im südlichen Frankreich, besonders vor den Häusern, in Gärten u. s. w. angepflanzt wird, einestheils um dem Besitzer mit seiner Familie im Sommer kühlenden Schatten, anderntheils um ihm erfrischende Früchte zu geben. Sie gedeiht besonders gut auf kalkigem Boden, auch an Mauern, und widersteht der Kälte mehr als andere Sorten. Wie die vorige Feige, so gibt auch diese 2 Erndten. Die Früchte der ersten sind besonders gross, aber leider in geringerer Anzahl vorhanden; desto mehr gibt die zweite Erndte, die aber in regnerischen Jahren leider wiederum nicht selten verkümmert. Die Frucht hat ein fast schwarzes Ansehen und schliesst ein sehr süsses Fleisch ein.

Unter dem Namen Raisin Prunella finden sich in Frankreich verschiedene Trauben vor, die sich für die Tafel sehr lange halten und, wie es scheint, amerikanischen Ursprunges sind. Dahin deuten wenigstens die auf der Unterfläche wolligen Blätter und die dickhäutigen, sowie fast fleischigen Beeren. Die Traube, welche gewöhnlich Prunella genannt wird, hat ihren Namen von der Grösse der Beeren, die der der Prunellen wenig oder gar nichts nachgeben. Leider trägt die Rebe aber nicht sehr viel, wenn man sie nicht lang schneidet und dann sie möglichst horizontal zieht. Die Frucht ist in Frankreich wegen ihres harten, aromatischen und zugleich sehr süssen Fleisches beliebt und präsentirt sich mit ihrer fast schwarzen Farbe ausserordentlich auf der Tafel.

Ausser dieser Prunellen-Traube kultivirt man noch 2 Sorten, von denen die eine die schwarze, die andere die graue Prunelle genannt wird (Prunella noir et gris) und die sich in vielen Stücken von der eben beschriebenen unterscheiden. Die letztere ist im 5. Hefte zu S. 91 abgebildet. Während die sehr grossen Blätter der gewöhnlichen Prunelle fast den Durchmesser eines Fusses besitzen und ihre nicht tiefgehenden Abschnitte mehr abgerundet sind, haben sie bei der grauen und schwarzen Prunelle nur eine gewöhnliche Grösse, aber die Abschnitte gehen tiefer und sind scharf gezähnt. Die Beeren erscheinen zwar immer noch ansehnlich, aber doch kleiner, als bei jener; im Geschmack stimmen sie aber unter sich und mit der gewöhnlichen überein. Die graue Prunelle hat wegen ihrer Farbe auch den Namen Fumat erhalten.

Im 11. Hefte zu Seite 211 ist eine Himbeere unter dem Namen Orange de Brinkle abgebildet. Sie ist ebenfalls amerikanischen Ursprunges, da sie bei einem Dr. Brincle in Philadelphia entstanden ist, und zeichnet sich vor den anderen Sorten durch die orangenrothe Farbe aus. Ihr Geschmack soll ausgezeichnet sein. Der Stengel wird zwar nicht sehr hoch, treibt aber schon von unten auf Zweige, welche sich mit Früchten bedecken.

(Schluss folgt.)

Pinus Peuce Gris. und Pinus leucodermis Ant., 2 südost-europäische Kiefern.

Als Prof. Grisebach in Göttingen im Jahre 1839 eine Reise durch die europäische Türkei machte, fand er auf dem Berge Peristeri ohnweit Bitoglia im westlichen Makedonien eine Kiefer mit 5 Nadeln in einem Büschel zusammengestellt, die er anfangs für eine Form der Zirbelkiefer (Pinus Cembra) hielt, später aber in seiner Flora von Rumelien (2. Band, Seite 349) als eine eigene Art beschrieb, welche er zwischen P. Cembra und P. Strobus stehend erklärt. Lange Zeit verging, bevor man von dieser Kiefer wiederum etwas erfuhr. Vor einigen Jahren fand sie auch der Direktor des botanischen Gartens in Athen, Dr. Orphanides, auf demselben Standpunkte und theilte reife Samen und Zapfen der bekannten Handelsgärtnerei von Haage & Schmidt in Erfurt mit. Diese sandte ihrerseits einige der letzteren an Joseph Dalton Hooker in Kew.

Nach genauer Untersuchung und Vergleichung fand dieser, sowohl als Reisender, wie als Botaniker gleich ausgezeichnete Forscher, der jetzt nach dem Tode seines Vaters zum Direktor des grössten botanischen Gartens, des in Kew, ernannt ist, dass diese makedonische Kiefer genau mit der Pinus excelsa Wall. des Himalaya übereinstimme. Es ist dieses wiederum ein Beispiel, was in pflanzen-geographischer Hinsicht von der grössten Wichtigkeit und vielleicht noch berufen ist, Manches über die Entstehung unserer Erdoberfläche zu erklären. Allerdings sind die Gebirge der Ländermassen, welche zwischen dem Skardus-Gebirge, denn dazu gehört der Peristeri, und dem Himalaya liegen, noch keineswegs hinlänglich erforscht; es liesse sich vielleicht noch ein Zusammenhang mit der Pinus excelsa beider genannter Gebirge nachweisen. So lange dieses aber nicht ist, bleibt es ebenso ein pflanzen-geographisches Räthsel, als Rhododendron ponticum L., das im Oriente und in Portugal, nicht aber in den dazwischen liegenden Ländern, aufgefunden ist.

Diese makedonische Pinus excelsa scheint aber

keineswegs so hoch zu werden, als die in dem Himalaya, welche besonders in Nepal nicht selten eine Höhe von gegen 150 Fuss erreicht und welche von den Reisenden mit ihren horizontal ausgebreiteten, oft sogar überhängenden Aesten als einer der stattlichsten Bäume geschildert wird, sondern bleibt im Gegentheil niedrig, im Wachsthum der Krummholz-Kiefer nicht unähnlich. Sollte sie deshalb trotz aller Aehnlichkeit der Zapfen mit denen der Pinus excelsa des Himalaya doch nicht verschieden sein? Wo wir jetzt junge Pflanzen in unseren Gärten besitzen, möchte uns bald die Möglichkeit geboten werden, endgültig darüber zu entscheiden. Vor Allem wäre ihr Wachsthum zu beachten, ob der Stamm grade in die Höhe geht oder niedrig bleibt und mehr oder weniger gekrümmt erscheint? Die Himalaya-Pflanze hält bekanntlich unsere harten Winter nicht gut aus und leidet gar sehr durch die Kälte; möglich, dass die Skardus-Pflanze unser rauheres Klima besser verträgt.

Die 2. Kiefer gehört zu den 2-nadeligen Arten und steht in der Nähe der Pinus Laricio. Ihre graulich-weisse Rinde des Stammes, sowie die weissrindigen Aeste und Zweige haben dem jetzigen Hofgärtner Antoine in Schönbrunn bei Wien, einem unserer tüchtigsten Koniferen-Kenner und Nachfolger von Schott, Veranlassung zur Benennung Pinus leucodermis (d. h. weissrindige Kiefer) gegeben. Sie wurde von dem verstorbenen Dr. Maly in Montenegro entdeckt; sie bildet daselbst schöne grosse Wälder, welche erst da beginnen, wo das Laubholz aufhört, und geht bis zur Schneelinie, in deren Nähe sie allerdings kleiner wird und schliesslich selbst strauchartig erscheint, so dass sie das Ansehen von Krummholz erhält. Von P. Laricio unterscheidet sie sich durch die grau-weisse Rinde, welche in dicke, unregelmässige und in die Länge gezogene, aber in Blättern sich abschälende Stücke zerfällt, und durch die am obern Ende der Zweige dichterstehenden Nadelpaare, die ausserdem eine geringere Länge haben.

Die weissrindige Kiefer bildet einen Baum von nahe oder über 100 Fuss, der erst 20 bis 30 Fuss vom Boden aus sich verästelt. Die Zweige richten sich an den ziemlich horizontal-abstehenden Aesten in die Höhe und sind besonders am oberen Theile dicht mit Blattbüscheln bedeckt. Die etwas gekrümmten Nadeln sind bald kürzer, bald länger und erreichen eine Länge von $2\frac{1}{2}$—$3\frac{1}{2}$ Zoll. Beide Flächen sind mit Reihen von Stomaten besetzt und das obere Ende ist abgestumpft. Sie befinden sich im Anfange in ziemlich langen Scheiden, von denen aber die äusseren Blätter abfallen, so dass diese schliesslich sehr kurz werden. Die eirund-walzenförmigen Zapfen sitzen fest an und stehen einander meist gegenüber oder bilden zu 3 und 4 einen Quirl. Sie besitzen bei einer Länge von $2\frac{1}{4}$—$2\frac{1}{2}$ einen Durchmesser an der Basis von $1\frac{1}{4}$ Zoll und sind reif dunkelbraun-grün.

Wir haben im südwestlichen Frankreich Bäume von Pinus Laricio gesehen, welche ebenfalls eine hellere Rinde besassen; es ist demnach die Frage, ob doch nicht die Pinus leucodermis eine Form darstellt? Pinus Laricio ändert ungemein, je nach dem Standorte, und hat in der Ebene ein ganz anderes Ansehen, als im Gebirge. Es kommt noch dazu, dass sie jetzt allgemein in den sterilen Sandgegenden des südwestlichen Frankreichs ähnlich wie unsere Kiefer, aber auch, um Terpenthin zu gewinnen, angebaut wird. Zu diesem Zwecke wird jetzt besonders eine Abart benutzt, welche in der Nähe von Corte auf Korsika wächst und deshalb auch in den Verzeichnissen der Handelsgärtner den Namen Pinus Corteana führt. Dieser Name ist durchaus nicht mit Pinus corsica zu verwechseln, unter welchem Handelsgärtner die echte P. Laricio verstehen.

Obstgehölze, Rosen, Rhododendren u. s. w.

Es ist uns eben das Preisverzeichniss 1865-66 über Obstbäume, Beerenobst, Rosen, Rhododendren u. s. w. von L. Späth, Kunst- und Handelsgärtner in Berlin (Köpnickerstr. No. 148) zugekommen und erlauben wir uns auf den reichen Inhalt aufmerksam zu machen. Für die Leser der Wochenschrift, welche in Berlin wohnen und welche diese im Wege des Buchhandels beziehen, wird der eben erschienenen Nummer ein Verzeichniss beigelegt; wir sind aber sowohl, als auch die Handelsgärtnerei selbst, bereit, auf frankirte Anfrage auch denen, welche die Wochenschrift durch die Post erhalten, dasselbe frankirt zukommen zu lassen.

Verlag von Karl Wiegandt in Berlin, Koch-Strasse No. 22.

Druck der C. Feister'schen Buchdruckerei (L. Mewes), Berlin, Zieten-Platz No. 2.

Wochenschrift

des

Vereines zur Beförderung des Gartenbaues in den Königl. Preussischen Staaten

für

Gärtnerei und Pflanzenkunde:

Redakteur:

Professor Dr. Karl Koch,

General-Sekretair des Vereines.

No. 47. Berlin, den 25. November **1865.**

Preis des Jahrganges 5½ Thlr., sowohl bei Bezug durch den Buchhandel, als auch franco durch alle Post-Anstalten des deutsch-österreichischen Post-Vereines.

Sonntag, den 26. November, pünktlich um 11 Uhr, findet im Englischen Hause (Mohrenstrasse 49) eine Versammlung des Vereines zur Beförderung des Gartenbaues statt, wozu die geehrten Mitglieder eingeladen werden.

Phrynium albo-vaginatum und Veitchianum.

2 Blattpflanzen der neuesten Zeit.

Während unserer Anwesenheit in Brüssel im vorigen Hochsommer und Herbste sahen wir in dem bekannten Etablissement von Linden einige Marantaceen, welche erst vor Kurzem direkt aus Brasilien eingeführt waren; im vorigen Jahrgange der Wochenschrift (S. 277) ist bereits zum Theil darüber berichtet worden. Der Freundlichkeit des Besitzers verdankten wir auch einige Exemplare, um Blüthen heranzuziehen und diese dann bei der ausführlichen Beschreibung der Pflanzen bei der Hand zu haben. Eins derselben steht eben in Blüthe; wir beeilen uns demnach, die unvollständige Beschreibung an besagter Stelle zu vervollständigen.

Phrynium albo-vaginatum C. Koch et Lind.

in Wochenschrift VII, 277.

Acaule; Folia chartaceo-membranacea, oblonga, acuta, glaberrima, concoloria, nervis lateralibus conspicuis; Petiolus paene longitudine laminae, ad apicem fere vaginatus: membrana vaginacea alba, alae modo expansa; Pedunculus brevissimus; Spica oblonga; Spiculae 6-florae, bracteis magnis, ovato-lanceolatis, parte superiore reflexa; Flores albi, tubo brevi instructi.

In der äusseren Erscheinung steht diese Art, wie wir auch schon früher ausgesprochen haben, dem Phrynium flavescens Sweet nahe, die Blüthenstellung weist ihr jedoch eine Stelle in der Nähe von Ph. orbiculatum Sweet an (s. unsere Abhandlung über Marantaceen in der Berliner allgemeinen Gartenzeitung, Jahrg. 1857, S. 146). Wegen des schönen, hellen Grünes der Blätter nimmt sich die Pflanze recht hübsch aus; sie verdiente deshalb schon die Empfehlung für Liebhaber, wenn wir dergleichen Arten nicht bereits reichlich hätten. Sie erhält jedoch dadurch noch einen besonderen Werth, dass die Ränder am unteren Theile des Blattstieles zwar aufrecht stehen und die Neubildungen umfassen, nach oben zu hingegen immer flacher werden und zuletzt wie breite Flügel erscheinen. Dazu kommt, dass diese Ränder eine schneeweisse Farbe besitzen, welche zu dem übrigen Grün der Pflanze angenehm absticht. An diesen flügelartigen Blatträndern von weisser Farbe ist Ph. albo-vaginatum leicht von allen übrigen Phrynien zu unterscheiden.

Die Blätter stehen anfangs nur in 2 Reihen, später nehmen sie aber eine Richtung nach allen Seiten an. Ein überirdischer Stengel ist nicht vorhanden, obwohl durch das gegenseitige Umfassen der Blätter scheinbar ein solcher sich zu bilden scheint. Diese selbst haben eine Länge von 8 und eine Breite von 3 — 3½ Zoll. Ihre Substanz ist, wie bei Ph. flavescens, zwar dünn, aber doch steifer und fester, um sie hautartig nennen zu können.

Die 1¼ Zoll lange und ¾ Zoll im Durchmesser enthaltende Aehre kommt mit einem sehr kurzen

Stiel zwischen den Blättern heraus und ist aus 6 bis 8 Aehrchen zusammengesetzt. Die hellgrünen, länglichen Deckblätter verschmälern sich oberhalb der Hälfte plötzlich in eine lanzettliche und zurückgebogene Spitze und besitzen mit dieser eine Länge von nahe 2 Zoll, während die Breite nur gegen 9 Linien beträgt. 6 Blüthen, und zwar paarweise, befinden sich, von besonderen Deckblättern umgeben, auf einem kurzen Stiel und bilden daselbst ein Aehrchen.

Jede einzelne Blüthe besteht aus einem unbehaarten weissen Fruchtknoten, aus 3 schmal-elliptischen Kelchblättern und aus einer kurzröhrigen und weissgefärbten Krone. Die 3 äusseren schmal-elliptischen Blumenabschnitte stehen aufrecht und haben eine Länge von 6 Linien, während die beiden inneren zwar nicht viel länger, aber fast 3 Mal breiter sind. Die Lippe ist wenig knorpelig und der kapuzenförmige Blumenabschnitt besitzt den grannenförmigen Anhängsel nur unbedeutend; dagegen ist der Staubfaden sehr breit-hautartig und hat oben zur Seite den grossen, einfächrigen Beutel. Auch das Anhängsel der ziemlich grossen und konkaven Narbe ist unbedeutend und abgerundet.

Phrynium Veitchianum C. Koch
in Wochenschr. VII, 159.

Im Frühjahre 1864 brachte Veitch in Exceter bei London eine Marantacee zu der internationalen Ausstellung in Brüssel, welche allgemeine Anerkennung fand; wir haben ihrer bereits in der Wochenschrift des vorigen Jahrganges erwähnt und sie in diesem Frühjahre von Neuem in Amsterdam gesehen (s. S. 167). Da sie im Oktoberhefte des Botanical Magazine (tab. 5535) abgebildet ist, ergreifen wir die Gelegenheit, ausführlich über sie zu sprechen. Wir bemerken, dass Lindley den Willdenow'schen Namen Phrynium zuerst mit dem der Meyer'schen Calathea verwechselte; Körnicke und Horaninow folgten später seinem Beispiele. So haben wir einmal wiederum ein Beispiel der Namen-Verwirrung. Die vielen Phrynien, welche schon Willdenow und Roscoë, der erste Monograph dieser Pflanzen, kannten, sind nun von genannten Botanikern als Calatheen beschrieben. Wir unsererseits folgen Willdenow und Roscoë und kommen vielleicht sogar einmal dazu, das Meyer'sche Genus Calathea ganz und gar zu verbannen. Wir lieben natürliche Genera, die nicht nur auf einem kleinlichen Merkmale in der Blüthe oder Frucht beruhen, sondern auch durch die ganze Tracht der zusammengehörigen Pflanzen gestützt werden. Bis jetzt ist es uns noch nicht gelungen, die Phrynium- und Calathea-Arten im äusseren Ansehen zu unterscheiden. So ist denn auch unser Phrynium Veitchianum in besagtem Kupferwerke als Calathea Veitchiana beschrieben. Eingeführt wurde diese Pflanze, wie wir jetzt erfahren, durch den bekannten Reisenden Pearce, und zwar aus dem Westen des tropischen Süd-Amerika's.

Acaule; Folia chartacea, oblonga, acuta, glabra, discoloria, supra atro-viridia, fasciis tribus longitudinalibus, pallide-viridibus ornata, subtus brunnescentia; Petiolus teretiusculus, ad basin vaginaceus; Pedunculus teres, foliis brevior; Spica oblonga: bracteis adpresse pilosis, supremis comam formantibus, sterilibus; Spica subturbinata, spiculis 6(?)-floris; Flores albi, labello rubro-tincto; Tubus brevis.

Wir haben die Pflanze bis jetzt nur klein gesehen, vermuthen aber, dass die Blätter, welche wir jetzt schon fast 1 Fuss lang und 5—6 Zoll breit sahen, noch grösser werden, vor Allem auch der Stiel noch länger werden wird. Da die Substanz des Blattes zwar nicht pergamentartig erscheint, aber doch steifer und härter, um sie hautartig zu nennen, so möchte sie in ihrer äusseren Tracht mehr Aehnlichkeit mit Ph. zebrinum besitzen, als mit Ph. ornatum und vittatum.

Die Blätter sind wunderhübsch gefärbt. Die Oberfläche besitzt nämlich eine dunkel-, fast schwarzgrüne Färbung, die der Länge nach durch 3 unregelmässige Bänder von grasgrüner Farbe unterbrochen wird. Das mittelste Band besteht aus einer Reihe übereinander-stehender, grosser, dreieckiger Flecken, mit der Spitze nach unten, während die beiden äusseren eine Anzahl (meist 5 oder 6) mit den Enden zusammenhängender Halbmonde bilden. Diese 3 Längsbänder sind auch auf der Unterfläche mit ihrer noch helleren Farbe sichtbar und treten aus dem sonstigen Hellbraun daselbst hervor.

Der Blattstiel ist meist etwas behaart und besitzt nur an seinem unteren Theile scheidenartige Ränder, sonst ist er ziemlich stielrund. Der allgemeine Blüthenstiel besitzt eine hellere Farbe, ist ebenfalls etwas behaart und wird kaum $\frac{1}{2}$ Fuss lang. Er trägt eine $2\frac{1}{2}$ Zoll lange und oben 2 Zoll im Durchmesser enthaltende und zusammengesetzte Aehre, welche nach unten sich verschmälert.

Die Deckblätter stehen ringsherum in einer Spirale und decken sich mehr oder minder. Der grösste Theil von Zoll-Länge ist ziemlich breit und schlägt sich mit dem meist ziemlich tief-ausgerandeten oberen Theile etwas zurück. Hier ist die Färbung auch etwas bräunlich, während sie sonst hellgrün erscheint. Eine kurze, umliegende Behaarung befindet sich ebenfalls an dieser Stelle, jedoch nur auf der Aussenseite. Die obersten Deckblätter sind leer und erweitern sich blattartig, so dass dadurch eine Art Schopf gebildet wird.

Hooker gibt jedes Aehrchen aus 3—6 Blüthchen bestehend an, wohl nur in Folge einer unvollkommenen Untersuchung. Bei allen Marantaceen (im engern Sinne) stehen die Blüthen stets paarweise und nach der Zahl dieser Paare lassen sich, besonders die Phrynien, leicht unterscheiden. 3 Blüthen in einem Aehrchen geht ebenso wenig, wie 5 oder 7. Wir vermuthen deshalb, dass deren 6 vorhanden sind. Nach der Abbildung haben die Blüthen eine Länge von über 2 Zoll, besitzen aber nur eine kurze Blumenröhre, welche aus den über Zoll langen Deckblättchen nicht herausragt. Die elliptischen Kelchblätter sind 8—9 Linien lang, während die 3 äusseren Kronabschnitte ziemlich breit und ausgerandet zu sein scheinen. Die Lippe schlägt sich zurück und zeigt eine in der Mitte roth gefärbte Platte. Das Staubgefäss ist durchaus hautartig und hat den einfächrigen Staubbeutel auf der Seite.

Bei dieser Gelegenheit sei es uns erlaubt, auf eine dritte Marantacee zurückzukommen, welche wir zuerst im Jahre 1857 als Phr. metallicum aufgestellt (allgemeine Berl. Gartenz. Jahrg. 1857, S. 147) und später (1863) im 6. Jahrgange der Wochenschrift (Seite 358) unter diesem Namen ausführlicher beschrieben haben. Dr. Körnicke nennt sie, indem er alle Phrynien fast, wie schon gesagt, zu Calathea überträgt: C. metallica (Bull. de la soc. d. nat. de Mosc. XXXIV, I. p. 141). Leider haben wir sowohl, als Körnicke, die Pflanze nicht ganz richtig beschrieben und noch unrichtiger im Systeme eingereiht. Nach neuerdings vom Obergärtner Boese uns zugestellten Blüthen-Exemplaren vermögen wir das Falsche zu berichten. Wenn wir bei Phrynium einen Blüthenstand mit ringsherum gehenden, bei Calathea einen mit nur 2 Reihen bildenden Deckblättern als Unterschied annehmen, und auf die dünne, weit herausragende Röhre bei Calathea noch einen Werth legen, so muss besagte Pflanze zu Calathea gestellt werden und demnach C. metallica heissen. Am nächsten steht sie der C. picturata.

Bei der Beschreibung des Blattes ist noch hinzuzufügen, dass nicht allein die Mitte der Länge nach und ungefähr 1 Zoll breit hellgrün gefärbt ist, sondern auch auf beiden Seiten in gleicher Breite eines Zolles der Rand. Besser würde man vielleicht sagen: die Grundfarbe der Oberfläche des Blattes ist hellgrün, es ziehen sich aber in der Mitte beider Hälften zollbreite, dunkelgrüne und glänzende Bänder herab.

In Betreff der eben genannten C. picturata (Phrynium van den Heckei Lem.) erwähnen wir noch, dass diese weit grösser wird, als wir angegeben und eine der schönsten Blattpflanzen ist.

Gärtnerisches aus Schlesien.

Es sind uns Berichte aus Schlesien zur beliebigen Benutzung zugegangen, dem wir auch um so lieber entsprechen, als sie bezeugen, wie sehr man dort bemüht ist, vor Allem den Obstbau zu fördern. Schlesien hatte zwar immer, wie wir aus Göppert's Abhandlungen über die Gärten Schlesien's ersehen, durch seine Gärten und demnach durch seine Liebe zu Pflanzen und Blumen sich ausgezeichnet: besonders vorwärts ist es aber in dem letzten Jahrzehende gegangen. Um dem Bedürfnisse zu entsprechen, haben sich nicht allein die bereits vorhandenen Gärtnereien vergrössert, es sind auch, selbst in kleinern Städten, neue entstanden, so dass ihre Zahl jetzt gar nicht unbedeutend ist.

Wohl möchte es der Mühe verlohnen, die vielen Parks und schönen Gärten Schlesien's einmal zu beschreiben; besonders von Berlin aus flüchtet man sich während der heissen Sommertage nach den gebirgigen Gauen in Schlesien, um sich an der dortigen schönen Natur zu erfreuen, aber auch um an den bekannten Badeorten Stärkung der geschwächten Glieder und Linderung körperlicher Leiden zu erhalten. Grade die Badeorte sind es aber hauptsächlich, welche von schönen Anlagen umgeben sind. Gewiss würden Viele eine gärtnerische Beschreibung Schlesien's gern in die Hand nehmen, wo man ihnen eine Anleitung bieten kann, die dargebotenen Schönheiten besser aufzufassen, um damit mit mehr Genuss in den Umgebungen zuzubringen.

Man huldigt jedoch nicht allein in Schlesien dem Schönen, auch dem Nützlichen, indem man vor Allem dem Obstbaue mehr Aufmerksamkeit schenkt. Zwei Vereine haben es sich aber hauptsächlich zur Aufgabe gestellt, nach dieser Seite hin zu wirken. Die Obst- und Gartenbau-Sektion der Schlesischen Gesellschaft für vaterländische Kultur hat die ganze Provinz sich zur Aufgabe gestellt, der Pomologische Verein in Lossen bei Brieg ist dagegen mehr in seinem engeren Kreise thätig; es sind in letzterem hauptsächlich die Gutsbesitzer zusammengetreten, zwar um zunächst für sich selbst gutes Obst anzuziehen, aber auch um dieses weiter zu verbreiten und mit gutem Beispiele voranzugehen.

I. Die Obst- und Gartenbau-Sektion der Schlesischen Gesellschaft für vaterländische Kultur in Breslau.

Es liegen uns die beiden letzten Berichte der Sitzungen vom 27. September und 18. Oktober vor. Aus dem ersteren ersehen wir, dass die Obstwerke der Franzosen und Niederländer auf Kosten des Vereines angeschafft sind und dass, wie die Lieferungen eingehen, darüber berichtet wird. Vom Jardin fruitier, diesem französischen Prachtwerke, was den jetzigen Vize-Präsidenten der Akademie der Wissenschaften, de Caisne, zum Verfasser hat, sind bereits 80 Lieferungen erschienen. Wir sehen, dass jenseits des Rheines die grossen Männer der Wissenschaft sich nicht scheuen, wie in Deutschland, der Praxis zur Hand zu gehen und damit das Interesse und den Wohlstand ihrer Mitmenschen zu fördern. Wir bedauern, dass das genannte Werk wegen der vorzüglich ausgeführten Abbildungen doch zu theuer ist, um allgemein verbreitet zu sein. Es würde sicher sonst mehr Propaganda für den Obstbau gemacht.

Der Niederländische Obstgarten ist zwar keineswegs in dieser Weise ausgeführt, hat aber einen Preis, der es auch weniger Bemittelten möglich macht, das Werk sich anzuschaffen. Die Kenntniss des holländischen Obstes ist uns deshalb wichtig, weil wir, wenigstens in Norddeutschland, im vorigen Jahrhunderte sehr oft aus Holland unsere Obstbäume zu Anpflanzungen bezogen. Es befinden sich noch manche Obstgärten im Hannöver'schen, in der Mark u. s. w. vor, wo die Bäume bei der Anlegung derselben ausschliesslich aus Holland bezogen wurden. Von Friedrich dem Grossen ist es ja bekannt, dass er an vielen Orten, besonders zu Rheinsberg, in Sanssouci u. s. w. holländisches Obst anpflanzen liess.

In der Sitzung am 18. Oktober wurde auch über die Ausstellung in Erfurt berichtet. Es war ein besonderer Abgeordneter dahin abgesendet, um von Allem, was vorkam, Kenntniss zu nehmen. Auf diese Weise, wo man an Allem, was geschieht, Antheil nimmt, ist man auch im Stande, vorwärts zu gehen und vorwärts zu kommen.

Es wurden ferner Verzeichnisse der Obstsorten, welche in dem Garten der Obstbau-Sektion zur Verbreitung im Lande herangezogen werden, vorgelegt. Dass dadurch ungemein viel zur Förderung und Verbesserung geschieht, unterliegt keinem Zweifel. Um so mehr muss man dem Königlichen landwirthschaftlichen Ministerium Dank wissen, dass es diese Bestrebungen auch pekuniär unterstützt. Aus diesem Verzeichnisse ersieht man, dass bereits 98 Sorten Aepfel, 77 Sorten Birnen, 17 Sorten Pflaumen, 3 Sorten Kirschen, 15 Sorten Aprikosen und Pfirsiche, 31 Sorten Weinreben und 62 Sorten Stachel-, Johannis-, Him- und Erdbeeren kultivirt werden, alle natürlich mit dem richtigen Namen versehen, um in der Provinz nach und nach zum Anbau zu kommen.

Die Mitglieder der Sektion haben bei dem Verkaufe das Vorrecht; sie erhalten auch eine Preis-Ermässigung von 25 Procent, die für die, welche sonst den Garten noch unterstützen, aber weit grösser ist. Pfropfreiser werden umsonst abgegeben.

II. Der pomologische Verein in Lossen bei Brieg.

Am 8. und 9. Oktober fand in dem grossen Saale des Schiesshauses in Brieg eine Obst-Ausstellung statt. Der Rittergutsbesitzer H. v. Reuss, welcher an der Spitze des pomologischen Vereines steht, hatte sie veranlasst. Sie gab einen erfreulichen Beweis für den regen Eifer, mit welchem die Mitglieder und sonstigen Freunde des Garten- und Obstbaues im hiesigen Kreise die Bestrebungen des Vereines fördern. Um so mehr ist die Betheiligung anzuerkennen, weil, nicht wie in anderen Vereinen und bei anderen Ausstellungen, Preise vertheilt werden, sondern Jeder sich mit der allgemeinen Anerkennung begnügen muss.

Die Rittergutsbesitzer v. Reuss in Lossen (Kunstgärtner Gadau) und v. Schmiedeberg in Schwanowitz (Kunstgärtner Schnabel), die Kunst- und Handelsgärtner Loeser und Langer in Brieg hatten eine grosse Zahl von Topfgewächsen, meist in recht guter Kultur, zur Ausschmückung des Lokals geliefert; es waren diese in geschmackvoller Weise von den Besitzern selbst in abgesonderten Gruppen aufgestellt.

Obst-Sortimente, sowie kleinere Zusammenstellungen und ausserdem Einzel-Exemplare, waren zahlreich eingegangen und gaben Zeugniss davon, wie man auch hier bemüht ist, das Schlechte nach und nach auszumerzen und dafür gutes und nutzbares Obst anzubauen.

Baumschulen-Besitzer Klohse in Spahlitz bei Oels lieferte ein reiches Sortiment Aepfel und auch einige Birnen, sämmtlich von Zwergstämmen gezogen. Die Exemplare waren durchweg vollkommen und in richtiger Bezeichnung. Rittergutsbesitzer v. Schmiedeberg in Schwanowitz (Kunstg. Schnabel) hatte dagegen eine grosse Sammlung von richtig benannten Aepfeln und Birnen gesandt. Es ist gewiss anzuerkennen, dass besonders die Rittergutsbesitzer in der Umgegend von Brieg sich eifrig bemühen, für ihr Obst auch die richtigen Namen zu erhalten. Das vorliegende hatte beispielsweise früher Lukas bestimmt. Durch vorzügliche Kultur zeichneten sich in dieser Sammlung aus: Taffent-Apfel, King of the Peppings, Cornish aromatic (Kantapfel), Ribston Pepping, Langton's Sondergleichen, Holländischer Bellefleur Yellow, Reinette von Blenheim, lauter Früchte, die auf der feinsten Tafel dem Besitzer Ehre gemacht hätten.

Eine ebenso reiche und gut bezeichnete Sammlung von Aepfeln und Birnen war ferner von dem Rittergutsbesitzer v. Reuss in Lossen ausgestellt. Hier waren es wiederum die Birnen, welche durch ihre Kultur und demnach auch durch ihr schönes Aussehen sich auszeichneten. Beurré Napoléon, Capiaumonts Herbstbirn, Grumkower, Delices d'Hardenpont, Bon chrétien d'hiver u. s. w. erschienen aber nicht allein von ansehnlicher Grösse, sie besassen auch einen vorzüglichen Wohlgeschmack.

Das Sortiment von Aepfeln und Birnen, welche der Freiherr v. Ziegler in Dombrow (Kunstgärtner Rudack) eingesendet hatte, enthielt ebenfalls recht schöne Früchte; doch war leider die Nomenklatur zum Theil nicht richtig. Grade aber durch gute und genau bezeichnete Sorten verdienten die Sortimente von Aepfeln und Birnen, welche von dem Kunst- und Handelsgärtner Breiter in Breslau und nicht weniger die, welche der Obst- und Gartenbau-Sektion der Schlesischen Gesellschaft für vaterländische Kultur in Breslau gehörten, besondere Anerkennung. Das Sortiment des Inspektors Hannemann in Proskau war besonders für Diejenigen wichtig, welche Obst-Anlagen machen wollen, da es nur aus den bekannteren und guten Sorten bestand.

Wir führen ausserdem noch die Sammlung von Aepfeln und Birnen auf, welche der Rechtsanwalt Schneider in Brieg in vorzüglich schönen Früchten in seinem Garten erzogen hatte, ferner die Sammlung der Irrenanstalt in Brieg, in der sich besonders der Kaiser-Alexander-Apfel durch seine ausserordentliche Grösse auszeichnete. Mehre Exemplare hatten 6 Zoll Breite bei einer Höhe von 5 Zoll. Der Tischlermeister Dirlam in Brieg hatte dagegen eine vorzügliche, grosse und schmackhafte Birn unter dem Namen „Napoleonsbirn" ausgestellt, die in Form und Reifezeit jedoch wesentlich von dieser verschieden erschien.

Die interessanteste und für die Zwecke des Vereines werthvollste Sammlung von Aepfeln verdankte man dem Medizinal-Assessor Jahn in Meiningen, da sie allgemein zur Berichtigung der Namen durch Vergleichung benutzt wurde. Der Vorstand des pomologischen Vereines, der nach allen Seiten hin sich bemühte, hatte auch den Besitzer besonders veranlasst, eine richtig-bestimmte Sammlung zur Verfügung zu stellen. Im Interesse der guten Sache war vom Medizinal-Assessor Jahn dieser Aufforderung auf das Bereitwilligste entsprochen worden. Bei Provinzial-Ausstellungen ist es den Leitern derselben gar nicht genug anzuempfehlen, zur Berichtigung der meist unrichtigen Nomenklatur ebenfalls von anerkannten Pomologen dergleichen Muster-Sendungen kommen zu lassen. Durch Vergleichung kommt man viel rascher zum Ziele, als durch noch so eifriges Studiren in Büchern.

Ausser oben genannten Früchten waren sehr schöne Trauben vorhanden, sowie ein Sortiment Pflaumen und Pfirsiche; man verdankte diese und auch eine kleine Sammlung der ersteren wiederum dem Rittergutsbesitzer v. Schmiedeberg. Schliesslich fand sich aber noch ein vorzügliches Sortiment Wein, aus 19 Sorten bestehend, vor. Der Grundbesitzer Ulbrich in Brieg hatte es eingeliefert. Vor Allem schön waren die Trauben des Pariser Schönedel, des Brachmost-Schönedel, des blauen Boromeo, des blauen Frankenthaler und des herrlichen Königsedel.

Der Besuch der Ausstellung war mässig, wie gewöhnlich bei dergleichen, wo Eintrittsgeld genommen wird, so dass die Kosten lange nicht gedeckt werden konnten. Es ist jedenfalls sehr beklagenswerth, dass Seitens des grösseren Publikums in dieser Beziehung so gar wenig gethan wird, um die Bestrebungen so allgemeinen Nutzen bringender Vereinigungen zu unterstützen.

Lucas' Taschenbuch
für
Pomologen, Gärtner und Gartenfreunde.

5. Jahrgang.

Rasch sind die 3 letzten Jahrgänge aufeinander gefolgt, während die ersten im Verlaufe von 2 Jahren veröffentlicht wurden. Auch diesmal wird hier Zeugniss abgelegt von der Thätigkeit des pomologischen Institutes in Reutlingen, dessen Direktor der Herausgeber selbst ist. Wir erfahren, dass 6 Zöglinge der Gartenbauschule und 14 Zöglinge der Obstbaumschule am 20. Mai d. J. einer Prüfung unterworfen wurden. Dazu waren noch im Verlaufe des Sommers 2 gekommen, so dass die Zahl sämmtlicher Schüler, ohne die 2 Hospitanten, 22 betrug.

34 verschiedene kleine Abhandlungen, und zwar aus allen Zweigen der gesammten Gärtnerei, liegen uns vor; sämmtlich sind sie selbst aus dem Wesen der Anstalt hervorgegangen. Fast jeder Zögling hat über das Hervorragendste, was er im Verlaufe des vergangenen Jahres gethan, Mittheilung gemacht, er hat aus seiner Thätigkeit berichtet.

Man sagt, dass die Belehrung besser und leichter sei, wenn die Jugend zur Jugend spricht; und man hat nicht Unrecht. Die Worte der Jugend, welche sie spricht, sind der Jugend zugänglicher. Es versteht sich, dass es nicht den Schülern blindlings überlassen wurde, mit etwas Beliebigem vor die Welt zu treten; es war Sache des Direktors, eine Auswahl in dem, was geschrieben werden sollte, zu treffen. So sind wir denn auch überzeugt, dass das Buch seinen Zweck nicht verfehlen werde; wir wünschen ihm eine recht weite Verbreitung zur Belehrung der Jugend, welche mit gärtnerischen Dingen sich beschäftigt.

Revue horticole.

1. Hälfte des Jahrganges 1865.

(Schluss.)

Wir gehen nun zu den Blumen und Pflanzen über. Die kleine nette Polemoniacee Gilia dianthiflora Endl. oder Fenzlia dianthiflora Benth. (im 1. Hefte zu S. 11 abgebildet) ist zwar schon längere Zeit aus Neu-Caledonien eingeführt, aber keineswegs so gewürdigt, als sie es verdient. Ursache mag sein, dass man ihr nicht die nöthige Sorgfalt widmet. Nach Vilmorin-Andrieux ist es am besten, sie schon im Anfange des Herbstes in ein altes Mistbeet zu säen und die Pflänzchen zu 4, am besten in eine gut drainirte Schale, die mit Garten-, Haide- und Laub-Erde zu gleichen Theilen gefüllt ist, zu pikiren und dann in ein Kalthaus, wo es möglichst kühl sein muss, jedoch nicht frieren darf, zu stellen, und zwar dicht am Fenster. Wenn es die Witterung erlaubt, muss man lüften, sonst fallen die Pflanzen bald um oder gehen sonst zu Grunde. Im März werden sie einzeln in andere Töpfe gebracht, worauf im April eine neue Verpflanzung in 5-zöllige Töpfe erfolgt. Hier werden nun die Pflanzen sehr buschig und blühen in einem gemässigten Gewächshause oder in einem nicht zu warmen und nicht bewohnten Zimmer ausserordentlich reichlich. Im freien Lande missglücken gewöhnlich die Aussaaten.

Loise fils, der bekannte Gladiolus-Züchter, hat auch Aussaat-Versuche mit Pelargonien aus der Gruppe des P. zonale gemacht, die einigen Erfolg gehabt haben. Die schönste Sorte, welche er erhalten und hell-lachs-farbene Blüthen in dichten Dolden besitzt, blüht den ganzen Sommer hindurch. Anfangs wurde sie Conquête de Puëbla genannt; da jedoch andere mittelmässige Sorten unterdess diesen Namen erhalten haben, hat der jüngere Loise seine Sorte Conquêtes françaises genannt (s. 2. Heft zu Seite 31).

Im Departement der Ardèche, also in dem früheren Languedoc, befindet sich, und zwar zu Bourg-Argental, die bekannte Handelsgärtnerei von Adr. Sénéclauze, ausgezeichnet durch ihre Obstbaumschulen und Koniferen; doch hat sie auch auf die Neuzucht von Blumen bisweilen ihre Aufmerksamkeit verwendet. Unter Anderem wurde versucht, Blendlinge zwischen dem Dianthus Heddewigii und chinensis hervorzurufen. Diese Versuche haben zu Resultaten geführt. In der Revue horticole, im 3. Hefte zu Seite 52 findet man die besten Sorten abgebildet. Die Sorten der einjährigen Nelken sind leider schwer fortzupflanzen, da sie sich noch nicht fixirt haben; es kann dieses nur durch Stecklinge geschehen. So schön auch diese Sorten nach der Abbildung sind, so besitzen wir doch grade hier so Vorzügliches in Deutschland, dass wir uns erlauben, zunächst auf die von Ernst Benary in Erfurt aufmerksam zu machen.

Zu gleicher Zeit sind auch andere Nelken-Blendlinge, und zwar durch Kreuzung von Dianthus barbatus, also unserer Garten-Karthäuser-Nelke, und chinensis versucht worden, die ebenfalls Resultate gegeben haben. Sie führen im Handel den Namen Dianthus hybridus corymbosus. Der Bau dieser Blendlinge ähnelt dem der ersteren, aber die gefüllten Blüthen sind grösser und stehen nicht so gedrängt.

Eine dritte Reihe von Blendlingen sind durch Befruchtung des Dianthus barbatus mit D. superbus, einer in unseren Wäldern wildwachsenden Art, erzeugt. Sie soll sich durch reiche Fülle der Blüthen auszeichnen, die selbst, wenn man gleich nach dem Verblühen den Stengel abschneidet, remontiren. Wir bezweifeln die gegebene Abstammung nach der bildlichen Darstellung sowohl (im 10. Hefte zu Seite 191), als nach der Angabe, dass die Blüthen ausserordentlich wohlriechend seien, und halten vielmehr dafür, dass unsere Garten-Nelke (Dianthus Caryophyllus) eingewirkt habe. Weder D. barbatus, noch superbus besitzen Geruch.

Die China-Primel hat in der That eine Zukunft, denn alle Jahre entstehen neue Formen, die oft die alten an Schönheit übertreffen. Im 7. Hefte zu Seite 131 sind 2 Formen abgebildet, auf die wir aufmerksam machen wollen. Die Blume wurde 1820 oder 1821 eingeführt und war rosa. In den 30ger Jahren hatte man schon weisse und rothe, sowie gefüllte. In den 40ger Jahren entstanden die Sorten mit gefransten, in der ersten Hälfte der 50ger Jahre die mit panachirten oder gestreiften Blumen. Bald darauf zeigten sich auch Formen, wo die Mitte um den Schlund der Röhre eine andere Farbe hatte, also, wie man sich ausdrückt, wo die Blumen mit einem Auge versehen waren.

Alle diese Formen pflanzten sich aber nicht durch Samen fort, sondern mussten durch Ableger erhalten werden. Neuerdings ist es nun Vilmorin-Andrieux gelungen, 2 interessante Sorten mit gefransten Blumen, welche nach der Färbung: Primevère de Chine frangée rose à coeur brun und frangée cuivrée genannt sind, zu erziehen, welche sich durch Samen fortpflanzen. Aber ausserdem hat Vilmorin-Andrieux eine neue Sorte gezogen, welche nicht in der Blüthe etwas Neues zeigt, dagegen sich durch die Form der Blätter auszeichnet. Auch in dieser Richtung waren schon früher Sorten vorausgegangen, wie die reizende mit fiederspaltigen Blättern, welche den Namen filicifolia (also farnblättrig) erhalten hat. Diese neue Sorte,

„erecta superba" genannt, besitzt die Eigenthümlichkeit, dass die Blätter ziemlich aufrecht stehen und mit den Rändern nach innen sich wölben.

Auch eine Rose ist unter dem Namen Madame Boll im 6. Hefte zu Seite 111 abgebildet. Sie gehört zu den Remontanten. Man verdankt sie dem Rosenzüchter Boyau in Angers, wo überhaupt die ersten remontirenden Rosen entstanden. Anfangs waren diese noch nicht so vollkommen, bis der bekannte Rosenzüchter Sisley im Jahre 1835 die erste in den Handel brachte. Seit dieser Zeit wurden die früheren Petits remontants genannt. Besagte Rose Madame Boll hat ihren Namen von der Frau eines Gärtners schweizerischen Ursprungs, der aber seit 25 Jahren in Amerika lebt, erhalten. Die reizende, einer Centifolie im Bau und in der Farbe nicht unähnliche Blume, ist ziemlich gross und hat einen vorzüglichen Geruch.

Auf einer Tafel im 10. Hefte (zu Seite 191) ist eine interessante Rose, Eglanteria, abgebildet, wo an einem und demselben Zweige eine gelbe und rothe Blume sich gezeigt hat. Diese Eigenthümlichkeit kommt übrigens keineswegs selten vor und ereignet sich besonders bei der rothblühenden Abart, welche unter dem Namen Rosa punicea bekannt ist. Bisweilen erscheint hier plötzlich eine Blume mit der ursprünglichen gelben Farbe. Im nächsten Jahre kehrt die Erscheinung wieder und es gesellen sich noch andere gelbe Rosen, besonders an dem Zweige, wo die erste vorhanden war, aber auch an andern Stellen, dazu. Nicht selten ereignet es sich dann, dass nach 6 oder 8 Jahren alle rothen Blumen verschwunden sind und nur gelbe zum Vorschein kommen.

Ein zweites Beispiel des Dichroismus, wo nämlich Blumen verschiedener Farben an einer und derselben Pflanze sich vorfinden, und zwar zu gleicher Zeit verbunden mit einem Dimorphismus, wo zweierlei Vegetations-Zustände an einer und derselben Pflanze zu sehen sind, z. B. gefiederte und einfache Blätter, hat Carrière, Chef der Gehölzschulen am botanischen Garten zu Paris, im 8. Hefte zu Seite 151 ebenfalls in Betreff einer Rose mitgetheilt. An einem und demselben Zweige ist nämlich eine rothe und weisse Blume aus der Abtheilung der Rose des quatre saisons oder Portlandrosen dargestellt, wo ausserdem noch Holz, Blätter u. s. w. verschieden sein sollen.

Im Jahre 1835 entstand nämlich bei einem Liebhaber in Diedenhofen (Thionville) in Lothringen zufällig an einem Portland-Rosenstocke eine Rose von weisser Farbe und zwar auf einem dicht mit Drüsenhaaren (dem sogenannten Moose) besetzten Blüthenstiele. Ob die Pflanze aus Samen einer Portland-Rose oder sonst entstanden ist, thut zur Sache nichts. Diese gefüllte weisse Rose erhielt im Handel den Namen Rose de Thionville oder auch noch Rose de quatre saisons mousseuse blanche. Einige Jahre darauf fand man, dass ein Rosenstock dieser Sorte neben weissen Rosen wiederum rothe hervorbrachte, wo auch der Blüthenstiel nicht mit Drüsen besetzt war. Dasselbe beobachtete später auch Victor Verdier, der berühmte Pariser Rosenzüchter. Im vorigen Jahre kam derselbe Fall endlich ebenfalls im botanischen Garten zu Paris vor und Carrière nahm spezielle Kenntniss davon.

Während der Stiel der Rose von Diedenhofen nicht mit Stacheln, dagegen mit sogenanntem Moose, bedeckt erscheint, mehre Blüthen zu gleicher Zeit an einem Zweige hervorkommen und eine armblüthige Doldentraube bilden, die Laubblätter ferner weich und zart anzufühlen sind, stehen die Blumen bei der echten Portlandrose bekanntlich einzeln und werden bald von Blüthen tragenden Zweigen überwachsen, ferner sind die Stiele mit zweierlei rothen Stacheln besetzt und die Blätter fühlen sich endlich rauher an. In der Regel sieht man diese zweierlei Rosen auf verschiedenen Aesten, doch kommt es auch, jedoch nur sehr selten, vor, dass beide, eine rothe und eine weisse Blume, dicht neben einander stehen.

Unter dem Namen Clematis hybrida splendida fand Barral im vorigen Jahre einen Blendling der C. Viticella grandiflora mit C. lanuginosa in der bekannten Handelsgärtnerei von Simon-Louis frères in Metz, der ihm so sehr gefiel, dass er im 4. Hefte eine Beschreibung und Abbildung (Seite 70) davon gab. Dieser Blendling ähnelt einem andern, welcher unter Cl. Jackmanni von England aus in den Handel gekommen ist. Während dieser aber sich mehr der C. lanuginosa in der Blume nähert, kann der französische Blendling seinen Ursprung von der C. Viticella nicht verleugnen. Während die Blumenblätter bei dem ersteren sich gegenseitig berühren, stehen sie hier, besonders an der Basis, mehr entfernt. In dieser Hinsicht ähnelt die Blume einestheils der C. Guascoi, anderntheils der C. Viticella venosa (Francofurtensis Rinz), ebenfalls zweien Blendlingen der Clematis Viticella. Im Laube weichen jedoch diese beiden ebengenannten wiederum ab, da bei Cl. hybrida splendida eine grössere Aehnlichkeit mit Cl. lanuginosa vorhanden ist.

Caladium Madame Andrieu heisst einer der Blendlinge, welche der Apotheker Bleu in Paris durch Befruchtung des echten C. Poecile mit C. Chantini erhalten hat. Die Mitte um den Mittelnerv und die von diesem ausgehenden Aeste sind schön roth gefärbt; ausserdem befinden sich aber im übrigen Grün des Blattes noch unregelmässige weisse Flecke, welche bisweilen wiederum roth gezeichnet sind. Der Blattstiel soll an der Basis grün, weiter oben aber schön roth, jedoch ausserdem schwarz liniirt sein. Ein Blatt dieses Blendlinges ist im 11. Hefte zu Seite 211 abgebildet.

Helleborus atrorubens hybridus wurde von Rantonnet, dem jetzigen Direktor des Gartens der Compagnie horticole in Hyères (Departement des Var) in Südfrankreich, gezüchtet, indem die Blüthen des Helleborus atrorubens mit dem Blumenstaube des H. niger befruchtet wurden. Wir haben schon oft Gelegenheit gehabt, Helleborus-Blendlinge in den ersten Versammlungen des Vereines zur Beförderung des Gartenbaues der 4 verflossenen Jahre von besonderer Schönheit und gezüchtet von dem Universitätsgärtner Sauer in Berlin zu sehen, wir haben sie, da sie allgemeinen Beifall fanden, mehrmals Blumenliebhabern empfohlen, ohne dass wir Gelegenheit gehabt hätten, sie wo anders zu finden. Es sind nun auch Kreuzungs-Versuche in Frankreich gelungen. Die Revue horticole hat eine weiss- und eine rothbraun-blühende Form (zu Seite 232) abgebildet und auf sie aufmerksam gemacht. Vielleicht gelingt es jetzt, die Helleborus-Blendlinge in den Handel zu bringen. Deutsche Blumen-Liebhaber werden nun etwas aus dem Auslande beziehen, was sie seit Jahren schon, und gewiss weit wohlfeiler, in Deutschland erhalten konnten. Lange bevor man Formen und Blendlinge vom Blumenrohr (Canna) in Paris zog, existirten diese in Berlin und wurden vielfach zu Gruppen verwendet.

Im 5. Hefte zu Seite 92 ist ein Cactus unter dem Namen Echinocereus Blankii abgebildet, von dem F. Palmer, der Verfasser der darauf bezüglichen Abhandlung, behauptet, dass er von Ech. Berlandieri nicht verschieden sei. Unter diesem Namen hat nämlich Dr. Engelmann, der bekannte Arzt und Botaniker in St. Louis, eine Art beschrieben (in United states and Mexican boundary survey), welche Dr. Berlandier am Rio grande fand. Nach Engelmann ist dieser wiederum nicht verschieden von Cactus (Echinocereus) repens und Deppei unserer Gärten. Dieser Kaktus steht dem Ech. Pentalophus DC. am Nächsten. Der Hauptstengel liegt mehr auf der Erde, während die Aeste sich erheben. Die hellrothen Blumen haben die Länge von 3 Zoll und sind ziemlich ebenso breit. Aus der Röhre ragen die kurzen Staubgefässe nicht heraus, sondern stehen grade und umgeben den Griffel.

Im Jahre 1862 wurde wiederum eine neue Yams-Batate im botanischen Garten zu Paris direkt aus China eingeführt, die von Carrière den Namen Dioscorea Decaisneana (zu Ehren des Direktors des botanischen Gartens, de Caisne,) erhalten hat. Von der früher eingeführten Yams-Batate, welche von de Caisne Dioscorea Batatas genannt wurde, unterscheidet diese neue sich hauptsächlich durch die Knollen, — auf die hellere Färbung der Blätter legen wir keinen Werth —, indem diese unregelmässig-rundlich sind und nicht tief in die Erde hinabsteigen, sondern in der Oberfläche des Bodens sich mehr ausbilden. In dieser Hinsicht, aber auch selbst in der Form, ähnelt diese Art unserer Kartoffel um so mehr, als sie auch mehr Stärkmehl besitzen soll.

Es ist nicht zu leugnen, dass diese Umstände für die Knollen-Pflanze sprechen, wenn sie nur weniger empfindlich für unsere harten Winter wäre. In unseren Kulturen wird sie deshalb ebenso wenig Werth haben, als D. Batatas; unsere Kartoffel wird auch nicht durch sie ersetzt werden. Wir wollen sie kennen lernen, aber ebenso wenig uns mit ihrer Kultur einlassen, wie mit der der D. Batatas und mit der der Sorten, welche der Reisende v. Siebold aus Japan mitgebracht und versucht hat, sie bei uns einzuführen. Nach dem, was Carrière mittheilt, vermehrt sich D. Decaisneana auf dieselbe Weise wie D. Batatas, durch Wurzeln, durch Stecklinge und durch kleine Knollen, welche sich in den Winkeln der Blätter bilden.

D. Decaisneana ist wahrscheinlich spezifisch von D. Batatas gar nicht verschieden und diese möchte wiederum weiter nichts sein, als eine Abart der allgemein in China und Japan kultivirten Yamswurzel D. japonica, wie übrigens auch Carrière meint.

Rittersterne oder Amaryllis.

Während der grossen Ausstellungen in Gent, Brüssel und Amsterdam waren es vor Allem die Rittersterne, welche Bewunderung erregten. In dem eben ausgegebenen Hefte der Flore des serres befinden sich 4 Tafeln Abbildungen der schönsten und hervorragendsten Formen dieser Lieblingsblumen. Liebhaber machen wir darauf aufmerksam und bemerken, dass sich in dem unlängst ausgegebenen Katalog von L. van Houtte in Gent das ausführliche Verzeichniss der Formen mit Angabe der Preise vorfindet. Auf portofreie Briefe wird es gern Jedem franco zugesendet. Wir werden später noch ausführlich von ihnen sprechen.

Verlag von Karl Wiegandt in Berlin,
Koch-Strasse No. 22.

Druck der C. Feister'schen Buchdruckerei (L. Mewes),
Berlin, Zieten-Platz No. 2.

Wochenschrift

des

Vereines zur Beförderung des Gartenbaues in den Königl. Preussischen Staaten

für

Gärtnerei und Pflanzenkunde.

Redakteur:

Professor Dr. Karl Koch,

General-Sekretair des Vereines.

No. 48. Berlin, den 2. December **1865.**

Preis des Jahrganges $5\frac{1}{3}$ Thlr., sowohl bei Bezug durch den Buchhandel, als auch franco durch alle Post-Anstalten des deutsch-österreichischen Post-Vereines.

Bericht
über die Kulturversuche in dem Versuchsgarten des Gartenbau-Vereines im Jahre 1864.

Von C. Bouché, Inspektor des Königl botanischen Gartens.

Da Kulturversuche und die dadurch erzielten Erfolge, besonders bei empfindlicheren Pflanzen, immer von den Witterungs-Verhältnissen abhängig sind, so dürfte es nicht uninteressant und nicht überflüssig erscheinen, einen allgemeinen Rückblick auf die höchst ungünstige Witterung des Jahres 1864 zu werfen, indem man dadurch lernt, welche Gewächse trotz des Mangels an Wärme, Feuchtigkeit u. dgl. dennoch gedeihen und sich daher als die härtesten herausgestellt haben.

Nachdem uns der nicht zu strenge Winter im Jahre 1864 verlassen hatte, gestaltete sich die Witterung Anfang März so, dass man verleitet wurde, auf ein günstiges Frühjahr zu schliessen. Da der Erdboden fast den ganzen Winter hindurch, wenigstens vom Ende Dezember 1863 bis zum nächsten März mit einer guten Schneedecke versehen war, so fror die Erde nicht tief und die mit Schnee bedeckten Pflanzen litten durchaus nicht, desto mehr aber Gehölze, die über demselben hervorragten; die Kälte erreichte zwar nur 17—18 Grad, dennoch aber hatten Pfirsiche, Aprikosen, der Weinstock, Mandeln, viele Nadelhölzer u. s. w. sehr durch den Frost gelitten, was dem Umstande zuzuschreiben ist, dass aus Mangel an Wärme das Holz der Gehölze nicht hinreichend reif geworden war.

Leider wurden aber die Hoffnungen, wozu die ersten Märztage berechtigten, sehr bald vereitelt, denn schon in der Woche vom 13. bis 19. März sank die Temperatur so sehr, dass das Thermometer Morgens 6 Uhr meist 4, 5, auch 6 Grad Kälte zeigte; nach dieser Zeit stellte sich Wärme ein, so dass wir am 26. ein Gewitter hatten; darauf kühlte sich die Luft so sehr ab, dass es schon nach 3 Tagen, also am 29., Morgens 6 Uhr $4\frac{1}{2}$ Grad kalt war, wodurch eine Menge Stauden und die bereits angeregten Knospen der Gehölze sehr arg litten.

Der April war höchst unfreundlich: am 5. schneite es ziemlich stark, darauf traten zur Nachtzeit am 6. 5, am 7. $3\frac{1}{2}$ und am 8. 2 Grad Kälte ein. Unter so ungünstigen Witterungs-Verhältnissen mussten viele Aussaaten im Freien und das Auspflanzen junger, in den Mistbeeten erzogener Pflanzen unterbleiben. Viele derselben wurden daher zu alt und musste eine zweite Aussaat vorgenommen werden. Viele der in Mistbeeten gepflanzten Gewächse, besonders Melonen, Gurken, Bohnen, Celosia, Gomphrena, Impatiens, Balsamina u. dgl. zeigten aus Mangel an Wärme ein kümmerliches Gedeihen und gingen endlich zu Grunde.

In der Regel waren die Nächte sternhell, die Tage aber durch immer vorüberziehende, schwarze Schneewolken trübe, höchstens hatten wir uns einzelner Sonnenblicke zu erfreuen.

Ganz abnorme Witterungs-Verhältnisse traten im Mai ein. Sind wir auch daran gewöhnt, zwischen dem 10. und 14. und zwischen dem 22. und 25. d. M. kalte Tage zu haben und Nachtfröste zu sehen, in der übrigen Zeit uns aber doch einer angenehmen Wärme zu erfreuen, so war doch die erste Woche des Mai so kalt, dass das Thermometer des Morgens abwechselnd von 1 bis 4 Grad Kälte zeigte. Unter diesen Umständen hatten auch die Obstblüthen der Kirschen, Pflaumen, Birnen, Aepfel, sogar die Erdbeeren sehr durch den Frost am 4. und 9. Mai gelitten, indem sogar die jungen Fruchtknoten in den Knospen erfroren waren. Am 10. schien sich die Luft erwärmen zu wollen, denn man hatte die Freude, Morgens 5 Uhr + 3 Grad zu erblicken. Obgleich es bis zum 20. immer kühl, jedoch ohne Frost blieb, stellte sich am Tage darauf ein Gewitter ein, wodurch die Luft aber so abgekühlt wurde, dass es in der Nacht vom 22. zum 23. schneite und am 31. so stark fror, dass die Mistbeetfenster mit Eis bedeckt waren, und die erst zu dieser Zeit keimenden Bohnen und Gurken, so wie viele Aussaaten von Sommergewächsen, erfroren. Auch der Juni blieb so überaus kühl, dass Gurken, selbst solche, die in Mistbeeten oder auf erwärmtem Untergrunde standen, wurzelkrank wurden und während der Blüthe abstarben. Die Bohnen entwickelten sich sehr langsam und hatten ein kümmerliches Ansehen und gelbe Blätter. Der Weinstock blühte nicht im Juni, sondern entfaltete seine Blumen erst Anfang Juli. Trotz der ganz abnormen Kühle bis zum Herbst war er an vielen Stellen doch überaus stark vom Oidium Tuckeri befallen.

Juli und August waren so kühl, dass das Thermometer beim Sonnenuntergang nur 7, höchstens 9 Grad Wärme zeigte, wodurch sich die Luft bis zum Morgen auf 5 und 7 Grad abkühlte, eine Nacht-Temperatur, bei der alle etwas mehr Wärme liebenden Pflanzen unmöglich gedeihen und noch viel weniger ihre Samen zur Reife bringen konnten. Am 10. und 24. August erhoben sich sehr heftige Stürme, und namentlich zeichnete sich der des letzten Tages durch seine Heftigkeit, die einem Orkane glich, aus; leider war dabei das Erdreich überaus trocken, so dass durch den mit dem Sturme aufgewirbelten Sand (sogar Steinchen bis zur Grösse einer Erbse) viele zarte Pflanzen, z. B. Bohnen (Gurken waren meist schon abgestorben), Caladien, Canna, Ricinus u. dgl. bis zur Unkenntlichkeit verstümmelt wurden.

Der September war zum Theil, im Vergleich zu den 3 vorhergegangenen Monaten, günstiger, so dass sich manche Pflanzen noch einigermassen entwickeln und eine Probe ihrer Samen zur Reife bringen konnten.

Schon am 6. Oktober hatte es am Morgen bei + 2 Grad etwas gereift und sank die Temperatur zwischen 6 und 7 Uhr bis auf — $\frac{3}{4}$ Grad, wodurch zarte Gewächse, z. B. Balsaminen, Kürbis, Heliotrop, Basilikum, Perilla u. a. m. zerstört wurden; Bohnen hingegen hatten wenig gelitten. Erst gegen Ende dieses Monats traten stärkere Nachtfröste ein. Einzelne Tage des Oktobers zeichneten sich durch besondere Wärme aus; am 9. war es Abends um 10 Uhr noch 15 Grad warm; am 19. hatten wir bei völliger Windstille Mittags 18 Grad Wärme, wodurch noch die Bienen hervorgelockt wurden, welche die Herbstblumen zahlreich besuchten.

Obgleich bis zum 2. November, Morgens 6 Uhr, bei + $\frac{1}{2}$ Grad noch eine grosse Zahl tropischer und subtropischer Gewächse an geschützten Stellen vom Froste ziemlich unbeschädigt geblieben waren, so fiel das Thermometer bis 7 Uhr auf — 1 Grad und bis 8 Uhr auf — 3 Grad, wodurch Canna, Caladium, Ricinus, Fuchsia, Cuphea und dergl. bis zur Erde abfroren. Bei vielen einjährigen Pflanzen war an die Ausbildung der fast reifen Samen nicht mehr zu denken.

Bei dem Mangel an Wärme fehlte es auch oft an Regen, so dass im Frühlinge die erst spät in die Erde gebrachten Samen in Folge der Trockenheit sehr spät keimten und die Pflanzen durch Kälte und Trockenheit in ihrer Entwickelung zurückblieben. Der vergangene Sommer war so überaus trocken, obgleich es oft, aber niemals durchdringend, regnete, dass noch Mitte April das Erdreich unter grossen Bäumen in einer Tiefe von $1\frac{1}{2}$ bis 2 Fuss trocken wie Asche war.

A. Zierpflanzen.

1. Agrostemma Coeli rosa coccinea hat eine mehr intensivere Farbe, als die längst bekannte Form; A. Coeli rosa hybrida unterschied sich etwas im Wuchs, indem dieser etwas gedrängter war.

2. Anagallis coerulea grandiflora besitzt etwas grössere Blumen als die sonst bekannte A. coerulea.

3. Anthemis purpurascens war eine der Abarten des Anacyclus valentinus.

4. Antirrhinum majus war im vorigen Jahre durch einige neue, sehr empfehlenswerthe Abarten vertreten, von denen A. majus Henri IV., Prince imperiale, Géant und Elegante besondere Beachtung verdienen. Leider sind nur die Abarten dieser Pflanzen zu wenig beständig in der Farbe und Zeichnung, wenn man sie aus dem Samen erzieht. Um bestimmte Sorten längere Zeit zu erhalten, ist es nöthig, sie durch Stecklinge, die sich, Anfang August gesteckt, sehr bald bewurzeln, zu vermehren.

5. Anemone coronaria aus Spanien blühte erst spät und einzeln, jedoch waren einige hübsche gefüllte Abarten darunter.

6. Aster tanacetifolius (Macheranthera tanacetifolius) ist eine recht hübsche, reichblühende

jährige Pflanze, die sich, da sie bis in den Herbst blüht, zu Gruppen eignen dürfte.

7. Aster chinensis.

a. Neue päonienblüthige Zwerg-Bouquet-Pyramiden-Astern in einigen Farben, sind ihres ansprechenden Wuchses, ihrer Blüthenfülle und ihrer Vollkommenheit wegen sehr zu empfehlen; ebenso

b. Neue päonienblüthige, verzweigte Riesen-Kaiser-Astern, welche einen kompakten Wuchs und sehr grosse Blumen haben.

8. Celosia alba pyramidalis ist eine sehr hohe Form der C. margaritacea, die jedoch keinen blumistischen Werth hat, weil sie keine kuglichen, monströsen Köpfe bildet; ebenso C. atro-sanguinea, welche ausserdem zwar eine schöne dunkelrothe Färbung besitzt.

9. Chrysanthemum coronarium und coronarium aureum nanum sind beide gut gefüllt; das letztere zeichnet sich ausserdem durch niedrigen Wuchs aus.

10. Clarkea pulchella integripetala fl. pl. Die Blumen haben zwar keine sehr starke Füllung, sind aber sehr gross. Eine andere Abart, Cl. pulchella fimbriata, verdient ebenfalls empfohlen zu werden.

11. Datura Sp. d'Egypte, durch Madame Schütz aus Spanien mitgebracht, ist D. fastuosa violacea, gedieh aber bei dem kalten Wetter schlecht und brachte keinen Samen.

12. Dianthus barbatus oculatus marginatus empfiehlt sich durch die mit einem hellen Auge versehenen Blumen.

13. Godetia rosea Tom Thumb ist eine sehr hübsche, niedrig bleibende Godetia.

14. Helianthus argophyllus striatiflorus fl. pl. mit glänzend silberweissen Blättern, eignet sich deshalb für Blattpflanzen-Gruppen, nur zeigten sich zu wenig gefüllt blühende Pflanzen darunter.

15. Helianthus uniflorus, wird 6 — 8 Fuss hoch, hat einen sehr kräftigen Wuchs und bildet, ohne sich zu verästeln, auf dem Gipfel nur einen Kopf von enormer Grösse, daher für Blattpflanzen-Gruppen geeignet.

16. Helianthus Sp. mit grünem Centrum; wie die vorige eine Abart des H. annuus von sehr hohem Wuchs, die Blumen sind so stark gefüllt, dass die mittleren Blüthchen jedes Kopfes sich nicht vollkommen ausbilden und daher grün bleiben.

17. Helichrysum compactum plenissimum maximum in verschiedenen Farben; ist eine hübsche sehr gedrängte, gut in's Gefüllte schlagende, grossblumige Form des H. bracteatum, die alle Beachtung verdient.

18. Helichrysum atro-sanguineum nanum und atro-sanguineum nanum fl. pl. besitzen einen noch niedrigeren Wuchs, als die vorhergehende Art.

19. Iberis umbellata Dunetti. Eine sehr dunkele Abart, die sich besonders zur Einfassung kleiner Beete eignet.

20. Ipomoea purpurea (Pharbites hispida) atrosanguinea. Eine sehr schöne, dunkel-purpurfarbige Winde, die wir jedoch schon früher besassen; leider ist sie aus dem Samen nicht sehr beständig.

21. Hymenatherum tenuilobum ist ein überaus zierliches, goldgelb-blühendes, nur 6 — 8 Zoll hohes Sommergewächs, welches sich zur Topfkultur und zu Einfassungen besonders eignet, um so mehr, als es bis zum Spätherbst blüht.

22. Kaulfussia amelloides (Charieis coerulea) atroviolacea. Obgleich die Farbe der Blume röthlich-dunkelviolett ist, so möchten wir doch der alten blauen Kaulfussie den Vorzug geben.

23. Levkojen. Von den neueren Formen sind vor Allem die Riesen- oder baumartigen Sommer-Levkojen ausgezeichnet, indem sie einen besonders hohen Wuchs und sehr grosse Blumen haben, weshalb sie sich hauptsächlich für Bouquets eignen.

24. Nemophila discoidalis elegans punctata ist zwar ein zierliches Pflänzchen zu Einfassungen und für niedrige Blumenbeete, aber von zu kurzer Dauer; bleibt in der Zeichnung nicht beständig.

25. Nemophila discoidalis vittata hat dieselben Eigenschaften, wie die vorige, nur sind die bräunlich-gefärbten Blumen mit einem weissen Saume versehen, so dass die Bezeichnung „marginata" besser als „vittata" passen würde.

26. Papaver Rhoeas aus Spanien zeichnete sich durch hübsches Farbenspiel und besondere Füllung der Blumen aus. Diese Mohnart ist in neuerer Zeit vernachlässigt, so dass man in den meisten Gärten nur einfache, selten halbgefüllte Spielarten noch vorfindet, während sie sonst als eine sehr geachtete Zierpflanze mit schön-gefüllten, ranunkelähnlichen Blüthen betrachtet wurde.

27. Papaver somniferum paeoniflorum fl. pl. besitzen wir jetzt in mindestens 12 verschiedenen Farben und von sehr guter und konstanter Füllung. Den meisten Effekt machen die Mohnarten, wenn man sie zur Umsäumung dunkelgrünbelaubter Strauchgruppen, wo sie durch niedrige Sommerblumen unterhalb gedeckt sind, benutzt, indem sie, einzeln stehend, durch die bald absterbenden unteren Blätter keinen angenehmen Eindruck machen. Macht man eine zweite Aussaat Ende Juni, so kann man bis spät in den Herbst eine hübsche Flor haben. Nicht weniger schön sind die Abarten von P. somniferum laciniatum.

28. Phlox Drummondii albo-oculata, albo-

violacea, maxima stellata und Wilhelm I. sind sehr empfehlenswerthe Abänderungen; um aber die Farben und Zeichnungen beständiger zu machen, müssen sie weit von einander stehend zur Samenzucht angebaut werden.

29. Ricinus sanguineus, eine sehr schöne, dunkelbraunroth-belaubte Abart des Ric. communis, welche Madame Schütz aus Spanien mitbrachte; leider lieferte sie keinen reifen Samen.

30. Senecio elegans nana fl. pl. war in vorigem Jahre in mannigfacheren und schöneren Farben vorhanden; die Füllung der Blumen ist so stark, dass viele Pflanzen keinen oder sehr wenig Samen tragen, und werden daher durch Stecklinge erhalten werden müssen, deren Ueberwinterung an einem hellen, trocknen Platz eines kalten Hauses sehr gut gelingt. Eine sehr schöne Abart des S. elegans mit gefüllten Blumen, die aber niemals Samen trug und als Strauch behandelt wurde, scheint in den Gärten verloren gegangen zu sein. Die Zwergformen sind ganz vorzüglich zur Besetzung niedriger Gruppen geeignet.

31. Salvia coccinea punicea nana ist, wenn man sie, recht zeitig aussäet, eine sehr schöne, für Blumengruppen geeignete Pflanze, die, obgleich sie eigentlich strauchartig ist, schon im ersten Sommer reichlich Samen liefert.

32. Salpiglossis straminea pumila zeigte keinen Unterschied des Wuchses mit der Stammform, die wir in so vielen schönen Farben und Zeichnungen vorfanden.*)

33. Solanum Lycopersicum wurde in vielen Abarten angebaut, die sich durch die Grösse, Form und Färbung der Früchte unterscheiden. Als Zierpflanzen machen sie den meisten Effekt, wenn man sie auf mageren Boden pflanzt, wo sie nicht so viel Zweige und Blätter treiben, aber desto mehr Früchte ansetzen. Um diese zur Geltung zu bringen, binde man die Pflanzen an Stäbe oder Spaliere an und schneide die überflüssigen Zweige, nachdem sich Früchte genug gebildet haben, ab.

34. Spraguea umbellata. Eine überaus zierliche Pflanze aus Kalifornien mit rosenroth- und weiss-gefärbten Blumen. Da sie gegen Nässe sehr empfindlich ist, pflanze man sie in einen mit Fenster bedeckten Kasten, gebe aber sehr viel Luft.

35. Tropaeolum. Von den neuesten Abarten sind besonders Duc de Malakoff, Prince Imperial, coccineum grandiflorum, coccineum grandiflorum hybridum und Impératrice Eugénie zu empfehlen.

*) Wir haben von dieser Abart sehr niedrige Pflanzen gesehen, welche sich gut ausnahmen. Ueber Ricinus sanguineus ist bereits im 5. Jahrg. S. 16 gesprochen und Helianthus sp. mit grünem Centrum ist der im 6. Jahrg. S. 51 und im 7. Jahrg. S. 69 beschriebene H. centrochlorus.

(Schluss folgt.)

Allerlei
aus der Gärtnerei und Pflanzenkunde.
VIII.

Den vielen Freunden der Gebrüder Schomburgh, die sich um die Gärtnerei und Pflanzenkenntniss grosse Verdienste erworben haben und denen wir die Einführung einer nicht geringen Anzahl schöner oder interessanter Pflanzen — wir erinnern nur an die Victoria regia — verdanken, wird es eine Freude sein, zu erfahren, dass der dritte und jüngste von ihnen, Richard, zum Direktor des botanischen Gartens in Adelaide, der Hauptstadt von Süd-Australien, ernannt worden ist. Er ging bekanntlich im Jahre 1849 mit seinem ihm zunächst älteren Bruder Otto und in Gesellschaft von einigen Berliner Familien nach dem südlichen Neuholland und gründete mit diesen die Kolonie Buchsfelde in der Nähe von Adelaide. Dort ist vor mehrern Jahren sein Bruder gestorben.

Richard war es auch, der in den Jahren 1840 bis 1844 seinem ältesten Bruder Robert im Auftrage Sr. Majestät des Königs Friedrich Wilhelm IV. nach Guiana begleitete. Sein Reisewerk ist 1847 und 1848 erschienen und gibt von seiner ausserordentlichen Thätigkeit Kunde. Die Sammlungen, welche er damals, besonders in botanischer Hinsicht, anlegte, sind sehr bedeutend und befinden sich jetzt auf den Königl. Museen der hiesigen Universität.

Der älteste Bruder Robert hatte schon früher während der Jahre 1835—1839 Guiana im Auftrage der englischen Regierung bereist und ausser einer Beschreibung des britischen Antheiles in englischer Sprache ebenfalls eine Beschreibung seiner damaligen Reise herausgegeben. Zuletzt war er britischer Generalkonsul in Siam, sah sich aber gezwungen, vor einigen Jahren nach Deutschland zurückzukehren, um daselbst möglicher Weise seine zerrüttete Gesundheit wieder herzustellen. Doch leider unterlag er Ausgangs dieses Jahres.

Die Ernennung von Richard Schomburgh zum Direktor des botanischen Gartens in Adelaide können wir um so freudiger begrüssen, als wir damit hoffen können, grade aus dem südlichen Neuholland, wo das Klima gemässigter ist, noch mehr für unsere Gärten und für die Wissenschaft interessante Pflanzen zu erhalten, als es bisher bereits der Fall war. Richard Schomburgh ist jetzt der zweite deutsche Direktor eines botanischen Gartens in Neuholland, denn Ferd. Müller besitzt schon längere Zeit dieselbe Stellung in Melbourne und hat den ihm anvertrauten Garten bereits zu einem Institute ersten Ranges emporgehoben.

Wir fügen gleich an, dass die Stelle eines Direktors am botanischen Garten in Kew durch den Sohn des jetzt verstorbenen, durch Joseph Dalton Hooker, ersetzt ist. Eine bessere Wahl konnte wohl nicht getroffen werden. Ein Mann, der alle Erdtheile kennen gelernt, der die grössten Entdeckungsreisen als Botaniker mitgemacht, der aber besonders durch seine langjährigen Reisen im mächtigen Himalaya-Gebirge sich grossen Ruf erworben hat, schien von vorn herein berufen, eine so gewichtige Stellung einzunehmen. So zweifeln wir nicht, dass das grossartige Institut, was ihm anvertraut ist, unter des Sohnes Leitung ebenso gedeihen wird, als unter der des Vaters. Vor Allem wünschen wir, dass auch der Sohn dieselbe Freigebigkeit gegen andere derartige Institute, welche nach beiden Seiten hin nicht die Mittel haben, auch ferner ausüben möge. England steht mit allen Ländern der Erde in Verbindung; grosse Mengen von Pflanzen werden jährlich in Kew eingeführt und von da weiter verbreitet.

Es sei uns erlaubt, auch einige Notizen, die wir zu geben früher versprochen, über den verstorbenen Direktor William Jackson Hooker hier gleich anzufügen. Er wurde am 6. Juli 1785 zu Norwich geboren, war also, da er am 12. August d. J. starb, einige Wochen über 80 Jahre alt geworden. Auf der hohen Schule seiner Vaterstadt erhielt er eine wissenschaftliche Bildung. Seine Neigung zur Botanik trat durch den Umgang mit dem bekannten Botaniker J. E. Smith schon zeitig hervor. Mit den nöthigen Mitteln von Hause aus versehen, machte er verschiedene Reisen in Europa und besuchte unter Anderem auch Island.

Zurückgekehrt vermählte er sich 1815 mit einer Tochter des Ritters D. Turner und liess sich in Halesworth nieder, wo er sein erstes Werk über die britischen Jungermannien herausgab. 1820 erhielt er die Ernennung als Professor der Botanik in Glasgow und blieb daselbst bis zum Jahre 1841, wo er zum Direktor des botanischen Gartens in Kew ernannt wurde. 1836 wurde er auch zum Ritter geschlagen, welche Ehre er vorher zweimal ablehnte.

Wir haben der Reihe nach zweier Todesfälle grosser Männer in der Botanik und in der Gärtnerei, welche jenseits des Kanales stattgefunden haben, Paxton's und Hooker's, gedacht; nun ist auch Lindley, und zwar am 2. November, gestorben. Lindley hat um die Gärtnerei grosse Verdienste gehabt; er war es eigentlich, der Wissenschaft und Praxis in der Gärtnerei zuerst verband. Seine Theorie der Gärtnerei ist immer noch das einzige Buch der Art, was dem Zwecke entsprach. Lange Zeit als Sekretär des grössten Gartenbau-Vereines in London fungirend, hatte er Gelegenheit, seine vielen Kenntnisse in der Praxis in Anwendung zu bringen und die Gärtnerei auf wissenschaftlichen Boden zu stellen. Dazu kam, dass er auch das grösste gärtnerische Journal, Gardeners Chronicle, redigirte und hier ebenfalls wiederum im Stande war, seine Erfahrungen, sowie die Resultate seiner vielfachen Untersuchungen, der Oeffentlichkeit zu übergeben.

Nächst Hooker, dem verstorbenen Direktor des botanischen Gartens in Kew, existirte wohl kein zweiter Botaniker, der so viele Pflanzen kannte, als Lindley; er schien in der That manchmal ein lebendiges Buch zu sein. Grade in einer Zeit, wo die Kenntniss der Pflanzen um so schwieriger ist, als sich nur wenig dazu berufene Menschen damit beschäftigen, ist sein Verlust um so fühlbarer. Er hatte bereits schon vor einigen Jahren seine Stelle als Sekretär der Londoner Gartenbau-Gesellschaft niedergelegt; nun steht auch sein gärtnerisches Journal verwaist da. Es wird schwierig sein, die Lücken, welche durch seinen Tod entstanden, nur einigermassen zu ersetzen.

Dass im nächsten Frühjahre der 3. Kongress von Gärtnern und Botanikern in London tagen und eine internationale Ausstellung damit verbunden sein wird, haben wir bereits mitgetheilt. Es soll dieses in der 2. Hälfte des Mai geschehen. Wir fürchten, dass diese Zeit Vielen unbequem ist, abgesehen davon, dass eine Ausstellung von tropischen Pflanzen, Blüthensträuchern und Modeblumen im Wonne-Monat, als welcher der Mai auch jenseits des Kanales gilt, keineswegs den Eindruck machen kann, als zu einer anderen Zeit, wo im Freien nicht so viel geboten wird. Es kommt dazu, dass wir Deutsche, und wohl auch die Franzosen, keineswegs sehr befriedigt sein würden, wenn das Hauptaugenmerk auf sogenannte Schaupflanzen, worin allerdings die Engländer Meister sind, allein gelegt wird. Das Schönheits-Gefühl verlangt diesseits und jenseits des Rheines auch harmonische Zusammenstellungen von Pflanzen, die aber im Mai stets den natürlichen Anpflanzungen, wenn auch grade nicht nachstehen, so doch von ihnen sehr beeinträchtigt werden.

Auch in Paris bereitet man sich für eine grosse internationale Ausstellung, welche zugleich mit der Weltausstellung im Jahre 1867 verbunden sein soll, vor, und will dann zu gleicher Zeit den 4. Kongress von Gärtnern und Botanikern zusammenberufen. Anfangs wollte man die Pflanzen-Ausstellung mit der Industrie-Ausstellung verbinden und die erstere zugleich als Mittel benutzen, die letztere zu verschönern. Es haben sich jedoch allerhand Hindernisse entgegengestellt, von denen das, dass dieselben Pflanzen nicht während der ganzen Dauer, also 7 Monate lang, in denselben Räumen bleiben können, Aenderungen oder Ersetzungen aber viel

Mühe machen, wohl das bedeutendste ist. Aus dieser Ursache ist ein besonderer, aus Fachmännern bestehender Ausschuss zusammengetreten, der die Angelegenheit in die Hand nehmen und eine Ausstellung von Pflanzen, unabhängig von den übrigen Ausstellungen, in's Leben rufen wird. Noch verhandelt man über das Wie? und das Wo? hofft aber noch vor dem Schlusse des Jahres zu einem bestimmten Resultate zu kommen. Wir glauben, dass dieser Ausweg, besonders den auswärtigen Gärtnern und Garten-Besitzern, willkommen sein wird, da sie dann mit grösserer Bestimmtheit auf die gute Abwartung ihrer eingesendeten Gegenstände rechnen können. Wie wir vernommen haben, soll ein besonderes Haus für an mehr Wärme gewöhnte Pflanzen extra gebaut werden. Auch wird man sich alle Mühe geben, den Transport für die Aussteller zu erleichtern. Sobald wir im Stande sein werden, Näheres mitzutheilen, werden wir nicht ermangeln, es zu thun.

In der Kaiserlichen Residenz an der Donau bereitet man sich ebenfalls zu einer grossartigen Ausstellung im nächsten Frühjahre vor. Man hat in Wien, wie wir früher schon berichtet haben, ein grosses, einer Kaiserstadt würdiges Ausstellungshaus gebaut, was im verflossenen Frühjahre eingeweiht wurde. Da man nun damit umgeht, eine nationale Industrie-Ausstellung im nächsten Frühjahre zu Wien in's Leben zu rufen, so hält man ebenfalls den Zeitpunkt für geeignet, eine nationale Pflanzen-Ausstellung damit zu verbinden. Wenn nun demnach auch inländische Erzeugnisse in den Vordergrund treten werden, so will man doch auch nicht ausländische Pflanzen ausschliessen. Wie wir hören, werden sehr bedeutende Preise zur Hebung der inländischen Gärtnerei daselbst zur Verfügung gestellt werden.

Ferner rüsten sich auch die Frankfurter für das nächste Jahr. Es besteht dort ein ausserordentlich rühriger Verein, die Flora, seit 17 Jahren; in den wöchentlichen Versammlungen werden, besonders im Winter, interessante Vorträge gehalten. Man fördert die Gärtnerei nach allen Seiten hin. Die Gesellschaft veranstaltete in der Regel alle 3 Jahre eine grössere Ausstellung; da nun mit dem folgenden Jahre der dreijährige Cyclus abgelaufen ist, hat sie die Absicht, dieses Mal noch besonderen Nachdruck auf die nächstjährige zu verwenden. Besonderer Werth wird auf die Betheiligung von Liebhabern gelegt, und zwar nicht allein auf solche, welche Gärten und Gewächshäuser besitzen, sondern auch auf solche, die mit ihrer Blumenzucht auf die Fenster und Zimmer angewiesen sind. Dass man in England schon seit längerer Zeit auf die Zimmer-Blumenzucht besonderen Werth gelegt hat, ist bereits von uns mitgetheilt worden. Es wäre wohl zu wünschen, dass auch andere Gartenbau-Vereine diesem Umstande Rechnung trügen, denn nichts ist mehr im Stande, die Liebe zu Pflanzen und Blumen allgemeiner zu machen. Die Ausstellung selbst wird am 29. März beginnen und bis zum 4. April dauern.

Endlich theilen wir noch mit, dass auch in Amsterdam in den Tagen vom 14. bis 19. April wiederum eine grössere Pflanzen- und Blumen-Ausstellung, und zwar abermals im Industrie-Palaste, stattfinden wird. Es mussten viele Jahre vergehen, bevor man in der holländischen Metropole den Entschluss fasste, eine grossartige Ausstellung in's Leben zu rufen. Selbst in kleineren Städten, wo man von dem Mark des Landes ziemlich entfernt war, wie in Middelburg in der Provinz Seeland, wetteiferte man miteinander in der Heranziehung schöner Blumen. Die grosse Ausstellung in Brüssel während des Frühjahres 1864 mag die Amsterdamer, die früher sich grade in der Blumenzucht des grössten Ruhmes erfreuten, aus der Gleichgültigkeit herausgerissen haben. Wo man nun den Einfluss und die Bedeutung der Gärtnerei erkannt hat, da sucht man das Versäumte nachzuholen. Wir wünschen von ganzem Herzen, dass die grossen Räume gefüllt werden mögen.

So mächtig die grossen, besonders die internationalen Ausstellungen gewirkt haben mögen, so sind doch auch Nachtheile hervorgetreten. Wir vernahmen sie besonders aus Belgien, und zwar aus Lüttich und aus Namur. Beide genannte Städte riefen früher alle Jahre wenigstens 2 Ausstellungen in's Leben; und diese waren stets reichlich beschickt und noch reichlicher besucht. Wir haben selbst mehr als einmal Gelegenheit gehabt, dergleichen Ausstellungen zu sehen. Seit den wenigen Jahren, wo aber die grossen, besonders die internationalen Ausstellungen stattgefunden haben, betheiligt man sich in jeglicher Hinsicht weit weniger an denen in den Provinzen. Selbst die Besucher finden sich nur spärlich ein und sind nicht mehr zufrieden mit dem, was ihnen hier geboten wird.

Es liegen uns die Berichte verschiedener Gartenbau-Vereine des In- und Auslandes vor; es sei uns erlaubt, über einige, deren Centralpunkte uns ferner liegen, Mittheilungen zu machen. Es muss wohl erfreulich sein, wenn Liebe zu Pflanzen und Blumen bis in den hohen Norden dringt und diese auch dort den Menschen erfreuen. Bekannt ist es, wie grade Petersburg, trotz aller schwierigen Verhältnisse, eine Gartenflor aufzuweisen im Stande ist, wie man sie nicht allenthalben in günstiger gelegenen Gegenden findet. Weniger bekannt möchte es aber sein, dass auch in den deutschen Ostsee-

Provinzen der Sinn für Blumenzucht neuerdings mehr erwacht ist.

Seit einigen Jahren hat sich in Reval, der Hauptstadt von Esthland, ein Gartenbau-Verein gebildet, der bereits eine grosse Thätigkeit über die ganze Provinz ausübt. Es liegt uns das zweite Heft seiner Mittheilungen vor und gibt uns Zeugniss davon, dass es ihm Ernst ist. Nur 2 Aufsätze sind es zwar, welche die wenigen Bogen füllen, um desto interessanter ist aber der Inhalt. Wir wünschten wohl, dass auch andere Gartenbau-Vereine dergleichen Zusammenstellungen, wie sie hier in den Abhandlungen vorhanden sind, machten, denn diese haben auch wissenschaftlichen Werth.

Die eine Abhandlung gibt uns ein Verzeichniss aller Gehölze, welche auf den verschiedenen Gütern und in den Städten Esthland's im Freien, wenn auch oft gedeckt, aushalten. Nicht weniger als 500 Arten, Abarten und Formen sind es; gewiss eine nicht geringe Zahl. Unter ihnen finden sich manche vor, die selbst bei uns empfindlich sind und in jenen rauhen Gegenden doch noch, wenn auch in besonderem Schutze und gedeckt, im Winter gedeihen. Während unsere Rothbuche in Esthland nicht mehr recht gedeihen will und oft schon verkrüppelt, werden die babylonische Trauerweide, die baumartige Päonie, Pontische Azaleen, Mahonien, Maulbeerbäume, Coronilla Emerus, selbst Himalaya-Gehölze, wie Cotoneaster Royleana und Simonsii, ferner Cydonia japonica, Berberis asiatica, Alnus cordifolia u. a. m. noch im Freien gezogen. Wir machen darauf aufmerksam, dass eine grosse Menge ost-sibirischer und Amur'scher Gehölze sich ebenfalls in der Liste befinden, welche in unseren Gärten noch fehlen, deren Anschaffung aber für uns ein Gewinn sein dürfte. Gewiss wird der Verein, wenn auch nur im Tausche, bereit sein, dergleichen auf Verlangen zur Verfügung zu stellen.

Die zweite Abhandlung betrifft den Obstbau. Wenn man bei uns über das ungünstige Klima für Obstbau klagt und Manche sogar sagen, dass Nord-Deutschland wenigstens nicht dafür geeignet sei, so muss man doch staunen, dass in Esthland, also im 59 Grade n. Br. und $4\frac{1}{2}$ Grad noch nördlicher als Berlin, 46 verschiedenerlei Aepfel sich als vollständig eingebürgert erwiesen haben, dass ausserdem noch 37 Sorten Jahre lang die Kälte in jenem so weit nach Norden gelegenen Landstriche bis zum schneelosen Winter 1862—63 ertrugen, hier aber mehr oder weniger litten. Birnen-Sorten gedeihen allerdings nur 24, Pflaumen 11 und Kirschen 13 in Esthland.

Nicht weniger erfreulich ist die Thätigkeit der Obst-, Wein- und Gartenbau-Sektion der Mährisch-schlesischen Gesellschaft zur Beförderung des Ackerbaues, der Natur- und Landeskunde in Brünn. Mähren, ein österreichisch-deutsches Land, ist leider uns Deutschen fast noch unbekannter, als Esthland; und doch verdient es nicht weniger unsere volle Aufmerksamkeit, auch in kultur-historischer Hinsicht. Die Sektion hat seit mehrern Jahren schon der Mährisch-schlesischen Gesellschaft gegenüber eine grössere Selbständigkeit angenommen. Wenn sie auch vorzugsweise dem Nützlichen in der Gärtnerei, d. h. dem Obst- und Gemüsebau, sich zuwendet, so ist doch auch das Schöne nicht ausgeschlossen.

Die Sektion gehört zu den glücklichen Vereinen, welche einen eigenen Garten zu ihren Versuchen besitzt. Wie in Prag in dem Garten des dortigen Gartenbau-Vereines alljährlich für die Mitglieder desselben grosse Mengen, hauptsächlich nützlicher Pflanzen verbreitet werden, so hat man auch in Brünn seit einigen Jahren damit angefangen. Dass jetzt in Mähren namentlich gute Obstsorten vorhanden sind, ist hauptsächlich das Verdienst der Sektion. Sie besitzt auch zu diesem Zwecke bereits einen pomologischen Garten, wie er durch die Versammlungen deutscher Pomologen und Obstzüchter in Anregung gebracht wurde. In dem fernen Mähren hat man demnach, was noch in vielen deutschen Ländern ein frommer Wunsch ist.

In diesem pomologischen Garten werden bereits 288 Sorten Aepfel, 228 Sorten Birnen, 103 Sorten Pflaumen, 40 Sorten Kirschen, 56 Sorten Aprikosen, 22 Sorten Pfirsiche, 2 Sorten Wallnüsse, 22 Sorten Haselnüsse, 4 Sorten Feigen und 184 Sorten Weinreben, ausserdem noch allerhand Beerenobst gezogen. Wie gewissenhaft man übrigens dabei zu Werke geht, bezeugt unter Anderem der Umstand, dass man jetzt viele Sorten nicht zu verbreiten wagte, weil bei dem Umpflanzen auf das jetzige Grundstück Verwechslungen stattgefunden hatten.

In Mähren und Oesterreichisch-Schlesien werden bereits 49,643 Joch*) Grundfläche (ungefähr der 94. Theil des ganzen Areals) dem Gartenbaue gewidmet, wo allerdings noch keineswegs das Areal, was den in neuester Zeit an den Volksschulen gegründeten Obstbaumschulen zur Verfügung gestellt ist, mit eingerechnet wurde. Diese wohlthätige Einrichtung, die, so viel uns bekannt ist, noch nirgends oder gewiss nur ausnahmsweise sonst in Deutschland vorhanden ist, nimmt in Mähren einen sehr erfreulichen Fortgang. Mähren und Oesterreichisch-Schlesien besassen im Jahre 1862 bereits 1,168 solcher Obstbaumschulen, in denen sich 200,000 Edelstämme vorfanden. Der Reinertrag aus den dem Garten- und Obstbau gehörigen Ländereien wird in Mähren auf 1,600,000 Gulden angegeben.

*) Der preussische Morgen verhält sich zum österreichischen Joch wie 1,000 : 2,254.

Rechnet man übrigens noch die Wein- und diejenigen Obstanpflanzungen dazu, welche auf Aeckern, Wiesen u. s. w. sich vorfinden, so steigt das Areal um mehr als das Doppelte. Nach einer ziemlich genauen Aufnahme sind dann nicht weniger als 103,320 Joch verwendet.

Der Obstbau hat besonders dadurch Förderung erhalten, dass 2 Mitglieder der Sektion, die Gutsbesitzer Kroczak und Strohal, in einem von der Stadt zur Verfügung gestellten Lehrsaale der Oberrealschule Unterricht, hauptsächlich im Obstbau, ertheilten. 42 Zuhörer hatten sich gefunden, von denen selbst 17 sich einer Prüfung unterwarfen, um geeignete Stellen zu erhalten.

Auch 2 Ausstellungen wurden, wie wir aus dem Berichte der Sektion entnehmen, im vorigen Jahre zu Brünn gehalten, die eine im Frühjahre, die andere im Herbste. Die erstere war hauptsächlich eine Pflanzen- und Blumen-Ausstellung. 25 Aussteller hatten sich betheiligt; das Verzeichniss der eingelieferten Gegenstände betrug nicht weniger als 2,211 Nummern. Man sieht hieraus, dass sich die Ausstellung recht gut mit denen anderer grösserer Städte in Deutschland messen konnte. Blumen herrschten natürlich vor; an Blattpflanzen scheint man in Mähren noch nicht besonderes Wohlgefallen gefunden zu haben, aber doch waren sie durch einige Sammlungen vertreten. Gruppen von Azaleen, Kamellien, Rosen, Fuchsien, Alpenrosen, Pelargonien, Wandelblumen (Cinerarien), Heliotropien u. s. w. erfreuten sich des allgemeinen Beifalls.

Die Herbst-Ausstellung hatte vorzüglich Obst und Gemüse. Letzteres war meistens von Handelsgärtnern, ersteres dagegen von Landbewohnern ausgestellt. Die Zahl der Beitragenden betrug hier ebenfalls 25. Aepfel und Birnen herrschten vor.

Es sei uns noch gestattet, über einen dritten Gartenbau-Verein, über den in Graz, zu berichten. Wenn auch Steiermark dem Norddeutschen ferner liegt, als Mähren, so wird genanntes Land doch weit häufiger besucht. Steiermark ist uns als ein Land bekannt, wo namentlich der Ackerbau auf einer hohen Stufe steht und viel Weinbau getrieben wird. Auch dem Obstbau, glaubten wir, würde viel Sorgfalt gewidmet. Das scheint nun nicht so ganz richtig zu sein, oder man ist wenigstens in Steiermark in den letzten Jahren nicht vorwärts gegangen. Man scheint das Letztere im Gartenbau-Vereine gefühlt zu haben, denn man hat seit Kurzem mit dem Auslande Verbindungen angeknüpft, um bessere Sorten von Obst zu erhalten. „Wie viele Bäume," so heisst es in dem letzten Berichte des Gartenbau-Vereines, „könnten noch an den Wegen auf dem Lande, an den Eisenbahnen u. s. w. stehen? Wo viel Obst gezogen wird und dieses vor Beschädigung sicher bleibt, ist gewiss das Vorwärtsschreiten der Civilisation nicht zu verkennen."

Auch über einen anderen, den Gärtner speziell betreffenden Punkt, der auch schon seit einigen Jahren in anderen Vereinen, auch in dem Berliner, vielfach verhandelt worden ist, hat man im Gartenbau-Vereine zu Graz Berathung gepflogen. Man fühlt allenthalben, dass etwas für alte und erwerbsunfähige Gärtner geschehen müsse. Weiter, als bis zur vorläufigen Berathung, ist man aber ebenfalls in Graz noch nicht gekommen.

Schliesslich gedenken wir noch einer, auch dem Gärtner gewichtigen Einrichtung, die bereits in Paris seit langer Zeit vorhanden und auch von Seiten der Gärtner in Frankreich vielfach ausgenutzt ist. Wir meinen Central-Markthallen in grossen Städten, wie wir bereits mehrmals besprochen haben. Unsere grossen Städte bedürfen sämmtlich einer Zufuhr von grösseren Entfernungen, wenn Lebensmittel nicht zu theuer werden sollen. Aus dem Süden und Westen Frankreichs bringen auch täglich die Eisenbahnen frisches Gemüse und frisches Obst. Es sind in Paris Faktoren oder Unterhändler vorhanden, die alles, was in dieser Hinsicht ankommt, in Empfang nehmen und im Interesse der Züchter verkaufen. Auf diese Weise werden ganz bedeutende Geschäfte gemacht. Warum sollte dieses nicht in Berlin geschehen, wo z. B. das Getreide ebenfalls gewöhnlich am besten durch Unterhändler verwerthet wird?

In Berlin geht man schon seit längerer Zeit damit um, eine Markthalle für Lebensmittel aller Art in's Leben zu rufen, in Wien ist eine solche bereits, wie wir aus einer uns zugekommenen Brochüre ersehen, in's Leben getreten. Von Seiten des Gemeinderathes in Wien sind die Unterhändler oder Faktoren ernannt. Es ist somit auch ein Faktor vorhanden, der den Verkauf des mit der Eisenbahn oder sonst aus weiterer Ferne ankommenden Obstes und Gemüses vermittelt. Wir zweifeln gar nicht, dass diese Einrichtung in Wien zur Zufriedenheit der Produzenten und Konsumenten ausfallen wird.

Wir wünschen nur, dass in Berlin, wenn einmal die Markthalle zu Stande kommen sollte, man auch auf die gärtnerischen Bedürfnisse gehörig Rücksicht nimmt. Namentlich für feineres Gemüse fehlt ein bestimmter Ort, wo es niedergelegt werden kann, aber auch für Blumen, Bouquets u. s. w. möchten die Räumlichkeiten zu schaffen sein.

Verlag von Karl Wiegandt in Berlin,
Koch-Strasse No. 22.

Druck der C. Feister'schen Buchdruckerei (L. Mewes),
Berlin, Zieten-Platz No. 2.

Wochenschrift

des

Vereines zur Beförderung des Gartenbaues in den Königl. Preussischen Staaten

für

Gärtnerei und Pflanzenkunde.

Redakteur:

Professor Dr. Karl Koch,

General-Sekretair des Vereines.

No. 49. Berlin, den 9. December **1865.**

Preis des Jahrganges 5⅓ Thlr., sowohl bei Bezug durch den Buchhandel, als auch franco durch alle Post-Anstalten des deutsch-österreichischen Post-Vereines.

457. Versammlung des Vereines zur Beförderung des Gartenbaues,

am 26. November.

Von Seiten des Geschäftsführers des deutschen pomologischen Vereines, Inspektor Lucas, war ein Schreiben eingegangen, worin für die Wahl Reutlingens als Ort der in dem nächsten Jahre zusammenkommenden 5. Versammlung deutscher Pomologen, Obst- und Gemüsezüchter, zugleich auch im Namen des Reutlinger Stadt-Vorstandes, Grathewohl, Mitglied des Abgeordnetenhauses, der verbindlichste Dank ausgesprochen wurde. Vor Allem wünschte man, dass ein Abgeordneter des Vereines zur Beförderung des Gartenbaues selbst vorher nach Reutlingen käme, um über den Modus und über die speziellen Einrichtungen eine raschere Verständigung herbeizuführen, als es sonst durch schriftlichen Verkehr möglich sei.

Professor Koch machte aus dem Schreiben eines Mitgliedes, des Lehrers Kummer in Naundorf bei Vetschau, Mittheilungen und wies auf die Nothwendigkeit hin, dass schon in den Volksschulen auf dem Lande die Kinder Unterricht im Blumen-, Gemüse- und Obstbau erhielten. Grade die Lehrer wären in ihrem Verhältnisse zu den Landbewohnern am meisten im Stande, Liebe dafür hervorzurufen und diese zu erhöhen. Die Dörfer, wo Lehrer dergleichen Unterricht erhielten, hätten in der Regel — davon habe er sich oft überzeugt — ein ganz anderes und freundlicheres Ansehen, als wo dieses nicht der Fall sei. Anstatt dass die Bauern am Sonntage und an den Feierabenden in den Schenken und Krügen sich herumtrieben, beschäftigten sie sich in ihren Gärten oder besähen sich dergleichen bei ihren Nachbarn, um vielleicht etwas zu finden, was besser gemacht und eingerichtet wäre. Professor Koch glaubte, es würde auch das Interesse der Anwesenden mehr in Anspruch nehmen, wenn er den Schreiber selbst sprechen lasse:

„Es ist stets für mich als Lehrer des Ortes eine Freude, wenn einer der wohlhabenderen Bauern am Sonntage gegen Abend mit Frau und Kindern in meinen Garten kommt, um sich die Blumen und das Obst zu besehen. Da wird denn über das Eine und über das Andere gesprochen, natürlich nur über Dinge, die die Gärtnerei betreffen. Von den neueren Blumen, wovon ich den Samen durch den Verein erhalte, werden die angemerkt, welche am meisten gefallen, um für den Herbst sich Samen zu erbitten. Der Mutter gefallen die besseren Gemüse und der Vater sucht sich Früchte aus, von denen eine wohl auch aufgeschnitten wird, um die Güte zu prüfen. Oh, dergleichen möchten wir auch haben! ruft ein Mitglied der Familie aus. Im Frühjahre gebe ich dann gern Pfropfreiser zur Veredelung, damit diese auf Bäumen mit schlechten Früchten angebracht werden. Es sind Obstsorten, welche von den deutschen Pomologen-Versammlungen empfohlen wurden. Welch' eine Freude ist es, wenn das Pfropfreis anschlägt und gar nun, wenn die ersten Früchte vorhanden sind! Das ganze Dorf wird zusammenberufen!"

„Die Erfahrung lehrt, dass der gewöhnliche Mann, so lange er die Vortheile nicht mit eigenen Augen erschaut, schwer von seinen alten Gewohnheiten lässt; er muss schauen und schmecken. Freilich sollten die Lehrer mit der Obstzucht im Allgemeinen mehr vertraut sein, als es der Fall ist; selbst die Behandlung der feineren Obstsorten muss der Lehrer etwas kennen, um auch bei dem begüterten Landbewohner, bei dem Gutsbesitzer, Interesse zu erwecken. Freilich geht ihm durch alles Dieses manche Zeit verloren; er vermag selbst auf seine sonstige Feld-Wirthschaft, auf die er doch auch angewiesen ist, nicht so viel zu verwenden, um höhere Erträge zu erhalten; es müssten ihm deshalb hier und da für eine gewisse Anzahl gut gezüchteter Obststämmchen Prämien gezahlt werden. Dafür könnte er sich auch verpflichten, seine Bäumchen um einen niedrigen Preis an kleine Grundbesitzer abzugeben. Ich verkaufe auf diese Weise den Stamm mit 4 und 5 Sgr. Mancher bis dahin mit wenig Sorgfalt gepflegter Garten ist dadurch ganz anders geworden und hat nicht allein für's Haus Früchte geliefert, durch Verkauf ist ausserdem noch Ertrag erzielt worden."

„Was nun meinen Unterricht anbelangt, so lernen die Kinder zunächst im Frühjahre das Verpflanzen der Sämlinge in die Baumschule kennen, wo stets auf die Witterung Rücksicht genommen wird. Die einzelnen Pflänzchen werden gemustert, die Pfahlwurzel wird beschnitten, dann der Schaft. Beobachtung der Tiefe beim Einpflanzen und Behandlung der Wildlinge bis zur Veredelung. Dabei erhalten sie nur Anweisung in dem Pfropfen in die Rinde und im Kopuliren; die Zeit des Brechens der Edelreiser und ihre Aufbewahrung bis zum Gebrauche. Zeit der Veredlung, Stärke der Reiser, Zuschneiden derselben, Anzahl der Augen am Pfropfreise, Verbinden des Pfropfreises durch Papierstreifen und Baumwachs; Behandlung der nun veredelten Stämme bis zum Verpflanzen an den Standort; Kronenbildung. Das Zuschneiden und Einsetzen der Edelreiser, sowie das Verbinden, üben die Kinder an Weidenstöcken. Wer seine Bäume veredeln will, bekommt die Pfropfreiser unentgeldlich. In der Blumenzucht und im Gemüsebau erhält nur das weibliche Geschlecht Unterricht."

Der Vorsitzende, Geheimer Ober-Regierungsrath Knerk, fügte diesem hinzu, dass auch die Regierung bereits diesem Gegenstande ihre besondere Aufmerksamkeit gewidmet habe und auch Vorkehrungen in den Seminarien getroffen seien, dass Unterricht in diesen Gegenständen ertheilt würde.

Es wurde über die ausgestellten Blumen, die aus den Gärten des Kommerzienrathes und des Rittergutsbesitzers Reichenheim geliefert waren, berichtet. Obergärtner Boese hatte aus dem des ersteren eine Schaupflanze des Gymnostachyum Verschaffeltii, welche $1\frac{1}{2}$ Fuss im Durchmesser und den Boden einer Schale vollständig bedeckt hatte, ausgestellt. Es war in der That ein schöner Anblick, diese grünen und von rothen Adern und Nerven durchzogenen Blätter. Ausserdem verdankte man ihm eine mit 19 offenen Blüthen versehene Phalaenopsis amabilis und ein Bouquet verschiedener, besonders kleinblühender Chrysanthemen, womit von Neuem auf diese reizenden Herbstblumen hingewiesen wurde. Vom Obergärtner Kraus war dagegen ein blühendes Cypripedium Dayanum vorhanden.

Obergärtner Gaerdt machte darauf aufmerksam, dass es durchaus nothwendig sei, dass die Ausstellungspflanzen vor der Eröffnung der Versammlung bereits vorhanden seien, damit die Anwesenden sie genauer und mit Musse betrachten könnten. Während der Vorträge wäre es gar nicht möglich, dass man von ihnen die nöthige Notiz nehmen könnte. Und doch sei dieses im Interesse der später ernannten Preisrichter nothwendig. Er wünsche deshalb, dass die Gesellschaft dahin einen Beschluss fasse, wonach während der Versammlung gebrachte Pflanzen nicht mehr zur Konkurrenz gestellt werden könnten. Es wurde beigestimmt.

Professor Koch machte über die Ausstellung in London für das Jahr 1866 und in Paris für das Jahr 1867 Mittheilungen. Die erstere werde wohl an Grösse alle früheren übertreffen. Man appellire an den Nationalstolz, zumal es keineswegs, und selbst ohne dabei den Kontinent in Anspruch zu nehmen, an dem nöthigen Materiale fehlen könne, um selbst die grössten Räumlichkeiten auszufüllen. Die Höhe der zur Verfügung gestellten Preise werde auch hoffentlich das Seinige thun. Nur allein um Dekorations-Pflanzen aufzunehmen, wäre eine überbaute Fläche von 2 bis 3 Acker (3 bis $4\frac{1}{2}$ Morgen) nothwendig. Grosse Exemplare für Palmen, Cycadeen, Baumfarne, Koniferen u. s. w. müssten eine Stellung erhalten, wo sie nach allen Seiten hin frei gesehen werden könnten. Es sind von Seiten des Gartenbau-Vereines auch bereits Listen in Umkreis gesetzt, um Summen zu zeichnen, damit etwaige Ausfälle gedeckt werden können. Das erste Verzeichniss ist bereits in No. 44 des Gardeners Chronicle veröffentlicht worden. Aufgefallen ist, dass grade die Handelsgärtner, in deren Interesse doch dergleichen Ausstellungen am meisten sind, am wenigsten sich eingezeichnet haben.

Die internationale Ausstellung in Paris, verbunden mit einem Kongresse, ist unlängst schon in dem Allerlei besprochen worden. Wir werden wohl im Stande sein, in den ersten Wochen des Januar noch Näheres darüber anzugeben.

Professor Koch theilte ferner mit, dass das grosse Etablissement in Paris, was die für die Verschönerungen der Stadt und Umgegend nöthigen Schmuckpflanzen heranziehe und unter der speziellen Leitung von Barillet-Deschamps stehe, in diesem Jahre wiederum eine bedeutende Erweiterung erhalten habe. Die Ansprüche werden alle Jahre grösser; man hat in und bei Paris immer neue Plätze gärtnerisch angelegt, vor Allem schreiten die Anlagen von Vincennes vorwärts. Blattpflanzen spielen daselbst natürlich eine grosse Rolle und müssen deshalb gleich in mehrern Tausenden herangezogen werden. Um immer neues Material zu erhalten, sind besonders durch die Reise des genannten Chefs im vorigen Hochsommer nach Deutschland Verbindungen angeknüpft worden. Um diese zu erhalten, resp. zu vermehren, ist man jetzt im Begriff, ein Verzeichniss der gegen 6,000 kultivirten Arten herauszugeben. Prof. Koch machte besonders Handelsgärtner darauf aufmerksam, zumal eine nicht unbeträchtliche Anzahl von Pflanzen, welche uns fehlen, daselbst kultivirt werde.

Professor Schultz-Schultzenstein zeigte in Weingeist aufbewahrte und auch getrocknete, präparirte Früchte von Passiflora quadrangularis vor, welche in dem Garten des Bankier's Wagner von dem Obergärtner Eggebrecht mittelst künstlicher Bestäubung erzielt und zur völligen Reife gebracht waren, und erläuterte nach neuen Beobachtungen den Bau dieser Früchte. Es war bekannt, dass die Samen derselben an der inneren Wand der achsenlosen hohlen Früchte sitzen, doch kannte man den eigentlichen Bau der Samenträger nicht, der sich weder an den unreifen, noch an den getrockneten reifen Früchten, die wir unter dem Namen Grenadillo's aus Tropenländern erhalten, erkennen lässt. Der Vortragende hat an den ganz reifen, frischen Früchten gefunden, dass sich hier der Samenträger (Placenta) als eine geschlossene, blattförmige Haut von dem Fleisch der Fruchthülle ablösen und genauer untersuchen lässt. Auf der inneren Fläche dieser Haut sieht man nach Entfernung der Samen drei breite Längsreihen zahlreicher kurzer Zapfen, welche die Samenstiele darstellen. Die Haut selbst lässt sich noch in 2 Platten trennen, von denen man die innere zapfentragende leicht völlig abziehen kann, worauf dann in der äusseren Platte 3 Stämme baumförmig verzweigter Blattnerven sichtbar werden, von denen jeder Nervenstamm einer Zapfenreihe der Samenstiele entspricht. Beim Abziehen der inneren Haut sieht man, dass von den Gefässbündeln der Blattnervenzweige Aeste in die zapfenförmigen Samenstiele hineingehen, die dann abreissen. In jedem Gefässbündel zeigt das Mikroskop die beiderlei Gefässe: Spiralgefässe und Lebenssaftgefässe; ähnlich wie in den Nerven der wirklichen Blätter der Pflanze. Es liegt also hier der Fall eines Samenträgers vor, bei dem die Samen auf den baumförmigen Verzweigungen der Blattnerven sitzen, ähnlich wie die Sporangien auf den Blättern der Farnkräuter. Professor Schultz-Schultzenstein bemerkt, dass die Passiflorenfrucht am nächsten mit dem Bau der Mohnkapseln und der Cruciferenfrüchte verwandt sei, indem auch hier keine Achsensamenträger vorhanden seien und die Samen an Auszweigungen der gabelförmigen oder quirlförmigen Fruchtklappennerven sitzen. Der Unterschied liege nur darin, dass die Samenträger des Mohns parallelnervige Rippen auf der innern Wand der Fruchtklappen bildeten, während bei den Passifloren die Samen an den völlig baumförmig verzweigten Blattnerven sitzen. In Betreff der Klassifikation der Passiflorenfrüchte bezog sich Professor Schultz-Schultzenstein auf seine Morphologie der Pflanzen, in der alle Früchte nach den Verzweigungssystemen der Samenträger in 3 Klassen: Säulenfrüchte mit Achsensamenträgern, Scheitelfrüchte mit scheitelförmigen Samenträgern und Wandfrüchte mit Wandsamenträgern unterschieden werden, und bemerkte, dass die Passiflorenfrüchte ein redendes Beispiel des Typus der Wandfrüchte mit blattförmigen Samenträgern seien. Der Vortragende hat den genaueren Bau der Passiflorenfrucht zeichnen lassen und wird die näheren Einzelnheiten darüber noch bekannt machen.

Professor Koch glaubte, dass man durch eine reife Frucht am wenigsten im Stande sei, ihre Natur zu erforschen; während dieser Zeit geschähen oft so viele Veränderungen und Umbildungen, gar nicht selten erst durch die Kultur hervorgerufen, dass die ursprüngliche Form ganz und gar verloren ginge. Wie allenthalben in der lebenden Natur, so könne auch hier nur eine Entwickelungs-Geschichte, wo man den ganzen Verlauf vom ersten Anfang der Blüthe an verfolge, Aufschluss geben. Er sei nun durch die Entwickelungs-Geschichte der Passionsfrucht zu anderen Resultaten gelangt und er habe in ihrer ganzen Bildung eine ausserordentliche Aehnlichkeit mit der unserer Kürbisse und Gurken, aber auch mit der der Früchte der Capparideen gefunden. Auch er behalte sich Näheres vor.

Was übrigens das angebliche seltene Reifen der Passionsfrüchte anbelange, so erklärten mehre anwesende Gärtner, dass diese schon seit langer Zeit in Deutschland gezogen worden wären und noch fortwährend gezogen würden.

Obergärtner Gaerdt übergab eine Abhandlung über die buntblättrige Amarantacee, welche seit 8 Jahren bereits in Berlin direkt eingeführt wurde und nun neuerdings von Belgien aus wieder in den

Handel gekommen ist. Ueber sie wurde auch in der vorigen Versammlung gesprochen. Die Abhandlung wird vollständig abgedruckt werden.

Professor Koch theilte mit, dass nach und nach in allen emporblühenden Kolonien Englands botanische Gärten gegründet würden und dass diese hauptsächlich dann den botanischen Garten in Kew bereicherten. Ueber einige botanische Gärten Neuhollands habe er unlängst gesprochen. Er berichte jetzt über den, welcher in Christchurch auf Neuseeland eingerichtet werde. Interessant sei es, dass man daselbst eine grosse Anzahl von unseren Zier- und Schmuck-Gehölzen angepflanzt und damit eine Verbindung der Flor der südlichen Hemisphäre mit der der nördlichen hergestellt habe. Es mag übrigens ganz eigenthümlich aussehen, unsere gefüllten Weiss- und Rothdorn-Sorten, die bei uns in den Anlagen viel vorgefundenen amerikanischen Crataegus-Arten, Aesculus rubicunda, die gefüllte Kirsche und Pfirsiche, amerikanische und europäische Eschen und wiederum unsere Nadelhölzer, besonders Kiefern, von der gemeinen und dem Krummholz bis zu den bei uns aushaltenden amerikanischen Arten in Verbindung mit einheimischen Gehölzen zu finden.

Geh. Rath und Professor Göppert aus Breslau machte ausführliche Mittheilungen über die neuen Anlagen in Breslau; sie werden eine besondere Stelle in einer der nächsten Nummern der Wochenschrift einnehmen. Ferner berichtete derselbe über seine Vorträge über Pflanzen des botanischen Gartens daselbst, welche das Interesse des Instituts sowohl, wie die Liebe zu Pflanzen und Blumen überhaupt, erhöhen sollen und wirklich auch wesentlich erhöhen.

Da dem Professor Koch aus London eine Abhandlung über die Wohlgerüche der Pflanzen von dem Verfasser, Eugen Rimmel, zugesendet war, glaubte derselbe, dass der Inhalt das Interesse der Anwesenden auch in Anspruch nehmen könnte und machte daraus Mittheilungen. Wie früher schon in der Wochenschrift angegeben, ist es besonders die nun französische Grafschaft Nizza, wo die dazu nöthigen Blumen zum grossen Theil herangezogen werden; vor Allem sind es die Umgebungen von Nizza selbst und ausserdem von Grasse und Cannes. Nur 7 Blumen sind es hauptsächlich, deren Gerüche fixirt werden: Rosen (Rosa centifolia L.), Orangeblüthen (nur Citrus Bigaradia Loisel.), Jasmin (Jasminum grandiflorum L.), Veilchen, Tuberosen, Kassien (Acacia Farnesiana L.) und Jonquillen (Narzissus Jonquilla L.*). Bei vieren: Rosen, Orangenblüthen, Jasmin und Kassie ist der Träger des Wohlgeruchs ein ätherisches Oel; es gilt dieses auf gleiche Weise von Lavendel, Spike, Pfefferminze, Rosmarin, Thymian, Quendel, Majoran und Geranien (Pelargonium odoratissimum). Bei den übrigen wird der Wohlgeruch an Fett oder an Provenceröl gebunden. Von andern Blumen, wie Reseda, Flieder, Lilie, Heliotrop, Lack u. s. w. wird so wenig Wohlgeruch erhalten, dass man diesen leichter durch bestimmte Zusätze erhält. Den Hauptbestandtheil für Eau de Cologne bildet das aus Bitter-Orangenblättern gezogene ätherische Oel, was unter dem Namen Petit-grain bekannt ist.

Mit der Anfertigung der Parfümerien sollen sich in Nizza und Umgegend gegen 10,000 Menschen beschäftigen. Mit Ausnahme der Orangenblüthen, welche direkt auf den Markt kommen, werden die Blüthen von den kleinen Grundbesitzern gekauft. Man bezahlt im Durchschnitt das Pfund Rosenblätter mit 3½—6¾ Sgr., das Pfund Orangenblüthen mit 5—10, das Pfund Jasminblüthen mit 10—15, das Pfund Veilchen mit 15—25, das Pfund Tuberosen mit 12½—20, das Pfund Kassienblüthen mit 20—30 und das Pfund Jonquillen mit 10—15 Sgr.

Welche Massen von Blumen gebraucht werden, ersieht man daraus, dass jährlich für Rosen 70,000, für Orangenblüthen 7,000, für Orangenblätter 3,200, ebenso viel für Geranien, für Lavendel und Spike 1,400, für Thymian und Quendel (wilden Thymian), für jeden ebenso viel und für Rosmarin 700 Thlr verausgabt werden.

Was die Gewinnung der obenerwähnten Wohlgerüche anbelangt, so werden sie bei Rosen, Veilchen, Kassien, Jonquillen und Orangenblüthen durch Maceration gewonnen, indem man sie eine kurze Zeit in zerlassenes heisses Fett oder Provenceröl steckt und so lange durch andere ersetzt, bis die Masse gesättigt ist. Diese heisst dann Pomade. Für Jasmin und Tuberose bedient man sich aber eines anderen Systemes, nämlich der Absorption oder Enfleurage. Zu diesem Zwecke werden in Rahmen gespannte Glasplatten (Chassis) mit gereinigtem Fett überstrichen und in einem dunkelen Gefässe aufbewahrt. Alle Morgen legt man frische Blumen darauf, so dass nach 2 oder 3 Wochen das Fett gesättigt, d. h. die Pomade fertig ist. Einer der bedeutendsten Verfertiger von solchen Wohlgerüchen in Nizza, Séméria, bedient sich bei Jasmin eines feinen Siebes, was die Blüthen aufnimmt und zwischen 2 mit Fett bestrichene Glasplatten geschoben wird.

Ein bekannter Parfümist in Paris, Piver, hat anstatt der Drahtgeflechte durchlöcherte Platten, auf welche die Blumen gelegt werden und die mit den Glasplatten abwechseln. In das Zimmer, wo diese befindlich sind, wird von Zeit zu Zeit ein frischer Luftstrom geleitet.

*) Unter dem Namen Jonquille versteht man in Südfrankreich übrigens auch Jasminum odoratissimum L.

Die Wohlgerüche werden vermittelst Alkohol wiederum dem Fett entzogen und kommen nun erst zur Verwendung. Ein französischer Chemiker zieht die Wohlgerüche direkt durch Schwefelkohlenstoff oder Aether aus und bringt die Masse dann in eine Blase, um jene wieder durch Verdunstung zu entfernen. Eine wachsartige Masse bleibt zurück und besitzt den Geruch im höchsten Grade. Wie leicht diese Wohlgerüche sind, ersieht man daraus, dass, wenn man diese wieder mit Alkohol herauszieht, das Gewicht der wachsartigen Masse für die feinsten Wagen selbst sich nicht ändert.

Professor Koch machte weitere Mittheilungen über die Meliorationen des Hofgärtners Hermann Sello unweit Potsdam. Er habe in Begleitung einiger Landwirthe dieselben von Neuem in Augenschein genommen und Fortschritte in Betreff der Befestigung des Sandes gefunden. Hofgärtn. Sello habe sich die Aufgabe gestellt, alle Pflanzen, die irgend wo dazu angewendet und vorgeschlagen seien, nach und nach in Anwendung zu bringen. Von Gehölzen seien es eine Weide (Salix acutifolia, in den Gärten meist als Salix caspica und pruinosa bekannt), die Birke und die Kanadische Pappel, von denen am meisten Erfolg stattgefunden habe. Auch die Eiche scheine einigermassen zu gedeihen; doch thuen leider die Krähen der Aussaat grossen Schaden und im Frühjahre zerschlägt wiederum der aufgewirbelte Sand die jungen Pflanzen mehr oder minder.

Unser gewöhnlicher Sandhafer (Elymus arenarius) sei ganz vorzüglich, zumal er weniger in Niederungen, als grade auf Erhöhungen mit beweglichem Sande gute Dienste leiste; sonst könne man die deutsche Sassaparille (Carex arenaria), sowie Calamagrostis epigeios, empfehlen. Von sonstigen krautartigen Pflanzen wären vielleicht die beiden Beifuss-Arten (Artemisia campestris und vulgaris) zu beachten. Vorzüglich habe sich aber Polygonum cuspidatum (in den Gärten als P. Sieboldii bekannter) bewährt und es könne auf diese japanische Pflanze, welche sonst zu so Vielerlei empfohlen und nirgends sonst brauchbar gefunden sei, nicht genug aufmerksam gemacht werden.

Eine andere Melioration habe der Hofgärtner Emil Sello auf der andern Seite Potsdam's, unweit des Neuen Palais, vorgenommen, indem auf dem dortigen bereits meist schon von einer Grasnarbe bedeckten Sandboden in diesem Frühjahre Weiden-Anpflanzungen gemacht seien. Professor Koch habe schon früher dergleichen um so mehr empfohlen, als, wenn sie gut angelegt und gehalten waren, man auf Boden, der sonst geringe Rente gebe, jährlich einen reinen Ertrag von 14 bis 18 Thaler für den Morgen erhalten könne. Die Anlagen wären hier erst im verflossenen Frühjahre gemacht, befänden sich aber bereits in einem Zustande, der Etwas verspräche.

Professor Koch legte die beiden letzten Hefte der Flore des serres von van Houtte, welche rasch aufeinander gefolgt seien, vor und machte auf die darin enthaltenen Abbildungen von Ritter-sternen (Amaryllis) und Azaleen aufmerksam. Die ersteren hätten schon auf den Ausstellungen von Gent, Brüssel und Amsterdam allgemeinen Beifall gefunden, die letzteren wären in der That aber in der Weise, dass man sagen könnte, es sei damit etwas Neues in den Handel gekommen.

Schliesslich sprachen die Preisrichter dem Gymnostachyum Verschaffeltii des Kommerzienrathes Reichenheim (Obergärtner Boese) den Preis zu.

Bericht
über die Kulturversuche in dem Versuchsgarten des Gartenbau-Vereines im Jahre 1864.

Von C. Bouché, Inspektor des Königl. botanischen Gartens.

(Schluss.)

B. Gemüse und ökonomische Gewächse.

1. Bete, Silber-Mangold, eine Sorte, die keine Rüben macht und daher zu Beta Cycla gehört, deren weisse Stengel und Blattrippen als Gemüse gegessen werden.

2. Bohnen, Stauden- oder Krup-.

a. Neueste rothbunte, gelbhülsige Wachs-Bohne, bewährte sich als eine reichtragende, schmackhafte Sorte, die aber erst spät reifte.

b. Frühe Wilmots-Zwerg-Bohne (Newington wonder) ist ziemlich ertragreich und eine mittelfrühe Sorte.

c. Grünschaalige Zwerg-Bohne mit 6 bis 8 Zoll langen Hülsen, trug spät, aber sehr reichlich.

d. Frühe Sechs-Wochen-Bohne, trug früh und sehr reichlich.

e. Egyptische Feld-Bohne wurde nicht reif.

3. Bohnen, Stangen-.

a. Riesen-Zucker-Brech-Bohne mit wachsgelben Hülsen, trug reichlich, war schmackhaft und reifte nicht spät.

Da der Sommer für Bohnen ungünstig war, so dürfte es vom Nutzen sein, die Sorten zu nennen, welche dennoch reife Samen trugen und sich daher als die härtesten erwiesen; es sind von Stangen-Bohnen: Aechte Predome, Riesen-Zucker-Brech mit wachsgelben Hülsen, Schlacht-Schwert- von Algier, Griechische weisse, Gelbe Zucker-Brech-Bohne;

von Stauden-Bohnen: Gelbe Pariser, Frühe Wilmots-Zwerg-, Frühe Sechs-Wochen-, Weisse Schwert- mit weissen Hülsen, Early yellow six week bean, Early Rachel, gelbe Flageolet.

4. Endivien, Kasseler-Sommer-, ist keine Endivie, sondern ein Bindsalat, der mit dem Sachsenhäuser grosse Aehnlichkeit hat, dessen Blattrippen und junge Stengel ein schmackhaftes Gemüse liefern; die letzteren können auch wie Bohnen mit Salz eingemacht und im Winter als Gemüse verspeist werden, oder man macht sie mit Essig ein, um sie wie Pfeffergurken zu essen.

5. Durch Frau Maria Schütz erhielt der Verein 2 andere Endivien-Sorten aus Spanien, die eine war von der gewöhnlichen nicht zu unterscheiden, die andere hingegen eine sehr kräftige Sorte, die jedoch von der sogenannten Moos-Endivie nicht verschieden zu sein scheint.

6. Erbsen.

a. Neue schwedische, verbesserte Mammuth-Erbse, hatte zwar lange Hülsen und reifte ziemlich früh, trug aber spärlich.
b. Frühe weisse Mai-Erbse ist frühzeitig und trägt sehr reichlich, daher zu empfehlen.
c. Frühe Dicksons-Erbse ist eine frühe Sorte, die aber nur mässig trug.
d. Erfurter gelbe Klunker-Erbse, im Ertrage gut; nur sind die Hülsen nicht voll genug.
e. Erfurter grosse grüne Klunker-Erbse, trug sehr reichlich, die Hülsen sind mittellang, reifte mässig früh.
f. Honig-Erbse, scheint mehr für schweren Boden geeignet, denn in lockerem sandigem erreichte sie eine Höhe von 7 Fuss und trug nicht reichlich genug, sonst mittelfrüh.
g. Waterloo-Erbse, scheint ebenfalls schweren Boden zu verlangen und in einem Küsten-Klima besser zu gedeihen, denn hier wurde sie 7 Fuss hoch, trug spärlich und spät.
h. Neue weisse Riesen-Erbse, 6 Fuss hoch, mit langen Hülsen, ziemlich ertragreich.
i. Neue gelbhülsige Wachs-Schwert-Erbse, ist schon früher gebaut worden und nicht besonders ertragreich gefunden; im letzten Jahre hingegen trug sie sehr reich.

Alle schon früher empfohlenen Erbsen-Sorten haben auch im vorigen Jahre ihre guten Eigenschaften behalten.

7. Dactylis hispanica, als neues Futtergras empfohlen, zeigte einen viel kräftigeren Blattwuchs als unser Knauelgrass, Dactylis glomerata, und verdient deshalb alle Beachtung; zur Blüthe gelangte sie im ersten Jahre nicht.

8. Gurken.

a. Schilling's Mistbeet-Gurke, trug auf dem Mistbeete recht reichlich ziemlich lange Früchte, daher zu empfehlen.
b. York's prolific scheint eine recht empfehlenswerthe Sorte für das freie Land zu sein, denn sie ertrug das kalte Wetter doch so lange, bis die Früchte einigermassen ausgewachsen waren.
c. Chinesische blassgrüne Gurke; die Früchte sind anfänglich blassgrün und werden später gelb, das Fleisch ist zart und sehr wohlschmeckend; eine ziemlich ertragreiche Sorte.

9. Helianthus uniflorus, dessen Samen, von dem die sehr grossen, auf jeder Pflanze nur einzeln stehenden Köpfe sehr viele enthalten, zur Oelbereitung empfohlen wurde, blühte zwar, trug aber keinen reifen Samen.

10. Hirse.

a. Weisse Perl-Hirse, aus Frankreich durch den hiesigen Akklimatisations-Verein eingeführt, ergab sich als ein ausdauerndes Lithospermum. Man hat es wohl nur eine Hirse genannt, weil man die Pflanze nicht kannte und die sehr harten, glänzend-weisslichen Samen für den Nichtkenner eine entfernte Aehnlichkeit mit denen der Hirse besitzen.
b. Rothe Hirse, gedieh gut, ist aber nur eine Abart unserer gewöhnlichen Hirse mit rothbraunem Samen.
c. Ruthenförmige Hirse, Panicum virgatum, eine nordamerikanische ausdauernde Pflanze, die dem Landwirth wohl von Nutzen sein könnte, keimte nicht.
d. Bronzirte Hirse, durch den Akklimatisations-Verein aus Frankreich bezogen, ist ertragreich und reift früh, ist aber nur eine Abart der gewöhnlichen Hirse.
e. Hirse aus Oesterreich, wahrscheinlich eine Abart des Panicum germanicum, war 3 Fuss hoch, kam aber vor Eintritt des Frostes nicht zur Blüthe und zum Fruchtansatz.

11. Kartoffeln.

a. Erfurter frühe runde, lieferte von 1 Pfd Aussaat 30 Pfd Ertrag.
b. Blaue Sechswochen-Kartoffel, ist eine sehr frühe, wohlschmeckende Sorte und lieferte von 1 Pfd Aussaat 40 Pfd Ertrag.
c. Frühe französische Juni-Kartoffel, ebenfalls eine sehr gute, frühe Speise-Kartoffel, von der 6 Stück 70 Stück Ertrag lieferten.
d. Späte runde Neger-Kartoffel, 3 Stück Aussaat 30 Stück Ertrag.
e. Späte runde Zink-Kartoffel, 3 Stück Aussaat 10 Stück Ertrag.
f. Frühe Sovereigne-Kartoffel, 3 Stück Aussaat 37 Stück Ertrag.

g. Frühe Preis-Kartoffel von Holland, 6 Stück Aussaat 130 Stück Ertrag.
h. Frühe lange delicieuse, 6 Stück Aussaat 160 Stück Ertrag.
i. Späte Runkelrüben-Kartoffel, 3 Stück Aussaat 44 Stück Ertrag.

Die letzte scheint jedoch nur eine Futter-Kartoffel zu sein; beim Herausnehmen aller dieser Sorten fanden sich nur einzelne kranke, jedoch waren Anfang November viele von Krankheit ergriffen, was aber seinen Grund in dem etwas feuchten Aufbewahrungsort haben mag.

12. Kohl, Weisskohl (Kraut).

a. Frühes englisches Kaiser-Kraut, spitzköpfig, blieb sehr locker, sonst zart und dünnblättrig.
b. Grosses weisses Baccalan-Kraut, ebenfalls eine spitzköpfige Sorte, die im vorigen Jahre sehr lockere Köpfe machte.
c. Kleines, frühes, festes Erfurter Zwerg-Kraut, sehr früh, aber spitze kleine Köpfe.
d. Grosses weisses Battersea-Kraut, macht schöne Köpfe, jedoch waren die Blätter aller Pflanzen etwas runzlich, wie beim Wirsingkohl.
e. Niedriges Evans-Kraut, war vom frühen englischen Kaiser-Kraut nicht zu unterscheiden.
f. Holländisches, blutrothes frühes Salat-Kraut, eine sehr zu empfehlende Sorte, die sich frühzeitig ausbildet, zwar nur kleine, aber sehr feste Köpfe macht.
g. Weisskohl No. 2 aus Spanien, bildete theilweise nur sehr lockere oder gar keine Köpfe.

13. Kohl, Wirsing- oder Savoyer-.

a. Wirsing aus Spanien No. 5, machte ebenfalls nur überaus lockere, platte Köpfe, die aus starkrippigen Blättern bestanden.
b. Wirsing aus Spanien No. 4, eine Abart mit spitzen Köpfen, die ziemlich früh geerndtet werden kann.
c. Erfurter grosser gelber Winter-Wirsing, ist eine recht empfehlenswerthe Sorte, gedieh aber im letzten Jahre nicht besonders; sie scheint in schwerem Boden festere Köpfe zu machen.

14. Kohl, Blattkohlsorten.

a. Cottager's (Turner's), eine Sorte, die von Dr. Lindley als unschätzbar für den Landbau bezeichnet wird, weil nicht nur die Blätter als Gemüse, sondern auch die ganze Pflanze als Viehfutter benutzt werden kann. Dieser Kohl wurde 3 Fuss hoch und hat grob gekrauste Blätter, wodurch er das Ansehen einer gröberen Sorte des Grün- oder Kraus-Kohles erhält. Für England und andere mildere Gegenden mag dieser Kohl ganz vorzüglich sein, aber wird sich schwerlich für uns zum Anbau eignen, indem er auch in diesem Winter erfroren ist, und erfahrungsmässig alle hochwachsenden Blattkohlsorten das Klima unserer Ebene im Winter im Allgemeinen nicht ertragen, und wir zur Speise mehre ganz vorzügliche, niedrige, vom Schnee leicht geschützte Grünkohl-Sorten besitzen; auch diese werden wohl niemals ein allgemein benutztes Nahrungsmittel für die ärmere Bevölkerung werden, weil solche Kohlsorten, um sie schmackhaft und dem menschlichen Körper dienlich zu machen, bei der Bereitung viel Fett bedürfen.
b. Blattkohl aus Spanien, eine 2—3 Fuss hohe Sorte mit ganz fein und zierlich geschlitzten Blättern, welche gekocht den Geschmack und die Beschaffenheit der Kohlrabi-Blätter haben; er ist gegen Frost empfindlich, denn schon bei 3 Grad Kälte waren die Stämme erfroren, es scheint daher nur eine Sommerpflanze zu sein, von der man, da sie bei uns im ersten Jahre keinen Samen trug, zur Samenzucht einzelne Pflanzen frostfrei überwintern müsste.

15. Kürbis erhielt der Verein aus Spanien 5 Sorten, welche aber, wie überhaupt fast alle Kürbisse, im vorigen Jahre nicht zur Vollkommenheit gelangten.

16. Mais, gedieh ebenfalls schlecht, indem die meisten Sorten erst spät blühten und keine reifen Samen trugen. Um so mehr dürfte es vom Interesse sein, die kennen zu lernen, welche trotz der Ungunst des Sommers dennoch reif wurden, es waren: Grosser weisser Baden'scher; Vierzigtägiger; Grosser gelber vom Direktor August; Weisser ungarischer Mais.

17. Pastinak, lange weisse, bewährte sich, von verschiedenen Orten bezogen, als eine ganz vorzügliche Sorte.

18. Porrée von Poiteau, zeichnete sich durch besonders dicke, sehr feste, weisse Zwiebeln aus und ist daher den andern neuen Sorten, als: Grosser dicker Musselberger, Dicker von Rouen und Brabanter hinsichtlich der Qualität gleich zu achten.

19. Puff- oder Saubohne.

a. Grösste Windsor-Puffbohne, ist eine frühreifende, sehr ertragreiche Sorte.
b. Die aus Spanien war von unserer gewöhnlichen nicht verschieden.

20. Radies, ovale, rothe, rosa und weisse sind sehr gute Sorten, die nicht so leicht hohl zu werden scheinen, als die runden Sorten, dabei aber viel länger mürbe und zart bleiben als Beck's lange Radies.

21. Rettig, rosenrother chinesischer, eine

mittelgrosse Sorte von sehr mildem Geschmack, indem der scharfe Stoff der Rettig-Arten in geringerem Grade darin vorhanden ist. Leider sind die Rettige im Sandboden sehr dem Madigwerden ausgesetzt und müssen daher in Lehm- oder Thonboden gesäet werden.

22. Salat.

a. Vollblut Forellen-Salat, eine vielfach sehr gerühmte Sorte, die aber im vorigen Jahre nur spärlich wuchs und nicht so besonders feste Köpfe machte.

b. Mogul- oder Cyrius-Salat, macht sehr grosse gelbe Köpfe, die sehr zart und dauerhaft sind und daher nicht sobald in Samen schiessen.

c. Bruine geel Salat ist eine frühe empfehlenswerthe Sorte.

d. Pariser Zucker-Salat, ebenfalls eine recht gute Sorte.

e. Romain rouge Salat hat einen überaus kräftigen Wuchs, nur besitzen die Blätter einen sehr bitteren Geschmack, was zwar manchen Salatfreunden besonders zusagt.

Hierher gehört auch die sogenannte Kasseler Sommer-Endivie, was keine Endivie, sondern ein Bindsalat ist (vergl. No. 4).

f. Unter den spanischen Sämereien, welche dem Vereine durch Frau Maria Schütz freundlichst mitgetheilt waren, befanden sich 4 Salatsorten; 3 derselben gehörten zu den Bindsalaten, bildeten grosse, längliche Köpfe, die sich aber oben nicht ganz schlossen, besassen sehr fleischige Blätter von zartem, feinem Geschmack. In Süd-Europa pflegt man die Oeffnung des Kopfes mit Wasser gefüllt zu erhalten, wodurch die Luft abgehalten wird und die Blätter an Zartheit gewinnen, hier hat im vorigen Jahre das Experiment nicht gelingen wollen, weil es zu kühl war und die Köpfe bald faulten. Die 4. Sorte bildete ungemein grosse, platte, nicht sehr dichte Köpfe, die aus muschelförmigen, unregelmässig geschlitzten, sehr fleischigen, zarten, sehr lieblich schmeckenden Blättern bestanden. Leider war es bei der Ungunst des Wetters nicht möglich, Samen zu erzielen, und dürfte es der Vorzüglichkeit der Sorten halber der Mühe werth sein, noch einmal Samen aus Spanien zu beziehen.

23. Sauerampfer de la Cité ist eine sehr gute Sorte mit grossen, zarten, sehr fleischigen Blättern.

24. Sellerie. Es wurden Grosser holländischer Knollen-, Weisser kurzlaubiger Knollen- mit röthlichem Laube und Grosser Erfurter Knollen-Sellerie gebaut; obgleich diese 3 Sorten guten Boden und angemessene Pflege erhielten, so standen sie doch in Grösse der Knollen in unserem Boden dem einherzigen Knollen-Sellerie nach.

25. Tabak gedieh im vorigen Jahre schlecht, so dass der Anbau mehrer neuer Sorten mithin erfolglos blieb.

26. Tomaten gediehen leidlich, lieferten aber keine reifen Früchte.

27. Wicken.

a. Vicia Gerardi der Handelsgärten ist von V. villosa nicht verschieden, sie erreichte eine Höhe von 5—6 Fuss, war sehr reich belaubt und blühete sehr voll, brachte aber keinen reifen Samen; es mag vielleicht besser sein, sie schon im Herbst auszusäen, weil sie alsdann noch vor Eintritt des Winters kurze, auf dem Boden flach aufliegende Ranken treibt, die sich im Frühlinge sehr schnell weiter entwickeln.

b. Vicia sativa alba ist eine gewöhnliche Feld-Wicke mit weissem Samen und weissen Blüthen, die sich allerdings durch einen sehr kräftigen Wuchs auszeichnete.

Summarische Uebersicht der unter die Mitglieder des Vereines vertheilten Produkte, welche auf dem Versuchsfelde gezogen worden sind.

Es wurden vertheilt:

Blumen-Sämereien	4,100 Portionen,
Gemüse- und ökonomische Samen	670 "
Summa	4,770 Portionen.
Erdbeer-Pflanzen des seit 2 Jahren gebauten Sortiments	600 Stück,
Stachelbeer-Senker	200 "
Maulbeer-Sämlinge, ägyptische . . .	200 "
Gewächse zur Bepflanzung von Blumenbeeten, als: Georginen, Verbenen, Petunien, Fuchsien, Skarlet-Pelargonien, Pentstemons u. s. w. .	1,570 "
Summa	2,570 Stück.

In den monatlichen Versammlungen des Vereines wurden 780 blühende Topfpflanzen unter die Mitglieder durch das Loos vertheilt.

Aufforderung.

Der Verfasser der Erwiderung zu dem Berichte über die internationale Ausstellung in Edinburgh wird freundlichst ersucht, seine nähere Adresse anzugeben.

Verlag von Karl Wiegandt in Berlin, Koch-Strasse No. 22.

Druck der C. Feister'schen Buchdruckerei (L. Mewes), Berlin, Zieten-Platz No. 2.

Wochenschrift

des

Vereines zur Beförderung des Gartenbaues in den Königl. Preussischen Staaten

für

Gärtnerei und Pflanzenkunde.

Redakteur:

Professor Dr. Karl Koch,

General-Sekretair des Vereines.

No. 50. Berlin, den 16. December **1865.**

Preis des Jahrganges 5⅓ Thlr., sowohl bei Bezug durch den Buchhandel, als auch franco durch alle Post-Anstalten des deutsch-österreichischen Post-Vereines.

Das Heinemann'sche Blumen-Parterre im Lokale der Pflanzen- und Blumen-Ausstellung zu Erfurt.

Viele, die in den Tagen vom 7. bis 17. September Erfurt besucht haben, werden sich noch der schönen Blumen-Parterre's erinnern, welche sich in dem Lokale der Ausstellung vorfanden. Wir haben in dem grössern Berichte über diese Ausstellung eine nähere Detaillirung eines derselben verheissen; wir säumen daher jetzt nicht, noch zum Schlusse des Jahrganges unser Versprechen einzulösen. Von den Preisrichtern wurde diesem einer der grössten Preise, eine Pariser Pendule, welche mit dem Standbilde Alexander v. Humboldt's geschmückt und von Ihrer Maj. der Königin selbst huldvoll zur Verfügung gestellt war, zugesprochen. Dasselbe Blumen-Parterre war es aber auch, welches wegen seiner sinnigen Zusammenstellung nicht weniger, als auch wegen der Harmonie in den Farben, allgemeinen Beifall erhielt.

Es befand sich dicht vor dem grossen und überdachten Lokale, wo die Warmhauspflanzen aufgestellt waren, und wurde auf beiden Seiten von den langen Blumenhallen, welche den Blumenschmuck der Erfurter und anderer Handelsgärtnereien enthielten, umschlossen. In diesen Blumenhallen konnte man schauen, was menschlicher Fleiss und Verständniss in Flora's Gebiet Vorzügliches hervorzubringen im Stande war. Unsere Gartenblumen waren hier in ihrer höchsten Vollkommenheit vorhanden. Wer schon mehre Jahre mit Aufmerksamkeit die Bestrebungen der Gärtner grade in dieser Hinsicht verfolgt hatte, wie wir, konnte die grossen Fortschritte ermessen, die besonders in den letzten 10 Jahren gemacht worden sind. Waren es doch grade die kurz vor der Abdachung des Thüringer Waldes gelegenen Auen, wo wir unsere erste Jugend verlebt, ja wo wir die erste Nahrung zu der von uns später eingeschlagenen Lebensrichtung erhalten hatten! Wie gering war damals die Anzahl der Gartenblumen und ihrer Sorten? Wie bescheiden war man zu jener Zeit in dem, was in Gärten gehegt und gepflegt wurde? Kaum mehr kannte man, als Levkojen, Lack, Astern, Nelken! Und auf welcher Stufe der Entwickelung standen diese damals?

Wir haben es schon oft ausgesprochen, dass eine Geschichte unserer Florblumen, wo man zu gleicher Zeit die verschiedenen Stadien ihrer Entwickelung verfolgte, für die Geschichte der Gärtnerei, ja selbst für die Wissenschaft, vom grössten Interesse sei. Deshalb wünschen wir von ganzem Herzen, dass Jemand, der, gleich uns, die einzelnen Schritte der Vervollkommnung verfolgt hat, sich der Mühe, eine solche zu bearbeiten, unterziehen möge. Noch ist es möglich; es leben zum Theil selbst die Gärtner noch, welche hierin grosse Verdienste gehabt haben und welche die Angaben vervollständigen können. Gehen noch 10 oder gar 20 Jahre darüber hin, so möchte es noch weit schwieriger, ja schliesslich ganz unmöglich werden, denn Aufzeichnungen sind gar nicht oder doch nur höchst mangelhaft vorhanden; die noch so lebendigen Erinnerungen gehen aber mit dem Tode der betreffenden Männer leider verloren. Sollte Erfurt nicht selbst deren besitzen, welche, gestützt von Anderen, die gewiss gern Rechenschaft geben, eine Geschichte der Florblumen bearbeiten und durch den Druck zur weiteren Kenntniss bringen könnten? Wollen wir es hoffen!

Doch kehren wir zu unserem Blumen-Parterre zurück. Verfertiger desselben war der Kunst- und Handelsgärtner F. C. Heinemann, hinlänglich bekannt in der Blumenwelt und in der gesammten Gärtnerei. Wir haben schon früher Gelegenheit gehabt, ihn grade in dieser Richtung kennen zu lernen, und zwar unter Anderem auch in den Tagen vom 3. bis 6. Oktober 1861, wo der Erfurter Gartenbau-Verein zum ersten Male eine grosse Ausstellung von Pflanzen, Blumen u. s. w. in's Leben rief.

Heinemann war es auch wiederum, der das allgemeine Arrangement bei der letzten Ausstellung in Erfurt übernommen und gewiss in einer Weise zur Ausführung gebracht hatte, die allgemeine Zufriedenheit herbeiführte. Da galt es rasche Auffassung und rasche Durchführung! Wer unseren Bericht über diese letzte allgemeine Ausstellung in Erfurt mit Aufmerksamkeit verfolgt hat, wird die Schwierigkeiten, die allenthalben entgegentraten, und die Mühen, diese schnell hinwegzuräumen, ebenso erkannt haben, als die mannigfachen Opfer, welche dem Ganzen gebracht wurden.

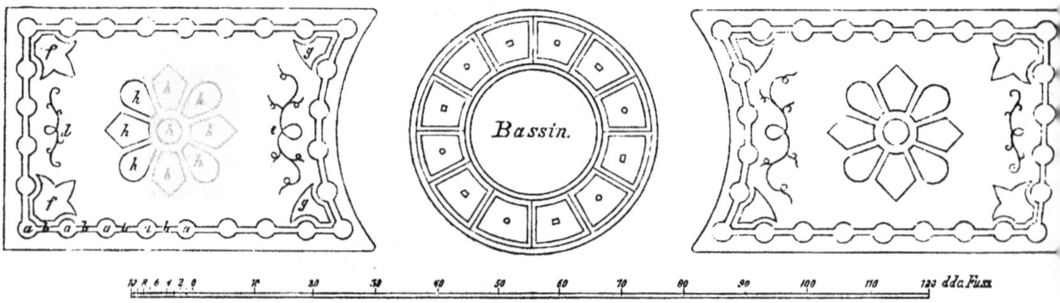

Dieses jetzt näher zu beschreibende Blumen-Parterre hatte eine Länge von 160 und eine Breite von 40 Fuss und bestand, wie man aus der bildlichen Darstellung ersieht, aus einem Rundtheile in der Mitte und aus 2 zum grossen Theile gradlinigen Rasen-Stücken auf den Seiten. Das Rundtheil hatte 40 Fuss im Durchmesser und schloss in der Mitte ein ebenfalls rundes Wasserbassin von 20 Fuss Durchmesser ein. Ein Strahl von $\frac{1}{2}$ Zoll Stärke stieg senkrecht in die Höhe und sein herabfallendes Wasser rief ein schwaches Plätschern hervor.

Ein 12 Fuss breiter Pfad trennte das Bassin von den beiden Seitenstücken, welche nach jenem zu in gleichem Kreisausschnitte ausgeschweift, sonst aber gradlinig waren. Jedes besass 60 Fuss Länge und 40 Fuss Breite und war (natürlich mit Ausnahme der eingelegten Arabesken) mit frischem Rasen belegt. Das dem Auge so wohlthuende Grün wurde durch die bunten Farben der Arabesken und diese hinwiederum durch jene gehoben. Roth und Blau, vom Gelb nur die wohlgefälligeren Nüancirungen, waren hauptsächlich vertreten und wurden durch Silberweiss, bald als Gegensatz, bald als harmonische Verbindung, unterstützt.

Gehen wir in das Einzelne ein und beginnen mit dem Seitenstücke links. In der Mitte befand sich eine Zeichnung mit einem kleinen Rundtheil, von dem 8 Felder ausstrahlten, während an den Seiten Kettenglieder sich hinzogen, die durch gradlinige Figuren mit einander verbunden waren. Die Ecken hatte man durch Füllhörner ausgefüllt, welche sich nach innen öffneten. Zwischen je 2 Füllhörnern an den schmalen Seiten waren rankenartige Verzierungen angebracht.

Was zunächst die Kettenglieder (a) mit den gradlinigen Verbindungen (b) anbelangt, so waren beide mit dem silbergrau-blättrigen Katzenpfötchen eingefasst, welches neuerdings unter dem Namen Gnaphalium tomentosum in den Handel gekommen ist, einer näheren Bestimmung aber noch entgegensieht. Die echte Pflanze dieses Namens, welche mit unserem wildwachsenden Gnaphalium uliginosum identisch ist, kann es natürlich nicht sein. Wir empfehlen übrigens diese auf dem Boden sich ausbreitende silbergraue Pflanze überhaupt zu allerhand Einpflanzungen; sie hat selbst noch vor dem seit sehr langer Zeit zu diesem Zwecke gebrauchten Cerastium tomentosum den Vorzug. Ausgefüllt waren sie dagegen von der dunkelbraunrothen Iresine Herbstii, unter dem Namen Achyranthes Verschaffeltii bekannter. Die Mitte jedes Kettengliedes nahm eine hochstämmige Fuchsie mit weisser Blume (Madame Cornelissen) ein, aus der Mitte der viereckigen Verbindungsglieder stiegen hingegen Festons von Maurandien auf, und zwar rechts eine roth-, links eine weissblühende.

Die in Rahmen eingelegten rankenartigen Verzierungen hinter den eben näher bezeichneten Einfassungen (d und e) hatte man ganz niedrig gehalten. Auf der vordern Seite war die reizende Amarantacee, welche zuerst von Berlin aus als Achyranthes sp. verbreitet wurde und neuerdings unter den verschiedensten Namen von den Handelsgärtnern ausgegeben ist, auf der hinteren hingegen die nicht genug zu empfehlende Lonicera brachypoda mit goldgelbem Adernetz auf den Blättern dazu verwendet.

Die Füllhörner (f und g) in den Ecken hatten ungefähr 6 Fuss Länge und waren in der Weise arrangirt, dass zwischen verschiedenen Schling- und rankenden Pflanzen, welche nach der Mitte zu sich zogen, verschiedenerlei Zierkürbisse, feinere Gemüse und Obst hauptsächlich nach vorn eingelegt waren. Das Ganze hatte das Ansehen, als würden die letzteren ausgeschüttet. Grade dieser, wie man sich denken kann, in der ästhetischen Zusammenstellung schwierige Theil war mit sehr viel Geschick und nicht weniger Geschmack zusammengestellt worden und verfehlte auch nicht, den gehörigen Eindruck zu machen. Die von einem Mittelpunkte ausgehende strahlenförmige Zeichnung in der Mitte mit einem Durchmesser von 10 Fuss (h) war in dem mittleren Rundtheile mit Sedum carneum fol. var., was fast ganz weiss ist, ausgefüllt, während die 8 strahlenförmigen Felder, welche abwechselnd grad- und krummlinige Konturen besassen, auch abwechselnd mit weissen und rothen Pflanzen ausgefüllt erschienen. Hierzu hatte man sich höherer buntblättriger Pflanzen zwar bedient, diese waren aber niedergehakt, so dass sie den Boden völlig bedeckten. Für die weissen Felder waren die beiden bunt-, fast völlig weissblättrigen Minzen (Mentha rotundifolia und piperita), Gnaphalium tomentosum und Alyssum maritimum (Koniga oder Lobularia maritima, Alyssum Benthami fol. var.) benutzt, für die rothen hingegen Amarantus melancholicus ruber und Iresine Herbstii.

Das andere Seitenstück besass zwar dieselben Zeichnungen, hatte aber zum Theil eine andere Bepflanzung. Was zunächst die sich ringsherumziehenden Kettenglieder mit ihren gradlinigen Verbindungen anbelangt, so bildete das Roth hier hinter der weissen Einfassung eine zweite Linie, während die Ausfüllung durch buntblättrige Pelargonien geschehen war. Aber nicht eine Sorte hatte man angebracht, sondern in den 26 rundtheilartigen Kettengliedern waren die 6 schönsten und am meisten in die Augen fallenden vertreten, nämlich: Mrs Pullock, Unita italica, Picturatum, Mountain of Snow, (Schneeberg), Cordon pourpre und Queen favorite. Wir machen Gartenbesitzer auf diese Sorten noch besonders aufmerksam, da diese in der That eine weitere Verbreitung verdienen.

Zu den rankenartigen Verzweigungen hatte man Achyranthes sp. benutzt, jedoch in der Weise, dass die auslaufenden Spitzen durch die niedliche kleine blaublühende Lobelia Erinus ersetzt waren.

Die Füllhörner in den Ecken enthielten abgeschnittene Blumen und zwar Astern, welche mosaikartig eingelegt waren. Die Farben-Skala ging von dem dunkelsten Roth aus, allmählig heller werdend, bis das blendende Weiss am obern Ende erschien. Unterbrechungen fanden jedoch hier und da statt durch Violett.

Das Rundtheil der Mitte war um das Bassin herum nur mit Blumen ausgelegt. Die fast in allen Farben prangenden Astern und Malven waren abwechselnd nach der Farben-Skala in Blau und Roth ausgelegt. Ein schmaler Gürtel umfasste das Ganze nach aussen, ein anderer nach innen gegen das Bassin zu. Malven waren es, welche hier Verwendung gefunden hatten. Den Raum zwischen den Gürteln nahmen hauptsächlich viereckige Felder ein, welche wiederum von einer schmalen Kante eingefasst waren. Von den erstern enthielten die, welche in der Zeichnung mit einer Null angegeben sind, prächtige Farben-Skala's der Malven, während die, wo ein kleines Viereck vorhanden ist, mit Tagetesblumen ausgefüllt waren. Beide viereckige Felder wurden von Astern umschlossen und dadurch begrenzt.

Obwohl bunt, machte das Ganze einen guten Eindruck. Es kam noch dazu, dass Menschen, und vor Allem meist buntgekleidete Damen, in den Wegen zwischen dem Bassin in der Mitte und den beiden Seitenstücken langsam sich dahin bewegten und damit zu seiner Hebung beitrugen. Wir sind einmal an unsere Mitmenschen gewöhnt und fühlen uns zu leicht und zu vereinsamt, wo diese fehlen. Mehr, als irgend wo, ist dieses grade in der Gartenkunst der Fall und am allermeisten dann, wenn äusserer Prunk, wie in solchen Blumen-Parterre's, in den Vordergrund getreten ist; Einsamkeit passt mehr in die entfernteren dunkelern Gänge, wo man sich seinen Gedanken übergeben, nicht abgezogen sein will.

Indem wir hiermit den Lesern die Schilderung des Heinemann'schen Blumen-Parterre's übergeben, wünschen wir, dass diese Garten-Besitzern als Beispiel zu Nachahmungen dienen möge.

Illustration horticole und Belgique horticole.

1. Hälfte vom Jahrgange 1865.

Gleich im 1. Hefte (tab. 424) der Illustration horticole, mit der wir beginnen, finden wir eine Abbildung des Amorphophallus nivosus Lem. in der allbekannten landschaftlichen Skizze eines Urwaldes, wo der Indianer mit dem Bogen nach dem von der Schlange umwundenen Jaguar schiesst. Eine Aroidee, bestehend aus einem einzigen Blatte, dessen gleich einer Schlange gezeichneter Stiel eine Höhe von 3 Meter (also gegen 10 Fuss) erreichen soll, während die Blattfläche vielfach zusammengesetzt erscheint und mit einem Durchschnitte von 1 Meter ziemlich flach aufliegt, verdient gewiss die Aufmerksamkeit aller Liebhaber. Ist die Aroidee aber ein Amorphophallus? Wir bezweifeln es und halten sie vielmehr für ein Dracontium, deren Arten der Neuen Welt angehören, während die Arten von Amorphophallus und dem verwandten Sauromatum aus der Alten Welt stammen. Wir haben übrigens erst im Frühjahre über A. nivosus gesprochen (s. S. 135) und verweisen demnach darauf.

Dasselbe gilt von den beiden herrlichen Palmen: Phoenicophorium Borsigianum (bei uns Sechellarum genannt) und Verschaffeltia splendida (tab. 430 u. 433), die wir übrigens jetzt um so mehr empfehlen, als die Preise, wenigstens der ersteren, neuerdings viel wohlfeiler geworden sind.

Auch eine neue Form der buntblättrigen Kaladien ist (auf der 438. Tafel) unter dem Namen Duc de Nassau bildlich dargestellt. Seine Einführung verdankt man dem Reisenden Baraquin, der uns in dieser Hinsicht schon so manches Schöne zugeführt hat. Das hier abgebildete Caladium besitzt die Form und Farbe des C. splendens. Sowohl die schöne rothe Mitte, wie auch das Grün auf den Seiten, sind aber durch weisse, unregelmässige Flecken unterbrochen.

Cypripedium Veitchianum Hort. (tab. 429) schliesst sich dem C. barbatum an, besitzt aber weit grössere Blüthen, da der Durchmesser von oben nach unten nicht weniger als 5 Zoll beträgt. Die am Rande gewimperten Blumenblätter haben eine weisse, durch grüne Längsstreifen unterbrochene Farbe. Bei den seitlichen kommen noch kleine rothe Flecken in ziemlich grosser Anzahl dazu. Die grosse Lippe hat eine kaffeebraune Farbe und hängt wie ein oben offener Sack herunter. Die in 2 Reihen stehenden Laubblätter sind dunkelgrün marmorirt. Vaterland ist Sumatra, wo sie der Reisende Low entdeckte.

Die Darstellung der Iriartea exorrhiza Mart. (tab. 436) ist ebenfalls zu einer Landschaft benutzt, die ihr Entdecker, der berühmte Reisende v. Martius in München, im Vaterlande aufgenommen hat. Es ist eine wunderschöne, stolze Palme, die leider in unseren Gewächshäusern nie den Eindruck machen wird, wie im Vaterlande, wo der schlanke Stamm eine Höhe von 60 bis 80 Fuss erreicht. Eigenthümlich ist, dass sie sich aus der Erde mit mehrern starken Adventiv-Wurzeln erhebt und damit das Ansehen hat, als stände sie auf Stelzen. Dazu nun 10 bis 15 gefiederte Blätter mit einer Länge von 12 bis 20 Fuss! Sie wächst in grosser Menge im Flussgebiete des Amazonenstromes, am liebsten auf den häufig überschwemmten Ufern.

Zu welcher Art die seit einigen Jahren schon in den Gärten befindliche buntblättrige Smilax-Art, welche bald als S. macrophylla, bald als maculata, bald auch als S. macrophylla maculata, in den Gärten vorkommt, gehört, lässt sich nicht eher bestimmen, als bis man Blüthen gesehen hat. Hier ist sie einstweilen unter dem Namen Smilax ornata (tab. 439) abgebildet. Sie besitzt ziemlich grosse, 5 Zoll lange und an der Basis 2½ Zoll breite, eirund- oder herzförmig-lanzettliche Blätter, deren grüne Oberfläche mit 4 Reihen grosser und kleiner Flecken geschmückt ist. Ihre Einführung aus Mexiko verdanken wir dem Reisenden Ghiesbrecht.

Teleianthera ficoidea Moqu. Tand. (tab. 440) heisst eine buntblättrige Amarantacee, welche die Tropen Asien's und Amerika's zugleich bewohnt und schon (d. h. in der nicht bunten, sondern grünblättrigen Form) von Linné zuerst als Gomphrena, nachher als Illecebrum ficoideum beschrieben ist. Aber noch früher kannten sie schon Plumier und Royen. Im Habitus ähnelt sie unserer schmalblättrigen T. polygonoides, hat aber viel breitere, meist eirund-spatelförmige Blätter von einer braunrothen Farbe, wo nur hier und da das Grün durchscheint. Wir zweifeln nicht, dass sie ebenso gut, wie die genannte, während des Sommers in's Freie gebracht werden kann, um als Einfassung zu dienen. Wir verdanken die Pflanze A. Verschaffelt, der sie aus Brasilien erhalten hat.

Dipladenia mollis Ch. Morr. (tab. 425) ist eine windende Apocynee, welche aus einer knolligen Wurzel ihren Ursprung nimmt. Die Blätter sind länglich-lanzettförmig und besitzen eine freudig-grüne Farbe. Aus dem Winkel eines Blattes kommt die 10—14-blüthige Traube hervor, deren 2 Zoll im Durchmesser enthaltende Blumen ziemlich entfernt stehen und eine helle Fleischfarbe besitzen. Sie wurde schon einmal vor 20 Jahren von Brasilien aus eingeführt, scheint aber trotz ihrer Schönheit sich nicht lange in den Gewächshäusern gehalten zu haben. Wollen wir wünschen, dass es nun geschieht, wo sie durch Ambr. Verschaffelt von

Neuem in den Handel kommt. Vor den gelbblühenden verdient sie unbedingt den Vorzug.

Bryonopsis laciniosa Hassk. var. erythrocarpa (t. 431) haben wir mehrmals (zuletzt S. 52) besprochen; wir fügen dem dort Gesagten hinzu, dass nicht Naudin, sondern Hasskarl das Genus Bryonopsis aufgestellt hat (Hort. Bogor. cat. 68). Ebenso haben wir schon mitgetheilt, dass das von Morren genannte Abutilon vexillarium (t. 432) eine der Pflanzen darstellt, welche St. Hilaire schon früher in Brasilien gefunden und als Abutilon megapotamicum beschrieben hat (S. 309).

Von unseren beliebten Blüthensträuchern, den Kamellien, sind 3 Sorten bildlich dargestellt. Camellia planipetala (tab. 426) hat A. Verschaffelt aus Italien erhalten. Sie ist weiss, hat eine ziemliche Grösse und einen regelrechten Bau, wo nur die inneren Blätter sich etwas rosenartig wölben, die äussern hingegen flach aufliegen. Der Name ist daher nicht sehr passend. C. Archiduc Etienne (tab. 435) besitzt dagegen bei ebenfalls regelmässigem Bau eine zarte Fleischfarbe. Bei zierlicher Grösse sind auch die Blumenblätter, selbst gegen die Mitte hin, gross. Gezüchtet wurde sie im Etablissement von A. Verschaffelt. Giuseppe Biasi (tab. 442) heisst endlich die dritte Kamellie. Bei wiederum regelrechtem Bau ist die Grundfarbe weiss, aber einzelne hellrothe Schmitzen finden sich auf den Blumenblättern vor. Sie stammt aus Italien.

Salmono-roseum hat A. Verschaffelt ein Rhododendron genannt, dessen Name der Farbe der Blumen entspricht. Diese bilden einen dichten Kopf, sind ziemlich gross und besitzen am obern Theile zahlreiche punktartige Flecken von dunkelster Purpurfarbe. In Belgien hält diese schöne Sorte, welche bei A. Verschaffelt zufällig aus Samen aufgegangen ist, im Freien aus.

Azalea Grande-Duchesse de Bade wurde ebenfalls im Verschaffelt'schen Etablissement aus Samen gewonnen und stellt eine der schönsten Formen, welche wir besitzen, dar. Sie wurde erst im vorigen Frühjahre in den Handel gebracht. Die prächtigen rothen Blüthen haben $3\frac{1}{2}$ Zoll im Durchmesser und sind durch kleine Blumenblätter im Centrum gefüllt.

Rose empéreur du Mexique (tab. 441) erinnert einigermassen an den Empéreur de Maroc hinsichtlich der dunkelen Purpurfarbe der Blumen. Sie ist im Etablissement von Jean Verschaffelt in Gent aus Samen der Rose Général Jacqueminot gefallen. Die Blume besitzt $4\frac{1}{2}$ Zoll im Durchmesser und baut sich etwas leicht in ihren Blumenblättern. Sie gehört unbedingt zu den schönsten Remontanten.

Verbène populaire (t. 434) heisst eine buntblättrige Verbene, zu der Verbena chamaedryfolia gehörig, und ist aus England eingeführt worden. Der Rand der Laubblätter ist ziemlich breit und unregelmässig-goldgeld gefärbt; ausserdem finden sich aber noch einzelne goldgelbe Flecken vor. Die dichtgedrängten Blüthen besitzen eine prächtig-rothe Farbe, die nur im Centrum durch das Gelb der den Schlund der Röhre ausfüllenden Staubbeutel unterbrochen wird.

Ueber Robinia Pseud-Acacia var. Decaisneana ist bereits im 7. Jahrgange der Wochenschrift (S. 260) gesprochen worden. Die hier (tab. 427) gegebene Darstellung ist der Revue horticole entlehnt worden.

Schliesslich möchte es noch manchen Blumenfreund interessiren, zu wissen, dass in dem 1. Hefte der Illustration und im Anfange zu den Miscellaneen eine Darstellung des A. Verschaffelt'schen Etablissements in Vogelperspektive gegeben ist. Wir vermissen nur die ausführliche Beschreibung. Für Diejenigen, welche sich dafür interessiren, verweisen wir auf unsere Abhandlung im 5. Jahrg. (S. 222).

Wir wenden uns der Belgique horticole zu und schliessen gleich das Juliheft mit ein, da dies mit dem für den Juni ein Doppelheft bildet. Im 1. Hefte ist die interessante Orchidee Renanthera Lowii Rchb., über die wir bereits im 4. Jahrgange (S. 368) ausführlich gesprochen haben, abgebildet. Wir bemerken, dass die Schreibart Rhenanthera, die auch wir früher gebraucht haben, falsch ist und Renanthera dafür geschrieben werden muss. Der Name ist zusammengesetzt aus einem lateinischen und einem griechischen Worte, aus „ren" (die Niere) und „Anthera" (der Staubbeutel), weil dieser eine nierenartige Gestalt besitzt. Diese Orchidee hat nämlich die Eigenthümlichkeit, dass die 1—3 untersten Blüthen der sehr langen Aehre anders gestaltet und auch anders gefärbt sind, als die übrigen. Wir haben nun noch nach der Mittheilung des Obergärtners Boese dem dort Gesagten hinzuzufügen, dass die untersten gelben Blüthen einen angenehmen Wohlgeruch besitzen, der den anderen fehlt. Wir haben uns erst neuerdings davon überzeugt. So viel wir wissen, ist dieser Umstand noch nirgends erwähnt worden.

Aphelandra ornata hat T. Anderson im Journal of botany (1864, p. 289) eine buntblättrige Akanthacee genannt, die schon früher Nees von Esenbeck als Stenandrium und Lagochilium ornatum beschrieben hat und die grosse Aehnlichkeit mit A. Liboniana wegen der Zeichnung auf den Blättern besitzt, uns aber doch verschieden zu sein scheint. Wir haben diese ebengenannte Pflanze, wo die Zeichnung übrigens auf den Blättern weniger hervortritt, in dem Linden'schen Etablissement zu Brüssel blühend gesehen; darnach unterscheidet sie sich hauptsächlich durch die schönen rothen Deckblätter, welche eine 4-seitige Aehre bilden. Aphelandra ornata ist dagegen mit etwas steifen Haaren, auch auf den am Rande rothen Deckblättern, besetzt, ein Umstand, der es uns wahrscheinlich macht, dass sie vielmehr zu Lagochilium decoratum N. v. E. gehört. Die langröhrigen gelben Blüthen ragen weit hervor und haben die bedeutende Länge von über 2 Zoll. Abgebildet ist sie im 2. Hefte zu Seite 33.

Billbergia pallescens C. Koch unterscheidet sich von der verwandten B. amoena Lindl. durch die hellgrüne Farbe und wurde bereits im Jahre 1858 in der Berliner allgemeinen Gartenzeitung (Seite 346) beschrieben. Sie ist unbedingt schöner als die genannte, welche sich weit häufiger in den Gewächshäusern findet, aber mit dieser vielen anderen nachsteht. Morren fand sie im Etablissement von Makoy in Lüttich unter dem Namen Billbergia Wiotiana und hat sie im Märzhefte (zu Seite 65) abgebildet.

Eine zweite Bromeliacee ist zu Seite 162 unter dem Namen Hoplophytum calyculatum Ed. Morren abgebildet und steht jener an gärtnerischem Werthe gleich. So ähnlich sie auch der Billbergia pallescens ohne Blüthen aussieht, so unterscheidet sie sich doch von dieser gar sehr, zumal noch deren Farbe eine gelbe ist. Auch bilden diese einen ziemlich gedrängten Blüthenstand. Wir halten sie von Pothuava comata Gaud., von der wir eine Abbildung, aber keine Beschreibung in dem bekannten Reisewerke des Bonité (tab. 116) besitzen, nicht verschieden. Ed. Morren fand sie im Linden'schen Etablissement neben einer zweiten Art, der er den Namen H. Lindenii gegeben hat. Diese stammt ebenfalls aus Brasilien und besitzt denselben Habitus; sie unterscheidet sich jedoch durch zahlreichere Stengelblätter von weisser Farbe, so wie durch eine mehr in die Länge gezogene Aehre, wo die Blumenblätter nebst den Deckblättern eine schöne rothe Farbe besitzen.

Thyrsacanthus rutilans Planch. wurde mit seiner Einführung durch den bekannten Reisenden Schlim im Linden'schen Etablissement in Brüssel rasch verbreitet und erhielt auch allenthalben den verdienten Beifall. Wir haben den reizenden Blüthenstrauch des Warmhauses mit der schlaffen und überhängenden Traube schön-rother und langröhriger Blüthen seit den 15 Jahren der Einführung viel auf Ausstellungen und sonst in Gewächshäusern gesehen; und doch fängt er bereits an, allmählig wiederum zu verschwinden, um zum Theil minder schönen Pflanzen Platz zu machen. Wir sind deshalb dem Herausgeber der Belgique horticole zu Dank verpflichtet, dass er durch eine gelungene Abbildung (zu S. 97) wiederum auf ihn aufmerksam gemacht hat. Er stammt übrigens aus Kolumbien und ist eine Akanthacee.

Delphinium Brunonianum Royle (zu S. 34) haben wir bereits nach der Originalzeichnung im botanical Magazine (s. S. 24) besprochen, ebenso Dianthus cincinnatus Lem. (s. im 7. Jahrg. S. 68 und 295). Was wir schon früher gesagt haben, dass letztere nämlich sich von der Form mit geschlitzten Blättern des Dianthus Heddewigii (oder vielmehr des D. chinensis) nicht unterscheidet, ist nun auch englischerseits ausgesprochen worden.

Cerasus serotina Lois. (zu S. 210) ist unstreitig eins unserer besten Ziergehölze, welches die nahe verwandte virginische Traubenkirsche (Prunus oder Cerasus virginiana) an Schönheit übertrifft. Mit Recht wird sie deshalb im Nordosten Deutschlands, besonders in der Umgegend von Berlin, vorgezogen. Sie scheint im Allgemeinen etwas höher zu werden, als oben genannte Art, und zeichnet sich durch ihre langen, meist etwas in einem Bogen überhängenden Zweige und durch ihre freudiggrünen und glänzenden Blätter aus. Zur Zeit der Blüthe gibt deren weisse Farbe auch noch einen Schmuck. Vaterland ist Nord-Amerika.

In dem Doppelhefte vom Juni und Juli ist auch der Apfel dargestellt, der neuerdings durch den Gärtner Coene in Laeken bei Brüssel in den Handel gebracht wurde und den Namen „les deux jumelles" (d. h. Zwillinge) erhalten hat, weil meist 2 gleich grosse Früchte einander gegenüber sitzen. Wenn der Apfel nur einigermassen so gut schmeckt, als er aussieht, so kann er nicht genug empfohlen werden. Sein Geschmack soll auch in der That vorzüglich sein. Er besitzt einen Durchmesser von $3\frac{1}{2}$ Zoll und hat zwar eine goldgelbe Farbe, die aber auf der Sonnenseite dem schönsten Roth Platz gemacht hat. Seine Lagerreife beginnt Ende Dezember und dauert bis in den Februar.

Schliesslich bemerken wir noch, dass in der Belgique horticole ebenfalls der ästhetischen Gartenkunst Rechnung getragen wird. Die meisten Hefte enthalten Zeichnungen, hauptsächlich von Blumen-Parterre's, Arabesken, Verschönerungen u. s. w. Interessant sind auch die Notizen über das Ausstellungsgebäude in Wien und über den Garten nebst Baulichkeiten der Gesellschaft Flora in Köln, welche im Doppelhefte Juni-Juli gegeben sind. Wir müssen für diese Veröffentlichung um so dankbarer sein, als, so viel wir wenigstens wissen, noch nirgends etwas darüber bekannt geworden ist.

Die
neu angelegten Promenaden in Breslau.

Vom Geheimen Medizinalrathe Dr. Göppert.

Der Stadtgraben ist nun regulirt, die Ufer desselben begrenzt: es handelt sich also zunächst darum, das durch seine Verengerung gewonnene Terrain zu benutzen, sowie für die schönen, leider bei dem Bau des bewussten Kanals mit dem unaussprechlichen Namen zu Grunde gegangenen Birken einen Ersatz zu schaffen. Eine grosse Allée würde diesem Zwecke wenig entsprechen. Anlagen, Bosquets, abwechselnd mit niedrigen Baumpflanzungen sollen angelegt werden, wozu wir vorzugsweise Platanen in Vorschlag bringen, welche sich durch ihre Verzweigung, sowie durch die Beschaffenheit des Laubes und der Rinde, sehr auszeichnen, sich auch ohne Beeinträchtigung ihrer Form in Ordnung halten lassen, wenn nahe liegende Gebäude Berücksichtigung erfordern. Bei der Zusammensetzung der Bosquets soll namentlich auf sehr exponirten Punkten Rücksicht auf immergrüne Sträucher und Bäume genommen werden, um auch im Winter der Schneelandschaft Abwechslung zu verschaffen, wozu sich ausser den bekannten Nadelhölzern*), den vielen Varietäten des Taxus, Wachholder, noch manche neue Einführungen aus Japan, China und dem nordwestlichen Amerika eignen, selbst die merkwürdige Sequoia gigantea (Wellingtonia), Thujopsis borealis u. s. w., sowie ferner die hier bei uns noch fehlenden immergrünen Sträucher aus anderen Familien, wie grössere Buxus, Aucuba, Mahonien, die nepalensischen Crataegus oder Dornarten, der Feuerdorn (Crataegus pyracantha) und vor allen die auch im Freien ausdauernden central-asiatischen Rhododendren, welche sich durch ihre grossen Blüthen und schönen Blätter als wahre Alpenpflanzen, doch im grossartigen Styl, auszeichnen. Wenn diese Partien im Allgemeinen in gebogenen Formen gehalten werden, wofür die Gewandtheit und der Geschmack unseres Stadtgärtners schon sorgen wird, dürfte der unangenehme Eindruck sich vermindern, den die nur allzugraden in Folge der Verengerung noch mehr hervortretenden Linien unseres Stadtgrabens gewiss auf Jeden hervorbringen, der da wohl weiss, wie sehr durch zweckmässige Ausbuchtung und Undulirung die Schönheit der Ufer erhöht wird. Man ist auf meine diesfallsigen Vorschläge zunächst noch nicht eingegangen, wird sich aber wohl im Laufe der Zeit schwerlich einer solchen Massnahme entziehen können. Zur Bildung eignen Urtheiles empfehle ich die Betrachtung des Wassergrabens im botanischen Garten, dessen gegenwärtige, von kompetenter Seite stets als zierlich anerkannten ausgebuchteten Uferränder, auch einst aus gradlinigem, bis an das Wasser steil abfallenden Ufer hervorgebildet wurden. Vorläufig wollen wir uns begnügen, durch Anpflanzungen verschiedener Art, insbesondere von schönen Gräsern, womit die Neuzeit uns beschenkte, dem gerügten Uebelstande einigermassen abzuhelfen. Gegen den Fahrweg soll die äussere Promenade durch ein eisernes Geländer abgeschlossen werden, eine Massnahme der städtischen Behörden, welche wir mit Freuden begrüssen, da dieses Beispiel gewiss Nachahmung erwecken wird. Obschon im Vaterland grossartigster Eisen-Industrie, so wird doch nirgends so wenig Eisen zu solchen Zwecken verwendet, als eben hier, wo es freilich an Hauptstrassen sogar noch hölzerne, mit aufrechtstehenden eisernen Nägeln bewehrte Zäune gibt.

Die Regulirung der Taschen-Bastion ist auch erfolgt. Die daselbst allerdings etwas provozirend angelegte und daher viel besprochene und viel gedeutete Steinpartie unseres Stadtgärtners soll, wie wohl selbstverständlich, weder zur Darstellung irgend einer Gebirgs- oder geognostischen Formation, sondern nur zur Aufnahme von Alpenpflanzen dienen, welche wir schon längst dem grösseren Publikum vorzuführen wünschten, da wir meinen, dass auch schon eine geringe Kenntniss derselben geeignet ist, Reisen in die unvergleichliche Alpenwelt ein grösseres Interesse zu verleihen. Ein Belvedère auf der Höhe der Taschen-Bastion stellt sich immer dringender als nothwendig heraus; auch der Ziegel-Bastion, die wenigstens in der nächsten Umgebung eine viel malerischere, ja wohl pittoreskere Aussicht gewährt, würde ein solches zur grössten Zierde gereichen, ob nun in Verbindung mit einer Restauration, will wohl sorgfältig überlegt sein, da dabei jedenfalls stets ein Theil der vegetativen Zierde zum Opfer gebracht werden muss. Dass sich auf dem Centrum der Ziegel-Bastion die schönste Baumpartie unserer Promenaden befindet, wollen wir hierbei nur in Erinnerung bringen.

Im Allgemeinen leiden wir hier von jeher Mangel an hochstämmigen, zu Alléen und Anlagen geeigneten Bäumen, wovon die älteren Bäume unserer Promenaden schon Zeugniss geben, und unsere gegenwärtigen Anpflanzungen zu unserem Schaden leider alljährlich erfahren, woran man freilich oft nicht gedacht, sondern sich veranlasst gesehen hat, die Urtheilsfähigkeit der Promenaden-Kommission in Zweifel zu ziehen. Ich habe unter diesen Umständen der Kommune schon längst vorgeschlagen, eine Baumschule zu diesem Zwecke, und zwar nur für

*) Dass die Nadelhölzer auf diesen neuen Anlagen gedeihen werden, unterliegt keinem Zweifel. Die kränkliche Beschaffenheit der Nadelholzpartie in der Nähe der Taschenbastion wird durch rein lokale Ursachen veranlasst, welche uns am Ende wohl nöthigen dürften, sie wenigstens theilweise aufzugeben.

einheimische Bäume, im städtischen Forst zu Riemberg zu begründen, und halte auch jetzt noch ein solches Unternehmen für höchst rentabel, ja jedem Gutsbesitzer zu empfehlen, der hierzu geeigneten Grund und Boden besitzt. Denn die Nachfrage steigert sich von Jahr zu Jahr, und Aussicht ist zur Zeit nicht vorhanden, ihr genügend zu entsprechen. So bedürfen wir z. B. zur Verbesserung der Alléen auf unseren inneren Promenaden wohl nicht weniger als 100 Stämme, und eine viel grössere Zahl für die äussere Promenade und für den Park von Scheitnig. Dass man endlich mit der Restauration desselben vorgeht und Lenné, den hochgeschätzten Ehrendoktor unserer Universität, dazu beruft, wie ich schon längst gewünscht, ist höchst erfreulich. Hoffentlich wird man auch nicht verfehlen, ihm sämmtliche Erweiterungspläne unserer Stadt zur Mitberathung vorzulegen, da er auch in dieser Hinsicht sein Talent schon oft bewährt und an der Verschönerung vieler europäischen Hauptstädte bedeutenden Antheil genommen hat.

Unserm Stadtgraben steht eine erfreuliche Vermehrung seiner Bevölkerung bevor, zunächst durch schwarze Schwäne und nordamerikanische Enten, die von unserem geschätzten Mitbürger, Kaufmann G. Liebich, in Aussicht gestellt sind, ein dankenswerthes Beispiel, dem wir recht vielfache Nachfolge wünschen. Die bessere Beschaffenheit des Wassers bürgt für Erhaltung solcher Zierden der Gewässer.

Neue Birnen von de Jonghe in Brüssel.

1. Poire la grosse Figue trug zum ersten Male im Jahre 1862 und hat ihre Lagerreife gegen den Ausgang des Herbstes und im Anfange des Winters. Bei einer Länge von 3½ besitzt sie etwas über der Mitte einen Breiten-Durchmesser von 2½ Zoll. Wie alle Birnen aber, wo der Stiel fleischig ist, so kann auch diese bei einer sorgfältigen Behandlung eine doppelte Grösse erhalten. Eigenthümlich scheint zu sein, dass der Stiel einen stumpfen Winkel gegen die Frucht macht. Reif abgenommen hat sie eine hellgrüne Farbe, unterbrochen von einigen braunen Flecken, später wird sie aber allmählig gelb. Das Auge liegt in einer offenen Vertiefung und hat kurze, spitze Kelch-Abschnitte. Das Fleisch ist weiss, sehr saftig und schmackhaft.

2. Poire Joly de Bonneau trägt seit 1856 ziemlich reichlich und kann besonders zum Hochstamm empfohlen werden. Sie scheint zwar an Güte der vorigen, sowie den besseren von de Jonghe in den Handel gebrachten Sorten, nachzustehen, möchte sich aber doch mit der Zeit noch mehr veredeln. Bei 2¾ Zoll Quer-Durchmesser besitzt sie eine Länge von 3 Zoll, ist also ziemlich rund. Die Mitte ihrer Reifzeit liegt im Dezember. Die hellgrüne, mit kleinen braunen Flecken dicht besetzte Schale schliesst ein röthliches Fleisch von weinig-zuckerigem Geschmacke ein. Das Auge liegt in einer schmalen Vertiefung und der etwas schief abstehende hölzerne Stiel besitzt die Länge eines Zolles.

3. Poire Colmar de Jonghe gehört zu den am wenigsten empfindlichen Sorten der de Jonghe'schen Sammlung und trägt ungemein reich. Bei einer Länge von 3¼ hat die Frucht am oberen Theile einen Quer-Durchmesser von 2½ Zoll. Ihre dünne Schale hat eine grüne, von braunen Flecken unterbrochene Farbe, welche allmählig bis zur Zeit, wo sie genossen werden kann, gelber wird. Sie muss im Monat September, und zwar gleich im Anfange abgenommen werden, worauf sie 3 Wochen darnach geniessbar wird. Das weinsäuerliche, aber doch auch zuckerige Fleisch hat einen aromatischen Geschmack und eine weisse Farbe. Das Auge liegt in einer offenen Höhlung und der zoll-lange, grade Stiel ist etwas fleischig.

4. Poire Beurré de Jonghe wurde von Gambier, einem Obstfreunde bei Brüssel, gezüchtet und scheint sehr fruchtbar, aber auch wenig empfindlich zu sein. Sie hat eine eirundliche Gestalt und besitzt bei fast 3 Zoll Durchmesser eine Länge von über 3 Zoll. Ausgezeichnet ist der sehr kurze Stiel. Die grünlich-nussbraune, mit grauen Punkten besetzte Schale schliesst ein etwas röthliches, ausserordentlich schmackhaftes, wein-zuckeriges Fleisch ein. Das Auge liegt in einer offenen und leichten Vertiefung.

Bekanntmachung.

Der Posten eines Kunstgärtners für die öffentlichen Anlagen hiesiger Stadt, mit welchem ausser freier Wohnung, Feuerung und einer kleinen Gartennutzung ein jährliches Einkommen von 350 Thalern verbunden ist, soll zum 1. Juli 1866 anderweitig besetzt werden, und ist die für denselben ausgefertigte Instruktion jederzeit bei uns einzusehen.

Qualifizirte Subjekte, welche ihre Befähigung zur Landschafts-Gärtnerei und bisherige Führung durch Atteste nachzuweisen haben, werden aufgefordert, sich unter Beibringung eines, ihre Ausbildung darthuenden Lebenslaufes bis zum 15. Februar 1866 schriftlich bei uns zu melden.

Görlitz, den 21. November 1865.

Der Magistrat.

Verlag von Karl Wiegandt in Berlin, Koch-Strasse No. 22.

Druck der C. Feister'schen Buchdruckerei (L. Mewes), Berlin, Zieten-Platz No. 2.

Wochenschrift

des

Vereines zur Beförderung des Gartenbaues in den Königl. Preussischen Staaten

für

Gärtnerei und Pflanzenkunde.

Redakteur:

Professor Dr. Karl Koch,

General-Sekretair des Vereines.

No. 51. Berlin, den 23. December **1865.**

Preis des Jahrganges 5½ Thlr., sowohl bei Bezug durch den Buchhandel, als auch franco durch alle Post-Anstalten des deutsch-österreichischen Post-Vereines.

Sonntag, den 7. Januar 1866, pünktlich um 11 Uhr, findet im Englischen Hause (Mohrenstrasse 49) eine Versammlung des Vereines zur Beförderung des Gartenbaues statt, wozu die geehrten Mitglieder eingeladen werden.

Ueber
einige Rubiaceen mit bunten Blättern,
besonders über
Coccocypselum und Higginsia.

Während unserer Anwesenheit in Erfurt in den Tagen vom 9. bis 17. September sahen wir eine kleine, niedrige Pflanze mit, besonders im jugendlichen Alter auf der Unterfläche fast durchaus braunrothen Blättern bei dem Kunst- und Handelsgärtner Heinemann, als sie eben in Blüthe treten wollte. Der Besitzer versprach uns dieselbe, weiter entfaltet, zukommen zu lassen, damit wir im Stande wären, sie näher zu konstatiren. Dies ist geschehen und wir machen hiermit Liebhaber auf sie, nämlich auf Coccocypselum nummularifolium, um so mehr aufmerksam, als sie, ähnlich dem beliebten Eranthemum Verschaffeltii und anderen, die Töpfe überzieht.

Diese Pflanze soll uns zu gleicher Zeit Gelegenheit geben, ausserdem noch über einige andere buntblättrige Pflanzen aus der Familie der Rubiaceen, welche ebenfalls seit einigen Jahren in den Warmhäusern unserer Gartenbesitzer kultivirt werden, leider aber wiederum anfangen, seltener zu werden, zu sprechen. Diese letzteren wurden mit einem neuen Geschlechtsnamen: Campylobotrys, d. i. Krummtraube, in den Handel gebracht, weil einige Arten ihren traubigen oder ährigen Blüthenstand, ähnlich wie bei den meisten Rauhblättern (Asperifoliaceae), nach rückwärts gebogen haben; später wiesen jedoch der Professor Planchon in Montpeillier, sowie der nun verstorbene Direktor des botanischen Gartens in Kew, Will. Jacks. Hooker, nach, dass dieses von dem längst bestehenden Genus Ohigginsia oder, wie es später genannt wurde, Higginsia nicht verschieden sei. Damit müssen nun natürlich sämmtliche als Campylobotrys-Arten aufgeführte Pflanzen zu Ohigginsia gebracht werden, was übrigens Hooker zum grossen Theil bereits gethan hat.

Die beiden Genera Coccocypselum u. Ohigginsia gehören mit den Rondeletien und Gardenien in eine und dieselbe Abtheilung der Rubiaceen, aus der wir eine nicht kleine Zahl von Blüthensträuchern in unseren Gewächshäusern kultiviren und welche das gemeinschaftliche Merkmal einer zweifächrigen, zahlreiche und nicht geflügelte Samen einschliessenden Frucht besitzen. Gewöhnlich werden beide Geschlechter in der Gruppe der Gardenien, welche durch eine fleischige Frucht sich auszeichnen, neben einander aufgeführt, die von uns untersuchten Coccocypselum-Arten haben aber ebenso, wie nach Lemaire die Campylobotrys- oder Ohigginsia-Arten, keine fleischige Frucht, sondern eine Kapsel, und gehören demnach in die Gruppe der Rondeletien. Beide Gruppen sind aber so nahe mit einander verwandt, dass sie füglich zu einer einzigen vereinigt werden können.

Coccocypsilum, was richtiger Coccocypselum geschrieben werden muss, wurde zuerst von dem Irländer Patr. Browne, dem wir eine vorzügliche Beschreibung Jamaika's verdanken, für eine Art dieses Geschlechtes, für C. repens, gebraucht. Der Name bedeutet ein Gefäss mit Körnern, was auf die vielen in den beiden Fruchtfächern vorhandenen Samen sich bezieht. Die meisten hierher gehörigen Arten bilden niedrige, auf dem Boden kriechende Kräuter, die an dem obern Theile des Stengels und auf der Unterfläche der Blätter eine mehr oder weniger braunrothe Färbung besitzen. In der Regel sind sie ausserdem noch von ziemlich steifen einzelnen Haaren, welche an den bezeichneten Stellen ebenfalls braunroth gefärbt erscheinen, besetzt. Am meisten scheint in dieser Hinsicht C. nummularifolium Ch. et Schl. sich auszuzeichnen.

Diese und bis jetzt, so viel wir wissen, einzige Art unserer Gärten wurde zuerst von dem verunglückten Berliner Reisenden Sello (gewöhnlich ganz unrichtig Sellow geschrieben) während der zwanziger Jahre in heissen Gegenden Brasiliens entdeckt, kam aber damals nur getrocknet in unsere Herbarien. Erst der neuesten Zeit blieb es vorbehalten, indem der für Linden in Brüssel reisende Wallis (wenn wir nicht irren) sie vor einigen Jahren wiederum auffand und sie nach Belgien sendete, von wo sie nun in den Besitz von Heinemann in Erfurt gekommen ist. Sie bildet, wie die meisten übrigen Arten, wie schon gesagt, ein auf dem Boden wucherndes, sehr behaartes Kraut, was an den etwas verdickten Knoten kurz-gestielte, rundliche oder eirundliche Blätter von kaum Zoll-Länge, aber wenig schmäler besitzt. Die ziemlich grossen Nebenblätter sind mit besonders langen Haaren besetzt.

In den Winkeln der Blätter befinden sich die kleinen Blüthen ziemlich dicht gedrängt auf einem kurzen Stiel und haben eine kurze Röhre mit 4 violetten, flach ausgebreiteten Abschnitten, welche auf dem Rücken mit borstenförmigen Haaren besetzt sind, ein Merkmal, wodurch sich diese Art sehr leicht von den übrigen unterscheidet. Die Frucht ist, wie schon gesagt, eine zweifächrige Kapsel mit sehr dünner, hautartiger Schale.

Das Genus Ohigginsia wurde bereits von den Verfassern einer Flor Peru's und Chili's, Ruiz und Pavon, zu Ehren des damaligen Vizekönigs von Peru, Ambrosio O'Higgins de Vallenar, der den beiden Reisenden alle mögliche Unterstützung zukommen liess, genannt; mit Unrecht verstümmelte Persoon später den Namen in Higginsia um, der dann auch der Kürze halber ziemlich allgemein angenommen wurde; wir erlauben uns jedoch die ursprüngliche Benennung wieder herzustellen. Die 3 damals beschriebenen Arten (aggregata, verticillata und obovata), von denen jedoch eine (O. aggregata) später entfernt wurde, blieben lange Zeit die einzigen ihres Geschlechts, bis Klotzsch die O. mexicana, einen hartholzigen Strauch, der schwerlich aber in das Genus gehört, hinzufügte.

Die erste Ohigginsia-Art mit bunten Blättern wurde vor nun bereits 20 Jahren durch v. Houtte in Gent eingeführt und 1847 von Lemaire unter dem Namen Campylobotrys discolor beschrieben, 2 Jahre später auch in der Flore des serres (tab. 427) abgebildet. In demselben Jahre kam noch eine zweite Art in demselben Etablissement von van Houtte in Blüthe und wurde von Planchon als Ohigginsia macrophylla beschrieben; eine grössere Anzahl buntblättriger, hauptsächlich metallisch-glänzender Arten verdankte man aber in den letzten 5—6 Jahren dem bekannten Reisenden in Mexiko und Central-Amerika, Giesbrecht, dessen Namen Franzosen und Belgier Ghiesbrecht schreiben. Dem Chef des Etablissements neuer Einführungen in Brüssel, Linden, war es auch hier vorbehalten, 6 Arten unter dem Namen Campylobotrys Ghiesbrechtii, regalis, refulgens, argyroneura, pyrophylla und smaragdina, von denen freilich die Hälfte nicht selbständige Arten darstellen, kurz hinter einander (1859 und 1860) in den Handel zu bringen. Eine 7. Art, welche Bentham als Ohigginsia psychotriaefolia beschrieb, hatte schon vorher der dänische Reisende Oerstedt entdeckt. Ob diese eine der bereits aufgeführten Arten darstellt, wie man vermuthen sollte, oder wirklich eine selbständige Art, lässt sich nicht aus der sehr kurzen Diagnose ersehen.

Wir erlauben uns die in den Gärten noch befindlichen Arten etwas näher zu beschreiben, zumal wir Gelegenheit hatten, in der Handelsgärtnerei von Benda in Berlin lebende Exemplare zu vergleichen.

1. O. discolor (Campylobotrys) Lem. Die Pflanze verästelt sich kurz auf einander; die kurzen Aeste erheben sich aber, wenn sie blühen wollen, etwas in die Höhe. Der Stengel besitzt 4 stumpfe Kanten und ist unbehaart, während die umgekehrt-eirund-keilförmigen, selten länglichen Blätter auf der Oberfläche und an dem kurzen Stiele mit einzelnen steifen Haaren besetzt sind. Die Oberfläche besitzt eine grasgrüne Farbe, welche nur durch die hellgrünen Mittelnerven und durch die ebenso gefärbten, einander parallel-laufenden Seitenäste unterbrochen ist, die Unterfläche erscheint dagegen sehr hellgrün, ein Umstand, der zur Benennung „discolor", d. i. ungleichfarbig, Veranlassung gegeben hat. Die Blüthen kommen auf 2—3 Zoll langen, in dem Winkel der Blätter entspringenden allgemeinen Stielen hervor und besitzen eine schöne rothe Farbe. Mit der noch von Ruiz und Pavon entdeckten, aber nicht in den Gärten befindlichen O. obovata

hat sie die Eigenthümlichkeit gemein, dass der ährenförmige Blüthenstand, ähnlich wie bei dem vieler Rauhblättler, rückwärts gekrümmt ist, ein Umstand, der, wie wir bereits erwähnt haben, zur späteren Benennung Campylobotrys Veranlassung gab.

Es existirt auch eine Form, wo die Oberfläche der sitzenden Blätter auch auf dem Mittelnerven und seinen Nebenästen gleichmässig smaragd-grün erscheint. Man hat dieser Form in den Gärten auch deshalb den Namen O. smaragdina gegeben. Diese Abart hat wegen ihrer sammetartigen Färbung, zu der noch ein metallischer Reflex kommt, besonderen Reiz. Auf der Unterfläche tritt der braunrothe und mit kurzen Haaren besetzte Mittelnerv mit seinen Hauptästen und den Verbindungsadern sehr hervor. Letztere sind gegen den Rand hin ebenfalls mehr oder weniger braunroth gefärbt.

2. O. refulgens Hook. bot. mag. tab. 5346. Im Habitus gleicht diese Art der vorigen, indem sie kurze Aeste bildet, welche sich emporrichten. Der ziemlich dicke Stengel ist aber hier nicht mit 4 stumpfen, sondern rundlichen Kanten versehen. Die Oberfläche der umgekehrt-eirund-keilförmigen und ungestielten Blätter besitzt eine leberbraun-grüne Farbe mit metallischem Reflex, aus der der silbergraue Mittelnerv mit den parallelen Nebenästen besonders hervortritt. Auf der Unterfläche ist dagegen eine braunrothe Färbung vorhanden, welche sich den jungen Trieben überhaupt mittheilt. Behaarung ist auf beiden Flächen vorhanden. Die rothen Blüthen bilden eine ziemlich langgestielte Doldentraube. O. argyroneura der Gärten vermögen wir nicht von O. refulgens zu unterscheiden.

3. O. pyrophylla Hort. Wegen ihrer feurigbraunrothen Färbung der mehr jugendlichen Theile hat diese Art mit Recht ihren Namen, der „feurigblättrig" bedeutet, erhalten. Von allen Arten breitet sie sich auf dem Boden am meisten aus und ist wohl die kleinste ihres Geschlechtes. Der Stengel ist stumpf-4-kantig und die dicht mit ziemlich steifen Haaren besetzten und elliptischen, jedoch nach der Basis zu sich mehr verschmälernden Blätter nehmen später eine bräunlich-grüne und bronzirte Färbung an, während jedoch der Rand und die hervorstehenden Adern auf der sehr blassen Unterfläche braunroth erscheinen. Ein Blattstiel ist fast gar nicht vorhanden. Die Blüthen gleichen denen der vorigen Art, mit der die Pflanze auch die meiste Aehnlichkeit besitzt. Beschrieben scheint sonst die Art noch nicht zu sein.

4. O. macrophylla Planch. haben wir früher nur gesehen und vermochten sie von der weit später durch Linden eingeführten O. Ghiesbrechtii Hook. bot. mag. tab. 5383 nicht zu unterscheiden. Die von Planchon in Flore des serres (Tom. V, pag. 482[d]) gegebene, leider sehr kurze Beschreibung von O. macrophylla weicht allerdings etwas ab. Die O. Ghiesbrechtii der Gärten bildet eine aufrechte, wenig verästelte Pflanze von bisweilen 5 und selbst 6 Fuss Höhe und zeichnet sich durch ihren deutlich viereckigen, ja sogar vierflügeligen Stengel aus. Die Blätter besitzen die Form derer, welche die übrigen Arten haben, nämlich eine umgekehrt-eirund-längliche oder elliptische, und laufen in einen geflügelten Stiel aus, der mit den Nebenblättern und dem Stiele des gegenüberstehenden Blattes verwächst. Die Oberfläche ist ein schönes, etwas metallisch glänzendes Grün, die Unterfläche hingegen ein Braunroth. Die kleinen gelben Blüthen stehen ziemlich gedrängt, eine Doldentraube bildend und auf kurzem Stiele in dem Winkel der Blätter.

5. O. regalis Hook. (in bot. mag. tab. 5280) ähnelt der O. macrophylla im Habitus und wird ebenso gross. Stengel und Aeste besitzen stumpfe Kanten, während die breit-elliptischen Blätter sich in einen Zoll langen Stiel verschmälern und, wie der Stengel, völlig unbehaart sind. Ihre glänzende Oberfläche besitzt eine dunkel-, fast schwarz-grüne Farbe, während die Unterfläche schön dunkelroth gefärbt erscheint. Auch hier sitzen die Blüthen ziemlich gedrängt bei einander und haben eine blutrothe Röhre, aber gelbe Abschnitte.

Bemerkungen
über
das Strecken der Blumen und Blätter.

Vom Garten-Inspektor C. Bouché.

In der 456. Versammlung des Gartenbau-Vereines erlaubte ich mir auf die noch später stattfindende Vergrösserung der bereits aufgeblühten Blumen der Vanda coerulea hinzuweisen und erwähnte bei dieser Gelegenheit, als ein sehr auffallendes Beispiel, die Victoria regia. Nach dem Berichte über jene Sitzung in No. 45 der Wochenschrift scheine ich missverstanden zu sein, und füge daher berichtigend hinzu, dass eine Zunahme des Durchmessers von 6 Zoll in 24 Stunden sich nicht auf die Blume, sondern auf die Streckung der Blätter bezieht. Eine so bedeutende Streckung der Blumenblätter dürfte auch nicht gut denkbar sein, indem die grössten, hier erzielten Blumen nur 13 Zoll im Durchmesser hatten; demnach müssten die Blumen, welche bekanntlich nur 2 Tage blühen, am zweiten Tage fast noch einmal so gross geworden sein.

Die enorme Streckung der Blattfläche in so kurzer Zeit beruht bei allen nach der anscheinend beendeten Entwickelung sich noch vergrössernden

Laub- und Blumenblättern nur darauf, dass sämmtliche Zellen dieser Organe bereits in der Anlage vorgebildet sind und sich nun sehr schnell vergrössern; eine Bildung neuer Zellen ist bei der so beschleunigten Vergrösserung oder Streckung der Blätter der Victoria nicht beobachtet worden, indem ein etwa ¼ Quadratzoll grosses Stück der Blattfläche im jugendlichen Zustande eine gewisse Anzahl von Zellen enthielt, die aber bei einem gleichen Stücke, dessen Grenzen durch Stecknadeln genau bezeichnet waren, nach der vollständigen Streckung zwar bedeutend an Grösse zugenommen, aber nicht mehr Zellen gebildet hatte.

Derartige Streckungen sind übrigens bei der Entwickelung von Laub- und Blumenblättern, sowie bei Blüthenschaft und Halmen, nichts Seltenes, nur tritt es nicht überall so rasch, wie bei den Blättern der Victoria, auf. Bei den grünen Blättern (Laubblättern der Pflanzen) dürfte es durchgängig der Fall sein. Am schnellsten schreitet die Streckung nächst der Victoria bei den Blättern von Aesculus Hippocostanum, Ricinus und Colocasia antiquorum vor. An den Blumenblättern findet man die Streckung am auffallendsten bei solchen Blumen, die eine längere Blüthendauer haben, z. B. Tulipa; deren Blumenblätter oft noch einmal so lang werden, als sie es beim Oeffnen der Blume und der Antheren waren. Eine Vergrösserung der Blumenblätter kann man ferner bei Rosa, Amygdalus, Pyrus, Galanthus, Viola, Crocus, Colchicum, Crinum, den Strahlenblumen von Helianthus und Georgina sehr deutlich wahrnehmen, indessen finden wir auch Blumen von langer Dauer, deren Blumenblätter gleich beim Aufblühen die normale Grösse haben, z. B. die der meisten Asclepiadeen. Unter den Orchideen, die eigentlich die Veranlassung dieser Mittheilung sind, findet sich die Streckung der Blüthentheile mehr oder weniger bei allen Arten, deren Blumen längere Zeit blühen, dahingegen nicht bei den bald verwelkenden, z. B. Vanilla-, Stanhopea-, Cattleya- u. s. w. Arten.

Eine grosse Zahl von Blumen, deren Dauer nur eine kurze ist, hat gleich beim Oeffnen die vollständige Grösse, z. B. Tigridia, Amaryllis ornata, Iris, Hibiscus, Cereus grandiflorus, Ipomoea, Mirabilis, Datura ceratocaulos, Oenothera u. s. w.

Die Streckung von Blüthenschaften ist am auffälligsten und am schnellsten bei Agave und Dasylirion, so dass man bei diesen ebenfalls annehmen kann, dass die Zellen bereits vorgebildet seien.

Auch die Streckung der Halme bei Bambusa latifolia H. B. (Guadua latifolia Kth) ist eine überaus rasche, so dass ein Halm in Zeit von 3½ Monat eine Höhe von 54 Fuss erreichte. Nachdem derselbe 3½ Fuss über der Erde emporgewachsen war und einen Durchmesser von 3¼ Zoll, also fast 10 Zoll im Umfange, hatte, wurde das Wachsthum täglich gemessen und ergab sich, dass sich der Halm in 21 Tagen um 8¼ Fuss verlängert hatte, so dass die Verlängerung in 24 Stunden durchschnittlich 4⅛ Zoll betrug. Da nun der Halm eine Höhe von 11 Fuss erreicht hatte, so konnte ich die Messungen nicht weiter fortsetzen, jedenfalls aber muss das Wachsthum in bedeutenderer Höhe ein noch schnelleres gewesen sein. Die grösste Verlängerung in 24 Stunden betrug, nachdem er etwa 7 Fuss hoch war, 7—8 Zoll. Ob sich nun bei dem Wachsthume der Halme der Bambusa noch neue Zellen bilden oder nicht, dürfte späteren Untersuchungen überlassen bleiben.

Neue und neuere Pflanzen des Gardeners Chronicle.

Auf den grossen, besonders internationalen Ausstellungen, welche seit einigen Jahren stattgefunden haben, waren viele Pflanzen und noch mehr abweichende Formen vorhanden, die man vergebens in irgend einem botanischen Werke oder in einer die Wissenschaft speziell betreffenden Zeitschrift sucht; es dürfte deshalb für die Leser der Wochenschrift wohl von Interesse sein, über diese, welche zum Theil auch zu uns gekommen sind oder doch noch kommen werden, etwas Näheres zu erfahren. Was speziell die betrifft, welche von England aus in den Handel kommen, so ist unstreitig die bisher von dem unlängst verstorbenen Dr. Lindley redigirte gärtnerische Zeitschrift „Gardeners Chronicle" diejenige, in welcher man am meisten Aufschluss findet. Wir haben deshalb den Jahrgang 1864 vorgenommen und aus ihm diejenigen Pflanzen herausgesucht, von denen wir überzeugt sein können, dass sie für Besitzer von Gärten, und ganz besonders von Gewächshäusern, Interesse haben dürften.

Was zunächst die Farne anbelangt, so sind es grade diese, welche noch fortwährend in England beliebt sind. Es gilt dieses besonders von den Formen, welche man von den bekannteren Arten in den letzten Jahren gezogen hat oder die von selbst entstanden sind. Es ist nicht zu leugnen, dass grade diese Formen auch einen eigenthümlichen Reiz haben. Von Polypodium vulgare existirt bekanntlich eine Form mit geschlitzten Abschnitten, welche als semilacerum bekannt ist. Diese Abschnitte sind auch bisweilen gekerbt; in diesem Falle erhält die Form den Beinamen „pulcherrimum". Eine andere Form, welche Salt von Ulverstone im Freien gefunden hat und welche deshalb auch mit dem Beinamen Saltii bezeichnet wurde, hat das Eigenthümliche, dass die Abschnitte sich gegen die Spitze des Blattes hin konzentriren, kurz und abgerundet sind und wiederum gezähnt und selbst eingeschnitten erscheinen.

Wir kennen bereits mehre einheimische Farne, wo die Blätter an der Spitze eine Reihe kammförmiger Anhängsel besitzen; eine ähnliche Form haben wir jetzt auch von Polystichum aculeatum, welche den Beinamen „acrocladon" erhalten hat. Von dem bekannten Farn unserer Wälder, Athyrium Filix femina, existirt ferner jetzt eine Form, wo die kamm- oder quastenförmigen Anhängsel ebenfalls gelappt sind; sie ist mit dem Beinamen diffisso-multifidum in den Handel gekommen. Von Lastrea dilatata hat man eine Form gefunden, wo die Fiederblättchen wiederholt so tief eingeschnitten sind, dass die Pflanze selbst, zumal die Abschnitte sehr schmal sind, das Ansehen von einer ähnlichen Form des Athyrium Filix femina, welche als incisum bekannt ist, erhält. Von diesem selbst ist auch eine höchst interessante Form unter dem Beinamen „Victoria" im Handel. Nicht allein an der Spitze des gegen 18 Zoll langen Blattes sind kammförmige Anhängsel vorhanden, auch am Ende aller Fiederblätter. Diese kommen ausserdem nicht einzeln aus der Mittelrippe hervor, sondern gepaart, und divergiren gleich anfangs miteinander. Auch von Lastrea Filix mas hat man eine interessante Form, welche wegen ihrer öfteren Zertheilung den Beinamen ramosissimum erhalten hat.

Von der in unseren Gärten vielgestaltigen Natterzunge (Scolopendrium officinarum) hat man neuerdings noch einige Formen erhalten, die Interesse darbieten. Mit dem Beinamen Reidiae belegt man eine Form mit kammförmigen Anhängseln an der Spitze (also das alte cristatum), wo diese aber ausserordentlich dicht stehen und eine Art Quaste von 3 Zoll Durchmesser bilden. Höchst interessant sind 3 zwergige Formen. Die eine führt den Beinamen ceratophyllum. Das Blatt ist kaum 3 Zoll lang und ist an seinem unteren Theile einfach gezähnt, weiter hinauf jedoch immer tiefer eingeschnitten. Die obersten Abschnitte theilen sich wiederum gabelförmig, aber in der Weise, dass die hier gebildeten beiden Abschnitte ganz schmal sind und das Ganze einem Gabelgeweih nicht unähnlich sieht. Daher auch der Name, der „geweihähnliches Blatt" bedeutet.

Eine andere zwergige Form, welche den Namen „Couzensii" erhalten hat, wird 4 bis 5 Zoll hoch und ist in der Weise proliferirend, dass der Stiel eigentlich 7 Blätter trägt, von denen ein jedes wiederum und selbst wiederholt in mehre Blätter dritter und vierter Ordnung zerfällt. Von den 7 ersten Zertheilungen, von denen jede wiederum ein besonderes Blatt darstellt, theilt sich die eine 1 Zoll hoch zunächst gabelförmig, von denen jeder Abschnitt oder jedes Blatt in 3, also beide zusammen in 6 neue Abschnitte oder Blätter zerfallen. Von diesen hat das eine eine rundliche Gestalt, das zweite zerfällt hingegen in 3, das dritte in 5, das vierte in 10, das fünfte in 6 und das sechste in 4 Abschnitte oder Blätter. Die Zahl aller dieser beträgt also 29, von denen jedes am Rande wiederum gezähnt und selbst eingeschnitten sein kann. Die übrigen Blätter zweiter Ordnung sind zwar ebenfalls mannigfach zusammengesetzt, aber weit weniger.

Endlich gibt es Formen mit so kleinen und schmalen Blättern, dass diese die Grösse von denen des Asplenium septentrionale besitzen und selbst auch nur schwierig von diesem unterschieden werden können. Man hat diesen Formen auch den Beinamen septentrionale deshalb gegeben.

Von neueren Farnen werden gerühmt: Asplenium ferulaceum mit grossen gefiederten Blättern und aus Neu-Granada stammend; Pleopeltis albido-squamata stammt aus Borneo und besitzt überhängende gefiederte Blätter mit weissen Flecken. Marattia Cooperi ist einstweilen ein Farn aus Neu-Kaledonien genannt, was mehrfach zusammengesetzte und zum Theil überhängende Blätter mit scheckig-grüner Färbung besitzt. Lastrea Standishii hat ausgebreitete und doppelt-gefiederte Blätter, deren Fieder abwärts geneigt sind, so dass das ganze Blatt ein konvexes Ansehen erhält, während deren Fliederblättchen mit dem Rande umgekehrt nach innen gebogen und daher konkav erscheinen. In England hat diese Art im Freien 8 bis 10 Grad Kälte ertragen. Lastrea erythrosora zeichnet sich, wie der Beiname auch sagt, durch rothe Sporenhäufchen aus und Asplenium elegantulum hat man eine kleine japanische Art, die ähnlich unserem A. fontanum ist, genannt.

Von einem andern, bei uns längst bekannten Farn, Pteris serrulata, existirt jetzt eine gekräuselte Form, der man auch den Beinamen crispum gegeben. Ophioglossum palmatum ist ein sehr interessantes tropisches Farn mit handförmig getheilten Blättern. Leptopteris (Todea) superba stammt wiederum aus Neuseeland und ist gezeichnet durch das herrliche, gleichsam durchscheinende Grün der gefiederten Blätter von 15 bis 18 Zoll Länge. Die dicht stehenden Fiederblättchen sind wiederum eingeschnitten und neigen sich einwärts, so dass das ganze Blatt etwas gewölbt erscheint.

Gymnogramme Pearcei Moore aus Chili sieht vielmehr dem oben näher bezeichneten Asplenium ferulaceum, als einer Gymnogramme-Art, gleich und hat, wie jenes, grosse, dreieckige und mehrfach-gefiederte Blätter von freudig-grüner Farbe und ungefähr ein Fuss im Durchmesser enthaltend. Nur die untere Hälfte der Blattstiele ist ganz weiss gepudert. Von der gewöhnlichen G. chrysophylla hat man in England dagegen jetzt 2 neue Formen, von denen die eine eine riesige Grösse hat und in der Aussaat sich erhält. Die einzelnen Blätter sind nämlich bis 3 Fuss lang; man hatte selbst einmal eine Pflanze von 5 Fuss Durchmesser ausgestellt. Die zweite, etwas kleinere Form, zeichnet sich dadurch aus, dass der obere Theil des Blattes sich plötzlich verschmälert; man hat ihr deshalb den Beinamen „caudata" gegeben. G. japonica heisst endlich eine Art dieses Geschlechtes, welche der bekannten G. javanica ähnlich sieht und in England, gleich den übrigen japanischen Farnen, recht gut im Freien aushält. Die doppelt-gefiederten Blätter besitzen eine Länge von 2 und 3 Fuss und haben eine freudiggrüne Farbe.

Nächst den Farnen liebt man in England vor Allem bekanntlich die Orchideen. Von ihnen sind auch wiederum eine nicht geringe Anzahl in den Handel gekommen, die hier eine ausführlichere Beschreibung, wenigstens zum Theil, erhalten haben. Dendrobium Fytchianum Batem. ist eine Form des bereits bekannten D. barbatum Paxt., gehört demnach zu den eigentlichen Arten des Geschlechtes und wurde von dem Oberst Fytch in Mulmein (Ostindien) entdeckt. Die mit Ausnahme der rothgezeichneten Lippe blendend-weissen Blüthen von 1 Zoll Durchmesser bilden am Ende des Stengels eine Spanne lange Traube, haben einen gemeinschaftlichen Stiel von Fuss-Länge und sind völlig geruchlos. Die schmalen, linienförmigen Laubblätter fallen vor der Entfaltung der Blüthen ab (s. 7. Jahrg. S. 74).

Eine interessante Form der Phalaenopsis intermedia Lindl. (Lobbii Hort.) fand der bekannte Reisende Porte auf den Philippinen. Die Blumenblätter sind schneeweiss, die purpurfarbige Lippe hat aber eine gelbe Farbe. Als Epidendron cnemidophorum hat Lindley in seinem Foliis orchidaceis eine Art aus den höchsten Gegenden Guatemala's beschrieben, welche von Skinner entdeckt wurde. Um den Fuss-langen Stiel ziehen sich die schön gefleckten Blüthen von $1\frac{1}{2}$ Zoll Durchmesser spiralförmig herum und befinden sich auf langen und weissen Stielen. Der Name bezieht sich auf die zahlreichen Scheiden, welche im Anfange den noch nicht entwickelten Blüthenstand am Ende des Stengels einschliessen.

Cypripedium Pearcei wurde von Veitch's Reisenden Pearce aus Peru eingesendet und zeichnet sich durch einen kriechenden Wurzelstock aus, weicht demnach wesentlich von allen übrigen Arten dieses Geschlechtes ab. Es kommt noch dazu, dass die Blätter schmal, lang und denen der Gräser ähneln. An dem 16—18 Zoll hohen Stengel befinden sich 6—8 Blüthen. Die weissen Blumenblätter sind hellgrün geadert und haben zum Theil eine rinnenförmige Gestalt von 2—3 Zoll Länge. Sollte diese Art nicht dieselbe sein, welche im botanical Magazine als Cypripedium caricinum Lindl. (s. S. 30) beschrieben und abgebildet ist?

Odontoglossum Alexandrae J. B. wurde von Weir, Sammler der Londoner Gartenbau-Gesellschaft, in den düstern Wäldern von Santa Fé de Bogota entdeckt und zu Ehren der Prinzess von Wales genannt. Es steht dem O. Pescatorei und crispum am nächsten, soll aber beide an Schönheit übertreffen. Hinsichtlich der Gestalt und Farbe sollen die Blüthen sehr veränderlich sein. Die Blumenblätter sind roth und weiss, während die in der Mitte gelbe Lippe ausserdem rothe Flecken und Linien besitzt.

Laelia grandis Lindl. stammt aus Bahia und war zwar früher schon in den Gärten, schien aber wieder verschwunden zu sein. Gewöhnlich wird sie mit einer Abart der Laelia purpurata verwechselt. Die echte Laelia grandis hat den Habitus der einblättrigen Cattleyen und Lälien und besitzt 2 und 3 Blüthen auf einem gemeinschaftlichen Stiele. Diese haben bei einem Durchmesser von 4 und 5 Zoll nankingfarbige Blumenblätter, aber eine weisse Lippe mit purpurfarbigen Adern.

Eine andere Art desselben Sammlers und aus denselben hochgelegenen Gegenden Neu-Granada's ist Odontoglossum Hystrix Batem. An einem steifen Stengel von 2 Fuss Länge befinden sich wenigstens ein Dutzend Blüthen. Die 2 Zoll langen Blumenblätter sind braun gefleckt. Der Kamm der Lippe ist mit Weichstacheln besetzt, ein Umstand, der Veranlassung zur Benennung gab.

Wir gehen zu andern Pflanzen über. Trichantha minor Hook., von der (S. 172) eine Abbildung gegeben ist, haben wir früher bereits (S. 21) besprochen. Rhododendron Lindleyi Moore gehört ohne Zweifel zu den schönsten Alpenrosen, welche wir aus Bhutan und überhaupt aus dem östlichen Himalaya erhalten haben. Es steht dem Rh. Dalhousiae am nächsten, besitzt aber kleinere Blüthen, die aber trotzdem 3 Zoll im Durchmesser haben. Die durchaus weisse Krone hat eine trichterförmige Gestalt und einen starken und lang andauernden Geruch, dem der Orangenblüthen ähnlich. 5 bis 6 bilden einen gipfelständigen Strauss zwischen elliptischen und lederartigen Blättern. Während deren Oberfläche völlig unbehaart ist, befinden sich auf der Unterfläche punktähnliche Schüppchen von blaugrüner Farbe.

Fortune, der bekannte Reisende in China,

fand im Jahre 1861 in der Nähe von Peking eine Forsythia, die sich wesentlich von der bekannten Forsythia viridissima unterschied und vor dieser noch den Vorzug besitzt, dass sie weit besser, als diese, unser Klima vertragen wird. Die breit-eirunden, bisweilen gelappten Blätter haben eine schöne dunkele Farbe und eine glänzende Oberfläche. Die Blüthen sind ferner grösser und die gelbe Farbe ist heller, als bei denen der genannten Art. Man hat dem Blüthenstrauche einstweilen nach seinem Entdecker den Namen Forsythia Fortunei gegeben.

Die Weigelen gehören bekanntlich zu den schönsten und am meisten zu empfehlenden Blüthensträuchern. Zu den Arten, welche bei uns noch keine allgemeine Verbreitung gefunden haben, ist auch W. hortensis zu rechnen. Die Blüthen sind zwar weit kleiner, als bei der bekannten D. japonica Thb. (rosea Lindl.), und ähneln mehr denen der Diervillen, ihre schöne rothe Farbe macht sie aber genehm. Von dieser Pflanze hat man auch eine weissblühende Abart mit der nähern Bezeichnung nivea in England. In wie weit und ob überhaupt sich diese Abart jedoch von der in der Flora japonica (tab. 30) abgebildeten albiflora unterscheidet, vermögen wir nach der Beschreibung allein nicht zu unterscheiden, möchten aber geneigt sein, sie für eine und dieselbe zu halten.

Ceanothus Veichianus Hook. ist zwar schon vor 6 Jahren durch den botanischen Garten in Kew bereits empfohlen worden (s. 3. Jahrg. S. 10), hat aber bis jetzt noch keine allgemeine Verbreitung gefunden. Wir machen deshalb nochmals auf diesen Blüthenstrauch aufmerksam. Seine schönen blauen Blüthen, wie bei fast allen Ceanothus-Arten in grosser Menge erscheinend, nehmen sich zwischen glänzenden Blättern reizend aus.

Von Berberis Darwini und empetrifolia besitzt man jetzt in England einen Blendling unter dem Namen Berberis stenophylla, der in mancherlei Hinsichten sich von beiden Stamm-Eltern unterscheidet. Zwischen den schmalen, immergrünen und mit einem Dorn sich endigenden Blättern kommen 3 und 4 Blüthentrauben von orangegelber Farbe hervor und dauern eine lange Zeit. Statt der Blüthen finden sich im Herbste Beeren von der dunkelsten Purpurfarbe vor.

Von der amerikanischen Hemlokstanne (Abies canadensis) besitzt man jetzt, ähnlich der zwergigen Rothtanne, welche als Abies clanbrasiliana bekannt ist, einen Zwerg, der auch unsere Aufmerksamkeit verdient. Die dicht und gedrängt stehenden Blätter haben eine dunkele Farbe auf der Oberfläche, einen weisslichen Streifen hingegen auf der Unterfläche. Aus der Entfernung gesehen, soll sie Aehnlichkeit mit einer gedrängt gewachsenen Menziesa polifolia haben. Sie führt den Beinamen microphylla und darf nicht mit der gewöhnlichen Zwergform genannter Tanne, welche den Beinamen nana hat, verwechselt werden.

Als Planera acuminata Ldl. ist von Veitch aus dem Norden Japan's ein Gehölz eingeführt worden, welches einer Ulme sehr ähnlich aussieht. Es besitzt eirund-lanzettförmige und scharf-gesägte Blätter und soll im Vaterlande eine Höhe von 100 Fuss erreichen. Dort wird ihr Holz, besonders als Bauholz, sehr geschätzt.

Schon längere Zeit wird bei uns in den Baumschulen ein Ahorn unter dem Namen Acer Wagenerii kultivirt; wir haben ihn von unserem gewöhnlichen Acer dasycarpon nicht verschieden gehalten. Die echte Pflanze d. N. soll allerdings ebenfalls von genannter Art nur eine Abart sein, die zufällig aus Samen entstanden ist, sich aber doch durch rothe und von einem bläulichen Reif überzogene Zweige und durch tiefer geschlitzte Blätter unterscheiden.

Die Abart der Maclura aurantiaca, wo die Blätter mit weissen Streifen versehen sind, haben wir auch in Frankreich gesehen. Grossen Eindruck hat sie auf uns nicht gemacht.

Es dürfte manchen Liebhaber von Blattpflanzen interessiren, dass von unserem bekannten neuseeländischen Flachse (Phormium tenax) jetzt auch eine buntblättrige Form existirt, wo weisse Streifen sich auf den Blättern hinziehen. Ebenso hat man neuerdings eine Kamellie in den Handel gebracht, wo der Rand ganz weiss ist. Endlich nennt man eine Form des Coleus Verschaffeltii, wo die braunrothen Blätter grosse grüne Flecken besitzen, Coleus marmoratus. Diese Form soll zwar weniger empfindlich gegen klimatische Einflüsse sein, steht aber sicher als Blattpflanze nach.

Als Statice Forstii hat man jetzt eine neue Form mit blauen und weissen Blüthen, welche zwischen St. imbricata und Halfordii steht und sich sehr hübsch baut. Auch eine Form von kapischen Haiden, die neuerdings so sehr in den Hintergrund getreten sind, ist jetzt in den Handel gekommen und findet Beifall. Sie führt den Namen Erica exquisita und steht zwischen der E. oblata und einigen Formen der E. tricolor. Sie zeichnet sich durch ihre ziemlich dicken und lachsfarbigen Blüthenröhren aus, welche am obern Ende plötzlich zusammengezogen erscheinen, während der kurze Rand eine weisse Farbe besitzt.

Unter dem Namen Aubrietia Hendersonii wird neuerdings eine Art dieses Geschlechts empfohlen, deren graugrüne Blätter eine lanzettförmige Gestalt besitzen und mit einigen groben und scharfen Zähnen versehen sind. Zur Zeit der Blüthe tritt die violette Farbe derselben, die jedoch durch ein weisses Auge unterbrochen wird, in angenehmen Gegensatz gegen das Grün des Laubes. Wie weit diese von den bereits bekannten Aubrietien sich unterscheidet, vermögen wir nicht zu sagen. Auf j den Fall ist diese, wie alle übrigen, zu Stein- und Felsenparthien ganz vorzüglich.

Seit einigen Jahren ist eine sehr buschig sich bauende strauchartige Calceolarie, welche deshalb zum Auspflanzen und auf Beeten nicht genug empfohlen werden kann, unter dem Namen Calceolaria canariensis in England viel angewendet und befindet sich auch bereits, ohne jedoch dieselbe Anerkennung gefunden zu haben, auf dem Kontinente. Wir erwähnen sie nur deshalb, weil der Name nicht etwa das Vaterland, die kanarischen Inseln nämlich, anzeigt, sondern sich auf die hellgelbe, derer der Kanarienvögel ähnliche Farbe bezieht.

Als Helichrysum argenteum kultivirt man jenseits des Kanals eine Kalthaus-Immortelle mit lanzett-förmigen und weiss-wolligen Blättern und grossen rundlichen Blüthenkörbchen von ebenfalls weisser Farbe, die wohl Beachtung verdient.

Von Süd-Afrika aus ist auf eine Strychnos-Art aufmerksam gemacht, welche das berühmte Kajatenholz der östlichen Kolonisten liefern soll und den Namen Strychnos Atherstonei erhalten hat. Bei den Zulukaffern spielt ausserdem die Pflanze bei religiösen Ceremonien eine wichtige Rolle.

Die Rittersterne (Amaryllis) von van Houtte.

Wir haben versprochen, auf die im ersten Hefte des 16. Jahrganges der Flore des serres abgebildeten Rittersterne oder Amaryllis, wie sie sonst mit einem fremdländischen Worte heissen, zurückzukommen. Der Besitzer eines, wenn nicht des grössten Etablissements der Art auf dem Kontinente, Louis van Houtte in Gent, hat selbst die Befruchtung dieser reizenden Blumen, von denen 16 Formen auf 4 Tafeln auf eine sehr brillante Weise dargestellt sind, mit der grössten Sorgfalt vorgenommen und ihre Anzucht bewacht. Von den Hunderten, ja selbst Tausenden von Sämlingen sind nur die schönsten auserwählt, die jetzt in den Handel gebracht werden.

Die Rittersterne sind Bewohner der Urwälder Brasilien's und Peru's, wo sie in den Spalten der Felsen hauptsächlich wachsen, aber auch als Epiphyten vorkommen. Diese Art des Vorkommens war uns völlig unbekannt und wird man von Zwiebelgewächsen wohl kaum erwartet haben. Doch war van Houtte selbst in Brasilien und hat die dortigen Urwälder durchstreift. Es wurde ihm so Gelegenheit geboten, diese merkwürdige Erscheinung, die, so viel wir wissen, von keinem andern Reisenden erwähnt worden ist, zu beobachten. Zwiebelgewächse auf und an Bäumen! Wir wissen es bereits von einer grossen Anzahl durch ihre Blüthenpracht ausgezeichneter Pflanzen, wie vor Allem von den Orchideen und Bromeliaceen, aber auch von Gesneraceen, Vacciniaceen und anderen, dass diese epiphytisch die grossen Bäume tropischer Urwälder bewohnen; während die Bäume selbst nur selten ihre Blüthen entfalten oder diese doch wegen der bedeutenden Höhe, in der sie vorkommen, dem forschenden Auge des Menschen kaum oder gar nicht zugänglich sind, blühen Hunderte fremder Pflanzen auf und an ihnen. Auf einem einzigen Baume tropischer Urwälder kommen oft so viele verschiedene Pflanzen vor, als in unseren Gegenden auf meilenweiten Entfernungen wachsen.

Louis van Houtte erzählt uns die Art und Weise des eigenthümlichen Vorkommens der Rittersterne auf Bäumen. Es sammelt sich nämlich zwischen den Aesten allerhand Laub und morsche Zweige; andere Epiphyten finden daselbst eine Stätte. Diese selbst vergehen, wenn sie ihren Lebenslauf vollendet haben und bilden mit anderen angewehten Gegenständen Humus, der auch bei der stets vorhandenen Feuchtigkeit den Stamm selbst angreift und ihn an dieser Stelle mehr oder weniger faulen lässt. So wird eine Lage sogenannter Laub- oder Holzerde gebildet, welche sich von Jahr zu Jahr vermehrt und schliesslich in solcher Menge vorhanden ist, dass selbst Zwiebelpflanzen eine Stätte zu ihrer periodischen Entwicklung finden können. Man wird fragen, wie kommen aber die Samen zu dieser Höhe? Diese sind bekanntlich nicht schwer und haben eine sehr flache Gestalt. Bei den oft dort einbrechenden Orkanen werden andere schwerere Gegenstände mit in die Höhe gerissen; warum demnach nicht auch die leichten Samen der Rittersterne? Könnten es nicht auch Vögel, die so Vieles in dieser Hinsicht vermitteln, gethan haben?

Wir wollten nur auf die reizenden Rittersterne von van Houtte noch einmal in diesem Jahre aufmerksam machen und behalten uns vor im nächsten Jahre eine ausführliche Abhandlung zu bringen.

Verlag von Karl Wiegandt in Berlin, Koch-Strasse No. 22.

Druck der C. Feister'schen Buchdruckerei (L. Mewes), Berlin, Zieten-Platz No. 2.

Wochenschrift

des

Vereines zur Beförderung des Gartenbaues in den Königl. Preussischen Staaten

für

Gärtnerei und Pflanzenkunde.

Redakteur:

Professor Dr. Karl Koch,

General-Sekretair des Vereines.

No. 52. Berlin, den 30. December **1865.**

Preis des Jahrganges 5½ Thlr., sowohl bei Bezug durch den Buchhandel, als auch franco durch alle Post-Anstalten des deutsch-österreichischen Post-Vereines.

Sonntag, den 14. (nicht 7.) Januar 1866, pünktlich um 11 Uhr, findet im Englischen Hause (Mohrenstr. 49) eine Versammlung des Vereines zur Beförderung des Gartenbaues statt, wozu die geehrten Mitglieder eingeladen werden.

Allerlei
aus der Gärtnerei und Pflanzenkunde.
IX.

Wir haben den Tod Lindley's bereits angezeigt. Bei einem Manne, der so viel Verdienste um Wissenschaft und Praxis gehabt hat, dürfen, ja müssen wir wohl längere Zeit uns aufhalten. Grade jetzt, wo von Seiten England's im nächsten Frühjahre eine grossartige Pflanzen-Ausstellung vorbereitet wird, mag sein Verlust am schmerzlichsten gefühlt werden. Wir sprachen noch in diesen Tagen Jemand, der mit ihm bei der letzten Industrie-Ausstellung in London thätig war und seine Energie sowohl, als die Gewandtheit und Sachkenntniss, in Allem, was von ihm ausgeführt wurde, nicht genug rühmen konnte.

Die 46. Nummer des Gardeners Chronicle beginnt mit der Frage: „Ist Gartenbau eine Wissenschaft?" Diese Frage ist auf's Innigste mit dem Leben und Wirken des verstorbenen Lindley verknüpft, so dass seine Biographie zugleich auch ihre Lösung gibt. Wir entnehmen daher aus der genannten Zeitschrift, die er selbst im Jahre 1841 mit Jos. Paxton und einigen Anderen in's Leben rief, die Mittheilungen, welche wir hiermit über sein Leben geben wollen. Es ist ein eigenthümliches günstiges Geschick, was wesentlich zu seiner eingeschlagenen Laufbahn einwirkte, dass er schon in seiner ersten Jugend Gelegenheit hatte, mit dem 14 Jahre ältern Will. Jacks. Hooker vielfach zu verkehren. Ohne diesen Verkehr möchte er sich vielleicht einem anderen Studium, dem der Alterthumsforschung, zu der er sich ebenfalls mächtig hingezogen fühlte, gewidmet haben. Nannten ihn doch seine Jugendgenossen neckend „the old Antiquity, d. h. das alte (hier wohl in dem Sinne von bedächtig) Alterthum".

Johann Lindley wurde in Catton, einem kleinen Orte bei Norwich, dem Geburtsorte Hooker's, am 5. Februar 1799 geboren und erhielt von seinem Vater, einem tüchtigen Gärtner, der auch einen Leitfaden für den Küchen- und Gemüsegarten geschrieben hat, eine gute Erziehung. Sonderbar, dass es dem sonst sehr gewandten und geweckten Knaben schwer fiel, etwas auswendig zu lernen! Hooker kam damals oft zu seinem Vater und beschäftigte sich vielfach mit dem jungen John Lindley. Dieser selbst widmete sich der Gärtnerei und bereiste schon im 16. Jahre im Auftrage des Samenhändlers Wrench Belgien, von wo er jedoch bald zurückkehrte, um seinen Vater zu unterstützen.

Plötzlich bot sich ihm eine Gelegenheit dar, nach Sumatra und den malayischen Inseln zu gehen. Damit begann er als Vorbereitung seinen Körper auf eine Weise abzuhärten, dass ihn Jedermann bewunderte. So ging er z. B. während der grössten Hitze mehrmals am Tage zu Fuss von Catton nach Norwich und wieder zurück, so erwählte er ferner einmal eine steinerne Treppe, um daselbst zu schlafen u. s. w. Die zerrütteten Finanzverhältnisse seines Vaters waren jedoch wahrscheinlich Ursache, dass er seine Reise aufgab und nicht ohne Glück versuchte, auf eigenen Füssen zu stehen. Es ist gewiss ein Zeichen seines ehrenhaften Charakters, dass er später, ohne auch nur im Geringsten dazu verpflichtet zu sein, die Schulden seines Vaters bezahlt hat.

Durch die Vermittelung Hooker's wurde er 1818 oder 1819 bereits an der Bibliothek von Joseph Banks angestellt und hatte hier die beste Gelegenheit, sich weiter auszubilden. Er übernahm 1821 die Beschreibung der interessanteren Pflanzen aus den Gewächshäusern eines Liebhabers, dem zu Ehren das Orchideen-Geschlecht Cattleya aufgestellt wurde, in dem Collectaneis botanicis, nachdem er schon ein Jahr vorher (also im 21. Jahre) seine Monographie der Rosen veröffentlicht hatte. Wir übergehen es, noch verschiedene wichtige Abhandlungen zu nennen, welche er schon damals in dieser grossen Jugend bearbeitete.

Sabine, der damals der eigentliche und zwar sehr thätige Sekretär des Londoner Gartenbau-Vereines war, verschaffte ihm 1822 eine Stellung in dessen Garten in Chiswick. Unter und durch Sabine und Lindley erhielt dieser eine grosse Bedeutung. Nichts geschah, woran er nicht Antheil hatte. Im Jahre 1823 verheirathete er sich und wurde dadurch um so mehr an London gefesselt. Als im Jahre 1830 in Folge glänzender Feste, in welchen der Verein sich gefiel, dessen Finanzen sich immer ungünstiger herausstellten, versuchte er es mit Bentham, der Sabine als Sekretär gefolgt war, an die Stelle dieser viel Geld beanspruchenden Feste Ausstellungen im grossartigsten Massstabe in's Leben zu rufen und damit auch die Finanzen wiederum zu verbessern. Mit seiner ganzen Energie widmete er sich dem Vereine. Von Morgens 6 bis Abends 6 Uhr war er im Garten, um einestheils die Geschäfte abzumachen, anderntheils sich daselbst wissenschaftlichen Untersuchungen zu widmen.

Seine Thätigkeit war aber keineswegs auf den Verein allein beschränkt, denn bereits 1829 wurde er zum Professor der Botanik an der Universität in London ernannt. Etwas später begannen auch seine Vorlesungen im Apotheker-Garten zu Chelsea. Von diesen seinen Vorträgen rühmt man die Klarheit, mit welcher er sprach, und die Anregung durch das Feuer seiner lebendigen Rede. Während an der Universität die reine Wissenschaft in den Vordergrund trat, war es bei den Vorlesungen für die Apotheker mehr das formelle Wissen, was er seinen Schülern gegenüber zur Geltung brachte.

Sein Ruf war bereits auch auf den Kontinent gedrungen, denn 1832 wurde er von Seiten der Münchener Universität zum Doktor ernannt, dem 2 Jahre später die Ernennung zum auswärtigen Mitgliede an der Akademie der Wissenschaften zu Berlin folgte. Erst 1853 erwählte man ihn in Paris zum Mitgliede des Institutes.

Es kann hier nicht die Aufgabe sein, das, was er in der Wissenschaft geleistet, ausführlich zu schildern. Lindley war Systematiker im eigentlichen Sinne des Wortes, obwohl er auch tiefe Kenntnisse im Leben der Pflanzen besass. Davon gibt am Allermeisten seine Theorie des Gartenbaues, welche im Jahre 1840 in der ersten Auflage gedruckt wurde, Zeugniss. Schon im Jahre 1830 erschien seine Einleitung in das natürliche System, 3 Jahre später sein berühmtes Werk „Nixus plantarum", wo er über die Verwandtschaft der Pflanze manche geistreiche Gedanken veröffentlichte. Es unterliegt keinem Zweifel, dass, ausser Bartling, kein Botaniker, weder England's noch des Kontinentes, den Versuch, die wichtige und gleich interessante Frage der natürlichen Verwandschaften zu entziffern, so gelöst hat, als Lindley. Man sieht aus seinem Versuche, dass er Pflanzen im Leben kannte und sein Wissen keineswegs nur aus der Studirstube geschöpft war. Leider muss man aber doch bedauern, dass dieser so begabte und kenntnissreiche Mann zu vielseitig in Anspruch genommen war, um der Wissenschaft allein leben zu können. Manche Flüchtigkeiten, deren er sich späterhin in seinen Bestimmungen der Pflanzen zu Schulden kommen liess, wären jedenfalls vermieden worden. Er hatte früher die Absicht gehabt, ein grösseres Werk herauszugeben; doch war ihm Endlicher mit seinem Werke „Genera plantarum" bereits zuvor gekommen. 1846 erschien sein berühmtes Werk „das Pflanzenreich" (vegetable Kingdom).

Abgesehen von einer ganzen Reihe selbständiger Werke, die wir noch zu nennen hätten, war er Mitarbeiter von vielen anderen. Dass er 1841 den Gardeners Chronicle in's Leben rief, ist bereits gesagt. Vieles ist in Loudon's Encyclopaedie der Pflanzen von ihm bearbeitet, im botanical Register ist er sogar der hauptsächlichste Bearbeiter gewesen; ebenso finden wir ihn in den Verhandlungen und in dem Journal des Londoner Gartenbau-Vereines, in Paxton's flower Garden, in der Penny Cyclopedie u. s. w. thätig. Von der berühmten Flora graeca von Sibthorp hat er den 8. Band zum grössten Theil, den 9. allein bearbeitet. Mit Vorliebe beschäftigte er sich ferner bekanntlich mit den Orchideen. Sein berühmtes Kupferwerk war schon 1838 vollendet; leider sehen wohl nun seine Folia orchidacea vergebens der Vollendung entgegen. Die letzte Lieferung erschien im Mai 1859.

Trotz dieser bedeutenden Arbeiten, trotz seiner Vorlesungen und der viele Zeit in Anspruch nehmenden Vereinsgeschäfte war Lindley allenthalben da auf dem Platze, wo es galt, seiner Wissenschaft Anerkennung zu verschaffen. In der Königlichen Gesellschaft und in andern wissenschaftlichen Instituten hielt er ebenfalls bisweilen öffentliche Vorlesungen: Als im Jahre 1851 die erste grosse internationale Industrie-Ausstellung in's Leben gerufen wurde, befand sich Lindley wiederum unter den Preisrichtern und legte ausserdem noch dabei eine ausserordentliche Thätigkeit an den Tag. Es darf auch nicht ausser Acht gelassen werden, dass er eins der bedeutendsten Herbarien sich angelegt hatte und dass er ebenfalls nicht wenig Zeit bedurfte, um dieses in Ordnung zu erhalten. Dabei muss jedoch bemerkt werden, dass seine Frau ihm dabei wesentlich unterstützte. Endlich darf man auch nicht übergehen, zu bemerken, dass, als der Aufruf eines Freiwilligen-Korps zur Vertheidigung der Küste gegen etwaige Ueberfälle erschien, Lindley unter den Ersten sich befand, welche eintraten.

Bei einer solchen Thätigkeit kann es nicht auffallen, dass sein eiserner Körper doch, als er ein halbes Jahrhundert hinter sich hatte, allmählig ermattete, und zwar um so mehr, als er sich auch dann noch keine Ruhe gönnte. Zwar gab er 1853 seine Vorlesungen im Chelsea-Garten auf, bis 1861 verharrte er jedoch ausserdem in seiner grossen Thätigkeit. Mit genanntem Jahre scheint er selbst gefühlt zu haben, dass sein Körper bei fortdauernder Anstrengung bald aufgerieben werden müsse. Er gab den Bitten seiner Familie und seiner Freunde endlich nach und legte zunächst sein schwieriges Amt beim Gartenbau-Vereine im Jahre 1858 nieder, trat aber dafür als Mitglied des Ausschusses ein. Auch seine Vorlesungen an der Universität wurden 1861 eingestellt, er übernahm aber dafür das Amt eines Examinators in der Botanik, was er jedoch schon nach 2 Jahren bei stets überhand nehmender Schwäche seines Körpers wieder abgeben musste.

Zum letzten Male entwickelte er im Jahre 1862 bei der damaligen Industrie-Ausstellung noch eine grössere, leider für seinen geschwächten Körper zu grosse Thätigkeit. Vergebens hatten seine Frau und seine 3 Kinder ihn abzuhalten versucht; mit Mühe brachte man ihn nur dahin, dann wenigstens aus dem Ausschusse des Gartenbau-Vereines zu treten. Trotz heftigen und andauernden Kopfweh's leitete er die ganze Kolonial-Abtheilung der Industrie-Ausstellung. Die Folgen blieben leider nicht aus. Sein angegriffener Körper sank allmählig dahin und vermochte sich nicht wieder zu erholen. Am 31. Oktober d. J. zog er sich am Abend noch zurück, ohne dass Jemand sein nahes Ende ahnte. Am andern Morgen traf ihn der Schlag und seine Kräfte nahmen rasch ab, bis endlich der letzte Athem ihm entfloh.

Lindley war von ziemlich hoher Statur, hatte schwarzes Haar und eine frische Gesichtsfarbe. Leider konnte er nur ein Auge gebrauchen; das andere war von Kindheit an schon nicht tauglich. Sein Gang war fest und bestimmt, wie sein ganzes Wesen. Obwohl eifrig, ja selbst hitzig im Gespräche und oft im Widerspruch mit Anderen, besass er doch ein warmes Herz und einen seltenen Edelmuth. Vor Allem liebte er Kinder und vermochte sich diesen ganz hinzugeben. Von seiner Familie wurde er in hohem Grade verehrt und wer ihn näher kennen lernte, liebte und achtete ihn hoch. Junger Leute, die strebsam waren, nahm er sich gern an und unterstützte sie, wie und wo er nur konnte. Er war entschiedener Feind jeder Kriecherei und sprach stets offen seine Meinung aus.

Wir sind vor dem Schlusse des Jahres noch im Stande, nähere Mittheilungen über die mit einem botanischen Kongresse verbundene internationale Ausstellung in London zu geben. Sie wird 4 Tage dauern, und zwar vom 22. bis 25. Mai künftigen Jahres in dem Garten der Gartenbau-Gesellschaft in South-Kensington. Zu Preisen ist eine Summe von 2,500 Pfund Sterl. (nahe 17,000 Thlr) ausgeworfen worden. Dem Kongresse wird der berühmte Genfer Botaniker Alph. de Candolle vorsitzen. In demselben kommen nur die Gegenstände zur Verhandlung, worüber bereits Abhandlungen bis zum 31. März nächsten Jahres eingeliefert sind. Wie früher mitgetheilt, werden diese von Ausländern (Deutschen und Franzosen) in der Originalsprache sowohl, als in englischer Uebersetzung durch den Druck zur Kenntniss gebracht.

Um die gegenseitigen Bekanntschaften zu erleichtern und einen besseren Gedanken-Austausch zu ermöglichen, werden 2 mehr vertrauliche Sitzungen (Conversazioni) und ein Banquet veranstaltet werden. Ausserdem finden 2 Sitzungen (Meetings) statt, wo die eingereichten Abhandlungen vorgelesen und besprochen werden. Endlich wird ein besonderer Ausschuss ernannt, dessen Mitglieder den Fremden zum Führer in den besten und schönsten Gärten London's und der Umgegend dienen.

Welche Bedeutung man in England auf diese Ausstellung legt, beweist die rege Theilnahme, die sich allenthalben ausspricht. Beiträge an Geld sind bereits ansehnlich eingeliefert; ausserdem wird aber noch, wie in Amsterdam, ein Reservefonds gebildet, um einen möglichen Ausfall zu decken. Ihre Majestät die Königin hat selbst mit dem Prinzen von Wales das Protektorat, letzterer sogar ausserdem noch den Vorsitz im General-Ausschusse übernommen. Als Vize-Präsidenten fungiren unter Anderen die Herzöge von Malborough, Rutland, Buccleugh und Newcastle, die Earls Cowper, Granville, Grosnevor, ferner die Lordbischofs von Wincester, Oxford, sowie die bekannten Botaniker Berkeley, Babington, Bateman, Dr. Moore u. s. w.

Von der Londoner Ausstellung wenden wir uns der 5. Versammlung deutscher Pomologen und Obstzüchter zu. Bekanntlich hat der Verein zur Beförderung des Gartenbaues in Berlin, dem in Görlitz von den dort anwesenden Pomologen das Mandat der nächsten Berufung übertragen war, diese nach Reutlingen ausgeschrieben. In Gemeinschaft mit dem deutschen Pomologen-Vereine wird der Berliner Verein die nöthigen Vorkehrungen treffen. Es dürfte deshalb auch hier am Orte sein, etwas Näheres über den letztern mitzutheilen.

Der deutsche Pomologen-Verein wurde im Jahre 1860 während der 3. Versammlung deutscher Pomologen und Obstzüchter in's Leben gerufen. Erst 5 Jahre sind verflossen und bereits ist die Anzahl seiner Mitglieder auf 500 gestiegen. Wenn man auch schon damals seine dereinstige Bedeutung voraussehen konnte, denn er wurde durch ein inneres Bedürfniss in's Leben gerufen, so hat doch wohl damals Niemand geglaubt, dass er so rasch zu einer solchen Geltung kommen würde.

Was er will und anstrebt? brauchen wir nicht weiter auseinander zu setzen, doch möchten wir bemerken, dass er alljährlich, obwohl der Beitrag nur 1 Thaler jährlich beträgt, eine Schrift, welche im Buchhandel diesen Werth besitzt, an alle Mitglieder unentgeldlich verabfolgt. Umstände haben es verhindert, dass es in diesem Jahre geschehen, von Seiten des Vorstandes wird aber Sorge getragen, dass im nächsten Jahre eine doppelte Gabe erfolgt.

Von grosser Wichtigkeit ist es, dass einstweilen im Vorstande und im Ausschusse beschlossen ist, eine Anzahl Mitglieder des pomologischen Vereines dadurch besonders noch zu bethätigen, dass diese aufgefordert werden sollen, von dem Lande oder der Provinz, in der sie wohnen, alljährlich Berichte von dem Zustande des Obstbaues, und vor Allem von den Obstsorten, die daselbst bei vorzüglichen Eigenschaften gedeihen, einzuliefern. Dieser Gedanke wurde bereits in dem Programme zur Görlitzer Ausstellung durch uns zur Frage gebracht, erhielt aber damals nicht die genügende Berücksichtigung; um so erfreulicher ist nun die Ausführung. Wenn demnach die betreffenden Mitglieder ihrer Aufgabe möglichst zu entsprechen suchen und dem Vorstande alljährlich Rechnung über den Obstbau in ihrer Gegend ablegen, so ist dieser im Stande, einen General-Bericht zusammenzustellen, der dann in den nächsten Jahren vervollständigt werden kann. Da er alljährlich jedem Mitgliede gedruckt zukommt, so ist auch jeder Andere im Stande zu berichtigen oder zu ergänzen, was gewiss von Seiten des Vorstandes dankbar angenommen wird und dem Allgemeinen zu Gute kommt. Wir sind überzeugt, dass diese Einrichtung wesentlich zur Hebung und Förderung des Obstbaues beitragen wird.

Bekanntmachung.

Der Posten eines Kunstgärtners für die öffentlichen Anlagen hiesiger Stadt, mit welchem ausser freier Wohnung, Feuerung und einer kleinen Gartennutzung ein jährliches Einkommen von 350 Thalern verbunden ist, soll zum 1. Juli 1866 anderweitig besetzt werden, und ist die für denselben ausgefertigte Instruktion jederzeit bei uns einzusehen.

Qualifizirte Subjekte, welche ihre Befähigung zur Landschafts-Gärtnerei und bisherige Führung durch Atteste nachzuweisen haben, werden aufgefordert, sich unter Beibringung eines, ihre Ausbildung darthuenden Lebenslaufes bis zum 15. Februar 1866 schriftlich bei uns zu melden.

Görlitz, den 21. November 1865.

Der Magistrat.

Aufforderung.

Da vielfach bei mir nachgefragt ist, ob der Beitrag zum Deutschen pomologischen Verein, da seine Sendung nach Reutlingen nicht unbedeutende Kosten verursacht, nicht von Seiten der in Preussen wohnenden Mitglieder an mich, als das in Berlin wohnende Mitglied des Vorstandes, verabfolgt werden könnte, erkläre ich mich gern zum Empfange bereit, in sofern mir derselbe durch eine Post-Anweisung, wie diese durch ganz Preussen auf jeder Post-Expedition zu haben ist, zugestellt wird. Man versäume jedoch in diesem Falle nicht, den Namen auf der Post-Anweisung zu bemerken, damit ich denselben bei der Abrechnung eintragen kann. Die Einzahlung kann bis Mitte Januar geschehen. Später muss sie direkt an den Geschäftsführer in Reutlingen gesendet werden.

Berlin, den 22. Dezember. **Karl Koch.**

Verlag von Karl Wiegandt in Berlin, Koch-Strasse No. 22.

Druck der C. Feister'schen Buchdruckerei (L. Mewes), Berlin, Zieten-Platz No. 2.

Allgemeines Inhalts-Verzeichniss.

I. Verzeichniss der Abhandlungen.

II. Inhalt des Allerlei und der Verhandlungen des Vereines.

III. Verzeichniss der Pflanzen-Namen.

CPSIA information can be obtained
at www.ICGtesting.com
Printed in the USA
LVHW101648140522
718424LV00010B/99

9 783375 012298